♡

那个叫黎衍的人，

没有你说的那么好，

他害怕拖着这么一副身子，

会耽误一个叫周悄的傻子。

by 阿衍

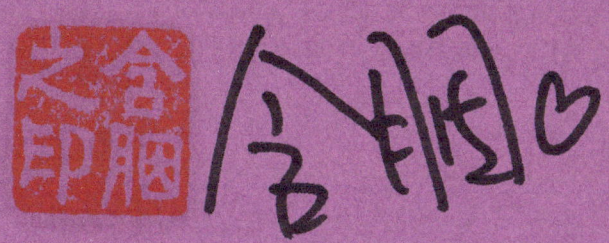

有爱的青春陪伴者

刺猬法则 上

含胭 著

花山文艺出版社
河北·石家庄

图书在版编目（CIP）数据

刺猬法则:上下/含胭著. — 石家庄:花山文艺出版社，2021.9
ISBN 978-7-5511-5795-7

Ⅰ．①刺… Ⅱ.①含… Ⅲ.①长篇小说－中国－当代 Ⅳ.①I 247.5

中国版本图书馆CIP数据核字(2021)第099392号

书　　名：	刺猬法则（上、下）
	Ciwei Faze
著　　者：	含　胭
策划统筹：	张采鑫
特约编辑：	不　夏
责任编辑：	董　舸
责任校对：	郝卫国
美术编辑：	胡彤亮
封面设计：	蔡　璨
内文设计：	孙欣瑞
封面绘制：	画画的陶然
出版发行：	花山文艺出版社（邮政编码：050061）
	（河北省石家庄市友谊北大街330号）
销售热线：	0311-88643221
传　　真：	0311-88643225
印　　刷：	湖南凌宇纸品有限公司
经　　销：	新华书店
开　　本：	787×1092　1/16
印　　张：	38
字　　数：	1040千字
版　　次：	2021年9月第1版
	2021年9月第1次印刷
书　　号：	ISBN 978-7-5511-5795-7
定　　价：	65.80元（全二册）

（版权所有　翻印必究·印装有误　负责调换）

目录
CONTENTS

第一章　我要结婚了　　/001

第二章　辣椒小炒肉　　/026

第三章　两个世界的人　　/049

第四章　Wild Flower　　/075

第五章　新年快乐　　/102

第六章　别对我动心　　/130

第七章　我喜欢的他　　/152

第八章　男朋友女朋友　　/180

第九章　他眼角的光亮　　/203

第十章　我的国王　　/226

第十一章　坚韧难解的线　　/252

第十二章　我想对你好　　/273

目录
CONTENTS

第十三章 你好，黎太太	/299
第十四章 有你相伴，才是人间	/322
第十五章 愤怒的小树	/349
第十六章 我只要你留在我身边	/374
第十七章 路永远没有尽头	/397
第十八章 俏俏日记	/423
第十九章 黎衍的笔记本	/449
第二十章 你是我唯一的病人	/473
第二十一章 我愿为你，与这世界和解	/494
第二十二章 我想重新走路	/519
第二十三章 每一步，都为你而来	/546
第二十四章 白头之约，红叶之盟	/568
尾声 新约法十八章	/591

第一章
我要结婚了

"这是周俏，女，二十一岁。"

周俏看一眼说话的刘阿姨，心想这个"女"字是不是应该省略，她就坐这儿呢，难道对方还看不出她是个女的吗？

刘阿姨笑眯眯地说："周俏是C省人，到咱们钱塘打工已经有四年多了。小黎，我电话里和你说过，周俏想拿钱塘户口，但不管是积分落户还是人才引进，都没戏，唯一的办法就是婚姻落户。"

周俏低垂着头，局促不安地坐在一把木头椅子上，椅子四个脚似乎不在一个水平面，稍微一动就会摇，发出"嗒嗒"的撞击瓷砖的声音。这令她感到紧张，只能绷直身体一动不动，夹着腿，两只手规规矩矩摆在大腿上，做出一副特别温顺听话的模样。

她悄悄打量这间客厅，是个东边套，客厅有窗，大概十五平方米，装修风格略显老气。朝南面是两扇紧闭的房门，应该是卧室，朝北面是厨房和卫生间，都是铝合金门，入户门朝西，是个中规中矩的二室一厅。

客厅靠西墙摆着一张长方形六人位餐桌，椅子只有四把，周俏觉得东面窗口处本来是一组沙发和茶几，但现在都没了，安装着一排两米长的双杠——应该是锻炼器材。除此以外就是一组大柜子，东西收得并不整齐，柜子旁还放着几个环保袋，里头依稀可见一些拆开的盒子。

周俏收回视线，听刘阿姨继续说："小黎，你的情况我告诉周俏了，钱塘的结婚落户政策我也和你说过了，外地人和本地户口结婚，要满三年才能落户。你和周俏年纪合适，操作起来一点风险都没有。况且你也没有房产，没有车子，没有工作，估计也没有存款，那就是什么婚前财产都没有，你也不怕她是个骗子，对不对？就算她是骗子，你俩婚前做个财产公证，约好婚后收入彼此不干涉，就什么都不用怕啦！"

刘阿姨说得唾沫横飞，周俏又默默看了她一眼，心想怎么突然就怀疑她是骗子了？唉……谁叫是她求着人家呢，人家爱怎么说就怎么说吧，话糙理不糙，就是这么回事儿。

刘阿姨拿起自带的保温杯喝口热茶，又说："至于你说的落户费八万……小黎，你看看周俏吧，还是个小姑娘，打工也不容易，八万块钱对她来说实在太多了！我和周俏商量过，她能接受的心理价位是五万，而且还需要分期。第一次先给两万，一年后给一万，两年后再给一万，最后拿到户口你俩离婚，付清最后一万，你看看你能不能接受？"

周俏抬起眼皮，小心翼翼地看向对面的人，心里觉得没戏。

刚才进门时她搞砸了，看到他时，没按捺住心中翻涌的情绪，居然"啊"地大叫一声。就那一声叫，那人的脸直接就垮了，一直垮到现在，跟块砖头似的毫无表情，眼神冷冽得可以冻裂这整个客厅。

他还是没说话。

刘阿姨锲而不舍："小黎啊，虽然你和阿姨不熟，但阿姨也算是看着你长大的，阿姨之前和你爸爸好歹做过几年同事。你现在这个情况吧，阿姨都懂！你放心，这事儿要是办成了，阿姨绝对不会去外面说，连你爸爸妈妈都不会知道，阿姨经验很丰富的！以前还介绍过六十多岁的单身老头和二十多岁的女孩子结婚，那女孩早就拿到户口了！"

周俏很无语，刘阿姨专业牵假红线，拉皮条，钻政策的空子，手里握着大把"本地户口结婚困难户"资源，有什么好炫耀的？

那人果然连眼皮都没抬一下。

刘阿姨像是没感觉，继续苦口婆心："小黎你别怪阿姨多嘴，你现在没女朋友吧？近三年有计划结婚吗？就算你找个女朋友，谈个三年再结婚也很正常。这三年里，周俏保证不会来打扰你，你俩就是登个记，平时完全不用见面，你可以放心大胆地找女朋友。等到周俏拿到户口，你俩立刻去离婚，到时候万一你有结婚对象了，那姑娘问你怎么是离异，阿姨教你啊……"

五十多岁的刘阿姨热心且健谈，说起话来手势特别多："你就说这是你家里人看你身体不好，给你从农村买的老婆，登记后就跑了！你一直没怎么见着人，后来告诉离的婚。到时候阿姨也可以去给你做证，这种事儿阿姨遇到过，人家姑娘一定会相信的！"

这怎么还说到三年后对方结婚的事儿了呢？阿姨，先把眼前的事解决了好吗？周俏感到郁闷，一会儿被说骗子，一会儿又被说是农村买来的老婆，怎么听都不是好话。

"当然，你也是正当年的小伙子，平时要是愿意和周俏走动走动，也是可以的嘛！说不定你俩一来二去，熟了以后就看对眼了呢，那就是歪打正着啊！我还是红娘呢，是不是？呵呵呵呵……"

刘阿姨掩着嘴笑个不停，周俏发现对面那人脸色更差了，原本惨白的一张脸，现在几乎是死灰一片。

"小黎呀……"刘阿姨还要再说，对面那人终于忍无可忍抬起一只手，阻止了她。

刘阿姨立刻闭嘴，充满期待地看着他。周俏也忍不住盯着他看，心脏怦怦跳得飞快，简直要跳出喉咙，心想进门时那一幕如果重来一百遍，她敢打赌自己还是会叫出一百个"啊"。

对面那人坐着，微微佝偻着背，两条腿摆得端端正正，脚上蹬一双山寨运动鞋，身上是一套黑色棉质运动服，杂牌，质量是肉眼可见的差。宽松的衣服只能撑起他宽阔的肩，能看出身上极瘦，一张脸更是瘦得脸颊都凹了进去。他的头发留得盖过耳朵，刘海儿挂下来遮住眉毛，眼窝深陷，眼神冷漠如冰，鼻梁挺直，薄唇抿成一条线，几无血色。

活脱脱一副刻薄短命的长相。

最关键的是，他坐在一架轮椅上。

黎衍终于抬起头来，先是看着刘阿姨，一会儿后阴鸷的目光就转移到周俏脸上。周俏赶紧坐正，接受他的审阅，但他只扫了她两眼，眼皮子就又垂了下去。

"我再考虑一下。"黎衍声音低沉，带着点儿慵懒倦怠，还透露出一个讯息——送客。

刘阿姨没有领会到他的意思，还想要劝他，周俏拉拉她的衣袖，说："刘阿姨，今天我和黎先生也见过面了，就让他再考虑一下吧，我不急的。"

刘阿姨拍拍周俏的手，生气地说："这种事越快越好，早一天登记就早一天满三年！我说小黎，你还有啥好考虑的？你都这样了！一没房子二没车三没钱，四没个健康身子！你自己说说，你有什么好考虑的？你真打算要找姑娘结婚吗？那也得人家看得上你啊！五万块钱啊！你一年都挣不到的！"

周俏急得直拽刘阿姨袖子，因为她发现黎衍生气了，坐在轮椅上垂着头，胸口起伏得厉害，嘴唇抿得特别紧。

刘阿姨依旧喋喋不休："你这样的小伙子我见得多了！都这样了还心比天高！你不上班，又没收入！你想让你妈养你一辈子啊？你以为我是想赚这点儿中介费吗？老娘才不稀罕呢！我是为你好！五万块钱哦！都是周俏省吃俭用存下来的！你什么都不用干就能赚五万！天上掉馅饼你不吃，你也不想想，要不是你有本地户口，就你这样的，谁来找你啊！"

"刘阿姨刘阿姨，您别说了，咱们走吧。"周俏看到黎衍身子都抖起来了，吓得够呛，连连阻止刘阿姨再说下去。

这时，黎衍突然狠狠敲打轮椅扶手，大声吼起来："我要你来找了吗？你是谁啊？我过得怎么样轮不到你来指手画脚！滚！滚！都给我滚！"

刘阿姨被他吼得浑身一震，更生气了，站起身手指颤抖着指向黎衍："你你你……我要不是看在你爸面子上，会来管你的事儿吗？黎衍你再这么狂下去你这辈子就完了！看看你的样子！还有点儿人样没？你自己好好想想吧！哼！气死我了，周俏我们走！"

周俏手忙脚乱抓起挎包，正要跟着刘阿姨出门，身后突然传来一个阴恻恻的声音"你留下。"

刘阿姨和周俏面面相觑，又一同回头看向黎衍。黎衍依旧垂着头，翻着白眼盯住周俏，哑声道："你，留下。"

周俏："啊？"

刘阿姨已经懒得再和黎衍废话，对周俏说："放心，他腿不好，不会吃了你，你和他再砍砍价，阿姨先走了。"

"哎！"周俏伸出尔康手，刘阿姨已经一阵风似的溜走了。

周俏默默把手缩回来，转身面对黎衍怯怯地问："黎先生，什么事啊？"

黎衍："坐。"

周俏又在刚才那把椅子上坐下了，椅腿"嗒嗒"撞击瓷砖，她也没空去管，全部注意力就在面前这位鬼兮兮的男人身上。

"你有男朋友吗？"这是黎衍问出的第一句话。

"哈？"周俏惊呆了，这是什么情况？她双手握拳，心跳如擂鼓，眼睛睁得老大。

黎衍不耐烦了，声音也大了些："我问你，你有男朋友吗？！"

"没有没有。"周俏唰唰摇头。

"想拿钱塘户口？"

"是的是的。"这次换成唰唰点头。

"你和这大妈怎么认识的？"

周俏解释道："我上班的店在商场三楼，刘阿姨在六楼美食城打扫卫生，吃饭的时候认识的。她是本地人，很热心，有一次我就问她认不认得合适的人，可以结婚落户的……"

刘阿姨做落户中介已经好多年，周俏也是别人介绍过去的，当时她的原话是：七老八十都没关系，残疾人也行，只要是个单身男人，三年内人不会死就好。

周俏心虚："她就给我介绍了你……"

黎衍冷笑一声："因为我是个残废对吗？"

"不是不是不是……"

周俏连连摇手，却听黎衍说"你刚才进来时叫好大一声，怎么着，她没告诉你我的情况啊？"

"不是，我……"周俏不知道该怎么解释，感觉现在不是说真话的时候。

扯了几句，她还是不知道黎衍到底要留她做什么，从头到尾，他就坐着轮椅停在房间门口，一步都没挪过。周俏和他面对面坐着，两人中间隔着两米多远，这时候大眼瞪小眼，气氛着实有些尴尬。

黎衍又问："你现在住哪儿？"

咦？话题跳跃得好快！周俏乖乖回答："和人合租，就住在……"

还没说完呢，黎衍就打断了她："如果你没有男朋友，又是租房子住，那我希望你可以'真的'和我结婚。"

"哈？"周俏惊地站了起来。

"别一惊一乍地鬼叫！"黎衍恶狠狠地瞪她，"坐下！"

周俏一屁股又坐下了，身下的椅子"嗒嗒嗒嗒"响个没完。

"我现在碰到了一点状况，的确需要有人和我结婚，假结婚，但这个人要和我一起住。"黎衍的声音依旧是阴沉沉的，"这个事我不想和那大妈讲，我就问你，登记后你搬过来，我给你一间房，你肯不肯？"

周俏犹豫着问："要房租吗？"

"不用。"

"能住多久？"她不会天真地以为可以一直住下去。

黎衍想了想，回答："住到我们因为'感情不和而分居'为止，最短半年，最长一年。"

最长一年，也还行吧。

周俏小声问："那、那五万呢？"

黎衍皱起眉头大声说："这是两码事！五万块一毛都不能少！"

周俏很欢喜："五万，你答应啦？"

黎衍翻了个白眼给她。

周俏忍不住笑了："那我肯的呀，真的不用房租吗？其他还有什么要求？"

黎衍像看白痴似的看她："你真的愿意？"

"愿意愿意，我很愿意！"周俏心里早已算过一笔账，出租屋一个月房租就要八百，水费电费网费一加，一年怎么的也要一万多，落户费五万块不是一笔小数目，能省下一万多也是好的。

"那你什么时候方便登记？"黎衍开口的问题又是出人意料。

周俏好不容易没再吓得站起来，哆哆嗦嗦地说："我户口是个户籍证明，长期有效的，随时都可以。"

黎衍慢悠悠道："那我们加个微信吧。"他从衣服口袋里掏出手机，"我扫你。"

"哦。"周俏拿出手机打开微信，起身走到黎衍面前。

黎衍低头扫码时，周俏注意到他的头发又黑又密，就是有点儿油，感觉洗得不怎么勤。

他的手机屏幕居然是碎的，蛛网似的裂了好大一块，微信里的字都看不太清。坏成这样了他还在用，也不知道是不讲究，还是有别的原因。黎衍的微信名叫"有只刺猬"，头像也是一只刺猬，活的，看缩小图不太认得出，感觉就像个毛球。

两人加好微信，黎衍说："你别再去找那个大妈了，有事我们直接联系。"

周俏嘴上应下，心里却觉得黎衍有些单纯，这就像买房找中介后跳单，哪是他说不找就不找的，该给刘阿姨的中介费，周俏根本就逃不掉。

黎衍没有抬头："我户口本在我妈那儿，等我和她说一声，我找个时间就和你去登记。"

周俏嘴角抽抽，心想"这就说定了，这么草率的吗"，开口却是："好的，麻烦你了。"

"那就这样吧，你可以走了。"黎衍把手机塞回兜里，终于抬头扫了周俏一眼。

周俏也不敢说什么，拿起包向他道别，还贴心地帮他关上了门。

屋里没人了，黎衍紧绷的神经终于松弛下来，整个人几乎是瘫在轮椅上。

家里很久没来陌生人，接到刘阿姨电话时，他还以为是诈骗，没说两句就挂了。刘阿姨给他发了好长一串短信说清来龙去脉，他回忆半天，才记起父亲的确有个住在附近的老同事，喜欢做些上不了台面的中介。只是他从没想过，自己也能成为那女人"资源库"中的一员。

仔细想想也不足为奇，现在的他符合那女人挑人时的各方面要求，算是个上等货了。五万块钱，假结婚——黎衍承认，这狗屁倒灶的事情对他居然有着不小的吸引力。

瘫了一会儿后，黎衍转着轮椅去阳台抽烟，想了想，又给沈春燕打电话。

"儿子哎！"沈春燕一接起电话就亲热地喊，"今天怎么想起给妈妈打电话啦？你想吃什么吗？妈妈晚上来给你做！"

黎衍干巴巴地说："通知你个事儿，我要结婚了。"

沈春燕："啥？"

周俏下楼后，又回头朝六楼那间屋子看。

永新东苑36幢1单元601室，周俏默默记在心里。

金秋十月，午后的阳光略微刺眼，她被阳光照得眯了眯眼睛，快速地转回头来。

永新东苑是一个位于钱塘市中心的老小区，大约建于九十年代初。一栋栋层高七层的小楼排得密密麻麻，还不规整，楼间距很窄，随处可见违章搭建的棚子和菜地。小区里车位非常少，周俏一路走着，看到好几堆聚在一起聊天晒太阳的老头儿老太太，还有搭着大棚做丧事的，里头吹拉弹唱，热闹非凡，把路堵得周俏只能侧身通过。

但就是这么一个老破小区，房价也已经到了三万多一平米，周俏撇撇嘴，心想黎衍虽然看起来过得潦倒，住的这房子也值两百多万啊。

此时，她的心情极为复杂，又回头看看黎衍家所在的那栋楼，终是收回思绪，赶去上班。

沈春燕急匆匆地赶到永新东苑，一鼓作气爬上六楼，都没敲门，直接拿钥匙开门进屋。黎衍的卧室门反锁着，沈春燕冲过去拍门："阿衍！阿衍！黎衍！开门！你给我开门！"

"砰砰砰"敲了好一会儿，门后才响起声音，房门打开，黎衍坐着轮椅慢吞吞地转出来，面无表情，看都不看她一眼。

沈春燕额头出汗，开门见山就问："你说你要结婚？和谁结婚？女孩子哪里人？多大了？你们认识多久了？哪里认识的？她做什么的呀？她知道你的情……"

"她刚走。"黎衍终于肯屈尊抬头看她，"坐下，我不喜欢别人站着和我说话。"

沈春燕拉过椅子坐下，尽量心平气和地问："阿衍啊，你和妈妈说说，到底是怎么回事？怎么突然就要结婚了呢？"

黎衍挑眉看她："我二十五岁了，要结婚，很不正常吗？"

"不是不是，妈不是这个意思，只是从来没听你说起过你处对象了呀！你和那个女孩子怎么认识的？"沈春燕真是百思不得其解，黎衍这几年天天待在家，不到万不得已不会下楼，哪里有途径去认识女孩子啊！可别被人给骗了！

黎衍淡淡地说："她是我的读者，看我小说好多年了，非常崇拜我。我和她一直网恋，她知道我的情况，今天就来见我了，一见钟情，我决定和她结婚。"

网恋啊！还一见钟情？沈春燕五官都皱了起来，难以置信地问："你俩就见了一面？"

"是。"

"这、这不靠谱啊！"沈春燕愁得头发都要白了，突然想到一个严重问题，惊道，"你说她刚走？那、那你们……你们有没有……那啥？"

黎衍狐疑地看着她。

沈春燕指着他卧室里的双人床："就、就那啥，有吗？"

黎衍懂了，面色急速变冷，梗着脖子吼道："没有！"

"那怎么会说到结婚的嘛！"沈春燕啪啪拍大腿，"儿子，你到底知不知道结婚了要干吗呀？"

黎衍气疯了："我又不是弱智，怎么会不知道？！"

"那、那她……"沈春燕真是不想打击黎衍的自尊心，但作为一个负责任的好妈妈，她还是要问的，"她看到你就是这个样子吗？她知道你到底什么情况吗？要是她知道了，她还愿意和你结婚吗？你俩办事……她就都看到了呀！"

黎衍的耳根子浮上一层可疑的粉红色，咬牙切齿地说："这不用你管吧？"

"我怎么能不管？你是我儿子啊！我怕你被人骗啊！"

看着沈春燕痛心疾首的样子，黎衍冷冷地笑了："我这人还有什么可骗的？我是个残废，一没房子二没车三没钱，人家图我什么了？"

沈春燕瘪瘪嘴，眼眶一下子就红了："阿衍，你别这么说，在妈妈眼里你还是和以前一样优秀的。我儿子长这么帅，人家姑娘喜欢你很正常，只是结婚这种事，哪能这么轻易就提呢？你最起码得和人家约约会呀。"

黎衍斜眼看着她："我怎么约会？这房子有电梯吗？你是要我爬下去、滚下去，还是跳下去啊？！"

他的声音越说越大，沈春燕的眼泪都被他吼得缩了回去，委委屈屈地说："我早和你说了给你换个房子，你又不肯。"

"你那是换吗，你是要我去租房子！"黎衍终于说到正题，瞪着母亲道，"上次你和我说的事，我现在正式回复你，我、不、同、意！你儿子我现在要结婚了，你自己看着办吧！宋晋阳那个王八蛋要结婚，关你什么事啊？又关我什么事啊？他结婚就想霸占你的房子，他以为他是谁啊！"

沈春燕低下头不说话了，眼泪吧嗒吧嗒地掉。

这事儿说来话长。

黎衍八岁时父母就离婚了，当时因为黎德勇出轨，黎衍和这套永新东苑的房子都归了沈春燕，母子二人一住就是七年。等到黎衍十五岁初中毕业时，沈春燕找了个伴儿，叫宋桦。

黎衍高中住校，沈春燕和宋桦确定关系后，就搬去宋桦家同居，因为两人都有孩子，名下也各有房子，出于各种考虑就没打算结婚。

宋桦的妻子多年前病逝，他经济条件虽然一般，为人还不错，对沈春燕母子一直很照顾，黎衍对他谈不上多亲近，倒也一直尊敬。

可是宋桦和亡妻的儿子宋晋阳却不是个让人省心的货，他比黎衍大一岁，上学是同级，高中开始就一直和黎衍较劲。两个人虽不在一个学校，却暗戳戳地比学习，比体育，比受女孩欢迎程度，甚至还比身高、长相。奈何人比人气死人，从十五岁到二十二岁，不管是哪个方面，黎衍都是完胜。

如果不是因为黎衍在大学毕业那年遭遇车祸，现在的他早不知道飞哪儿去了，哪会像具行尸走肉般蜗居在这六楼的小破屋里，寸步难行。

可就算是这小破屋，宋晋阳居然还惦记。他想和女朋友结婚，但没有房子，因为沈春燕和宋桦住在一起，他是万万不愿意把老爸家做婚房。于是他就提出，想用后妈的老房子结婚过渡，由他出钱给黎衍在外头租个带电梯的屋。等过两年他存够钱买了房子，再把老房子还给沈春燕。

这几年黎衍脾气越来越坏，沈春燕知道他不可能答应，但耐不住宋晋阳一遍遍说，上个月她硬着头皮来找黎衍说这事儿，结果差点没被儿子用扫帚赶出去。

沈春燕左右为难，一边是自己残疾了的亲生儿子，一边又是感情尚可的半路丈夫，本来已经很愁人，现在倒好，黎衍又给她来这一出，说要结婚。

黎衍看沈春燕哭得伤心，恶狠狠的神色终于缓和一些，抽了张纸巾递给母亲。

沈春燕抽抽搭搭地说："你找个时间把人家姑娘约出来让我见见，我没见过，不放心的。"

黎衍低低地"嗯"了一声。

"她多大呀？"沈春燕还是想多了解未来儿媳妇一些，"哪里人？做什么的呀？"

"二十一岁，C省人，打工妹。"黎衍想起周俏的样子，身高一米六出头，瘦，鹅蛋脸，长得似乎还算清秀端正，不过辨识度不高，要是往人堆里一丢，就是个极普通的女孩子。也就过了这么一小会儿，他已经记不起她的五官了。

沈春燕咋舌："才二十一啊！会不会有点小？"

二十一岁，也就比法定结婚年龄大了一岁！这么小的姑娘哪里会照顾人呢？她的儿子又那么凶，会不会吼几声就把小姑娘给吓跑了？

黎衍翻了个白眼。

沈春燕劝他："阿衍，你要是真心诚意地和那小姑娘在一起，妈妈也不会反对，你能有个喜欢的人，妈妈肯定是支持的。但是，你也要听妈妈的话把自己脾气收一收，人家小姑娘不是妈妈，随你怎么骂也不会来和你置气。现在的姑娘主意都很大，你要是凶她，人家肯定和你闹，明白不？"

黎衍挑眉瞪眼，拍桌子："你什么意思？我脾气很差吗？！"

沈春燕一抖："我就这么一说，你听听就好，听听就好……"

说得差不多了，沈春燕去厨房给儿子做晚饭。这次来得急，她连菜都没买，打开黎衍的冰箱，随便拿了点冻肉给他蒸肉饼，蔬菜是一点也没有，只能打个鸡蛋羹糊弄过去。

沈春燕一边做饭一边叹气，要不是她隔个两三天就来给儿子送点菜，做顿饭，黎衍一个人过日子可能会被饿死。但就是这么低的频率，黎衍还不愿意她来，说会打断他的写文思路。

这三年，黎衍一直在网上写小说，写的什么沈春燕也不懂，但黎衍说能赚钱，够养活自己。他一直不愿意问母亲要钱，沈春燕给他他也不收，只能隔三岔五给他带点菜和水果改善伙食。

他越来越瘦，皮肤也因为常年不晒太阳而越发苍白，性格更是越来越孤僻暴躁。沈春燕想着，要是他心里真有了一个人，说不定也是件好事儿，能让他变得更像个人样。

夜里，钱塘开始下雨，淅沥的雨水冲刷着窗户，雨声在安静的房间里听来格外清晰。伴随着这场秋雨，黎衍又一次感到烦躁，他更新了新的章节，坐着轮椅在房间里转了一圈，最后转到阳台上，点起一支烟。

窗台上搁着一个玻璃烟灰缸，雨棚漏水，雨水打在窗台外的瓷砖上溅进窗台，烟灰缸被弄湿，里头的烟蒂横七竖八地杵着，透着一股子难闻的气味。黎衍盯着这个烟灰缸，硬生生忍住砸碎它的冲动，最后抽了一口烟，把烟蒂重重摁灭在里头。

烦躁，无休无止的烦躁……心理上的，生理上的，仿佛全身每一个细胞都在挣扎，却永远都找不到一个出口，无能为力，只能忍受。

坐的时间太久，黎衍感到腰酸，转着轮椅回房间，把自己挪到床上，拿出手机，看到张有鑫半小时前发来的微信。

【三金是个乖孩子】：衍哥，下雨了。[撇嘴][委屈][难过]

【有只刺猬】：睡了没？

【三金是个乖孩子】：没呢！

【有只刺猬】：背还疼吗？

【三金是个乖孩子】：[生气]我都忍忘了你又提醒我。我躺床上了，你呢？

【有只刺猬】：一样，可以忍。

张有鑫也是钱塘人，比黎衍小三岁，两人是在医院康复训练时认识的，算是难兄难弟，几年来一直保持着联系。张有鑫受伤时还是个高三学生，休学一年后参加高考，现在是个大三在校生。与黎衍不同，他性格比较开朗，朋友挺多，还经常出去旅游，时不时会发个朋友圈记录生活。

脱离了以前的生活后，黎衍只有张有鑫这唯一的朋友。只是从医院出院后，他们再没见过面，只用微信聊天。虽然在同一个城市，但老小区六层楼的楼梯，对他们来说就是天堑。

和张有鑫聊过几句后，黎衍想起沈春燕的话，找到周俏的微信名——【MI&IM男装-俏俏】。她说自己在商场三楼工作，应该是男装专柜店员。

黎衍把自己手机里的三个文档一个个发给周俏，其他什么都没说。

周俏下晚班后回到出租屋。

她和六个女孩合租，一堆女孩抢卫生间，每天都像在打仗。周俏见缝插针洗完澡，又洗过衣服才回房间躺到床上。她很累，几乎站了一整天，腿酸得都有些麻木了，她打开手机，一眼就看到一个多小时前"有只刺猬"发的消息。

看着小毛球头像，她似乎一下子就忘记了疲惫，顺手把黎衍的备注名改了。黎衍什么都没说，只甩了三个文档给她，文档标题是《1》《2》《3》。

周俏接收下来。

【MI&IM男装-俏俏】：黎先生，这是什么呀？

【黎衍】：这是我写的书，你抽空看一下，我和我妈说你是我的读者，她想见你。

【MI&IM男装-俏俏】：哇！你还会写书啊？好厉害！[强]

【黎衍】：一共七百多万字，你随便看一下知道主角就好了。

【MI&IM男装-俏俏】：好的！

【黎衍】：周六晚上你有空儿吗？

【MI&IM男装-俏俏】：有空儿！

【黎衍】：六点到我家来吃饭，就你、我、我妈三个人，不用买东西。

【MI&IM男装-俏俏】：好的，到时见！

【黎衍】：我和我妈说我们网恋两年了，你别穿帮。

【MI&IM男装-俏俏】：好的！

周俏熬了好几个晚上看黎衍的大作，三四天时间自然不可能看完，她只能去网上搜连载平台，想找找有没有内容简介或长评可以参考。

一搜才发现，黎衍的作者名叫昨日霜降，连载平台是一个大神云集的男频文网站。周俏一般看的都是女作者写的言情小说，霸道总裁、腹黑王爷那一挂，对男频网站不太了解。

寻到昨日霜降的专栏，周俏差点晕倒。黎衍写文已有三年，一共完结了三部大长篇，第四部正在连载中，也写了一百多万字。完结文里最短的一百多万字，最长的三百多万字，但与这几乎日更一万的更新频率相比，他的成绩着实惨淡，收藏寥寥、评论寥寥、打赏寥寥……纯粹就是个扑街作者。

周俏拍拍自己的脸，逼自己记下三部小说里男女主角的名字。

"夜、夜什么？"周俏搜了一下不认得的字，"夜葳蕤（wēi ruí）？月……"又是一阵搜，"月沚浣（zhǐ yuān）？"

周俏看着内容简介，挠挠头，深深为自己未来的丈夫担忧。

周六傍晚，又是个雨天，周俏买了点水果去黎衍家。虽然黎衍叫她不要带东西，但基本的礼数她还是懂的，要见他妈妈呢！哪能空手去？

雨下得挺大，她走上六楼时裤脚已被雨水沾湿，收起伞抬手敲门。沈春燕已经在了，开门见到周俏，愣了两秒钟。

周俏扎着清爽的马尾辫，穿一件毛茸茸的咖啡色套头毛衣，底下是牛仔裤运动鞋，素面朝天，面带微笑，就是个干净白嫩的年轻女孩模样，外表远远超过沈春燕的预期！

她回头看一眼坐在轮椅上的儿子，还是那副邋里邋遢、阴阳怪气的样子。沈春燕之前弱弱提出让黎衍捯饬一下，起码换身衣服，但人家不乐意，说周俏与他是心灵之交，不会在意他的外表。

哪里来的自信哦！沈春燕打量着周俏，心里就想起一句话：一朵鲜花插在那啥啥上。

"阿姨好，我叫周俏，俏皮的俏。"周俏把水果交给沈春燕，还应景地吐吐舌头，一副天真烂漫的样子，别说沈春燕看直了眼，连轮椅上的黎衍都愣住了。

"你好你好，快进来快进来，今天雨下得太大了。"沈春燕第一次面对儿子带上门来的女朋友，一下子还没做好要当婆婆的准备，手足无措地一边给周俏挂伞倒水拿水果，一边悄悄地观察这个姑娘，心想这是有多想不开，怎么会看上黎衍的？

周俏向黎衍招招手："嗨，阿衍。"

"衍"字是第三声，被她拖长音叫得百转千回。黎衍冷冷地看着她，开口道："阿俏。"

趁着沈春燕进厨房，周俏凑过去低声对黎衍说："叫我俏俏，要不就叫全名。"

黎衍点点头，窝在轮椅上刷手机，不理她了。

周俏发现黎衍这天洗过头，上次还油腻腻的头发变得蓬蓬松松，凑近说话还能闻到一股柠檬洗发水的香味儿。身上衣服倒是没换，还是那身质量堪忧的杂牌运动服，不过落在周俏眼里，这个人怎么看怎么顺眼。

沈春燕把菜端出来时，就看到周俏坐在椅子上犯花痴似的看着黎衍。沈春燕手一抖，菜汤都洒出来一些，周俏连忙站起来："阿姨，我来帮您。"

她跟着沈春燕进厨房。

其实菜已经做得差不多，沈春燕也是想找机会和周俏聊几句，就喊周俏帮她拿碗筷，抽空问道："周俏，你和阿衍是怎么认识的呀？"

周俏笑吟吟地说："阿姨，您叫我俏俏就好。我是阿衍的粉丝呀，他写的书我全都看过，超级喜欢的！"

对于这次见面，周俏做过充足准备，可能遇到的问话都写下来做了背诵，这时候回答起来就特别顺溜。

"真的吗？"沈春燕感到惭愧，"我眼睛花了，看不了那么小的字，阿衍的书我一本都没看过，原来他这么受欢迎呀？"

周俏星星眼："是的呀，我和他在网上聊了好久，一直都想和他见面呢！他好有才华，我真是太崇拜他了！"

沈春燕小心地问："那……你之前知道阿衍的身体情况吗？"

周俏点点头："知道呀，他没有对我隐瞒。"

沈春燕松口气，又问："那你父母知道这个事吗？阿衍说你们要结婚，结婚哪有这么简单，总得双方父母见面吧。"

周俏说："阿姨您放心，我的事我自己能决定。我没有妈妈，爸爸年纪也大了，老家又远，他知道我能嫁到钱塘已经很开心了，没有什么要求的。"

不仅没要求，还倒贴五万块钱。

沈春燕总归不放心，说："你什么时候给你爸爸打个电话，让我和他说一说，毕竟结婚可是大事儿。"

周俏笑着点头："好的好的，不过我爸爸没电话，老家那边条件不好，与他通话我得联系村里的长辈，等我约好了我和您说啊。"

"俏俏，你和阿衍结婚，婚纱照啊、婚礼啊、金器啊、彩礼啊这些有什么要求吗？"

沈春燕想过了，闪婚这种事现在也不稀奇，稀奇的是这姑娘居然能看上黎衍。要说周俏没有企图，沈春燕无论如何不会信。所以她把能想到的东西都问出来，如果周俏真提出过分的要求，那她一定不会同意，反正户口本在她手上，她没什么好怕的。

如果周俏的要求不高，沈春燕就会认真掂量一下，毕竟黎衍找老婆真是挺困难。摆几桌酒，买对戒指，拍个婚纱照，沈春燕还出得起钱，这是她的底线。

谁知道，周俏摇头正色道："阿姨，我和阿衍商量过了，我们裸婚。"

沈春燕急了："是因为阿衍不同意吗？你不用管他的，你要是有什么想法尽管和我提，我去和他说，哪能让女孩子委委屈屈嫁过来呢？"

"不不不，不是阿衍的意思，是我的意思。"周俏兵来将挡水来土掩，满嘴跑火车，"结婚太费钱了，我和阿衍结婚以后想要好好工作存钱，将来可以买个自己的房子。至于婚礼，以后条件好了可以补上。"

沈春燕愣了好一会儿，感动得都快哭了："俏俏啊，你可真是个善解人意的好姑娘。你放心，你嫁给我们阿衍，他一定会好好待你的，以后你们有了孩子，只管去上班，我帮你们带！"

周俏嘴里的火车跑得太快，脱口而出："阿衍还能生孩子吗？"

沈春燕："啊？"

周俏发现情况不对，结巴道："他、他不是瘫……瘫痪了吗？"

刘阿姨没对她说得太详细，只说那位黎先生腿不好，坐轮椅，可能刘阿姨自己都没弄清黎衍的身体情况。

周俏老家有个远房哥哥，早些年造房子摔断腰骨，下半身瘫痪了。医生说他再也不能走路，不能生孩子，没过两年他的媳妇儿就和他离了婚。周俏对这事有印象，一直觉得黎衍和那远房哥哥是一样的情况。

厨房窗外骤然亮起一道闪电，接着就是一阵霹雳般的刺耳雷声。

轰隆隆——

"阿衍！"沈春燕没回答周俏的问题，却陡然叫出声来。

周俏一回头，就看到黎衍的轮椅停在厨房门口，一双眼睛冰冷幽黑，死死盯着她。他的声音更是阴沉得像变态杀人狂："你俩在里头聊什么呢，不让我听啊？"

周俏吞了吞口水。

"不是不是，我和俏俏聊天呢！俏俏你赶紧出去吧，阿姨在厨房就行了，你去陪陪阿衍。"沈春燕向周俏使眼色，周俏乖乖地出了厨房。

黎衍轮椅转到餐桌边，又恢复成刚才缩头耷脑刷手机的模样。周俏在椅子上坐下，一会儿后，黎衍头也不抬地问："我什么时候和你说过我瘫痪了？"

周俏不敢说话。

黎衍冷笑："你想象力很丰富啊。"

"我……"周俏的声音压得更低，"我是不是穿帮了？"

"一会儿我来解释。"黎衍抬起眼皮瞅她，声音里带着凉意，"我不是瘫痪，我是腿没了。"他敲敲自己的大腿，响起低沉的"砰砰"声，"两条腿都没了，只剩下一丁点儿，懂了吗？"

周俏低下头，手指揪着毛衣衣摆，指节都发了白，简直尴尬到无地自容。

吃饭了，沈春燕做了好多菜，三个人围着餐桌坐下。沈春燕笑呵呵地让周俏多吃点，周俏报以羞涩的微笑。黎衍看着桌对面的女孩，突然开口："周俏，对不起，有件事我骗了你。"

沈春燕全身一僵，周俏紧张兮兮地看着黎衍，问："什么事？"

"我其实不是瘫痪，我、我是截肢。"黎衍的表情像是十分痛苦，浓眉深锁，低着头揪住裤腿，声音喑哑，"我之前只告诉你我坐轮椅，是怕吓着你才骗你的，请你原谅我。"

这话不太好接啊。

周俏灵机一动，做心花怒放状："真、真的吗？阿衍！你是说，你还能生孩子？那真的是太好了！"

黎衍、沈春燕："……"

沈春燕颤巍巍给周俏碗里夹了一筷子菜："呃，俏俏，阿衍肯定不是有意瞒着你的，你看在阿姨的面上不要怪他。阿衍身子不好，你都不介意，能够接受他，阿姨已经、已经……"说着就抹起眼泪。

黎衍扫了母亲一眼，心想这顿晚餐莫不是电影学院面试？一个赛一个的演技好，再演下去他们三个都能集体出道了。

周俏已经握住沈春燕的手,红着眼圈说:"阿姨,我当然不会怪阿衍,他也是有苦衷的啊!我答应您,和他在一起,我一定把他照顾得妥妥帖帖,养得白白胖胖,保证不让您担心!"

黎衍抹了把脸,实在看不下去,冷声道:"好了好了,吃饭。"

情景剧结束,三人默默吃饭。

吃到后来,周俏又忍不住了,不停地吹彩虹屁,夸沈春燕做菜做得好吃,又夸黎衍文笔好逻辑强,写的小说那是天上有地下无,保不准哪天能拿诺贝尔文学奖——辛苦准备的台词,总得念完吧!

沈春燕啥也不懂,一张脸乐开了花。

黎衍却觉得周俏是在讽刺他,眼神越发阴郁,只顾埋头扒饭,再也不想搭理那两个女人。

吃完饭,沈春燕洗完碗对黎衍交代过几句,吃剩的菜已经放进冰箱,有些半成品他可以自己煮来吃等等。黎衍一脸不耐烦,沈春燕以为他是嫌自己碍事,赶紧提出先走,让两个年轻人有机会独处。

可周俏哪里敢留下,黎衍那张臭脸明摆着是让她们俩都滚蛋,见沈春燕要走,周俏也起身说和阿姨一块儿走。

临走前,周俏向黎衍挥挥手:"阿衍,再见啊,我下次再来找你玩。"

黎衍毫无反应,沈春燕赶紧接口:"俏俏你有空就多来坐坐,阿衍平时一个人,都没人说说话,你来陪陪他挺好的。"

黎衍狠狠瞪了母亲一眼,沈春燕再也不敢多说,提着垃圾袋、领着周俏一块儿出了门。

两个女人一走,屋里立刻冷清下来,黎衍松了一口气,先去阳台抽烟,接着就回到房间脱下假肢。

每逢阴雨天,双大腿截肢处就会时不时地刺痛,不是幻肢痛,而是断骨旁软组织因雨天气压变化而引起的疼痛,算是截肢后遗症之一。黎衍把自己挪到床上,拉过被子盖到腰,往自己下半身一看,被子底下空荡荡的,他"呵"了一声,抬起手臂挡住眼睛,闭目养神。

沈春燕和周俏一人撑一把伞,踩着积水走在小区里。

秋夜的风凉得刺骨,雨水连绵,小区里少有行人,只余一盏盏路灯为她们照明。沈春燕问周俏的学历和工作,周俏没隐瞒,说自己高中没念完,只是初中毕业。

不知道是不是错觉,周俏说完后,发现沈春燕眼神闪烁了一下。周围太黑,两人都看不太清对方隐在伞下的脸,但周俏知道沈春燕有点失望,不过也没说什么。

走到小区大门口,周俏说:"阿姨,黎衍一直没告诉我他是怎么出的事,您能和我说说吗?当然,您要是不想说也没关系,我以后有机会再去问他。"

"他没说啊?那你还是别去问他了,你一问,他又要发脾气。"沈春燕拉着周俏站到小区门口一家便利店招牌下,那儿淋不到雨,她收起伞叹口气,神情变得有些哀伤。

"他不说也正常,谁愿意一直去回忆伤心事呢?其实就是个车祸,阿衍大四那年,已经签了公司在实习,但还没过论文。那天晚上,他在公司加班到凌晨,骑自行车回家,路上碰到一个疲劳驾驶的大货车司机闯红灯,唉……"沈春燕看着小区门口道路上穿梭不停的车辆,又是一声叹息。

周俏的心提起来,问:"大四,是三年多前吗?几月啊?"

沈春燕说："四月，三年……对，现在十月，整三年半了。"

周俏陷入沉思。

"大货车的轮子从他腿上轧了过去，就这儿。"沈春燕在自己大腿上比画了一下，只比胯下低一点点的位置，"阿衍当场就昏过去了，后来路人叫了120把他送去医院抢救，两条腿都给轧烂了，只能截肢。"

沈春燕想到那年春天的事，就觉得像一场噩梦。一夜之间，她那风华正茂、有着光明前途的儿子，就跟块烂肉似的躺在医院ICU里，推出来时整个人几乎只剩半截。

随着两条腿的离去，后来的日子，有越来越多原本属于黎衍的东西一一离开了他，直到现在，他已经完完全全变成另一个人，连沈春燕都感到陌生。

"我想过带他去看心理医生。"沈春燕看着周俏，"但他怎么都不答应，威胁我说要跳楼。"

周俏低呼一声。

"他说他没疯，疯的是我们。他说他没变，变的是我们。"沈春燕苦笑，"好吧，就算是我们吧。往好处想，好歹他活下来了，这些年身体也没其他毛病，生活都能自理。现在，他靠写书也能养活自己，还和你处上了对象，也算是越来越好了。"沈春燕脸上露出欣慰的笑容，用温和的眼睛看着周俏，"我现在也不求他能大富大贵了，这辈子，我只希望我的阿衍能平平安安地过日子，身边有个知冷知热的人陪着他，要是能生个孩子就更好了，让他也有点念想。"

沈春燕是一个年过五十的中年女人，留着及肩卷发，个子挺高，微微中年发福，看五官能看出来她年轻时应该挺漂亮，毕竟黎衍长得像她，曾经的黎衍，耀眼得如同夏日骄阳。

这一次，周俏没再说违心话，对沈春燕诚恳地说："阿姨，我一定会好好陪着阿衍的，您放心吧。"

过了沈春燕这关，黎衍和周俏结婚登记的事儿就正式摆上台面。

黎衍选择十一月八号去登记，沈春燕纳闷为什么要这么急，黎衍说："周俏是个传统的人，不接受婚前同居，如果要她搬过来住，就要先登记。"

哦哦哦！沈春燕秒懂，黎衍毕竟是个二十多岁的小伙子，对那方面的事儿比较急，有想法总是好的！可以理解可以理解。

见母亲笑得一脸促狭，黎衍也懂了，皱起眉头大声说："你想什么呢？！"

沈春燕嘿嘿直乐："没什么没什么，你和周俏约一下，妈妈拿上户口本陪你们一起去。"

黎衍在微信上约周俏去登记结婚。

两人一个多星期没见，他的态度比小男生约小女生看电影都要敷衍，但周俏没矫情，一口就答应下来。这本来就是一场交易，又不是谈真感情。

结婚登记是个简单的事儿，但黎衍下楼却很困难。

周俏不矫情，抵不过黎衍矫情啊！他不肯脱掉假肢让人背下楼，穿着假肢又很难背，沈春燕只好叫来宋桦和宋晋阳，让他们俩一个背着，一个护着，从六楼把黎衍给弄下去。

背人的活儿肯定是宋晋阳干。这货现在在一家互联网公司上班，做运营，身高一米八一，长得浓眉大眼挺精神，但黎衍看到他就来气，半句话都不想和他说。

宋晋阳也没好脸色，显摆似的站在黎衍面前，叉着腰："我早说了给你换个带电梯的房子，你干吗不答应？你这六楼啊，要是摔下去万一把我也摔残了你负责吗？"

黎衍坐在轮椅上仰着头吼："我求你来了吗，不爱干你滚啊！"

要比大声宋晋阳向来不怵他："你以为我想来啊？我不干谁干啊？是你妈背还是我爸背？合计这是我爸不是你爸，你不知道心疼的是吧？两年前他背你在楼梯上摔跤把脚骨都摔裂了，你说过一声'对不起'了吗？"

黎衍气得脸都青了，宋桦是个五十多岁、外表朴实的中年男人，在旁边吼道："宋晋阳，你给我闭嘴！今天是你弟弟结婚的好日子，你发什么疯呢？"

宋晋阳终于闭嘴，居高临下地瞥了黎衍一眼，闷声道："今天看在你结婚的份儿上，哥不和你计较。一会儿我倒要看看是哪个女的，瞎了眼才会嫁给你。"

沈春燕都要气哭了："晋阳啊，算阿姨求求你，少说两句吧！"

宋晋阳哼了一声，在黎衍面前转身蹲下："上来！"

黎衍闭一闭眼，平复了一下呼吸，终是伸出双臂圈到宋晋阳脖子上。宋晋阳抓住他的双大腿假肢，一把就把他背起来。宋桦赶紧护着跟上，沈春燕则折起黎衍的轮椅，跟在后头搬下楼。

黎衍那么讨厌宋晋阳，但最近几年，每次下楼还是要依赖他。宋晋阳这人也很奇怪，虽然嘴巴损态度差，却每次都是一叫就来。

从小到大，黎衍有许多玩得好的同学、朋友，可是车祸以后，他几乎与所有老同学都断了联系，不管是多好的哥们儿，都不让他们来看自己，久而久之，就成了一个孤家寡人。差不多年龄的同性社交群里，除了和他一样行动不便的张有鑫，居然只剩下一个宋晋阳。

背到三楼时，宋晋阳额头上已经出了汗。

黎衍非常瘦，失去双腿后本身体重其实很轻，但他穿着假肢身量就长，假肢又很重，宋晋阳只能背得极小心，怕磕着背上的黎大爷。

黎大爷死鱼一样瘫在他背上，什么都没说。

到一楼后，沈春燕打开轮椅，宋晋阳和宋桦一起帮忙，让黎衍坐到轮椅上。黎衍整理了一下两条假肢，把脚摆上踏板才抬头去看宋晋阳，后者已经满头大汗，正在喘粗气。

等一下还要他帮忙背回六楼，黎衍想死的心都有了。

去民政局的路上，宋晋阳开车，黎衍坐副驾驶座，二老在后排。沈春燕看着黎衍长得没了型的头发，大着胆子问："阿衍，一会儿要拍结婚照，你要不要先去理个发？你头发都盖耳朵了。"

黎衍一口拒绝："不用。"

沈春燕继续劝："要结婚了，总得精神一点啊。"

黎衍大吼："我哪儿不精神了？！"

沈春燕不敢说话了。

黎衍才不想让周俏觉得登记结婚是件多了不起的事，就要让她明白这是假的，怎么可能为了登记去剪头发？他根本就不在乎这事儿！

宋晋阳嘴巴就不会停："你说说，这是何必？换个带电梯的房子多好！你平时都能下楼转转，剪个头也方便。成天闷在六楼，你皮肤白得都跟僵尸差不多了。"

黎衍凉凉道："不劳您费心。"

宋晋阳瞟他一眼，开启语重心长模式："黎衍，我和你说，我真不是看中你家的房子，今天我爸和阿姨都在，咱们把话敞开说。我现在是买不起房，首付还没够，但我真要在我爸那屋里结婚，我爸也愿意给我腾屋子。那我舍得他和阿姨去租房子吗？我不舍得！当然，我也可以租房子结婚，我女朋友没说不行，因为我俩这两年迟早要买房。但我想，你这老房子上下楼不方便，不如我给你租个带电梯的房子，你去住，我在你这儿结婚，你舒服，我也安心，你说是不是个理？我又不是平白无故占你房子，我给你租房子不要钱的啊？"

黎衍大声反问："我要你给我租房子了吗？我没地方住啊？"

宋晋阳气得拍方向盘："你可以理解为置换房子啊大哥！"

黎衍怒吼："你给我认真点儿开车！"

宋晋阳爆了一句粗口。

宋桦和沈春燕在后排大气都不敢出。

其实宋晋阳的方案可行性很强，出钱的人也是他，宋桦和沈春燕觉得这对大家都好，但是黎衍死活不答应，非要赖在601，每逢上下楼就把宋晋阳召唤过来。

宋晋阳摸摸鼻子，突然笑了一声："黎衍，你这样每回上下楼都喊我，我会怀疑你是不是爱上我了。"

"你想死吗？"黎衍的声音是从齿缝里漏出来的。

沈春燕听不下去了："晋阳，你弟弟等一下就要见到他老婆了，你别乱讲话了行不行呀？"

"哼。"宋晋阳鼻子出气，"有老婆很了不起吗，我也有老婆啊！"

车子开到民政局，三人下车，沈春燕看到周俏已经站在门口等待。看到他们，她立刻走过来，礼貌地打招呼："阿姨好，叔叔好，呃……"

实在不知道这位穿着休闲夹克的年轻男人是谁，宋晋阳笑道："哟！这就是弟妹吧？我是黎衍他哥，你喊我晋阳哥哥就行。"

"晋阳哥哥。"周俏软软地喊着。

黎衍下车时脸色臭得可以，周俏那声"晋阳哥哥"真是把他给噎得够呛。他坐在轮椅上抬头看周俏，午后的阳光有点晒，他很久没待在太阳底下了，这时候被阳光晃得眯起了眼睛。民政局门口行人来来往往，看到这么年轻的一个男人坐着轮椅，总有人的视线会往他身上瞄。

黎衍厌恶这种感觉，低下头，转动轮圈自顾自往民政局大门行去，周俏自然是跟在他身边。

两人先拍结婚照。虽然是假结婚，黎衍还是换了一身干净衣服，拍照时脱掉外套，里头是一件米色毛衣。周俏依旧穿着那件毛茸茸的咖啡色毛衣，扎着马尾辫。她坐在凳子上，黎衍坐轮椅，两人并肩望向镜头。

摄影师说："两位新人笑一个呀！"

周俏微笑，黎衍还是面无表情。摄影师不满意，从照相机后露出脸来："新郎官，拜托笑一个！想想！甜美的日子在招手哟！"

黎衍扯扯嘴角，感觉脸都快要抽筋了，摄影师没办法，只能按下快门。

拿到照片，黎衍没让其他三人陪同，只留他和周俏在大厅等叫号。等待的时候，身边没有其他人，黎衍低声说："约法三章，第一，不准进我房间；第二，不准带任何人回家，连你亲戚都不行；第三，不准干涉我的生活；第四……"

周俏插嘴："不是三章吗？"

黎衍一愣："那约法十八章。第四，不准动我东西，如果搞乱厨房厕所，必须收拾干净；第五，不准养宠物，连乌龟、仓鼠都不行；第六，不准吃味道重的东西，比如榴莲，如果很想吃某样食物，要问过我，我不反对才可以吃；第七，出卧室门后不准衣衫不整；第八，不准和我妈走得太近；第九，不准再和宋晋阳说话；第十……"

周俏认认真真地听着，等了一会儿后问："第十是什么？"

"没想好，想好了再补充。"黎衍顿了顿，"还有，两万块钱什么时候转给我？"

"今天就可以。"周俏说，"等拿到结婚证，我就转。"

黎衍点点头："行。"

终于轮到他们，两人去到柜台前，给他们办手续的是个四十多岁的胖大姐，让他们填表，预审资料。

周俏神色有点古怪，掏身份证和户籍证明时一副遮遮掩掩的样子。黎衍起疑，向她伸手："你身份证给我看看。"

周俏一下子就把身份证捂到胸口，瞪着眼睛摇摇头。

黎衍皱眉："干吗？你身份证是假的啊？"

柜台里的胖大姐也听到了，向周俏投来问询的目光。

周俏气道："当然是真的！"

"是真的为什么不让我看？"黎衍说着，伸手就去抢她的身份证。周俏不敢跑，又不想让他拿到，抓着身份证左躲右闪，两个人在胖大姐面前就呈现出一番诡异的小情侣打闹景象。

到最后，周俏干脆站起来，右手握着身份证高举过头顶，姿势就像战士炸碉堡。这下子，坐着轮椅的黎衍哪怕手再长，也是拿不到了。他仰头看她，咬牙道："坐下。"

周俏摇头："你别看我身份证，我就坐下。"

黎衍越发感到奇怪："为什么不让我看？你身份证有什么见不得人的东西吗？"

"没有！反正就不让你看。"周俏气呼呼地说，"你要看的话我就不给你转钱了！"

"行啊，你不转钱我以后就不和你离婚了。"黎衍可不怕，"反正我这辈子都不会再结婚了，转不转随便你。"

胖大姐听着觉得不对劲："我说你们俩说什么呢？什么转钱？离婚？你俩是来结婚的吧，离婚不是我这窗口。"

周俏赶紧赔笑脸："对不起对不起，我俩老开玩笑，我们是结婚，结婚。"

这时，黎衍冷不丁地拉住她垂着的左手，一用力，迫使她重新坐下，又在她愣住时，一把抢走她右手里的身份证。

周俏没再和他闹，只愣愣地看着自己的左手，就那么一下子，手上似乎还残留着黎衍的体温。她抬头向他看去，脸有些热，黎衍却是看着手里的身份证"噗"一声笑了出来。

那是一种没有防备、突然被逗到的笑容，特别灿烂开怀。周俏傻乎乎地看着他，心想原来他还是可以这样笑的，早知道他看了会笑，刚才就不和他抢了。

"周俏花。"黎衍念着身份证上的名字，揶揄道，"你爸妈可真有意思啊，俏花。"他又看向周俏身份证上的照片，应该是几年前拍的，周俏只有十六七岁，五官还没长开，留着一头男孩样的短发，脸颊红扑扑，眼神怯生生，看着就是一个农村小姑娘的模样，一脸严肃地对着镜头。

周俏一把将身份证从黎衍手里夺回来，郁闷地说："别叫我身份证上的名字。"

黎衍撇撇嘴，周俏向他伸手："那你身份证也给我看看。"

"凭什么？"黎衍才不理她，把身份证和户口本一股脑儿交给胖大姐。

周俏正要发作，胖大姐直接把黎衍的身份证递给她："给。你俩可真逗，都要结婚了，对方身份证还没看过啊？小姑娘可要看仔细喽。"

黎衍气得鼻子都歪了，周俏喜滋滋地接过身份证，先看照片，十六岁的黎衍是个英俊的小少年，留着短短的碎发，眼睛亮晶晶，笑得很乖巧。再看姓名，这一看，周俏立刻爆发出一阵大笑："哈哈哈哈哈哈……"

她笑得趴在柜台上，黎衍差点原地爆炸，眯着眼睛问："那么好笑吗？"

"你刚才还笑我！"周俏把他的身份证拍在柜台上，姓名那儿赫然印着：黎衍衍。

"你爸妈才真有意思，怎么会给你一个男孩取个叠名的？哈哈哈哈！衍衍！哈哈哈哈……"

她笑得停不下来，黎衍快要被她给气死了："不许笑！"

"好的好的，我顺顺气。"周俏见他真生气了，赶紧平复呼吸。但是看到身份证上黎衍照片旁印着的名字，还是忍不住"扑哧"一声笑出来。这是一种幸灾乐祸的笑，她原本就猜到，要是黎衍知道了她的本名，一定会笑话她，哪知道，他俩完全就是半斤八两。

"你还笑！"黎衍低声吼。

胖大姐听不下去了，瞪他："我说这个小伙子，你怎么对你老婆这么凶啊？你俩结婚了是要一起过日子的，好好待人家。婚姻是很神圣的你懂不懂？"看看黎衍身下的轮椅，胖大姐又缓了缓语气，"我不是对你有意见，只是你应该心里有数……结婚都不容易，别伤了人家的心。"

她故意隐去"残疾人"这三个字，周俏很怕黎衍会暴起，不由得盯着他看。幸好，他没多大反应，只是沉着脸点点头："我知道了，我会注意的。"

办完所有手续，两本新鲜出炉的结婚证到手，一人一本。

周俏打开看，映入眼帘的就是她和黎衍敲了章的结婚照，照片里，她的头微微偏向他，笑得很甜。黎衍却是一副皮笑肉不笑的表情，一张瘦得过分的脸，肤色苍白，眼神木然，发型还很丑，但周俏依旧觉得他非常可爱。

周俏花和黎衍衍结婚了。

两个陌生的名字，两个陌生的人。

周俏看着结婚证，忍不住就想逗黎衍："以后请多多关照啦，黎衍衍先生。"

黎衍转着轮椅冷哼："呵，行啊，周俏花小姐。"

"你没完了？"周俏想这人心眼儿可真小。

黎衍抬头瞥她："是你先叫我的，反正我无所谓，衍衍总比俏花好听。"

周俏反唇相讥："是吗？你六十岁的时候也叫黎衍衍，你说好听不？"

黎衍轻描淡写地说："你放心，我活不到六十岁的。"

周俏一时语塞，看着黎衍转着轮椅往大门去的背影，半晌才开口："呸呸呸，这种话你别乱说啊！"

沈春燕三人一直等在门外，宋晋阳因为黎衍突然要结婚而感到好奇，问沈春燕究竟是怎么个情况，沈春燕就把自己知道的事儿说给他听。宋晋阳很震惊："周俏说她是黎衍的粉丝？他俩网恋两年了？"

沈春燕得意地说："是啊，周俏特别崇拜阿衍，看着他时眼神儿都不一样，我绝对不会看错！虽然他俩见面没多久，但是一见钟情！"

这话能糊弄沈春燕，却骗不了宋晋阳。宋晋阳知道黎衍的笔名，也看过他的专栏和小说，就那坷碜的成绩能拐来一个痴情女书迷？骗鬼呢！宋晋阳看破不说破，笑呵呵地说："那阿衍很厉害啊。"

沈春燕感受到久违的骄傲:"那是!我们阿衍现在虽然瘦了点,底子还是帅的,又有才华,要不是没了腿,哪轮得到周俏啊!唉……小姑娘哪儿都好,就是学历低了点,连高中文凭都没有,就是个打工妹。"

宋晋阳若有所思,问:"那他俩为什么那么急着结婚?不多处处对象?"

对着家里人,沈春燕也不藏着掖着:"早结婚晚结婚又有什么差别?他俩暂时不办婚礼,房子是我的,阿衍又没钱,结了婚周俏就能名正言顺住到家里来,反正阿衍又不会吃亏。"

宋晋阳惊讶:"他俩不办婚礼?为什么?"

"不知道,说是要裸婚,省钱。"沈春燕想了想说,"可能也是阿衍不同意吧,你说他能愿意上台去结婚吗?"

宋晋阳想象了一下那个场面,按黎衍现在的脾气,让他上台在亲友面前乖乖进行结婚仪式,跟让一只猪去开飞机的可能性也差不离了。

"呵呵。"宋晋阳摸着下巴,"这么说起来,阿衍和弟妹也有点意思啊。"

黎衍和周俏走出民政局大门。

看到两人登记完,拿到两本结婚证,沈春燕笑得嘴巴都快咧到耳后根。她说这天是个好日子,不如一家人一起去餐厅吃个饭,庆祝一下。黎衍才不愿意和宋晋阳一桌吃饭呢,一口回绝,也没给理由。

场面一时间有些尴尬,还是周俏出来打圆场:"阿姨,我和阿衍刚还在说,我俩还没在外头单独吃过饭呢,所以今天我想和他一起去吃晚饭,就当纪念一下。等下次,您和叔叔还有晋阳哥哥可以来家里吃饭,我掌勺,让你们尝尝我的手艺。"

听到"晋阳哥哥"四个字,黎衍向周俏投去犀利的眼刀,周俏当作没看见,宋晋阳差点笑出声。

"对对对,你俩过你俩过,我们就不耽误你们约会了。"沈春燕笑得合不拢嘴,握着周俏的手说,"不过啊,俏,你是不是要改口啦?"

周俏一愣,随即就笑着喊:"妈妈。"

"哎哎哎,真乖!"沈春燕掏出一个红包塞到周俏手里,"喏,这是妈妈和叔叔给你的。你嫁给我们阿衍,什么仪式都没有,妈妈心里过意不去,这个红包你一定要收下,以后就和阿衍好好地过日子。"

周俏看了黎衍一眼,黎衍点点头,周俏便收下红包:"谢谢妈妈。"

宋晋阳抱着双臂看戏,这会儿开口道:"弟妹,你俩去约会,一会儿吃完饭回去了,黎衍怎么上楼啊?"

"这……"周俏没注意这茬儿,又望向黎衍。

黎衍看着宋晋阳,冷冷道:"你管着你自己吧。"

宋晋阳笑:"这话可是你说的,我晚上也要约会,有种别给我打电话啊!"

黎衍别开头,宋桦说"阿衍,一会儿你到家前半小时给叔叔打电话,叔叔去你家楼下接你。"

"不用了,我自己能上楼。"黎衍嘴硬。

沈春燕问:"你怎么上楼啊?"

"你管那么多干吗?!"黎衍脾气又大起来了,"我又不是三岁小孩儿!上个楼还用你们伺候吗?我说我能自己上就能自己上!你们都可以走了!周俏,我们去吃饭!"说着,他转动轮椅调了个方向，就头也不回地离开了。

周俏赶紧和沈春燕三人鞠躬道别，追在黎衍后面。

沈春燕担心地看着他们的背影，儿子以往下楼，她都在他身边，可这一次他有了媳妇就忘了娘。沈春燕很失落，宋晋阳安慰她："阿姨，随他去吧，他老婆在呢，会好好照顾他的。"

"我担心他上不了楼啊。"沈春燕低声说。

宋晋阳说："阿衍自己能上下楼的，咱们都知道，就是姿势不好看、比较费时间罢了。这次有周俏帮他，没问题的。"

沈春燕过意不去："晋阳，你别怪阿衍，他现在脾气大，有时候对你说话冲，你别和他置气。"

宋晋阳笑道："我知道，他一直看我不顺眼，我俩都吵了十年了，我才不会和他置气。看到他结婚，我还挺高兴的。"

离开后，黎衍专心致志在人行道上转轮椅，周俏一直跟在他身边。走了有一站公交车车程那么远后，她看黎衍转得挺吃力，问："要我推你吗？"

"不用。"

又过了一站路，周俏问："黎衍，你到底要去哪儿啊？我累了。"

为了见家长时显得庄重，周俏穿着一双中跟皮鞋，因为平时不常穿，这时候脚后跟都磨破了皮，每走一步都很疼。黎衍也没有停下的意思，说是吃饭，也不知要去哪儿，周俏不得不开口问。

黎衍终于停下来，一口气转了那么久的轮椅，他也累了。看看周围，一时也不知自己在哪儿，他已经好久没这么轧马路，周围的一切都那么陌生，来往行人投到他身上的目光令他芒刺在背，这时候只想要躲起来。他问周俏："你想吃什么？"

"我都可以，听你的。"

黎衍观察四周，看到前方不远处有一家地锅鸡店，右手一指说："就去那儿吧。"

周俏生活过得很节俭，平时鲜在外面的餐厅吃饭，从来没吃过地锅鸡，心想既然黎衍要吃，他总是吃过的，就心安理得地跟着黎衍来到店门口。

好在这家地锅鸡店铺前有无障碍坡道，黎衍的轮椅可以顺利进到店里。时间还早，吃饭的人不多，黎衍选了角落里的一张桌子，桌上盖着一个大大的木头锅盖，服务员撤掉一把椅子，黎衍转着轮椅停到桌边，直接把菜单丢给周俏。

"你随便点，我买单。"丢下一句话，他就窝在轮椅上开始刷手机。他的语气并不客气，神色也不友善，像是窝着一肚子火没处发泄。

周俏不知道黎衍生的哪门子气，生怕他突然爆发，倒霉的就是她。

她只能打开菜单仔细看，发现菜品其实很简单，打头的是锅底，有地锅鸡、地锅鱼、地锅牛肉和地锅排骨，分成不同的辣度，下面就全部是配菜和饮料酒水了。

"原来就是火锅啊。"周俏看着图片，拿起笔又犹豫道，"我都没吃过这种的，你吃过吗？锅底吃鸡，鱼，还是排骨啊？"

"火锅？"对面的黎衍抬起头来，像是不相信，又转头看看店里已经在吃饭的那几桌，每桌都是一口大黑锅，里头的菜红红绿绿煮得挺热闹。

地锅鸡不是本地菜，发源地挺远的，黎衍也没吃过，想当然地以为就是吃鸡。

"锅底就点鸡吧。"黎衍话一出口，就觉得哪里不对劲，赶紧补上一句，"我是说，就点鸡……好了。"

周俏原本认真地在看菜单,并没注意他的话,听他说了第二遍,才茫然地抬起头来。两个人面面相觑,一个心中有鬼,一个反应慢半拍,五秒钟后,他们同时低下头去,装作刚才的对话从没发生。

周俏搞清楚菜单后叫来服务员,点了小份的地锅鸡和贴锅边的玉米饼,又加了冻豆腐、香菇、土豆片和菠菜,另外要求锅底中辣,少放葱蒜。

黎衍感到奇怪,加料不问他也就算了,怎么连锅底什么辣度都不问他,万一他不吃辣呢?

可能现在的女孩子都比较自我吧,黎衍没多想。

点完菜,服务员问:"两位喝点什么?"

周俏拿着菜单:"玉米汁。"

黎衍:"玉米汁有吗?"

异口同声。

黎衍眼神古怪地看向周俏,从她手里拿过菜单,饮料那儿印着七八个品种,鲜榨玉米汁(热饮)就夹在中间。

"好巧,你也喜欢喝玉米汁啊?"周俏笑嘻嘻地说。

黎衍扫了她一眼,一声不吭地又把菜单丢给她了。

一个装着热腾腾鸡肉的大铁锅端上来,服务员打开火,麻利地把六个玉米饼皮一圈儿贴在锅边,又把需要久煮的香菇和冻豆腐放进去,盖上盖子,在边上竖一个沙漏,计时十分钟。

"沙漏漏完就可以吃了,到时候再加蔬菜。"服务员说。

黎衍没再玩手机,和周俏一起盯着服务员的操作,两人都是第一回吃这种菜式,心里感到新奇,面上却装得很镇定。

服务员走了,沙漏漏着细细的绿沙,黎衍又恢复到低头玩手机的状态。长长的刘海儿挂下来,周俏几乎看不到他的眼睛。

周俏在心里吐槽,他那手机屏幕都碎成那样了,也不知道有什么好玩的。

她脚后跟疼,忍不住低头去看,脚上穿着船袜,两个脚后跟都磨破指甲盖大小的一块皮,有血迹,不碰还好,一碰就火辣辣地痛。

正看着呢,听到黎衍问:"你在干吗?"

周俏坐直身子老实回答:"脚后跟磨破了。"

黎衍看了她一会儿,问:"有创可贴吗?"

周俏摇摇头。

"我轮椅后面的袋子里有,你自己拿一下。"

周俏大喜过望,赶紧去拿,发现黎衍轮椅后头的袋子里居然塞了不少东西,找了一会儿才找出一盒创可贴来。

"哎哟,早知道刚才就问你了,一路上我都在找药店呢。"周俏一边贴,一边说。

黎衍语气平淡:"你自己不问的。"

"我哪知道你会有。"

"以后没事别穿这种鞋,能磨破脚的鞋子还穿它干吗?"黎衍一边说,一边拿起沙漏把玩。

周俏看着黎衍的手,发现黎衍不光是人瘦,连手都很瘦,显得手指特别修长,肤色还苍白,腕骨突出,居然怪好看的。

"主要是我平时不常穿，多穿穿就好了。"周俏贴完脚后跟，又把创可贴放回他轮椅袋子里，"谢谢你啦。"

脚终于不疼了，两个人面对面一起盯着沙漏看，绿色的细沙一条线似的往下落，时间才过去五分钟。

黎衍问："你什么时候搬过来？"

周俏答："我那边房子是租到十二月底，还有一个多月，也转租不出去了。那点钱我也算啦，所以随时都可以搬。"

黎衍点点头："那早点搬过来吧，省得我妈啰唆，提前一天和我说就行，我天天都在。"

"好的。哦，对了。"周俏从包里掏出沈春燕给的红包，递给黎衍，"这个给你。"

黎衍盯着红包看了一会儿，接过，塞到外套口袋里。

又沉默了。

周俏也开始刷手机，服务员把玉米汁送过来。周俏放下手机，帮黎衍和自己的杯子添上玉米汁，听到黎衍手机响起一声短信音。

他看了一眼，抬头看她："钱收到了。"

周俏笑笑，端起杯子："祝我们合作愉快，干杯。"

黎衍面色沉郁，也端起杯子与她碰杯："合作愉快。"

喝下一口热乎乎的玉米汁，他皱起眉，心想，这店里兑得是不是太甜了？

鸡肉开锅，服务员撤去盖子，烟雾腾起，浓郁的香味飘散出来，周俏和黎衍一起动筷。

"唔，挺好吃的。"周俏啃着鸡骨头说。

黎衍没吭声，埋头细嚼慢咽。

周俏又问："会不会辣？"

黎衍看看她："还好。"

周俏笑起来，用筷子从锅边夹下一个玉米饼，放到黎衍碗里："吃个饼吧，没点别的主食，就吃这个了。"

黎衍看着碗里的玉米饼，愣了几秒钟。周俏突然紧张，猜测他是不是嫌她的筷子脏，赶紧又伸手把那个饼从他碗里夹回来："你自己夹吧，这个我吃。"

黎衍眼神复杂地看着她，没吭声。

上回一起吃饭，还多了一个沈春燕，黎衍几乎没说话。这一次只有他们两个人，周俏感觉总归有些不一样，吃着吃着，唇边就泛起笑。

黎衍夹了一筷子土豆片，正满足地吃进嘴里，无意间抬头就看到周俏在笑，愣了一下，问："你笑什么？"

"没什么。"周俏一点儿也不收敛，反而还呛他，"笑笑也不行吗？"

黎衍脸一板："拜托你正常一点儿吧。"

周俏不解："我哪儿不正常了？"

黎衍放下筷子，神色又冷下来："周俏，咱俩不熟，以后也没必要变熟。我丑话先说在前头，我这人脾气不算好，所以如果你要搬过来住，最好安分一点，不要做些莫名其妙的事。我没收你房租，随时都可以请你离开，听懂了吗？"

周俏原本雀跃的心情瞬间沉了下去。她感到无趣，这一下午说说笑笑，她还真以为自己和黎衍熟一些了，原来在他眼里，自己就是个莫名其妙的人。

周俏眨眨眼睛："听懂了。"

半个多月，三次见面，她没能掩饰住那些突如其来的情绪：

兴奋，激动，窃喜……

伤感，心疼，思念……

这些情绪总是会在不经意间表现出来，从她的眼神、话语、动作，甚至是不自觉露出的笑容里。

周俏不是演员，没办法做到自然而然，毫无破绽，心里还是感到难过，黎衍一点儿也不记得她了。但他应该感觉到她对他非同寻常的热情，她偶尔会露出一些小破绽，希望他能自己想起一些东西，显然他没有，只是觉得她很奇怪。

阿衍爱吃辣，阿衍爱喝烫烫的玉米汁，阿衍爱吃土豆片、冻豆腐和香菇，阿衍不爱吃毛肚、黄喉、鸭肠那些咬起来嘎嘎脆的食物，阿衍不喜欢太大的葱蒜味儿……这些都是周俏记得的事情。

可是，那个坐在窗边与同学谈笑风生的帅气男生，早已把她忘得一干二净。

吃完饭，黎衍和周俏在路边打车回家。

打车的过程不太顺利，有好几辆出租车看到周俏招手，就缓缓减速，但看清坐着轮椅的黎衍后，又一脚油门开走了。

"怎么这样啊！喂！"周俏追了几步，气得叉腰。

黎衍像是见怪不怪，从口袋里摸出烟盒和打火机，默默地抽了一支烟，情绪并未受到影响。

周俏转头看他，天已经黑了，街上车水马龙，还挺热闹。黎衍的轮椅停在一棵行道树下，他穿着黑色外套，手里夹着一支烟，烟头火星闪烁。他一动不动地隐在夜色里，整个人清冷又寂寞，像是游离在这灯红酒绿之外，显得尤为格格不入。

哪怕周俏看不清他的脸，也知道他这时候的眼神一定很冷漠。

她走去他身边，问："叫不到车怎么办？"

黎衍吐出一口烟气，眯着眼睛说："你试试叫车软件吧，这样招手，人家看到我都不会停的。"

见她没反应，黎衍瞥她一眼，理直气壮地说："我没装叫车软件，没用过，你来叫。"

周俏声音低低："我也没装啊，没用过，我不会。"

两人同时沉默，一会儿后，黎衍突然笑出声来："你怎么比我还土？"

"不是，我平时不打车。"周俏感到难为情，"打车多贵啊，我平时都是坐公交车，要不就是骑共享单车。"

黎衍叹气，无奈地拿出手机，开始研究微信自带的打车程序。周俏不敢打扰他，继续在路边招手，这一次她运气不错，在黎衍还没研究明白时，一辆空出租车停在他们身边。

司机是个热心人，下车打开副驾驶车门帮黎衍上车。周俏站在边上，看黎衍的轮椅转到副驾驶门外，把自己两条假肢放到地上，撑着司机的身子站起来，屁股一转，慢慢地坐到副驾驶座上，又把两条假肢给捞进车厢，摆好。

他全程没说话，周俏向司机道谢："师傅，太谢谢您了。"

"不客气不客气。"师傅笑笑，"举手之劳，小伙子也不容易。"

黎衍垂着头，周俏看不清他的脸。她都不会收轮椅，倒是司机熟练地把轮椅一收，放进后备厢，上车后说："我老丈人偏瘫，每次出门都是我接送，要不然很难打到车的。现在很多人都怕麻烦，但谁能保证自己遇不到难事儿呢？总得互相帮助啊，是不是？"

周俏坐在后排，连连点头："是的是的，今天多亏遇到您了，要不然我们不知多久才能打到车呢。"

司机启动车子，又和周俏聊过几句，发现副驾驶座上的小伙子一副半死不活的样子，想想还是闭了嘴。

车到永新东苑，司机又帮黎衍下车坐上轮椅。这一次，周俏没让他自己转轮椅了，而是由她推着走。老小区里太暗了，很多路灯都是坏的，她怕他看不清路。

周俏是第一次推轮椅，感觉并不难，也不吃力，但她还是推得很小心。黎衍从上车以后就没开过口，周俏心想他怎么又闹脾气了？是因为刚才二十多分钟叫不到车吗？还是因为司机师傅的话？

这人真是挺情绪化的，发起火来嗷嗷叫，不发火了又死气沉沉一言不发，好难得才会好好地说几句人话，完全叫她捉摸不透。

到36幢楼下，周俏感到为难，黎衍上下车都这么困难，这个六楼他到底要怎么爬上去呢？

这时，黎衍望向那黑咕隆咚的楼道，沉沉开口："周俏，听好我说的话。"

周俏一惊："啊？"

黎衍继续说："一会儿我在楼下等着，你帮我把轮椅搬到六楼去，放在楼道里就可以，然后你就可以走了。我自己能上去，上去后，我会给你发微信。"

周俏问："你自己上去？"

"是。"

"你怎么上去啊？"

"你不用管。"

"我……"周俏很担心，"我可以帮你的。"

"不用你帮忙。"

周俏纠结，黎衍深吸一口气："听明白了吗？听明白了就在这儿等我，一会儿我喊你进来，你再进来。"

周俏看向楼道，硬着头皮应下："听明白了。"

黎衍转动轮椅进单元门。感谢这是个老楼，楼道里的声控灯十几年来全都坏了，也没人修，从一楼到七楼漆黑一片，黎衍隐在黑暗中，动作不会让任何人发现。

他不是截瘫患者，用的轮椅也不高端，靠背后头的袋子里装着不少东西，侧过身就能拿到。他从袋子里摸出一条裤子，裤子略厚，很短，比男士沙滩裤还要短一些，裤腿的部分是缝合在一起的。他把裤子塞进外套口袋，拉上轮椅手刹，把两条假肢放到地上，双手撑着楼梯栏杆慢慢地站起来。

站稳后，黎衍对着外面喊："周俏，进来！"

周俏立刻进去，先看到轮椅上没人，吓了一跳，仔细看，黎衍居然站在楼梯口。她还未出声，就听黎衍说："把轮椅搬上去吧，会折吗？"

"会了。"周俏咬咬下嘴唇，之前司机师傅折叠轮椅的动作她已记住，依样画葫芦地折起轮椅，用力一抬，就噔噔噔地跑上楼。

楼道里传来她越来越远的脚步声，还有轮椅在墙壁和栏杆上磕磕碰碰发出的轻微撞击声。黎衍默默站着，垂着头，心里很空。

几分钟后，周俏跑下楼，黎衍还站在黑暗里。

这是最近三次见面中周俏第一次看到他站着，居然有点儿不习惯，视线忍不住就往黎衍的下半身瞄去。黎衍穿着黑色运动长裤，黑灯瞎火的，其实什么都看不清，但周俏脑子里止不住会胡思乱想。

那是假肢！黎衍的两条腿都没了。

还疼吗？

等等，怎么感觉个子矮了呢？以前好像要更高一点儿，难道是自己长个儿了？不应该啊……

黎衍目光复杂地看着她，周俏在看他的腿，还挺入神。黎衍冷笑，这人是不是还想上手摸摸啊？

"好看吗？"黎衍也是服气，都懒得再冲她发火，这时候只想她赶紧滚，"还不走？发什么愣呢？"

周俏回过神来，问："你真的能自己上去吗？"

黎衍答得干脆利落："能。"

周俏又看了他一会儿，像是在分辨他是不是在吹牛。

黎衍终于不耐烦了："赶紧走吧！周俏花！"

"好吧，那我走了。"周俏也不想再黏糊下去，黎衍分明是不想让她看到他上楼的模样，但她知道他一定能上，就是不知道要怎么上。

临走前，她说："你到了楼上，记得给我发微信。"

"知道。"黎衍回答。

周俏走了，一楼的楼道里一片安静。

黎衍仔细听，单元门口再也没有声音，他开始动作，抓着扶手、扭转身体慢慢坐在第二阶台阶上，快速地脱起裤子。

脱下裤子的同时，他一并卸下假肢。

他的假肢其实不便宜，是气压膝关节假肢，两条腿加起来也有小十万。但他的残肢实在太短，没有拐杖或旁人扶持，根本没法走路，就算架着双拐走起来也特别难看，就像一只岔着腿、摇摇摆摆的鸭子。

何况现在是要爬楼梯，两条假肢简直就是累赘。

想要改变现状，就得买那种特别昂贵的智能仿生假肢，一双腿得要五六十万，黎衍买不起，从没有考虑过。

假肢卸下后，他把之前准备好的短裤穿上，两截残肢便都包裹在裤腿里。他回头看楼梯，右手抱起那双连着裤子、鞋子的假肢，扭过身开始一步步往上爬。

双手撑着台阶，腰身一摆，便荡了上去，屁股落在上一层台阶上。连上两阶后，他搬动沉重的假肢往前方楼梯上一搁，再重复一遍之前的动作。

夜里八点多，不算太晚，黎衍祈祷没人上下楼，不想让人看到他狼狈的模样。

但世事难料，爬到四楼时，一个女人出门倒垃圾，下楼时看到楼梯上矮矮的黑乎乎一团，吓得叫出声："什么东西啊？"接着就手忙脚乱地打开手机电筒。

刺眼的白光照到黎衍身上，他本能地伸手挡住眼睛。

那女人看到一个没有下半身的人坐在台阶上，身边还摆着一双连裤子带鞋的腿，吓得腿肚子都打颤了，"啊"一声尖叫，垃圾都不倒了，直接转身逃回家。

"砰！"

关门声传来，楼道里又暗下来。黎衍终于放下手，继续一台阶一台阶地抱着假肢往上爬。

幸好，后半段路没再碰到阻碍，顺利上到六楼，黎衍双手支撑着把自己挪上轮椅，又把假肢斜搁在踏板上，转动轮椅开门进屋。

一直到关上门，把假肢丢到地上，他才长长地松了一口气。从吃饭开始就困扰着他的上楼问题，这时候总算解决。

只是，心里又浮起那个念头：谁再出门谁就是猪！谁再下楼谁就是傻子！

双手和那条短裤已经在地上蹭得很脏，黎衍扯下裤子，又去厨房洗手。他有点累，卷起袖子看自己的手臂，又白又细，肘关节突出得明显，肌肉力量还不如十几岁时的自己。

他的确是太久没锻炼，整个人废得厉害，靠在轮椅靠背上抽完一支烟，黎衍给周俏发微信。

【有只刺猬】：我到家了

【MI&IM男装-俏俏】：收到，我在公交车站等车。

【有只刺猬】：嗯。

丢开手机，黎衍准备洗澡，脱外套时摸到口袋里有东西，掏出来一看，是一个红包和他的结婚证。

红包里是一沓簇新的百元大钞，黎衍没数，目测是八千块。

他又打开那本象征着幸福与甜蜜的红本本，看到自己和周俏的合影，周俏笑得很自然，他却拍得那么丑。

不，其实不是拍得丑，而是现在的他已经和以前不一样了。

看到自己瘦脱了相的一张脸上毫无光彩的眼神，黎衍强自忍住撕掉这本结婚证的冲动。

他转着轮椅去卧室，扬起手，把结婚证往衣柜顶上甩。衣柜顶距离天花板有三十多厘米，第一次没甩成功，结婚证撞到墙后又掉到地上。他捡起来再甩，终于把这碍眼的红本本丢到衣柜顶上。

这样子，自己就再也拿不到了，眼不见为净，黎衍想。

第二章
辣椒小炒肉

周俏准备搬家。

室友陶晓菲很舍不得她，她们同龄，曾是前同事，相识已有三年，算是彼此在钱塘最好的朋友，住在一套群租房里也有一年多。

陶晓菲坐在周俏床上看她收拾东西，埋怨道："怎么突然就要搬家了呢，在这儿住得不好吗？"

"这屋人太多了。"周俏说，"我现在找的房子更便宜，条件也更好。"

陶晓菲没怀疑周俏的话："好吧，那我以后去你新房子找你玩。"

周俏的动作停了一下，不好意思地说："恐怕不行，我们只能在外头见面，我那房东很古怪，不允许我带人回家。"

陶晓菲皱起小鼻子："啊？你和房东一起住吗？男的女的呀？"

"男的。"

陶晓菲惊讶道："你和男的合住啊？那你要注意安全哦。"

周俏笑起来："放心，房东人还不错，就是脾气有点怪，我放假的时候会找你玩的。"

和黎衍"结婚"的事儿，周俏谁都没说，这是个要烂死在心里的秘密，越少人知道越好。不过周俏告诉了介绍人刘阿姨，并且按照约定给了她三千块介绍费，同时要求她保守秘密，不能告诉任何人。

刘阿姨挺上道儿，拿到钱就封了口。

与黎衍登记四天后，周俏趁单休叫上一辆出租车，带上所有行李搬到了永新东苑。搬东西上六楼足足跑了四趟，最后一趟结束后，周俏瘫坐在黎衍家客厅的椅子上，脸颊泛红，浑身大汗。

地上摊着她的行李，一个旧兮兮的24寸拉杆箱，两个鼓鼓囊囊的大行李袋，一个双肩包，外加三四个环保袋。黎衍端坐在轮椅上，冷眼看着这堆东西。周俏呼哧呼哧大喘气，问："有水喝吗？"

黎衍看了她一眼，转着轮椅倒来一杯水。

周俏咕嘟咕嘟一口喝干，缓了会儿后问："你就没想过换个带电梯的房子吗？"

她并不知道黎衍和宋晋阳之间的矛盾，一句话就点着了黎衍心里的火。

"没有。"他努力压住火气。

周俏说："那你多不方便啊，上下楼那么费劲。"

"你管我费不费劲？"黎衍冷哼，"没腿的是我，好端端长着腿的是你，我住三年多了都不嫌麻烦，你才第一天来就嫌累？"

周俏嘟起嘴，不吭声了。

黎衍家她只来过两次，除了待在客厅，去过厨房，其他房间都没进，连卫生间都没用过。

房子里家具家电混搭，能看出有些东西是后来换的，黎衍睡主卧，带着阳台，次卧归周俏。

黎衍把次卧的钥匙丢给她："那是你房间，以前是我妈住的，她很久没来过夜了，你自己收拾，我没给你弄。"

周俏也没奢望黎衍会帮她腾空房间，打开次卧门，发现房间面积有十几平方米，窗子挺宽，因为楼层高，采光还不错。周俏很开心，这是几年来她住过的面积最大、条件最好的房间了，要是租出去，一个月得要一千五百块。

房间中央是一张一米二宽的单人床，床边是床头柜，靠墙一组大衣柜，床对面是书柜，靠窗那儿摆着一张长长的写字台，上头堆满箱子和袋子，颇有点储藏室的意思。

周俏打开衣柜门，柜子里塞满衣物，一点空隙都没有。她走到客厅，问黎衍："我的衣服放哪里啊？衣柜都满了。"

黎衍转着轮椅进次卧，往衣柜那儿瞅了一眼，说："一会儿我给妈妈打电话，让她带点走。"

周俏瞪大眼睛："这不大好吧？"

黎衍没好气："有什么不好的？现在你名义上是我老婆，请你要有一个女主人的自觉！"

"哦。"周俏不停给自己洗脑：我是女主人，是黎衍老婆，我是女主人，是黎衍老婆……

黎衍去房里给沈春燕打电话了，周俏开始打扫卫生，行李不能收拾，地可以拖，家具也可以擦。

去卫生间拿抹布时，周俏发现相比起其他房间，卫生间的装修要新很多。洗脸台装得比较低，马桶两边安装着不锈钢扶手，洗澡的地方没做玻璃淋浴房，只用浴帘隔断，墙上也装有扶手，还摆着一张蓝色塑料椅子。能猜出来，这所有的一切都是为了方便黎衍使用，应该是他车祸后重新装修的。

周俏在次卧擦家具，擦到书柜时，她好奇地看着里面的书，除了几年前的畅销书，还有一些经济领域的专业书籍，有些是全英文，甚至夹着几本A大的自制教材。

"原来黎衍是读经济的呀，好厉害。"周俏自言自语，抽出一本A大教材随手翻过几页，居然看到黎衍划的重点和随堂写下的笔记，感觉很微妙。他的字写得挺好看的，不是那种潦草又没骨头的写法，字迹潇洒肆意，一看就是个学习优秀的好娃娃。

"你在看什么？"正看得入神，黎衍的吼声突然从客厅传来，"第三条不准动我东西你忘了吗？！"

他的轮椅就停在次卧门口，周俏赶紧把书塞回书柜，讷讷道："明明是第四条。"

黎衍瞪她："我管它第几条！总之不准动我东西！"

"这又不是你的房间。"周俏试图解释，"我又不知道连书都不能看。"

"这原来就是我的房间！我妈会看这些书吗，麻烦你动动脑子！"黎衍食指戳戳自己太阳穴。

周俏直愣愣地看着他："对不起我没文化，脑子的确不太好使。"

黎衍盯着她，一会儿后冷笑一声："倒也是，你是不是高中都没念啊？"

"是啊，我就是个初中生，行了吧？"周俏莫名感到生气，"你这些书都是英文，送给我看我都不要看！稀罕！"

说完，她走到房间门口，轻轻地关上了门，把一脸震惊的黎衍挡在门外，心想，够礼貌了吧，都没摔门。

"砰"的一声，周俏还没来得及拿起抹布，黎衍居然又把门给打开了，特别用力。他转着轮椅来到周俏面前，仰起头怒气冲冲地看着她，还伸出一根手指："我警告你周俏，你要是再敢这么贴我鼻子关门，就给我滚。"

周俏愣住了。

黎衍眼睛里的轻视和厌恶一目了然，周俏有自知之明，知道自己在他眼里什么都不是。

"我知道了。"她低声说，"不会再动你东西，不会再随便关门，对不起。"

周俏突然道歉，黎衍不禁一愣，原本以为周俏还会和他争几句，把他气到爆才会甘心。但她一下子就服了软，黎衍反倒觉得无趣，讪讪地收回手指，看到周俏又转头擦起家具，才倒转着轮椅退出次卧。

他想，是自己太凶了吗？把她吓到了？

周俏坐在床垫上发呆。

大概沈春燕真的很久没来过夜，次卧的床没有床上用品，只有一个床垫，上面铺着一块旧床单用来遮尘。屋里的卫生已经打扫干净，原本也不太脏，周俏猜测沈春燕定期会来看望黎衍，顺便帮他搞搞卫生。

她心里不痛快，因为黎衍之前说的话。

周俏和黎衍"结婚"就是为了拿钱塘户口，为此她要支付五万报酬和三千中介费，并没有欠黎衍什么。至于住到黎衍家里来，也是他要求的，虽然周俏至今搞不清他的动机，但自认并没有做出过分的事情，黎衍对她凶巴巴的，她多少有些委屈。

下午四点，没什么可干的了，周俏来到客厅，看到黎衍房门紧闭，上前敲门，里头传出他的声音："干吗？"

周俏问："黎衍，我能用你的厨房吗？"

"可以。"

"那我要去买菜了，你晚上一起吃吗？"

他没回答，周俏等了一会儿，听到门后的声音，他把房门打开了，递给她一把钥匙："大门钥匙。"

"谢谢。"周俏接过，又问，"你一起吃晚饭吗？我做饭。"

黎衍冷冷地看她一眼："不吃。"

周俏觉得奇怪："那你晚上吃什么？"

"你不用管。"黎衍说完，又转动轮椅把房门关上了。

好吧，不管就不管。周俏带着钥匙出了门。

她对这片不熟，干脆绕着小区走了一圈，当作熟悉环境。

周俏一边逛，一边感叹，永新东苑小区虽老，所处的地段真是没话说，周边交通方便，配套齐全，小店铺大饭馆开得热热闹闹，不远处还有一个综合体，里头有商场和大超市，底下就是地铁站。

周俏很喜欢大城市里喧嚣的街道，人多，车多，夜里灯光也好看，老家和这里完全不能比。

从老家出来时，村里有几户人家还没通电。到了晚上，村子里就变得静悄悄，只有几条土狗会叫几声，偶尔有喝多了酒的老头儿扯着嗓子骂老婆。

再也不想回去了，钱塘真好！

周俏对自己说，俏俏，你一定要努力留下来啊！

她找到菜市场，在里头溜达得很愉快，买了些蔬菜、鸡蛋和猪肉，又称了一袋子散装大米。路过水果摊时，看到一大筐黄澄澄的橘子，有一个已经剥开让顾客试吃，她尝了一瓣，老板招呼她："小妹，橘子刚到的，又新鲜又甜！好吃吗？"

　　"嗯，好吃！"甘甜多汁的橘子令周俏心情大好，挑好一袋橘子，提着几个袋子慢慢地走回家。

　　回到家，黎衍还待在房间里，周俏准备做饭前又去敲门："黎衍，我要做饭了，你一起吃吧，我多做一些。"

　　门后传来他闷闷的声音："不吃。"

　　周俏摸摸鼻子，心想这人成仙了吗，饭都不用吃啦？

　　一个人吃饭，周俏只打算做两个菜：辣椒小炒肉、酱爆茄子。第一次用黎衍家的厨房，她好好地熟悉了一下餐具、厨具的摆放，在电饭煲里煮上米饭，拿出砧板开始洗菜切菜。

　　辣椒小炒肉很香，是周俏的拿手菜，特别下饭。做好后，她找出自己的玻璃饭盒，盛出一半菜，又装上米饭，准备当第二天的工作餐。

　　装着饭盒，周俏忍不住哼起歌来，真是太开心了！原来的群租房人太多，她下白班比较晚，很难轮到她好好用厨房，所以大部分时间都是吃食堂。现在住在黎衍家，整个厨房归她一个人用，以后就可以天天做饭，还能带便当，可以省下好多钱呢！

　　周俏坐在餐桌边吃饭时，黎衍从房里出来倒水喝，他转着轮椅，眼神不自觉地往桌上扫了一眼，一声不吭地进了厨房。

　　一会儿后他出来，周俏问："黎衍，你晚上不吃饭吗？"

　　"说了不吃。"他头都没回，只丢下这句话。

　　周俏扒一口饭，嘀咕道："不吃就不吃，饿不死你。"

　　吃完饭洗过碗，周俏把厨房收拾干净，七点半时，沈春燕带着宋晋阳来到黎衍家。

　　"俏俏，今天刚搬过来吧？还习惯不？"沈春燕笑呵呵地问。

　　周俏也笑："习惯的，阿姨，这儿挺好的。"

　　沈春燕抓住她的手拍一拍："又叫错啦！"

　　周俏吐吐舌头："哎呀妈妈，我老忘。"

　　沈春燕带来一些点心和食材，拿给周俏看："都是阿衍爱吃的，这些我放柜子里，这些放冰箱，你俩一起吃。阿衍不怎么会做饭，俏俏，到时候还要辛苦你照料下他的饮食，他写起书来没日没夜，经常忘了吃饭，所以人才会这么瘦。"

　　周俏点头："交给我吧。"

　　沈春燕瞄一眼厨房，问："晚饭你俩吃了吗？"

　　周俏好心虚："吃了……"

　　"吃了就好。"沈春燕笑得眼睛都眯起来，她带来两个大大的空行李袋，自个儿进次卧收拾衣物。

　　直到此时，黎大爷才慢吞吞地从房间里转出来，看到大刺刺坐在客厅里的宋晋阳，眉毛一挑："你来干吗？"

　　宋晋阳笑着指指次卧："我来帮阿姨搬东西，好多行李呢，开车才能运。"

　　周俏给宋晋阳和沈春燕各倒一杯热水，又拿出下午买的橘子，说："晋阳哥哥，吃水果。"

　　"谢谢你啊弟妹。"宋晋阳接过一个橘子，剥开就吃。

黎衍傻眼了，在边上待了一会儿，见周俏完全没有递一个给他的意思，哼了一声就进了房间，重重地关上了门。

周俏疑惑，这人又怎么了？

宋晋阳边吃橘子边笑："弟妹，你别理他，他就是这么个脾气，你和他多相处一段时间就习惯了。他要是凶你，你就要比他更凶，千万不要怕他。"

周俏呵呵干笑："没有没有，其实阿衍挺好的。"

"你不用为他说好话，我和他认识十年了，他就这样，以前是嚣张，现在就是完全不讲理。"宋晋阳饶有兴致地看着周俏，问，"对了，听阿姨说，你是阿衍的书迷？"

"是啊。"周俏面不改色。

宋晋阳皱起眉："他成绩不怎么样啊，你觉得他写得好？"

周俏微笑："萝卜白菜各有所爱嘛，他写的小说特别对我胃口。"

宋晋阳也呵呵干笑："那你的口味有点怪啊，他写的那玩意儿我都不太看得下去。"

周俏扯着嘴角："其实看下去……后面就比较好看了。"

宋晋阳不信："真的？"

"真的。"周俏认真地点头。

宋晋阳一个橘子下肚，突然向周俏凑过去一些，放低声音："弟妹，趁这机会拜托你个事儿，你和阿衍结婚了嘛，到时候你吹吹枕边风，劝劝他换个带电梯的房子，我们的话他都不听，兴许会听你的。"

周俏感到莫名其妙，下午她刚提过这事呢，被黎衍好一通怼。

"他怎么会听我的啊？"周俏缩着脖子小声说。

"你得找准机会，他平时阴阳怪气的，你就趁你们夫妻最开心的时候提，撒娇、卖萌，你长得这么可爱，他一定受不住。"宋晋阳说到这儿挤眉弄眼一番，周俏终于明白他说的夫妻最开心的时候是什么时候。

她一张脸都红了，摇着手说："不不不！我没那么大本事！阿衍主意可大了，我劝不动他。"

宋晋阳"啧"了一声："你试试嘛，不试试怎么知道呢？"

周俏原本没什么念头的，被宋晋阳这么一说，脑子里居然浮出奇怪的画面，哎呀呀！真是太难以描述了。

她不想再和宋晋阳说话，干脆溜进次卧帮沈春燕的忙。

沈春燕收拾出一个大拉杆箱和两大包行李袋，连连对周俏道歉，说自己没考虑周全，周俏和黎衍结婚了，她应该早点儿把东西收拾干净。周俏自然是说没事，沈春燕说剩下的衣物她会再来整理，今晚就先这样。把东西提到客厅后，她对着主卧大喊："阿衍，妈妈走啦！"

三个人其实都没指望黎衍会出来送客，但他出人意料地就出来了。

黎衍转着轮椅一出门，就听到沈春燕在问周俏："俏俏，你哪天休息啊？我和你叔叔过来吃饭，你和阿衍结婚都没摆酒，那咱们自己家里人总得一起吃顿饭。"

周俏说："妈妈，我是单休，下周四我休息，要不就下周四的晚上吧。"她又对宋晋阳说，"晋阳哥哥一起来。"

宋晋阳倚在门框边，瞥了黎衍一眼，笑道："我怕我来了，有人不欢迎啊。"

"怎么会呢？一起来吧，我做菜。"周俏完全没注意到黎衍已经臭到地心的脸色。

他真的快要气爆了！

宋晋阳还要火上浇油，对周俏说："弟妹，黎衍脾气不好，他要是冲你发火，欺负你，你就告诉哥，哥帮你收拾他。"

周俏偷偷瞄一眼黎衍，终于发现他脸色不对劲。

沈春燕在边上愁眉苦脸："晋阳你别乱说啦。俏俏，你还是多包容一下阿衍，他人不坏，要是真凶了你，你就和妈妈讲，妈妈会批评他的。但是妈妈向你保证，阿衍绝对不会动手打人，他以前是个很温柔很乖巧的好孩子。"

黎衍听得目瞪口呆，当他不存在吗？他不要面子的啊？

他终于开口："你们要聊到什么时候？不是说要走了吗？"

沈春燕讪笑："走了走了。儿子，妈妈过两天再来看你啊。"

宋晋阳一脸兴奋，像是还想说什么，但沈春燕拼命把他往外拽，周俏又故意挡在门边，终于把他们连人带行李都送出了门。

关上门后，周俏回身看黎衍，嘴角扯了一下，不知道该说什么。

黎衍倒是慢悠悠地开了口："不准再和宋晋阳说话，是第几条？"

"第九条。"周俏老实地回答。虽然黎衍的约法十八章只说了一半，但就那一半，她大概记得比黎衍都要清楚。

"哼，原来你还记得。"黎衍冷笑，"但我看你和他说话说得很开心啊，还给他吃水果。"

周俏没觉得哪里有问题："人家是客人啊。"

黎衍突然吼起来："他是不是客人是我说了算！"

这一嗓子吼得周俏头皮发麻，但她依然不认为自己有错。

"是你说我要有做女主人的自觉啊！"周俏觉得黎衍真是不可理喻，"他们难道不是你的亲人吗？亲人上门，你不给人家倒杯水就算了，我给人吃个橘子还不行？橘子又不是你买的，是我买的！"

"谁跟你说宋晋阳是我亲人了？我和他半毛钱关系都没有！"黎衍气道，"反正你以后见到他不准再理他！"

周俏不答应："那怎么可能嘛！我可不想像你这么没有礼貌！"

黎衍气疯了，拍着轮椅扶手吼道："我没有礼貌？！"

"难道不是吗？"周俏瞪大眼睛，"你妈妈进门，从头到尾你叫过她一声吗？"

黎衍："那是我妈！我叫不叫她关你什么事啊？！"

周俏："是不关我的事！你所有事都不关我的事！行了吧？你妈妈、宋晋阳，和我有什么关系？我对他们客客气气还是我不对了？我还不是因为你吗？"

黎衍像是听了个笑话，还"啪啪啪"鼓了几下掌："挺能说啊，你少把锅扣到我头上！周俏，我是让你别理宋晋阳，你倒好，还叫他来吃饭。拜托，这是我家！你叫他来吃饭问过我的意见吗？你这么热情好客怎么不请他们上外头餐厅去吃啊！"

听着他冷嘲热讽的语气，周俏气得浑身发抖："你真是蛮不讲理，我不想和你说话了！"

黎衍暴怒，指着周俏："我蛮不讲理？你有种再说一遍！"

"你蛮不讲理！蛮不讲理！蛮不讲理！"周俏从下午就积攒起来的委屈这时统一爆发，转变为一腔火气，"行吧黎衍，反正我行李还没打开，我那租的房子也还没到期，我明天就搬走总行了吧！又不是我自己要住过来的！你和宋晋阳有什么仇你们自己解决，别扯上我！我知道你看我不顺眼，我说什么做什么都是错的！那我不住了！省得在这儿让你糟心！"

黎衍愣住了。

"哼！"周俏转身进次卧，关门前还对他喊了一声，"我要关门了！我可没贴你鼻子关门啊！哼！"说完就把门给关上了。

真是要气死了，只有你会哼吗？我也会哼的！

哼！哼！哼！黎衍就是个讨厌鬼！

十分钟后，黎衍敲门。

"周俏。"他在门外叫。

周俏还在生闷气，盘腿坐在床垫上，不想理他。

他又敲，继续喊："周俏，开门。"

周俏依旧没动。

"你不开门我进来了。"

门开了，黎衍坐着轮椅停在门口，面色不太自然："明天你别搬，刚住过来就搬走，我怎么和我妈交代？"

周俏语气轻飘飘："那是你妈，我管你怎么和她交代。"

黎衍咬牙，沉默了一会儿后说："热水器水热了，你要不要洗澡？你下午都出过汗了。"

周俏板着脸看他。

他就像是在背书，语气很淡："如果洗衣服，洗衣机在阳台，你明天再洗好了。晾衣服的话，你要晾阳台可以，晾你房间窗外的雨棚下也可以。"

周俏也开始背书："约法十八章第一条，不准进你房间。"

"衣服总要洗的，我房间也没什么特别的。"他声音低下来，又看她一眼，"说好了，明天不准走啊。"

说着，他就转着轮椅溜回自己房间了。周俏瞪大眼睛，谁和你说好了啊！

回到房间，黎衍愣了好一会儿。

这是周俏搬过来的第一天，他和她就从下午吵到晚上。下午时周俏服软了，但晚上没有，不仅没服软，还吵得特别起劲，眼睛睁得圆滚滚，两颊肉鼓鼓，连着三声"蛮不讲理"都把他给说蒙了。

真的是自己蛮不讲理吗？

黎衍回忆起吵架的起因，仔细想想，周俏的确没错，那他为什么会那么生气呢？哦，是了，周俏说他和宋晋阳有仇，让他们自己解决，别扯上她。

只是，他和宋晋阳真的有仇吗？

黎衍和宋晋阳的矛盾起始于沈春燕和宋桦交往之初。那时候黎衍高一住校，只有周末会回家，每次回家，沈春燕就会回永新东苑陪他两天，那时她已和宋桦同居。

沈春燕直到四十多岁才找新男朋友，黎衍很理解，又觉得宋桦人还不错，就只希望母亲能开心幸福就好。

可惜宋晋阳不是这么想的，十年前他也就是个中二少年，家里突然多了个陌生阿姨，试图取代"母亲"的地位，他一下子接受不了。他没少给沈春燕使绊子，比如打死都不吃她做的饭，放学回家就关进房间不出门，对她说话冷嘲热讽、夹枪带棒，还把沈春燕买给他的衣服故意丢掉……

沈春燕没把自己在宋桦家受的委屈告诉黎衍，但单亲家庭的孩子天生敏感，黎衍看到沈春燕偷偷地哭，套了几句话就猜到是怎么回事。

黎衍气得不行，想到的解决方法就是冲到宋桦家，把宋晋阳揪到楼道里狠狠地打一架。

黎衍年纪比宋晋阳小，个子却比他高，力气也比他大。那一架打到后来，黎衍把宋晋阳摁到地上，自己骑在他身上拳头抵着他的脸，咬牙道："我警告你，你要是再敢欺负我妈，就等着去配假牙吧。"

宋晋阳眼睛里几乎冒出火来，却被压得动弹不得，黎衍最后拍拍他的脸，起身掸掸衣服，潇洒地大步离开。

回到自己家，沈春燕看到黎衍脸上的瘀青和擦伤，吓了一大跳，黎衍也没多说，上前就用力抱住母亲。高中生的他已经比沈春燕高大半个头，在她耳边说："妈，要是姓宋的那家人再欺负你，你就回来，咱不看人脸色。等我大学毕业工作了，我会赚好多好多钱，到时候我养你。"

沈春燕愣了半晌，最后在儿子怀里哭出声来。

"我会赚好多好多钱，到时候我养你。"——现在再想起这句话，黎衍自己都臊得慌。

后来，宋晋阳没再出么蛾子，但他和黎衍见面时依旧互相不对付，没再打过架，互喷互损是日常。两个半大男孩你一句"傻子"，我一句"二货"，吵得宋桦和沈春燕脑壳疼，干脆就不怎么让他们碰面。

彼时黎衍是个骄傲又嚣张的小少年，成绩比宋晋阳好，长得比宋晋阳英俊，哪儿哪儿都瞧不上这个半路冒出来的哥。

高考时，宋晋阳的成绩虽不如黎衍，上Ａ大很困难，但考个钱塘其他的本科院校绰绰有余，可他执意要去外地，最后去了首都念大学。

大学期间，黎衍每年也就见他一两回，两人井水不犯河水，直到大四毕业那年，宋晋阳说他要留首都工作。宋桦起先不同意，宋晋阳直接签下就业协议，表明决心。

他为什么又会回钱塘呢？

黎衍想起来了，是因为自己出了车祸。

他出事以后，宋晋阳毫不犹豫地和签约单位解约，回到钱塘找了新工作。

那段日子的记忆对黎衍来说很模糊，还很混乱，他一直待在医院，每日每夜都在遭受身体和心理的双重煎熬，哪里有空余的脑细胞去想别的事。总之，等黎衍的身体状况趋于稳定，宋晋阳已经在钱塘上班，他去过几次医院，但黎衍不愿意见他。

两人见面就吵架，宋晋阳这人像是没有同情心，别人对着黎衍都是顺着让着，就怕刺激到他，只有宋晋阳，整天觍着张"幸灾乐祸"的脸，说几句扎人的话，吓得沈春燕对他下了逐客令，明令禁止他再去探望黎衍。

啊……连这些都是很多年前的事儿了。

黎衍心思恍惚，他不是傻子，心里清楚得很，这些年宋晋阳和沈春燕处得不错。十年了，人心都是肉长的，宋桦和沈春燕都不是会作妖的后爹后妈，而宋晋阳……宋晋阳也会变成熟啊。

好像只有黎衍，还生活在一个又黑又深的旋涡里，怎么爬都爬不出来，看不到一点光，每天就只是活着而已。

周俏打开行李袋，找出干净的床单和枕头被子铺到次卧单人床上，又从袋子里掏出一个可达鸭毛绒玩具，捏一捏，亲一口，摆在枕头旁，对它说："呆瓜，我们又搬家啦，这是我们的新房间，你喜欢吗？"

可达鸭瞪着一双呆呆的眼睛看着她，她微笑着拍拍它的头，起身继续收拾衣服。

沈春燕给她腾出半个衣柜，足够她放衣服了，把内衣裤整齐地码到抽屉里，又把秋冬装整理好，周俏拿着换洗衣裤和洗漱用品去卫生间洗澡。

她盯着矮矮的洗脸台看了一会儿，还是把自己的牙杯牙刷摆到黎衍的杯子旁。他的杯子是白色的，牙刷是蓝色柄，刷毛都压弯了，可能是懒得换。周俏的杯子嫩黄色，是一个小黄鸭造型，肥嘟嘟的，很可爱。

她自带几个粘贴挂钩，把毛巾挂得离黎衍的毛巾远远的，又把自己的洗面奶、沐浴露和洗发水在淋浴间架子上一一摆好。

架子不大，瓶瓶罐罐一多，就显得有点挤。

周俏心里突然冒出一个念头：自己和黎衍真的住在一起了！

生活真的是充满意外啊。

周俏洗完澡，又洗掉内衣裤，晾到自己房间窗外的雨棚下。她研究着雨棚，晴天晾衣不成问题，要是下雨可不行啊，只能晾在室内，这室内也没地方好晾，难道真的要晾去阳台？

想到自己的内衣挂在黎衍卧室外的阳台上，周俏就觉得那画面实在太一言难尽，叹口气，只能希望老天爷少下几场雨。

累了一天，周俏早早地睡下了。

黎衍后来没再出过房间，周俏想起他没吃晚饭，也没洗澡，心想他平时就是这么过日子的吗？怪不得瘦成这个样子，长期下去身体怎么吃得消？明天再问问他吧，要不要一起搭伙吃饭。

今天她实在不想再理他，搬过来的第一天，两个人就吵了一架，她想，要是天天这样鸡飞狗跳地吵架，她寿命都要短几年。

打开手机，周俏继续看昨日霜降的扑街小说，这已经成了她每晚睡前的必做功课。她还在看《1》，是黎衍的处女作，一百多万字，文笔略生涩，但逻辑和情节设置还可以。她看得津津有味，觉得没有想象中那么差，有些桥段还挺有趣，只是男女主角人设不太讨喜，看了让人烦。

周俏很喜欢其中一个个性鲜明的女配，可惜黎衍着墨不多，让她看得很不过瘾。看了大半个小时，周俏困了，丢开手机把可达鸭抱在怀里，喃喃道："呆瓜，神奇不？这是阿衍睡过的床哦，我们睡觉吧。"

"阿衍，拜托你明天别再发脾气了，晚安。"

凌晨一点，黎衍盯着房门，外面已经一点声音都没有了。

他毫无睡意，一方面是要码字，另一方面是因为，他非常饿。

午饭吃了一碗速冻饺子，后来除了喝水就什么都没吃。现在出去弄东西吃一定会发出声响，如果他一个人住倒是无所谓，可周俏睡觉了，他不想弄得太吵，好像他是故意在找碴。

空着肚子抽烟让人头晕，黎衍在阳台抽了几口烟就摁灭烟蒂，拿起手机，发现张有鑫给他发过微信。

【三金是个乖孩子】：衍哥衍哥衍哥！[害羞]

【有只刺猬】：怎么了，这么晚还不睡？

【三金是个乖孩子】：你猜猜我今天碰到什么好事儿了！

这么激动？黎衍有点想笑，张有鑫这孩子真是太好猜了。

【有只刺猬】：追到女神了？

【三金是个乖孩子】：哎我去！你怎么猜到的？

【有只刺猬】：最近你除了追女神，就没其他好事儿了吧？

【三金是个乖孩子】：[害羞][害羞][害羞]

【有只刺猬】：来，给哥说说战况。

【三金是个乖孩子】：其实也没什么战况，就是她答应这个周六和我一起去看电影了。

【有只刺猬】：可以啊三金。

【三金是个乖孩子】：不过我有点烦。

【有只刺猬】：烦什么？不知道穿什么衣服吗？

【三金是个乖孩子】：那怎么可能！我可是我们系里有名的时尚三金！[得意]

【有只刺猬】：那你烦什么？

【三金是个乖孩子】：我怕我尿裤子啊……

【有只刺猬】：没这么倒霉吧。

【三金是个乖孩子】：那说不好，一紧张什么都有可能发生，我想我还是穿纸尿裤得了，以防万一。我都八百年没在白天穿纸尿裤了！穿那个都没法穿好看裤子！

这种话题，也只有黎衍和张有鑫可以毫无芥蒂地聊起来，谁也不会笑话谁，难兄难弟嘛。

【有只刺猬】：还有这讲究？我好像从来没穿过。

【三金是个乖孩子】：啊啊啊！你居然还要臭嘚瑟！信不信我踢你！佛山无影脚！嗖嗖嗖！

【有只刺猬】：看我的大力金刚腿！嗖嗖嗖！

【三金是个乖孩子】：啊！我死了！

【有只刺猬】：幼稚。

【有只刺猬】：不聊了，我去弄点东西吃，快饿晕了。

【三金是个乖孩子】：去吧衍哥，我也困了，晚安。

【有只刺猬】：晚安。

黎衍的肚子咕噜噜叫个不停，照这样下去，他要是不吃点儿，晚上就得睡不着。

他转着轮椅出房间，尽量轻声。今天沈春燕好像带吃的来了，黎衍在客厅柜子里找到几盒点心，觉得干巴巴不太想吃，又去厨房翻冰箱，想看看有什么能煮着吃的。

速冻箱里的东西都吃腻了，黎衍想要不就煮一包方便面，顺手打开冷藏门，他的视线定格在一个黄色盖子的玻璃饭盒上。

第二天一早，闹钟七点半准时响起。

周俏睁开眼睛，看到自己睡在陌生的房间里，微微出神。

她起床洗漱，去厨房做早饭。早饭是昨天就买好的挂面，做个小葱拌面几分钟就搞定，好吃又省钱。

吃拌面时她打开手机，意外发现半夜两点黎衍给她发了个红包。周俏心惊胆战地收下，红包只有十块钱，没有备注。

这是什么情况？他是在道歉吗？用钱来道歉？

周俏有些邪恶地想：行啊，那以后可以多和他吵吵架，让这样的道歉多来几次也无妨！

吃完饭，周俏换好衣服准备去上班。看了眼黎衍的房门，一点动静也没有，他半夜两点还没睡呢，现在肯定没醒。

周俏找个小环保袋准备拿自己的便当，可冰箱门一打开，她就傻眼了，她的便当不见了！

"咦？我的饭呢？"周俏以为自己失忆了，把冰箱上上下下找了一遍，又在厨房和客厅找了一圈，最后在厨房的台面角落看到自己的黄色盖子玻璃饭盒，里头空空如也，已经洗得干干净净。

周俏终于反应过来，黎衍给她的十块钱红包哪里是什么道歉，分明就是给她的饭费！

那个王八蛋，居然三更半夜把她的便当给偷吃了！

黎衍醒来时已是早上十一点多，他的床靠墙，身子挪过去一些就能撩开窗帘。

黎衍看一眼窗外，太阳挺好的，是个晴天。

他又在床上躺了一会儿才撑着床面坐起身，掀开被子看到自己的下半身，心里还是会冷不丁地被刺一下。

三年半了，他依旧没能习惯自己现在的身体状况，尤其是每天醒来时，总会希望是噩梦初醒，被子底下腿还在，能走，能跑，最后又一次被现实重击，丧到自闭。

周俏已经去上班，黎衍缓了缓情绪，把自己挪到床边的轮椅上，轻轻叹了口气。他没有穿假肢，从抽屉里拿好换洗衣裤直接去卫生间洗澡。

其实昨晚睡得还不错，可能是因为半夜吃了顿热饭，胃里不再有烧灼感。黎衍回味着那道辣椒小炒肉的滋味，又辣又香，肉片肥瘦相间，油而不腻，超级下饭。

要是米饭能更多一些就好了。黎衍想着这件不怎么光彩的事，在镜子前准备刷牙。

刷牙时，他看到周俏的牙杯牙刷，其实半夜刷牙时就看到了，不过那时候码字码得晕头转向，他还沉浸在故事里不可自拔。这时候人刚睡醒，脑子清醒不少，黎衍刷着牙，才意识到这间屋子里真的住进了一个陌生女孩。

他从没想过自己有一天会和一个年轻女孩合住，仔细想想其实有很多事都挺不方便的。比如平时他一个人时，有时会不穿假肢，假肢走不了路，硅胶套套在残肢上又闷又热，接受腔又是硬邦邦，穿着假肢坐轮椅一点也不舒服，但是周俏在，他就必须得穿。

至少那能让他看上去有个完整的人样。

还有就是洗澡洗头，这个倒容易解决，就像现在这样趁周俏去上班时洗了就行。她要是休息，他就不洗了，反正这几年日子过得糙，他一个大老爷们儿没那么讲究。

吃饭怎么办呢？看周俏的样子像是天天都要做饭，她昨天问他要不要一起吃，他想都没想就说不吃。

黎衍现在挺纠结，自己似乎把话说得太死了，难道以后周俏做饭吃饭他都只能在边上看着吗？

况且，半夜里他还刚吃了她一盒饭呢，当时真是做了一番思想斗争，尊严最终被饥饿打败。他帮周俏洗干净饭盒，还发了个红包，安慰自己，这样就不算偷吃了吧。

黎衍洗完澡，坐着轮椅回到客厅后，一边擦头发，一边拿起手机，发现周俏给他发了微信。

【MI&IM男装-俏俏】：我今天白班，六点下班，要去买菜，你晚上一起吃饭吗？

黎衍对着手机看了好一会儿，在对话框里打字。

——吃，我给你饭费。

好像有点没面子，删掉。

——你要是方便的话我就一起吃，菜钱AA。

也不行，感觉好虚伪，删掉。

——方便吗？

这不是废话吗？删掉。

黎衍心里烦得不行，最后干脆回了两个字。

【有只刺猬】：不吃。

正在商场吃食堂的周俏看到消息，差点吐出一口老血。

神经病啊！

下班后，周俏坐公交车回到永新东苑，去菜场买了些蔬菜和鸡翅根。她打算做红烧翅根，晚上吃四个，第二天带四个，一共就做八个，一个都不多做！黎大爷说他不吃，周俏希望他能有点骨气，说到做到，别啪啪打脸。

回到家，客厅里照旧没人，连灯都没开，周俏把菜都提进厨房，洗过手就开始做饭。红烧翅根和辣椒炒花菜，两道菜做完，周俏装好饭盒，一个人在餐桌边吃起饭来。

从她进门以后，黎衍就没出过房间，很是沉得住气。

周俏也没去理他，吃完饭后收拾好厨房，把厨房、卫生间和自己房间的垃圾袋收到门边，去敲黎衍的房门："黎衍，我要去倒垃圾了，你房里有垃圾吗？"

"没有。"他在房里回话。

周俏提着垃圾袋下楼，顺便饭后散步消消食。

永新东苑这块儿夜里真的好热闹，周俏逛过一条夜市街，发现自己离综合体商场不远。商场门口是一个大广场，还有一个圆圆的喷泉池，周俏看到喷泉池边已经围着不少人，也不知在看什么，就过去凑热闹。

还没走到喷泉池边，广场上突然响起一阵激昂的音乐声，把她吓了一跳。人群此时欢呼起来，随着音乐的出现，原本静如止水的喷泉池亮起缤纷的灯光，一丛丛水柱冒出来，有些高，有些矮，竟是随着音乐有节奏地喷射。

"哇……好好看啊！"周俏第一次看到音乐喷泉，又新鲜又震撼，赶紧拿出手机来拍照，还录小视频发朋友圈。

周围的人群都是来看音乐喷泉的，周俏挤在人堆里看得有滋有味。音乐喷泉选用的音乐都是老百姓耳熟能详的曲子，比如《星球大战》《泰坦尼克号》的主题曲，还有《小苹果》这样的网络神曲，周俏身边有个走路都不稳的小朋友随着音乐手舞足蹈，她的父母在边上乐得咯咯笑，拿着手机对着她不停地拍。

周俏微笑着看他们，觉得这就是生活最幸福的样子。

播完五首歌，喷泉结束了，灯光熄灭，人群开始散场。

周俏没走，又在广场上溜达一圈，看一群穿着红衣黑裤的中老年人跳广场舞。跳舞人群里还有几个老头儿，扭得比老太太都起劲，周俏感受到他们浓浓的活力，一曲终了，忍不住鼓起掌来。

一个大爷对她做了个弯腰谢礼的动作："谢谢小妹捧场！"

周俏开心极了，向着大爷竖起大拇指："叔叔您跳得真好！"

多有意思的地方，多有意思的人啊！

周俏双手插在兜里，慢悠悠地往回走，走着走着，心里突然冒出一股遗憾，这地方离黎衍家那么近，他却没办法下楼来转转。不知道黎衍看没看过音乐喷泉？应该是看过的吧，他可是本地人，是在这大城市里出生长大的。

不像她，是个地地道道的土包子。

周俏回到家时已过九点，她拿好衣裤准备洗澡，黎衍坐着轮椅转出了房间。

这还是周俏这一天里第一次见着他，他的神色不太妙，周身散发着强烈的不爽气息，周俏心里"咯噔"了一下。

黎衍冷冰冰地看着她，问："你刚才去哪儿了？"

"我去倒垃圾，顺便散了会儿步。"周俏回答。

黎衍没说话，只是瞪着她。周俏不知道自己哪儿又得罪他了，问："有什么事吗？"

"刚才，有个小区里常捡破烂的大妈来过了。"黎衍说。

周俏没懂。

"我的垃圾，每天都是放在门口，她会帮我拿下去，每个月我给她三十块钱。"

周俏依旧没吭声。

"以后你不用倒垃圾了，放门口就行。"黎衍终于把事交代完了，准备回房间。

周俏开口："你不用再给她钱了呀，垃圾我会倒的。"

黎衍停下转轮圈的手，抬起眼皮看她："不需要。"

周俏解释："三十块钱也是钱，我反正每天都要出门的，就算晚上不去倒，白天上班时拿下去也行啊。"

黎衍语气硬邦邦："我说了，不需要。"

"你不要这样嘛，举手之劳的事儿，以前你一个人住那是没办法，现在有我在啊，这种小事情你就别那么计较了。"周俏觉得黎衍真是固执得让人费解，从来不知道主动倒垃圾都会让一个人不高兴。

黎衍的脸色瞬间就变了，眼睛瞪大，嘴唇抿紧，他还没开口，周俏就知道他又双叒叕生气了。

是爆竹吗？是爆竹精吧！一点就着的那种，忒烦人！

周俏索性先他一步伸手指向他，大喊："不许发火！"

黎衍被她指得人往轮椅靠背一靠，刚到嘴边的话硬生生地咽了回去，瞪着眼睛看她，听到她继续说："我没有别的意思！纯粹就事论事，觉得你花钱找人倒垃圾就是多此一举！我没多管闲事！厨房和卫生间垃圾桶我都用了！我倒一下一点毛病没有！你不许再朝我发火！"

黎衍的火气被浇得无声无息，一点儿也发不起来了。

周俏提防地看着他。

黎衍唇角一翘，笑了一声："我只是想告诉你，这钱我是按年交的，已经交到年底了。你这么爱倒垃圾，从明年一月开始倒也不迟。"

周俏愣了愣，不好意思地挥挥手说："没事儿，我习惯每天晚上倒垃圾，也就一个多月了，亏不了你几个钱。"

"嗯，大款。"黎衍又笑了一下，转动轮椅回房间。

周俏赶紧抱着衣服溜进卫生间。

心里觉得好骄傲啊！第一次把吵架扼杀在摇篮里呢！

周俏你真棒棒！优秀，机智，有勇有谋！哦耶！

只是，在黎衍家过完第二夜后，周俏又被打击了。

她睁开眼睛第一时间就去看微信，凌晨两点半又收到一个红包。

周俏硬气地没点开，跳下床冲到厨房打开冰箱，她的红烧翅根便当果然又消失不见了。

周俏心里呐喊：啊啊啊！就是神经病没跑了！

这简直就是一场便当保卫战。

虽然天气转凉，但周俏还是不敢把便当放在常温下过夜，有些菜容易变质，必须要冷藏在冰箱里才保险。

周俏坐在商场食堂吃着午饭，味同嚼蜡，拿出手机给黎衍发消息。

【MI&IM男装－俏俏】：我六点下班去买菜，你晚上和我一起吃饭。

这一次没用问句，直接用陈述句。

【黎衍】：不吃。

【MI&IM男装－俏俏】：那你不要偷吃我的便当啊！我们商场食堂很贵的！

【黎衍】：我没偷吃，我给钱了。

周俏想给他跪了。

黎衍就像在玩一个有趣的游戏。

第三天晚上，周俏试着把便当放在冰箱最上层的最里面，还用其他蔬菜挡住。她模拟了一下黎衍坐轮椅的坐高和他的臂长，觉得这样他就够不到了。

可是不怕贼偷，就怕贼惦记。一夜之后，便当还是没了，只剩一个洗干净的空饭盒搁在厨房水槽旁，微信里则多了黎衍发来的一个红包。

周俏急得团团转，恨不得把冰箱门锁起来。除了第一天，她就没收过黎衍的红包，二十四小时到了红包退回，下一次，黎衍又会发过来。她知道他给的新红包是累计的金额，但她就是不收。

第四天早上，餐桌上出现了一张五十块的纸币。

周俏决定摇白旗投降。

第五天凌晨，黎衍又一次转着轮椅来到冰箱前，他把假肢放到地上，双手撑着轮椅扶手站起来。

周俏很坏，把饭盒藏在最上层最里面，黎衍觉得她记性似乎有点差，他是不能走路，又不是不能站。

这一次打开冰箱门后，黎衍一愣。

冷藏室的一层并排放着两个饭盒，每个上面都贴着一张便利贴。

黄色盖子的那个写：这是俏俏的午饭！ヽ_ノ

蓝色盖子的那个写：小黎先生请享用吧！ ˆoˆ

黎衍看着这两个饭盒，嘴角一扯，自己都没察觉，他笑了。

周俏在YT百货月河店三楼的MI&IM男装专柜上班，做导购。

工作时间是白班早上九点到下午六点，晚班下午一点到晚上十点，中间休息半小时，每周单休。待遇是底薪加提成，有社保。

看着工作时长好像还行，其实非常累，几乎是从早站到晚，只有吃饭时可以坐下休息一会儿。如果碰到对班有人请假，周俏还需要上全天班，从早上九点一直站到晚上十点，一天下来，腿都不是自己的了。

但她对这份工作已经很满意，一年四季都在舒适的室内，穿着小制服，化着淡妆，只要笑容可掬地为顾客服务就行。最怕的就是丢衣服，一件衣服几百上千，丢了就需要当班导购赔。她一年多来赔过两次钱，加起来一千二，她心疼了足足一个月。

周俏学历太低了，只有一本初中毕业证，还没带出来。这四年多来，她做过许多底层工作，餐厅服务员、发廊洗头妹、流水线女工……最近一年多她都在商场做导购，人家招人时要求高中以上学历，她没办法，咬咬牙做了一本假的高中毕业证，反正网上查不到高中学历，她能胜任工作就行。

午休前，同事Cindy问周俏吃什么，周俏想起这事儿就哭笑不得，她准备了好几天的便当，最后却吃了好几天的食堂。

幸好，这一天她终于能吃上自己带的饭菜。

吃饭时，她没再给黎衍发微信，给他留点面子。

周俏算是明白了，这人就是死鸭子嘴硬，问他吃不吃饭，他一定会说不吃，以后都不用问，直接给他做好了算数。

吃完午饭，周俏溜到商场安全通道，关上防火门后，拨出一个电话。电话那头儿响起一个温和的女声，说的普通话带着老家的口音。

"喂，周俏？"

"邱老师，是我。"

邱老师四十多岁，是老家镇上唯一一所高中的语文老师，也是周俏上高中时的班主任。离家四年多，邱老师是周俏与家里联系的唯一对象，每个月都会通一次电话。

"最近好吗？工作忙不忙？"邱老师问。

"挺好的，就老样子。邱老师，您怎么样呀？"

"我也是老样子啊，刚弄完期中考试，这几天稍微轻松一些。"

周俏问："周俊树考得好吗？"

邱老师笑起来："全班第二，年级第八，成绩很稳定，我盯着他呢，你放心吧。"

周俏很高兴。

周俊树是周俏的亲弟弟，上高二，很巧，也是邱老师班里的学生。

周俏犹豫着问："邱老师，小树还是不肯和我通电话吗？"

"哎呀，他是小孩儿，正是脾气最大的时候，你别把这个事放在心上。他就是嘴巴硬，心里明白得很，要不然，他也不会那么用功学习，真生你的气啊，早跑外头野去啦！"邱老师安慰着周俏，又问，"对了，你过年还是不回家吗？"

周俏笑笑："不回了吧，商场里过年又不打烊，很忙的，回家一趟路费又贵。"

邱老师叹一口气："什么路费贵，你在我这儿就别扯这些了，你都四年没回家了，还是不敢回吗？"

周俏说不出话来。

邱老师等了一会儿，又笑起来："不回就不回，没事儿的，你打给我的钱我都转交给小树了。你爸那儿也没什么事，现在小树也大了，个头比你爸都高，也挨不了打。"

周俏很欣慰："我看到您发给我的小树的照片了，我都要认不得他了。"

"是吧？好大的小伙儿了，长得怪好看的。"邱老师笑个不停。

两人又聊了几句，邱老师说："俏，你上两个月和我说，让小树高二念完的暑假去你那儿住几天，还记得这个事不？"

"记得啊，小树不是不愿意吗？"

周俏向邱老师提起过，想让周俊树高二结束的暑假来钱塘玩玩。她有四年多没见到弟弟了，想带他看看大城市，甚至去大学里转转，给他一点高考的动力。不过邱老师和周俊树提过以后，周俊树一口拒绝了。

"他最近口风有点松。"邱老师说，"我后来又和他提过两回，他没再说什么了，我觉着有戏。这还有大半年呢，十六岁的小孩儿听到要去大城市玩，哪个会不高兴？他一开始就是没反应过来，又犟，琢磨琢磨就动心了，所以咱们可以慢慢来，给他一个台阶下。我就先和你打个招呼，你那儿没问题吧？"

早几个月前是没问题，可是现在……

不管了，还早呢！周俏说："我这儿当然没问题啊，小树能来，我高兴还来不及呢！"

邱老师说："行，那我就找机会再和他说说。你自己也注意身体，天冷了，别感冒。"

周俏很感动："谢谢您邱老师，您也注意身体，下个月我再给您打电话，我午休快结束了，先挂啦。"

"去吧，好好的啊。"

周俏挂掉电话，背脊靠在墙上发了好一会儿愣，不知怎么的，眼眶就湿了。

她想小树了。

周俏用手背抹抹眼睛，做了几个深呼吸，想到自己和小树的关系可能会有所改善，心情又飞扬起来。

打开手机相册，周俏看着周俊树的照片。照片是在学校里拍的，周俊树站在班级门口，一脸的心不甘情不愿。

小树真帅！

他穿着周俏寄过去的一身运动服，藏青色带白色条纹，还挺洋气。周俏放大照片，看着弟弟板着的脸，心里没来由地想起黎衍来。

黎衍和小树都很别扭，不过小树比较内向，不像黎衍跟爆竹精似的会随时爆炸，小树大概是个哑炮吧。

小树要是真的来钱塘玩，该住哪儿呢？周俏想起黎衍的约法十八章，有些伤脑筋。

晚上，周俏回到家，客厅里黑漆漆一片。她打开灯，看到黎衍的房门一如既往关得严严实实。周俏走进厨房，看到那个蓝色盖子玻璃饭盒洗干净后放在水槽边，她把自己的饭盒拿出来，又仔细地洗了一遍。

这一晚她做香肠蒸蛋，足足放了四个鸡蛋、八根香肠，又炒了个香菇青菜。

周俏揭开锅盖闻闻香气，陶醉地闭上眼睛："嗯……好香！俏俏真是特级厨师啊！"

装好两个饭盒，周俏盛出米饭，准备吃饭。把饭菜端去客厅时，她吓了一跳，黎衍不知什么时候出来了，坐着轮椅安安静静等在餐桌旁，眼神冷冷地看着她。

周俏把菜盘子放到桌上，都只剩了一小半，她大着胆子问："你……吃晚饭了吗？"

黎衍抬头看她，声音低沉："我连午饭都没吃。"

周俏很困惑，心想：你为什么要这么哀怨地看着我？你不吃午饭又不是我的错。我看过你的冰箱，里头有一些速冻食品，客厅柜子里也有方便面，无论如何你也饿不死的啊大哥！

"那……要不一起吃？"周俏看着桌上可怜兮兮的一人份餐食，"我再炒个菜吧。"

黎衍居然老实不客气地端起了她的饭碗，拿起筷子说："上次吃的小炒肉不错，我看冰箱里还有辣椒和肉，你再炒一个吧。"

真是黎大爷啊，居然还点上菜了！

周俏认命地从冰箱里拿出辣椒和猪肉，在厨房里忙活起来，除了再做一个辣椒小炒肉，她还做了一大碗榨菜蛋花汤。

厨房里抽油烟机轰轰响着，煸辣椒的味道从油锅里飘散出来，黎衍就着那香味在客厅吃饭，突然发现手里的碗不是自己家的。

"嗯？"他拿起碗左右打量，这是个白黄相间的饭碗，碗边圆润，碗外印着两只卡通小猫滚成一团，和卫生间里那只黄色小鸭刷牙杯风格很相似，都是周俏自己带来的东西。这个女孩似乎很喜欢黄颜色。

周俏把菜和汤端出来，黎衍捧着碗，脸色有点臭。

他说："我好像用了你的碗。"

周俏摇摇手："没事没事，我有好几个碗和盘子。"

黎衍问："这顿饭多少钱？我等下转给你。"

"不用了。"就多了张嘴吃饭罢了，周俏可没这么小气。

哪知道，黎衍说："以后你包我饭吧，我每个月给你结钱。"

周俏呆住："啊？"

之前每天嘴硬说不吃的人到底是谁啊？

"包月，或是按顿算，都可以。"黎衍面无表情地看着她，"不会白吃你的。"

这……不收的话，白养一个人吃饭，多少会产生成本。收了的话，又好像很没人情味，毕竟黎衍都没收她房租和水电费。

思考以后，周俏说："要不这样吧，你也没收我房租和水电，吃饭我也不收你钱了。我每天也只能做一次饭，我多做一些，你第二天中午也能吃，晚上我做新鲜的，咱俩一起吃。我要是晚班，就当天早上做新鲜的，中午吃完了我去上班，晚上给你留好饭，你看成吗？"

黎衍左手端碗，右手拿着筷子，看着她，没反应，碗里的米饭上还铺着一根吃了一半的香肠。

"不是，我自愿的，真收你饭费我会不好意思，而且你妈妈有时候也会带菜过来，我就一块儿做了。"周俏又补充，"还有，我做菜其实很简单的，都是家常菜，你别点菜啊！很多菜我做不来。"

黎衍想了一会儿，说："我每个月给你五百块，你不收，我就不吃了。"

最终，周俏点点头："行吧。"

"家常菜就可以，不用太复杂，我不挑食。"黎衍的筷子已经夹向那道刚出炉的辣椒小炒肉，也不顾烫，急急塞进嘴里。

他大概……真的是饿坏了。

周俏看着他苍白凹陷的脸颊、深深的眼窝，再配上那头随意生长的头发，心里很不是滋味。记忆里的黎衍意气风发，充满勃勃生机，现在的黎衍却像个三天没吃饭的饿死鬼。

周俏也端起饭碗吃饭，发现黎衍的胃口其实不小，一碗米饭很快就吃完。还没等他开口，周俏已经去把厨房里那个蓝色盖子的饭盒拿出来，把香肠蒸蛋倒回盘子里，又把米饭拨进黎衍的饭碗。

"吃吧，这本来就是给你做的晚餐，我给你留了两个鸡蛋哦！"

黎衍看着她的动作，心想她是不是把他当饭桶了？

桌上三菜一汤，两个人一起吃着饭。周俏好奇地问："黎衍，你平时都怎么吃饭的呀？"

黎衍难得老老实实地回答："自己做，我妈偶尔也会来。"

"你叫外卖吗？"周俏随口问。

黎衍脸色一僵。

这个问题戳到了他的痛处，他当然叫过外卖。

老小区没电梯，即使黎衍在备注里写明订餐人身体不便无法下楼，个别外卖员也视若无睹。有一次，一个外卖员把餐盒在单元门外的花坛一放，打个电话让黎衍自己下楼拿，无论黎衍怎么解释，人家都不信。

那人说："我很忙啊，都给你送到楼下了，你自己下来拿一下会怎样啊？我听你声音挺年轻的，你没长腿吗？怎么那么懒呢？"

气得黎衍直接就摔了手机，屏幕就是那一次摔碎的。

黎衍投诉过一些外卖员，但并没有什么改变，还遭过个别人报复。所以最近两年，他已经不叫外卖了，平时就靠速冻食品和沈春燕时不时的接济填饱肚子，人才会越来越瘦。

黎衍冷冷地说："我不叫外卖，反正以后就在你这儿包月了。"

"哦。"周俏扒着饭，问，"这几天你吃的那些菜，都合口味吗？"

"还行。"黎衍抬头看她一眼，"就是米饭太少了，不太吃得饱。"

周俏有点晕，发现他已经吃完第二碗饭。

"还要饭吗？"她问。

黎衍冲她眨眨眼睛。

周俏起身去厨房，把自己的饭盒拿过来，将里头的米饭都扒进黎衍碗里："就只有这些了，电饭煲里也没了。"

周俏没多煮米饭，现在弹尽粮绝。

黎衍脸上浮起一层诡异的红晕，周俏自己都觉得尴尬，知道他是不好意思了。

可怜的饭桶。

行吧，周俏暗暗握拳，从现在开始定一个小目标——养胖黎衍衍同学！周俏俏同学，有没有信心？有！

周俏梦到黎衍了。

在一家生意红火的火锅店里，那是周俏梦里经常出现的场景。

店外的银杏树叶渐渐变黄，随风而落，在街上铺上一层金色叶毯。阳光晒进玻璃窗，整个画面朦朦胧胧的，光斑在眼前闪烁，周俏眯了眯眼睛，发现自己穿着一身黑色制服，站在一张圆桌前，正在收拾上一批客人离开后剩下的碗盘。

不知道为什么，盘子越收拾越多，居然在桌子上叠了起来。周俏急得想哭，领班在旁边骂她，话语听不清，只能看到她那张刻薄又狰狞的脸，嘴巴一张一合着。

新来的客人等在桌边，是一群年轻人，男男女女都有，有的在玩手机，有的在说笑。周俏不停地收拾，但越是着急越手忙脚乱，最后直接打碎了一个盘子。

领班重重推了她一把，还用手指戳她的脑袋，嘴里骂骂咧咧。她吓哭了，慌慌张张地向领班鞠躬道歉，在领班又一次伸手向她推过来时，有人制止了领班。

那人挡下领班的手："行了啊，说几句就差不多得了，怎么还打人呢？让她慢慢收拾就行，我们又不急。"

领班没敢再骂人，瞪了周俏一眼就走了。

周俏泪眼婆娑地看着那人，发现是一个个子好高的哥哥，穿着墨绿色运动外套和牛仔裤，单肩背着一个运动背包。他的头发剪得碎碎的，有一张非常帅气的脸庞，眼睛明亮又温柔。

他身边的朋友叫了他一声，给他看手机。手机上不知是什么有趣的内容，他看过以后就大笑起来，再也没有注意周俏。

他们叫他"阿 yǎn""Li yǎn"。

周俏一直以为他姓"李"，原来他是姓"黎"。

"黎衍。"她叫他。

他没理她，像是没听见。

"阿衍！"周俏又叫。

他低头看着手机，微微笑着，唇角的弧度特别好看。

"阿衍……"

"阿衍！"

周俏身子一震，醒了。

窗帘没有拉紧，透进一道光，周俏迷茫地躺在床上，一下子分不清刚才那一幕是现实还是梦境，缓了一会儿后，脑子才重新开始运转。

那是她第一次见到黎衍，是秋天的一个中午，那时她才十七岁，来到钱塘只有三个月。

周俏起床洗漱，时间还早，想起前一晚和黎衍达成的搭伙吃饭协议，周俏决定把早饭也给他供上，抓起钥匙就出了门。

黎衍依旧睡到十一点多，起床后想去洗澡，依稀听到客厅里传来声音。他很纳闷，猜测是沈春燕来了，但还是穿上假肢坐上了轮椅。

出了房间，看到是周俏在客厅拖地板，黎衍吃了一惊，心里一阵后怕，下意识地就低头看自己的腿，幸好，他是"完整"的。

"早！"周俏向他打招呼，抬头看一眼墙上的钟，惊呼一声，"啊哟，也不早了，都中午啦，你每天都睡到这么晚的吗？"

"我四点多才睡的。"黎衍抓抓自己头发，不用照镜子就知道，睡过一晚，头发肯定和鸡窝一样。

他问："你怎么没去上班？"

周俏笑着说："今天开始我要上两周的晚班。"

黎衍问："晚班是几点到几点？"

"下午一点到晚上十点。"周俏拎着拖把进卫生间，"你等我一下，马上就好了，你洗漱完赶紧吃早饭，今天早饭是外头买的，给你换换口味。"

黎衍转着轮椅来到卫生间门口，见周俏正在拖把桶里哗啦哗啦地甩拖把，问："晚上十点下班，你回来还有车吗？"

　　周俏转头看着他："有的，末班车是到十点半。"

　　她拖完地，黎衍进卫生间洗脸刷牙，对着镜子一瞧，发现自己简直是侮辱了鸡窝。他的头发支棱得乱七八糟，也不知道周俏看到他怎么能不笑场的。

　　是该剪头发了，黎衍伸手捋捋自己头发，刘海儿都快盖眼睛了，可一想到要下楼，他又觉得很烦。

　　烦烦烦。

　　洗漱完，黎衍回到客厅，看到餐桌上已经摆了好几个碗和盘子。

　　周俏居然给他买来了烧饼油条，用微波炉加热了一下。她又给他煮了一碗小馄饨，馄饨里漂着紫菜和蛋花丝儿，还有几丁绿油油的小葱。除此以外，竟然还有一个白煮蛋和一罐鲜牛奶。

　　黎衍盯着这份丰盛的早餐发呆，周俏另外做了三个炒菜，自己坐下端起一碗米饭："我都不知道你起床这么晚，所以你吃早饭，我吃午饭，剩下的菜全部归你。电饭煲里米饭足够，你自己安排着吃，今天没其他吃的了。"

　　黎衍好久好久没吃过这么一顿像样的早餐，每天起床后，他都是从冰箱里随便弄点东西吃。拿起烧饼油条，他咬了一口，微微皱眉："不脆了。"

　　"放了几个小时，怎么可能还脆？"周俏无语，"明天我做点卤牛肉吧，你起床了给你来一碗牛肉面，怎么样？"

　　黎衍觉得自己口水都要流出来了。

　　啊，真丢人。

　　周俏吃得很快，吃完后也没空再收拾厨房，回房换好衣服，拎上包和饭盒，对吃得慢吞吞的黎衍说："我去上班啦，你吃完盘子就丢水槽里好了，我晚上回来会洗。"

　　黎衍坐在餐桌边，沉默地看着她。

　　周俏在门边换好鞋，又回头问："你想吃什么水果吗？家里水果没了，我想买个柚子，你吃吗？"

　　黎衍咽一口口水，他什么都想吃，可以吃下一头大象。

　　周俏似乎已经习惯了他的"表达方式"，自顾自点点头："那我就买个柚子吧，再买点儿苹果，你晚上写书写累了可以吃，苹果挺顶饿的。"说完，她打开门走了出去。

　　黎衍在她关门前的最后一刻开了口："谢谢。"

　　周俏一愣，冲他露出一个灿烂的笑："客气啥呀，我走啦，拜拜。"

　　"拜拜。"黎衍说。

　　门关上了。

　　黎衍已经吃完烧饼油条，又吃完小馄饨，连汤都喝得干干净净。他把吸管插进牛奶罐里，又剥起白煮蛋，看到周俏剩下的三个菜：辣椒笋片炒肉、番茄炒蛋、辣椒炒菠菜。

　　非常简单的家常菜，甚至没有大肉，但是红黄绿白配得特别好看，即使黎衍已经饱了，对晚餐都起了期待。

　　沈春燕也会给他做饭吃，但这种感觉相当不一样，可能因为他吃沈春燕做的菜已经二十多年，不管什么菜都不会再有惊喜。而且沈春燕不吃辣，从来不做辣菜，菜式还偏甜，而周俏做菜喜欢放辣椒，黎衍觉得很好吃，很下饭。

吃完鸡蛋和牛奶，黎衍把脏碗盘搁在自己腿上，转着轮椅来到厨房，很自觉地把碗盘洗干净。

离开厨房前，他好奇地打开电饭煲，想看看周俏到底煮了多少饭。

盖子弹开，他愣在那里——几乎是满满一锅米饭。

黎衍忍不住笑出声来，盖上盖子。

周俏是真的把他当饭桶了。

这顿饭吃得太饱，黎衍一时间没脑子码字，干脆拿起手机和张有鑫聊天。

三金同学上周六和女神去约会后，没和黎衍联系过。这不太正常，那小孩儿可是连喝杯奶茶都会给黎衍发张照片的主儿，这么大的事结束后居然一声不吭，黎衍不禁有些担心。

【有只刺猬】：三金，约会战况如何？

【三金是个乖孩子】：衍哥，我有点难受。

【有只刺猬】：怎么了？女神把你拒了？

【三金是个乖孩子】：也没有。

【有只刺猬】：那怎么难受了？身体难受吗？

【三金是个乖孩子】：不是，那天我和她聊了一下午，她说她心里挺喜欢我的，但又觉得我俩不合适，很纠结很矛盾，她还哭了。

作为一个没谈过恋爱的男人，黎衍不知道该怎么接话。张有鑫长得帅，家里有钱，性格又开朗，据说在他们系里，他还挺受女孩子们喜欢的，但女神说他俩不合适，原因有且只有一个，就是张有鑫的身体情况。

黎衍没回，张有鑫也不在意，他需要的是倾诉，黎衍只管听着就行。

【三金是个乖孩子】：她说我不能走路，下半身还没知觉，她怕和我在一起要承受的东西太多，要照顾我，以后还有可能生不了孩子。

【三金是个乖孩子】：她很喜欢小孩子，是一定要做妈妈的。我是觉得她想得也太远了，她才二十岁啊，恋爱还没谈呢就想着生孩子。而且现在不是有试管婴儿嘛，我参加的那个轮椅俱乐部有个大哥，和他老婆就是试管生的孩子，直接生了一对双胞胎，牛吧？

【三金是个乖孩子】：但我现在不能和她说这些，女孩子比较爱幻想，我自己的情况自己知道，下半身是没感觉，但偶尔我还是能硬的，就是不太说得准。我也没做过，鬼知道还能不能做，啊啊啊！真烦人。

【三金是个乖孩子】：衍哥，还是你走运，这方面没问题。你打没打算谈恋爱啊？你这么帅，女朋友很好找的。

张有鑫不止一次说黎衍"走运"了，黎衍相当无语。

张有鑫记忆里的他估计还是三年多前在医院康复训练时的模样。后来他们没有视频，更没发过照片，黎衍能在朋友圈看到张有鑫的现状，张有鑫却一点儿也不知道黎衍现在是什么样。

如果他知道了，绝对不会再说这样的话。

黎衍知道张有鑫心里应该挺不好受的，他自己也有点丧。他们两人同属于一个特殊群体，互相调笑问题不大，一旦面对健全人群，一丁点儿的异样眼光都能让人沮丧绝望。

"三金"心已经足够大，还是能从文字里感受到他的失落，黎衍决定扯开话题。

【有只刺猬】：和你打个赌，哥会比你先结婚。

【三金是个乖孩子】：哈哈，赌什么？

【有只刺猬】：一顿饭吧。

【三金是个乖孩子】：屁！你都不下楼，爷和你吃饭要等到猴年马月呀。

【有只刺猬】：赌不赌？

【三金是个乖孩子】：赌啊，你肯定输。

【有只刺猬】：我已经赢了。

【三金是个乖孩子】：？？？？？

【三金是个乖孩子】：你这老处男骗谁呢！你要是破处了会不和我说？

【有只刺猬】：哥结婚了，信不信由你。

【三金是个乖孩子】：不信！结婚证晒出来！

黎衍抬头看一眼衣柜顶，唉……把这茬给忘了，装相失败。

【有只刺猬】：晒不出来。

【三金是个乖孩子】：哈哈哈哈哈，我就知道你吹牛呢！

【有只刺猬】：哈哈哈哈哈哈，被你发现了。

【三金是个乖孩子】：衍哥，我知道你是在安慰我，我没事，反正都已经这样了，想再多也没用。人家有顾虑我也不能强求，总能遇到一个不在乎我能不能走路的妹子的，毕竟我那么帅。

【有只刺猬】：高富帅。

【三金是个乖孩子】：你给对我身份了。［骄傲］

和张有鑫聊完，黎衍洗了个澡，在房间里码了几小时字。

傍晚时，沈春燕提着一兜子菜赶到永新东苑，想给儿子改善伙食，进门却发现，黎衍正在餐桌边美美地吃晚餐。

沈春燕没反应过来，看着桌上的菜，问："这些都是俏俏做的吗？"

黎衍"嗯"了一声。

沈春燕差点老泪纵横，把食材放好，坐在餐桌边看着儿子说："阿衍啊，你是上辈子修来的福吗，讨了一个这么贤惠的老婆！俏俏才二十一岁啊，就这么会照顾人，有她陪着你，妈妈终于可以放心了！"

黎衍一听这话就炸了，吼道："我上辈子修了福？我上辈子应该是造了孽吧！杀人了放火了！这辈子才会没了两条腿！"

沈春燕不知道这样说话都能刺伤他，脑袋都耷拉下来。

黎衍顺了顺气，继续吃饭。沈春燕去主卧次卧溜了一圈，回到客厅坐下，见儿子不再闹脾气，小心地问："阿衍，你和俏俏是分床的吗？"

黎衍一愣，他和周俏没有为应对沈春燕而做表面功夫，次卧床上是周俏的被褥，她的喝水杯和手机充电线都还在床头。不过，黎衍早就做好了准备。

他平静地说："我每天码字到半夜，她白天一早要上班，我们怎么一起睡？"

也有道理，只是……沈春燕嗫嚅道："阿衍，那……你和俏俏……夫妻生活总有的咯？和不和谐啊？"

"噗！"黎衍一口饭都差点喷出来，咳了半天。

沈春燕赶紧给他倒来一杯水。

黎衍喝了几口水后，一拍桌子："沈春燕，你是不是有病啊？！你是个女的！我是个男的！你问我这种事你不害臊吗？"

"什么女的男的？"沈春燕委屈，"我是你妈妈呀！你爸爸又不在，你结婚了，我总要关心关心的，这种事很正常的呀！以后你们有了小孩子，我还要帮你们带呢！"

黎衍要是有膝盖，就给她跪下了，可惜他没有。

他放低声音："妈，我求你，算我求你，不要再问这个事了成吗？你也别去问周俏，要不然她以为你变态。"

"我……"沈春燕生气，"你呀你，你就是有了媳妇忘了娘！我知道你们小夫妻刚结婚，肯定腻歪得很。行吧，我不问了，啥时候要孩子你们自己做主吧，反正俏俏还小。"说到这儿，她又喜上眉梢，"对了，阿衍啊，你和俏俏以后打不打算要两个孩子呀？"

黎衍翻个白眼，把筷子往桌上一拍："我被你搞得饭都吃不下了沈春燕！"

沈春燕噘嘴，不吭声了。

黎衍吃完饭，沈春燕帮他洗碗，洗完后，他让她赶紧走。

"为什么那么急着要妈妈走啊？"沈春燕想儿子，如果黎衍愿意，她天天都会来看他。这一周念着黎衍新婚，她才忍着好几天没来。

黎衍说："我要码字了，今天的更新还没写完，你再不走我就要完不成榜单了，进了黑名单我下一期榜单就没有了！"

沈春燕听不懂，感觉是很重要的事，不敢再打扰儿子："后天你宋叔他们来吃饭，你别忘了，晚上和俏俏说一声，我明天带些菜过来，叫她不要买太多菜。"

黎衍不耐烦地挥手："走吧走吧。"

"还有，你那头发，什么时候理一下呀？要不明天让晋阳背你下去剪个头？"

"不用！"黎衍瞪她。

沈春燕终是不情不愿地走了。

她一走，黎衍抬头看时间，离周俏下班还早。

他转着轮椅回房间，关门上锁，脱裤子卸假肢，一气呵成。

爬到床上，关上灯，黎衍快速地给自己DIY了一番。

今天真是见了鬼了！先是张有鑫说什么"硬不硬"，又是沈春燕说"和谐不和谐"，黎衍本来完全没心思的，莫名其妙被他们说得浑身燥热。

爽到的时候，他整个上半身都蜷了起来，脑子里居然浮现出一张年轻女孩模糊的脸。

黎衍大惊失色，手指死死揪着床单，心里感到极度羞耻，觉得丢脸丢到太平洋。

怎么回事？他已经很久很久没做这个事了，是中邪了吧？

这都饥不择食了！

第三章
两个世界的人

晚上十点多，黎衍有些心不在焉。

最近他卡文卡得厉害，可能是因为三次元里发生的事略微跌宕起伏，在他死水一般的生活里搅起了一圈圈涟漪，他没法全身心投入自己创作的故事中去，很久没有日更一万字了。

看看电脑右下角的时间，22 点 25 分，周俏还没回来。

黎衍知道周俏是在月河广场附近上班，平时她下白班后会先去买菜，所以算不准她坐公交车回家需要多少时间。

一个女孩子这么晚下班，黎衍有点担心，没什么心思码字，干脆去阳台抽烟。

接近十一点时，外面终于传来开门的声音。

黎衍的目光落向房门，听着客厅里周俏的动静，身子坐在轮椅上一动不动。

他想，要出去吗？

不需要吧，平时她回来自己也不出去啊。

还是应该去打个招呼，要不然一会儿她就睡了。

会不会太晚了？也没什么可说的。

周俏在厨房里拿起一把刀，开始剥柚子，嘴里用《卖汤圆》的调子哼着自编的歌。

"剥柚子，剥柚子，俏俏买的柚子是圆又圆，一个柚子切一刀，酸酸甜甜真新鲜。柚子柚子剥柚子，剥了这个柚子给黎衍……哎哎哎哎哎，柚子柚子真好吃，剥了这个柚子给黎衍！"

黎衍转着轮椅来到厨房门口，眼睛看到的是周俏正在卖力地掀柚子皮，耳朵听到的就是她放飞自我的歌声。

周俏一直没发现他，背对着他掰开几瓣柚子，剥开果肉外的膜，把大块的果肉装进碗里。装满一碗后，她端起碗转身，看到黎衍时像只受惊的兔子似的蹦了一下："哎哟我的天啊！你什么时候出来的？"

黎衍冷冷地看着她。

周俏抚着自己心口，显然吓得不轻："我真要被你吓死了大哥，你出来麻烦出个声儿行吗？"

黎衍瞥她一眼："我开门，转轮椅，一直都有声儿，是你自己唱歌太投入了。"

周俏脸一红："你听见啦？"

"602 室的人都能听见。"黎衍指指墙上的钟，"已经十一点多了，'夜深人静'这个词学过吗？以后开演唱会麻烦换个时间。"

"我唱得又不响。"周俏噘起嘴，把碗往他手里一送，"喏，柚子，都剥好了。"

黎衍低头看着手里的一碗果肉，晶莹剔透的柚子肉十分新鲜，看着就水分充足、酸甜可口的样子，他喉结滚了一下，低声说："谢谢。"

周俏笑起来："不客气，我要洗澡了。明天就做牛肉面，可以吗？"

黎衍看着她，点点头："嗯。"

大概是因为不久前刚做了不要脸的事，看到周俏的笑容他竟然很心虚，不敢与她对视，快速地错开了目光。

周俏根本没察觉他的异样，打开冰箱看存货，盘算着第二天早上除了要去买牛肉还要买些什么。

"咦？你妈妈来过啦？"她看到速冻箱里多了几条冻鲳鱼，和一只老鸭，"多了好多菜呢！"

黎衍想起沈春燕的嘱咐："我妈说，后天他们来吃饭，明天她还会带些菜来，叫你不要买太多。"

"行，不过这一顿说好了我来烧，你明天和你妈妈说一下，要是把这些菜做坏了，我可不负责啊。"周俏关上冰箱门，探出头来对着黎衍一笑。

她这样子笑，黎衍又感到不自在了，说声"知道了"就赶紧回了房间。

关上房门后，他转着轮椅来到电脑桌前，把柚子碗放在桌上，拈了一块果肉吃进嘴里。酸甜的汁水在口腔里溢散，他嚼得很慢，等到果肉都咽下去，他还愣在那里，回味着嘴里柚子特有的微涩滋味。

——人间。

黎衍脑子里莫名其妙就冒出这个词，并且挥之不去。

他打开一个笔记本，里头都是他随手写下的灵感和一些梗，翻到空白页，他写下一行字：

【一碗剥开的柚子肉，让他有了重回人间的感觉。】

多么矫情，却是此时此刻他心里最真切的感受。

黎衍合上本子丢进抽屉，双手搓了搓脸，准备就着这碗柚子果肉继续开工。

第二天早上，黎衍没再睡到十一点，九点多就起了床。周俏买菜回来看到他在洗漱，吃惊地瞪大眼睛："你今天起好早啊！"

黎衍睡眼惺忪地刷着牙，没理她。

他没睡醒，凌晨两点就躺下了，可长久以来形成的生物钟还是让他直到四点多才睡着。闹钟定在九点，他只睡了四个多小时，头都有些晕。

周俏先去厨房把牛肉处理好后炖起来，又拿了纸笔在餐桌边坐下。

客厅窗子朝东，早上是光线最充沛的时候，周俏穿着一件暗橘色宽松毛衣，长发披肩，在桌边写写画画。黎衍感到好奇，转着轮椅停在她身边，问："你在写什么？"

"菜单。"周俏把纸挪过去给他看，"明天可能是六个人吃饭，宋晋阳也许会带女朋友来，我得排个菜单。"

黎衍觉得她小题大做了："不需要吧？"

"要的，六个人怎么都得弄十个菜，荤素搭配，还要有汤有冷菜，不写下来我会搞不清。"周俏又问，"你知道他们有啥忌口吗？"

黎衍想了想，说："我妈不吃辣，口味偏甜；宋叔吃辣，他还喜欢喝点红酒，需要一些下酒的菜，有骨头的那种；宋晋阳……我不知道。"

周俏问："咱家有红酒吗？"

"没有，只有啤酒。"黎衍看了一眼柜子，啤酒是今年夏天沈春燕买的。黎衍没有酒瘾，更没有酒伴，两大箱听装啤酒还剩下一箱多没喝完。

周俏点点头:"知道了,等下我去我们商场楼下那个超市买两瓶就行。"

她把菜单排完给黎衍看:"你看一下,有没有要改的?"

黎衍把纸拿在手里看,两个冷菜,八个热菜,一个点心,一个果盘。周俏安排得十分认真,黎衍头一次看到家里人吃顿饭还像饭店里那样搞个餐后果盘的。

菜搭配得很好,他没什么意见可提,注意力倒是集中在周俏的字迹上,她的字居然写得还可以,他有些意外。

一个只有初中毕业的农村姑娘,黎衍潜意识里认为周俏成绩很差,不爱学习,字也好看不到哪儿去,搞不好还都是错别字。不过现在看这菜单,一个错别字都没有,清清爽爽,卷面分可以给满分。

"挺好的,就照这个做吧。"他把菜单还给周俏,又加了一句,"你字写得还行啊。"

周俏咬着笔杆,眼神很羞涩。

黎衍双手按上轮椅钢圈,准备回房,周俏叫住他:"哎哎,你先别走,有个事儿和你商量下!"

黎衍停下动作,转头看她:"什么事?"

"明天,你妈妈他们来吃饭,你给我点面子,别和宋晋阳吵架,行吗?"周俏看他的眼神带着怯意,像是不太有信心。

看着黎衍绷紧的下巴、紧抿的唇线,周俏瓜了:"就……哎呀,明天算是我们结婚后第一次和家里人一起吃饭,吵吵闹闹不像话呀,你稍微、稍微控制一下自己的脾气,好不好?就算不给我面子,也要给你妈妈和宋叔叔一点面子呀。"

黎衍眼神冷漠,一言不发。

周俏双手合十,眨巴着眼睛:"拜托……"

这大概就是宋晋阳说的撒娇卖萌吧!也不知道黎衍吃不吃这一套。

黎衍终于收回盯在周俏脸上的视线,点点头:"我知道了。"

周俏好开心,当即绽开一个大大的笑脸:"谢啦!"

黎衍扭回头,沉默着回房间,心里有点郁闷,自己的脾气难道已经到了别人难以忍受的地步?需要周俏提前给他打预防针了?

卤牛肉炖好了,一屋子的牛肉香,黎衍肚子好饿,又不好意思问周俏什么时候开饭。在房间里等了好一会儿,终于听到周俏叫他:"黎衍,吃面啦!"

真的有吃的了,他反而又磨蹭了几分钟,才转着轮椅出房间。牛肉面已经摆在餐桌上,好大一碗,面多,牛肉也多,居然还有青菜和一个荷包蛋,最上层撒着一小撮香菜,闻起来格外香。

黎衍感受到了肠胃的呐喊,它们似乎在说:我要吃!我要吃!我要吃啊啊啊!

自己是饿疯了吗?

周俏把其他菜也端上桌,又给黎衍拿来一罐鲜牛奶:"每天都要喝牛奶哦,可以补钙。"

黎衍拿起筷子吃了一块牛肉,酥软入味,好吃极了!他迟疑着问:"这样的伙食标准,每个月给你五百块是不是不太够?"

周俏盛出一碗饭,在他对面坐下,哈哈哈地笑起来:"没事儿,不够了我和你说,你想吃什么也可以和我说,不用算得那么清楚。你都没收我房租水电,那个才是大头儿。"

"嗯,谢了。"黎衍点点头,挑起面条大口大口吃起来。

周俏看他吃得香,心里很高兴,觉得这天早上的黎衍似乎不太一样,脾气变好了许多,都没对她大呼小叫,她感到满意极了。

星期四，周俏休息，准备好所有菜，等待沈春燕一行下午过来。

上午她打扫卫生，除了黎衍房间，其他地方都搞得干净整齐，又变戏法似的拿出一个四格零食盘，在里头摆满小包装的瓜子、蜜饯和巧克力。

黎衍看着周俏在那儿干活，有些过意不去，问："需要我帮忙吗？"

周俏坏坏地一笑，说："要啊！"

她拎出一大袋带着豆荚的甜豆，交给黎衍："帮我剥了吧。"

黎衍接过袋子和空碗，问："不是有剥好的豆子卖吗？"

"你是不是傻？剥好的要贵很多，人家加了人工费的。"周俏握着他轮椅背后的把手，直接把他推到餐桌边，"赶紧干活吧！"

黎衍不吭声了，乖乖在餐桌边剥起甜豆来。

下午两点多，沈春燕先来一步，提着一个大环保袋。周俏迎上去叫她："妈妈，您来啦。"

"哎哎，乖。"沈春燕把袋子递给周俏，周俏一看里头的东西，愣了一下。

"是喜糖。"沈春燕笑呵呵地说，"一会儿我要去给老邻居们发喜糖，俏俏，你和我一起去吧。"

黎衍听到了，转着轮椅出来，脸色非常差："什么喜糖？"

"你俩结婚了，要给老邻居发喜糖的呀，这是规矩。"沈春燕抓着周俏的手，对黎衍说，"又不要你去，我和俏俏去就行，也就十几户人家，很快就发完了。"

周俏看黎衍神色不对，赶紧对他瞪眼示意。黎衍与她对视片刻，哼了一声，又回了房间。

"啧啧啧，这脾气……"沈春燕叹口气，"俏俏啊，咱们现在就去吧，发完了回来做饭，妈妈帮你。"

周俏点点头。

永新东苑这套房子是回迁房，房子造好后，沈春燕就一直住在这里，周围都是老邻居、老同事，二十多年来有些人家把房子卖了，但还是留了一些老朋友在，沈春燕依着记忆，一家一家给相熟的人家送喜糖。

所有人在听说黎衍结了婚、又看到他的新婚妻子周俏时，脸上都露出惊讶的表情，但大多数人很快又转为开心，不停地对沈春燕说恭喜，夸周俏漂亮、乖巧又实在。

周俏一直跟着赔笑脸，一个个单元、一层层楼喊着"叔叔阿姨"，看着沈春燕把喜糖一盒盒递出去。

只有一户人家相当奇怪，周俏感受到沈春燕和那个中年女人之间剑拔弩张的气息。她们的对话一点也不友好，女人的那对三角眼打量着周俏时，带着明显的不屑和轻视。

周俏不明白为什么要给这个人送喜糖，沈春燕显然和她有过过节儿。

"阿娟，我们阿衍结婚啦，这是周俏，是我的新儿媳妇儿，今天特地带过来给老邻居们发糖。"沈春燕揽着周俏，把喜糖递给那女人。

阿娟皮笑肉不笑地说："哦哟，那可真是恭喜了。你们阿衍福气很好啊，居然能娶到这么年轻标致的老婆。"

沈春燕说："你这话说得我可不爱听了，我们阿衍又不差，他和周俏是自由恋爱，两情相悦的，这缘分来了啊挡都挡不住。"

"呵呵呵呵，小姑娘也是勇气可嘉。"阿娟问，"小周是哪里人啊？做什么工作呀？"

周俏还没开口，沈春燕就说了："她在商场里上班的，虽然不是本地人，但又聪明又能干，对我们家阿衍好得不得了！"

"挺好的。"阿娟把两盒喜糖握在手里，笑道，"那我就祝你们早生贵子啦。"说完，她就不客气地把门给关上了。

周俏跟着沈春燕往下一家走时，满肚子疑问。

沈春燕回头看她一眼，说："刚才那个人，以前给阿衍介绍过对象。"

周俏看着她。

"是她一个不知道拐了多少弯的亲戚，比阿衍大三岁，还和我说，女大三，抱金砖，我呸！"沈春燕神情愤愤。

周俏直觉接下来听到的事不会让她愉快。

"结果，是个脑瘫，走路摇摇摆摆，话都说不清楚，从来没读过书！"沈春燕说到这儿就气不打一处来，"阿娟故意不和我说的！我也是傻，没弄清楚情况就让人家上门来了。你知道阿衍的脾气的，他一看到那个女的，当场就发疯了，桌子都差点被他掀翻！后来这个阿娟还来怪我，说阿衍看不上人家，人家还看不上他，说那女的家里有两套房！"

沈春燕气得要命，皱着眉说："两套房了不起啊！我们家阿衍只是出了意外！哪能这么让人欺负！你是没看到那天的场景，我真的是心疼死了！所以你和阿衍结婚，我一定要让阿娟看看你！让她知道，我们家阿衍还是值得好女孩喜欢的！"

听完沈春燕的解释，周俏无言以对。她心里很难受，非常非常难受，实在没办法对沈春燕说出安慰的话。

喜糖发得差不多了，还剩几盒，沈春燕和周俏一起回家。

周俏没让沈春燕去厨房帮忙，说菜都备得差不多，她一个人可以搞定。沈春燕很欣慰，就在餐桌边坐下休息。

黎衍没有回房，拆了一包开心果在那儿吃，沈春燕坐了一会儿，看到那组锻炼用的双杠，问："儿子，你现在还练习走路吗？"

黎衍不作声，沈春燕继续说："这玩意儿装了好几年了，也没见你练过，还不如拆了摆个沙发呢，再安个电视柜，装个电视机，平时你和俏俏还能在沙发上看看电影。"

黎衍把一颗开心果肉丢进嘴里，手里剥起下一颗。

"唉……这房子要是有电梯就好了，你上下楼就方便多了，可以去楼下练习走路。这杠子也就两米长，走过来走过去，三步就到头了，换我也不爱练。"沈春燕从零食盒里抓起一包瓜子，拆开嗑起来，看着厨房里周俏忙碌的背影，脸上又堆起笑，"俏俏真的很能干啊，她搬过来也就一个多礼拜吧？瞧瞧这屋子，干干净净，这家里啊，还是得有个女人才像样。"

黎衍："……"

沈春燕看了儿子一眼，笑得眼角皱纹都出来了："还有你，脸色都好一些了。这娶了媳妇儿到底是不一样，小日子过得是不是很滋润啊？"

黎衍把剩下的开心果往桌上一丢："我回房了。"

"哎哎哎！别走别走，你宋叔他们马上就要来了！行行行，妈妈不说话了，妈妈闭嘴总行了吧小祖宗？"沈春燕无奈地摇头叹气，真的不再说话，一边嗑着瓜子，一边笑嘻嘻地打量黎衍，过会儿又溜去厨房看周俏。

宋晋阳提前下班，一路接上宋桦和女朋友，傍晚时来到永新东苑。

宋桦提着几个礼盒，宋晋阳与女朋友手牵手进了门，周俏对他女朋友挺好奇的，抽空从厨房出来招呼他们。

黎衍也是第一次见到宋晋阳的女朋友，是个身材高挑的年轻女孩，染着栗色长发，发梢打着卷儿，化淡妆，脱下风衣后，身上穿着一件黑色连衣裙，眉眼恬淡，气质文静优雅。

周俏很意外，总觉得宋晋阳的女朋友应该性格活泼才对，毕竟宋晋阳自己是个话痨，原来他喜欢温柔型的？

"阿衍，弟妹，给你们介绍一下，这是我女朋友杨瑾颂。"宋晋阳笑呵呵地揽着杨瑾颂的肩，"小颂，这是我弟黎衍，弟妹周俏。"

"你们好。"杨瑾颂显然知道黎衍的身体情况，并没有什么特别反应，笑得很温善。

周俏和黎衍一起看着他们，总觉得有什么地方略微奇怪。

宋晋阳看着他们傻呆呆的样子，忍不住大笑起来："是名字！宋晋阳，杨瑾颂，发现了吗？我和她的名字是反一反的，当时知道她的名字我都傻了，心想，哎！这也太巧了吧！"

周俏终于反应过来，惊叹道："真的好巧啊！那你俩可够有缘的。"

宋晋阳很得意："天生一对，神仙爱情，你们不用太羡慕。"

杨瑾颂掩着嘴笑，又娇嗔地捶了捶他："你少来了，人家都结婚了，还用得着羡慕你？"

"也是啊。"宋晋阳很有些唏嘘，"我是真的没想到，我弟会比我先结婚，还是闪婚！原本我以为他会母胎solo到老呢！"

黎衍翻了个白眼。

"你怎么乱说话的。"杨瑾颂推了下宋晋阳，从包里掏出一个小礼盒递给周俏，"周俏，这是我送你们的结婚礼物，小玩意儿，祝你们新婚快乐。"

"啊，谢谢你啊！"周俏掀起围裙擦擦手，接过礼盒。

杨瑾颂示意周俏打开看。周俏拆掉包装打开盒子，看到是一个千足金的挂坠，一个带翅膀的小孩儿在射箭，这小孩儿居然还是全裸的……

周俏一脸震惊。

"呃，这是爱神丘比特。"杨瑾颂尴尬地解释。

宋晋阳在边上哈哈大笑："我早和你说别买这个，跟耍流氓似的，你非不听。"

周俏的脸瞬间就红了，把盒子交给黎衍，小声说："阿衍，你陪他们说说话，我先去厨房忙啦。"

黎衍收下盒子看了一眼，又对杨瑾颂说声"谢谢"。

想起刚才周俏的反应，他又是好笑又感到难堪。杨瑾颂一看就是大城市里长大的女孩，而周俏那个小土包子穿着脏兮兮的围裙，连丘比特是谁都不知道。

黎衍家的客厅好久没这么热闹，五个人坐在餐桌边，一边吃水果零食，一边聊天，周俏在厨房里吭哧吭哧地做着菜。

不对，应该是四个人聊天，不包括黎衍，他始终冷眼旁观。

宋桦对沈春燕说着自己单位里的事儿，沈春燕絮絮叨叨回几句。

宋晋阳和杨瑾颂则旁若无人地挨在一起，成吨成吨地撒狗粮，秀恩爱。黎衍看着他们头碰头地看手机，间或轻笑着互相打闹，你捏我一把，我抓你一下，甚至还嘴对嘴亲了一口。

黎衍感觉被一万点暴击，眼睛都要瞎了。

沈春燕和宋桦像是已经见怪不怪，黎衍烦躁得很，视线不自觉地就望向厨房里周俏的背影。他好歹也是有"老婆"的人，并不是一只孤单的电灯泡。

黎衍趁上完卫生间转着轮椅进了厨房，问周俏："真的不用我妈来帮忙吗？"

台面上摊满盘子和食材，周俏手脚麻利地做着菜，回头冲他笑："不用，我搞得定的，你去客厅待着吧。"

黎衍又在厨房里待了一会儿，低声说："辛苦了。"

周俏拿着铲子在油锅里炒菜："不辛苦，我还是头一次给这么多家里人做菜呢，挺开心的。"

黎衍没再说什么，转着轮椅离开厨房。

热菜一道道出锅，宋晋阳和宋桦一起把靠墙的餐桌抬出来，周俏把菜端上桌，双手搓着围裙，不好意思地说："我手艺不好，让大家见笑了。"

"没有没有，已经很好了！"宋桦连声夸奖。

九菜一汤把桌子摆得满满当当，煞是好看。沈春燕觉得倍儿有面子，因为杨瑾颂不会做饭，这么一比，就更显得周俏既贤惠又勤快。

宋晋阳拿出手机对着桌上的菜拍全家福，一边拍一边说："这还叫手艺不好啊？这个一定要发朋友圈，弟妹太牛了！"

杨瑾颂瞟了他一眼，宋晋阳立刻搂住她亲热地说："以后咱俩结婚，我来做菜！不会叫你去厨房的，你这双手是弹钢琴的，哪里能下厨嘛。"

黎衍听到后相当不乐意，什么意思啊？！

杨瑾颂是一所小学的音乐老师，弹琴唱歌都很棒，黎衍看向她的手，手指果然修长白皙，左手无名指上还戴着一枚戒指。他又看宋晋阳的手，左手无名指上也有一枚戒指，显然是一对的。

他俩都还没结婚呢，怎么就戴对戒了？

黎衍低下头，偷偷地看一眼自己光秃秃的左手无名指。

这些和结婚有关的细枝末节，他之前从未考虑过，现在回过味来才觉得说不过去。他和周俏名义上是裸婚，但戒指总得买吧。

他又一想，买个屁！这婚姻都是假的！

大家在餐桌边坐下，周俏给喝酒的几位倒上红酒。宋桦举起酒杯，说："来来来，大家碰一下，祝阿衍和俏俏新婚快乐，百年好合，永结同心！"

沈春燕也举起红酒杯："和和美美！"

杨瑾颂跟上："早生贵子哦！"

宋晋阳要开车，喝的是椰汁："三年抱俩！"

大家都笑起来，周俏脸都红了，她坐在黎衍左边，悄悄转头看他一眼，没想到他也在看她。周俏慌得赶紧坐正身子，不敢再胡思乱想。

这一幕被其他人看在眼里，就是一副小夫妻甜甜蜜蜜又害羞的模样，沈春燕笑得嘴都合不拢。

黎衍的杯子里也是红酒，碰杯后大家动筷。

周俏对黎衍的表现非常满意，他虽然没怎么说话，但神色一直平静，没有任何发火的征兆，周俏悬着的一颗心终于安定了一些。

大家都夸周俏做菜做得好，尤其是宋桦，指着那道剁椒鱼头对沈春燕说："这鱼头辣得可真够带劲的,你也学学,别每次都是鱼头豆腐汤,太没滋没味了。"

沈春燕不乐意了:"辣菜我不会!要吃你自己做!"

宋桦"啧"了一声:"我要会做我早做了,我这不是不会嘛。"

沈春燕问宋晋阳:"晋阳你评评理,阿姨做的鱼头汤不好吃吗?"

宋晋阳慢条斯理地说:"鱼头豆腐汤有它特有的鲜味,剁椒鱼头呢,又有它的香辣爽劲,各有千秋,不好比。"

沈春燕眉开眼笑:"还是你会说话,你爸就该跟你学学。"

宋晋阳对着沈春燕举杯:"阿姨,来,我敬您一杯。吃您做的饭也有十年了,以前年纪小不懂事,没少惹您生气,您别和我计较。现在我和黎衍都大了,虽然我不喊您妈,但心里是怎么对您的,您该知道,话不多说,我干了,您随意。"

"傻孩子,你说什么呀。"沈春燕眼圈红了。

两人碰杯,宋晋阳一饮而尽,沈春燕抿了一口酒后,向黎衍看过去。

黎衍神色极为复杂,知道这是宋晋阳给的机会,当着所有人的面让他俩关系破冰。

可今时不同往日,黎衍知道自己心里的结在哪里,如果他健健康康、工作顺利,他和宋晋阳的关系早就缓和了。可他现在混成这么一副鬼样,接了宋晋阳的话,就像是接了对方的施舍和怜悯,实在过不了自己心中那道坎。

和好的前提是平等,但他们永远都没法平等了。

大家都在看黎衍,气氛沉默又尴尬。

宋桦看不过去轻轻咳嗽一声,刚想开口,周俏说话了:"妈妈,叔叔,晋阳哥哥还有小颂姐姐,我代阿衍说两句吧。很多事其实阿衍心里都明白的,他就是没说而已,咱们都是一家人,一家人就不用搞得这么煽情啦。总之我向你们保证,我和阿衍会好好过日子的,他的臭脾气啊,我来改。"说着,她右手牵过黎衍的左手,握紧,手指还在他掌心挠了一下。

黎衍猛地转头看她,她左手已经举起杯子,笑着说:"我和阿衍一起敬大家一杯,祝妈妈和叔叔身体健康,晋阳哥哥和小颂姐姐甜甜蜜蜜,咱们家呀,家和万事兴!"

她的右手手指又抠一下黎衍的左手掌心,他回过神来,右手也举起杯子,做了个总结发言:"干杯。"

宋桦紧跟着说了两句吉祥话,六只杯子立刻都举起来,叮叮咚咚地碰在一起。

后来的话题渐渐变得轻松,宋晋阳说起自己和杨瑾颂的相识经过,说得眉飞色舞:"我同事在酒吧碰到熟人,就是她闺蜜,我们就凑一块儿玩真心话大冒险。她朋友喊她'小颂',我同事喊我也是'小宋',她们一喊我就应,后来她就不高兴了,坐我边上问我是不是故意的,我说我本来就姓宋啊!她说你叫什么名字,我说'宋晋阳',你们猜她说什么?"

宋桦和沈春燕明显听过这个故事,笑而不语,只有周俏急吼吼地追问:"说什么?"

"她说——"宋晋阳打个响指,捏着嗓子学女生说话,"'你是想追我吧?连我名字都问到了?你好无聊啊!'哈哈哈哈哈……"

周俏也跟着大笑起来,黎衍转过头低笑一声。

杨瑾颂羞得把脸埋在宋晋阳肩窝里,宋晋阳拍拍她的背,说:"我当时想,世上居然有如此厚颜无耻之人!"

"你够了啊!"杨瑾颂都快要气死了。

沈春燕酒量不行,这时候脸颊泛红,开始给周俏和杨瑾颂讲两个男生上高中时的糗事。

"晋阳十六岁时，已经跟他这个糊涂老爹有一顿没一顿地过了好些年，身高才一米六八，一百零五斤，瘦得跟只猴儿似的，还不肯吃饭，把我给急的哟！"沈春燕自己想起都觉得好笑，"我就跟他讲，你看看黎衍吧，黎衍从小吃我做的饭，都快一米八了，你难道不想长个子吗？"

"后来他每顿都要吃两大碗米饭，天天去篮球场摸高，个头终于开始噌噌地蹿，裤子没穿俩月就得换，隔段时间就来问我，阿姨，黎衍现在多高？这小子，做梦都想比阿衍高呢！"

杨瑾颂听得津津有味，问："那后来超过了吗？"

周俏在心里笃定地回答：没有。

沈春燕笑得得意，摇摇手指："还是没超过哦，哈哈！"

宋晋阳不满地叫起来："阿姨，求您别揭我老底啦！"

黎衍没有参与这个话题，沈春燕醉了，完全没有意识到很多过去的事现在讲来会刺痛黎衍。好在黎衍自己也没那么在意，就像周俏说的，他们都是一家人，一家人说话要是还顾虑这个顾虑那个，那也太累了。

也许还因为，他自己也喝多了吧，听到他和宋晋阳曾经做过的脑残事，他甚至笑了几声。腰背懒懒地靠在轮椅靠背上，左手依旧和周俏的右手牵在一起，掌心传来她指尖的温度，痒兮兮的，不太习惯，却又舍不得放开。

一顿饭吃完，沈春燕帮周俏收拾餐桌，周俏洗完碗，其余四人就提出离开。这顿晚餐进行得非常顺利，甚至可算是温馨，周俏站在门口向他们挥手道别时，心里满满的都是自豪。

从早到晚忙了一天，关上门后，周俏终于感觉到一阵疲惫，回头看黎衍，笑道："圆满结束。"

黎衍没说话，低着头，不知道在想什么。

周俏在餐桌边坐下，拿过沈春燕留下的一盒喜糖，打开看。

黎衍抬起头来，看着她的动作。

每盒喜糖有六颗，其中有两颗费列罗。周俏拆开一颗费列罗吃，唔……味道真不错，比她买的巧克力好吃多了。她把剩下那颗费列罗递给黎衍："吃吗？"

她满心以为黎衍会接过的，谁知他竟说："不吃。"

"哦。"周俏收回手，并不在意，"你不喜欢吃巧克力吗？"

黎衍抿着嘴唇，冷冷地看着她。

周俏觉得他很奇怪，吃饭时还好好的，这会儿突然翻脸比翻书还快。她不解地问："你怎么了？"

餐桌上已经空了，客厅里只剩下他们两人，之前的喧闹在客人离开后全部散尽，连醉意也渐渐消失，黎衍此刻已经冷静下来。

刚才的气氛太融洽了，融洽到都令他失去思考能力，现在神智一点一点清醒，他记起女孩子纤巧柔软的手在自己掌心的感觉，是温暖的，也带着刺痛。

不能再放任下去。

"周俏。"他叫她。

周俏又吃了一颗棉花糖，抬起头："嗯？"

"刚才的事我没和你计较，现在觉得，还是有必要和你说清楚。"黎衍脸色严峻地看着她。

周俏迷茫："什么说清楚？"

"记得我和你说过的话吗？"黎衍一字一句地说，"不要再做莫名其妙的事情，不要再许下不可能会实现的诺言。你是你，我是我，我们只是合作关系，希望你时刻谨记，不要太入戏。"

周俏的脸瞬间变白，又迅速漫上一层红。

黎衍说完就转动轮椅回房间，并且关上了门，留下周俏一个人呆呆坐在客厅。

她又剥了一颗水果糖放进嘴里，发现自己的手有些抖。

她的确是太入戏了。

肆无忌惮，得意忘形。

却没有意识到，这只是一出独角戏。

【一碗剥开的柚子肉，让他有了重回人间的感觉。】

黎衍看着这行字，手里转着笔，指尖一顿，笔停了下来，他在下面又写下几个字：

【这是错觉。】

周俏住到黎衍家已经半个多月，自从那顿饭后，她安分许多，不再傻呵呵地笑，不再和黎衍抬杠，不再唱自编的歌，更加不敢再对他动手动脚。黎衍很满意，觉得她还算拎得清。

黎衍的第四本小说连载成绩很糟糕，收益少得令他想砸键盘，老文收益也没带起来，几乎丧失写下去的动力。他本来想写两百多万字，现在决定砍大纲早点完结，每天都活在低气压中。

周俏还没有换到白班，每天早上去买菜做饭，给黎衍备足三餐，牛奶和鸡蛋雷打不动，其他菜式荤素搭配，营养均衡，自认绝对没让黎衍的五百块钱花得冤枉。

只是，他们已经很久没有一起吃饭。

黎衍像是故意避开周俏，周俏中午十二点出门上班时，黎衍都还没起床，她晚上十一点回到家，他又躲在房里不出门。两个人见面次数屈指可数，更加谈不上说话，如果有事，就用微信沟通。

周俏很失落，不停反思自己是不是真的过分了。

做得最错的事就是没经过黎衍同意去牵他的手，还牵了好一会儿，他当时也没反对嘛，顺顺从从地任她牵着。有那么一刻，周俏甚至记得他还反手握住她的手，学着她的样子用手指挠她掌心。

回头就翻脸了，活像是被女色狼骚扰了的小白兔。

周俏觉得自己很丢人。

单休那天，周俏从醒过来就开始思考这一天该怎么过。

她抱着可达鸭坐在床上，想黎衍看到她是不是会很烦？但她又不想出门，上班很辛苦，休息日只想赖在家里。

已经是十二月，算是入冬，气温降了许多。但这天太阳很暖，周俏跳下床，决定洗衣服晒被子，午饭后再去超市溜达一圈，好久没去超市，该采买一些油盐酱醋和生活日用品。

过了中午，黎衍懒洋洋地转着轮椅出房间准备洗澡。他没穿假肢，一耳朵就听到厨房里传出的声音，吓得他赶紧倒转轮椅往回退，轮椅撞到墙上发出声响，他也没空管，"砰"一声就关上了门。

周俏回过头，什么都没看见。

黎衍在门后揉着自己的手臂，手肘磕在墙上了，一阵酸麻。他转动轮椅回到床边，一双假肢穿着裤子和鞋子立在地上,他定定地看着自己的"下半身",半响,嘴里低声骂了一句。

再一次出门时,他已经穿戴完整。周俏正把热菜端上桌,黎衍问:"你今天不上班?"

"嗯,今天休息。"周俏紧张地看着他,"你去刷牙洗脸吧,弄完了就吃饭。你先吃,你吃完我再吃。"

她在怕他?

黎衍心里的无名火又冒起来,语气冰冷:"怎么,什么时候吃饭还要排队了?"

周俏不敢接话。

"一起吃。"丢下这句话他就去了卫生间。

周俏叹口气,给两个人盛好饭,在餐桌边坐下来。

她和黎衍面对面吃饭,谁都不说话。如此压抑的气氛令周俏难受,吃到一半时,她问:"我下午要去超市,你有什么想买的吗?我帮你买。"

黎衍想了想,说:"给我买两支牙刷吧,我牙刷用旧了,再带一提卷纸,两支牙膏。"

"好,有喜欢的牌子吗?"

黎衍抬头扫她一眼,声音很低:"看看哪个在搞活动,买打折的就行。"

这习惯倒是和自己一样,周俏点点头。

黎衍又说:"你出门后过两个小时再回来,我要洗个澡。"

"哦。"周俏应下。

下午,周俏独自一人走在去超市的路上。

这段时候钱塘的天气一直晴朗无雨,午后的太阳晒得人暖洋洋的。周俏边走边想,要是黎衍住的楼有电梯就好了,那他们就可以一起逛逛超市,黎衍也可以晒晒太阳。

这都是老生常谈,所有人都这么期望,只有黎衍自己不愿意。

他为什么不愿意呢?周俏觉得黎衍并没有那么排斥下楼,他只是没办法,又不可能次次都找人帮忙。

宋晋阳的提议是正确的,黎衍就适合住一间带电梯的房子,他还那么年轻,怎么能像只被困在笼里的鸟儿一般生活?

但周俏不敢去劝黎衍,她没有立场,不想再被他喷得狗血淋头。

综合体里的那家大超市,周俏还是第一次来。她在超市里慢慢地逛,给黎衍选好他吩咐的牙刷牙膏和卷纸,又逛到零食区。周俏停下脚步,黎衍家几乎没有零食,沈春燕拿来的糕点饼干更符合中老年人口味,她不喜欢吃,黎衍半夜肚子饿了倒是会吃一些。周俏想,要不要给黎衍买些好吃的小零食?

年轻的女孩总归有些嘴馋,周俏挑了些薯片、牛肉干、海苔和话梅放进购物车里,又看到一大杯的果肉果冻,她眨眨眼睛,拿了两个。

这些东西以往她买得很少,因为都挺贵,零食从来不是她生活里的必需品,可是这一天她就是想买,买给家里那位大爷吃。

到了一楼,周俏又买了些菜,给黎衍拿了一箱牛奶,购物车几乎满了,她去柜台排队结账。牛奶很重,卷纸体积又很大,最后装了满满两大袋,她左右手各提一袋,吃力地往超市出口走。

快要走到大门时,她的注意力被边上一家奶茶店吸引住。

这是一家连锁奶茶店,品牌已经运营很多年,生意一直挺红火,此时在店门外排队买奶茶的客人就不少。

周俏看了一会儿，双脚已经不受控制地走过去，默默排在队尾。

排队时，她想起很久以前的一些事……

"嘿，小花，你男神来了！"陈哥跑过周俏身边，小声对她说。

正在擦桌子的周俏猛地转头看向店门，就看到几个年轻人正往里头走。黎衍个子最高，特别显眼，手里拿着一杯奶茶，一边喝一边和身边的一个男生说笑。

火锅店开在Ａ大校外的一条美食街上，算是面积比较大的一家店，Ａ大的学生们要是请客或聚餐，都喜欢上这儿来。黎衍和他的同学们也常来，七八个人坐一张大圆桌，吵吵闹闹地点菜。

服务员们其实都有自己固定的服务区域，但每次黎衍一来，只要周俏看到，都会抢先过去迎接。久而久之，同事们都知道了，小花妹妹似乎是看上了那个高大英俊的男生。

大多数同事都愿意成人之美，让周俏去服务黎衍那桌。只有一直看她不顺眼的领班会笑话她："癞蛤蟆想吃天鹅肉啊？人家是Ａ大的高才生，全国重点！你算个什么东西，字儿都认不全呢！"

周俏没反驳，知道自己什么都不是，但她就是想要接近那个高个子的帅气小哥哥，忍都忍不住。

黎衍一行人在窗边的圆桌旁坐下，周俏过去点菜。

有一个戴眼镜的斯文男生似乎和黎衍很要好，两个人每次都会坐在一起。这次是眼镜小哥点菜，他拿着菜单钩了一溜，羊肉、牛肉、午餐肉点了一堆，黎衍在边上说："点些蔬菜吧，都是肉，你也吃不腻？"

一个胖胖的男生说："阿衍你怎么跟个姑娘似的还要蔬菜，吃火锅就是要吃肉啊！"

另一个寸头男生慢悠悠地说："阿衍还爱喝奶茶呢，刚见了奶茶店都走不动路了。"

三个一起来的女生都掩着嘴笑起来。

"欠揍吧！爱喝奶茶碍着你了？"黎衍人往椅背上一靠，右小腿架在左大腿上，姿势很嚣张，眼睛里却带着笑意。

周俏在边上听得很开心，咧着嘴巴跟着傻乐。

胖男说："你瞧瞧人家服务员都笑你了。"

黎衍转头看一眼周俏，周俏赶紧闭嘴，心虚地低头看脚尖。

"就这些吧。"眼镜小哥把菜单交给周俏。

周俏问："几位喝点什么？"

"你们喝什么？"眼镜小哥问，"喝酒吗？"

"大中午的喝什么酒，下午还有事呢，喝饮料吧，椰汁、可乐，都行。"寸头男又问黎衍，"阿衍，你要玉米汁吗？"

"不用。"黎衍拿起奶茶晃晃，"今儿喝这个。"

眼镜小哥对周俏说："那就两个大椰汁吧。"

"好的。"周俏把菜和他核对了一遍，有些不舍地走开了。

下好单后，周俏一次次帮他们上菜、给汤底去沫、加汤、收骨碟……她偷听他们说话，黎衍和人说着工作的事儿，什么实习，什么协议，还有论文，她听不懂，只能悄悄地看黎衍。

他脱掉了外套，身上穿着一件藏青色圆领毛衣，胸口有一排白色菱形格子，深颜色衬得他肤色更加白皙，一双眼睛明亮得像天上星星。周俏的心扑通扑通跳得飞快，心想这世上怎么会有这么完美的人？

黎衍就是一轮耀眼的太阳，在所有人里光芒万丈，周俏总能看到他开怀大笑，勾着眼镜小哥的脖子与他打闹。

见到黎衍，已经成为周俏在这家火锅店里继续工作下去的唯一动力。不管领班怎么挤对她，打她骂她，她都能忍着不走。

两个月来，周俏记住了黎衍爱吃的锅底和配菜，知道他爱喝烫烫的玉米汁，知道他不爱吃大蒜，也不怎么喜欢葱和姜，甚至她还知道了黎衍和眼镜小哥之间的一个秘密。

这个秘密是关于一个女孩。

那女孩身材窈窕，长相明艳，讲起话来又娇又软，穿着特别洋气。周俏见过她几次，看看她，再看看自己，知道了什么叫云泥之别。

等到黎衍一行人吃完饭离开后，周俏收拾起他们的桌子。黎衍喝空了的奶茶杯留在桌上，周俏小心地拿起来看，杯身上印着奶茶品牌Logo，摇一摇，里头好像还有东西。她透过半透明的膜往里看，杯底是一粒粒深色颗状物。

原来这就是奶茶呀？

她又看到一张小标签，上面印着字：红豆奶茶 / 大杯 / 七分糖 / 热。

十七岁的周俏从来没喝过奶茶，但牢牢地记住了这行字……

排了十分钟队，终于轮到周俏。奶茶店店员问："请问要喝什么？"

周俏说："一杯红豆奶茶，烫的，大杯，七分糖。"

"好的，十四元，谢谢。"

周俏付完钱，又等了一会儿才拿到奶茶，小心地塞在环保袋里，看看时间，差不多两个小时了，她愉快地走回家。

周俏去超市后，黎衍抓紧时间洗了个澡。

洗澡时，他发现下水不好，淋浴间里的水都积起来了。他弯下腰，右手撑着地面，左手撑着椅面，把身体从塑料椅子上挪到瓷砖地上。屁股和大腿残肢浸在积水里的感觉令他超级不爽，双手撑着地面挪到地漏那儿，一扒拉，从地漏里扒出一团乌黑的头发。没了阻碍，积水立刻咕嘟咕嘟旋转着流了下去。

黎衍很生气。

不知道为什么生气，总之就是生气！

想要发火，想摔东西，想要大吼大叫。

心里居然诡异地兴奋起来。

周俏提着大包小包爬到六楼时，两只手都被勒出深深的红印。她累坏了，先去厨房倒了一杯水喝，接着开始整理买来的东西。

这时，黎衍转着轮椅从房里出来，他刚洗过澡，头发还是湿的，也没吹干，就随意地散着。周俏对他笑了一下，说："我给你买了……"

黎衍打断她的话："你以后洗澡，把头发收拾干净，下水道都堵住了。"

周俏一愣，说："我每次都把头发捞掉的呀。"

"头发现在还在垃圾桶里呢，你要不要自己去看看？"黎衍语气很差，眼神也是冷冰冰的。

周俏小声咕哝："说不定是你自己的头发呀……"

啪嗒！就像是摁下一个开关，黎衍的喉咙立刻响起来："你说什么？！"

周俏身子一抖。

"你当我瞎呀？这么长的头发，怎么可能是我的？！"黎衍怒气冲冲，"忘了就是忘了！下次记得就好！找什么借口甩什么锅？！"

"不是，我真的每次都把头发捞掉的！"别的不说，这事儿周俏已经做得很习惯，以前出租屋的客卫有许多女孩洗澡，要是洗完澡不把头发从地漏那儿清理掉，只要一天，下水道就会堵。

周俏不愿意被冤枉，据理力争："你自己去照照镜子嘛，你的头发都能扎辫子了！我的头发也就刚过肩，你没比我短多少啊！"

黎衍彻底被惹毛了，气得用力捶了下轮椅扶手："你什么意思？你是说我冤枉你？要不要去把头发捞出来咱俩量一下？！我自己头发多长我还能不认得？那头发就是你的！你别想狡辩！"

周俏也生气了："绝对不是我的！你这是碰瓷！"

"你还知道碰瓷？你这人真是，真是……哼，算了。"黎衍缓了缓呼吸，一通发泄令他爽气许多，转着轮椅准备回房间，"你也就这点儿素质，我不和你计较。"

见他快要进到房间，周俏叫住他："黎衍。"

他的轮椅停下了，没回头。

周俏在环保袋里掏东西。黎衍等了一会儿，回过头来，闷声闷气地问："干吗？"

"你……喝奶茶吗？"周俏拿出那杯奶茶，还是热的，她上前两步，把奶茶和吸管递到黎衍面前。

黎衍愣住了。

有多久没喝奶茶了？

记不清了，反正出事以后肯定没喝过。

车祸发生在春天，黎衍在医院住了好几个月，定做了假肢，后来还转去康复医院住了两个月，出院回家时已是初秋。

沈春燕陪他住了一段时间，天天哭，天天哭，哭得他想跳楼。好不容易把她劝走，开始一个人的生活，到如今，也有三年多了。

黎衍以前的确爱喝奶茶，但家里人并不知道，他也不会脸大到让沈春燕过来看他时给他带杯奶茶。况且，对于这些身外之物，他早就没了欲望，都快记不得奶茶是什么滋味。

黎衍回到房间，拆开吸管插进奶茶杯里，木然地吸了一口。

奶茶最终是周俏硬塞到他手里的，当时，他已经呆滞了。

香甜的红豆随着温热液体进入他的口中，他嚼了几下才回过神来，拿起杯子看上面的标签：红豆奶茶。

他心里叹了口气。

周俏这人也满神奇的，随便一买，就是他最喜欢的口味。

这天的晚餐吃得超级尴尬。周俏发自内心地想要排队吃饭，又怕黎衍发火，只能硬着头皮叫他出来一起吃。两个人相对而坐，从头到尾一句话都没说。黎衍只吃了一碗米饭，就把碗筷放进厨房水槽，见他又要回房，周俏咬咬牙，又一次叫住他："黎衍。"

一天里来两回，黎衍有些受不住，直接转着轮椅回身面对她："又怎么了？"

"我……"周俏拎过一个环保袋递给他，"给，你要我买的牙刷和牙膏，卷纸我已经放在厕所柜子里了。"

黎衍一把扯过袋子，问："多少钱？"

"六十八块。"

黎衍扫了一眼袋子，眼神一凛，除了牙刷和牙膏，里面居然还有很多吃的。他问："这是什么？"

周俏笑了一下："哦，这些零食是给你晚上写书饿了的时候吃的。"

黎衍面无表情地看她："多少钱？"

"这些不用算钱，吃的嘛，都算在五百块里面啊。"周俏指着柜子，"还有一箱牛奶，我放那儿了。"

黎衍微微仰头，看了她很久，她被他看得后背发毛。

"你是不是把我当白痴了？"黎衍手指紧攥着袋口拎起来，"一个月五百块，吃饭、牛奶、水果，还包零食和奶茶？"

周俏不敢说话。

"你脑子里到底在想什么？！周俏花！"黎衍烦躁地抓抓头发，"小票呢？给我！"

周俏一狠心，决定耍赖了："小票丢了。"

"丢了？丢了我怎么知道你有没有多收我牙膏钱啊！"

他说得如此理直气壮，周俏都震惊了，着急地说："我、我干吗要多收你牙膏钱？我都挑打折的买的！牙膏、牙刷、卷纸，都是搞活动的！"

"行，丢了是吧？"黎衍冷着脸，从袋子里找出两支牙刷和两盒牙膏，搁在自己腿上，接着就把环保袋重重甩到地上，一个大果冻碌碌从袋子里滚出来，滚到周俏脚边。

"这些东西不是我的，六十八块等下转给你。"说完，黎衍就转动轮椅回了房间。

周俏在客厅里站了几分钟，终于蹲下身，把零食一样一样收到环保袋里，她抹抹眼睛，吸吸鼻子，把袋子放到柜中，坐到桌边继续吃饭。

论如何与黎衍和平相处，真的是一道世纪难题。

周俏觉得自己已经使出浑身解数了，还是不得其门而入。

如果黎衍是一张满分一百分的卷子，她大概只能得三十分。

十二月有圣诞节和元旦，周俏工作的专柜生意比平时好了许多，女人们纷纷为另一半挑选衣服、领带或皮具做圣诞礼物，男人们也会来添置冬装，迎接新年。

连着两周的晚班结束以后，周俏拿到新的排班表，和Cindy一起看，两个人顿时叫苦连天。

接下来一直到元旦后，周俏隔一天就要上一个全天班，她很发愁，倒不是怕累，只是担心家里的那位大爷该怎么吃饭。

在第一个全天班开始的那天早上，周俏五点半起床，出门买菜。她特地多买了一些蔬菜，给黎衍做好一整天的饭菜后，八点整出门上班。

专柜营业前要做一小时的准备工作，更换制服、化妆、打扫卫生、检查昨日报表、清点件数……上午十点，周俏和Cindy准备完毕，开始了一整天的工作。

深夜下班，周俏抬腿上公交车都感觉吃力，半小时的车程，她脑袋靠在玻璃窗上就睡着了，差点坐过站。

回到家，周俏洗澡洗头，哈欠连天，连吹头发的力气都没有，直接钻进被窝睡了过去。

第二天是晚班，她八点起床，洗掉昨天的衣裤，又开始给黎衍做饭。紧接着又是全天班，周而复始，她感觉自己的生活里就是上班、坐车、做饭、洗澡、洗衣服、睡觉……几乎没有一丝一毫空余时间。

她很久没见着黎衍的面了。

她发现，只要是工作日，黎衍和她就可以二十四小时不见面，两人的生活节奏完全错开，要不是厨房里摆着几个洗干净了的碗盘，她都要怀疑这屋子里是不是真的住了另一个人。

黎衍最近也感到奇怪。

沈春燕又来过几次，不管是白天还是晚上，每次都见不着周俏，黎衍只能说周俏最近要加班，敷衍过去。

"你宋叔的年休假要在年底前休完，我和他就报了一个老年旅游团，去缅甸旅游，每个人只要1299元。"沈春燕笑着对黎衍说，"下周出发，要去七天，你和俏俏乖乖的啊，别吵架。"

黎衍冷眼觑她，他连周俏的面都见不着，还吵个屁架。

周俏每天都回来得很晚，黎衍感觉她这晚班都上了快一个月。可是当他早上十点出房间时，周俏照样不在，厨房里留着她做好的饭菜。

黎衍搞不清楚周俏的排班，更加不会去问她，心想，见不到就见不到吧，也许是周俏故意在躲他。

十二月中旬的一天下午，黎衍在卫生间洗了个澡，洗完后坐上轮椅，刚穿好毛衣时，搁在洗脸台上的手机响了。他拿过手机看了一眼，黎德勇来电。

黎衍的目光黯下来，接通电话："喂。"

"阿衍，是我，爸爸。"黎德勇声音很低，"你说话方便吗？"

黎衍的语气不带一丝感情："什么事，你说。"

黎德勇支支吾吾地说："那个……是这样的，我那天听单位里的老洪说，你结婚了？"

老洪就住在永新东苑，他的妻子和沈春燕关系不错，应该是沈春燕给他们家送了喜糖。

黎衍默认。

"真的结婚了？"黎德勇很惊讶，追问道。

"是。"黎衍问，"有事吗？"

"你什么时候结婚的呀？怎么不告诉爸爸呢？办酒席了吗？"黎德勇像是很费解，"你妈妈不和我联系我理解，这么大的事儿你总该和我说吧，你老婆哪儿人？多大？做什么工作的呀？"

一连串的问题，黎衍一个都不想回答："我的事已经和你无关了。"

黎德勇提高了嗓门："怎么会无关呢？你姓黎啊，以后你的孩子也姓黎，是我们老黎家的种啊！"

黎衍冷笑一声："老黎家的种你还是寄希望于你另一个儿子吧，我不打算生孩子，在我这儿你绝后了，甭惦记了。"

"什、什么？"黎德勇像是被惊到了，"你、你下面也受伤了？不能生了？"

黎衍后悔，就不应该说出让他误解的话，直截了当地说："你有话快说有屁快放！问结婚的事儿我告诉你，是！我结婚了！但不干你的事！我和你已经没有半毛钱关系了！我不想见你也不会见你！我当你死了！你也当我死了行吗？！"

"黎衍你个王八……"黎德勇咆哮的声音还没说完，黎衍就把电话挂了。

当年，黎德勇出轨的事儿特别恶心，别人出轨的理由大多是嫌弃家里妻子人老珠黄，而外头姑娘年轻漂亮，可黎德勇不是。

沈春燕当年三十多岁，身材高挑，五官明媚，用现在的说法就是浓颜系美女。黎德勇却不珍惜，仗着自己长得高大英俊，宁可净身出户，也要贴上单位领导的女儿——黎衍实在无法形容那个女人的身材和长相，真形容了感觉就是侮辱了自己的妈。

十七年来，黎衍和黎德勇见面次数两只手都数得过来，对他来说，这个所谓的父亲早就不存在了，远不如宋桦来得亲近。

黎衍心情很不爽，坐在轮椅上，拿起一条缝合了裤腿的黑色裤子穿上，单手撑着椅面抬起屁股，另一只手抻好裤腰，两截大腿残肢都包裹在了裤腿里，接着就打开卫生间的门转了出去。

下一秒，他就愣在原地。

客厅里，周俏正站在餐桌边，目瞪口呆地看着他，手里的包还没来得及放下。

周围的空气仿佛停止流动，黎衍坐在轮椅上，已经凝固成一座石雕。

两人离得很近，一米多远，周俏根本收不回自己的视线，目光落在黎衍的下半身——她第一次看到他不穿假肢的样子，两截残肢裹在裤腿里，很短，短到都没能露出轮椅椅面，末端是圆润的，就那么安安静静地搁着，配上他消瘦的上半身和修长的手臂，画面极具冲击力。

黎衍手里除了一个手机，什么都没有，连一块遮羞布都找不到，他能听到自己的心跳，跳得格外快，简直要跳出喉咙口。

两个人对峙几秒钟，周俏终于反应过来，一个180度原地转身，背对黎衍大声说"对不起！"

黎衍没说话，根本也不知道要说什么，脑子里唯一的念头就是：死了算了。

死了算了。

原地消失。

他一定是疯了才会让周俏住到家里来。

手指捏着轮椅钢圈，指节都发了白，他低下头，转动轮椅绕过周俏，回到自己房间，关上了门。

他进房以后，周俏又在桌边站了好一会儿，才颓丧地坐到椅子上。

最近她太累了，这天又是大姨妈的第二天，撑到下午，肚子难受得实在撑不了一个全天班，才和店长请假回家。

黎衍的样子在脑海里挥之不去，周俏看惯了他穿着假肢、四肢俱全的模样，虽然知道他没了两条腿，但亲眼所见还是让她震惊至极。

这也太不是时候了，黎衍刚才的表情就像是失了魂，眼神绝望到令周俏心悸。她伸手拍拍自己的额头，心想这可怎么办呢？

她闯祸了。

他一定会气疯的。

黎衍没出来吃晚饭。

周俏不敢敲门，只能给他发微信。

【MI&IM 男装－俏俏】：黎衍，吃饭了。

他没回。

十分钟后，周俏又发。

【MI&IM 男装－俏俏】：晚饭都在冰箱里，我回房休息了，你饿了就自己出来热热吃。

他依旧没回。

周俏叹一口气，回了房间。

这一晚周俏睡得很不好，肚子难受，还迷迷糊糊做了梦，梦里都是黎衍。

他一会儿坐在火锅店的窗边，眼神熠熠，笑得神采飞扬，一会儿又佝偻着身子坐在轮椅上，下半身空空荡荡，脸色惨白，神情阴郁，眼底是两抹浓重的阴影，就这么直勾勾地盯着她。

他的断腿处渐渐渗出血来，越渗越多，殷红的血液从轮椅上滴滴答答落到地上。她吓坏了，想要过去看他，却迈不动步子，身子不停地扭动，扭动，突然，她醒了过来。

她浑身冒汗，身体下面传来一股黏腻的感觉。她打开台灯，掀开被子一看，她果然渗漏了，裤子和被子上都沾上了污渍。

人倒霉起来真是接二连三，周俏捂着肚子起身，看看时间才早上五点多，她去洗了个澡，又把被套拆下来放在一边。

冰箱里的菜没动，黎衍昨晚居然没吃东西。

周俏把那些菜都装进饭盒里，准备带去当工作餐，又去菜场买了些新鲜菜，重新给黎衍做饭。

黎衍一直没出房间，周俏临上班前，给他发微信。

【MI&IM 男装－俏俏】：黎衍，你醒了吗？

没回。

【MI&IM 男装－俏俏】：你要是醒了，就出来吃饭吧，我现在去上班了，今天我是晚班。

没回。

【MI&IM 男装－俏俏】：昨天的事，对不起，我不是故意的。

还是没回。

周俏无计可施，只能怏怏地出了门。

【MI&IM 男装－俏俏】：记得吃饭，别饿着自己。

黎衍早就醒了，这一晚他根本就没怎么睡，晕晕乎乎中窗外的天就亮了，还听到叽叽喳喳的鸟叫声。

后来，隔壁的女孩起了床，似乎去了卫生间，然后又去厨房，接着便出门下楼。没多久她又回来了，进厨房忙活了一通，最后，客厅里似乎安静下来，而他的手机则亮起提示光。

手机是静音的，此时此刻，黎衍不想听到任何声音，也不想见到任何人，他情愿自己是死的，闭上眼，再也不用醒过来就好了。

周俏去上班了，黎衍终于被自己的三急之一逼得起床，但他没去卫生间，而是拿过床边的一个夜壶，在床上就地解决。

他没腿，夜里起夜很麻烦，要是坐上轮椅出去，第一，慢，第二，瞌睡会被吵醒，第三，容易被周俏撞见。所以晚上他一直都用夜壶，从未被周俏发现，在她上班后去卫生间倒掉、清洗。

这样的生活，他已经过了三年多，身心俱疲，厌恶透顶。

唯一的寄托就是他的小说，在他的小说世界里，他有时是少年得志的武学天才，有时是寂寂无名的修仙菜鸟，有时是温文儒雅的博学太子，有时又是金戈铁马叱咤战场的威武将军……

现在的黎衍只能活在虚拟世界里，与现实远远地割裂。他自己都不愿面对这具残缺的身体，每天不厌其烦地穿假肢、脱假肢，还给假肢穿裤子穿鞋子。好像穿着假肢，他就还是那个完完整整的黎衍。

——我到底做错了什么？

——为什么是我？

——全世界有那么多人，为什么偏偏是我？

这是黎衍心中永远都得不到答案的问题。

夜里十一点，周俏下班回到家，拿钥匙开门时，心里很忐忑。

她既希望黎衍像往常那样锁在房间里，又有点希望他待在客厅，好让两个人能说上话。

咬咬牙开了门，客厅依旧是黑的，周俏轻轻叹气，开灯后换鞋进屋，忍不住坐在椅子上休息片刻。

肚子好受了一些，可还是觉得疲惫。身下又是那把会"嗒嗒"作响的椅子，周俏早就发现了，四把椅子里只有一把不平整。

她心里烦闷，这时特别讨厌这样的声音，干脆脱掉外套，从自己房间找来一件不穿的旧T恤，准备好剪刀、绳子，席地而坐开始剪布头绑椅腿。

客厅里传来奇怪的声响，黎衍猜不透周俏在干什么，忍了一会儿，他还是把轮椅转了出去，一开门，就看到周俏坐在地上，身边摊了一些工具和碎布。

周俏听到声音，抬头看他。黎衍四肢俱全，在轮椅上坐得端端正正。他目光森冷地盯了她一会儿，问："你在干吗？"

"这个椅子腿不平，每次坐上去就响个不停，太烦人了。我给它下面包个布垫就好了。"周俏一边说，一边干活。

黎衍转着轮椅到她面前，问："每把都不平吗？"

"不是，只有这一把。"

"如果只有这一把，丢了不就完了？"

周俏疑惑地抬头，因为她坐在地上，这时需要仰视黎衍，问："为什么要丢了呀？你家椅子已经很少了，把那个不平的腿包厚一点就好了。"

黎衍冷冷道："你以为我这儿总会来那么多人吗？椅子还有三把，足够坐了。坏了就该丢，包个布头它还是坏的，只会让人一眼就认出它来，最丑。"

周俏皱眉："你在说什么啊？"

"我叫你不要弄了！"黎衍突然就加大音量，"大晚上的你不睡觉楼下还要睡觉呢！你在这儿乒乒乓乓的不知道会打扰邻居吗？！你还打扰我码字了！我思路都被你弄断了你明不明白？！"

周俏被他弄蒙了："我没发出什么声音啊，就包一个腿，最多两个，很快就好了……"

"我叫你不要弄了你听不懂吗？耳朵聋还是智障？！"黎衍狠狠地一拍轮椅扶手，"周俏，请你搞搞清楚，这是我家不是你家！我家的家具还轮不到你来操心！你要是看这把椅子不顺眼，我明天就把它丢出去！你现在给我滚回你的房间！我不想再听到什么乱七八糟的声音！"

你……"

黎衍突然闭了嘴,因为,他看到周俏哭了。

坐在地上,低垂着头,她单薄的肩膀微微耸动着,眼泪一滴一滴地落下来,落在瓷砖上,日光灯下,那泪水晶莹闪亮,刺得黎衍心里没来由地一痛。

周俏没说话,黎衍居然有些无措了。

"喂,你哭什么?"他心中郁结,转着轮椅去餐桌上拿了一包纸巾,搁在腿上又转回来,抽出一张递给周俏,语气还是凶巴巴的,"别哭了!"

周俏打掉了他的手。

黎衍:"……"

周俏开始收拾地上的布头和剪刀,人站起来,把那把椅子搬去墙边,抹抹眼睛,低着头往房间走,看都不看黎衍一眼。

黎衍火气又上来了,转着轮椅面对她的背影,大喊:"你给我站住!"

周俏站住了。

黎衍冷笑一声:"你什么意思?哭给谁看?我怎么你了吗?别搞得自己跟白莲花受委屈似的!"

周俏依旧背对着他站着。

黎衍很不满,又喊:"你给我转过来!有什么话就说!别搁心里骂我!我说你哪儿说错了吗?"

周俏终于转过身来,眼睛红通通地看着他,鼻尖也是红的,低声说:"我今天上班很累了,不想和你吵架。"

黎衍梗着脖子:"我很想和你吵架吗?你当我有病啊?"

周俏:"如果刚才那个椅子的事儿,让你以为我是在影射你,我向你道歉。我完全没有这个意思,请你不要多想。"

黎衍咬牙,手握成拳头敲在轮椅扶手上:"你在说什么鬼话?"

"昨天的事,我也向你道歉。"周俏看着他的眼睛,神情疲惫,"我提前下班没告诉你,是我的错,以后再也不会了,我向你保证,请你原谅我。"

黎衍蒙了。

"我累了,我去睡觉了。"说完,周俏又要转身。

黎衍大吼一声:"站住!"

周俏浑身一抖。

黎衍指着她:"你今天给我把话说清楚,你到底什么意思?我要你向我道歉了吗?!我最烦你们女人动不动就哭哭啼啼了!有什么话就直说!我人就在这儿,你有意见你就讲!"

"我没意见,我只想睡觉!"周俏双手抓抓头发,精神都快要崩溃了。

黎衍不放过她:"不行!你话还没说清楚!那个破椅子,你到底是什么意思?!你就是在影射我对不对?!"

周俏大喊:"我没有!"

黎衍:"没有你为什么要道歉?你是怕我没听明白故意再给我加个重点是吗?!"

"我没有!我说了我没有!"周俏喊得嗓音都哑了。

"还有昨天的事。"黎衍的眼神已经冷到令周俏后背发凉,"你什么都看到了,是不是觉得,这个人原来是个半身怪物啊。"

"我没有,从没有这么想过!"周俏拼命摇头,忍住眼泪不要决堤。

黎衍大叫起来,脖子上青筋都突出来了:"我就是个半身怪物啊!你承认一下就这么难吗?!"

"啊!你有完没完啊?!"周俏突然大喊一声,眼泪再也忍不住夺眶而出,她冲着黎衍喊,"我说没有你不信!我做什么你都看不顺眼!我向你道歉你也不听!那你到底要我怎么样啊?!我现在肚子很痛!我大姨妈来了你知不知道啊?是你叫我滚回房间的!我要滚了你又不让!你这个人真的好奇怪啊!老是和我吵架……你为什么老是和我吵架?你是吵架狂吗?你以前根本就不是这样的!"

黎衍反应了一下,奇怪地反问:"我以前不是这样的?那我以前是什么样?你以前认识我吗?"

周俏摇头:"不认识。"

黎衍吼道:"那你说我以前不是这样的是什么意思?!"

"你管我什么意思!"周俏真的要疯了,哭喊道,"黎衍!你就不能好好和我说话吗?我是想要户口,但我给你钱了呀!是你叫我住过来的!我太累了!我每天要站十几个小时啊!不想和你吵架……呜呜呜呜呜……"

黎衍大吼:"你以为只有你累啊?我不累吗?!你不想住就滚啊!"

周俏被他吼得愣住了。

黎衍在轮椅上咻咻喘气。

几秒钟后,周俏抹掉眼泪,低下头道:"我知道了,我明天就搬走。"

这场架吵得很诡异,到后来,黎衍和周俏都搞不清他们为什么会吵起来。究竟是因为前一天的意外撞见,还是因为那把破椅子。

周俏觉得都不是。

爆竹精想炸就炸,是不需要理由的。

这一次,周俏是真的很生气,又生气又委屈,只想赶紧搬走。原来的出租屋到十二月底才到期,不知道房东有没有租出去,她打算第二天问问陶晓菲,过渡几天再找新房子。

深夜,屋子里安安静静,黎衍躺在床上,又睡不着了。

这一晚他断更,那破文反正也没几个人看,更一章就仨瓜俩枣的钱,他已经懒得去管,脑子里翻来覆去就是自己和周俏的那些对话。

就跟复盘一样,周俏说了这句,他为什么会说那句?他说了那句,周俏又为什么会说这句?

复盘的结果是思绪更加混乱,心里堵得难受。

黎衍很不想承认,却不得不承认,似乎每次没事找事的人都是他。

周俏犯的那些所谓的"错误"从来都是无心,她甚至一次又一次因为这些莫须有的"错误"而向他道歉,但他就是不肯放过她,打了鸡血似的上纲上线,不依不饶,什么难听话都往她身上倒,也不知道自己到底是想要干吗。

今天更是绝了,他把周俏给骂哭了,还让她滚。

明天……还是和她道个歉吧,闭上眼睛前,黎衍想。

道歉,也就是一句话的事儿。

黎衍连着两个晚上没睡好，几乎到天亮才睡着。上午十点多，他挣扎着起了床，穿上假肢，拉好裤子，坐着轮椅去客厅。

　　不知道周俏这天是什么班，客厅里没有人，厨房、卫生间也没人，不大的屋子一目了然，周俏不在。

　　黎衍很失望。

　　厨房里没有做好的饭菜，黎衍有心理准备，两个人吵成这样周俏要还能给他做饭，那都不是个正常人了。他给自己煮了一碗速冻饺子，依旧没有心思码字，拿出手机想给周俏发微信，想来想去还是没发。

　　一直等到晚上八点，周俏还没回来，黎衍心里渐渐浮起不好的预感。他咬咬牙打开次卧门，看到周俏床上的被褥还在，心里松了一口气。

　　保险起见，他转着轮椅进到次卧，拉开衣柜门看，周俏的衣服也都在。黎衍想起周俏说她一天要站十几个小时，寻思她可能是加班，得等晚班后才回来。

　　她的枕头边上有一只可达鸭玩偶，黎衍第一次看到，轮椅转过去，把可达鸭拿在手里看。揉一揉，捏一捏，可达鸭呆愣愣地与他对视。

　　黎衍忍不住笑了一下，自言自语道："怎么会喜欢这么丑的鸭子啊？"把可达鸭放回原位，他离开了次卧。

　　时间过了十点，黎衍开始心烦意乱，干脆待在客厅，眼睛紧盯着大门，不出意外的话，周俏会在一小时内到家。

　　可是这一晚，周俏没有按时回来。黎衍在客厅等了一个半小时，十一点半了，他开始担心。又一次拿出手机，打开微信，他把话编辑了七八遍，最后发送出一条消息。

　　【有只刺猬】：你什么时候回来？

　　没多久，周俏回了。

　　【MI&IM男装-俏俏】：我今晚不回来了，住我原来的房子里，还没到期，月底前我会把行李搬走的。

　　黎衍瞪大眼睛，死死地捏着手机，从那一大片裂屏蛛网里看周俏发来的文字。然后，他直接把电话打了过去。

　　周俏盯着手里响个不停的手机，就像对着一个炸弹。

　　陶晓菲盘腿坐在床上，担忧地看着她："你不接吗？"

　　下定决心，周俏接起电话，对陶晓菲做了个嘘声的手势，开门去到自己原本租住的房间，坐在空了的木床板上："喂。"

　　"你什么意思？啊？多大的人了！闹离家出走啊？！"

　　黎衍的怒吼轰在周俏耳边，令她把手机拿得离耳朵远了些，感觉鼓膜都要被震碎了。

　　"你声音轻一点，很晚了。"周俏的声音低低柔柔的，"什么离家出走？你那儿又不是我的家，昨天不是说好的嘛，今天我搬走。"

　　黎衍的声音稍微低了一些，还是气势十足："周俏，咱俩的协议还没完呢！"

　　周俏沉默了一会儿，说："我觉得，你还是和你妈妈说实话吧，别骗她了，好好说，她能理解的。"

　　她没占黎衍便宜，给钱落户，各不联系，这才是这条产业链最常规的操作。

"不行！"黎衍一口拒绝。

周俏感到头疼："为什么不行啊？我反悔了还不行吗？要不然，我和你离婚吧，反正才一个多月，你把两万块钱还给我。"她感到不妥，立刻又补充，"不用全部还给我，你留两千好了，就当我补偿给你的违约金，毕竟把你从未婚搞成离异了。"

黎衍咬牙切齿："你做梦！"

"你这人怎么这样啊？你是无赖吗？"周俏委屈得又想哭了，"我真的不想住你那儿了，每天上班站一天很辛苦的，回家还要买菜做饭，打扫卫生，这些也就算了，关键是你还要和我吵架！我、我不想和你吵架！你明不明白啊？吵来吵去的，我还不如一个人住出租屋，还能自在一些。"

听到她带点哽咽的声音，黎衍说："那你住回来，给我交房租，你那出租屋租多少钱我也租你多少钱！"

这大言不惭的逻辑简直刷新了周俏的认知："黎衍，我又不是受虐狂！我交钱租房还要被房东骂，我是有病吗？"

黎衍大吼："我什么时候骂过你了？！"

周俏憋不住，"哇"的一声哭出来："你现在就在骂我啊！"

黎衍一句话都说不出来。

"我不和你说了，这里隔音很差的，我怕室友听见。"周俏哭着说。

她要挂电话，黎衍急道："你到底要怎么样才肯搬回来？"

"我不想搬回来！是你要我滚的！"周俏带着哭音，"黎衍你放过我吧，我不想再和你一起住了。"

黎衍听着她抽泣的声音，突然放软语气，说："周俏，我还没吃晚饭呢。"

周俏心里酸酸的："你自己蒸点儿包子、煮点儿饺子吃吧，冰箱里都有。"

黎衍说："我不想吃那些，我想吃你做的辣椒小炒肉。"

周俏沉默了几秒钟，说："黎衍，是你自己说的，我们只是合作关系，不要太入戏。你现在对我说这些话，我会觉得很奇怪，你和我，本来就是两个世界的人。"

"哪两个世界？"黎衍冷笑起来，"你有手有脚，我是个残废，对吗？"

周俏很无奈："你知道我不是这个意思。"

"那你是什么意思啊？！"黎衍气到心口疼，音量又拔高了，恨不得现在就下楼去周俏出租屋那边，把她给捉回来。

周俏放弃与他对话："随便你怎么想吧，我挂了，再见。"

她挂掉电话，黎衍再打过去时，她已经关机。

再也没法忍住自己的脾气，黎衍扬起手，狠狠地把手机砸到地上，一声巨响。

他在心中怒吼：不住就不住！有什么了不起的？你个初中生打工妹！谁稀罕啊！这房子本来就是我的！我一个人住着多开心！多潇洒！多自由！为什么要找个人来一起住啊？！

女人！要么就吵吵嚷嚷，要么就哭哭啼啼！

那么麻烦的人！我为什么要把你请回来啊？！

不回来拉倒！稀罕！哪儿凉快哪儿待着去！就当没认识过！本来就是一场交易！你要户口我要钱！那就各取所需，到此为止！

明天就给沈春燕打电话！什么都告诉她！

依了你！总行了吧！

……

黎衍坐着轮椅在房间里转圈圈，转到后来，他把自己弄到床上，恶狠狠地脱下裤子，卸下假肢，也不顾是大晚上，用力地把那两条假肢甩了出去。"砰"的一声过后，两条假肢带着裤子，姿势扭曲地躺在地上，连鞋都掉了一只，露出肉色的碳纤维脚板来。

黎衍仰面躺在床上，两只手探下去，摸到自己两团短短的残肢，软肉里包裹着两根只余十厘米长的腿骨，心里突然涌上一股悲凉，眼眶忍不住就酸了起来。

壁虎断了尾巴还能再生，人类科技那么发达，怎么还抵不过一只壁虎？腿没了，怎么就长不出来了呢？

哪怕长一点点也好啊！再给他一点儿大腿骨，二十厘米，不！十厘米也行，让他可以穿上假肢，重新走路！

那辆大货车，再偏过去十厘米都不行啊！为什么要轧得那么狠？只给他留了半截身子。为什么不干脆再偏过来一米呢？从他脑袋上、心口上轧过去得了！把他轧成肉饼多好，一了百了。

那现在，就什么烦恼痛苦，都没有了。

周俏拿着电话回到陶晓菲房间，爬上床，钻进好友的被窝。

"是你那变态房东吗？"陶晓菲问。

周俏噘着嘴看她："他不变态，就是脾气有点坏。"

陶晓菲看到周俏红红的眼睛，吃惊地问："你哭过了？"

周俏叹口气，默认。

陶晓菲很好奇："你和那房东到底怎么了呀？"

"吵架了。"周俏靠在床头，神情低落。

陶晓菲把被子盖到两人身上："你这么好的脾气，他都能和你吵架，这人得多古怪啊！是老头儿吗？"

"不是。"周俏说，"晓菲，谢谢你收留我，今晚我和你挤一挤，明天我晚班，早上会去把我的被子衣服带过来，再带点儿日用品，一次也带不完，我会趁他睡觉的时候再偷偷去拿的。"

一场大雾突袭钱塘，伴随着北方正在东移南下的一股冷空气。

这天清晨，整个城市雾蒙蒙一片，钱塘市气象台发布大雾黄色或橙色预警，宣告晴朗无雨的天气正式终结。气温下降，雨水增多，终于要回归冬天的正常节奏。

周俏背着双肩包、拖着拉杆箱，又提着一个装被子的大行李袋走在永新东苑的小区里。

太早了，小区里没什么人，冷风嗖嗖地刮着，周俏缩缩脖子，转弯时，最后回头朝36幢看了一眼。

黎衍睁开眼睛。

不记得自己是什么时候睡着的，摸过手机看时间，上午十一点。

他的生物钟已经乱成一锅粥，调都调不回来，也没有调的必要。

黎衍坐起身，挠挠乱糟糟的头发，看到假肢依旧扭曲着摔在地上。他掀开被子，冰冷的空气刺得他打了个激灵。

好冷，降温了吗？

他穿上家居服和裁剪缝合过的棉短裤，麻木地把身体挪上轮椅，转去卫生间洗漱。

刷牙时，他的视线漫不经心扫过洗脸台，一下子就定住了视线。

他发现了异样——周俏的黄色小鸭刷牙杯，不见了。

黎衍快速地漱口，又回头看，毛巾也没了，洗发水、沐浴露、洗面奶都没了！他飞快地转着轮椅去次卧，打开门一看，床空了，只余下原本就有的床垫，和那张用来遮尘的旧床单。

可达鸭也不在了。

黎衍不死心，轮椅转到衣柜前一把拉开移门，周俏的衣服没有全部带走，但本来挂着的一些冬装都不见了。

她什么时候回来过？

黎衍皱起眉，茫然地看着空了一半的衣柜，没有意识到自己的双手已经紧握成拳，指甲都抠进了肉里。

"周俏，你有种啊。"他低低出声，感觉到自己的心像是掉进冰窟里。

黎衍的小说彻底断更。

他没有请假，本来就少的读者纷纷在评论里骂人，说要弃坑。他也懒得管，这几天，他完全没有心思码字。

屋里又变得冷冷清清。厨房里的油烟味没有了，地板上灰尘积了起来，连垃圾都再也没人去倒。

黎衍回归沉默。

一个人在家里过了四天，庆幸沈春燕和宋桦去了缅甸，可以让他随心所欲地颓丧。自己煮东西吃，自己洗碗，自己擦地板……卸掉假肢坐在冰冷的地上挪动，也不知是抹布还是屁股把地板擦干净的。

每天自觉地喝一罐牛奶，吃一个苹果。

苹果很快吃完，牛奶也不多了。

洗手台上只剩下他的白色刷牙杯；淋浴间架子上只剩下他的沐浴露和洗发水；墙上多了两个粘贴挂钩，没有毛巾挂在上面；拿碗的时候，再也看不到周俏的黄色小猫碗……

他的手机被他那一下摔得更坏，勉强能开机，但电量会迅速用完，并且不太充得进电，只能二十四小时拖着充电线。

黎衍想给周俏发微信，问她什么时候来拿剩下的行李，折腾半天才编辑好内容，却每次都停止在按发送键前。

他在卫生间里照镜子，发现自己的头发真的很长了，就像一蓬茂盛的杂草，发梢几乎与下巴齐平，刘海儿也彻底地挡住了眼睛。

黎衍伸手把刘海儿往头顶捋，镜子里就出现了一张苍白瘦削的脸，鼻梁和下颚线条锋锐得像被刀削过，嘴唇没有血色，眼窝很深，眼睛里一股死气，黑眼圈散也散不去。

他在阳台抽烟，垂着眼眸，烟灰缸里满是烟蒂。

阳台是如今的黎衍看外面世界最常用的窗口，可这窗口的风景一成不变，一栋栋旧楼，一扇扇窗户，外加一片灰暗的天空和远处几幢写字楼。

他的世界，现在就这么点儿大。

这几天偶尔有雨，气温很低，太阳不知躲到哪里，黎衍腿疼得厉害，像有虫子在咬，一阵阵得酸麻刺痛。他靠在轮椅上抽烟，一只手按摩着自己的残肢末端，缓解一下疼痛。

每到下雨天，张有鑫的"嘤嘤嘤"必定不会缺席。

当他又一次给黎衍发微信，可怜兮兮地说自己背疼时，黎衍问了他一个问题。

【有只刺猬】：三金，如果你让一个女孩子生气了，不理你了，要怎么做，她才会原谅你？

【三金是个乖孩子】：？？？

【有只刺猬】：写文需要，回答。

【三金是个乖孩子】：你写的是古文吧？古代的话我想想啊。

【有只刺猬】：不是，现代的，我下篇文在构思。

【三金是个乖孩子】：啊？你要写现代的啦？

黎衍头疼，这人怎么这么啰唆！

【有只刺猬】：你就告诉我，要怎么做，女孩子才会原谅一个男的。

【三金是个乖孩子】：道歉呗，送礼物，请吃饭，实在不行就跪榴莲吧。[笑哭]

【三金是个乖孩子】：说起来，咱俩跪榴莲都没法跪！实惨！[大哭]

【有只刺猬】：……

【三金是个乖孩子】：衍哥，我仔细想了一下，如果是写文，男主角让女主角生气了，应该是壁咚、强吻，然后在床上大战三百回合！三百回合不行，就六百回合！人家都是这么写的！[偷笑]

【有只刺猬】：算了，当我没问。

【三金是个乖孩子】：衍哥！衍哥我回答得不好吗？衍哥！

黎衍没再理他，在轮椅上想了很久，终于打定主意拿起手机，拨出一个电话。电话那头，宋晋阳懒洋洋的声音里带着笑意："哟！太阳打西边出来了！弟弟你怎么想起给……"

"别废话。"黎衍打断他，"宋晋阳，我明天要下楼，你要是方便，来接我一下吧。"末了，他又加了两个字，"谢谢。"

五秒钟的沉默。

宋晋阳终于开了口："哈？！"

黎衍无视他的惊讶："下午一点，我在家等你。别告诉我妈和你爸。"

没等宋晋阳再说话，黎衍已经心虚地把电话挂断。

第四章
Wild Flower

第二天，宋晋阳来到黎衍家时，黎衍已经穿戴整齐，做好了出门准备。他特地换上一身干净衣服，还是衣柜里最体面的冬装，一件黑色羽绒外套，底下依旧是黑色运动长裤。

宋晋阳表情十分精彩，想要说什么，黎衍神情冷峻地制止他："出发吧，什么都别问。"

宋晋阳虽百爪挠心，但还是乖乖地闭了嘴。

他先把黎衍的轮椅搬下楼，再回到六楼把黎衍背下去。

下楼时，宋晋阳很小心，一边走楼梯一边说："你说你不住带电梯的房子就算了，穿这么个破玩意儿有什么用？又不能走路，背起来还重，你要是不穿假肢，我还能背得轻松一点。"

"闭嘴！"背上的男人语气极差。

"你讲讲道理啊老弟，现在是我在帮你，你还装什么大爷。"宋晋阳摇头叹气。

"谁装大爷了？！"

"好了好了不和你抬杠。"宋晋阳气喘吁吁，"话说你到底要去哪儿？"

黎衍闷声说："YT百货，月河广场店。"

"啊？"宋晋阳想不通，"去商场？买东西吗？"

"你别管！"

"哦——我知道了！"宋晋阳发挥自己的想象力，"马上要圣诞节了，你是要给弟妹买圣诞礼物吧？"

黎衍感到迷茫，原来圣诞节快到了吗？

"嗯。"他承认了，这是个不错的借口。

宋晋阳觉得好笑："你就不能提前网上买吗？香水、首饰、包包，什么都能买啊，非要自己去商场挑？"

黎衍挑眉："我乐意。"

"我不乐意啊！有本事你自己上下楼！"宋晋阳没好气，"你想好要买什么了吗？我一会儿可没工夫陪你逛街啊，限你一小时内搞定，今天好不容易休息，我和小颂买了四点的电影票呢！"

黎衍沉默了一下，本来，他想先去小区门口的理发店剪个头的，宋晋阳要赶时间，他就开不了口了。

终于到了一楼，黎衍坐上轮椅，宋晋阳推着他来到车边，打开副驾驶车门帮黎衍上车。宋晋阳坐上驾驶座，看黎衍低头摆放两条假肢，一边启动车子，一边问："你想没想过换个能走路的假肢啊？"

黎衍转头看他："我腿还剩多少，你又不是不知道，能走路的智能假肢很贵，两条腿得要五六十万，够买你三辆车了。"

宋晋阳笑起来："你是不是对我这车有什么误解？我这车全部弄好才十二万，够买五辆了好吗！"

"你这车才十二万？"黎衍略微惊讶，"你怎么会买这么便宜的车？"

宋晋阳无语："小黎先生你是不知道人间疾苦啊，我房子还没买呢，买那么贵的车干吗？我这车就是代代步，等以后买了房，条件好了再换。"

大概因为只有他们两个人在，黎衍没有和宋晋阳针锋相对。也是因为他现在很无力，和周俏吵架以后，他实在不想再和宋晋阳吵架。

车子驶出小区，黎衍继续刚才的话题："你房子首付还差多少？"

"干吗？你要帮我凑齐啊？"宋晋阳笑问。

黎衍白他一眼："做梦。"

宋晋阳笑笑，挺愿意和黎衍聊这些事儿："小颂是老师，有编制的，工作比我稳定，休息日有时还会在家里教小朋友弹钢琴，所以我们买房肯定是买在她的学校附近。那块儿现在房价三万左右吧，一套八十九平方米的房子得要两百七十万，首付三成加上税费，预算得要九十万。我爸说他出四十万，剩下的五十万要我自己攒，写两个人的名字，小颂家负责装修。五十万啊……按照我现在的收入，还要再存一年到两年，而且还得祈祷房价不要再涨。"

黎衍没作声，开始心算——宋晋阳和自己一样大学毕业三年半，再过最多两年，他就能存够五十万了。平均一算，他每年可以存十万，那他现在的月收入是……

"你想没想好给周俏买什么呀？"宋晋阳问。

黎衍回过神来，反问："你给你女朋友买了什么圣诞礼物？"

"一个包。"

"多少钱的？"

"五千多吧，不算特别贵，但也花掉我三分之一工资了。唉……没办法，谁叫我爱她呢！"宋晋阳嘿嘿笑。

宋晋阳一个月能挣一万五了，黎衍又一次陷入沉默。

想起自己当年签下的 offer，底薪就是一万二，还有季度奖和年终奖，如果顺利入职，三年半下来，他的收入应该比宋晋阳多得多。

不过，这世上最无用的一个词，就是"如果"。

黎衍这一年来每个月的平均收入，只有宋晋阳的五分之一。

车子到了YT百货的地下车库，黎衍下车坐上轮椅，头也不回地就走了。宋晋阳追到他身边，他瞥了宋晋阳一眼："你跟来干吗？"

宋晋阳潇洒地整整自己的大衣："逛商场啊。你去给弟妹买礼物，我正好去三楼男装转转。"

黎衍转着头看了宋晋阳一会儿，宋晋阳无辜地眨眨眼睛："干吗呀，我还不能给自己买衣服了？"

无法反驳。黎衍别开头，不理他了。

宋晋阳坏坏地笑着，和黎衍一同进电梯。他按三楼按钮，又问黎衍："你到几楼？"

黎衍沉着脸："一楼。"

宋晋阳按下按钮。

电梯到一楼，黎衍硬着头皮转出去，宋晋阳还笑着对他挥挥手："一会儿给我打电话啊！"

与光线昏暗的地下车库不同，商场一楼宽敞又明亮，挑空的中庭直达六层，屋顶是一大片透明玻璃，中庭正中央摆放着一棵巨大的圣诞树，挂满铃铛和玩偶，树下则堆积着数不清的彩色礼物盒。

轻音乐响在耳边，顾客们悠闲地走走逛逛，一个六七岁的小女孩跑过黎衍身边时停下脚步，歪着脑袋好奇地打量他。她的妈妈小跑着过来把她拉走了，黎衍隐约听到她妈妈说："……盯着人家……残疾人……不礼貌……"

他低下头，转动轮椅往前行去。

记不清自己有多少年没进商场，黎衍印象里，商场一楼都是珠宝、化妆品专柜和大牌奢侈品专卖店，但现在他看到的店铺都很奇怪，有卖玩具的，卖眼镜的，卖手机的，还有卖机器人的……幸好，商场的无障碍设施做得很到位，地面干净光滑，也没有台阶，他的轮椅行进得很顺利。

他在一楼逛了好大一圈，忍受着周围各式各样的注目礼，最后还是在一个工作人员的指引下，才找到一个大牌化妆品专柜。

身处专柜中，空气里飘着淡淡的甜香味，黎衍感到茫然，一个年轻的美女导购接待他，问："先生，请问想买点什么？"

黎衍的衣着虽然还算得体，但他的头发实在是长得没了型，人又太瘦，肤色惨白，还坐着轮椅，怎么看都是一股病态。导购站得离他远远的，脸上挂着牵强的笑，似乎有点怕他。

黎衍的视线扫过柜台上那些漂亮的玻璃瓶子，说："我买香水。"

导购问："需要我给您推荐一下吗？"

黎衍点点头。

"请问是送给男士还是女士的？对方年龄多大？"

黎衍说："女孩子，二十一岁。"

导购挑了一款粉红色的香水，把试纸给黎衍闻："这是花香型的，比较清新甜美，很适合年轻的女孩子。"

黎衍闻了一下，目光落在一款黄色香水上，指着问："那个呢？"

"哦，那个香水比较适合气质独特、性格鲜明的成熟女性，它有一点辛辣，您也可以试试。"导购把试纸递给黎衍，他也不懂怎么闻，直接凑到鼻子前，果然闻到一股子呛呛的味道。

黎衍皱眉，怎么香水还能做成这种怪味的？

导购给他解释："其实这款香水用在身上不会那么呛人，反而会让对方有一种神秘气息，它的基调就是薄荷。"

黎衍又闻了一下，问："它有名字吗？"

"有的。"导购笑起来，"它的名字叫 Wild Flower，中文名是野韵。"

"Wild Flower？"黎衍低声念了一遍。

这不是野花吗？

他看向那个黄澄澄、椭圆形的瓶子，玻璃瓶身上果然浮动着一朵硕大的花，说："我就买这个了。"

导购说："好的，请问是买 30 毫升、50 毫升，还是 100 毫升？"

黎衍问："价格分别是多少？"

"30 毫升是六百八，50 毫升是九百八，100 毫升是一千七百八。"

黎衍想了一会儿，低声说："我要 50 毫升的，谢谢。"

宋晋阳用三分之一月薪给女朋友买包包，那黎衍就也用三分之一的月收入买香水。这么一想，他心理就平衡许多。

导购微笑："好的，请稍等，我去给您开票。"

买好香水，黎衍看过商场导购图，坐厢式电梯上到三楼。他知道周俏在哪个专柜上班，但不知道具体位置，就转着轮椅一个个专柜找过去。反正不管周俏上的是白班还是晚班，双休日的下午她总归是在的。

宋晋阳正在一个专柜试外套，无意中看到远处的黎衍，赶紧把衣服还给导购，做贼似的缀在他后面。

周俏在上班，圣诞节前天天都很忙，她正在为一对年轻小夫妻服务，妻子帮丈夫挑选羽绒外套，在黑色和红色间犹豫不决。

空着的Cindy看到店里来了一位特殊顾客，愣了一下后，还是迎上去："您好，请随便看一下，现在搞活动，两件八折，三件七折。"

黎衍抬头扫了她一眼，Cindy被他阴森的眼神吓得退后一步，他指指背对着他的周俏，说："我找她。"

Cindy扭头叫："俏俏，有人找你！"

周俏转过身来看到黎衍，整个人就石化了。

请Cindy帮她继续接待那对夫妻后，周俏推着黎衍的轮椅来到专柜不远处的安全通道口，她还没从震惊的情绪里回过神来，站在黎衍面前问："你、你怎么来了？"

黎衍抬头看着周俏，发现工作中的周俏有些陌生。她穿着黑色套装裙，腰身纤细，两条腿瘦瘦的，脚上是一双平跟皮鞋，头发一丝不苟地盘在脑后，脸上还化着淡妆。原本清秀朴素的一个女孩子，居然显出一股娇俏的女人味。

黎衍脸色很不自然，挑眉道："商场开门营业，我不能来吗？"

话一出口自己都想吐槽，杠什么杠！

周俏果然愣了一下："不是，你是怎么过来的呀？"

黎衍努力调整心态，好好回答："宋晋阳送我过来的。"

"那他人呢？"周俏看看四周，问。

黎衍瞪眼："你管他呢！是我找你又不是他！"

算了，放弃吧，说话的艺术他大概永远都学不会了。

躲在拐角墙后的宋晋阳差点笑出声来，路过的清洁工大妈奇怪地看了他一眼。

通道口，周俏点点头："哦，那……你找我有什么事吗？"

黎衍犹豫了一下，拿起搁在腿上的一个精美纸袋递给她："送给你的，圣诞礼物。"

周俏当场愣住。从一开始她就看到黎衍大腿上的这个白色纸袋了，心里的确有过猜测，但当他真把礼物递到她面前，她还是被吓了一跳。

她没接，问："干吗要送我礼物啊？"

黎衍的手一直伸在半空中，看着她的眼睛，咬牙道："周俏，我是来向你道歉的……对不起。"

周俏浑身一抖。要是黎衍不说，光看他憋红的脸和冷酷的眼神，还以为他是来寻仇的呢。

周俏瞠目结舌的样子令黎衍感到难堪，沉声道："收下。"

她终于伸手接下了那个纸袋，往里看了一眼，是一个白色盒子，小声说："谢谢。"

黎衍收回手，状似无意地问："你……租的房子马上要到期了吧？会续租吗？"

周俏说："会吧，我和房东说了续租。"

黎衍心里"咯噔"了一下，问："房租给了吗？"

周俏本想骗他的，还是不忍心，答："没有。"

"那你……要不搬回来吧。"黎衍声音低低的，快速地眨了眨眼睛，"我不会再和你吵架了。"

周俏不是很相信，斜着眼睛看他。

这样的视线令黎衍不爽，但他按捺住了自己的脾气，正色道："我向你保证。"

"你完全没必要这么做的。"周俏不太理解，"我知道你看我不顺眼，咱俩住在一起就算一开始好好的，到后面你肯定又会发脾气。"

黎衍皱起眉："我什么时候看你不顺眼了？"

周俏心想，三天两头对着她咆哮的人，难道还是因为看她顺眼吗？

见她不吭声，黎衍说："希望你能理解一下我的处境，当时和你结婚，户口本在我妈那儿，她是不会同意我们'假结婚'的。还有，如果我不结婚，我妈可能会把永新东苑的房子给宋晋阳结婚用，给我外头租个小单间。我不想搬家，至少现在不想，你要是搬走了，我没法和我妈交代。"

周俏垮着脸看他："你的意思是，还按照以前说的，住半年到一年，直到我们因为'感情不和而分居'为止？"

黎衍看了她一会儿，点头："是，不过半年太短了，说好一年吧。"

"一年。"周俏重复着这个词。

"嗯，一年。"黎衍见她有所松动，赶紧说道，"我今天晚上就在家等你，你记得回来。"

"今天晚上？"周俏瞪大眼睛，"我没答应你啊！"

"你、你就当是看在我妈面子上，行不行？"黎衍觉得自己都有些低声下气了，"你回来，我把落户费再给你减一万，四万就行，怎么样？"

周俏愣愣地看着他。

黎衍咽了下口水，又说："三万！三万总行了吧？"

周俏心想，爆竹精这是下了血本啊！

躲在拐角偷听的宋晋阳简直无法相信自己的耳朵，虽然那些对话没有字字句句听全，但大体是怎么回事儿，他已经彻底明白了。

他的眼底浮起兴奋的光芒。

天啊！看他知道了什么？这真是太带劲儿了！分分钟可以玩死黎衍！这小王八蛋为了不把房子换给他结婚，居然搞出"假结婚"这种戏码，人才啊！

周俏一直没答应。

黎衍很受打击："周俏，我人都到这儿了，你就这么讨厌我吗？"

"我没有讨厌你。"周俏说，"我只是讨厌和你吵架。"

"那我说了不和你吵架了。"

周俏噘起嘴："再吵怎么办？"

"再吵……不会再吵了！"黎衍斩钉截铁。

周俏看着轮椅上那人别别扭扭、拧着眉毛的样子，想了一会儿后说："我再考虑一下。"

"你……"

周俏急道:"人家求婚还让人考虑呢!我是真的怕你了!"

黎衍愣住了,她到底是有多怕他?是因为什么?是他太凶,还是他的身体情况?

"好吧。"黎衍最终点点头,"那你考虑一下,我先走了。"说着就要转动轮椅。

周俏问:"你怎么回去啊?"

黎衍说:"宋晋阳会送我回去的。"

"上楼呢?他会背你吗?"周俏不想他再自己一个人上楼了,简直难以想象他是怎么爬的楼梯。

幸好,黎衍说:"他会背我上去的。"

周俏提醒他:"你别和他吵架了,其实我觉得宋晋阳人不坏。"

黎衍眼神闪烁:"我知道,我走了。"

听到这儿,角落里的宋晋阳悄悄地先溜一步。

周俏送黎衍去坐电梯,黎衍进电梯后,目光灼灼地看着她,说:"周俏,晚上见。"

周俏回到专柜,那对夫妻已经买好衣服离开,Cindy 八卦地凑过来,问:"俏俏,刚才那个男的是谁啊?"

周俏说:"一个朋友。"

"他在追你吗?"看到周俏手里的纸袋子,Cindy 好惊讶,"哇!真的在追你啊?"

周俏否认:"哪有啊?没有的事。"

"是香水吗?这香水不便宜呢。"Cindy 拿出香水外包装盒打量,"俏俏,他是什么情况啊?为什么会坐轮椅?"

周俏语气低落:"他几年前出过一场车祸。"

"瘫痪了?"

"差不多吧。"周俏不想细说。

Cindy 表情夸张:"再也站不起来啦?"

周俏没吭声,Cindy 拍拍她的肩,过来人似的劝她:"俏俏,我觉得你还是再考虑考虑吧,我看他也不像是条件很好的样子,人看着病歪歪的,裤子里那玩意儿说不定都没用了。你那么小,又不丑,找谁也别找一个残疾人啊,和他在一起你会累死的,这不是自讨苦吃嘛。"

周俏无语望天:"Cindy,我想静静。"

宋晋阳载黎衍回永新东苑的路上,莫名其妙地说出一句话:"周俏这人挺好的,黎衍,你要珍惜啊。"

黎衍手肘支在副驾车门上,手背撑着头,奇怪地转头看他。

宋晋阳继续说,"现在这社会,什么都不要就愿意嫁给你的女孩子,大概就只有她一个了。"

黎衍冷哼一声:"谢谢你提醒我啊。"

"我没和你开玩笑。"宋晋阳心情复杂,"你对她好一点,别欺负她,你这脾气我还不知道吗?成天跟吃了炝药似的,也就周俏受得了你。"

黎衍越听越不对味:"你在说什么啊?"

"我叫你对自己老婆好一点,听不懂吗?"

"你有病吧!周俏是我老婆!轮不到你来操心!"黎衍没来由地开始郁闷,听宋晋阳的意思好像知道他欺负了周俏似的。

他才没欺负周俏呢！他哪儿敢啊！人家气性多大！一不顺心就撂挑子走人的好吗！

宋晋阳闭嘴了。

前面是一家家电卖场，黎衍突然说让宋晋阳去那儿停一下。

"去干吗？"宋晋阳问。

"买手机。"黎衍把自己的手机给他看，"刚才给你打过电话就关机了，电都充不进去，坏了几天了。"

先不讲充电的事儿，光是那块蛛网状的屏幕，宋晋阳就震惊了："你这屏碎多久了？"

"快两年了。"

宋晋阳不解地问："刚才在商场你怎么不买？"

"忘了！不行吗？"

其实不是忘了，黎衍有在商场手机店里看过，都是新款，挺贵的，超出他的预算。

车子在家电卖场的露天停车场停下，宋晋阳没让黎衍下车，说自己进去买。轮椅不搬下来，黎衍寸步难行，降下车窗大喊："我要自己挑！"

宋晋阳在车窗外弯腰看他："就那么几个牌子，你把心理价位给我就行。"

黎衍很想装一下，但实在没底气，还是说了实话："两千五左右的就行。"

"内存呢？128？"

"……64也行。"真的很丢人。

"我知道了，等我一下。"宋晋阳走了。

黎衍一个人坐在车上等着，二十分钟后，宋晋阳出来了，上车后递给黎衍一个没拆封的手机盒子。他一时没看出这是哪一款，说："多少钱，我转给你。"

宋晋阳系上安全带："算了，我送给你的。"

黎衍火了："谁要你送了？我自己买不起吗？！"

"就当是送给你的结婚礼物！行不行啊？我红包也没给啊！我结婚你可以回礼的大哥！"宋晋阳挑着眉毛看着副驾上面色铁青的男人，"黎衍，黎大爷！你可不可以成熟些啊？稍微淡定一点、从容一点、温柔一点，不要整天跟只刺猬似的碰都碰不得！你那微信名就没取好，叫什么有只刺猬？你要不改个名吧！有只小白兔、小仓鼠什么的？嗯？"

黎衍被他噎得说不出话来，只顾呼哧呼哧大喘气。

宋晋阳放缓语气，耐心劝道："真的，黎衍，你太敏感了，你要是一直这样子，和你在一起的人会很累的。"

黎衍气得别开头去，声音森冷："你又不是我，你知道什么？"

宋晋阳无奈地摇摇头，启动车子上路。

回到永新东苑，宋晋阳把黎衍背上六楼，看着他坐上轮椅，就准备走了。

"宋晋阳。"黎衍叫住他，再也没有了那种咄咄逼人的气势，诚恳地说，"今天，谢了。"

"没事儿，有事给我打电话。"宋晋阳朝他挥挥手，出了门。

晚上，黎衍静静地坐在客厅，感到烦躁了，就去阳台抽一支烟。

他心里其实是没底的，如果周俏不肯回来，那他万万不会再去找她。也就是说，成败就在这一晚，她回来最好，不回来的话，一切都结束了。

深夜十一点半，周俏还没回来。

随着时间越来越晚，黎衍的心情已经跌至谷底，他坐得腰背酸痛，自嘲地笑了几声，觉得自己就像个笑话。

从柜子里拿出几罐啤酒，黎衍拉开拉环就喝起来。冰冷的液体灌进喉咙，他浑身打了个寒战，伸手搓搓眼睛，手指竟感到一点湿意。

"傻子啊。"他自言自语着。

再也忍不住，他埋着手臂趴在桌上，肩背微微地耸动起来。

这一晚，黎衍决定灌醉自己。喝了一罐又一罐啤酒，喝到第五罐时，他已经有些晕，人也趴在桌上不太直得起腰。

就在这时，耳边突然响起开门声。黎衍猛地坐正身体，转头看向大门。先进门的是一个大行李袋，接着，周俏就走了进来，卸下背上鼓鼓囊囊的双肩包，带上了门。

转头看到黎衍在客厅，周俏很吃惊，看向墙上的时钟，已经凌晨一点多。她又看到桌上几个啤酒罐，一下子就明白了，忍不住泛起一丝心疼。

"我今天是晚班。"她对餐桌边头发凌乱、脸色微醺、眼睛红红的男人说，"下班后，我去出租屋收拾行李了，其他东西可以先不带，枕头被子总得带吧。我给你发微信，你没回，给你打电话，你关机了。"

黎衍目光迷离地看着她。

他的旧手机已经彻底阵亡，开都开不起来，而新手机盒子，他还没心情拆开。

周俏微微一笑："黎衍，对不起，我回来晚了。"

黎衍坐着轮椅停在次卧门口，看周俏铺床。

她动作很利索，很快就铺好干净的床单、被子，放好枕头后，又把那只可达鸭拿出来摆在枕头旁边。

黎衍忍不住问："你喜欢《宠物小精灵》？"

周俏抬头看向他，眼神迷茫："我没看过《宠物小精灵》。"

"那你为什么喜欢可达鸭？"黎衍的视线又望向那只呆呆的鸭子。

周俏拿起可达鸭玩偶，笑了一下："你说它呀？它叫呆瓜，每天都陪我一起睡觉的。"

黎衍明白了，这只可达鸭对周俏来说和那部动画片无关，它只是一个陪伴者，原本也可以是一只兔子，或一只熊，它只是凑巧是只鸭子罢了。

"幼稚。"黎衍说。

周俏努努嘴："你怎么还不去睡觉？都好晚了，我洗一下也要睡了。"

黎衍问："明天你什么班？"

"晚班。"周俏说，"不过后天开始，一直到圣诞节，我都是全天班，没得休息。"

"那什么时候可以休息？"黎衍觉得这班次排得也太不科学，是要把人给累死吗？

周俏拿出手机看了下排班表："二十六号休息。"

"哦。"黎衍转着轮椅准备去卫生间洗漱，轮子转了半圈后又停下了，回头对周俏说，"这几天挺冷的，你晚上睡觉可以开空调。"

周俏说："不用，被窝里很暖和，我不怕冷。"

"还有。"黎衍又说，"上全天班的时候，不用给我做饭了，我自己会弄东西吃，你多睡会儿吧。"

周俏呆呆地看着他，心里逐渐升起一股暖意，绽开笑脸道："好啊。"

刷牙时，黎衍照着镜子，发现自己的眼睛依旧是红通通的，脸颊也很红，才后知后觉地体味到一阵尴尬。

刚才周俏看到的他就是这个样子吗？好像受了多大的委屈似的。

她会猜到他哭过了吗？

我去，不会吧！

黎衍双手掬水扑到脸上，用力地搓了搓脸颊。

几罐啤酒喝不醉人，只是他喝酒容易脸红，卖相看着比较凄惨。

真丢人啊。

在心里安慰自己，周俏一定不会认为他哭过了，只是喝酒上头而已，一个大老爷们哪能跟个女人似的哭哭啼啼，他又不是张有鑫！

来自北方的冷空气已是强弩之末，气象预报说，钱塘即将迎来一股强暖气流，雨水逐渐减少，气温稳步上升。本地公众号推文兴高采烈地宣布：今年大家将拥有一个温暖的圣诞节。

晨光透进窗帘，天已大亮。黎衍在床上翻了个身，突然之间惊醒。

双手撑着床面坐起身来，他迷瞪了一会儿，脑子有点糊涂，直到听见门外传来踢踢踏踏的脚步声，才渐渐清醒过来。

伸手撩开窗帘往外看，久违的阳光透进房间。黎衍抓抓头发，松了口气。

是真的，周俏已经回来了。

穿戴整齐坐上轮椅，黎衍出了房门，周俏正在客厅拖地，看到他很意外，问："你怎么这么早就起来了？"

时间刚过九点，其实也不算早，但对生物钟奇奇怪怪的黎衍来说，这时候起床着实难得。他一边往卫生间去，一边说："你那么吵，我怎么睡得着？"

"我哪里吵啊？以前我就算在这儿吹喇叭，你都能睡得像猪一样。"周俏想起自己来搬行李的那个早上，动静也不小，黎衍愣是一点儿也没发现。

黎衍停下了："说谁像猪呢？"

周俏小声吐槽："我就几天没在，家里就被你搞得这么脏，也不知道打扫一下卫生，亏你住得下去。"

这话黎衍可不爱听了："谁说我没有打扫卫生？我洗衣服、洗碗、刷锅，我还擦过地呢！"

周俏单手握着拖把杆，就像杵着一把长枪："擦过还这么脏？你去看看桶里的水，全是黑的！"

黎衍真的要气死了："你试试没了腿擦地啊！要求不要这么高！"

周俏木着脸与他对视，他一下子就怂了，辩解道："我没和你吵架啊，是你先来说我的。"

那耍赖的样子就像个小孩子，周俏绷不住，"扑哧"一声笑了出来。

黎衍脸垮下来，瞪着眼睛说："你笑什么？"

周俏笑个不停："好了好了，你赶紧去洗脸刷牙吧，我给你做点儿早饭吃，离吃午饭还早呢。"

黎衍哼了一声，转着轮椅进了卫生间。

洗漱完回到客厅，周俏已经为他做好一碗小葱拌面，还贴心地加了一个煎蛋，边上照例是一罐牛奶。

看着热乎乎的拌面，黎衍拿起筷子吃了一口，心里顿时生出一股满足感。

好吃到……差点要落泪。

耳边的头发挂下来，快要垂到面碗里，黎衍伸手拨开，但那头发不服帖，手一松，就又挂下来。周俏看到了，问："你昨天下楼，为什么不去剪一下头发呀？"

黎衍心想，昨天任务那么重，谁还有空去管头发？他干巴巴地说："忘了。"

"那怎么办呢，都长得不像话了。"周俏站在他身边，很自然地伸手撩起他耳边的发，顺手夹到他耳朵后面。

黎衍猛地抬头看她，她赶紧收回手。黎衍冷冷道："男人头，女人腰，不能摸，没听过吗？"

周俏老实地摇摇头："没听过。"

"那现在听过了？"

"哦……"周俏转过身，默默地进了房间。

黎衍摸摸自己耳朵，莫名其妙有点烫，赶紧把头发都扒拉下来盖住耳朵，才不要让那女人看到他耳朵红了。

周俏一直待在房间里，也不知道在干什么。黎衍吃完面条，犹豫着是回房间，还是留在客厅等她出来和她说说话。

但要说什么呢？

他一时也想不好，两人之间其实没有太多共同话题。周俏挺会聊天的，但黎衍不行，独自生活太多年，他已完全不懂要怎么和人聊天，说三句就能上火，所以这实在是个很难的课题。

这时，周俏出来了，手里提着一个类似化妆包的东西。黎衍疑惑地看着她，她把化妆包打开给他看，里头竟然是好几把不同规格的理发专用剪刀和梳子、围布、推子等理发工具。

看黎衍一脸呆滞的样子，周俏解释："前些年，我在理发店上过班，和师傅学过理发，不过后来发现，客人都不信任女理发师，就没再干了，但工具都还留着。"

黎衍："……"

"你要是不嫌弃，我可以帮你剪一下。当然，我不保证能剪好啊！"周俏觉得黎衍的发型实在已经不忍直视，"我就是觉得你还是短头发好看。"

是个人都能知道他留短发好看。黎衍问："你给人剪过没有？"

"就给几个大爷剪过……"周俏心虚地回答。

黎衍嘴角抽了一下，考虑片刻后，还是同意了。

短时间内他肯定不会再下楼，头发已经半年没剪，留着这一脑袋毛，换身破烂衣服，脱掉假肢，再加个碗，他都能立马去火车站"上班"。

见他答应了，周俏很开心，问："你上一次洗头是什么时候？昨天洗了吗？"

黎衍瞬间暴躁："你什么意思？嫌我脏吗？"

"不是不是。"周俏觉得和这位沟通真是太困难了，"你要是昨天洗了那今天可以不洗，我直接剪。你要是昨天没洗，那得先洗个头啊。"

黎衍前一天为了出门洗过头，闷闷地说："昨天洗了。不过还是洗一下吧，我不习惯不洗头直接剪头发。"

周俏无所谓："行吧，来，我帮你洗。"

她升起卫生间里的百叶窗，让光线更明亮，黎衍坐着轮椅停在洗脸台盆前，她准备好洗发水和毛巾，让他弯腰。

台盆装得比较低，黎衍弯腰不会太吃力。

他上身脱得只剩一件保暖内衣，周俏在他肩膀上搭上一块干毛巾，用热水帮他打湿头发，问："水够热吗？"

"嗯。"

水汽氤氲，周俏第一次可以肆无忌惮地摸着黎衍的头发，他的发质挺好的，发量也多，被水打湿后摸起来又顺又滑，手感不错。

周俏心里好开心，给他抹上洗发水，揉搓了一会儿后，用清水洗净泡沫，又给他上了一层自己的护发素。

黎衍闭着眼睛，奇怪地问："我头发那么脏吗？要洗两遍？"

"不是，这是护发素。"周俏站在他身边，继续帮他揉搓脑袋，卫生间不算宽敞，站了一个人加一架轮椅，略显拥挤。

黎衍不吭声了。

当头发都往前捋时，黎衍的后脖就完全露出来，他的肩很宽，修长的脖子上脊骨突出，皮肤白皙又光滑。只是，他的后脖上有几个零星的小伤疤。

疤痕都很小，颜色比肤色深一些，指腹摸上去会有凹凸感，平时这几个伤疤都被他的头发给盖住了，周俏从未见过，忍不住问："你脖子上怎么有疤？"

"哦，被烫的。"黎衍答。

周俏的心揪得紧紧的，问："什么时候的事啊？"

"不记得了，好多年了吧，那时候腿还在。"黎衍轻描淡写地说。

周俏没应声，帮他按摩头皮。他也安静下来，觉得周俏果然是在理发店里干过的，手势相当舒服。

这算是一种很亲密的行为，两个人心里都有些酸痒，又都装得极为淡定，狭小的卫生间一时变得静谧，只余下鼻尖萦绕着的护发素特有的清新香味。

按摩完了，周俏打开热水帮他冲掉泡沫，手指一遍一遍穿过黎衍的头发，直至护发素全部冲净。

"好了。"她让黎衍直起身来，用干毛巾帮他擦头发。两个人一起看着镜子，刚洗完头的黎衍简直像一头落了水的小雄狮，头发又多又密，一簇簇地支棱着。

周俏的手指像是无意般掠过他脖子后的一个小伤疤，问："怎么会烫在脖子上的呢？"

"别提了，碰到个神经病。"黎衍乖乖让她擦头发，"好像是在一个饭店里，和人起冲突了，那人居然拿火锅锅底泼我背，是滚烫的锅底！幸亏当时衣服穿得厚，背后只烫脱了皮，没留疤，但脖子这儿是直接被汤水溅到的。"

周俏心里一阵钝痛，咬咬下嘴唇："一定很疼吧？"

"当时肯定是疼的，现在早没印象了。倒是车祸后……"黎衍突然闭了嘴。

周俏追问："车祸后什么？"

"没什么。"黎衍心想自己在说什么？居然想对周俏说自己车祸后双腿截肢有多疼，他一定是疯了。

周俏没再计较，擦完头发后，用吹风机给他吹干。

吹风机轰轰响着，周俏抓着黎衍的头发，一簇一簇地吹，卫生间里渐渐就有了一种干爽头发特有的蓬松香味。

周俏看着镜子里黎衍的脸，笑着说："幸好当时火锅锅底没泼到你的脸，要不然，你就破相了。"

黎衍也看着镜子，笑了一下："当时也这么想的。现在倒觉得无所谓，反正天天待在家里，破相了也吓不到人。"

"那不行，这么帅一张脸，哪能破相。"

这是周俏第一次大着胆子当面夸黎衍帅，黎衍有些愣，转转脸颊打量着镜子里的自己，说："以前长得是还行，现在就算了吧，我知道我已经长残了。"

周俏反对："没有啊，还是很帅的。"

"你在逗我吗？"黎衍从镜子里看她，两道眉毛皱得一高一低。

周俏真心实意地回答："我认真的。"

"周俏。"黎衍神色又冷下来，"我跟你说啊，你别对我动什么心思，咱俩没戏。"

对于他的日常提醒，周俏已经有了思想准备，小声说："谁对你动心思了？想太多。"

"你知道就好。"黎衍冷艳高贵地哼了一声，心里却有点不爽。

头发吹干后，周俏帮黎衍围上围布，把头发梳顺，拍拍他略微佝偻的背："你坐直一点，老驼着个背干吗，跟个老头儿似的。"

黎衍不高兴，还是不自觉地挺直了腰背，抱怨道："你事儿怎么那么多？"

周俏拿起剪刀，说："我真剪了啊。"

"剪吧。"黎衍这时候心很大，周俏的工具看着挺全，就算手艺不好，总比他自己剪要来得好。

得到"圣旨"，周俏就大刀阔斧地开工了，黎衍看她拿剪刀的手势挺像模像样，左手手指夹起头发，右手剪刀"咔咔"地就把指缝里露出来的发尾给剪了。

周俏好多年没给人剪头，其实手艺生疏，但黎衍的反应给她壮了胆，越剪越嗨，突然一不小心把他的一簇刘海儿给剪得太短了。

"哎呀！"那片头发瞬间只剩短短一截，奇怪地竖在额头前，周俏和黎衍一同对着镜子发呆。

几秒钟后，黎衍咆哮："周俏！你是故意的吧？"

"对不起对不起对不起，我补救一下！"周俏围着他的轮椅左右转圈，硬着头皮继续剪。

终于，黎衍的新发型新鲜出炉。

其实还可以，虽然不能和理发店的Tony老师比，但比起黎衍之前杂草般的半长发，已经显得很清爽干净。

黎衍转转脖子，打量起自己的新发型——短碎发，周俏用推子给他推了脖后和鬓角，两个耳朵都露了出来。额头还有刘海儿，整个发型学生气很浓，居然还挺衬他瘦削的脸型。

伸手摸摸那簇剪坏了的毛，黎衍抬眼瞪周俏。

周俏尴尬地笑："等它再长一点，就和其他头发融为一体了。"

"哼。"

"好不好看？"周俏给黎衍梳头发，又用刷子刷掉他头上的碎发，"我觉得还不错呢！"

"我大学里就留过这种发型。"黎衍回忆着，"现在好像不流行了，我看那些男明星头发都很洋气。"

"那些洋气的发型都要烫过染过的，平时还要用发胶定型，你又没这个需求。"周俏撇撇嘴，"别挑剔了，你省了一笔理发钱呢。"

"也是，那要谢谢你了Tony周，以后我的头发就归你剪了。"黎衍抬起头对着周俏一笑，眼睛笑得弯弯的，眼珠子又黑又亮，唇角微微上扬，定格成一个好看的弧度。

周俏当即像被施了定身术。

"怎么，不愿意吗？"黎衍见她傻乎乎地盯着自己，问道。

周俏身子一颤，反应过来："没有没有，剪个头发而已，以后我帮你剪就是。"

黎衍对着她笑的时候，她恍惚以为看到了过去的那个他，眼泪都差点掉下来。

她不敢让黎衍察觉到自己失态，赶紧解了他的围布，把他推出卫生间："你赶紧去把衣服穿上，小心感冒，我把卫生间打扫一下，都是碎头发。弄好了我就做饭，吃完饭我就要去上班。"

"哦。"黎衍没多想，视线往上对着自己的刘海儿吹了口气，又摸摸干爽蓬松的头发，心满意足地转动轮椅回了房间。

他的身上还是留疤了。

在卫生间里打扫碎头发时，周俏心里难过地想着。

那天发生的事，她一辈子都不会忘记，可黎衍似乎已经记不太清了，哪怕在整件事里，他是最倒霉、最无辜的那一个。

事情发生时，周俏已经在火锅店工作半年多。

A大放寒假后，店里生意清淡许多，周俏已经两个多月没见到黎衍，这几乎令她丧失工作动力。女领班对她莫名的敌意使她度日如年，她知道领班想逼她走，但她就是咬牙不走。

就算要走，也得再见一次黎衍。

周俏已经存钱买了一部低端手机，她想，要是再见到黎衍，一定要试着去加他微信。她都没想过黎衍会不会不愿加她微信，会不会觉得她这个小乡巴佬很讨厌。可能是无知者无畏吧，周俏心中一腔孤勇，每天都眼巴巴地盼望着黎衍能来。

冬去春来，银杏树长出绿色新叶，桃花也结出花骨朵儿，A大新学期开学了，师生返校后，店里的生意逐渐好转。

三月中旬的一天傍晚，周俏在店里忙碌，无意间抬头，便看到黎衍和他的同学们走进了火锅店。

周俏几乎是冲过去迎接的，陈哥被她吓一跳，和别的服务员调笑道："哟，小花的男神终于来了，看把她给高兴的。"

另一人哈哈直笑："小花还是小孩子，喜欢做梦呢。"

黎衍走在最后面，一边走一边打电话。周俏欢喜得不行，一直偷偷盯着他瞧。两个月不见，黎衍似是成熟了一些，褪去青涩的学生气，变得像个上班族，穿着一件黑色夹棉外套，底下是西装裤和皮鞋。

好好看哦！周俏的眼睛几乎要黏在他身上了。

眼镜小哥走在最前面，身边就是那个穿着时尚的漂亮女生，两人说着话，女生时不时地回头看，像是在找人。走在队尾的黎衍接触到她的目光，指指耳边的手机，示意自己有事。女生噘了下嘴，有些意兴阑珊地跟着眼镜小哥走到桌边。

周俏把一切都看在眼里，对那女生并没有什么醋意。

她的确太小了，对于感情还懵懵懂懂的，反而更讨厌眼镜小哥。

眼镜小哥对那个漂亮女生很殷勤体贴，帮她拉椅子，给她倒茶水，还去自助餐台端来水果给她吃。

周俏替黎衍感到憋屈，心想，眼镜哥哥难道你看不出来，这个小姐姐分明是喜欢黎衍的吗？

怪不得要戴眼镜，视力果然不行！

黎衍一行人坐在一张圆桌边，紧邻的那桌坐着八九个人，也归周俏服务。她忙得脚不沾地，心里却很雀跃，小心思始终牵在黎衍身上。

边上那桌都是四五十岁的中年男人，喝白酒，其中有个人喝上头了，每当周俏去那桌添汤、换骨碟时，他就色眯眯地盯着她看，终于，在她站在他身边时，那人伸手在她屁股上捏了一把。

周俏正提着大茶壶添汤，被捏了屁股后慌得叫起来，手一抖，茶壶嘴歪了一下，浇歪的汤水溅了些在那人摆在桌面的手机上。

周俏惊魂未定，连忙道歉："对不起，对不起。"

她扯了纸巾想为客人擦干手机屏幕，那醉汉倒也不恼，又往她腰上掐了一把，大着舌头说："小姐儿，小心点，哥的手机一万多块，弄坏了你可赔不起。"

周俏扭着身子躲开他，继续赔不是："真的对不起，我一定会小心的。"说完，提着茶壶就溜走了。

黎衍那桌好几个人都看到了这一幕，漂亮女生一脸厌恶："真恶心。"

黎衍面色深沉，眼镜小哥给他倒上玉米汁，说："算了算了，那人喝多了，和咱们没关系。"

一会儿后，那个醉汉伸手大喊："服务员！加点菜！"

周俏不情不愿地挪过去，站得离醉汉好远，问："要、要加什么？"

醉汉眯着眼睛看她，朝她勾勾手指："你过来，菜单不给我我怎么知道要加什么？"

他的同伴劝他："你差不多得了，看把人家小姑娘都吓成啥样了。"

"放屁！老子干什么了？老子是消费者！"醉汉又叫周俏，"叫你过来呢！聋了啊？！"

周俏只能走过去，把菜单递给他，身子微微发抖。

"乖点儿多好，大哥又不会害你。"醉汉咧着嘴嘿嘿地笑，见周俏满脸惊惶之色，又伸手去摸她屁股，"小妹妹，别害怕，告诉大哥你几岁啦？"

周俏吓坏了，气急之下打掉他的手。

醉汉的同伴们都哈哈哈地笑起来，他没了面子，勃然大怒，腾地站了起来，大声说："给脸不要？是不是找死？"

周俏想跑，但没来得及，那醉汉直接拽着她的辫子把她拖回来。他醉得厉害，摇摇摆摆，拍了拍周俏的脸，龇牙咧嘴地说："小丫头片子，想跑啊？你做梦呢！"

一股酒气夹着唾沫星子喷在周俏脸上，令她想要呕吐。

"你放开我！"周俏吓哭了。周围几桌客人都往这儿看，其他服务员赶紧过来拉劝，但喝醉的人哪里会讲道理，嘴里一直骂骂咧咧，还对周俏动手动脚，手里抓着她的辫子不放。

领班听到动静也跑过来，一见这场面就骂周俏："你搞什么鬼？赶紧和客人道歉！"

周俏跑也跑不掉，被扯着辫子哭得很大声："对不起！我错了！"

就在这时，一双手伸过来，左手抓着周俏的手臂，右手箍住那醉汉扯周俏辫子的手，手腕用力，醉汉一声惨叫，被迫松开了手。

黎衍趁势就把周俏拉到自己身后。

周俏泪眼蒙眬地抬头看他，简直不敢相信自己的眼睛，就像在暗夜里突然看到一道光，情不自禁就揪住黎衍外套的衣摆，躲在他身后瑟瑟发抖。

"你谁啊?"醉汉身材矮胖,与黎衍身高落差极大,仰头看他,"滚开!别多管闲事!"

"你够了啊,喝多了就醒醒酒,一个大男人,欺负一个小姑娘,像话吗?"黎衍毫不畏惧地盯着醉汉。

醉汉的同伴们大概也觉得己方理亏,纷纷来劝。

醉汉觉得被一个毛头小子当众羞辱实在太没面子,恶狠狠地指着黎衍说:"你算老几?老子出来混的时候你毛还没长齐呢!少多管闲事!"

黎衍懒得理他,冷冷瞥了他一眼,拽着周俏的胳膊就想走。

那醉汉可不依,大喊一声:"想走没那么容易!"冷不防地,一拳就向黎衍挥过来。

周俏慌得瞪大眼睛,领班也尖叫起来。

一切发生在电光石火间,那拳头并没落在黎衍身上,在半途就被他架住了。周俏只觉眼前一花,黎衍左手扣住醉汉的右手,一记漂亮的右勾拳已经重重砸在醉汉的脸上。

醉汉矮胖的身躯跟跄几步,最终跌到地上。他的鼻血流出来,瞪大眼睛仰视着黎衍,哆嗦着嘴唇说:"老子操……"

"你再敢骂一句,试试。"黎衍铁青着脸又向醉汉走近一步,醉汉倏地闭嘴。

周俏在身后像个跟屁虫似的死死拉住黎衍的衣摆。

"别打架,别打架!再打架我报警啦!"领班在边上尖锐地叫着,却不敢上去拉架。

陈哥过来拉黎衍:"哥们儿冷静,冷静!差不多了,再打要出事的。"

黎衍的同学们也都围过来,眼镜小哥试图把他拉回桌边。

醉汉的同伴们还是讲道理的,有人已经去买单,剩下的人想把醉汉扶起来带走。可醉汉死活不肯走,爬起来后捂着鼻血在那里狂叫:"杀人啦!有人杀人啦!就是你!有种你别走!你等着!等着!老子……老子今天跟你拼了!"

话音未落,他冲向桌边,也不顾烫,一把端起桌上那锅麻辣锅底。

黎衍眼神一凛,大喊:"小心!"

变故发生在一瞬间,陈哥、领班、醉汉的朋友以及黎衍的同学们都惊恐地叫出声来,求生本能使他们一个个四散蹦开。黎衍想躲开时,眼角余光看到周俏还傻愣愣站在那儿,立刻就回过身来。

那王八蛋的目标不是他,就是她。

周俏还未反应过来,就被紧紧圈在一个坚实的怀抱里,"哗啦啦"一声响,周围仿佛腾起一股沸腾的热气,麻辣火锅的味道散在空气里,尖叫声此起彼伏响成一片。

周俏从黎衍怀里出来时,发现自己毫发无伤,抬头看黎衍,黎衍面色惨白,咬着牙,浓眉拧在一起。他的同学们已经奔过去,二十出头的年轻小伙子们三两下就把那醉汉摁在地上,眼镜小哥还用力踢了醉汉几脚,踢得那醉汉嗷嗷惨叫。

那个漂亮女生跑到黎衍身边,一把扯开周俏,尖叫着问:"阿衍,你没事吧?"

"嘶……痛痛痛痛痛!"黎衍痛呼出声。

陈哥经验丰富,已经帮他脱下惨不忍睹的外套,他的后脖处通红一片,冒出几个大大小小的水泡。

陈哥大声喊道:"毛衣不要脱!粘着了!赶紧去后厨冲凉水!快快快!打110!120!都打都打!"

一堆人拥着黎衍去后厨,周俏也想跟去,领班拦住了她,"啪"一下就拍到她脑袋上,打得她身子一晃。

领班语气刻薄："看看你惹出来的事！小小年纪就知道招惹男人！不想干就赶紧滚！整天笨手笨脚，客人要是找咱们赔钱，你就把几个月工资准备好吧！"

周俏呆呆立着，心里挂念黎衍，但领班不让她去后厨，让她在原地收拾好卫生。等她终于找机会溜过去时，黎衍已经不在了。

陈哥说他被送去了医院，而那个闹事的醉汉也已被警察带走。

周俏一下子就哭了出来。她没来得及对黎衍说声"谢谢"，当时的她甚至不知道，后来，她再也没能见到黎衍。

和黎衍一起吃过午饭，周俏去上晚班。

黎衍吃得很饱，主动承包洗碗工作，弄干净厨房后，他回到房间，终于有心情去拆宋晋阳送的手机。

把 SIM 卡插到新手机里开机后，黎衍先上网查了下这部手机的价格。选好颜色、内存等参数后，官方指导价跳出来——4588 元。

黎衍头疼，心想宋晋阳是不是有病啊！

他捏捏鼻梁，心里郁闷得要死，想着等宋晋阳结婚时就送他一个五千块的大红包，他可不想欠那货的人情。

在新手机上装好几个常用 APP 后，黎衍打开电脑，准备码字。

断更一个礼拜，估计读者都跑光了，他看了一眼评论区，有几个人在骂他，幸好还有几个人留言表示愿意等更。黎衍打开文档，想着就算是为了这几个人，他也得继续写下去。

之后几天，周俏连着上全天班，黎衍每天只能在夜里十一点多见她一面。她回到家时，肉眼可见的疲惫不堪，连话都不愿多说。

不过，她每天都会给黎衍带夜宵回来。第一天是麻辣烫，第二天是炒米线，第三天是肯德基的汉堡和辣翅……黎衍坐在桌边吃夜宵时，周俏就瘫着手脚赖在椅子上休息，看他吃。

见她一脸木然，黎衍把装辣翅的纸袋推到她面前："我吃个汉堡就够了，这个你吃。"

周俏看他一眼，摇头："累死了，吃不下，你放冰箱里吧，明天也能吃。"

黎衍皱起眉："你这工作也太夸张了，每天十几个小时站着，铁人也架不住啊，不如换个朝九晚五的工作得了。"

周俏苦笑一声："什么工作都是辛苦的。再说了，我没学历，上哪儿去找朝九晚五的工作？我电脑都不太会用。"

黎衍无言以对。

"再熬两天就放假了。"周俏嘿嘿笑起来，"其实我还很喜欢十二月的，忙归忙，但是钱多！"

黎衍冷哼："身体垮了，钱再多有什么用。"

"你不懂，我需要钱，我还得供我弟弟读书呢。"周俏低声说。

这是她第一次对黎衍说起自己家里的事，黎衍咬了一口汉堡，问："你有弟弟？"

"嗯，亲弟弟，叫周俊树，今年上高二。"周俏打开手机相册给黎衍看小树的照片，"我弟，帅不帅？"

黎衍看着照片里臭着一张脸的小少年，嘴里念道："周俏花，周俊树，这名字取得还挺有意境,再生一个男孩,可以叫周帅草。"

周俏愣了一下,随即就大笑起来:"哈哈哈……你怎么那么逗啊!那要是再生一个女孩呢?"

黎衍思考了一下,一本正经地说:"周美果,美丽的果子。"

"噗……哈哈哈哈哈,怎么给你想到的啊?哈哈哈哈……"周俏笑出眼泪。

见她那么开心,黎衍自己也乐了。

周俏笑了一阵后,轻轻叹口气:"没机会再有弟弟妹妹了,我妈生下我弟后没多久,就跑了。"

黎衍一愣:"跑了?"

"嗯,家里太穷,我爸又……唉,不说了,说起来就不开心。"周俏垂下眼睛,两只手无意识地捏着那个辣翅纸袋。

她不愿说,黎衍也就不再问。

圣诞节当晚,商场促销活动力度很大,周俏和两个同事铆足了劲冲业绩。下班时,三人一阵欢呼:"解放啦!"

周俏提着大包小包迫不及待赶回家,进门时,客厅灯亮着,黎衍听到动静已经从房间里转出来:"回来了?"

"嗯!"周俏身体虽然累,心里却万分轻松,"明天我放假!终于可以睡个懒觉了!"说着,她把一个大纸袋递给黎衍,"喏,送给你的圣诞礼物!"

"我的?"黎衍有些吃惊,接过纸袋一看,是一件衣服。

他把衣服拎出来看——柔软的藏青色高领毛衣,胸口有一排红白相间的菱形格子图案,英伦风,感觉穿起来会有浓浓的书卷气。

这衣服,似曾相识啊。

"好看吗?我们专柜的衣服,内部折扣价买的,特别划算!我觉得你穿起来一定好看。"周俏笑嘻嘻地看着他。

黎衍低声说:"谢谢,很好看。"

"你喜欢就好。"周俏又从袋子里掏出其他东西,"对了,你饿吗?今天我没吃晚饭,去超市买了点火锅料,我看你家有个电火锅炉,不如我们煮火锅吃吧!"

"煮火锅?现在?"黎衍从来不知道周俏也会这么人来疯,这都快十二点了。

周俏已经脱掉外套卷起衣袖:"是啊,今天圣诞节啊,咱们也过个洋节呗!"

见她兴致高昂的样子,黎衍点点头:"行,那就煮吧,要我帮忙吗?"

"不用,我买火锅底料了,把锅找出来就行。"周俏哼着圣诞歌就往厨房走,这段时间这破歌天天在耳边循环,她都会唱了,"We wish you a merry christmas, We wish you a merry Christmas……and a happy new year!"

这家伙居然还会唱英文歌!黎衍愣愣地看着她的背影,觉得她一扫前几日的消沉,活过来了。又想到明天她能在家休息一天,他居然有点高兴。

不知道为什么高兴,反正就是高兴!

半小时后,红彤彤的火锅汤底已经在餐桌上煮起来,气泡翻滚着,香气扑鼻。周俏在边上摆满盘子:羊肉卷、牛肉卷、贡丸、香肠片、香菇、菠菜、土豆片、老豆腐……

黎衍目瞪口呆:"你晚饭不吃,就去超市买这些了?"

"是啊,晚饭只给半小时,我午饭吃得晚,也不饿。"周俏又开了一罐火锅调料,"这几天就特别想吃火锅，刚才就想着晚上回来就吃，都等不到明天啦！"

黎衍看着一桌子菜，笑了一下："其实……我有好几年没吃火锅了。"

"是吗？那今天多吃点。"周俏把餐桌布置好，又从包里拎出一顶圣诞帽，戴在自己头上，对着黎衍晃晃脑袋，"可不可爱？这几天我们上班都得戴这个，我给顺回来了。"

黎衍嘴角抽抽："可……爱。"

周俏很兴奋："真的吗？你也有哦！"

黎衍："啊？"

她果然又拿出一顶圣诞帽，要往黎衍头上戴。黎衍抬手挡她："我不要戴！傻不傻！"

"今天圣诞节啊！"周俏啪啪拍他手臂，"你这人怎么这么扫兴呢？咱家就你和我两个人，又没人笑你！"

闹了一阵子，黎衍妥协了，一脸无语地被周俏戴上了圣诞帽。

"好看的！"周俏拿起手机，趁他不注意时拍了一张照。

黎衍叫起来："你有完没完啊！还吃不吃了？"

"吃吃吃，这不是还没滚起来嘛。"周俏从柜子里拿出两罐啤酒，递给黎衍一罐，"喝点儿吧，圣诞快乐，黎衍。"

她拉开啤酒拉环，对着黎衍举起罐子。黎衍看了她一会儿，也拿起罐子与她碰杯："圣诞快乐。"

桌上的手机亮了一下，有微信消息。周俏注意到了，问："咦？你换新手机了？"

"嗯，前几天下楼时买的。"黎衍拿起手机看，是张有鑫发来的消息。

【三金是个乖孩子】：衍哥，差点忘了和你说圣诞快乐，还有五分钟，圣诞快乐呀！[圣诞树]

【有只刺猬】：圣诞快乐。[微笑]

【三金是个乖孩子】：你在码字吗？

【有只刺猬】：没有，在吃火锅。

【三金是个乖孩子】：吃火锅？？？

黎衍给桌上的锅底和配菜拍了张照，发给张有鑫。

不得不感慨新手机就是高档，拍的照片颜色鲜艳，那些菜看着就让人很有食欲。

【三金是个乖孩子】：衍哥！我看到一只手！是女孩子的手！绝对的！大半夜的你和女孩子一起吃火锅？？[大怒][大怒]

黎衍放大那张照片，发现自己真的把周俏的手给拍下来了。

【有只刺猬】：不是你想的那样，有机会再和你细说。

【三金是个乖孩子】：什么我想的那样？我想的哪样啊？衍哥你是不是有对象了？你居然不告诉我？[大哭][大哭]

【有只刺猬】：先不聊，我吃火锅了。

【三金是个乖孩子】：？？？

无视张有鑫在那儿吱哇乱叫，黎衍把手机放到一边，拿起筷子。

周俏看着他，发现他嘴角居然噙着一抹笑，好奇地问："是谁啊？你笑什么呀？"

黎衍赶紧板起脸："没什么。"

火锅汤底沸腾起来了，周俏把香菇、贡丸、香肠片和老豆腐倒进去煮，说："肉片你自己涮吧，可以吃啦。"

黎衍晚饭只吃了一碗面，留着肚子等周俏带回的夜宵，没料到这顿夜宵会如此丰盛，这时候的确饿了，夹了些羊肉卷在锅里涮熟，蘸着调料吃进嘴里，大片的羊肉鲜嫩肥美，味蕾和肠胃立刻齐声欢呼。

啊！过瘾！

他连着吃了好几筷子肉，又喝了几口啤酒，才抬头去看周俏。她也吃得很起劲，可能是锅底太辣，额头和鼻尖上已经有了一些小汗珠，正一边吃，一边用手在嘴边扇风，"呵呵"出气。

"辣吗？"黎衍问。

周俏笑着摇头："不辣，很爽！"

黎衍又向她举起啤酒罐："来，再碰一下。"

周俏与他碰杯："美食万岁！"

黎衍笑起来："火锅万岁。"

火锅越吃越热，周俏和黎衍都摘掉了圣诞帽。锅底里的蔬菜熟了以后，两个人吃东西的速度渐渐慢下来。周俏吃了一块豆腐，想起一件无关紧要的事，问黎衍："对了，我有个问题一直想问你来着，夜葳蕤（wēi ruí）有没有一点喜欢丁星摇啊？"

黎衍吃得满头大汗，一下子没反应过来："谁？"

"夜葳蕤。"

夜葳蕤，是他第一部武侠题材小说的男主角，一个出身寒门的落魄少年。黎衍有点蒙："不是，我知道夜葳蕤，你说他喜欢谁？"

"丁星摇。"

"丁星摇？"黎衍想了一会儿才想起丁星摇是谁，脸上露出难以置信的表情，"夜葳蕤怎么可能喜欢丁星摇？"

丁星摇，是那部小说里一个十八线女配，某神秘组织中恶贯满盈的魔女，性格诡诈，喜怒无常，数次追杀夜葳蕤，又被数次反杀。

要不是周俏提起，黎衍都要想不起她的名字了。

周俏眨眨眼睛，满脸失望："一点儿都不喜欢吗？"

黎衍一头雾水："为什么要喜欢？她是反派啊！"

周俏不开心地噘起嘴。黎衍又补了一刀："最后她都死了，夜葳蕤亲手杀的。"

"什么？啊！不要剧透啊！我还没看完呢！"周俏懊丧地叫起来，"你这人怎么这么讨厌啊！说得我都不想看了！"

黎衍终于抓住事情的重点，惊讶地问："你还在看我的小说？"

"对啊，不是你叫我看的嘛，太长了，看了两个多月，第一本还没看完，还剩五分之一吧。"周俏垮着肩膀，"早知道不问你了，我最喜欢丁星摇，你居然还把她写死了，差评！"

黎衍没想到周俏居然一直在看他的处女作，感觉挺微妙的，有点骄傲，又有点羞耻，说："我的读者基本都是男的，这几个文本来就不该是你的菜，你看完第一本就别看了。"

"为什么女的不能看？挺好看的呀。"周俏不懂。

黎衍沉吟片刻，问："你不觉得男主角……挺那啥吗？就是……谁都喜欢他，只要是个女的都喜欢他，一个个死心塌地地爱他，女读者都受不了这个。"

周俏一脸茫然："是吗？可我一点也不喜欢他啊。"

"我是说书里的女……什么？"黎衍瞪大眼睛，"你不喜欢他？"

"对啊。"

"你不喜欢夜葳蕤?!"黎衍惊呆了,"你看一百多万字了不喜欢男主角?那你看个屁啊!"

"我不光不喜欢男主角,我还不喜欢女主角呢!"周俏很认真地说,"我就是喜欢看故事情节,看他们学武功,打坏蛋,可我不喜欢这两个人,因为我觉得他俩很……很……"周俏绞尽脑汁才想到一个贴切的词语,"他俩很虚伪!"

黎衍:"???"

周俏解释:"就假惺惺的,有时候讲话都阴阳怪气,特别是男主角对着丁星摇时,丁星摇明显喜欢夜葳蕤啊,可夜葳蕤次次都羞辱她,她能不生气吗?换我也要去打人了呀!打完了还要被扣一顶恃强凌弱、阴险毒辣的帽子。那夜葳蕤本来就打不过她,却还要嘴贱去招惹她,这不是有病吗?"

黎衍五官都扭曲了。

写第一部小说时,因为没有经验,男主角最大限度地代入了他自己的性格,女主角则是他心目中的理想型——温柔貌美,博览群书,机敏聪慧,并且对男主角一往情深。

整个故事里,男主角说的每一句话、做的每一件事,几乎都是黎衍自身思想、行为的体现。不仅仅是夜葳蕤,后来的每本小说,男主角多多少少都带着黎衍自己的影子。

这时候听周俏叽里呱啦一通分析,黎衍心想,莫不是在周俏眼里,他就是个"虚伪""假惺惺""阴阳怪气""有病"又"嘴贱"的人?

骄傲瞬间变得一地稀碎,羞耻感则排山倒海地袭来。这打击太过强烈,黎衍一时间难以接受。

"那你就别看了。"他硬邦邦地说。

周俏立刻闭嘴。

哦,原作者就坐在对面呢!她居然当着原作者的面大肆抨击他书里的男女主角,这是不是就像当着一个演员的面说他演技烂、当着一个歌手的面说他唱歌跑调一个道理?

周俏试图补救:"你别误会……你写得挺好的,男主角还是有很多优点,他很聪明啊!学武功特别快,运气也很好,还有,他长得非常帅!"

"你懂什么?"黎衍相当不高兴,"夜葳蕤意志坚韧,正直善良,有勇有谋,心胸豁达!他那么多优点你都看不到,就只知道他长得帅?他什么时候假惺惺又什么时候阴阳怪气了?丁星摇脑子有病的!对待神经病能和她讲道理吗?再说了,丁星摇对夜葳蕤那根本不是喜欢!她就是嫉妒月沚涴,想要夺走月沚涴的一切!"

周俏听得一愣一愣的。

"呵!"黎衍一撇头,冷哼一声,"算了,你才念到初中,我的文面向的读者群也不是你这一档,你看不懂很正常,我跟你说了也是白说。"

周俏辩解:"我是没念过大学,但我又不是文盲!看个小说还能看不懂了?你怎么总看不起人呢?"

"我没有看不起你!我说的是事实!你是没念过大学吧,你连高中都没念吧?"黎衍手指敲敲桌子,"这个故事主线本来就不是谈恋爱!只有你们女人才会揪着说谁喜欢谁!谁不喜欢谁!无不无聊?"

"不是,我……"

周俏刚要解释,黎衍已经做了一个暂停的手势:"Stop!周俏,停止这个话题,再聊下去咱俩又要吵架了。现在开始,吃东西,别说话。"

周俏垂下脑袋，郁闷极了："哦……"

一顿火锅吃了一个小时，周俏准备的菜几乎吃光，两个人摸着圆滚滚的肚子，一同打饱嗝，感觉打出来的嗝都是一股子火锅味。

"明天再洗碗刷锅吧，我懒得动了。"周俏伸了个懒腰，"洗个澡我就睡觉了，明天要睡个懒觉。"

黎衍喝了两罐啤酒，脸又不争气地红起来，看着她说："赶紧去洗吧，早点睡。"

周俏问："你不睡吗？"

"我再码会儿字。"黎衍去卫生间洗了把脸，转着轮椅准备回房。

关门前，他看向周俏："明天见，晚安。"

"晚安。"周俏倚在卫生间门口，神情温柔地看着他。

这个单休日来之不易，整个上午家里安安静静，两个人在各自房间都睡得很沉。直到中午，卫生间才响起洗漱的声音。

周俏神清气爽地刷着牙，已经把昨晚黎衍怼她的那些话忘到九霄云外，想着一会儿给黎衍做点什么好吃的，下午要干点什么，晚上要不要去广场上散个步？她好久没看音乐喷泉了，啊……要是黎衍能一起去就更好了！

黎衍起床后坐着轮椅来到客厅，周俏问他："起来啦？今天你想吃什么？"

他刚睡醒，没精打采地打了个哈欠，说："辣椒小炒肉。"

"又是辣椒小炒肉，你吃不厌吗？"周俏觉得黎衍还挺好养的，一盘辣椒小炒肉就能吃下两大碗饭。

黎衍白她一眼："什么吃不厌？你根本就很久没做了。"

"行，那我去买菜，你先洗漱吧。"周俏说完就拿起钥匙出了门。

看着眼前关上的门，黎衍怔愣片刻，嘴角慢慢、慢慢地翘了起来，情不自禁地吹了声口哨，转着轮椅进到卫生间。

去菜场的路上，周俏拨通邱老师的电话。

"周俏，最近是不是很忙啊？"

听到邱老师温和的声音，周俏的心情更好了："还行，邱老师，您那边都好吗？"

"都好，小树也好着呢。"邱老师顿了一下，突然说，"哎哎，你回来！臭小子来接电话，你上回还说要接电话的！"

周俏站住脚步，一颗心扑通扑通狂跳起来。电话那头像是有人在拉拉扯扯，一会儿后，一个男孩子的声音在耳边响起："……姐。"

周俏没忍住，眼泪夺眶而出。她已经有四年半没听到小树的声音了。离开时小树只有十二岁，还没变声，现在他已经长成一个少年，连声音都变得陌生。

"小树。"周俏叫他，"你好不好啊？"

周俊树沉默半晌，终于开口："挺好的。"

周俏哭得说不出话来。周俊树说："爸让我问你，过年你回来吗？"

"不回，我得上班呢，过年商场里不放假。"

"哦，我回去和他说。"

周俏平复心情:"小树,下个月就要期末考了吧?你好好学,好好考,姐过年时给你一个红包,让邱老师带给你。"

"不用,你自己多存点钱吧,一个人在外面,用钱的地方多。"

周俏觉得窝心,小树真的长大了。她说:"邱老师和你说了吧?明年暑假你到钱塘来,姐带你到处玩玩,路费我会给你的,你去市里坐高铁,别坐大巴。"

周俊树犹豫了一下,说:"其实,你给我的钱,我没有全部交给爸,自己留了不少。全给他,鬼知道他会用到哪儿去,所以你不用专门给我路费,我有钱,够买火车票。"

过了两秒钟,周俏才反应过来。

啊!小树同意了!这个嘴硬的小屁孩怎么那么可爱呢!

她开心极了,又絮絮叨叨嘱了弟弟几句,让他多吃点饭,天冷记得添衣,和同学搞好关系,不要惹怒父亲。

周俊树安静地听着,等她说完一大堆,问:"姐,我们这儿下雪了,你那儿下雪了吗?"

周俏抬头看向晴朗的天空,钱塘的冬天很少下雪,她在这里度过四个冬天,只在第一年下过一场大雪。她说:"没下,姐这儿是晴天,还挺暖和的。"

"哦。"周俊树似乎很不习惯讲电话,"没事的话,我把手机还给邱老师了。"

"小树。"周俏叫住他,"爸最近还打你吗?"

"早不打了,两三年没打了。"周俊树的语气带着不屑,"他发现自己打不过我以后,就再也不敢打我了。"顿一顿,他又说,"姐,如果你回来,不用怕,我会保护你的。"

周俏的眼泪又流下来:"嗯,姐知道了,你乖乖的,姐在钱塘等你来。"

和邱老师又聊过几句后,周俏挂断电话,感觉浑身充满力量。

小树不怪她了,小树和她通电话了,小树答应明年暑假来钱塘了!

真高兴啊!

周俏忍不住在路上蹦跳着走,想着再过一年半,小树就要高考,钱塘有许多不错的大学,不知道他愿不愿意来这里念书?姐弟两个在同一个城市可以相互照应,钱塘又是A省省会,小树大学毕业后找工作也有更多的机会。

想到那么久以后的事,周俏的脚步又慢下来。

几年后,她是不是已经拿到钱塘户口了?

她和黎衍……离婚了吗?

应该离了吧。

在择偶这件事上,有一条约定俗成的鄙视链。

大学生择偶大概率不会选高中生,高中生也大概率不会选初中生。要是一个大学生碰到一个初中生,按照常理来讲,根本就是两个世界的人,没有共同语言,没有相称的格局和眼界,没有交集的社交圈,硬把两个人凑在一起,这世上也就是多了一对怨偶。

这条鄙视链完全适用于周俏和黎衍,黎衍也始终用言行将这链子贯彻实施得很全面,全方位、多角度打击周俏的学历,周俏知道这是人之常情,毫无还击之力。

不过,这链子中间又出了一个岔子,那就是,黎衍从天之骄子变成了一个残疾人。他一下子跌到择偶鄙视链的最底层,连周俏这么一个初中毕业的打工妹,沈春燕都对她客客气气、亲亲热热,生怕她一个不高兴,就一脚踹了自己可怜的儿子。

这么一想,周俏心里还是有点难过。

买完菜回到家，周俏抓紧时间做饭，捣鼓出两菜一汤：辣椒小炒肉、红烧鲴鱼、青菜蛋花汤。

黎衍吃得很香，满满两大碗米饭下肚，才满足地搁下筷子。他不好意思什么都不干，主动去厨房洗碗。周俏则坐在客厅里思考下午要做什么，想来想去，还是打扫卫生吧。

黎衍弄干净厨房出来时，就看到周俏拿着抹布在擦家具。

他很震惊，这人这么勤快的吗，自己真是要羞愧地低下头去。

"怎么又搞卫生了，难得休息一天。"黎衍说。

周俏回头朝他笑："闲着也是闲着，我喜欢家里干干净净的。"

她在搞卫生，黎衍也就没回房，安静地坐着轮椅待在客厅看手机。周俏拿着抹布擦到那组双杠时，问："这个是用来练习走路的吗？"

黎衍抬起头扫了双杠一眼，"嗯"了一声。

周俏摸摸双杠，又问："那你平时练吗？"

她看向黎衍，眨巴了一下眼睛，眼里透着浓浓的求知欲。

黎衍看了她好一会儿，做了个深呼吸，问："你想看我走路吗？"

"想。"周俏嘴比脑子快，脱口而出。

转念之间又觉得这话有点怪，想要解释一下时，黎衍已经转着轮椅来到双杠的一头，一声不吭地把两条假肢放到地上，穿着运动鞋的脚板踩实地面后，双手分别握住了两边的杠杆。

这组双杠两米长，高度和两根杠杆之间的宽度是根据黎衍身型量身安装的。周俏站在边上，目不转睛地注视着他，他被她看得浑身不自在，语气又呛起来："看戏呢？买门票了吗？"

周俏尴尬地笑笑："晚上给你做好吃的。"

黎衍被她弄得都没脾气，双手用力一撑，人就站了起来。

周俏的视线角度一下子由俯视变成仰视，心都跳快了一些。黎衍穿一身黑色运动装，站得直直的，偏头打量她，突然笑了一下："你这什么表情？"

"啊……"周俏有些无措，盯着他看不好，不看他也不好，纠结半天还是勇敢地与他对视，"就是觉得……你挺高的。"

她向他走近一些，伸出手掌在自己头顶与他比身高："你妈妈说你比宋晋阳高。"

"嗯，那是以前。"黎衍低头看自己那两条感觉不到的腿，"假肢做得太长不利于走路，我是双大腿截肢，走路最容易摔，所以做假肢时就把腿给做短了。"

腿做短了，上身瘦且修长，手臂也长，比例总归有点怪异。周俏心里略微酸涩，问："那你以前有多高呀？宋晋阳好像有一米八了。"

黎衍不想回答她。

"告诉我嘛。"周俏语气软软的，"要不我来猜，你手臂那么长，以前应该有一米八几吧？"

见他不语，周俏又问："一米八三？"

黎衍深吸一口气，低声答："一米八五。"

"哇哦，好高啊！"周俏想起他原来的样子，那么高！比她高了二十多厘米，足足高一头了。

"有意义吗？我现在只有一米出头了。"黎衍垂着眼睛，没看她，语气里满是自嘲，"这辈子，都只有一米出头了。"

周俏说："怎么没有意义呢？你要是生了孩子，孩子就会继承你的高个儿基因啊，儿子肯定能过一米八，女儿说不定也能过一米七……"

正说着，发现黎衍的目光冷飕飕地落在她脸上，她立刻闭嘴，听到黎衍说："我不会有孩子的。"

周俏眨眨眼睛，视线往他胯下瞄去，神情困惑。

"往哪儿看呢？！"黎衍低吼。

"你妈妈说你能生孩子的呀，还说你有了孩子，她帮你带呢。"周俏小声地说，有些想不通。

黎衍很头疼，这些人一个个脑子里都不知道在想些什么！他瞪着周俏："不会结婚，不会生孩子，我这辈子就单过了，懂吗？"

周俏这回没犟，反问："为什么呀？你才二十多岁呢。"

黎衍很无力，眼神变得极冷："不为什么，做人要对自己和别人负责。"

黎衍已经很久没练习走路，残肢的承重力差了许多，几乎就靠双手握着杠杆保持身体平衡。腰胯和两截短短的大腿残肢带动假肢左一步、右一步地往前走，身体不受控制地摇摆着，两条腿岔得很开，假肢的膝关节会动，但他控制得不好，步态丑得一塌糊涂。

两米走完，黎衍慢慢地原地转身，又握着双杠走回到轮椅前。

周俏一直陪着他走，看着他低垂的眼帘和紧抿的唇线，心里很不是滋味，终于理解他为什么不愿意练习走路。

黎衍知道周俏一直都在身边，却一眼都不敢去看她。自己走路就是这个样子的，这么多年没练了，现在也许比当初都不如，也不知道刚才为什么会一时兴起想要走给她看。

也许，心里盼望着会出现奇迹吧。

截肢后，黎衍在康复医院做过两个多月的训练，穿着假肢学习走路。当时练习走路的假肢比身上这副还不如，假肢更短，硬生生把他变成一个一米六出头的人。偏偏他原本手长腿长，如此一来，照镜子时，他觉得自己就像一只大猩猩。

医生录下他扶着双杠走路的视频，只看过一次，他就不想练了。

后来花了近十万定做了身上这副假肢，身高好歹到了一米七六，他以为自己可以走得好一些，结果还是不行。

他的残肢实在是太短了，一起复健的一个单腿截肢伤友告诉黎衍，像他这样的情况，经济条件不好的话，根本就不适合用假肢，一点儿也不方便，直接穿个裤腿缝合起来的短裤、双手撑在地上挪动更灵活方便，几乎不会影响生活。

几乎不会影响生活？

说笑话呢！

黎衍是那么骄傲的一个人，完全无法接受那样的生活方式，他咬牙训练，可是残肢长度决定了他的步态要比同样双大腿截肢、但大腿比他长的人难看得多。在不换假肢的情况下，这个状况根本就无法改变。

不能好好走路，又不愿意靠手挪动，多年下来，他变得越来越依赖轮椅，不到万不得已的时候，就不下楼。

黎衍在双杠间走了三个来回，周俏忍不住问："如果不扶着这个杆子，你能走吗？"

黎衍摇摇头，继而补充："需要拐杖，而且走不久。"

"那我扶着你呢？"黎衍转头看她，她的眼睛睁得圆圆的，一副跃跃欲试的样子，她咬着唇，"要不……试试？"

自己一定是脑子进水了，黎衍想着，因为他已经扶着双杠走到杠外，周俏站在他右边，双手轻轻抓住了他的右臂，鼓励他："你松手吧，胆子大一点。"

黎衍真的松开了抓杠杆的手，整个人凌空站在客厅的地砖上。

真的是凌空，他无法体会脚板踩地的感觉，双手又没抓着东西，心里很不踏实。

周俏温柔地说："来，走走看，别怕，我扶着你呢。"

黎衍没吭声，试着抬动右腿往前迈了一步，站稳后，又抬动左腿。周俏的手没有抓得很紧，虚虚地环着他的手臂，两个人靠得很近，他摇摆着身体，双手晃在两边维持平衡，一步一步小心翼翼地往前走。

"走得很好啊！"周俏说。

他的步子很小，三四米的路走了好多步才走到，快要到餐桌了，他一点一点挪着脚步原地转身，周俏很欣喜："加油！就是这样。"

黎衍也挺开心，觉得自己状态不错，往回走时就有点自信过头，步子迈得大了一些，偏偏周俏想要给他更多的信心，两只手竟然松开了一点。

黎衍一脚落地就觉得要糟，身子一仰，再难保持平衡，眼看着要往后摔跤。下一秒，周俏已经闪到他身后，伸出双臂环住他的腰，用力地撑住他微微后仰的身体。

周俏的心脏怦怦乱跳。她用尽全身力气了，只想着不能让黎衍摔跤。如果他摔了，一定会气到发疯，原地爆炸，她不想看到这一幕发生，所以抱得很紧很紧，右腿还向后跨了一步，相当于扎了个弓步，上半身与他的后背紧紧相贴。

啊，好险！撑住了！

等等！我这是……抱着黎衍了？

周俏整个脑子已经乱了，脸都涨得通红，两只手却依旧箍得很紧。

不想松开，不想松开……她幸福地想着，让我多抱一会儿吧。

这样的姿势实在太过暧昧，黎衍很不习惯，低下头，看到周俏环在自己腰上的两只手，莫名地呼吸有些急促，偏过头低声说："周俏，你是不是故意的？"

"啊？"周俏装傻。

"故意吃我豆腐。"

周俏偷偷笑了，反正他看不见，干脆大着胆子把脸颊也贴在他背上，贪恋地呼吸着他身上温热的气息，嘴里却说："那我松手了？"

"还是别了。"黎衍的语调低低的，"我怕自己摔断尾椎骨。"

周俏闭上眼睛，抿着嘴笑。

他好瘦啊，腰那么细……周俏手指挠挠他的外套，心想，怎么还是这么瘦呢？是不是肉吃得太少了？应该再给他多加点营养。

"周俏。"

"周俏？"黎衍伸手往她右手上拍了一下。

周俏回过神来："干吗？"

黎衍很无奈："你什么毛病？抱上瘾了？松手，帮我去把轮椅推过来。"

"哦。"周俏收回自己不着边际的幻想，依依不舍地松了手。

当她的手离开黎衍腰身的那一刻，他的心竟意外地空了一下。

周俏推着黎衍的后背让他原地站稳，又把轮椅推到他身后，扶着他慢慢坐下，看着他把两只脚板搁到轮椅踏板上。

"不练了吗？"周俏问。

"算了吧。"黎衍扯扯衣服和裤子，抬头看她，"练来练去就这个样子。"

周俏在他身边单膝蹲下，手搭在他的轮椅扶手上，仰头看他："你是不是累了？"

黎衍摸摸额头，并没出汗："走这么一会儿不会累，就是心里没底，有点怕。"

周俏又问："要是每天多练练，会走得好一些吗？"

黎衍缓缓摇头。

周俏的嘴角挂下来，有些垂头丧气。

黎衍看着她的样子，心里竟觉得有趣，又难以置信——刚才发生的这些事，搁在以前他一定会感到难堪，甚至会冲周俏发火，可结果是他非常淡定，一点儿火气都没冒出来。

挺……神奇的。

沈春燕、宋桦和宋晋阳都见过他走路，也见过他因为走得不好而大发雷霆的样子。张有鑫也见过，那小孩儿甚至还很羡慕，除此以外，再也没有认识的人见过他丑态百出的走路姿势。

现在，又加上一个周俏。

黎衍想，大概是因为周俏都见过他不穿假肢的样子了吧，在她面前，他好像也没什么可藏着掖着了。最关键的一点是，他笃信周俏不会笑话他。

经过这一段小插曲，接下来的时间，两个人各干各的，黎衍回房码字，周俏简单地打扫完卫生后，决定晚上给黎衍整个大菜，又跑了一趟菜场。

吃晚饭时，黎衍瞪着桌上那一大盆泛着油光的红烧蹄髈，眼珠子差点掉下来："这是什么？你什么意思？吃哪儿补哪儿吗？！"

"不是，我就是觉得你太瘦了，想给你多吃点肉。"周俏解释着，"你不爱吃蹄髈吗？"

"还行，可这也太大一只了吧！我们两个人怎么吃的完？"黎衍眉毛都皱起来了。

"吃不完明天也能吃啊，我还要带饭呢。"周俏用筷子和剪刀把蹄髈切开，夹了好大一块连皮带瘦肉到黎衍碗里，"尝尝看，我照着网上的食谱做的，以前没做过这样的硬菜。"

黎衍筷子夹着肉咬了一口，蹄髈炖得很酥软，外皮入口即化，瘦肉咸甜入味，味道相当好，他忍不住又咬了一大口。

"好吃。"他用蹄髈的红烧汁儿拌上米饭，"挺香的，我又要吃两碗饭了。"

"多吃点，你太瘦了。"周俏最喜欢看他吃得香喷喷的样子，又把凉拌黄瓜端到他面前，"吃肉太腻的话，吃点黄瓜清清口。"

"唔。"黎衍已经没工夫说话，大口大口地吃着肉和饭。

这顿饭又一次吃撑，黎衍摸摸自己的肚子，陷入沉思。

不知何时，窗外响起滴滴答答的声音，周俏转头往客厅窗户看，天黑了，什么都看不清。她走过去移开一扇窗探头张望，又把手伸出去。冰冷的空气立时灌进室内，滴答声更明显了。

"啊！下雪了！"周俏回过头来，惊喜地喊，"我弟今天还和我说，老家下雪了，没想到这儿也下了呢！"

黎衍拿出手机看了眼气象预报："只是雪粒子吧，冷空气又要来了。"

他看着周俏在窗边的背影，她还在伸手接雪粒子，小小的雪粒子一碰到她的手掌迅速融化，她玩了好一会儿才把窗子关上。

"再过五天，就是新年啦！"周俏走回桌边，语气欢悦，"这是我在钱塘过的第五个新年。"

黎衍抬起头静静地看着她,突然想到一件事。

当周俏在钱塘过第八个新年时,他和她是不是已经没关系了?

想到这里,一股难以名状的沮丧感渐渐漫上他的心底。

第五章
新年快乐

"儿子,你胖了!"沈春燕坐在餐桌边,上上下下打量黎衍一番后,得出结论。

她去了一趟缅甸,有十来天没见到黎衍,伸手捏捏他的脸颊:"哎哟,脸上都长肉了。我的天啊!俏俏到底是给你喂了什么呀?"

黎衍拍开她的手,瞪她一眼。

周俏是养猪式喂法,天天牛奶鸡蛋、水果大肉,不重样。

"头发什么时候剪的呀?晋阳背你下去的吗?"沈春燕端详着黎衍的新发型,"我儿子真帅!胖点儿更好看了!"

"周俏剪的。"黎衍原本不想说,但又不愿意把这功劳归到宋晋阳头上,还是说了实话。

"啧啧啧!俏俏这么能干的呀?这老婆到底是比老妈强,男人哪,果然还是要有个对象。"沈春燕笑得一脸荡漾。

黎衍眼神冰冷:"你够了啊!"

沈春燕嘴角含笑指指他:"凶!你也就敢对我凶,有本事你去对周俏凶,看她理不理你!"

黎衍哀叹,他的确没这本事。

周俏在上班,家里只有沈春燕和黎衍二人。沈春燕打开随身带的大袋子,掏出一堆缅甸旅游特产给黎衍看,都是些不值钱的袋装奶茶、糕点之类。

黎衍问:"缅甸好玩吗?"

沈春燕连连吐槽:"别提了,我就没见过那么穷的地方!有的人住的那个棚子还不如我们这儿的猪圈!"

说到猪圈,黎衍想到的居然是自己。

他看过沈春燕的朋友圈,旅游那几天九宫格照片晒了一拨又一拨,穿着花裙子和宋桦站在一起,笑得像个老少女。

黎衍还没出过国,以前他也挺喜欢旅游,念大学时打工加实习攒下来的钱,都用在暑假和朋友一起旅游上了。曾经他还放过豪言壮语:工作后,每年都供沈春燕出国旅游一次。

只是现在,他再也不会想这些事。

"缅甸不是产玉吗?"黎衍翻看着沈春燕带回来的伴手礼,淡淡地说,"你就没想过给自己买个玉坠子、玉镯子什么的?"

"哎哟,那起码得大几千!那么穷的地方,导游带我们去的都是购物店,鬼知道东西是真是假,我才没那么笨呢!"沈春燕对于自己的自制力很得意,她和宋桦报的是超便宜的老年团,旅行社全靠购物来赚钱,一路上走了四五个购物店,两人愣是啥都没买。

沈春燕已经退休三年,退休工资四千多一月,宋桦还在上班,企业效益很一般,每个月收入也就五六千。两人各管各的儿子,沈春燕不敢乱花钱,存下来的钱以后都是留给黎衍的。

黎衍听完沈春燕的话,哼了一声。沈春燕瞅瞅他,觉得自己明白了他的心思,不安地问:

"阿衍，你是不是怪妈妈没有给俏俏买块玉啊？"

黎衍很恼火："你脑洞别开那么大行吗？！"

"唉……俏俏嫁给你，咱们家的确一点儿首饰都没给她，是不太像话。"沈春燕在椅子上坐下，"要不，妈妈给你一万块钱，你看看俏俏喜欢什么，给她买一件？戒指项链手镯之类，金的！人家结婚都得给。"

黎衍一口拒绝："不需要。"

沈春燕怏怏地说："妈妈是怕俏俏心里不高兴。"

"她不会的。"黎衍放缓语气，"就算要买，我自己也会买，不用你的钱。"

沈春燕叮嘱儿子："那你自己记着点，二月份不是有情人节吗？昨天晋阳还说又要买情人节礼物了。这小子对这些事特别上心，小颂的生日啊，什么圣诞节、情人节、三八节、七夕节，每回都要送礼物。"

黎衍好奇："他说他准备买什么了吗？"

"好像是想买串项链，带钻的。"沈春燕说。

黎衍问："带钻的项链多少钱？"

"这我哪知道啊！怎么着也要万儿八千吧。"沈春燕叹口气，"他一月份会发年终奖，得有好几万，他也不会乱花，都存着买房呢。宋晋阳这小子对小颂是真大方，不过小颂也是个好姑娘，就是稍微有点娇气，干家务是一点都不行，和咱们俏俏没法比。"

沈春燕明明是在夸周俏，黎衍听着却莫名其妙感到不爽，脸一板，别开头就开始生闷气。

沈春燕看着儿子，完全不知道自己哪儿又惹他不高兴了。

母亲离开后，黎衍在卫生间看着镜子里的自己，捏捏右脸，原本只剩一层皮的脸颊，居然被捏起一块肉来。

他的确是胖了一些，沈春燕要是不说，自己都没感觉。

黎衍三下五除二扒掉上衣，赤裸上身，镜子里的男人肤色异常白皙，身上依旧清瘦，但他骨架子大，肩线宽阔，锁骨、肋骨越发根根分明，看着十分弱鸡。

屏气凝神弯起手臂，黎衍想观察一下自己曾经引以为豪的肱二头肌，结果就是——凉凉。

他叹了一口气。

这几年来饥一顿饱一顿，又缺乏运动，胸肌、腹肌、人鱼线那些玩意儿早就没了踪影，这段时间伙食还超标，肚子上倒有了一圈小小的肚腩，坐着时特别明显。

输入大于输出，肉就只往两个地方长：肚子和脸。这令黎衍感到焦虑，摸摸自己的小肚子，心想再这么下去，他是不是就要变成啤酒肚了？

现在的黎衍虽然不像过去那么臭美，但也无法忍受自己身材变形，已经是个没了腿的重残人士，再变成一个油腻的胖子，还有眼看吗？

当下心中就有了计划，不能坐以待毙。

洗完澡，黎衍转着轮椅回到房间，拉开衣柜移门，弯腰从最下层拖出一个极重的大运动包。运动包里装着几对规格不等的哑铃，还有一个拉力器和一个泡沫轴。

他试着拿起最重的那个哑铃，想做一个平举，颤颤巍巍拎起来后，发现手臂根本抬不起来。

自己居然已经弱成这样了？

挑拣了一下，黎衍拿出两个8公斤重的哑铃，决定从基础练起。

他在本子上写下锻炼计划：

仰卧推胸、仰卧飞鸟各三组，每组 12 个——练胸肌。

弯举哑铃、哑铃颈后臂屈伸各三组，每组 12 个——练肱二头肌、肱三头肌。

卷腹、俯卧撑（下半身完全腾空）——练腹肌、核心力量。

拉力器若干个……

健身知识黎衍知道得不少，毕竟以前也曾有过一身漂亮又匀称的肌肉。无奈现在他没了双腿，很多动作都做不了，有氧运动更是困难重重，减脂无望，只能靠无氧运动来增肌。

黎衍没穿假肢，转着轮椅去到客厅双杠处，双手撑着两边双杠把自己的身体吊在半空。失去双腿的重量，这个动作对他来说居然很轻松。他试着弯曲手臂，让身体下沉，再提起，上上下下做了几组后，终于感觉到吃力。

说明有用！

他又试着抬起下半身，把身体与地面平行，只靠双手垂直撑在双杠上，绷紧腹部，匀速呼吸，坚持了没几秒，手臂就卸了力，几乎无法再荡回轮椅，干脆任凭身子慢慢往下坠，直到屁股落到地上。

黎衍转过身，双手撑地挪了两步，左手按着轮椅椅面，右手往地上一撑，把身子挪上轮椅，累得气喘吁吁。

先这么练吧，每天练一个小时，应该会有效果，他想。

周俏上着班，完全不知道家里的小黎先生每天都在捣鼓什么，依旧细心地为他准备三餐，天天煮一大锅米饭，生怕饿着他。

跨年夜那天，商场延长营业时间，晚上十一点才打烊。周俏上了两个全天班，简直身心俱疲。

临近下班，商场里顾客已经很少，她抽空去服务台旁的服装修改处，高大姐戴着老花眼镜在那儿玩手机。周俏问："高姐，我的裤子好了吗？"

"好了。"高姐把一条黑色裤子拿给周俏，"你也太倒霉了，这什么顾客啊，胖成那样，185 的裤子都能撑裂。你看看，基本看不出来了吧？"

说到这事儿周俏就无语。

下午，专柜里来了一对母子说要买男裤，儿子二十多岁，长得特别胖，Cindy 有些犹豫，拿了这条裤子给他试，试完后他说不喜欢，红着脸把裤子往 Cindy 手里一塞就要走。

Cindy 没发现异常，周俏却听到儿子悄悄和母亲说"……裂了……撑破了……"这么几句话。她赶紧去检查 Cindy 手里那条裤子，发现臀部的缝合线果然裂开一个口子，周俏追出专柜，拦住那对母子把裤子给他们看，结果人家死活不承认。

双方当场就吵起来，那女人仗着更衣室没监控，对着周俏和 Cindy 一口一个"外地人""乡巴佬""素质低""贱货"骂得唾沫横飞，各种污言秽语嗡嗡嗡地响在周俏耳边。

周俏看着对方嘴皮子上下翻飞，狰狞的面孔令她想起曾经火锅店的女领班，不明白这些人的优越感从何而来？恶意又是因何而生？大家都是人，践踏别人能令她们感到快乐吗？

曾经的她对这种事逆来顺受，觉得自己就是低人一等。

但现在，她已经没那么懦弱了。

周俏抬头挺胸看着女人："是！我们是外地人！但我们靠自己双手打工赚钱，堂堂正正！你就算是本地人，也是丢钱塘本地人的脸！做事这么无耻下作，我都替你臊得慌！"

那女人怒极，声音尖厉刺耳："你才无耻下作！也不撒泡尿照照镜子！你是什么玩意儿？我知道你们这些外地女人都在想什么，一个个挖空心思就想嫁到城里来！晚上不知道躺过几个男人的被窝呢！"

边上专柜的导购们纷纷出来帮周俏，可她们到底没证据，最后也只能让那对母子离开。那女人离开时嘴里还在骂人，看向周俏的眼神恶毒又刻薄。

Cindy 抹了一把眼泪，垂头丧气道："气死人了，一天白干。"

周俏拍拍她的肩："算了，这裤子我买了，四百多块钱，还好没太贵。"

Cindy 睁大眼睛看她："你买了？"

周俏笑笑："嗯，我一个朋友能穿，一会儿我找高姐去缝一下。"

高姐的手艺非常好，裤子后裆已经修补得一点都看不出来，还按周俏的要求把裤腿截短五厘米。

按照黎衍原本的身高，裤子长度应该刚好，可现在给他的假肢穿，就有点儿嫌长。周俏拿着裤子回到店里，趁着最后几分钟把裤子熨了一下，仔仔细细折起来塞到纸袋里。

下班后，她和 Cindy 一起出商场，她发现又下雪粒子了。

钱塘的雪下得可真小家子气啊，周俏感叹。

湿润的雪，夹着雨，一点儿也积不起来。路灯下，能看到雪粒子细细密密地飘在空中，和老家鹅毛般的大雪完全不一样。

公交末班车已经没了，气温低得要命，周俏和 Cindy 顺路，决定一起打车。两个女生撑着伞、手挽手往路边走时，黎衍的电话来了。

"你怎么还没回来？"他气呼呼地问。

周俏才想起忘记和他说商场延迟打烊："对不起啊，今天跨年夜，十一点才关门呢，我刚下班，准备去打车。"

"快一点儿，限你十二点前到家。"黎衍的语气是命令式的。

周俏没明白："为什么呀？你饿了？"

"什么饿了？！我不饿！你赶紧回来，别买宵夜了。"说完，他就挂断了电话。

周俏好疑惑，什么时候家里有了门禁时间？

Cindy 惊奇地看着她："俏俏，是你男朋友吗？"

"不是，是我……房东。"周俏回答。

Cindy 不怎么信，看到周俏手里拎的纸袋，问："是上次坐轮椅来找你的那一个吗？你这裤子该不是要给他穿吧？"

周俏被说破心事，默认了。

"周俏你可以啊！"Cindy 瞪大眼睛，"你真的在和他处对象吗？他他他……"

周俏止住她的话头："别他了，我没和他处对象。再说了，人家也没你想的那么差，他是 A 大毕业的高才生呢，哪看得上我呀。"

"什么？"Cindy 为她打抱不平，"A 大毕业的了不起啊！他可是个残疾人！你看不上他才对！他多大脸啊居然还敢嫌弃你？"

周俏连连讨饶："姐，求你别发挥想象力了，他没嫌弃我，我俩没聊过这些。而且你不了解他，他真的是个很好很好的人，是我朋友，你再这么说他，我可要生气了。"

Cindy 乖乖闭嘴，在路边叫了一辆车。等车来时，她一踩脚："今天够倒霉的，真是气死我了！"

周俏劝她:"别气了,我们也骂人家了。"

"你说他们这些本地人到底是怎么想的?"Cindy义愤填膺,"没有我们外地人,谁给他们送外卖送快递!谁给他们端盘子、造房子、收垃圾啊!他们自己又不愿意干!不谢谢我们还要骂人,简直有病!"

周俏叹口气,隔着雨幕看街上来来往往的车辆,说:"没办法,谁让我们生在农村呢?把自己日子过好就行了,别管那些人怎么说。"

见Cindy还是气呼呼的,周俏用手肘撞撞她:"别生气啦。明天我不带饭,新年第一天,我请你吃午饭吧。"

Cindy终于笑起来:"麻辣香锅!"

"没问题。"

出租车来了,两个女孩说说笑笑着一起上车。

紧赶慢赶,周俏终于在11点40分开门进屋,带着一身寒意。

黎衍坐着轮椅转到客厅,看她收伞,问:"外面冷吗?"

"冷啊,雨夹雪,湿哒哒的,好难受。"周俏摸摸自己被雨雪打湿的袖子,换好鞋问,"对了,你催我回来有事吗?"

黎衍等了周俏一个小时,雨雪天气,他的残肢很疼,心情就不太好,立刻就怼上了:"什么叫我催你回来?你看看现在都几点了!你要晚回来也不提早和我说,万一你出点事怎么办?年关到了外面很多犯罪分子打算干一票回家过年呢!你一个女孩子三更半夜还在外面乱晃!你说我该不该来问你?你以为我想管你啊!"

叭叭叭,叭叭叭……周俏偷偷翻个白眼,又立刻服软顺毛:"我知道啦,对不起对不起,是我没提前和你讲,好了好了别生气了,我这不是回来了嘛。"

黎衍感觉怪怪的,周俏活像是在哄小孩儿。

周俏去洗了个手,出来时,黎衍还板着脸待在客厅。

他看着她,说:"还有十五分钟就是新年了。"

"哦。"周俏感到莫名其妙,心想他是想等她一起跨年吗?

她的反应不咸不淡,黎衍陷入沉默,错开视线,不知道在想什么。

周俏趁机把纸袋递给他:"喏,今天给你买了一条裤子,就当新年礼物吧。"

黎衍心里瞬间浮起非常不好的感觉,皱起眉问:"你什么意思?为什么要给我买裤子?我和你说过我需要裤子吗?"

周俏简直要挠墙。

啊啊啊!敏感多疑的小黎先生好像又想多了。

不过她已经摸清黎衍的脾气,知道爆竹精还没到炸的临界点,这时候敢于在老虎头上拔毛,故作惊讶地问:"原来你不用穿裤子的吗?"

黎衍气极:"周俏!你太过分!"

看着他憋红了的脸,周俏"噗"一声笑出来,他拧着眉毛瞪她。

"好啦,你可真会胡思乱想,我逗你呢。"周俏决定说实话,"这条裤子是新的,今天被我不小心弄破了,只能买下来。我已经找商场的裁缝把它修好了,一点儿也看不出来。这个号码你能穿,你要是不喜欢……我到时候问问宋晋阳要不要吧,实在不行,宋叔应该也……"

"拿来。"黎衍听不下去了，收下纸袋低声说，"早说不就行了，扯什么新年礼物？我是那种不讲道理的人吗？"

周俏挑眉看他，心想您心里没点数吗？

黎衍又看一眼墙上的钟，11点50分了。

不知道是不是周俏的错觉，黎衍的脸似乎有点红。他说："隔壁单元有户人家，每年跨年的零点都会放烟花，我的阳台能看到。你……要不要到我阳台……看烟花？"

周俏脑子秀逗了一下，问："那我的窗子也能看到咯？"

黎衍的脸唰地黑了，冷冰冰地说："不看拉倒。"说着就把轮椅转回了房间。

周俏嘀咕一句："我又没说不看。"

还有时间，她换上一件毛茸茸的黄色珊瑚绒睡衣，拖着一把椅子、抱着可达鸭去敲黎衍的房门："黎衍！"

他在里头问："干吗？"

"看烟花……"

门打开了，黎衍神情别扭，倒退着转动轮椅，说："进来吧。"

这是周俏第一次进黎衍房间。搬过来后，她把约法十八章的第一条执行得最好，愣是一步都没踏进过黎衍的私人空间。

没用过黎衍的洗衣机，没将衣服晾在他的阳台，如果屋外下雨，她就在房间里扯根绳子晾衣服。

黎衍的房间大一些，收拾得还算干净，二十多平方米的空间里摆着一张一米五宽的双人床，靠墙一圈是一个床头柜，一组移门衣柜，一张书桌和一个放杂物的边柜。

大概为了方便他轮椅移动，床没有摆在中间，而是靠窗，所以整个房间就有了一块空地，显得比较宽敞。

周俏把椅子搬到阳台，黎衍拉开窗帘和玻璃窗，周俏挨着他坐下。冷风呼呼地扑在他们脸上，夹着零星的雨点，周俏都被冻精神了，看着小区里黑漆漆的夜景，问："下雨呢，人家还会放烟花吗？"

"会，每年都放，风雨无阻。"黎衍说，"就跟一种仪式似的。"

离零点只剩三分钟。黎衍掏出一包烟，问："我能抽烟吗？"

周俏点点头，看到窗台上有一个烟灰缸，里头已经有几个烟蒂。

原来他平时都是躲在阳台抽烟的。

黎衍拢着手点起一支烟，眯着眼睛吸了一口，缓缓吐出烟气。

周俏怀里抱着可达鸭，两条腿在地上小幅度地跺着，肩膀也微微发抖。黎衍偏头看她，问："冷？"

"有点儿。"周俏想回房间拿厚外套，但眼看着马上就到点了，不敢走，怕黎衍生气。

黎衍把燃着的烟搁在烟灰缸凹槽上，转着轮椅回房间，把自己的一件厚外套拿出来递给周俏："披一下吧，小心感冒。"

"谢谢。"周俏心中小鹿乱撞，接过外套披在身上，一下子就觉得温暖许多。

黎衍又夹起烟，看着她怀里的可达鸭，问："为什么把呆瓜也抱过来？"

周俏捏捏可达鸭，笑着说："呆瓜也要看烟花呀。"

"傻子。"黎衍轻笑一声。

周俏看了他一眼。

阳台没开灯，只有身后卧室昏暗的灯光为他们照明。

黎衍背光，长到下颚的头发剪短以后，能更加看清他的侧面。夜色中，他的皮肤更显苍白，鼻梁挺拔，眼窝微陷，下巴连着下颚线条清晰流畅，整张侧脸轮廓鲜明，几无瑕疵。

周俏看着黎衍的眼睛，他的眼睛不似宋晋阳那般大，但眼型很漂亮，双眼皮窄薄，睫毛浓密，周俏看着他低垂眼帘，皱起眉头吸一口烟，吐出烟气后缓缓地说："又是一年过去了。"

话音未落，只听"砰"的一声，一颗小火球就蹿上了天空，"啪"一下绽成一朵小小的金黄色火花。

黎衍抬头望着窗外夜空，周俏与他一同看，隔壁单元那户人家正在快乐地放烟花，隐隐约约还能听到两个小孩子欢呼的声音。

男人说："老婆新年快乐！大宝二宝身体健康，别再打架啦！"

女人说："新的一年爸爸多赚点钱啊！给咱们换个大房子！"

黎衍低声对周俏说："去年也是这个愿望。他家应该是两个儿子，天天打架，小的那个三年前出生的，半夜里老哭，现在好很多了。"

原来他们是在许愿啊。周俏想，每年的这一天，全家人聚在一起放烟花，许下新一年的心愿，大概是那家人特有的传统。

他们肯定不知道，住在隔壁的一个男人，每次都会独自一人待在阳台，抽着烟，偷窥这场仪式。

一朵朵彩色烟花在夜空中绽放，火树银花，稍纵即逝，周俏不知何时向着黎衍靠过去一些，脑袋一点点歪下来，最终，小心翼翼地搁在他的肩膀上。她没有用力，只是轻轻搁着，像是随时做好被他推开的准备。

在她的脑袋碰到黎衍右肩的一瞬间，黎衍就感觉到了。

他像一只刺猬，瞬间竖起全身的刺，眼见就要发作，却在低头间看到周俏眼角滑落的泪。他整个人都僵硬了，周俏倚靠在他肩头，无声地哭泣着，连身子都没发抖，像是不想让他发觉。

她是不是想到了什么伤心事？毕竟十几岁就背井离乡来到钱塘，当时还是个半大孩子，一个人无亲无故待在这里，总有些不为人知的辛酸往事。

这么想着，黎衍也就释然了，默默将上半身向周俏歪过去一些，好让她倚靠得更加舒服。

得到他的默许，周俏终于安心，脑袋完完全全搁在他肩上，头顶甚至触到了他的右脸颊。

黎衍闻到她身上隐隐的薄荷味儿，是他送的那支香水，一天下来已经变得极淡。那味道用在人身上，果然不再那么呛鼻。

黎衍想着，挺好闻的，周俏，很香。

"黎衍，新年快乐。"周俏在他肩头轻声说。

黎衍嘴角勾了一下，低低开口："新年快乐。"

新的一年，是从两个人相互依偎着一同看烟花开始的。

直到很久以后，黎衍都还记得这幅画面。

烟花十分钟就放完了，隔壁传来关门关窗的声音，黎衍和周俏却都没动。一会儿后，周俏摸摸自己冰凉的脸颊，才把脑袋从黎衍肩上移开，偷偷地抹抹眼睛。

黎衍问："你怎么了？"

周俏垂着脑袋，说："今天上班的时候和人吵了一架。"

黎衍挺意外的："和谁？为什么吵架？"

"碰到两个不讲道理的顾客，没忍住就吵起来了。"周俏想到白天的事，问他，"我问问你啊，你们本地人是不是都不太看得起我们外地人？"

"你这话打击面也太广了，反正我是没有。"黎衍问，"后来吵赢了吗？"

"不好说，那个人对我们几个导购人身攻击，我也就对他们人身攻击了。"回忆起那场吵架，周俏还是觉得丧气，"那人骂我们乡巴佬，讲话特别难听……其实这几年，这样的人碰到过好几次，明明都是他们不对，吵不过就拿外地人说事。我也是奇怪了，家里要是够好，谁愿意往外跑？我出来打工也有错？打工的就天生比人低贱吗？"

"有些人的想法比较狭隘，你不用太在意。"黎衍不太懂怎么安慰人，试着劝她，"大部分人脑子都是正常的，再碰到这样不讲理的人，别理他们就是。"

"嗯，我知道。"周俏咬了下嘴唇，大着胆子说，"很久以前，有个人和我说过，我又不是人民币，不可能人人都喜欢，只要做自己就好，做人就是要问心无愧。我一直记着呢。"

"谁跟你说的？这话谁都听过啊。"黎衍觉得周俏实在很单纯，"网上不都是这样的鸡汤吗？又不是什么至理名言，是个男的吧？装深沉骗小姑娘呢。"

周俏抱着可达鸭的手抠得更紧了。

"这雪不知道要下到什么时候。"黎衍叹一口气，忍受着残肢处传来的阵阵刺痛，却不愿主动提出离开阳台。

周俏看着窗外细密的雨丝和雪粒，失望地说："这哪叫雪啊，这就是下雨嘛。我们老家那才叫下雪，就一个晚上，雪就积得很厚很厚。小时候，我和我弟一到下雪天就出去堆雪人打雪仗，可好玩了，到这边这几年，都没见过一次像样的雪。"

黎衍回想了一下，说："钱塘的确好几年没下大雪了，以前下过的。几年前吧，有一年雪下得特别大，不过那时候你应该还没来。"

周俏转头看他一眼，心道——不，我来了。

那一年，跨年夜的前一天，钱塘开始下大雪，下到跨年夜，整个城市已是银装素裹，充满了冬日趣味。

大雪天，又是旧年的最后一夜，火锅店生意特别好，排队等位的客人挤在店门口，服务员们忙得连上厕所的时间都没有。

晚上九点，一波用餐高峰过去，周俏终于缓了口气，黎衍一行人就是这时候进店的，打了个时间差来吃火锅。

他似乎没撑伞，从学校走到店里，身上积了些雪渣子，站在店门口掸羽绒服。周俏把他们迎到圆桌旁，刚要把菜单递给黎衍，领班出现了。

"小花，你去服务A9桌，这桌让小刚来。"领班命令周俏。

周俏呆呆地看着她，身子没动，菜单还捏在手上。

黎衍抬头看了她们一眼，也不催。

领班加大音量："叫你去A9桌，听不懂吗？木头一样杵这儿干吗？你以为给人家点个菜，人家就会……"

没等领班说完，周俏就像被踩了尾巴的兔子似的溜走了。黎衍莫名其妙地看着领班，领班对他一笑："抱歉啊，服务员新来的，有点笨，您别介意。"

A9桌是一桌很难搞的客人，吃了两小时了，同事聚餐，全员喝酒，周俏过去后他们又拼了一轮酒，有人叫周俏，说点的一份雪花肥牛一直没上。

周俏都蒙了，问过之前的服务员，说早就上过了，盘子都撤了。周俏告诉客人后，几个醉鬼立刻吵吵嚷嚷说就是没上，发誓的发誓，骂人的骂人。领班过来后，当即表示立刻给他们上一份，回头对周俏说："这份牛肉从你工资里扣。"

周俏大惊："为什么呀，可以查监控啊！"

"不为什么，我说扣就扣。"领班眼含讥诮地看着她。

周俏年龄虽然小，这时候也明白了，领班就是想整她，也许这时候她硬气地说一句"我不干了"，领班能马上笑成一朵花。

但她没说，回头看了黎衍那桌一眼，咬着后槽牙，不再吭声。

A9桌的客人终于走了。周俏收拾干净桌子，看看空了一半的大厅，悄悄地溜出店去。

店外大雪纷飞，寒风刺骨，周俏找到一个屋檐下的角落，蹲下身子缩成一团，脑袋埋在胳膊上大哭起来。

离家半年，她想念小树，想念邱老师，想念班里那几个要好的女同学……她们现在已经在上高三，再过半年就能参加高考。施丽丽说她要考去省会的师范院校，以后做老师；林艳说考到市里就行，想学财会；贾云莺成绩差，说自己最多考个大专，无所谓什么专业……

她们以前是前后桌，最是亲密。四个人里周俏成绩最好，大家都说她能考一所好学校，去大城市……说到这些事时，施丽丽骄傲地说："周俏俏，你以后飞黄腾达了可不要忘了我们呀！"

林艳说："放暑假啦！我要去J市找我爸妈，顺便打两个月工，俏俏，下学期见！"

贾云莺："俏，暑假里我要去姥姥家，八月份回来我找你玩！"

言犹在耳，物是人非，周俏穿着火锅店不合身的工作服，蹲在屋檐下号啕大哭，哭得气都要喘不上来。

不知何时，她的面前出现了一双脚。

周俏吓了一跳，以为是领班找来了，泪眼迷蒙地抬头看去，是一个高大的男人，心脏差点停止跳动。

居然是黎衍。

他指间夹着一支烟，看清周俏后抚了抚心口，说："吓死我了，我听到有人哭呢，又没见着人，鬼片儿似的，小妹妹你怎么了？"

周俏贴着墙根站起身，抹抹眼泪，低着头不吭声。

黎衍歪着头问："你是不是……刚才要给我们点菜那个……小花？怎么了？你那个更年期领导又欺负你了？"

他不说还好，一说这话，周俏又伤心地哭起来。

"哎哎哎，你别哭，多大点事啊。"黎衍似乎很头疼，看看周围也没人，说，"外头下雪呢，你赶紧进去吧，我是出来抽支烟。"

周俏唰唰摇头："我不进去。"

"你是不是被人欺负了？来，讲给我听听。"黎衍似乎心情不错，抽一口烟，眯着眼睛看她。

周俏哀哀凄凄地说："我没犯错，但是领班要扣我工资，一盘牛肉七十八块钱呢，呜呜呜呜呜……"

黎衍从兜里掏出皮夹，抽了张一百块给周俏："拿着，别哭了，以后小心点就是，实在不行就换个餐厅，在哪儿不能打工呢？"

周俏吓坏了，怎么都不肯收。黎衍把钱塞到她手里："拿着吧，就当新年红包了，你成年了没啊？现在都能招童工了？"

"我十七岁，过完年就十八了。"周俏蚊子哼哼。

"不上学吗？"

周俏摇摇头，黎衍没再多问。

手里攥着钱，周俏紧张得脑门直冒汗，掏遍身上口袋也没找到零钱，说："你下次再来，我把二十二块钱还给你。"

"什么？"黎衍反应过来，"不用不用，不需要，你拿着买点小零嘴吧。"

"不行。"周俏固执地说，眼神飘着都不敢看他。

黎衍想了想，左右一看，说："这样吧，你跟我来。"

周俏跟着他来到火锅店隔壁的一家店门口，那是一家卖玩具、文具、小首饰的店，店外摆着一排抓娃娃机。大雪天气，一个玩的人都没有。黎衍领着周俏去店里换了二十二块钱游戏币，把剩下七十八块塞给周俏。

"二十二个币，抓十一次娃娃，你说，能抓到吗？"他把一堆硬币摊在手里，给周俏看。

周俏哪里知道啊，她从没玩过抓娃娃，店里的几个年轻男服务员有时候会趁下午空闲去玩，她就在边上看，但从没见他们抓起来过。

"我觉得这是骗人的东西。"周俏说。

黎衍哈哈大笑："走，试试去。"

两个人站在一排娃娃机前，黎衍问："你想抓哪个？"

周俏不敢说，黎衍观察了一下，说："咱们别挑，哪个容易抓就抓哪个，好不好？"

周俏点点头。

黎衍带着她走到一台机子前，里面有各种各样的卡通玩偶，她都不认识。黎衍丢进两个币，操纵抓手前后左右移动，一拍按钮。

周俏眼睛一眨不眨地盯着看，抓手只把一只小兔子带起来一点点，就松开了，周俏失望地叫了一声。

"正常的，再来。"黎衍又丢进两个币。

抓到第四次时，周俏已经不看娃娃机了，偷偷地朝黎衍看。

他玩得很专心，时而垂眸看娃娃的位置，时而抬眸看抓手移动，纤长的眼睫一眨一眨，霓虹灯光在他脸上打出几道幻彩般的光影，令周俏觉得自己像在做梦。

她不着痕迹地向他靠近一些，又靠近一些，大气都不敢出，就这么安安静静地站在他身边，她已经心满意足，几乎忘掉之前所有不快。

"Yes！有了！"黎衍开心地叫出声，周俏连忙看向娃娃机，只来得及看到一个黄色玩偶掉进洞里。

"哇！"她激动地跳起来，啪啪拍手，"抓到了抓到了！真的可以抓到啊！"

黎衍弯腰从机器底下拿出那个玩偶，递给周俏："送给你，新年快乐。"

周俏双手接过，才看清是一只很一言难尽的鸭子，头上三簇黑毛，两只眼睛呆呆的，嘴巴又宽又长。

"这是鸭子吗?"她问。

"可达鸭。"黎衍告诉她,"丑是丑了点,不过挺可爱的。"

周俏好紧张,圆睁着眼睛看他:"真的可以送给我吗?"

"当然啦,你们小姑娘不是都喜欢这些玩意儿吗?"黎衍把剩下八个币递给周俏,"这个也给你,今天应该抓不到了,你拿着下次自己来玩。"

周俏接过,小声说:"谢谢。"

"啊,冷死了,赶紧进去吧。"黎衍在周俏脑袋上拍了一下,周俏乖乖跟着他走。

快要进店的时候,黎衍说:"小花,是叫小花吧?小花你记着,你躲起来哭,欺负你的人又不会少块肉,反而搞得自己不开心,何必呢?"

周俏想不通:"可是我没犯错,我不知道领班为什么就是不喜欢我。"

"为什么要让她喜欢你?"黎衍觉得很奇怪,"你又不是人民币,不可能人人都喜欢你,你只要做自己就好。做人就是要问心无愧,你永远都改变不了她对你的看法,但你可以改变自己,把自己变得越来越好,那些看轻你的人就会自动闭嘴了。"

周俏眼神懵懂地看着他,他笑起来:"你还小,还不明白,等你再大一点就懂了。在外头打工,注意安全,记得保护好自己。"

"嗯。"周俏点点头,忍住眼泪。

"我过去了,小花,加油哦。"黎衍向她挥挥手,向自己那桌走去。

周俏注视着他的背影,把可达鸭紧紧抱在怀里,又抹抹眼睛。

纷纷扬扬的大雪落在她身后,大学街一片冰天雪地,周俏心中却是快要满溢出来的温暖,她在心里说:阿衍,你也要加油。

黎衍转了一下轮椅,关上玻璃窗,说:"进去吧,这儿太冷了。"

周俏起身准备搬椅子,顺手把可达鸭丢给他:"帮我拿一下。"

黎衍把可达鸭放在腿上,和周俏一起进到主卧。周俏把椅子放到客厅后回头一看,黎衍正和可达鸭面面相觑。

"真丑。"他说。

周俏一把抢过玩偶,对黎衍做鬼脸:"我的呆瓜最可爱了。"

黎衍失笑:"早点洗澡睡觉吧,元旦你都是什么班?"

周俏:"明天是全天班,后面两天都是晚班,之后就能正常半个月。"

黎衍看着她已经布满红血丝的眼睛,担心地说:"那你只能睡六个小时了。"

周俏笑起来:"没事儿。你饿吗?要不要吃点东西?"

黎衍摇头,转动轮椅准备回房:"不吃,我戒宵夜了。"

周俏好惊讶:"啊?"

"减肥。"黎衍丢下两个字,头也不回地进了房间。

周俏一头雾水。

减肥?瘦得跟个排骨将军一样了,减哪门子肥啊?

周俏在商场上班,自然没有什么法定节假日,老百姓越是放假,她便越忙。元旦假期过去两天，周俏终于迎来久违的一天单休，居然还排在一个周日。

陶晓菲前几天就问过周俏哪天有空，想约她一起玩，周俏犹豫不决，陶晓菲叫了她好几次，她才勉强答应下来。

之前，黎衍提出让周俏帮忙，因为他出门不方便，请周俏在休息日帮他去图书馆借几本书，周俏欣然答应。

晚饭后，黎衍把一张书名清单交给周俏，上面列出十几本书，说："每人每次借六本，明天你就在这里头借，找到哪本是哪本，如果有自己想看的书，也可以借一两本，我一个月也看不了那么多。"

"好。"周俏收好清单，瞄了黎衍一眼，小心地开口，"黎衍，跟你说个事。"

他微掀眼皮，有点警惕："什么？"

"明天早上我去借书，借完后我不回来了，要跟小姐妹出……去玩。"周俏说着说着，就发现黎衍的脸色变了，瞪着眼睛看她，一脸的不高兴。

"我……对不起，我出门前会把饭菜做好的。"周俏解释着，"那是我在钱塘最好的朋友，搬过来后，我就没和她一块儿出去玩过，她叫了我好几次，实在不好意思拒绝……"

黎衍语气很差："你自己算算你上了几天班了？二十六号放了一天假，到今天，十天！连上十天班！好不容易休息一天你还要出去玩？"

周俏蔫头耷脑，不敢接话。

"已经约好了？"见她一副做错事的样子，黎衍又有点不忍心。

周俏点点头。黎衍缓了缓语气，问："就下午是吗？"

"嗯，就吃个午饭，下午可能去哪儿逛逛吧。"陶晓菲没说下午要干吗，只把中午吃饭的地址给了周俏。

黎衍同意了，声音还是很冷淡："行吧，早点回来。"

他意识到自己的态度过分了些，周俏还是年轻女孩子，每天上班下班，回家做饭，休息日和闺蜜见个面、吃顿饭也是一种休闲，其实没什么好诟病的。哪个二十出头的年轻人没点儿社交呢？

但他就是感到不爽，非常不爽！她那么久才休息一天，本来想着可以全天看到她，吃她做的饭，和她聊聊天。就算什么都不干，家里有个人进进出出发出声响，他都会觉得很舒服，结果这家伙居然要丢下他，一个人出去玩！

生气！

周俏哄他："晚饭前我会回来的。你别不高兴了，明天你想吃什么，我给你做。"

黎衍白她一眼："我有什么可不高兴的？累死累活不休息的人是你！"

"好好好，是我是我，我错了，下不为例。"周俏笑嘻嘻，"辣椒小炒肉，要吃吗？"

黎衍偏过头哼了一声，鼻孔里出气："吃。"

"行，明天给你做一大盆！"

安抚好黎大爷，第二天，周俏提前做好午饭，安心地出了门。

她先去 A 省图书馆，用身份证办好一张借书卡，按照黎衍的清单在检索电脑上一本一本查阅书籍位置。

周俏二十一年来第一次进图书馆，老家的学校根本没有这类设施，没有图书馆，没有计算机房,甚至都没有像样的操场。

A 省图书馆好大好大,一排排书架上密密麻麻都是书,周俏站在大厅里,看着书本的海洋,觉得自己十分渺小。

因为是周末,图书馆里看书的人不少,有头发花白的老人,也有七八岁的孩子,还有一些大学生模样的人一边对着笔记本电脑写东西,一边翻阅着手边的书籍。所有人都那么认真好学,无人喧哗吵闹,这样的氛围令周俏羡慕,心境也变得虔诚,不由自主放轻了脚步。

她帮黎衍借到五本书:《中国古典文学××》《二十四史××》《诗词鉴赏××》《××写作技巧》《孤独的××斯基》……

周俏感慨,这些书看着就很高大上。

最后一本书,周俏决定听黎衍的话为自己借,最终在青春文学区域挑到一本言情小说:《残疾恶魔的落跑新娘》。

周俏是被这本书的书名吸引的,看过简介,恶魔男主角不良于行,性格阴郁暴躁,终日闭门不出。她想看看这个倒霉新娘是怎么和恶魔相处的,不知道能不能学到点干货。

借完书,周俏发微信和黎衍说了一声,还把书都拍照给他看,他没回,周俏也不在意,去赴陶晓菲的约。

来到约好的那家咖啡馆,周俏抬头看着招牌,有些迷茫:"千里情缘?什么鬼?"

走到包厢门口,她愣了一下,里头居然坐着四男三女,见她来了,齐刷刷地看着她。

陶晓菲过来迎她:"俏俏,就等你一个了!快来快来,先做自我介绍。"

周俏一脸蒙地在陶晓菲身边坐下,长方形桌子旁,一边是四个男生,一边是四个女生,周俏点了一杯花茶,八个人开始轮流自我介绍。

姓名年龄,籍贯学历,工作单位,兴趣爱好……

都是二十多岁的外来务工者,老家天南海北,好像是通过一个微信群认识的,直到有个男生说他喜欢文静、留长发的女孩,并将视线落到周俏脸上时,周俏才反应过来,这不会是一次集体相亲吧?!

趁着和陶晓菲一起上洗手间,周俏拉住她开始吐槽。

陶晓菲说:"你别急啊。你不是单身嘛,平时都没机会认识男孩子,趁这工夫和男孩子聊聊天多好,万一有看对眼的呢?"

周俏好着急:"不行不行,我不要相亲,我吃过饭就回去。"

"不要啊!下午我们还要玩桌游呢!"陶晓菲抓着她的手,"那些人我也不认识,你走了我怎么办啊?就这一回,你陪陪我嘛。"

周俏心烦得很,陶晓菲小声说:"我有点喜欢那个郑彬,就那个娃娃脸的。俏,你就陪陪我嘛,还是不是好姐妹了?"

"好吧,晚饭前我一定要回去了。"

周俏妥协,陶晓菲满口答应。

四男四女,在咖啡馆吃过简餐,下午喝着饮料玩杀人游戏,周俏发言就紧张,所以老输。她兴致缺缺,满脑袋都在惦记黎衍,偷偷看手机,黎衍一直没回她消息,不知道是不是还在生气。

下午局终于散场,几个年轻人已经熟悉一些,有两对甚至有点那个意思。郑彬提议大家一起去吃晚饭,完了再去唱歌,陶晓菲积极响应,其他人也没意见。

周俏头都大了,提出要先走。陶晓菲可怜巴巴地看着她,说:"你要是回去,那我也走了。"

郑彬一愣，说："那、那我也不去了。"

周俏头疼。

她和陶晓菲认识多年，也算是从少女时期一路相伴走来的好朋友，还是第一次见陶晓菲对一个男生动心。周俏明白两个女生在一起的确比较安全，考虑以后，同意留下。

她给黎衍发微信。

【MI&IM男装-俏俏】：黎衍，非常对不起，我得晚上回去了，要和我朋友一起吃晚饭。

黎衍依旧没回。

周俏没办法，提着装书的袋子和大家一起转场。走在去隔壁商场的路上时，一个男生与她并肩而行，就是介绍时说喜欢文静长发妹子的那一个。他叫徐辰昊，只比周俏大一岁，高中毕业后当过兵，现在在A大做保安。

徐辰昊中等个子，头发剪得挺短，长得斯文干净，自我介绍时说自己喜欢学校里浓郁的学习氛围，所以在夜大学英语。

一个下午接触下来，徐辰昊对周俏挺有好感，忍不住就想和她说说话。

"你袋子里是书吗？"徐辰昊走在周俏身边，问道。

"是书。"

"很重吧？我来帮你拎。"

"不用不用，我自己拎就行。"周俏笑着婉拒。

徐辰昊不死心："能给我看看是什么书吗？"

周俏犹豫着把袋子给他。徐辰昊简单看看封面，惊叹道："你看的书挺专业啊，你喜欢写东西吗？"

"呃……"周俏还没来得及回答，徐辰昊已经愣住了，手里拿着那本《残疾恶魔的落跑新娘》。

两人一同沉默。

"偶尔也要换换口味。"徐辰昊说，"学习很枯燥，看小说是放松心情的好办法，我有时候也在网上看小说。"他把袋子还给周俏。

周俏尴尬地应着："呵呵，是啊。"

八个人AA着吃了一顿东北菜，郑彬和陶晓菲已经黏在一起，就差要牵上手了。饭后大家去楼上KTV唱歌，周俏苦不堪言，时不时地就去看手机，黎衍一天没回她消息，她有点慌。

【MI&IM男装-俏俏】：黎衍黎衍，你在干什么呀？吃晚饭了吗？

【MI&IM男装-俏俏】：［卖萌.jpg］

【MI&IM男装-俏俏】：［哭唧唧.jpg］

聊天界面只有她发的消息，黎衍连一个"对方正在输入"都没显示过。

唱歌时，徐辰昊自然而然坐到周俏身边。

他知道周俏的基本情况，中午时，听到周俏只是初中毕业，他略微失望，但他挺喜欢周俏的外形和性格，感觉是个清爽不做作的女孩，又因为看到她带着书，觉得她是个爱学习、有上进心的人，所以想再接触一下。

徐辰昊有一搭没一搭地和周俏聊着天，周俏觉得很无趣，连歌都没唱。

八点多时，周俏实在待不住了，对陶晓菲说，自己必须先走。

陶晓菲终于放过周俏，周俏简直要千恩万谢："唱歌AA多少钱你等会儿告诉我，我转给你，你也早点回去，别玩得太晚。"

陶晓菲含情脉脉地看了郑彬一眼："知道了，你路上小心。"

周俏穿起外套和大家道别，徐辰昊见状立刻起身："你走了？我送你回去吧？"

周俏赶紧摇手："不用不用，我自己回去就行，你继续玩。"

徐辰昊笑道："别客气，我也困了，明天上早班呢，我送你。"

不顾周俏反对，他拿上羽绒服就陪着周俏离开包厢。

周俏急得团团转，站在门口劝他回包厢，拒绝的意味已经很明显。就在这时，她的手机响了。按下接听，还没拿到耳边，就听到黎衍大喊："你到底要在外面待到什么时候？！"

他的声音好大，大到徐辰昊都听见了，一脸错愕地看着周俏。

周俏赶紧背过身小声说："我就要回来了，已经出来了。"

黎衍似乎很生气："从哪儿出来？你不是吃饭吗？怎么还在KTV了？我都听到唱歌的声音了！你还要骗我！"

"我就在KTV待了一会儿，已经出来了，马上就回去，你别急。"

黎衍大声说："谁急了？！周俏，你今天居然跑出去一整天！上午九点多到晚上九点多！我在家里饿肚子，你还有心情去唱歌？！你收我五百块钱饭费却不做饭！这是短斤缺两！是诈骗！"

周俏一头汗："退你一百退你一百，先挂了啊，我马上就回来了。"

不由分说挂掉电话，周俏转过身，眼神抱歉地看着徐辰昊。

徐辰昊问："你……男朋友？"

周俏摇头："房东。"

"你房东这么凶的吗？你的行踪他都要管？"徐辰昊也算是长了见识。

"他、他就是这样的，脾气有点急。"周俏捋捋耳边的发，"你真的不用送我，再进去玩一会儿吧，我自己回去就行。"

徐辰昊看一眼包厢门，笑笑："现在进去，很没面子的，你怎么回去？"

"坐公交车。"

徐辰昊穿上外套："那走吧，我就送你到公交车站。"

周俏无奈："好吧。"

两个人一起往公交车站走，徐辰昊简单介绍自己的家庭情况，问周俏"过年，你回老家吗？"

周俏答："不回，商场里过年很忙的。"

"那我比你走运，我们学校还有寒假。"徐辰昊笑着说，"到时候我去你专柜看看，要过年了，给我爸买件新衣服带回去。"

周俏点点头："你来之前给我发个微信就行。"

徐辰昊应下："好。"

在车站等了没多久，公交车就来了，她对徐辰昊挥挥手，逃也似的上了车。

坐在公交车上，周俏抱着手里装书的袋子，心里有种不好的预感，耳边似乎能听到引信刺啦冒火的声音。

的确是她不好，说好晚饭前回去的，结果没做到。

好忐忑啊，爆竹精……感觉要炸。

周俏回到家，客厅灯黑着，她蹑手蹑脚进屋，打开日光灯。

回身时狠狠吓了一跳，黎衍坐着轮椅待在客厅，神色冷漠，一双眼睛直勾勾地盯着她。

"你怎么没开灯啊，吓死我了。"周俏的背脊几乎要贴在门上。

她赶紧把给他打包的夜宵放到餐桌上："对不起，我回来晚了。你晚饭没吃吧？我给你买了一份牛肉炒饭，你赶紧趁热吃。"

黎衍的神色并未好转，转动轮椅来到周俏面前，居然闭着眼睛深深吸了一口气，睁开眼后冷冷地说："你喝酒了，身上还有烟味。"

"我、我只喝了一瓶啤酒，很小很小一瓶，他们没点饮料。"面对他的质疑，周俏干巴巴地解释，"烟味，大概是在KTV包厢里染上的，有两个男的抽烟。"

黎衍眼睛瞬间瞪大："你说你和女的去玩，怎么还有男的？！"

周俏摊开手，一脸无奈："我朋友约出来的呀，我事先不知道。"

黎衍不接受这解释："那你白天就应该知道了！为什么不早点回来？晚上还要和他们一起去吃饭唱歌？"

"我、我朋友不让我走啊。"

"她不让你走你就不走？！腿长在你身上！想走还有人能拦着你吗？是你自己不想走吧？！"黎衍大吼。

"我怎么会不想走？我下午就想走了！"周俏说的都是心里话，"你以为我想待在那儿啊？这一天花了两百多块钱呢！我朋友拖着我，我走不了啊！"周俏挺心疼花出去的钱，因为没有意义，还不如买几斤肉吃。

黎衍突然问："一共几个人？"

周俏木讷地说："……八个。"

"八个？几男几女？"黎衍简直震惊了。

周俏："四男四女……不是，和这没关系，我朋友是女的，她不认识其他人，我要是不陪着她，她会觉得不安全，我想就这一回……"

"你和你朋友是不是脑子有病？"黎衍打断她，眉头深深皱起，"不认识还和人去吃饭唱歌？四男四女，刚好四对！怎么着？《非诚勿扰》啊？！"

周俏心想，您还真猜对了。

她继续道歉："我知道是我不好，你别生气了，下回我不会再参加这样的活动，休息日一定待在家里陪你。"

也不知哪句话又触到黎衍脆弱的神经，他大吼起来："谁要你陪了？你待不待在家里关我什么事？！别说得好像我在干涉你自由似的！你爱去哪儿去哪儿！你不在家我还更清静呢！"

这人说话怎么前后矛盾的？周俏都被他整蒙了。

他还在那儿说个不停："中午吃饭，下午聊天，晚上还要一起吃饭，唱歌！你也不嫌累！我知道你待在家里很无聊，在外面玩得多开心！你怎么不继续玩下去啊？那么多男人呢！唱完歌还能再去酒吧喝一杯！"

周俏沉着脸看他，心里也有点火大。

她报备了，也做了解释，还提前离场，回家不忘道歉，她说的都是实话，但黎衍就是胡搅蛮缠，根本不愿意好好听她解释。

可能因为他觉得自己占理吧，她的确没有按照约定时间回来。但这真的是不可原谅的错误吗？道歉都没用？她周俏，在黎衍眼里，到底是怎样一个存在？

周俏把装书的袋子往桌上一甩,"啪"的一声响,说:"我从来没有去过酒吧,也从来没和陌生男人一起玩过,这是第一次。但就算我去酒吧,也是我的事,和你有什么关系?我又不是未成年,不能去酒吧吗?不能和男人见面吗?我出去玩花你钱了吗?你是我爸呀?"

一连串的反问砰砰砸向黎衍,他发现自己居然答不上来,当场语塞。是啊,他有什么立场去干涉周俏的私生活呢?

"今天我休息,我想干吗就干吗!你凭什么来管我?"周俏抬头指墙上时钟,"才九点多哎,我回来得又不晚!而且我提前和你讲了,是你一直不回我消息!你心里有话白天不和我说,现在冲我发火!你既然那么生气,为什么不回我消息?我又不是你肚子里的蛔虫,哪能知道你到底在想什么啊?"

黎衍自己都不知道为什么会那么生气,傍晚收到周俏的微信后,他其实是理解的,原本以为吃完晚饭她就会回家,可到了八点多她还没回来,他就有点急了。

他给她打电话,居然听到KTV里的唱歌背景音,那一下子,真是把他气得够呛。现在又知道她这一天居然是和一堆男女一起玩,就再也控制不住自己的火气。

黎衍冷哼一声:"我凭什么管你?我告诉你,就凭我是你名义上的老公!虽然咱俩是假结婚,但我妈他们都以为是真的!如果你在外面勾三搭四被我妈知道!我脸往哪儿搁?!休息日不好好在家待着,居然去外面陪别的男人唱歌!还喝酒!你也不怕被人揩油!"

真是……越说越离谱了。

周俏羞愤难当:"什么陪别的男人喝酒?你讲话怎么这么难听?"

"我说的是事实!"

"狗屁事实!"周俏气坏了,把腰一叉,"黎衍,你说过不和我吵架的!"

"谁和你吵架了?你做错事,我这是在教你!"黎衍梗着脖子嘴硬,"你一个年纪轻轻的女孩子,和一群不认识的男男女女在外面玩!胆子可够大的,要是出事了怎么办?万一有人给你酒里下药呢?万一有人对你动手动脚呢?你别忘了,你的名字和我的名字现在是挂在一本证上的!你要绿我起码等到三年后,OK?"

周俏面无表情地看着黎衍,黎衍被她看得后背发毛,硬撑着说:"你干吗这样看我?我说了,我没和你吵架,我只是……"

只是关心你——黎衍说不出口。

但在周俏看来,黎衍之前低声下气地保证不和她吵架这种事,简直就是痴人说梦。她已经竭尽所能地顺着他、用心去揣摩他的心思了,他受伤以后性格大变,她理解,只想对他好一点,再好一点,可她毕竟是个活生生的人啊,有温度有感情有性格有血性的人。

周俏不敢奢望黎衍会对她另眼相待,但也做不到只要不顺他的意就被一通猛烈攻击,好似完全不在意她的感受。

黎衍这张一百分的卷子周俏做得很累,原本以为自己已经够到及格线,现在看来大概还是只有三四十分。

周俏心力交瘁,一字一句地说:"黎衍,你能歇会儿吗,我不想和你说话了。"

黎衍一愣,继而怒吼:"你当我很空啊?谁想和你说话了?从现在开始,谁先说话谁就是猪!哼!"

说完,他潇洒地一转轮椅,回了自己房间。

于是，这场吵架莫名其妙就变成了冷战。

周俏和黎衍暗中较劲，足足一个星期，谁都没和对方说一句话。

然而周俏依旧给黎衍做饭，黎衍也依旧会吃。在伙食问题上，一个很没有原则，另一个，更没有原则。

晚上没事干，周俏把《残疾恶魔的落跑新娘》看完了。这本书名字虽然恶俗，内容倒是挺感人的。周俏阅读时会不自觉地代入自己，黎衍的性格和恶魔男主角有点儿像，只是恶魔法术超强，非常有钱，还有一堆仆人供他差遣。出门也不麻烦，他有坐骑，会飞……

倒霉新娘一开始和恶魔也不对付，闹出不少笑话，可没过多久，恶魔腿疾发作，生不如死，新娘照顾他时两个人一不小心亲亲抱抱，顺势就啪啪啪了三回，三回！一夜过去，恶魔在软帐中抱着新娘，温柔地说：小东西，本王这是栽在你手里了。

周俏无语地丢开书，抬头看向房间里那个书柜，书柜后面是墙，墙的另一面就是黎衍的房间。

想到黎衍，周俏心里就堵得很难受。

她早已经不生气了，回头一想，黎衍说的话也有道理，和陌生男人见面的确有一定的危险性，何况她还是个"已婚人士"，发现情况不对就应该早早走人才是。

也不知道黎衍是不是还在生气。

黎大爷这么傲娇，和宋晋阳闹别扭都能闹十年，周俏想着，还是找个机会由自己来结束这场冷战吧。

猪就猪了，佩奇也是猪，佩奇多可爱啊。

这天晚上，周俏下白班后回到家，黎衍的房门关着。周俏做好饭先吃，吃完后去敲敲主卧的门。这是冷战期间两人的默契，敲门的意思是：我吃完了，轮到你了。

等到黎衍吃完，他若是心情好，会帮周俏洗净碗筷。不过这段时间他心情巨差，每次都是敲一敲周俏的房门，意思是：大爷我也吃完了，你可以洗碗了。

周俏在房间里等他敲门，打定主意他敲门后就出去和他说话，给他一个台阶下。等着等着，周俏不知不觉靠在床头睡着了，一下子惊醒过来，已经夜里十一点，她疑惑地走出房间。

餐桌上的饭菜都没动，早就凉透了。周俏看一眼黎衍的房门，走过去，耳朵贴在门板上仔细听，没有敲击键盘的声音。

有点不寻常，黎衍从不会在这个时间睡觉的。周俏想了想，还是敲门，敲了好几下，里头都没人应。她大着胆子转动门把手，房门没锁。

房间里黑漆漆的，没开灯，周俏看到黎衍裹着被子睡在床上，一动不动，床边停着他的轮椅，床头柜上则靠着他的"下半身"假肢。

今天这么早就睡了？周俏挠挠脑袋，帮他关上门。

第二天周俏上晚班，早早起床后把昨晚的剩菜装进饭盒，又为黎衍新做了三道菜。十一点半了，他还没出来，周俏忍不住又去敲他的门。门后依旧没有一丁点声音，这一次周俏没迟疑，打开门观察了一下，就走了进去。

黎衍还睡在床上，轮椅和假肢没挪过位置，冬天的被子虽然厚，还是能看出被窝里男人的身体轮廓，下半身被子空瘪瘪的，什么都没有，视觉上着实令人感到不适。

周俏在黎衍床边坐下，打开台灯，黎衍背对着她，她看不见他的脸，伸手摸上他的额头，他躲了一下。

果然，好烫。

"黎衍，黎衍，你发烧了？"周俏拍着他的被子，轻声叫他。

黎衍"唔"了一声，艰难地翻过身来，眯了眯眼睛，伸手挡光。

"你发烧了，烧了多久了？"周俏问，"哪里不舒服吗？"

黎衍从指缝里看她，嘴里轻轻吐出三个字："你是猪。"

周俏扶额。

"好好好，我是猪，行了吧？"周俏摸着黎衍的额头，担心地问，"你家有体温计吗？你吃药了没？昨天晚饭都没吃，你不饿吗？"

黎衍拉过被子盖住头，没理她。

"你再这样，我给宋晋阳打电话了。"

就一句话，黎衍就把脑袋露出来了，冷峻的神情也挡不住他一脸菜色，声音还带着浓重的鼻音："关宋晋阳什么事？"

周俏撇嘴："送你去医院啊，我可背不动你。"

黎衍闷闷地说："不用去医院，我多睡会儿就行，你怎么还不去上班？"

"你都这样了，我怎么放心去上班？要给你妈妈打电话吗？"

"不要，她要是过来，我会烦死。"黎衍又卷了卷被子。

周俏已经在心里做好计划："好吧，我等下跟店长请个假。你家里有药吗，没有的话我去给你买。"

黎衍伸出一只手指指房间里的边柜："第三层，有个药箱。"

周俏把药箱找出来，找到退烧药和体温枪，先给黎衍测体温。周俏不会使用电子体温枪，在那儿研究了半天，黎衍眯缝着眼睛看她，伸手夺过来，嘴里嘟囔道："真是有够笨。"

打开开关，他教周俏怎么用，周俏拿起体温枪对准黎衍的额头，"嘀"的一声后，度数显示"38.6"。周俏又给自己来了一枪，37.2℃，再给黎衍测，38.7℃。

应该是准的，他果然烧得很厉害。

"怎么会发烧的呀？是着凉了吗？"周俏很担心，把退烧药剥出来，看一眼床上皱着眉头的人，他刚才还咳嗽了几声。

黎衍向她摆摆手："你帮我倒杯水就行，我自己会吃药。"

周俏去倒来一杯温水，黎衍没有起身的意思，只是说："你放着就行，出去吧，我会吃的。"

周俏没走，小声地说："黎衍，我和你在一起要住一年呢，你其实不用这么避着我的，我又不会对你怎么样。"

黎衍没说话，周俏的视线掠过靠在床头柜上的那副假肢，从敞开的裤腰处可以看到肉色接受腔。她声音柔柔地说："到夏天，穿得少，你还会天天从早到晚都穿着假肢吗？你也不怕热啊，家里就我们两个人，我上次反正……看也看到了，你就自在一点吧。"

黎衍语气凉凉："放心，我不会再让你看到了，我身体很吓人，你会害怕。"

周俏说："我胆子没那么小，而且你盖着被子呢。"

黎衍沉默了好一会儿，终于双手撑着床面，慢吞吞地坐起来，还是不忘把被子死死拉着，盖住自己的下半身。

当他坐起来后，周俏的眼角余光瞄到他身下，原本有两条长腿的地方什么都没有了，被子直接塌塌地落在床垫上，他攥紧被子的手指指节都因用力而变得发白。

周俏把药和水拿给他，他服下，又慢吞吞地挪着身体躺下。

"你先睡会儿，我去给你煮点粥，你一天没吃东西了，这样可不行。"周俏说完就起身出了房间。

黎衍用被子埋着脸，只露出两只眼睛，看着周俏离开的背影，想起自己这些年免不了有头疼脑热，都是硬熬，实在熬不过了才会让沈春燕给他带点药。

黎衍讨厌医院，讨厌那股子消毒水的味道，讨厌血腥气，讨厌自己像摊烂肉似的躺在床上，那些医生和护士掀起他的被子、给他插导尿管、帮残肢换药、观察他伤口愈合情况时丝毫不带感情的眼神。

那一刻，黎衍觉得自己已经是个死人。

而现在，他躺在家里的床上，听到外面有个人为他忙碌的声音，心里竟有些快慰。他曾经想过，终有一天，他会在家中孤独死去，无人知晓。

可是现在，他的身边有周俏。

周俏向店长请假，店长问她原因，她不得不解释："我一个朋友生病了，他一个人，没人照顾他，我实在是不放心。"

她向来对工作认真负责，店长知道她的为人，爽快地准了她两天假。

周俏为黎衍煮了一锅粥，把真空包装的榨菜片切成丝，拌在热粥里，盛出一碗端进卧室。这样子吃没什么营养，周俏寻思着，一会儿出门给黎衍买点肉松，再买点面条和小馄饨做病号餐。

黎衍生着病，看起来乖顺许多，不会再跟只刺猬似的胡乱扎人。周俏给他脑袋下塞了几个靠枕，端起碗来说喂他喝粥。

"你放着吧，我自己能吃，又不是小孩子。"对于别人喂饭，黎衍很排斥，觉得周俏小题大做。

他明明有气无力的样子，周俏不放心："还是我喂你吧，一会儿万一你把碗打翻就麻烦了，还得我来收拾。"

黎衍用眼角斜睨她："你怎么比我妈都烦？我有这么蠢吗？"

"你有这说话的工夫，还不如赶紧起来，粥都凉了，我喂你很快就吃好了。"周俏端着粥碗看他。

黎衍被她看得没办法，只能坐起身，让她一勺一勺地喂他喝粥。

他迷迷糊糊的，眼睛半睁半闭，一直看着周俏的脸。

"周俏花。"他突然开口。

周俏一愣："干吗？"

黎衍慢悠悠地问："有人叫过你小花吗？"

周俏心跳加快，紧张得肩背都僵硬了，转瞬就恢复镇静，答："没有，为什么这么问？"

"没什么。"黎衍又咽下一口热粥，"就有点好奇，你对外都说自己叫周俏？"

"嗯。"周俏不敢说太多。

"为什么？"

"因为俏花很难听，很土。"这是实话，就算周俏是个农村出身的姑娘，好歹也在大城市待了近五年。刚来钱塘时找工作，她老老实实地告诉别人自己身份证上的本名，总会换来一阵意味深长的笑。

城里的父母再也不会给女儿用"花"字做大名，这个原本寓意美好的字出现在名字里，约等于承认这个女孩来自偏僻的穷山沟，父母都没有文化。所以后来，周俏自己都淡忘了这个大名。

"难听吗？"黎衍不觉得，还体味了一番，"还好啊，俏花，娇俏的小花，满可爱的。"

周俏做贼心虚地反驳他："哪里可爱？你一定是烧坏脑子了。"

黎衍低声笑："大概是吧。"

周俏没接腔。

吃过药，喝过粥，黎衍睡着了。

周俏不放心他，就没离开他的房间。

黎衍的房里开着空调，很暖和，周俏在床尾寻了个舒服的姿势，背靠墙壁用手机看小说。说来也很残酷，黎衍没了双腿，床尾处空间就变得很大，周俏坐在那里一点也不会影响他。

花了三个月，周俏终于看完了黎衍的处女作，看完最后几章，她陷入一种难以言说的状态里——似解脱，又失落。

夜葳蕤和月沚浣最终在一起了。这么说也不准确，从头到尾，他俩的感情就没经受什么波折，不管男配女配再怎么闹，他俩始终情比金坚，矢志不渝。周俏觉得挺假的，这两人就像贴在墙上的海报，精美绝伦，性格却很扁平无趣。

最让她意难平的还是丁星摇，如黎衍所说，她最终死在夜葳蕤手下。夜葳蕤下手果断狠厉，丁星摇连最终遗言都没来得及说，就气绝身亡。昨日霜降描写了丁星摇临死前凝视夜葳蕤的眼神，纵使周俏早已知道她的结局，读到这里时，还是忍不住流下泪来。

夜葳蕤大概只觉得快活，一个折磨他许久的女魔头终于彻底消失。

昨日霜降也没觉得哪里不妥，几年过去，他都快记不得这个女配的姓名了。

只有周俏，在读完这一百六十万字的小说后，把丁星摇牢牢记在心底，为她不值，为她委屈。她若是没有遇见夜葳蕤，该是一个多么潇洒肆意的女魔头，练神功，做大佬，何必要为那种不解风情的男人借酒浇愁，最终香消玉殒？

周俏将手机锁屏，抹掉眼泪，默默看着床上睡得正熟的黎衍。

就在这时，黎衍动了动，房间里很暗，周俏刚要开口，就见黎衍一把掀开被子撑着床面坐起身来，弯腰从床底下拿东西。

周俏坐在他右后方，从她的角度只能看到他弓起的背脊，贴身T恤在他身上勾勒出一段修长瘦削的身体曲线，以及——他从未在她面前显露过的部分身体。

周俏惊呆了，看清黎衍从床底拿起的是一个夜壶，吓得嘴巴张成一个圈。不能让他有下一步动作了！周俏不得不叫出声："黎衍！"

房间里突然响起的女孩声音，吓得黎衍差点从床上栽下来。猛地回头看到黑暗里的周俏，他一把扯过被子盖住下半身，脸色变得煞白，手里还握着那个夜壶，嘴唇动了动，最后出口只有两个字："出去。"

不用他讲，周俏已经夹着尾巴逃跑了。

这大概是周俏这辈子经历过的最尴尬的事了，没有之一。

上一次撞见黎衍洗完澡出卫生间，他好歹还穿着裤腿缝合的裤子，而这一次，周俏看得分明，那家伙掀开被子后，下半身只穿着一条黑色三角内裤。

因为在他身后，周俏只能看到他的右腿残肢，一团白花花的肉，还有残肢顶端皮肉缝合后留下的蜈蚣线，可能是他肤色太过苍白，才能让她在黑暗的房间里都能看得一清二楚。

那不长的残肢还会动，抬起，落下，就跟活的一样，和黎衍平时穿着假肢坐在轮椅上纹丝不动的下半身完全联系不到一起！

周俏红着脸伏在自己的床上，想到黎衍刚才如刀似剑的眼神，就想自己这次死定了。等一下爆竹精一定会炸得天崩地裂，把她轰得粉身碎骨，百分之百又会叫她滚滚滚……

想到这里，周俏心底发出一声哀号，恨不得立刻打包行李主动逃逸。

谁来告诉她，要怎么再去面对隔壁那个重度狂躁症患者啊！

周俏等了半小时，主卧里一点声音都没有，她犹豫又犹豫，还是大着胆子打开房门，探进脑袋小心地喊："黎衍？"

房间里依旧一片漆黑，黎衍蜷缩在被窝里，像是什么都没发生。

周俏小碎步进房，时刻准备应对黎衍暴起伤人，一步一挪地移到床边，探头看他："黎衍？"

黎衍用被子盖住头，整个人都藏在被子里，没有出声，也没有动。

周俏心定了一些，在床沿边坐下，拍拍他的被子，温柔地叫他："黎衍。"

这样睡觉也不嫌闷吗？周俏扯被子，想让黎衍把脑袋露出来，没想到黎衍在里头把被子拽得死紧，她掀了一下，没掀动。

她终于意识到，黎衍是在躲着她。

"对不起嘛，我不是故意的。"周俏向黎衍道歉，"其实我刚才什么都没看见，真的！我有夜盲症，那么黑我根本就看不清。"

明知道鬼话连篇，他不会信，但周俏想给他一个台阶下，好让他不要那么介意。

"黎衍。"周俏软软地叫着他的名字，"你把脑袋露出来呀，你生着病呢，这样闷着不好。"

黎衍就跟死了一样。

周俏沉默片刻，弯腰看床底下那个夜壶，已经快满了，黎衍应该是用了不止一次。她想，怪不得他可以好久不出门上厕所。

她很自然把夜壶拿起来，准备去帮黎衍倒掉清洗。大概是听到声音，猜到她的动作，黎衍突然在被窝里大喊："不要碰我的东西！"

"快满了。"周俏看着手里沉甸甸的夜壶，小声说，"我就帮你洗一下。"

"我说了，不要碰我的东西。"黎衍还是没有钻出头来，语气却变得近似哀求，声音都发着抖，"周俏，不要碰我的东西。你出去吧，让我自己待一会儿。"

周俏无奈，只能把夜壶放回原处，默默地走出房间。

过了好久好久，黎衍才从被窝里露出头来，一双眼睛又红又肿，鼻子塞得几乎无法呼吸。他张大嘴，狠狠地呼吸了几口新鲜空气，又弓下腰，把自己缩成一团。

真是……太羞耻了，出院以后，就算在家人面前，他都没有感到那么羞耻过。

想到刚才周俏看到的一切，黎衍简直要崩溃，那突如其来的绝望和沮丧一下子就击溃了他，躲在被窝里，他狠狠地哭了一场。

不想再过这样的日子了……黎衍想，这样的日子，他真的是受够了，一天都过不下去了！

一直到傍晚，黎衍才转着轮椅出房门，穿着假肢，腿上摆着夜壶，面无表情地去到卫生间，自己倒掉又清洗一番。做完以后，他又目不斜视地回房，仿佛坐在餐桌边的周俏是隐身人。

周俏看着他单薄的背影。

只是为了洗个夜壶，黎衍都要大动干戈地穿上假肢，周俏意识到，他大概对自己的身体极度厌弃，至今还不能接受残缺的自己。

等了一会儿，听房里的动静，黎衍又上了床，周俏才敲门进屋，问："你饿吗？"

黎衍半靠在床上，眼睛望着天花板，摇摇头。

周俏担心地说："你这样不吃东西可不行啊，要是不想喝粥，我给你煮碗面吧？"

黎衍哑着嗓子说："周俏，你别理我了，我饿不死的。"

"怎么能不理你啊。"周俏走进屋里，打开体温枪又给了黎衍一枪，38.8℃，完全没有好转，体温反而更高了。

周俏问："你真的不去医院吗？"

"不去。"黎衍麻木地回答，"你不准自作主张给宋晋阳打电话。你要是打，我就从六楼跳下去。"

周俏一惊，反应这么激烈的吗？

她妥协道："行，我不打，但你好歹吃点东西，吃完了才能吃药啊。"

黎衍没力气和她争，闭上眼睛说："那你给我煮碗面吧。"

周俏给黎衍煮了一碗青菜面，端进房间时发现那人就像个霜打了的茄子似的，死气沉沉地靠在床头，不知情的人若看到他这副样子，大概会以为周俏怎么他了。

周俏硬着头皮坐到床边，黎衍烧了一天一夜，下午又遭受巨大打击，连发火的力气都没有，更别提再和周俏争执怎么吃面，干脆一声不吭地让周俏喂给他吃。

他看着周俏的动作，先用筷子把面条搅起一圈，放到勺子里，再吹一吹，最后送到他嘴边。

"是不是有点淡？我只放了一点点盐。"周俏说。

"还好。"黎衍重感冒，嘴巴里其实尝不出什么味道，只是一口一口机械地吞咽。热乎乎的面条下肚，胃里不再难受，他忍不住看一眼周俏，心里第一反应还是下午时那令人窒息的一幕。

想到午饭前才刚刚说过不会再让周俏看到他的身体，他就恨不得去撞墙。两个人一个心情复杂地喂，一个万念俱灰地吃，喂完这碗面条后，周俏终于松了一口气。

半小时后，周俏让黎衍吃药，又让他直接就着脸盆刷牙，打来热毛巾让他洗脸。实在不想他再穿假肢下床了，多麻烦啊！周俏想说自己根本就不在乎看到他的身体，最终还是不敢说。就算说了，黎衍也未必会信。

临睡前，周俏又帮黎衍测体温，38.4℃，也不知准不准。她想，明天他要是还不退烧，她得打120了，不让宋晋阳来可以，担架把他抬下去他总没话说了吧。

药效起来后，黎衍迷迷糊糊地感到困倦，看着床边坐着的周俏，问："明天你上班吗？"

周俏用手掌摸摸他的额头，摇头道："不上，店长给了我两天假。"

黎衍神色很别扭："请假扣工资吗？如果要扣，你还是去上班吧，我一个人没事。"

"可以调休的，就算扣工资，我们底薪也不高，扣不了多少钱。"周俏微笑着看他，"你好好休息，明天早上我给你煮个菜肉粥，床头柜上的保温杯里是温水，你渴了可以喝。半夜要是不舒服，就给我打电话，我不静音。"

"嗯。"黎衍应下。

周俏看着他闭上眼睛，帮他掖掖被子，摁灭床头台灯。

周俏离开房间后，黎衍在黑暗中又睁开双眼。

就跟强迫症似的,他又回想起下午的那一幕,不知道周俏看到多少,不知道她当时有没有害怕……当一个人几乎只剩上半身时,无论如何都是吓人的吧?何况他还只穿着内裤,手里居然还滑稽地提着一个夜壶。

这都是什么奇葩场景?黎衍脸颊发热,双手在被窝里抚上自己的两截残肢。现在的他如果仰面平躺,双臂垂直在身体两侧,指尖的位置是超过大腿残肢末端的——自己还算是个人吗?黎衍时常会这么想。

他想起很久以前的一些事。

车祸以后,黎衍在ICU里醒来,医生、护士立刻围到他身边,有人为他做检查,有人与他对话,大概是因为麻醉作用,医生对他说了些什么,他完全记不得了,只苏醒了一小会儿就又昏睡过去。

再一次醒来也不知过了多久,他的意识清醒许多,看到ICU里的各种器械,听到耳边"嘀嘀"的监测声,他终于回忆起究竟发生了什么——自己遇到了车祸!

接着就是发自内心地庆幸,自己没死!活下来了!

真走运啊!黎衍想着,如果自己死了,沈春燕该怎么办?好不容易供自己念完大学,眼看着就要毕业工作,自己要是死了,沈春燕怎么撑得下去?

随后他又开始担心,这一场无妄之灾一定会花很多钱,到底是谁的责任?会有赔偿吗?自己多久可以恢复健康?论文还没过,好在已经写完,能赶得上毕业典礼吗?offer会不会受影响?

正胡思乱想着,一个戴口罩的男医生来到他身边,弯下腰问他:"醒了?感觉怎么样?"

黎衍想说话,发现自己很难出声,才明白医生为何要弯腰至他脸颊边,他用气声说"腿疼。"

"腿哪儿疼?"医生的语气很平静,眼神也无异样。

黎衍喉结滚动一下,说:"大腿、膝盖、小腿、脚……全都疼。"

医生深深地看了黎衍一眼,饶是他见惯生离死别,面对如此年轻的病患,眼神里还是透出了一丝怜悯。

"我是不是……腿骨折了?"黎衍的左手插着点滴,没法动,右手艰难地摸向右大腿,触碰到的是厚厚硬硬的一层纱布。

医生说:"嗯,你的腿受伤了。别担心,再睡一会儿吧,等你再好一点,你妈妈就能进来看你了。"

黎衍放心了。

把黎衍的情况交代给护士后,医生对他说:"小伙子,你还很年轻,加油。"

黎衍是被热醒的。

半夜里发了一身汗,理智又告诉他不能掀被子,只能捂在被窝里难受地硬撑。好在周俏给他留了好大一罐温水,他全都喝光,才不至于渴死。

天才蒙蒙亮,周俏就进到他房间,坐在床边先用手掌贴上他额头,神色一喜后用体温枪为他测体温:"37.6℃,好一些了!"

黎衍迷迷瞪瞪地睁开眼睛,周俏笑着看他:"早,你是想再睡会儿,还是现在洗脸刷牙吃早饭?"

"再睡会儿。"

"行,那我去熬粥,过两个小时来叫你。"

黎衍又睡了个回笼觉，周俏再一次进房时，他伸手抓抓头发，问："几点了？"

"快九点了。"

"我睡得头都有点晕。"黎衍几乎在床上躺了两天两夜，撑着床面打算坐起身。

周俏没多想，抓着他的胳膊想帮他。

黎衍有些抗拒，手一抵，低声道："别碰我。"

周俏立刻缩回手，两只手在身前尴尬地摆弄一会儿，最终垂落在大腿上。

黎衍知道自己语气太冲，却不知该怎么补救，干脆抿着嘴唇耍酷，内心则进行着激烈的天人交战。

解释、道歉，还是道谢？

不，都不是时候，还是装死吧。

周俏哪里能知道他的心思，端来脸盆牙杯伺候黎大爷刷牙洗脸，又为他端来一碗热粥。

"今天喝香菇菜肉粥，咸的，会比较开胃。"周俏在床边坐下，把碗端给黎衍看，"你要补充营养，这几天好像又瘦了。"

黎衍已经偷偷锻炼十来天，自我感觉手臂力量增强了一些，只是视觉上还看不太出来，周俏更是难以察觉。

大约是高烧渐退，黎衍的心情不似前一天那么低落，喝粥时还和周俏闲聊几句："我昨晚出汗了，一会儿想换个被套，你能帮我一下吗？"

周俏应下："可以啊，这被套我帮你用洗衣机洗了吧，被子再帮你晒一下，今天太阳挺好。"

"嗯。"黎衍抬眼看她，嘴唇微张几次，才低低出声，"这两天，谢谢你。"

"不客气啦，谁都会生病的。"周俏又喂他一口粥，"你怎么会发烧的呀？着凉感冒了吗？"

黎衍说："嗯，先是感冒，前天开始发烧的。"

至于感冒的原因，他没好意思说，和周俏冷战后第三天，他大半夜在阳台抽烟，穿得不多，被一月的西北风吹了个通透，第二天嗓子就开始发痒。

周俏说："喝完粥，再吃一次药，下午你要是不再烧起来，那就是快好了。"

"嗯。"黎衍放松地倚靠在靠枕上，喝下最后一口热粥。香菇菜肉粥很鲜美，他觉得自己还能再喝一碗，可惜碗里已经见底。

黎衍的味觉和食欲重回体内，吃了三顿汤汤水水的食物，他甚至开始想念香喷喷的辣椒小炒肉，说："中午我想吃米饭了。"

"再等等吧。"周俏说，"你还没完全退烧呢，中午给你吃馄饨，晚上吃面条，明天我去上班前再给你煮米饭。"

黎衍问："馄饨是什么馅儿的？"

周俏笑着看他："荠菜鲜肉馅，不准挑食，只有这个。"

黎衍咂一下嘴，心想荠菜鲜肉馅的馄饨也不错。

周俏帮黎衍洗被套、晒被子，下午把被子从阳台抱回来后，换上干净被套。黎衍穿着假肢、坐着轮椅和她一起套被套，套好后，他忍不住低头闻闻被子，暖洋洋香喷喷的，是阳光的味道。

他的体温没再上升，又过了一夜，终于完全退烧。

周俏几乎可以算是无微不至地照顾他，按时给他做病号餐，让他吃药，但他发现，她的话少了许多，也不再坐在他身边陪伴了，每次都是吃完饭、喂完药就匆匆收拾碗筷离开房间。

像是刻意减少与他见面。

黎衍心里难免多想，越想就越懊恼。

周俏的两天假已经结束，照顾黎衍吃完午餐，又为他留下晚饭，她出发去上晚班。

临走前，周俏叮嘱黎衍："不许抽烟，多喝热水，晚上按时吃饭吃药，有不舒服就给我打电话。"

黎衍应下，周俏才匆匆出门。

她离开以后，家里安静下来，黎衍在床上躺了一会儿，心里竟是空落落的，有种说不上来的滋味。

三天没洗澡，又因为发烧而出了几身汗，这时候闻着自己都觉得臭。黎衍决定趁周俏不在洗个澡，把身体挪到轮椅上，准备好干净的换洗衣裤，他转动轮椅去到卫生间。

关上门，黎衍脱掉全身衣服，先握着马桶边的金属扶手，把自己挪到马桶上，上完厕所，又把自己挪到地上。屁股底下的地砖冰凉刺骨，他双手撑地，抬起上身往前一荡，就这么一荡一荡地进到淋浴房，最终爬到那张塑料椅子上。

花洒打开，热水冲下，淋浴间的浴霸亮得刺眼，把黎衍全身都照得明白通透。他低头看到自己残缺的身体，又一次厌恶地别开头。

黎衍知道很多像他一样情况的残疾人——双大腿高位截肢的，平时都不穿假肢，就靠双手撑地移动。

有些人用工具，比如两个小板凳交替挪动，把屁股坐在板凳上即可；有些人用特制的手握小木头，屁股直接落地，两个木头撑地，手就不会弄脏；有些人则用滑板，屁股坐在滑板上，双手在地上刨……

总之方式方法五花八门，就没几个会像他这样，每天穿个走不了路的假肢窝在轮椅上，假装自己四肢健全。毕竟，"方便、自理"才是残疾人最重要的生活宗旨。

但是黎衍不想改变，他看过那些残疾人的生活视频，潜意识里还是无法接受自己也去过这样的生活。坐在地上，人还没一个两岁小孩儿来得高，从那样一个角度看世界，会让他感到恐惧。

每次想到自己这辈子就是这么一副破烂身体，黎衍就几乎丧失继续活下去的勇气。他猜测自己可能得了抑郁症，没去看过医生，也不知道是什么程度。但他知道，想死的心是早就有了。

他就是放不下沈春燕。

洗完澡浑身清爽，黎衍的精神终于好了一些，穿戴整齐后，他转着轮椅去阳台，双手撑着窗台用力地站起来。看到窗台上的烟灰缸，他很想抽一支烟，但想到周俏的话，还是作罢。

黎衍看着楼下的风景，这几天阳光明媚，天空碧蓝如洗，楼下有几个老头儿老太太在家门口晒太阳，还有三个放寒假的孩子在打羽毛球。

他移开玻璃窗，新鲜的空气透进来，他能听到耳背老人大嗓门的聊天声，孩子们叽叽呱呱的吵闹声，一辆送外卖的电动车穿过楼间，外卖员一边骑车一边大声打电话："我在36幢！你那个42幢到底在哪儿啊？"

这些人的生活好像都挺有滋味的。

黎衍自嘲地笑了一声，觉得自己和他们不在一个世界。

小病初愈，他的身体还是疲惫倦懒，完全没有心力码字。

一个人默默吃过晚饭，又吃了两颗药，黎衍躺进被窝玩手机，一时不知道该干什么，鬼使神差地点开周俏的微信，去看她的朋友圈。

受伤以后，黎衍就再也没有更新过朋友圈，过往的内容也早已被他删除。这几年，偶尔有老同学、老朋友私聊问他现状，他从来不回，当作没看见。

现在的他与世隔绝，就像一个在朋友圈里的偷窥者，看着自己曾经的同学、朋友、亲戚都在过什么样的生活。

旅游、美食、晒娃、健身、秀恩爱……都和他没有关系。

周俏会发朋友圈，大部分和工作有关。

比如店里服装上新，她会拍一下专柜门口的模特新装展示，配的文字是：哇！这一套也太帅了吧！要是我有男朋友就好了 [害羞]！

或者是拿自己专柜品牌官网发布的新款照片，拼九宫格，配文：每一套都那么帅气！如果我男朋友穿成这样，我一定会被他帅晕过去！[色][色][色]今天活动很大哦，全场七折还有满减！赶紧来YT月河店找小周呀！

黎衍看得想笑。

周俏偶尔也发一些生活方面的内容，就像一个普通的二十一岁女孩，最近一条与工作无关的朋友圈是一张麻辣香锅的照片，配文：新年第一顿大餐，小周今年也要加油哦！

前面一条，是一月一日凌晨发的：又开心了！[胜利]

再前面一条，是十二月三十一日下午发的：很不开心。[难过]

黎衍想起跨年夜发生的事，不自觉地笑了一下。

他一条一条翻看下去，看到周俏刚搬到永新东苑时发的朋友圈，是一个音乐喷泉的小视频。他点开看，《星球大战》的音乐"轰轰"响起，喷泉随着音乐喷射，并且变换着颜色。画面中人头攒动，还能听到周俏惊喜的声音："哇！好漂亮啊！"

黎衍模糊地记起，家附近的确有一个音乐喷泉，只是他从未看过。

周俏几乎不发自己的照片，黎衍翻了几个月的朋友圈，才找到一张她的照片。

是上一年七月她过生日，在出租屋里和三个女孩一起吃蛋糕，四人用自拍杆合影。

黎衍曾经觉得周俏长得没有辨识度，就是个大众脸女孩。可是现在，即使这张自拍用的是美颜相机，加了滤镜和贴纸，每个人的头上都有两个兔子耳朵，脸颊上还有两坨红晕，黎衍依旧可以一眼就从四个女孩里找到周俏。

左起第二个，扎着马尾辫的鹅蛋脸女孩，穿着白色短袖T恤，露出细细的手臂，两只手在胸前比了个爱心，笑得格外灿烂。

她没有配文字，只加了一个蛋糕表情。

黎衍还没意识到自己在做什么时，已经把照片保存到手机上。

他脑子里冒出初学英语时的一句常用问句：What are you doing now？

快速点进相册，黎衍想要删掉照片，但看着周俏的笑脸，他犹豫了。

思考两秒钟，他干脆把照片裁剪一番，去掉其他三个女孩，只留下一张周俏的兔子脸。

屏幕上周俏的脸瞬间大了许多，黎衍盯着看了一会儿，突然把手机丢到一边，双手用力搓了搓脸。

不对劲。

超级不对劲！

联想到自己最近匪夷所思的一些行为，黎衍再也没法欺骗自己。

是疯了吗?
是疯了吧!
他对周俏,居然有些动心。

第六章
别对我动心

黎衍拍拍自己的脸,想要赶走脑子里这荒谬的念头。

他怎么可能会对周俏动心?

周俏啊,一个外省农村来的打工妹,大名周俏花,初中学历,电脑都不会用,连丘比特都不认识!

虽然她性格温和好相处,对坏脾气的他一直包容有耐心,长得虽不算很漂亮,但也清秀可爱,笑起来傻乎乎的,吵起架来像只咯咯叫的小母鸡,哭的时候又可怜兮兮,会理发,还会做很好吃的饭菜……

黎衍给了自己一巴掌。

有病啊!怎么净想着周俏的优点了?

是个人总有优缺点,现在的重点不是周俏是个怎样的人,而是,他黎衍,怎么会对一个才认识几个月的女人动心?

越看她越顺眼,想见她,想和她说话,甚至对她产生了一种变态的占有欲。这不合常理!

黎衍静下心来,试图理性剖析自己的心路历程。

灾难片中,当一艘船遭遇海难搁浅荒岛,幸存者只剩一男一女,这时候不会再有人计较对方的家庭背景、经济情况、教育程度……甚至不会在乎对方的外表,两个人朝夕相处,相依为命,自然而然就会产生感情。黎衍觉得,自己大概就是这种情况。

独居三年半,他的生活中除了沈春燕,就没有出现过其他异性。

可就算黎衍打定主意孤独终老,连在二次元都不与女孩聊天,也无法改变他是个二十五岁、性取向为女性、某方面生理机能相当正常的男性的事实。

若放在动物界,现在的黎衍就是雄性生物发情的黄金时期,身边突然出现一个年轻女孩,就算他没了腿,某些想法还是会不由自主地冒出来,这是身为雄性生物的本能。

也许,当初刘阿姨带进门和他假结婚的人,即使不是周俏,是李俏、王俏、陈俏,只要是个女的,长得不那么歪瓜裂枣,几个月"同居"下来,他都能对人家动心。

这根本不是真正的喜欢,只是在特定时间、特定场景,因为某种特定的心理原因、特殊的生理原因而产生的错觉。

黎衍安慰自己,不用太在意,不用太在意……他就是太久没见女人了,只要冷处理恰当,自己很快就会把心思从周俏身上移走,绝对不会在这种虚假的感情里继续沉沦下去。何况,第一次和周俏见面时,她那声响亮的"啊"和一脸震惊的表情,他至今耿耿于怀。

为了转移注意力,黎衍和张有鑫聊了几句。

【有只刺猬】:三金,放寒假了吗?

【三金是个乖孩子】:刚放,怎么啦衍哥?约饭不?

【有只刺猬】:行啊,你来我家,我请你吃饭。

【三金是个乖孩子】：呵呵。
【三金是个乖孩子】：我这几天其实挺忙的，报了驾校，准备考个 C5 驾照。
【有只刺猬】：打算买车？
【三金是个乖孩子】：嗯，我爸说拿到驾照就给我买辆车，没车出门太不方便了，今年暑假我可能会去我爸公司实习，有个小车车我就能自己上下班，还能约妹子吃饭看电影，美滋滋。
【有只刺猬】：你和你小女神现在怎么样？
【三金是个乖孩子】：就那样呗，有时候一起吃个饭，逛下商场，急也急不来。倒是你啊，上回说要和我详细聊的那个妹子，现在什么情况？

怎么又说到周俏了？黎衍刚刚把她从脑海里赶跑，"咻"一下又回来了，令他心尖上都痒了一下，非常难受。

【有只刺猬】：什么情况都没有，我说过我不会找女朋友。
【三金是个乖孩子】：？？？
【三金是个乖孩子】：我怎么那么笃定你会啪啪打脸呢？
【有只刺猬】：滚蛋。
【三金是个乖孩子】：衍哥，和你说正事儿，等我拿到驾照买了车，你能不能纡尊降贵下个楼啊？我开车带你出去玩玩，你别老是闷在家里，咱们虽然坐轮椅，但日子总还得好好过。不能走路而已，又不是判了死刑，你要是下楼不方便，我找几个朋友来背你。咱们出去住两晚，我给你介绍俱乐部的几个兄弟认识，个个都野得很，该喝酒喝酒，该把妹把妹，谁像你这样过得跟个老和尚似的。

面对张有鑫发来的一大段话，黎衍不知道该怎么回。

【三金是个乖孩子】：衍哥，说真的，我挺想你的，咱俩快四年没见了吧？一直说约饭约酒，就没真约过，再下去，我都要忘了你长啥样了。

黎衍打开手机前置摄像头，自拍了一张照片，发给张有鑫。

【有只刺猬】：给你加深点印象。
【三金是个乖孩子】：我去！衍哥你还是很帅啊！就是瘦了点，我跟你讲，你这样的加入我们俱乐部，绝对大把的妹子追！
【有只刺猬】：那我更不要加入了。
【三金是个乖孩子】：哈哈哈，衍哥别这样！我说真的，等我买了车咱俩一起喝酒吧，答应不？
【有只刺猬】：好。
【三金是个乖孩子】：说定了啊！
【有只刺猬】：OK！

周俏下晚班后回到家，先去厨房溜达了一圈，黎衍把饭菜都吃完了，还洗了碗盘，周俏很满意。她敲敲他的房门，里头没动静，她轻轻开门进屋去他床边看他。

他看起来睡得很熟，周俏伸手摸摸他的额头，没有热度，把灌满温水的保温杯放在他床头柜上，终于放心地退出来。

关门声响起后几分钟，黎衍睁开眼睛。

因为自己复杂又奇诡的心思，他有些害怕与周俏见面，尤其是这种夜深人静的时刻，人会越发感到孤单寂寞，心底某种蠢蠢欲动的情绪很容易就流露出来。他本就不擅长控制情绪，想明白了一些事，不代表可以做好，还是躲为上策。

一觉睡到第二天早上八点多，黎衍转着轮椅去卫生间洗漱。

周俏依旧是晚班，正准备去买菜，问他："我给你去买早饭，中饭想吃什么？"

黎衍根本没思考："辣椒小炒肉。"

周俏无语："你怎么那么爱吃辣椒小炒肉啊？还没吃腻吗？我做都要做腻了。"

"不愿意做你就随便买，问我干什么？"黎衍语气硬邦邦。

周俏嘬嘬嘴，怎么回事？起床气这么大的吗？

换鞋时，她又问："那尖椒牛柳你吃吗？或者孜然肉片？"

黎衍没吭声。

周俏追问："吃吗？"

"尖椒牛柳。"某人声音小小的。

"好嘞！"周俏笑起来，"那我去啦，很快就回来。"说着，她蹦蹦跳跳地就下了楼。

黎衍抬手捂住脸，觉得自己真是没出息。

两个人一起吃午饭时，周俏看出黎衍对那盆尖椒牛柳挺满意，一筷子一筷子夹个没完。他喜欢吃各种辣椒，青椒、尖椒、红椒、彩椒都喜欢，周俏已经发现了。

见周俏一直乐呵呵的样子，黎衍问："你怎么一直傻笑？"

"有吗？"周俏笑着说，"刚才去买菜时和我弟通了电话，他放寒假了，期末考考了全班第一，年级第五，是不是很厉害？"

黎衍瞟她一眼："你弟是学霸，你怎么这么学渣？"

周俏收住笑："你怎么知道我是学渣？"

黎衍不以为然："你要不是学渣，怎么会连高中都不念？"

"就不能是因为家里穷吗？"

"家里穷，你弟不还是在念书吗？"

"我弟念书是我供的！"周俏气呼呼地说。

黎衍看着她有些严肃的表情，微微蹙眉，问："你没念，真是因为家里穷？"

周俏的眼神躲闪了一下，又嘿嘿笑起来："不是，其实我就是学渣，你猜对了。"

黎衍一脸"我就知道"的表情，继续埋头吃饭。

周俏吃完了，还不急着上班，就坐在餐桌边玩手机。她和陶晓菲聊了几句，郑彬对陶晓菲表白了，陶晓菲还没答应，因为郑彬家里有两个弟弟，经济情况很一般，陶晓菲自己家也好不到哪里去，怕两人在一起会很辛苦。

可能是觉得打字麻烦，陶晓菲发来一段语音，周俏没多想，直接点开外放听。

陶晓菲："他人真挺好的，各方面我都喜欢，就是实在没想到他家这么穷。你说他有一个弟弟也就算了，居然还有两个，我实在是有点怕，真的不想再过苦日子了，好烦啊！"

周俏也回了一段语音："现在说苦会不会早了点？我感觉郑彬的工作还挺有发展前途的，是在工地做安全员是吗？他还想考二建，以后应该不会差的呀。"

陶晓菲："考不考得出还不一定呢，而且老出差，一去就要几个月，真考出了一个项目就要待几年，万一项目在外地，我怎么办啊？"

周俏："那你就和他直说了吧，这事儿黄了，再找过。"

陶晓菲："但是我喜欢他呀！我这还是第一次喜欢一个男孩子呢！"

周俏失笑："你这人怎么这么纠结？哎，我不管你了，你自己看着办吧，我是觉得郑彬挺好的。"

陶晓菲："你才知道我纠结啊？对了，徐辰昊后来有没有联系你啊？我看他挺喜欢你的，歌都不唱要送你回家呢。"

周俏猝不及防，黎衍原本竖着耳朵偷听两个女孩聊感情话题，这时候一下子抬起头来盯着周俏，嘴里还咬着一片尖椒。

周俏脑门冒汗，将手机凑到嘴边："先不和你说了晓菲，我要去上班了，拜拜。"

她拿着手机，抬眸就对上黎衍咄咄逼人的眼神。

他问："徐辰昊是谁？"

周俏脸一红，磕磕巴巴地说："就、就上次出去玩，里、里头一个男的，就只见过一次。"

看着她古怪的表情，黎衍心头一沉："他在追你？"

"没有！"周俏矢口否认。

黎衍又问："他做什么的？几岁啊？"

"他在A大做保安，二十二岁。"周俏老实回答后发现自己似乎掉进了陷阱，急道，"你管这些干吗，我说了他没追我！"

集体相亲后，徐辰昊的确给周俏发过几条微信，就是闲聊天，周俏借口上班不能玩手机，没怎么理他，最近几天两人完全没有联系。

黎衍一笑："你紧张什么？"

"我哪儿紧张了，还不是你乱问。"周俏真后悔，怎么会把语音当着黎衍的面外放，他那么敏感，一定会乱想。

黎衍的神色已经镇定下来，垂下眼睑慢悠悠地说："其实……我这几天想了想，周俏，你要是真找男朋友了，我也不会来管你。三年说长不长，说短也不短，中间你要是真遇到合适的人，总不能晾着人家，先谈起来也没关系，只要不让我妈知道就行。"

周俏一脸坚定："我不会谈的。"

"为什么？"黎衍问。

"什么为什么？"周俏义正词严地说，"我这不是和你'结婚'了吗？我可没本事骗这个又骗那个，反正也就三年，我本来就没想着那么早结婚，一点都不急。"

黎衍唇角一勾，笑得很淡："话别说那么早，你现在还年轻，就算长得不漂亮，学历、工作也一般，但年轻就是最大的资本。趁这几年要是能找个条件好的男朋友，以后，就不用再这么辛苦。"

周俏相信黎衍对她的评价并没有恶意，但是"长得不漂亮，学历、工作也一般"这样的评语，还是令她备受打击。

她垂着头没吭声，听到黎衍问："周俏，你谈过男朋友吗？"

周俏抬起头，呆呆地说："没有。"

"那你喜欢过哪个男孩子吗？"黎衍又问。

看着他苍白瘦削的脸颊、纤长睫毛下漆黑的眼珠，周俏无言以对。

黎衍自顾自说着："你以前上学时估计还小，还不懂。后来出来打工呢？你在理发店干过，理发店里不都是二十多岁的男孩子吗？就没碰上喜欢的？"

"没有。"周俏板着脸说，"我不喜欢把头发染得五颜六色的人。"

黎衍被她逗笑了，又问："那你喜欢什么样的人？"

周俏又一次抬眼看他，觉得这天的黎衍好奇怪，净问些让人脸红心跳的问题，她就像课堂上毫无准备却被老师点名的学生，红着脸愣在那里。

黎衍眼里的笑意渐渐隐没，半晌，他问："你不会……喜欢我吧？"

周俏惊得手里的手机都差点甩出去。见她眼睛瞪得滚圆，黎衍又笑起来："那么紧张干吗，和你开玩笑的。"

周俏嘴角往下拉，眼眶立时酸起来，强作镇定地问："你呢？你谈过女朋友吗？"

"我啊……"黎衍眨眨眼睛，又夹了一筷子牛柳吃进嘴里，"没谈过，但我以前对一个女孩有过好感。"

周俏盯着他，黎衍问："想听吗？"

"什么？"周俏木着脸反问。

黎衍居然笑得很温和："想听我和那女孩的故事吗？是我大学里的同学，算是……系花吧，长得非常漂亮。"

周俏脱口而出："不想听。"

黎衍没料到周俏会回得如此果断，一时间竟有些尴尬。

周俏心中懊恼，大声说："你吃完了没啊？怎么吃这么慢？赶紧吃！吃完了我还要洗碗呢！上班都要迟到了！"

黎衍也喊："你催什么？你只管走啊，我不会洗碗啊？"

周俏眼睛红红地瞪着他。

黎衍心中一动，说："周俏，这件事，你最好还是听我一句。"

周俏不耐烦："什么啊？"

"喊什么？不会好好说话？"黎衍皱着眉与她大眼瞪小眼，一会儿后又放缓语气，努力做出一副大哥哥语重心长的样子，"我是要和你说清楚，你是个好女孩，性格很好，人又勤快，但我是个残疾人，没工作，也没钱，咱俩是不可能的，你千万别对我动什么心思。"

说给她听，更是提醒自己。

周俏面色一阵红一阵白。

黎衍继续说："如果有人追你，比如那个徐、徐什么来着？不管是谁吧，你完全可以去接触一下，上次我说的都是气话，我不会再去干涉你。趁年轻好好挑一个，这个保安感觉工作还是差了点，你朋友喜欢的那个安全员，那种工作比较有技术性，将来会更稳定，你找的时候最好也找这种有技术的。三年过了我和你离婚，你拿到户口就可以立马和人家结婚，一点儿不耽误。"

周俏拼命忍住眼眶里弥漫起来的热意，咬着牙说："你在说什么呢？你这人怎么这么自恋？谁会对你动心思啊？还有，我找不找对象，找什么样的对象，和你有什么关系？莫名其妙的，你想太多了吧？"

"最好是我想多了。"黎衍嘴角扯出一个笑，声音也冷下来，"你明白就好。"

一顿饭吃得不欢而散，黎衍沉着脸回到房间，砰地甩上了门。

周俏气得半死，洗碗时，借着水流的声音，委屈地掉了几颗金豆豆。她想，自己表现得这么明显吗？明显到让黎衍一而再、再而三地提醒她不要逾矩。

可她并没有想和他怎么样啊，搞得好像她很犯贱一样。

周俏知道黎衍喜欢的是什么样的女孩，系花嘛，非常漂亮嘛，身材很棒，打扮得特别洋气，说话娇滴滴，她又不是没见过！

她永远都不可能成为那样的女孩，周俏伤心地想着，黎衍永远都不可能喜欢她。

还有两个星期就要过年。

沈春燕来看黎衍，打开客厅柜子往里看。柜子里整整齐齐码着十几罐牛奶，边上是一堆零食饼干，还有一袋苹果。她笑得花枝乱颤，第五百遍夸奖周俏贤惠持家、对黎衍照顾得细心周到。黎衍听得耳朵起茧，默默翻了个白眼。

沈春燕从零食堆里拿出一个大杯果肉果冻，说："好久没吃果冻了，这个看起来很好吃。"

黎衍眼光一扫，立刻说："别吃这个，这是周俏的！"

"就一个果冻才几块钱，俏俏才不会那么小气。"沈春燕从厨房拿来一把勺子，坐在餐桌边揭了盖儿，正要吃，黎衍已经伸手把果冻抢了过去。

沈春燕手里只剩一把勺子，看黎衍拿着果冻吸了一口汁水，气呼呼地把勺子也丢给他："我不能吃，只有你能吃！是吗？"

黎衍居然承认了："是，她买给我吃的。"

"嘚瑟！"沈春燕又去柜子里拿出一包海苔，"小气鬼，这个总能吃了吧？有一大袋呢！"

"嗯，吃吧。"黎衍勉为其难地恩准了，拿着勺子一口一口吃果冻。Q弹爽口的果冻滑进嘴里，他又舀了一勺黄桃，想起自己小时候特别爱吃果冻，不过长大后就几乎没吃过，作为一个大男人，他不好意思买。

沈春燕看着他吃东西的样子，再也气不起来，抿着嘴直乐呵，拆了海苔咔嚓咔嚓咬："儿子，跟你说个事儿，今年年夜饭，我不和宋桦家一起吃，和你舅舅、姨妈一块儿过，你小舅舅在酒店订了两桌酒，喊你和俏俏一起去。"

这几年的年三十，沈春燕都是中午过来陪黎衍吃顿饭，晚上则和宋桦的家人们一同过除夕。她当然想让黎衍一起去，但他不愿意，说自己和宋桦家人没关系，也不允许沈春燕留在永新东苑陪他过。

黎衍想都没想就拒绝："我不去。"

沈春燕很无奈："你都几年没见他们了，他们知道你结婚了，不办酒大家都理解，但大过年的，把新媳妇儿带出去让家里人认识认识，这是应该的呀。"

沈春燕觑着黎衍的表情，觉得有戏。

黎衍唇线紧抿，考虑之后说："我问问周俏吧。"

沈春燕眉开眼笑："那就先这么定了，俏俏回来你问问她，到时候下楼我喊晋阳……"

"别叫他！"黎衍瞪着母亲，"他不要和宋叔一起吃饭啊？每次都叫他，保不准人家心里怎么想的呢！"

"那……"沈春燕嚅嗫道，"要不我喊泽西来帮忙？泽西现在也是个大小伙子了，还会开车。"

"不要。"黎衍说，"我会去的，你把时间地点给我就行，其他的你就不用管了。"

沈春燕眨巴眨巴眼睛："你打算怎么下楼啊？"

"说了你不用管了！"黎衍又瞪她，"上次我和周俏登记完，我不是也自己上楼了吗？周俏会帮我的,你直接去餐厅就行。"

沈春燕迟疑着,最终还是点点头:"行吧,你自己小心点哦。"

临走前,沈春燕又细细叮嘱黎衍,不要和周俏吵架,尽量帮周俏多干点家务,平时说点好听的,女人有时候很容易知足,不求老公赚太多钱,只要他足够关心体贴、理解包容,小日子就能过得和和美美。

她已经说得很委婉了,其实心里就是怕黎衍冲周俏发脾气,把周俏给气跑。这么好的媳妇儿上哪儿再去找啊?她只求黎衍能够心里有数,千万不要作天作地发神经。

每句话都像是对黎衍的重击,老妈的这些嘱咐他不仅没做到,几乎还是反着来,什么和和美美?他和周俏没打起来已经算是奇迹。

黎衍黑着一张脸,任凭沈春燕在那儿叨叨叨。

"你钱够吗?"叮嘱得差不多了,沈春燕小心翼翼地问,"要是不够,妈妈给你一点。要过年了,你给俏俏买身新衣服,上回说的首饰你别忘了,吃年夜饭时最好让俏俏戴上。我看她身上光秃秃的什么都没有,你那个大舅你也知道的,势利眼,咱不能让人背后嚼舌根。"

"我知道了,钱我有。"黎衍朝沈春燕摆摆手,"你要没事就赶紧走吧。"

沈春燕离开以后,黎衍打开手机看自己在写文平台的收入。

这两个月陆陆续续断更,收益断崖式下跌,十二月收入只有一千七,目前一月过半收入才九百多,这还是包括三篇老文收益在内的。

黎衍很丧气,又打开支付宝看余额,周俏给他的两万已经只剩一万八,沈春燕的八千红包倒是还在抽屉里。

他懊恼地搓搓脸,给周俏发微信,告诉她年夜饭和家里亲戚一起吃,周俏答应了。

专柜里,周俏搁下手机,徐辰昊正在等她拿衣服。

周俏拎出一件黑色棉外套给他看:"你老家要是不太冷,这件就很划算,适合你爸爸的年纪。原价两千多,现在打折只要八百多,我再给你打个内部折扣,七百左右就行了。"

徐辰昊仔细看过衣服,决定买下来,临走前对周俏说:"谢谢你帮我打折,等过完年回来,我给你带点儿我老家的特产。"

周俏连连摇手:"不用不用,你太客气了,这都是小事儿。"

徐辰昊神色略失望:"你好像……总是对我说'不用不用',其实我也没别的意思,大家在这个城市萍水相逢,也是缘分,就当交个朋友,你不用这么见外。"

周俏诚恳地说:"我不是见外,特产真的不用给我带,你还算是照顾我生意了呢。"

徐辰昊看着她的脸,眼神腼腆:"周俏,今天见到你,感觉和上次见面有些不一样。"

周俏没明白:"啊?"

"上次见你,觉得你就是一个年纪很小的小姑娘,今天见你,就感觉……你很漂亮。"

周俏很少被人当面夸漂亮,脸都羞红了:"哪有啊?我就是化了点妆。"

徐辰昊离开后,Cindy 凑到周俏身边贼兮兮地问:"俏,这个又是什么情况?"

"什么情况都没有,刚认识的一个普通朋友。"周俏睨她一眼。

"那轮椅小哥呢?"Cindy 眼里闪着八卦的光芒,"掰了?"

想到轮椅小哥,还有他说的那些话,周俏心里就郁闷,赌气道:"就没怎么样过,掰什么掰?"

"哟，你还真喜欢轮椅小哥啊？"Cindy不愧是有男朋友的人，一眼就把周俏给看穿了，"俏，听姐一句，找对象还是要现实一点，轮椅小哥真不合适，刚那个倒挺不错的，长得蛮清爽，你认真考虑考虑。"

"Cindy姐！Cindy大姨！Cindy奶奶！我喊您奶奶行不行啊？"周俏真是要给她跪，"轮椅小哥我不要，刚那个我也不要！我现在一点儿都不想找对象！求求您饶了我吧！"

Cindy咯咯咯地笑起来："知道了知道了，嚷嚷啥？反正姐就一句话，找谁都别找轮椅小哥。你前些天请假要照顾的是不是他？你想啊，几十年的事儿呢，他生活都不能自理，难道你愿意给他做一辈子保姆啊？小傻瓜。"

此时的轮椅小哥连打三个喷嚏，不禁担心，感冒发烧刚好没几天，不会又要生病吧？

他转着轮椅进房间，从抽屉里拿出沈春燕给的红包，数出两千块钱塞进另一个信封，想了想，又加了一千。

晚上，周俏回到家，黎衍来到客厅，把信封递给她。

周俏好奇地打开看，发现竟是一沓百元大钞，问："这是干吗？"

黎衍淡淡地说："三千块钱，你给自己买身新衣服，再挑个首饰，够吗？"

周俏一头雾水："为什么呀？"

黎衍回答："我妈说让你吃年夜饭时要穿新衣服、戴首饰，你买就是了，钱不够再向我要。"

"这……"周俏感到为难，"这花你的钱，不太合适吧？"

"有什么不合适？"黎衍看着她，"我要是不给你，你自己愿意去买吗？"

周俏沉默了，她的确是不愿意。

"买件红外套，喜庆一些。"黎衍又补充，"首饰你就自己挑，我也不懂。"

"好吧，谢谢。"周俏还是觉得过意不去，大着胆子问，"黎衍，我一直挺好奇的，你现在写文，每个月能赚多少钱啊？"

真是哪壶不开提哪壶，黎衍瞪她："你管我赚多少钱？三千块钱我还出得起！"

"我就是问问……"周俏小声嘀咕，"你每天更新一万字呢，应该钱不少吧？"

黎衍别开头："就那样，够养活自己。"

他的日常开支非常非常少，每个月水费、电费、燃气费、网费，不会超五百，给周俏伙食费五百，让周俏从超市给他带食物、日用品，最多三百，手机话费五十八块，视频网站、阅读平台会员费五十块，香烟都是由沈春燕给他带，三百块一条，每个月四五百，服装鞋子一年也买不了几件，平均每月一百，交通费零，人情社交零，月均支出两千块。

网文收入提现要扣税，黎衍基本上刚够收支平衡，几乎没有存款，再加上沈春燕时不时地接济他一些，三年多来他就是这么紧巴巴地过。

这两个月入不敷出，他已经不得不动用起周俏给的两万。

真是丢人，他想。

既然周俏说到这个话题，黎衍也好奇，问她："你呢？你每个月能赚多少？"

周俏算了算，大大方方地说："说不准，忙的月份，比如上个月这个月，基本能有六七千吧，最好的时候拿过八千多，生意不好时，就只有三四千，一年实际到手大概是六万多。唉……现在商场都不好做，大家都喜欢网上买衣服，来专柜买的人越来越少了。"

黎衍怔神，原来周俏的收入比他想象的要来得多。

独居三年半，黎衍几乎与社会脱节，搞不太清现在外头的收入和物价水平。他知道自己挺穷的，但没想到居然这么穷，年收入只有周俏的二分之一。

这真是一个令人难堪的事实。

周俏揣着三千块钱去上班。

她已经想好了，新衣服就去服装批发市场买，商户们年前要清货回家，会疯狂打折促销，一件羽绒外套两三百就够，再加条裤子和毛衣，五百以内绝对搞定。

至于首饰……周俏干脆在夜市街花几十块钱买了一串亮闪闪的合金项链。

这几天正值过年前最忙的时候，周俏工作的专柜有春装上新，冬装已经开始打折。周俏看着自家店里的男装，想了想，给黎衍挑了一件墨绿色短款羽绒外套，内部价，一千二。

这样价位的衣服周俏从来不舍得买，但这是买给黎衍的，她觉得不算贵。男人就该穿好点的衣服，周俏摸着羽绒服帽子上一圈柔软的毛，心里甜滋滋的，觉得这个颜色黎衍穿起来一定很好看。

晚上回到家，周俏已经把项链戴在脖子上，直接展示给黎衍看。

"好看不？"她问。

黎衍对首饰也不懂，见她乐呵呵、挺喜欢的样子，撇撇嘴，疑惑地问："这么大一串项链才一千多块？"

"是呀，白金又不贵，还搞活动。"周俏把剩下的一千多块钱还给黎衍，又把新衣服拿给他，"这是我给你买的，吃年夜饭你也要穿新衣服哦。"

黎衍翻出羽绒服的吊牌，标价3999元，两只眼睛瞬间瞪直："这么贵？！"

"不不不，我们自己柜台的，内部价买才七百多，几千块我也不可能买的嘛。"周俏给他看小票，小票是她自己作假弄的，骗骗黎衍足够了。

黎衍看过小票才放心，周俏让他试穿一下，他神色别扭地直接坐在轮椅上试。

"大小合适！好好看哦！"周俏围着他的轮椅转了一圈，"你要不要去照照镜子？很帅！"

"不用。"黎衍脱下衣服说，"剩的钱你不用给我了，就当你帮我去买衣服。"

"那不行，你送我衣服和项链，我也要送你礼物呀。"周俏狗腿地说，"过几天我再帮你剪个头，你打扮得帅帅气气去吃饭，好不好？"

黎衍掀起眼皮看她："我坐轮椅的，你要我怎么帅气？"

"坐轮椅也能很帅气的呀，你人本来就帅。"周俏嘟囔。

"周俏，你是不是肥皂剧看多了？"黎衍好心提醒她，"你是希望我坐着轮椅粉墨登场，逆袭归来大杀四方吗？我告诉你，我一点儿也不想去吃这顿饭！我妈家的情况你不了解，这顿饭不会让你吃得省心！"

周俏又被喷了，不解地问："你妈妈家是什么情况啊？你先给我说说呗，好让我有个心理准备。"

黎衍叹口气，尽量耐心地给她解释："我妈家有四个兄弟姐妹，她是混得最差的一个，离婚，早年下过岗。而我好巧不巧，又是他们家小一辈里混得最惨的一个，都残废了！所以没人看得起我们家！我这次去吃饭，纯粹是因为我和你刚结婚，我妈要我带你去见人，其实他们根本就不会 care 我去不去！"顿一顿，黎衍挑眉，"对了，知道什么是 care 吗？"

周俏点点头。

"知道就好。"黎衍冷哼一声,"反正就这么回事,我大舅和大舅妈是两个奇葩,和我妈一直有矛盾,到时候他们要是说话难听,你别理就是。他们不敢来惹我,因为我不会给他们面子,但对你就不一定了,你看着就是一副好欺负的样子,自己放聪明点,大过年的别给弄哭了。"

周俏被他说得好紧张,心想这么可怕的吗?还有可能被弄哭?

"我知道了。"周俏问,"那……到时候谁来接你下楼?宋晋阳吗?"

"拜托你动动脑子,我妈家的年饭,关宋晋阳什么事?"黎衍拧起眉毛看着周俏。

周俏尿尿地与黎衍对视,黎衍没好气地说:"到时候,你扶着我,我自己走下去。"

周俏愣了好一会儿,才出声:"啊?"

黎衍不乐意了:"啊什么啊?"

"你自己走下去?"周俏瞪大眼睛重复道。

"是!不行吗?"

"你怎么走啊?"周俏想不明白。她见过黎衍的残肢,就那么短,也见过他在客厅走路的样子,实在想象不出来,就他那走平地都能摔跤的水平,怎么走下六层楼梯?

黎衍拍拍自己大腿假肢,定定地看着她:"只要你肯帮我,我就能走下去。"

周俏心头一跳,预感到这任务好像略艰巨。

一个多星期后,除夕夜如期而至。

下午,黎衍在家洗过澡,开始慢条斯理地给假肢换裤子。

就是周俏送的那条黑色长裤,假肢只需穿单裤,换起来不算麻烦,换好后,他翻了半天鞋柜才找到一双黑皮鞋,仔仔细细擦干净后,给假肢的脚板穿上。

这双皮鞋还是因为当初实习要穿正装而买的,这么多年了也不知道会不会脱胶。黎衍想,脱胶就脱胶吧,反正脚都搁在踏板上,鞋坏了也没人知道。

弄好自己的"下半身",他又给两截大腿残肢套上硅胶套,穿上假肢后站起身,系好裤扣,拉上拉链,最后系上皮带。

黎衍平时都是穿松紧带的运动裤,好久没穿这种偏正式的西裤,低头看去,很有点不习惯。

他又穿上周俏送的藏青色毛衣和羽绒外套,转着轮椅去卫生间照镜子。可惜镜子离得太近,就算站起来也照不到全身。黎衍想了想又回到房间,打开手机定时拍照功能,调到十秒钟,找好角度把手机搁在边柜顶上。

他划着轮椅退后一些,双手撑着轮椅扶手站起身,还没想好摆个什么姿势,相机的"咔嚓"声已经响起。

黎衍打开相册,照片里的他还没站直,拍得略模糊。他又重复操作一遍,这一次,他用最快的速度站起身,双手插在裤兜里,眼神酷酷地对着镜头。

"咔嚓"一声。

黎衍坐回轮椅,拿过手机看照片,自己都愣了一下——居然挺帅。

前两天,周俏又帮他剪过一次头发。大概是有经验了,这一次她发挥得十分稳定,一点儿也没剪坏,刘海儿和鬓角修剪得清爽服帖,他自己都觉得很满意。

他看着自己的照片出神,短碎发下是一张瘦削的脸,眉似剑,眸如星,鼻梁挺拔,唇薄且淡。他穿着一身新衣,站得笔直,西裤熨得没有一丝褶皱,因为双手插在裤袋里,竟显不出腿短了一截。

黎衍轻笑，对着照片自言自语道："大帅哥，你还没满二十六呢，打起精神来。"

只是，他的身后是一架轮椅，在照片里看来异常刺眼。

十秒钟，黎衍无论如何来不及把轮椅推开，真推开了也很麻烦，他不能保证自己在完全没有搀扶的情况下可以平安地走到轮椅前。

罢了，他想，轮椅才是他真正的腿，西裤里的那两条，只是一堆废铁而已。

周俏提前下班回到家，看到黎衍穿戴整齐坐在轮椅上，惊喜的表情掩都掩不住："哇！你今天好帅啊！"她绕着黎衍走了一圈，甚至拍起手来，"下次试试给你买浅色的衣服，你穿浅色应该也好看！"

黎衍白了周俏一眼："看够了吗？看够了就赶紧出发，我下楼很费时间。"

周俏立刻闭嘴，进屋换上一身新衣服，黑毛衣，红色羽绒服，底下一条牛仔裤，还不忘往身上喷了两下香水。黎衍看着她，红彤彤的颜色衬得她越发白皙，因为毛衣是高领，她特意把项链挂在领子外面，闪亮亮的链子果然显得这一身不那么单调，真挺喜庆的。

两人出门，停留在楼梯口，周俏紧张地搓着手，问："我怎么帮你下去？"

黎衍把两条假肢放到地上，单手撑着楼梯栏杆站起身，说："你先把轮椅搬下去，我怕我走下去后你再搬，我会站不住。"

"哦。"周俏也没搞懂他的意思，听话地先把轮椅给搬下去。

她回到六楼，黎衍垂着眼眸说："你扶我一把，我们慢慢下去。"

说完，他已经撑着楼梯扶手，抬动假肢往前迈了一步。

周俏赶紧上前扶住他左臂，凝神静气开始陪他走楼梯。

走了半层楼梯，五分钟后，两人才来到五楼半的楼梯拐角处。周俏终于知道黎衍平时为什么要让宋晋阳背下楼了，因为如果靠他自己走，从六楼到一楼，他可以走到地老天荒。

黎衍走平地时都很难控制假肢的膝关节、踝关节，更遑论走楼梯。下楼时他要特别小心，必须牢牢抓着栏杆，用腰和胯带动假肢，一级一级往下走。脚板上穿着皮鞋，每一步都要踏实地面，万一踏空了，踏歪了，或是关节不受控制弯折过度了，那就救都救不回来，肯定是整个人都往下栽。

"我能搭你肩吗？"走到五楼时，黎衍低声问，"你力气太小了，光用手撑不住我，我要借点你的力。"

"可以的。"周俏调整着姿势，"你自己来，随便怎么弄都行。"

黎衍偏过头看了她一眼，眼神古怪："说什么呢？"

周俏结巴："就、就是……你把我当拐杖吧，不、不用有顾忌。"

黎衍不作声了，左臂搭上周俏的肩，两个人的身体立时贴得更近，他说："你能搂住我的腰吗？用点力，不要用虚劲，万一我摔了你还能拦一下。"

"好的。"周俏的两只手的确不知道该往哪儿放，一听这话赶紧搂上黎衍的腰，搂得死紧。

"你这也太紧了，我都要喘不过气来了。"黎衍吐槽，"是不是又想吃我豆腐？"

周俏无辜地看着他，稍微松了松手，这人的手臂还搭在她肩上呢，到底谁吃谁豆腐啊？

黎衍没再和她废话，继续往下走，周俏则打起十二万分的精神护着他，两人几乎是一种半搂半抱的姿势，摇摇摆摆下到三楼。

有点累，还很慢，时间已经过去二十分钟。

黎衍额头上出了汗，手臂太用力了，压得周俏肩膀都开始疼，但他一直没说话，抿着嘴唇，走得很专心。

花了近四十分钟，两人终于走到一楼，黎衍气喘吁吁地坐上轮椅，周俏推着他去小区外打车。

"晚上回来，你也能走上去吗？"走在小区的路上，周俏担心地问。

"能。"黎衍干脆地回答。

好吧，他说能那就是能。周俏在心里给自己鼓劲，黎衍都不怕，自己有什么好怕的？

其实，黎衍很久没走这么长时间的路了，残肢承重力太差，周俏不知道，他的双腿残肢已经磨破皮，坐上轮椅后开始一阵一阵地疼。

幸好，这次打车还算顺利，黎衍和周俏坐上出租车往酒店赶。两人都坐在后座，半路上，周俏让黎衍说说他那奇葩大舅夫妻到底是怎么个情况，黎衍就简单给她解释了一下。

"我大舅年轻时是个混混，后来和郊区一个女的结婚，是入赘，生了一儿一女，家里住的是那种三层楼的农居房。十几年前钱塘不是造高铁站嘛，农居房拆迁了，赔了他们四套房子，再加一百多万现金。"

周俏咋舌："四套房子？"

黎衍点头："对，从那以后他俩就上天了，具体表现我不想描述，你可以想象一下，就是鸡犬升天。"

周俏问："那他们为什么和你妈妈有矛盾呢？"

黎衍苦笑了一下："这个可能我妈也有责任，她那时候不是离婚了嘛，又从单位下了岗，情场、职场双失意，我大舅家却突然发了财，我妈偶尔和几个兄弟姐妹吃饭时，就拼命想找点能拿得出手的东西。"

周俏突然就明白了："拿得出手的……是你！"

"嗯，是我。我上学时成绩挺好的，各方面都不错，人长得也还可以。"夸自己总归有些难为情，黎衍都不敢看周俏，"我大舅家的儿子和我同龄，学习非常差，没念大学，长得也不行，我大舅妈又是个特别要面子、心眼儿很小的人，我妈炫耀过几次后，她俩就吵翻了。我大舅妈说话特别难听，我妈好几年都没理她。"

"后来呢？"周俏问。

"什么后来？"黎衍皱眉看她，"后来就是，我妈什么都没得炫耀了，因为我出事了。"

周俏心里一阵发紧。

黎衍继续说："我不见任何人，其实就是不想见我大舅家的人。他们来医院看过我，说的那些话我这辈子都不会忘。"

周俏思忖片刻，劝他："一会儿，你别发脾气啊，好好说话好好吃饭，咱们吃完就走，行不？"

"他们只要不来惹我就行。"黎衍冷冷地回答。

路上不堵，晚上六点出头，周俏和黎衍终于赶到酒店包厢。

年夜饭刚开席，沈春燕一直在焦心等待，看到周俏推着黎衍进来，连忙跑过去迎接。她的身后响起男人女人七嘴八舌的声音：

"阿衍来了！"

"是阿衍！"

"总算来了，我都担心死了。"

"阿衍气色很不错啊！"

包厢挺宽敞，摆着两张大圆桌，已经上了一些菜，周俏站在黎衍轮椅后面，忐忑地看着迎过来的这些陌生人。

这样的场景她不太习惯，黎衍更不习惯。两人像动物园的动物一样被围在中间，周俏被沈春燕的亲戚们上下打量，问东问西，沈春燕则一一为周俏做介绍：她的弟弟沈春辉，妹妹沈春莺，还有他们各自的配偶和子女。

周俏随着沈春燕的介绍乖巧叫人，"姨妈""姨父""小舅""小舅妈"叫过一轮后，大家的注意力又回到黎衍身上。

小姨沈春莺说："阿衍，你怎么脾气这么大，都不让我们去看看你？"

姨父说："结婚了也不和我们说，什么时候摆酒呀？"

小舅妈对沈春燕说："阿衍结了婚气色看着很好，春燕你可以放心了。"

黎衍始终没吭声，沈春燕帮他打圆场，回应着大家的问候。

一个二十多岁的英俊男生蹲到黎衍身边，仰头看他，笑容很温暖："衍哥，好久不见了，你现在好吗？"

周俏刚知道他叫沈泽西，是沈春辉的儿子，即黎衍的表弟，在 A 大读研一。仔细一看，发现他和黎衍长得还有点像，因为黎衍像妈妈，沈泽西像爸爸，而沈春燕和沈春辉长得最像，年轻时应该都是很好看的人。

沈泽西的待遇与其他亲戚有所不同，黎衍看了他一眼，竟然开了口："还行。"

沈泽西笑得更开怀了。

周俏心里一直惦记着黎衍嘴里那奇葩的大舅和大舅妈，却没见他们过来。直到她推着黎衍、跟着沈泽西来到桌边，才注意到另一桌还稳稳坐着几人，有长辈，有年轻夫妻和小孩儿，看那样子，这些人并没有因为黎衍的到来而想过挪屁股。

一个烫着卷发的中年女人叼着一支烟，目光与周俏对视后，两个人都愣了片刻。

周俏心里"轰"的一声巨响，又看向她身边，果然看到一个很胖的年轻男人也正惊讶地看着她，嘴巴都张圆了。

完蛋，世界可真小啊。

周俏原本想着再奇葩的人也不会当众羞辱人，现在看来，无论如何都躲不掉了。

"是你？"于莉萍眯着眼睛，上下扫了一眼周俏。

周俏后背冒汗，记忆里那尖锐的嗓音眼看就要响起，她干脆抢先一步，大声说："是大舅妈吗？大舅妈您好，我叫周俏，是黎衍的妻子，上回在商场里的事是个误会，请您原谅我，对不起！"

包厢里的人都听到了这番话，一个个莫名其妙地看着她们，轮椅上的黎衍也回过头来，深深地看了周俏一眼。

"呵，呵呵呵呵呵……"于莉萍笑起来，手里夹着的烟都忘了弹灰，"这可真够冤家路窄的，你就是黎衍的老婆？哎哟，那我还真没说错呢！"

周俏脸色变了。

沈春燕的大哥沈春林问："你俩认识？"

"我哪能认识这么牙尖嘴利的小姑娘啊！"于莉萍跷着二郎腿看周俏，"上回在商场，把我们骏骏给埋汰的哟，仗着人多就可劲儿欺负我们，现在知道道歉啦？哈，都看着我干吗？今儿年三十，我一个长辈还能跟小辈计较了？"

沈春燕拉拉周俏的袖子："俏俏，怎么事啊？"

周俏小声说："妈妈，是个误会。"

她和于莉萍打过交道，知道对于这样的人，道歉服软是没有用的，只会让对方更嚣张。可是真的要和对方撕破脸吗？在沈春燕面前？在沈家那么多长辈面前？

周俏感到进退两难。

"误会？什么误会？"于莉萍不依不饶，"污蔑我们骏骏弄坏裤子，非要我们赔钱，说不赢后就开始骂人，骂得多难听啊！说我们无赖、无耻、下作，还取笑我们骏骏，那些话我可一个字儿都没忘呢。"

她似乎笃定周俏不敢反击，沈春燕气道："于莉萍，你发什么疯呢？我们惹着你了？"

"惹没惹你问你的好儿媳妇啊。"于莉萍把香烟摁到烟灰缸里，一脸皮笑肉不笑，"早知道黎衍讨的是这么个老婆，我今天就不来了，我也是给你们老沈家面子，谁知道大过年的还要受气。"

"要是觉得受气你可以走。"一直没出声的黎衍这时候开了口，"门开在那儿呢，谁拦你了吗？"

于莉萍不甘示弱："黎衍，你现在是这样和长辈说话的吗？进门没喊一声人，脾气倒是不小，从小没爹教到底是不一样啊。"

黎衍和沈春燕脸色都变了，周俏一下子就伸手按在黎衍肩上。这时，沈春辉过来当和事佬："莉萍你少说两句，今天阿衍难得过来吃饭。小周之前就算做得不对，刚才也和你道歉了，今天大年三十，大家开开心心吃顿饭，你给我点面子，讲话别夹枪带棒的。"

于莉萍不屑地哼了一声，也没接话，回过头和女儿聊天去了。

大家入席，沈春燕、黎衍和周俏自然和沈春辉一家三口一桌，外加沈春莺的丈夫和女儿。

沈春莺被于莉萍硬生生叫过去，听她颠倒黑白地讲故事。

于莉萍嗓门特别大，周俏知道她是故意的。

"我就说了，找对象就不能找外地人，外地人没文化，素质还特别差。"

"尤其是外地女人，一个个就是挖空心思要嫁到城里来……骏骏我和你说哦，以后找对象绝对不能找农村来的，就跟泼妇一样，你上次也见过了呀。"

她的儿子于骏低垂着头。

于莉萍又转向沈春莺："嘴巴说得很好听的，外地人嫁人也是有原则的，什么原则啊？是个男的就行了呗！也不想想，好好的城里男人怎么会看上她们？也就只有……嗯嗯，实在找不到了，退而求其次才会娶进门。"

"这种无非就是想找个免费保姆，女的嘛，能包吃包住，也就是陪陪睡的事儿，过几年烦了厌了，包一拎就能走。"

于莉萍的女儿于盈实在听不下去："妈，你别说了！"

沈春莺也劝她："嫂子你少说两句吧，吃饭呢。"

"我说什么了？我说的是社会现象。"于莉萍不怀好意的视线远远瞄去另一桌，大声说，"小周，阿衍，我可没说你们哦，你俩千万不要多想啊！"

沈春莺和于盈夫妻一脸尴尬，两个还在上幼儿园的孩子懵懂地看着大家，于骏缩在一边不吱声，倒是沈春林没半点不自在，喝着白酒吃着菜，看老婆的精彩表演。

黎衍几乎没吃东西，手指死死捏在茶杯上，周俏毫不怀疑，于莉萍要是再说一句，他能把杯子给捏碎。

偏偏于莉萍就是犯贱，不过换了一个话题："春莺，你上次说你家蕾蕾大学毕业要出国？哎，我跟你说，出啥国呀，就是浪费钱！女孩子大学毕业就足够了，像我们盈盈这样早点儿结婚，嫁个好老公比什么都强。到时候我帮蕾蕾介绍几个小伙子，都是原来我们那块的，个个家里好几套房！"

沈春莺头都大了。

另一桌沈春莺的女儿赵诗蕾翻了个大白眼，于莉萍还不停歇："春莺你说，读书读得好有什么用？像我们骏骏这样，就算没念大学，不上班，但名下两套房，收收房租日子都很好过了，以后找对象一点不用愁！"她又装作耳语、实则用全包厢都能听到的音量说，"……以前得意得要死，说读书有多好，现在还不是啃老……结婚，也就外地女人肯，换成是我，吓都要吓死了……脱了裤子多恶心啊……"

沈春莺想要掐人中。

周俏这一桌所有人都阴沉着脸。沈春燕胸膛起伏得厉害，黎衍手里的杯子已经离开桌面，眼看着下一秒就要往地上摔。这时，一只手抚上他的手背，微微用力迫使他又把杯子放了回去。

黎衍转头看向周俏，周俏也正在看他。黎衍的眼睛红红的，嘴唇抿得没有一点血色，周俏却很镇定，仿佛一点儿没受影响。

她就这么坦然地看着他，眼神越来越温柔，唇边还挂起了笑。她温软的手掌始终覆在他手背上，倾身过来，嘴唇凑到他耳边，吐气如兰："你得端着，和这种跳梁小丑置气，不值当，让我来。"

说完，周俏已经起身，一桌人都错愕地看着她，黎衍一把拉住她手腕："你要干吗？"

"放心，我就是去敬杯酒。"周俏一边说，一边端起一杯红酒，向着邻桌走去。

黎衍的视线跟随着她的身影。

于莉萍一脸讥讽地看着周俏走到桌边，年轻的女孩面露微笑，向她端起酒杯："大舅妈，大舅，我来敬你们一杯，虽然不是第一次见面，好歹也是第一次吃饭。我和黎衍结婚三个月了，头一回见他家的长辈，今天又是过年，我不太会说话，之前和大舅妈有过误会，咱们喝了这杯酒，把这事儿揭过去，行吗？"

沈春林看了妻子一眼，于莉萍没动杯子，他也就不敢动。于莉萍笑着说："黎衍怎么不来敬啊？这不应该是小夫妻一起的嘛。"

"他让我当代表呢，我和他不分那么清。"周俏依旧不卑不亢地举着杯子。

于莉萍也依旧没动："你说揭过就揭过呀？哦，就只许你们那些营业员说我家骏骏，不许我说别人了？再说了，我也没指名道姓说是谁啊，你这样就跟上赶着承认似的，心虚啊？"

"我没什么可心虚的。"周俏收回杯子，她尝试过了，没用，便没打算再敬这杯酒。她的语气依旧平淡，"大舅妈，你说得没错，我的确是外地农村来的，也的确骂过你们无赖、无耻、下作，但那也是事出有因。裤子是谁弄破的，大家心知肚明。我刚才向你道歉纯粹就是为了不要弄得太难看，你是长辈，我是小辈，我跟你低个头没什么大不了的，你不接受我也无所谓，不过有些话我必须说给大家听。"

于莉萍嗤笑:"干吗呀?你还想威胁我啊?"

"我哪敢威胁你啊。"周俏又笑起来,回头扫了一眼,"小舅小舅妈、小姨小姨父都在这儿,还有我妈也在,这些话我一直没和她说过,刚好趁今天一起说了。"

另一桌所有人的视线一直都落在周俏身上,不知道她要说什么。

黎衍看着周俏的背影,她脱掉了外套,修身的黑色毛衣更显得她身材单薄,马尾辫甩在脑后,如果放在人堆里,就是个毫不起眼的女孩,可此时此刻,他的眼睛里只有她。

周俏又回身看了大家一眼,目光最终与黎衍相对,缓缓地说:"我是想说,我和黎衍认识很多年了,知道他是个什么样的人。我书读得不多,说不出太多好听的词汇,还觉得那些词汇全部加起来都不够形容黎衍。如果一定要说,那就是……黎衍是个好人,全世界最好最好的人。"

黎衍远远注视着周俏的眼睛,大脑一片空白。

周俏回过身看着于莉萍,继续说道:"我和黎衍结婚很幸福,做梦都能笑醒的那种幸福,绝对不是大舅妈你说的那样恶俗。可能你身边是有那种事发生,我反正见识浅,没见过,我认识的朋友同事每一个都很乐观上进、自尊自爱,每一个都认真工作,积极生活,包括黎衍。

"他身体不好,依旧每天写书到半夜,一天工作八九个小时,赚的钱完全可以负担我们俩的日常生活。我们的确没有大舅妈你们有钱,还有房租收,但我们很快乐,很知足,对未来充满希望。我一直认为,人活一辈子,如果目标只是成为一个不用上班、只靠房租养活、混吃等死的人,那和蛆虫有什么两样?"

于骏面如死灰,周俏看了他一眼,心里略略抱歉。

于莉萍拍案而起,尖声大叫:"你说谁蛆虫呢?!"

"我说的是社会现象,可没有指名道姓,大舅妈你干吗要上赶着承认啊?"周俏一脸莫名,随即又笑起来,"今天这杯酒,我敬过了,你不喝没关系,我喝了就行。"

说完,她把红酒一饮而尽,又看向于莉萍:"最后,我再说几句。大舅妈,我们家黎衍是大学生,有品位有教养又有学问,不会跟个泼妇似的当众和人吵架。我可不一样了,我是外地人,学历低,不像你们本地人那么要脸面,我不仅会骂人,还会打人呢!真惹我不高兴了,我可不管我妈的面子,撕破脸这种事对我来说家常便饭,我就这素质了,谁不信谁就试试。"

她突然扬起手,狠狠地把玻璃杯砸到地板上,碎片噼里啪啦四散溅开,于莉萍吓了一跳,守在门口的服务员也跑进来,沈春辉叫住服务员:"杯子不小心砸了,麻烦收拾一下,谢谢。"

服务员连连应下:"好的好的,客人请别动,我去拿扫帚。"

黎衍的双手早就按在轮椅钢圈上,这时候忍不住就要过去。沈泽西一把拉住他小臂,低声道:"哥,听我一句,别去,嫂子搞得定。"

黎衍真想压下心中的火气,可实在太难,看周俏独自一人面对于莉萍,为了维护他,不惜说出各种诋毁自己的话,他几乎要疯。

他当然明白周俏的用意,但还是自责到要崩溃,心疼、愧疚、后悔、愤怒……无数种情绪糅杂在胸腔里,憋得他想爆炸,可他不能爆炸,他得端着!他得做一个有品位有文化又有教养的高才生,让周俏一个人去冲锋陷阵!

要不然,她做的所有事、说的所有话都会前功尽弃,两边真撕破脸吵起来,越不要脸的人越会赢。

周俏眼神凌厉地盯着于莉萍,于莉萍脸色微变,尖叫起来:"你这是没大没小了!黎衍就娶的这种老婆?沈春燕,你也不管管?"

沈春燕施施然走到周俏身边，搂住她的肩，扬着下巴看于莉萍："管什么呀？我们俏俏像我，就是这么彪悍！我说我怎么那么喜欢她呢，原来就跟我亲女儿似的。"

于莉萍抖着手臂指沈春燕："好，好，好，我知道了，你们就是红眼病！自己穷光蛋羡慕嫉妒我们呗！你儿子都是个没腿的残……"

"你再敢说一句试试！"周俏骤然出声，声音比于莉萍还要大，同样手指于莉萍，"我警告你，你不要欺人太甚了！如果再让我听到你说一句我家阿衍的坏话，我就弄死你！说到做到！"

于莉萍愣了一下，不敢再攻击黎衍，转而骂起脏话。周俏正要迎战，沈春辉重重一拍桌子，厉声喝道："于莉萍，闹够了吗？！今天的年夜饭是我订的，你要是不想吃现在就可以走！要是愿意好好吃就给我坐下，少废话！"

看热闹的沈春林终于肯站起来了，梗着脖子一脸无赖相："沈春辉你干吗呢？有点钱了不起啊？还不是你求着老子才来的，搁老子这儿耍什么威风呢？"

沈春辉是当惯领导的，神色极为冷峻："我就一句话，愿意吃就坐下，不愿意吃就给我滚。"

于莉萍柳眉倒竖，一副要掀桌子的架势："你少给我放……"

"够了！"

这一次，喊话的是黎衍。

他转着轮椅来到周俏和母亲身边，抬头看着她们，平静地说："妈，周俏，回来吃饭，别吵了。"

"俏俏，走，我们去吃饭，这么好的菜呢。"沈春燕气鼓鼓地瞪了于莉萍一眼，推着黎衍的轮椅转头，当轮椅转向周俏时，黎衍快速伸手，抓住了周俏的手腕。

周俏一呆，乖乖跟他回到桌边。

赵诗蕾也叫沈春莺："妈！我们这桌还空两个位子呢，你在那儿干吗呀？"

沈春莺本来都快吓哭了，忙不迭地逃回来。于莉萍傻眼了："赵诗蕾你什么意思啊？你个小丫头片子也造反啊？"

二十岁的赵诗蕾天不怕地不怕："我没什么意思啊！年夜饭我家一家三口总得坐一起吧？我是好意，骏骏哥胃口好，让您那桌坐得宽敞点，骏骏哥也能多吃点！"

于莉萍气疯了，食指向前横扫一片："行啊，你们沈家人就是合着伙儿欺负我们，是吗？搞得我们多稀罕似的！我呸！这饭老娘不吃了！沈春林！我们走！"

说罢，她拎起外套和包，噔噔噔地就出了包厢。

沈春林愣了片刻，推了于骏一把，于骏赶紧低垂着头跟着父亲走出去。

最后是于盈夫妻和两个吓蒙了的孩子，于盈走到黎衍身边，低声道："阿衍，对不起，姐从来没那么想过……祝你和小周新婚快乐，百年好合。"说完，她牵着两个孩子的手匆匆离开。

片刻之间，包厢里只剩下一桌人，大家静默几秒后，沈春辉举起杯子，沉声道："之前的事，到此为止。来，我们好好吃一顿年夜饭，不要为了一颗老鼠屎生气。从今以后，老沈家就我们三家聚了，干杯。"

众人纷纷举杯、碰杯。

周俏偷偷看向黎衍，他原本是个会把"不高兴"清楚地写在脸上的人，可这时，周俏从他脸上却看不出任何情绪。黎衍的碗里是空的，杯子里是热茶，他低垂眼眸，不言不语，仿佛老僧入定。

一场闹剧结束，气氛渐渐缓和下来，年夜饭正式开餐，餐桌上陆续传来闲聊、轻笑的声音和酒杯碰撞声。只有服务员噤若寒蝉，大约从未见过吃个年夜饭还能吵起来的，最后甚至走了一桌人。

沈泽西举起杯子递向黎衍和周俏："哥，我敬你和嫂子一杯。"

周俏看沈泽西一眼。沈泽西年轻英俊，充满朝气，眉眼越看越与曾经的黎衍相似。黎衍默默举起茶杯，三人碰杯，各自抿了一口。

沈泽西凑近黎衍："哥，你在哪个网站写文啊？笔名是什么？让我也观摩观摩呗。"

沈春燕说不清黎衍的笔名，亲戚们一直很好奇，周俏偷偷撇嘴，心想打死黎衍都不会说的。

果然，黎衍说："我写得不好，没什么好看的。"

他不打算搭理人家了，沈泽西又看向周俏，问："嫂子，能问下你多大吗？我怎么觉得你看起来比我小呢？"

周俏一边偷瞄黎衍，一边答："我今年夏天满二十二。"

"真比我小啊？"沈泽西觉得这么年轻就结婚的女孩子挺少见的，又问，"你说你和我哥认识好几年了，那时你不就只有十几岁？你俩是怎么认识的呀？"

"我……"

周俏还没答，黎衍已经抢先开口："网恋。"

周俏赶紧闭嘴。

沈泽西觉得好有意思："网恋啊？哥你很厉害啊！"

周俏知道沈泽西没有恶意，纯粹就是关心黎衍，想找话题和他聊天。不仅是沈泽西，剩下来的这些人都没有恶意，包括对面那个长着一张厌世脸的赵诗蕾，刚才还偷偷向她竖了一个大拇指。

沈泽西一直想逗黎衍说话，到后来黎衍不耐烦了，说自己去上卫生间，转着轮椅出了包厢。

他一走，沈泽西眼里的光彩就黯淡下来，对着周俏笑笑，问："嫂子，我哥是不是还在生闷气啊？"

周俏叹口气："放心，他一会儿就没事了。"

"我知道，他心里肯定不好受。"沈泽西和周俏小声聊着天，"嫂子，你可能不知道，我小的时候特别崇拜衍哥，他是我的偶像，但那时候他嫌我小，不爱带我玩，我就像个跟屁虫似的跟着他，后来，连高考志愿我也填了 A 大。"

周俏能够明白他的心理，因为黎衍也是她的偶像。

沈泽西说："嫂子，今晚你好好陪陪他，让他顺顺气，不要不开心。衍哥以前真不是这样的，你说得没错，他就是个很好的人。"

周俏点头："我知道的，谢谢你。"

这时候，周俏的手机响了，一看，居然是黎衍打来的。

她接起电话："喂。"

黎衍的声音很低："周俏，你别说话，听我说。你现在自己一个人出来，找到去卫生间的路，我等着你，别告诉别人。"

"好。"周俏挂掉电话，对沈泽西说，"抱歉，我也去下卫生间。"

沈泽西小声问："是不是衍哥需要帮忙？要我去吗？我是男的方便一点。"

能念 A 大研究生的男生果然很聪明！周俏也不管了，压低声音对他说："你要是真想帮你哥，从现在开始，就拦着这个包厢里的人，全部不准去上厕所，明白了吗？"

沈泽西懂了，用力点头："放心，有我在呢，你去吧。"

周俏向他报以一个微笑，悄悄地溜出包厢。

黎衍的轮椅停在一串台阶前。

台阶只有三级，没有无障碍坡道，墙上也没安装扶手，台阶下面再过去十米远就是卫生间。周俏快步走到他身边，黎衍抬头看她，眼神特别凌厉。

"来吧，我扶你走下去。"周俏说。

黎衍点点头。

双脚落地，他撑着周俏的肩站起来，整个人的重心几乎是倚靠在她身上，一级一级地走下台阶，两条假肢岔开着，步态僵硬，像是一具生了锈的木偶。

下去以后，黎衍扶墙站着，周俏又搬下他的轮椅，他坐上去，周俏推着他往卫生间走。

到了门口，黎衍说："行了，我自己可以。"

"真的可以吗？"周俏问，"这儿都没有无障碍卫生间，里头肯定没有扶手的。"

"我可以上普通厕所。"黎衍觉得很疲惫，话都不想多说，这时候只想回家。但是回家意味着还要爬上六楼，与下楼相比，上楼更难，这令他越发烦躁不安。

黎衍进去后，周俏背靠在墙上，在卫生间门口等他。

他的状态很令周俏担心，她见过他大吼大叫，见过他冷嘲热讽，见过他摔东西，甚至见过他哭，但这是第一次，在经受过一连串的攻击后，他居然安静了下来。这与世无争的风格可一点也不像他。

黎衍上完卫生间，周俏又推着他来到台阶前，当黎衍站起身时，周俏一转身，张开手臂就抱住了他的腰。

这个突兀的拥抱令黎衍愣在当场，心脏跳得飞快，差点没站稳，好在周俏抱得很紧，没有让他摔跤。

"你干吗？"黎衍的双手微微张开，不知该怎么做，他毫无应对这种状况的经验，像个不知所措的孩子。

周俏把脸颊贴在他怀里，说："刚才不开心，求抱抱。"

"你越来越得寸进尺了，周俏。"黎衍喉结一滚，嘴唇发干，有些紧张地往前看，"松手，一会儿有人来了，看到了怎么办？"

"咱俩不是夫妻吗？看到就看到呗。"周俏贪恋在黎衍怀里的每一分每一秒，闭着眼睛感受他温暖的胸膛，软软地说，"我不开心，我知道你也不开心，我抱你了，你就不能也抱我一下安慰安慰我吗？"

黎衍抬头看向天花板，做了个深呼吸。

真是，要命。

脑子里的理智悄悄溜走，鼻息间只余下周俏身上那淡淡的薄荷香，他的双手只挣扎了一秒就放弃抵抗，手臂一拢，用力地回抱住她。

揉搓着她纤瘦的身体，抓捻着她后背的毛衣，甚至按住她的后脑勺，把她的脸颊更紧地贴到自己怀里。

"对不起。"黎衍在周俏耳边说，"对不起。"

"干吗要和我说对不起啊，事情本来就是因我而起。"周俏的声音带着笑意，"我现在一点儿也不生气了，还挺骄傲。黎衍，你也别生气了，好不好？"

"嗯。"他低低应声，下巴还在她头发上摩挲了几下。

"好啦，抱够啦。"周俏拍拍他的背，"咱们先上去，你要是不想回包厢，我陪你去外面透透气吧。"

"好。"这时的黎衍格外听话，大概也是因为他真的不想再待在包厢，迫切地想要去外面呼吸一下新鲜空气。

周俏拿上外套陪黎衍来到酒店门口，黎衍坐着轮椅，周俏找来一张等位的小板凳，寻了个安静角落，背墙挡风，两人并肩而坐。

除夕夜里，街上人少车也少，只有酒店门口还比较热闹。有些家庭的年夜饭已经散场，一堆人结伴出来，手里都提着年货礼盒，彼此道别，说着吉祥话。戴着毛线帽、穿得圆滚滚的小孩子蹦蹦跳跳，小口袋里的红包不小心掉出来，被大人取笑几句。

周俏看着这番景象，说："你们城里人都不兴在家吃年夜饭吗？我刚才看大厅和包厢都是满的。"

"懒得烧吧，吃完了还得洗碗。"黎衍指间已经夹起一支烟，慢慢地抽着，又说，"你是刚才的演讲还没过瘾吗？现在还说什么城里人外地人，以后不许再说了。"

周俏咯咯笑："我本来就是外地人啊。"

"是啊，小土包子。"黎衍也浅浅地笑起来，"说出来你可能不信，于莉萍从小到大都是农村户口，我妈说她年轻时因为这个非常自卑，后来房子拆迁才变成城市户口，腰板一下子就硬了。"

"啊……她果然是个奇葩。"周俏不太能理解。

两个人安静地坐了一会儿，每一次呼吸和说话，嘴边都会呵出一团白气。这地方光线很暗，黎衍的脸隐在夜色中，周俏发现，他不像刚才待在包厢时那般死气沉沉了，眉目间渐渐泛起一抹活气，话也多了起来。

周俏眨巴着眼睛问他："哎，我问你，我刚才像不像泼妇啊？"

黎衍偏头看她一眼，认真回答："像。"

周俏一点不生气，反而笑得很开心。

"傻不傻？"黎衍忍不住伸手揉揉她的脑袋，"还摔杯子，撂狠话，要弄死人，是不是觉得自己很帅啊？"

"那可不！人生的高光时刻！"周俏晃晃脑袋，马尾辫在脑后一甩一甩。

黎衍眯缝着眼睛吸了一口烟，吐出一串烟气："我都没发现，你口才居然还不错，瞎话张嘴就来。"

"我没说瞎话啊！"周俏不乐意了，"我就是想到什么就说什么，说的都是心里话！"

"没说瞎话？那怎么说我是个好人，还是全世界最好的人？"黎衍一脸揶揄，"我和你才认识几个月？吵架都吵好几回了，你是从哪儿看出我是个好人的？"

周俏脑子动得飞快："因为你妈妈是个好人啊，她养出来的儿子当然是个好人啦！"

"你又怎么知道我妈是好人了？"

"你小舅和小姨都帮你妈妈，没人帮那个女的，那她还不是好人啊？"

"倒也是。"黎衍点点头，接受了这个解释，"我妈这个人其实有点天真，以前年轻时长得很漂亮，按现在的说法就是傻白甜。我爸和人出轨，我妈是最后一个知道的，傻得登峰造极。一开始她和宋叔在一起，我特别怕她被人骗，幸好，宋叔是个好人。"

周俏附和道："嗯，宋晋阳也是个好人。"

黎衍不满："喂！"

周俏笑得肩膀都抖起来。

黎衍被她笑得完全没了脾气，沉吟片刻后，说："其实，你刚才说的那些话，我知道就是为了撑场面，我也没当真，不过听到后，心里还是挺……"

周俏等了好一会儿，也没见他继续说下去，问："挺什么呀？"

"挺感动的。"黎衍低声说。

周俏大笑起来："哈哈……"

黎衍脸黑了："笑屁啊！"

"不是，我……唉……我也没想到今晚会搞成这样。"周俏止住笑，垂下脑袋神色失落，"你小舅会不会怪我啊？一桌菜几乎都浪费了，这得四五千一桌吧？"

"不会，这点钱他无所谓，我看他自己都气得够呛，恨不得把于莉萍丢出去。"黎衍叹口气，"不过，要早知道会搞成这样，我就不来了。"

离开人群，只和周俏在一起，待在一个安静的空间，呼吸着冬夜冰冷干燥的空气，黎衍的情绪渐渐放松，竟觉得这样聊聊天非常舒服。

周俏转头看他，问："我刚才演讲的时候，你知道我最担心什么吗？"

黎衍反问："担心什么？担心我发火？"

"不是。"周俏摇摇头，笑着看他，"最担心你说，周俏，我们走吧。"

黎衍愣了一下："为什么？"

"因为那就像是落荒而逃啊。"周俏给他解释，"我们又没有错，上次我和她吵架也是她不对，而且是她先骂我的。这一次，凭什么要我们走啊？我就不走！要走也是她走！"

"你很有自信啊，周俏花。"听着她略带孩子气的话，黎衍忍不住笑起来，"还真把人给逼走了，是不是觉得自己很牛？"

"是啊。"周俏嘿嘿笑，"大家都帮我们，没一个人帮她，连她女儿都向你道歉了呢，你知道这说明什么吗？"

"什么？"

"说明世上好人多啊！"

这一次，换成黎衍大笑起来："哈哈哈哈……还世界充满爱呢！"

"世界本来就是充满爱的，阴暗面永远只有那么小、那么小的一个角落。"周俏用拇指和食指给黎衍比了个小手势。

黎衍又侧过头笑了一阵子。等他笑完，周俏说："对了，你身上穿的这条裤子，其实就是你那个弟弟撑破的，你要是觉得硌硬，就别再穿了。"

黎衍问："我为什么会硌硬？"

周俏小声说："就……人家试穿过的嘛，屁股那么大，还把屁股线给撑开了。"

"没事儿，我不介意。"黎衍微笑，"这不是你花钱买的嘛，就是条新裤子，现在是我的了。不过……我其实没什么场合穿倒是真的，在家里肯定是穿运动裤舒服。"

"行吧，你不介意就好。"周俏很满足。

黎衍温柔地看着她："以后，我们应该不会再见到他们了。"
　　"那最好了。你大舅妈这种人根本不讲理的，绝对没法子和解，她从骨子里就看不起我们，回去以后不定怎么骂我们祖宗十八代呢。"周俏歪歪头，"不过我想得很开，你不是说过嘛，这种人，我们永远都改变不了她对我们的看法，但是我们可以改变自己，把自己变得越来越好，她就会自动闭嘴了。"
　　黎衍狐疑地问："是我说的？我什么时候说的？"
　　周俏："呃……"
　　黎衍："嗯？"
　　"你没说过吗？啊……那是我记岔了。"周俏呵呵干笑，"可能是别的人和我说的，要么就是书上看来的。"
　　"我说呢，我怎么可能会说这种话？"黎衍嗤之以鼻，"我自己都搞成这样了，还有闲情逸致给你灌鸡汤，开什么玩笑。"
　　周俏说："其实也蛮有道理的，你也适用啊。"
　　"鸡汤对我早就没用了。"黎衍缓缓摇头，拍拍自己的大腿假肢，"怎么变得越来越好，你教教我？"
　　周俏看着他漆黑眼眸中寥落的神色，一时无言以对。
　　"冷起来了，我们进去吧。"黎衍一支烟抽完，转着轮椅换了个方向，"明年除夕，我想就在家里吃年夜饭得了，就算只有我和你两个人，也比出来吃好，你说呢？"
　　周俏已经站起身，怔怔地看着他，半晌才说："明年除夕，我应该不和你一起住了吧？你不是说……一年吗？"
　　黎衍脸色一变，当场愣住。
　　"啾——砰砰！"
　　不远处，一大朵烟花突然在夜空中绽开，周俏和黎衍一同转头看去。这一次的烟花要比跨年夜邻居家的小烟花盛大、漂亮许多，络绎不绝地在夜色中绽放，五彩缤纷，给这除夕夜增添了一丝年味。
　　周俏静静站在黎衍身边，一只手自然地搭上他的右肩。
　　她不知道黎衍此时的心跳有多剧烈，也未察觉他的身子在微微颤抖，更不知道他早已没在看烟花，深沉的视线已经落在自己的右肩。

第七章
我喜欢的他

年夜饭结束,沈泽西提出开车送沈春燕、黎衍和周俏回家,这一次,黎衍没有反对。

车到永新东苑,沈春燕试着开口:"阿衍,要不让泽西背你上楼?"

黎衍说:"不用,有周俏就行了,你让沈泽西送你回去吧。"

沈春燕还是不放心,说自己也下车去帮忙。周俏忙劝她:"妈妈,您回去吧,我可以帮阿衍的。"

沈泽西静静听着他们的对话,始终没接腔,把决定权完全交给黎衍。沈春燕犹豫片刻,无奈地同意了。

黎衍和周俏下车后,沈泽西开车离开,路上问沈春燕"大姑,衍哥自己上楼真的没问题吗?"

"以前也走过一次,很费劲,花了快一个小时。"沈春燕忧心忡忡,"那次还是白天,现在是晚上,楼道里灯都没开,其实时间久点儿倒没什么,我就是怕他摔。阿衍这个人就是这样的,能不求人就不会求人,你硬要去帮他,他会发脾气。"

沈泽西说:"衍哥和嫂子的感情挺好的。"

沈春燕也很欣慰:"是啊,他俩结婚三个月,从来没吵过架!"

沈泽西笑笑:"我看他很依赖嫂子。"

沈春燕说:"毕竟是夫妻嘛,他不依赖周俏还能依赖谁?难道依赖我啊?我们家阿衍向来主意大,他爸走了以后,家里很多大事儿都是他决定的,就算现在他身子不好了,平时都不愿意我老去看他,总叫我不要操心。他骨子里就是个很硬气的人。"

"看出来了。"沈泽西说,"不过我是真没想到,衍哥是个妻管严啊。"

沈春燕嘎嘎嘎地笑了一阵子,说:"这个我也没想到啊!还是周俏有本事。"

周俏推着黎衍往36幢走。

她感到奇怪,明明和黎衍在酒店外头透气时,黎衍的情绪已经好转许多,像是忘记了之前的不快,还会和她说说笑笑。可后来回到包厢,他那张脸又拉了下来,不管谁和他说话,他都爱理不理,连菜都没吃,实力演绎冰山冷脸男,令坐在他身边的周俏疑惑不解。

她以为黎衍是不喜欢和亲戚相处,下车后只剩他们两人,黎衍总该恢复正常了吧,结果是——并没有。

周俏问他饿不饿,上去要不要给他做点儿吃的,他说不吃;周俏问他第二天想吃什么,他说随便;周俏说过几天就要去图书馆还书借书,问他有没有新增的书名清单,他居然说:"不用借了,直接还了就行,我不想再麻烦你。"

周俏脑袋上缓缓冒出一个问号。

嚶,男人的心思真难猜,就跟个幼儿园小孩儿似的,说翻脸就翻脸。

算了,不和他计较,到时候做点好吃的哄哄他就没事了。

对于怎么顺毛黎衍，现在的周俏已经很有经验。

两人一起回到单元门口，望向黑魆魆的楼道，周俏又一次向黎衍确认："你真的能自己走上去吗？"

黎衍的语气毫无波澜："能，就是会走得比较慢。"

周俏又问："你以前自己走过吗？"

"走过一次。"

周俏有信心了："行吧，那我们就慢慢走，没事儿，我扶着你。"

她先把轮椅搬上六楼，下来后，看到黎衍扶着楼梯栏杆站在黑暗中，像是故意错开眼神没看她。周俏上前挽住他的胳膊："走吧。"

"嗯。"黎衍轻声应着，缓慢地挪动两条假肢，一摇一摆地走到楼梯前。残肢磨破皮的伤处因为几个小时的休息，原本已经没有感觉，但走了几级台阶后，刺痛感又一次袭来，每走一步都被摩擦一次，黎衍紧咬着牙，只能忍着。

上楼之所以比下楼难，是因为他需要用力气先把右腿给甩上台阶，真的就是划着圈儿甩，确定踩实以后，站直腿，伸直腰，再把左腿也提上来，确定站稳后，再重复之前的动作。

这是一个循环且吃力的机械动作，假肢的关节虽然能活动，但和真实的人腿相比总是僵硬太多。黎衍还担心关节过度屈曲，这实在不是儿戏，从楼梯上摔下去后果无法预料，他和周俏只能小心又小心。

楼道里很黑，周俏打开手机电筒，在黎衍的指导下帮他照明，每一步都要看仔细。因为如果不用眼睛看，黎衍完全不知道自己的脚板踩在哪儿、踩成什么样。与下楼时不同，黎衍没让周俏在身边搂着他，而是让她倒着走，同时半拉半扶着他的右臂，他的左手紧抓栏杆，就这么蜗牛爬一样一阶一阶地往上迈。

上到五楼，胜利在望，时间已经过去四十多分钟。

周俏身体上并没有太累，她的疲惫完全体现在精神上，四十分钟高度紧绷的神经令她有些透支，黎衍更是实打实地疲惫不堪，额头上、鼻尖上早已沁出一片小汗珠。

在楼梯转角处，黎衍抬头看到那架轮椅，心情瞬间放松许多。他的右脚迈上台阶后，没有意识到只有半个脚掌踩在台阶上，周俏也有些松懈，电筒光还没来得及照到脚板，他的左腿已经提了上去。

就一眨眼的工夫，他已经察觉不对，右脚那儿没撑住，假肢一折，整个人就往后倒去。即使他抓着扶手，也不能止住这后仰的力量。周俏大吃一惊，想要拉住他，可哪里拉得住？情急之下手机都脱手而出，也不肯松开拉住他手臂的手，随着他一起向下栽去。

几声轰响，周俏和黎衍一同摔在五楼半的楼梯转角处。

周围的一切都安静下来，602室和501室住的是租户，过年回家了，502室的户主是对老夫妻，老头儿开了门，好奇地往外打量，不知道刚才的巨响是哪儿发出的。

黎衍仰面躺在地上，忍受着手臂和后背传来的痛感，听到开门声和脚步声，他和周俏默契地一动都不敢动。

周俏半趴在他身上，右手搂在黎衍腰侧，左手压在两个人的身体间。黎衍则左手撑地，右臂被周俏压在身下，周俏的两条腿缠着他的假肢，总之，是个十分诡异、暧昧又难受的姿势。

从黎衍躺着的位置可以看到一小块如墨般的夜空，他眼神空洞，呆呆望着虚空，脑子里只剩下一个念头：跳下去吧。

五楼半的高度，应该够了。

可惜这楼梯转角处装着保笼，粉碎了他的冲动。

他收回视线，压着下巴看周俏近在咫尺的脸。她很紧张，还皱着眉，不知道是不是摔疼了。他感觉不到自己的下半身，也不知道两条假肢扭成了什么样，但是他的上半身与周俏贴得很紧，他甚至能看到她右脸颊靠近耳朵的地方有一颗极小的痣，以前从未发现过。

幸好502室的老头儿只在四楼半的平台往外张望了一会儿，没想到往上走，发现没有异常后，就回屋关上了门。

等到周围回归宁静，周俏终于收回搭在黎衍腰上的手，龇牙咧嘴地爬起来。她从地上找到自己的手机，摁亮一看，手机碎屏了。

周俏心里叹气，小声问身边躺尸的男人：“你没事吧？能起来吗？”

黎衍装死。

周俏揉揉自己的左肩，刚才撞到地了，有点疼。她半蹲半跪，扶着黎衍的上身让他坐起来。

啊！假肢摔松脱了——只有黎衍自己知道，却不想告诉周俏。这样子他是没法站起来的，两种解决办法：要么脱了裤子重新穿假肢，要么脱了假肢，用手撑地爬上去。

不管是哪一种，他都不想在周俏面前做。

为什么总是会在她面前出糗？

为什么总是会让她看到自己狼狈不堪的一面？

被看到没穿假肢，被看到残肢，被看到他拿着夜壶，被看到他走路时奇怪的步态，被看到他让三级台阶难住、没办法一个人去卫生间！现在，又被她看到摔跤，还摔脱了假肢！

黎衍！

他对自己说：你是不是有病？你逞什么能？为什么不让沈泽西把你背上楼？为什么不像上次那样，干脆自己脱了假肢爬上楼？你是双大腿高位截肢啊！双大腿！高位！截肢！自己走六楼？是想要干吗？在周俏面前耍帅吗？！

你还有什么帅可以耍的？你还嫌不够丢人现眼吗？

于莉萍一点也没说错，脱了裤子你就是很恶心！谁看到都会害怕！沈春燕都害怕，何况是周俏？

等等！你疯了吗？还想让周俏看到你残破的身体？你做梦呢！

人家刚才已经明明白白提醒你了！约好了住一年，是你自己说的！从去年十一月到今年十一月，时间到了她就会走！你还想着明年除夕和她一起吃年夜饭？你是被她的演讲洗脑了吗？她说她嫁给你做梦都会笑醒，你居然当真了吗？你怎么那么幼稚啊？那都是假的！

黎衍，认清现实吧！你早就不是原来的你了！你现在是个重度残疾人，一个没了两条腿的残废！自己照顾自己、养活自己都费劲，没房子没车没钱没工作，走个楼梯还能摔成这鸟样！你自己摔就算了，还让周俏也摔了！就你这德性，还幻想要和周俏怎么着吗？！

你配吗？！

周俏跪蹲在黎衍身边，看着他脸色苍白如纸，眼神凄凄，一声不吭，心里紧张起来，上下摸着他的身体，急道：“黎衍，黎衍！你没事吧？你是不是哪儿摔疼了？骨、骨头没摔到吧？”

黎衍回过神来，一把甩开她的手，低声说：“我没事，你先上去，我一会儿自己上来。”

"啊？"周俏有点蒙，抬头看看楼梯，"只剩半层楼了，我扶你上去吧，很快的。"

黎衍冷声道："你先上去。"

"为什么呀？你要干吗？"周俏觉得太奇怪了。

"我叫你，先上去。"黑暗中，黎衍侧过头恶狠狠地盯着她，声音压在喉咙里，"听不懂吗？"

周俏被他突如其来的变脸吓到了，第一反应是听话，第二反应是，为什么要听话啊？

他明明需要帮助，却咬死了不肯说，已经不知道是第几次了。而且这一晚，他们两个人也算是并肩作过战，后来还愉快聊过天，他摔了一跤就冲她发脾气，周俏觉得难以接受。

不能惯着他！周俏眼睛一瞪，坚决地说："我就不上去！"

黎衍愣住。

周俏："我不会把你一个人丢在这里的，你有什么困难都能和我说，刚才你下不了台阶不还给我打电话了吗？这个家里就只有你和我两个人，我不帮你，谁帮你啊？"

黎衍头疼，非常头疼，干脆和她说实话："我假肢松了！你懂不懂？我现在站不起来！我得脱裤子！你想看我脱裤子吗？"声音还是压得低低的。

周俏终于懂了，小脸一红，口风却没松："脱裤子就脱裤子呗，我又不是没看过。"

"你！"黎衍气死了，坐在地上指着她，"你上次还说你有夜盲症看不清的！"

周俏嘴角一抽，这样的鬼话您也信啊？

"我两个眼睛5.2，视力好得很，上次我全都看到了，对不起。"周俏努力把自己的脸皮糊厚，"不过现在，你要脱裤子就和我直说，我背过身去就是。你穿好了我能继续扶你上去的，你让我一个人上去算什么意思？一会儿你自己走又滚下来，我不得被你妈妈打死啊？"

"周俏，你懂不懂什么叫尊严？"黎衍整个人都在发抖了，"我是个男人，你给我留点尊严好不好？我知道我整个人只剩半截了，但我也不想让人当怪物看！我天天都要见到你的，一想起你看过我的身体，我就想去死你知道吗？"

周俏说："我喜欢你。"

话音一落，她凑到黎衍面前，轻轻地在他脸颊上吻了一下。

黎衍千算万算没算到周俏会说出这么一句话来，更没算到配合着这句话，她还有所行动。原本想要继续劝说、自我剖析的一番话，一下子全都堵在了嗓子眼里。

他整个人都呆滞了足足半分钟。

周俏静静地与他对视，没有勇气把那四个字再重复一遍。

黎衍寻思，自己刚才是不是幻听了？但是脸颊上轻柔的触感居然还在！

就那一下，跟过了电一样。

黎衍眨眨眼睛，右手伸到颊边摸了摸脸，周俏无语："你手按过地很脏的！摸脸干什么？"

黎衍又把手放下了。

"我现在转过去，你好了叫我，我保证不偷看。"周俏说完，就真的背过了身子。

黎衍还在呆滞中，好一会儿魂灵才归位，他快速地脱下裤子，把假肢的接受腔露出来，重新穿好假肢，又拉上裤子，整理妥当后才对周俏说："我好了。"

周俏转回来笑了一下："你看，多快的一件事儿，本来早就弄好了，被你搞得那么复杂。"

黎衍觉得自己这时候需要一瓶酒，高浓度白酒，把自己灌醉，忘掉这晚发生的所有事。

他撑着周俏的肩膀，吃力地站起来。经过这一番折腾，残肢的破皮处更疼了，他也没空管，和周俏相互搂抱着，走完最后八个台阶，直到瘫坐在轮椅上。

两个人做贼似的回到家里，一关上门，黎衍就转着轮椅要往卧室冲。周俏叫他："哎哎哎，你干吗去，先洗个手洗把脸啊！"

黎衍又低头调转轮椅,去卫生间洗手洗脸。周俏倚在门口打量他,问:"你刚才摔没摔伤啊?有没有哪里疼?"

　　之前黑灯瞎火的,谁都看不清谁。

　　"没有。"黎衍想了想,抬起头来问她,"你呢?有没有摔伤?"

　　"我没事,皮糙肉厚,摔不着。"周俏并没有因为刚才对黎衍表白而感到羞涩,反正这四个字在她心里藏了四年多,早就想对他说了。

　　黎衍又低下头,心乱如麻,简直溃不成军,一句话都不敢再对周俏说。

　　两人身上衣裤都有些脏,幸好没磨破,周俏说她要洗个澡,黎衍决定回房间待着。轮椅转进房门的一瞬间,他突然下定决心,回过头来叫她:"周俏。"

　　"嗯?"周俏单手抱着一堆换洗衣裤,另一只手扯着头绳,一头黑发立时披散在肩上,眼神柔和地看着黎衍。

　　黎衍咽咽口水,一字一句地说:"你刚才说的话,我当作没听见。"

　　周俏的身体一下子就僵住了。

　　黎衍眼神里不带一丝感情,声音极为凉薄:"我之前就告诉过你,不要对我动什么心思,我和你是不可能的。"说完,他就进了房间,"砰"的一声甩上了门。

　　只留周俏一个人孤零零地站在客厅。

　　啊,被拒绝了——周俏默默叹气,心想,早该想到会是这个结果,其实,也没什么大不了的。至少,她得到这个向他亲口表白的机会了。

　　他不喜欢她,周俏完全接受。

　　只是,为什么眼睛还是这么酸涩呢?

　　房间里,黎衍找出药箱,坐在床边为自己处理伤口。

　　两截大腿残肢末端都磨破了皮,脱下硅胶套时真是需要很大的勇气。他弓着腰观察伤口,创伤面并不规则,渗过血,浅浅愈合,在漫长的上楼过程中又被磨破。

　　黎衍用双氧水清洗伤口,涂碘伏消毒,又抹了点消炎药膏。手掌揉着那两团柔软又令人难堪的皮肉,指腹触到那道蜈蚣线,想到自己曾经的样子,他心中一酸,眼泪就落下来。

　　他是男人,可谁规定了男人就不能哭?

　　只要不在人前哭就行了,黎衍承认自己内心不够强大,一个人生活这么多年,总会有那么几个瞬间令他感到绝望、窒息,情绪濒临崩溃。

　　窗外时不时响起鞭炮声,远远近近,是独属于除夕才有的热闹。钱塘其实禁放烟花,但人们想买总还是能买到。黎衍听着那些人间烟火声,哭得肩膀都颤抖起来,心里是浪涌一般的寂寞、无助和委屈。

　　他扯出几张纸巾擦眼睛,懒得再给伤口包纱布,直接拉过被子盖上,整个人无力地躺倒在床上。

　　"嘶……好疼!"他的床不软,后背触到床面时猛地传来一阵疼痛,知道是摔跤时撞到的,估计肩胛骨那儿已经青了一大块,但他没心思计较,脑子里乱成一团糨糊。

　　周俏说喜欢他,黎衍想不通。

　　他甚至都没弄明白自己为什么会喜欢周俏。

　　一个人喜欢另一个人总有理由的吧?

周俏为什么会喜欢他？现在的他还有哪点值得她喜欢？

脾气差，穷，日子过得糙，坐轮椅，身体吓人，出门困难，连饭都不会做……养条狗都比喜欢他来得强吧？至少狗不会和人吵架，还会撒娇，可以陪人出去散散步，吃得也少。

黎衍实在找不出自己身上的任何优点，最后得出的结论是，一，周俏因为他摔跤而特意安慰他；二，周俏和他一样，生活圈里没其他适龄异性，与他合住以后自动对他产生荒岛效应；三，周俏喜欢他的颜；四，周俏瞎了。

想来想去也没想出个所以然来，最后，黎衍关掉台灯，蒙上被子决定睡觉。

一夜过去，黎衍出房门时有些纠结，怕见到周俏后太尴尬。

可当他真的坐着轮椅来到客厅，发现周俏并没有什么异样，没甩脸，没生气，该干吗就干吗。不仅如此，她还穿着围裙、笑着对他打招呼："新年好！今天初一，新年第一顿咱们吃得讲究点！"

这人的心理素质令黎衍叹为观止，心里迅速把那四个选项筛了一遍，觉得一号理由最有可能成立。

周俏自然不知道黎大爷精彩纷呈的心理活动，把早餐一一端上桌。所谓的讲究点，就是白粥、小菜、白煮蛋、牛奶、小笼包外加葱油饼。

前一晚的年夜饭，黎衍压根儿没吃，半夜就饿得不行，这时候看到桌上满满当当热腾腾的早餐，口水都要流下来，却还要维持高冷人设，"嗯"了一声后去卫生间洗漱。

两人一起吃早餐时，周俏发现黎衍似乎很喜欢吃葱油饼，四个饼，他一个人就吃了三个。

周俏问："饼够吗？不够我再去做。"

黎衍这才发现自己吃得有点多，说："够了。"

周俏笑笑："哦，我今天晚班，等下我会给你留好晚饭的。"

"嗯。"黎衍话一出口就想给自己一个巴掌，要脸吗？昨晚那样拒绝人家，今天还好意思吃人家做的饭！

周俏又说："对了，今天早上，你妈妈给我打电话了，问我哪天有空，说宋叔他们想来咱们家吃饭，过年总得聚一次。"

黎衍正嚼着一嘴的饼，听到以后差点噎着，好不容易咽下去，皱起眉问："我妈为什么是给你打电话？"

周俏没觉得哪里有问题："可能是因为想知道我哪天休息吧。问你不是白问嘛，你天天都在家，又不会做菜。"

黎衍无法反驳。

"我和她说就初四吧。"周俏喝着白粥，"初二、初三我和同事调一下，上两个全天班，初四我就能调休一天了。"

黎衍直愣愣地看着她，突然就生气了："你为什么要因为这种事去调班？全天班要站十几个小时！连着上两天你不嫌累吗？他们要来吃饭什么时候不能来？等年过了你休息时再来也行啊！你为什么不问问我就答应我妈？她一个天天待在家的退休妇女，根本就不知道你调休有多累！"

周俏发现黎衍气呼呼地看着她。

大清早被他骂，周俏原本应该挺不爽，但仔细咂摸他的话竟觉得他是在关心她。她羞涩地抿着嘴笑："其实上两个全天班还好啦，如果不调休，春节七天我一天都没得放假，中间能休一天，也挺好的。"

见黎衍又要开口，周俏忙说："我知道你是担心我太辛苦，你不用担心，我应付得来的。而且，过年本来就要走亲戚呀，要不然哪叫过年呢，咱家也好久没热闹过了。"

她说的是事实，距离上一次宋桦一行来吃饭，已经过去两个多月。

黎衍对于周俏话里的某一句十分不认可："谁担心你了？你不要自己脑补太多！我就是觉得一堆人来这儿很烦！你一个人要做一桌子菜，也不嫌麻烦？他们怎么不喊你去宋叔家吃饭啊？"

"你别说，你妈妈还真喊了，先是问我要不要和你一起去宋叔家吃饭，我没答应。"周俏咬了一口小笼包，"你又不肯让宋晋阳来接送你，我哪还敢再陪你走楼梯啊？你能想到的事我和你妈妈难道想不到吗？你妈妈说了，这次由她来做菜，你满意了吗？"

黎衍又一次无法反驳。

周俏看着他一副哑口无言的样子，"噗"一下笑出来，给他碗里夹了个小笼包，说："黎衍，你真的不考虑换一套带电梯的房子吗？你住六楼真的太不方便了，连楼下都不能去转转，你天天待在家里不无聊啊？"

当然无聊，怎么会不无聊？黎衍声音闷闷地说："暂时没这个计划。"

"为什么呀？那你打算什么时候有计划？"周俏噘起嘴，"昨天晚上的事后来想想，我实在有点怕。我们摔跤，还好是在那层楼梯刚起步的时候，要是走到楼梯一半或是走到顶时，从上面滚下来，那真的就完蛋了！"

黎衍咬牙看她："你是在怪我咯？"

"我不是在怪你，我是在给你分析。"周俏和他坦白，指指自己的左肩，"昨天洗澡，我才看到我肩膀这儿摔了好大一块瘀青，现在手抬起来都疼。你真的不适合住楼梯房，你才二十多岁，不可能不下楼的，每次上下楼都这么危险，出了事可怎么办啊？"

黎衍心道，原来她真的摔伤了，心里冒出一大堆脏话！

他低下头，声音低哑："你放心，我再也不下楼了。至少，不会再让你扶我下楼。"

对于他孩子气的固执，周俏无语："我没有不让你下楼啊，我也没有不愿意扶你下楼的意思。我是说这事儿真的很危险，我力气太小了，而你又不愿意每次都让人来背你。"

"那你要我怎么办啊？！"黎衍音量又一次拔高，"一定要搬家吗？租的房子，人家不让我改造厕所怎么办？如果才住几个月、半年，人家房子要卖了，租金大涨了！我怎么办，再找新的房子吗？"

哦，原来还有改造厕所这一茬，周俏的确没考虑到。

两个人沉默了一会儿。

黎衍又开了口，语气缓和一些："这房子如果是我的，我早就卖了，去买个电梯房，或者买老小区的一楼也行，但房子是我妈的名字，我没办法和她开口。你知道电梯房要比我们这种老破小贵很多吗？我这六十八平方米就只能去换一套五十多平方米的电梯房，这种面积的电梯房很少的！而且置换房子要交税费中介费，新房子还要装修，怎么的都要二三十万，这钱我拿不出！难道让我妈拿吗？你别想着按揭，我和我妈都没法按揭，一毛钱都贷不到，就算贷到了，月供我也很困难。"

他深深叹气，沉默几秒后继续说："周俏，我当你是朋友，没什么好瞒你的。房子不能卖，我要住带电梯的房子就只能租，租不到小面积，我交的租金比这屋子租出去的租金都要贵，我还要装修人家厕所,这都是事儿!你真以为我不想自己上下楼啊,我是钱不够!"

钱不够,还不肯让宋晋阳掏。

周俏不吭声了,心里有点明白黎衍的意思。其实也不光是钱不够吧,他搬一次家真挺麻烦的,搬去的还是一个不知道能住多久的地方,他一个人生活,会让他很没有安全感,所以干脆一开始就选择放弃。

周俏托着下巴想,这个问题虽然困难,但也不是无解,寻思寻思总有办法解决。现在最关键的一点是:怎样让黎衍下定决心。

初二初三,周俏上了两个全天班,愉快地迎来初四的单休日。

因为是假期,沈春燕一行四人午饭后就来到黎衍家。与上次不同,这一次沈春燕真的穿起围裙,把周俏挡在厨房外,说晚餐全部由她来做,让周俏去客厅和大家聊天。

黎衍已经连着两天没见着周俏,这天她一整天在家,黎衍心里其实挺高兴,但面上毫无表现,对着宋晋阳也依旧不冷不热。

他特地又穿上周俏买的毛衣和西裤,裤子已经洗过,还被周俏拿去店里熨了一遍,穿在身上整个人显得斯文儒雅许多。宋晋阳嗑着瓜子对黎衍笑:"阿衍,你这身衣服挺好看的,哪儿买的?"

黎衍抬起眼皮淡淡地说:"周俏买的。"

心里居然有点得意是怎么回事?

"她专柜的衣服?"宋晋阳伸手摸摸黎衍的毛衣袖子,"质量挺好,什么时候我也去她那儿转转,是不是还能打折啊?"

黎衍拍开他的手,没回答。周俏把一盘车厘子端上桌,笑嘻嘻地说:"能啊,晋阳哥哥你来找我就行,我给你打折。来,吃水果。"

家里没有电视机,宋桦、宋晋阳和杨瑾颂只能围坐在餐桌边吃瓜子闲聊天。周俏在黎衍身边坐下,从零食盒子里挑出一小包山核桃仁递给他:"吃这个,这个好吃。"

黎衍接过,拆开吃了几颗,好香!他心情又好起来。

见周俏没吃东西,他有些过意不去,也去盒子里挑了一颗巧克力给她:"你是不是喜欢吃巧克力?"

"嗯,谢谢。"周俏剥出巧克力吃进嘴里,"好好吃哦!"

黎衍笑了一下。

沈春燕在厨房做饭,四个年轻人陪着宋桦在客厅打牌,一开始周俏不会,黎衍坐在她身边教,两人吵吵闹闹,说说笑笑,令宋晋阳感到无比困惑。

这两人真的是假结婚吗?一个为了户口,一个为了钱?怎么看着一点儿也不像呢?那腻歪的架势比起他和杨瑾颂有过之而无不及,甜得发馊,到底是什么情况啊?

周俏则觉得,和宋桦一家人在一起真的好放松,与沈春燕那边的亲戚相比,似乎还是眼前这些没有血缘关系的人更像是亲人,即使是暴躁易怒的黎衍此时都显得十分自在。

教牌时,黎衍的嘴唇时不时地凑到周俏耳边低语,周俏被他搞得脸红心跳,耳根子都烧起来。

后来,宋桦提出去厨房帮忙,让黎衍和周俏搭档,黎衍才一脸不情愿地走到周俏对面,抬眸看她:"刚才教你的都记住了吗,不要拖我后腿。"

宋晋阳这货狗嘴里吐不出象牙来:"小黎先生您没有后腿谢谢。"

黎衍瞪他:"你想死啊?"

宋晋阳一点没所谓:"大过年的说什么死不死,多不吉利啊,别废话!摸牌。"

也是很神奇,对于他如此明目张胆的戳痛脚,黎衍发现自己居然没有想象中那么生气,木着一张脸摸起牌来。

打了一下午牌,黎衍和周俏配合得越来越默契。又赢了一把后,黎衍始终冷若冰霜的脸上终于露出一丝温情,嘴角微微牵起,周俏瞪大眼睛看他,心里好得意,他是笑了吗?

这时,沈春燕从厨房里探出脑袋喊他们:"玩得这么开心啊?赶紧收拾桌子,吃饭了!"

晚餐愉快开席。

沈春燕像是悄咪咪地要和周俏battle,这次也做了几道辣菜。三个男人都知道她的心思,清一色地大力褒奖,连黎衍都不吝赞美之词,说老妈做的香辣牛蛙好吃,哄得沈春燕红光满面,连声说:"没有没有,我都是刚学的,哪有俏俏做的菜好吃。"

周俏忙说:"哎呀,我那才是乱做的,生的变成熟的罢了,妈妈您不要取笑我啦。"

接下来就是一波大型彩虹屁互吹现场。

周俏很喜欢沈春燕,沈春燕就是天底下最常见的那种妈妈,文化不高,淳朴善良,啰唆又热心,扑心扑肝地对儿子好,偏偏儿子大了还不领情。周俏对母亲几乎没有记忆,很羡慕黎衍有一个这么好的妈妈。她甚至想,要是能和沈春燕一起住也挺不错,自己一定能把"婆媳关系"处理得妥妥帖帖。

哎呀,想什么呢?人家黎衍根本就看不上她好吗?

而且,要不是黎衍出了车祸,沈春燕也不可能会看上她。

热热闹闹吃了一会儿,宋晋阳举起杯子,向大家宣布他和杨瑾颂打算下半年结婚。

结婚必定要说到婚房,黎衍的神经立刻绷紧起来。宋晋阳说:"我和小颂打算先租一个小套间过渡一下,明年拿到年终奖,我们就准备买房子。只要房价不大涨,明年春天首付应该就够,买了房子还要装修,真要住进去还得两三年,我不想再耽误小颂,就决定把事儿先办了。"

说完,宋晋阳意味深长地看了黎衍一眼。黎衍居然感到心虚,错开视线,默默喝红酒。

沈春燕真的替宋晋阳开心,笑呵呵地说:"那很好啊,你和小颂谈了快两年,是该结婚了。也不知道你和我们阿衍,谁先做爸爸呢?"

黎衍一口红酒差点喷出来,咳个不停,周俏忙给他拍背。

宋晋阳贼兮兮地说:"那肯定是阿衍啊!我要等拿到新房子才考虑生孩子的事,这得多少年啊,到时候说不定阿衍的孩子都能满地跑了。"

黎衍抬起右手搭上周俏的肩,把她往自己这边一揽,不动声色地说:"不一定啊,我们俏俏还小呢,二十二岁都不到,自己还是个孩子,我哪舍得让她这么小就做妈妈呀。"

周俏浑身僵硬,没明白话题怎么会扯到她身上,已经变成大红脸。

沈春燕插嘴:"那不是,早点生也有早点生的好处,身体恢复得快,我年纪不大,还能帮你们带。还有,阿衍和晋阳生孩子的确隔个两三年比较好,同时带两个我不太吃得消。"

黎衍森冷的视线落在沈春燕脸上,她立刻又改口:"我就是自己瞎说说,这个生孩子的事嘛,肯定是要你们年轻人自己商量着来,我不催我不催。"

周俏好囧。

吃过饭,宋桦陪沈春燕去一户要好的老邻居家串门聊天,家里只余下四个年轻人。宋晋阳和杨瑾颂像两个幼稚鬼,拿着手机凑一起玩自拍,找各种角度亲亲,贴脸比V,做鬼脸……黎衍在边上冷眼旁观。

周俏收拾碗筷盘子准备去洗碗，黎衍拦住她，说："我来洗吧。"

周俏吓一跳，弯下腰压低声音问："为什么呀？"

"不想让人家以为我把你当保姆使唤。"黎衍的声音压在喉咙口，两个人头碰着头，看起来像是在说悄悄话。

宋晋阳看到这一幕，说："阿衍，我给你和弟妹拍个照吧。今天年初四，也是你俩结婚后过的第一个年，得留个纪念。"

黎衍不想拍，周俏不敢拍，但宋晋阳已经举起手机了："来，亲热一点！"他就是故意的，逗他俩真是太好玩了，尤其是看黎衍爹毛，绝对是他的快乐源泉。

周俏观察黎衍的脸色，觉得他有所妥协，便站在他轮椅后面，弯下腰双臂伸过他的肩膀，轻轻地抱住了他，脸颊几乎与他贴在一起。

黎衍一动都不敢动。

"很好，来，笑一个！"宋晋阳喊。

周俏微笑，也不知黎衍是什么表情，宋晋阳咔嚓咔嚓按了两张，又说："你俩亲一个。"

黎衍懊恼了："你有完没完？"

"你俩是夫妻哎，不要这么害羞嘛！小颂，咱俩给他们打个样。"说着，宋晋阳就偏头噘起嘴。杨瑾颂凑过来，毫不含糊地亲吻了他的唇。

黎衍和周俏呆若木鸡。

"来嘛，不要害羞呀。"宋晋阳笑得很贼。

眼看着黎衍要发作，周俏赶紧拍拍他的肩："好了好了，拍就拍嘛。"黎衍还没反应过来，周俏已经凑到他身边，抱着他的肩膀"啾"一下，亲了亲他的右脸颊。

黎衍当场石化，为什么又是右脸颊？

宋晋阳眼疾手快抓拍下来："弟妹你作弊，不亲嘴的吗？"

"他喝酒了，还抽烟，没刷牙我才不要亲。"周俏嫌弃地说。

黎衍还在呆滞中，宋晋阳把照片传给他，明知故问："发朋友圈不？"

"不准外传，知道吗？"黎衍瞪他。

"啧，矫情。"宋晋阳摇头叹气。

周俏在边上探头探脑，黎衍缓缓转头看她，她眨巴着眼睛说："你也传给我呀。"

黎衍傲娇："不行。"

宋晋阳哈哈大笑："你求着他干吗？照片原图在我这儿！来来来，弟妹，咱俩还没加微信呢，加一个。对了，你们和小颂也加个微信，咱们就快是一家人啦。"

周俏喜滋滋地去加宋晋阳和杨瑾颂的微信，黎衍听到宋晋阳说："咦？弟妹，你手机屏幕怎么也碎了？"

周俏遮了一下："前几天不小心摔地上了。"

宋晋阳："赶紧让阿衍给你买个新的。"

周俏讪笑："呵呵呵，没必要，还能用。"

黎衍眼睁睁地看着宋晋阳把照片传给周俏，周俏下载原图，发现几张照片都拍得挺好。她和黎衍脸贴脸的那张，黎衍的嘴角往上勾了一点点，眼神也很柔，四舍五入可以算在微笑。

她亲他那张就更叫人羞羞脸，黎衍的表情肯定是不自然的，但也没表现出反感或厌恶，就像个羞涩的大男孩。她觉得自己赚到了,把照片保存下来时,忍不住就美滋滋地笑起来。

啊!黎衍衍同学好帅气!

黎衍看她笑得一脸傻样,觉得真是没脸见人。

没过多久,沈春燕和宋桦回来了,一行四人告辞离开。黎衍洗完碗后转着轮椅回到客厅,看周俏正在整理沈春燕带来的年货,犹豫着问:"你手机,是那天楼梯上摔碎屏的吗?"

"嗯。"周俏没看他。

她的手机是老款,用了快三年,买来时才一千多块。黎衍说:"我转钱给你,你去买个新的吧。"

周俏哪敢要:"不用不用,真的还能用。"

黎衍自顾自掏出手机,给周俏转账四千块。

手机短信音响了,周俏拿出来一看,回过头来:"我说了不用,就算要买,我自己也能买。"

"是我害你摔坏手机的。"黎衍看着她,"你收下。"

周俏看看手机屏幕,又看看他:"我不要,一会儿还你。"

黎衍皱眉:"还什么还啊!"

周俏不知道该怎么说,怕伤害他的自尊心,只得咬紧牙关:"我就不要。"

"不要是吧?"黎衍脸色阴沉,"不要我就网上给你买,到时快递到了,你自己去代收点拿。"

周俏急了:"你不要这样!"

黎衍大叫:"我怎样啊?"

"你赚钱不容易的。"周俏和他说实话,"我知道你每个月写文赚钱不多,写得又那么辛苦,我这手机本来就要换了,你不用给我买。"

黎衍暴怒:"就算我赚钱不多!一部手机我还买得起!"

"但咱俩又没什么关系……"周俏想到那一晚黎衍的拒绝,虽然早就料到他不会接受,心里还是泛酸,"你的钱自己存着吧,我和你的账还是算明白点比较好,别到时候离婚了还不清不楚的。"

黎衍好生气:"算什么账,离婚还早着呢!"

周俏不懂他为什么这么生气,委屈地说:"你好奇怪啊,是你自己说我俩是不可能的。我知道你看不起我,那天我也就是随口一说,你不用当真。"

随口一说?不用当真?

黎衍瞪大眼睛问:"那你到底喜不喜欢我?"

周俏纠结:"我……"

黎衍追问:"回答!"

周俏颤颤巍巍地反问:"你想要我喜欢你,还是不喜欢你啊?"

黎衍崩溃:"你脑子是不是有问题?"

周俏身子抖了一下,自认明白了他的意思:"那就……不喜欢你好了。"

黎衍想要掐人中。果然,代沟堪比马里亚纳海沟,他觉得自己根本无法和周俏沟通,太阳穴突突跳,高血压都要犯了!

这种时候,小黎先生能想到的唯一反应就是甩门进屋,再留在客厅和周俏对峙,他都不敢保证自己会做出什么事来。

周俏看着那扇紧闭的房门，慢慢噘起了嘴。

这人真是好难伺候，说喜欢他要生气，说不喜欢他也要生气，那他到底是要她怎么样嘛？

周俏还是把四千块钱转回给黎衍。

黎衍也发了狠，真的在网上商城买了一部新手机，三千出头，第二天就送货上楼。周俏下晚班回到家，就看到餐桌上摆着一部粉色手机，边上是包装盒和一堆早就拆开的配件。

黎衍给她留下一张便利贴：不喜欢就丢掉好了。

周俏一声叹息。

她把手机拿起来看，金属粉外壳很漂亮，是她用过的最好看的一部手机。她朝黎衍的房门看了一眼，心想这钱可怎么算啊？

一堆糊涂账。

大年初六，周俏依旧上晚班，早上要抓紧时间先去帮黎衍还书。

黎衍看到她已经用上新手机，问："好用吗？"

"非常好用，谢谢你。"过了一个晚上，周俏已经决定先不提给钱的事，反正后面他俩还得算总账，到时一块儿算吧。

黎衍淡淡地说："不客气，好用就行。"

周俏把六本书装进袋子搁在柜面上，对黎衍说："我先去买菜，那个……我给你借书一点儿也不麻烦，你要没有新的想借的书，我就从上回的清单里借。"

她出门后，黎衍想了一会儿还是决定再补充几本新书，写出一张清单后也没多想，直接塞进那个袋子里。手刚离开袋子时，他愣了一下，发现袋子里居然有六本书。

周俏真的借书了？她都爱看什么书？

黎衍好奇地把那本书从最底下翻出来，一打眼看到书名和封面上两个花里胡哨的漫画人物，眼珠子瞬间瞪大，简直不敢相信自己的眼睛——《残疾恶魔的落跑新娘》？！

这是什么鬼？周俏是什么意思？赤裸裸地内涵他吗？这书都写的什么？这种鬼玩意儿居然还有人看？

封面上的恶魔男主披散着长长黑发，没有血色的尖脸上，一双狭长俊目冷冷地与黎衍对视，唇边含着一抹邪魅的笑。他坐在一架木制轮椅上，黑色长袍曳地，怀里抱着一个身着白衣的柔弱少女……

黎衍气得差点把这书给撕了，强忍着脾气翻了几页，又直接翻到结尾：

窗外夜色如墨，新月皎洁，偶有一群夜鸟振翅飞过，在空中留下一个深黑剪影。

院中树影幢幢，花香淡渺，宁清一袭黑衣端坐于轮椅中，不知所见为何，所感为何，所思亦为何？

须臾之间，一双素白玉手从肩头绕过，轻轻拥住宁清消瘦的身体，耳边响起晓仙柔脆声音："夫君，夜里凉，赶紧进屋歇着吧，要不然一会儿又要腿疼。"

宁清唇边泛起浅笑，低声道："好。"

晓仙推着宁清的轮椅进到屋内，服侍他褪下衣衫，助他上榻。

宽软床榻上纱幔摇曳，宁清身上不着片缕，上身修长清瘦，两条细腿却是绵软无力。他将晓仙紧紧拥在怀中，一点一点浅吻她的面颊，片刻就引得她娇喘出声。

晓仙急道:"夫君!你刚伤愈,怎的还如此……"

"如此什么?"宁清声音喑哑,嘴唇吻上晓仙的耳垂,"小东西,本王已甚久未尝这欢娱之事,你不答应,也得问问它答不答应。"说着就抓住晓仙的手向下探去。

触到某物,晓仙花容失色,连连低呼。

此乃良辰美景,难免情生意动,世间有明君治国,一片太平,宁清身心难得轻快,放下所有防备,眼中只余晓仙那双痴情美目。

沁香纱帐中,两个年轻的人儿渐渐纠缠,起伏不休……连窗外月儿都羞报地躲进云后,不再露脸。

潮涌那刻,宁清心道:我拖着这身破败残骨,原以为要茕茕孑立过完此生,如今何其有幸能遇到这俚傻人儿,这一生还有何求?唯有永不相负。

【全文完】

黎衍看得目瞪口呆,耳朵都诡异地烫了起来。

这是小黄文吗?简直难以想象,周俏看这书时到底是抱着什么样的想法?她看完了吗?她代入了吗?代入女主?那男主呢?

黎衍完全不敢想。

周俏买完菜回到家,就发现黎衍很不对劲——板着一张砖头脸,说话时眼神飘忽,都不与她对视,仔细看,还会发觉他脸红红的,眼睛里像蒙上了一层水汽。

"你怎么了?"周俏担心地问,"身体不舒服吗?又发烧了?"

黎衍心情复杂地看了她一眼,说:"你赶紧去图书馆吧,一会儿回来还要吃饭,不怕上班迟到吗?"

"哦。"周俏拿起餐桌上黎衍新写下的书名清单,放到装书的袋子里。袋子里的几本书顺序丝毫未变,周俏什么都没发现。

春节假期结束,周俏的排班终于正常,排到一周久违了的白班。

傍晚时分,店里没有客人,周俏不禁回想起这几天黎衍奇怪的状态——吃饭吃得贼快,话也不和她多说,看着她时总微微蹙眉,像是有满腹心事。

对于他的喜怒无常,周俏已经司空见惯,但这次的起因又是什么啊?难道男人也和女人一样有生理期的情绪问题吗?

正想得投入时,店里走进一个人。

"欢迎光临,请随便看一下,现在有活动。"周俏热情地说完这句话才看清来人,居然是徐辰昊。

过完春节假期的徐辰昊刚回到钱塘,真的给周俏送来老家特产,有火腿、烧饼、一箱橙子和一盒糕点,装了满满两袋。

周俏太不好意思了,徐辰昊送完特产还不走,问:"周俏,你一会儿有空吗?我想请你吃晚饭。"

周俏看着他辛苦背来的特产,说:"不不不,我请你吃饭吧,你真是太客气了。"

她想,拿人家东西手短,赶紧请一顿饭当回礼,吃饭时顺便和徐辰昊把话说清,断了人家的心思,也算两讫。

徐辰昊不明所以，欣然同意。

换衣服时，周俏躲在更衣室给黎衍发微信。

【MI&IM男装 – 俏俏】：黎衍，对不起，今晚我不回家吃饭了，和朋友一起吃，你自己煮点东西吃吧，一会儿我给你带宵夜。

【黎衍】：哪个朋友？

【MI&IM男装 – 俏俏】：你不认识的。

【黎衍】：男的女的？

【MI&IM男装 – 俏俏】：男的。

【黎衍】：那个姓徐的？

周俏惊呆了！他还记得人家姓徐啊？

【MI&IM男装 – 俏俏】：是的。

这一下，黎衍没回了。

周俏请徐辰昊在六楼美食城吃川菜。

吃饭时她心神不宁，担心回家后黎大爷又要没事找事发脾气。

周俏行得正，坐得端，没想过要对黎衍隐瞒，可那位大爷要真天马行空乱想一通，她也是招架不住。

徐辰昊看出她的心不在焉，问："你怎么了？身体不舒服吗？"

周俏笑笑："没有，可能是上班太累了，一直站着。"

徐辰昊问："你做导购多久了？"

"快两年了。"

"这也是吃青春饭的，没什么技术含量。"徐辰昊吃口菜，问，"你有打算换工作吗？"

周俏难为情："我学历太低了，工作不好换，换来换去都是没什么技术含量的。"

徐辰昊沉吟片刻，问："那你有没有想过学点儿什么呢？"

周俏抬头看他。

她当然是想过的，趁着还年轻学个一技之长，有技艺傍身总比没头苍蝇般打零工有前途。

周俏这几年颠沛流离，打过无数份低端工种，年纪小时受尽白眼，有时还被男人骚扰，咬着牙才撑到现在。她曾在理发店学理发，在蛋糕店学做蛋糕，甚至还去化妆学校学过化妆……

没能坚持下去的原因很简单，就是没钱。一个人连温饱都维持不了，还谈什么未来发展？况且她还要供小树上学。

周俏的生活是在成为商场导购以后才趋于稳定。她打算先存几年钱，把小树的大学学费挣出来再考虑自己的未来，比如去学做月嫂，或学做西点，只是现在，她真的没有多余的时间和钱去考虑这些。

见周俏没接话，徐辰昊也没说什么，又问了一个问题"周俏，你知道我为什么要学英语吗？"

周俏摇摇头。

徐辰昊说："我亲叔叔也在钱塘工作，在一家劳务输出中介上班，就是介绍人去国外打工，正规的那种。他让我好好学英语，打算安排我去新加坡工作，如果能拿到大专学历工资会更高一些，做一年包吃包住能存十几万人民币，做得好还能存更多。外国人都很懒，中国人吃苦耐劳是出了名的，只要肯干，就一定赚得到钱，还能学东西。"

周俏从没听说过劳务输出这种事,眼睛睁得圆圆的,听得很专心。

徐辰昊继续说:"我还不到二十三岁,肯定不可能一直做保安,就算换个工作也赚不到什么钱。所以我想去外面打拼个四五年,存一笔钱回来再做打算,比如自己做点小买卖,或是去我老家县里买个房。"

他看着周俏,诚恳地说:"周俏,我和你说这些,其实是想问问你,如果你对这事感兴趣,也可以试一试。中介费别人要收三四万,你要是想去,我可以让我叔叔只收你一点手续费,不赚你钱。"

周俏吓到了,连连摇手:"我不行的!别说大专了,我连高中文凭都没有。"

"高中文凭和初中文凭其实没什么区别。"徐辰昊脸红了,低声说,"周俏,其实……见过你以后,我就挺喜欢你的。"

周俏惊得一句话都说不出来。

徐辰昊神色腼腆:"当然,你不用那么快给我回答。我可能明年就要去国外工作了,所以,如果你有想拼一下的想法,你可以考虑考虑,如果没有,那……就算了。"

他把意思表达得非常明白,他喜欢周俏,如果周俏愿意跟他去国外打工,那他叔叔可以不收她中介费。两人在国外拼四五年,存一百来万,回来就能买房结婚,甚至自己创业。

如果周俏不愿意去,那就当他没说,毕竟异国恋是不现实的。

周俏磕磕巴巴地说:"我、我暂时没有这方面的想法,对不起。"

"没关系没关系,是我唐突了。"徐辰昊见周俏直接拒绝,心里不可避免地感到失望,同时觉得这女孩上进心不足,太过安于现状,果然是学历低,见识浅,不会为自己的未来考虑。

可周俏哪里是上进心不足,她分明就是胆量不够。和黎衍的三年合约还没到期呢,她哪里敢有其他想法。

周俏其实很佩服徐辰昊的勇气和行动力,年轻人就应该有一股子拼劲。她甚至想,如果不是因为黎衍,她可能真的会因为徐辰昊的提议而动心,毕竟在国内打工四五年,按照她的条件,实在是存不下多少钱。

和徐辰昊分别后,周俏拎着一堆特产回家,还不忘给黎衍打包一份扬州炒饭。

黎衍的房门关得紧紧的,周俏没敢喊他,把火腿、烧饼放进冰箱,正在整理糕点时,黎衍的房门开了。他转着轮椅出来,周俏如临大敌,充满戒备地看着他。黎衍面无表情,只冷冷扫了她一眼,就去厨房里倒水喝。喝完水,黎衍转到她身边,看到餐桌上几盒糕点,问:"那个姓徐的送你的?"

"嗯,他家乡的特产。"周俏没来由地心虚,拿起一盒糕点递给黎衍,"你要尝尝吗?"

黎衍死死盯着她,她的手伸在半空中,一会儿后又缩了回去。她把扬州炒饭的盒子挪到桌边:"喏,这个是我买的,炒饭,还热着呢。"

黎衍没碰,问:"他在追你?"

周俏下意识地想否认,又觉得不妥,干脆说实话:"是,他有这个想法,不过我拒绝了。"

"呵。"黎衍冷笑一声,"为什么拒绝?嫌他做保安条件不好?"

他的语气里满是嘲讽,周俏感到不悦:"黎衍,职业不分贵贱,我不会因为他做保安而看不起人,人家也没看不起我,我拒绝他是因为……"

"我说什么了?我有说我看不起他吗?我就说他一句你就开始帮着他了?"黎衍强硬地打

断她的话,"周俏,我是为你考虑,你自己条件也就这样,找对象的时候更要睁大眼睛,挑个靠谱点的!别随随便便就和男人约会,人家给点小恩小惠就觉得是个好人了!"他看向餐桌上的糕点,屈着手指用力敲敲桌面。

周俏一个头两个大。

看吧,又来了!鸡同鸭讲,无理取闹,发散性思维可以发散到银河系边缘,完全无视她之前说已经拒绝了对方那句话,还自诩是为她考虑,真是谢谢他了!

"黎衍你先别说话,听我说完。"周俏瞪着他,"那个人叫徐辰昊,他给我带特产,我不好意思所以请他吃饭。他的确对我表达了好感,但我拒绝了,我拒绝的原因是我不喜欢他!你应该懂的。"

两个人一个站着,一个坐着,四目相对,气氛微妙又尴尬。

黎衍看了周俏一会儿,别开头收回视线:"我为什么会懂?你那个脑子里老想些稀奇古怪的东西,三天两头都在变,我懂什么?"

"我……"周俏真是要被他给气死,"你不懂拉倒!总之,我说过我不会谈恋爱,至少和你离婚前不会谈,你放一万个心吧!"

黎衍快速接话:"我放哪门子心?我就压根儿没操过心!你谈不谈恋爱关我什么事?我说过我不会去干涉你的私生活!我只是要你找个条件好点儿的!钱塘男人那么多,好好找总能找着一个靠谱的!"

周俏叉腰:"我说了不找!不找不找不找!你这人怎么那么烦啊?你是我爸呀?我和你现在登记着呢!你别管我的事儿,管好你自己吧!"

黎衍冷着脸看她:"原来,你也知道我们登记着啊?"

周俏没懂:"啊?"

"要不然呢?我家里人都知道我结婚了,但你身边的人,同事、朋友,好像没人知道吧?所以你才会去参加相亲,还有男的来追你。你拒绝他是因为你不喜欢他,万一他是你喜欢的类型呢?哦,没关系,反正没人知道我,你从来没想过公开这件事。"

黎衍的语气很是清冷,眼神也极为淡漠,周俏想开口:"不是的……"

"不用解释,我都懂。"黎衍嘴角含笑,"你的结婚对象是我,一个永远都要坐轮椅的人,说出去多少会让人笑话,你不说我能理解。上次我去你店里找你,你同事也看到我了,她有和你说什么吗?你又是怎么介绍我的?一个……普通朋友?"

周俏无言以对。

黎衍轻轻地笑起来:"你总是这副样子,和你说半天,你就装委屈。"他的双手按在轮椅钢圈上,低头看向自己的两条"腿",沉声道,"周俏,我不知道你对我到底存着什么样的想法,你是女的,我是男的,你是健全人,我是残疾人,所以你的想法我真的不太明白。不过有一点我很清楚,我没有办法给你、或者说是给任何一个女人一份很好的未来,我现在自顾不暇,生活过成什么鬼样子相信你也看得到。"

周俏怔怔地看着黎衍,黎衍叹一口气,继续说"最近,我和你的关系有点失控,我仔细想过,不怪你,责任大多数在我。我好歹比你大几岁,有些事情却太过依赖你,可能让你产生了困扰。是我不对,我向你道歉。"

周俏心里泛起一阵苦涩,能让黎衍说出这样的话,天知道他到底想了些什么。

黎衍又抬起头来,眼里的淡漠已经不见,取而代之的是一抹温柔和哀伤:"你没有公开这件事其实是正确的。从现在开始，我想，我们两个人应该恢复到一种更理性、更恰当、更合适的关系。我们要明确，你和我是合作，你要户口，我要钱，我们合住是为了不让我妈起疑。在不让我妈和其他亲戚知道的前提下，你可以自由恋爱，我不会来干涉你。生活中和钱有关的事，之前的就算了，之后，我们也要理理清，你听明白了吗？"

周俏忍住泪意，点头："听明白了。"

"很好。"黎衍转动轮椅准备回房，突然想到周俏借的那本书，说道，"还有，周俏，我不希望你再把心思放在我身上，你对我可能是好奇，也有可能是怜悯，因为平时没接触过我这种靠轮椅生活的人。我这个人……说实话，根本不值得你惦记，你应该找一个更好的人，至少，他得是健康的。"

用尽全部力气说完这番话，黎衍低下头，再也不看周俏，快速转动轮椅进了房间。这一次，他没再摔门，而是轻轻地掩上了房门。

周俏颓丧地在椅子上坐下，心里琢磨着黎衍的话。

与前几次强硬的拒绝不同，这一次，周俏终于模模糊糊体会到他的另一层意思。原来，黎衍不单单是拒绝她，他其实是拒绝了整个世界。

经过这一次"沟通"，黎衍和周俏又恢复到最初的状态，不，比最初都不如。

那时他们还不熟，如今"同居"三个多月，他们不知道，对方已经成为自己心里最特别的那一个人。就算知道了又能如何？一架轮椅、两条假肢，足以将他们彼此隔绝。

他们没有吵架，也没有冷战，每天都见面，也有对话，但相处模式却像极了同住一个屋檐下的陌生人。

601室每天低气压盘旋，两人各处一室，不到万不得已不出房间。

次卧里，周俏靠在床头抱着可达鸭，在手机上搜索劳务输出方面的信息。原来真的可以去国外打工啊，去那些急缺低端劳动力的发达国家，从事本国人民不愿从事的工作，很辛苦，赚的却比在国内打工多得多。

隔壁房间，黎衍坐在电脑桌前，成了一个没有感情的码字机器。第四本小说正在收尾中，已经恢复日更一万字，写成什么样黎衍早已不管，计划是二月底前把它写完，然后再好好考虑一下自己以后要做点什么。继续写文，还是干点别的？

他能做什么呢？炒股炒基金，没本金。做风控，空有专业知识，却没经验没人脉，也没合适的交通方式去见客户。就算见了，客户也不会信任他吧？一个坐着轮椅惨兮兮的男人，万一被人羞辱，按照他的脾气搞不好当场就炸。

黎衍想起张有鑫，三金的爸爸开了一家和化工材料有关的公司，三金说他毕业后就去公司里做点文职类工作，无所谓收入，就是不想待在家里啃老。

三金不缺钱，可黎衍缺，不管做什么他都要考虑收入。文职类工作赚不了几个钱，每天风里来雨里去，还不如待在家里写文。

想着想着，他望向房里那堵墙，墙的后面就是周俏的房间。

她现在在干吗？睡了吗？想到这个礼拜两人之间压抑、沉默的相处氛围，黎衍心情就低落下来。

他没想伤害她的，但他真的给不了她什么。

每次看到周俏垂着眼眸、不声不响做事的样子，他就开始怀念那个笑起来傻乎乎、讲话叽叽喳喳、吵架时气鼓鼓、走路蹦蹦跳跳的女孩子。她没了那份活力，而他，似乎没有了心。

　　黎衍原本以为自己和周俏就这样了，还未开始就已结束。谁能料到，那堪堪建立起来的一种平衡，居然被从天而降的沈春燕意外打破。
　　情人节的前一天，周俏和黎衍刚在家吃完晚饭，敲门声骤然响起。
　　周俏打开门，看到沈春燕眼睛红通通地站在门口，一脸委屈，身上还挎着一个大行李袋，进门就呜呜呜地哭起来。
　　周俏和黎衍都看呆了，黎衍问："你怎么了？和宋叔吵架了？"
　　沈春燕在餐桌边坐下，哭得上气不接下气。
　　周俏忙扯了几张纸巾递给沈春燕，黎衍问："到底怎么回事？宋桦还是宋晋阳欺负你了？"
　　其实是因为宋桦与人的一点经济纠纷，沈春燕唠叨了几句，两人就吵架了。
　　这事儿真不好劝，黎衍想反正也是宋桦的事，让他自己去处理吧，问沈春燕："那你今天是什么意思？怎么还带着行李袋？"
　　沈春燕眼睛一瞪："我和他吵架了，总要回娘家的！这几天我就睡这儿了。你俩放心，我不会吵着你们的。"
　　黎衍脑门一炸："不是，这……你睡这儿？怎么睡啊？"
　　"我睡小房间啊，你和俏俏睡一间嘛。"沈春燕看着周俏，"俏俏你放心，我会让阿衍晚上早点睡，不会吵着你上班的。你俩本来就是夫妻，睡一个房间才是正常的呀。"
　　周俏看看黎衍，又看看沈春燕，张着嘴好半天没合上。
　　黎衍眉头皱成一个"川"字，心里甚至怀疑，沈春燕是故意的吧？

　　夜里九点多，周俏把手机、充电器、水杯放在黎衍的床头柜上，怀里抱着枕头和可达鸭，坐在黎衍床边与他大眼瞪小眼。
　　隔壁的沈春燕睡得早，洗漱过后已经关上了房门。
　　周俏迟疑着问："咱俩……怎么睡啊？"
　　黎衍的床一米五宽，不算大，并且还靠着墙。谁睡里面、谁睡外面不言而喻，睡里面的人下床略麻烦，这么艰巨的任务肯定不能交给黎衍。
　　黎衍目光死寂地看着她，问："你介意我通宵码字吗？"
　　周俏瞪大眼睛："介意！敲键盘声音太响了，而且，通宵对身体不好。"
　　黎衍："我白天可以补眠。"
　　"不行，你妈妈会发现的。"
　　"那我不码字，在轮椅上看小说总行了吧？我习惯三四点睡。"黎衍没法想象自己和周俏睡一张床的情景，这是睡觉吗？这分明是上刑吧！
　　周俏拒绝："不行，轮椅上坐通宵你身体一定吃不消。"
　　黎衍气道："那你说怎么办？"
　　周俏叹口气，拿起换洗衣服说："我先去洗澡了，一会儿就一起睡吧，你就当是火车卧铺车厢。放心，我会贴着墙的，不会碰到你。"
　　黎衍说不出反驳的话。
　　洗完澡，吹干头发，周俏回到卧室，黎衍依旧坐在电脑前发呆，没看她。

周俏爬上床钻进被窝里,说:"我先睡了,你也早点睡吧。"

黎衍的被子又大又厚,足够两个人盖,而其他被子都在次卧衣柜里,沈春燕说她盖周俏的被子就行,所以周俏也没理由再拿一床被子出来。沈春燕不傻,这大冷天的,怎么会允许小夫妻分被窝呢?

黎衍整个人神游太虚,这时候也不知道在想什么。周俏翻身面对白墙,尽可能地往墙壁处贴,闭上眼睛,一会儿工夫就没动静了。

听她发出绵长的呼吸声,黎衍转着轮椅去阳台抽了一支烟。

他想,这一晚上,怕是会很难熬。

回到房间后,黎衍想到自己是早上洗的澡,这时候要和周俏一个被窝,拎起衣领闻闻,虽然没什么味道,但心里总归有些介意。

算了,再去洗个澡吧。他低头看向自己的"腿",又纠结起来,假肢是在房里脱,还是去卫生间脱?

想来想去,反正等下也不可能穿着假肢睡觉,黎衍有点破罐子破摔,干脆就在房间里把假肢连着外裤给卸了。当然,他是背对着床的,还不忘给自己穿上一条缝合了裤腿的短裤。

转着轮椅去到卫生间,黎衍把自己洗得干干净净,换上一件干净的白色短袖T恤,想起那次周俏对宋晋阳说他抽烟喝酒,不愿意亲他嘴,他又狠狠地刷了两遍牙。口气清新,浑身清爽,他想,这样子躺在周俏身边,她总不会再嫌弃了吧?

黎衍回到主卧,反锁上门。沈春燕这人很八卦,鬼知道半夜会不会来听墙角,她要是突然开门进来,能把他吓死。

周俏依旧面朝墙壁睡着,黎衍关掉电脑,轮椅转到床边,没有脱掉那条包裹残肢的短裤,把自己挪到床上掀开被子躺下去,顺手关掉了台灯。

十一点都没到,黎衍仰面躺着,根本睡不着。

身边还有另一个人,一个年轻的女人。

一个他偷偷喜欢着、却又狠心推开的年轻女人。

啊!这心浮气躁的夜晚。

长夜漫漫,当真难熬。

房间里很黑,但因为窗帘不遮光,也不是什么都看不清。黎衍慢慢转过头看着周俏的后脑勺,她的长发散在枕头上,洗发水的味道淡淡地飘散着,很香。她呼吸均匀,像是睡得很熟。

黎衍干脆翻身侧卧,面对着她,虽然两人之间离着几乎一臂的距离,但那是周俏啊,他就这么看着她的背影,心跳竟乱了起来。

屋里开着空调,很温暖,温暖得令黎衍浑身燥热,呼吸都有点重。

他偷偷伸长手臂,食指钩起一缕周俏散在枕头上的头发,在指尖绕着玩,把那滑溜溜的头发一圈一圈绕在手指上,再松开,再绕,再松……他正玩得乐此不疲,周俏突然翻了个身,面对着他侧卧了。

黎衍赶紧把"爪子"缩回来。

他的眼睛已经适应黑暗,隐约能看到周俏的脸,她闭着眼睛,一只手伸在被子外,手臂屈起,手掌自然地搁在脸前。

黎衍肆无忌惮地端详周俏的脸。

她脸颊上有点肉,皮肤挺白,肤质算是细腻,偶尔额头和下巴会冒几颗小痘痘,很快又会消下去，可能是因为还年轻。

她的眉毛是弯弯的，双眼皮很细，眼睛平时看着不大，惊讶或生气时就会睁得滚圆，眼睫毛不长，反正还没他来得纤长浓密。

鼻子不算挺，山根略低，鼻尖翘翘的，倒是很可爱。唇形没什么特别，但是唇色偏红，那双唇平时看着水嫩嫩的，在他面前时几乎不涂口红。

如果非要说周俏五官里的硬伤，那应该是她的牙齿。上排牙还好，下排牙有两颗长在了里头，显得不太整齐。不过，睡着时она闭着嘴，看不出来。

黎衍又看向周俏的眼睛，回忆她睁开眼睛时的样子。周俏的眼神大多数时候是温和的，微笑时眼睛会眯起来，黑眼瞳亮晶晶，让人觉得亲切又随和。

此时，这双温和的眼睛，正定定地看着他。

看着他？

黎衍如梦初醒，周俏不知何时已睁开眼睛，在黑暗中注视着他。黎衍恍如偷窥被抓现行，此时翻身也不是，不翻身也不是，索性硬着头皮闭上眼睛装死，差点再加个呼噜声来加持一下秒睡的可信度。

几秒钟后，他的面前突然多了一股轻柔的气息，他心头一滞，大气都不敢出，只感觉到一抹柔软，印在他的左脸颊上。

哦，这次好歹换了一边脸。

不是！重点不是这个！重点是她怎么又亲他了？！

再一再二，这都三回了！

黎衍心跳如擂鼓，周俏的吻点到即止，几乎是啄了一下人就躲了回去。黎衍再也无法装睡，倏地睁开眼睛，发现黑暗中的周俏像是一个做了坏事的小孩儿，拉着被子蒙住下半张脸，只露出一双圆圆的眼睛看着他。

看什么看？

敢做不敢当！老是耍流氓！撩完就跑，撩完就跑！你当大爷好惹的啊？

黎衍心头火起，突然就把周俏面前的被子往下一拉，伸出左臂揽住她腰肢，猛地用力将她身体贴向自己。电光石火间，他已反客为主，嘴唇贴上了她的唇。

闭上眼睛前，黎衍最后看到的是周俏惊慌失措的脸。

哼！终于也让你体会到被偷袭的滋味了吧？

被褥铺开的大床上，没有经验的男人吻得十分生涩，同样没有经验的女孩已经吓呆。

黎衍温柔地吻着周俏，小心翼翼地吸吮、触碰她的唇，偶尔还伸出舌头舔舔。片刻以后，周俏的手掌抚上他的脸颊，指腹同样温柔地轻抚他的皮肤，揉抓着他的头发。

她的回应令黎衍再难忍耐，小清新只持续了一小会儿，就无师自通地撬开她的齿关，舌头长驱直入，与她纠缠。怀里的人小小地挣扎了一下，很快便败下阵来，任他探索，任他掠夺。

黎衍的吻丝毫没有章法，没有技巧，全凭本能，他尝着周俏嘴里的薄荷味儿，是和他一样的味道。两个人吻得难分难解，呼吸都开始急促……

正当黎衍闭着眼睛沉溺其中时，周俏的手不知何时离开他的脸颊，抚上他的背脊，沿着腰线一路往下，最后居然摸到他的大腿残肢上。

黎衍的动作瞬间停下，身体变得僵硬。之前有那么片刻，他已经忘掉自己的身体情况，所有感官只集中在她的唇，她纤细柔软的腰，还有他自己心里那份悸动、酥痒又满足的感觉上。

可是现在，她的手触到的是他身体最残破不堪之处，就如一盆冰水，哗啦啦将他所有的热情统统浇熄。

黎衍松开周俏的唇，捉住她的手，用力钳着她的手腕迫使她离开自己的身体。

他低下头，不敢看她，深深地喘气。

周俏的呼吸也是乱的，抬眸看他，亦是无言。

良久，黎衍开口："对不起。"

周俏没吭声。

黑暗又安静的空间里，耳边只余存对方略显急促的呼吸声。黎衍向着床沿翻了个身，变成背对周俏的姿势，并尽力离她远了些。

他说："很晚了，睡吧。"

周俏的指尖还存留着适才的手感，那是一种此生从未体会过的手感，一个年轻男人修长的身躯就在臀下不远处戛然而断。虽然隔着布料，没有直接接触皮肤，却依旧令她心惊肉跳。

她记起，自己的身体紧紧贴着他时，两条腿却是空落落的，触不到任何东西。这种感觉，让人心酸得想落泪。

周俏没再出声，听话地也向着墙壁翻过身去，两人背对着背，身体之间又空出一臂的距离。

黎衍一晚上做了无数乱糟糟的梦。

梦到自己坐在轮椅上，有人把他推到一张围着纱幔的宫廷式大床边，开始粗鲁地剥他的衣服裤子，他质问："你要干吗？"

"睡觉啊！天都黑了。"是个女孩子的声音。

他拍开她的手："别动手动脚！"

"少废话！"那女孩子比他还凶，力气也大，很快就把他剥得浑身光溜溜。他差点疯了，却跑不掉，被人一把抱起直接丢到床上。

他抓到一床被子，救命稻草似的盖在自己身上，破口大骂："周俏你是不是有病？！"

"啊哈哈哈哈！"那女孩子叉腰大笑，"黎衍你也有今天！我告诉你，你再也逃不出我的手掌心了！"说着，她就拿出一根巨大的白色羽毛，唰唰地往他脸上扫，痒得他受不了。

他伸手去抓羽毛，她就去扯被子，他护着被子，她又扫羽毛，弄得他狼狈不堪，愤怒地吼道："住手！周俏！住手……"

"黎衍，黎衍……黎衍！"

黎衍浑身一震，清醒过来，映入眼帘的就是周俏放大了的一张脸。她的长发挂下来，发梢正扫在他脸上。黎衍大惊失色，赶紧往身上摸，还好，被子好端端地盖着，他回了回神，终于松了口气。

周俏担心地看着他，问："你做噩梦了？"

黎衍没回答，抬臂挡住眼睛，反问："现在几点？"

窗外天色已亮，周俏说："还没到七点呢，你刚才都说梦话了。"

黎衍想到那个诡异的梦境，不自然地问："我说什么了？"

周俏挠挠自己乱蓬蓬的长发，讷讷地说："周俏，住手，周俏，住手。"

黎衍目光呆滞地看着天花板。

周俏很好奇："你梦到什么了呀？梦到我打你了？"

黎衍恼羞成怒："你赶紧起床去上班！我还要再睡一会儿。"说着就卷着被子向床沿翻了个身，把背脊对着周俏。

周俏不知道黎衍这时候正在天人交战。年轻男人早上醒来总会遇见某个尴尬的状况，黎衍也不例外，何况前一晚他和周俏同床而眠，又做了些奇怪的梦，这时候状况更加严重。

平时，等一会儿也就降旗了，可这时候，穿着睡衣的周俏在他身边坐起身，伸了个懒腰后开始玩手机，他就发现自己短时间内降旗无望，忍不住问："你怎么还不起床？"

周俏委屈地看着他："闹钟都还没闹呢，我是被你吵醒的，那么早起来干吗呀？"

黎衍情急之下开口："你可以去做早饭啊，我妈都在呢，难道让她做早饭吗？"

"哦，对哦。"身为一个贤惠的"儿媳"，周俏一点儿也没发现有问题，从被窝里钻出来后，手脚并用地从床尾爬下床。

床尾那块儿空荡荡的，轮椅停在床边，穿着裤子的假肢靠在床头柜上。黎衍不自觉地动动大腿残肢，拉着被子死死盖住身体，心里在怒吼：快降旗啊！浑蛋！

周俏穿上拖鞋，拿过一件厚外套披在身上，往房门走了几步后突然又转回身来。黎衍刚放下的心又提起来，周俏走回他身边往床沿一坐，俯下身就往他脸颊上亲了一口，笑着说："忘记和你说早上好了。早上好！黎衍。"

周俏终于出了房间。

黎衍整个人瘫在床上，关于临睡前那个吻的记忆飘飘忽忽地出现在他脑海里，他拉过被子盖住脑袋，这时候才后知后觉地意识到自己到底做了些什么。

让周俏去找男朋友的是他。

警告周俏别对他动心思的也是他。

口口声声说自己不值得她惦记的还是他。

最后，抱着周俏热吻的依旧是他。

现在好了，一通骚操作，黎军全线崩溃，周军乘胜追击，按照这个战况，黎军莫非要降？降不得啊！

黎衍想，今晚一定要再和周俏好好谈一次，说自己就是一时冲动，大不了被她甩个耳光，骂句渣男。这场战役，打死也不能降！

胡思乱想一阵子后，黎衍发现他终于降旗了。

谢天谢地。

一直到周俏出门去上班，黎衍才穿戴整齐坐着轮椅来到客厅。沈春燕嗔怪道："俏俏七点不到就起来做早饭了，你这时候才起床！也不知道心疼心疼老婆！"

黎衍没心情理她，去卫生间洗漱。

周俏给黎衍留了白粥小菜和煎饺，外加早餐标配鸡蛋和牛奶。黎衍坐在桌边吃早餐时，沈春燕笑嘻嘻地观察他："儿子，你现在气色真的很好，脸上有了肉，看着精神多了。"

黎衍自顾自吃着。

"昨天晚上你俩好像很早就睡了？我起来上厕所都没听到你敲键盘的声音。"沈春燕一脸促狭，"抱着老婆睡是不是比一个人睡要来得暖和呀？"

黎衍眼神冷冷地看着她："妈，拜托你今晚回去吧，周俏在我房里，我码字要打扰她，不码又完不成榜单，你说怎么办？"

沈春燕努努嘴："榜单完不成就完不成呗，总是两夫妻睡在一起要紧咯。"

黎衍气道："没榜单就没新读者！没新读者我去喝西北风啊？"

沈春燕嗓门儿也大："你就不能白天写吗？俏俏只有晚上才能见到你，你还关在屋里不理她！我刚问她她都承认了！你俩这样天天分房感情是要出问题的！你这人怎么一点危机意识都没有？"

黎衍拧着眉毛问："沈春燕你到底有没有和宋桦吵架？你是故意过来捣乱的吧？"

这下子沈春燕真生气了："我有病啊？还故意来捣乱？我要有地方去会来打扰你们二人世界吗？噢！你现在讨了老婆，我连来住几天的资格都没有了？我可是你妈！这是我的房子！"

黎衍知道自己话说重了，低声道："我不是这个意思，你住着吧，住多久都没关系。"

"哼。"沈春燕鼻子出气，"怎么周俏就不是我女儿呢？我女儿要找了你这么一个老公，我真要气出心脏病！"

早餐后，沈春燕开始搞大扫除。外面阳光很好，她把被子抱去阳台晒太阳，对黎衍说："阿衍，俏俏给你吃得好，但你老是不晒太阳也不行，皮肤白得都不健康了，还会缺钙，以后老了容易骨折。"

黎衍淡淡地说："骨折了我也摔不着。"

沈春燕埋怨道："怎么摔不着？现在你还练不练走路啊？你虽然没了腿，有时候也得锻炼锻炼身体，老是坐着不动，也不怕长痔疮。"

黎衍忍无可忍："妈！"

"妈也是关心你。"沈春燕从卫生间拿出拖把，嘴里碎碎念，"除了我和俏俏，还有谁来关心你？你也是要当爸爸的人了，自己身体不练好，小蝌蚪质量就会差，以后生出来的孩子就容易不健康。你就算不为自己考虑，也要为俏俏和未来的宝宝考虑吧。"

前一晚才失去初吻的小黎先生不明白，他怎么就是要当爸爸的人了？他耐着性子说："我说了周俏还小，现在不想生孩子。而且养小孩儿很花钱的，她生孩子没工作，我也就这点收入，养都养不起还生什么小孩儿？"

沈春燕不认同："富有富养，穷有穷养，你俩养一个总没问题的，房子又不用还贷，妈妈也能补贴你啊。"

"我不要你的钱。"黎衍沉声道，"和你说了多少次了我自己能养活自己，我和周俏结婚才几个月，你老催催催你烦不烦啊？"

"好了好了，我知道了，不催不催。"沈春燕嚓嚓嘴，又说，"不过阿衍，妈妈和你说啊，你要是怀疑自己那方面有问题，一定要和妈妈讲，妈妈私底下带你去看医生，不会让俏俏知道的。"

"什么？我……你……什么意思？"黎衍被气得话都说不囫囵了。

"我刚才看你房间的垃圾桶了，哎哎别生气！不是故意看的啊！就一点点垃圾，看一眼就看全了。"沈春燕挺不好意思，"没发现套套，说明你们是没有措施的。那几个月没措施，又怀不上，你要放在心上的呀。"

黎衍一脸震惊地看着她。

沈春燕还在认真分析："俏俏年轻，我看是没问题。你毕竟出过车祸，受了那么重的伤，外表看着是没了腿，但那个位置……离得那么近。妈妈也不知道你那方面到底有没有受影响，也只有你和俏俏自己知道。"

黎衍气得脸都发白了："沈春燕你闭嘴啊！"

"好好好，我不说了。"沈春燕发现儿子真的生气了，赶紧讨饶，"我拖完地就出去，今天晚上不回来吃饭，和小姐妹去逛街。房子留给你，你和俏俏两个人好好过。"

黎衍还在气头上，完全没理会母亲的话。

沈春燕恨铁不成钢："傻儿子，今天是情人节啊！妈妈还能做你们的电灯泡吗？对了，你给俏俏买了礼物没啊？"

黎衍愣住，他还打算晚上和周俏摊牌呢，买毛线礼物！

"我跟你说，宋晋阳真的给小颂买了一串带钻的项链，那个钻挺大的，闪闪的，可好看了。"沈春燕拖着地，"你要是没买礼物，就给俏俏发个红包，520，人家都这样。"

黎衍眼睫低垂，不知道在想什么。

沈春燕搞完卫生准备出门，黎衍犹豫又犹豫，还是叫住了她："妈，你能先帮我去买点东西吗？"

沈春燕很惊讶，随即就大笑起来："没问题啊！我不赶时间，你要买什么？"

半小时后，沈春燕站在家附近那家商场的一个女装专柜里，开着摄像头和黎衍视频："这件怎么样？大花儿的，好看！"

留在家里的黎衍对着手机扶额："丑。"

"那这件呢？蕾丝边，小姑娘穿起来就跟小公主一样！"

黎衍无语："你把手机转一下，我自己看。"

走过好几个专柜，黎衍终于叫住母亲："妈，看到那件黄色卫衣了吗？"

沈春燕："什么是卫衣啊？"

黎衍："就是那件套头的，后面带帽子，胸口有几个白色英文的。"

"哦哦，看到了。"

镜头晃来晃去，晃得黎衍眼睛都花了，说："就买这个，周俏穿S或M，大小你看着买。"

一会儿后，沈春燕欣喜的大脸出现在屏幕上："儿子，这衣服是情侣款！还有男孩子的，也是黄色！买两件打八折哦！要不要给你也带一件？"

黎衍晕倒："我一个男的穿什么柠檬黄？不要！"

"很好看的呀，你看你看。"沈春燕让导购把男款卫衣拎起来，照着手机拍，"你和俏俏一起穿，多有趣啊！有XL号的！哎呀我太喜欢了！"

依照黎衍对沈春燕女士的了解，反对已经没有用了。

周俏快下班时，Cindy的男朋友来到专柜，抱着一束玫瑰花，笑眯眯地等她下班，一块儿去吃晚饭。

Cindy嘴里说他"浪费，买什么花呀"，脸上笑得跟吃了蜜一样甜。

周俏倒也没多羡慕，心里想的是家里的小黎先生。

情人节啊……昨天晚上，也不知是怎么回事，黎衍居然吻她了，抱着她的腰吻得她气都喘不上来。

想到这个吻，周俏脸就红了，伸手摸摸自己的嘴唇，傻乎乎地笑了一阵子。

这时，她收到黎衍发来的微信，告诉她晚上沈春燕不吃饭，并且没做饭，让她买点菜回去。

周俏问他晚上吃不吃火锅,他同意了。

周俏下班后坐车去永新东苑附近的大超市,买好火锅底料和配菜。路过日用品区时,她站住脚步,最终走到男士剃须刀货架前,给黎衍挑了一款三百多块的电动剃须刀。

他平时是用刀片剃须刀的,有一次周俏看到他唇边剃破一点皮,流了血,还心疼了一下。

周俏手里拿着电动剃须刀盒子,心中浮想联翩。

这是情人节礼物吗?

算是,也可以不算,就想给他买一个好用点的,嘿嘿。

周俏回到家,黎衍已经等在客厅,电火锅炉擦得干干净净摆在桌上。

周俏把一杯红豆奶茶递给他:"顺路带的,趁热喝。"

"谢谢。"黎衍接过奶茶,见她整理起火锅食材,问,"你的呢?"

"什么?"周俏意识到他在说奶茶,笑道,"哦,我路上就喝完了。"

她并没给自己买,十四块一杯的奶茶,她舍不得。

沈春燕不在,两个人热热闹闹地吃火锅,都默契地没提前一晚的事。周俏心中很坦荡,她对黎衍表白过,昨晚也是黎衍主动亲的她,今天早上那个颊边早安吻便是她的回应,是想告诉黎衍,她就是喜欢他。

也不知道黎衍是怎么想的,他要是翻脸不认人,她也觉得无所谓。他日子过得很难,心思重,想得多,情绪反反复复很正常。她知道他过不去的是心里那道坎,一点也不想勉强他。

黎衍这时候想的问题和周俏不一样,他在考虑什么时候送礼物才合适。他没有给女孩送情人节礼物的经验,很怕衣服送出手,周俏又要多想。那不送……买它干吗?

要不,明天送?

吃完火锅,周俏洗过手,从包里掏出那盒电动剃须刀递到黎衍面前:"喏,送给你的。"

黎衍盯着盒子,愣住了。

"呃……你是不是不喜欢用电动的呀?"周俏见他没收,有点失落,"我就是逛超市时顺便买的,也不知道好不好用,你要不先用用看?"

黎衍终于收下礼物,看了她一眼:"谢谢,你等一下,我也有东西给你。"

他转着轮椅回房间,拿出一个纸袋交给周俏:"一件衣服,春装,我妈买的,过一阵儿天暖和了就能穿。"

周俏从袋子里拿出衣服看,惊喜地叫起来:"哇!好好看!我最喜欢黄色了!谢谢你!"

见她视线望过来,黎衍心中紧张,抬起手脱口而出:"你别亲我啊。"

"谁要亲你了?想得美。"周俏斜睨他一眼,笑得特别甜。

看着她的笑容,黎衍心尖尖上一阵酥麻,找借口去卫生间洗了把冷水脸,才把漫到脸颊上的绯红色给冲下去。

黎军还在殊死抵抗,黎军永不言败,黎军要反败为胜!

晚上八点多,沈春燕女士提着战利品回到家,献宝一样地把买来的新衣服给周俏看,周俏夸个不停,接着三人排队洗澡,分别回房。

十点半时,周俏和黎衍已经盖着被子、并肩靠在床头准备睡觉。

时间还早,台灯没关,周俏玩着手机,黎衍则捧着一本书看得入神。周俏的视野能看到整个床面,看到自己双腿在被子下的轮廓,也能看到黎衍那一边,大腿以下是一片虚无。

这个场景真是看多少遍都会叫人难过，周俏忍住不多看，怕黎衍敏感，又要不高兴。

黎衍当然知道周俏能看见，不过这一次，他意外地没有太大反应。可能人就是这样，第一次碰到时惊恐万状，第二次则呆若木鸡，到了第三次、第四次，习惯成自然，他居然有点儿心如止水了。

不然怎么办呢？他的身体就是这副样子的，周俏又不是没见过，老是躲来躲去，他自己都觉得很没劲。

只要周俏别上手摸就行。

黎衍手里拿着的是一本阿根廷作家写的冷门小说，他一直挺想看，现在真捧手里了，又不太看得进去，脑子里一直在想要怎么和周俏摊牌。

要是又吵起来怎么办？万一周俏哭了呢？她不会真的打他吧？动静太大把沈春燕招来说都说不清。昨晚上自己到底怎么回事？又没喝酒，黑灯瞎火的，犯什么浑？啊，是周俏先亲他的，不是，周俏也就是亲他脸而已，他亲的可是人家的嘴！是周俏的初吻吗？她说她没谈过恋爱，那就是初吻了。黎衍，你是禽兽吗？

"黎衍。"周俏冷不防地叫了他一声。

"嗯？干吗？"黎衍警惕地看她。

周俏的手机已经丢在一边，怀里抱着可达鸭奇怪地看着他："你看书这么慢的吗？十分钟了还没翻一页，那你这本书得看多久才看得完啊？"

黎衍干脆也把书丢到床头柜上，转头看着周俏，严肃地说："周俏，咱俩谈谈。"

"又要谈什么啊？"周俏嘴巴挂下来，"是不是又要叫我不要对你动心思，可以自由恋爱，与你保持距离，咱俩是合约关系，我要户口你要钱，我是健全人你是残……疾人。"

她越说越轻，因为发现黎衍的脸色越来越臭。

黎衍台词被抢，气得不轻，咬牙道："对，我就是要说这些，你知道就好，不用我再重复了吧。"

周俏很困惑："那你昨天晚上为什么要亲我？"

黎衍语塞，郑重道歉："昨晚的事是我不对，一时鬼迷心窍，你就当没发生过吧。"

周俏噘起嘴："那……你今天为什么又要送我情人节礼物？"

"我……"黎衍苍白辩驳，"那不算情人节礼物，那是我妈买的！我只是做顺水人情。"

"你妈妈怎么会知道我喜欢黄色？"周俏盯着黎衍的眼睛，"她晚上本来就要出去买衣服，下午为什么要单独为我跑一趟？"

黎衍答不上来了。居然有逻辑Bug！他都没发现。

周俏又说："你做梦都梦到我了，说梦话还叫我名字。"

黎衍很头疼："你都说了是做梦，我都记不得我梦到什么了。"

周俏倔强地看着他："黎衍，你真的一点儿也不喜欢我吗？"她眼睛红了，手指死死抠着可达鸭，"我知道你看不上我，嫌我没文化，长得不漂亮，工作也不能干。没关系，我知道自己不够好，配不上你，只是你昨天亲我……我还以为你是有一点点喜欢我了。"

黎衍想说"是"。

不是一点点喜欢，是很喜欢，很惦记，很依赖。

想见她，想抱她，想亲她，想看她笑，想和她依偎在一起闲闲地说着话，想吃她做的菜，想穿她买的衣服，想送她礼物，想牵着她的手练习走路……

不想和她吵架,不想看她哭,不想让她吃苦,不想她去相亲,不想别的男人对她告白,不想她因为自己而被人羞辱,不想她因为自己而摔跤……

可是光有这些"想"与"不想"又有什么用呢?他实际又能为她做些什么?他是个连楼都下不了的残疾人!穷得叮当响,脾气还老大,每天只能傻乎乎地待在家里等她回家。

她出门了,像一只风筝,他手里连根线都没有啊!

黎衍的眼睛也酸涩起来:"周俏,我……"

"你别说了,我知道你要说什么,一句都不想听。说来说去就这么几句,和尚念经一样的,你说得不烦我听得都烦死了。"

周俏真的不想再听他说那些伤害自己的废话,有意义吗?一遍遍提醒自己是个废物,那么喜欢自虐,难道会很爽?

黎衍沉默了,眸色变黯,神情略僵。

房间里安静下来,气氛有些尴尬。

黎衍摸过手机无意识地刷朋友圈,周俏则抱着可达鸭发呆。

过了五分钟,周俏突然转过上半身,拍拍黎衍的肩,说"我想给你介绍一个人,你要听吗?"

黎衍很莫名,偏过头看她:"谁啊?"

周俏眼睛亮晶晶的:"是我喜欢的人。"

黎衍:"啊?"

周俏注视着他的脸,缓缓说道:"我喜欢一个人,他叫黎衍,是 A 大毕业的高才生,很聪明,爱看书,写得一手好字,长得高大又英俊。他原本前途无量,会进大公司工作,却在大学毕业那年遇到一场车祸,没了两条腿,从此靠轮椅代步。"

黎衍脸色骤变,却没发作,继续听周俏说。

"你以为他从此消沉了吗?并没有。他在网上写小说,三年多写了八百多万字,四本书,连载的时候每天更新一万字,很辛苦,赚来稿费供自己生活。他很要强,都不用他妈妈的钱,虽然生活过得简单清贫,但他可以自给自足。

"他一个人住,自己照顾自己,因为不会做饭人越来越瘦,但他并不厌食,也不挑食,他愿意吃饭,饭量还挺大。现在他健康起来了,脸色都红润不少。他还偷偷锻炼,以为我不知道,有一次他把哑铃落在客厅,就一会儿工夫哑铃就不见了。

"你别看他没什么钱,其实他很大方,对我特别好,送过我许多礼物。他有时候会骂我,取笑我,跟我吵架,但我知道他的出发点是好的,他可能就是不太会说话,或是故意要气我。他和我说,做人要对自己和别人负责,所以他不打算谈恋爱结婚,不打算生小孩儿。我知道他觉得自己会拖累身边人,这样的想法太悲观,我并不认可。

"他一个人,难免会生病,生病的时候都不愿意让人去照顾他,自己一个人硬撑。他总是不愿意让人帮助他,不想麻烦别人,不爱欠人情,能自己搞定的事都自己搞定。但有时候,他为了我,也会愿意低下头找人帮忙,跑下六楼到商场来找我,向我道歉,让我回家。

"他想下楼的,并不是为了躲避别人的目光才躲在六楼。他的确不喜欢别人盯着他看,但他也知道那是没办法的事。他没法下楼的原因很复杂,一时半会儿解决不了,可我相信这个问题一定可以解决,他不可能永远困在这个六楼的房子里。

"他可能都没把心里话说给他妈妈听,可他告诉我了,我觉得他有点儿喜欢我,我都不敢相信自己的感觉。于是我主动向他求证,果然,他干脆地拒绝了我,还搬出一大堆理由,把自己说得一无是处，好像喜欢他的我是个傻子。

"他还没满二十六岁，未来还有很长很长的一段路要走。现阶段，他的确过得不好，我自己也就这样，但谁知道未来是什么样子呢？他从来没有放弃自己，只是还没找到更适合自己的那条路，我也一样。我的一位老师对我说过，人不能总往回看，走过的路有好有坏，想再多也没用，人就是应该要往前看。

"手里有两百万，买套房子很高兴；有五十万，买辆好车也高兴；有一万，出去旅游，同样高兴；有五百块，那就买条花裙子哄哄自己；那个叫黎衍的人，他手上可能只剩十块钱了，那就给他做一盘辣椒小炒肉，配两碗米饭，他吃得香喷喷的，难道不高兴吗？

"我向往过好的生活，但我从来不害怕日子过得苦。我以前过的苦日子，别人根本就想象不到，未来再也不会比以前更苦，只会越来越好。我现在，想请你帮我去问问那个叫黎衍的人，我说了这么多，他是不是还觉得自己很糟糕？觉得自己没有未来？觉得喜欢他的人是个傻子？觉得自己手里攥着十块钱，以后再没可能赚五百块，一万块，五十万两百万？你，能帮我问问他吗？"

在周俏说这些话的时候，黎衍的眼泪早已滑落下来，周俏自己也是泪流满面。两个人看着彼此，黎衍抬手抹了一把眼睛，一手的泪，他低低地骂了一句，接着就伸臂把周俏揽到怀里，抱得死紧死紧。

黎衍的下巴搁在周俏肩上，几乎哭得不能自已，周俏闭上眼睛，也抬手抱紧他的腰，任由眼泪流下。

一会儿后，黎衍松开怀抱，双手捧着周俏的脸，颤抖着身子低头亲吻她的唇。是轻浅又温柔的吻，她的唇上有咸涩的泪水，他知道自己也是如此。

"那个叫黎衍的人，没有你说的那么好。"黎衍松开周俏的唇，抱着她与她额头相抵，"他其实很懦弱，很胆小，很自卑，脾气特别差，还会哭，什么自强自立都是扯淡。他怕疼，怕孤单，怕别人异样的眼光，怕长长的几十年的未来。他害怕自己没有办法去赚五百块，一万块，五十万两百万，害怕自己拖着这么一副身子，会耽误一个叫周俏的傻子。"

"可是叫周俏的傻子不害怕。"周俏说，"她想问问那个叫黎衍的人，要不要试试，和这个傻子一起往前走？"

黎衍抬眸看她，黑密的睫毛上还沾着湿漉漉的眼泪，令他的眼瞳里蒙上了一层水光。

他看了好久好久，终于，周俏听到他哽咽着说："如果周俏不嫌黎衍走得慢，黎衍愿意试试。"

周俏破涕为笑："黎衍要是走得慢，周俏就扶着他，两个人一块儿走，就什么都不怕。"

至此，黎、周两军战罢，结果：周军胜，黎军降。

第八章
男朋友女朋友

还有一个小时,二月十四日就要过去了。

怎么那么巧,偏偏就是在这一天呢?

黎衍的脑子还有些晕,没从刚才原子弹爆炸般的冲击中回过神来。

压低下巴微微侧头看自己肩膀上的那颗脑袋,周俏倚靠得很是理所当然,正捧着手机在看公众号推文。黎衍随意瞟了几眼,看到她点开一个标题:相亲认识四个月才知道对方有两个孩子,我纠结要不要分手时却先被对方甩了。

黎衍莞尔一笑,心想果然是女人。

他不知道自己该干点什么,看书看不进,手机不想玩,脑海里翻来覆去就是周俏说的那些话。

刚才,他和周俏几乎可以算是抱头痛哭,现在想起来才觉得既尴尬又丢人。大晚上的在房间里上演一出苦情剧,真不像是他干出来的事,但他就是干了,哭得一把眼泪一把鼻涕,纸巾都抽了十几张。

谁让周俏说话这么戳他的心?一刀又一刀,戳得他毫无招架之力。疼痛之余,他脑子里无端浮现出周俏借的那本书里结尾的一个词:何其有幸。

是啊,他这样子的一个人,何其有幸,能遇到周俏这样一个傻子,人间第一傻,愿意陪他一起往前走。

这是……脱单了吗?黎衍还是有些不敢相信。

上学时,他从来没有被脱单这件事困扰,因为喜欢他的女孩太多了。高中时学业紧张,每天书山题海,学校抓早恋也抓得严,他为了考上A大算是拼尽全力,没有多余精力去想别的事,收到情书或是被表白,一律高冷拒绝。

上大学后,精力旺盛的大男孩多少有点春心萌动,有漂亮女孩追求黎衍,室友们都撺掇他接受,但他最后还是以课业紧张为由拒绝了对方。

他知道自己受欢迎,同时也知道,沈春燕打两份工供他上学,不是让他请女孩吃饭逛街看电影去的。

他生长在单亲家庭,十八岁以后,黎德勇就再也没给过一分钱。他上大学后就开始打工、做家教,帮培训机构做校园代理,卖卖电脑配件、手机外壳……大一下学期开始他就没问沈春燕要过生活费,但他的收入也只够养活自己,负担得起平时和兄弟们AA吃饭喝酒的开支,实在无力再养一个女朋友。

大三暑假实习后,他手头渐渐宽裕,大四的实习工资更是可以与普通私企职员相媲美。当时的他对未来满怀憧憬,签offer、过论文、参加毕业典礼,和室友们一起去毕业旅行,进公司工作,变成一个每天西装革履、脚步匆匆的"社畜"。

那样才有资格找女朋友吧!可以请她去高档餐厅吃饭,生日、纪念日送她漂亮的礼物,假期带她出去旅游,买一辆车,周末时两个人一起去周边转转。

他的人生规划做得挺好，可谁能想到呢？一个深夜疲劳驾驶、闯红灯的大货车司机，一脚油门就把他所有的希望都碾得粉碎。

左手不由自主地从小腹处往下挪，隔着被子摸到自己的左腿残肢，视线又看向身边周俏被子底下的下半身，床的左边一片凹陷，右边是正常的双腿轮廓，真是……刺眼。

"你想什么呢？"周俏的声音在耳边响起。

黎衍偏头看她，她的脑袋已经离开他的肩膀，正歪着头打量他。

"没想什么。"黎衍快速把左手挪回来，双手交握搁在肚子上，问，"你不困吗？这个点还不睡？"

"我觉得我会睡不着。"周俏"嗤嗤"笑起来，脸都红了，难为情地掠掠头发，"感觉就像在做梦一样。"那不知所措的样子和刚才发表长篇大论的哪里像同一个人？

黎衍真是无话可说，伸臂揽过她的肩，低头在她黑发上亲了一口："傻子，明天要上班呢，赶紧睡吧。"

"那你呢？你不睡吗？"周俏眨巴着眼睛问他。

黎衍一笑："这个点我真不太睡得着，你先睡，我和朋友聊几句。"

"朋友？"周俏很好奇，"哪个朋友啊？这么晚还要聊天？"她偶尔会看到黎衍用微信聊天，但他从没说过对方是谁。

黎衍点开微信上张有鑫的资料页给她看："放心，是男的。他叫张有鑫，我喊他三金，认识好多年的朋友了。"

咦？为什么要让她放心啊？周俏觉得自己好丢脸，黎衍难道以为她在查岗吗？她真的只是好奇而已啊！

接过手机，周俏看到张有鑫的头像照片，居然是一个坐着轮椅的男生背影，右手高举比着V。她惊讶地问："他也是坐轮椅的吗？"

黎衍点头："嗯，他是脊髓损伤，就是截瘫。我们是在康复医院认识的，他比我小三岁，应该比你大一岁，现在念大三。"

周俏心算，比黎衍小三岁，三年多前在康复医院认识，那张有鑫当时只有十九岁。唉……又是一个好可惜的男孩子。

"好吧，那你聊完了早点睡，我先睡了。"周俏说完就一拱一拱地钻进被窝，自动右转对着白墙面壁思过。

黎衍揉揉她脑袋："转过来。"

周俏赶紧往左侧卧，被子盖着下半张脸，睁大眼睛看着黎衍。

"小傻子，晚安。"黎衍对着她微笑，还捏了捏她的脸。

周俏又脸红了："晚安。"想了想又加一句，"大傻子。"

黎衍笑得露出一排大白牙。

看着周俏闭上眼睛，他打开与张有鑫的对话框。

【有只刺猬】：三金，情人节过得如何？

【三金是个乖孩子】：？？？

【有只刺猬】：出去约会了吗？

【三金是个乖孩子】：衍哥，虽然你不上班，好歹也看下新闻，还没开学啊！约个锤子。

【有只刺猬】：哦，我真不知道。[微笑]

【三金是个乖孩子】：你在码字吗？我那天去看了下你的连载文，更新时间乱七八糟的，不像你的风格啊，是不是最近遇到什么事儿了？

　　【有只刺猬】：嗯。

　　【三金是个乖孩子】：嗯是什么意思？把天聊死啊？

　　【有只刺猬】：你猜。

　　【三金是个乖孩子】：……

　　【三金是个乖孩子】：衍哥你不对劲啊，怎么了？你要搬家啦？

　　【有只刺猬】：搬什么家？不是，再给你一次机会。

　　【三金是个乖孩子】：我猜不出来，也不想猜，除非是和妹子有关系，要不然我都不感兴趣。

　　【有只刺猬】：告诉你吧，我有女朋友了。

　　【三金是个乖孩子】：？？？？？

　　【三金是个乖孩子】：我也不来和你杠，这大半夜的还是情人节，你这种孤寡老人会突然发春？说吧，是波多野结衣还是桃谷绘里香？

　　【有只刺猬】：……

　　黎衍低头看向周俏，她向左侧卧，右手搁在被子外头，黎衍偷偷地把自己的右手伸过去，没碰到她的手，利用视觉错位形成两只手相叠的效果，还特意让周俏的手指都露出来，能明显看出是一只女孩子的手。

　　他左手拿起手机对着两只手按下拍摄键，"咔嚓"一声在安静的房间骤然响起，他心中大呼糟糕，果然，周俏一下子就睁开眼睛，向他望来。才几分钟啊，她怎么可能睡着？

　　黎衍难堪得要命，还维持着左手拿手机的姿势，右手已经不小心按下去，真的覆在周俏的手背上。

　　周俏莫名其妙："你在干吗呀？自拍吗？"

　　黎衍脸色一阵红一阵白，干脆抓住周俏的手，说："你别动，我就拍个手。"

　　周俏一脑袋问号。

　　黎衍拿着手机挑了好多个角度，最后拍下一张和周俏十指紧扣的照片。照片里，他的手指劲瘦修长，骨节分明，周俏的手小一号，手指细细的，肤色和他一样白皙。

　　黎衍满意地把这张照片发给张有鑫，还很贱地加了两个字：当下。

　　周俏又从被窝里钻出来，探头看他的手机屏幕，问："你为什么要把这张照片发给张有鑫啊？"

　　黎衍嘴角一勾，坏坏地笑："为了刺激单身狗。"

　　周俏无语："你好幼稚啊！"心想明明半小时前您也是个单身狗好吗？

　　黎衍也不恼，问："这张照片你要吗？"

　　"要，要要要！"周俏立刻拿来手机。

　　小黎先生有仇当场报："哼，幼稚。"

　　周俏抱住他胳膊晃："给我嘛，我想要。"

　　黎衍瞥她，这句话怎么听着怪怪的？

　　他没再逗周俏，直接把照片原图传给她，就见她面向墙壁背对他，不知在手机上捣鼓什么。

　　黎衍探头一看，大吃一惊，她居然在编辑朋友圈，他急道："别发朋友圈！"

　　周俏回头看他："放心，我发的是私密朋友圈，只有我自己能看见。"

黎衍一愣："私密朋友圈？你还有私密朋友圈？"

"是啊。"周俏把手机捂在胸口，不给他看自己编辑的文字，"就跟写日记一样的。我有时候想说点心里话，不知道说给谁听，就写私密朋友圈，写完就像倾诉过一样。你也可以试试，写出来心情就会好很多。"

黎衍微微蹙眉，问："你没给任何人看过吗？"

"当然！都说了是私密的了。"

"那能给我看吗？"黎衍说，"不看以前的，就看今天这条。"

周俏瞪大眼睛，把手机捂得更紧："不行。"

黎衍的上半身向她倾过去一些，手指还勾了下她的下巴。

周俏自然地往后仰，黎衍半垂着眼睫看她："男朋友也不能看吗？"

周俏被"男朋友"三个字惊得面红耳赤，反应老半天，才结结巴巴地开口："男、男朋友也……不行。"

"小气鬼。"黎衍手掌按了下床面坐正身体。刚才那样的姿势对他来说略微困难，没有双腿，上身倾斜时很难保持平衡，但他就是想在周俏面前耍耍帅，幸好，他没一头栽到她身上，耍帅的效果还算不错。

黎衍重新拿起手机，张有鑫已经癫狂了，刷了十几条消息过来，说不相信，认定是网上找的图片，要看脸，要视频，最后又甩出五六张生气和哭唧唧表情包。

周俏看着屏幕，笑得挂在黎衍身上，黎衍自己也乐得不行，给张有鑫回消息。

【有只刺猬】：真没骗你，我女朋友睡了，改天介绍你们认识。

【三金是个乖孩子】：QAQ

【三金是个乖孩子】：衍哥，你就这么抛弃我了？你的良心呢？

周俏在边上接话："被狗吃了。"

黎衍笑着推了她一把，又和张有鑫道晚安。

【有只刺猬】：我也要睡了。三金，情人节快乐，晚安。

【三金是个乖孩子】：我一点都不快乐！我要和你绝交！你个臭流氓不声不响追妹子还打死不承认！臭不要脸！！

【有只刺猬】：是不是不想约饭了？

【三金是个乖孩子】：衍哥，恭喜你脱单，你睡吧，我再去哭一会儿。

黎衍笑起来，摁灭手机丢到一边。周俏抱着他，说："快十二点了，睡觉吧。"

"嗯。"黎衍转过头与周俏对视，看着她温柔的眼睛、红润的嘴，他莫名觉得有点渴，喉结一滚，右臂揽住她腰身，便倾身吻住了她的唇。

这一次，要好好体会这美妙的滋味，尝尝她的嘴唇有多软，舌头有多湿润，就连嘴里那几颗不太整齐的小牙，舌尖掠过都觉得十分有趣。

黎衍的心跳得平稳有力，闭着眼睛，感官中全是周俏薄荷味儿的气息。她仰着头，吻得乖顺缠绵，像一朵娇柔的小花，双手轻抚在他背脊上，偶尔抓一下他的T恤。

吻了许久，他们才依依不舍地分开，黎衍最后啄了下周俏的唇，低声说："情人节快乐，女朋友。"

周俏笑得羞涩："情人节快乐，男朋友。"

"睡吧。"黎衍和周俏一起躺进被窝。

伸手关掉台灯时，他说："俏俏，晚安。"

天才蒙蒙亮，黎衍就醒了。

他眼睛对着天花板看了好一会儿，才在枕头上转过头去，看周俏的睡颜。大概是没了禁忌，她睡得很踏实，不知什么时候已经挤到他身边。他依旧穿着一条包裹残肢的短裤，即使有布料的阻隔，敏感的残肢末端也能感受到一种异样，周俏的腿正贴着他。

他还是不太习惯，默默地将身体往床沿挪过去一些，下半身不再与她碰触。不过上半身便无所谓了，周俏的手搭在他的手臂上，就这一点点的肌肤相贴，都令他觉得亲昵，心头涌出一股暖意。

太阳在窗外升起，小鸟叽叽喳喳地叫着，老小区的早晨一点也不清静，楼下已经传来环卫工拖运垃圾桶的声音，夹杂着大爷大妈们的聊天声。一切都与以前一样，但有些事情，经过这一晚，又和以前不一样了。

"女朋友，早上好。"黎衍看着周俏的脸，用气声开口，年轻的女孩睡得很熟，并没有听见。

周俏去上班后，黎衍和沈春燕又开始了相爱相杀的相处模式。

他被母亲念叨得脑壳疼，干脆躲在房里专心码字。晚上没时间写了，因为要陪周俏，只有白天把任务完成。

黎衍抽空找出自己上大学时用的笔记本电脑，重装系统，在视频网站挑出几部院线大片，准备晚上和周俏一起看。

普通情侣要出门约会，这对黎衍来说是强人所难，家里没有电视机，晚上和周俏一起待在被窝里，总不能各玩各的手机吧？

找片子时，黎衍心里很不是滋味，这已经是他能想到的、在家能做的最浪漫的约会方式了。

周俏下班回到家，沈春燕已经做好晚饭。

三个人一起吃饭时，周俏与黎衍偷偷对视，看一眼就笑，看一眼就笑，黎衍也被她看得耳根子发红，几乎要把脸埋进碗里。

沈春燕终于察觉到两人之间的不对劲，问："你俩怎么了？吵架啦？怎么不说话光是你瞅我我瞅你呢？"

黎衍和周俏同时害羞，啊啊啊，好像中学生玩早恋被老师发现的感觉啊！

吃完饭，周俏去洗碗，黎衍坐着轮椅转进厨房，单臂搂了下她的腰，低声说："今天我的新章已经写完了，晚上，我们一起看电影吧。"

周俏抿着嘴笑："好呀。"

"你喜欢看什么电影？都是影院里放过的，爱情片、侦探片，还是科幻片？"

"我都可以，肯定都没看过。"周俏说，"我就进过一回电影院，还是以前的单位领导请客。"

黎衍笑着说："那就看个小清新爱情片吧。"

他的手指在周俏腰上挠了一下，周俏痒得扭了扭身子，无奈手上都是洗洁精泡沫，不能去抓他："别挠，痒死了。"

黎衍看着她气恼的样子，心满意足地转出了厨房。

可是，就在大家正要轮流洗澡时，宋桦来了。

他和沈春燕待在次卧聊了一会儿，两人出来时，沈春燕已经挎上了那个大行李袋。

宋桦向黎衍道歉并解释："阿衍，对不起，事情已经解决了，我不是故意要惹你妈妈生气，那天也是太着急，下不为例。"

看着这个憨厚本分的中年男人，黎衍自然不会怪他，见沈春燕站在边上扭扭捏捏的样子，说："妈，你别和宋叔置气了，以后有事好好商量，别像个孩子似的动不动就离家出走。"

沈春燕噘噘嘴："知道了。"

于是，宋桦带着沈春燕离开黎衍家。

两人出门后，黎衍的心沉了一下，家里只剩他和周俏两人，气氛一下子变得微妙，毕竟他俩现在的关系今时不同往日。他望向周俏，周俏也正在看他。

"晚上……"黎衍犹豫着开口，"要不……看完电影你再回房睡吧，电影也就一个半小时，看完不会太晚的。"

周俏问："你晚上还开空调吗？"

黎衍点头："开。"

钱塘的冬天虽不比北方寒冷漫长，这时候气温还很低，黎衍在家习惯开着空调穿得少一些，这样行动会更方便。如果不开，就要穿起厚外套，室内比室外更加阴冷难熬。

周俏问："那我能来蹭空调吗？"

黎衍愣了一下。

"你的被子比我的被子厚，你身上也很热……"周俏说着说着就低下了头，"当然，你要是介意就算了，一个人睡总归宽敞一些。"

黎衍没绷住，嘴角的笑意已经溢出来，转着轮椅来到周俏面前，牵过她的手，抬头看着她："一起睡吧，不过先说好，不准吃我豆腐啊。"

周俏洗完澡走进房间，看到黎衍正从柜子里拿出一个长方形板子，她用手指摸摸，都是灰，问："这是什么？"

"桌板，可以放在床上用的。"黎衍抬头看她，"受伤以后买的，那会儿不太好下床，都要在床上吃饭，好多年没用了。"

周俏绞来抹布把桌子擦干净，黎衍拿着换洗衣服去洗澡，洗完回来时，他头发湿漉漉的，腿上依旧穿着假肢，周俏已经钻进被窝，转过脑袋看着他。

黎衍别扭的眼神令周俏一下子反应过来，背过身去，说："我不看你，你上来吧。"

黎衍手指揪了下裤腿，说："没事，不用转过去。"

闻言，周俏又小心地转回来。黎衍看了她一眼，就在床边脱起裤子。

这还是周俏第一次见黎衍卸假肢。黎衍穿的是运动裤，裤腰拉下来后，就露出两截肉色的接受腔，他迟疑了一下，还是把接受腔给卸了下来。

他没有戴硅胶套，洗澡就已经换上包裹残肢的黑色短裤。此时，两截短短的大腿残肢搁在轮椅椅面上，周俏的视觉立刻就受到冲击——虽然不至于像黎衍常挂在嘴边的"半截身子"那么残酷，但空荡荡的下半身还是让她的心脏紧缩了一下。

不是害怕，的确有一点点不适，更多的却是心疼。

黎衍一直没敢抬头看她，把穿着裤子、鞋子的假肢放好后，转了一下轮椅停到床边，双手撑着床面把身体挪到床上，掀开被子后，又撑了几步让自己靠在床背上。周俏往他腰下垫了一个靠枕，他盖上被子，平复了一下呼吸，才鼓起勇气与周俏对视。

"害怕吗？"他问。

周俏摇摇头，黎衍向她伸出右臂，她乖乖地靠过来，依偎进他怀里。

"其实我自己都觉得挺丑的。"黎衍在她耳边说，"快没个人样了，平时穿着假肢会顺眼很多，你要是害怕也很正常，不用顾虑我。"

"真不害怕。"周俏说，"对了，你平时是穿假肢舒服还是不穿舒服？"

黎衍和她说实话："肯定是不穿舒服啊。"

周俏把脑袋蹭在他胸口："那以后就咱俩在家，你就别穿假肢了，我真的一点儿也不害怕。"

"你不觉得……"黎衍拧着眉斟酌着话语，"不穿的话，我看起来会很矮吗？"

周俏被他逗笑了："你矮不矮我还不知道啊？你都一米八五呢。在自己家里肯定是怎么舒服怎么来，而且马上要开春了，天越来越热，到夏天你怎么办啊？"

黎衍不想马上答应："这事儿再说吧，不穿假肢我自己看着都碍眼，我就不信你一点辣眼睛的感觉都没有。"

周俏拍了下他的手臂："黎衍，你别老是把你的想法按到我头上，上次也是这样，就修个椅子腿你都能说我在影射你。"

嘿！还翻旧账了？

黎衍相当不乐意，也拍拍她的脑袋："上次是你自己先说到这个的，你不说我根本就没想到好吗！"

周俏瞪大眼睛："我说也是因为我想不明白啊！我就修个椅子腿你为什么这么生气，我以为你是以为我在影射你，其实根本就没有！"

"你说绕口令呢？什么你以为我以为的，好了，Stop！看电影。"黎衍板着脸打开折叠桌板搁在被子上，又搬过笔记本电脑，拖上充电线，打开视频网站。直到电影开场，黎衍关掉台灯，两个人才又变得黏黏糊糊，挤在一块儿看着电脑屏幕。

看电影，就真的只是看电影。看的还是几年前的一部校园青春片，黎衍其实没多大兴趣，不过他猜周俏会喜欢，女孩子嘛，都喜欢这种情情爱爱的东西。

周俏果然看得很专心。

故事关于暗恋，十七岁的男主卑微地暗恋着女主，一直帮女主追求校草男二，女主把男主当好友对待，却在不知不觉中喜欢上男主而不自知。

周俏沉浸在剧情里，感触颇深，想到自己十七岁那年，点菜时能和黎衍说上几句话都能高兴大半天，真想钻进电脑里和男主交流一下暗恋心得。

无奈身边的某人很是煞风景，一边看一边大放厥词。

"我去，这男的是不是傻？为什么不说啊？"

"哎，我真受不了这种情节，现实里的男的根本没有这样的。"

"那个男的都还没他帅呢，这个高中的女生都瞎了吗？长那样都能做校草？"

"挺漂亮一个女的，就戴个眼镜整个牙箍就说是丑女，太假了。"

"我就知道又要误会了！都是智障吗？不会好好说话啊！"

周俏忍无可忍地叫起来："你闭嘴啊！"

剧情高潮处矛盾爆发，女主被男二拒绝，男主因家庭原因离开了这个城市，女主幡然醒悟后发现自己再也找不到男主，在深夜街头失声痛哭。

周俏陪着女主一起哭，女主默默流泪，她也默默流泪，女主号啕大哭，她哭得比人家还大声。黎衍看呆了，不停地给她拿纸巾，还劝她："别哭了，最后他俩在一块儿了。哎我去，以后再也不给你看这种智障片子，有什么好哭的？"

周俏两只眼睛红红肿肿地看着他："你这人怎么这么烦啊？你就没暗恋过人吗？"

黎衍理直气壮："我是没暗恋过人啊！我要是喜欢人家，早和人家讲了！"

周俏瞪他："你骗人！你说你以前对一个系花有过好感的！"

"我说过吗？"黎衍像是失忆了，"我什么时候说的？"

周俏气死了："你说过的！你是老年痴呆吗？"

黎衍想了一下终于想起来了，有点尴尬："不是，那个……就真的只是好感，连喜欢都够不上。"

"好感和喜欢就是一码事！"周俏懒得理他，"不和你说了，你这人什么都不懂。"

电影还没放完，两人一时间没再说话。黎衍想了老半天，终于把那次聊天的内容给回忆出来，然后就发现了一个重点。他曾问过周俏：你喜欢过哪个男孩子吗？周俏当时没承认也没否认，只是直愣愣地看着他。刚才，周俏问他：你就没暗恋过人吗？

两句话一结合，黎衍明白了：周俏暗恋过一个人。

他猛地转头看她，眼神相当复杂。

周俏被他吓了一跳，问："干吗？"

"你是不是暗恋过别人？"黎衍问。

周俏语塞。

她的沉默坐实了黎衍的猜测，他难以置信地问："你真的暗恋过别人？"

这人就是个大傻子，宇宙超级霹雳无敌傻！

周俏扬起下巴："是啊，我是暗恋过一个人，不行吗？"

黎衍被她的理直气壮噎到了，又问："什么时候的事啊？在你老家还是来钱塘以后？那时候你多大？"

周俏被剧情搞出来的眼泪还没收回去，干脆眼泪汪汪地看着他，回答："来钱塘以后，那年我十七岁。"

"十七岁？这么小？"黎衍不知道为什么心里超级不爽，酸溜溜的，"这么小你能看上什么样的人啊？打工的同事？是不是非主流杀马特那种？"

周俏严肃地回答："不是！那人长得超级帅，又高又帅，还很温柔，笑起来特别好看，他帮过我好几次，我不许你说他坏话！"

电影结尾的十分钟，黎衍再也没说过话，靠在枕头上生闷气。周俏偷偷瞄他，心里真是哭笑不得，这人吃醋了？自己吃自己的醋，呵呵呵呵……果然是个傻子，鉴定完毕。

关于两人四年多前的那些交集，周俏已经决定烂死在肚子里，这辈子都不打算告诉黎衍。她曾经还试图提醒他一下，可他显然是一点儿也不记得了，见到可达鸭都没有任何反应，她就觉得，再说起这些事已经没有意义。

那些只是她一个人的回忆，一个人的暗恋。如果多年后，依旧健康的黎衍逛街时走到她工作的专柜，她或许还能云淡风轻地和他打声招呼，在他惊愕的视线里，向他讲述当年的往事，最后说一句迟到多年的"谢谢"。

可现在的黎衍已经与过去不同，她知道他并不需要那句"谢谢"。那么，就让往事渐渐消散吧，现在的她可以陪伴在一无所知的黎衍身边，已经是最大的幸福。

电影播完，黎衍关掉电脑，撤掉桌板，掀开被子去卫生间上厕所，回来后依旧一声不吭地上床，卷着被子朝床沿侧卧，连"晚安"都没和周俏说。

周俏凑过去软软地叫他："黎衍。"

某人没回应。

"阿衍，你生什么气啊？"

某人还是一动不动。

"别生气了，你再不理我，我吃你豆腐啦。"

黎衍扭过脖子看她，一脸的不高兴："你敢！"

"我有什么不敢的？"对付他，周俏现在胆大包天，直接上手就往他腰上搂，手指还故意沿着腰线慢慢往下移。

黎衍瞬间紧张起来，伸手捉住她的手，低声道："别。"

"我真的不害怕的。"周俏从背后抱住他，脑袋埋在他背脊上，"你不用总是躲着我。"

黎衍沉默几秒钟，说："你再给我一点时间。"

"嗯。"周俏说，"那你别生气了，好不好？"

"谁生气了？"黎衍嘴硬。

周俏笑着问："你是不是在吃醋啊？"

"那是好多年前的事了，我现在喜欢的人是你。"见他不说话，周俏声音软得像棉花糖，"只喜欢你，最喜欢你，能做黎衍女朋友超级幸福的。"

黎衍的心情渐渐好转，但捉着周俏的手还是不敢放开，闷声问："周俏，你不觉得和我在一起会很辛苦吗？"

"不觉得啊，就很开心。"周俏用脸颊蹭蹭他温热的后背，"你要是不骂我，不和我发脾气，就更开心了。"

黎衍叹气："我知道我脾气不好，有时候自己都控制不了，以后会尽量注意。"

"你先转过来嘛。"周俏又叫他，"今天还没有亲亲呢。"

黎衍慢吞吞地翻转过来，面向周俏，背着光的眼睛黑黝黝的，纤长的睫毛眨得缓慢，周俏不和他客气，凑过去就啄了下他的唇。

黎衍无计可施，这女人像是已经找到对付他的办法，不管他把身上的刺竖起多少层，她都能找着缝儿往他心里钻，也不管谁对谁错，就算他无理取闹，她服起软来都毫不含糊。

真心，没辙。

黎衍闭上眼睛，快速地在这个吻里占据主动，手掌游移在周俏背脊上，任由自己整颗心深深地陷进去。

年轻的单身男女，血气方刚的年纪，天天这样在床上拥吻，说不想再干点别的，也没人会信。

黎衍不知道周俏是怎么想的，反正他自己脑内早就像放烟花似的噼里啪啦了。不过这事儿真的不能急，他和周俏才刚刚在一起，正常人都不会这么猴急。况且他的身体情况还如此特殊，他期待那一天的到来，却又恐惧那一天的到来。

于莉萍说，那很恶心。

不能差一条裤子啊，黎衍想，他的身体一定会吓到周俏的。

之后几天，黎衍的生活作息逐渐变得规律，每天晚上十一点睡，早上七点起。

一开始，他长久以来形成的奇葩生物钟让他晚上睡不着，早上起不来，但一天天过去，慢慢地，他开始适应，睡前与周俏闲扯几句，睡意就弥漫上来。

如果周俏上早班，黎衍就白天码字、锻炼，乖乖地等周俏回家。晚上则是他们的约会时间，一起看电影、连续剧和综艺，到点了就一块儿睡觉。

等到周俏上晚班，他们就一起吃早餐，整个上午在家腻在一起，周俏打扫卫生、洗衣做饭，黎衍就当着她的面健身。锻炼时，他穿短袖T恤，不戴假肢，铺上瑜伽垫，举哑铃、撑双杠、练拉力器……一两个小时下来已是浑身大汗。

周俏盘腿坐在他身边，戳戳他手臂上薄薄的肌肉，叹为观止："哇！真的有肌肉哦。"

"是个人都有肌肉的好吗？"黎衍坐在瑜伽垫上，拿毛巾擦擦脸上的汗，咬咬牙，撩起T恤下摆给周俏看，"看到没，腹肌。"

经过近两个月的锻炼，他的增肌效果十分显著，这时候已经有了六块隐隐的腹肌。

黎衍知道原因，脂肪层在肌肉层外头，他原本体脂率极低，脂肪层薄，不锻炼的时候肌肉层也薄，所以整个人瘦得像难民。针对手臂和腰腹进行增肌锻炼后，肌肉层很容易就练出来，并且因为没有脂肪层的阻碍，而显得特别明显，还很漂亮。

女孩们似乎都不喜欢大块头肌肉，黎衍想，现在的他想练出那种肌肉都很难，像现在这样，白皙清瘦的身体上有薄而明晰的肌肉块，已经算是很不错。

周俏看到他劲瘦的腰身和几块小腹肌，果然眼睛发光，用手指去戳了戳。黎衍躲了一下，拍开她的"爪子"："又动手动脚！"

"是你自己给我看的呀！"周俏噘起嘴，"只给看不给摸啊？"

"摸一下一百块。"黎衍向她挑眉，"微信、支付宝都可以。"

周俏晃着脑袋咯咯笑："那我不摸了，我看看就行。"

"周扒皮。"黎衍嘀咕一句后扯扯自己的T恤下摆，视线又瞄到残缺的下半身。他已经尽量坦然地在周俏面前生活，可偶尔还是会感到郁闷，这种丧丧的感觉不知道会不会随着时间流逝、交往加深而有所改善，他知道这是心结，想要克服，很难。

日子就这么一天天平淡地过去，周俏上班下班，买菜做饭，黎衍就待在家里，享受着每天与周俏相处的那几个小时。

心中肯定是有遗憾的，除夕夜下楼以后，他又有一个多月没出过门。周俏单休那天，独自一人去超市采购，去图书馆借还书，还帮他剪了一次头。

她出去后，黎衍待在阳台抽烟，静静地看着外面的世界。

已经是三月初，气温回暖，春意渐现，小区里原本光秃秃的树木这时开始抽枝长叶。黎衍知道，再过些天樱花就要开了，接着是茶花、桃花、梨花……

小区里放置健身器材的小空地旁，种着几棵樱花树，樱花盛开时特别漂亮，一团团粉白的花簇几乎能把枝条都挡得看不见。不知道现在花期时是不是还是这样，从黎衍的阳台看不到任何一棵花树，他已经有好几年没见过盛开的樱花。

三月上旬的一天，周俏又一次单休，黎衍已经盼了一个礼拜，起床后就和周俏讨论这一天要干点什么。

聊着聊着他又有些沮丧，两个人待在这么一个小屋子里，除了平时常干的那些，实在也想不出什么新鲜事来。

午饭后，黎衍坐在电脑前码字，周俏就靠在床上看小说。键盘敲击声中，周俏开始犯困，不知什么时候歪着脑袋睡着了。黎衍无意间回头，悠悠叹了口气，转着轮椅来到她身边，拿起一床薄被盖到她身上。

"很无聊吧？"他轻轻开口，"难得休息一天，也不能出去转转。"

周俏闭着眼睛，发出小小的呼噜声。

"对不起啊，小傻子。"黎衍苦笑了一下。

这时，他的手机铃声突然响起，连带着把周俏也吵醒了，他回到桌边拿起电话一看，表情立刻变僵。

来电人是——白明轩。

他接起来，听过几句后，说："好，你来吧，我在家。"

"谁啊？"见黎衍脸色苍白地挂掉电话，周俏掀开被子下床，担心地问，"谁要过来吗？"

"嗯，我同学。"黎衍已经开始穿假肢，"俏俏，你把客厅稍微收拾一下吧，再换身衣服，一会儿有人过来，应该待一下下就走。"

周俏点点头："哦。"

她正要出房门，黎衍又叫住她："俏俏，如果来的人问到我和你的关系，我会说是夫妻。其他事你听着就好，不要多问。"

周俏应下："我知道了，放心吧。"

半小时后敲门声响起，周俏去开门，发现来人是一对年轻男女。

男人个子高瘦，戴一副金边眼镜，风度翩翩，手里提着一个礼盒。女人长发披肩，窈窕美艳，两人站在一起非常般配。

不过，周俏在看清他们的脸后，神色骤变，心脏跳得极快，恨不得夺门而出。做了好几个深呼吸后，她才冷静下来，扯着笑将两人迎进门。

黎衍已经穿戴整齐等在客厅，两扇卧室门都锁上了。看到进来的是两个人后，他很震惊，因为白明轩没说，叶予薇会一起来。

如果白明轩在电话里说了，打死黎衍都不会让他们上门。估计白明轩也是知道他的性格，故意不说，在电话里打起多年不见的友情牌，他想起大学里同窗同寝四年时光，也就没拒绝。

他、白明轩、叶予薇，三个人的关系不算错综复杂，也着实有点尴尬。

黎衍受伤后，几个大学同学曾去医院探望他，当时黎衍发了疯，把床头柜上能拿到的东西都朝他丢，撕心裂肺地喊着让他们滚。

出院后的前两年，白明轩曾提过来看看黎衍，但黎衍从未同意。

后来，他们就再没有联系。

黎衍如今情绪还算稳定，不怕在他们面前丢脸。他倒是担心周俏会误会——小傻子可是知道有"系花"叶予薇的存在。而且叶予薇这个人非常感性，一激动鬼知道她会说出什么话来。

周俏硬着头皮请两人落座，端上果盘，泡上热茶，对黎衍说："阿衍，你陪你朋友聊聊天，我先回房了。"

黎衍以为周俏察觉到什么，赶紧说："不用，你陪着我，这是我大学同学，我给你们介绍一下。"

周俏只能乖乖巧巧坐在黎衍身边。

叶予薇看到黎衍坐在轮椅上的样子，眼眶渐渐就红了，白明轩握了握她的手。她自知失态，赶紧背过身去擦掉眼泪，又回过头来，嘴角扯出一个笑。黎衍心中厌烦，还是耐着性子开口："好久不见。"

白明轩："好久不见，阿衍，你最近好吗？"

黎衍微笑："挺好的，谢谢关心。"

白明轩扶一扶眼镜腿，又望向周俏："这位是？"

他和叶予薇都猜测这个年轻女孩是照顾黎衍生活的小保姆，毕竟黎衍受伤如此严重，估计没有办法一个人生活。

谁知道，黎衍说："给你们介绍一下，这是我的妻子，周俏。"又偏头对周俏说，"周俏，这是我大学同学，也是室友，白明轩，还有他的未婚妻叶予薇。"

周俏向着他们微笑："你们好。"心道：嗨，眼镜小哥，漂亮姐姐，好久不见。

白明轩和叶予薇一同目瞪口呆。

白明轩问黎衍："你结婚了？什么时候结的婚？"

黎衍唇边泛起笑，眼神却很冷淡："小半年了，只领了证，没办酒。"

周俏立刻配合着露出娇羞的表情。

叶予薇打量周俏，一个二十出头的女孩子，素面朝天，衣着朴素，长发随意地散在肩上，不算很漂亮，脸盘五官倒也清秀干净，接触到她的视线时，不知为何有些慌张。

叶予薇盯着周俏看了好一会儿，突然冒出一句话："周俏，我是不是见过你？"

听到叶予薇这句话，黎衍和白明轩都是一愣，齐齐看向周俏。

周俏正襟危坐，傻了两秒钟后立刻摇头："没有吧，你怎么会见过我？"

"没有吗，但你看着有点眼熟。"叶予薇眉头微蹙，似是在回忆中搜索。

白明轩没有理会她奇怪的反应，和黎衍聊起天来。

"阿衍，今天你愿意见我们，我真的很高兴。"白明轩语气很真诚，"这些年，大家都很想你，琛仔和阿杰虽然不在钱塘，我们在群里聊天还是经常会说到你。"

黎衍双手搁在大腿上，自然地交握着，道："那你帮我跟他们说一声，我现在挺好的。"

白明轩说："你可以自己和他们说啊，我们309宿舍群一直都在，三个人都在等你回来。"

"算了吧。"黎衍右手敲一下自己的右大腿，发出一道轻微的硬物撞击声，"你懂的，老白，有些事不要勉强。"

白明轩沉默下来，叶予薇依旧在苦思冥想，四个人谁都没说话，最终还是黎衍打破沉默："你不是来送喜帖的吗？喜帖呢？"

"哦，对对。"白明轩想起此行目的，让叶予薇从包里掏出喜帖，递给黎衍，"阿衍，我和予薇三月底结婚，琛仔和阿杰都会来喝喜酒。大家都说四年没见着你了，非常希望你能来参加婚礼，带上你老婆，我们宿舍四个兄弟可以好好聚一聚。"

黎衍接过喜帖，打开看了一眼又合上，说："我现在暂时不能答应，婚礼前一星期和你说，行吗？"

他打定主意，先不拒绝，到时候人家婚礼马上要举行，忙得团团转时再拨个电话说不去了，也就没人会再惦记他。

白明轩像是猜到他会如此，坚决地说："不行，你一定要来。"

黎衍阴着脸："我怕我到时候有事。"

"是周六晚上，休息日啊。"白明轩心中不忍，还是问出一个大家都很想知道的问题，"你现在在做什么工作？"

"我在网上写小说，收费的那种。"黎衍平静地回答，"你知道的，我向来喜欢写点东西。"

这倒是真的，黎衍上大学那会儿外表看着潇洒不羁，宿舍里朝夕相处的几个兄弟却都知道他其实很文艺，喜欢看书，写得一手好文章，还经常被团委拉去写各种稿子。

白明轩听他有事在做，略微放心，说："阿衍，我们真的非常、非常希望你能来，我们宿舍从来不吵架，几个兄弟感情都很好，你真的不用顾虑太多。"

黎衍知道白明轩是真心邀请，可那样的场合一想起来还是令他感到窒息，遂冷声道："老白，不是我不想去，我出门不方便，请你体谅一下。"

白明轩急道："我可以让人来接你，就让琛仔和阿杰来，怎么样？我给你们安排好车，晚上给你在酒店安排一间房，就算喝多了也不怕。"

黎衍不吭声了。这时，周俏向他伸过手："阿衍，喜帖也给我看看呀。"

黎衍把喜帖递给她。

周俏打开看，喜帖印制得十分精美，上面还有新郎新娘的Q版卡通头像。她笑着说："好可爱啊，恭喜你们。"

白明轩说："谢谢，小周你劝劝阿衍，到时候和他一起来。"

周俏转头看黎衍，很自然地牵过他的手，说："阿衍，你们宿舍里人都能聚齐呢，多难得呀，我都没见过他们，到时候我陪你去，好不好？"

黎衍脸色复杂，周俏眼睛亮亮地看着他。

黎衍思考许久终于应下："好吧，我和周俏一起去，不过车和房间就不用安排了，我们自己可以去，喝完喜酒我就回家。"

白明轩见黎衍答应下来，心情愉悦许多，问："阿衍，那你和小周打算什么时候办酒啊？我都没想到你居然是我们宿舍第一个结婚的。"

"办酒还没定。"黎衍捏捏周俏的手，随口答道，"就算办也是比较简单，不会像你们搞得这么隆重。"

"我们也不隆重。"白明轩笑起来，"简单温馨也挺好的，你办喜酒时一定要叫我们啊。"

黎衍应下："嗯。"

和现在的黎衍聊天，白明轩心里其实很没底。生活中他没和残疾人交往过，与黎衍失联四年，他说每一句话都很小心，生怕会伤害到对方。以前宿舍里几个大男生天天插科打诨耍贫嘴，黎衍是个中翘楚。白明轩记忆里的黎衍臭屁嚣张，与如今面前端坐在轮椅上的男人很难重合，想到这四年黎衍也不知是怎么过来的，他内心无比唏嘘。

白明轩给黎衍讲另外两个室友的现状："华又杰研究生毕业后，去了S市一家银行工作，现在谈了一个女朋友。刘琛在Z市一家证券公司上班，还单身，他去年胖到一百九十斤，自己都害怕，开始减肥，现在大概已经减到一百六了。"

黎衍听着老友们的动向，脸上露出微微的笑："都挺好的，那你呢？你以前是说要去你爸公司上班，去了吗？"

"去了，一直在我爸公司帮他做事，也算是转行了。"白明轩说，"还念了个在职研究生，本来想出国的，后来想想算了，国外也不怎么安全。"

白明轩家境富裕，父亲开了一家外贸公司，上大学那会儿就是个小富二代，不过他为人谦和，人缘还不错，在宿舍里是黎衍最好的兄弟。

周俏一直默默听着他们聊天，始终握着黎衍的手。他手心里有一层薄薄的汗，周俏知道，他心里不好受。

白明轩说："阿衍，我和你掏心窝子讲，咱俩都在钱塘，如果你有什么烦心事，或者有什么困难，其实都可以和我说。你出门不方便，我可以过来坐坐，我们兄弟好久没一起喝酒了。"

他有些动容，周俏能感觉到他的善意和真心。

"老白，我知道你的好意……"黎衍抬起左手抹了一把脸，语气已经有波动，"你放心，我现在真的过得挺好的，有周俏陪着我，每天都很充实。只是……你们聊的东西我很难再参与进去了，什么银行，证券公司，还有应酬、旅游、打球、车啊房啊……这些都和我没关系了。我知道你们记挂我，我也记挂你们，听到大家都混得不错，我挺开心的。就……还是请你换位思考一下吧，我现在只想过平静的生活。"

白明轩盯着他看了一会儿，点点头："我明白了，你过得好就行。你答应来参加我和予薇的婚礼，我已经很开心了。"

黎衍浅浅地笑起来："嗯，恭喜你们结婚，我会去喝喜酒的。"

这时，一直没出声的叶予薇突然抬起头来，看着周俏说："我想起来了！"

黎衍、白明轩都吓了一跳，周俏更是惊惶至极。

"我想起来你是谁了！"叶予薇又一次上下打量周俏，因为确定自己没认错人而激动得语无伦次，"对的，没错！就是你！我见过你。明轩，你应该也见过她！"

白明轩很茫然："啊？"

"你忘了吗？"叶予薇拽住白明轩的手臂，"A大门口有一家火锅店，以前，你们宿舍几个人经常去吃的，我也去过好几次！"

白明轩还是一头雾水："然、然后呢？"

叶予薇指向周俏"她是那边的一个小服务员！有几年了？四年前了！黎衍还没出事呢……对！黎衍，你也去过的呀，你肯定见过她！不不，你都和她结婚了，你当然知道她是谁，刚才为什么不提醒我啊？害我回想了半天！"

周俏整个人呆若木鸡，后背冒出一片冷汗，黎衍比白明轩还要莫名其妙："啊？"

叶予薇看着两个男人傻乎乎的样子，气恼地说："黎衍，你忘了吗？有一次你在火锅店里和一个男的打架，被他泼了一锅底的热汤，背上的皮都烫脱了！当时那事儿闹得挺大的，你去了医院，对方还被抓去派出所了！"

黎衍说："我记得啊，那人拘留了，医药费也赔了，可这和周俏有什么关系？"

周俏简直要庐山瀑布汗。

叶予薇继续说："那次冲突的起因你忘了吗？好像是那个男的喝醉了酒，调戏火锅店的一个小服务员。黎衍，你帮那服务员出头了，对！是你帮她出头了！那个小服务员，就是周俏呀！"

她手指直直指向周俏，黎衍和白明轩同时看向周俏。

周俏脸都憋红了，摇着手徒劳地辩解："不是的，没有啊，什么火锅店，你记错了吧？我以前真的不认识你们……"

"我不会记错的，就是你！"叶予薇见她不承认，有些生气了，"黎衍，明轩，你们要是不相信，可以去问王雯琳！"

黎衍晕头转向："这和王雯琳又有什么关系？"

叶予薇脸蛋一红，惊觉自己失言，说："哎呀，不问王雯琳也没事，反正那个服务员就是周俏，我百分之百确定！而且，周俏一定记得你！"

周俏惊呆了，心想漂亮姐姐你何出此言啊？

叶予薇的记忆渐渐清晰。

她是女生，女生比较注意细节，更加会注意到那些对自己喜欢的男生表示好感的女生。

那几个月去火锅店，就算他们几个坐的桌子不同，每次都是同一个小姑娘来为他们服务。她一开始没察觉，直到室友王雯琳对她说："予薇，你发现了吗，那个小服务员喜欢黎衍。"

她像听了一个大笑话："什么？哪一个啊？"

王雯琳指着不远处正提着茶壶给别桌添汤的周俏："喏，就是那个小姑娘。"

那小姑娘个子瘦小，年纪看着也小，只有十六七岁的样子，留着一头齐耳短发，脸颊红扑扑，眼神怯生生，一看就是农村出来的女孩子。

王雯琳说过以后，她就开始注意周俏，周俏对黎衍的服务果然特别仔细周到，每次黎衍和周俏说话，小姑娘就会羞红脸，就连添汤都专往黎衍身边凑。

"黎衍真是打工妹杀手啊。"王雯琳和她咬耳朵，"上回去买奶茶也是，人家小姑娘还送了他一块饼干。"

她说："他去食堂打饭，打饭大妈给他的菜都比给别人多。"

"哈哈哈哈……哎哟，竞争对手这么多，我可怎么办啊！"王雯琳唉声叹气。

她看了王雯琳一眼，又望向桌对面的黎衍，心中酸涩。

当时的情况有点乱。她和王雯琳是室友，黎衍和白明轩也是室友。王雯琳明确喜欢黎衍，并做过表白，可黎衍拒绝了，因为他很不喜欢王雯琳。白明轩喜欢她，黎衍也知道，非常鼓励室友去追。

然而她心里喜欢的是黎衍，一边有王雯琳，一边又有白明轩，她夹在中间，没好意思坦白。

她知道黎衍对她也有好感，也知道黎衍不会对她说什么。她很矛盾，白明轩对她极好，最关键的一点是白明轩很有钱，而黎衍……据说来自单亲家庭，家境十分普通，连生活费都是自己挣的。

她不敢赌，她自己家条件还行，从小没过过苦日子，和白明轩更为般配。

吃火锅时，几个男生没人注意过那个小姑娘，连黎衍本人都没上过心。只有她和王雯琳一直拿周俏当消遣，每次看到周俏对着黎衍笑得像个花痴，她俩就凑在一起说小话，取笑周俏，调侃黎衍。

泼火锅事件发生的那天，王雯琳不在，只有她在。黎衍被火锅锅底泼了以后，她第一时间就冲去他身边，看到他把那小姑娘护在怀里，自己背上烫得一塌糊涂，简直要气疯。

小姑娘从黎衍怀中出来时，泪汪汪地抬头看他，她气不过，一把拉开对方，大家乱哄哄地拨打110、120。

陪着去医院后，她还骂过黎衍："你搞什么英雄救美？下个月就要过论文，你offer都签了！万一出什么事你后悔都来不及！这次幸好是那人矮，泼在背上有衣服挡着，这要是泼脸上泼头上你不是毁容了吗？人家又不是针对你，你不出头，那小姑娘被摸两下也不会怎样，哪会搞成现在这样？"

黎衍被医生处理背上伤口，痛得龇牙咧嘴，忍不住大叫："叶予薇你闭一下嘴好吗？事发突然我不可能见死不救啊！那小丫头刚才都傻在那儿了，泼的那个高度刚好就是她的脸你懂不懂啊？"

她还要再说，被白明轩拉开了："予薇，你别说了。阿衍是做好事，要怪就怪那个醉鬼，你去怪阿衍干什么？"

"我是担心他啊！"她红着眼睛大叫，"一会儿雯琳也要过来，她肯定骂得比我还凶。"

黎衍头大如斗："王雯琳要过来？过来干吗啊？你叫她别过来！我看到她就烦！"

……

叶予薇那句"百分之百确定"让黎衍当场石化，白明轩还在仔细回忆——泼火锅他记得，是为了帮周俏？真是完全没有印象。

周俏耷拉着脑袋坐在那里，像是已经放弃抵抗。黎衍转头看着她，就像看着一个陌生人，头上都要气得冒青烟。

叶予薇不可置信地问："黎衍，你事先不知道的吗？"

黎衍都要炸了，他知道个鬼啊！这简直是滑天下之大稽好吗？

他救过周俏？周俏一定记得他？难道她一早就认出他了？那她为什么不说？还是说，她来接近他假结婚本来就是有预谋的？为了什么？

他是许仙，她是白蛇吗？

谁都没想到，一场老友叙旧送喜帖会以这样鸡飞狗跳的方式结束，白明轩和叶予薇离开后，家里只剩下黎衍和周俏。

两个人面对面坐着，隔着两米远，一如周俏第一次来黎衍家时的情景。

周俏低着头，像个考试作弊被老师抓到的孩子，脸色红得像猪肝，手心里全是汗，两只手在大腿上绞来绞去，觉得自己这"马甲"掉得也太过冤枉。这又不是什么坏事儿，让黎衍知道也无妨，就觉得以这样一种方式揭穿非常难看，尤其还是被别人揭穿。

对黎衍来说，这几个月来一些奇怪的线索终于可以串起来了。

中辣火锅锅底，加的配菜都是他爱吃的，还有红豆奶茶，地锅鸡店里的玉米汁。

他大学里留过的发型，以及周俏为他洗头时故意提起他脖子后的烫伤伤疤。

她给他买的那件藏青色菱形格子毛衣，他大四时曾有一件同款。

在年夜饭包厢，她对于莉萍说，她和黎衍认识好多年，说他是全世界最好的人。

还有她吵架时无意中说过的一句话：你以前不是这样的啊。

黎衍头疼，看着周俏那副生无可恋的样子，感到相当无力。他敲敲轮椅扶手，说："聊聊吧，周俏。"

周俏战战兢兢地抬头看他，瘪着嘴，眼神慌乱得像只受惊的小白兔。

这张清秀的脸庞，几个月来黎衍早就看熟了，都刻在心里了。但在记忆里搜索，还是完全想不起来。他和白明轩一样，记得被泼火锅，记得去医院，但真的记不得是为了帮一个女服务员，更加别提那服务员长什么样子了。

黎衍问："你跟着那大妈来我家时，知道我是谁吗？"

周俏摇头："不知道，我以前一直以为你姓李，木子李，刘阿姨和我说你姓黎，我没想到是你。"

黎衍松了口气,又问:"那你过来以后,就认出我了?"

周俏点点头:"嗯。"

"所以你才会大叫一声?"

周俏感到委屈:"嗯。"

"后来为什么不告诉我?"

"我……"周俏脑袋垂得更低,"我提醒过你,但你一点都不记得了,而且你那时候老是骂我,我不敢说……"

黎衍双手搓了搓脸,问:"那上个月,我和你都谈恋爱了,你为什么不说?"

"反正你不记得了。"周俏声如蚊蚋,"说不说又有什么关系?"

黎衍伸手扶额:"周俏,你还有什么事是瞒着我的吗?"

他原本以为周俏会说"没有",结果这人居然犹豫着点点头:"有。"

黎衍瞪大眼睛:"你还瞒着我什么啊?!"

周俏咬咬牙,去房间拿来可达鸭,塞到黎衍手里:"你还记得这只鸭子吗?"

"呆瓜?"黎衍低头看着手里丑丑的可达鸭,又抬头看周俏,"我为什么要记得这只鸭子?"

周俏眼眶一酸,眼泪就吧嗒吧嗒掉下来:"你看吧,你就是什么都不记得了。"

黎衍一脸呆滞,周俏哽咽着说:"这只鸭子,是那年跨年夜,你从娃娃机里抓出来送给我的。你还给了我七十八块钱,因为我被扣工资了。"

真是要了命了!黎衍想,这都是什么事儿啊?

他记得那件事,那天是旧年的最后一天,钱塘下大雪,他把一个哭哭啼啼的小姑娘给哄笑了,不过也仅限于此。和白明轩一帮人喝酒跨年,第二天睡醒时,他就真的只记得这件"事"。

那个小姑娘,就是周俏?

周俏还在说:"你还记得我之前和你说过的一些话吗?就是你说的那些心灵鸡汤,那些话都是你对我说的,我全都记得,一个字都没忘。"

黎衍想就地挖个坑,把自己埋了算了,这辈子都没脸见人。他以前都干过些什么?他可真是个人才啊!

黎衍消化好久,终于理清事情的来龙去脉,抬起头看着周俏含泪的眼睛,说:"周俏,我要问你两个问题,你必须实话告诉我,不能骗我,你能做到吗?"

周俏点头:"能,你问。"

黎衍眼神黯沉:"第一个问题,你十七岁时喜欢的那个人,是不是我?"

周俏看着他,清晰地说出两个字:"是你。"

黎衍手指揪住自己的双腿裤管,身子微微颤抖起来:"第二个问题,如果你十七岁时没有认识我,那你搬到我家以后,你还会喜欢现在的我吗?"他没给周俏考虑时间,"说实话,不许骗我。"

周俏红着眼睛摇头:"我不知道。"

黎衍不认可,咄咄逼人道:"你设想一下,你从没认识过我,你会喜欢现在的我吗?只能回答会,还是不会。"

周俏说:"我回答不了。"

黎衍与她对视许久,她也没躲,目光澄澈地看着他。

很漫长的一段时光。

黎衍终于低下头来："好吧，我懂你的意思了。"

感觉自己的心像是掉进冰窟，被冰碴子扎了个透心凉。

他转着轮椅回房间，手指在钢圈上一下一下划动时，特别吃力，特别僵硬，好似浑身力气都被抽空。

周俏在身后叫他："阿衍！"

"我没事，你让我自己待一会儿。"黎衍并没回头。

低头看向自己的两条腿，他无声地笑起来，笑着笑着，一滴眼泪就落在裤腿上，洇成一小团暗色的痕迹。

周俏没有急着去和黎衍沟通、解释，他想要自己待一会儿，周俏理解。

事情发生得太过突然，黎衍想到的问题也正是周俏顾虑过的。他现在太敏感了，一时半刻转不过弯来，周俏不想撅头让他明白她的心意，给他时间冷静一下，也好。

一整个下午，黎衍都没出房间。傍晚时，周俏做好晚饭去敲黎衍的门："阿衍，吃饭了。"

里头传来他的回答："你先吃，我还不饿。"

周俏就先吃了饭，吃完后又去敲门："阿衍，我出去倒垃圾，散个步，一个半小时后回来。"

他没理她。

周俏独自下楼，倒完垃圾后慢悠悠地往夜市街走。

天气真的暖起来了，夜市街的人流量也大了许多。周俏身上穿着薄棉衣已经有点热，想着该给黎衍添一些新衣服。他天天待在家，穿的那几套运动服都洗得发白褪色，鞋子质量也很差，三月底要去喝白明轩、叶予薇的喜酒，总得穿得体面一些。

关于黎衍提出来的那个问题，周俏后来仔细想过。

如果自己十七岁时没有认识黎衍，如今为了拿户口而与他牵上线，首先，她根本就不会同意搬到他家住。第一次上门时见到的黎衍真的很吓人，穿得邋邋遢遢，头发又长又油腻，人瘦成皮包骨，还始终阴沉着一张脸，对着刘阿姨发火时又是捶轮椅扶手，又是咆哮，她哪敢搬过来和这么一个暴躁狂一起住啊。

没有合住，他们的合作也就无法达成，合作达不成，后面所有的事情都不会发生。所以周俏很明白第二个问题的答案就是"不会"，但她不敢说，真要说了，黎衍可能会当场炸掉601室。

可这个问题真的有意义吗？

周俏是觉得没意义，但她知道黎衍不这么想。

四年时间，大家都在改变，有人从坏变好，有人从好变坏。她不算变得太好吧，至少和四年前相比，现在的她可以独立生活，有一些存款，足以供小树上学，有丰富的工作经验，不太怕失业，面对恶意欺辱她不再只会躲起来哭，大多数时候都能当场反击。

她知道自己算是一个乐观的人，要是不乐观，小时候活都活不下来。生活一天天在变好，她始终对未来充满希望。

可黎衍呢？

黎衍……一想到黎衍，周俏的心就揪得很难受。

他真的不应该过成这样的，他是那么好的一个人，她如今的勇气和胆量有很大一部分是由他给予。四年来，每当遭遇不公、伤心难过时，她就会想起黎衍，在朋友圈写下私密小心事，把心里话讲给那个不知在何处奋斗的帅气小哥哥听。

周俏想到当年的事，泼火锅事件以后，火锅店里所有人都认为周俏会辞职。虽然事件的责任人是那个闹事醉汉，他也向黎衍赔付了足够的医药费，可火锅店还是赔了两千块钱给黎衍。

老板找周俏谈过，怕醉汉拘留完来店里闹事，希望周俏主动离职。周俏没答应，说愿意用工资补上这两千块，恳求老板不要赶她走。

领班感到匪夷所思，只有陈哥和几个挺照顾周俏的同事知道她的心思——小丫头就是想再见一见黎衍。

他们没忍心告诉周俏，一般客人碰到这样的事儿，肯定把这家餐厅拉进黑名单，傻子才会再来。

三月过去，四月过去，五月过去……黎衍和他的同学们再也没来过。周俏心灰意冷，知道黎衍即将毕业，六月以后，她就再也没可能见到他了。她不知道他的烫伤是否治愈，有没有留疤，她都还没对他说声"谢谢"。

六月下旬的一个晚上，周俏在店里上班，陈哥跑到她身边说："小花，你看，那几个是不是你家男神的同学？"

周俏匆忙去看，来的真是眼镜小哥一行人，依旧有男有女，足有十二三人。周俏心花怒放，仔细看后又失望透顶，因为，黎衍没来。

那十几个男女挤在一桌吃火锅，气氛有点怪，不像以前那样吵吵闹闹很开心，每个人都心事重重，有几个女生还拿着纸巾抹眼泪。

眼镜小哥要了两箱啤酒、六瓶白酒，一声不吭地把酒倒给大家，自己举起一杯白酒说："明天，咱们就要毕业了，今天这顿饭大家不醉不归。我祝大家一切顺利，前程似锦，回钱塘时都来找我，我请吃饭。"说着就一饮而尽。

放下杯子时，周俏看到他的眼睛已经红了。

一个胖胖的男生也举起杯："我这杯，敬阿衍。"

另一个寸头男生也举杯，话音哽咽："我也敬阿衍！我现在没别的想法了，什么工作、读研，都不想了，我只希阿衍将来能好好的。"

眼镜小哥和他们碰杯："阿衍一定会好好的！"

"敬阿衍！"

"敬黎大帅哥！"

"敬Ａ大！敬我们四年的青春！"

"敬他娘的毕业典礼！"

……

一轮白的喝过，一群人哭得稀里哗啦。周俏站在附近听到他们断断续续的话，没弄懂是怎么回事，只知道他们明天就要毕业了。

为什么要敬阿衍？就因为他没来吃散伙饭吗？

第二天下午，趁着火锅店打烊时间，周俏溜去Ａ大。

这是她第一次进到Ａ大校园，学校真的好大好大，到处都是穿着学士服在拍照的毕业生。她羡慕地看着他们，心想，这就是大学校园啊，是她这辈子都没机会来体验的地方。

Ａ大很难考，周俏之前念的只是落后省份小城镇的高中，教学质量无法和大城市相抗衡，以她的成绩很难考上Ａ大。她想，阿衍该有多优秀啊，从这里毕业，他的未来简直无法估量。

刺眼的阳光下，周俏眯着眼睛转了一大圈，别说黎衍了，连眼镜小哥那些人都没遇见一个。

她最终放弃，独自一人在学校里默默地走，看一栋栋恢弘的教学楼，看装饰着玻璃幕墙的图书馆，看绿意盎然的林荫道，看大操场，看人工湖……看毕业生们捧着鲜花在亲友的祝福声中合影，看其他年级的男生们在篮球场上打球……

这是阿衍学习、生活过四年的地方。

他毕业了。

十八岁的周俏抬头看向湛蓝的天空，烈日炎炎，一群鸟儿刚好飞过。

"阿衍，祝你毕业快乐，我会一直记得你的。"周俏说。

从学校回到火锅店后，她第一时间向老板提出辞职。

收起思绪，周俏看过音乐喷泉后决定回家。

她给黎衍留了足够的吃饭时间，可进门一看，餐桌上的菜一点也没动。是他最爱的辣椒小炒肉啊，他都不吃？看来问题真的挺严重。

今日事今日毕，不能惯着他。

周俏敲敲门："黎衍。"

房间里没动静，周俏又喊："黎衍，我进来喽。"

等不到回应，周俏开门进去，房间里一片漆黑，轮椅和假肢摆在床边，某个受了不知名打击的人正卷着被子睡在床上，连脑袋都蒙着。

周俏打开床头台灯，坐在他床沿边拍拍他的被子。

"黎衍。

"阿衍，你不饿吗？

"我给你带奶茶了，你起来喝吧。

"红豆奶茶哦，我以前看你喝过的，不知道你有没有别的喜欢的口味，不敢乱买，每次只敢买这个。"

黎衍躲在被子里，睁着眼睛，周俏说的每句话都听得清清楚楚。

——以前看你喝过的。

以前，是哪个以前啊？四年前吗？她果然见过他喝奶茶，连口味都知道，小傻子难道还偷看他的奶茶杯？变态啊！

"阿衍，你别蒙在被子里啊，出来和我说说话嘛。"周俏还在锲而不舍地叫他。

黎衍依旧装死。

"黎衍！"周俏突然用力地往他屁股的位置一拍，"你要闹到什么时候？你再不出来我掀你被子了！"

黎衍只穿着内裤，心里一下子就很慌。

他想，不能被她看见，不能被她看见……残肢太丑了，绝对不能再被她看见！

双手下意识地揪紧了臀部附近的被子，周俏看见了，找着机会一把将他脑袋上的被子给掀开，黎衍快速地扭过头去，把脑袋埋在枕头上，不让她看见自己的脸。

"你干吗呀？"周俏俯下身看他，嘴唇凑到他耳边说话，"为什么不吃饭？自虐啊？还是故意气我啊？"

黎衍闷了好一会儿，才开口："我气我自己。"

"干吗气你自己啊，又没什么事儿。"周俏伸手抱住他，拍一拍，"乖啦，起来吃饭。"

"你觉得没什么事儿是吗？"黎衍终于转过头来看着周俏，眼睛是红肿的。他也懒得躲了，沉沉开口，"周俏，我问你，如果不是叶予薇认出你，你是不是永远都不会告诉我这些事？"

周俏看着他湿漉漉的眼睛，回答："是啊。"

"你见过以前的我，你知道我那时候是什么样子的。"黎衍声音发颤，"你现在天天看到的是这个样子的我！"他伸手指向床边的东西，"轮椅，假肢。"又隔着被子拍拍自己的大腿残肢，"断腿！"

"你是怎么做到没有心理落差的？我真的很好奇。"他的浓眉皱得很紧，"我不知道也就算了，一知道你见过以前的我，喜欢以前的我，我现在对着你，就像被人扒了衣服丢在大街上一样！周俏，你为什么不早告诉我？"

"我不想特意去告诉你这些你根本就没记住过的事！"周俏很无奈，"我只知道我喜欢的人是黎衍，你就说，你是不是黎衍？"

"我是黎衍！但我不是以前的那个黎衍！"黎衍撑着床面坐起身来，怒吼道，"我知道我变了，所有长眼睛的都知道我变了！我腿没了你明白吗？只剩这么一丁点儿，再也不会长出来了……"

他看着周俏，语气悲凉："你知道我为什么不愿意见他们吗？不管是亲戚、老师，还是朋友、同学，我不想他们看到现在的我后，会想起以前的我！我不想看到他们眼睛里的那种东西，啊……黎衍残废了，那么优秀的一个人，好可惜，人生就这么毁了，真可怜啊……你看到刚才白明轩的眼神了吗？就是那种眼神！他连一句重话都不敢对我说！明明不理他们是我不对，他还要低声下气来求我！为什么啊？就因为我现在是个可怜蛋！人人都要让着我顺着我！那些女的，看到我就哭哭啼啼，好像我活着就是在受罪，奇怪我为什么不去死啊？！"

周俏一直冷静地听他发泄，没有哭，连眼睛都没觉得酸，几乎是一脸的铁石心肠。听他吼完，她问道："那我哭哭啼啼了吗？因为你没了腿而哭过吗？"

黎衍一下子顿住，接着又大声说："你在我面前哭得还不够多吗？！"

"我哭，要么是因为你莫名其妙骂我，要么是因为你不喜欢我，我有哪一次是因为你腿没了而哭的？"周俏大声说，"我是见过以前的你，我也喜欢过以前的你，可我很明白，以前的黎衍一点也不喜欢以前的周俏！他甚至都不记得她！"

黎衍咻咻地喘着气，错开眼神不看她。周俏放缓语气："黎衍，我也问你一个问题，你老实回答我，不准骗我。如果你能回答得让我满意，我允许你今天自虐不吃饭，甚至明天、后天你都别吃了，饿死算了！"

黎衍转回视线，周俏说："问题很简单，你也设想一下，如果你没出车祸，你会喜欢现在的我吗？"

黎衍脸色一僵。

周俏正色道："我现在，已经比十七岁时优秀很多了，人好看了一点，钱也多了一些，工作也比那时候体面。我学会了很多东西，会化妆，会上网，会用手机，听得懂一些钱塘方言，就连胸都大了一点！"

黎衍的脸腾一下红了。

"你要是没出车祸，会喜欢现在的我吗？只能回答会，或是不会。"周俏继续问。

黎衍答不出来。

周俏给了他一点时间，才继续说下去："我知道答案是不会，你不用那么纠结。

黎衍抬起眼睛看她，眼神很复杂。

"那么问题来了，你看我生气了吗？"周俏歪头一笑，摊开双手，"我没有生气啊，我为什么要生气？如果你没出车祸，我俩不会有交集，打死你也看不上我。一个初中生，外省农村来的打工妹，长得也就那样，商场营业员，一个月累死累活赚几千块钱，跟你八竿子都打不着的对吗？"

黎衍无话可说。

"那你为什么要问我那样的问题呢？又为什么要生自己的气？"周俏的语气软下来，"没有什么如果，没有什么假设，我喜欢的就是黎衍。以前的黎衍温柔又帅气，帮过我好多次，我对他更多的是崇拜和仰慕，就像现在的粉丝对着爱豆。如果是真心喜欢，那么爱豆就算恋爱结婚，粉丝都是开心的，会祝福他，希望他一切都好。"

周俏大着胆子，伸手轻抚黎衍的脸："现在的黎衍，就算坐轮椅也依旧很帅气，不过没那么温柔了，有点小暴躁。可是我很喜欢这样的他，很真实啊，也很可爱，而且现在我们不是粉丝和爱豆的关系了，黎衍是我男朋友，能摸到能亲到的，如果他和别人恋爱结婚，我会很伤心。"

周俏停了几秒钟，见黎衍情绪有所缓和，才温柔地说："阿衍，我知道有些时候你会感到痛苦，我也知道我没法子去感受你的痛苦，分担你的痛苦。但请你相信，我没有可怜你同情你的意思，和你在一起，只是因为我喜欢你，我喜欢你好多年了。"

她捞过他的左手握在手里，两个人的手都是暖暖的。

"如果要拿以前的黎衍和现在的黎衍做比较，我其实更喜欢现在的黎衍。因为他记得我，认识我，喜欢我，他是我一个人的黎衍。"

黎衍脸色好不自然，又把头给别开了。

周俏凑过去追着他的脸看："好啦，你别生自己的气了，也别生我的气了，行吗？上次都答应我，和我一起往前走的。"

老天爷啊！各路真主上帝，菩萨神仙！显显灵吧！周俏在心里呐喊，她真的已经使尽浑身解数在哄人了，说出来的话肉麻得自己都要颤抖，也不知道有用没用。

小黎先生有一颗脆弱的玻璃心，周俏明明满满一腔真情意，他愣是看不见。行吧，看不见就说给他听，怎么煽情怎么来，上回表白就是这样，这人像是吃这一套。

别扭的男人果然有所触动，原本刻满愤慨的眼神已经柔和下来，急剧起伏的胸腔也渐渐归于平静。他转回头看着周俏，一会儿后，向她伸出右臂，她立刻一头扎进他怀里，也抬手抱住了他。

黎衍右手摩挲着周俏的后背，轻声开口："黎衍不会和别人恋爱结婚，黎衍现在是个已婚人士。"

周俏没忍住，"扑哧"一声笑出来："不是说好了一年后分居，三年后离婚的吗？"

"你想离婚吗？"黎衍低头吻吻她的头发，"到时候你想离，我就和你离，不会拖着你。不过离以后，我是不会再找了。"

"不想离。"周俏在他怀里甜甜地说，"我现在终于可以告诉你了，和你登记的那一天，就算是假结婚，我还是好开心好开心！大概就和粉丝嫁给爱豆那么开心吧，简直就是撞大奖，那天和你分开后我还去买彩票了呢！"

黎衍失笑："中奖了吗？"

"只买了两块钱，用你的生日和我的生日还有结婚日期选的号，没中，彩票我还留着呢。"

说着，周俏就嘿嘿地乐起来。

如果她真是演的，黎衍想，那她演技未免太好，都能去当影后了。再说了，她图什么呀？

怎么会有这种事情发生？黎衍真觉得缘分这事儿神乎其神，就跟拍电影似的。周俏这个小傻子是真的喜欢他，就算他没了腿，坐轮椅，一无所有，她还是喜欢他。

他才是撞大奖的那个人吧？

成功安抚小黎先生后，周俏命令他起来吃饭，喝奶茶。

看到桌上的辣椒小炒肉，肚子早就咕咕叫的黎衍连加热都不让，直接盛了一碗米饭大快朵颐。周俏托着下巴坐在桌边看他吃，并没有感到心累。

哄人好有成就感哦！每哄一次就增加一点经验，过些年她说不定能写一本书，叫《如何征服刺猬男友》，搞不好能大卖。

经过"掉马"事件，黎衍的情绪恢复比周俏想象中要快多了。

可能是因为这些年，他一直在自我厌弃、自我否定、自我和解、自我接纳中度过，各种情绪循环往复，也算是小有经验。

更何况，这一次的心态调节还有周俏从旁辅助。

周俏就是个夸夸怪，假设优缺点总数一百，黎衍纵有九十九个缺点，她都能从中找出一个优点使劲儿夸，夸得黎衍都要不好意思了。

睡前聊天时，黎衍捏捏周俏的脸："你怎么不去非法传销组织给人洗脑呢？这么能说，说不定可以发家致富啊！"

"我可不敢，那是要坐牢的。"周俏笑着说，"我好歹做了两年导购，顾客试穿衣服不管丑成什么样，我都能给夸得像是天王下凡！"

黎衍听着有点不对味儿，斜着眼睛看她："敢情你和我说的都是假的？不走心啊？"

"你摸摸我的心。"周俏抓着他的手就往胸口按，"天地良心，对你说的每一句话都发自肺腑，情真意切，如假包换……"

黎衍慌不迭地把手从她胸上移开，瞪她："少来这套！"

周俏慢慢噘起嘴，不甘示弱地叉腰："哼！"

黎衍回瞪："哼！"

周俏继续瞪："哼！"

黎衍不瞪了，低眸往某处瞄了一眼："上次是谁说胸变大了的？难道你十七岁时胸是凹进去的吗？"

周俏气得扑上去，瞬间和他滚成一团。

第九章
他眼角的光亮

"轰隆隆!"

一声春雷炸响。

伴随着电闪雷鸣,钱塘连着几日出现大雨到暴雨天气。刚开放的樱花被雨水打落枝头,整个城市陷在雨幕中,湿淋淋的,让人很难受。

黎衍大概是最难受的人之一。

春雨并不总是细润无声,黎衍坐在电脑桌前,耳边是窗外哗啦啦的暴雨声,面前是电脑和键盘,他原本写得挺顺畅,这时候被一阵残肢处的骨痛打断,疼得忍不住弯下腰来。

计划一变再变,他的第四本小说还有六七章终于要大结局了。

黎衍没穿假肢,手掌按摩着残肢末端时,电话响了。他不用看也知道是周俏,她上早班时会在午休时间给他打个电话,上晚班时会在晚餐时间打,就简单说几句,问问他有没有吃饭,有没有想她,这几天他腿疼,周俏更是忧心,每天都会按时来问。

黎衍嘴巴上嫌她啰唆,心里却很暖。喜欢的人就算不在身边,也一直惦记着你,换谁都会感到窝心。

电话里,周俏问:"阿衍,你吃饭了吗?"

"刚吃过,在码字。"

"腿疼有没有好一点啊?"

她就这么软软一问,黎衍心就酥了,声音里带着笑意:"还是那样。放心吧,我没事的,都习惯了。"

"哦,对了阿衍,你穿多大码的鞋啊?"

周俏突然转换的话题让黎衍没反应过来:"我还穿什么鞋?"

"哎呀,我给你买新鞋呢,你那个脚不也要穿鞋的吗?"周俏站在五楼运动品牌专柜里,对着导购不能说得太明,还好电话那头的黎衍听懂了。

"假肢脚板是42码的。"他说,"但是你为什么要买鞋?我有鞋啊。"

周俏说:"你那些鞋都旧了,不是要去喝白明轩的喜酒吗?我给你买双新的。"

"别买太贵。"黎衍叮嘱她,"走不了几步路,没必要。"

"不是还要下楼吗?"周俏给他解释,"上回你穿的皮鞋,我觉得走楼梯不合适,咱们还是买运动鞋,下楼好走。"

黎衍感到意外:"你还愿意扶我下楼吗?"

"我愿意啊,你自己愿意走吗?"

黎衍低声说:"只要你肯扶着我,我当然愿意。下楼时天还亮着,问题应该不大,就是费点时间。"

"好,那晚上给你看新衣服新鞋子!"周俏乐呵呵地挂了电话。

离喝喜酒还有不到一周,她把商场里的男装柜台上上下下逛了个遍,综合性价比和养眼度,最后给黎衍买了一身新衣服,共花了一千六百块。

黎衍想了想,拿起手机又拨给宋晋阳。

"Hello,小黎先生?"也不知是不是心理作用,黎衍听到宋晋阳贱兮兮的声音就有点孝毛,怎么会有这么欠揍的人?

他按捺住火气:"宋晋阳,问你个事儿,现在你去喝同学喜酒,一般给多少红包?"

宋晋阳很意外:"你要去喝喜酒?"

黎衍:"你别管,回答问题。"

张有鑫还在上学,沈泽西也小,这个问题只能问宋晋阳,同龄,土著,朋友又多。

宋晋阳说:"那要看关系程度啊。一般同学嘛,一个人去,六七百都行,两个人去,就要一千,一千二。"

黎衍问:"那要是关系再好一点的呢?"

宋晋阳笑:"好到什么程度啊?我和你这种吗?那起码五千起啊!"

黎衍脸黑了:"神经病,我挂了。"

"哎哎哎,别挂别挂!和你开玩笑的。"宋晋阳一通嘎嘎笑,"是很好的朋友吗?那两个人去得要一千五到两千吧。"

黎衍:"我知道了,多谢,挂了。"

"等等等等!别挂!"宋晋阳在电话那头大叫,"你真的要和周俏去喝同学喜酒吗?"

黎衍承认了:"嗯。"

"什么时候啊?"

"这周六。"

"有车子去接你吗?"宋晋阳的语气正经起来。

黎衍老实回答:"没有,我们自己去。"

"几点钟出门?你告诉我,我送你过去,那天我休息。"

"不用。"黎衍真的很不习惯和宋晋阳这样相处。

宋晋阳没再嗷嗷叫,像个成熟的大哥哥似的说道:"黎衍,有些事真没必要这么坚持。这个礼拜一直下雨,你腿是不是在疼?都这样了你怎么走下楼?吃喜酒你和周俏肯定打扮得漂漂亮亮的,走个楼梯搞出一身臭汗,犯得着吗?万一摔一跤呢?单元门走到小区门口那段路淋湿了怎么办?你不为自己想,也为周俏想想。我过来就是一脚油门的事,你不用觉得麻烦我,我送你们过去后就去接小颂约会,不耽误。"

黎衍犹豫,宋晋阳问:"你是不是感动地哭起来了?"

"你是不是有病啊!"黎衍一秒破功。

"哈哈哈哈……"宋晋阳又是一阵大笑,"时间给我,我来接你,麻溜儿的!"

黎衍终于妥协,把时间地点告诉宋晋阳,最后声音低低地说:"谢了。"

"不客气。"宋晋阳笑道,"来,喊声哥听听。"

黎衍:"滚蛋!"

挂了电话,他居然忍不住笑了一下,接着又感到腿疼。

"嘶……哎哟哟!"黎衍实在坐不住,转着轮椅到床边,把自己搞到床上躺下,两只手同时按摩着两段残肢末端,眼睛望着天花板出神。

从去年十月认识周俏，到现在三月下旬，短短半年时间，明明没发生特别大的事情，他却觉得很多事都不一样了。

家里多了一个小女人，是他的女朋友，一个特别可爱的女孩子，喜欢黄色的卡通小玩意儿，会做很好吃的菜，有时像只软糯糯的小兔子，有时又像凶巴巴的护崽老母鸡。

和她在一起时，黎衍觉得越来越放松，原本死死藏着的身体秘密，现在也愿意一点点展露在她面前。周俏在家时，他已经很久没穿过假肢了。

对沈春燕，他不再大吼大叫，沈春燕也不再畏畏缩缩地面对他。

和宋晋阳的关系以一种诡异的方式在好转。

和沈泽西都加上了微信，有时候会闲聊几句。

问过张有鑫工作上的计划，思考过自己除了写文，还能不能再干点别的。

甚至偷偷看过租房APP，查阅小户型电梯房的房租价格。

就连马上要去参加的这场婚礼，他都不那么恐惧。可以预想到那一天，聚焦在他身上的视线会多么令人厌恶，那些窃窃私语，充满同情的问询，叫人崩溃的却又无用的鼓励……他都不那么怕了。

大概是因为，身边会有周俏在。

不是一个人，周俏会一直陪在他身边，没人可以伤害他。他也想让大家知道，他的生活虽然没法再和别人比，但也不算太糟糕。

啊……周俏。

周俏花，俏俏，小花，小傻子，小猪猪……心肝宝贝蛋。

几点了啊？她还有好几个小时才下班回家，雨下得这么大，她还要去坐公交车。要是手头再宽裕些就好了，能让周俏打车回来。

现在就算让她打车，她也舍不得。

自己真是一个不合格的男朋友。黎衍叹口气，继续一下下按摩残肢，缓解疼痛。

晚上，周俏提着好多纸袋回到家，一进门就叫起来："雨好大啊！我都怕把衣服淋湿了，一路抱怀里回来的。"

黎衍转着轮椅到她身边，拿了块干毛巾给她："赶紧擦擦头发。衣服湿了就湿了呗，怎么还能把人淋成这样？人重要还是衣服重要？"

"衣服重要！都是新的呢，哪能淋湿啊。"周俏一边擦头发一边看他，突然疑惑地问，"你怎么穿假肢了？不是腿疼吗？"

黎衍低头看向自己两条"腿"，说："我刚才站了一会儿，下雨天，站一下会舒服一点，腿反而没那么疼。"

周俏不明白："是吗？站一下就不疼了？为什么呀？"

黎衍给她解释："可能是因为站起来后，腿待在接受腔里，有一种束缚感，也可以理解为挤压按摩吧，站一会儿再坐下，会好受很多。"

周俏学到了新知识："这样啊。"

黎衍不想再继续这个话题，自顾自拿过纸袋看起衣服来。

一件雪白的衬衫，一件酒红色毛线开衫，一条藏青色休闲裤，外加一双白色运动鞋。

"红的？"黎衍拎起那件开衫，拧着眉毛，"会不会太艳了，又不是我结婚。"

"这是酒红色！"周俏真是服了，"你皮肤白，穿这个保证好看，我都卖两年男装了，还不知道怎么搭配吗？"

黎衍笑了一下，又去看裤子和鞋。周俏帮他把开衫叠起来，说："这一身，要是加点儿配饰就更好看了，比如戴个手表手链，或者项链，弄点儿金属色，完美。"

黎衍拍拍轮椅扶手："那么大一架轮椅呢，金属色还不够吗？"

周俏一愣，接着就哈哈哈地笑起来。黎衍往她屁股上一拍："你还笑我？"

周俏把所有衣服都叠好，黎衍问："这些加起来不便宜吧？多少钱？我转给你。"

"别了，我给你买的。"周俏还在冲他笑。

黎衍说："我还是转你一些吧，你给自己也买身新衣服，喝喜酒可以穿。"

周俏摇头："我有衣服，有几件还挺好的，反正你同学平时又不见我，看我穿什么都会觉得是新衣服。"

黎衍垂下眼睛："别人都是男朋友使劲儿给女朋友花钱，你倒好，自己辛辛苦苦站柜台得来的工资，都给我买东西了。"

"我乐意。"周俏俯身亲一下他的脸，"你上回还给我买了手机呢，那能买多少衣服呀。"

黎衍沉默片刻，抬起头来看她："俏俏，你十七岁时到底是长什么样的，我怎么一点都想不起来了呢？"

周俏眨眨眼睛："怎么突然说这个？"

"就是觉得……你这么可爱，我怎么会一点印象都没有呢？"黎衍一脸怀疑，"你那会儿和现在长得像吗？应该还是像的吧，要不然叶予薇也不会认出来。"

周俏转转眼珠子，两分钟后，黎衍手上拿到周俏的身份证照片，与她面面相觑。

"就长这样，登记那天你也看过了。"周俏坐在他身边，指指身份证。

黎衍低头看，登记那天的确看过了，但没记住。这一次他看得很仔细，身份证是周俏十七岁那年办的，刚过生日，照片里的她留一头毛茸茸的短发，稚气的脸庞上有两坨乡村红，抿着嘴巴，表情很严肃。

眉眼五官的确有一点现在的影子，但实在太土了，也不知道叶予薇是怎么认出来的。

"你认识我时，就长这样？"黎衍看看照片，再看看周俏，问道。

"嗯！"周俏学着照片里自己面无表情的样子，问，"像吗？"

黎衍盯着她，周俏也回盯他。

"啊……"黎衍抬手捂住脸，"我女朋友小时候怎么这么丑啊！"

周俏扑上去就捶了他几拳："嫌丑就不要带出去！你自己一个人去喝喜酒吧！"

黎衍抓住她的胳膊，顺势就让她侧身坐在自己腿上，连着胳膊一起圈住，让她动弹不得。

周俏扭了扭身子，羞涩道："你放开我啊！我很重的，会不会把你腿压坏啊？"

"不会，你这么瘦，哪会压坏？"黎衍不松手。

"你的腿会不会被压疼？本来就在疼呢。"周俏又问，浑身都绷起来了。

"不会疼，你坐着我假肢呢。"黎衍的声音越来越轻，越来越温柔，黑眼珠子也越发得黯。说到后来，他的嘴唇已经凑到周俏的脖颈上，一点点地吻着她，舔着她，甚至还咬了一口。

周俏被他吻得身子发麻，两只手已经从他的桎梏中挣脱出来，搂着他的脖子，任他予取予求。两人的身子贴得很紧，周俏渐渐感觉到他身体上的一些变化。

"阿衍……"她叫他。

"嗯？"男人闭着眼睛吻得很专心。

周俏心脏怦怦跳，鼓足勇气开口："如果你想要……我可以的。"

黎衍的动作停下了，慢慢睁开眼睛抬头看她。周俏的视线高他一些，脸上绯红一片，眼睛特别亮，嘴唇也很鲜润，明明不是美艳的长相，对他来说却像一株罂粟，充满危险与诱惑。

他内心斗争许久，最终还是低下头，把脸颊埋进周俏的肩窝里，声音哑哑地说："现在还不是时候，我们……以后日子还长。"

脱假肢上床前，黎衍决定最后站一会儿。

缓解断骨疼痛的方法有几种，按摩、热敷、站立，都不行就只能吃止痛药。按摩需要的时间很长，黎衍总是没耐心，热敷又很麻烦，要不停去绞热毛巾。他更没有吃止痛药的习惯，一般就是硬忍。

与这些方法相比，站立反而是最方便的一种。只是黎衍没告诉周俏，残肢疼得厉害时，刚站起来的前五分钟绝对是煎熬，疼痛会加剧，熬过这五分钟就好了，再站一会儿，坐下以后全身舒畅，就跟没电的手机充满电一样。

周俏站在双杠边看着黎衍，他从轮椅上站起来时五官扭曲得像是上了酷刑，紧咬着后槽牙才没哼出声。这人真的很怕疼啊，周俏看着他的样子，身上都起了一层鸡皮疙瘩，问："疼得厉害吗？"

"还好……"黎衍额头上冷汗都出来了。

他衣袖挽到手肘，撑着双杠的手臂上青筋乱冒，周俏干脆从双杠另一头走进去，抱住他的腰，用力往上支撑着他。

"这样会省点力吗？"她抬头问。

"嗯。"黎衍低头看她，很自然地就往她额头上亲了一下。

"我都不知道会这么疼的。"周俏是真的心疼了，原本以为截肢就是截肢，腿截了而已，没想到还有后遗症。

"没事，很多人都这样。"有了她的支撑，黎衍真的轻松许多，甚至还腾出左手来搂住她。

两个人的姿势就像是拥抱在一起，周俏把脑袋搁在他胸前，说："年纪轻轻就老寒腿，以后老了可怎么办？"

"是啊，怎么办呢？"黎衍语气硬邦邦的，"到老了都是这样呢，一个没了腿的怪脾气老头儿。但是我和你说，你后悔已经来不及了！"

"咦？你这人怎么不走台词本啊？"周俏用脑袋蹭蹭他的下巴，"你这时候不是应该说'你现在后悔还来得及'才对吗？"

"开什么玩笑？来不及了！"黎衍左臂将她紧紧一箍，"撩完就想跑？我告诉你没门儿！做梦呢！"

周俏甜甜地笑起来："不跑不跑，陪你到老。"

黎衍愣住了。

——陪你到老。

到老啊。

黎衍以前都不敢想自己以后老了会是什么样，沈春燕应该更老了吧？如果不那么走运，母亲去世了，那世上就只剩下他一个人。

他都没法给母亲养老，自己照顾自己都很勉强。

沈春燕曾经和他开过玩笑，说老了以后他俩就一块儿去住敬老院，母子住一间。

"八十岁的老妈妈照顾五十多岁的残疾儿子，就这么着吧。"说完她还呵呵笑。

黎衍一点都不觉得好笑，就跟对周俏说过的那样，对于未来长长的几十年，他真的非常害怕。如果只剩他一个人，他大概会提早放弃吧。可是现在，有个人对他说，会陪他到老。

他把右手也从双杠上松开了，两只手臂紧紧搂着周俏，站得稳稳当当。怀里抱着一个人的感觉太过充实，是他的小傻子。

"你说的，陪我到老，不能反悔啊。"黎衍喑哑的声音飘在周俏耳边。

"不反悔。"周俏说，"我们一起长命百岁。"

白明轩结婚那天，下着雨，宋晋阳傍晚时分来到黎衍家。

周俏调休一天，和黎衍都已整装完毕。宋晋阳看到轮椅上的黎衍，眼睛一亮："我去！帅啊！这是哪儿来的男团偶像啊？"

黎衍很不好意思。他穿着一身新衣服，白衬衫外是酒红色毛线开衫，底下就是藏青色休闲裤配白色运动鞋，连着头发都被周俏打理过，修剪了一些，又用发胶抓抓，搞出一个挺时尚的发型。

酒红色很挑人，黎衍穿着却特别好看。他皮肤白皙，眉眼清俊，肩膀宽宽的，腰身瘦瘦的，肚腩早就没了，衬衫领子还敞开两颗扣子，气质英朗中又带着一丝儒雅，就是个二十六岁年轻人最耀眼的样子。

"是弟妹给你买的衣服吗？弟妹眼光真不错啊！"宋晋阳啧啧感叹。

周俏笑得合不拢嘴："哪有啊，明明是阿衍自己长得帅，穿什么都好看！"

"瞎说！"宋晋阳睨着黎衍，"这家伙前几年人不像人鬼不像鬼的，送进鬼屋吓人都不用化妆好吗！"

黎衍冷冷地看着他。

周俏瞪一眼宋晋阳："晋阳哥哥，你再这么说阿衍我可要生气了！"

宋晋阳笑了："好好好，不说不说。小黎先生天生丽质，从小到大都是校草，哥哥我是羡慕嫉妒恨，弟妹莫怪，莫怪。啊呀！弟妹今天也很漂亮呢，都要认不出来了。"

这下子换周俏不好意思了："晋阳哥哥你别笑话我了。"

她穿着一条深蓝色连衣裙，外头配一件白色小外套，脚穿黑色皮鞋，是她最贵的一套春秋装，色系和黎衍很搭。

周俏还用尽毕生功力给自己化了一个精致的妆，长头发柔顺地披在肩上，喷了点香水，整个人袅袅婷婷，刚打扮好时，黎衍都看呆了眼。

他想，小傻子打扮一下还挺好看的呢。

两个夸夸怪凑在一起，黎衍头疼，止住他俩话头："你俩有完没完，赶紧出发吧。"

宋晋阳背黎衍下楼时，周俏护在一边，听到宋晋阳说："小黎先生，你是不是胖了？"

黎衍还没开口，周俏笑道："没有没有，不是胖！阿衍最近在健身呢，身上都是肌肉！"

"啊哈？"宋晋阳好惊讶，"黎衍你在健身？真的假的？"

"真的呀！"周俏说，"不信你一会儿捏捏他手臂。"

黎衍在宋晋阳背上扭过头："周俏！"

周俏赶紧闭嘴。

到一楼后，宋晋阳说去把车直接开到单元门口来，周俏陪黎衍在楼道里等着。她松了一口气，说："今天幸好有宋晋阳帮忙，要不然我俩肯定会淋湿。"

黎衍低着头，没吭声。

去酒店的路上，黎衍为了上下车方便就坐在副驾，问宋晋阳："你上次说要找房子结婚过渡，找到了吗？"

"还早着呢，才三月啊，我们打算五月去租，有装修直接住，没装修就简单搞一下，夏天散散味，秋天就能住。"宋晋阳说完，又问，"怎么，你那601打算租给我吗？"

黎衍没回答，宋晋阳笑笑："你肯租给我，我就会租，真的，不和你开玩笑。你那屋子离我公司和小颂学校都不远，租金就按市场价给，估计能租三千五左右，我去外面租也是租这个价位的房子。"

黎衍说："我还没想好，再让我想想。"

宋晋阳耸耸肩："五月底前找我都行，晚了就不好说了，可能我们就找好房子了。"

黎衍点头："嗯。"

周俏坐在后排，惊讶地看着黎衍。黎衍都没和她说起过要把601租掉，租掉以后，他们住哪里啊？

宋晋阳把黎衍和周俏送到酒店后就走了。周俏推着黎衍进大堂，看过指示牌，白明轩和叶予薇的婚礼在三楼宴会厅举行。

两人等电梯时，身边来了几个中年人，其中一个男人穿着西装、左胸别着红花，看到黎衍后打量了好一会儿，激动地叫出声来："这是黎衍吗？"

黎衍抬头看他，认出是白明轩的父亲，礼貌地喊："白叔叔您好，是我，黎衍。"

"啊呀，啊呀，啊呀！"白父连着三个"啊呀"，把周俏都弄得紧张了，果然，白父紧跟着说，"这么好的孩子，怎么搞成这个样子？唉……真是命运弄人啊！黎衍，这些年一定很辛苦吧？"

四五个中年男女齐刷刷盯着轮椅上的黎衍，周俏把手按在黎衍肩上，他拍拍她的手，说："白叔叔，我挺好的，都结婚了呢。这是我妻子周俏，今天一起来喝喜酒，恭喜您啊。"

他伸手握住周俏的手。

白父见他一脸坦然，终是点点头："谢谢，谢谢。你能来喝明轩的喜酒，叔叔很高兴啊！晚上多吃点，多喝点。"

黎衍淡淡地笑起来："一定，白叔叔，我们上去再说。"

电梯把一堆人都送到三楼，周俏推着黎衍来到会场门口。白明轩显然为这场婚礼投入了大手笔，签到台规模巨大，唯美浪漫，鲜花丛中摆着一张白明轩和叶予薇的大幅婚纱照。

一身笔挺西装的白明轩老远就看到黎衍，快步迎来："阿衍！"

在白明轩身后是另一个穿伴郎西装的年轻男人，周俏认出他就是曾经的那个寸头男生，现在头发留长了，还烫着卷，他也激动地叫："阿衍！"

"老白，新婚快乐。阿杰，好久不见啊。"

黎衍坐在轮椅上，神情平静温和，打完招呼又介绍周俏和华又杰相互认识。

末了，白明轩说："阿衍，过来拍照。"

叶予薇穿着一袭雪白婚纱站在迎宾处，看到黎衍时眼神里又透出那种悲悯之情。黎衍装作没看见，说声"恭喜"，就让周俏把轮椅停在白明轩身边。

他低头放下两条假肢，又抬头望向周俏，两人都不用言语，周俏已经扶着他的手臂让他站起身来。等他站稳后，又将轮椅推到三米远外，回来站在黎衍身边，挽住他的胳膊。

白明轩低头看向黎衍的"腿"，担心地问："阿衍，没问题吗？"

黎衍拍拍他的肩，不以为意："放心，站得住，只是现在我和你一般高了。"

白明轩尴尬地笑了一下。

摄影师在前头举起相机："来，大家看这里，笑！"

黎衍身姿挺拔地站在白明轩身边，左手插兜，右手自然地任周俏挽着。他看着镜头，笑得清浅温柔，只听"咔嚓"一声，这温馨的一幕就被相机记录下来。

摄影师拍完照，黎衍以为周俏会去把轮椅推过来，结果她把自己的手机交给摄影师："师傅，麻烦您用手机也帮我们拍一张，谢谢。"

白明轩和叶予薇没有异议，黎衍眼神古怪地看了周俏一眼，四个人加上华又杰又拍了一张，周俏才满意地收好手机，推回轮椅，让黎衍稳稳坐下。

白明轩让华又杰领黎衍进会场找桌子，周俏推着黎衍往宴会厅走时，黎衍偏头问："你是不是又要发私密朋友圈？"

"咦？你猜到了呀？嘿嘿嘿，是啊，我怕拿不到那张照片嘛。"周俏开心地回答。

黎衍无奈地摇摇头："你都写的什么呀？自己写给自己看？"

周俏难为情："习惯了嘛。以前常搬家，写本子容易丢，写手机备忘录，换个手机就没了，偷偷发在朋友圈就很方便啊，换手机也不怕。"

黎衍问："你写了好多年了？"

"是啊。"

黎衍挺好奇的，回了下头："真不能给我看啊？"

"不给你看，没什么好看的呀，都是鸡毛蒜皮的事。"周俏心虚地看一眼前头的华又杰，幸好人家完全没注意他们的对话。

"哦！我知道了。"小黎先生的脑洞开始工作，"你肯定在里头骂我了，那会儿我和你吵架挺凶的，你当面不吭声，背地里都写朋友圈了是不是？"

周俏扯扯他的耳朵："是！被你猜中了，但还是不能给你看，憋死你！"

黎衍都被她气笑了："小气鬼。"

正说笑间，到了大学同学所在的那桌，有四五个人已经坐着。一个胖胖的男生腾一下站起来，几乎是向着黎衍扑过来："阿衍！"

"哎我去！"黎衍被他扑了个满怀，直起上身与他拥抱，"琛仔，你要撞死我啊！"

"阿衍！我好想你啊！"刘琛脸圆圆的，戴着一副黑框眼镜，周俏看他那样子像是要哭。

黎衍忙说："打住啊！不许哭！我好着呢，别搞得好像我得了绝症要嗝屁似的。"

周俏拍他肩："胡说八道什么呢？"

刘琛终于冷静下来，华又杰继续出去做伴郎，周俏把黎衍推到桌旁，自己在他右边坐下，刘琛自然坐在黎衍左边，好奇地打量周俏。

这一桌坐着的都是黎衍大学时的同班同学，有男有女，只是关系没有刘琛、华又杰这么铁。这时候一个个都很紧张，毕竟大家都没和残疾人打过交道，这个人还是当初的同窗，是他们中间最耀眼的那一个。所以，他们看着黎衍的眼神里有关心，有同情，有探究，还有遗憾、可惜、怜悯这些根本就藏不住的情绪。

好在黎衍看着精神面貌很不错，拍拍刘琛的背，微笑着对在座的所有人说："好久不见啦。给大家介绍一下，这是我老婆周俏，我们结婚半年了。俏俏，这些都是我大学同学，名字你就不用记了，反正男的都没我帅，女的都没你年轻。"

"黎衍你这人怎么还是这么讨厌！"一个瓜子脸的女生嗔怪道，"退了我们班级群，和谁都不联系，现在还好意思取笑我们？"

"是我的错，一会儿我自罚一杯。"黎衍笑道。

刘琛道："你怎么结婚都不和我们说，喜酒我都没吃上！"

黎衍揽过周俏的肩："酒没办呢，红包你先准备着，办了一定叫你。"

气氛一下子轻松起来，所有人都松了一口气。

周俏安静地坐在黎衍身边，听他和刘琛聊天。来之前，她并不知道黎衍的心理准备已经做得如此充分，没有露出丝毫负面情绪，和所有人都有说有笑的。别人问他在干什么，他说在网上写小说，别人问他笔名，他就摇着手说："给我留点面子吧，写得太硌碜，就是混口饭吃。"

他谈笑风生的样子真的和四年前很像，只是收敛起了眼睛里的精锐锋芒，笑容也不那么肆意张扬。他没有办法遮掩身下的轮椅，人又长得英俊，所以非常醒目，有人走过时总会看他一眼。

周俏不知何时已经牵住他的右手，两只手躲在桌下，手指牢牢地扣在一起。即使黎衍在和刘琛说话，也会时不时地用手指挠挠她的掌心，像是在叫她放心。

周俏右手托腮，目光一直落在黎衍的侧脸上。她知道自己的眼神肆无忌惮，落在旁人眼中会显得很花痴，但她无所谓。

这样的黎衍她已经很久没见到，一分一秒都不想错过，也不想去和陌生人聊天。这些人都是A大毕业生，甚至还有硕士、在读博士，自己不可能和他们聊到一块儿去。

这一桌陆续来人，大家轮流到黎衍身边合影，周俏充当摄影师，在桌对面帮他们拍照。黎衍坐得端正，笑得妥帖，拍了好一会儿后不满地叫起来："你们有没有搞错啊？我又不是明星！要不要我给你们签个名啊！"

之前的瓜子脸女生说："你可比明星帅多了，当时咱们系里有多少女同学喜欢你啊！哎，小周，你知道这些事不？"

周俏红着脸摇摇头，黎衍轻轻一拍桌子："赵青，行了啊，别挑拨我们夫妻感情！"

赵青咯咯直笑："就看你俩这腻歪劲儿，是我能挑拨的吗？当时我们还猜黎大帅哥最后会拜倒在哪条石榴裙下，小周，还是你厉害！"说着就向周俏竖竖大拇指。

大家都笑起来，搞得周俏脸更红了。

"哎哟，我以为我要迟到了！"就在这时，一个女声传来。

王雯琳风尘仆仆地来到桌旁，在赵青身边最后一个空座坐下，一抬眼就看到正对面的黎衍，她张张嘴，叫出声来："黎衍，你也来了？"

黎衍漫不经心地看她一眼："老白结婚，我当然要来。"

"哦，我不是这个意思。"王雯琳抬腕看表，对身边的赵青说，"好险，差点迟到。月底我们公司特别忙，周末都要加班的，一会儿回去我还得干活呢。予薇本来想叫我做伴娘，我哪有时间啊！"

王雯琳的长卷发扎在脑后，穿着一身杏色职业套装裙，脖子上挂着钻石项链，腕上戴一块亮闪闪的表，妆容精致，但五官远不及叶予薇漂亮，颧骨很高，长着一张不太好相处的脸。周俏不知道她是谁，只知道自从她一来，桌上的气氛莫名变得有些尴尬。

王雯琳与众人打过招呼，终于发现了周俏。这一桌除了大林带着女朋友，其他人都是单个来的，周俏坐在黎衍身边，她的另一边是大林的女朋友，也就是说……

"黎衍，这是你老婆吗？"王雯琳挑着眉毛看向周俏，问道。

黎衍淡淡回答："是啊，我老婆，周俏。"没下文了。

王雯琳不乐意："你怎么不给你老婆介绍一下我呀？"

黎衍都想翻个白眼，忍住脾气说："俏俏，这是我同学王雯琳。"

哦，王雯琳啊！那天叶予薇说起过的，周俏想起来了，对她微笑："你好。"

王雯琳也在笑，一边笑一边说："周俏，你真的是当初 A 大门口火锅店里的小服务员？黎衍帮着出头被泼火锅就是为了你？哇！好浪漫啊！这不就是……英雄救美，美人以身相许吗？"

这话一说，所有人都呆了一下。

老同学们大多不是泼火锅事件的当事人，就算是当时在场的刘琛和肖巍，这时候也没认出周俏。被王雯琳一句话捅破，刘琛吃惊地嘴巴微张，场面顿时变得难堪。

王雯琳心里憋着一股气，叶予薇私底下把这件事告诉给她，其实是为了叮嘱："到时候在婚宴上见到，你可千万别说起。别人都记不得这事儿了，大概只有我和你认得出她来，你要是说出来，黎衍会很尴尬的。"

王雯琳当时就很震惊："他们是怎么联系上的呀？这都多少年了？难道那个女的有黎衍电话？这不是乘人之危吗？心机得有多重啊！黎衍是不是怕自己找不到老婆，所以就随便找一个来照顾他？"

叶予薇回忆了一下，说："我觉得不像，黎衍和他老婆看起来感情挺好的，而且那个女孩现在漂亮很多了，我也是想了好久才想起来是她。哎呀，反正你到时候别乱说话就行了。"

王雯琳不置可否，哼了一声。

此时，她饶有兴致地盯着周俏。

周俏动动嘴唇，刚要开口，黎衍先说话了："对，就是她，当时她年纪小，在火锅店打工被人欺负，我帮了她一把。这些年我们也没联系，很巧，去年又碰上了，相处了一段时间觉得她人特别好，就结婚了，很普通的恋爱结婚，怎么，你觉得周俏是来报恩的吗？"

他像是在开玩笑，转头问周俏："你是来报恩的吗？"

"不是。"周俏对着他笑得很甜，"我喜欢你呀。"

她眼睛里有亮闪闪的小星星，只要不是瞎子都能看出她对黎衍满满当当的爱意。黎衍自己都愣了一下，抬手揉揉她的脑袋："矜持点啊，老婆，这么多人呢。"

周俏抿着嘴笑，大家都笑起来，黎衍脸上也绽着笑，说："王雯琳，我和周俏今天是来喝老白的喜酒，这是个大喜日子，人家是主角我们是配角，配角不刷存在感。我不管叶予薇对你说过什么，现在聊这些都没有意义，你要还当我是老同学，大家就好好吃个饭，叙个旧，其他废话都不用讲。"

"我说什么了呀？"王雯琳被怼后也没表现出生气，笑眯眯地说，"我这不就是在叙旧嘛，干吗说话这么呛？"

黎衍没再接话，看都不想看她，直接转头和刘琛聊起天来。

王雯琳又看了周俏一眼，周俏干脆刷起手机。王雯琳觉得没劲，和赵青说起工作的事。

没过多久，婚礼仪式开始了。

从黎衍和周俏的角度看舞台，需要转一下身子，宴会厅里灯光暗下，周俏把下巴搁在黎衍肩膀上，和他一同看台上的仪式。

看着看着，她就有点思想开小差，视线移近，焦距对到黎衍的耳朵、侧脸和脖子上。

啊！他的鼻子好挺啊，耳朵也很可爱。雪白衣领下的脖子好漂亮，可惜后脖留了几个小疤。哦！他的喉结在动呢，性感。

就算没用香水，还是可以闻出来，是黎衍的味道。

来到外面和待在601室的感觉怎么会那么不一样？在家里，只有他们两个人，做些亲密事、说些羞羞话也没人看见听见。可到了外面，身边有几百个人，他们只是人群中一对不起眼的小情侣，就跟在约会似的。

也不对，黎衍哪会不起眼啊，他那么帅，就算坐着轮椅都超级帅，这宴会厅里就没人比他更帅了！

好开心，是她一个人的黎衍，刚才还帮她说话了呢。

周俏的眼睛都快对成斗鸡眼，黎衍肩膀一动，回过头来，很轻很轻地说："你是不是在笑啊？气都呵到我脖子上了，很痒的。"

周俏抱住他的胳膊，抬眸看他，也很轻地说："喜欢你。"

黎衍一怔，抬手抹把脸，差点要笑出来："你真的矜持一点，哪个女朋友跟你这样的？"

"哦……"周俏小声说。

台上的仪式烦琐又煽情，父母说话，证婚人说话，新人互相表白……周俏没兴趣再看，头碰着头向黎衍："你那个女同学，为什么讲话这么奇怪？"

黎衍也早就无聊了，决定和周俏聊聊天："她以前喜欢过我，人比较自以为是，我拒绝她好多次，她可能觉得没面子吧。"

"你以前是不是很受女生欢迎啊？"周俏的嘴微微噘起来。

黎衍不答，反问："你说呢？"

"一定是。"周俏想了想，又问，"那……你受伤以后，她去看过你吗？"

在她的认知里，如果王雯琳喜欢黎衍，黎衍受伤后她一定会着急得疯掉，换成是她，可能就天天在医院打地铺陪着了。

"呵。"黎衍轻笑一声，"我其实记不清她来没来了，反正那时候他们来看我，我要么不见，要么就是砸东西赶人。但是我记得她给我发过微信，写了得有几百字吧，大作文似的，具体内容我忘了，大概就是缅怀了一下四年青春，说她决定放弃这段感情，让我好好养伤，以后就不要再联系她了。"

周俏很迷茫，黎衍想到这事儿就郁闷："跟妄想症似的，把我给气得半死。我从来没有主动联系过她，我根本就不理她的，搞得好像她甩了我一样。"

周俏摇摇他的胳膊："别生气了，犯不着，我觉得她就是吃醋呢。"

黎衍差点笑场："吃你的醋啊？"

"是呀。"周俏一点没不好意思。

"你这小脸皮还真挺厚的啊。"黎衍语气戏谑。

周俏一本正经地说："怎么就不能吃我的醋了？你不还吃过徐辰昊的醋吗？"

黎衍脸一板："我没有。"

"你有。"

"我没有！"

周俏一脸"我不和你计较"："好好好，你说没有就没有。"

黎衍死不承认："本来就没有。"

王雯琳看着黎衍和周俏咬耳朵，两个人时而低声说话，时而轻轻地笑。周俏的下巴搁在黎衍肩膀上，抱着他的胳膊，样子真是非常亲密，亲密得令王雯琳心里一阵刺痛。

她从没见过黎衍看着一个女孩时有这样的眼神，那么宠溺、那么温柔，可这个女孩曾经只是个火锅店的服务员！叶予薇说得没错，这个小服务员现在的确漂亮许多，穿着打扮也不再土气，可这也否定不了她是个打工妹的事实！

黎衍是谁啊？黎衍是当年他们系里最受欢迎的男生！成绩优异，体育万能，高大英俊，潇洒不羁，是她王雯琳费了老大的劲儿都没追到手的人！怎么就娶了一个打工妹呢？什么眼光？就因为残疾了？

残疾了也不能自掉身价啊！

如果当年她没有放弃黎衍，是不是也能追到他？

但他受伤那么重，说是双腿截肢了。王雯琳难以想象自己的男朋友是个重度残疾人，即使她那么喜欢黎衍，也没法承受来自外界的异样目光。

当时他们都才大学毕业，精彩人生刚刚开始，王雯琳原本以为，自己放弃这段感情一点也不后悔，却在见到黎衍和周俏卿卿我我时，才意识到她酸得牙都要咬碎了。

仪式结束，一对新人去换敬酒服，喜宴正式开席，大家碰过杯后开始吃菜。周俏吃得很少，黎衍见她没怎么动筷子，就给她夹了一些菜："怎么了，多吃点儿。"

周俏对他笑笑，王雯琳越看越气。

吃饭时总得聊天，几个同学都是多年不见，有些还是特地从外地赶来，这时候肯定会说到各自的工作。他们有人进银行，有人进外企，有人进证券公司，还有人继续读博。

王雯琳聊得特别起劲，说外企工作是多么忙碌，出差是多么频繁，她隐晦透露出自己的年薪有二十多万，还自嘲为"搬砖工"。她的确混得不错，不过在这一桌高才生中并不算拔尖，只是其他人都比较低调，尤其又有黎衍在，没人会傻乎乎地炫耀这些东西。

黎衍自然没参与这些话题，实在也是插不进去，他也没表现出反感，就安静地听，偶尔和周俏说几句悄悄话。

王雯琳唱了会儿独角戏后，见没人再搭腔，又起了话题开始说学历提升。

"早知道当初就考研了，现在就算想读个在职研究生，根本没时间。"她语气颇为遗憾，"三十岁前还是得拿下硕士，我们公司晋升对学历要求特别严。"

大林接话："叶予薇和白明轩不是都读了在职研究生嘛，你可以问问他们呀。"

"我哪有予薇那么空啊！"王雯琳语气酸溜溜，"就在白明轩他爸子公司里挂个闲职，结了婚跟全职太太差不多了，我估计她怀孕生小孩儿就不会去上班，人家可是少奶奶。"

赵青说"没有吧，予薇上班还挺忙的，她和白明轩特地不待一个公司，就是怕人家说闲话。"

"你知道什么？你没看她朋友圈啊，三天两头去国外旅游，哪个公司有那么多休假？"王雯琳很不屑。

赵青不吭声了。

王雯琳又问大林："大林，你女朋友是哪个学校毕业的？"

大林看了女友一眼，说："A省理工大，怎么了？"

"没怎么，就问问嘛。"王雯琳又转向周俏，"小周，你呢？"

周俏茫然地看着王雯琳，原本她都已经在出神。王雯琳继续问："你当年在火锅店应该是勤工俭学吧？后来大学在哪儿上的？"

刘琛实在忍不住了："哪儿上的关你什么事？怎么话那么多呢？"

"问问也不行啊？我们单位最近招人事小姑娘呢，普通本科就行，小周要是感兴趣我还能给介绍工作，福利待遇很好的。"王雯琳就是不放过周俏，目光灼灼地盯着她。

周俏心想，要说实话吗？

还没想好怎么回答，黎衍开口了："我们家周俏没上过大学，估计进不了你们这么高大上的单位，不劳您费心了。"

王雯琳露出一脸惊讶的表情："没上大学啊？大专都没念吗？哦，其实现在学历提升途径挺多的，夜大、自考、函授，还是应该考一个。对了，小周高中总毕业了吧？"

对于这个人咄咄逼人的态度，周俏感到困惑。她其实不介意说出自己的学历、籍贯以及目前从事的工作，曾经觉得这些东西会丢黎衍的脸，但身处此境，黎衍两次帮她说话，她已经明白了他的心意——他并不介意。

那这个王雯琳为什么非要揭她的短呢？

黎衍又想开口，周俏按住他的手，抬头看着王雯琳说："我高中没毕业，手上只有初中毕业证，十七岁就来钱塘打工了。"

黎衍转头看着她。

周俏继续说："但我不是没念过高中，我一直念到高二结束，我的学校是C省云县小河镇高级中学，没有别的名字了，因为那是我们镇上唯一的高中。"

黎衍第一次知道，原来周俏念过高中，还念到高二，突然想到自己曾经说过的那些伤害她的话，心都堵了起来。

周俏的语调还是柔柔的："我在快班，高二结束期末考，还没分文理，我全班第二，年级第七，我们一个年级一共有四百多个人。如果我参加高考，A大可能有困难，不过A省理工大，我还是考得上的。"

黎衍的心怦怦直跳。

周俏对着王雯琳笑起来："王姐姐，我们小地方来的人，你可能认识得不多，不是每个人都和城里孩子一样，想上学就能上的。我没能念完高中是因为家庭原因，你可以理解为家里穷吧。不过现在我过得挺好的，有正当工作，黎衍也是，我们感情很好，吃穿够用，真的不用您费心。"

王雯琳脸色不太自然，尖酸地说："你误会我的意思了，我只是觉得，夫妻之间如果文化层面差距太大，会不利于感情维系。现在没感觉，再过些年代沟就出来了。我是好心啊，黎衍毕竟是本科生，你怎么都该上个大专吧。"

一直没开口的男生肖巍突然出声："我不同意。"

王雯琳看向他。

肖巍说："我在读博，我女朋友今天没来，她就是本科毕业，按你的说法，我是不是还得逼着她和我一起读博，再不济也得读个研啊？"

王雯琳脸色一僵。

肖巍扫了她一眼："择偶前大家条件摆在那儿，双向选择。黎衍和小周已经结婚了，大家都能看出来他们感情很好，这时候提学历有什么意义？黎衍要是在乎这个，当初就不会和小周谈，既然谈了，就说明他不在乎，他都不在乎了，你起什么哄啊？敢情你将来找对象就只能找个本科生了，人硕士博士都看不上你，是这个意思吗？"

学霸一发话，王雯琳几乎无法反驳，脸色一阵红一阵白。刘琛忍不住笑出声，赵青拉拉王雯琳："好啦，吃饭呢，大家好多年没见了，说这些干什么？"

黎衍看了肖巍一眼，微微点头，肖巍报以微笑。大林举起酒杯敲敲玻璃转盘打圆场："来来来，大家碰一下，今天好难得聚在一起！喝酒喝酒。"

一阵碰杯声后，王雯琳不再说话。

周俏心情很舒畅，转头看向黎衍，发现他也正在看她。

黎衍低声说："原来你还是个小学霸？"

周俏微笑："曾经是。"

"真的是因为家里穷才没继续念吗？"

"还有点别的原因。"周俏说。

黎衍问："是什么？"

周俏垂下眼睛："可以不说吗，我不想说。"

"可以。"黎衍捏捏她的手，"你之前都没告诉过我，我一直以为你是个小笨蛋呢。"

周俏笑得很灿烂："小笨蛋就小笨蛋呗，反正没你聪明。"

这时候，白明轩和叶予薇敬酒敬到这桌，周俏扶着黎衍站起来，大家又是一通碰杯。

白明轩说："一会儿喝完喜酒，我在旁边KTV订了个大包厢，谁都不许走！晚上继续喝！琛仔、阿杰、肖巍都是明天就走，下次碰面不知道什么时候了。啊……还有阿衍！"

他已经喝多了，用力揽了一下黎衍的肩，把黎衍往身前一带，害黎衍差点没站稳，好在周俏牢牢地搂住黎衍的腰。

"阿衍绝对不能走！晚上去喝酒！完了我安排人送你回去，你要走了，我跟你没完！"白明轩镜片后的眼睛红通通的。

黎衍有些犹豫："我……"

"没完！"白明轩一瞪眼。

黎衍无奈地答应了："好吧，我去坐一会儿。"

周俏一切都听黎衍的，给宋晋阳发微信，告诉他不用来接，黎衍还要参加后半场。

这一晚俏最感兴趣的事是抽奖，还真的好运气地抽到一个平底锅，她欢天喜地领回锅子，之前所有不快一扫而空，早把王雯琳当成空气。

黎衍喝了几杯红酒，稍微上头，这时候醉眼迷蒙地看着周俏。她正在开心地翻看平底锅，黎衍一颗心变得很柔很柔，身边的人仿佛全都消失了，噪音也没有了，连空气都停止了流动，他眼前只剩下周俏一个人。

他难以抑制自己的冲动，突然揽过她的肩，倾身而上，在她唇上重重落下自己的吻，也不顾一桌子人都眼睁睁看着，王雯琳眼珠子都差点掉出来。

周俏也就开始时吓了一跳，反应过来后，她就闭上了眼睛，抱着黎衍软软地回应着他。她想，黎衍都不怕羞呢，她怕什么？

喜宴结束时，一群人准备转场KTV，王雯琳拎起包也要去。赵青看着她，奇怪地问："你不是说你晚上要回去继续加班吗?"

肖巍补了一句："工作要紧,搬砖不易,你还是早点回去干活吧。"

刘琛说:"一会儿喝多了回去报表做错,那就死定喽!"

王雯琳就算脸皮再厚,这时候也不会跟着去了,和叶予薇打了声招呼,气呼呼地独自离开。她一走,赵青就兴奋地对黎衍比了个"OK"手势,黎衍摇着头笑起来。

周俏还因为刚才那个吻而有些恍惚,推起黎衍的轮椅、跟着刘琛一行人默默往外走。在前后左右没什么人时,轮椅上的黎衍突然回过头来,看着周俏问:"我是不是一直没对你说过这句话?"

周俏:"什么?"

黎衍因为喝过酒而脸颊泛红,抬头注视着周俏的眼睛,说:"周俏,我也喜欢你。"

从酒店走到隔壁KTV这一段路,周俏脑子里像有千万只蜜蜂在飞,"嗡嗡嗡"地响个不停,心脏跳得巨快,背上要是安两个翅膀,她能表演一个原地飞天。

好幸福啊!怎么能那么幸福呢?

黎衍对她说"喜欢"了。

啊啊啊啊啊!

黎衍对她说"喜欢"了!

一直到坐进KTV包厢,周俏都没缓过神来,对着黎衍笑得一脸荡漾。黎衍伸出一根手指头戳戳她眉心:"傻了吗?你都没喝酒,至于乐成这样吗?"

周俏不说话,就只是看着他笑,笑得黎衍恨不得立刻把她抱怀里揉揉,无奈包厢里人太多,他还是不敢太放肆。

豪华包厢很宽敞,有两个男生因为工作原因没喝成喜酒,下班后直接赶来KTV,加上终于解放了的伴郎伴娘,一共来了十几个人。黎衍没有坐沙发,依旧坐在轮椅上,轮椅停在角落里,周俏始终陪在他身边。

白明轩和叶予薇说等婚礼全部结束他俩再赶来,华又杰听吩咐点了一大堆酒和小食,服务生把洋酒、啤酒一托盘一托盘端进来时,周俏都惊呆了。

"来!喝酒!"华又杰一声令下,酒一瓶瓶被打开。很快,黎衍手里就多了一个玻璃杯。

他居然一饮而尽,周俏劝他:"你慢点喝!"

"没事。"黎衍抹抹嘴,笑着看她,"我酒量还不错,你放心。"

周俏实在不能放心,因为这群人无论男女都很豪放,喝啤酒用瓶子吹,洋酒都不兑饮料,看得周俏目瞪口呆。

已经有人开始唱歌,歌单上很快排了一长溜歌曲。刘琛招呼黎衍去点歌,黎衍摇摇手:"我就喝会儿酒,不唱了,听你们唱。"

他能来已经算很给面子,没人会勉强他去唱歌。

包厢里很快热闹起来,有人唱歌,有人喝酒聊天,有人玩骰子……时不时地有同学坐到黎衍身边,与他低低地聊几句。这个地方的光线比宴会厅要暗许多,有些相对隐秘的话题,更适合在这里说。

周俏离得近,能听到他们的对话。

肖巍与黎衍碰杯,问:"阿衍,你现在能走路吗?"

黎衍摇摇头，拍拍假肢："装饰作用，不太好走。"

肖巍说："我上次看新闻，国外研发的一种假肢已经很智能了，有个老外情况挺严重，也是双腿高位，走得倒是还不错。"他的手在自己大腿上比画了一下位置。

周俏看在眼里，心想真的和黎衍的位置差不多。

黎衍笑笑："我知道，那种挺贵的，基础款两条腿都要大几十万，我暂时还买不起。"

肖巍迟疑了一下，说："需要帮忙你就说，都是兄弟。"

"谢了，不过真没什么要帮忙的，我都在家工作呢，也不是非得走路。"黎衍拍了下肖巍的肩。

肖巍点点头："行，那保持联系，别再不理我们了。"

黎衍应下："不会了，刚不都加回班级群了嘛。"

忙了一通后，华又杰终于有机会来和黎衍聊几句。两人聊到工作，他问："阿衍，你就打算一直写小说，不出来工作吗？"

黎衍说："不是我不想出来工作，真挺难找的，一般单位都不愿意找我们这样的。"

华又杰神色一凛，纠正他："什么你们我们，阿衍，大家都一样的。"

黎衍大笑起来："怎么会一样啊？你别安慰我了，我心里有数。"

华又杰说："我觉得你还是要好好考虑一下，到底念了四年，荒废了很可惜，你那时候找工作比我们都顺利。"

"我知道，但这事儿真不是由我说了算，客观条件限制，我只能说我会好好考虑，毕竟现在……"黎衍看一眼身边的周俏，"我也算是有家室的人，养老婆压力很大的。"

周俏听得又害羞又喜欢，华又杰笑起来："你说得我都要恐婚了。"

晚来的一个男生连话都没来得及说，看到黎衍就抱着黎衍大哭起来。反倒是黎衍拍着他的背不停安慰："别哭了，大老爷们儿哭什么啊！我好着呢，真的，这么多年都习惯了。哎，你再哭我揍你啊！"

除了聊天，就是喝酒。

周俏心惊胆战地看着黎衍喝，一杯杯洋酒几乎都是一口闷，心想这味儿都没咂出来吧？

一个多小时后，白明轩和叶予薇终于来了，新人到场，又是一轮狂喝。白明轩第一杯酒就是找黎衍碰，黎衍也不含糊，依旧是一口干掉。

期间，周俏陪黎衍去上厕所。KTV没有无障碍卫生间，周俏很担心黎衍会摔跤，他安慰她："我站着上，手扶着小便池就行，放心。"

一直到他坐着轮椅从卫生间出来，周俏的心才放下。

回到包厢里，大林点的一首歌播起前奏，歌名也出现在屏幕上。

大林拿起话筒就开始唱："速度七十迈，心情是自由自在，希望终点是爱琴海，全力奔跑，梦在彼岸……"

有人注意到黎衍正在看屏幕，几个人视线交流后，刘琛直接把歌给切了。大林正唱得起劲，音乐突然没了，他诧异地回头看，华又杰喊："大林，换一首！"

大林还没反应过来，他的女朋友已经把他拽到沙发上。周俏看着那女孩对大林耳语几句，大林一脸的恍然大悟，接着就向黎衍投来充满歉意的目光。

黎衍微微笑起来，看刘琛在点歌屏前操作，说："琛仔，帮我点首歌。"

刘琛说："好嘞！点什么？"

"就刚才那首，《奔跑》，大家都会唱的。"黎衍的语气很平静，周俏的心却重重一跳。

刘琛愣在那里不敢点，求救地看向华又杰。

大林一脑门汗，想要解释，黎衍又开口了："就点《奔跑》，我想唱。"

刘琛硬着头皮点了《奔跑》，又把歌给切上来。黎衍拿到一个话筒，问："谁和我一起唱？这歌三个人唱的。"

"我来！"已经喝得晕头转向的白明轩从沙发上爬起来，"阿杰、琛仔，你俩用一个话筒，这首歌我们309宿舍一起唱！"

他摇摇晃晃走到黎衍身边一屁股坐下，伸臂搭上黎衍的肩，前奏又一次响起，四个男人唱起歌来。

因为白明轩抢了周俏的位子，她只能站在黎衍另一边，又因为白明轩搭着黎衍的肩，她没法把手放到黎衍肩上。周俏想了想，干脆在黎衍身边蹲下，两只手将他空着的左手包在掌心。

总之就是想触碰他，必须要触碰他！在他唱这首歌时，不能离开他。想要抱着他，吻着他，想要在他把那些残酷的歌词唱出口时，心里可以不那么害怕。

黎衍手里拿着话筒，和白明轩一起有节奏地摇摆身体，唱得很大声。

……随风奔跑自由是方向，追逐雷和闪电的力量，

把浩瀚的海洋装进我胸膛，即使再小的帆也能远航！

随风飞翔有梦做翅膀，敢爱敢做勇敢闯一闯，

哪怕遇见再大的风险，再大的浪，也会有默契的目光……

黎衍的手心里有汗，与周俏的手握得很紧。他没有低头看她，只是认真地唱着歌。周俏却一直抬头看着他，他喝酒会上脸，这时候整张脸红得厉害，眼神都有些散。

周俏仔细地看，意料之中地在他眼角发现了一点小小的光亮，非常非常细微，除了她，不会再有人看见。

这一场酒一直喝到午夜十二点多，包厢里已经提前走了几个人，没走的除了女人，全员趴下。白明轩早已不省人事，周俏没办法再去问他送黎衍回家的事，刘琛和华又杰也醉得一塌糊涂，他俩晚上住酒店，一个屋。

肖巍和大林已经走了，其余男生周俏不认识，而且也都是醉鬼，她无论如何不放心让一个喝多了的人背黎衍上楼。

怎么办呢？

周俏低头看向黎衍，他整个人歪在轮椅上，闭着眼睛，脸颊潮红，已经不是一点半点的醉，完全就是酩酊大醉。这人标榜自己酒量好，但他平时其实不喝酒，这一晚洋酒、啤酒轮着喝，光上厕所就上了四回，怎么可能不喝醉？

周俏心里渐渐有了主意，和叶予薇告辞后，帮黎衍穿上毛线开衫，推着黎衍离开包厢。叶予薇满是歉意："你们自己小心。真是对不住啊，明轩喝多了，照顾不周。"

周俏回到酒店门口打车，出租车过来后，周俏请酒店的礼宾小哥帮忙，一起把黎衍架到车后座。

天依旧在下雨，不过已经是绵绵细雨，出租车往永新东苑开时，周俏一边观察窗外，一边留心着黎衍。他根本坐不住，整个人都靠在她身上，其实也没睡着，偶尔还会嘀咕几句她听不清的话。

"以后再也不让你喝这么多酒了，不难受吗？"周俏摸摸他的脸，烫得要命，"坚持住，

别吐啊，吐人家车上太难为情了。"

黎衍闭着眼睛，脑袋重重地靠在她的肩膀上，一点儿也没回应。

周俏无奈地叹了口气。

车子开过那个有音乐喷泉的广场时，周俏看到一家亮着灯的酒店招牌，赶紧让司机停车，并厚着脸皮请司机帮忙，把醉成一摊烂泥的黎衍从后座弄出来，让他歪坐在轮椅上。

周俏这时才算松了口气，最艰巨的任务已经完成。

这是一家三星级酒店，周俏拿着身份证在前台开房时，被告知黎衍也需要身份证才能入住。周俏掏遍他的口袋，一无所获，恳请前台小姐让她先入住，安顿好黎衍后她立刻回家去拿黎衍的身份证。

前台小姐说："可以是可以，不过能请问两位是什么关系吗？毕竟这位先生情况有点特殊，如果您去了不回来，他一个人在房间里出事，我们也承担不起啊。"

"哦，我们是夫妻，我有证明！"周俏着急地划开手机，找到自己去年十一月发的一条私密朋友圈，点开照片给前台小姐看，"你看，结婚证。"

前台小姐被结婚证上长头发、阴沉沉的黎衍吓了一跳，又去看轮椅上的男人，犹豫着说："不太像啊，发型都不一样。"

周俏真要急死了，双手捧着黎衍的脸迫使他抬起头来："你看清楚一点，就是他呀！还不让人变好看了？"

前台小姐终于同意了，帮周俏开出一间大床房，说："请您尽快把他的身份证拿来登记，要不然，我责任很大的。"

周俏连连点头："放心放心，我安顿好他就回去拿。"

她拿到房卡，推着黎衍坐电梯上楼，半途黎衍醒了一下，也不管自己人在哪儿，居然大声地唱起歌来："随风奔跑自由是方……唔！"

他已经被周俏捂住了嘴。

周俏弯腰面对黎衍，食指竖在嘴前，"嘘"了一声，黎衍懵懂地点点头，周俏才把手挪开。

她继续推着黎衍在走廊上找房间，听到黎衍说："我想跑步。"

"我好久没跑步了！"黎衍抬手抓抓头发，扭了扭上身，"也好久没打篮球了，还有踢足球、游泳……"

周俏扯开话题："你会游泳啊？"

"当然会了！你不会吗？"

"我不会，下次我们一起去游泳，你教我啊。"

黎衍没回答，不知怎的陷入了沉默。

周俏找到房间，进门后打不开灯，反复按着玄关处的开关，自言自语道："怎么没亮啊？"

"卡插进去！"轮椅上的黎衍叫起来，"笨死了！"

"哦，取电处。"周俏插进卡，房间里灯亮了。

她从没住过星级酒店，这会儿也没心思去看房间里的布置，把黎衍推到床边，她抓紧时间先帮他脱掉线衫，他不怎么配合，还往她手臂上拍了两下，挺疼的。

周俏瞪着他："你再打我，我生气了！"

黎衍掀起眼皮瞅她，还眨巴了一下眼睛，耍赖道："我没打你。"

周俏"啧"了一声："乖乖把毛衣脱了，上床休息一下。"

这一次黎衍没再捣乱，任由她帮忙脱下开衫。

周俏双臂抱着黎衍腋下，说："和我一起用力，我扶你上床。"

黎衍突然"呕"了一下，说："我想吐……"

"啊？想吐啊？你你……你忍一下啊。"周俏又让他坐好，快速地推着轮椅进卫生间。

黎衍自己捂着嘴，看见马桶就扑了上去，弓着腰、双手撑着马桶呕吐起来。

周俏心疼坏了，在边上帮他拍背："你真的喝太多酒了，还很难受吗？吐出来就好了，没事啊，我在呢。"

黎衍没说话，吐了一阵子后终于停下来。周俏冲掉马桶，开了一瓶矿泉水给他漱口，水瓶还没放下呢，就听黎衍说："我要上厕所……"

在KTV里，黎衍最后两次上厕所时，自己已经不太站得起来，都是刘琛进去帮忙的。这时候只有周俏在，周俏也不管了，帮他把两条假肢放到地上，从侧面抱着他的腰说："来，你撑着我站起来！"

黎衍搞不清楚怎么回事，上厕所的迫切需求让他真的站了起来，可上半身还是软绵绵地靠在周俏身上，压得她都要站不稳。

"我松不了手，你得自己上！"周俏使尽全力撑着他，说道。

"上……厕所，本来就是……自己上。"黎衍晃着脑袋，自己拉开裤链。

周俏脸薄，扭过头没敢看，只听见哗啦啦一阵水声由急变缓，黎衍身子抖了一下，又摸索着拉上裤链，周俏这才慢慢把他放到轮椅上，又把假肢搁上踏板。

趁着人在卫生间，周俏绞了块热毛巾帮黎衍擦手、擦脸，黎衍胡乱叫着："好烫啊！"

周俏哄小孩儿一样："很快就好了，要擦干净。"

弄完后，周俏又把轮椅推到床边，这一次终于成功把黎衍扶到床上。她让黎衍仰面躺着，帮他脱掉鞋子，把两条假肢也挪上床摆好。周俏摸到他穿着白色袜子的"脚板"，硬邦邦的，心里又是一酸。

"假肢先不脱，你休息一下，我回家拿身份证。"周俏摸摸黎衍的脸，凑近他耳朵说话。

大概因为躺着的缘故，黎衍又闭上眼睛，没理她。周俏已经浑身出汗，抖开被子盖到黎衍身上，最后亲了下他的脸颊："我很快就回来，阿衍，你别闹啊。"

"唔……"黎衍闷闷地出了声，还卷了卷被子。

周俏只带着家里钥匙和手机出门，走到酒店楼下才发现自己忘记带伞。不过这细碎的雨丝不足为惧，周俏快步离开酒店，向着永新东苑走去。

这个时点，周围一个人都没有，广场边的高层住宅也几乎都暗着灯。周俏走着走着就小跑起来，小跑了一会儿后，她干脆甩开手臂大步飞奔，也不管身上穿的是裙子和皮鞋。

蒙蒙细雨落到她身上，虽然不大，很快也将她浇得湿透。周俏的脚后跟又被皮鞋磨破皮，但她不在乎，想着醉了的黎衍还独自一人等在房间里，没人帮他都没办法下床，万一他又要吐呢？万一又要上厕所呢？所以她必须快去快回，不能磨蹭，要跑得快一些，再快一些！

原本步行十五分钟的路程，周俏五分钟就跑到了。她一口气冲上六楼，开门进屋，都没喘口气，就找出自己的双肩包开始整理东西。

两个人的换洗衣服、充电线、洗面奶、电动剃须刀、黎衍的身份证……一股脑儿塞进背包里，她背起包又冲出门。

回酒店的路上依旧是一路狂奔，不过这一次，周俏渐渐跑不动了，体力到了极限，心里再着急，腿也抬不起来，只能变成快走。脚步慢下来，脚后跟的疼痛反而更加明显，周俏走着走着，也不知怎么回事，眼泪就汹涌而出。

凌晨一点半的街头，几乎没有行人，马路上只有车辆通过。周俏边走边哭，眼泪混着雨水大颗大颗落下，最后就变成号啕大哭。

不是为自己哭，真的不是。

她就是想到黎衍，想到黎衍刚才唱歌的样子，想到他说"我想跑步"，想到这一个晚上，黎衍就那么安静地坐在轮椅上，与他曾经的同学说说笑笑。他看起来心态很好，情绪平和乐观，让所有人都感到放心，只有她知道，他其实非常失落。

周俏浑身湿淋淋地走着，用手背胡乱抹着眼睛，抬起头来，酒店的霓虹招牌已经出现在面前，就像一盏指路明灯。她原本枯竭了的身体顿时又充满力量，再一次迈开脚步向前跑去。

黎衍在等她，他在等她呢！

那个她最喜欢的人，今天也给了她明确的回应，她欣喜若狂，甚至觉得这辈子都没有遗憾了。要快点回去他身边，要陪着他，要爱他！一辈子爱他，两个人再也不分开。

有腿没腿有什么关系？不管他变成什么样，他就是黎衍！是她这二十二年生命中最重要的人！是她的信仰，她的明灯，是天上那轮光芒万丈的太阳，是她的神。

周俏跑进酒店大堂时狼狈得不像样子，头发湿漉漉地贴在脸上，妆容被雨水弄花。她一瘸一拐走到前台，把黎衍的身份证放到台面上，才撑着腰大口大口喘气，话都说不出来。

终于登记完毕，周俏拖着两条腿回到房间，进去以后大吃一惊，原本睡在床上的黎衍居然趴在地毯上，轮椅不知怎么的离床足有两米远。更令周俏崩溃的是黎衍已经脱掉了假肢，两条假肢连着裤子甩到床尾地上，两个硅胶套一个飞到电视柜上，一个落在玄关处，还有两只原本摆得整整齐齐的新鞋，这时候也一东一西散落在房间。

显而易见，有人刚刚发过脾气了。

周俏浑身一激灵，身上的疲劳瞬间不见，匆匆跑到黎衍身边跪蹲下来，摸着他的背叫他："阿衍，你怎么在地上啊？是摔跤了吗？阿衍？"

黎衍身上只穿着白衬衫和一条黑色低腰内裤，衬衫上全是褶皱和酒渍，衣摆还往上撩起一些，露出一段劲瘦的腰线。他就这么大刺刺地趴着，内裤下两截大腿残肢分分明明地落在周俏的视野里。

周俏好头疼，心想这家伙清醒以后，要是知道自己辛苦隐藏的秘密就这么被她看光光，是不是会弄死她呀？

这真的是周俏第一次完完整整看清黎衍的大腿残肢，真的很短，左右都只有十厘米出头，末端圆圆的，肤色苍白，两道蜈蚣线极其醒目。

没有了两条长腿，他整个人的比例不可避免会有些怪异，明明上半身是那么修长，肩膀是那么宽阔，连着屁股都很翘！可大腿处的残缺还是刺痛了周俏的心。

"阿衍？"周俏的手掌一下下抚在黎衍背上。

他终于动了动身子，扭过脸来看她，眼睛红红的，咬牙切齿道："你为什么要把轮椅放那么远，我都够不到！"

周俏有点蒙，之前把黎衍扶上床后，她可能无意中把轮椅撞开了一些距离，完全没注意到会对他造成困扰。周俏猜测，黎衍下床想走去轮椅边，结果摔跤，幸好房间里铺的是地毯，但他还是发脾气把假肢给卸了。

"对不起对不起,是我不对,下次不会了。"周俏好愧疚,"我先扶你起来。"

"不要!"黎衍又把脸埋在手臂上了,"不起来!"

周俏之前还在思索黎衍到底是清醒了,还是依旧醉着,现在可以确定,他还在耍酒疯中。她换成温柔的语气:"不可以睡地上哦,地上又冷又脏,来,我扶你起来。"

黎衍不理她。

"来嘛,你先坐起来。"周俏声音软软的。

黎衍不再闹了,乖乖任周俏帮他翻身坐起。周俏说:"阿衍,你搂着我脖子,我抱你上床。"

"嗯……"黎衍神情萎靡,伸长手臂圈住周俏脖子,周俏一只手穿过他腋下环着背,一只手托住他的屁股,一把就把他抱了起来。

之前扶他上床时,他的假肢踩着地可以支撑,这一次完全是凌空抱。黎衍的身体重量对于成年男性来说已是极轻,但对周俏而言抱着还是挺吃力,而且这样的抱法真的很奇怪,周俏甚至觉得有点像小时候抱小树的姿势。

托屁股时,肯定会碰到残肢,可怜的小黎先生这时候幕地清醒,残肢处感受到周俏手掌的温度,脸色巨变。周俏把他放到床上后,他注意到电视柜上的一个硅胶套,整个人都呆了。

接着他就低头看到自己的下半身……晴天霹雳!

他无力地仰面躺下,默默拉过被子盖住身体。周俏还未发现他的情绪变化,从双肩包里拿出干净衣服给他:"今晚就别洗澡了,明天起来再洗,你先换件T恤吧,睡觉舒服一点。"

黎衍眼神空洞,不言不语。周俏凑到他身边看他:"阿衍,你怎么了?"手掌抚上他脸颊,又问,"你怎么了呀?哪儿摔疼了吗?你别吓我!"

黎衍的视线终于移了一下,与她相汇。他看清周俏的脸,湿淋淋的头发,湿淋淋的衣服,还有花掉的眼妆……

"你穿着衣服洗澡的吗?"黎衍抬手摸摸她的头发,疑惑地问。

周俏哭笑不得:"我刚回家了一趟,拿了些东西过来,外面下雨呢,没带伞。"

黎衍的眼神变得又柔又伤,沉默半晌后说:"对不起。"

"没事儿。"周俏叹口气,"你先换件衣服吧。"

黎衍还是没动,问:"你都看到了?"

周俏愣了一下才知道他说的是什么,点点头:"嗯。"

"害怕吗?"黎衍手指死死揪着被子,眼珠子很黑很黑。

"不害怕。"周俏说,"一点也不害怕,不丑,不恶心,真的,你相信我。"

黎衍眯了下眼睛,像是在分辨她话语中的真假。良久,他嘴角牵起,露出一个苦笑,悠悠地说:"我刚才突然想起,我再也不能跑步了。"

周俏说:"但你还可以走路啊。"

黎衍摇摇头:"我走路很丑,就跟鸭子一样。"

"鸭子不丑啊,我的呆瓜就很可爱呢。"周俏摸摸他的头发。

黎衍一直看着她,看着她,突然,喉咙里呜咽一声,他迅速抬起手臂挡在眼前,身子都颤抖起来。

"周俏……你说我该怎么办?"他的手臂固执地挡着眼睛,哽咽开口,"他们都混得那么好,我却混成这样……我想让你过好日子,但我想不到办法。我也想去工作,可是没有单位肯要我……我以前试过的，投过简历，都没有单位让我去面试，一家都没有……"

他的胸膛起伏得厉害，周俏没说话，任他发泄情绪。

她想，戴了一晚上面具，他一定很辛苦吧？

这才是最真实的黎衍，他没有那么强大，或者说，他现在所拥有的东西还不足以支撑他内心的强大。

这些话如果不是喝醉了，估计他永远都不会对她讲。

周俏轻声说："工作的事你先不要着急，我们慢慢来，总会有办法的。我也不需要什么好日子，只要和你在一起我就很开心了。"

"不……不应该是这样的。"黎衍呜咽着，不停地摇头，"不应该是这样的……他们连面试的机会都不给我！一次都不给我！"

周俏心力交瘁，哄了好一会儿，黎衍就跟个闹脾气的孩子一样，渐渐安静下来。

唉……酒精真是害人不浅。周俏抚着黎衍的头发，心想他酒醒后要是知道自己做了什么说了什么，估计会疯吧？她又累又困，只想着安抚好黎衍后赶紧睡觉，幸好第二天是晚班，不用早起。

房间里越来越安静。

就在周俏靠在床头打起瞌睡时，黎衍终于把手臂放下了。他的眼睛还是湿的，转过脑袋看周俏在上边小鸡啄米。他目光深沉地看着她，一会儿后，突然撑着床面抬起上半身，伸手搂住她的脖子，用力一揽，她整个人就趴在了他身上。

周俏吓得不知所措，想要挣扎着爬起来，黎衍哪里肯。他的脸颊依旧红得明显，眼睛里泛着危险的光，手掌摁着周俏的后脑勺就把她压下来，瞬间，两个人的唇便贴在一起。

他仰躺在床上，狂风暴雨般地吻着她，吻得她晕头转向。她感觉到他的双手在她背上肆意游走，意乱情迷中，黎衍暂时松开她，伸长手臂探到床头柜，摸过一个盒子粗暴地拆开。

等周俏看清那盒子是什么后，整个人都蒙了，这家伙一个人待在房里半小时工夫，连床头柜上有什么都知道？！

可是他喝醉了呀！

周俏滴酒未沾，这时候格外清醒。就在黎衍喘着粗气拆出一片小玩意儿时，周俏扬起手，干脆地给了他一个巴掌。

"啪！"

力度很轻，声音却很响亮。

黎衍的动作停下了。

"现在很晚了，我们要睡觉。"周俏心跳极快，呼吸都不太稳了，瞪着黎衍说，"黎衍，听话。"

黎衍愣愣地看着她，眼神居然很委屈，憋了好一会儿后才不情不愿地应下："哦……"

闹到大半夜，周俏真的很累了，先扒掉黎衍的衬衫，给他换上干净T恤，自己再换好睡衣，懒得洗澡，洗了把脸后直接上床睡觉。

睡前不忘把轮椅推到床边，再看一眼黎衍，他已经睡着了。

这一觉睡到早晨八点多，黎衍迷迷糊糊地睁开眼睛。

这是哪儿？酒店？

酒店的窗帘遮光性要比家里好，房间里一片漆黑，黎衍有些搞不清状况，想了好久才模模糊糊记起一些事来：婚礼，KTV……没了。

　　打开床头阅读灯，黎衍一冲眼就看到床头柜上某个拆得稀烂的盒子，惊得像被雷劈。他又掀起被子看看自己的身体，T恤，内裤，再转头看身边人，周俏穿着睡衣睡得正熟。

　　黎衍倒吸一口凉气，抓抓头发，陷入沉思。

　　几分钟后，周俏被灯光弄醒，翻了个身看到黎衍靠在床背上发呆，对他微笑："早，几点了？"

　　黎衍看着她的笑脸，没回答。

　　两个人诡异地僵持着。

　　终于，黎衍动动嘴唇，一字一句地说："俏俏，我们去租个电梯房吧。"

第十章
我的国王

　　黎衍打开花洒，任热水哗哗地浇在自己身上。他低着头打湿头发，双手撑地往前挪了两步，把洗发水挤在掌心，抹到头上。

　　在酒店房间的卫生间洗澡，他只能坐在地上洗。周俏很贴心，提前把洗发水和沐浴露都拿到地上，因为它们原本放的架子挺高的，坐在地上的黎衍够不到。

　　洗着洗着，黎衍脑子里又乱起来，绞尽脑汁回想前一晚在房间里发生的事，只有一些闪回镜头。

　　怎么来的酒店？他一点儿也记不得了。后来好像摔了一跤，这个有印象。当时他想找周俏，周俏不在，想给她打个电话时记起自己的手机在周俏包里，那个包在玄关柜上，他想下床去拿，发现轮椅离床有几步远，之后就摔跤了。

　　想到这事儿，他低低骂了一声。

　　黎衍最厌烦摔跤，就两三步路，没有扶持他都走不好，当然也不排除喝醉了的原因，摔了以后没有别人帮忙他根本爬不起来，这都是什么事儿啊！

　　往身上搓沐浴露时，黎衍低头看到自己的"小弟"，一下子又懊恼不已。他记得自己吻周俏了，抱着她，摸着她，那个吻的滋味似乎还萦绕在唇边，床头柜上的盒子残骸像是辅证，那他到底做没做坏事啊？

　　要真做了，怎么一点记忆都没了呢？

　　自己这副身子，能做顺利吗？时间够久吗？怎么做的啊？弄痛周俏了吗？这可是他们的初夜啊！

　　"兄弟，老实交代，你昨晚做了什么？"黎衍低头问。

　　"兄弟"自然不会回答。

　　黎衍的视线又移到自己大腿残肢上，伸手揉揉，在热水的刺激下，残肢的骨痛有所缓解。这段时间一直下雨，这种疼痛他都快要习惯了，前一天精神又一直高度紧绷，都没去在意过这件事。

　　只是……终究还是被周俏看到了。

　　周俏带来的换洗衣服里没有那种缝合裤腿的短裤，黎衍之前掀被子下床时一直下不了决心，结果周俏说："昨晚我都看到了，你对着我真的不用那么介意，你是我男朋友啊。"

　　啊，被看到了，那……到底做没做啊？！

　　黎衍洗完澡，刷牙剃须，套上一件干净的黑色卫衣，底下依旧只有内裤，坐着轮椅回到房间。他还是很不自然，总想拿东西遮住下半身，都不敢抬头看周俏。

　　周俏已经先他一步洗过了，这时候正坐在床边给自己的脚后跟贴创可贴。黎衍问："你的脚怎么了？"

　　"昨晚回家拿东西，脚后跟磨破皮了。"周俏贴完左脚，正要贴右脚时，黎衍的轮椅来到她面前。

他说:"我看看。"说着就捉住周俏的右脚踝抬起来仔细观察。

她的脚后跟磨破一块皮,已经结痂,看着就挺疼的。黎衍心疼了,说:"对不起。"

"和你没关系。"周俏指指皮鞋,"这鞋我不常穿。"

黎衍接过她手里的创可贴,帮周俏贴上伤口。她的脚丫子又白又瘦,小小的,黎衍低垂着眉眼,手指掠过她脚上的皮肤,余光又瞄到自己的残腿,默默叹气。

周俏见他情绪低落,指着假肢说:"早餐还没结束,咱俩抓紧时间去吃点儿吧,别浪费。我帮你把裤子换好了,你可以直接穿上。"

"哦。"黎衍放下周俏的脚,低头穿起假肢,先往残肢上套硅胶套,再把假肢的膝关节弄弯,把两截残腿伸进接受腔,双手撑着轮椅扶手站起来,感受残肢和接受腔完全贴合后,把运动裤拉好,又坐回轮椅上,最后把双脚放上踏板。

就这么一番操作流程,他看起来又是完完整整的一个人。

穿戴整齐后,黎衍转着轮椅到床边,拿起床头柜上那个破了的盒子看,三片装的盒子里头只剩两个。他定定神,回头问:"俏俏,昨天晚上……我们……"

周俏在收拾衣服,抬头看到他手里的东西,"噗"一声笑出来。她走过来直接往黎衍腿上一坐,圈着他的脖子就亲亲他的嘴,小声说:"我们什么都没做,这是你拆的,你的确想要……但我太累了,没答应。"

黎衍愣愣地看着她:"我没弄伤你吧?"

他都想要了,通常这种情况下是不是都会肉搏?

"没有,倒是我……打你了。"周俏有点儿不好意思。

黎衍好惊讶:"你打我了?打我哪儿了?"

周俏用手指戳戳他的左脸颊:"脸。"

"什么?你打我脸了?!"黎衍叫起来,眼睛都睁得老大。

周俏很惊奇:"你不记得了?"

"我……"黎衍真的不记得了,想了想说,"可能,这种比较屈辱的事情,大脑会选择性忘记吧。"

周俏忍不住大笑,笑到后来把脑袋埋在黎衍颈窝里,蹭蹭他的脖子,闻着他身上沐浴露的香味,说:"阿衍,我愿意的,不过你喝醉了就不行,我怕你都不知道自己在干什么。"

黎衍左手搂着周俏的腰,右手揉揉她头发:"对不起啊。"

"没事儿,别老道歉。"周俏也揉揉他湿漉漉的短发。

黎衍迟疑着问:"昨晚,我有没有……做别的奇怪的事啊?"

周俏想到他哭着说的那些话,抬起头来与他对视,摇摇头:"没有啦。"

黎衍放心了,凑过去亲周俏的唇:"走吧,吃早饭去,我好饿。"

两人赶在早餐结束前十五分钟进到餐厅,周俏帮黎衍拿了一堆吃的,吃完后回到房间,黎衍想了想,拨通宋晋阳的电话。

一小时后,宋晋阳走进酒店大堂,就看到黎衍和周俏正剑拔弩张地对峙着。

"你俩干吗呢?"宋晋阳奇怪地问。

"没干吗。"黎衍声音很冷,又对周俏说,"赶紧去退房,人家都来接我们了。"

"我不去,你去!"周俏叉着腰,"谁消费的谁去退房!"

黎衍：“我没消费！我都喝醉了！”

周俏：“是你拆的呀！要不是你会有这事儿吗？”

"但昨天房间是你开的！押金也是你交的！"黎衍大声说。

周俏也很大声："我不管，我就不去！就你怕难为情我不怕呀？"

宋晋阳一头雾水，伸出手道："不就退个房吗？我去好了，房卡给我。"

最终，小黎先生板着脸、转着轮椅到前台办理退房手续。

宋晋阳好奇地问周俏："你们拆了什么呀？方便面？这有什么好争的？"

周俏一张脸红成一颗大番茄，宋晋阳突然就明白了："哦——"

"不是你想的那样！"周俏气得跺脚，就跟不打自招似的，心想真是跳进黄河都洗不清了。都怪黎衍那个白痴！一盒套套三十块钱呢！周俏没敢说，剩下那两个她偷偷塞包里了，花钱买的！反正以后总会用得到。

黎衍回来了，和周俏一样脸红红的。宋晋阳玩味地看着他俩，挥挥手："走吧，我车停外头呢。"

车子开到永新东苑，宋晋阳背黎衍上楼。

周俏早上刚给黎衍的假肢穿过裤子，第一次搬假肢，才知道这玩意儿居然这么重，单条腿估计都有十几二十斤，这时候见宋晋阳背得气喘吁吁，心里挺过意不去。

回到601室，周俏说："晋阳哥哥，今天真是谢谢你了，家里有菜，你和我们一起吃午饭吧。"

宋晋阳说："不用了，你俩过二人世界去。"

"你中午有饭局吗？"黎衍开口了，"如果没有，就留下吃饭吧，我刚好有事儿和你说。"

宋晋阳像看外星人似的看着黎衍："没饭局，你真肯留我吃饭？"

"你什么意思啊？"黎衍被他弄得很尴尬，"我什么时候不肯留你吃饭了？"

宋晋阳嘴角一抽，周俏偷偷对他使了个眼色。

宋晋阳笑起来："没有没有，小黎先生生性豁达、心胸宽广，我俩可是重组家庭兄友弟恭的典范啊！"

黎衍脸黑了。

周俏："呵呵。"

午饭是四菜一汤，三个人一起吃。吃饭前，黎衍已经和宋晋阳谈过，说宋晋阳要是愿意就把601室租给他，黎衍和周俏去外头租一套带电梯的房子。

"你这人变得可够快的，昨天还说没想好，今天立马就做决定了。"宋晋阳夹了一筷子肉塞进嘴里，"哎，弟妹，这辣椒炒肉很好吃啊！"

周俏笑呵呵地说："是吗？阿衍也很喜欢呢。"

黎衍看着宋晋阳不停地夹小炒肉，脸已经拉下来，问："那你到底租不租？"

宋晋阳抬头看他，说："租啊，还能省中介费呢，又不会有人赶我走，可以一直租下去，为什么不租？"

"行吧。"黎衍点点头，"还有个事儿，我和周俏租房子，我出门不方便，都得周俏去看，我怕她被人欺负，你要是有空能不能陪她去看房，帮我们把把关。"

"没问题，小事儿。"宋晋阳问，"对房子有什么要求吗？"

黎衍说："两室一厅，要有装修，最好带家具家电，房子单元门到小区门口必须全程无障碍通行，就我们这儿附近吧，交通方便一些，周围配套要齐全。"

周俏补充："厕所要能装扶手。"

黎衍看她一眼："这个算了，很多房东不愿意的，没扶手也没关系，凑合着我也能住。"

周俏不开心地噘噘嘴。

宋晋阳问："价位呢？"

黎衍想了想："四千左右吧，电梯房我觉得三千多拿不下两室一厅。"

"倒也是，不过……"宋晋阳瞅瞅他俩，"你俩为什么要租两室一厅啊？租个一室一厅不就完了？"

黎衍和周俏同时脸红，黎衍硬着头皮说："我总得给我妈留个房间吧，万一她又和你爸吵架呢？"

宋晋阳一口饭差点喷出来："你少来！小黎先生麻烦你开动一下聪明的头脑，我要搬出来了！我们家有两个房间了！他俩就算吵架，你妈也不会再来投奔你了，Understand？"

周俏弱弱开口："还是两室一厅吧，阿衍晚上有时候码字，键盘敲得噼里啪啦真的很吵，给他留个书房也好。"

宋晋阳应下："行，我知道了。那这样，我上班时间比较灵活，先找个中介去筛一波房，挑个三四套合适的我带弟妹去看，怎么样？"

黎衍："可以，麻烦你了。"

"客气啥。"宋晋阳又吃了一筷子小炒肉，表情很夸张，"真好吃！哎呀，我可总算要解放了！你知道你腿上那俩玩意儿有多重吗？这几年每次背你我都想吐槽来着，你这人也忒死脑筋，早听我的换个电梯房多好啊！"

他满心以为又会得到黎衍一个"滚"，没想到，黎衍一点没生气，反而笑起来："要是早换了，我不就碰不到周俏了嘛，这事儿还得谢谢你呢。"

宋晋阳："嗯？"

周俏已经毫不矜持地笑成了一朵花。

这是情话吗？当然是情话啦！啦啦啦，好开心，想要原地转圈圈呀！

吃过午饭宋晋阳就走了，周俏也准备去上班。

临走前，她站在卫生间里整理前一晚弄脏的衣服，拎着黎衍那件白衬衣伤脑筋："新衣服呢，都是酒渍，洗不洗得掉啊？"

黎衍坐着轮椅来到她身边，脚板落地后支撑着站起来，对着镜子揽住她的肩。

周俏从镜子里看他，现在的黎衍虽然没有以前那么高，比起周俏还是高了大半个头。

黎衍也看着镜子里的周俏，说："你去看房子的时候，不要老是考虑我，其实如果我不穿假肢，在自己家里行动还是很方便的，就是样子不太好看罢了。厕所可以没有扶手，双杠也可以不装，我倒是希望客厅能宽敞点，摆一组沙发，我们买个大电视，以后一起看电影。"

周俏好喜欢黎衍这样温柔地对她说话，他的眉眼那么俊朗，神情也分外缱绻，她把脑袋搁在他肩上，看到镜子里的自己笑得一脸甜蜜，说："我知道了，但厕所最好还是能有扶手，这是安全问题，我不想你摔跤。"

"会不会觉得我很麻烦啊？"黎衍浅浅地笑起来，"事儿特别多，那么大个人了还要担心摔跤问题。"

周俏摇头，抱住他的腰："不会。"

黎衍偏过头亲了下她的头发："我们要开始新生活了，周俏，你愿意一直陪着我吗？"

周俏用力点头："愿意。"

"好。"黎衍说，"我打算搬家以后试着去找工作，自己找不到，就托人介绍。我小舅、小姨、三金、白明轩……不管是谁吧，只要有机会，我都会去试一试。"

周俏明白了，骄傲如黎衍，之前从未托人介绍过工作，只在网上自己投简历。他揣着一张含金量极高的A大毕业证，诚恳地向用人单位讲明自己的身体状况，一封封简历发出后，从满怀希望到石沉大海，不知道他心里该有多难受。

"加油。"某人最忠实的小迷妹伸出拳头为他鼓劲，"你那么聪明，一定可以的。"

之后的一个星期，黎衍专心收尾自己第四本小说，终于在四月初杀青。周俏则和宋晋阳一起看过四套电梯房后，最终有两套备选。

房子的地段是周俏挑的，就在音乐喷泉广场对面。从小区走到广场只需要穿个马路，搬过来后，她可以和黎衍一起逛商场逛超市，还能一块儿在广场散步，看看音乐喷泉，坐地铁、公交车都很方便。

周俏在房子里拍视频，打算带回去给黎衍看。

"这是厨房……这是卫生间，还挺大的。房东说可以安装扶手，但是房租必须缴全年，一年后要是不租了，要付一些改装费给他。就是台盆有点高，到时我问问房东能不能让我们换个低一点的。"周俏一边拍一边配音。

宋晋阳站在窗边向下张望，中介则在阳台上打电话。

拍完厨卫，周俏按下结束键，在客厅里转了一圈，说："这房子挺好的，就是楼层有点低，才三楼，对面那栋那么高，这采光还没601好呢。"

宋晋阳回过头来，说："这你就不懂了，黎衍和人家不一样的，他不适合高楼层。你想，万一电梯坏了，地震了，火灾了，他怎么下来啊？让我把他从十几楼背下来，不如让我直接'狗带'。"

周俏撇撇嘴："三楼也太低了，五楼六楼也行啊。"

宋晋阳看了她一会儿，又瞄了一眼阳台上中介的背影，终于下定决心说："周俏，我不知道你对黎衍了解有多深，有些事可能他没打算告诉你，但我可以给你透露一嘴。当年他出院回家后，一开始还好，第二年情绪非常非常不稳定，要跳楼的那种，懂吗？"

周俏吃惊地瞪大眼睛。

"从六楼跳下去"——周俏听黎衍说过这句话，也听沈春燕提起过，她一直没放在心上，从未真正觉得黎衍有这方面的倾向。

宋晋阳继续说："我其实恨不得他住一楼，三楼也还行吧，稍微安全点儿，再往上真的还是不要了，万一呢？"

周俏气道："你说得好像他真会跳似的！"

"谁知道呢？"宋晋阳拧着眉毛摊开手，"你和他才认识半年，我和他认识十一年了！他截肢以后没有进行过心理干预，他是需要的，但他不愿意！他以前太傲气太优秀了，你能体会这种落差吗？换成我自己，我觉得我也会受不了。"

周俏呆呆地听着。

宋晋阳叹口气："这事儿我就私底下和你说，你可千万别去和黎衍谈。就正常对他，该骂骂,该打打,他发疯咱们就疯得比他还厉害。我和阿姨也是这么说的,但是阿姨不敢,总觉得会刺激黎衍。我说不要怕刺激他,你越是小心翼翼地对他,他越会觉得你可怜他。我以前可能没把握好这个度,但我觉得你掌握精髓了,你发现没啊?他在你面前是最放松的,比在他妈妈面前都要放松,你会在酒店大堂和他吵架,谁敢啊!"

周俏讷讷道:"你敢啊。"

"哈?"宋晋阳大笑起来,"是是是,我敢,所以我现在和他关系好起来了呀。你看他有亲戚有同学,为什么有事都会来找我啊?因为我从来不会迁就他,在我眼里黎衍这人还是个臭嘚瑟!腿没了,骨子里的傲气没磨掉,我不希望他磨掉,不希望他低头,我希望他仍旧可以漂漂亮亮地活着。说实话我没做到,周俏,黎衍现在愿意改变,其实是多亏了你。"

周俏被他说得心绪难平。宋晋阳做最后总结:"所以啊,就租这套,听我的没错。臭小子那年闹跳楼真把我给吓得够呛,六楼啊!真跳下来不死也得摔瘫,本来就没腿了,再摔瘫,我后半辈子不仅要养爹养后妈,还要养他!这日子还过得下去吗?"

周俏都想为他的"深谋远虑"啪啪鼓掌了,心里感慨,宋晋阳也是个奇男子啊。

夜里,周俏和黎衍依偎在床上,周俏把自己拍的房子视频给他看。

"两室一厅,三楼,七十九平方米,南北向,主卧朝南,次卧朝北,装修还挺新的,家具家电有一些,但不全,沙发就没有。每个月四千,房租年付就让给厕所装扶手。"周俏一边视频,一边给他介绍。

黎衍一段一段地看着,问:"你喜欢吗?"

周俏笑笑:"还行吧,虽然是三楼,但楼间距挺宽的,采光还可以。"

黎衍搂搂她的肩:"你喜欢就行,和房东约了签合同吧,租下来我们先把厕所搞一下,就能搬家了。"

周俏抬头看他,心里又想起白天宋晋阳说的另外一番话:

"黎衍出事是四月,现在就是四月,四年整了。每年这时候他心情就会特别差,周俏,这些天你多关心关心他,但是切记,不能惯着他,这是我们的宗旨!"

周俏不知道要怎么才能"多关心"黎衍,她觉得自己本来就挺关心他的。自从两人谈恋爱,黎衍很少对她发脾气,最多就像那天酒店退房时那样无伤大雅地吵几句。

黎衍本质上不是个不讲道理的人,以前动不动就发火,大约也是因为负面情绪无处宣泄。现在,他愿意把一些心里话说给她听,关于他的脆弱、恐惧和彷徨,他对过去和未来的一些想法,当心事有人分享,负面情绪自然就会淡化。

被窝里,周俏的手不安分地向着黎衍摸过去,悄悄摸到了他的大腿残肢上。

自从酒店那晚之后,黎衍就再也没遮掩过自己的身体,睡觉也不再多穿一条短裤。周俏小朋友有一次偶然摸到他的残肢,发现居然是冰冰凉凉、软乎乎的,就像发现了新大陆,每天都会忍不住伸出魔爪。

黎衍在被窝里拍掉她的手:"又摸?"

"为什么那么凉啊?"周俏想不通,"被子这么厚,都捂不热吗?"

"一年四季都是冰的,夏天都是。"黎衍低声说,"你别摸,我不习惯。"

"挺舒服的呀……"周俏小声嘀咕。

黎衍无语地看了她一眼,发现她也正脸红红地看着他。黎衍感到要糟,心脏又跳得飞快了,嘴唇干渴，脸颊发烫，怎么那么控制不住自己啊！

他已经好多天避免在床上和周俏有太过亲密的行为，就是怕自己控制不住。虽然周俏说她愿意，但脑袋清醒时的黎衍还是觉得这事儿早了点。两人谈恋爱满打满算也才五十多天，他是男人，吃不了亏，可周俏还是个小姑娘啊。

啊……不管了，亲一下总可以吧？

小姑娘的嘴唇那么红润，又柔软，每次亲都令他觉得像在吃糖。

黎衍手臂微微用力，箍紧周俏的肩，周俏便向他更靠近一些。他低下头，闭上眼睛轻轻地吻住她的唇。

接吻对他们来说已经不是新鲜事，可每一次接吻依旧让黎衍欲罢不能。吻着吻着，周俏的小爪子又从他腰上摸到他的大腿残肢，这次他没去管她，随她摸，还使坏地将残肢抬动几下，磨蹭着她的掌心。

正亲密着，周俏推推黎衍的胸，松开唇，从枕头底下摸出一片小玩意儿，摊在手上给黎衍看，是她从酒店房间里带出来的那二分之一。

这是周俏能想到的"多关心"黎衍的方式之一。

男的好像都挺热衷这事儿的。周俏打工多年，身边的男性同事凑在一起总会聊些带色的话题。黎衍也是男人，他应该……也喜欢的吧？

黎衍盯着周俏掌心里的小东西，呼吸微乱，几乎是挣扎着开口："俏俏……我……我暂时还不想……"

周俏眼神里写着疑惑。

他哪里还不想？他明明都准备好了呀，她的手背刚才都碰到了。

黎衍半垂着眼眸，说："你说得没错，那天，我的确不知道我在干什么，你拒绝我是对的。我其实……我都不知道我这样的身体情况，我们要怎么做。"

周俏眨巴一下眼睛。

"你是第一次，我也是。"黎衍很努力地说着这些话，"我怕我会做不好，我真的……不想让你觉得我很差劲。"

周俏没经验，想象不出来，真的会差劲吗？

气氛一下子变得尴尬，周俏把小东西又塞回枕头底下。过了老半天，她羞涩地说："阿衍，要不……我先帮你一下？"

黎衍一呆，周俏已经抓着他的手，在被窝里往下探。

"你教我……"她的声音像蚊子哼哼。

黎衍脑子里"轰"一下就炸了。

卧室里所有的灯统统熄灭，是黎衍要求的。

不敢看，也不想让周俏看，只想感受，恨不得能蒙上她的眼睛，连窗帘后透出来的那一点点月光都遮掉。

时间变得无比漫长，室温仿佛也在升高，很久以后，黑暗的房间里传来年轻男人含在嗓子里的闷哼声。

台灯亮起，周俏抽出纸巾擦着手上的痕迹。被窝里的男人已经"死"过去了，被子蒙着脑袋，整个人缩成一团，根本无脸见人。

周俏扭头看向那坨被子，抿着嘴唇笑起来，隔着被子拍拍他的背："阿衍，我觉得你一定不会差劲。"

周俏枕着黎衍的手臂睡着了。

黎衍静静看着她的睡脸，乖巧、恬淡，莫名就感到安心。

他的小傻子，真的非常非常傻，居然会喜欢他。

"你到底喜欢我什么啊？"黎衍轻声问道。

周俏闭着眼睛睡得很香。

没在一起时还没那么明显，确定恋爱关系后，黎衍就发现，周俏看着他时眼睛特别明亮，就差把"我喜欢你"这四个字印在脸上了。

他一度感到困惑，后来终于知道原因，而这原因几乎要击溃他仅存的那点自信。不过现在他已经坦然了，选择相信自己的眼睛，自己的心。

刚才发生的事，换到以前，黎衍根本想都不敢想。他极端厌弃自己的身体，出院以后，从没有不穿假肢出现在家人面前，连沈春燕都不例外。

只有周俏，让他一次又一次破例，一次又一次突破心理障碍，直到刚才，他竟然真的让她做了这件事——用她柔软的小手触碰他最隐秘最难堪的所在，帮他宣泄出心底压抑已久的欲望。

黎衍想，如果没有出车祸，他是不是就遇不到周俏？

肯定是的，他们的人生没有交集，周俏自己都知道。只是，老天爷夺走他两条腿，再给他送来一个周俏，未免也太过残忍，这难道就是所谓的命中注定？

又是四月了。

这个讨厌的月份，总是会让黎衍想起曾经的一些事，想起自己第一次明确知道"双腿截肢"这个消息时的情景。

那时他还在ICU，因为一直躺着，手摸到腿上厚厚的纱布，想当然地以为是骨折。疼痛始终伴随着他，他咬牙忍耐，心想受伤就是这样的，以后总会慢慢好起来。

消息终究瞒不了太久，终于有一天，护士摇着他的床背让他坐起身，他看到被子底下那一大片无边无际的凹陷，震惊得双目发直，无论如何都不敢相信。他颤抖着手掀开被子，看清一切后，心口一阵剧痛，当场就昏了过去。

他闹了两天，绝食，发疯，不让任何人碰他，医生不得不用上镇静剂。两天以后，他又陷入长达一周的自闭。

这时候他已经从ICU出来了，很多人来探望他，他一概不见，不说话，不肯吃东西，睡不着，没人时眼泪就会止不住地流。

拆纱布换药那天，黎衍第一次看到自己往后余生再也不会改变的身体——那么短的两截残腿，皮肉上沾着血迹，手术刀口还未痊愈。疼痛已经刺激不到他了，他浑身止不住地发抖，抖得就像筛糠，眼睛望向病房的窗户，唯一的念头就是：这样活着还有什么意义？

后来，是那位男医生来和他谈，告诉他现在科技发达，下肢假肢已经很先进，只要勤加练习，完全可以重新走路，融入社会，将来结婚生育都没有影响。

黎衍是燃起过希望的，有那么一段时间，他很配合治疗，再也不对人乱发脾气。转到康复医院后，他定做了第一副假肢，就是那副让他身高直降二十厘米的假肢。第一次穿上假肢时，他在复健师的帮助下慢慢站起身，没有别的感觉，只有剧烈的疼痛。

他感觉不到脚板踩地，也没法控制膝关节的弯曲。他走得很丑很丑，不扶着双杠就是寸步难行。当时，有个很年轻的男孩子坐着轮椅在边上看，羡慕地说："我觉得你走得挺好的。"

他冷冷地盯着男孩子。接触到他的死亡凝视，男孩有点慌，又说："真的，我腰以下都没感觉了，站都站不起来，要能和你这样走路，我会开心死的。"

那男孩子就是张有鑫。

这就四年了。

黎衍和张有鑫，从两个活蹦乱跳的大男孩，变成依靠轮椅生活，已经四年整。四年过得并不快，过去的每一天，每一小时，每一分每一秒，对他来说都是煎熬。

新的一天开始了，这一天又结束了。

每天待在家里，没人说话，没人做饭。他给自己随便煮点东西吃，隔几天打扫一下卫生，衣服不管外穿的还是内衣内裤，一股脑儿全部塞进洗衣机。食物和日用品没了，就让沈春燕帮他带，坚持把钱给母亲，她不肯收，就转给宋晋阳让他折现转交。

下雨天，默默忍受骨痛，生病时，赖在床上睡觉。

一天又一天，他就这么活下来了，有时候自己都会感到神奇。

黎衍没有注册微博，也没有读者群，和读者的交流仅限于文下评论区，四年来没认识别的作者，也没有聊得好的读者，唯一联系着的朋友就只有张有鑫。

想到三金，黎衍拿起手机给他发消息。

【有只刺猬】：三金，和你说个事。

【三金是个乖孩子】：什么？

【有只刺猬】：我马上要搬家了。

【三金是个乖孩子】：？？？

【有只刺猬】：换一套电梯房。

【三金是个乖孩子】：！！！什么时候搬啊？

【有只刺猬】：新房子需要改一下厕所，最多再等十来天吧。

【三金是个乖孩子】：衍哥，约饭不？［坏笑］

黎衍看着手机微微地笑。

【有只刺猬】：约。

闲闲聊过几句后，黎衍搁下手机，再一次看向臂弯里的周俏。现在，他的生命里又多了一个最可爱的人。

黎衍的手指轻轻掠过周俏的脸庞，小声开口："陪我去见三金，好吗？"

周俏睡得很熟，依偎着他的身子，右手还搭在他腰上。

黎衍笑了一下："有时候我会想，我要是有个女儿，带回一个像我这样的男朋友，我一定打断那臭小子的腿。"

又一想，不对。他抬手捂住自己的眼睛："算了，还是不打了，臭小子长那么帅，先观察一下再说，说不定是个好小伙子呢？"

睡梦中的周俏嘟了嘟嘴，黎衍摸摸她的头发，伸长手臂关掉床头台灯。

房子确定下来后，周俏很快和房东签订一年租房合同。

房租四万八，押金四千，黎衍一下子拿不出五万多块钱，只能让宋晋阳把601室的一年房租四万二先给他。

新房子所在的小区叫雅林豪庭，虽然名字里有"豪庭"两字，但并不算是高档楼盘，体量还挺大，房龄已有十年。周俏租的那套房是11幢2单元304室，两梯四户，西边套。租下房子后，她马不停蹄地开始卫生间改装，换上一个低低的台盆，看马桶有点旧，干脆也换掉，在马桶边和淋浴间里都装上不锈钢扶手。

主卧和次卧都有床和柜子，几乎不用改动。客厅里，餐桌椅要搬过来，其他都不需要。周俏很满意新房子的储物空间，柜子特别多，足够她和黎衍收纳用。她拿着纸和笔写下需要再添置的东西：一张沙发，一台电视机，部分灯具……

黎衍转给周俏一万块钱，让她用得不够再问他拿。沈春燕又偷偷塞给周俏五千块，叫她不要告诉黎衍。

周俏很感动，她工作忙，改装房子时宋晋阳和沈春燕帮了很多忙。监工基本是沈春燕搞定，买东西则是宋晋阳跑市场。最后为了省钱，周俏没有找家政，自己和沈春燕两个人把房子打扫得干干净净。

不到十天，新房子已经焕然一新，家具为了黎衍轮椅移动而调整过位置，所有的灯都能亮，电视机也安上了，唯一没买的只剩沙发。

四月下旬，沈春燕翻过皇历，挑了一个黄道吉日，全家上阵帮黎衍搬家。

搬家分两趟，第一趟先把所有大件运过去，包括床垫、餐桌椅、冰箱和洗衣机，还有周俏收拾出来的一箱箱衣服被子、锅碗瓢盆、日用品。宋桦和沈春燕在新房子里等着接货，这边宋晋阳和周俏负责送货。搬家工人把东西都搬下楼、装上货车后，一行人就往新房去了。

601室暂时只剩下黎衍一个人。

他看着空荡许多的房子，坐着轮椅一个个房间转了一圈，还在客厅双杠处练习了一会儿走路。

气喘吁吁地坐回轮椅后，黎衍来到阳台，撑着窗台站起身，最后一次从阳台看外面的风景。

他在这套房子里住了二十多年，小时候没感觉，每天都要上学、出去玩，高中和大学住校，只会在寒暑假和周末回到这里。然而最近三年多，601室既成为他的保护壳，又是一座坚固的牢笼，一年三百六十五天，他都待在这个六十八平方米的空间，这里是他的全部世界。

黎衍点起一支烟，站在窗台边默默地抽着，心里突然想起一件事，是不是从此以后，再也听不到隔壁邻居的新年许愿了？

啊……还挺舍不得的。

没过多久，宋晋阳和周俏回来了，沈春燕也跟着，三个人收拾起剩下的零零碎碎的东西，搬到楼下宋晋阳的车上，最后要带的就只剩下黎衍这个人。

"有个小故事，你一定听过。"周俏对黎衍说，"有个国王因为误会要赶妻子走，说，这王宫里的东西，只要是你喜欢的，都可以带走。结果……"

黎衍接着说："结果，王后就把国王绑起来，连夜带走了。"

周俏大笑，推着他的轮椅来到门口，弯下腰来看着他："这个房子里，我最喜欢最喜欢的就是你了，所以现在我要把你绑走啦。我的国王，你愿意跟我走吗？"

"愿意。"黎衍笑着看她，"就是国王腿脚不好，自己不太好走，需要某个奸臣帮下忙。"

"某个奸臣"在旁边倏地转过头来："呵！昏君，这也是最后一次了，本将军宣布，从今日起霸占你的宫殿，将你和你的爱妃逐出本小区，这辈子都别想再回来！"

"神经病。"黎衍忍不住笑起来,"走吧宋晋阳,再让你背一次,争取以后再也不麻烦你了。"

宋晋阳拍拍他的肩:"该麻烦还是得麻烦,往后日子还长着呢。"

周俏搬起黎衍的轮椅开路,宋晋阳背着黎衍,沈春燕殿后,四个人一起下楼。因为之前搬家动静挺大,楼道里有老邻居出来看热闹,问沈春燕:"春燕,你们这是搬家呀?"

沈春燕乐呵呵地说:"是啊,我儿子儿媳妇搬去电梯房住啦。"

对方连连附和:"好事儿啊!早就好搬啦!你儿子年纪轻轻不能天天待在家里的。"

黎衍伏在宋晋阳背上,一直没吭声。

到一楼后四人上车,车子启动时,黎衍透过车窗最后看了一眼单元门,身边的周俏握住他的手,说:"阿衍,我们要走了。"

"嗯。"他收回视线,转头看着周俏,与她十指紧扣,"走吧。"

往前走吧,黎衍,不要怕,有人陪着你呢。

雅林豪庭离永新东苑非常近,几分钟就开到了。一行四人乘电梯到三楼,周俏对黎衍说:"右转,到底那间就是。"

黎衍转着轮椅往304室过去,还没到门口,门就开了,宋桦满面笑容地站在那里:"阿衍,来啦?"

进屋后,周俏放下东西,欢欢喜喜地领着黎衍到处看。先看卫生间,黎衍坐着轮椅进去,发现的确挺宽敞,台盆的高度非常适合他,马桶边的新扶手亮闪闪的,令他很有安全感。

所有的房间参观完,周俏问:"喜欢吗?"

黎衍点点头:"喜欢,挺好的。"

周俏很开心:"你喜欢就好。"

这一天大家都很辛苦,东西也没收拾好,沈春燕几人自然不会留下吃饭,帮周俏把几箱东西搬到墙边就告辞离开。

家里只剩黎衍和周俏两人,黎衍看着周俏在厨房里放东西,叫她:"今天别理了吧,你忙了一天,很累了。"

周俏回过头来:"不理好,做不了饭啊。"

黎衍说:"晚上叫外卖吧。"

周俏噘嘴:"怎么,我做的菜吃厌了?一搬家就要点外卖?"

黎衍笑起来:"没有,这辈子都吃不厌,你先过来。"

周俏乖乖走到他身边,他一把拉过她的手就让她坐在自己腿上,圈着她的身子说:"先抱一下,今天辛苦你了。"

"宋晋阳他们帮忙了,不辛苦。"周俏依偎在黎衍怀里,"阿衍,我好开心。"

"嗯?"

"你终于可以下楼了。"周俏闭上眼睛蹭蹭他,"我们可以去约会了。对面广场的音乐喷泉很好看,我每次看,都想着你能一起来。"

黎衍没出声,只是更紧地抱着她。

周俏觉得幸福极了,声音里透着浓浓的喜悦:"还有超市,商场,你爱喝的那家奶茶店就在那儿,我们可以一起去逛,买奶茶喝。"

黎衍低声笑:"我想和三金见面,我和他很久没见了,你陪我一起去吧。"

周俏自然没意见："好呀。"

"三金拿到驾照了，月初刚买了一辆车。"

周俏很惊讶："你不是说他瘫痪了吗？怎么还能开车啊？"

黎衍点点她的小鼻子："说你是小土包子还真是，有残疾人驾照的，只要两只手正常，就可以去考。"

周俏睁大眼睛："那你也可以考喽？"

"可以。"黎衍苦笑，"但我现在没这个需求啊，就算考出了我也没钱买车，就算我买车了，我开着车到哪儿去呢？"

周俏理直气壮地说："你可以来接我下班啊！"

黎衍一愣，继而恍然："是哦。"

"你就没想过来接我下班对不对？"周俏撇撇嘴，"你一点也不爱我。"

黎衍大笑起来："行吧，人生计划里再加一条，考驾照，买车，接送老婆上下班，满意了吗？"

周俏晃晃脑袋："这还差不多。"

两个人就这么在这套房子里安顿下来。

黎衍只愿意在晚上下楼，也许，夜色的掩映会比光天化日更令他有安全感，这需要一个过程，周俏没再勉强他。

周俏不知道的是，黎衍私底下联系过自己的舅舅和小姨，透露出想找工作的想法。沈春辉和沈春莺都说会帮他留意，但不会那么快有消息。

黎衍知道这事儿不能急，闲着的时候，就拿出大学里的一些专业书籍翻看几页。时间过得太久，很多知识都不太记得，黎衍信心不足，怕就算亲戚给他介绍了工作，他也无法胜任，那才叫丢人现眼。

很快一个星期过去，周俏单休那天，黎衍和张有鑫约好见面。

张有鑫在电话里哈哈大笑："衍哥，我烫头了，烫了个特别可爱的卷毛，一会儿给你看。"

黎衍觉得三金就跟个孩子似的："好，一会儿见，我介绍我女朋友给你认识。"

张有鑫说："行啊，我带着我兄弟呢。"

挂下电话，黎衍突然感到紧张，又很期待，周俏提起包："他快到了是吗？那我们走吧。"

黎衍住到雅林豪庭一个星期，第一次白天下楼，周俏没有帮他推轮椅，让他自己转着走。从电梯下去出单元门，再到小区大门，一路畅通，很快就来到热闹的大街上。

不可避免会被人打量，黎衍依旧不习惯，忍不住又垂下头来。周俏没再让他自己转轮椅，推着他往前走。

穿过马路就是广场，周俏找到进广场的无障碍坡道，长长一段呈Z字形。她让黎衍自己走，黎衍很顺利地就进到广场。又往前过了一百多米，周俏指着不远处地铁站的无障碍电梯说："那儿可以坐电梯到地铁站。"

黎衍顺着她指的方向看，说："下周你休息，我们坐地铁去家具城吧，买沙发。"

周俏笑着应下。

两人进到商场等待，黎衍抬头问周俏："我看起来怎么样？"

他穿一件黑色套头卫衣，底下是周俏买的藏青色休闲裤配白色运动鞋，头发打理过，脸色看着挺不错。周俏已经知道张有鑫没见过黎衍颓废时的样子，向他竖起大拇指："相信我，绝对还是三金记忆里帅气的衍哥。"

没等多久，黎衍眼睛一亮，周俏顺着他的视线望去，就看到几十米开外，有两个人一起向这边过来。

一个年轻的男孩子坐在轮椅上，身边走着一个高个子的人。他们越来越近，黎衍已经等不及，转动轮椅向前行去，周俏赶紧跟上。

"衍哥！衍哥！"

张有鑫兴奋地挥起手臂，黎衍快速转到他面前，开口："三金。"

此时应该有一个热烈的拥抱，但他们试了一下，发现两个人坐着轮椅很难做到，无奈作罢。

"啊！气死我了！"张有鑫只能向黎衍伸出拳头。

黎衍默契地与他碰拳："好久不见了，三金。"

张有鑫笑得很灿烂："快四年了，衍哥，咱俩可终于约到饭了。"

周俏打量张有鑫，感慨这真的是个年轻又开朗的男孩子，烫着一头栗色卷毛，五官很精致，大双眼皮，笑起来眼底有明显的卧蚕，嘴边还有两个酒窝。

看身形，他个子应该挺高，穿一件湖绿色运动夹克，底下是牛仔裤和一双潮鞋。周俏识货，看清夹克上的Logo，知道这件衣服起码五千起步，鞋子也不便宜，绝对四位数。

黎衍的注意力却在张有鑫的腿上。在康复医院认识时是夏天，张有鑫复健时偶尔会穿运动短裤，那时他受伤还不足半年，双腿肌肉没有太过萎缩，坐着时完全看不出是个截瘫伤者。

可现在四年过去，即使他穿着牛仔裤，肉眼也能看出他的双腿非常纤细，尤其是大腿，裤子松松垮垮，肌肉萎缩得相当明显。

张有鑫发现黎衍在看他的腿，苦笑道："没办法的，都这样，再锻炼也没用，只要没有并发症我就谢天谢地了。"

和他一起来的人凉凉开口："问题是你根本就没锻炼啊。"

黎衍抬头看去，开始怀疑自己的眼睛。

这是张有鑫的"兄弟"？

那人留一头利落短发，身高一米七五左右，身穿宽松棉衬衫和黑色休闲裤，脖子上挂着一台单反相机。如果不看脸、不听声音，勉强也算兄弟了，可那张脸分明就是个长相英气的女孩子啊，说话也是女声。

张有鑫瞪了那人一眼，给黎衍做介绍："这是我兄弟，柯玉，木可柯，玉佩的玉。和我一个初中一个高中，不过没在一个大学，她已经毕业了，现在是个自由摄影师。"又指着黎衍对柯玉说，"这就是我十分挂念的衍哥，还有他的女朋友……"

"周俏。"黎衍拉过周俏的手，"俏皮的俏。"

四个人互相打过招呼后一起去餐厅，黎衍和张有鑫转着轮椅并肩在前，周俏和柯玉走在后面，让两个男人可以先聊聊天。

黎衍低声问张有鑫："你对'兄弟'这个词是不是有什么误解？"

张有鑫声音也很低："真是我兄弟，认识十年了，我从没把她当女孩子看过。"

黎衍问："你女神呢？怎么不带你女神来？"

张有鑫羞涩地笑："她说我刚拿到驾照，不敢坐我的车。"

这时，迎面走来两个逛街的女孩，看到黎衍和张有鑫经过，并不知道后头跟着的两个女生和他们是一起的，一个对另一个说："哇！你看到脸没？帅哥耶，怎么都坐轮椅的呀？"

"不知道啊。"另一个女生说,"好可惜,你别盯着人家看。"

"看看又不要紧。哎呀,真的好帅啊!刚才都没来得及拍。"说着,她居然拿起手机想要拍两人的背影。

黎衍和张有鑫已经过去了,什么都没听到,周俏刚要上前阻止,身边的柯玉已经抢先一步窜了出去,一把从那女生手里抢走手机,快速地翻看起相册,确认没有拍下后才把手机塞到对方手里。

她个子高,居高临下地瞪着那女生,咬牙道:"你妈没教你怎么做个人吗?信不信你刚才要是拍到一张,我叫你今天医院过夜。"

女生吓坏了,她的朋友赶紧过来道歉:"对不起对不起,我们走了,走了。"

两个女生快速离开。

周俏感激地看向柯玉,柯玉翻了个白眼,继续往前走。张有鑫回过头叫她:"柯柯,你们快一点啊。"

"催什么催!"柯玉还没消气。

张有鑫一脸委屈地转回头去,黎衍听得想笑,也回过头来:"俏俏,走快点。"

"来了!"周俏快步向前,走在黎衍身边。

张有鑫嘟囔了一句:"看吧,一直就这样子,你说还算是个女人吗?"

黎衍点头认同:"是有点凶。"

周俏回头看一眼面无表情的柯玉,心想,男人是不是一个个都那么迟钝的呀?

餐厅在四楼,张有鑫订的包厢环境典雅幽静,空间也宽敞,他和黎衍都坐轮椅,周俏和柯玉把两把多余的椅子挪开,一同坐下。

张有鑫点完菜,继续和黎衍聊天。这几年两人虽没见面,但微信上一直保持着联系,并不算陌生,这时候就聊些平时不会说到的细节。

"衍哥,下回我们俱乐部搞活动,我叫你啊。"张有鑫说,"七月我们打算自驾出去玩,三天两晚,就钱塘附近,你和周俏可以坐我的车,怎么样,去不去?"

黎衍说:"七月还早呢,周俏上班挺忙的,每周才休一天,三天两晚我怕她请不出假。"

"行,尽量吧,总得出去转转啊,不能老待在家里。"张有鑫说着就看向黎衍身下的轮椅,"对了衍哥,为什么你还在用这种轮椅啊?这不会是你在康复医院时用的那个吧?"

"就是那个。"黎衍轻轻拍一下轮椅扶手,"当时随便买了一个想先用着,后来出院了很少下楼,就一直没换。"

张有鑫一脸嫌弃:"这轮椅也太丑了,你这么帅,怎么能用这种老头儿轮椅啊?"

周俏听着张有鑫的话,往黎衍的轮椅看了一眼。他的轮椅很普通,黑色配金属色,并没有多丑,比小区里老头儿老太太坐的轮椅要好看很多,质量也不错,周俏从没觉得哪里有问题。

不过刚才,她的确留心到张有鑫的轮椅,靠背很低,座椅紧凑,整架轮椅黑绿相间,设计感十足,两个大后轮看起来特别精致酷炫,与黎衍坐的轮椅相比,就像是高档轿跑对上一辆出租车。

黎衍喝一口茶,说:"我现在出门还是挺少的,不过我想找工作了,如果真的出去上班,到时候再换也不迟。"

张有鑫感兴趣地问:"你想出去上班了?做什么啊?"

"做什么不是我能决定的,我托亲戚帮我留意呢,当年刚毕业投简历都没人要我,现在在家待了四年,更不可能有人要了。"黎衍神情淡淡的,看一眼周俏,又面向张有鑫,"三金,这事儿我今天本来也想和你说,你这边如果有工作机会,也帮我留心一下,坐班文职类的都行,如果是我本专业的,就更好了。"

张有鑫应下:"没问题,我到时候问问我爸,不过不能保证有没有合适的空岗,你其他地方也都问着。"

黎衍:"谢谢。"

张有鑫又问:"那你出门上班,怎么通勤啊?"

黎衍想了想,说:"坐地铁吧。"

张有鑫觉得够呛:"地铁又不是哪儿都能到,而且咱们这里无障碍设施真是一塌糊涂,上班通勤肯定是你自己一个人,就稍微碰到一点障碍,你就能傻在那儿老半天。"

黎衍沉默下来。

张有鑫说:"你考个本,买辆车就行了,要是觉得有困难,我跟你讲……"他压低声音,但周俏还是听到了他的话,"咱都有残疾证,买个残疾代步车能上牌,那个才几千块钱,丑是真丑,不过我觉得也好过坐地铁。"

周俏脑子里浮现出残疾车的样子——是不是那种还能当黑车开的摩的?有顶棚和窗户,三轮四轮都有,想象黎衍坐在里头,开起来突突突突突……啊,画面太美真不敢看。

黎衍被张有鑫逗笑了:"这个车我真吃不消,哥还要脸。"

张有鑫也笑了:"还是攒钱买辆小车吧,你都有女朋友了,休息日还能一起出去转转,有车真的很方便的。"

黎衍看向周俏,她一直乖乖坐着听他们聊天,不乱插嘴,也不玩手机,看谁杯子里的茶没了,立刻就给添上,连木头脸柯玉都没法对周俏摆臭脸。

张有鑫看到黎衍望着周俏的眼神,幽幽叹一口气:"唉……我也好想谈恋爱啊。"

柯玉冷冷看了他一眼,手指一下一下转起茶杯,没吭声。

菜一道道上来,周俏发现,黎衍和张有鑫在一起十分放松,胃口也好,聊起天来百无禁忌。哪怕是关于他俩生活中会遇到的一些困难都会互相交流,这一点,是他和健全人相处时不会出现的。

大概真的是人以群分,不知道从何时起,黎衍已经把自己和张有鑫归为一类人,以前吵架时他就对周俏说的那句"两个世界的人"特别敏感,反应超级大。周俏觉得,他骨子里的傲气的确还在,但理智上他很明白,自己已经被迫处在一个特殊的弱势群体。

"衍哥,你现在走路怎么样?"张有鑫一边吃菜,一边问,"复健时就觉得你走得挺好的,现在呢?"

黎衍瞪他:"你是不是瞎?我那叫走得好?我到出院时没了拐杖都不能走好吗!"

"总比我好吧。"张有鑫嘴角下挂,"我爸上回说要给我买个人工智能的外骨骼支架,让我在家练走路,我没答应。那玩意儿特别大一台,穿起来跟个机甲怪兽似的,有啥用,难道穿着上街吗?"

黎衍很无语:"那个很贵的,大几十万一套啊,你爸要给你买你还不要?外面多少人一辈子都买不起的。"

张有鑫愁容满面:"买来就要锻炼!我烦死绑着支架走路了!还有柯柯,老是逼我锻炼,锻炼有什么用？上回我腿还磨破了，洗澡时才发现，拖了一个多月才痊愈。我们这种腿没感觉，受点伤很麻烦的，万一搞个感染不是得不偿失嘛！"

柯玉不乐意了："是我叫你锻炼的吗？是医生叫你锻炼的！说你腿上肌肉都萎缩得不像话了，再不练习以后两条腿皮包骨头，你站都站不起来！"

"我本来就站不起来啊！"张有鑫冲着她大叫，"我知道我这辈子都站不起来了，那又怎么样啊？站不起来会死啊？不会！并发症才会死呢大姐！"

"砰"的一声，柯玉狠狠一拍桌子："行啊！那你永远都不要再锻炼了！也别再给我打电话让我陪你去复健！你这么不在乎两条腿干脆截了算了，行动还能方便点！"

见大家都愣住，柯玉回过神来，站起来对着黎衍就是一个鞠躬："对不起衍哥，口无遮拦说快了点，我是骂三金，请你不要见怪。"

黎衍笑笑："没事，他是该骂，我知道他很懒。"

周俏在边上嘀咕："你也好不到哪里去。"

大家都听到了，一阵沉默。

吃了大半个小时，柯玉看过时间，对张有鑫说："时间到了，你该去上厕所了。"

张有鑫正在啃凤爪，听到以后骨头一吐，抹抹嘴就转着轮椅往包厢外去，柯玉问："要我去帮忙吗？"

张有鑫气得要疯，脸都涨红了："你今天是来拆我台的吧？！"

柯玉气道："你没主动叫我帮过忙吗？！"

张有鑫吼道："我今天问你了吗？！"

黎衍打圆场："行了行了，我去吧，都是男的，我也想上厕所了。"

说着，两个男人一起坐轮椅出了包厢。

看着周俏担心的眼神，柯玉说："放心，商场里有无障碍卫生间，他们两个人呢，互相帮一下可以搞定。"

周俏点点头，沉默几秒后问："小柯，你知不知道三金用的轮椅要多少钱啊？"

柯玉说："他这台是运动轮椅，量身定制的，要三万多。"

周俏吓了一大跳。

柯玉接着说："运动轮椅有入门款，有些是不用定制的。衍哥那个身高身形……我觉得三金用过的一款他就能用，那款以前卖六千八，不过三金已经二手卖掉了，现在应该也是六千多块钱。"

周俏问："什么品牌和型号？"

柯玉拿出手机："加个微信，到时我和你细说，一会儿他俩就回来了。"

"哦哦，好的。"周俏忙打开手机扫码加好友。

"你想给衍哥换轮椅吗？"柯玉一边改备注，一边问。

周俏害羞："嗯，下个月就是他生日了，我之前一直在想送他什么生日礼物呢。"

"轮椅就是他们的腿，的确要用得好一点，衍哥用的这个真不行。"柯玉认真地说，"到时我发你几个基础款，如果要量身定制都挺贵的，怎么的都要两万左右甚至往上。衍哥没用过运动轮椅，一开始用会不习惯，他个头高，可能容易后翻，所以先基础款练起来，过两年用熟了看经济条件可以再换好一些的。"

周俏很感激："谢谢你，我都不懂。"

"不客气。"柯玉叹口气,"这种事,时间久了,碰到的问题多了,自然而然就会懂。衍哥还好了,至少不会有并发症,三金那个傻子……呵,三天两头出幺蛾子,现在我接到他电话就烦。"

周俏在心里赌上五包辣条:你嘴巴说烦,行动上肯定是一叫就到,口是心非大概就是这个意思。

商场里的无障碍卫生间很宽敞,但是不能从里头上锁,可能是怕使用者在里面摔跤了外头打不开门。

黎衍在外面放风,张有鑫先进去,卫生间门口人来人往,几乎所有人都会往黎衍身上看一眼,黎衍只能低头玩手机,当作没看见。

十分钟后张有鑫出来了,黎衍进去上,他的动作要比张有鑫快很多,没一会儿工夫就完事。出来时,张有鑫问:"衍哥,你现在在外面上厕所都方便吗?"

"还行吧,普通厕所只要没台阶我都能上。"黎衍对张有鑫没什么隐瞒,"除非上大号,没马桶只有蹲坑,那肯定不行,没办法蹲的。"

"那也比我好,没有马桶,只有小便池我都上不了。"张有鑫笑了一下,和黎衍一起并肩转着轮椅往餐厅去。

半道上,张有鑫说:"衍哥,我觉得你女朋友挺好的。"

黎衍转头看他,唇边泛起笑:"周俏?是,是挺好的。"

张有鑫问:"你们打算结婚吗?"

黎衍心想"我们已经结婚了",嘴里却说:"才谈两个多月呢,还没说到这么远,不过应该就是她了。"

"真好。"张有鑫很羡慕,语气又低落下来,"衍哥,告诉你一件事。"

"什么事?"

张有鑫的大眼睛眨了几下,说:"我妈怀孕了。"

黎衍很震惊:"什么?你妈几岁啊?"

"四十五,她要我要得早。"张有鑫说,"怀了两个月了,之前一直没告诉我,前几天稳定了才和我说的。我爸和我妈之前一直在做试管,我是知道的,没想到真成了。我爸都五十了,直接要了一对双胞胎,全男的。"

黎衍无言以对。

"不用我说原因了吧?"张有鑫拍拍自己毫无知觉的腿,"我爸有产业,怕绝后,我早两年去医院留过精子,就担心瘫了的年份越久,质量越差,可也保证不了能不能用上。现在我妈怀上了,我爸都乐疯了,和我说生两个弟弟是为了以后给我养老,实际上,谁不知道他在想什么呀。"

黎衍很难安慰他,感觉任何语言都显得苍白,只能说:"你想开些吧,不是一直说开心活着就好吗?好歹你爸有钱,你生活还是有保障的。"

"嗯,也只能这么安慰自己了。"张有鑫看到前面的餐厅大门,最后说了一句,"衍哥你别以为我在说风凉话,我是真的很羡慕你,能走路,能做爱,大小便也都能自理,以后还能自己生孩子。周俏和你感情那么好,你只要再找到一份工作,以后日子就和正常人没两样了,真的,我想着都觉得很幸福。"

说完，张有鑫就转着轮椅进了餐厅。

黎衍看着他的背影，怔忪片刻，也跟了进去。

一顿饭足足吃了两个小时，吃到后来，柯玉拿起相机给他们拍合影。黎衍和张有鑫拍完后，柯玉说让他和周俏一起拍。黎衍看一眼张有鑫，又看一眼周俏，说："我想站着拍。"

张有鑫气得拍桌子："我去！衍哥你还显摆？"

黎衍对他抱歉地笑，让周俏扶着自己站起身，挪开轮椅，两个人依偎在一起。他揽着周俏的肩，柯玉帮他们拍了半身和全身，说："回头我发给三金，让三金传给衍哥。"

她没说自己和周俏已经加好友，周俏明白她是好心。

午饭后，四人分别，周俏推着黎衍原路回家，不知是不是心理作用，满脑子想的都是张有鑫那架酷炫的轮椅，再看黎衍坐的，居然真觉得有点丑。

还有半个月就是他二十六岁的生日，周俏想着，生日礼物终于有了眉目，也不知道黎衍会不会喜欢。

四月过去，五一小长假三天，周俏又轮到两个全天班。

深夜下班回到家，洗过澡后她一头扑到床上，累得一动都不想动。

"阿衍，你今天吃了什么？"周俏歪过脑袋问。

上全天班实在没时间做饭，黎衍都是自己解决，回答说："我叫外卖了，中午吃了一碗面，晚上是青椒肉丝盖浇饭。"

"青椒肉丝好吃吗？"周俏懒洋洋地问。

黎衍摸着她的头发："不好吃，青椒多肉丝少，还特别油，和你做的小炒肉没法比，以后不会点了。"

周俏舒服地闭上眼睛，黎衍俯身看她，问："很累吗？"

"嗯，太久没上全天班了，有点不习惯。"

黎衍看向她睡裙下露出的两条腿，问："要我给你揉揉脚吗？"

周俏一下子就睁开了眼睛。

她依旧趴着，黎衍双手撑床来到她身后，一点一点帮她从大腿按摩到小腿，说："脚都肿了，你要小心别得静脉曲张。"

"我们有些同事就得过静脉曲张。"周俏被他按得很舒服，又闭上了眼睛，"我会小心的，经常走来走去，不会傻乎乎站着不动。"

"我手重吗？"

"不重，刚刚好。"

黎衍垂下眼睛，看着手掌下两条纤细的腿。周俏的腿形还挺漂亮的，没有半点儿"O"形和"X"形，肤色又白，虽然不那么长，比例还算不错。和她的手一样，她的两只脚也挺小，穿的鞋子是36码，脚偏瘦，趾甲很干净，洗过澡后香喷喷的。

黎衍双腿截肢四年，都记不得摸到腿和脚是什么感觉。

视线又落到自己的残肢上，他只穿着内裤，坐在周俏腿边，残肢末端已经抵到她的腿，他知道周俏有感觉，但他并不介意。

现在的他们比以前要亲密许多，除了最后一步，几乎什么都尝试过。从一开始的害羞不已、小心翼翼，到后来的坦诚相待、情难自已，大约恋人之间就是如此，很容易就心动，继而又会不满足，想要更多的亲昵和抚触。

"俏俏……"黎衍感觉自己身体热起来，呼吸也开始急促，鼓足勇气开口，"我们……要不要试试看？"

周俏没反应，黎衍看向她的脑袋："俏俏？"

他身子挪过去一些，弯下腰看她的脸，发现她已经睡着了。

黎衍又为她按摩了一会儿，才拉过被子盖到她身上，轻轻地叹了一口气。

五月最令周俏期待的有两件事。

第一件，经过柯玉的指导，她花六千多块钱买的运动轮椅已经由经销商发货，再过几天就能送到家里。

第二件，她和黎衍终于要进行第一次正式约会啦！

这天早上，周俏很早就起床，从衣柜里找出黎衍情人节时送的黄色卫衣，单穿配牛仔裤运动鞋，非常适合五月初的天气。

黎衍从卫生间洗漱完回到客厅，就看到周俏穿着新衣服展示给他看："好看吗？"

她皮肤白，很适合柠檬黄，又因为这是她最喜欢的颜色，穿在身上心情也特别好。

"很好看。"黎衍说。

"你穿什么呀？"周俏又去衣柜里找黎衍的衣服。他的衣服大多是运动服，休闲装特别少。

黎衍转着轮椅来到她身边，张张嘴，又张张嘴，欲言又止。

他的衣服都是深色，周俏实在挑不出来，说："我是不是应该再给你买几件衣服啊？你都没衣服穿，今天还是穿这件黑的吧。"

黎衍终于开口了："我……有一件新衣服。"

"是吗？"周俏好奇地问，"哪件啊？"

黎衍从衣柜底下掏出一件带包装的衣服，搬家时这些是他自己整理的，周俏一看那衣服的颜色，眼睛就瞪大了。

"这什么呀？"她拆开包装抖开衣服，居然是和她身上那件一模一样的带帽卫衣，只是尺码很大，"我的天啊！阿衍，你居然买情侣装？"

黎衍很尴尬，心里怪起沈春燕，早就猜到周俏知道后一定会大呼小叫。

"那天还不承认是情人节礼物！还说是你妈妈买的！"周俏愉快地翻旧账，"天啊，你怎么会买黄色？"

黎衍不开心了："本来就是我妈买的！我让她不要给我带，她非要带！我又不在商场有什么办法？"

周俏偏过头看他："这么不乐意啊？那你穿吗？"

黎衍神色别扭，周俏作势要把衣服折起来："不穿拉倒，穿你的黑色去。"

黎衍一把从她手里夺过衣服："我说不穿了吗？"

周俏好开心，蹦蹦跳跳像只兔子："穿穿穿，你皮肤比我还白，穿起来一定特别好看！"

出门时，黎衍觉得自己的人生真是曲折离奇。去年十月以前，打死他都想不到，有一天，他会穿着一件柠檬黄的衣服，坐着轮椅，和一个女孩一起坐地铁，跑老远的路去卖场挑沙发。

来到地铁站，黎衍心里还是很忐忑。

他受伤后从未坐过地铁，地铁站人那么多，他坐着轮椅，还穿得这么鲜艳，简直就像一个活靶子，很轻易就引来形形色色的目光。

　　"气死了。"候车时，周俏牵着他的手生气地说。

　　黎衍安慰她："别气了，别人要看就让他们看吧，看了也不会少块肉。"

　　"我不是气这个！我是气那些女的！"周俏像是气得不轻，"看你的眼神一个个都色眯眯的！没见过帅哥啊？你可是我男朋友！"

　　黎衍一愣，转瞬就笑起来，捏捏她的手："是你的是你的，是她们看我啊，我可没看她们。"

　　"你还笑得这么好看！不许笑！"周俏瞪他。

　　黎衍反而笑得更开心了，一会儿后，周俏也跟着笑起来，两个人笑得像两个傻子，就在这时，地铁来了。

　　他们待的是有轮椅停放区的车厢，工作日非高峰期，车厢里不算挤。黎衍抬头数过站名，说："要有快二十站呢，你要不要去找个位子坐一下，我在这儿就行。"

　　周俏哪里舍得离开他："不坐，我不累，站这么一会儿就累我早干不下去了。"

　　黎衍没再劝她。出门在外，他发现自己比想象中还要更依赖周俏，好像只有她在身边，他才会感到安心。不知道这算好事还是坏事，毕竟他是打算出去工作的，每天上班通勤，周俏不可能陪着他，她不在，难道他就不敢了？

　　一个小时后，地铁到站，黎衍和周俏坐无障碍电梯出站，地铁上盖就是家具卖场，非常方便。

　　工作日的白天卖场顾客不多，两个人都是第一次逛这里，对一切都很新奇。三楼进去就是许许多多的小户型样板房，一间间装修得特别温馨浪漫。

　　"好漂亮啊！"周俏看得双眼发光，"这个房间面积不大呀，但是真的好漂亮！设计师真牛！"

　　黎衍也觉得这些样板房布置得挺好，不奢华，简简单单的，让人感到温暖舒心。

　　路过儿童房，周俏都要走不动路了。

　　"好可爱！怎么会那么可爱啊！"

　　"哇！这个是女孩子的房间！粉红色的！"

　　"这个绿色的也很好看，男孩子比较合适！"

　　黎衍就看她叽里呱啦地叫着，轮椅转过去，拉住她的手，抬头叫她："俏俏。"

　　"嗯？"周俏还沉浸在兴奋的情绪里，眼睛亮闪闪的。

　　黎衍看着她："我们以后装修儿童房，再来这里做参考，现在先去看沙发。"

　　他把轮椅退出去了，周俏挠挠脑袋，跟在他身边。

　　黎衍刚才说什么？以后装修儿童房？

　　装修哪个儿童房啊？是他们的宝宝吗？

　　啊！她会生一个宝宝，是她和黎衍的宝宝！像黎衍的话，一定又高又漂亮！千万别像她啊，又矮又土，浪费黎衍的好基因。

　　挑沙发非常快，因为沙发的价位差距特别大，便宜的几百块，贵的五位数。周俏和黎衍很理智，房子是租的，不用买太贵，看中一款烟灰色双人位布艺沙发，打折后七百块。周俏坐了一会儿，黎衍问她："舒服吗？"

　　"还可以，会不会有点小？才两个位。"周俏犹豫。

　　"别考虑客人，只考虑我们自己。"黎衍说，"大部分时间就只有我们在用。"

"倒也是。"周俏决定了,"那就买这个吧,挺好的,划算!"

因为买到打折款,她很开心,差不多是午饭时间,两人结账后去餐厅吃饭。

餐厅人并不多,黎衍等在桌子旁,由周俏去排队。周俏没吃过这里的食物,探着脑袋看别人都点的什么,最后给黎衍要了一份西冷牛排,自己要了意式肉酱面,又随大流点了一份瑞典肉丸子,想了想,给黎衍加了一杯鲜果汁,一共花了九十多块钱。

"不是很贵耶。"周俏喜滋滋地把食物一份份端到餐桌上,发现黎衍正在打电话。

"嗯,我在外面。"黎衍说,"和周俏在一起,今天她休息,就出来转转。"

"哪个公司?什么岗位?"黎衍的眉微微皱起来,用眼神示意周俏不要说话,周俏紧张地看着他。

电话那头,沈春辉说:"你等等,我让泽西和你讲,我说不清楚。"

电话交给了沈泽西。

"哥,我是泽西。是这样的,我爸有个认识二十多年的朋友姓方,昨天我们两家聚餐,你不是和我爸说过想找工作的事嘛,我知道那个方叔叔的儿子在一家德资医疗器械公司做 FA Supervisor(财务分析主管),我就问了他一句,他们团队现在的确在招 Junior FA(初级财务分析师),本来是要招应届毕业生的,我就把你的情况和他说了一下。"

沈泽西有所停顿,黎衍问:"身体情况都说了吗?"

"说了,照实说的,外企高层都是老外,企业文化比较包容。"沈泽西解释着,"其实按照你的专业,有点屈才,不过我考虑到毕竟你没有工作经验,从 Junior 做起也还能接受,和你的专业也算相关,又是坐班,福利待遇就是行业里的正常水平。我问他要来了 JD(职位介绍),一会儿发你邮箱,如果你感兴趣,他们五月十号要组织一面,还有不到一个星期,你可以先准备一下。哥,你觉得怎么样?"

黎衍没有思考,听的时候就已经做好决定了。他说:"你把 JD 发给我,我想试试。"

沈泽西说:"好的,看过以后有问题你和我联系。哥,加油!"

黎衍:"我会的,谢谢你泽西,也帮我谢谢小舅。"

挂掉电话,他发现周俏一脸期待地看着他。

黎衍笑起来:"得到一个面试机会,回去以后要复习功课了。"

周俏脸上渐渐绽开一个大大的笑容,向他握拳挥一挥:"阿衍,你一定可以的!"

吃饭时,黎衍想着之前的电话,有些分神。

周俏尝了一颗肉丸子,皱着眉吐槽:"一点儿也不好吃,怎么还这么多人买?"

黎衍听到她说话,抬起头来看了眼桌上的食物,问:"为什么只有一杯饮料?"

周俏笑着说:"我不渴,我带水了。"

黎衍定定地看着她:"周俏,你这样子对我,我都不知道该怎么办了。"他把果汁递过去,"你喝吧,要不就再去买一杯,要不然我喝不下去。"

周俏从包里掏出矿泉水瓶,咕嘟咕嘟把剩下半瓶喝光,又把果汁倒半杯进瓶子里,把杯子放回黎衍手边:"一人一半,好吗?"

黎衍愣了半天,实在绷不住偏开头笑了一声,问:"学过一篇课文《一碗阳春面》吗?就是母子三人过年时合吃一碗面那个,我忘了是高中还是初中的了。"

周俏说:"学过,是高中的。"

"我俩像不像?怎么那么惨呢?可以写一个《一杯鲜果汁》。"黎衍拿起杯子吸一口,沉吟许久，问，"俏俏，你说我们以后会越来越好吗？"

"当然会了！"周俏扬起下巴，手里举着叉子挥一下，"《一碗阳春面》里，那两个儿子后来都有不错的工作了！你说我们像，像就像呗，又没偷又没抢，等你工作后收入稳定了，我们一定会好起来的！"

黎衍笑得很温柔："我会努力让你过好日子的。"

周俏也笑："好呀，我记着呢。赶紧吃东西，都要凉了。"

从卖场坐地铁回到家，黎衍第一时间开电脑收邮件，沈泽西已经把那家德企的资料和职位介绍发过来了。

黎衍坐在电脑前仔细地看，先看企业资料，还上官网浏览一番，再看JD里的岗位职责、招聘要求、薪资待遇等，心里大概有了底。

初级财务分析师对书面英语有要求，因为公司邮件很多是全英文，口语没有硬性要求，能简单对话即可。

黎衍英语六级，当年口语还挺流利的，现在多年没用荒废不少，想着需要花点工夫找找感觉。

软件方面，Excel要熟练，还要求会使用Python、R、Stata等至少一种数据分析软件。

黎衍抱着手臂、摸着下巴出神，四年前的他是完全符合要求的，现在怎么说呢？还是要花时间把丢掉的东西捡起来。

公司使用SAP系统，求职者要熟练掌握会计基础知识、财务预测、财务管理分析、预算管理、市场营销、内控与风控等知识。

这些，大学里都有学。黎衍念的是经济学，辅修过财务管理和金融会计，当时实习是在一家大型投资管理公司，工作内容和财务分析这块不一样，算是更难。

沈泽西说得没错，按他毕业时的水平根本不会去应聘初级财务分析师这个岗位。可现在不一样了，机会来之不易，他想要抓住。

其他就是一些比较宽泛的要求，比如责任心强，具有团队精神、优秀的语言和文字表达能力、沟通交往能力、学习能力等等。

黎衍用电脑是在次卧，周俏探进头来，问："我能进来吗？"

"来。"黎衍回过头向周俏伸出手，拉到她的手后一用力就把她抱到自己腿上坐下。

周俏看着电脑屏幕上中英文夹杂着的文字，觉得好高大上，不过她最感兴趣的是："工资多少啊？"

黎衍笑笑，拖动鼠标拉到下面给她看。

周俏念出来："薪资面议，缴纳五险一金，双休，每月五百餐补，五百交通补贴，两百通讯补贴，还有节假日福利，商业保险，高温补贴，生日补贴，结婚补贴，生育补贴……怎么这么多补贴啊？带薪年假……哇！十二天？还有培训，团建，年会……阿衍，这是大公司啊！"

"是，挺大的，外企嘛。"黎衍把公司官网打开给她看。

周俏又问："那工资到底是多少啊？"

黎衍笑得露出一口白牙："这个真不好说，毕业院校不同，专业、年龄、从业经历都不同，还有是否有经验，都会影响底薪。我这个情况如果入职，我估计底薪是在七千到八千吧，高不了，但也不会再低了。"

周俏一算："那扣掉社保加上补贴，到手也能有六七千吧？"

黎衍点头："应该有，六千多肯定有，七千……不确定，还缴公积金啊，都给存着的。"

"真不错啊！"周俏很满意，"还有几天面试，你好好准备准备。对了！要穿什么去啊？西装吗？"

黎衍思考了一下："估计要穿西装，最次也得穿衬衫。"

周俏跃跃欲试："我我我……我去给你买！"

黎衍抱紧她，心里真是服了："不用，我四年前的正装还在呢，现在比那时候瘦一点，应该还能穿，别浪费钱了。衬衫有，皮鞋也有，就裤子可能长了，你拿去帮我裁短一些吧。"

裁裤子啊……说得周俏心里怪难受的，摸着黎衍的脸说："都穿旧的吗？要不我给你买条新领带？"

黎衍原本想说领带也有，看着周俏亮晶晶的眼睛，点点头："好，西装在我妈那儿，原本以为再也不会穿了，到时我让她拿过来，你看好样子和颜色去帮我挑领带。"

"嗯！"周俏亲亲他的脸颊，"阿衍，你去面试千万别紧张，要相信自己，我觉得你一定没问题的。"

黎衍看了她一会儿，接着把脸埋到她肩窝里，低声问："在你心里，我是不是还是很厉害啊？"

周俏承认："当然是啊！"

"不要抱太大期望，俏俏，我现在真的没那么自信了。"黎衍轻声说，"不过我会努力争取的，还有六天，要复习很多东西。"

接下来的几天，黎衍开始准备面试。

他问沈泽西要来那位财务分析主管方劲松的电话，与对方进行了一次沟通。

方劲松听声音像是三十多岁，电话里对黎衍说："我只是一面，后面还有财务经理二面和财务总监三面。一面时，HR会一起参加，我们有题库，会有一些相关的考题。你是A大毕业的，虽然几年没工作，但底子在那里，准备一下我觉得问题不会太大。到时候放轻松，穿个正装，精神面貌好一些，我听泽西说你长得挺帅的。"

黎衍很不好意思："没有，我现在要靠轮椅代步，精神面貌这个……只能说见仁见智了。不过我保证我的身体状况不会影响工作，上班通勤也没问题，我一切都可以自理。"

方劲松爽朗地笑起来："放心，你的简历我交给HR了，他们都知情，不会有这方面的困扰。小黎，这几天你好好准备，我们一面见。"

黎衍诚恳地说："好的，谢谢您，方经理。"

新沙发已经送上门，被师傅放在预留的位置，但黎衍和周俏几乎都没去坐，电视机也不打开。周俏知道这几天对黎衍来说非常重要，一点儿也不能去打扰他。

黎衍在大学班级群里问有没有在外企从事财务分析工作的同学，当场就有两个蹦出来，加他微信和他私聊。其中有一个已经做到高级财务分析师，整理了一些资料给他参考。

黎衍把几个常用软件重新熟悉，看别家公司的面试题，翻专业书，背英语，每天除了吃饭睡觉基本都待在次卧。周俏也帮不上什么忙，只能每天下班后给他做好吃的，牛奶、水果轮番供上。

面试的正装已经被沈春燕带过来，是深灰色，周俏拿去店里熨得一丝褶皱都没有。西裤让高大姐截短几厘米，皮鞋也用鞋油擦得锃亮。最后，她为黎衍买了一条深蓝色条纹领带，仔仔细细地把一身衣服挂在衣柜里。

还有三天就要面试了。

这天早上，黎衍正在复习，接到周俏的电话。

"阿衍，跟你说个事儿，大概一个小时后会有师傅上门去，我……"她顿了顿才说出口，"我给你买了一架新轮椅，运动轮椅，但不是特别贵的那种。师傅会教你安装，还要按照你的身高体形帮你调节轮椅坐高，你房门别关，听着点儿门铃声。"

黎衍已经震惊得无以复加。

"你……"他几乎说不出话来，"你什么时候买的？为什么要买这个？"

周俏在电话里软软地说："你要过生日了嘛，这是生日礼物。原本想预约师傅在你生日那天送上门的，现在你要面试了呀，就觉得还是提前给你吧，你面试时可以用上。"

黎衍的眼睛酸涩了，哪里忍得住啊！幸好周俏看不见，他低声说："俏俏，谢谢你。不过以后再买这么贵的东西，还是先和我商量一下。"

周俏沉默几秒，说："你不喜欢吗？我是觉得……轮椅就是你的腿啊，每天都要用的，我想让你坐得舒服一点。"

黎衍快速捂住嘴，差点儿哭出声来。

周俏像是感受到什么，急道："先不说啦，我上着班呢，你记得听门铃啊，我挂了，拜拜。"

挂掉电话，黎衍再也忍不住，冲进卫生间打开自来水龙头，一边接水扑脸，一边泣不成声。好久好久没有这么放肆地哭泣，情绪在这一刻翻涌奔腾，完全控制不住。

黎衍知道周俏对他好，却不知道可以好到这样一种程度。

他没听说过一个人可以对另一个无血缘关系的人好到这样一种程度！哪对情侣、夫妻都没听说过！

这世上怎么会有周俏这样的人？

把好吃的好喝的都留给他，几乎包揽所有家务，做什么都为他着想，无微不至地照顾他，日常全是鼓励、夸奖外加星星眼……就因为三金的几句话，连杯果汁都舍不得买的人，毫不犹豫就给他买了一架昂贵的运动轮椅。

问题是，他为她做了什么啊？

黎衍心里感动，说出来显得矫情，但就是感动！感动得都要死过去了。他伏在台盆上，肩背颤抖得根本停不下来。过了好久，他又洗了把脸，才抬起头来看镜子里眼睛红肿的自己。

"哭什么啊，浑蛋。"他对自己说，"一定要找到工作，这次不行，就拼下一次。下一次不行，再拼下一次！工资没有七千，六千也行，五千也行。黎衍，就算是为了周俏，你也必须要走出去。"

回到客厅，黎衍穿上假肢没等多久，轮椅品牌的技术人员如约上门。周俏选的轮椅是黑色配炭灰色车架，没有亮眼的颜色，比较低调。黎衍伸手摸过精巧的车架，心想这架轮椅果然比自己坐着的要漂亮许多。

运动轮椅可拆卸，安装也方便，师傅教黎衍如何安装如何拆卸，最后让黎衍换到新轮椅上，按照他的身高身形帮他调节各项尺寸。

座椅的感觉很不一样，靠背低得让他不太习惯，轮子特别灵活，还可以原地360度转圈。师傅教他怎么保养，临走前问："小伙子，感觉怎么样？"

黎衍又往前往后转了几下，说："非常好，比我以前那个舒服多了。"

周俏下班回到家，一眼就看到客厅里停着的那架旧轮椅。

听到她的声音，黎衍从次卧出来，她看到他坐在簇新的轮椅上，笑问："喜欢吗？坐着感觉如何？"

黎衍拉过她的手，因为没有穿假肢，她没办法坐到他腿上，他只能侧着身子抱住她的腰，把自己的脸埋在她的小腹上，说："坐着很舒服，转起来特别灵活，体积也比以前那个小，重量轻许多，我很喜欢，俏俏，谢谢你的生日礼物。"

周俏揉着他乌黑的头发："其实是柯玉教我买的，我都不懂，咨询了她好几天才敢下单，我还怕你会不喜欢。"

黎衍抬头看她："十号那天，你是什么班？"

周俏说："晚班。"

"我早上十点一面，你陪我一起去吧？完了我自己回来。"黎衍说。

周俏不放心："你自己回来没问题吗？"

"我查过地图，那家公司附近两百米就有个地铁站，不过从我们这儿过去要换乘。我面试完了，你可以把我送到地铁站，你去上班，我自己回家。"黎衍一直看着周俏，"我一个人可以的，以后总归要自己出门，不能那么依赖你。"

见他仰着脸的样子有些辛苦，周俏干脆蹲下来，双手轻放在他的两截残肢上。天气热起来了，黎衍在家不再穿那种缝合裤腿的短裤，因为残肢会感到闷热，此时穿着的是一条宽松篮球裤，裤腿长过残肢，还微微搭落在椅面边缘。

周俏的脑袋搁在自己手背上，声音又软又柔："我愿意让你依赖，如果你觉得太依赖我不好，我也愿意放手让你独立去做一些事情。阿衍你记着，有我给你兜底呢，你什么都不用怕，我会一直陪着你的。"

黎衍低下头，抚摸着她的头发，良久，无声。

面试前一天，周俏陪黎衍出门剪头发、拍一寸照。

她只会剪那种学生气很浓的发型，实在不适合职场。

理发店的正牌Tony老师手艺不凡，给黎衍剪了一个特别利落的短发，侧面削薄许多，头顶的发依旧浓密，发胶一抓，帅气得令周俏当场冒出桃花眼。

"平时打理很简单啦，就这样抓一下就行喔，其实你脸形偏瘦，以后可以试试烫一下，会很Fashion哦。"操着一口广普的Tony老师对着镜子教黎衍平时怎么打理，周俏在边上认真地学。

黎衍笑笑："烫就算了，打理起来太麻烦，我这人很懒。"

剪完发，拍完照片，周俏一看时间，问："阿衍，你一会儿还要复习吗？"

黎衍反问："怎么，你想去哪儿吗？"

周俏指着马路对面的广场："还有十分钟，音乐喷泉就要开始了，你还一次都没去看过呢。"

黎衍说："走吧，一起去看。"

音乐喷泉每天有两场，七点半一场，八点半一场，每天都有本地市民和外地游客慕名前来，还未开始，喷泉池边已经挤满了人。

周俏没有带黎衍往里挤，两人留在人群外。黎衍坐在轮椅上，视野被层层叠叠的后背遮挡，根本看不见。

不需要开口，周俏已经扶着他站起身。

黎衍站得笔直，揽着周俏的肩，和她一起望向喷泉池。

"我以前都没来看过。"黎衍说，"这个音乐喷泉弄出来大概有十年了，还上过新闻。那时候我住校，难得回家也不会专门抽时间来看。人就是这么奇怪，这些东西，别人大老远辛辛苦苦专门跑来，我这种住在附近的却觉得什么时候来都行，于是就一直拖一直拖，拖到后来……我以为我这辈子都不可能来看这个了。"

周俏搂着他的腰："快要开始了，很好看的，我看了好多次都没看厌。"

话音未落，一阵激昂又熟悉的音乐声在广场响起，大大小小的水柱随着音乐喷射而出，池中灯光璀璨，还有交错的绿色激光打向天空。

游客发出阵阵欢呼声，就跟周俏之前每次听到的一样热烈。不一样的是，她的身边多了一个人。

当响起一首婉转动人的情歌时，人群变得安静了。

黎衍低下头来，在周俏唇上落下自己的吻。

他们抱得很紧，因为他需要她的支撑。他的腿边静静停着一架轮椅，路过的游客惊讶地看着他们，猜测这年轻帅气、个子高高的小伙子可能是暂时扭伤了脚。

有大人匆忙捂住小孩儿的眼睛，黎衍和周俏已察觉不到，他们闭着眼睛沉浸在自己的世界里，吻得投入又缠绵。

请让时间停止在这一刻吧，周俏心想。

再也没有困难可以难倒她，再也没有人可以伤害她。

只要黎衍在身边，从此以后，她将披荆斩棘，所向无敌。

第十一章
坚韧难解的线

五月十日，天气晴。

气温 26℃，体感舒适，宜穿单衣。

黎衍在卫生间剃须，用周俏送的那把电动剃须刀。周俏帮他抹发胶，学着 Tony 老师的手法抓一抓，镜子里的小黎先生立刻变得时尚又英俊。

回到卧室，周俏从衣柜里把正装拎出来，黎衍已经脱掉 T 恤，身上只有一条内裤。

周俏看着他的身体，几个月的增肌训练效果越发显著。黎衍依旧清瘦，肤色偏白，但已拥有一身薄而紧致的肌肉。他肩膀宽阔，腰线修长，手臂力量也大了许多，再也不是过去皮包骨头的落魄样子。

站在他面前，周俏帮他穿上白衬衣，一颗一颗扣上扣子，又搬过他的假肢让他穿。假肢上已经穿好西裤和皮鞋，黎衍把残肢伸进接受腔后，撑着周俏站起身，双臂搭在周俏肩上，低头看她帮自己把衬衫扎到裤腰里，扣上裤扣，拉上拉链，最后又帮他系好皮带。

"你自己会打领带吗？"周俏拿出那条新领带，问黎衍。

黎衍笑："当然会。"

"今天我帮你打，下次你自己来。"周俏说，"我打得很好的，专业水平。"

这的确是她的职业技能之一，周俏帮黎衍打好一条漂亮的领带，拎起西装外套，问："现在穿吗？"

"现在穿吧，反正马上就要出发了。"黎衍展开右臂，周俏便帮他把西装穿上身。

"怎么样？"穿好后，黎衍左手依旧扶在周俏肩上，右手拉着西装前襟整理了一下，问道。

周俏笑起来，眼睛亮亮地看着他："你这样问我呀，我的回答永远是一个字：帅！"

黎衍觉得好没劲："那下次不问你了，一点成就感都没有。"

"不要嘛，我第一次看你穿西装呢。"周俏不敢抱他，怕把衣服弄皱，只是轻轻搂着他的腰，仰头说，"你以后上班了，边上同事都是漂亮的女孩子，学历高，又会打扮，你回到家看到我，会不会越来越嫌弃啊？"

"那还真说不准呢。"黎衍笑得很坏，"那种大外企，女孩子肯定聪明又漂亮，今天面的 HR 应该就是，到时候我先观察观察，回来和你说啊。"

周俏的笑渐渐隐下来，眼睛眨了几下，像是呆住了。

黎衍发现不对劲。

天啊！闯祸了！

他赶紧摸摸她的脸："我和你开玩笑的。"

周俏嘴一瘪，眼底已经红了。

"哎哎，别哭。"黎衍头疼，"真和你开玩笑的！我一点儿这种念头都没有，半点儿都没有！"

见周俏一脸无措，黎衍也不管了，张开双臂把她揽进怀里："想什么呢？小傻子，先不说谁会看上一个坐轮椅的，就说我自己吧，你还不懂我吗？我、我怎么可能再对另外一个人这样那样……哎，你懂不懂啊？"

周俏推他："你放开我，衣服要皱了。"

"你别推我，我站不稳！"黎衍简直要疯，"别管衣服了，周俏！"

他大喝一声，周俏抬起头来看着他。

"不要乱想，就是咱俩了，没别人了。我信你没别人，你也要信我，听明白了吗？"黎衍用指腹帮她抹掉眼角的泪，"怎么玩笑都开不起了呢？以前叽叽喳喳多爱和我抬杠呀。"

周俏噘起嘴。

"好啦，我们该出发了，宁可早到也别迟到。乖，不哭啦，你再哭我亲你了啊。"黎衍几乎没哄过周俏，一直都是被哄的那个，真哄起来才发现自己词穷，写那几百万字小说时用到的辞藻，心一慌全部忘光了，非常佩服周俏哄他时那一套套的话语，还不带重样的。

周俏默默扶着黎衍坐上轮椅，把他装着毕业证和简历的档案袋塞进黑色电脑包，让他倒背在胸前，两人一起出门去坐地铁。

这一趟，黎衍和周俏做过约定，只要没有特殊情况，两人就不能有肢体上的触碰，模拟黎衍一个人出门去上班。这真的是非常重要的一步，只有完全解决通勤问题，他才有可能得到这份工作。

一路上，周俏离黎衍始终三四米远，两人没有说话，也很少有视线交流。

地铁站里路人川流不息，一身利落西装的黎衍受到的注目礼比穿休闲装时更多，还有女孩子拿手机去偷拍他。周俏没去阻止，因为根本阻止不过来，这是以后会一直发生的事情，有些人的素质就那样，不可理喻。

黎衍进站很顺利，坐电梯下到站台，和周俏在两个相邻车厢黄线外等车。

一个引人注目的年轻男人。

一个毫不起眼的年轻女人。

没人能看到他们之间那道隐秘的细线，纠纠缠缠，虚无缥缈。

却坚韧，难解。

地铁来了，车门打开，黎衍转头看了周俏一眼，自己转动轮椅进到车厢。

运动轮椅真的很好用，在家时没有太多感觉，出门以后轻便、灵活的体感太过明显。

黎衍独自一人待在轮椅区域，忍受着周边乘客各色目光，隔着人群想要寻找周俏，却看不到。他定定神，注意着到站提示，五站路后轮椅下车，一转头，就看到周俏从相邻的车厢下来，也在看他。

两人对视一笑，去换乘另一条线路。

换乘很顺利，坐过三站后黎衍出车厢，从无障碍电梯上到地面。他早已做过功课，抬头观察周边地形，就向着两百米开外的一幢大厦行去。

周俏跟在他身后五米处，依旧没人知道他们是一起的。

周俏看着黎衍在十字路口等绿灯，绿灯亮起后，他转着轮椅一边观察车辆，一边穿过马路。

幸好只有这一个十字路口，又往前过了几十米远，黎衍来到大厦门前。无障碍坡道很通畅，周俏目送黎衍进到大厦，自己才跟进去。

黎衍看过时间，上午九点半，打算过十分钟再上楼。回过头看，周俏已经在一楼会客沙发处坐下来。她向他投来鼓励的目光，他知道，这一路过来，他们成功了。

没有让任何人帮忙，甚至没说一句话，他从家里独自一人来到了目的地。

黎衍等了一会儿后，准备坐电梯上楼。他又看向周俏，不出预料，周俏也在看他。她的视线从未离开过他，他向她点点头，排队进入电梯。

公司在二十楼，这天有好几个岗位进行一面，面试组织得有条不紊，会议室清空用来接待求职者。

黎衍领到表格去会议室填写，贴上自己的一寸照，开始动笔。

姓名：黎衍衍

啊！好傻的名字。

出生年月、籍贯、民族、社会面貌……

身高？一米七八吧。

多写两厘米，没人会知道，他原本有一米八五呢！

婚否？

黎衍摸摸鼻子，郑重地填上：已婚。

紧急联系人？

周俏。

紧急联系人关系？

妻子。

填个应聘表都能填出一丝甜味儿来，黎衍自己都有点想笑。

他把表格、身份证、毕业证、学位证复印件和简历交给一位年轻的女HR，接着就开始等待。会议室里应聘者有十几人，男士都是西装革履，女士则是裙装、裤装都有，个个化着精致的妆。黎衍肯定是最特殊的一个，因为他坐轮椅，还因为他在所有男士中长得最帅。

他身边坐着一个漂亮女生，偷偷瞄他几眼后，忍不住问："你应聘哪个职位啊？"

黎衍说："财务分析部Junior FA。"

"哦，我也是呢。"女生又问，"你是应届毕业生吗？"

"不是。"黎衍说，"我毕业四年了。"

"你是哪个学校毕业的呀？"

"A大。"

"哦……"女生视线总往他轮椅上转，犹豫半天欲言又止。

黎衍有点受不了，主动开口："我出过车祸，要靠轮椅代步。"

女生低下头："对不起。"

没多久就轮到了黎衍，他转着轮椅跟在HR身后一路过去，中间经过一个大开间，有些员工看到他，忍不住交头接耳几句。

进到面试间，里面坐着两女一男。黎衍猜测那位三十出头、正友善地看着他的儒雅男士就是方劲松。

"你好，我是财务分析团队的Supervisor，我姓方，你可以叫我Jimmy，这两位是我们HR的Fendy和Daria。"

黎衍点头致意："你们好，我叫黎衍。"

Fendy说："你好黎衍，请先做一下自我介绍。"

黎衍做了一个深呼吸，沉着开口："我叫黎衍，今年二十六岁，钱塘人，201×年毕业于A省大学经济学专业……"

自我介绍后是专业上的问答，基本由方劲松来主导，问题有难有易，也涉及专业软件运用。方劲松事先没给黎衍透过题，也是想看看他的水平。黎衍准备了好几天，回答得还不错，有些实在难以把握就据实相告，并且给出自己理解的答案。

最后是笔试题，一道分录题，一道分析题。分录题不难，分析题是计算财务指标与行业指标对比，分析该企业哪些方面需要改进。

黎衍看过题干后就开始动笔，很快做完交卷。Daria收到卷子后夸了一句："你的字很漂亮啊。"

黎衍微笑："谢谢。"

面试结束，黎衍离开公司，坐电梯回到一楼，已经是十一点多。周俏看到他从电梯里出来，立刻就站起来。

黎衍转动轮椅来到她面前，她一脸紧张地看着他。

"挺顺利的，感觉还不错。"他笑着说，"俏俏，我们一起去吃个饭吧，吃完了再去地铁站。"

周俏终于露出释怀的笑容："好呀。"

等候消息的几天比较难熬，终于，黎衍接到二面通知。

二面是安排在五月十四日下午两点，和三面连着进行。这个时段，周俏一定在上班。两人商量了一下，决定大胆一点，让黎衍一个人去面试。

"如果路上有什么问题，你不要硬撑，可以找别人帮忙。"周俏细细叮嘱他，"也可以给我打电话，我马上赶过来，实在不行，就报警。"

黎衍哑然失笑："你的意思是，我会被人抢劫吗？"

周俏难为情地笑："反正你小心点就是，脸皮也厚一点，该求人还是要求人。"

幸好，一路上什么特殊情况都没发生，黎衍去得很顺利，到达大厦后立刻给周俏发微信，周俏悬了几小时的心才终于放下。

下午四点多，她接到黎衍的电话，他的语气很轻松："我面完了。"

周俏问："怎么样？"

黎衍说："二面是本国人，财务经理，没问什么专业问题，问得比较宏观，都是你对公司啊，这个岗位啊有什么想法，还有过往工作经历。我就只能说说实习那几个月的事，不过我觉得他们能理解，我这几年为什么没工作。"他顿了顿，"三面就比较有意思了，是财务总监，德国人，全英文对话，就只聊我这个人。"

周俏问："那你说得好吗？"

"还行吧，我准备过。"黎衍轻笑一声，"我说到你了。"

周俏好惊讶："我？"

黎衍的声调依旧轻快："对啊，聊我这个人嘛，我没办法咯，只能实话实说，受伤以后在家颓废了四年，现在之所以想找工作，重新融入社会，是因为我老婆。"

周俏："啊？"

"我表格都填的已婚啊，不好说女朋友，民政局给我们发过证的。"黎衍大笑起来，"我跟老外说，学了四年的老本行不想放弃，想要赚钱养家，不能让我老婆一个人这么辛苦，我一定会好好搬砖,不怕加班,非常希望加入贵公司等等。"

周俏晕倒:"你真这么说啊?"

"原话更煽情,差不多这个意思吧。"黎衍回答,"我说的是实话,不这么说我编都编不出来。"

周俏心里暖暖的:"那你现在在哪儿呢?"

"还在一楼,准备去地铁站。"

"那你路上小心点,晚上要不要我给你带宵夜?"

黎衍笑:"不用,我怕胖,晚上我会自己弄点东西吃的,你下班后早点回来,我等你。"

周俏应下:"好。"

挂掉电话,她看着屏幕上显示出来的日期。这天她上晚班,下班回到家要夜里十一点多。等过了凌晨十二点,就是五月十五日。

周俏心里一跳。

明天就是黎衍二十六岁生日。

从大厦出来,黎衍按原路往地铁站行去。

独自坐过两次地铁,他心里已经淡定许多,又因为二面、三面比较顺利,他的心情也很是愉悦,转着轮椅行在路上,甚至不再惧怕路人落在他身上的探究目光。

坐电梯进站、安检、刷卡、下到站台,地铁来了,黎衍神情平静地上车,觉得自己在别人眼里应该挺酷的,一身西装,精神抖擞,就像个天天地铁通勤的上班族。

坐轮椅又如何?只是换了一种出行方式罢了。他的生活半径正在逐步扩大,黎衍想,其实外面的世界也没有想象中那么可怕。

可是,当他来到换乘站,下车找到无障碍电梯时,现实又一次打了他的脸。电梯门口摆着一块黄色牌子:维护中,请稍等。

黎衍傻眼了,立刻转着轮椅找到站台上的工作人员询问情况。那是个中年大叔,一看到这个略微特殊的年轻人,表情便有些尴尬。

大叔手指扶梯迟疑着问:"你能坐那个电动扶梯上去吗?"

黎衍望向两个站台中间的电动扶梯,速度挺快,人也多,摇头道:"不行,我站不稳,会摔跤的。"

大叔又问:"那……我把你背上去行吗?"

黎衍皱起眉:"维护要多久?不是太久的话我等一下好了。"

大叔说:"你等等啊,我打个电话问问。"

他拨通电话,嗓门很大:"喂!你们电梯维护要多久啊……尽量快一点啊!我这边站台有个残疾人要用电梯……对,坐轮椅的……我问他了,扶梯坐不了!也不让我背……反正你们快一点,让人家等着不好意思的!"

黎衍板着脸听他喊,边上等车的人都在偷偷朝他看。

大叔挂掉电话:"说是快了,半个小时最多一个小时,你能等吗?不能等我就背你上去。"

黎衍沉声道:"不用了,我等。"

他待在电梯门口,时不时有推着婴儿车的妈妈过来看看,一看电梯停运,立刻就走了。

黎衍拿着手机漫无目地刷着,心里计算时间,一会儿要给周俏报平安,不能让她担心。

等待了四十多分钟，电梯终于开始运行。黎衍给周俏发微信，说自己已经到家，接着按下上行键，坐电梯到上一层。

他去换乘，想着终于可以回家，可到达第二条线路的站台时，他发现，他碰到了下班高峰。

之前几次坐地铁都避开了早晚高峰，黎衍从没见过这么多人上车下车，一潮一潮的。这个车站有三条线路交汇换乘，人流量特别大。有人下车走得快，还撞了他一下，运动轮椅没有普通轮椅那么稳，他个子高，身体重心本来就高，撞到之后轮椅的前轮凌空了一下，差点后翻。

"对不起啊！"那人头都没回，脚步匆匆地就奔着扶梯去了。

黎衍强按下心中的愤怒，定定神，去黄线那里排队。

一辆地铁进站，终于轮到他，然而车厢门一开，黎衍就知道自己根本挤不上去。排在他后面的人问："你上吗？"

黎衍冷声道："不上。"

那几个人就越过他，拼了命地往已经很满的车厢里挤。

黎衍转着轮椅退后一些，心里的那根引线又开始刺啦冒烟，他不停地对自己说要冷静，要冷静，沉着一张脸看屏蔽门上自己模糊的身影。

足足等过五辆地铁，他都上不去，一颗心已经沉到谷底。

站台上的工作人员早就注意到他，实在看不下去了，终于过来帮忙，推着他的轮椅硬是把他送进一节不太拥挤的车厢。

车门关上，黎衍心里的石头并没落下。周围的人挤成一团，根本避不开他的轮椅，有个四十多岁的女人贴在他右边，他听到她的嘀咕声："……坐轮椅还凑什么热闹啊，轮子上都是泥，衣服都蹭脏了……"说着不停地掸自己的裙子。

黎衍默默低头，一言不发。

那女人提高了一点音量："连句'对不起'都不会讲的啊。"

黎衍抬起头，森冷的视线落到她脸上。女人立刻噤声，又往车厢里挤进去一些，再也不看黎衍。

黎衍继续低头，眼神里的戾气已经消失不见。幸好胸口倒背着一个双肩包，可以让他紧紧抱着，能找到些许安全感。

想周俏。

非常非常想。

要是周俏在身边就好了。

黎衍冷静下来，不再那么想爆炸。他开始思考，上下班高峰时地铁都是这么拥挤，如果他真的找到工作，每天都这样，不可能不迟到。

万一电梯又停运，万一下大雨，万一挤上车厢却来不及挤下车，万一真被人撞倒……突发情况实在太多了，该怎么解决这些问题呢？

得买辆车，这是当务之急。

黎衍在心里做决定，先去考驾照，再买辆便宜点的车。

可是买车的钱在哪儿？就算买辆二手破车也得三四万吧？至少要存半年工资，要不要先问老妈借？可养车也要花钱，别到时候还都还不出。他抬手揉揉额头，沮丧地叹了口气。

黎衍回到家已经六点半，就这么点儿路，开车二十分钟就能到，被他折腾了足足两个小时。

他很疲惫，轮椅直接转进屋，将双肩包甩到地上，拉上家里所有的窗帘，脱掉西装，扯掉领带，又把假肢给粗暴地卸下来。他把自己挪到沙发上，遥控器打开电视机，麻木地换着台。换着换着，电视上出现体育频道，正在重播一场足球赛。

　　黎衍曾经很爱看球，大学时，世界杯欧洲杯冠军杯、西甲德甲英超联赛……只要有时间，宿舍里的几个兄弟都会熬夜一起看。

　　不仅爱看，他还爱踢，那时华又杰总是叫他去打篮球，他说想踢足球，华又杰说："踢球多脏啊！踢完一场累得半死，浑身是泥，还没女孩子来看。"

　　打篮球的确是比踢球更帅，离场边观众也近，打完身上还干净。黎衍也喜欢打篮球，但他真的更爱踢足球，他个子高，踢的是后卫，基本不参与进攻，只专防守。

　　球员们在绿茵场上纵情奔跑，解说员激情地讲解着。

　　黎衍背脊靠在沙发靠背上，双目无神地盯着电视机。他低头看向自己被衬衫衣摆遮掩着的下半身，两截残肢在他的注视中轻微地抬动了一下。他双手抚上去，摸到两团冰凉，就跟他的心一样，那种被他拼命压抑、很久没出现的负面情绪又一次在胸腔里升腾起来。

　　自己怎么就变成这副样子了？

　　好端端的一个人少了两条腿，奇形怪状，不能走路，没有轮椅寸步难行。

　　一辈子都是这样一副丑陋的身体！

　　三金还说羡慕他，羡慕什么啊？

　　那他又去羡慕谁？！

　　顺利面试完的好心情早已荡然无存，地铁站里不愉快的记忆又一次回荡在他脑内，大叔那句"有个残疾人要用电梯"就像一根刺，狠狠地扎在他的心里。

　　为什么是他？为什么偏偏是他？

　　他到底做错了什么？轮椅弄脏人家的衣服，也要他道歉的吗？！

　　胸膛起伏得很厉害，身子也剧烈发着抖，黎衍拼命让自己深呼吸，深呼吸……他知道自己的情绪问题容易反复，道理都懂，要做的就是努力调节。

　　赶紧想一些好的事情，要有盼头，要有希望，想想未来。

　　周俏。

　　未来有周俏。

　　可周俏现在不在，周俏什么时候回来？

　　黎衍这时候特别不想一个人待着，想要周俏在身边抱着他，什么都不用做，只要抱着他就行。他双手捂住脸，整个人躺倒在沙发上，猛然发现，这张坐垫部分一米二长的二人位沙发，他居然可以当床睡。

　　"啊——"他的喉咙里发出一声困兽般的低吼，上身弓到极致，最终又像是泄了气，无力地闭上眼睛。

　　周俏下班后没有去坐公交车，直接扫码一辆共享单车，飞快地骑车回家。开门进屋，客厅里黑漆漆，静悄悄，周俏打开灯，发现黎衍居然把假肢脱在客厅，双肩包、西装和领带胡乱丢在地上，不禁一愣。

　　地板上满是轮椅轮子划过的痕迹，平时，黎衍从外面回家都会先把轮子擦干净再进屋，而这一天他居然没做。

"越来越不讲究了。"周俏把西装拎起来放到沙发上,洗过手,准备去卧室里拿衣服洗澡。进门后她惊讶地发现,主卧没人。

"阿衍?"周俏有点慌,看过阳台后又出来,卫生间也没人。她打开次卧门,发现轮椅停在床边,那张一米宽的小床上被子铺开,鼓起一坨,里头显然躲着一个人。

周俏快步进去,在床沿边坐下,拍拍被子:"阿衍?"

黎衍没反应。

"你怎么跑这儿来了?"周俏想不明白,"我回来了,你去大床睡呀。"

黎衍依旧没反应。

周俏意识到不对劲:"阿衍,你怎么了?碰到不开心的事了吗?"

被子里的人终于动了一下,冷冷地说:"放心,我没事。我就是想自己待一会儿,今晚你自己睡。"

"我不要,你不去大床睡,那我也睡这儿。"周俏干脆爬上床,和他挤着躺在一起,隔着被子抱住他,耐心地问,"阿衍,你碰到什么事了?你要是想说就告诉我,不想说也没关系。但你别这样闷在被子里,我会担心的。"

小床很窄,两个人挤在一起根本没有多余空间,黎衍向着墙壁翻了个身,动静一大,周俏就叫起来:"哎呀!"

她差点从床沿边滚下去,就这一声叫,黎衍"唰"一下把被子掀开坐起身,语气焦急:"怎么了?"

周俏堪堪悬在床沿边,噘嘴看他:"我差点掉下去。"

黎衍身上还穿着那件白衬衫,只是已经变得皱巴巴。他伸过手臂,揽着周俏的腰往自己身前带,让她的身体与他紧紧贴在一起。

两个人额头互抵,周俏抬手摸摸他的脸,叫他:"阿衍。"

"我今天骗你了。"黎衍声音很低。

"什么?"周俏一惊,"面试搞砸了?"

"不是面试。"黎衍闭着眼睛摇头,"我和你说我到家了,其实没有,当时还在路上。"

"发生什么事了?"周俏急问,"你摔跤了?"

"没有。"

黎衍抬起眼眸,把在地铁站发生的事一件件说给她听。

周俏听完后心疼得不行,又一次摸摸他的脸:"电梯那个是意外,那些人……有些人就是不讲理的,咱们别和他们计较。不过,高峰期地铁是真的很挤,我之前也担心过这事儿。"

"我想买车。"次卧没开灯,只有客厅的光线透进来,黎衍和周俏视线里的对方都只有昏暗的轮廓,五官隐在黑暗中,黎衍说,"要先考个驾照,你觉得呢?"

"可以呀,迟早都要考的,不如早点去考吧。"周俏笑着看他,"以后我下白班,你也下班,就可以来接我,我们一起回家,多好啊。"

黎衍紧紧地抱住她,把她的脑袋摁到自己胸膛上:"周俏,你觉得我过了这道坎了吗?"

周俏埋首于他胸前,也抱着他,一时间回答不出这个问题。

黎衍又问:"我最近是不是已经很努力了?出了很多次门,自己一个人能坐地铁,别人看我,我也没什么反应了。你说,我过了这道坎了吗?"

他拉过周俏的手,放到自己大腿残肢上,冰凉柔软的触感出现在周俏掌下,他突然用力按着她的手背压下去。周俏气道:"不疼吗?"

"你先回答我!"黎衍的声音里透着悲凉,"在外面,我穿着假肢,自己看自己完完整整的,别人看我也是这样。只有在你面前,你什么都看到了,我、我就是这个样子的。我不知道自己到底能不能过这道坎,没事还好,但凡碰到一点事情我就会控制不住情绪,我怕我这辈子都过不了这道坎,这辈子都接受不了这个事实,这辈子都接受不了自己这副……"

没等他说完,周俏已经扑上去吻住了他的唇。

捧着他的脸颊,舌头与他疯狂地纠缠在一起。

这是一个特别炙热、急迫的吻,抵得过千万句苍白的安慰。

周俏吻得忘我,黎衍从未见过她这个样子,惊愕间,原本激愤的情绪渐渐平缓下来。他开始回应,化被动为主动,揽着周俏的身子细细密密地吻着,没过多久,就变成了疾风骤雨。

气息交错间,某种渴望的小种子从两颗心里破土发芽,长得飞快,很快就燃成一团熊熊大火。

周俏手忙脚乱地解着黎衍的衬衫扣子,黎衍也用力拉扯着她的T恤。他们都知道接下来要发生什么,但再也没有半点犹豫紧张、羞涩害怕。他们等待这件事的发生已经很久,早就想要与对方的身心融为一体。谈恋爱不讲时间节点,没人规定谈多久才能进行到下一步。

黎衍之前所有的拒绝都是借口,他只是不自信,非常非常地不自信,但他真的想要周俏,非常非常地想要!想要抱着周俏,吻着周俏,想要让她知道,她对他而言是多么重要!

吻得差点头脑缺氧时,黎衍的理智回来一些,松开唇,喘着气说:"我还没洗澡。"

周俏温柔地说:"我也没洗呢,一起洗吧。"

这是他们第一次一起洗澡。

周俏不停地逗黎衍,把泡沫甩到他脸上,把他的头发弄出奇怪的造型,还去呵他的痒。气氛渐渐由压抑变得轻松,黎衍的神色也终于恢复平静。

周俏帮他洗头,狭小的淋浴间里热气氤氲,他坐在塑料椅子上,抬起头时,被热水打湿的黑发贴在额前,他的眼睛黑而明亮,看着周俏时带着浅浅的笑意,还夹裹着一点点难以察觉的哀伤。

后来发生的事其实有些狼狈。

黎衍不想开灯,周俏便听话地关掉台灯,房间里立刻漆黑一片。

两个人躲在被窝里,小菜鸟周俏同学一扫之前的热情主动,又变得羞涩起来。黎衍揽着她的身子,轻柔地吻着她的唇,鼻息间是两人身上一模一样的清香。

两双手都放肆地抚摸着对方的身体,周俏的手指从黎衍紧致的腰身上慢慢掠下,最终停留在他的大腿残肢上。即使是这样的燃情时刻,黎衍身上已经滚烫,那两截断腿依旧是冰凉的,柔软的触感令人心悸。

大菜鸟黎衍同学仅有理论知识,身体情况又如此特殊,心里多少忐忑不安。连吻带摸一阵子后,他已经受不住,哑哑开口:"俏俏,可能需要你帮我……"

周俏:"啊?"

黎衍靠躺在床背上,黑漆漆的房间里,周俏跨坐在他身上,视野很模糊,她几乎看不清他的表情,但能猜到此时的他一定是蹙着眉。他的声音透着一股子迫切,问:"疼吗?"

"有一点。"周俏咬着牙,默默忍耐不适。

"我会轻一些的。"黎衍说着已经手撑床面坐起身来。周俏几乎是盘在他身上,没有双腿的男人此时略显无助，双手撑在自己身后，呼吸紊乱。

两人乱糟糟地摸索学习许久，事情渐渐步入正轨，周俏听到黎衍的低吟声，感受到他的双手搂在自己腰上，揉捏得近乎疯狂。

浪潮奔涌时，黎衍的右手倏地落在床面，将床单死死揪住，闷哼出声。他的两截大腿残肢控制不住地抬起，又一次颓劳落下。

台灯亮起。

周俏看到黎衍眼神涣散，头发被汗水打湿，脸上漫着一片潮红。他脖颈扬起，喉结一阵阵地滚动。周俏伏在他身上，轻柔地吻着他的唇，他的耳垂，他性感的喉结……她与他手指交缠，说："阿衍，你很棒哦。"

结束以后，黎衍和周俏依偎在一起，一同平复呼吸。

黎衍问："还疼吗？"

周俏羞报地把脸往他怀里钻："还好。"

黎衍不知道该说什么，他知道自己做得不好，实在也是没办法，心里回味着刚才的事，依旧激动，又带着愧疚。

周俏捞过手机看时间，23 点 51 分。

她没作声，黎衍也看到了，突然感到奇怪，问："怎么这么早？你今天几点回来的？"

周俏平时晚班到家都是夜里十一点多，按照刚才所有事情的发生时间，这时候早应该过凌晨了。

"我今天骑车回来的，十点四十就到家了。"周俏老实地回答。

没想到，黎衍神色巨变，声音都大起来："以后再也不准晚上骑车回家！"

周俏吓一跳，对上他惊怒的视线，一下子就明白了。

"我以后不会了。"她心里酸涩不已，抱紧黎衍的腰身，把脸颊贴在他的胸口，"对不起，我答应你，以后一定不会了。"

"晚上不限行，会有很多大货车走市区。"黎衍说话时声音都在颤抖，"那些司机不看红绿灯，也不知道休息，速度还特别快。"他低头亲吻着周俏的发，"绝对不要再在晚上骑车回家了，俏俏，我再也不想这种事发生在别人身上。陌生人都不行，更何况是你。"

周俏连连点头："我知道了，放心吧，我以后再也不骑车了。"

黎衍"嗯"了一声，不再继续这个话题。

时间一分一秒地走着，周俏后来干脆拿起手机，盯着"时钟"里的秒针看。黎衍知道她在等什么，只是静静地看着她的侧脸，觉得她就像个孩子一样，还把这事儿看得很重。

终于，数字跳过零点。

周俏转过身一把抱住黎衍，软软地说："阿衍，生日快乐！你二十六岁啦！"

黎衍也回抱住她："谢谢。"

见他不是很高兴的样子，周俏无辜地眨眨眼睛。

黎衍向她解释："受伤以后，我就没过过生日了，这一下子还有些不习惯。"

周俏突然想到一件事，问："你今天是不是没吃晚饭？"

黎衍默认了。

"你不饿吗？"周俏问。

黎衍刚进行过一场运动，这时候的确很饿，摸摸肚子说："饿了。"

"穿衣服，下床，我给你做东西吃。"周俏已经拿过睡裙穿起来，"你想吃什么？面条、饺子，还是大馄饨？"

黎衍看着她："馄饨吧。"

"好！我先去做，做好了叫你。"周俏把他的衣裤丢给他，"赶紧穿起来，晚上还有点凉呢。"

黎衍的情绪因着之前的愉悦事有所缓解，但兴致还是不高，他默默穿上T恤、内裤，又躺在床上发了会儿呆。

十分钟后，黎衍坐着轮椅来到客厅，看到餐桌上除了一碗大馄饨，还有一个很小很小的圆形蛋糕。

周俏点上蜡烛，笑着对他说："本来想买个大蛋糕的，不过明天我上晚班，晚上也没法给你过生日，所以今天就买个小蛋糕，早一点给你过了。"

黎衍怔怔看着那个小蛋糕，大概是芝士口味，没有什么装饰，上面点着一支细细的蜡烛。周俏关掉客厅灯，坐在黎衍身边给他拍手唱《生日歌》，唱完后亲亲他的脸："阿衍，生日快乐，你许愿呀。"

还能有什么愿望吗？

其实还是有的。

此时此刻黎衍脑子里的念头纷纷杂杂，盯着那抹摇曳的小火苗，他终于闭上眼睛，合掌许愿。

他想：希望周俏永远不要离开我。

夜深人静，黎衍和周俏相拥而眠。

经过一场欢爱，两人都是心潮澎湃，能感受到彼此的关系已经与之前不同，根本难以入睡，干脆搂着对方低声聊天。

"阿衍，我知道你还没迈过那道坎。"周俏的声音细细的，"这又不是一天两天就能迈过的，咱们慢慢来。你想啊，半年前你什么样，现在又是什么样，你再想想，半年后你将会变成什么样。"

黎衍心里明白她的意思，可说出口的话还是很沮丧："半年后，不还是这个样吗？腿又不会长出来，在马路上还是会被人盯着看。"

周俏气得捶了他一下："腿永远都不会长出来，你自己也知道的，干吗老要揪着这个问题不放？我跟你讲，半年后你肯定是在工作啦，每天坐在好高档的写字楼里，穿着西装，对着电脑做各种高级的工作。左手边是一杯咖啡，右手边是一沓文件，经常要开会，漂亮的女同事们背地里会聊天，说，某某部门的黎衍真是又帅又聪明，每样工作都能完成得很出色。哎呀！不知道他有没有女朋友呢？"

黎衍被她逗笑了，捏捏她的脸颊、顺着她的话头说："另一个同事就说，他没有女朋友，已经结婚了，他的老婆非常可爱，你们赶紧死了这条心吧。"

周俏躲在他胸前，"嗤嗤嗤"地笑起来。

"俏俏。"黎衍手指绕着她的长发，问，"我刚才是不是做得很不好？"

啊，他还在想这事儿呢！

周俏红着脸说："没有啊，我觉得你很好啊，时间那么久……"

"不是说时间。"黎衍被她说得也开始脸热，抓着她的手放到自己大腿残肢上，"你可能不懂，我这个样子，有很多姿势是没办法做的，都要你来迁就我，以后也是。"

周俏轻柔地抚摸着他的残腿，那是黎衍身体的一部分，改变了他的人生，让他的日子变得比常人要辛苦许多。

　　她说："我要的又不是什么姿势，我要的就是你这个人。这哪能叫迁就啊？迁就是表面答应内心不情愿，我明明非常情愿的。不过我的确不太懂，以后你多教教我。"

　　黎衍皱眉："我怎么教你啊？这种特殊情况，我上哪儿学去？"

　　"那……"周俏想了想，"这种事也没有规定要怎么做的吧？咱们自己多琢磨琢磨呗，你那么聪明，肯定能想出来的。你别难为情，想出来了就告诉我，我配合你试试。"

　　黎衍失笑，怎么被她说得像在搞科学研究似的？

　　他压低声音："那你明天下班回来，我们再试试。"

　　"明天？"周俏惊了，"这么快的吗？"

　　黎衍不高兴了："刚才结束还没到十二点呢！明天，不对，今天才是我生日！我生日我最大，晚上十二点前必须再来一次！"

　　"好好好，你生日你最大，我会早点回来的。"周俏答应了，还不忘补充，"坐公交车，不骑车，你放心吧。"

　　黎衍这才满意，搂着她又亲了一口。

　　两人安静了一会儿，周俏缓缓开口："阿衍，我们会好起来的，你不要有太大的压力。我知道你想让我过好日子，可好日子对我来说不是什么房子、车子、赚很多钱。我只要能和你在一起，看到你每天健健康康、开开心心的，就是好日子。"

　　黎衍心头一动，叹了一口气。

　　翌日清晨。

　　因为周俏当日是晚班，下午一点要赶到商场，所以她七点不到就把黎衍给弄醒了，让他抓紧时间洗脸刷牙，他们约好了，这天早上要去Ａ大转转。

　　两个人又穿上那身黄色情侣卫衣，出门时正值早高峰，周俏决定不坐地铁，打车去。

　　"不要浪费时间在路上了，一会儿还要在外面吃午饭呢。"周俏拦到一辆出租车，扶着黎衍坐上副驾，面对新轮椅时有点傻眼。

　　"阿衍，这个怎么拆啊？"

　　黎衍让她把轮椅推到副驾旁，伸出手来给周俏示范怎么拆后轮，折叠车架。

　　"真的好方便啊。"周俏把拆散的轮椅放进后备厢，自己坐进后排，语气雀跃地对司机说，"师傅，麻烦去Ａ大本部校区！"

　　这天天气很好，天空碧蓝如洗，温度适宜，非常适合约会。

　　Ａ大也算是百年名校，四年过去并不会有什么改变。正是学期中段，上午上课时间，学生们三三两两走在路上，一个个脸上洋溢着青春朝气。

　　黎衍没让周俏推他，自己转着轮椅慢慢前进。看到熟悉的环境和建筑，他心中百感交集，不是滋味。

　　在露天篮球场边，黎衍停下轮椅，看着场上正在打球的几个男孩子，眼神里不自觉地流露出一种难以形容的情绪。

　　一个篮球蹦过来，周俏跑过去捡，没有直接丢回场上，而是捧回来交给黎衍。黎衍对她笑笑，双手高举一手托球、一手扶球，用一个非常标准的投篮姿势把球给投了出去。

　　一个男生接到球，对他比比大拇指："谢啦！帅哥！"

走在主干道上,周俏晃荡在黎衍身边,问:"你有想见的老师吗?"

黎衍说:"有是有,不过算了,见了又如何?肯定是问我这些年过得怎么样,不想再说。"也不想让曾经的老师和留校的同学看到他现在这副样子,毕竟当年他也算是系里的风云人物之一。

"阿衍。"周俏叫他,他转头看着她。

"其实我来过 A 大。"周俏低头看向自己的脚尖,又抬头环视周围,最后又看向他,"在你们那届毕业那天,那回是第一次来,现在是第二次。"

黎衍心里快速闪过一个念头:"你是来找我的?"

"嗯。"周俏点点头,看着他的眼睛,"我知道你要毕业了,想再见你一次,但我找不到你,连白明轩也没找着。"

黎衍心里顿时感到一阵温暖,还有些酸涩,伸手牵住她,抬头说道:"那会儿我在医院呢,你不可能找得到我。"

周俏紧紧握住他的手:"我现在找到你了呀。"

黎衍笑起来:"你说,咱俩是不是该给那个姓刘的大妈包个红包啊?要没有她,我都不会认识你。"

周俏瞪圆眼睛:"不用!我给了她三千块钱中介费呢!"

"什么?"黎衍很震惊,"就这么介绍一下要三千?这也太好挣了吧!"说完他又想起一件事,"对了,我是不是应该把两万块钱还给你啊?"

听到这话,周俏哈哈哈地笑起来:"不用啦,咱俩现在一块儿过,不分那么清。"

黎衍很纠结,他真把这事儿给忘了。

周俏捏捏他的手:"阿衍,你要想还也行,过几年再还好了,你现在还没工作呢。过些年,这两万块钱可能你根本就不放在眼里了,随手就甩给我一张金卡,俏俏,拿去花!随便花!"

她做了一个刷卡的动作,黎衍被她说得笑起来:"我记住了,人生计划再加一条,给老婆金卡,让她随便花!"

"我等着呢!"周俏也跟着笑,和黎衍一起继续往前走。

逛到图书馆时,黎衍给周俏介绍,说这座图书馆的设计师非常有名,当时建起来后还拿到一个建筑大奖。

两人正在门口聊着天,周俏听到有人叫她。

"周俏?"

她回过头,发现居然是徐辰昊,他和另一个同事穿着保安制服,大概正巡逻到这里。周俏向他招招手:"你好,徐辰昊。"

"真的是你啊?我还以为我看错了,你怎么会在这儿?"徐辰昊看到周俏挺惊喜的,又看到她身边轮椅上的黎衍,有点愣,"这位是?"

两人穿着情侣装,自然关系匪浅,徐辰昊本来没那么八卦,实在是因为那年轻男人坐着轮椅,他想不明白。

周俏手搭在黎衍肩上,笑着说:"这是我男朋友黎衍。阿衍,这是徐辰昊,上回和陶晓菲一起出去玩认识的朋友,你知道的。"

黎衍向着徐辰昊点头致意:"你好。"

啊!原来这人就是徐辰昊?不是想象中五大三粗的样子啊,长得还挺斯文的。

徐辰昊神情腼腆，虽然他早就对周俏断了念头，但看到周俏和一个残疾人谈恋爱，还是感到不解。他向黎衍扯出一个笑："你好。"

周俏骄傲地说："我男朋友是 A 大毕业的，他带我参观学校呢！哦，刚好——"周俏把手机递给徐辰昊，"你能帮我们拍个照吗？这个图书馆好漂亮，我们刚刚正要拍照呢。"

徐辰昊接过手机："可以可以。"

周俏向黎衍伸出手，黎衍已经把两条假肢放到地上，牵着周俏的手慢慢站起身。徐辰昊见他居然站起来了，愣愣地问："你男朋友是脚受伤了吗？"

周俏笑着摇头："不是，他就是腿不好。来吧，帮我们拍，拍好看点哦！"

轮椅被她推远许多，黎衍像之前多次合影一样，揽着周俏的肩站得直直的。周俏则搂着他的腰，两个人一起微笑着看向镜头。

"一二三，好，再来一张，一二三！你俩要不要换个姿势？"徐辰昊说，"比个爱心怎么样？"

黎衍哭笑不得："不要了吧。"

周俏说："要的要的，来，比心。"

黎衍妥协了，两人一个弯左臂，一个弯右臂，黎衍略略弯腰，与周俏一起在头顶上比了个大大的爱心。

徐辰昊拍完照，等周俏把黎衍扶上轮椅，才把手机还给她："你看看，不好我再拍。"

周俏打开相册，看到蓝天白云下，造型时尚的玻璃幕墙图书馆前，自己和黎衍穿着情侣装甜甜地依偎在一起，笑得合不拢嘴："拍得很好看啊！谢谢你徐辰昊。"

"不客气不客气。"徐辰昊见黎衍转着轮椅离远了些，小声问，"你是不是很早就和他在一起了？就过年前……"

周俏脸红了。

"别误会，我没有别的意思，我不是那么小气的人。"徐辰昊诚恳地说，"下个月我就能拿到夜大的大专毕业证了，明年年初就要准备出去，以后，我们应该很难再见面。周俏，你男朋友挺帅的，又是 A 大毕业，肯定很优秀，我祝福你们。"

周俏笑得眼睛弯弯："谢谢你，徐辰昊，我也祝你一切顺利。"

"情敌"见面的修罗场根本没出现，徐辰昊是个很宽厚的人，没说半句讽刺挖苦的话语。周俏和黎衍一同离开时，还看到他站在那里朝她挥手道别。

不过，小黎先生还是有点不高兴。

因为他想到，就是这个人和周俏一起聚会喝咖啡，在 KTV 唱歌，结束后送周俏回家，还给周俏送过特产，和周俏一块儿吃饭，最后还对周俏表白！

长得还可以呢，如果周俏没有认识自己，是不是就能多一个选择？

啊，不行，保安这个工作太没发展前途了，周俏值得一个更好的人。不对，为什么要想这个？周俏明明是他女朋友！

周俏看着黎衍奇怪的脸色，问："你怎么啦？"

黎衍回过神来："没什么。"

"快中午了，咱们去吃饭吧。"周俏看看左右，问，"阿衍，你说，那家火锅店还开着吗？"

火锅店居然真的还开着，连招牌都没换。

四年时光，不长不短，还不至于让一家 A 大门口广受欢迎的餐厅关门倒闭。不过它边上的饰品店已经不在了，变成一家中式快餐店，抓娃娃机自然也不再有。

进门前，周俏指着火锅店外一组空调室外机旁的夹角，说："我那会儿就是躲在这里哭，被你听到了。"

黎衍很茫然："啊……"

"你走到我面前，就跟天神下凡一样。"周俏眼睛亮亮地看着他，"我都以为我在做梦呢，那时候就好喜欢你了。"

黎衍一脸呆滞。

回忆起周俏身份证上的照片，想到当年那个十七岁的农村小姑娘，怯生生、泪汪汪地站在他面前，他不管说了什么废话她全部都记得，可他转头就把这个人给忘得精光。

"走吧，进去吃火锅，咱们得吃快点，要不然我会迟到。"周俏说着就推着黎衍的轮椅进到店里。

工作日的午市，火锅店里客人不多，周俏大概地看了一圈，那么多年了，现在的服务员她一个都不认得。

两人在桌边坐下，周俏来点菜，黎衍听着她熟练地报出自己爱吃的那些食物，再一次感叹命运的神奇。

"要喝玉米汁吗？我怕这个天气喝热饮不够解渴。"

周俏犹豫，听到黎衍说："不喝玉米汁。"

"那喝什么？"

黎衍一笑："你等着，我出去买。"

周俏一个人等在桌边，心里很担心。出门在外，只要黎衍不在她视线范围内，她就会忍不住担心，怕他摔跤，怕他碰到障碍，怕他被人欺负，怕他和人起冲突。

黎衍不是三金，三金一直生活在人群里，黎衍算是自我封闭了四年，这时候搬家也还没满一个月。周俏真恨不得给黎衍拴根绳子绑在自己面前，好好地保护他，不让任何人去伤害他。

幸好，黎衍这趟出去很顺利，回来时，他的腿上搁着两杯奶茶。

"我就知道那家店还开着，这个牌子的奶茶店生意一直很好，不容易关门。"他把一杯奶茶递给周俏，"红豆奶茶，去冰五分糖，吃火锅就比较爽口了。"

周俏捧着奶茶，抿着嘴巴笑起来："谢谢。"

"咱俩就不要这么客气了好吗？"黎衍转着轮椅到她身边，轻轻地往她腰上挠了一下，"昨晚都是我老婆了，今晚还继续呢，谢什么呀。"

"讨厌。"周俏推他。

黎衍就喜欢看她羞红脸的样子。

也许农村出来的小姑娘和城里长大的女孩就是不太一样。周俏是小家子气的，买东西爱买打折货，对自己很抠门，只对他贼大方，但就算大方，送礼物也喜欢送实用的东西。

黎衍毫不怀疑，如果自己送她一束鲜花，她会气得给他吃三天纯素菜。

她几乎不会撒娇耍小性子，应该是从小到大的生长环境导致。

她很淳朴，很勤快，不太闲得下来，很多东西都不懂，一群人聊天时几乎插不上话，连电脑都不太会用。她对生活的要求很简单，从来不会生出想要旅游啊、买名牌包包啊、去高档餐厅吃顿大餐啊之类的想法。

和这样的女孩生活在一起，也许会缺少一些情趣，但黎衍一点也不想要那些情趣。在他眼里，这样子的周俏就是全天下最可爱的女孩。

可爱到……现在就想吻她。

于是，他就真的轻轻地吻了她。

锅底端上来时，周俏看到不远处一个熟悉的身影。

她喃喃出声："陈哥。"

陈哥穿着领班服，正在和一个服务员说话，没有看到她。周俏想，就算看到了，估计也认不出她了吧。

黎衍顺着她的视线望过去，问："认识吗？要去打个招呼吗？"

"不用了。"周俏笑笑，"陈哥人很好的，当时很照顾我，以前的领班骂我时，他都会帮我说话。"顿一顿，她又说，"陈哥认得你，你知道那时候他经常对我说的一句话是什么吗？"

黎衍好奇："是什么？"

"就是你来吃饭的时候，他会说……"周俏笑得明媚灿烂，"小花，你男神来啦。"

黎衍愣在那里，半响后抬手抹了一把脸，低声说："周俏花你悠着点，大庭广众之下要把我弄哭，今晚回家你就别想下床了。"

接着，两人就对视着笑起来。黎衍伸手揉揉她的脑袋："小傻子，来，下料吧，这可是我的生日大餐。"

黎衍同学的二十六岁生日由一碗大馄饨和一个小小的芝士蛋糕开始，经过 A 大约会、火锅大餐，最后以晚上的一场菜鸟互啄结束。

第二次比起第一次来总归有些进步，这一次黎衍同学耐心许多，尝试着让周俏小朋友也体会到那份快乐，效果还算不错。

只是结束以后，累得气喘吁吁的周俏小朋友想到一件事，喜滋滋地说："明天应该不用了吧？两个套套都用完了呢！"

结果，黎衍同学从床头柜抽屉里拿出一整盒给她看，淡淡地说："今天回来路过便利店，我顺便买新的了。"

周俏小朋友的脸顿时垮了下来。

两天后，黎衍的邮箱收到一封 offer，他被公司录用了。

职位是初级财务分析师，六月一日入职，底薪七千八，十五薪，多出的三薪是年终奖。

黎衍心里的石头落地，知道方劲松肯定帮了忙。他是团队主管，招的人就到他手下，他还是拥有一定话语权的，所以第一时间就致电感谢。接着又打给沈泽西和沈春燕，分享这个好消息，大家自然很欣慰。

周俏自然是最兴奋的一个，在家里欢呼大叫，人都蹦了起来，接着又掰起手指说要给黎衍买新衣服，以后天天上班，不能再穿 T 恤、运动裤，必须要买几身职业装替换。

黎衍劝她："不用，我那天去面试看到里面的人穿什么样了，没人成天穿西装。天热了，买两件短袖衬衫，再买两件翻领 T 恤，加两条休闲西裤轮着穿就行了。鞋子也不一定要皮鞋，休闲鞋就可以，我本来就有，不用买。"

周俏记下来："短袖衬衫，翻领 T 恤，休闲西裤，休闲鞋。"

黎衍又说："别去商场买，太贵了，就网上买吧，你男朋友长得帅，穿件六十块的 T 恤人家都会以为是六百块。"

周俏脑袋摇成拨浪鼓：“那不行！六十块怎么行？那是大公司！人家都识货的，怎么的也要买两三百一件啊。这事儿包在我身上，我可是业内人士，你的衣服以后都归我买！”

黎衍没办法：“行行行，不过真别买太贵，试用期都三个月呢，万一我没通过怎么办？”

"不可能！"周俏自信得理直气壮，"你这么厉害！怎么可能通不过试用期？到年底你一定是全公司最佳新入职员工！发证书的那种！"

黎衍扶额："你连我做的什么工作都搞不清楚，还最佳新入职员工？"

周俏瞪着他：“我怎么会搞不清楚？财务嘛，就是会计嘛！每天算账管钱的那种，我又不是不识字！”

黎衍："好吧，你说什么都对。"

离入职还有十几天，黎衍要做的事情还挺多。

首先是入职体检，体检日期约在周俏单休那天，因为要空腹，两人很早就起床出门，赶到最近的一家体检中心。

体检对黎衍来说实在不算好的体验，做很多检查项目时，需要他脱掉假肢，幸好大部分项目都是单人进去。

检查床普遍偏高，不管他脱不脱假肢都很难爬上去，只能让周俏进去帮他。有周俏在身边，黎衍的心就会安定许多，随便医生怎么折腾。

四肢检查对普通人来说是最快的项目，医生瞄一眼打个钩就是。可轮到黎衍时，他只能脱假肢，医生看了看他的截肢位置，在项目后面写上：双大腿高位截肢。

就因为这么几个字，黎衍摆了好久的臭脸。

他对周俏说体检报告要交给公司HR，虽然人家知道他是腿截肢，但毕竟不可能看到位置，但这几个字明晃晃打印在最终报告里，谁看到都会浮想联翩。

黎衍没好气："高位，是多高？膝盖上一点，还是中间，还是大腿根？俏俏我问你，你没看到的时候，你猜过吗？"

周俏摇摇头："真的没猜过。"

小黎先生一脸的不相信。

周俏就只能哄他，一直哄到离开体检中心，他才不那么沮丧。

接下来，黎衍带周俏打车去了一家假肢公司，是为了重新制作残肢硅胶套。残肢硅胶套的使用寿命是两到三年，因为黎衍走路很少，他腿上那两个已经穿了四年都没换过。不过最近他发现硅胶套磨损老化得厉害，不得不去重新配两个。

周俏第一次去假肢公司，进门处的展示墙展示着各种假肢，腿啊、手啊、脚啊……看着有点怪怪的。

检查室里，黎衍脱掉假肢和硅胶套，只穿着内裤让假肢公司的技师检查残肢。技师抚摸观察他的双腿残肢时，脸色不太好看，问："最近一年走路，有没有什么特别的感觉？"

黎衍无奈开口："我走路很少，平时几乎不走路。"

"不走路？"技师很惊讶，"那你穿着接受腔时，有没有一种越来越空的感觉？就是残肢末端与接受腔不怎么贴合，有吗？"

黎衍思索了一下，回答："右腿还好，左腿有一点。"

周俏紧张地看着技师，不知道是哪里出了问题。

技师抱着手臂说："肯定不光是左腿，右腿也是一样的。我觉得你需要做更详细的检查，你的双腿残肢肌肉有一定程度的萎缩。这种情况下你要是不打算走路就算了，如果想要继续走路，就必须更换接受腔，要不然你的肌肉会萎缩得更快。"

周俏插嘴："肌肉萎缩会怎么样啊？"

技师看她一眼，又低头捏着黎衍的两截残肢，说："他是截肢四年多对吗？现在年纪还轻，可能感觉不明显。肌肉如果萎缩得厉害，到时候他穿着假肢就是靠里头的腿骨在支撑，到那种时候，他别说走路了，可能连站都没法站起来。"

黎衍神色木然，周俏却听得脸色发白，忙问："医生医生，那该怎么办啊？"

"还能怎么办？锻炼呗！练站立，练行走，做残肢负重练习锻炼肌肉。"技师乐呵呵的，"小伙子才二十多岁，一定要勤加练习，现在只是轻度萎缩，还能练回来，等萎缩得厉害了就不可逆了。我知道你高位不好走，但每天练习一小时是最起码的。"

"练站，练走，每天一个小时。"周俏重复一遍。

技师又说："硅胶套今天不好做，你自己考虑一下，硅胶套一定要和接受腔配套。接受腔如果重做，你今天做的硅胶套等于浪费了。如果你确定不重做接受腔，那我们就给你做。"

黎衍坐在检查床上，板着脸没吭声。周俏问："医生啊，接受腔重做一下要多少钱啊？"

技师说："他做过啊，价位不一样的，普遍一点四五千一个，两条腿就是万把块钱吧。再好一点八九千、一万多一个也有，他皮肤、骨头情况还可以，没什么必要，我不推荐太贵的。"

周俏咽咽口水，又问："那硅胶套要多少钱啊？"

技师拿起两个用旧了的硅胶套给她看："这种吧，两三千一个，两个就是五六千吧。"

周俏心算，两个硅胶套，两个接受腔，差不多是一万五出头。

她刚要开口，就听到黎衍说："俏俏，今天先不做了，我们回家吧。"

回去的出租车上，黎衍一直没说话，眼睛看着窗外，不知道在想什么。

到家后，他低着头转轮椅进屋，手撑着换鞋凳把屁股挪到凳子上，刚要去拿抹布，周俏已经先一步拿到，说："你歇着，我来擦。"

她盘腿坐在地板上，拿着抹布把轮椅的大轮一点点擦干净，黎衍就坐在旁边，静静地看着她。

周俏一边擦，一边说："阿衍，你去做新的接受腔吧，这个必须要做。医生说了，要是不做你腿上肌肉会萎缩得更快。"

黎衍沉声道："我不想做。"

"为什么？"周俏惊讶地抬头，"你不想走路了吗？上次KTV里，你那个博士同学不是说已经有一种假肢很高档，说不定你以后也能用上呢。"

"短时间内我买不起那个！"黎衍看着她，"而我腿上这两个……我不想走！"

周俏动动嘴唇："你不想走也得走啊！我都不知道如果你不锻炼会有这样的后果。如果我早知道，一定会陪你锻炼，你平时的确是走得太少了。"

"别说这个了，总之我不打算重做接受腔，没必要！做了我也不会走！"黎衍别开头固执地说。

周俏大声问："为什么不会走啊？我以前是不知道，现在我知道了，我会监督你锻炼的！"

"我要上班了！哪有时间锻炼？"黎衍要是能站起来，这时候肯定扭头就走，他盯着周俏，"我就坐轮椅了！不打算再走路了！怎么练都走不好的你懂不懂啊？"

周俏急道:"现在不是走不走得好的关系,现在是说你不走,你的肌肉会萎缩啊!肌肉萎缩了你以后可能站都站不起来了!"

"站不起来就不站!"黎衍很大声,"我已经习惯坐轮椅了,假肢的关节不会变,就换个接受腔我还是走成那副鬼样!累得半死一点用都没有!我放弃走路了行不行啊?!"

周俏问:"你是不是没钱了?"

黎衍愣住。

周俏挪到他脚边,双手搁上他的假肢,跪坐在地板上抬头看他:"阿衍,我有钱,我还有四万多块钱,这些钱,我来出。"

黎衍气疯了,眼睛瞪得很大:"周俏你是不是有病?啊?你每个月赚一万还是两万啊?这些东西加起来七七八八快要两万了!你要存多久才能存到?这是我自己的事你不懂别来瞎掺和!"

周俏没有大喊大叫,语调还是很平静:"我没有瞎掺和啊,这又不是买件衣服买个包,这是和你一辈子有关的东西啊!不可以放弃走路,我真的有钱!我来给你出。"

黎衍无力极了,低头看她:"这是你辛辛苦苦赚来的钱,你还有弟弟要供他读书,我就算钱不够我也可以问我妈要,我不会去用你的钱的。"

周俏说:"那你去问你妈妈要啊,只要你去问你妈妈要,我就不出了,可是阿衍,你会去问你妈妈要吗?"

黎衍被她说中心事,一口气憋在喉咙里,差点喘不上来。

"我弟弟上大学的学费我会出,生活费我会让他自己去挣。"周俏眼神坚定,"到时候十八九岁的小伙子了,好意思问我要生活费吗?我又不是他妈!"

黎衍接上她的话:"那你也不是我妈呀!"

周俏睁着一双黑溜溜的眼睛,定定地看着他:"可是阿衍,你是我最喜欢的人啊。"

"你……"看着周俏眼睛里毫不遮掩的情意流露,黎衍已经不知道说什么才好了。

周俏站起身,拉着黎衍的手臂让他也站起来,紧紧搂着他的腰,支撑他站稳。黎衍抬起双臂,很自然地就抱住她,将她的身体牢牢摁到自己胸前。

周俏的脑袋贴在他肩膀上,低声说:"阿衍,我喜欢你站着抱我,站着亲我,就算不能走路也没关系,好歹你可以站起来。我不要你连站都站不起来!咱俩后面还有好长一段路呢,大几十年,哪能现在就说放弃?你听我的,把接受腔做了,我陪你一起锻炼,不是非要你走路不可,我们就是不能再让肌肉萎缩了,好不好?"

她抬起头来凝视黎衍的眼睛,黎衍难以承受周俏灼热的目光,干脆闭上眼,大概是在做思想斗争。很久以后,他终于睁开眼睛,点了点头。

周俏笑起来,踮起脚亲亲他的嘴,他没给她躲开的机会,直接含住她的唇,与她深深拥吻。

"阿衍……"周俏感觉到他的身体变化,年轻男人真的很不经刺激,又因为初尝过那快乐滋味,每天都会惦记。

周俏小声问:"去房间?"

"嗯……"他回应着,吻着她的脸颊和耳垂,还是舍不得放开她。

站着拥抱,站着接吻,对黎衍来说体验的确很不一样,相信周俏也是如此。他想,周俏应该会觉得此刻的他就像一个普通男人吧?用坚实的臂膀圈着她,让她可以依靠,可以仰望。

只有黎衍自己知道,他所能感受到的身体末端依旧只在胯下没多远的地方。残肢的肌肉果然萎缩了，末端和接受腔都不再紧密贴合，令他有一种身体悬在半空中的感觉。

腿是假的，膝关节是假的，脚板也是假的，新鞋子穿了几个月依旧干干净净，这相拥的景象其实很残忍，就像自己骗自己，但黎衍甘之如饴，还是贪恋站立着亲吻周俏的这片刻时间。

其实，是他在依靠她，没有她，他大概很快就会垮塌。

周俏将黎衍扶上轮椅，两个人一起进到房间。黎衍已经忍不住，快速地卸掉假肢，褪去彼此身上的衣物，翻身就伏在周俏身上，抱紧她，又一次与她吻在一起。

漫长的情动时间，阳光透过窗帘照进房里，空气里飘浮着春末特有的旖旎气息。

白日宣淫……黎衍脑海里不禁浮现出这个词语。

退潮以后，两个人汗涔涔地依偎在一起。黎衍呼吸粗重，手臂搭在眼睛上，还回味着适才一浪一浪的悸动滋味。

周俏趴在他身上，用自己的发梢在他胸口扫来扫去。黎衍捉住她的手，声音有些哑："别弄，很痒啊。"

周俏眼神柔柔地看着他："阿衍，我下次单休还要一个礼拜，你要不让你妈妈或宋晋阳陪你去做接受腔吧，别等我休息，时间拖太久了不好。"

黎衍把手臂从眼睛上移开，偏头看着她："你让我再想想。"

周俏问："你是不是不想让他们看到你的腿啊？"

黎衍垂下眼睛，"嗯"了一声。

周俏叹口气："他们是你的家人，有些时候你也要适当地打开自己。我也想陪你去，但我们那种单位真的不好随便请假。我一请假，就要重新排班，有人就需要上全天班，人家辛苦，我也不好意思。"

黎衍说："没事，我理解。"

"你明白就好。"周俏笑起来，"都一点多了，咱俩中饭都没吃，你不饿吗？"

"饿。"黎衍此刻的眼神显得非常可爱，就像一只嗷嗷待哺的小动物，眼珠子又黑又亮，"我突然很想吃红烧肉。"

周俏想了想冰箱里的存货，伸手戳戳他的胸："中午简单吃碗面条吧，晚上给你做红烧肉。"

"好。"小动物乖乖地答应了。

"那我去做面条，你再躺会儿。"周俏说着就爬起来穿衣服，下床前还使坏地往黎衍屁股上重重一拍。

"啪！"

"我去！"黎衍想要反击，但身体条件决定了他坐起来的速度没有周俏逃跑的速度快，手掌挥出去并没打着。他气得冲周俏的背影丢了个靠枕，"你这是欺负残疾人你知道吗，周俏花！"

外头传来周俏大笑的声音。

真是又好气又好笑，黎衍穿上内裤，赤着上身把自己挪到轮椅上，转过去把靠枕捡起来，掸掸灰又放回床上。

转头看向床边穿着裤子的假肢，又低头看看自己的下半身，黎衍叹了口气。

假肢是他的腿，轮椅也是他的腿，两样东西缺一不可，全副武装后可以让他离开家门，融入社会。接受腔不合适了，是他自己的懒惰造成的，无端端又要多花一万块钱。

黎衍租房子和出租房子的差价是一万整，改装房子、添置家具家电又花了一万多。要入职了，还买了些新衣服，加上家里的水电煤气网费等杂七杂八的费用，最近开销实在有点多。

三月和四月的网文收益还可以，因为完结小赚一笔，可到了五月，收益就掉了下来。按照原来的习惯，黎衍这时候应该开新文，但现在马上要上班了，他只能先把小说搁置，一来一去，手里的积蓄只剩一万出头。

原本他想着，配好硅胶套就开始努力存钱买车，现在想想，又要配接受腔，还要还周俏两万，买车的计划只能延后。

第十二章
我想对你好

黎衍听从周俏的建议，没再等到她单休，直接让沈春燕陪他去假肢公司测量尺寸、重新制作接受腔和硅胶套。

他和周俏说好了，这钱算是向她借的，年终奖发下来就还。

去的那天，黎衍坐着轮椅在路边等沈春燕，以为老妈会打车来，没想到，等来的是宋晋阳的车。

黎衍愣愣地看着车子停下，沈春燕在后排招手，宋晋阳下车帮他坐上副驾，瞅着他的轮椅说："哟，换座驾了？这轮椅挺酷的啊。"

黎衍说："周俏买的。"

宋晋阳把黎衍拆散的轮椅放进后备厢，上车后问："生日礼物？"

"嗯。"某人又摆出一张高冷脸，不打算再说话。

去假肢公司的路上，沈春燕在后排悄咪咪地打量黎衍。

黎衍剪过新发型后，沈春燕还没见过他，看了好一会儿实在忍不住开口："我儿子结完婚就跟变了个人似的，俏俏是不是会变魔术啊？"

宋晋阳嘎嘎地笑起来，黎衍默默翻了个白眼。

"越来越帅了，看着真精神，这要是进到单位里，小姑娘不得喜欢死啊！"沈春燕还在感慨。

宋晋阳说："阿姨，你摸摸他胳膊，这家伙现在还健身练肌肉呢。"

"真哒？"沈春燕果真伸手去捏黎衍的左臂，被他啪啪拍开。

他气得大叫："你俩行了啊！别拿我寻开心！"

宋晋阳和沈春燕一同乐不可支。

沈春燕笑了一阵后又叮嘱黎衍："阿衍，你要记住，上班后不能和单位里的小姑娘搞七捻三哦，俏俏这样的老婆打着灯笼都找不着的，你可千万别做对不起她的事。"

黎衍气得七荤八素："你胡说八道什么啊？还是不是我妈？我是那种人吗？"

沈春燕撇嘴："男的嘛，就这么回事儿。"

宋晋阳说："阿姨你这打击面也太广了，黎衍什么样我不知道，我心里可只有小颂一个，我老爸现在心里也只有你哦。"

黎衍瞪他"什么叫我什么样你不知道？你到我家来吃饭时，我和周俏什么样你没看见啊？"

沈春燕惊道："晋阳什么时候去你们那儿吃饭了？"

黎衍发现自己说漏了嘴，宋晋阳已经笑疯了："阿姨你是不是还不知道啊？黎衍现在对我可好了，还会喊我'哥'呢！"

黎衍震惊："我什么时候喊过你'哥'了？"

"没喊吗？"宋晋阳睨他一眼，笑得特别贼，"上回你去商场给周俏送礼物，你俩说的话我可听见了啊，弟弟。"

"什……"黎衍脑子里"轰"一下，难以置信地问，"你真听见了？"

"是啊，哈哈哈哈……"宋晋阳笑道，"所以你喊不喊'哥'呀？"

黎衍脸色变幻莫测，终于咬牙开口："哥。"

"对嘛。"宋晋阳扬眉吐气，"你明明就喊过了，乖弟弟，以后有事儿就给哥打电话啊。"

黎衍心里后悔得要死，为什么要找这两个活宝陪他出门。

沈春燕莫名其妙："你俩说什么呢，我怎么听不懂啊？"

一路"欢声笑语"到达假肢公司，在检查室里，当黎衍脱下裤子、卸下假肢时，沈春燕又不行了，捂着嘴就哭起来。

黎衍被她哭得头疼："你出去出去出去，把宋晋阳叫进来。"

沈春燕大哭着出去叫宋晋阳，技师准备给黎衍做检查，笑着问："今天女朋友没来啊？"

"她今天上班。"黎衍说，"而且她不是我女朋友，是我老婆。"

技师蛮惊讶："老婆？我看她很小啊，才二十出头的样子，你们这么早就结婚了？"

"嗯。"

"老婆到底和老妈不一样啊。"技师拿起一些工具，"你老婆挺好的，我做这行二十多年了，见过太多事。很多男的截肢以后，老婆就提出离婚了，也不会陪来做复健，男女反一反也是一样。当然啦，也有感情特别好的，我现在已经练出火眼金睛，两夫妻到底是好，还是貌合神离，一眼就能瞧出来。"

黎衍问："那您看我和我老婆好不好？"

技师笑道："那必须是好啊！你自己心里门儿清吧？"

黎衍低下头，没忍住，默默地笑了。

宋晋阳推门进来，看到黎衍只穿着内裤坐在检查床上，视线不由自主地落在他的残肢上。

黎衍瞥宋晋阳一眼："看什么看！"

"你藏得跟宝贝似的，四年多没看到了，一冲眼还不允许我惊讶一下？"宋晋阳忍住心里的遗憾和可惜，拉了把椅子坐下，掏出手机开始打游戏。

黎衍犹豫很久，问宋晋阳："那次，你真听见了？"

宋晋阳头都没抬："嗯。"

黎衍咬咬牙："你没告诉我妈吧？"

"我有病啊？"宋晋阳抬起头来，神情揶揄，"告诉她干吗？弄个世界大战吗？"

黎衍脸色很不自然："以后别提起了，这事已经过了。"

宋晋阳"哈"一声笑了："我知道，我又不瞎，自己不会看吗？"他跷着二郎腿抱起手臂，"你你人也是走狗屎运，这么着也能给你白捡一个老婆，我也是服气。"

话不好听，黎衍心里却感到甜。

"话说，你怎么去上班啊？坐地铁吗？"宋晋阳有一搭没一搭地和黎衍聊天。

黎衍低着头，看技师检测自己的残肢，诚实地说："还没想好。"

宋晋阳说："地铁很挤的，是不是还要换乘？每天这么折腾肯定不行，下个月还有梅雨天气，天天下雨，你怎么办？穿雨衣啊？"

黎衍不吭声，自己都很难想象穿着雨衣、划着轮椅去赶地铁的场景。宋晋阳又问："你有没有想过买个车？"

黎衍看他一眼："想过，驾照还没考呢，再说买车也要好几万，先存够钱吧。"

宋晋阳思考了一下，说："其实，我爸家楼下也有个人腿不好，每天就开个残疾车去上班，就那种电动充电的，不过他是用拐杖，拐杖往车上一搁就行了。那个车我看见过，应该也能放个轮椅，你要不要考虑一下啊？"

宋晋阳观察着黎衍的脸色："我知道你是嫌丑，但那个真比挤地铁要靠谱，有顶的，下雨也淋不着。只要你们公司楼下有可以充电的电瓶车车库，就没问题了。就算公司不能充电，晚上在家楼下充一晚，就你单位那点儿路，来回也足够了。"

技师这时候插嘴："小伙子你要上班去啦？好事儿啊，我是觉得吧，有时候脸面没那么重要，能养活自己才最要紧。你别管那车叫残疾车，管它叫代步车，感觉是不是就好点儿了？出行真的很重要，出行问题解决了，你才能安安稳稳上班。要不然你工作时看着外头下大雨，还要担心晚上怎么回家，那工作能做好吗？"

宋晋阳附和道："师傅说得很有道理！"

黎衍抬头看着他，说："我再想想吧，反正上班前这个问题必须解决。"

新的接受腔在制作过程中了，一个多星期后就能拿，入职前应该可以配好穿上。黎衍在家想了两天，给张有鑫打了个电话。

张有鑫参加的轮椅俱乐部里有个朋友叫佟哥，在一家电动车厂上班，牵线搭桥后，黎衍经过试驾，花了八千多块从佟哥那里买来一辆三轮电动车。

外观黄色，左右各一扇车门，造型很圆润，透着一股子萌感。前排驾驶位，后排位置宽一些，挤挤能坐两个人，还加装了空调。

黎衍和周俏管这辆小三轮叫"小黄蜂"，在地下车库的电动车区域租好位置，每天晚上可以给车充电。黎衍有残疾证，给"小黄蜂"上好电动车车牌，意味着从此以后可以顺利上路。

接下来的几天，黎衍很忙碌，一边按照方劲松的要求熟悉公司的部分业务线，一边接收下不少新东西，除了"小黄蜂"，还有新衣服、新鞋子、新的假肢接受腔和新的硅胶套。

周俏上班时，黎衍会练车，自己坐电梯来到地下车库，上车，摆好轮椅，开着"小黄蜂"绕着小区外的道路转几圈，有时还会在水果摊前停下车，让老板帮他称些荔枝和香梨，从车窗里递给他。

黎衍开得不快，看着道路两边的风景，心情一点也不比开上汽车来得差。

上班通勤问题算是暂时解决，以后再也不怕刮风下雨，不用去挤地铁。黎衍现在一点儿也不觉得"小黄蜂"丑了，更不觉得自己开着它有多Low，反倒觉得它很方便、很可爱，圆润润黄澄澄的一辆小车，是周俏最喜欢的颜色。

这天晚上，周俏在专柜上晚班，离打烊还有半小时，她清点衣服时，听到Cindy小小地叫了一声："啊，俏俏。"

周俏循声望去，就看到黎衍坐着轮椅停在专柜外不远处，正微笑着看她。

"阿衍？"周俏欣喜地向他跑去，"你怎么来了？"

"没什么事儿，就来接你下班。"黎衍伸手牵住她的手，"你在忙吗？我就在这儿等你吧？"

"嗯。"周俏笑着说，"你先来，我介绍同事给你认识。"

Cindy在边上探头探脑，看着黎衍和周俏一起进到专柜，顿时感到紧张。周俏对她说"Cindy,

给你介绍一下，这是我男朋友，黎衍。"

Cindy 吃惊地瞪大眼睛。说实话，要不是黎衍依旧坐着轮椅，她根本就认不出他来了。

上一年圣诞节前，这个男人给她留下了很深的印象。当时的他穿着一身黑衣，留一头古怪的半长发，脸颊瘦到凹陷，肤色惨白，神情阴鸷，眼眶挂着两个大黑眼圈，双眼冷冰冰地望向她时，她着实被吓得不轻，过后才会时不时地劝导周俏，千万不要和轮椅小哥去搞对象。

可现在的他呢？身上是白色短袖T恤配深灰色运动裤、白色运动鞋，肩膀宽阔，手臂修长结实，腰身很瘦。他留着利落的黑色短发，肤色白皙，年轻的脸庞线条流畅，轮廓清晰，脸色看着很健康，眉目俊朗，鼻梁挺拔，唇边泛着浅浅的笑意。

是个非常精神又帅气的小伙子呢！

这真的是同一个人吗？

也就半年时间，Cindy 像是见证了一场奇迹的发生，震惊得嘴巴都合不上了。

周俏下班后，和黎衍一起来到"小黄蜂"边。

黎衍打开车门，略微调整轮椅角度，把两条假肢放到地上，上半身探进车里，右手按着车座垫子，左手在轮椅椅面一撑，屁股就挪到了车座上。他把两条假肢弄进车厢摆好，又探出身子开始拆轮椅，有些不高兴地说："你刚才为什么不说我是你老公？"

周俏一愣，苦着脸："这么突然！我都没想到你会来，一下子就不好意思说嘛。"

黎衍哼了一声："你也就这点儿胆。"

周俏帮他把拆下的轮椅大轮和车架放到后排，嬉皮笑脸地说："好啦，下次，下次我一定记得，你是我老公！"

等周俏在后排坐好，黎衍关上门从后视镜里看她："坐稳了吗？老婆，我们回家。"

周俏笑起来："坐稳啦！"

小车启动，周俏腿边挤着黎衍的轮椅，眼睛看着他的后脑勺，又从后视镜里去看他的脸，居然感到非常幸福。

"你傻笑什么？"黎衍的眼睛在后视镜里透着笑意。

周俏笑得嘴都合不拢："没什么，就觉得这小车也挺好的，应该比坐地铁方便。"

"我以前想都没想过会买这个。"黎衍目视前方，开得很专心，"刚出院那会儿残联的人还上门来问过，说要不要很便宜的价格申请个残疾车，直接被我给轰出去了。"

周俏两只手搭上他的肩膀"阿衍，不用太在意别人的眼光，我们自己过得舒心是最重要的。"

"嗯，我现在也这么觉得。"黎衍深有感触。

两个人在夜色中驶上回家的路。

暗色的树枝在路边摇曳，星星在天上眨着眼睛。

春末夏初，白天夜里有温差，黎衍降下车窗，不忘给周俏带来一件薄外套，嘱咐她穿上。

"小黄蜂"在非机动车道上慢悠悠开着，边上的汽车一辆接一辆地超过他们，连那些二轮电瓶车也"嗖"一下冲到他们前面去了。黎衍却不急，一直开得很慢，让窗外微暖的夜风吹进车厢，拂起周俏颊边的碎发。

驾驶座靠背很低，不知何时，周俏已经伸出双臂穿过黎衍腋下，轻轻地抱住了他。她把脸颊贴在他的背上，闭上眼睛，一路感受着穿窗而过的微风、无人小路的静谧、大排档一条街的喧嚣、闹市区的灯红酒绿，还有……专属于黎衍的气息。

她的嘴角不受控制地上扬，心里的幸福感压也压不住，从心脏里点点滴滴地溢出来，灌满她的四肢百骸，忘掉所有的烦恼忧伤。

黎衍看不到她的表情，但是能感受到她贴在自己背上的那份温暖，能看到她环在自己胸前的那两只手，也能隐隐约约闻到她身上熟悉的薄荷香。

他透过车窗望着前方，闪闪烁烁的灯光将道路照得清晰明亮。

双脚静静踩在车厢地上，如同过去四年多一样，没有感觉，没有体温，移动很困难。

黎衍却并不在意，此时的眼神就像这夜色般温和柔淡。

他的身体的确是缺了好大一块，这辈子都没办法再恢复，但他心里空出来的那个大洞，却在不知不觉中渐渐填满。

黎衍入职那天，周俏上白班，早上八点不到两人就一同出门。

从雅林豪庭开"小黄蜂"到黎衍公司所在的大厦，需要半个小时，周俏决定先陪黎衍到公司，看看停车是否方便，再赶去上班。

一路上，她在车后座不停地交代事情。

"中午吃饭，你看看同事们都在哪儿吃，尽量和他们一起吃。他们要是出去吃，你先问问有没有楼梯，要是有，就让人家给你打包回来。"

"我给你包里放了一件外套，有些写字楼里空调挺凉的，你穿着短袖可能会冷，到时候就把外套穿起来，小心感冒。"

"你平时在家坐累了都会在床上躺会儿，在公司也没处躺，老坐着腰肯定不舒服。午休要是有时间，你就找个地方自己站会儿，也能当锻炼。"

"好好和同事相处，千万别发脾气，如果碰到什么困难你就找方经理去说，不要硬撑。有事儿也可以给我打电话，你单位离我不远，我能赶过来的。"

黎衍开着"小黄蜂"，一开始还好好答应着，后来越听越不对劲，忍不住说："周俏，你怎么比我妈还啰唆？我是去上班，不是去打仗，你这说得好像我能和人打起来似的。"

周俏嗫嗫嘴："我是担心你嘛。"

"有什么好担心的？"黎衍很无语，在红绿灯处停下等绿灯，回头说，"我的确几年没上班，但我又不是没上过班，以前我也在公司里实习过半年的。"

"好吧，反正你自己好好照顾自己。"周俏说完又补充一句，"下班后早点回来，吃过饭还得练习走路呢，不许再偷懒。"

黎衍一听到"走路"就头大如斗，自从穿戴上新的接受腔和硅胶套，周俏就开始监督他练习走路。前几天都是在家练，可家里客厅毕竟就这么点大，走过来走过去没多会儿就要转身，他练得不耐烦，周俏就说去小区花园里练。

雅林豪庭小区里有一圈塑胶跑道，周俏早就想让黎衍去那里练走路，但他死活不肯去，觉得自己走路姿势难看，不想被人指指点点。

周俏就不太高兴："在家走烦转身！下楼走又怕被人看！我看你就是想偷懒！"

两人争过几句，黎衍见周俏真生气了，终于同意上班后就去小区里练习走路。

"小黄蜂"开到目的地，周俏下车问过保安，知道电动车车库是在大楼的另一面，有雨棚遮挡。黎衍把车开过去，发现停车的地方还挺大，但充电位不多。他停好车，周俏看着他搬下轮椅组装好，又把自己挪到轮椅上，才稍稍放心。

"回家电应该够吧？"周俏问，"昨晚才充满的。"

黎衍抬头看她："放心，肯定够了，这个续航能有六十公里，就算打个折四十公里也足够了，咱家到这儿才多远啊？"

他穿着合身的浅灰色短袖衬衫、黑色西裤和皮鞋，即使坐在轮椅上，看着也是神采奕奕的。周俏见他背上包，转着轮椅准备往大厦大门过去，突然就很舍不得，叫他："阿衍。"

黎衍回过头来。

周俏也不说话，黎衍看了她一会儿，调转轮椅又来到她面前，牵过她的手说："别担心，我会好好照顾自己的。"

"嗯，你去吧，加油哦，我也要去上班了。"周俏对他笑笑。

黎衍也笑："路上小心，晚上见。"

周俏依依不舍地松开手："晚上见。"

黎衍告别周俏后，从无障碍坡道进入大厦，排队坐电梯到达二十层。这一天是上一轮大规模招聘后新员工们统一入职的日期，几名 HR 很早就到公司了。

给黎衍办入职手续的是一面时见过的 Daria，她收下黎衍的体检报告，发给他工牌和一些简单的办公用品，就领着他去往财务分析部门所在的办公室。

Daria 二十七八岁，穿着衬衫和 A 字裙，长腿细腰，长相清丽。

到了办公室，黎衍看到这是一个相对独立的办公区域，有十几个工位，见有人来，方劲松从自己的单人办公室里走出来。

这天会有三个 Junior FA 入职，黎衍到得最早，Daria 把他带给方劲松后就走了。

因为没有别人在，方劲松对黎衍说话就比较放松："小黎，我也不和你客套，你这份工作不难，不要有压力，我相信你很快就能上手。只是，平时身体上有不舒服的地方，你一定要和我说，毕竟你是我招进来的，泽西的爸爸我也喊了二十年叔叔，我得对你负责。"

黎衍理解他是出于关心，也知道这关心不是平白无故。自己的身体情况的确特殊，即使在残疾人群体里，程度也算是严重的。

别人看他只是以轮椅代步，他自己心里明白，如果在连阴雨的季节，他还会遭遇骨痛，所以也不嘴硬，说："方经理，谢谢您，工作上我会尽快适应，至于身体状况……绝大多数情况下都不会有问题，万一真的不舒服，我会和您说的。"

"好。"方劲松拍拍黎衍的肩，"叫我 Jimmy 就行，你的英文名是……"他看过黎衍胸前挂的工牌，念道，"Rick，我们平时都是叫英文名居多，我以后就叫你 Rick。"

黎衍微笑："好的，Jimmy。"

方劲松给黎衍安排好工位，又发给他一台新笔记本电脑。

几分钟后，办公室里陆续来人，有老员工，还有另外两个新入职的 Junior FA。一个漂亮女孩坐在黎衍隔壁工位，不停地对他眨眼睛，他莫名其妙地看着她。

女孩子不高兴地嘟嘴："你不记得我了吗？我叫陆欣，英文名是 Lucia，一面时在会议室，我坐你边上的呀。"

黎衍的表情很茫然，他真的是……一点也不记得了。

看来，忘记周俏也不全是周俏容貌变化的原因，他对那种萍水相逢的女孩的长相，无论漂亮与否，都不会刻意去记忆。

看人到齐后，方劲松在小会议室开了个简短的部门会议，让三个新员工做自我介绍，又给他们每个人安排好工作伙伴。

部门里，方劲松是 Supervisor（主管），底下有三个 Senior FA（高级财务分析师）和三个 Junior FA，加上新入职的黎衍三人，人员结构呈金字塔形，一共十人。

三个 Senior 刚好一人带一个 Junior，黎衍的工作伙伴是一个二十七岁的年轻男人，身高长相很普通，名字却很猛，叫钱大虎，英文名简单粗暴就是 Tiger，不过大家都叫他虎哥。

人头都认全了，方劲松对三个新人说："我们公司是做医疗器械的，最近一年拓宽了几条生产线，业务量加大，原有的 Junior FA 的工作量也加大许多，实在忙不过来，所以进行了这次招聘。你们三位是应聘者中的佼佼者，欢迎你们加入公司。"

老员工们看着新入职的黎衍、陆欣和洪志生三人，一通鼓掌。

方劲松继续说："大家这几天应该都看过我发给你们的产品线资料，Junior 的工作内容就是按照不同的 BU（Business unit，类似于产品线），利用 SAP 里的数据进行 Deviation Analysis（偏差分析）。具体你们每个人分管哪几条线，你们的小伙伴一会儿会和你们说。我们公司氛围比较轻松，没那么多条条框框，但我们部门的工作性质决定了，我要的数据必须完全准确。"

接下来，方劲松又简单给大家介绍了公司的规章制度和部门里各项工作的时间节点，最后，吩咐钱大虎统一教三个新人熟悉 SAP 系统，把入职后三天内的要求做了布置。

散会后，钱大虎带着三个新员工来到专门用于导账的那台电脑前，给他们讲解如何操作系统。

他一边操作，一边说："SAP 可以导出你想要的各种形式的数据，熟悉常用的导账代码就行了。部门网盘里也有 Instruction（操作指南），你们等下可以自己去看。我现在先教你们导一个序时账……"

黎衍听得十分认真，眼睛盯着钱大虎的操作界面，手下做着笔记。三个新人偶尔会提出问题，钱大虎确保他们都理解后才会进行下一步操作。

"数据导下来后呢，你们就要做 Deviation Analysis，网盘里也有我们上个月做的东西，你们都可以参考学习。这两天大家先熟悉 SAP 操作，下午我给你们每个人布置简单的任务……"

时间过得很快，一个上午过去了，午休时间，大家都放松下来，准备吃饭。陆欣伸了个懒腰，从工位上坐着转椅溜过来一些，问黎衍："Rick，你午饭去哪儿吃？"

黎衍回答："虎哥说带我去三楼食堂。"

陆欣笑眯眯地说："带上我呗。Amber 姐自己带饭了，没人和我一起吃饭。"Amber 是她的工作伙伴。

黎衍一愣，问："还可以自己带饭的？天这么热，不会坏吗？"

陆欣说："茶水间里有冰箱和微波炉，我听 Amber 姐说，有不少人是自己带饭的。"

黎衍不由自主地笑了一下，陆欣很好奇："你笑什么？"

"没什么。"黎衍说，"那中午一起吃饭吧。"

三楼食堂对外开放，大厦里所有企业的员工都可以去办饭卡。黎衍坐着轮椅、跟着钱大虎进到人头攒动的食堂时，不可避免地受到一波注目礼。陆欣表现得很淡定，问黎衍："要不要我去帮你买饭？"

黎衍看着排队长龙，又想到自己端餐盘的确不太方便，说："行吧，随便帮我买一份好了，一会儿我把钱转给你，谢谢。"

陆欣很高兴："好，等下加你微信啊！"

黎衍脑子里不禁想起沈春燕说过的那个词：搞七捻三。

他感到后悔，应该让虎哥去帮他买饭的，他甚至都不想办饭卡，因为发现来食堂吃饭对他来说挺困难，还不如叫外卖，当然最好的选择就是……他当即掏出手机，给周俏发微信。

【有只刺猬】：老婆，我们公司可以带饭，你今晚做饭时帮我把明天的午饭一起做进去，我以后想自己带饭。

【小傻子】：收到！[OK]

黎衍对着手机屏幕笑起来。

一会儿后，陆欣和钱大虎一起回来了，给黎衍带回两荤一素，一碗米饭。陆欣又殷勤地去帮他拿餐具，他道过谢，三个人一起吃起饭来。

陆欣大学毕业一年，开朗健谈，吃饭时不停地对钱大虎问东问西，后来话题就绕到某个方向："虎哥，你有女朋友吗？"

钱大虎老老实实地摇头："没有。"

陆欣抿抿唇，又问黎衍："Rick，那你呢？你有女朋友吗？"

黎衍正在认真吃饭，听到以后抬起头来："没有。"

陆欣脸上还没来得及露出一丝窃喜，黎衍就又加了一句："我已经结婚了。"

陆欣愣住，钱大虎很惊讶："你结婚了？"

"是啊，怎么了？"黎衍莫名其妙，"我都二十六了，早过法定结婚年龄了。"

陆欣盯着他的左手，丧气地说："那你怎么不戴婚戒啊？"

黎衍看看自己空空的左手无名指，淡定地说："我经常忘戴。"

陆欣撇撇嘴，郁闷地吃了一口饭。

公司上班时间是上午九点到十二点，下午一点到六点，午休一小时。大家吃过饭回到办公室，有人趴在桌上午睡，有人抓紧时间继续上午的工作，也有人轻松地聊着天。

黎衍问钱大虎哪里可以抽烟，钱大虎说有个吸烟室，并告诉他位置。黎衍坐着轮椅找到吸烟室，里头虽然有排气扇，气味还是很难闻，他抽了半支烟就待不下去，匆匆逃出来。

黎衍最终找到消防通道，里面是楼梯间，有楼梯就有栏杆，有栏杆，他就可以站起来。

上午只工作三四个小时，他已经坐得腰酸，下午的工作时间要更久，他觉得他的确应该靠站立来缓解腰背的僵硬。

他只是截肢，不是截瘫，后腰和屁股都和常人一样，坐久了肯定不舒服。之前几年待在家里，他经常不穿假肢，码字两三个小时后就去床上躺着休息一下，从来没有一整天一动不动坐在轮椅上过。

扶着楼梯栏杆站了十几分钟，黎衍感到轻松不少，这时，防火门被推开，他一回头，发现出来的竟是陆欣。

看到黎衍站在那里，陆欣明显一愣："你在这儿啊？"

黎衍问："有事吗？"

陆欣尴尬："刚才虎哥说你去抽烟，吸烟室里又找不到你，他喊我们继续上课，说下午要布置任务，所以我就来找你。"

"哦，谢谢。"黎衍扶着栏杆慢慢坐回轮椅，把假肢放上踏板，准备回办公室。

陆欣忍不住问："你的腿……到底怎么回事啊？"

黎衍冷冷地看了她一眼："对不起，我不想说。"

"应该是我说对不起。"陆欣神情沮丧，"我以后不问了。"

两人回到办公室，钱大虎的一对三课程继续进行，依旧围绕 SAP 系统展开，黎衍不停做着笔记。讲完一轮后，钱大虎让他们去网盘里找之前几个月的数据表，按照不同的 BU 分成三部分，每人领一份，用五月数据练习做一个简单的差异对比。

"这个以后每个月都要做，你们先试试看，取数这样子取……计算的时候都有公式……有不懂的就问你们的 Partner。Rick，你来问我就行。"

众人散开，回到自己的工位，黎衍对着笔记本电脑操作起来。

Excel 他曾经用得很熟，高阶功能都会用，只是四年过去生疏许多，想着回家要再把书给翻一遍，多练练。

不知不觉就到下班时间，新人们不需要加班，几个 Senior 都让他们先走，不用管剩下的几个加班狗。

黎衍在前台处打卡下班，陆欣和他一起坐电梯，问："你怎么回家呀？"

黎衍说："我有电动车。"

陆欣不太理解这个"电动车"是什么，疑惑地问："四轮的电动汽车吗？总不会是二轮的电动车吧？"

黎衍说："你平均一下就对了，三轮的。"

陆欣嘴角抽抽，看着一身衬衫西裤的男人，有点难以想象。

下楼后，黎衍和陆欣说声再见，就转着轮椅往电动车车库去，陆欣也不知怎么想的，居然跟在他身后。

黎衍听到声音，停下轮椅回头问："有事吗？"

陆欣嗫嚅道："我是想问问你……需不需要帮忙？"

"不需要。"黎衍的神色已经极为冷淡。

陆欣怔了怔，说："对不起，那我先走了，明天见。"

黎衍来到车库，顺利上车，在车后排放好轮椅后，给周俏打了个电话。

"阿衍！"这一天周俏没有主动联系过他，他知道她是怕打扰自己。

这时听到周俏的声音，他感到特别温暖，问："你下班了吗？"

"下班了，刚换好衣服，就要走了。"周俏语气软软的，"你呢？你下班了吗？今天上班顺利吗？"

"挺顺利的，我已经在车上了。"黎衍笑着说，"应该还是我先到家，我一会儿把米饭煮上，等你回来做菜。"

"好呀，你多煮一点，明天咱俩都要带饭。"周俏又问，"你晚上想吃什么？我去买。"

黎衍说："没什么特别想吃的，只要是你做的都行。"

"好，那你路上小心点，一会儿见。"

"嗯，俏俏……"黎衍突然叫住她。

周俏问："怎么了？"

黎衍明知道电话那头儿的人看不到他的表情，眼神还是变得很温柔，开口道："我很想你。"

周俏"扑哧"一声笑出来："我平时上班你也见不到我的呀，我一直都很想你。好啦，真不说了，我得去赶公交车呢。"

周俏提着菜回到家时，黎衍已经等在客厅。

他脱掉了假肢，因为初夏季节残肢会出汗，非常闷热，此时就套上了一条篮球裤，稍稍放松一下。周俏换着鞋，问他："怎么把假肢脱了？不是说吃完饭要下去散步的吗？"

黎衍转着轮椅来到她面前，侧着身子抱抱她。

"穿一天假肢太难受了。"他撩起篮球裤宽松的裤腿给周俏看残肢，"皮肤都闷红了，可能和硅胶套是新的也有关系。"

周俏蹲下来观察他的残肢，果然红了一大片，心疼得要命，手掌摸一摸后抬头问："是过敏吗？会疼吗？"

"疼倒是不疼，就是很闷，穿着假肢时有点肿胀。"黎衍自己揉揉残肢末端，安慰周俏，"没事的，你别担心，夏天本来就容易这样。"

周俏想了想，问："那你等会儿还能下去散步吗？"

黎衍沉默下来。

说实话，残肢变成这样，再去走路对他来说是件痛苦的事，但他答应过周俏，不想让她认为自己是在偷懒。

"能的，你扶着我就行。"黎衍揉揉她的头发，"赶紧去做饭吧，我都饿了，中午只吃了一碗饭。"

周俏惊讶地问："为什么？饭都不让吃饱的吗？"

黎衍笑道："添饭要自己去添，还得排队，我不想麻烦同事，当时的确也吃饱了，没想到下午就饿了。"

周俏说："明天我给你包里装些饼干糕点，你放在办公室抽屉里，饿了可以吃。"

"嗯。"黎衍说，"去吧，我先吃个香蕉垫垫肚子。"

两人一起吃晚饭时，黎衍看到周俏光秃秃的左手，心里想起白天时陆欣说的那句话：你怎么不戴婚戒啊？

他的家人们全都知道他和周俏结婚了，现在连同事也都知道了，因为他在入职表格上堂而皇之地填了"已婚"，就连对假肢公司的技师，他都说周俏是自己老婆。

当周俏对Cindy介绍他是男朋友时，他还不高兴，埋怨她没说自己是她老公。

现在想来，他真的挺过分的，他和周俏的确有夫妻之名，也有夫妻之实，可他从头到尾没做过半点儿和结婚相关的事。

没有婚戒，没有婚纱照，没有彩礼，没有迎亲，没有结婚仪式和喜宴，没有婚房，没有蜜月旅行……

什么都没有，反倒是他拿了周俏两万块钱，现在还还不出来。

接受腔也是她出的钱，"小黄蜂"同样是她出的钱。

黎衍觉得自己脸皮真够厚的，欠了周俏一屁股债，居然还恬不知耻地要她承认他是老公。就算是男朋友，他都超级不合格的好吗！

也只有周俏这个小傻子会乐呵呵地答应他。换作别的女孩，当时大概会一个大嘴巴子把他抽下"小黄蜂"吧。

周俏见黎衍脸色不好看,问:"阿衍,你怎么啦?腿还不舒服吗?"

黎衍回过神来:"没有,在想工作上的事。"

周俏说:"如果你腿不舒服,要不今天别下楼去练了,咱们仍旧在家练。"

黎衍摇头:"下去走吧,我答应过你的。"

"你别勉强自己啊。"周俏很担心。

"不会。"黎衍笑着说,"有些事我可能做不了,但答应你的事,我一定会做到,省得你老说我偷懒。赶紧吃吧,吃完去锻炼,锻炼回来我还要加会儿班,明天要交一份数据,我想晚上在家把它做完。"

吃过饭,周俏洗完碗,黎衍给假肢换上运动裤,穿戴好后和周俏一起下电梯,到小区里的塑胶跑道练习走路。

塑胶跑道绕着小区一圈,跑道中间一段是在小区中心花园旁,中心花园里有健身设施和一组滑梯,晚饭后会有不少住户带着小孩儿在那儿玩,也有吃过饭的老人在长椅上纳凉聊天。

黎衍自然是不愿意在这么多人面前走路的,周俏提前踩过点,领着他来到小区西南角的一段跑道处,那边远离中心花园和小区主入口,比较僻静,来往的人很少。

周俏看过时间,把一支肘拐递给黎衍:"你在公司里站过了,那我们就走半小时,回家再做抬腿练习。"

黎衍没有意见,右手撑着肘拐从轮椅上慢慢站起来,让周俏扶着左手臂,在跑道上一步、一步往前走。

这支肘拐是配好新的接受腔后一同买来的,专门用来练习走路,本来是一对,但黎衍不愿意用双拐,有点耍赖地非要周俏扶着他。周俏自然不会拒绝,于是两人练过几次后已经配合得很默契。

黎衍第一次下楼走路,已经很久没有在开阔的平地走过,沿着跑道可以一直往前走,不用转身。只是,他走路的姿势依旧很狼狈,撅着屁股,身子左右晃动,两条腿岔得很开,就像他一直说的那样——像一只鸭子。

如果没有肘拐和周俏,他自己根本就走不了。

黎衍心里感到无奈,自己的假肢明明不算差了,但就是走不好,可能残肢真的是太短,那既然都这么短了,还有继续练习的必要吗?

也许心底里还是憋着一口气吧,会想要装配智能仿生假肢。科技日新月异,智能假肢研发得越来越先进,也许有一天他真有机会能装上呢?

要五六十万啊……黎衍想到那个数字,忍不住偏头看了周俏一眼。

如果他真的有这么多钱,还会去买假肢吗?为什么不拿来做首付,买一套小房子,作为自己和周俏未来的家呢?

"停一下,俏俏。"黎衍叫住周俏。

周俏问:"怎么了?累了吗?"

"不是。"黎衍低头看着自己的运动长裤,"你帮我把裤腿卷起来,让我能看到膝关节的活动,这样比较安全。"

周俏便蹲下身帮他挽起裤腿。黎衍的小腿假肢没有做成骨骼状,有一段肉色的小腿型外包装，使得他穿长裤时不太会露馅。卷好裤管，黎衍可以看到假肢的膝关节，走起来时心里会更有底，不容易摔跤。

两个人又走了几十米，然后转身往回走。快要走到轮椅时，侧后方突然传来一个稚嫩的声音："妈妈你看！"

周俏心里一惊，转头望去，是一个年轻妈妈带着两个小孩儿路过这里，小男孩五六岁，小女孩还坐在童车里，倒是什么都不懂的年纪。

年轻妈妈很尴尬，推着童车要走，喊儿子："大宝，回家了。"

小男孩还在好奇地打量黎衍，大声说："妈妈，这个叔叔的脚是假的吗？"

年轻妈妈腾出手来拉了他一把："别看人家叔叔，不礼貌，赶紧回家。"

小男孩还在问："妈妈，叔叔为什么走路是这个样子的？"说着，他还学着黎衍走路的姿势摇摇摆摆走了几步。

周俏心都凉了，年轻妈妈也急得不行，连声说："对不起对不起，小孩子不懂事！"

小男孩没得到回答，很是不情愿地被母亲拖走了，边走还边回头看，周俏听到他脆生生的声音："叔叔为什么要装假的脚？他自己的脚呢？"

周俏非常担心黎衍，从头到尾，他都没有转头去看，只是低着头，拄着拐僵硬地站在那里。

"阿衍……"周俏挽着黎衍的手臂，轻声叫他。

黎衍身子动了动，又一次迈出右腿，沉声道："还没走够半小时呢，继续。"

周俏定定神，忍住心中的不安，扶着黎衍继续往前走。

后来的时间，又有住在附近的居民陆续经过，人不多，但每个人都会往黎衍身上瞄几眼，还有两个年纪很大的老太太像看戏似的站在边上，边看边聊天。

"是怎么搞成这样的呀？"

"年纪这么轻，真是作孽啊。"

"小伙子模样倒挺好的。"

"那个小姑娘，你放开手让他自己走！你总是扶着他，他身子重量都压你身上了！"

这是旁观者清吗？

黎衍的身体重量的确压了一些在周俏身上，他自己走得满头大汗，周俏也是疲惫不堪。可她没有半句怨言，还回头对老太太说："奶奶，他现在刚开始练习，容易摔跤，以后走得好了，我就不用扶他了。"

会走得更好吗？

黎衍心中浮起这个念头。

如果买不了智能假肢，他是不是永远都只能这样子走路？只靠每天半小时到一小时的练习，残肢肌肉终究会慢慢萎缩下去，总有一天，他只能坐在轮椅上，再也站不起来。

到时候，周俏一定会很失望吧？

足足练够半小时，黎衍才坐上轮椅，和周俏一起回家。

两个人都很累，周俏却想起回家后黎衍还要做残肢的负重练习，不知道他是不是还愿意。黎衍倒没有什么特别反应，回家后主动卸掉假肢，拿出沙袋绑到两截残肢上。

硅胶套里都是汗水，他的残肢依旧漫着一片红疹，周俏担心地问："你的腿这么红真的没关系吗？要不要陪你去看医生？"

黎衍摇摇头："不用，过几天就好了。"

因为身上都是汗,所以他把瑜伽垫铺在地上,躺着锻炼。周俏坐在地上帮他计数,每组十个,一共五组。黎衍仰躺着,一次一次把两截绑着沙袋的残肢抬起来,尽量抬到与身体形成一个锐角,再放下。

五组练完,周俏帮他拆掉沙袋,让他去卫生间洗澡。

黎衍在卫生间里脱下 T 恤和内裤,周俏接过,直接在台盆里搓洗起来。他们的关系已经非常亲密,黎衍也不避讳她,手臂撑着马桶旁的扶手,把身子挪到马桶上,上完厕所后,又把屁股挪到地上。

坐在地上的黎衍比站立着的周俏矮了许多许多,周俏看着他双手撑地、挪向淋浴间的背影。宽阔的肩膀下是白皙精瘦、线条流畅的上半身,他微微低着头,一下一下最终爬到塑料椅子上,打开花洒,周俏才把视线转回来。

黎衍洗完澡,在次卧打开电脑,继续做虎哥布置的工作。

周俏洗完衣服后也洗了澡,给他端来一碗荔枝,已经剥好皮。

她坐在床沿边,看着黎衍对着一张密密麻麻的 Excel 表,函数写得飞快,一串近乎乱码的符号被他噼里啪啦地敲出来,看得她眼花缭乱。

"阿衍,你好厉害啊。"她本来不想打扰他的,还是忍不住开口,"我觉得你什么都会。"

黎衍一边看着屏幕,一边笑:"这个已经是最简单的工作了,就像厨师的助手给他配菜,我是助手,带我的虎哥就是厨师,我只要帮他把数据计算出来就行了,最后是他来分析的。"

周俏又认真看了一会儿,说:"我一点都不会。"

黎衍问她:"你想学吗?想学我教你。"

周俏摇摇头:"你又要锻炼又要加班,已经这么忙了,哪有多余的时间啊。这都几点了,你大概要做到什么时候呀?"

黎衍看过电脑右下角的时间,说:"其实不做完也没关系,明天下班前才交,我就是想多做一点,明天白天就有时间研究一下部门网盘里的东西。"

周俏往他嘴里塞了一颗荔枝,有些没底气地说:"你要不要……先停一下,我帮你按摩?我怕你明天腰会酸。"

黎衍敲键盘的手指停下了。

周俏说的按摩是真的按摩。

是假肢公司的复健师教她的,说黎衍每天锻炼完必须要放松肌肉,他用力的部位包括腰肌、双臂和双腿残肢,每天一个小时的锻炼要坚持,锻炼完还有一堆事儿要做。

黎衍趴在床上,周俏先绞来热毛巾帮他热敷残肢。

毛巾很烫,刚覆到残肢上时,周俏能明显地看到黎衍的断腿抽动了一下,他咬牙切齿地叫:"你要烫死我啊?"

"不烫没效果呀,忍一下就好了。"趁着热敷时间,周俏抓紧帮黎衍按摩双臂,他走路时手臂拄拐非常用力,当下没感觉,如果不按摩第二天就会很酸,腰肌更是如此。

残肢热敷完,周俏开始帮黎衍按摩腰部。她特别耐心,手法是跟着复健师学来的,揉捏着黎衍的腰侧和后腰。

一开始,两人还聊几句,到后来黎衍渐渐没了声音,周俏按摩了十几分钟后,叫他:"阿衍。"她低下头去看他的脸,"阿衍,别睡啊,你电脑上的东西还没做完呢。"

黎衍已经睡着了。

周俏摸摸他的脸颊，拉过薄被盖到他身上，心想，第一天上班，穿着假肢坐了一整天的轮椅，他一定累坏了。晚上还锻炼了这么久，还加班……让他睡吧，明天早点叫醒他就是了。

第二天清晨，黎衍是被一阵油锅爆炒的声音惊醒的。

"谁大清早炒菜啊？"他嘟囔着，翻了个身想去搂周俏，手臂甩过去却扑了个空。

"俏俏？"黎衍坐起身来，看着空荡荡的大床抓抓头发，接着就听到房间外又传来一阵炒菜的声音。

他坐着轮椅来到厨房，看到周俏正把炒好的花菜肉片铲进饭盒里。台面上摆着三个饭盒，其中一盒装满米饭，一盒是两个红烧鸡腿、一个荷包蛋和花菜炒肉片，另一盒米饭和菜装在一起，菜是前一晚的剩菜。

"俏俏，昨天的菜没多做吗？"黎衍伸手搂了下周俏的腰，疑惑地问。

周俏说："我后来想了想，现在天热了，隔夜菜容易坏，以后还是当天早上做比较好，不会吃坏肚子。"

她一边说着，一边把盖子盖上，把黎衍的两个饭盒装进一个饭盒袋里。在她要装自己的饭盒时，黎衍一把扣住她的手腕，迫使她低头看他，他的眼神异常凌厉："那为什么你要吃剩菜？"

周俏没觉得哪里有问题："就这一次，总不能倒了，明天开始我也是带新鲜菜。"

黎衍眼神都有点慌了："周俏，你是不是中邪了？"

周俏很迷茫："什么意思啊？"

"你……我……我们之间的关系不应该是这样的！"黎衍都不知该怎么和她解释此刻内心的震动，"我知道你喜欢我，我也喜欢你，但不应该是这样的！你总是这样对我，我却想不出自己能为你做点什么，你明白我的意思吗？你要先学会爱你自己，不要做任何事都把我放在第一位！我……"

他低头看看自己残缺的下半身，都有些语无伦次了："我就这么一个人了，我到底有什么值得你这么对我的？我妈都没这么对我过！你是我老婆，说女朋友也行，我俩现在的关系很奇葩你知道吗？别人都是男的宠女的，你这是……你总是这样子我压力很大啊！"

周俏没明白，解释道："我只是不想浪费昨天的菜，我说了，明天开始我会带新鲜菜的。阿衍，我没有想给你压力，但这个剩菜总要有人吃，不是你吃，就是我吃，我就吃这一天，明天以后就不会了。"

黎衍扬起双臂叫起来："我没有在和你说剩菜的事！这只是其中的一件事！"

周俏讷讷地问："你是叫我不要对你那么好，是吗？"

"对！不要对我那么好！就正常对我！"老清早的，黎衍居然感觉到一阵窒息，"对我撒撒娇，问我要要礼物，给自己多买几件新衣服，穿起来问我好不好看，给我买衣服后拿发票来找我报销，你能做到吗？"

周俏摇头："不能。"

黎衍郁结，说了等于白说。

他抬着头问："为什么不能做到？"

周俏眼眶蓦地湿了，黎衍瞬间就懂了："因为我是这副样子，对吗？因为我现在很穷？周俏你真的不是在可怜我吗？"

"不是。"周俏的眼泪已经掉下来，"我就是喜欢你。"

"喜欢一个人不是这样的周俏！"黎衍简直想要扒开她的大脑看看她到底在想什么，"喜欢一个人的前提，她不能丢掉自己，她必须要爱自己！一个人只有先爱自己才有爱别人的能力，而你快要没有自我了！你刚搬过来时都不是这样的！你现在的生活整个儿就是围着我转，你发现了吗？"

周俏抬手抹掉眼泪，平复了一下呼吸："你先去洗漱吧，小房间的电脑一个晚上都没关。你没做完，我不敢动，洗漱完你去弄一下电脑，然后吃早饭，咱俩先别吵了，再吵下去你就要迟到了。"

黎衍头痛欲裂，无计可施，像是一记重拳打在棉花上，只感到心力交瘁。

上班时，黎衍努力忘记早晨的不快，午饭前把钱大虎布置的工作做完，发给他看。黎衍还附注说明在计算过程中碰到的问题，包括原始数据中有人录入数据时，选错了项。

陆欣很惊讶："你做完了？怎么这么快？"

黎衍冷冷地说："我昨晚在家做了一半了。"

"怪不得。"陆欣抚抚胸口，"我还以为我动作太慢了。"

午餐时间，陆欣等着黎衍和虎哥一起去吃饭，黎衍却说："今天我不去食堂，我带饭了。"

陆欣很好奇："你老婆做的饭吗？"

"嗯。"黎衍又想起周俏那盒剩菜，心里郁闷得不行。

陆欣笑嘻嘻地问："那你会做饭吗？"

黎衍干脆地吐出两个字："不会。"

陆欣"啧啧"几声："我以后找老公一定要找会做饭的，我自己一点儿也不会，找个像你这样的，两个人一起饿死。"

黎衍去茶水间用微波炉热饭时，有别部门的同事在排队。大家都知道财务分析部新入职一个坐轮椅的帅小伙，但见过的人不多，这时候见到了，有些三四十岁的女同事就忍不住和黎衍聊几句。

黎衍这天心情不太好，真不想说话，但耐不住别人是前辈，还是礼貌地回答。轮到他热饭时，有个会计大姐探着脑袋说要看看黎衍吃什么，一看那满满当当的丰盛午餐，不禁夸起来："小黎，这是你妈妈做的菜吧？"

"不是。"黎衍说，"是我老婆做的。"

"呀？你这么年轻就结婚了？"会计大姐瞪大眼睛，"那你老婆很能干啊，把你照顾得很好哦。"

换作以往听别人夸奖周俏，黎衍一定是开心的，但这天听到这句话，他没来由地就感到一阵厌烦。

照顾个锤子！他生活不能自理吗？！

下午，陆欣和洪志生继续做着没做完的工作，钱大虎看过黎衍交的数据，没有一点问题，便让黎衍自己去那台导账的电脑上从系统里导另一份数据，帮他做前期的计算工作。

黎衍没再多想家里的事，全身心投入工作中去，心情便不再那么压抑。

方劲松说得没错，Junior FA 的工作内容的确不难，无非是要逻辑清晰，认真仔细，把自己负责的 BU 线上各项表格的差异计算出来，给 Senior FA 做汇总分析前打好基础。

每家公司的业务不同，公司里不同的生产线涉及的数据也不同，系统里表格众多，数据繁杂，每个条目都需要理解渗透。参考 Senior FA 之前的分析成果，举一反三，黎衍很快就理解了虎哥要这份数据的用意。

工作并没有带给黎衍太多压力，几乎虎哥要什么，他都能搞定，真正的考验还是来自身体状况。每天穿着假肢、坐着轮椅上班真的非常辛苦，那种疲惫，全公司任何一个人都无法体会。

午休时，黎衍一定要去楼梯间站半小时，部门同事很快就知道了这件事，方劲松便让他上下午也抽空去放松一下身体，怕他腰椎、颈椎出问题。

另一份考验则来自锻炼。

黎衍和周俏没吵架，回到家后两个人照样会说话，晚上也会亲热。在这方面，只要黎衍想要，周俏就会同意，但她从来不会主动提出自己的想法。

其实，黎衍已经不再纠结那天早晨发生的事，对着周俏依旧有说有笑，但他发现，周俏对他的态度似乎在改变。

她居然有点怕他，说话做事都特别谨慎，有时候甚至就不开口，像是怕多说多错。她依旧对他很好，但又诡异地保持了一些距离。以前，他要做什么事，周俏只要察觉到，不用他说，就会第一时间帮他一把。现在，除非他叫她帮忙，要不然她就当作没看见。

她唯一的要求就是黎衍必须锻炼，她上白班时，两个人就晚上下楼锻炼。等到上晚班，她会早上六点半把黎衍叫醒，陪他下楼去走路。

黎衍如果抗拒，周俏就好言好语地劝他，劝得他没了半点脾气。锻炼回来后，周俏依旧会帮黎衍热敷和按摩，这事情只能她来做。

因着家里略诡异的气氛，黎衍有好多次想要开口和周俏聊聊，但她都刻意避开这个话题，次数多了，他也就没了耐心。

他想，随她去吧，可能女人比较记仇，再过一段时间，她总会想明白的。

六月中旬，钱塘进入梅雨天气，缠绵不休的雨水对黎衍来说就是雪上加霜。

在公司，腿疼得厉害时，他甚至吃上了止痛药，站立的频率也比以往更多，他对方劲松做过解释，方劲松自然表示理解。

天天下雨，室外的走路练习不得不暂停，黎衍就在家里练站，加大残肢负重练习的组数，周俏则一如既往像个小媳妇似的在他练完后帮他热敷、按摩。

这一天，天气偶然放晴，黎衍的残肢骨痛终于消停下来，他心情不错，工作的时候也充满干劲。

下午，处理一份数据表时，得出的结论令黎衍疑惑。某个数据的增长率高得不太正常，他找出这组数据一月到四月的每月增长，几乎可以确定是有地方出了错。他自言自语道："取数取得不对吗？"

查了一遍，取数是正确的。

黎衍摸着下巴盯着电脑屏幕，心想：难道是报表里的原始数据有问题？

他没有去找虎哥询问，自己从系统里下载原始表格，开始排查出问题的原因。

虎哥给的 Dead Line 是第二天下班前，黎衍做事比较快，时间就很充足，下班时，他把笔记本电脑带回家，想着晚上再仔细检查到底哪里有问题。

晚上，和周俏一起吃完饭后，黎衍满脑子就想着数据表的事，洗过手就要进次卧加班查错。

周俏见他在写字台上打开笔记本电脑，走进次卧说："阿衍，今天天晴了，我们去楼下走路吧。"

黎衍头都没回："我今天要加班，就不练了。"

周俏犹豫了一会儿，两只手绞来绞去，鼓起勇气又说："还是去练练吧，之前下了这么多天雨，你都快一个礼拜没走路了。"

黎衍回头看她"我今天真的有很重要的工作，就停一天，可以吗？一会儿做完，我会练站。"

周俏说："但是气象预报说明天又要开始下雨了，要下好几天。就今天天晴，咱们就去走半小时，好吗？"

黎衍生气了："不去！"

他回身面对笔记本电脑，周俏大着胆子走过去，手掌轻轻放在他肩膀上："去吧，阿衍，我陪着你练，真的就半小时，很快就回来了。"

黎衍固执起来，拍掉她的手："我说了，不去。"

周俏在床沿边坐下："阿衍，你说过的，答应我的事都会做到。"

"我答应你什么了？！"黎衍也不知道哪儿来的火气，"啪"一下就把笔记本电脑给合上了，"我答应你锻炼，我哪天没锻炼？天天下雨，我都天天在练站，练抬腿！就一天不去走路又怎么了？我跟你说了我有工作要做！你听不懂吗？"

周俏被他吼得身子都抖了一下，嗫嚅着开口："可是只有今天天晴……"

"周俏！"黎衍气得转着轮椅后退了一些，"你到底什么毛病啊？我说了我不想练！你烦不烦啊？是我没腿又不是你没腿！是我不能走路！又不是你不能走路！我自己都不急你急什么啊？"

周俏已经眼泪汪汪地看着他了。

黎衍看到她哭，头都炸开了："周俏你以前不是这样的，你哭什么？你很委屈吗？那你知不知道我每天都是怎么过的？你天天站着上班觉得很累是吗？我天天坐着也很累啊！但我有选择吗？！"

他烦躁得不行，用力拍了几下大腿残肢："这么热的天，假肢从早穿到晚！脱下来里面都是汗！天还下雨！你又不是不知道天一下雨我腿有多疼？我今天就算不去走路，一会儿我也会练站练抬腿！你为什么非要让我去走路啊？！"

周俏颤抖着说："不是我要你去走，是医生要你去走啊。"

"医生他不懂！"黎衍一拍桌子，深深地皱起眉，"我走路……练来练去，走了这么多天了，你看我走得好起来了吗？没用的！再练也就这副鬼样子！肌肉萎缩就让它去萎缩吧！你以为每天走半小时它就不萎缩啦？"

周俏唰唰摇头："不可以肌肉萎缩……"

"没有什么是不可以的。"黎衍看着她的眼睛，"我还说那辆破车不可以来轧我的腿呢！它听我的了吗？周俏，你最近到底怎么回事，跟变了个人似的！我每天上班都是在做数据，不可以出错的！这个东西明天就要交！你觉得是走半小时路重要还是工作重要？！"

周俏说："走路重要。"

黎衍目瞪口呆地看着她。

两个人你看我、我看你地过了老半天，黎衍冷冷地丢下一句话："周俏，我简直没法和你沟通了，你先出去好吗？我要工作。"

这一次，周俏站起身出了房间。

一会儿后她出门了，黎衍听到大门关上的声音。

他猜她应该是去倒垃圾，可能还会散会儿步。先处理工作上的事吧，他想，晚上睡觉前再去哄哄她，哄一下就没事了。

工作一做起来，黎衍就投入进去，等他终于有了些眉目，知道明天去公司找谁核对原始数据后，他关掉电脑，离开次卧。

夜里十点多，距离周俏出门已经过去近三个小时。

黎衍盯着墙上的钟看了一会儿，立刻拿起手机拨电话，结果铃声从主卧传来——周俏没带手机。

"周俏？"黎衍心一下子慌了，在客厅转了两圈轮椅，进到主卧快速穿起假肢。穿戴完毕后，他抓起钥匙和手机，就出了家门。

电梯坐到一楼，黎衍出单元门，将轮椅划得飞快，心里在思索：这么晚了，周俏会去哪里？她不会出事吧？她绝对不可以出事！绝对不可以出事！

黎衍出了小区大门，轮椅停在街边，双眼茫然四顾。车子在面前快速穿梭，小区外的店铺有些关了，有些还在营业，高高低低的楼房上一扇扇窗子或明或暗，黎衍抬头看向天空，他想：周俏到底会去哪里？

"周俏！"他在街上大吼一声，"周俏——"

"周……"

他的视线望向小区对面的广场，他不是近视眼，这时候的广场上已经没什么人，音乐喷泉也早就关了，但是喷泉池边依稀有一个小小的人影。

他开始回忆，今天周俏穿什么衣服来着？

浅色的，白色的，白色短袖T恤！

那是白色吗？

隔着一百多米的距离，因为广场下陷，与街面有个高低落差，黎衍才能看到那个小人影的存在。他再也没有迟疑，等到绿灯时就过了马路，找到进广场的无障碍Z形通道，下到广场。

周俏独自一人坐在喷泉池边。

她七点多就来了，看过七点半的喷泉，又看过八点半的喷泉，人群散场，连着跳广场舞的大妈们都离开后，她一直坐在这里。

广场上黑漆漆的，各种装饰灯光都已关掉，行人稀少。因为连日梅雨，夜里的气温有些低，周俏穿着短袖T恤，这时候感觉到一阵凉意。

她没搞明白，自己和黎衍为什么会吵起来。也没搞明白，黎衍为什么要对她大吼大叫，包括那天早上发生的事，她至今都感到困惑。

她做得还不够好吗？还不够多吗？还不够让他感受到她的爱吗？

周俏觉得委屈，又为黎衍感到心疼。

以前他没上班时，天天待在家里，起码可以让自己舒舒服服的，该坐坐，该躺躺，假肢想脱就脱。现在不行了，他要上班，每天从早上八点出门，到晚上七点回家，十一个小时，他没法躺下休息，最多只能站一小会儿，其他全部时间都要坐在轮椅上。

想想就很辛苦啊。

周俏想，在公司里黎衍一定是控制自己情绪的，回家后就没有这么自觉了，他开始暴躁，讲话也冲，偏偏她又追着他要求锻炼，所以才会对她发火吗？

她帮不上黎衍什么忙，工作上的困难，经济上的压力，身体上的痛苦……统统帮不上。她想，她只能在生活上好好地照顾他，让他舒服一点，自在一点，痛苦少一点，她做错了吗？

她想起黎衍对她说的话，说她对他好，让他压力很大，说要她先爱自己，这样才能有爱别人的能力，说他们现在的关系很奇葩。

哪里奇葩了呀？他们不是彼此唯一的依靠吗？

难道……他不再那么需要她了？

周俏深深地弯下腰，脑袋埋在自己手臂上，肩膀一下下地抽动起来。

就在这时，有一只手摸上她头顶的发，轻轻地揉了揉。

周俏抬起头来，泪眼蒙眬地看着面前的人。黎衍静静地看着她，叹口气："傻坐在这儿干吗？出来手机都不带，你要担心死我吗？"

周俏根本就说不出话来，黎衍又去牵她的手，发现她手心冰凉，两只手掌立刻包住她的手，蹙眉问："冷吗？"

周俏摇摇头。

"手都冰了，还不承认。"黎衍真的很想去抱抱她，但她坐在池边，他坐着轮椅，这样子是没法拥抱的。

他说："是我不好，我的错，不该对你发脾气。俏俏，很晚了，我们回家吧。"

周俏的眼泪像断了线的珠子似的，一滴一滴落下来。

她没动，黎衍也发了狠，调整轮椅角度到池边，手按着台面一撑，人就挪到了周俏身边，和她一样坐在台面上。这一下再也没什么可以阻碍他了，他手臂一揽，就把周俏拥进怀里，抱得很紧很紧。

"不哭了，我都和你道歉了。"他声音低沉，"你看你，一不高兴就离家出走，还要我坐着轮椅来找你，手机又不带，我找不着你怎么办？你就不打算回家了？"

他不说话还好，这话一说，周俏哭得更厉害了，简直哭得上气不接下气，眼泪止都止不住。

黎衍也没带纸巾，干脆撩起T恤下摆给她擦眼泪："不哭了，我知道我凶你了，是我不好，以后我会控制自己脾气的，别生我气了，好不好？"

周俏哭了好久，黎衍也哄了好久。这一次，他并没有不耐烦，想到周俏为自己做的那些事，大事，小事，细枝末节的事，想到周俏说过的那些话，狠话，情话，被窝里的悄悄话……她从来没有做错过什么，哭得那么委屈，的确是他的错。

"阿衍……"也不知过了多久，周俏终于在黎衍怀里安静下来，搂着他的腰低声叫他。

黎衍也低声应着："嗯？"

"你知道我为什么就是想对你好吗？"周俏问。

黎衍这时候开始厚脸皮了："还能为什么？因为我长得帅，你喜欢我呗。"

"不是的，阿衍。"周俏的声音细细的，还带着哭腔。她从黎衍怀里出来，坐直身子看着他，"我想对你好，是因为，你喜欢我。"

黎衍愣住了。

"你这么好，这么好的人……"周俏的眼泪又一次滑下来，伸手抚上黎衍的脸颊，温柔地摩挲着，"居然会喜欢我。从小到大，你是最喜欢我的人，对我最好，从来没有人对我这么好过。我能和你在一起，你不知道我有多开心，你居然会喜欢我，我就、我就只想对你好一点，再好一点，我没有别的东西可以给你了……"

她再一次泣不成声："我没有不爱自己，我就是因为爱自己才会离开老家来钱塘的……阿衍，我只是没想到我会认识你，我最喜欢的人，居然会喜欢上我。那你说，我要怎么办啊？还不准我对你好吗？你要我正常对你，我这就是正常对你啊！我……"

周俏还没说完，黎衍已经又把她揽进怀里。

"你真的是全天下最傻最傻的傻子了，周俏，我怎么会认识你这么傻的人？你到底是怎么想的？我就是个普通人，非常普通，现在还……就连普通人都不如了。我不是说你不能对我好，只是……你对我太好了，会让我觉得自己很没用你懂吗？你已经把我神化了，偏执了，就跟中毒一样了，这就让你变得越来越不像你了。"

周俏又听不懂了。

黎衍深深地叹口气，右手拍着她的背，左手抚摸着她的头发，说："我为什么会喜欢你？不是因为你喜欢我，我才喜欢你，不是因为你对我好，我才喜欢你。我喜欢你这个人，是因为你让我感受到一种很旺盛的生命力，你那时候会和我吵架的，会骂我的，还敢偷偷亲我，我觉得那个周俏才更像真实的你。而现在的你太迁就我了，做什么都把我排第一，我凶你，你明明委屈，却不敢和我吵架了，你自己发现了吗？"

周俏一阵心慌。

"为什么会有这样的转变？周俏，你想过吗？我和你说，我想过的。"黎衍的声音很温柔，"那是因为，以前的我不自信，你想让我变得自信。而现在，我自信起来了，你却变得不自信了。"

黎衍低头摸摸她的脸颊："你说，我说得对吗？"

从来没有人对周俏说过类似的话。

什么人要先学会爱自己，才有能力爱别人，什么没有自我，什么神化、偏执、中毒、旺盛的生命力，还有自信。

她第一反应居然是，啊，阿衍果然好厉害，什么都懂。

关于"自信"，周俏一直认为这个词离她很遥远，她一无所有，从内到外，有什么资格去谈自信？

黎衍才应该自信！他那么优秀，那么聪明，上班才半个多月就已经把工作做得很好。除了坐在轮椅上，周俏觉得他和四年多前没有任何不同。他一天天地在改变，变得越来越好，而自己呢？

黎衍四年半前就告诉过周俏：要做自己，要把自己变得越来越好，这样就能让看轻自己的人闭嘴。

周俏这些年始终记着这句话，也一直在努力让自己变得更好，现在看着黎衍的改变，才知道他能说出那样的话不是灌鸡汤，他自己真的可以做到。

可是她该怎么办呢？

她会跟不上他的脚步吗？他会嫌弃她吗？

她只有这么点学历，也没有家庭支撑，长得又不够漂亮，连商场导购这份工作还是办了假的高中毕业证才得到的。她以后该怎么办？黎衍已经成了写字楼里的白领，她呢？除了商场导购，她还能做什么更好的工作吗？

周俏依偎在黎衍怀里，突然感到害怕，因为他的话而害怕。

黎衍感受到怀抱里的女孩居然开始发抖，急问："你怎么了？很冷吗？冷的话我们赶紧回家。"

"不冷。"周俏说。

黎衍的怀抱是温暖的,年轻男人坚实的身躯此刻是她的避风港,她舍不得离开,被他抱在怀里,一直都是她最简单的心愿。

黎衍又耐心地说:"俏俏,你有什么话就和我说,不要憋在心里,你以前好会说的,最近都不怎么和我聊天了。"

"阿衍……"周俏手指揪着他的T恤,颤抖着开口,"我不知道怎么才能有自信,我一直都觉得自己配不上你。之前对你说,让你和我一起往前走,那是因为你一直不肯走,我想拉你一把。现在,我觉得你走得挺快了,我又怕我会跟不上你,我要是跟不上你了怎么办?以后,人家会不会说,黎衍这么优秀,怎么娶了这么一个老婆?她到底哪儿好?我……"

眼泪糊满周俏的眼睛,这段时间压抑的情感此刻一并爆发。她没对黎衍说过这些话,只知道全心全意去对待他。他的生活过得那么辛苦,她想把妻子这个身份做到极致,完美无缺,让他半点儿挑不出毛病,那他就没有理由去嫌弃她了。

但就算这样,原来也是不行的啊,对他太好,还是会被挑错。

黎衍听得心都要碎了,终于知道周俏在这段感情里承受了巨大的压力。只是她说的话如果让外人去听,估计十个听了十个蒙,连黎衍自己都感到费解,非常地想吐槽。

"周俏,周俏,你先别哭,你听我说。虽然我很不想用'配不配'这个词来讲这事儿,但既然你说了,那我也就不避讳了。"黎衍拍着她的背,"你想什么呢?你怎么会配不上我啊?你知道你有多好吗?我和你在一块儿就只有我配不上你,我的情况都这样了,我还担心你以后不要我呢。周俏,你会不要我吗?"

周俏更紧地搂住他,声音哽咽:"不会,不会……"

"我真的是个很麻烦的人,唉……"黎衍轻轻叹气,"轮椅、假肢、拐杖、骨头痛,一辈子和我如影随形,你跟我在一起,注定要承受太多东西。很多地方我都没办法陪你去,很多事我也没办法帮你做,就算家里要换个灯泡,都得你上。"

有些话不说出来,周俏是不会知道的。他们之前已经玩了几个月你猜我猜的游戏,现在成了恋人,恋人之间需要的是沟通和磨合,黎衍想,不如就大胆地说吧,想到什么就说什么,这是周俏啊!有什么话是不能对她说的呢?

他没有自信时,是周俏给他鼓励和肯定,现在轮到她没有自信,那就由他去给予。

黎衍继续说,"周俏,以后我们有了自己的家,有了孩子,小朋友都有可能因为我的身体情况在学校里被人欺负,这事儿都没处说理。还有,现在我们还年轻,你可能没太多感觉,但我会老的。等我四十多岁、五十多岁,甚至七老八十的时候,我外表早就变了,身材也不可能像现在这样,但我还是没有腿啊,天天都要坐轮椅,生活方面能做的事儿可能更少了,你想过这些吗?"

周俏又哭起来了,心里疼得像是有东西在剜她的肉。

"我想过的,周俏。"黎衍的声音变得低沉温柔,"我都想过的,答应和你在一起的时候就想过了。我早就知道我和人恋爱结婚会让对方很辛苦,之前也是抱着单身一辈子的想法。认识你以后,我也不知道自己什么时候喜欢上你的,那段时间真的很矛盾。有时候我会想,黎衍你要不要试试看啊,这个小傻子这么可爱,你和她在一起心都会发痒的。有时候又想,黎衍你会拖累她的,她才那么小,万一过几年她就嫌你麻烦了呢?"

周俏呜咽着说:"你一点也不麻烦。"

黎衍微微一笑:"麻不麻烦我自己还不知道啊?但我最后还是答应你了,因为我发现自己真的很喜欢你,想要和你一起走下去。周俏,这不是开玩笑,普通人恋爱结婚都会吵架分手离婚,我这个情况更不要说了。答应你的时候我就想过很多以后的事,首先,你一定要知道,如果你要走,我不会拦着你,你千万不要有心理压力,不要勉强自己,这是再正常不过的事。"

周俏急道:"我不会……"

"你先别急,听我说完。"黎衍又说,"其次,我想让咱俩的生活变得好起来,不希望所有压力都由你一个人扛,所以我会更努力一些,只是现在一切才刚刚开始,需要你再给我一点时间。还有,我承认我的脾气真的不太好,有时候火气上来了说话会很伤人,我希望在那个时候,你可以把心里话说给我听,吵也好,骂也好,打我也行,就是不要再一个人躲起来哭了。"

黎衍低头看看周俏,发现她那双湿漉漉的眼睛正注视着他,他又笑了:"怎么,是不是在想,自己哪里舍得打我啊?"

周俏脸红了,低下头去。

"该打打,该骂骂,我这人有时候的确是欠揍。"黎衍摸摸她的鼻尖,"俏俏,不要再说什么'配不配'了,如果你非要这么想,那也行,你觉得自己配不上我是吗?那我也觉得自己配不上你啊,咱俩打平了。以后都不要再胡思乱想了,也不要再做什么事儿都围着我转,不要老是把我放在第一位。在生活上,我承认我的确需要你的帮助,但你一定要记得一点,在认识你以前,我也是一个人生活了三年多的,大多数事情我都可以自理。以后,家务我俩分着做,你做饭我洗碗,你拖地我擦家具,这个家是我们两个人的,我知道你心疼我,想多包揽一些,但你也要知道,我愿意为你分担。"

黎衍很少会说这么多的话,耐心地、温柔地把自己的心扉打开,将心里话说给周俏听。

周俏没忍住,刚刚止住的眼泪又一次涌出眼眶,黎衍再一次掀起衣摆帮她擦眼睛:"怎么又哭啦?我衣服都湿透了,眼泪怎么那么多啊?乖,别哭了,再哭就不漂亮了。"

周俏咧着嘴哭得很凶:"我本来就不漂亮!"

黎衍"啧"了一声,捏捏她的脸颊:"谁说的?我老婆最漂亮了,你看这脸蛋儿多白,小鼻子、小嘴巴,多好看啊。"

周俏惨兮兮地看着他:"你以前还说我长得不漂亮!呜呜呜呜……"

黎衍这时候只能装傻:"我什么时候说过,吵架时说的话可不算啊!"

周俏嘀咕道:"你真的说过的。"

"那是我口是心非了。"黎衍低头亲亲她红润润的嘴唇,亲完以后又抱住她,"周俏,人会老的,皮相会变的,我大概已经过了看皮相找对象的阶段了。在我眼里你真的很漂亮,这世上就没有比你更漂亮的女孩子了,每天上班时想着回家后能见到你,我心里都会觉得很温暖。今天的事是我的错,我向你道歉,你原谅我好不好?"

"阿衍……"周俏叫了他一声后,想说的话实在说不下去,又是一阵啜泣。

黎衍也不再言语,再一次把她搂进怀里,一下一下地拍着背。

过了好一会儿,周俏终于平静下来,喃喃道:"阿衍,我想回家了。"

黎衍一笑:"嗯,那我们回家。来,你拉我一把。"

周俏从黎衍怀里出来,站起身把他的轮椅又拉近一些。黎衍向她伸出手,被拉起来后再慢慢坐到轮椅上。

周俏看着他把两只脚放上踏板，推起他的轮椅往无障碍坡道走去。

走着走着，轮椅上的男人突然笑出了声，一只手还虚架在眼睛上，肩膀抖个不停。周俏问："你笑什么呀？"

"我是在想，我这脾气到底是有多差？"黎衍还在笑，回头看着她，"我老婆这么好说话的人，都能被我气得在外头流浪三小时，还不带手机，一个人偷偷躲着哭，这得多委屈啊？我要是不出来找你，你打算什么时候回家啊？"

周俏这时候才感到一丝难为情："我又不知道你会出来找我。"

"那你为什么不带手机？你不怕我担心吗？"黎衍问。

周俏噘起嘴："我本来只是下楼倒垃圾，但是到了楼下，忍不住就哭了，不想让你看见，就走出来了。"

黎衍想象着那个画面，周俏一个人站在小区里委屈地掉眼泪，越哭越伤心，而他却还心安理得地待在次卧，专心地做数据。

他回过身，手掌摸着两条假肢叹一口气。

两个人在一起，要走的路真的还很长。黎衍知道自己要做的事情还有很多，周俏其实也一样。他们都很年轻，一个二十六岁，一个才二十二岁，未来到底是什么样子，谁都没法说清。

黎衍望向前方，广场上虽然很黑，远处的楼房店铺却还亮着光。

大都市的夜晚并不宁静，车辆依旧川流不息，外卖小哥骑着小电驴从黎衍面前匆匆而过，大街上，有人加班晚归，有人伤心买醉，有人在大排档喝酒烤串吹牛皮，也有人在温柔乡里流连忘返寻快意。

偌大的城市里，没人会注意到这么一个小小角落，年轻的女孩子推着轮椅，轮椅上坐着她那同样年轻的恋人，两个人随意地聊着天，一起往家的方向归去。

时间已经太晚，到家后，周俏不会再勉强黎衍去练站、练抬腿，洗完澡后来到床上，黎衍拿过手机看了眼第二天的气象预报，有些发愁。

周俏说得没错，第二天开始又要下雨，还连下四天。

"你躺下，我帮你按摩一下腿。"周俏看到他手机屏幕上的气象内容，说，"就算现在不疼，促进一下血液循环也好，明天穿着假肢能稍微好受些。"

黎衍听话地仰躺下来，两人身上盖着薄被，周俏侧卧着面对他，伸手帮他按摩右腿残肢，他自己则按摩左腿，两个人空出来的那只手，在被窝里牵在一起。

"俏俏，我能问你一个问题吗？"房间里灯光都已熄灭，黎衍转头看着周俏模糊的脸。

"什么？你问。"

黎衍就问了："你为什么想要钱塘户口？"

周俏沉默了一阵子。

黎衍："不想说吗？不想说没关系。"

"也不是。"周俏反问，"你为什么要问这个？"

黎衍笑起来："我就是觉得奇怪嘛，其他落户方式就算行不通，也可以通过婚姻落户。那你为什么不好好找个本地户口的男孩子谈恋爱，最后真结婚呢？假结婚要花这么多钱，到底是为什么？"

周俏自嘲地说："你那个奇葩大舅妈说的话你忘了吗？就她儿子那个条件，她都不能接受外地打工的做儿媳。我这个情况和毕业后留下来打拼的大学生不一样，他们可以积分落户、人才落户，就算是婚姻落户，结婚对象也好找。我不行，我肯定找不到合适的本地户口男孩子去真结婚。"

黎衍插嘴，语调上扬："我不是吗？"

"你讨不讨厌，这不是在说以前的事嘛。"周俏的眼睛在黑暗中闪着小光亮，"我就是想要把户口迁出来，过了二十岁后，就在打听这事儿了。我不想户口再和我爸挂在一起，这辈子，我不想再回去了。"

黎衍没说话，等她继续说下去。

周俏说："我原本计划，早点假结婚，三年后拿到户口就离婚，然后我就是完完全全的自由身。我可以努力工作，多存点钱，把弟弟供出来，然后再考虑自己的事。结不结婚无所谓，能找到喜欢的就结，找不到喜欢的就拉倒，自己一个人过。"

黎衍说："怎么可能找不到啊？"

"这事儿赖你。"周俏的声音听着居然带着懊恼，"我一到钱塘没三个月就认识你了，以前从来不知道世上还有你这样的男孩子。后来几年到处打工，也有一些男孩向我表示好感，我就拿他们跟你比，你说说，这怎么比嘛！"

黎衍无语，心想自己真是作孽。

他问："那你为什么不想把户口和你爸挂在一起？你爸到底怎么你了？"

周俏没回答，黎衍捏捏她的手指："俏俏，你一直没和我说过你家里的事。"

"没什么好说的。"周俏慢悠悠地说，"我爸是个酒鬼，好吃懒做，偶尔还赌博。我们家那边特别特别穷，我妈……是他花钱买来的。我对我妈只有一点点印象，她逃跑时我才六岁，小树才一岁。我爸一直盯着她的，逃跑就打，往死里打，有时候还当着她的面打我，就为了威胁她。我妈后来逃跑成功也是因为她生了小树，是男孩，我爸对她看得就不那么严了。我爸可能认为，我妈都生了两个孩子，估计已经认命，不会跑，但她最后还是跑了。"

黎衍之前有猜过周俏家里的情况，现在看来事实比他想象的还要恶劣。他问："那你呢？你妈跑了以后，你爸还打你吗？"

"打啊，怎么不打？"周俏笑笑，"他脑子有病的，也不是重男轻女，他连小树也打，只要心情不好，连我爷爷奶奶都打。"

周俏在黑暗中叹口气，按摩着黎衍残肢的手却一直没停："我做梦都想逃出来，本来是想考大学的，和我爸说让我考大学，我赚钱了给他养老，他居然说养老是小树的事，不用我操心，至于要读大学，趁早死了这条心。"

黎衍不知道该说什么。周俏的成长环境是他的知识盲区，他从小生长在相对富饶的沿海地区，又是省会城市，虽然是单亲家庭，吃穿上学倒也不愁，只从新闻报道或是纪录片中看过偏远山区小孩子艰难生活、求学的画面。

他的周俏，居然就是其中之一。

周俏说："和我爸没法沟通，高一、高二能读下来，是我那时候的班主任上门去求的，学费也是老师帮我垫的，后来还是不行了，我只能出来打工。"

她的语气很是轻描淡写，黎衍等了一会儿才确定她已经说完了。

他翻身面向周俏，伸臂揽住她的腰，低声说："那就再也不回去了，以后，咱俩一起过日子。我现在这副身子，也没脸说出'以后我会保护你'这样的话，但是周俏你记着，从今往后我们就是一家人了，有我在的地方，就是你的家。"

他紧了紧自己的手臂，周俏把脑袋埋在黎衍怀里，无声地闭上眼睛。

有很多事，周俏没打算告诉黎衍。

比如，她究竟是怎么到的钱塘。

五年前的夏天，七月，周俏刚满十七周岁，在老家的派出所里办好身份证，拿到一张长期有效的户籍证明。

后来，她就逃跑了，从一个陌生小镇来到钱塘，用了整整五天。

前三天，她一个人在山野间行走，惊恐万分，浑身脏污不堪，随身物品只有一个装着户籍证明和身份证的小塑料袋。

饿了，她去路边的农户家乞讨，也曾偷过东西吃；渴了，她就喝点溪水；困了，她就找一棵隐蔽的大树，倚着树干打个盹。

鞋子磨破，双脚早已走出血泡，每走一步都扎心地疼，但她不敢停下脚步，休息得特别少，就这么一步一步，硬生生从一个小镇走到另一个小县城。

她在县城里找到一家金铺，卖掉身上唯一值钱的东西，一个细细的金手镯，换来五百块钱现金。

她买了一些食物和一套便宜衣裤，换好后，坐中巴车去了离这个县城最近的小城市。

在长途汽车站，周俏看着车次表，思考自己要去哪里。

最后，她决定让老天决定自己的命运。

她去售票窗口，说要买一张最近发车的去外省省会城市的车票，哪儿都行。售票员说："A省钱塘，还有十分钟就开车了，可以吗？"

周俏说："可以。"

她匆匆上车，车子立刻就开动了。她的座位边是一个中年大叔，看到她后，皱着眉头伸手在鼻子前扇扇。

周俏知道自己身上很臭，她已经风餐露宿四天，没洗过澡。

长途大巴上，周俏睡了几天来最安稳、最舒心的一觉。

车子离开老家，中间穿过好几个省份，一路开往东南方。二十多个小时后，大巴进到A省境内，在高速公路上疾驰。

周俏傻乎乎地看着窗外，这是农村吗？为什么农村里的楼房都这么多？还是三层、四层、五层？颜色鲜艳，造得特别漂亮。

她被A省的富裕程度惊呆，心里既紧张又期待，老天爷似乎给她选了一个好地方，她想，她一定要努力留下来。

大巴抵达钱塘长途汽车站，周俏提着塑料袋下车，抬头环视周围的高楼大厦，简直不敢相信自己的眼睛。那么高的房子！那么好看的灯！那么多的人！路上的车辆比她这辈子见过的加起来都要多！

周俏随着人群走出汽车站，茫然地看着周围。

有学生模样的女孩从她身边经过，乌黑的马尾辫甩在脑后，穿着无袖T恤和短短的小裙子，脚蹬精致的细带凉鞋。她盯着对方的背影看，摸摸自己已经结成一缕缕的短发，又低头看一双脚，脚上还是那双破鞋子，血泡破掉沾上的血迹早已发黑。

她把塑料袋系紧在手腕上，那里面是她的全部家当：除了户籍证明和身份证，只有剩下的六十多块钱。

周俏转过身，睁大圆圆的眼睛，挺直腰背，汇入这个大都市行色匆匆的人群中。

有爱的青春陪伴者

刺猬法则 下

舍胭 ◆ 著

花山文艺出版社
河北·石家庄

第十三章
你好，黎太太

周俏撑着伞站在公交站台上，手里提着一袋水果，抬头看站牌，心里计算着要坐几站。雨水淅淅沥沥地下着，已经连下三天。

雪雨晴霜，原本是最普通的天气变化，周俏以前从未放在心上，可现在因为身边的某个人，她恨不得这个城市终年无雨。

黎衍最近下班回家连强颜欢笑都做不到，就是臭着一张脸。他倒是给周俏打过预防针："我就是腿疼，你别多想，在公司里装了一整天，回家真不想再装了。"

周俏难以想象那种持续二十四小时的刺痛，她也没办法，只能晚上帮黎衍热敷、按摩，稍稍缓解一下。

公交车来了，周俏收起伞上车，在车窗边坐下。

前些天，黎衍冲她发火又道歉后，两人之间并未产生隔阂，反而更加亲密。这几天黎衍对她腻歪得要命，她都有些受不了，可现在坐在车上，心里想到他，还是觉得很甜。

这天是周三，周俏单休，黎衍自然是上班。

自从黎衍参加工作，他们就再也没能一起完整地度过一天。周俏的单休都在工作日，黎衍则周末双休。

周末时周俏上晚班，两人就一起睡个懒觉，起床后在沙发上看部电影，有时候兴致来了干脆就在沙发上做些羞羞的事。

客厅里窗帘紧闭，昏暗凉爽，房东留下的老旧空调发出低低的噪鸣，电视机上的电影还演得轰轰烈烈，沙发上两个年轻人则汗水淋漓地纠缠在一起，肌肤相贴，唇齿摩挲，十指紧紧相扣……

失去双腿并没有影响小黎先生享受快乐的权利，更没有影响他对这件事的热情。毕竟才是二十多岁的年轻小伙子，抱着怀里心爱的女孩时，他整个人都是兴奋又强劲的。

当然，偶尔也会有点无助，需要周俏去帮助他。

每当这时，黎衍的眼睛就特别黑，还有些迷离，隐忍得近乎性感。周俏抬起眼眸看他，手指轻轻抚过他微皱的眉，听到他嗓子里情不自禁发出低吟声。

真是好美妙的时光。

周俏紧紧抱着黎衍的腰，心里偷偷地想着。

收回思绪，周俏看着车窗外雨幕中的街景，没多久，车子就到了站。她下车来到黎衍公司所在的大厦，按照他的吩咐去到三楼食堂。

没什么特别原因，周俏就是来和黎衍一起吃顿午餐，算是见缝插针地约个小会。她扎着马尾辫，穿米色连衣裙和白色凉鞋，打扮得很素淡，脸上略施淡妆，想着可能会见到黎衍的同事，希望自己看起来能精神些。

快十二点了，黎衍很快就要午休，周俏在食堂入口处找了张椅子坐下，微信上告诉黎衍自己已到。

食堂里的人越来越多，周俏的眼睛一直注视着大门，终于她笑起来，因为黎衍来了。人群里他是最醒目的，一是因为坐着轮椅，二嘛，他真的好帅！

周俏快步迎上去，黎衍也看到她了，做手势让她不要逆着人流过来。他很快就来到她面前，抬头对她微笑。

周俏拎起水果给他看："给你带了点水果，一会儿回办公室，你分给同事们吃。"

"好。"黎衍接过水果，搁在自己大腿上。

身边还有几个同事，一个个都在打量周俏，黎衍为他们做了介绍，转着轮椅一个180度转身，牵着周俏的手说："这是我老婆，周俏。俏俏，这些是我同事……"

虎哥、刚哥、洪志生……黎衍最后说到陆欣。

毫无疑问，和周俏相比，陆欣的身高、身材、长相和气质都明显胜出。她穿着典雅的墨绿色雪纺衬衫，底下是修身西裤、细高跟鞋，衬衫扎在西裤里，显得身姿苗条修长，妆容更是精致无瑕。

陆欣对着周俏笑意盈盈："你好。"

周俏也点头致意："你好。"

分开去买饭前，陆欣对黎衍说："Rick，今天买饭任务就交给你老婆啦！我下岗一天。"

等他们走远，周俏眨眨眼睛问："平时都是她帮你买饭的吗？"

黎衍心里居然升起一股罪恶感："没有，虎哥也帮我买过，我来食堂次数本来就少，你知道的。"

黎衍偶尔吃食堂，都是开口请虎哥帮忙，但陆欣听到后会主动说让她去买。虎哥这人情商也低，看陆欣这么积极，就让她去了。

有两次黎衍婉拒过陆欣，试过自己去买饭，可是把托盘搁在腿上转轮椅真的很不方便。人太多了，托盘还油，两次都搞得挺狼狈，裤子弄脏了回家还被周俏埋怨。

到后来黎衍实在没办法，只能任由陆欣去帮忙买饭，并且尽量减少来食堂的次数，宁可留在办公室里点外卖。他觉得这算一件小事，从没对周俏说过，哪知道陆欣这人奇奇怪怪会主动说出来，一下子就让他很尴尬。

黎衍和周俏一起去买饭。

"那个红烧小排还可以，拿一碟。"黎衍一边转轮椅，一边嘱咐周俏，"番茄炒蛋要吗？你看看你想吃什么，自己拿。"

周俏选好四菜一汤、两碗米饭，端着托盘和黎衍一起找座位。虎哥在不远处招手："Rick，这儿！"

他指指边上的空桌，黎衍和周俏便过去坐下了。

陆欣一边吃饭，一边悄悄观察周俏。很普通的女孩子啊，她想，黎衍大概是因为身体原因，找对象的要求就降低许多。

陆欣扪心自问，自己是否愿意嫁给黎衍？答案是：不愿意。

但她真的挺喜欢黎衍的颜值和气质，五官是没话说，英挺俊朗，气质也很吸引人，又冷又酷，平时话不多，偶尔笑起来却特别好看。他还靠轮椅代步，安安静静坐在轮椅上工作的样子，有一点点脆弱，却又魅力无穷。

黎衍已婚，陆欣知道自己不该对他有什么想法，可刚才脑袋一热就说了那么一句话，事后也有点后悔。但她还是注意到了周俏错愕的神情，那个反应莫名地又令她感到一阵得意。

黎衍和周俏并没有关注隔壁桌同事们的动向，两个人面对面吃饭聊天。

"腿疼吗？"周俏问。

黎衍摇头："还好，早上站过十分钟，就好很多了。"

周俏看看食堂环境，说："这食堂还挺大的。"

"人太多，每次吃饭都和打仗似的。"黎衍笑笑，"我还是喜欢自己带饭。"

周俏刚要开口，黎衍就制止了她："哎！上晚班不早起做饭，说好了的。"

周俏娇嗔地瞥他一眼，吃了一口菜。

"哦，对了。"黎衍想到一件事，从裤子口袋里掏出一个小信封递给周俏，"我们今天发端午福利了，一千块超市卡，你拿着，就我们家对面那个连锁超市的。"

周俏很开心："哇！这么多？你们单位福利也太好了吧！"

黎衍笑着看她："再过几天就要发工资了，到时候工资卡也归你管。"

"不要了吧，你是男人，身上得有钱。"周俏心里暖得不行，唇边就漾起笑，压低声音问，"发到了能有多少啊？"

黎衍想了想，也很小声："我也不确定，发下来才知道吧，社保那些扣多少我都搞不清楚。"

"哦。"周俏往他碗里夹一块排骨，"多吃点，一会儿吃完了，你是不是要去站一会儿啊？"

黎衍笑问："怎么，想陪我吗？"

周俏怯怯地问："可以吗？"

"可以啊，有什么不可以？公司外面的公共区域。"黎衍说，"给你看看你老公平时罚站的地方，每天早中晚各罚一次，已经是全公司公开的秘密了。"

周俏白他一眼："谁罚你站啦。"

"还有谁？家里的母老虎呗。"黎衍向她挑挑眉，"白天不站，晚上回家就得补上，苦啊……"

周俏"嗤嗤"地笑起来："神经病。"

陆欣听不清他们的对话，只看到黎衍和周俏有说有笑的模样，心里的得意劲儿一下子就没了。她从没见过黎衍这个样子对人说话，眼神不再冷若冰霜，像是放下了所有防备和警惕，嘴边的笑几乎没有消失过。

真没劲。

陆欣忽然就没了胃口，对虎哥几人说："我不吃了，先回办公室。"

临走前，她向黎衍打招呼："Rick，下午一点二十要开会，你别迟到啊。"

黎衍奇怪地看着她："我会准时回办公室的。"

陆欣又向周俏扫了一眼，周俏也正在看她，嘴里还咬着一块排骨，眼睛睁得圆圆的，眼神很无辜。

陆欣不着痕迹地哼了一声，昂首挺胸，踩着高跟鞋头也不回地走了。

留下周俏一头雾水。

吃过饭，黎衍带周俏来到二十楼的消防通道，进去前，周俏看到公司的玻璃大门，还好奇地往里张望一番。

"哇！阿衍，你们公司看起来好高大上啊！"进到楼梯间，她忍不住对黎衍说。

黎衍已经抓紧时间扶着栏杆站起身："就那样吧，外企差不多都这个样子。我以前大三暑假也在一家外企实习过，那家比这儿大多了，在城西有一个很大的园区，市里面的办公室整整三层，装修得非常时尚。"

周俏站在他身边，也倚着栏杆，看看楼梯间的环境，只有一盏昏暗的楼道灯亮着，说："这儿好黑，连个窗户都没有，你平时就在这儿站的呀？"

黎衍："那还能去哪儿站？这儿有栏杆可以扶啊，平时也不会有人进来。"

"那你站着会不会很无聊？"

"还好吧，实在无聊就单手刷会儿手机。"黎衍从裤兜里掏出手机给她示范，"不过也怕手机掉地上，有时候我就听听歌。"

周俏默了一会儿，咬咬唇，问："阿衍，你和刚才那个女孩子关系很好吗？"

黎衍偏头看向周俏，她的神色不太自然，见黎衍在看她，赶紧说："我就随便问问，我看你俩好像挺熟的。"

啊哈？黎衍心里都要乐死了，他的小傻子是不是吃醋了？

哈哈哈哈哈哈哈……

他腾出右手揽过周俏的肩："今天老婆在，我还扶什么栏杆？"

说着，他抬动双腿转了下身，和周俏面对面站着。

黎衍穿着浅色衬衫、黑色西裤，脖子上挂着工作牌。衬衫合身的剪裁衬出他锻炼良好的身体线条，即使个子不似健康时那般高，帅气干练的样子还是叫周俏怦然心动。

她很自然地就搂住他的腰，怕他站不稳，他便也顺势抱住了她。

"吃醋了？"他微微低头，在周俏耳边问。

周俏一惊，急道："没有！"

"还不承认？"黎衍右手从裤兜里摸出两颗薄荷糖，"看我多有先见之明，吃饭前去茶水间顺了两颗糖。"

反正周俏抱着他，他双手拆开糖纸，自己吃一颗，又往周俏嘴里喂了一颗。

两个人面对面一起吃糖，黎衍一直微笑着与周俏对视。吃了大概半分钟，周俏正感到莫名其妙，黎衍已经低下头来吻住了她的唇。

柔软的嘴唇，凉飕飕的滋味，夹着两颗未完全融化的硬糖，一会儿在你嘴里，一会儿在我嘴里，清凉又甜蜜。他们已经历无数次的接吻，两颗心依旧会跳得飞快，满足感、充实感和幸福感依旧会充溢在胸腔里。

吻了好一会儿，糖都快化了，他们才恋恋不舍地松开对方，两个人都是脸红心跳，呼呼喘气。

黎衍又咬了下周俏的耳垂，声音低缓："不用我再解释了吧？"

要不是怕他摔跤，周俏这时候真想一把推开他。

这人真是好讨厌啊！

下午一点前，周俏和黎衍告别，说先去买菜然后回家。

黎衍坐着轮椅回到办公室，下午要开一个部门例会，大家都在整理会议上需要汇报的内容。黎衍转头看一眼陆欣，拿出手机给她发微信。

【有只刺猬】：Lucia，有件事要和你说一下，这段时间非常感谢你的帮忙，不过以后，就不麻烦你帮我在食堂买饭了，谢谢。

陆欣看到了微信消息。

【Lucia】：？

黎衍没再回消息，直接转头对陆欣说："My wife was a little upset.（我妻子有点不高兴）"他故意说英语，大概是不想让附近的同事听见。

陆欣愣愣地看着他。

黎衍一笑："I wish you could understand that I really care about her feelings.（我希望你能理解我真的很在乎她的感受）"

陆欣抿紧嘴唇，回过头面向电脑，再也没和黎衍说话。

下午的会议结束后，方劲松喊黎衍去他办公室。

黎衍工作快一个月，方劲松对他的工作表现予以肯定。在确定黎衍能适应目前的工作强度后，方劲松说："Rick，如果你平时的工作时间比较充裕，我建议你利用业余时间准备一下，去考个CFA（Chartered Financial Analyst，特许注册金融分析师）。"

黎衍一愣。

他当然知道CFA，那是全球投资业里最为严格、含金量最高的资格认证，被称为全球"金融第一考"。考试在全球各个地点统一举行，钱塘也是考点之一，采用全英文考试模式。

考试分三级，Level I 最简单，考过以后第二年才能考 Level II，再一年后考 Level III，难度依次递增。

方劲松笑着说："你是学经济的，没事儿就去考一个吧，Lucia前不久参加了六月那场一级，今年十二月还有一场一级，你准备半年，我觉得应该没问题。"

黎衍郑重点头："我知道了，Jimmy，我会备考的，谢谢您。"

下班后，雨停了，黎衍开着"小黄蜂"回家，路上经过一家以粽子为主打的食品店，看到很多人在排队，想起再过两天就是端午节。

他停下车，给沈春燕打电话。

"喂，儿子呀！怎么想到给妈妈打电话啦？"沈春燕语调轻快，背景音传来哗啦啦推麻将牌的声音。

黎衍问："你在打牌啊？"

"对啊，最后一把，玩好了就回家吃饭。现在晋阳不住家里，你宋叔今天加班，我一个人随便吃点儿。"

黎衍心想小老太太生活真挺丰富多彩的,问:"妈,你今年包粽子吗?"

"粽子?不包。"沈春燕说,"你宋叔胃不好,吃不了糯米,我这都好几年没包粽子了。怎么,你想吃啊?"

"不是,我就问问,你不包我就买点儿。"黎衍觉得自己挺健忘,的确有好几年没吃着老妈包的粽子,他都没注意,可能自己待在601室时日子过得实在太糙,一天一天机械地过,从来不去在乎这些节假日。

沈春燕笑呵呵地说:"买吧买吧,包粽子多麻烦呀,现在外面什么买不到。"

"行,那我就买点儿给周俏尝尝,你要吗?"黎衍问。

电话里突然没声音了,黎衍奇怪:"喂?妈?"

沈春燕的啜泣声响在他耳边:"儿子!你现在真是像个人了呀!"

黎衍无语地挂掉电话,在"小黄蜂"里呆呆坐了一会儿,转头看着路上的行人车辆,想到沈春燕的话,心里五味杂陈。

最后,他干脆趴在车把手上,双手搓了搓脸,才平定心绪搬轮椅下车。

现在的黎衍可以在大街上镇定自若地组装轮椅,装好以后又很淡定地把自己挪到轮椅上。他知道周围人都在偷看,但不知为什么,心里就很平静,觉得这是件再正常不过的事。

坐着轮椅在队尾排队时,前头的人都让他先去买。黎衍连说不用,有个大妈说:"小伙子你先去买吧,你那车子停那儿,万一被交警查怎么办啊?"

这倒是真的,"小黄蜂"体积比普通电瓶车大一圈,就这么停在本来不算宽的非机动车道上,把路都给堵了一些。黎衍便没有拒绝他们的好意,到最前面去买了十个蛋黄鲜肉粽,又在一群人的注目礼中上车、拆轮椅,最后向大家挥挥手,准备开车离开。

"谢谢啊!"他居然是笑着的。

之前的大妈也拼命向他挥手:"不客气,小伙子加油啊!"

黎衍,加油啊!

开车回家的路上,黎衍对自己也这么说。

三天端午小长假,周俏天天上班,其中一天还是全天班。

因为有了"小黄蜂",黎衍单独出行变得方便,就给自己安排了一些活动:去新华书店买考证的参考书;和张有鑫聚餐一次;去商场给周俏买生日礼物。

他已经答应张有鑫七月时一起出游,三天两晚游古镇,周俏很期待,说会提前调休。

非常巧,出游日期的第二天就是周俏二十二岁生日。黎衍还没发工资,也不打算用工资买,工资是要上交的。他把自己小说平台上剩下的钱全部提取出来,扣完税后剩六千五,他在淘宝搜过价格,觉得差不多够了。

他来到家对面商场的一楼珠宝柜台,挑了一个挺有名的品牌,年轻的女营业员看着他坐着轮椅一溜儿看过去,问:"先生想买什么?"

"戒指。"黎衍抬起头看着她,"就那种男女对戒,铂金,不带钻的。"

经过推荐,黎衍挑了一款素戒,拿起男戒试戴在自己左手无名指上。营业员语气很真诚:

"你的手挺漂亮的，戴着很好看哦。"

戒指非常亮，黎衍修长的手指动了几下，感觉到那一点点的束缚，有点不习惯。

"女戒的尺寸是什么样的？"他把男戒摘下来还给营业员。

营业员伸出自己的左手给他看："我戴13号，你的另一半和我比呢？"

黎衍有偷偷观察过周俏左手无名指的粗细，看了营业员的手指一眼，说"比你细一点点。"

营业员笑着说："那就选12号，12号已经很细了。"她拿出12号女戒。

黎衍拿起两枚戒指细细打量，一枚大，一枚小，样式一模一样。他的唇角勾起来："就买这两个，多少钱？"

两枚戒指一共花了六千块，在黎衍的预算内。

依照现在家里的经济情况，几千块钱的花销绝对算是大数目。黎衍没欠外债，倒是欠了周俏不少钱，虽说夫妻之间算账伤感情，但黎衍觉得那些钱数目太大，近四万啊！周俏存一年都存不下来，哪能不还？

可是，戒指还是要买的。必须买，立刻买，亲手为她戴上，告诉她，她就是他的黎太太，欠着的那些和婚礼有关的事宜，以后一定给她补上。

黎衍把包装好的礼袋塞进双肩包，倒背在胸口，心满意足地转着轮椅回家。

晚上十点，黎衍在周俏工作的商场楼下等她下班。

但凡他放假，周俏上班，只要天不下雨，他就会去接周俏下班。不过现在他不下车上楼了，嫌搬轮椅麻烦，直接坐在"小黄蜂"里等。

等待时，他接到宋晋阳的电话，宋晋阳的声音还是贱兮兮的："小黎先生，在家吗？"

黎衍回答："不在，我在接周俏下班，她马上就要下来了。"

"我去！"宋晋阳叫道，"你居然是个二十四孝好男人啊，可真没看出来！那你接了周俏后就回家吗？"

"不然呢？这都几点了？"黎衍有点热，没开空调，只开着车窗通风，问，"找我什么事儿？"

宋晋阳说："无聊嘛。小颂说想出去吃夜宵，就我和她两个人挺没劲的，她也不爱喝酒，就想着你们住得也近，叫你们一声，哥请客。"

黎衍问："去哪儿吃啊？"

宋晋阳说："就附近，永新东苑西门出来有一条饭店街，你肯定知道，晚上都支着摊，有一家烧烤挺不错的，你们来吗？"

黎衍都八百年没往西门去了，懒得解释，算算时间说："要不你们先去，我接到周俏后大概半小时能到。"

"行，那我和小颂过一下就出门，到了给你发定位。"宋晋阳像是心情很好，"你要陪我喝酒啊，一个人喝太没劲了。"

黎衍应下："我就喝点儿啤酒，白的肯定不行，醉驾懂吗？"

宋晋阳哈哈大笑："就你那小破三轮，还醉驾呢！回去就一炮仗路，大不了别开了呗！"

"停外头被偷了你赔我啊！"

在宋晋阳嘎嘎嘎的笑声里，黎衍摇着头挂掉电话。

没多久，周俏就小跑着过来了。

天越来越热，她上下班就穿得很休闲，T恤加热裤，露出两条细细的腿，跑起来马尾辫一甩一甩的，像一个大孩子。

周俏坐上车，黎衍说："你明天是晚班吧？不用早起，宋晋阳喊我们去吃夜宵，我答应了。"

"现在？好呀！"周俏问，"吃什么？我还真有点饿了。"

黎衍笑起来："管他吃什么，反正他请客。"

两人赶到大排档时，宋晋阳和杨瑾颂已经坐在露天的小桌子旁等着了。停好车，黎衍坐上轮椅和周俏一起过去，杨瑾颂朝他们招手："这里这里！嗨！好久不见啊！"

春节以后，他们就没见过杨瑾颂，这时候见到倒也不拘束。

周俏发现了，杨瑾颂的性格并不像她的外表看来那般温柔，可能是和宋晋阳处久了，她其实挺逗的，对着黎衍态度也很大方，算是个很好相处的人。

不过，周俏被宋晋阳和杨瑾颂的穿着给震了一下。宋晋阳穿着花T恤大裤衩，脚上夹一双人字拖，杨瑾颂则素面朝天，长卷发扎在脑后，身上套着一条旧咔叽的棉质连衣裙，两人几乎可以算是不修边幅。

杨瑾颂看清黎衍的样子后乐得不行："黎衍你现在好帅啊！几个月不见都要认不得了，怪不得宋晋阳说你上学那会儿一路艳压他，差点把他搞自闭了。"

黎衍笑笑不说话，周俏没忍住，"噗"一声笑出来。

宋晋阳很不满："杨瑾颂你这个人！人老婆都在呢，帅不帅轮得到你说啊？你是谁老婆啊？"

杨瑾颂嗤之以鼻："你看看你的样子，跟个退休大爷有什么两样？我天天看你都审美疲劳了！"

宋晋阳气道："你比我好多少？你现在和居委会大妈也差不离了！"

黎衍听着他俩斗嘴，觉得挺有意思的，真就是老夫老妻的味道。他忍不住又看向周俏，不知道他和周俏在一起两三年后，会变成什么样。他把轮椅停在桌边，周俏挨着他坐下，宋晋阳已经点了一份烤鱼，又要了一大堆烤串和几瓶啤酒。

宋晋阳打开一瓶啤酒给黎衍倒上，问周俏："弟妹喝吗？"

周俏摇摇头，指黎衍："他喝我就不喝，一会儿万一他喝多了，我还得把他弄回家。"

"什么意思啊？就几瓶啤酒还能喝多？"黎衍不乐意了，"你也太小看我的酒量了。"

周俏斜着眼睛看他，白明轩婚礼后他醉成一摊烂泥的样子还记忆犹新，那天要不是她滴酒未沾，他俩估计得睡大街。

宋晋阳就给周俏和杨瑾颂各要了一听冰可乐，拿起酒杯和黎衍碰碰："咱俩住得这么近，搬过来后，就想着天热了可以叫你们一块儿吃夜宵，人多热闹，菜也能多点些。"

黎衍与他碰杯后把啤酒一饮而尽。

好冰！真爽！他咂咂嘴，看看周围，夜宵摊上人不少，有三五成群的年轻人高声谈笑，也有几个中年人对桌小酌。老板在烧烤架子后面忙得热火朝天，一盘盘烤串给客人端上桌。

夜风习习，体感不像白天那么潮湿闷热，坐在露天喝着啤酒吃着烤串，黎衍觉得还挺带感的。

他已经记不清自己有多少年没在大排档吃过宵夜了。受伤截肢后，他觉得自己的人生就像那两条断腿一样，戛然而止，曾经以为很轻易就可以享受到的悠闲快乐，以后再也没法体验。

而现在生活居然变成这样，上班、锻炼、看书、做家务，开着"小黄蜂"接老婆下班，又来到大排档和以前怎么看怎么不顺眼的宋晋阳一起吃烤串，无视周围人落在他身上的目光，心情挺好，胃口也不差。

真是一切皆有可能。

黎衍把一串烤羊肉递给周俏，周俏美滋滋地吃着，听两个男人聊天。

宋晋阳问黎衍工作如何，平时具体都做些什么，黎衍就和他聊起来。宋晋阳也说到自己公司里的事，又讲了讲宋桦和沈春燕的近况，还把601室现在的室内照片给黎衍和周俏看。

房子变了许多……周俏有点小难过，毕竟那是她和黎衍相知相恋的地方，满满的都是回忆。

说到后来，宋晋阳贼贼地问黎衍："哎，你们那种外企，是不是漂亮姑娘特别多？趁着弟妹也在，你老实交代，有没有小姑娘招惹你啊？"

杨瑾颂居然还添油加醋："那肯定有！"

周俏一下子就想到漂亮的陆欣，偷偷瞅了黎衍一眼。

黎衍气不打一处来："你俩什么毛病？宋晋阳你是觉得我现在打不过你是吗？你怎么不说说你自己呢？平时穿得那么骚包，小杨你就不担心他在单位里招桃花？"

"我才不担心呢！"杨瑾颂睨了宋晋阳一眼，"这点儿自信还能没有啊？他要是敢在外头招蜂引蝶，我分分钟就踹了他，谁怕谁呀！"

宋晋阳赶紧去揽她的肩："不敢不敢，这辈子都不敢，这么好的老婆上哪儿去找？"

杨瑾颂嫌弃地推他："你这手油的！谁是你老婆了，我还没答应呢！"

黎衍喝着啤酒看他俩打情骂俏，周俏心里却起了点小思绪。

杨瑾颂多自信啊，她是有编制的小学老师，身材苗条，长得又好看，还会弹钢琴、唱歌，当然不会担心宋晋阳在外头招桃花。

周俏百分之百相信杨瑾颂的话，如果宋晋阳有一丝异心，她会毫不犹豫地选择分手，又不是找不到更好的男朋友。

那自己呢？周俏又看向黎衍，前一阵子的吵架画面似乎还在眼前。黎衍道歉时说了许多让她感动的话，她知道他是发自真心，不会质疑他此刻的感情。

对，就是此刻的感情。

这感情可能维持一年、两年，也可能是三年、四年。当黎衍变得越来越好，工作越来越出色，社交面越来越广，看到的世界越来越大，谁能保证他还能像现在这样对她？

周俏的"自信"并没有因为黎衍的情话而拾回，她看着杨瑾颂，心里又想到陆欣、王雯琳、叶予薇……不管那些女孩长得如何吧，至少她们都拥有高学历和温暖的家庭，从事体面的工作，一个个眼界开阔，独立自信。

当黎衍身边出现越来越多的"陆欣"，周俏想，她该如何自处？她会不会变得敏感多疑，整日胡思乱想、无理取闹，最终让黎衍厌烦？

其实，周俏也曾考虑过提升一下自己，比如去学一门技术，或是像徐辰昊那样去读个夜大，但仔细思考后还是作罢。

这些事情都需要钱和时间，这两样东西，她现在都没有。她每天的时间安排得满满当当，又常上晚班，根本抽不出空来。

钱更是关键。

她和黎衍的积蓄非常非常少，少到家里不能出一点意外，她还得存小树的大学学费。在这种情况下，她无论如何都不敢放弃导购工作。

好在黎衍上班了，慢慢总会好起来的。

周俏想，再等两年吧，两年后家里的经济情况应该会好很多，先给黎衍买辆真正的汽车，等他考出CFA三级证书，到时候自己再寻思寻思去学点什么。

"你怎么了？"黎衍的声音打断了周俏的思绪。

她发现自己走神了，拿着烤串老半天都没吃，赶紧说："没什么，有点饱了。"

"你才吃多少啊？"黎衍指指宋晋阳，"今天有人请客，多吃点儿，过了这村没这店了。"

宋晋阳叹气："小黎先生你懂不懂礼尚往来？你以为咱俩就这一顿饭啊？下一顿就你请，海参鲍鱼东星斑，大酒楼走起！"

黎衍居然脸皮很厚"我工资卡上交的，每个月零花钱几百块，麻小封顶了，你爱吃不吃吧。"

宋晋阳骂骂咧咧，黎衍发现周俏心不在焉，话少，吃得也少，心里冒出一个问号。

烤鱼吃得只剩骨架，一堆烤串也被两个男人一扫而光，黎衍摸摸吃撑了的肚子，和宋晋阳、杨瑾颂告别后，带周俏回家。

路上，周俏从背后抱着他，脸颊贴着他的背脊，一言不发。

黎衍没去逼问她，猜测她可能又有点不安，他大概知道是因为什么，但不打算再用话语去安慰。

有些话说一次就够了，说得太多就会变成花言巧语。黎衍本来就不擅长哄女孩子，上一次也不算哄，完全是随心而说，现在他觉得，应该用更多的行动去让周俏安心。

没人可以替代她在他心里的位置，他确信。

可能别的男人没底气说出类似的话语，但黎衍有。

要么就是周俏，要么就一个人过。

这份底气和相处时间长短无关，黎衍知道，他再也不会对另外一个人敞开心扉了。就跟揭开伤疤一样，整个过程非常痛苦，如果不是因为周俏坚持，他根本就走不到这一步。

这世上像周俏这样的傻子还有几个？

黎衍心道，一个都没有了。

回到家，周俏还是闷闷不乐。

黎衍擦干净轮椅后轮，在客厅里就卸掉假肢。周俏过来蹲在他身边，看他摘下来的硅胶套里都是汗水。

她伸手摸摸黎衍的两截残肢，依旧是又软又冰，还因为出了汗而有些黏湿。

一定很难受吧？

周俏想象自己的脚整天泡在进水的鞋子里，还不能脱，那滋味绝对难以忍受，可黎衍只能忍耐。

黎衍把手覆在她的手背上，随着她一起揉捏残肢末端，问："不嫌脏啊？出了几小时汗了。"
　　"不脏。"周俏抬头看他，"以后你休息就别来接我了，或者过了夏天再说。夏天太热了，你冬天时都不会这样出汗的。"
　　"你下班太晚了，我不放心。"黎衍笑笑，"以前是出不了门，没办法，现在能出门了，就想去接你。"
　　周俏看着手掌下的残肢，可能是因为她的抚触，令黎衍觉得痒，两截短短的肢体轻微地抬动了一下，软软的皮肤在她掌心摩挲着。周俏知道黎衍的残肢末端其实很敏感，冷热痛痒都能感受到，动起来也很灵光，只是因为平时都穿着假肢，会给人一种错觉——黎衍的腿没法动。
　　明明能动的肢体，却只能束缚着一整天不动，出汗了不能擦，痒了不能挠，疼了也没法揉……都这么辛苦了，还要去接她下班。周俏想着想着就心疼起来，黎衍被她突如其来的情绪转变吓了一跳，叫她："俏俏？"
　　周俏立刻憋回眼泪，抬头说："你赶紧去洗澡吧，硅胶套我帮你洗，你直接进去好了，换洗衣服我一会儿给你拿过来。"
　　"好。"黎衍安慰她，"俏俏，你别担心我，我也不想嘴硬说习惯了，但这真的是没办法的事，接受不了也得接受，只能尽量去适应这种生活。我现在其实开心的时候要比不开心的时候多，每天上班很充实，忙起来都不怎么去惦记腿了，下班回来家里又有你，真的周俏，我很知足了。"
　　周俏点点头："我知道，我就是……以前不知道你夏天会这样的。"
　　黎衍微微笑着，拍拍她的手背："到今年十一月，咱俩就住在一起满一年了，你会知道一年四季，每个季节对我生活的影响。到时候你就有经验了，以后一年又一年，我都得这么过，真没什么的，我都不怕，你怕什么？"
　　周俏噘着嘴，没吭声。
　　"好啦，不是还有你陪着我吗？"黎衍说，"我要去洗澡了，洗完你洗……啧！还在心疼我啊？"他勾勾周俏的下巴，声音低低的，"真心疼的话，今晚就好好表现。"
　　"神经啊！"黎衍一句话就让周俏破了功，站起身拍开他的手，"臭流氓！"
　　"说谁臭流氓呢？"黎衍没趁她跑开就搂住她的腰，仰着脸笑得很坏，"嗯？谁流氓？谁流氓了？你自己说，你喜不喜欢我耍流氓？"
　　"讨厌啦！"周俏脸都红了，扭着身子要跑，"你是不是又喝多了？"
　　黎衍终于大笑着松开手，转着轮椅去了卫生间。
　　一进门，他脸上的笑就收敛下来。
　　怎么办呢？
　　他的小傻子最近真有点患得患失。他境况不好时，她着急，他境况好起来了，她又多心。是不是女孩子都是这么奇怪的？
　　没事儿，马上就到她生日，黎衍想，等他把戒指送给她时，她就会明白他的心意。

　　六月的最后一个工作日，小黎先生的银行卡上收到第一笔工资。
　　工资扣掉社保、公积金后实发六千出头，加上一千二基础补贴和三百块高温补贴，到手一共是七千五百多。

他把工资条拍照发给周俏，周俏立刻回过来一堆庆祝的表情。

"财迷。"黎衍看得想笑，只留下一千多块用来零花，剩下的工资全部转给周俏。

好像是一夕之间，两个人的精神面貌都升了一个 Level。

家庭月收入超过一万了呢！加上黎衍存在公积金里的近两千，四舍五入就是一万五！那一年岂不是能存十万块？

周俏顿时感到经济压力大减，和黎衍一起逛超市时都特别活泼。

"你弟弟的火车票买好了吗？"黎衍拿起一个水杯看看，问道，"是七月来还是八月？"

周俏已经和他说过小树暑假里要来玩几天的事，先前的约法十八章早就作废，周俊树准备买八月中旬靠后的火车票，来钱塘待八天。

"小树说暑假想在镇上打工，所以票买得比较晚。"周俏推着购物车，黎衍自己转轮椅，两人在超市边逛边聊。

黎衍迟疑着问："俏俏，你和你弟弟说过你结婚了吗？"

周俏愣了一下，回答："还没有，我想等他快来时再说，挺突然的，前面都没有告诉他。"

黎衍的眼睫眨了几眨："你说的时候，记得把我的情况也告诉他，别瞒着。"

周俏转头看黎衍，黎衍的神情很认真。周俏点点头："好，我会说的。"

"我怕他会不高兴。"黎衍低声说，"好歹也是你最亲的亲人，换位思考，如果我是你弟弟，一下子可能也接受不了。"

周俏笑了："有什么接受不了的？我的婚姻自己做主，我爸都管不了，我弟算什么，我又不欠他的。"

她这样说话的时候，又是黎衍最喜欢的模样了。

对待这份感情，周俏无疑是异常勇敢的，黎衍略微安心，希望自己只是多虑。

周俏给小树买了些日用品，还在服装区给他挑了两件新 T 恤。

"三十九块一件，质量还行。"她摸着面料对黎衍说。

黎衍哭笑不得："你对你弟弟会不会太小气？才买三十多块钱的衣服？十六七岁的男孩子最要漂亮了。"

"他还是学生，穿这么漂亮干吗？"周俏理直气壮地说，"我十七岁的时候有人给我买衣服吗？给他买新的已经不错了，敢挑剔就别穿，给你当睡衣！"

黎衍服气了，在买衣服这件事上，周俏真就只对他大方，对自己、对弟弟都是一点也不讲究。她自己身上穿的都是几十块钱的淘宝货，买给黎衍的衣服则二百起跳，有几件翻领 T 恤还是在商场买的，标价都是四位数，黎衍估计就算打折也得要四五百。

消费理念的问题任重而道远，黎衍觉得自己也没立场去说周俏，毕竟他窝在 601 室时，穿的也都是地摊货。只能希望工作稳定后升职加薪，让他的小傻子也能安安心心穿上漂亮的小裙子。

逛到食品区，周俏说："再过些天就要出去玩了，我们是不是得买些零食呀？"

"买！"黎衍大手一挥，"卡上有钱！"

周俏笑得合不拢嘴，想着超市卡上的一千块，觉得自己像大款，往购物车里丢了不少薯片、牛肉干、卤鸡翅……黎衍悄咪咪地拿了几个大果冻，周俏看见了，问："你喜欢吃果冻吗？"

黎衍才不会承认："买给你吃的，你上次不是买过吗？"

周俏回忆了一下："对哦，那两个果冻呢？我后来都没见着。"

黎衍面不改色："我妈吃了。"

周俏挺意外："你妈妈还喜欢吃果冻呀？"

"她嘴可馋了。"黎衍又往购物车里丢进一包苏打饼干，"你想吃什么？自己拿，那个巧克力棒吃吗？"

周俏笑嘻嘻地应下，黎衍好笑地看着她。要出去玩了，周俏挺激动的，像个准备春游的小学生买了一大堆吃的东西。

这次出游是去周边，搭的还是张有鑫的车，黎衍寻思着，以后有机会是不是应该带周俏去长途旅行？她说她从没有旅游过，来到钱塘后就没出过这个城市，没坐过高铁，更没坐过飞机，要不是那天他喝醉，她甚至都没住过星级酒店。

这样想的时候，他就会感到遗憾，自己的身体情况实在太糟糕，出远门真的不太方便。

这辈子都没法陪周俏爬山了，绝大多数的自然景区都没法去玩，游乐场也不行，海边也很困难，就连这次要去的古镇，黎衍也不知道轮椅是否方便通行。

多年前，他打工赚钱后背起大包说走就走，而现在，一想到出门会碰到的各种麻烦，他就会有一种深深的无力感。

梅雨季节终于过去，钱塘进入三伏天，气温陡然升高。

七月月头那几天，财务分析部非常忙。

经过整个六月对工作内容的熟悉和学习，黎衍等人已经能承担起分内工作。关账后做六月数据时，三个Senior FA 就让新人们上手了，黎衍明确了归自己分析计算的BU线内容，几乎加了一个礼拜的班，工作时间才又一次回到朝九晚六。

很快，就到了出游时间。

很多外企的企业文化就是这样，崇尚认真工作，愉快生活。黎衍的公司每年给员工十二天带薪年假，鼓励员工陪同家人出去旅游或探亲，黎衍年中入职，这一年便有七天年假，提前办好休假手续。

出发那天，午饭后，张有鑫开着他的黑色宝马来接黎衍和周俏，同行的是柯玉。

张有鑫穿着一件荧光绿防晒衣，戴一副拉风的蛤蟆镜，坐在驾驶座上简直闪闪发光。柯玉依旧低调，懒洋洋地窝在副驾驶座上。

周俏和黎衍挤挤挨挨坐在后排，一切就绪，张有鑫打了个响指："坐稳了？Let's go!"

一路上，张有鑫和黎衍聊着天，柯玉在副驾驶座上发呆，周俏脑袋搁在黎衍肩膀上，眼睛兴奋地看着窗外。

第一次出去玩呢！还是和阿衍一起，好开心！

这三天可以一直和阿衍待在一起，开心开心开心！

开着车，张有鑫问："衍哥，你俩带泳衣了吗？"

"泳衣？"黎衍一愣，"没带，还有泳池吗？"

张有鑫一拍脑袋："我是不是没和你说啊？对不住了，那个民宿是我朋友自己开的，带一个露天泳池，私密性特别好，这几天天热，傍晚和晚上下水最好玩了。"

这次出游有好几个家庭，住的民宿是轮椅俱乐部的一个轮友开的，直接包下整栋，没有外人打扰。

柯玉说："到时候去镇上买就行了，反正要待三天。"

黎衍说："不用了，我不下水。"

张有鑫问："为什么？"

黎衍"啧"了一声："你说为什么？"

张有鑫不吭声了。

周俏搂搂黎衍的腰，心里自然是明白的。黎衍的身体情况和张有鑫不一样，让他当着那么多陌生人的面下水游泳，不如直接给他一刀。

张有鑫摇头道："衍哥，你这偶像包袱会不会重了点？"

"这关真过不了。"大概觉得车上都是熟悉的人，黎衍说得很直白，"我要是能豁出去，早些年也不至于下不了楼，复健时那个浑蛋说的话，你又不是没听见。"

周俏小声问："什么话呀？"

黎衍似乎不想在这儿提："没什么，你要想知道，晚上告诉你。"

一个多小时后，张有鑫的车沿着盘山公路爬到半山腰，抵达民宿，柯玉和周俏忙起来，搬下两架轮椅组装好，让两个男人下车。

民宿小楼比周俏想象中的还要漂亮，四层高，白墙上装饰着大面积的玻璃窗。院子里种着几棵枝叶茂盛的大树，还有一片葡萄藤，正是葡萄熟了的季节，藤上或青或紫，果实累累，非常诱人。

院子中央，一个蓄满水的长方形泳池在阳光下闪着粼粼波光，边上还有遮阳伞和躺椅，是个度假的好地方。

民宿的男主人叫姜瑞鸣，三十岁左右，戴一副眼镜，体形偏瘦，气质儒雅，和张有鑫一样也是脊髓损伤患者。事实上，这一次来的四位轮椅族加上姜瑞鸣共五人，除了黎衍，其他全是截瘫人士。

姜瑞鸣的妻子芳芳在小楼门口叫他们："你们快进来！里面有空调！"

一行人沿着坡道进到一楼客厅，周俏才发现，这栋民宿做足了无障碍设施，屋内还加装了厢式电梯。

姜瑞鸣给大家介绍房间，除了四楼两间房没有无障碍设施，二楼三楼都是无障碍房。黎衍自觉认领顶楼房间，因为截瘫人士更依赖无障碍设施，不像他，普通房间凑合着也能住，何况又有周俏在。

一行人分批坐电梯上楼，黎衍挑了朝院子的房间。一进屋子周俏就兴奋得不行，把角角落落都看了一遍。房间非常大，装修得极有格调，床足有两米宽，卫生间也超级大，还有一个椭圆形浴缸。

四楼房间带阳台，因为民宿在半山腰，阳台上除了能看到院子，还能望到远处连绵的群山和一片小镇房屋、青翠农田。

天气很热，天却湛蓝一片，没有一丝云絮，周俏觉得这景象美得就像一幅油画。

"好漂亮啊！"她欢天喜地地进屋，看到黎衍正在卸假肢。

穿着假肢实在太闷热，就算只让黎衍放松十分钟，他都能不嫌麻烦地把假肢脱下来。

两截断腿终于得到解放，黎衍呼出一口气，周俏已经绞来毛巾，弯下腰帮他擦拭残肢上的汗渍。

她软软地说："马桶边没有扶手，你要是用的时候不方便，就喊我一声。"

"嗯，我知道。"黎衍抬起眼眸，周俏的脸就在他眼前，他吻一下她的脸颊，"反正有你在，我就没什么好担心的。"

周俏抿着唇笑，害羞地问："阿衍，那个浴缸挺大的，晚上是不是可以泡澡啊？"

黎衍伸手轻轻揽住她的后颈，这一次，吻的就是她的唇了。

"你想一个人泡，还是两个人一起？"他问。

周俏被他吻得浑身发软："我不知道……"

黎衍给她答案："笨蛋，当然是……两个人一起泡了。"

时间还早，黎衍和周俏拉上窗帘睡了会儿午觉，下午四点多时被张有鑫的电话叫醒："衍哥，人都到齐了，来一楼，我介绍朋友给你认识。"

十分钟后，黎衍穿戴整齐，和周俏一起去到一楼。大客厅里特别热闹，足有十几个人，男人们都坐着轮椅，居然还有三个小姑娘叽叽喳喳跑来跑去。

张有鑫招呼黎衍过去，给大家互相介绍。

除了民宿主人一家，来的另两对里，一对是三十五岁的郭哥和妻子文姐，带着一对五岁双胞胎女儿橙橙、彤彤，另一对是和黎衍有过一面之缘的佟哥和妻子晓芸。

"哎哟，小黎好帅！"文姐三十多岁，热情爽朗，指着黎衍对张有鑫说，"三金，你不厚道啊，这么帅的帅哥不早点带出来让我们认识认识，你是不是嫉妒人家啊？"

"我嫉妒个毛线！"张有鑫叫起来，"你问衍哥，我早多少年就叫他出来玩了，他死活不肯！我有什么办法？"

文姐特别逗，把三个小女孩叫过来，让她们投票，黎衍和张有鑫谁更好看。

橙橙和彤彤见过张有鑫，蹦蹦跳跳地说："三金叔叔好看！"

姜瑞鸣四岁的女儿小希望睁着一双黑葡萄般的大眼睛，表情很认真，最后指着黎衍说："我喜欢这个叔叔！"

文姐问她为什么呀，小希望也不回答，快速地溜走了。

黎衍有点儿不好意思，张有鑫倒是习惯了一群人胡闹，得意地说："二比一，我赢了！"

周俏撇撇嘴，坐在黎衍身边和他咬耳朵："我觉得你最好看！"

黎衍笑出声来，往她脑袋上揉了一把："你少来，你也五岁啊？"

周俏鼓起脸颊瞪圆眼睛，两只手在颊边学猫咪卖萌，嗲嗲地说："宝宝才四岁。"

"哎哟我去！"文姐一拍脑门，"我可真是老了，这小年轻搞起对象来真是要了命了！"

一群人都在笑，周俏这才意识到自己的行为被他们看了个全，羞得坐在沙发上一动不敢动。

黎衍比她大方，伸长手臂揽住她的肩："四岁宝宝，别难为情了，去，帮我拿西瓜来。"

姜瑞鸣的老母亲早就端出几盘切片西瓜，大家边吃边聊。周俏乖乖地坐在黎衍身边，注意到佟哥的妻子晓芸似乎心情不太好，呆呆地坐在沙发上，眼睛看着客厅另一边玩得正开心的三个小朋友。

聊了一会儿，芳芳观察室外的阳光，说："太阳不晒了，想游泳的小伙伴可以下水啦。"

孩子们欢呼起来："可以游泳啦！可以游泳啦！"

想游泳的人便去房里换泳衣，柯玉一直窝在沙发上玩手机，这时候递给周俏一个袋子："给，你和衍哥的泳衣我都买了。"

周俏接过，说声"谢谢"。

没多久，泳池里就响起了欢笑声。

芳芳陪着女儿小希望下水玩，郭哥一家四口都下了水，佟哥也下了，但晓芸没下，依旧呆愣愣地坐在遮阳伞下。

黎衍和周俏坐在树荫下喝冰饮，看水里几个人扑腾来扑腾去，三个小女孩套着救生圈，笑声格外清脆响亮。

张有鑫和柯玉是最晚下来的。

周俏循声望去，张有鑫赤着上身，肤色很白，下身穿一条黑色平角泳裤。与他肌肉匀称、少年感十足的上半身相比，张有鑫的双腿异常纤细，肌肉果然萎缩得很严重，大腿比小腿粗不了多少。

其实郭哥和佟哥也一样，郭哥更明显，因为上半身很健壮，越发显得两条腿绵软细弱，丝毫使不上劲。

柯玉穿着一件长袖泳衣，先下到水里，水深只有一米四，她站在那儿等张有鑫下水。

之前，周俏已经见过郭哥和佟哥如何下水，多少显得有些狼狈，这时候看着张有鑫，她已经很淡定。

只见张有鑫把轮椅停在池边，刹住轮椅，戴上泳镜，先把两只脚放到地上，双手撑着轮椅车架慢慢坐到地上，两条屈着的腿不受控制地东倒西歪。坐稳后，他捞起两条腿悬到池边，脚尖无力地垂着，他双手一撑池边瓷砖，人就扑到水里，柯玉第一时间抱住他。

张有鑫没法子站在池底，只能用手臂扒着泳池边，缓了一下后，他一头扎进水中，甩开臂膀往前游，手臂打起层层浪花，两条腿却是软软地漂在身后，激不起半点儿波澜。

柯玉一直陪在张有鑫身边，当张有鑫游累了停下时，就需要柯玉抱住他，要不然他就会沉下去。

周俏看到了张有鑫的背脊。

他的后背脊骨上有一道疤，郭哥和佟哥也有。那疤痕的位置有高，有低，长度有长，有短。周俏知道，这是一道与世隔绝的伤疤，受伤平面以下，他们的身体再无知觉，漫漫人生，只能与轮椅相伴。

有时候真的很想问问老天，为什么会有这样残忍的伤病。

这些活生生的人，可爱的三金，和善的佟哥，大大咧咧的郭哥，儒雅的姜瑞鸣……他们每个人都热爱生活，乐观豁达，为什么偏偏是他们要遭遇这样的人生？

还有黎衍。

那么好的黎衍。

温柔的黎衍，暴躁的黎衍，聪明的黎衍，脆弱的黎衍……是她最珍惜、最心爱的人，现在也只能收起锋芒，和她一起过着清贫的小日子。

周俏坐在矮矮的躺椅上，渐渐弯下腰，手臂枕着脑袋趴在黎衍硬邦邦的大腿上。黎衍一下下抚摸着她的头发，问："真的不下去玩吗？"

"不想下水，我又不会游泳。"周俏享受着他的手指穿过自己头发的感觉，"只要和你在一起就行了，去哪儿，做什么，都无所谓的。"

黎衍浅浅地笑起来，往她脑门上弹了一下："小傻子。"

一群人玩了一个多小时，纷纷出水上岸。

柯玉自然是帮三金，文姐帮郭哥，唯有佟哥上岸时，晓芸坐在遮阳伞下一动不动，目光空洞，像是没看见。

佟哥双手撑着池边好几下都上不来，周俏都看急了，准备过去帮忙，这时候郭哥在轮椅上安顿好，文姐匆匆过去，抱着佟哥的腋下把他的身体提溜了上来。

佟哥坐上轮椅后，往晓芸这边看了一眼，周俏也在看晓芸，心里非常难受。黎衍眼神冷了一些，握握周俏的手，说："司空见惯，别多想，和咱们无关。"

晚上，所有人在院子里吃烧烤大餐，姜瑞鸣说肉和啤酒管够，大家不醉不归。

天渐渐黑下来，芳芳打开院子里的灯，周俏才发现，那些灯居然是一串串的，缠绕在树枝和葡萄架上，有白光，有黄光，一闪一闪的就像天上星星，民宿周围蝉鸣蛙叫，树影婆娑，感觉特别浪漫。

院子里的两个烧烤架早已架起，姜妈妈和芳芳把食材一盆盆端出去。周俏和柯玉也去帮忙，发现姜瑞鸣夫妻果然准备了好多肉串和啤酒，小孩子们都很开心，嚷嚷着要吃烤香肠。

晚餐就在一片欢笑声中开始，文姐和芳芳带着三个孩子，还有姜妈妈和晓芸坐在一个烧烤架旁，五个男人要喝酒聊天，就坐在另一边。

周俏和其他女性不熟，也舍不得离开黎衍，厚着脸皮赖在他身边。柯玉也一样，不过坐得更远些，自顾自打着游戏，由张有鑫烤好食物拿给她吃。

黎衍没让周俏动手，小傻子特别勤快，他怕她一动手就把整个烧烤任务给承包了，于是，没有女人帮忙，男人们就自己烤自己的。

院子里很快便肉香四溢。

周俏看着黎衍拿着肉串在烧烤网架上翻面、刷油、撒调料，还挺有模有样，忍不住拿出手机给他拍了几张。黎衍偏头看她，似笑非笑："又要发私密朋友圈了？"

"你别老是笑话我，就拍个照也不行啊？"周俏回看着照片。她拍下的是黎衍的侧脸，昏暗光线下，他的侧脸线条特别好看，剪影似的，她喜欢得不得了。

黎衍递给她一串香肠和一串鸡翅："吃吧，四岁宝宝。"

"喂！"周俏瞪他。

黎衍笑得露出一排白牙，肩膀都抖个不停。

吃了没过二十分钟，另一边的晓芸站起身进了屋，再也没出来过。文姐和芳芳对视一眼，默契地没提这件事。

男人们都看在眼里，沉默了一会儿后，郭哥先开口："小佟，你和你老婆怎么回事？上回出来玩还好好的，今天我看她就没高兴过。"

佟哥点起一支烟，深深地叹了口气："晓芸前几天和我提了离婚。"

众人都吃了一惊，连着黎衍也抬眸看去。

佟哥垂着脑袋，没看大家，自顾自说道："受伤五年了，我和她结婚后没过几个月就出了事，都没来得及要孩子。五年……她对我也算是仁至义尽，今天她本来不想来的，我说去见见朋友们吧，好歹相识一场，以后大家估计就见不到她了。"

没人说话。

张有鑫脸色特别差，柯玉终于放下手机，视线转到他身上。

姜瑞鸣问佟哥："你们之前不是在做试管吗？"

佟哥又叹气："做了两次，花了不少钱，晓芸也遭了很大的罪，就是没成功。"他语气愧疚，"这都赖我，人家要走，留也留不住，也没资格留。她才三十岁，人生还长着呢，陪着我一点希望都看不到。"说着，他的眼眶湿了，拿起酒杯猛灌一口。

郭哥和姜瑞鸣几乎同时向另一桌的文姐和芳芳看去，眼神都很复杂。

张有鑫感到烦躁，几个男人里只有他是单身，非常不愿意参与这个话题，干脆转着轮椅来到柯玉身边，坐在那里一动不动。

柯玉没理他，继续低头打游戏。

黎衍也没了胃口，随便烤了几串肉吃下后，也转到张有鑫身边，拍拍他的肩："三金，跟你没关系。"

"我知道，衍哥，反正人成了这样，这种事总有概率发生，也不是我能决定的。"张有鑫向他伸手，"有烟吗？"

黎衍掏出烟盒，两人一人夹起一支烟，慢悠悠地抽起来。

"啊对了，衍哥，我给你看个东西。"张有鑫突然想起一件事，拿出手机点开相册里的一个视频，递到黎衍面前。

周俏坐在黎衍身边，也凑过脑袋去看。

视频里是一个金发碧眼的年轻外国男人，长得挺帅，穿着内裤坐在床上，对着镜头侃侃而谈。周俏自然听不懂他说什么，但她看到了他的双腿，居然和黎衍一样，也是双大腿高位截肢，右腿残肢和黎衍差不多，左腿甚至还比黎衍短一点儿。

这个视频是讲他穿戴上假肢后走路的过程，周俏看到那两条假肢，和黎衍用的很不一样，上面居然有肉眼可见的电线。

穿戴过程没什么特别，特别的地方是在他站起来后。周俏的眼睛瞬间睁大，大脑一下子遭受到剧烈冲击。

因为，那个男人走路甚至都不需要用拐杖，在平地上走得特别稳，步态和健全人很像，只有一点点的僵硬感。他的身子不会左右晃，腿不是弧形甩出去，而是真正地迈出去，膝盖、脚踝关节运动得极其自然，脚掌落地也不是平面落下，完全就是模拟了常人走路的姿势。

他一边走路，一边对着镜头摊开手叽里呱啦地介绍着，周俏正看得入神，黎衍一把将手机推开，语气很不耐烦："有什么好看的？"

周俏急得叫起来:"等等!我要看!"

张有鑫一愣,迟疑着又把手机递到周俏面前。

周俏双手紧攥着手机,视频的后半段,是这个男人穿上长裤走路,这样更加像个健全人了。要不是周俏之前看到过他的残肢,简直难以想象他是和黎衍一样的双腿高位截肢人士。

黎衍说:"周俏,别看了。"

周俏没理他。

黎衍语气差起来:"周俏!我叫你别看了!"

周俏被他吼得回过神来。

张有鑫收回手机,尴尬地说:"衍哥,你发什么火?我前几天看到这个视频就存下来了,想拿给你看。这假肢好牛啊!比我们那种外骨骼支架牛多了!"

黎衍瞪向张有鑫:"你给我闭嘴!"

周俏问:"这种假肢有的买吗?"

张有鑫也不怎么怵黎衍,回答道:"不知道,这个像是在研发阶段,电线都露着的,一般成品不会这样。"

周俏又问:"这种大概要多少钱啊?"

黎衍气得大吼:"周俏,你想什么呢?!"

那声音响的,烧烤架旁的三个男人都回过头来了。

周俏看着黎衍:"上次在KTV,你那个博士同学说的,就是这种假肢吗?"

黎衍看着她的眼睛,一时答不上来。

周俏听到了肖巍的话,但当时一没照片,二没视频,她只知道那种假肢很贵,并没放在心上。可是现在,当她亲眼看见穿上这种假肢能让人走成这样,她的心都狂跳起来,看着黎衍时眼睛里的热切根本就遮掩不住。

这世上居然有这种假肢?

阿衍如果穿上它,就可以走得非常自然!

阿衍真的是可以走路的!

"周俏,周俏!"黎衍伸出双手握住周俏的肩,晃了晃她,"你听到三金说的了吗?还在研发阶段,没发明出来呢!你想什么呢?市面上根本买不到的,明白吗?"

周俏很努力地平复心跳,动动嘴唇,问:"那就算这种还没有,是不是已经有比你用的更高级的,有的买了?"

黎衍皱起眉与她对视:"你别管有还是没有,这玩意儿全自费的,我买不起,至少现在买不起!你不需要去想这个东西,全国这么多没了两条腿的残疾人,我没那么特殊!我现在用的假肢已经不差了,比大多数人都要高档!轮椅也不差了,我就是这么过日子的!明白吗?"

周俏看看张有鑫的手机,又看看黎衍的脸,再看看张有鑫和柯玉,摇摇头,说:"你上次和你的博士同学说,是几十万对吗?大几十万是多少啊?六十万还是九十万?"

黎衍头疼,知道周俏魔怔了,干脆编了个谎:"九十多万,你说我买得起吗?"

周俏快速地眨眨眼睛,又看着他:"阿衍,你真的不想用吗?"

黎衍无话可说,双手扣着她的双肩,深深地垂下头,声音很低:"周俏,不要做梦了,我们都是普通人。真的,你要是嫌弃我不会走路就直说,要不然我不明白你为什么要执着于这个。"

"我不是嫌弃你。"周俏想哭了,嘴唇都抖起来,"阿衍,我……"

"我知道,我知道。"黎衍也不顾是在张有鑫和柯玉面前,一把揽过周俏抱进怀里,"我知道你不会嫌弃我,那既然不嫌弃,咱们就别再想这个了,好吗?我只想和你好好过日子,我会坚持锻炼的,好的假肢我们把它当成梦想、愿望,总有一天我能用上,但不是现在。"

周俏也紧紧回抱着他,眼泪不争气地流下来。

黎衍轻轻拍着她的背。

张有鑫知道自己闯祸了,灰溜溜地离柯玉更近了一些。柯玉无语地看着他,低声说:"你是不是傻?你要给衍哥看直接发给他不就得了?"

张有鑫垂头丧气:"我也是好心啊。"

柯玉叹口气:"你可长点心吧,三金。"

晓芸已经离席,为了不让姜瑞鸣夫妻担心,黎衍四人都没走,继续留下吃肉喝酒。

周俏原本没喝酒,看过视频后突然就很亢奋,喝了整整三瓶啤酒。她喝得多,黎衍就不敢多喝,毕竟房间里没有无障碍设施,周俏要是帮不了他上马桶,他还得靠自己。

吃吃喝喝一直闹到夜里十点多,小孩子们都在房里睡着了,一群人才散场。周俏喝醉了,摇摇摆摆跟着黎衍上楼,黎衍倒是清醒得很,牵着她的手把她拖进房间,门一关上,她就扑到了床上。

黎衍先卸假肢,身上都是汗,干脆把T恤也扒下来。他转着轮椅去卫生间,往浴缸里放水。二人泡澡估计是没戏了,黎衍只想在浴缸里洗个澡,毕竟坐在淋浴房地上洗,感觉非常憋屈。

放水时,他想上个厕所,看着左右啥也不沾的马桶发了会儿呆。

先扒下内裤,他试着撑住马桶座圈往上挪,身子挪过去时很剧烈地晃了一下,幸亏他眼疾手快抓住轮椅,才没让自己掉下来。

黎衍叹口气,上完厕所后又爬回轮椅,坐在浴缸边等水放满。

就在这时,周俏出现在卫生间门口,倚在门框上眯着眼睛看他。

黎衍浑身光溜溜,眼瞳很黑,喉结一滚,周俏已经一步一步向他走来,一边走,一边脱掉自己的T恤和牛仔裤。走到黎衍面前时,她已不着片缕,弯下腰就吻住了他的唇。

从来没有哪一次是这样激烈的。

放满水的浴缸里,他们拥吻在一起,像藤缠着树,树迎着藤。水花哗啦哗啦不停地往外溅,周俏捧着黎衍的脸,近乎狂热地吻他,差点把他吻得躺倒在水里,好在他抓紧了浴缸边自带的扶手,才堪堪坐稳。

"谋杀亲夫啊?"他也来了脾气,抱着周俏一通狂啃。

热水让皮肤变得更加滑腻,酒精令神智都不太清醒,疯了一般纠缠后,黎衍的脑袋深深埋进周俏的肩窝,浓眉皱起,眼神迷离,心脏跳得那么有力,几乎要跳出胸腔!

浴缸里的水波一浪一浪地涌着,终于,他哼了几声,一切才渐渐平静下来……

周俏在床上裹着被子睡着了。

黎衍睡不着，拿出手机看时间，夜里23点50分。

这场景两个月前才发生过，不过，他的小傻子睡得那么熟，他似乎没办法在第一时间祝她生日快乐。

黎衍也没纠结，一会儿后就熄了床头灯。

半夜两点多，周俏惊醒过来，很是茫然。

黎衍在熟睡，她去上卫生间，被里头狼藉的景象吓了一跳，又着急忙慌地跑出来说："阿衍，阿衍！厕所里为什么搞成这样啦！地上都是水，会不会漏下去啊？"

黎衍被她弄醒，看她头发乱蓬蓬，一脸的惊慌失措，问："洗澡的事你还记得吗？"

周俏眨眨眼睛："什么？洗澡？"

她看看自己身上的睡衣，迷糊道："对哦，我什么时候洗的澡？"

黎衍简直要气死，人往床上一躺，拉过被子盖住脑袋，不想理她了。

"阿衍，阿衍……"周俏拍拍他，"你干吗呀？"

黎衍烦躁得不行，一把掀开被子，转头瞪她："我饿了，想吃方便面。"

"哦，我给你泡。"周俏麻溜儿地就下了床，拿着烧水壶去卫生间灌水，回来后又开始唠叨，想不起来之前发生的事。

黎衍抬手捂住眼睛，无力地说："厕所里是我弄的，一会儿我去擦干，你先烧水吧。"

两个人在房间里各吃了一桶泡面。吃完后黎衍再无睡意，去阳台上抽烟，周俏也跟出来，坐在一张休闲椅上与他一同往外看。

半夜时分，暑意消散，楼下已经恢复平静，连蝉鸣都低了许多。周俏坐了一会儿后，又站起身往下看，院子里的灯光没有熄灭，葡萄架上一串串的小灯依旧漂亮地闪烁着。

周俏自言自语道："阿衍，你说那些葡萄有没有熟啊？"

黎衍吸了一口烟，抬头看她。

周俏回过身来，眼睛亮晶晶的："我们去偷一串尝尝，怎么样？"

十分钟后，两人已经悄悄来到葡萄架下。

黎衍穿着假肢，心想自己真是有够疯，大半夜不睡觉，陪周俏下来偷葡萄。

整栋民宿除了黎衍住的那间，其他都暗着灯。周俏踮起脚，伸长手臂试试，葡萄架挺高的，她够不到，她又原地跳了几下，依旧未果。

周俏很丧气。

七月中旬，正是葡萄熟了的季节，白天时她就想摘葡萄了，可是人太多，她没好意思说。

周俏看向黎衍："阿衍，你试试，你比我高。"

黎衍没办法，支撑着站起来，周俏抱住他，抬起头看他伸手去够一串紫色偏多的葡萄，可还是差了一点点。

"要是以前，我站着应该就能够到，大不了跳一下，肯定摘得下来。"黎衍看着周俏挂下的嘴角，揉揉她的头发，"摘不到，算了吧。"

周俏的目光渐渐落在他的轮椅上。

两分钟后，黎衍扶着葡萄架稳稳站着，抬着头，看周俏站在轮椅上，轻轻松松摘下一大串葡萄。

"你小心点。"轮椅虽然刹住了，底下毕竟是四个轮子，黎衍还是很担心。

周俏跳下来穿上鞋，捧着葡萄笑得特别开心："摘到了！"

"是偷到了。"黎衍摇头苦笑，"你想吃，白天和芳姐说一声就行，非要半夜来偷。"

"多好玩啊。"周俏已经摘了一颗葡萄吃进嘴里，小眉头一下子就皱起来，"哎哟，酸的呀！"

黎衍没想到："不甜吗？"

轮椅已经被周俏推到他身后，黎衍坐下来，周俏一点不客气地侧坐在他腿上，摘下一颗葡萄也喂进他嘴里。黎衍牙齿一咬，一嘬，皱起周俏同款眉头："啊，这么酸啊！"

周俏笑得前俯后仰，黎衍瞪她："小点儿声！"

"吃到后来又觉得还好，挺新鲜的。"周俏又吃了一颗，问，"你还要吗？"

黎衍摇头："牙都酸掉了。"

"我能吃酸，摘都摘了，别浪费。"周俏笑起来，晃着腿一颗颗吃着葡萄，一边吃一边抬头看葡萄架上亮闪闪的小串灯，感叹道，"好漂亮啊……"

就在这时，她的眼前出现了一样东西。

周俏定睛一看，脑子里轰地放起一朵烟花，黎衍手上拿着一个银粉色首饰盒，在她的注视下，单手缓缓打开盖子——里面是一枚精致的戒指。

小小的，圆圆的，亮亮的，没有特别的花纹，但周俏的视线再也无法移开。

她左手还拎着一串葡萄，右手呆呆悬空摆着，嘴里的果肉没有完全咽下，眼泪却已经悄无声息地滑落下来。

黎衍右手一直搂着她的腰，漆黑的眼珠凝视着她，唇边泛起温柔的笑："老婆，二十二岁生日快乐。"

周俏一下子就搂住黎衍的脖子，呜呜咽咽地哭了起来。

黎衍拍着她的背，很是无奈："别哭啊，你好歹先让我帮你把戒指戴上再哭。"

周俏松开手，黎衍牵着她的左手，小心翼翼地把戒指套到她的左手无名指上。

周俏的手指又细又白，戒指尺寸不大不小，刚刚好。

"谢谢。"周俏也不知是在哭还是笑，又问，"你的呢？"

黎衍从裤兜里掏出另一枚男戒，没带盒子，直接放在周俏掌心。周俏也牵起他的左手，把戒指戴到他的无名指上。

"你好啊，黎太太。"黎衍笑着说。

"你这人……我都没想到你会送我这个。"周俏真是感动坏了，拉过黎衍的左手，把自己的手和他并在一起。

两只手，一只大，一只小，手形都挺漂亮，瘦而白，手指修长，无名指上的小圈圈在灯光下闪着迷人的光泽。

"喜欢吗？"黎衍问。

周俏小鸡啄米般点头："喜欢，超级喜欢！"

她眼睛里还含着泪，黎衍微笑着看她，眼神柔得像水一样。

远离都市，天上有璀璨星河，头顶还有可爱的闪闪灯光，暖融融的山风吹过耳边，在一片郁郁葱葱的葡萄藤下，黎衍与周俏温柔地接吻。

　　是葡萄味儿的吻，有点酸，后味却泛着甜。

　　周俏的手里还滑稽地提着一串葡萄，两个人的手交缠在一起，她的右手摩挲着他左手的无名指根，他亦是如此。

　　这浓烈的感情像是一团火，哪能这么轻易就熄灭？

　　回到房间，黎衍和周俏又一次在大床上纠缠起来。

　　世界上已经没有别人了，就只有他们两个人。

　　怀里抱着的是你，眼睛里看着的也是你，心里想的更是只有你。

　　黎衍伏在周俏身上，发梢的汗水滴落下来，洇在她的颊边。她微红的脸颊映在他漆黑的眼眸中，他低下头，沉醉在这难以消逝的悸动里。

第十四章
有你相伴，才是人间

翌日早晨，周俏靠在床头，把那段老外走路的视频静音，连看三遍。视频是她私底下问柯玉要来的，还叮嘱柯玉和张有鑫不要告诉黎衍。

再一次看，周俏依旧会被震撼到。

阿衍不想要这种假肢吗？阿衍怎么可能不想要啊！

他对待张有鑫恶劣的态度已经证明一切。

黎衍早就知道有这种假肢存在，也知道穿上它就可以走得很自然。但他从没有对她提起过，因为他买不起。

半夜里收到戒指让周俏感动又愉悦，但她心里其实一直惦记着那段视频，只是因为顾及黎衍的情绪而没再提起。

黎衍就睡在周俏身边，不知道是不是半夜起过床又做了运动的缘故，他睡得很熟，发出轻微的呼噜声。

夏天盖的被子薄，在黎衍身上勾勒出他的身体曲线，他背对着周俏侧卧，手臂露在被子外，腰线修长，然后……就没有然后了。

周俏想象着一个原本一米八五的男人该有多么高大，睡在两米长的床上，脚差不多就要到床尾了吧？

她抬头望着天花板，真恨不得那种先进的假肢立刻出现在面前。

大几十万，九十多万啊！对周俏来说就是一个天文数字。

可能很多钱塘本地人不会有这样的困扰，比如黎衍的拆迁户大舅、事业有成的小舅和中产家庭的小姨，还有张有鑫、白明轩、叶予薇那些本身家境就富裕的人。

周俏灰心得不行，觉得自己很没用，什么都不会，在经济上一点儿也帮不上黎衍的忙。她孤身一人在钱塘打拼五年，房子、车子那种东西想都没想过，只顾埋头挣那几千块钱工资，拼命省，拼命存，目标就是养活自己，供小树上学。

陶晓菲说，女人就得趁年轻找一个好男人结婚。本地人最好，因为有婚房，外地人也行，老家必须得有大房子，绝对不能穷。

陶晓菲最终拒绝了安全员郑彬，还是害怕经济有压力，如今依旧在不停地相亲、联谊，试图寻找一个能让她衣食无忧的男人。

周俏从来没有过这样的想法，十七岁时遇见黎衍，她便知道对一个人动心是什么感觉。她曾经想过，自己很多年后可能会将那个小哥哥淡忘，即使是那样，她也会继续寻找下一份动心。

父母的婚姻就是一场闹剧、悲剧，甚至根本就不能称之为婚姻。周俏不允许这种事在自己身上发生，要么就不结婚，要结婚一定要嫁给心爱的人。

现在，她和黎衍在一起，梦想成真，每天都感到很幸福，生活也眼看着一天天好起来。

只是，这份清贫安逸对她来说也许足够，可对黎衍呢？

如果有钱，他就可以过得更好、更舒适，住上自己名下的电梯房，开上汽车，坐上定制轮椅，穿上高级假肢，在公司里从一个办公室去另一个办公室，都不用坐轮椅，可以自己走过去！

再也不用一动不动地窝在轮椅上，一天下来坐得腰背僵硬。

好希望黎衍能过上那样的生活啊。

不想让他再这么辛苦……周俏慢慢地也躺下来，从背后抱住黎衍，脸颊贴在他宽阔温热的背脊上，沮丧地闭上眼睛。

怎样才能赚到大几十万？

如果按现在的存钱速度，即使黎衍升职加薪，也得存七八年吧？前提还得是她自己的收入也要稳定。

七八年后，黎衍都快三十五岁了，也不知道大腿残肢会不会更加萎缩，万一到时候连穿高级假肢的身体条件都没有了呢？

如果他们有了孩子，养孩子开销也很大，她可能还没法工作，那存钱的时间是不是要更久？

还有小树的学费……怎么办啊？周俏，究竟该怎么办？

黎衍被她弄醒了，迷糊地问："几点了？"

"十点多了。"周俏回答。

"这么晚了？"黎衍翻过身来面向她，"你怎么不叫我啊？肚子不饿吗？"

周俏笑着看他，手指在他漂亮的眼睛上描画："不饿，半夜都吃过泡面了。"

黎衍也笑起来，捉住她的手在自己脸上蹭蹭："那我们起床吧，他们估计都要取笑我们了，两个大懒猪。"

周俏坐起身："好呀，起吧。"

卫生间已经被黎衍收拾干净，盥洗台是正常高度，黎衍坐着轮椅没法刷牙，也懒得穿上假肢站起来，就直接对着马桶刷牙。

周俏刷牙时，黎衍在边上剃须，剃须刀嗡嗡响着，周俏从镜子里看他转动着脸颊把薄薄的胡楂剃得干干净净。

黎衍也从镜子里注意到周俏的视线，抬手一摸头发，坏笑着向她抛个媚眼："帅吗？"

周俏嘴里都是泡沫，弯着眼睛不停点头。

黎衍真觉得挺逗的，通常情况下男女朋友或夫妻处久了就会互相开玩笑吐槽，就像宋晋阳和杨瑾颂那样。黎衍刚才的问题如果由宋晋阳去问，杨瑾颂很可能会说：哪里帅？自恋狂！

但在周俏这儿，黎衍真是无比自信，不管何时何地何种状况，只要他问周俏自己怎么样，周俏肯定会给予百分之百的肯定。

"帅！"

"老公你最好看了！"

"你怎么那么厉害呢？什么都懂！"

"啊，我怎么这么走运能嫁给你啊！"

"喜欢你，全世界最喜欢你了！"
——《夸夸怪周俏语录》

娶了一个小迷妹老婆，这也是黎衍无论如何都没想到的。

有一段时间他不太习惯，总觉得周俏是在讽刺他。后来发现，小傻子就是个如假包换的傻子，对他说的每句话从不违心。

黎衍也就释然了。

截肢以后，他原本的自信荡然无存，是周俏一点一滴地帮他拾回来，用最笨拙的方式鼓励他，陪伴他，包容他，让他依赖，为他兜底。

黎衍发现自己现在真没什么烦恼，有房住，有车开，工作完全能胜任，有正常的社交活动，和周俏感情非常稳定。以他现在的身体情况来说，这已经是好得不能再好的状态。

接下去就是努力存钱，买一辆汽车，在专业上继续学习，考几个证，争取升职加薪，过几年要一个孩子……人生既已如此，不如就看开一些。能不能走路已经无所谓了，只要和周俏在一起，也算是一种小圆满。

离开房间前，黎衍突然拉起周俏的左手看，无名指上的戒指闪了一下，他微笑着也给她看自己戴着戒指的左手，她好开心，和他一同出门下楼。

因为天气太热，古镇之行安排在下午出发，大家就待在房子里吹空调、看电视和打牌。佟哥和晓芸已经提前离开，以晓芸的状态就算留着也没法玩。

午休到四点，郭哥一家、张有鑫和柯玉、黎衍和周俏准备出发去古镇。姜瑞鸣一家去过好多次，就没有陪同。姜瑞鸣提供了很详细的轮椅游览古镇攻略，告诉他们哪几家餐厅好吃，哪些特产值得买。

吩咐完注意事项，两辆车就一前一后出发，二十分钟后抵达古镇。

古镇是此行唯一要游览的景点，周俏很期待，穿上一条鹅黄色连衣裙，给黎衍准备的是白色T恤配牛仔裤，让他看起来年轻又休闲。

进到景区，一行人本来想一起行动，结果发现不行。

一个轮椅族已经很受人瞩目，三个男人都坐轮椅，回头率简直是百分之百。连心态很好的张有鑫都有点儿受不了，更何况是黎衍，于是大家决定分头游览。

三组人马散开在人流中，黎衍抬头看向周俏，拉拉她的手："走吧，老婆，我们去逛街。"

周俏微微笑着："好呀，走吧。"

这个古镇不是人工景点，很多房屋建筑是明清时期留下的，经过仔细修缮，一砖一瓦都充满了历史感，保留着原汁原味的水乡古镇风貌。

这是周俏和黎衍第一次到景区游玩，周俏对什么都很感兴趣，看到卖炸臭豆腐的小摊都要站着看一会儿。黎衍看她有点馋，笑着说："买一份吧。"

周俏看到价格吓一跳，二十块一份！她惊讶地说："这也太贵了吧！"

黎衍劝她："想吃就买，一份量挺大的。"

周俏摇头："不划算，不买。"

最后，周俏只舍得花六块钱买下两块新鲜出炉的小米糕，和黎衍一人一块分着吃。

一路上，周俏一边走一边看风景，时不时地注意一下黎衍，怕他碰到障碍。

他们听从姜瑞鸣的嘱咐，走河道的西岸，因为西岸算是无障碍通道，可以坐着轮椅从头逛到尾。东岸不行，有许多台阶，河道上每隔一段路，都会有座石拱桥连接东西岸，对黎衍来说，这石桥只能算风景，走上去得费他半条命。

轮椅一路在石板路上往前行，黎衍原本担心会颠簸，如今看来还能接受，并且的确一个台阶都没碰着。

只是，街边的店铺大多有木头门槛，黎衍真要进去也不是不行，就是非常麻烦，所以他放弃了，让周俏看到感兴趣的小店就自己进去逛，他在门口等待。

周俏觉得一个人逛店很没劲，逛过两三家就不逛了，想了个找乐子的办法，让黎衍帮她拍照。

古镇相当美，建筑别致，小桥流水，又有适当的植物点缀其间，随便挑个地方都是漂亮的背景板。黎衍帮周俏拍了好多照片，周俏也想给他拍，黎衍没同意："不要了，我不喜欢坐着轮椅拍照，一会儿碰到柯玉，让她用单反相机帮我们拍合影。"

因为不逛店，西岸走得很快，一个小时就来到尽头的小广场。

姜瑞鸣说的餐厅和酒吧都在广场上，黎衍和周俏碰到张有鑫，张有鑫笑得很大声："这么快就见面了？你俩买东西了吗？"

周俏除了小米糕啥也没买，摇摇头，发现张有鑫买了好多特产，都抱在腿上，有点心、绸伞、工艺品……她不禁感叹："这些东西在哪儿都有的买，景区多贵啊。"

黎衍哭笑不得："人家是三金，名字里就那么多个金了，你操什么心？"

张有鑫哈哈大笑，周俏才发现自己说了蠢话。张有鑫都是开宝马的人，花几百块钱买特产算什么？只有她和黎衍才会理性消费，没必要的玩意儿，两人意见一致，统统不买。

在不远处拍照的柯玉走过来，黎衍叫她："柯玉，帮我和周俏拍几张照吧。"说着就准备站起来。

张有鑫气到不行："衍哥，你要不要每次都这样？你有没有考虑过我的感受啊？"

柯玉吼他："你行了啊！自己站不起来还不许衍哥站起来吗？"

张有鑫深受打击，臭着一张脸看黎衍拍照。

黎衍挑的背景有河，有桥，还有河对面古朴的建筑群，他稳稳站着，很自然地揽着周俏，面带微笑，柯玉帮他们拍下好几张合影。

绝对不是为了刺激张有鑫，黎衍就是喜欢站立着和周俏拍照。每一次拍，看着身边这个矮了自己半头的小女人，心里都会有一种满足感。

看照片时，他会忘掉自己的腿是假的，就觉得两个人一高一矮依偎在一起，看起来很舒服。这才是一对恋人在景区留影的正确模式，过些年给孩子看，也不会显得太心酸。

既然已经会合，四个人决定找地方吃饭。因为是周五晚上，中餐厅人很多，他们就挑了一家人少的西餐厅，吃点意面牛排烤翅，还能喝喝咖啡聊聊天。

点完菜，黎衍转着轮椅离开了一下，回来后没多久，服务员就送来一块长方形的巧克力慕斯蛋糕，并且递给黎衍一支细细的蜡烛。

周俏立刻明白是怎么回事了。

黎衍在张有鑫和柯玉惊讶的目光里，把蜡烛插到蛋糕上，又点燃，解释道："一直没和你们说，今天其实是周俏二十二岁生日，之前没想着订蛋糕，就送了个小礼物。刚好这个店里有蛋糕，我想想还是得帮她简单地过一下。"

他转向周俏："俏，生日快乐，许个愿吧。"

张有鑫说："衍哥你这流程不对啊，你还没唱歌呢！"

周俏也噘着嘴看他："对啊，你还没唱歌呢！"

黎衍没办法，快速地看了眼周围，轻轻地唱起《生日歌》来："祝你生日快乐，祝你生日快乐，祝俏俏生日快乐，祝你生日快乐！"

唱完以后，他往周俏脸颊上印下一个吻："老婆生日快乐。"

张有鑫拍了下柯玉的胳膊，两个人立刻啪啪啪鼓起掌来。张有鑫喊道："周俏，生日快乐！"他从自己买的一堆特产里挑出一样工艺品递给她，"小礼物一份，临时买的，别嫌弃啊！"

周俏欣喜地接过："谢谢！"

柯玉已经端起相机，拍下周俏闭眼许愿的样子。许完愿，周俏吹灭蜡烛，看着黎衍笑个不停："谢谢你，阿衍。"

"这么简陋还谢啊？明年好好给你过。"黎衍自己都觉得这生日过得好敷衍，揽着周俏的肩又看向柯玉，"来，柯玉，再帮我们拍几张照。"

周俏靠在黎衍肩上，心里美美地想着，真幸福啊！

有没有蛋糕其实无所谓，黎衍送的戒指已经足够让她满足。

拍完照，黎衍问周俏："你刚才许的什么愿？"

周俏摇头晃脑地说："不告诉你，愿望说出来就不灵了！"

吃完饭，看过夜景，张有鑫和郭哥通电话说了一声，四个人便离开景区回民宿。

时间还不算太晚，天又闷热，芳芳带着小希望在泳池里游泳。张有鑫看着心痒痒，磨了柯玉半天，两个人也下水玩了一会儿。

郭哥一家回来时，橙橙、彤彤不干了，文姐只能带她们下水。于是，小院子的游泳池里很快又响起一阵小孩子的欢笑声。

周俏趴在阳台护栏上看他们玩水，黎衍洗过澡，转着轮椅来到她身边，说："你要想去玩也可以去，泳衣都有了。"

"不去，你不去我才不下水呢。"周俏说，"我也去洗澡了，今天好热啊。"

房间里空调开得十足，两人都洗完澡，说是一起上床看电视，结果看着看着，就忍不住痴缠在一起。

刚刚变得干爽的身体很快又被汗水打湿，紊乱的呼吸渐渐平复后，周俏脸埋在黎衍胸前，手搭在他的腰上，一下一下地抚摸着。她心里突然想起一件事，说："阿衍，昨天来的路上，你说你以前复健时，被人说过什么话，现在能告诉我吗？"

黎衍原本轻松满足的表情一下子消失不见，眼神冷下来。周俏抬眸看了他一眼，也不在意："你要是不想说就算了，没关系的。"

听着她轻缓的声音，黎衍的眼神又渐渐柔和，抬手摸摸她的脸颊："其实也没什么，昨天就说要告诉你的。"

他顿了一下，不知该从何说起，半晌后开口道："那时候，我刚知道自己腿没了，差不多算疯了吧，闹了好久，有一个医生就和我说，我这个情况穿上假肢可以重新走路。我其实不太信，毕竟两条腿都没了，还只剩了这么点儿。"

黎衍抓着周俏的手抚到自己大腿残肢上，和她一起轻揉那团软软的皮肉。

"腿骨也就只剩十厘米，我想着，这怎么走啊？是安慰我吧？我妈说这是医生说的话，医生懂的肯定比我们多，他说能走，就一定能走。我想想也是，就信了，满怀期待地转院去康复医院，定做了第一副假肢。

"那个假肢膝关节是锁死的，接受腔下面就连着一根棍子加一个脚板，非常非常短。我穿上以后，站起来就和你差不多高，当时就崩溃了，觉得这什么破玩意儿，就这？能走路吗？

"就是那个时候我认识了三金。除了三金，康复医院里还有许多复健的残疾人，什么类型都有，你都不知道，就这么一个小破医院，居然还有鄙视链。

"轻残的鄙视重残的，截肢的鄙视截瘫的，腰瘫的鄙视颈瘫的……都是残疾人，还分三六九等，我也算是大开眼界了。"

黎衍自嘲地笑起来，想到那年发生的事。

穿着第一副假肢走路时，张有鑫表示羡慕，其他截瘫患者反应也差不多，但更多的截肢伤者对他说的话就不一样了。

黎衍在截肢人群里程度算严重，那些伤友有些是好意，给的是中肯建议，有些却不知出于什么心理，居然表现出很强的优越感，说出来的话充满恶意，不伤人不罢休。

黎衍当时情绪本来就很差，脾气超级大，几乎是一点就爆，偏偏有个四十多岁的男人老要来招惹他。那人自诩是为黎衍好，但在黎衍听来，说的话就是挖苦和嘲讽，他到现在都还记得。

"我看看你残肢还剩多少？哎哟，这也太短了吧？那你肯定走不了了呀！我就没见过你这么短的残肢还是双大腿，可以重新走路的。

"你快别练了吧，浪费时间浪费力气，我看着都难受，你自己不觉得丑吗？

"我跟你说，拿个滑板车，要不就两个小板凳，用手撑着走，那样子最方便了！上楼下楼都没问题。咱们是男人，你把膀子练出来，哪儿都能去，以后就算在被窝里抱老婆，也得靠手有劲腰有劲……"

黎衍当时就爆发了，拿着拐杖挥过去，被那人轻易躲开。那人只是单小腿截肢，趁黎衍拐杖没落地，直接推了他一把，就那么轻轻一下他就摔倒了，自己根本爬不起来。

他把两支腋拐都朝那人狠狠丢去，嘴里大声让他滚。

那人不仅不滚，还哈哈大笑，指着黎衍对旁人说："这小年轻也忒激动了，我就是不想让他浪费时间啊，你们见过哪个双腿高位截肢还穿假肢的？这不是脱裤子放屁——多此一举吗？"

张有鑫当时也在场，但他自己都坐在轮椅上，没法拉黎衍，还是复健师过来把黎衍扶起来。那以后，黎衍在床上躺了好多天，有一天，突然向沈春燕提出，想做一副更好的假肢。

车祸赔偿的四十多万在几个月的住院治疗、复健训练中用得所剩无几，黎衍住院时残肢伤口出现过感染，还做过二次手术，康复医院的治疗又全部自费，所以沈春燕当时已算走投无路。但黎衍提出了要求，她无论如何都要去满足。

沈春燕厚着脸皮向弟弟妹妹借钱。沈春辉和沈春莺在黎衍出车祸后都已经送过钱，这时候知道黎衍的想法，沈春辉又给了五万，说不用还，沈春莺也给了两万。最后是宋桦给了三万，才算是把这事解决。

新的假肢很快就做好了，两条腿花了近十万。

黎衍重拾信心，继续练习走路，但很快又被残酷的现实深深打击。

他还是走不好……

那个嘴贱的男人又出现了，见他换了假肢，有气压膝关节，说出来的话又变成另一种腔调。

"你换那么好的假肢有什么用？有这点钱还不如去买辆车。你这样的走不了就是走不了，不像我，用残联发的三千块的都能走，穿上裤子根本就看不出来。

"你这个关节再好有啥用？你没发现你脚板都没怎么离开地面吗？腿都是甩出去的，这叫走路吗？我给你看看我走，你看着啊！

"你放弃啦！怎么可能出去走路还跟鸭子一样，撅着屁股甩着腿？别人怎么看你啊？你穿着假肢坐轮椅上，别人只会觉得你腿脚不好。你要是真这么走起来，人家不得笑死啊？人人都知道你这两条腿是假的啦！

"要我看，轮椅都不用，真的，就听我的！不要轮椅，不要假肢，就用手来撑。你别嫌丑，方便最要紧啊！膀子练结实了你动起来可灵活，嗖嗖嗖哪儿都能去，我还见过没腿的人爬上泰山呢！就用手爬上去的！"

……

当时的黎衍已经不奢望让那人闭嘴了，他麻木了，绝望了，自己也被走路这件事打击到崩溃。如果非要说出那时候他心里在想什么，那就是——想死。

当然，现在的他已经想不起那种整个人陷在沼泽里的窒息感，更加不会对周俏提起当时的念头。

周俏听着黎衍简单的讲述，已经可以想象那时的场面。

那个曾经骄傲嚣张的二十二岁大男孩，在她找不到他的那几个月里，不知道经历了多少痛苦和折磨。她心疼又难过，想要抱紧他，却又说不出什么安慰的话，毕竟那是好久以前的事了。

周俏心里忍不住想起自己刚许下的生日愿望——

老天爷啊，希望我的阿衍可以早日用上高级假肢，重新走路。

只要能让他重新走路，再苦，再累，我都不怕。

房间里只亮着幽幽的床头灯，电视上在播什么，早已无人在意。

黎衍抱着周俏，说完当年的糟心事，心里感到一阵轻松。有很多事周俏都是不知道的，黎衍想，他们以后有的是时间，他可以一点一点慢慢地告诉她。

"我跟你说，你别哭啊，这都多少年前的事了。"黎衍已经很了解周俏的心思，知道小傻子听到这些事肯定会为他抱不平，干脆就提前哄哄她，"我早就想开了，昨天就是碰巧说到了而已。"

周俏难过归难过，倒也没有想哭，更多的感觉是生气。

黎衍摸着她柔顺的头发："俏俏，你会不会觉得我很矫情？我知道像我这样的情况，不穿假肢行动的确会比穿着假肢方便许多，但我真的……就过不了自己心里那道坎，接受不了那副样子出现在别人面前。"

　　周俏的手还抚在黎衍的大腿残肢上，这是他身体上最敏感的一处禁地，除了医护、复健、假肢技师等专业人士，这些年来连沈春燕都没有触碰过。

　　只有对周俏，黎衍才会心甘情愿地卸下心防。没在一起时，他也曾对她遮遮掩掩，还因为她偶然看到他的身体而躲在被窝里痛哭，现在想来简直搞笑。

　　周俏说："不矫情。这哪叫矫情啊？每个人性格不一样，底线不一样，别人能接受是别人的事，你不接受也很正常。就跟有些女人不化妆绝不出门一样，那都是人家的事儿，谁都不能去干涉。阿衍，做自己就好。"

　　"嗯。"黎衍低声应着。

　　一番运动加一场夜聊，院子里的泳池早就没了人，民宿小楼又一次陷入沉寂。周俏起了睡意，黎衍却不太睡得着，心想大概是早上起晚了，下午又眯了会儿，这时候居然清醒得很。

　　他把自己挪到轮椅上，转到阳台去抽烟。

　　天气真闷热啊，即使是夜里，室外都是热扑扑的风。小镇居民夜生活不丰富，这时候房屋几乎都暗着灯，天上的星星倒是比城里明亮许多，夜色下，能隐隐约约看到远处的山影。

　　黎衍拿出手机看时间，还有二十分钟就到零点。

　　微信里有张有鑫传给他的照片原图，他一张张下载下来。

　　看着自己和周俏甜蜜的合影，黎衍心里突然生出一股冲动，觉得在这特殊的日子，应该做点什么。

　　他快速打开微信编辑起一条朋友圈。

　　四年多没发圈了，这个页面点都没点开过，黎衍一不做二不休，直接拼出一个九宫格，写上文字后，扫了眼手机右上角的时间，手指移到触屏键上，点击发表。

　　朋友圈发出以后，他才感到害臊，不敢去看，锁上了手机屏幕。

　　黎衍双臂扒在阳台栏杆上，坐直腰身、探着脑袋往楼下看。院子里的小串灯依旧亮着，泳池里没有灯光，水面平静，笼罩在一片阴影中。

　　看着看着，他心里又冒出一个大胆的念头。

　　坐着轮椅回到房间，黎衍拍拍周俏的手臂，周俏快要睡着了，一下子惊醒过来"怎么了？"

　　黎衍对她绽开一个笑，问："俏俏，你想游泳吗？"

　　就和前一晚一样，两个人做贼似的下楼，这一次轮到周俏觉得自己在发疯，大半夜陪黎衍下来游泳。

　　她已经换好泳衣。柯玉帮她买的泳衣挺保守，紫色短袖连体款，还带着小裙子。黎衍依旧穿着假肢和长裤，两人偷偷摸摸来到泳池另一边光线几乎照不到的地方，黎衍扒掉T恤，卸下假肢，弯着腰、手撑地面把自己挪到地上。

　　年轻男人的上半身清瘦却有力，手臂修长，小腹绷紧时肌肉明显。与漂亮的上半身相比，他缺失了的下半身惨不忍睹。

黎衍也已经换好泳裤——藏青色平角款式，两截残肢从裤腿处露出一些，坐在地上仰头看周俏，视线的角度实在让他很不爽。

周俏不放心，从池边挑了一个小猪佩奇图案的救生圈给黎衍当浮力板用。见他一脸不情愿，周俏说："先试一下嘛，你要是能游，一会儿就不用，万一沉下去怎么办啊？"

黎衍不开心："你不会抱着我吗，柯玉都抱着三金的。"

周俏着急地说："我自己都不会游泳。这水好歹有一米四深，柯玉个子高，我这么矮，万一站不稳我俩不得淹死啊！"

黎衍觉得有道理，便双手撑地一步步荡到池边，喊周俏："你先下去，一会儿接着我。"

周俏乖乖地从扶梯处下了水，黎衍见她在水中站稳，向自己展开双臂，笑道："我来咯。"

"来吧！"周俏仰头看着他。

黎衍就手撑池边把身体荡到水上，手一松，人便掉了下去。还没等他往下沉，周俏已经一把抱住他，水花声不算太大。

两人相拥着在水里安静了会儿，仔细听，小楼里一点动静都没有，彼此对视着就笑起来。黎衍几乎是挂在周俏身上，周俏捞过救生圈，他双臂往救生圈上一扒，安全地浮在了水面上，周俏这才松手，问："感觉怎么样？"

"有点怪。"黎衍皱着眉体会一番，他的身体是碰不到池底的，原本游泳时自然而然地踢腿或蛙泳腿，这时候也只剩两截残肢在水里徒劳地抬动。

"怎么突然想游泳啊？"周俏还是觉得不可思议。

黎衍瞥她一眼："那你昨天怎么突然想要偷葡萄？"

周俏无话可说，她只能在水中露出一个脑袋，伸手揽住黎衍的腰，问："你要游游看吗？"

黎衍不太敢，心里多少带些恐惧，手臂扒着救生圈不放。

"三金和郭哥都能游。"周俏鼓励他，"按理来说，他们身体要比你重，他们能游，你一定也能游。"

"我怕我保持不了平衡。"黎衍低头看自己在水下短短的身体，"游不起来就死定了。"

"什么死定了？我不是在吗？"周俏说，"我会一直跟在你身边的。"

她这么说，黎衍下决心了："那我试试。"

他鼓起勇气松开救生圈，深吸一口气往水里扎，周俏赶紧拖着救生圈跟在他身边，略微艰难地在水中走动。

她看到黎衍用的是自由泳的手臂姿势，左右手交替划水向前。也许潜意识里他想要用腿踢水，可客观现实决定了他的两截大腿残肢只是在身后小幅度地上下抬动。

失去双腿后第一次下水，身体的平衡果然很难保持，他一鼓作气游过近十米后，在又一次换气时不小心呛了水，顿时就有点慌。他想要开口喊周俏，没喊出来，反倒又喝了两口水。

手臂扑腾了一下，周围没有任何东西可以抓，身体又够不到池底，黎衍告诉自己不用担心，冷静一些，周俏就在不远处，可突然而至的危险还是让他的身体本能地挣扎起来。

突然，一双手揽住他的腰，黎衍像是抓住一棵救命稻草，双臂用力缠上去，周俏低呼："你别这么用力，我要站不稳啦！"

她几乎被他扑倒，好不容易才站稳身子，把救生圈交给黎衍。他单手扒在救生圈上，咳了几声后，大口大口地喘气，终于慢慢平静下来。

黎衍腾出右手抹了一把脸，脑袋抵着周俏的额头，这时候才想起池水已经喝下肚，忍不住就笑出了声。周俏感觉到他的身子笑得直抖，气道："你还笑！游这么快干吗，我追都追不上你。"

黎衍抬起头来，头发和脸都湿漉漉的，在这昏暗的环境里，他的肤色显得格外白，眼睛也是格外黑。

他依旧在笑，周俏也被他逗笑了，糗他："某条社会新闻，一名年轻男子在一米四深的泳池里溺水，危急时刻被其不会游泳的妻子所救，最终化险为夷。"

黎衍一点儿不生气："评论会说，天啊！这男的得多矮啊？"

周俏"噗"一声笑出来，依旧紧紧地搂着他，借着水和救生圈的浮力，并不觉得吃力。

"还游吗？"她小声问。

黎衍说："再游一会儿吧，我有点感觉了，刚才是游得太猛，游慢点应该不会再呛水。"

"刚才真是吓死我了。"周俏噘起嘴，有点嗔怪地看着他。

"对不起啊老婆，让你担心了。"黎衍低声说，"其实……这趟出来也没带你去多少地方玩，好不容易有个泳池，就想让你也体验一下。"

周俏摇头："我说过了，只要和你在一起就行了，我没那么贪玩。"

黎衍的神色渐渐变得温柔："这两天也就陪你逛了个古镇，这附近有个景点其实更有名，不过要爬山。俏俏，以后我能陪你去玩的地方真的挺少的。"

"我不在乎这些。"周俏笑着说，"你不是说过我是土包子吗？土包子不喜欢旅游，旅游多花钱啊，我可是周扒皮。"

"我以前还挺喜欢旅游的。虽然没去过太远的地方，好歹也坐过飞机和高铁。"黎衍捏捏周俏的脸颊，"就因为是小土包子，才更应该多看看这个世界，等我们有了孩子，也得带孩子出去走走。远的地方不行，我们就自驾周边游，或者坐高铁。我真的想陪你出去玩，我想你能和别的女孩子一样，穿得漂漂亮亮的，看风景，吃美食，拍很多好看的照片。"

"好呀，你说的哦，我可记住了。"周俏感到好窝心。

黎衍眨了下眼睛，又说："而且，还有个挺幸运的情况。"

周俏好奇地问："什么呀？"

黎衍一本正经地说："我有残疾证，大多数景区对我都是免费的。"

"哎！你这人真是……"周俏被他打败了，气道，"幸运什么啊！你讨不讨厌！"

黎衍笑得露出了牙，声音却是低低的："没和你开玩笑，能省下好多门票钱呢。"

他居然可以用这事儿来打趣了，周俏一点也不觉得好笑，只感到无奈。

黎衍笑了一阵子后，看着周俏微愠的脸色，眼神渐渐变得深邃、迷人。他被周俏抱得很紧，身体在水中随着水波小小地浮动着。他的脸颊向她靠近一些，左臂扒着救生圈，右手牢牢搂在她背上，微微偏了一下头，眼睫半阖，嘴唇便落在周俏的唇上。

水里的拥吻美妙又浪漫，身上皮肤滑溜溜，热气夹裹着湿意，身体浸在水中又很凉爽。周俏被吻得脚都有些发软，恨不得缠到黎衍身上去，理智却告诉她不行，现在，她可是两个人唯一的支撑。

唇齿纠缠，呼吸交错，深深地吻了好久，周俏才松开唇："你再游一会儿吧，这种包场的机会可不多哦。"

黎衍笑了一下，松开双臂，慢悠悠地在泳池里游起来。

这一晚又没能好好睡觉，第二天周俏比黎衍先醒过来，对着天花板眨眨眼睛，啊！三天两晚的旅行就这么结束了，好快哦。

她捞过手机打开微信刷朋友圈，刷着刷着，她一愣，人都差点从床上弹起来，好不容易才稳住心神，把自己固定在床垫上。

黎衍昨晚发朋友圈了！

发的还是她的照片！

足足九张！

第一张是他们前一天在古镇河边的合影，黎衍揽着周俏，两人脸上都漾着笑。柯玉是专业摄影师，水平没得说，整张照片构图、用光都非常有感觉。

第二张是黎衍和周俏站在A大图书馆前的合影，两人穿着情侣装，一起圈着手臂比爱心。

第三张是四月时在餐厅包厢的合影，也是柯玉的作品。

第四张是在白明轩婚礼的迎宾处，黎衍把其他人裁掉了，只剩下他和周俏。那天的周俏精心打扮过，黎衍也特别帅，站在一起看起来居然很登对。

第五张、第六张是前一晚在西餐厅的照片，一张是周俏在许愿，另一张是黎衍揽着她的肩，几乎算是特写。因为角度关系，完全没有拍到他身下的轮椅。

第七张、第八张照片，都是黎衍在景区里拍下的周俏，或站或坐，每一张都笑得很甜。

最后一张也是黎衍拍的，是两只手的特写，背着光，有点暗。大手在前，小手在后，手指纠缠在一起，唯有无名指上的两枚戒指闪着耀眼的光。

周俏又一次看向黎衍配的文字：

有你相伴，才是人间。

生日快乐。

周俏一遍又一遍看着这短短十几个字，简直难以想象，是黎衍啊！他居然发这样子的朋友圈了！四年多来的第一条！写的是她！照片也是她！连他自己都出了镜！

啊啊啊啊啊！

周俏都没敢发过黎衍的照片，就怕他不高兴，统统发的是私密朋友圈。现在这人居然来这一出，周俏觉得自己简直要吃速效救心丸，真的快幸福得晕过去了。

照片下面宋晋阳、杨瑾颂和沈春燕都点了赞。

【宋晋阳】：天！！真是你发的？？？差点以为我眼睛出幻觉了！！！代我向弟妹说声迟到的生日快乐啊！

【杨瑾颂】：感动到哭！[大哭]

【妈妈】：[玫瑰][玫瑰][玫瑰]

周俏再也忍不住，一下子就扑到黎衍身上。熟睡的男人被吓得惊醒过来，一脸蒙中听到周俏说："你手机拿出来！我要看评论！"

黎衍："啊？"

周俏看着黎衍手机上的评论，数不清的点赞，数不清的恭喜。黎衍有个习惯是不改备注名，所以底下的评论周俏也分不清谁是谁，只知道所有人都在给予祝福。

张有鑫的评论周俏认得，他发出了灵魂的呐喊。

【三金是个乖孩子】：啊啊啊你已经不是我认识的那个衍哥了！！！

周俏把手机还给黎衍，黎衍正抱着双臂、挑着眉毛看她。

"你好讨厌！"周俏抹抹眼睛，刚才忍不住又掉了几滴眼泪，"早说嘛，我也发！我都不敢发，现在生日都过了。"

黎衍笑起来，伸臂将她揽进怀里："我又没有不让你发过。"

"那我以后也可以发你的照片吗？"周俏眼睛亮亮地抬头看他。

"可以啊。"黎衍思索了一下，又说，"不过……别发我坐轮椅的，行吗？"

周俏眼睛里的光亮黯了一些，转瞬又恢复为喜悦，点头道："知道啦。"

夏日里的短途旅行正式结束，早餐后，三队人马向姜瑞鸣夫妻告别，启程回家。

回到钱塘，黎衍和周俏又回归到原先的生活状态：一对普通的双职工小夫妻，一个朝九晚六上班，另一个白班、晚班倒来倒去，两个人忙碌又充实，休息日总也碰不上，但他们也没太在意。

黎衍的走路锻炼一直在进行，周俏不能陪他时，他就自己挂着两支肘拐在家里走。

三个月持续不断的锻炼的确产生了效果，站立时，黎衍发现自己的残肢承重力好了许多，站久些都不会太累。他越来越享受站立的感觉，不再感到是折磨。

七月过去，进入八月后，周俏开始期待小树的到来。

黎衍有些紧张，总有种要见家长的错觉，向周俏问来小树的鞋码，专门给他买了一双五百多块的运动鞋。

"太贵了吧？"周俏看着鞋子发愣，"我老家那个地方，镇上的工资可能才一千多一个月呢！"

"你弟弟脚应该不会再长了，好点儿的鞋子可以多穿几年。"黎衍说，"我上高中那会儿就想要好鞋子，打球舒服，我妈也没钱给我买，后来还是上大学后自己打工赚钱才买的。"

他端详着手里的鞋子，白橙相间，很酷炫，想象周俏的弟弟穿着这鞋在篮球场上奔跑，心里难免感到羡慕。

次卧里的电脑被黎衍搬到主卧，他已经开始复习备考，必须要用到电脑。周俏把次卧的小床换上干净的床单被子，又给小树准备好毛巾、拖鞋、牙杯、水杯等生活用品，一切就绪，就等周俊树同学大驾光临。

黎衍问周俏："你想过带小树去哪儿玩吗？"

"嗯……"周俏看着台历本，咬着笔头思考，"钱塘乐园、博物馆、A大，再就是几个公园吧。随便啦，他哪儿都没去过，来这儿肯定和我当年一样，乡巴佬进城，看什么都新鲜。"

黎衍笑死了："你到时候陪他出去玩，别太小气，带他吃点儿好吃的，就当我请客了，工资都在你那儿呢。"

周俏撇撇嘴："你说得好像我能虐待他一样。"

黎衍摇头叹气："真说不准，我怕你自己带个干粮带瓶水，玩累了就说'小树，来，我们吃面包了'。"

"胡说八道！"周俏攥起拳头去捶他，"我哪有这么小气？我和你出去哪次是这样的？"

"都说了是和我出去。"黎衍一边躲一边捉住她的手，"你对我多大方你自己心里有数吗？我都没办法去说你，小树是你亲弟，你要拿出对我的那种大方去对待他，明白吗？"

周俏偏头想想，摇头："那不行，他和你根本没法儿比！"

黎衍失笑，心想周俊树同学要是知道他亲姐这会儿说的话，怕是会吐血吧？

这天，周俏午休时接到一个归属地为老家的陌生电话。她接起来，居然听到小树的声音："姐，这是我的号码，你存一下。"

周俏很惊讶："你办手机号了？你哪儿来的手机呀？"

"打工挣钱买的。"周俊树说，"我暑假打工就是为了买个手机，一千多块钱，都是我自己挣的。"

周俏原本是想等小树来了，把自己那部旧手机给他用，既然小树买了，她也就不多说。十七岁的男孩想要一部手机，可以理解。

"买了手机不能影响学习啊。"周俏叮嘱他，"开学你就高三了，最重要的一年，千万别分心。"

周俊树应下："我知道，我就是想和你联系方便点，不要老是去麻烦邱老师。"

周俏笑起来："行吧，姐相信你的自制力。"

两人又聊过几句，小树再过三天就要出发来钱塘，周俏纠结了一会儿，决定把自己和黎衍的事告诉他。

"小树，姐和你说件事，你听了别惊讶。"周俏声音很轻。

周俊树语调平静："什么事？"

周俏咬咬唇，大胆地说了出来："姐已经结婚了，登记完有大半年了。"

电话那头陷入沉默。

过了一会儿，周俊树才开口。

"你为什么不早告诉我？"他想不明白，"邱老师知道吗？"

"不知道，我没和她说。"周俏说，"我和你姐夫只是登记，还没来得及办酒，所以就没和你说。"

周俊树问："那我过去……要和你俩一起住吗？"

"嗯。"周俏说，"你的小房间给你留着了，到时家里就我们三个人……小树，还有一件事要提前告诉你。"

"什么？"这一次，周俊树的语调已经平静不下来了。

周俏说："你姐夫……身体……呃……他腿脚不太好，平时要坐轮椅。你到时候见到他说话要注意，有些事不要提。你大了，应该懂事了，你姐夫是个非常非常好的人，你会喜欢他的。"

又一次沉默。

周俏想着自己总归说完了，小树不是小孩子，应该会明白的。

没想到，周俊树在电话那头愤怒地叫起来："周俏你怎么回事？你为什么要嫁给一个残废？又是因为钱吗？那你当初为什么要跑？你不肯嫁给邵群山，嫌弃人家是残废，千辛万苦跑掉现在又嫁一个残废？你疯了吗？！你把我一个人丢在这儿五年！五年！就为了去嫁给一个残废？这就是你说的好日子吗？他给了你多少钱啊？！"

周俏的脸色变得冰冷一片，咬牙道："周俊树你听着，在你姐夫面前，你要敢再提'残废'两个字，就立刻给我回去。你要么就答应我，要是不答应，火车票退掉，你不用来了。"

电话里的周俊树呆住了。

周俏其实不太愿意回想以前的事。

邱老师对她说过，人不能总往回看，走过的路有好有坏，想再多也没用，人就是要往前看。

多亏了邱老师，让她到钱塘后能和小树重新联系，给他汇钱、寄衣服。虽然小树头几年一直在怪她，不愿意和她通电话，但她知道，小树心里是记挂着她的。

说起来，小树也是一个可怜孩子。

他一岁多时，母亲就丢下姐弟两个逃跑了，留下的唯一一张照片是结婚证上和父亲的大头合影。那是一个五官清秀的年轻女人，只是眼神木然，一点笑容都没有。

小树算是周俏带大的，那时候周俏自己才六岁，爷爷奶奶生了好多个子女，周俏的父亲是个混账，父母和兄弟姐妹都对他避如蛇蝎，自然没人来管周俏姐弟的死活。

对爷爷奶奶来说，花钱给这不成器的儿子买个老婆，已经是他们最后的慈悲。

周俏和小树小时候过得很苦，挨打、挨饿、挨冻是家常便饭。周俏很早就被母亲教会烧火做饭，母亲走后，小小的她勉勉强强搞出一些热饭菜，一把屎一把尿地把小树带大。

姐弟俩的感情自然不一般，但这感情又有区别。周俏承担起了母亲的义务，对小树更多的是一种责任感，骨子里的善良淳朴坚韧让她再苦再难也会咬紧牙关照顾好自己和小树。而小树不是这样，小树依赖周俏，认为周俏是他最亲的人，对他最好的人。

小时候两姐弟常被村里小孩儿欺负，小树一开始还会哭哭啼啼找周俏告状，周俏也没好法子，只能劝劝他。时间久了，小树就不怎么爱讲话，性格变得敏感内向。

好在，因为周俏热爱学习，也算是给小树做了好榜样，小树的学习成绩一直名列前茅，不用让人操心。

周俏十七岁那年的暑假，父亲又做了一件混事儿，十二岁的小树站在家门口，眼睁睁地看着父亲带姐姐离开。原本是说过一阵子周俏就会回来，没想到这一走，就是整整五年。

周俏下班后，坐上开往高铁站的公交车，回忆起小时候的事。

想到自己离家那天，回头看了小树一眼，瘦弱的小树就那么直愣愣地望着她，也不知道后来哭没哭。

五年多了。

来到火车站接站口，周俏给小树发微信。

小少年有了新手机后就注册了微信，没几天工夫已经玩得很溜，给自己取了个中二兮兮的微信昵称【树影·星痕】。

二十分钟后，高铁到站，周俏伸着脖子焦急等待。直到此刻，她才真正兴奋起来，小树啊小树！她亲爱的弟弟，几乎可以说是娘家唯一的亲人，时隔五年终于要再次见面了！

周俊树出站时，周俏差点没认出来，十七岁的少年高高瘦瘦，肤色黝黑，穿着旧旧的T恤和运动长裤，肩上背个双肩包，手里提着一个行李袋，别别扭扭地看着她。

"小树！"周俏快步走到他面前，上下打量他，"哇！你好高哦！怎么晒这么黑啊？"

周俊树声音很低："打工晒的。"

他个子该有近一米八，五官长得比周俏好，轮廓分明，要不是晒得太黑，绝对是个招女生喜欢的小帅哥。

周俏向小树张开双臂："来，抱一个！"

拥抱原本应该自然而然发生，周俏根本没有过犹豫，和黎衍在一起，拥抱、亲吻、抚触……早已是生活中最寻常的事情。

爱他就拥抱他，想他就说给他听，在恋爱这件事上，周俏和黎衍异常合拍，从来都不吝啬表达自己的爱意。所以对着小树，周俏也没有隐藏自己的思念喜悦之情。

可是周俊树不仅没和她拥抱，反而退了一步，面无表情地说："这么多人看着呢。"

哦，可能这个年纪的男孩子比较害羞吧？或者是因为，他们之间毕竟隔了五年时光。周俏这么想着，讪讪地垂下手臂。

"来，袋子给我，姐帮你拎。"

周俏要去拿周俊树的行李袋，他没答应："给你带了点老家的特产，红枣、地瓜，很沉的，我力气大。"

小树好贴心，周俏乐呵呵的，没再勉强。

正是晚饭时间，周俏带小树坐地铁回家。

在地铁站，周俊树尽力保持冷静，但周俏知道他对一切都很好奇，很认真地看周俏在自助售票机上帮他买票，很认真地观察别人怎么刷卡进站。

"记住这个站名，我们家就在这个站对面的小区，不管你在哪儿，只要有地铁站，你就点这个站名买票，然后看好换乘线，就能回家。"周俏站在钱塘地铁线路图前，耐心地说给小树听。

周俊树看着这张线路图，好多条线，五颜六色的。他想，这就是大城市吗？发达省份的省会城市，这么大！怪不得周俏死活都要留在这里，不愿回去。

地铁到站，周俏领小树下车，说："先别忙着回家。你饿了吧，姐带你去吃晚饭。"

周俊树看着她，问："姐夫呢？"

"他应该已经下班回家了。"周俏看过时间，"小树，咱俩得先聊聊，我觉得你对你姐夫可能有误会。"

两人进到商场一楼的肯德基，周俏买好两份套餐，坐下后，周俊树对着面前的汉堡、薯条发起愣来。

"吃吧，你应该没吃过肯德基吧？尝尝，很好吃的。"周俏已经拆开汉堡外包装咬了一口，还把自己的辣翅放到小树的托盘上，"你在长身体，多吃点。"

周俊树当然没吃过肯德基，学校所在的镇上只有一家山寨汉堡店，有同学过生日去吃过，说是非常好吃，但周俊树很节俭，压根儿没想过去买。

他学着周俏的样子咬了一口汉堡，里头的酱料和生菜叶让他不太习惯，吃了几口又觉得味道很好，接着便大口大口吃起来。

周俏笑眯眯地看着他："慢点吃，别噎着，不够姐再给你买。"

周俊树抬头看她，问："姐你现在每个月挣多少钱？"

"平均五六千吧。"周俏说，"还可以，你姐夫工资比我高，我俩加起来一个月能有快一万五。"

一万五啊……周俊树被惊到，这里的工资真的好高！

吃了一会儿，周俏切入正题："小树，一会儿回家会见到你姐夫，我觉得你对他有误会，他虽然坐轮椅，但他是个超级优秀的人，我和他是自由恋爱，感情真的很好，和他结婚我非常幸福。"

周俊树从没听过这些话。在老家农村，结婚大多是由父母说了算，男女双方见几面，觉得差不多就定下了，然后摆几桌酒，两个人就一起出去打工，最多过年时一块儿回来。

他从小到大的同学大多数是留守儿童，父母能在镇上工作已经算很厉害，去县里更是凤毛麟角。他听到的夫妻关系几乎都是一地鸡毛，影视剧、小说又没看过，根本难以想象所谓的自由恋爱、婚姻幸福到底是怎么一回事。

周俊树注意到周俏无名指上的戒指，心里酸酸的，问："他是做什么的？"

"他在一家外企工作，外企就是外国人开的公司。"周俏解释着，"他坐办公室的，每天的工作就是用电脑做数据，很厉害哦。"

周俊树吸一口可乐："他坐轮椅，是瘫了吗？"

"不是，他是截肢。"周俏回答，"两条腿截肢，被汽车轧的。"

周俊树皱起眉，这么严重，比邵群山都要严重。

"你们是怎么认识的？"小少年问题很多。

周俏觉得说来话长，干脆长话短说："就偶然认识的。我认识你姐夫的时候他还是健康的，帮过我好几次。后来他出了车祸，只能坐轮椅，我和他处了几个月对象，就结婚了。"

见小树一脸木然，周俏眼睛亮亮地看着他："他是A大毕业的你知道吗？别的你不懂，A大你总该知道吧？全国重本！他是正儿八经的本科生！和邵群山完全不一样，你一会儿见到他就知道了。"

周俊树沉默了好一会儿，问："他很有钱吗？"

这个问题，周俏实在无法给予肯定回答，只能说："不算特别有钱，他有个房子，不过是楼梯房，他住不了，我们就租出去了，换租成现在住的电梯房。"

周俊树的汉堡已经吃完了，一根根地吃着薯条，低声说："姐，你知道吗？你跑了以后，邵群山带着亲戚来家里闹过，把东西都砸了，爸还被揍了。当时他们说要报警抓你，幸好咱们村的支书过来劝架，说你未成年，就算抓了你，你也不用坐牢，可能还会让邵群山和爸吃牢饭，他们才没敢报。不过，爸把彩礼钱都退了，为这事儿，他气得不行，当天就把我打了一顿。"

周俏无言以对。

"姐夫不知道这些事是吗？你是想叫我不要说，对吗？"周俊树冷冷地说，"你给爸跪下时说的那些话，我记得清清楚楚，邵群山来咱们家说了你后来发生的事，我也都知道。所以，姐，我无论如何都没想到你会嫁给一个残疾人，邵群山家的条件在我们那儿已经算拔尖，你都不肯嫁，你到底是怎么想的？这城里男人这么多，为什么偏偏要挑这么一个？"

"我和你说了，你姐夫和邵群山半点儿都不一样！和家庭条件无关！"周俏有点上火，音量都提高了一些，"周俊树你说得没错，我就是想提醒你不要在你姐夫面前说邵群山的事。那件事本来就是犯法的！我一点儿也不喜欢他！我喜欢你姐夫，他也喜欢我！我不希望因为这件事让他产生误会。你十七岁了，不是小孩子了，很多东西你要用眼睛去看，用心去分辨，不要听风就是雨地瞎想一通！你姐夫到底是个什么样的人，值不值得我嫁，你和他相处几天就会知道了。"

周俊树再也没说话，食物吃完，周俏带着弟弟走到广场对面的雅林豪庭。

坐电梯上楼时，周俊树犹豫片刻，问出一个在心里想了很久的问题："姐，现在在你心里，姐夫才是最重要的人，是吗？"

这么孩子气的话，让周俏感到无奈，但她不打算撒谎，正色道："是，他是最重要的，是要和我一起走一辈子的人。而你，你永远是我的亲弟弟，是我的家人。而且小树你要知道，你将来会拥有自己的家庭，自己的伴侣，自己的人生，姐不可能一直陪着你的。"

"你本来也没有陪着我。"周俊树凉凉地说。

周俏叹了一口气。

周俊树心里像被泼了一盆冷水，根本无暇思考周俏话里的意思。他只知道，周俏已经不在乎他了，五年前抛弃他是被逼无奈，而五年后她亲口承认，自己早已不是她心目中最重要的人。

那么，他千里迢迢赶来钱塘，到底是为了什么？

304室门前，周俏拿出钥匙开门进屋，黎衍听到声音，立刻从主卧坐着轮椅出来。他依旧穿着假肢，没有脱掉上班时的衬衫和西裤，只为让自己看起来精神一些。

周俏给小树拿出拖鞋，对黎衍说："阿衍，这是我弟周俊树，小树。"又指指黎衍，"小树，这是黎衍，黎明的黎，衍生的衍，我老公，你姐夫。"

黎衍对着周俊树绽开笑："嗨，小树你好，第一次见面，路上挺累吧？"

周俊树绷着下巴抿着唇，愣是一个字儿没蹦出来。周俏看了弟弟一眼，拍拍他的胳膊："叫人啊。"

周俊树还在装酷，对峙中，气氛逐渐尴尬。

此时小少年的内心早已翻江倒海，站在黎衍面前几乎是居高临下地看他，眼神很不友善。

黎衍的外表其实出乎周俊树的预料，这个坐在轮椅上的男人居然非常帅，很年轻，看肩膀宽度和手臂长度，个子也不矮。他穿着一件深色衬衫，沉稳的气质中隐隐透着锋芒，就连身下那架轮椅都显得很洋气。

黎衍其实很不喜欢别人用这样的角度看他，但对方是周俏的弟弟，他也不会计较，说："小树，要是觉得姐夫喊不出口，没关系，叫我衍哥吧，我差不多比你大十岁。"

周俊树这才低低叫了一声:"衍哥。"

周俏不开心,转念一想小树知道这个消息也才没几天,再给他一点时间去接受吧。

黎衍又笑起来,问周俏:"你俩吃晚饭了吗?"

"吃了,你呢?"

"我也吃了。"

周俏看看墙上的钟:"快八点了,也没太晚,阿衍你换下衣服,我陪你下去走路。"

黎衍吃惊:"今天还要走路吗?"

"当然!"周俏瞪他,"不许偷懒哦。"

第一次和小树见面,黎衍不想让小舅子认为自己很懒惰,便妥协了:"好吧……"

趁着黎衍在房里换衣服,周俏带小树去次卧参观。周俊树问周俏:"去走路是什么意思?"

周俏说:"走路就是锻炼,你姐夫每天都要锻炼。外面很热,你留在家里看电视吧,我们很快就回来。"

周俊树想了一会儿,问:"我能一起去吗?"

黎衍没有拒绝小树一同前往。

在小区西南角的塑胶跑道上,他在周俏的陪伴下练习走路。

走路就还是那样的姿势,区别在于现在走起来不会那么累。果然什么事儿练多了就能进步,黎衍体力更好了,残肢力量也加强了,即使走得还是很难看,但他知道肌肉萎缩已经暂时控制,锻炼的动力就一直保持着。

周俊树岔着两条腿坐在跑道边的一块景观石上,看自己的姐姐扶着那个挂着一支拐杖的男人走过来,走过去,走过来,走过去……

他走路的样子真的好奇怪啊!周俏说他是双腿截肢,截到哪儿会走成这么一副鬼样子?是大腿吗?两条大腿?这也太严重了吧!

就算他很优秀,名校毕业长得又帅,还在外企工作,那又怎样?结婚可是一辈子的事,周俏一定是昏了头,要不然怎么会嫁给身体状况这么糟糕的一个人?

走了大半个小时,黎衍坐回轮椅,三人一起回家。

到家后,周俏让小树自己在客厅看电视,她端着一盆热水和黎衍一同进主卧,并关上了门。

周俊树一脸疑惑,又过了半小时,周俏才端着脸盆出来,周俊树忍不住问:"姐,你们干吗呢?"

周俏"嘘"了一声,轻声道:"你姐夫锻炼完要按摩肌肉,要不然第二天腰会酸。"

周俊树惊讶地问:"每天都要弄吗?"

"对啊,每天都要锻炼的呀。"周俏对他笑笑,"要不你先洗澡吧,坐了一天火车也累了。来,姐教你浴室怎么用。"

几分钟后,周俊树独自一人站在卫生间里四处打量,盥洗台对他来说特别低,马桶边装着两个金属扶手,淋浴间里也有扶手,还摆着一把塑料椅子。

周俊树觉得城里人就是讲究,残疾人住的房子连厕所都不一样。

老家村里也有几个人在外出打工时因伤致残。有人因为矿井出事被压瘫了,有人在工地打工被机器切掉了手臂,还有一个男人,两条小腿因车祸截肢,就在膝盖上包块布垫,天天跪着走，跪的年份长了，那人的膝盖都没办法再打直。

但那些人过得都很糙，家里人也没谁专门去伺候他们，有些老婆跑了，没跑的也成天在那儿扯着嗓子骂。

"你又尿裤子了！自己滚屋里换去！一股子骚味儿！"

"你就是干啥啥不行，添乱第一名！老娘嫁给你也是倒了八辈子血霉！"

看着这间做过无障碍改造的卫生间，周俊树又一次为周俏感到憋屈与不值。他想，十几二十年后，周俏会变成和村里那些女人一样的泼妇吗？

谁能数十年如一日、无怨无悔地去照顾另一个人啊？周俏总有一天会厌倦的！会后悔，会失望，会骂现在的自己就是个傻子。

想到这儿，周俊树恨恨地脱下衣服，进淋浴房洗澡。

第一晚过得很平静。

周俏和黎衍把礼物送给小树，就让他早点休息。

周俊树躲在房间里，偷偷地把黎衍送的鞋子翻来覆去看了好久，还试穿过几遍，心里非常激动，想起之前收鞋子时，自己却是一脸不屑，连谢谢都没说。

周俊树进屋后，周俏感到难为情，对黎衍说："对不起，我代小树向你道歉。"

黎衍摇摇手，并不在意："没事儿，小树还小，宋晋阳十六岁时也是这副德性，我妈买给他的衣服他都能扔了，长大了就会懂事的。"

因为暑假要打工，小镇学霸周俊树同学每天都是五点半起床，做暑假作业、复习功课、背诵英语。所以，来到钱塘的第二天早上，稳定的生物钟就把他给叫醒了。

他起床后去洗脸刷牙，回到房间就开始做卷子。做着做着，周俊树听到客厅里传来脚步声，看一眼时间，才六点半。

有脚步声肯定是姐姐，一会儿后，周俊树打开房门，看到周俏正打着哈欠从卫生间出来，走进厨房。

"姐，你这么早就起了？"他也跟进厨房，问道。

周俏挠挠自己乱蓬蓬的头发，说："给你姐夫做个饭，他要带午饭去单位的。"

周俊树愣住了。

周俏一边洗辣椒，一边笑着说："小树，你还记得我做的辣椒小炒肉吗？那时候能吃点肉就跟过年一样。你姐夫特别喜欢我做的这道菜，每次做，他饭都能吃两碗。"

周俊树眼神阴郁，半点儿不想搭话。

"你早餐想吃什么？"周俏转头看他，"我一会儿出去买，给你尝尝这边的早餐，小笼包怎么样？"

"随便。"周俊树丢下一句话就回了房间。

到七点半，客厅里热闹起来，黎衍洗漱完毕，周俏已经买回早餐三个人围坐在桌边吃豆腐脑和小笼包，周俏又给两个男人一人一个煮鸡蛋、一罐牛奶。

周俊树问了一句："你自己的呢？"

周俏笑嘻嘻地说："我不习惯早上喝牛奶，都是睡觉前喝的。你不懂了吧？喝了牛奶再睡可以美容助眠，女的就适合晚上喝。"

黎衍抬头看周俏，知道周俏在撒谎，她晚上从来不喝牛奶，事实上，家里一直都只有黎衍在喝牛奶。

他的确忽略了这件事，一开始周俏给他吃鸡蛋喝牛奶，是因为那时候他算是营养不良，瘦成皮包骨头，而且他是出了"餐费"的。后来他和周俏的关系渐渐转变，变成恋人、夫妻，"餐费"已经变成工资上交，但每天一个鸡蛋一罐牛奶的习惯被周俏保留下来。

黎衍感到自责，这么显而易见的问题，小树一下子就发现了，他却大半年都没察觉，真是不应该。他知道周俏其实就是想省钱，每天一罐牛奶，一个月也要一百多块。

周俊树没有怀疑周俏的话，继续埋头吃早餐。

八点整，黎衍穿戴整齐，带上饭盒坐着轮椅准备出门，周俏在门口与他道别，弯下腰亲亲他的嘴："路上小心，老公拜拜。"

"拜拜，你们玩得开心点。"黎衍向周俊树挥挥手，"小树拜拜。"

周俊树一脸冷漠地看着黎衍，周俏关上门后，他问："他怎么去上班？"

"他有一辆三轮电动车。"周俏看向弟弟的眼神带着不悦，"小树，你很没有礼貌知道吗？别人和你说再见，你都不理的吗？"

周俊树冷哼一声："不想理，不行吗？"

周俏生气了："不行！"

"他是你老公，跟我有什么关系？"周俊树梗着脖子看周俏，"我来的前三天你才告诉我你结了婚！你自己都没把我当弟弟，凭什么要我对他有礼貌？"

周俏气得不轻："周俊树你读书就是读成这样的吗？你这素质就算读再多书都没用！黎衍他怎么你了？嗯？自己省吃俭用给你买双几百块的鞋，你不说谢谢！出去上班和你说再见，你也不理人！你知不知道你这样的素质走上社会是混不下去的！学文化前你先给我学会怎么做个人！"

周俊树大吼起来："我是素质差！不像你已经变成城里人了！我也想学怎么做人啊！有谁来教我吗？爸来教还是妈来教？还是你来教啊？哼！"

吵过几句后，小少年把自己关进了次卧。

周俏心力交瘁，等到九点多，她去敲门："小树，差不多时候了，你出来，姐带你出去玩。"

周俏知道小树还在怪她当年丢下他独自离开，但这是她的错吗？

当然不是！

所以她没打算和小树道歉，也知道叛逆期的男孩子更加不会向她道歉。她就只给小树一个台阶下，心里打定主意，他要是不出来，就随他去。

年纪不大脾气倒不小，随谁的呀？随黎衍的吗？

周俊树最终要了这个台阶，几分钟后板着脸出来了。

周俏带周俊树去参观博物馆，还给他租了一个电子讲解器。

博物馆工作日人不多，周俊树很感兴趣，每个展厅都看得很认真。参观完毕已经是下午一点多，周俏带弟弟吃了一碗面条，又坐公交车去到A大。

A大还没开学，不过新一届的大一新生已经提前入校军训。

可能是为了假期安全，参观A大需要网上预约，周俏不知道这事儿，在大门口被拦着不让进。她不想白跑一趟，试着给徐辰昊打电话，很幸运，徐辰昊正在当班，接到电话就赶过来，让周俏和小树做好登记，就带他们进到校园。

"太谢谢你了！"周俏很开心，"要不是你，今天就白跑了。"

徐辰昊乐呵呵地说："不客气，举手之劳，暑假里安保人员不多，所以每天预约的号子放得很少，当天肯定是约不到的。"

他陪着周俏姐弟沿着主干道往校园里走，周俊树看着周围的建筑，一双眼睛睁得老大，眼神特别亮。

渐渐地，他一个人走到前头去了，只余周俏和徐辰昊慢悠悠地跟在后面。周俏问："你拿到大专毕业证了？"

"是啊。"徐辰昊说，"花了两年半，八千多块钱，总算是拿到了，我还过了英语三级！"

"好厉害啊！"周俏十分佩服。

徐辰昊诚恳地说："你也可以考虑考虑继续读书嘛，你男朋友都是这学校毕业的，你跟他差距太大也不好。"

周俏笑笑："现在没有时间啊，过两年再考虑。"

又走了一阵子，周俏心里纠结很久，问："徐辰昊，你明年就要去新加坡了，是吗？"

徐辰昊点头："对。"

周俏尽量说得自然："上一回你说去新加坡打工，一年能存多少钱来着？我忘了。"

徐辰昊说："包吃包住，能存十几万。"

周俏的眼睫微微颤动了一下："哦……"

徐辰昊奇怪："怎么，你想去啊？你不是都有男朋友了吗？"

周俏忙否认："没有没有，我就是一下子想起这事儿有点好奇，我不会去的。"

徐辰昊说："如果你想去，我可以把我叔叔介绍给你。"

"不用，我不会去的！我怎么可能会去啊？"周俏笑着说。

走了一段路，徐辰昊和他们分开了，周俏带小树在A大校园里慢慢逛。

来到大操场，看到新生们正在军训，穿着迷彩服的十八九岁的少男少女个个神采飞扬，精神抖擞，口号喊得震天响。

周俏心想，他们一定都很骄傲吧，能进到这所全国知名的大学就读，未来就是一片光明。如果是她，这时候就算天再热，训练再累，也会像打了鸡血般兴奋不已。

周俊树眼睛里也写满向往，神情严肃地看着操场上那些只比他大一两岁的年轻人。

"你上学期期末考全班第一，年级第四。"周俏说，"还是不够的，小树，你要想考A大，最后一年必须拼尽全力，拿年级第一，甩第二名很多分才行。"

周俊树眼睛亮了一下，没有接腔。但周俏知道，他听进了她的话。

这一天的行程全部结束，周俏带周俊树回家时，先去菜场买菜，回家后准备做饭。

黎衍下班回到家，坐在门口擦轮椅轮子。大概因为被姐姐批评过，周俊树自己也觉得做得不妥，一步三拖地挪到黎衍身边，喊了一声："衍哥你回来了。"

黎衍差点笑出来，抬头看他："嗯，今天你姐带你去哪儿玩了？"

"博物馆，Ａ大。"周俊树回答。

黎衍说："听你姐说，你都是全班第一的，努把力，试着冲冲Ａ大，做我的小学弟。"

周俊树点点头："哦。"

三人一起吃过饭，周俊树回房做作业，周俏陪黎衍下楼走路。

走了十分钟后，黎衍站住脚，牵住了周俏的手。

周俏抬头看他："怎么了？"

黎衍说："今天我在网上下单，买了三箱牛奶，明天会送到。"

周俏："啊？"

"以后，你每天也要喝牛奶，我们互相监督。"黎衍捏捏她的手，微微笑起来，"过几年，你是要做妈妈的人，身体也得养好，你太瘦了，我要把你养得胖一点。"

周俏被他感动到了，怔怔着说不出话来。

"俏俏……"黎衍叹口气，"真的，听我一句，你试着对自己好一点，不要亏待自己。谁是咱们家最重要的人你知道吗？是你，不是我。我倒下了还有你在，你倒下了，你自己说说，要我怎么办？"

周五，周俏带周俊树去钱塘一个5A级景区游玩。

那是一个风景优美的湿地公园，周俏自己都没去过，两个人坐过游船，周俏给弟弟拍了许多照片，还请路人帮忙给他俩合影。

天气虽然热，周俊树却很兴奋，这个年纪的男孩子精力旺盛，对大城市的一切充满好奇。景区很大，需要走不少路，周俊树似乎永远不会累，周俏庆幸自己穿的是球鞋，要是穿个小凉鞋，估计脚又要磨破皮。

午饭在景区解决，一长溜儿大大小小的饭店里，周俏让小树自己挑。

周俊树看了一会儿，指着肯德基说："姐，我还想吃这个。"

周俏忍俊不禁，心想果然还是小孩儿，喜欢吃炸鸡汉堡这些香喷喷的东西。她拉着他的手臂说："行啊，走吧。"

玩了一天回到家，姐弟两个都累得半死，周俏准备去做饭，周俊树问："姐，平时都是你做饭的吗？"

"是啊，你姐夫是厨房白痴，做的东西可难吃了。"周俏想起黎衍偶尔做的那些菜，猪饲料似的，摇头叹气，"小树啊，你最好能学会做饭，以后大学毕业就得自己照顾自己。你是不知道你姐夫前几年有多惨，我再晚点儿碰到他，估计他就饿死了。"

周俊树哼了一声："我会做饭。"

"哟？真的吗？那不如今天你来？"周俏倚在厨房门口看他，"我都还没吃过你做的菜呢，要不给姐露一手？"

周俊树腾一下就从沙发上弹起来："露一手就露一手，今儿你歇着吧，晚饭我来！"

黎衍下班回到家，看到周俏坐在沙发上看电视，厨房里传出阵阵炒菜的声音。他把自己挪到换鞋凳上，错愕地问："谁在做饭啊？我妈来了？"

周俏已经走过来，笑着说："小树在做饭呢，说今天给咱俩露一手。"

黎衍惊叹："小树还会做饭啊？"

周俏蹲在他身边仰头看他："你以为每个人都跟你这样的呀？小树要是不会做饭，这几年不得饿死？我老家那种地方又没外卖，我爸三天两头见不到人影的，小树都得自己照顾自己。"

果然是穷人的孩子早当家。

黎衍感到羞愧，其实他独立生活能力还不错，高中开始就不怎么依赖沈春燕，住校时衣服自己洗，扣子也会缝，但就是做饭这件事似乎是他的死穴。

以前身体健康时有外卖有食堂，还有各种小吃店，吃饭问题不大，直到被困在601室的那几年，这个问题才突显出来。

黎衍把轮椅大轮擦干净了，把自己挪回轮椅上，笑着说："那看来我也得学学做饭了，以后你怀孕，我得给你做好吃的。"

他这几天老说到这事儿，周俏脸都红了："你想做爸爸了？"

"还早，我就是这么一说。"黎衍揉揉她的头发。

小厨师周俊树做出四菜一汤，炒鸡蛋、炒丝瓜，还有一个不用动脑子的清蒸梭子蟹，一道咸肉冬瓜汤，不过第五道菜就很有水准了：一盆红彤彤的水煮羊肉。

黎衍对羊肉赞不绝口，辣得满头大汗，一边吃一边说"这大热天的吃羊肉会不会上火啊？"

周俏咯咯直笑，周俊树则一脸淡定地剥着梭子蟹。他的老家在内陆，几乎吃不着海鲜，这还是第一回吃梭子蟹，觉得怪鲜美的。

吃饭时，说到周六的行程安排，黎衍说宋晋阳和杨瑾颂会开车带周俏和小树去钱塘乐园玩，省得他们自己坐公交车浪费时间。

周俏很高兴："阿衍，那是不是你也可以一起去啦，五个人刚好够坐。"

黎衍"啧"了一声，拍拍自己的腿："我去干吗，我什么都不能玩的。"

周俏的嘴角挂下来。

黎衍不动声色地问："你想我去吗？"

周俏点点头。

"可我真的什么都不能玩。"黎衍低头思索，又抬头看她，"行吧，我陪你们去，帮你们拍拍照，拿拿包。"

周俏笑起来："让宋晋阳陪小树去玩项目好了，我陪你。"

"不用，你也去玩，你玩过游乐场吗？"黎衍问。

周俏摇头："没玩过，但我就想陪你。"

周俊树始终冷冷听着，没表态。

饭后时光一如既往，做作业的做作业，锻炼的锻炼，三个人排队洗完澡后，周俏回到房间，手肘支床趴在床上玩手机，黎衍则坐在电脑前复习专业课。

"湿地公园好玩吗？"黎衍做了一会儿题后，转头问周俏。

周俏说:"还行,就是地方太大,走得我都累死了。"

黎衍看到她睡裙下的两条小腿跷起来一晃一晃的,愣了片刻,轮椅转到床边,把自己也挪到床上。他学着周俏的样子趴下来,和她头碰着头:"你在干吗?"

"发朋友圈,P图呢。"周俏打开P图APP,给照片调色。

黎衍看到她和小树在游船上的照片和石桥上的合影,低声说:"挺好看的,我都没去过湿地公园。"

"你没去过啊?"周俏真没想到,"这公园都有十几年了呀。"

黎衍笑笑:"跟你说了,越是本地人,有些地方越想不到去。你今天去过了,觉得我能去吗?台阶多吗?"

周俏仔细回想,说:"你去了估计不好走,它必须要坐船,如果不坐船就要走好久的路,上岸玩的那些地方也都有桥和台阶。"

想想就是如此,黎衍手肘支着床面,垂下眼睛继续看她P图。

周俏的左手却悄悄移到他的背上,隔着衣服、顺着脊骨一点点地摸下去,摸到翘翘的屁股,还掐了一把。黎衍回头看一眼:"差不多行了啊。"

周俏装作没听见,左腿还挪过去蹭蹭他的腿,左手继续揩油,又摸又掐,右手依旧P着图。

也就一瞬间的事儿,黎衍已经翻身仰卧,揽着周俏的腰让她趴到自己身上。她的长发一丝一缕垂挂下来,扫得黎衍脸上和脖子都很痒,他结实的手臂圈禁着她,眼睛与她深深对视,她突然做个鬼脸:"臭流氓。"

"谁叫你弟弟今天做了羊肉,我就说夏天吃了会上火。"黎衍声音又低又哑,长长的睫毛轻缓眨动,撩得周俏整颗心都酥软了。他按着她的后颈令她的脸更加贴近,两人嘴唇碰一下,再碰一下,鼻尖蹭一下,又蹭一下,接着,便温柔地接起吻来。

"你自己想耍流氓,别赖我弟弟。"

"不,就是羊肉的'锅',我现在……需要泻火。"

坐在次卧奋力刷题的周俊树打了个喷嚏,抬头看空调,觉得是不是打得太凉了?他以前都没住过带空调的房子,拿出遥控器研究了一会儿,才把温度往上调了一度。

他摸摸鼻子,从书包里拿出一本《五年高考三年模拟》,趴到写字台上继续奋斗。

周六早上,宋晋阳的小破车载满五个人,一路开到钱塘乐园。

下车后,周俊树看着周俏把黎衍从副驾驶座扶下来,让他坐上轮椅。

宋晋阳和杨瑾颂穿着情侣短袖T恤,戴着太阳镜,看起来又哆又甜。黎衍和周俏就是平时的打扮,倒是周俊树穿上了周俏买的新衣服和黎衍送的新鞋子。

阳光下,白橙相间的运动鞋非常亮眼,周俊树走路时自己都时不时会低头去看。

"鞋子很帅哦。"杨瑾颂夸他。

周俊树立刻就不好意思了。

黎衍有残疾证,进乐园免费。周俏看过这本证上的照片,黎衍的脸色臭得可以,"肢残二级"这几个字样也让人看着难受。

入园后,周俏的心情才渐渐好转。她和弟弟都是第一回玩游乐场,看什么都觉得有意思,宋晋阳取来地图发给大家，讨论以后，决定先去玩跳楼机。

暑假里乐园人挺多，但毕竟天热，队伍的长度还能接受，黎衍真的帮两个女生拿包，躲在跳楼机外的树荫下等他们。

他打开手机准备拍视频，没多久，宋晋阳四人就并肩坐上设施，慢慢爬高，他的视线一直追随在周俏身上。跳楼机到达顶点后，"唰"一下自由落体，座位上的十几个人顿时齐声尖叫。

黎衍拉进焦距，看到周俏仰着脑袋，闭着眼睛，嘴巴张得大大的，像是吓得不轻，不禁想笑。

玩好出来，周俏几乎是冲向黎衍，大声喊着："啊啊啊吓死我了！好可怕啊！"

黎衍大笑着拉住她的手："一会儿还有过山车呢。"

"不不不！我不要坐了！"周俏看着不远处在空中打圈儿的过山车，抚着胸口，"太吓人了！为什么会这么吓人啊！"

黎衍问小树："你感觉怎样？"

周俊树黑黝黝的脸都有些发白了，嘴硬道："我觉得还行，也没那么可怕。"

宋晋阳向他竖竖大拇指："小伙子胆儿挺大。走，过山车走起！"

周俏无论如何不肯去坐过山车，宋晋阳和杨瑾颂就带着小树去排队。

黎衍的轮椅停在一家小吃店门口的遮阳棚下，周俏拉过一把椅子坐在他身边，看黎衍拍下的跳楼机视频，笑得浑身哆嗦。

小吃店店员走过来，礼貌地说："小姐，需要点些什么吗？"

周俏说："不用，谢谢。"

店员尴尬，黎衍说："人家这儿消费才能坐。"

周俏赶紧站起来，黎衍又把她给拉下了，转着轮椅去柜台："你坐着，我去给你买点吃的。"

他买了两支蛋筒冰激凌，要转轮椅没法拿，让店员给送过来。

周俏和他一块儿舔冰激凌，问："这个多少钱啊？"

黎衍叹气："周俏花同学，咱们今天是出来玩的，出来玩就得有吃有喝，你不是老叨叨我们是月薪一万五的家庭吗？都一万五了，一个蛋筒总该吃得起吧？"

周俏对着他笑嘻嘻："老公说得对！吃！一会儿给小树也买一个！"

周俊树玩好过山车，脸似乎更白了，回来以后吃蛋筒时都傻愣愣的。

接下去，但凡是排队久一点的大项目，周俏都不玩，在外头陪黎衍。不用排队的小项目，比如旋转木马、飞天转椅，她就去玩一下。黎衍坐着轮椅等在栏杆外，给周俏和小树拍照，看她开心地笑，心里泛起一抹淡淡的愁绪。

宋晋阳一直陪着杨瑾颂，两个人玩什么都坐在一起。

黎衍倒不是多想玩游艺项目，就是想陪着周俏，如果有他陪着，周俏应该就不会那么害怕。但他真的没办法，以后有了孩子，他也没法陪小朋友玩这些项目，都得周俏上。

唉……黎衍摸摸大腿假肢，残肢闷得很，硅胶套里肯定都是汗。他没了两条腿，身体皮肤面积比常人缺少许多，散热就不好，比健全人更加怕热。平时待在空调房也就罢了，这时候在烈日下长时间地待在室外，真的很难熬。

想想也很无奈，车祸时就一瞬间的事情，影响却要用几十年来承担。他还那么年轻，周俏更年轻，想想未来大半辈子就是这副样子，他心里不可避免地感到难过。

另一边，周俊树也不太高兴，总觉得姐姐不玩那些项目，不是因为害怕，而是因为她不舍得让黎衍一个人在外头等待。

周俊树甚至想，黎衍过来干吗呢？什么都玩不了，一路坐着轮椅还不停地被人看。前一天自己和周俏去湿地公园玩多开心啊！可黎衍一来，周俏就不怎么理自己了，全部心思都在黎衍身上。

玩了一整天，一行人准备回家，宋晋阳发现入口处摩天轮有一段 Z 字形无障碍坡道，黎衍的轮椅可以抵达站台，便喊大家最后玩一下摩天轮。

当一个轿厢打开门时，工作人员快速把黎衍推进去，周俏也跟了进去，周俊树也想进，被宋晋阳一把拉住："小黑炭，做什么电灯泡啊！"

"小黑炭"是宋晋阳给周俊树取的外号，说从来没见过晒得这么黑的小孩儿。周俊树板着脸看他："那你俩也是一对！我是不是得自己坐一个车啊？"

宋晋阳笑道："那不是，你还没成年呢，宋哥暂时做一下你的监护人，你跟我们一个车。"

周俊树很是不情愿，只能眼睁睁看载着黎衍和周俏的轿厢缓缓升高。

轿厢里，黎衍的轮椅停在两排座椅中间，几乎不能动。周俏牵着他的手，微笑着看他，关心地问："腿闷吗？"

"还好，回去洗个澡就行了。"黎衍看着窗外渐渐广阔的风景，这个摩天轮不大不小，据说转一圈也要近二十分钟。

他摸摸周俏汗湿了的 T 恤："今天开心吗？"

"开心。"周俏说的是真心话，"你呢？会不会觉得无聊啊？"

黎衍摇摇头："不会，看你玩得开心，我就开心。"

周俏笑得更灿烂了。

相邻的轿厢里，窗户上贴着三张脸。

"哟哟哟！亲了亲了亲了！"宋晋阳大呼小叫，见周俊树看得入神，宋晋阳一把捂住他的眼睛，"你还小！不能看！"

"放开我！"周俊树拼命挣扎，轿厢都摇晃起来。

杨瑾颂大叫："你俩发什么神经！快停下！都晃啦！"

周俊树终于扒开宋晋阳的手，又一次贴着窗户往那个轿厢看。

周俏和黎衍正在接吻。

黎衍身子正着，偏过脑袋，周俏双手自然下垂，倾过上身，两人就那么旁若无人地吻在一起。

宋晋阳拍拍呆滞了的小少年的肩："姐大不中留，小伙子想开一点，你姐夫除了比较臭屁，还算是个好男人。"

"哼！"周俊树鼻子里出气，转过身不想再看。

晚上，宋桦和沈春燕请客，在黎衍家对面的商场订好餐厅，招待小树吃烤鸭。周俊树算是周俏的娘家人，难得来一趟钱塘，作为姐夫的家人，沈春燕自然要请吃一顿大餐。

饭桌上，沈春燕送给周俊树一个五百块的红包。周俊树固执地不肯收，周俏劝他："收下吧小树，赶紧谢谢阿姨。"

周俊树只得捏着红包，小声说："谢谢阿姨。"

"不谢不谢，小树很乖呢！"沈春燕喜欢周俏，连带着也喜欢周俊树，看着这个十七岁的男孩子，不禁想起黎衍和宋晋阳念高中时的青葱模样，心里一阵唏嘘，对周俊树说，"小树啊，明年高考争取考到钱塘来，和你姐姐在一起，两个人也好有个照应。"

"嗯。"周俊树应着。

黎衍包好一个烤鸭卷递给周俏，又包了一个给周俊树，周俊树接过，看了他一眼："谢谢衍哥。"

"不客气，你多吃点菜，这都是咱们家里人，别拘束。"黎衍又给自己包了个烤鸭卷放进嘴里，"你姐姐现在和我们是一家人，你以后来钱塘读书也一样，放暑假要是不想回家，就住我和你姐这儿，小房间给你留着呢。"

周俏吃着烤鸭卷，一脸感动地看着黎衍。

周俊树眼睛一酸，突然想哭是怎么回事？

不行！要忍住！男人才不能哭！

第十五章
愤怒的小树

连玩三天，周俏的休假暂时结束，周日和周一她需要上两个全天班来弥补之前的休假。

周日早上，家里只剩黎衍和周俊树两人。因为前一天在太阳下待得太久，黎衍的残肢相当不舒服，回来后就发现残肢不仅出汗，还被闷得长出了痱子。

他在床上躺到近十点才起来，穿上假肢时下了很大的决心，发现自己还是没勇气在周俊树面前展露残缺的身体。

周俊树做了一早上作业，临近中午时出来喝水。正在看电视的黎衍问他："小树，你中午想吃什么？我叫外卖。"

周俊树反问："你不会做饭吗？"

黎衍无奈地说："会是会，就怕做出来你不爱吃啊。"

周俊树臭着脸说："算了，我来做吧。"

他简单炒了三个菜，煮了一锅米饭，和黎衍一块儿吃。

吃饭时，黎衍问："你下午想干吗？还是做作业吗？"

周俊树已经玩了三天，让他做一天作业也无所谓，况且，他也想不出能和这个坐着轮椅的姐夫一块儿去干吗。

他没回答，埋头扒饭。黎衍说："哎，下午我带你出去玩吧，就对面商场。"

周俊树茫然地抬起头："玩什么？"

"男人喜欢的东西。"黎衍挑着眉毛回答。

一小时后，两个男人来到商场六楼的电玩城。

周俊树又一次像刘姥姥进了大观园，看着黎衍换好两百块钱游戏币，傻乎乎地跟着他的轮椅一路走。

"记得别告诉你姐啊，她要是知道我带你一个高考生来玩这些，一定会削死我。"黎衍提醒小树，轮椅停在一个太鼓游戏机前，"先玩这个吧，双人PK。"

太鼓游戏机是一款节奏类游戏，黎衍和周俊树一人一鼓，跟着屏幕上的节奏点拿着鼓槌不停敲击。周俊树毕竟是第一次玩，几乎手忙脚乱，全面垮掉输了一局。

黎衍得意大笑，周俊树冷着一张脸："再来一局。"

"行。"黎衍又投币。

这局结束周俊树还是输，不过分数差没那么大了，他意犹未尽地拿着鼓槌又敲了下鼓面。

"换一个玩玩。"黎衍转着轮椅退后一些，"光速摩托，你去试试，那个挺好玩的。"

光速摩托黎衍就没法玩了，周俊树骑着摩托车玩了一局，身子一会儿左倾，一会儿右倾，非常过瘾，下来后唇边露出一丝笑。对上黎衍探究的眼神，小少年立刻又绷住了嘴角。

两个人又玩了打地鼠和一些射击类游戏，攒了一堆礼券，黎衍带着周俊树来到投篮机前：问："平时打球吗？"

"有时候打，但我们那儿场地不好，就一个球筐。"周俊树看着投篮机上的球筐，举起手来模拟着投篮动作，觉得距离好近。

黎衍已经在投币："来，比比。"

他们一人一台投篮机，同时按下开始键，篮球骨碌碌滚下来，黎衍抄起一个就投了出去，空心进筐。周俊树不甘示弱，也一个接一个地投篮。

连续不断地投篮其实很耗体力，不过他们都算是精力充沛的年纪，两人都顺利进到下一轮，黎衍比周俊树多拿三分。

第二轮，篮筐开始左右移动，周俊树吃了一惊，几次没投中，比分瞬间落后。黎衍依旧投得很顺利，姿势也标准，不过身上还是出了一层薄汗。他抽空瞄了小树一眼，小少年目光炯炯，神情紧绷，看那架势简直像在打CBA联赛。

黎衍一笑，故意投丢几个球，周俊树终于追上来，最后，黎衍输给他一分。周俊树顿时扬眉吐气，呼呼地喘着气问："再来一局？"

"不累吗？"黎衍看他的衣服领口都湿了。

周俊树摇头："不累！这个好玩！"

"那再来一局。"黎衍投下游戏币。

这一次，姐夫就不放水了，两轮下来，黎衍完胜周俊树五分。

两个男人一个站着，一个坐着，都累得气喘吁吁。

"休息一会儿吧，真挺累的。"黎衍扭扭自己的肩膀和手腕，拿着一大沓攒下来的礼券，说，"不知道够不够券给你姐换个小玩具。"

"这有多少了？"周俊树问。

"不知道，太多了数不清，一会儿让店员去数数。"黎衍转着轮椅往电玩城空旷的地方去，"我去看看抓娃娃机，给你姐抓个娃娃。"

抓娃娃机在电玩城门口，长长一排用来招徕顾客。黎衍和周俊树正在研究哪个娃娃机好抓时，身边突然响起一个男人的声音："阿衍？"

黎衍回头，眼瞳骤然一缩。

那是一个对他来说相当陌生的中年男人，身材高大，头发梳得一丝不苟，穿着讲究，皮带上LV的Logo闪着金光。

居然是黎德勇。

黎德勇身边跟着一个十几岁的少年，和周俊树差不多年纪，但是矮很多，白很多，长得挺一言难尽，五官身材完全看不出有黎德勇的影子。

这是黎帅，是黎衍同父异母的弟弟。黎德勇似乎对给男孩取叠名情有独钟，黎帅的大名其实是黎帅帅。

黎衍只见过小时候的黎帅，现在如果单独见到，他俩肯定互不相识。黎帅的五官和他妈长得很像，就是一张永远配不上名字的脸。

"阿衍！是阿衍吧？"黎德勇挺激动的，他有好多年没见着大儿子了，心里多少有点记挂。

当初黎衍出车祸，他去医院看过一回，没见着面，给了沈春燕两千块钱。现任妻子知道后大发雷霆，禁止他再去。黎德勇如今的事业都是仰仗妻子的家庭，于是一点儿也不敢反抗。

"小树，我们走。"黎衍转着轮椅要走。

周俊树很听话，转身就跟在他身边。

黎德勇叫起来："阿衍！阿衍！我是爸爸呀！"

周俊树一愣，回过头，发现黎德勇身边的男孩脸色已经很臭，双手插在裤兜里说："爸，走了！妈在餐厅等我们呢。"

"你等一下，爸爸去和你哥说几句话。"黎德勇说着就追上来。

黎衍将轮椅转得很快，但黎德勇还是追上了他，走到他面前低头看他，小心翼翼地说："阿衍，你现在过得好不好啊？"

黎衍撩起眼皮冷冷地看黎德勇："就是这样，你也看到了。"

"我……唉……你生活上有没有困难？银行卡号给爸爸一个，爸爸给你打点钱。"黎德勇很小声地说，"爸爸也是没办法……"

"不需要，我现在很好。"黎衍语气依旧冷淡，"你走吧，你儿子在等你呢。"

"那是你弟弟！"黎德勇也不知怎么想的，居然想让黎帅和黎衍打个招呼，对着黎帅招手，"帅帅你过来见见你哥，这是你亲哥！"

黎衍头都要炸开，心里一阵烦躁。

是很久都没出现过的烦躁！心脏都跳得快起来，腿上又闷又痒，想骂人，想打人！

还是赶紧离开吧！一秒钟都不想待下去！

黎帅懒洋洋地走过来，上下扫了眼黎衍，没吭声。黎德勇还在喋喋不休："帅帅，这是你亲哥哥黎衍，你小时候见过他，现在可能不记得了。阿衍，这是帅帅，开学上高二了……"

"你说完了吗，说完我就走了。"黎衍打断他，又偏头，"小树，回家。"

"哦。"周俊树装起酷来很唬人，板着一张脸瞪着黎德勇和黎帅，像个保镖似的跟在黎衍身边。

黎德勇还想说什么，黎帅冷哼一声，低声道："残废还这么嚣张。"

黎衍的轮椅立刻就停下了，扭头看着他，眼神冰冷："你说什么？"

"瞎说什么呀！"黎德勇往黎帅背上拍了一下，"和你哥道歉。"

"他才不是我哥！我又不认识他！"黎帅嫌弃地看一眼黎衍，又对黎德勇说，"爸，走了！你杵这儿跟一个坐轮椅的说话，人家都在看我们了！"

"你！"黎德勇气道，"这是我儿子！是你亲哥！"

"我说了他不是我哥！他就是一个残……"

"废"字还没出口，黎衍眼前一花，黎帅已经飞出去了。

周俊树没有停顿，扑上去骑在黎帅身上，拳头一记记落下。从小娇生惯养的黎帅哪里见过这样的阵仗，完全不是彪悍的小镇少年周俊树的对手，被打得连连惨叫，哭爹喊娘。

黎德勇和黎衍都惊到了，两人一起冲过去。黎德勇去拉周俊树，周俊树已经发起狠来，黎德勇拉都拉不住他，还被狠狠推开，只能大喊："打人啦！打人啦！你住手啊！"

好多人停下脚步围观，电玩城里的玩家也出来不少。黎衍坐着轮椅难以拉架，大声喊："小树！住手！再打就出事了！"

周俊树终于收了拳头，从黎帅身上站起来，掸掸手。黎衍转着轮椅来到他身边，扣住他的手腕："小树，够了！"

周俊树像是没听见，指着地上的黎帅咬牙道："道歉。"

黎德勇把小儿子扶起来，又气又急："黎衍！这什么人啊，怎么跟流氓似的！我要报警！你看看他把帅帅打成什么样了？哎呀，都流血了！"

周俊树还是盯着黎帅："道歉，听到没有？"

黎帅脸被打肿了，鼻子出了血，脸色一阵红一阵白，眼珠子骨碌碌一转，突然飞身踹出一脚。

变故突然发生，黎德勇和周俊树都没来得及做出反应，围观群众大吃一惊，黎帅的脚已经踹在黎衍的轮椅上。

运动轮椅本身就不稳，这样的力道袭来，黎衍根本保持不了平衡，左边两个轮子一翘，轮椅就侧翻倒地，黎衍也"砰"的一声摔在地上，轮椅还压在他的身上。

一句脏话压在喉间，他闭上眼睛，感到一阵眩晕。

"衍哥！"周俊树差点疯了，扑到黎衍身边搬起轮椅想扶他。

黎衍发现自己手撑地时扭到了右手腕，腕上一阵刺痛，假肢也摔松了，低声说："等一下，我现在起不来。"

"衍哥……"周俊树眼睛红了，扶着黎衍坐在地上后，猛地回头看向黎帅。

黎帅被他瞪得脸发白，拉着黎德勇说："爸，走了走了……"

已经来不及了。

周俊树又一次冲过去，这一回，他简直是把黎帅往死里打，围观群众除了黎德勇没有一个人去劝架，更没有人帮黎帅说话，因为他踹黎衍的那一脚所有人都看得清楚分明。

这就是个欠揍的垃圾。

这场闹剧直到商场保安来了才结束。

一边是依旧坐在地上起不来的大儿子，一边是被揍得鼻青脸肿的小儿子，黎德勇的怒气只能向周俊树爆发，吵吵嚷嚷要报警抓他。

吃瓜群众一片嘘声，有个热心大妈对保安说："我来做证！是那个矮个儿先踹人家轮椅，欺负残疾人！好大脸还报警，商场都有监控的！"

黎帅哭个不停，指着周俊树大声说："我踹他是因为这个人打我！"

周俊树更大声："我打你是因为你先骂人！我打你你有种冲我来啊！你就是个孬种下三滥臭草包王八蛋！"

黎帅："呜呜呜呜呜……"

黎德勇："你你你你！我要报警！"

最后，还是坐在地上的黎衍发了话，他语气平缓："老黎，别报警了，你要是报警，我就把你小儿子踹我一脚的视频挂网上去，你试试看吧，看大家都帮谁。"

黎德勇愣住。

"老黎，你要是还念点儿旧情，就赶紧带你儿子走吧，去医院看看，也就皮外伤，过几天就好了。"黎衍感到疲惫，"以后，咱俩就别联系了，再在路上看到我，你就当不认识。你有儿子给你传宗接代，养老送终，没必要惦记我这个坐轮椅的人，你看，现在搞成这样，何必呢？"

在群众稀奇古怪的目光中，黎德勇终是带着黎帅走了。

没有热闹好看，围观群众也纷纷散去，黎衍对保安说自己没事，保安离开后，他让周俊树把自己架到轮椅上。

"你推我回去吧，小树，我手腕扭了。"黎衍有气无力地说。

周俊树一声不吭，推着他往电梯走。

"刚才，谢了。"电梯里，黎衍开口，"不过小树，你还是太冲动了。"

周俊树依旧不说话。

"我知道你是想帮我，但如果你出事了，把人打坏了，被抓进局子，我怎么和你姐交代？"黎衍抬头看了脸色沉沉的少年一眼。

他的右手腕搁在大腿上，已经肿起来："以后不要这样了。我的确是个残疾人，出门在外，偶尔是会碰到不讲理的人，那怎么办呢？每次都去和人吵架打架吗？今天是因为你在，你打得过人家，那如果是你姐呢？让你姐去帮我打人吗？"

黎衍自认已经够心平气和，给周俊树讲着道理。万万没想到，刚刚还帮他打架出头的小少年一下子就爆发了，电梯门打开时，外头等电梯的人就听到一阵年轻男人的怒吼声。

"你根本就配不上我姐！我姐瞎了眼才会嫁给你！你就是个窝囊废，根本就保护不了我姐！我讨厌你！"

周俊树非常非常生气！具体为什么生气他也说不上来，总之就是感到憋屈、压抑、愤怒、委屈，不知道是为了周俏，还是为了自己。

但就算这么生气，他还是得把黎衍推回家。这家伙手腕扭伤了，肿得老高，手指头都僵在那儿，根本没法转轮椅。

回家的路上，周俊树和黎衍周身像是缠绕着死亡气场，两个人都板着脸一声不吭。进到304室，关上门，黎衍想把自己挪到换鞋凳上时，周俊树打算扶他，他一下子拍掉周俊树的手："别碰我！"

周俊树咬着后槽牙，干脆收回手，冷眼看他怎么弄。

黎衍左手撑着换鞋凳，咬咬牙，右手在轮椅椅面一按，把自己的屁股挪过去，手腕处立刻传来钻心的痛，令他皱起眉来。他知道周俊树在看他，也不抬头，拿过挂着的抹布擦轮椅轮子。

几乎只有左手能使力，连擦轮子都很费劲，黎衍心里的烦躁滚雪球般地积累，攥着轮椅车架的左手微微颤抖起来。他拼命压抑想要把轮椅砸出去的冲动，但知道真这么做了，难堪的也是自己。没有轮椅他就没法在屋子里移动，难道要在周俊树面前脱裤子卸假肢在地上用屁股挪吗？那不如让他死了算了。

胡乱地把轮子擦了一遍，黎衍又把自己挪回轮椅上，没让周俊树推他，自己忍着手腕的疼转动轮椅往客厅前进几米。

忍忍忍！最后实在忍不住，他把轮椅调转180度面对周俊树，沉声道："小树，你到底对我有多少不满？趁现在你姐不在，好好说给我听听。"

年轻的男孩怒气消散不少，看着轮椅上的黎衍，一时说不出话来，神色尴尬。黎衍左手指指餐椅："你先坐下，我不喜欢别人站着和我说话。"

周俊树真的坐下了，还是紧闭嘴巴不吭声。

"聊聊吧，小树。"黎衍注视着他，双手搁在腿上，语速缓慢，"有什么想法不要憋在心里，说出来，大家开诚布公。我和你姐能走到一起，就是因为我们有什么事都会敞开了说。谁都不是谁肚子里的蛔虫，我猜不到你真实的想法，你也不够了解我这个人。我知道我不能算是个合格的丈夫，但对周俏，我可以保证自己是一心一意对待，那么，你对我的不满，就因为我是个残疾人，是吗？"

周俊树的眼睛里再次漫上一层冷意，他笑了一下，是完完全全的冷笑："你当然应该一心一意对待我姐，要不然呢？你还想三心二意地对她吗？"

黎衍正色道："周俊树，你这样说话我们就没法沟通了，我就问你一句话，你对我的不满，是不是就因为我是个残疾人？！"

"是！"周俊树大吼出声，对黎衍怒目而视，"你知道我来的时候我姐是怎么和我说的吗？她说你是个很优秀的人！让我自己用眼睛去看用心去分辨！说你到底值不值得她嫁！只要我和你相处几天就会明白！"

黎衍抿着嘴唇继续听他说。

"我用眼睛看了！我也用心分辨了！今天是我来这儿的第五天，我都看到了什么？"周俊树想起这几天观察到的黎衍的罪状，终于有机会可以一条条说给他听，整个人都兴奋起来，"我姐每天大清早起床，给你做早饭，做午饭，让你带去公司！晚上又要买菜给你做晚饭！吃完了陪你去锻炼！锻炼完了还要给你按摩！这些事儿居然每天都要做！我不明白你锻炼的意义是什么？是为了能走路吗？那你平时也没走啊！你走路都走成那样了锻炼又有什么用？这不是浪费时间吗？！"

黎衍脸色开始变白。

"衣服是她洗！地也是她拖！出去玩，她为了陪你这也不玩那也不玩！那你呢？你又为她做了些什么？除了洗几个破碗，我什么都没看到！"周俊树已经激动地站起来，说话时手势不断，"那是老婆吗？那是保姆吧！我姐和保姆有什么两样？她说你值得嫁，哪儿值得了？就因为你是城里人？是Ａ大毕业的？长得帅？长得帅能当饭吃啊？！"

黎衍沉住气，任周俊树肆意发泄。

"以后，几十年呢！我姐生病怎么办？你能照顾她吗？她生孩子呢？你能做些什么？管孩子是我姐！做家务还得是我姐！伺候你的也是我姐！问题是我姐也要上班的！她今天就要从早上一直上到晚上！明天也是！你待在家里连顿饭都不会做，居然还要点外卖！"

周俊树说着说着眼睛就红了："我知道我姐不如你们城里女人好看，不像杨姐姐那么会打扮，但在我心里她就是最好看的人！是这世上最好、最勇敢、最能忍的人！你就是欺负她是农村来的，看不起她！天天把她当保姆使唤……"

周俊树的眼泪掉下来，渐渐地变成泣不成声，他终于明白自己的愤怒究竟来自哪里——

"你这样的人，如果不是因为没了腿，怎么可能会看上我姐？你是不是觉得农村出来的女孩子能嫁给你们城里人就该感恩戴德？对你做牛做马？我告诉你姓黎的！你做梦！我姐值得嫁这世上最好的男人！你连自己都顾不上，摔地上连爬都爬不起来！凭什么去拖累我姐一辈子？你不配！"

周俊树呼哧呼哧喘着气，咬牙切齿地瞪着黎衍。

黎衍抬起左手抹了一把脸，深呼吸后依旧保持着冷静："关于这个'配不配'的问题，你以为我和你姐没有讨论过吗？怎么可能？周俊树，你不知道我和你姐之间发生的事，五天！你看到的只是表面，你现在觉得是我配不上你姐对吗？行啊，那你去和你姐说，让她来和我提离婚。"

周俊树愣了一下。

黎衍突然提高音量，左手食指用力指向对方："我告诉你周俊树！只要你姐来和我提离婚！我一秒钟都不会犹豫立马和她去民政局！我如果绊着她就是条狗！但是，如果你姐不愿意，那么对不起！我绝对不会离开她！我和她的事儿还轮不到你个未成年来指手画脚！"

十七岁的男孩子最厌恶别人把他当小孩儿，自认已经长大成人什么都懂。

周俊树怒吼道："我凭什么不能指手画脚？我可是她亲弟弟！你和我姐才认识多久？你知道多少她的事？你知道我和她小时候有多苦吗？你知道她为什么会丢下我一个人跑来钱塘吗？你以为她来城里打工是因为考不上大学吗？黎衍我告诉你！我姐不念大学就是因为她不想嫁给一个残废！我要早知道她费了这么大力气跑这儿来最后还是嫁给一个残废！我当时就算是死都得拖着她不让她走！"

周俊树的话令黎衍又疑惑又气愤，心底莫名发凉，颤抖着问："你什么意思？"

"哼，你不知道了吧？我姐没和你说吧？你不是说你们有什么话都是敞开了说的吗？"自以为掌握着秘密的少年很是得意，"我告诉你吧！我姐那时候想考大学，但我爸不愿意出钱，就通过媒人给我姐定了一门亲，对方和你一样是个残疾人！单腿截肢的！但那人家里开了个厂，在我们那儿绝对算有钱！他答应供我姐上大学，说好了只能上师范，毕业后回去他们镇上做老师，我姐满二十就要和他登记结婚！"

黎衍蒙掉了。

周俊树年轻的脸庞此刻竟然显得狰狞，继续说道："但是我姐不愿意，给我爸下跪，跪了整整一夜！说她死都不要嫁给一个残废。说不上大学没关系，嫁给残废就不行！你知道我爸是怎么做的吗？我爸没打她，我爸打我！往死里打我！我姐没办法只能答应了！我爸带她去办身份证和户口条，说要把那些东西交给那个男的保管，这样我姐就连跑都没法跑！

"结果我姐还是跑了！那人后来来我家里闹，你知道我姐都做了些什么吗？她和那人订完婚，当晚就用台灯砸那人的头！就因为那个残废要和她睡觉！她不肯，嫌人家身子恶心！她把那人头砸了好大一个口子，偷了身份证和户口条就跑了，身上一分钱都没有！我都不知道她是怎么来的这儿！"

周俊树的胸膛剧烈地起伏着。黎衍也一样，呼吸越来越重，眼睛睁得老大，脸色已经惨白。周俊树丝毫没有愧意，反而有一种报复后的邪恶快感。

他知道自己失去理智了，有什么关系？滚你的理智！爽就完事了！黎衍你很牛是吗？城里人？名牌大学毕业生？就仗着周俏对你好就高高在上？你是周俏心里最在乎的人，那我是谁？我被她抛弃五年是我活该吗？我这些年吃过的苦你又知道多少？！"

周俊树眼睛通红，开始口不择言，怎么伤人怎么来"我姐不让我在你面前提'残废'两个字，但你就是个残废！我一直以为她是因为不想被个残废毁了下半辈子才丢下我逃跑！谁知道她最后还是嫁了个残废！你知不知道你还不如邵群山呢！人家好歹还有一条腿，戴着假肢能走路！你连路都走不了！"

啊！真过瘾啊！

周俊树在心里呐喊。

五年来，多少个日日夜夜，他因为周俏的离开而被痛苦纠缠。

没有理由地被父亲打，吃不饱饭，穿不暖衣，交不出学费，被老师奚落，被村里和学校的同学欺负……他就像个孤儿，再也没有人在夜里安慰他，抱着他瘦弱的身体轻声说："小树不哭，小树要更勇敢，姐姐会保护你的，等你长大考上大学一切都会好起来。"

随着年龄增长，体格增强，周俊树渐渐可以照顾自己，保护自己，也在内心试着去理解周俏的离开。得知周俏让他来钱塘过暑假，他心里不知道有多开心！没想到出发前三天，却被周俏告知了那么一个消息。

他以为周俏在大城市里过上了安稳舒适的生活。

结果呢？那他这五年的痛苦又有什么意义？

周俏让他不能在黎衍面前提"残废"两个字，可当年她明明自己就是这么说的，是他亲耳听到的！

她说死都不要嫁给一个残废！现在居然嫁给一个残得更厉害的？

她说黎衍和邵群山半点儿都不一样。他没看出来有什么不一样，只知道黎衍身体情况更严重！生活更不方便！还没邵群山家里有钱！

他没有办法对着周俏发脾气，所有的怒火只能归咎到黎衍身上。

这个人，被人踹一脚就会摔跤，摔趴在地上没人帮忙爬都爬不起来！就这么一个人，周俏为什么要对他这么好？

赌上后半辈子对他好！是疯了吗？是疯了吧！

"我姐，当初还不如嫁给邵群山，至少能读个师范做老师，也不用像个保姆一样伺候人。"周俊树冷冷地俯视着黎衍，"我说她瞎了眼才会嫁给你，哪儿说错了？"

说完以后，客厅里的气氛沉默下来。

黎衍的脸色依旧惨白，眼神不似之前那般无畏了，显而易见地有些慌乱，他低低笑了一声，开口道："是我想残疾的吗？"

周俊树不语。

"没了两条腿，是我愿意的吗？我比那个人严重，是我的错吗？"黎衍已经不知道自己在说什么了，"听你的意思，我活着都是错的？车祸发生时我就不该活着，截肢以后我就应该立刻去死？对吗？周俊树，我是不是不配得到爱情，不配得到婚姻？像我这样的人，要么就该原地消失，要么就孤独终老？是这个意思吗？"

他全身都在发抖，连声音都在抖："残疾是原罪，我残疾了就是我活该，不能拖累任何人，是吗？我去年十月认识周俏，到现在还没满一年，我承认我的生活的确很麻烦，在我和她的婚姻里，她付出的比我多得多，但是周俊树……"

黎衍的眼睛里浮起一层水汽，眼底是通红的："我已经尽我所能地去对她好了！你想要我怎么做你才会满意？才会觉得周俏嫁给我不是瞎了眼？"

周俊树还是不说话。

"陪她去玩过山车？和她手牵手去街上散个步？带她去爬山？去旅游？买房？买车？她生了孩子后我天天给她做饭？走在大街上，让她小鸟依人地挽着我的手？不……就算这些事我全部都做到了，你也不会满意的，你知道为什么吗？"黎衍缓缓摇头，语气极凉，"因为，你的诉求从来就只有一个，那就是，我重新长出两条腿来。"

周俊树脸色微变，却没有见好就收，仍旧嘴硬道："你说得没错，我就是这么想的！我姐就应该嫁给一个普通人，过上普通的生活！跟着你，她后半辈子注定不会幸福！"

见黎衍又一次愣在那里，周俊树哼了一声，昂首挺胸地进到次卧，用力地摔上门，把黎衍一个人留在客厅。

房门后，小少年瞬间收敛起骄傲的神情，弓着腰、耳朵贴在门板上听外头的动静。他觉得自己吵赢了，感觉很爽，又觉得自己说得过分了些，心里隐隐后悔、不安。

扪心自问，黎衍对他很好，来钱塘五天，待在这个家里他并没有受过委屈，黎衍甚至让他上大学后，暑假住在他和周俏的家里。

黎衍和周俏的感情看起来也很好。

周俊树默默想着，黎衍的原罪是不是真就是他的残疾？

但就如他自己说的，这是他愿意的吗？

周俊树仔细回想自己刚才说过的话，每一字每一句。想完以后，他的悔意越发浓烈，逞了一时口舌之快，却似乎闯下大祸。

衍哥，不会有事吧？

姐姐会知道吗？要是她知道了，会不会打死他？

黎衍在客厅待了一会儿才转动轮椅回主卧。

他找出药箱搁在腿上，到床边后，先把药箱搁上床，再慢条斯理地脱下假肢，摆到一边。他神情平静，像是什么都没发生，把身体挪到床上后，打开药箱找出喷剂往右手腕上喷。

其实应该先冰敷的，但他没有力气，一丝力气都没有。

喷过药，他从床头柜抽屉里找出一个黑色护腕戴在右手腕上，护腕挺宽，可以起到固定作用。黎衍没打算向公司请假，第二天依旧要上班，先把手腕固定住，免得承受二次伤害。

低头看到两截残肢，他哭也哭不出，笑更笑不出。

想到另一个房间里那个十七岁的男孩子，黎衍脑子里一片混乱。

多讽刺啊，先被自己同父异母的弟弟喊"残废"，小舅子帮他出头，回来了又被自己的小舅子喊"残废"，接着又从小舅子嘴里知道，自己的妻子也曾经对他这样的人喊过"残废"。

残废残废残废……

二十二岁以前，哪里会想到自己会和这么一个词绑在一起。

最近半年，黎衍发自内心地觉得生活越来越好，从周俏身上汲取到的温暖和爱意就像一股生命之泉，把他干枯的身与心浇灌得蓬勃旺盛。他对未来不那么恐惧了，甚至有所期待。

想要买车，想要考证，想要升职加薪，想和周俏办婚礼，想要成为父亲……他至今没有怀疑周俏对他的情意，就算周俊树说得再过分，他也不怀疑。

他也不怀疑自己对周俏的感情，还有什么好怀疑的？整颗心里都是她，不用花费力气去和周俊树解释，自己知道就行。

他真正怀疑的是——自己到底能不能带给周俏幸福。

是不是他眼里的所谓平淡幸福、相濡以沫，在别人眼里其实是他在把周俏当保姆使唤？

黎衍不知道该怎么解决这个问题，试着在生活上不依赖周俏？

学做饭？多做家务？独自一人练习走路？自己给自己按摩？

不，为什么要那么复杂？解决的办法明明很简单。

夜里十一点多，周俏下班回家。

她感到很奇怪，白天时给黎衍发微信，想问问他和小树相处得怎么样，黎衍回得特别简短，只叫她不要担心。她又给小树发微信，小树回答得也差不多。

周俏直觉不对劲，又说不上来为什么，到家后发现主卧、次卧两扇门都关着，她没有犹豫，直接就进了主卧。

房间里很黑，黎衍已经睡了，连床头灯都没给她留。

周俏也没开灯，先去到阳台，打开手机电筒看烟灰缸。黎衍工作后烟瘾小了许多，在公司里因为受不了吸烟室的味道，几乎一支都不抽，回家后连早上加晚上，一天也不会超出五支，烟灰缸每天都倒。

可现在，烟灰缸里杵满烟蒂，足有十几个。

周俏回到床边打开床头灯，俯下身去看黎衍。他又用被子蒙着头了，通常这种情况都是因为心情不好，并且已经很久没有发生。

周俏拍着他的被子，柔声叫他：

"阿衍？"

"阿衍？你怎么了？是不是小树惹你生气了？"

"阿衍？"

黎衍始终没反应，周俏意识到问题严重，却猜不透到底发生了什么。她脱掉鞋上床，从被子的另一边钻进去，伸出手臂就从背后抱住黎衍。

"阿衍，我知道你没睡。"周俏把脸颊贴在他的背上，"发生什么事了，你告诉我。是和小树有关吗？你和我说，我会去批评他的。"

黎衍的身子终于动了一下，周俏感觉到他的背都弓了起来，又叫："阿衍……"

黎衍低低开口："周俏，你是因为逃婚才来的钱塘吗？"

周俏大惊，嘴巴微张，慌得说不出话来。

"小树都和我说了。你别紧张，我不会怪你，你那时候才十七岁，说出什么话来都是正常的。"黎衍没有转身，始终背对周俏，"俏俏，我刚才想了很久，有两件事我想和你商量。"

周俏非常害怕，怕他提离婚。黎衍像是猜到她的心事："不是离婚，你放心，我不会和你离婚的。"

周俏抖动着嘴唇，问："那是什么？"

"第一，我希望你能继续读书。"

周俏："第二呢？"

"第二，我不想再练走路了。"

"不行！"周俏斩钉截铁地回答，少顷又补充道，"第一件事可以商量，第二件，绝对不行！"

周俏想不明白，这完全是八竿子都打不着的两件事，让她去读书可以理解，不练走路算怎么回事？今天究竟发生了什么？小树到底和黎衍说了什么，会让黎衍想到这样的两件事？

黎衍又没动静了，周俏柔声叫他："阿衍，你先转过来嘛。"

对于周俏，黎衍是没办法真的不理不睬的。

她是周俏啊！白天的时候就希望她能出现在身边，希望她能抱着他，轻声细语地对他说话。现在她真的回来了，真的抱着他，他居然又感到害怕。

"阿衍……"周俏也不勉强他了，手指抓揉着他胸前的T恤布料，"我不知道小树对你说了些什么，如果是关于我离家时发生的事，我其实一点也不后悔的。"

黎衍问："你本来是不是可以读师范？"

"嗯。"周俏不以为意，"但那是有条件的，我需要和人结婚。我一点儿也不喜欢那个人，他比我大十岁。"

黎衍苦笑："还是个残疾人。"

周俏叹一口气："对，是个残疾人。可是阿衍，需要我给你解释吗？不愿意嫁，不是因为他是个残疾人，而是他风评很差，我不喜欢他。我想到以后的事，读完师范回到他那边做个老师，一辈子都得和他待在一起，我就发现自己根本接受不了。"

见黎衍没回应，周俏试探着问："小树是不是说了很过分的话？阿衍，你先转过来，咱俩聊聊。我不是故意要瞒你，那件事我真的不想回忆，如果你愿意，我倒是可以和你说说我逃出来后是怎么来的钱塘。"

听到这儿，黎衍果然有所触动，身子慢慢地翻转过来，脑袋也钻出薄被，向右侧卧着面向周俏，左手轻轻地搭在她的腰上。

周俏终于看到他的脸，熟悉的脸，可是眼睛里没有神采，只余下一片悲伤落寞。她自然而然地去牵他的右手，一下子就摸到护腕，低呼："你的手怎么了？"

黎衍垂下眼睛，缩回手："没什么，今天摔了一跤。"

"小树干的？"周俏急问。

黎衍毫不怀疑，如果她得到肯定的回答，会立马冲到周俊树房间把弟弟拖起来兴师问罪。

"不是。"黎衍把下午遇到黎德勇的事简单说给周俏听。

周俏听得心惊胆战，又知道周俊树打了人，不禁担心起来："打得严重吗？小树会不会被追究责任？"

黎衍笑笑："应该不会，放心吧。"

周俏又去看他的右手，担心地问："扭得严重吗？你上药了没？就这么处理没问题吗，要不要去医院看看？"

"就是普通扭伤，上过药，过几天就好了。"手腕其实还很疼，但黎衍的心思完全不在这儿。他看着周俏的脸庞，年轻的女孩上了十几个小时的班，神情疲惫，眼睛里都有了红血丝。

他用左手撩起周俏颊边的碎发，说道："俏俏，继续去读书吧，高考也行，继续教育也行，现在我上班了，你去读书，我们省着点花，我一个人的工资也够我们两个人用。读完书你可以换一份工作，以后就不用这么辛苦。"

"为什么突然要我去读书？"周俏还是没弄懂。

黎衍说："因为你还年轻，我希望未来的日子你可以有更多的选择，而不是生活重心只围着这个家、围着我转。不管是为了你自己，还是为了我们的小家，我都希望你可以继续学习。"

周俏想了一会儿，说："阿衍，其实我有想过的，过两年去学点什么，但现在还不是时候。咱家现在靠你一个人还不行，很多地方都要用钱，你还要买车……"

"我不用买车！"黎衍打断她，"我现在开三轮就行了，又不出远门，上下班足够应付，买车一点都不急。"

周俏眨眨眼睛，说出她心底最期望的一件事："可是阿衍，我想存钱给你买假肢，就是那种可以走路的假肢。"

只一句话，黎衍脸色就变了，直接撑着床板坐起来，忘了右手腕有伤，一撑之下疼得浓眉蹙起。周俏也紧跟着坐起身，拉过他的手看："你没事吧？手都这样了不要再用力啊！"

"先别管手！"黎衍难以置信地看着周俏，"为什么还惦记着那个假肢？我都和你说了咱们买不起，也没必要买！我已经不打算练走路了，反正不管怎么练都走不好的！走路都不练了还买什么假肢？！"

"我说了不行！"周俏又是一口拒绝，目光灼灼地看着他，"你答应我会一直锻炼的！不锻炼肌肉会萎缩！你答应我不会让自己连站都站不起来！"

"我会继续练站，也会继续练抬腿，我就是不练走路了行吗？！"黎衍努力说服周俏，"我会尽量让肌肉不要萎缩，但走路真的就……周俏你不觉得那个很浪费时间吗？浪费你的时间也浪费我的时间，练完了回来还要按摩！目的也不过是让肌肉不萎缩而已！我、我走不了了！周俏……"

黎衍的头深深埋下来，几乎低到胸口，左手按在自己短短的左腿残肢上，抬起右手捂住脸颊，身子微微颤抖："你还不明白吗？我走不了了……为什么要勉强？我两条腿都没了，能站着还不满足吗？为什么一定要让我走？每天的时间这么宝贵，为什么要浪费在这种没有希望的事上？周俏，我不是生来就残疾的！我已经……我已经很努力、很努力在学习怎么做一个残疾人了！我要接受这样的身体，要适应这样的生活，要学习怎么照顾自己，以前轻而易举的事现在对我来说都很困难，但我真的已经在学在适应了！我不可能再变成一个健全人！所以为什么一定要让我去走路啊？"

黎衍哭了。

被黎帅羞辱时他没哭，被周俊树抨击时他也没哭，独自一人待在房间思考时他甚至很冷静，抽丝剥茧地分析周俊树的动机和目的。

可是现在，在周俏面前，他再也忍不下去，心酸和委屈像海浪一样翻涌至他的心尖，又汇聚到眼睛里，最终一滴一滴滚落下来。

周俏什么都没说，张开双臂扑上去就抱住了他，不用安慰，不用问询，就只需要听他倾诉，任他发泄。

白天一定发生了非同寻常的事！周俏心如刀绞，黎衍已经很久很久没出现过这样的情绪变化。周俏记得，上一回他情绪失控还是三个多月前，在面试回家的路上遭遇到地铁站事件。

"我知道你跟着我会很辛苦，我也知道我很自私，仗着你喜欢我就想把你绑在我身边。但是周俏……你真的太小了，后半辈子那么长，我怕你总有一天会嫌弃我，会觉得我是个麻烦……"

黎衍也已经抱住周俏纤瘦的身体，声音哽咽得几乎说不下去："我真的不想再练走路了，每次走路都被人当猴子看。你和我都知道，没人在身边我就算有拐杖都容易摔跤，一年三百六十五天，往后还有大几十年，怎么可能一直坚持？你不嫌烦我自己都嫌烦！"

周俏几乎能猜到周俊树对黎衍说什么了，那个臭小子这几天不声不响把他们夫妻的日常生活都看在眼里，也不知在心里添油加醋成什么样子。

黎衍的生活是没法美化的，说直白点甚至很残酷。

就说最简单的出门上班，别人回到家无非就是换个鞋，他还得大动干戈地擦轮椅轮子，出一次门回来就得擦一次。碰到雨季更麻烦，公司楼下到车库那段路没遮挡，他还得穿雨衣，回来时轮椅脏得不像样子，他从没抱怨过，每次都是认认真真地把轮椅擦干净才进屋。

上下"小黄蜂"也是一样，每天周而复始地拆轮椅、装轮椅。有一次黎衍下班后上车时还不小心摔了一跤，没坐上座椅直接摔到了地上。他的两条假肢加起来有四十斤，摔倒后没人帮忙自己根本爬不起来，幸亏当时边上有人，他主动向人求助，才被扶上了车。

回家后他把这件事当玩笑一样说给周俏听，周俏当场就夸他表现很棒，以后再碰到类似情况不要硬撑，一定要找人帮忙。

还有在公司里的上厕所问题，食堂买饭问题，坐一整天后常人无法体会的腰酸背痛，夏天残肢的闷热，阴雨天骨痛的折磨……点点滴滴的小事，不是一天两天要面对，而是日日夜夜月月年年一直到死都摆脱不了。

周俏没有在周俊树面前帮黎衍镀金，把他包装成一个无所不能的轮椅先生，这本来就是不现实的。

肢体重残人士在生活中会碰到无数难以想象的困难，想要融入社会更是难上加难。作为他们的伴侣，势必要承担起更多的责任，没有办法苛求他们像健全人一样给予另一半同等的呵护与关爱。

对周俏来说这已经成为常识，对文姐和芳芳也是一样，当然会有人受不了，比如晓芸，那就选择离开，没有人会责怪她。

黎衍无疑是敏感的，或者说所有残疾人或多或少都会敏感。身体残障令生活大变样，一颗心也变得千疮百孔，周俏知道黎衍现在肯定很难受，也不会愿意把周俊树做的事说的话告诉给她，她只能猜，然后想办法去安抚。

周俏的手重重抚摸着黎衍的后背，在持续不断的安抚下，他终于逐渐冷静下来。周俏松开怀抱，摸摸黎衍的脸颊，用手指帮他抹掉眼角的泪，柔声道："阿衍，不要在意小树说什么，他不了解你，甚至都不了解我，咱俩的日子咱俩自己过，轮不到任何人来评头论足，就算是我弟弟也没这资格。如果我觉得累了我会告诉你，如果你觉得我哪里做得不好你也要告诉我，没什么坎是过不去的。我不是和你说了嘛，有我给你兜底呢，你一点也不麻烦，不过，不练走路我是不会同意的，你可别想偷懒。"

前面几句话令黎衍受伤的心略微舒缓，最后两句又冷不防让他竖起刺来："我不是偷懒！我只是觉得没有意义！"

周俏不认同："怎么会没有意义？走路必须要练！你要实在坚持不了我们就做个计划表，每个星期至少练五天，这样你工作忙的时候也能休息一下。"

黎衍坚决地摇头："我说了，我一天都不想再练！"

周俏继续劝他："阿衍，我们其实没有太大的经济压力，宋晋阳要买房，我们又不用。两个人一起努力工作把钱存起来，存几年就可以买一副好的假肢。你也看到视频了，那个假肢真的好厉害！你穿上它就可以走路的！到时候你就会方便很多，在商场里我们都能一起走着逛街，你难道不想和我一起走路吗？"

黎衍心里的火气又噌噌冒出来："我说了我不想！我从来没说过我要买那种假肢！是你一直在说！周俏你为什么总是这样？我说了你别做什么事都围着我转！你还接受不了我是个没腿的人吗？你就那么希望我能装上两条假腿和你在别人面前走路吗？这个话题到底什么时候可以结束？你到底什么时候能真正死心？我现在只想多赚点钱让你日子好过些，送你去读书！过些年我们再要一个孩子，就这样简简单单、平平淡淡过日子不好吗？为什么你总是要扯到那个假肢？你知道那破玩意儿要多少钱吗？有那钱我们为什么不去买房？！"

"我不想要买房。"周俏盯着黎衍的眼睛，"我就想让你穿上那种假肢！不是希望把你变成一个健全人，我知道你变不了！我完全接受现在的你，不管变成什么样子你都是我最喜欢的黎衍。我只是想让你的生活变得更方便、更舒适。"

黎衍无奈极了："可是那个真的很贵，不是我们能力范围能承受的东西。"

"贵不贵先不说，我就问你想不想要？"周俏眼神热切，"阿衍，你想要吗？"

"我以前是想过，那时候刚截肢不久，见到什么高科技的东西都想要！觉得我用了这个用了那个立马就能变得和普通人一样能走能跑！"黎衍沮丧得要命，"但现在我已经明白了，科技再发达，假的就是假的！我的腿没了就是没了！我现在真没这个想法，坐轮椅已经很方便了，周俏你为什么就是不信呢？"

周俏固执地说："我就是不信！这么好的东西，你不可能不想要。"

黎衍被她噎得说不出话来。

"这事儿必须得听我的，走路不能停，没得商量。"周俏看着黎衍一脸被打击的样子，又说，"读书的事儿我能答应你，等到时机合适我一定会去学习，不管是上学还是学一门技术，我都会好好考虑。"

两个人最终各退一步，黎衍也没精力再和周俏争执。周俏还没洗澡，拿好衣服准备出房间，黎衍叫住她："俏俏。"

"嗯？"周俏回头。

"别去怪小树。"黎衍说，"他还小。"

周俏眉毛一挑:"这事儿你别管,我会处理。"
黎衍已经靠在床头看她:"洗完澡,你和我说说你是怎么来的钱塘,刚才都没来得及说。"
周俏笑起来:"行,一会儿听我讲故事,很精彩的哟。"
来到客厅,周俏望向次卧房门,又回头看一眼主卧房门。
一个好不容易安抚好了,现在只剩另一个还没收拾。
周俏心底对周俊树很生气,因为臭小子根本就不了解黎衍,不知道她花了多少心血才让黎衍走到如今这一步,也不知道在这个过程中黎衍自己又付出了多少努力,克服了多少障碍,承担了多少本不应该承担的东西!
周俏做了一个深呼吸,忍住怒气去了卫生间。

周一早上,因为黎衍右手腕有伤,周俏决定陪他去上班。
直到他们出门,周俊树都躲在房里没出来。
一路上,周俏没让黎衍自己转轮椅,只要他坐着轮椅,就由她来推,把他平安送到公司后她才赶去商场上班。
黎衍下班后,想到回家要独自面对周俊树,心里就很抗拒,故意在公司里加班,算好时间开着"小黄蜂"去商场接周俏下班,两人一起回家。到家后,周俏发现周俊树还是躲在房里不出门,她去敲门,小少年在里头嚷嚷说已经睡了,周俏还要敲门,被黎衍制止。
他抓着她的手,抬头看她:"俏俏,算了。"
房间里,周俊树躲在床上大气都不敢出。
他真的后悔了,很后悔。在经过一天一夜的思考后,他原本打算黎衍下班回家就道歉,哪知道黎衍居然没回来,最后是和姐姐一起回来的。
周俊树无论如何都不敢出门面对周俏,不知道黎衍对周俏说了多少,他猜测应该全部说了,啊!那姐姐不得气死啊!他感觉自己小命堪忧,恨不得提前改签车票回家。

周二早上,周俏休息,依旧陪黎衍去公司,再坐公交车回来。
进门后,她再也没有顾忌,哐哐哐地敲周俊树的房门,大喊:"周俊树!你给我出来!"
躲得了初一躲不过十五,周俊树没办法,只能磨磨蹭蹭出了房间。
周俏站在客厅里,脸色铁青地看着他,问:"前天,你到底对黎衍说了些什么?"
周俊树黝黑的脸上神色很不自然,撇撇嘴小声嘀咕:"没说什么。"
"你对他说了邵群山的事,是吗?"
周俊树眼神躲闪,最后还是点点头:"嗯。"
周俏冷声道:"我提醒过你不准说的,你为什么还说?"
周俊树也不知道自己为什么要说,那天他只想吵赢黎衍,手上砝码本就不多,邵群山的事勉强能算一件。
他刚想开口,周俏已经说了下去。
"这事就算了,黎衍没和我计较,他不像你这么幼稚,会因为这种陈芝麻烂谷子的事儿来和我算账。"周俏的语气一直很冷漠,"周俊树我问你,你还对他说了些什么?是不是说他身体残疾所以配不上我？还是说我陪他锻炼给他按摩你看不顺眼？"

周俊树心道果然如此，瞪大眼睛说："他都告诉你了？他是不是男人啊，什么都和你说！这和小孩儿吵架吵不过告诉老师有什么两样？"

周俏心都凉了，大声道："他什么都没和我说！是我猜出来的！就你这脑袋能想到的东西我还能猜不着吗？"

周俊树脖子缩了一下。

"你凭什么对他说这些话？周俊树，我都想不明白！"周俏知道自己猜得差不离后简直怒火中烧，"黎衍怎么你了？他哪儿做得不好？他的家里人对你也很好啊！你怎么可以这样伤害他？你是白眼狼吗？你伤害他的时候有没有想过我啊？"

"我就是想到你才会和他摊牌的！"周俊树也大吼起来，"我看他不顺眼行了吧？我不喜欢他！我不喜欢你嫁给他！我不喜欢你像个保姆似的伺候他！就算他人不错又怎么样？姐，你真的要和他在一起吗？你才二十二！往后几十年你俩怎么过啊？他可是个残废……"

"啪！"

非常响亮的一记耳光，周俏几乎用尽全部力气，人都跳了起来，手掌甩下去后火辣辣地疼。周俊树跟跄了一步，脸被打得偏过去，又转回来，捂住脸后瞪口呆地看向周俏。

"你没资格来管我的事！"周俏指着周俊树，眼神凶得吓人，"你吃我的、穿我的，学费也是我缴的，我欠你的吗？我是你妈呀？我自己都舍不得买的牌子货衣服，每年都给你买！零花钱，没断过！我欠你的吗？啊？你以为你是谁？你了解黎衍吗？你不喜欢他？你不喜欢他你就走啊！回老家去！谁拦着你了？我像保姆似的伺候他？你是这么对他说的吗？周俊树，你就是站着说话不腰疼！你要不要试试没了两条腿怎么过日子，你要是能做到大事小事都不求人帮忙，刚才那个巴掌我立马让你打回来！"

周俊树被打了一个耳光，又被骂了一通，已经蒙在那里。可是少年人的倔强让他不会服软，本来对黎衍产生的歉意这会儿也化为逆反心理，生气地说："周俏花！我是你亲弟弟！你居然打我？你从来没打过我！我是为你好啊！你到底看上他什么了？这么死心塌地对他？你凭什么打我？你丢下我整整五年……"

"你在说什么鬼话？！"周俏恶狠狠地打断他的话，"丢下你的人是爸妈，不是我！我丢下你五年？那我被丢下的十几年，我找谁去算账？我六岁就能自己照顾自己，还把你带大！出来打工赚钱供你读书！你就不能自己过了？我走的时候你都十二岁了，生活不能自理啊？还委屈上了？"

周俊树发现自己难以反驳。

周俏越说越气："我离开家的时候十七岁，高二结束。你现在也是十七岁，高二结束！在文化水平上咱俩现在是一样的！但是在做人这件事上，你还有太多东西要学！周俊树，你读了十几年的书，受到的教育只让你学会怎么做题吗？考第一又怎样？你懂不懂'善良'两个字怎么写？哪个老师教你可以肆无忌惮去伤害一个对你充满善意的人？就因为他是个残疾人？你有手有脚还优越上了？你不要和我说没人教你！也没人教我啊！但这个道理只要是个人都知道！"

周俏越来越明白周俊树对黎衍说了什么，至少他一定用到了"残废"这两个字。

周俏根本都重复不出这两个字，想到周俊树对着黎衍把这两个字挂在嘴上，她的心都在滴血。

周俊树被骂得委屈极了，嘴一咧，眼泪就大滴大滴地涌出来："姐，我知道我对衍哥说话说重了，但是，你是我唯一的亲人，你不知道这些年我多想你……我来这儿，看到你嫁的人是这个样子，坐着轮椅，没有腿，你为他做这做那，我真的觉得你不值啊！"

"值不值我自己说了算！天王老子也管不了我！"

周俏气喘吁吁地瞪着周俊树，她所有耐性都用在了黎衍身上，对于自己十七岁的弟弟，她无暇去深究他的心理也不想去深究，诚如她所说，她对他已经尽到足够的义务了。

周俏说："周俊树你听明白没有？我不欠你的，你没资格来对我的婚姻指手画脚。我也不要求你对黎衍道歉，就凭你说的那些不是人的话，道歉已经没意义了！今天你想待在家就待，想出去逛就自己去，我懒得再管你。明天早上你自己去火车站，票也取了，你也认得路，我就不送你了。明年高考，你爱考哪儿考哪儿去，学费我给你存着，生活费你自己去挣！大学毕业后，你愿意喊我一声姐我就应，不愿意我也无所谓！我对你仁至义尽。这五年，支撑着我的始终只有黎衍！你做了什么？你拿着我辛苦赚的钱，四年多都不肯和我通电话！最后还伤害我最爱的人！美其名曰为我好？你可真能耐啊，自己好好想想吧！"

周俏说完以后，再也不看呆若木鸡的周俊树，径直回了房间。

几分钟后，她听到外面传来大门打开，又关上的声音。

周俊树没地方去。

走到马路上，一抬头就看见对面的商场。商场里有空调，还有休息椅，他想了一会儿，穿过马路就走了过去。

心里像堵了一块大石头，憋得周俊树浑身难受，气都要喘不上来。不能去想周俏的话，一想就委屈，委屈了就要哭，男人不可以哭！

周俊树漫无目的地在商场里走。这种商场，他在老家从来没见过，每一层都那么大！卖什么的都有，还有好多饭店、儿童游乐场、电玩城……顾客也多，到处都是人。

不仅是商场，马路上、地铁站也都是人，这就是个繁华的大都市。

周俊树看到那些卖衣服的女营业员，有些在招待顾客，有些在整理衣服，有些在聊天。没有顾客时，她们就手肘撑着电脑桌面发呆，支撑腿不停地交换，像是百无聊赖。

周俊树知道周俏就是商场营业员，也知道她上班时不能坐。

她刚刚上过两个全天班，从早上九点一直到晚上十点，整整十三个小时。

周俊树垂着脑袋走啊走，在儿童游乐场边待了很久。因为是暑假，白天都有不少孩子过来玩，彩色波波球池上是一组巨大的滑梯和爬架，小朋友们在里头尖叫打闹，一个个从滑梯上刺溜刺溜往下滑。

周俊树从来没玩过滑梯，小时候他是放养的，周俏去上学，他就一个人到处乱跑，爬树捉鸟，下水摸鱼，玩得差不多了就走好远的路去周俏学校门口等她，和姐姐手牵手一起回家。

一想到周俏，他的眼睛又酸涩起来，手背胡乱地抹抹，忍住泪意。

离开儿童游乐区域，他去五楼书店挑了一本畅销书站着看，这一看就看了好久，回过神来发现都快下午一点了。

周俊树饿了，摸摸口袋里的一百多块，是周俏前几天给他的零花钱。他坐电梯到一楼肯德基，之前点餐都是周俏，他都没注意过价格，这回自己站在点餐台前看到菜单，吓得赶紧逃出来。

他最终在五楼一家面馆吃了碗炸酱面，还没吃饱。

吃完后，周俊树又去到六楼，走进那家电玩城。他没打算玩什么，不舍得花钱，就在里面看人玩。

很多玩家是和他差不多年纪的学生，穿着时髦的衣服和鞋，有些头发还染了色，他甚至看到有男孩子戴着耳钉，盯着看了好一会儿。

投篮机前有个男孩在投篮，周俊树站在旁边看。

想到那天下午，黎衍带他来这里玩，他站着，黎衍坐着，两个人一起砰砰投篮，结束以后还击了一下掌，是男人间对话的方式。

和姐姐出去玩时，周俊树曾问过周俏，黎衍有多高。

周俏说他以前是一米八五，不过现在没有了，穿着假肢只有一米七六。周俊树当时没说什么，但心里知道一米八五真的好高，比自己足足高了七厘米。

衍哥现在只能坐轮椅了，站起来还没他高。

周俊树难以想象自己要是没了两条腿会变成怎样，是不是就像老家村里那几个残疾人一样，每天待在脏乎乎的房子里混日子。那些人总是怨天尤人，衣服头发脏兮兮的，烟酒不断，没事干就去打牌。

黎衍不是这样的，他每天穿得帅帅气气出门上班，有一次回家时还给自己带回一袋很好吃的点心，说叫肉松小贝，需要排很久的队才能买到，不过他点的是外卖。

衍哥……衍哥其实真的是个很不错的人。

就是坐轮椅不好，他要是身体健康该多好啊！

不过，他要是身体健康，估计也没周俏什么事了，他一定会找杨姐姐那样的女朋友，怎么可能看得上周俏？

可是周俏哪儿差了？周俏就非得照顾他一辈子吗？她就不能找个各方面条件普通一点的男人吗？身体健康的，就跟这城里大多数平凡的打工夫妻一样，她怎么就搞得这么不平凡呢？

周俊树一直努力学习，没有喜欢过哪个女孩子，也没追过星，完全不懂情啊爱啊这些东西。他脑子里糨糊一样搅成一团，一会儿怪黎衍抢走自己的姐姐，一会儿怪姐姐为了黎衍竟然打他，怪来怪去，他终于想到自己。

四年多不和周俏通电话，是事实。

上初一时，邱老师就找到他，带给他周俏在钱塘的消息。他曾经幼稚地问过邱老师，周俏什么时候回来，邱老师说周俏不打算回来了，会留在钱塘打工。就那一下子，他就崩溃了，开启了长达四年半对周俏的单方面冷战。

那会儿他从没想过，十七岁的周俏是怎么在这个城市活下来的。

周俊树在电玩城外的休息椅上坐了很久，掏出手机，打开微信通讯录。他买手机才不久，同学们一个都没加上，联系人里只有邱老师、周俏、黎衍和宋晋阳。

他打开黎衍的朋友圈，只有一条九宫格图文，是周俏生日那天发的。他发现自己根本就不知道周俏的生日，但周俏记得他的生日，每年都会通过邱老师给他带一套衣服作为生日礼物。

照片里的周俏和黎衍依偎在一起，笑得非常开心。

黎衍喜欢站着拍照，周俊树在游乐场见过，拍的时候，轮椅会被推得远远的，一点儿不会拍进去。周俊树从没见过周俏笑得这么幸福甜蜜，黎衍也是一样，那种发自内心的笑容透过屏幕都能深深地感染人。

周俊树之前看到这些照片只顾着生气，可是现在……他吸吸鼻子，点开宋晋阳的对话框，打出一行字。

【树影·星痕】：宋哥，你知道衍哥的单位在哪儿吗？

下午五点，黎衍正在工作。

右手腕上依旧戴着护腕，这两天行动着实不方便，但他没怎么让人帮忙，都是自己忍着疼痛做事。其他好说，转轮椅和开"小黄蜂"完全躲不过，别人也帮不了他。

周俏说会来接他下班，他思考后同意了。上下"小黄蜂"时最依赖手臂力量，手腕用不了力很容易摔跤，周俏接送他无非就是在他上下车时扶一把，再帮他拆装轮椅，也避免让右手腕因为一直用力而好不起来。

桌上的固定电话响了，黎衍接起来："你好，我是Rick。"

"Rick，前台有个男孩子找你，说姓周，你出来一下吧。"

黎衍坐着轮椅来到前台，吃惊地看到周俊树站在那里。

周俊树绷着一张脸盯着黎衍看，又看到他的右手腕上戴着黑色护腕，嘴唇就抖了一下。

黎衍刚要开口，小少年已经"呜……"的一声哭出来了。

前台小姐吓了一跳，黎衍只是重重地叹了口气。

电梯间里，黎衍给周俏打电话："俏俏，你别出来了，小树在我这儿呢，一会儿我让他帮我上车好了。"

周俏急道："他跑你那儿去干吗？他又想干什么呀？"

黎衍低声劝她："你先别急，我觉得……"他回头看一眼消防通道防火门，"他是来道歉的。"

周俏沉默。

黎衍："你是不是骂他了？"

"嗯。"周俏承认了。

"行吧，一会儿我带小树在外头吃点东西再回来，我和他聊聊，明天他就要回去了，别搞得一肚子不开心。"黎衍安慰周俏，"你别担心，不会有事的。"

周俏说："他要是再敢对你说混账话，你别对他客气。"

黎衍笑起来："我知道，我俩都是男的，聊起来方便，你自己吃晚饭吧，别等我们了。"

挂掉电话，黎衍进了楼梯间，周俊树背靠墙壁站着，低垂着头，无精打采。

黎衍停下轮椅，把假肢放下地，手扶栏杆站起身。周俊树疑惑地看着他，他笑笑："我每天都要在这儿站几回，既然进来了就不要浪费时间，顺便练个站。"

昏暗的楼梯间里，周俊树的脸看起来更黑了，眼白倒很分明，随着眼睛的眨巴，直愣愣地盯着黎衍看。

黎衍也不和他客套："你姐骂你了？"

周俊树又垂下了头。

黎衍看着他："等一下我下班，带你外面吃个饭，咱俩聊聊。不过先说好，不能吵架，我实在没力气和你吵架，就想揍你，但估计是揍不过的，我手还伤着。"黎衍歪着头打量了他一会儿，又开口，"小树，我问你一个问题。"

周俊树抬起头来，神情紧张："什么？"

黎衍问："你觉得我和宋晋阳关系怎么样？"

"挺好的啊。"周俊树想到宋晋阳和黎衍之间的相处，就是好兄弟嘛。

黎衍说："你应该知道，宋晋阳的爸爸和我妈妈是后来结合的，我和他十五六岁才认识。你可能想象不到，今年以前，我和他闹了十年的矛盾。"

"啊？"周俊树完全没想到。

"我曾经揍过他，上高中的时候，因为他欺负我妈。就像你那天揍黎帅那样，我把宋晋阳摁在地上打。"黎衍想起十几年前的事，自己都想笑，"他根本不能反抗，被我狠狠揍了一顿，后来，我俩就水火不容了。

"但你现在也看到了，我和宋晋阳关系不错，你姐和他关系也挺好。我毕竟不怎么方便，这些年来，我妈很多事儿都指望不上我，都是宋晋阳帮她办，我妈早把他当亲儿子看了。"

黎衍继续说着："明白我的意思吗？小树，人会长大的，思想会变，阅历会变，人与人的关系也会变。那天你对我说的话，我真的很生气，仔细想想很多都是事实，也没法反驳。但是再过几年，等你长大一些，我再老一些，也许回过头一想，你会觉得自己当初说得比较偏激，我也早就对这些话一笑了之了。"

周俊树陷入思索。

黎衍又说："你说你讨厌我，觉得我没法让你姐幸福，只会让她很辛苦，那你的意思是什么呢？希望我和你姐离婚吗？"

周俊树嘴唇嗫嚅着："不是。"

"那你这样的发泄又有什么意义？我和你姐都没想过离婚，我还就认定她了。"黎衍语气平和，唇边带着笑，"小树，别说你讨厌我，前几年我自己都讨厌自己，要不是你姐把我拉出来，我现在根本就不是你看到的这个样子，跟个要饭的也差不多了。"

看着黎衍英俊的外表，周俊树难以想象。

"我和周俏……"黎衍叹一口气，"其实我和她有很多方面还需要磨合。她本身比我小四岁，小小年纪就在社会上打拼，应该吃过很多苦。我现在的日子虽然和普通人相比稍微困难些，但大学毕业前人生还算比较顺利，所以我对你姐，讲实话啊，不算特别了解。"

周俊树皱起眉，眼神有些不满。

"别误会。"黎衍笑道，"因为你姐老是说，要向前看，不愿意回想以前的事，所以很少和我聊这些。小树，刚好你在，一会儿我俩吃饭时，你和我说说你和你姐小时候的事，我还挺想知道的。"

周俊树沉吟片刻，低低地"嗯"了一声。

"不过，那个邵什么的，就不要说了。"黎衍提醒他，"听得我脑壳疼。"

周俊树没忍住，嘴角一扯，笑意刚露出一点，就被黎衍打趣的眼神给盯得憋了回去。

最后，黎衍说："小树，我后来想过你说的话，我是个残疾人没错，变也变不回去了。但我想，我还是可以更努力一些的，争取做一个很酷的残疾人，不让你姐受委屈，请你再给我一点时间，可以吗？"

周俊树看着他，轻轻地点点头。

差不多到下班时间，黎衍坐回轮椅，让周俊树在电梯间等他去打个卡。见他要离开楼梯间，周俊树脱口而出："姐夫。"

黎衍回过头，错愕地看着他。

周俊树站得直直的，低声说："对不起，那天我错了。"

"没事儿，回头和你姐好好聊聊。"黎衍的笑容很温和，打开防火门就先出去了。

周俊树的背脊又一次靠墙上，半响后，他长长地松了一口气。

两个男人决定去吃烤肉。

上下"小黄蜂"时，黎衍让周俊树扶他，几乎没使用右手。他还指挥周俊树帮他搬轮椅、拆装轮椅，小少年一下子就学会了。

车子开起来，周俊树挤坐在后座，看"小黄蜂"汇入到晚高峰拥挤的车流中，感叹道："这儿人可真多啊。"

黎衍在前排笑起来："人多，机会也多，小树，考到钱塘来吧，和你姐一样，以后别回去了。"

周俊树看着他的后脑勺，偷偷地笑了一下。

吃饱喝足回到家，周俊树跟在黎衍身后进门时，脑袋都不敢抬起来。黎衍把姐弟两个一并赶进次卧，让他们好好沟通，不许吵架。

一直到晚上十一点，周俏才眼睛红通通地回到主卧，上床后话都没说，直接抱住了黎衍。

"没事了吧？"黎衍拍着她的背，问道。

"嗯。"周俏心里很不好受，明明是周俊树伤害了黎衍，现在反而要黎衍从中调和她和弟弟的关系，也不知道他心中还有没有怨气。

黎衍没有告诉周俏，他从小树这里知道了很多她十七岁前的事。

他的周俏小时候真的吃过很多苦，几乎年年都要面临辍学危机，都是历任班主任来家里劝，才让她一年一年读下去。难怪她成绩好，要是不够好，班主任都不会去帮她。

黎衍摸着周俏的头发，心想这个女孩子活到二十二岁，到底有没有经历过真正无忧无虑的时光？

应该是没有吧。

生活的压力始终都在她肩上，现在和他在一起，她的压力就更大了。但她不会抱怨，他几乎没听她抱怨过什么，她总是充满干劲，对未来满怀憧憬，小小的身躯就像一面墙似的挡在这个小家庭的最前线，竭尽全力地为他挡风遮雨。

黎衍觉得自己应该尽快赶上来。这个家庭是两个人的，不能只靠周俏一个人扛。他的身体情况的确很糟糕，但也没糟糕到要拖后腿的地步。

他毕竟是男人，他想着，再努力一些吧，和小傻子一起努力，日子总会越来越好的。

周三上午，周俏送周俊树去火车站。

三个人最后一起吃了顿早餐，周俏帮弟弟整理出一大袋礼物，仔仔细细打好包。黎衍准备去上班，周俊树说："姐夫，我送你去车库吧，帮你上个车。"

黎衍应下："行。"

周俏听到那声"姐夫"，愣愣着没反应过来。

车库里，周俊树扶黎衍上车，又帮他拆下轮椅放到后座，问："姐夫你的手要紧吗？好点了没啊？"

黎衍抬起右手动动手指："好很多了，再过两三天就不用戴护腕了。"

周俊树站在车旁看黎衍启动车子，说："姐夫，你路上小心，下回见了。"

"下回见。"黎衍冲他挥挥手，"到时候我们再一块儿去对面六楼玩，不带你姐，你姐又啰唆又抠门，玩得肯定不过瘾。"

周俊树挠挠脑袋，心想自己也很抠门。

"我走了啊，上班要迟到了。"黎衍已经把"小黄蜂"倒出来，"小树，明年见！"

"明年见。"小少年看着黎衍的小三轮爬上坡，消失在视野里。

周俊树背着大包小包回家了，他走后的第三天，黎衍的公司要在A省另一个城市举办年中会，四天三晚，后面还紧跟着新员工培训。黎衍就是新员工，所以整个行程是六天五晚。

这是黎衍和周俏在一起后第一次分开，天数还很多。周俏早先知道消息后焦虑得不行，担心黎衍没法好好照顾自己，怕他在房间里洗澡、上厕所不方便，吃饭不方便，担心这担心那。直到黎衍告诉她，公司特地为他预订了酒店的无障碍客房，并且让他单住，她才略微安心。

出发那天，周俏打车把黎衍送到大巴集合地，她把黎衍的拉杆箱放进行李舱，转过头，看着虎哥把黎衍背上大巴。

五十几座大巴的上车门台阶特别高，黎衍根本迈不上去。

同事们都很热心，给黎衍安排在上车后的第一排，周俏也跟上车，看着他稳稳坐好，才下车拆下他的轮椅放进行李舱。

她没再上车，站在车下望着黎衍，他坐在窗边向周俏挥手，拿起手机晃晃，示意她看消息。

【黎衍】：放心，我会好好照顾自己的，这几天你也放松一下吧，可以找朋友去吃个饭逛个街。

周俏又抬头，司机准备开车，她看到黎衍再次向她挥手，她也不知怎么了，眼眶一热，眼泪都差点掉下来。

心里的不安又扩大了一些，周俏意识到自己的状态不对劲。

黎衍是去开会、参加培训，每天都是待在五星级酒店里。他说那样档次的酒店轮椅通行绝对没问题，吃饭也很方便。

房间里有无障碍设施，他一个人住，真摔了大不了就脱掉假肢，还能爬不起来吗？

生活方面不用担心，周俏知道，黎衍又不是生活不能自理。

那她到底在担心什么？

刚才，她看到了黎衍的同事们，都是意气风发的年轻人，还有好多精致漂亮的女孩子。她们穿着时尚的衣服，戴着墨镜和亮闪闪的首饰，看到黎衍后就笑着和他打招呼。

周俏还看到陆欣，但陆欣像不认识她似的，理都没理。

黎衍身边坐着的是一个很好看的小姐姐，周俏听到黎衍喊她的英文名，两个人有说有笑。小姐姐还温柔地向周俏招招手，说："放心吧，Rick 这几天就交给我们来保护了。"

黎衍大笑："你当我是国宝呢？"

小姐姐说："那肯定比国宝还要珍贵啊。"

大巴启动了，黎衍透过车窗望向周俏，她渐渐变成一个小小的人影。身边的 Daria 说："你老婆看起来好小啊。"

黎衍回过头来："她才二十二岁。"

"才二十二岁啊？" Daria 啧啧称奇，"我生日月份大，二十二岁还在念大四呢，毕业都二十三岁了，现在二十八岁男朋友都没有，人家二十二岁都结婚了。"

黎衍笑笑，没说话。

后面两天，周俏和黎衍白天就只用微信简单聊几句，黎衍开会时手机静音，周俏也不敢随便打扰他。

到了晚上，两个人就视频聊天。

"给你看看我的房间。"黎衍坐着轮椅在卫生间里转圈拍摄，"淋浴房有可以坐着洗澡的台子，洗手盆也比较低，扶手都有，面积还很大，真挺方便的。"

"床也比普通房间来得低，看到了吗？"黎衍的语气很轻松，"今天吃自助餐，我自己去拿的菜，就搁腿上，不拿汤汤水水就行了，一点儿问题没有。"

周俏趴在床上，笑着听他说。

"刚才吃过晚饭，我同事他们喊我去周围逛一圈，我们酒店边上就是一条商业街，我嫌热，没去，让他们帮我观察一下轮椅好不好走，要是好走，我明天去给你买礼物。"

手机一通晃，黎衍的脸终于出现在镜头里，他也上了床，看着周俏笑眯眯"想我吗，老婆？"

周俏说："想。"

"我还是第一次参加这种规模的年中会，好多人啊，每场茶歇都堆得跟山一样，都是漂亮的小甜点，你肯定喜欢，就是吃不着。"黎衍絮絮叨叨地说着，还带吐槽，"每个总监都要做年中小结，有些人讲得很精彩，有些水平实在太次，英语还有口音，听得我都要打瞌睡。"

周俏问："都是用英语讲的吗？"

"对啊，总监大部分都是德国人，个别几个是中国人。"

"你都听得懂吗？"周俏觉得黎衍好厉害。

黎衍哈哈哈地笑起来："怎么可能全部听得懂啊，能听个大概吧，PPT 都是中英双语，知道他这个部门这半年都干了些什么就是了。"

周俏问："方经理要去发言吗？"

"不用，他级别还不够，只是个主管啊。"黎衍觉得周俏的问题很有意思，"他的老板老林都没资格呢，财务总监是个老外，就是上次给我三面的那个。"

周俏又问："他还记得你吗？"

黎衍哭笑不得："我没跟他说上话，不过，我觉得他应该记得我吧，全公司坐轮椅的就我一个，这么特殊，还这么帅！能不记得吗？"

周俏小声抱怨："你都不发照片给我看。"

黎衍笑道："这两天不够帅，天天穿衬衫，明天晚上我们晚宴，你老公我要穿西装，到时候拍照给你看啊。"

"好呀。"周俏好期待，"你好久没穿西装了，你把西装挂起来了吗？别弄皱了，我都给你熨过的。"

"到了就挂起来了，房里也能熨，如果皱了我自己研究一下怎么熨。"说到这儿，黎衍打了个哈欠，"坐着开了一天会，有点困了。"

周俏赶紧说："那你早点睡吧。"

"嗯。"

"在房里，你要有空，就练练站。"周俏又提醒他。

黎衍哀号："我知道啦！在房里练站，练走，练抬腿，人家晚上都去泡吧唱K，就我苦兮兮还在房间里锻炼。"

周俏说："那你也一起去嘛，我又没有不让你去。"

"算了算了，我怕喝多了回来不好弄。"黎衍笑起来，"真睡了，老婆晚安。"

"老公晚安。"周俏看着黎衍结束视频。

她把手机丢到一边，人仰躺在大床上。

黎衍说，到明年二月，公司里还有年会，也要四五天，每年会去一个不同的城市，不一定在A省，可能会去比较远的地方，要坐飞机。

还有旅游、培训、集体生日、家庭日活动等等，这些事儿周俏以前听都没听说过。大企业的福利待遇、培训机制完善先进，连黎衍这么一个不用出外勤的岗位，每年都有三到四次离开钱塘的机会。

住的都是国际连锁五星级酒店，吃的餐标人均一百五打底，晚宴时规格甚至高过婚宴，人均四五百是常态。

日常被剥削的无产阶级打工妹周俏同学从来不知道，会有单位对员工这么好，茶水间里点心随便吃，咖啡茶饮无限量供应，连结婚生育都能发补贴。

就像另一个世界。

第二天晚上，黎衍参加晚宴。

周俏依旧不敢打扰他，一直到晚上九点多，她发现他发了一条朋友圈，那是他发的第二条朋友圈。

四张照片，背景都是年会的拍照墙，每张里都有黎衍。

第一张是团队合影，大家站成一排，方劲松站在中间，黎衍站在右起第二个，男士全员西装，女士们个个花枝招展。

第二张是黎衍和方劲松的合影。

第三张就不得了了，黎衍站在中间，左右两边各站了三个美女，个个盛装打扮，妆容精致，笑意盈盈。有人穿旗袍，有人穿抹胸曳地裙，还有人穿短款蓬蓬裙，露出两条长腿，踩着细高跟鞋。

站在黎衍身边的就是周俏在大巴上见过的漂亮小姐姐，她甚至挽着黎衍的手臂，笑得很甜美。

最后一张照片是黎衍的单人照。

因为是单人，人就拍得比较大，看得更清晰。

黎衍穿的依旧是那套深灰色西装，扣着扣子，里头是白衬衫和蓝领带，脚下是黑色皮鞋。

他现在的身材穿西装非常好看，双手插在裤兜里，宽肩窄腰，整个人挺拔如松，在没有任何扶持的情况下，站姿居然挺潇洒，一点儿也不僵硬。他留着利落帅气的短发，五官俊朗，笑容自信，眼睛里甚至透着耀眼的锋芒。

要不是周俏对他太熟悉了，看到这张照片，谁能猜到，这个神采奕奕的年轻人，居然是个双大腿高位截肢的残疾人。

第十六章
我只要你留在我身边

黎衍看着自己朋友圈下的评论,感到无奈。

评论内容精彩纷呈,有人夸他帅,有人说他艳福不浅,有人调侃他左拥右抱,还有人结合他的第一条朋友圈,问他不怕家里河东狮吼吗?

【三金是个乖孩子】:衍哥,你膨胀了,我们绝交吧!

【隔壁小宋】:你胆子越来越肥了啊,老实交代,是不是对弟妹屏蔽了?

【春暖花开燕归来】:这都是谁啊?儿子你不要犯错误啊!

【树影·星痕】:[左哼哼][右哼哼]

拍照时大家都在闹,所有人想当然地认为黎衍会坐着轮椅拍,结果他说他要站着拍,于是一群人就更兴奋了。

自己部门里拍照时倒还好,HR的几个小姐姐看到他站起来都激动得不行,每个人都要和他合影,说要发圈让人看看公司里有个大帅哥。黎衍也不好意思拒绝,六个美女和他一起拍照时,右边的Fendy轻轻撞了他一下,他身子立刻就晃了晃。Daria扶住他的手臂,问:"你没事吧?"

黎衍说:"没事。"

Daria又问:"介意我挽住你吗?这样安全些。"

黎衍同意了。

拍完后,小姐姐们就起哄让黎衍发朋友圈,有人激将他不敢发,在家绝对是个妻管严。他被她们闹得无可奈何,说:"我老婆没这么小气。"于是,坐回轮椅后,他就坦坦荡荡地发了这条朋友圈。

超级大的宴会厅里席开五十多桌,场面壮观。黎衍坐在圆桌边,看着方劲松带团队的人四处敬酒,他没去,拿出手机给周俏发微信。

【有只刺猬】:老婆你在干吗?

【小傻子】:刚洗完澡,准备睡了。

【有只刺猬】:你看到我发的朋友圈了吗?

【小傻子】:看到啦!老公最帅![爱心]

【有只刺猬】:别多想啊,就是同事。

【小傻子】:谁多想了?我没有我不是你乱说。[坏笑]

【有只刺猬】:真的吗?我还以为你会吃一下醋呢。[调皮]

【小傻子】:吃什么醋啊?你不是说过,就是咱俩,没别人了吗?我可一直记着呢。

黎衍抬手挡住眼睛,笑个不停。

【有只刺猬】：你明天是不是休息？有什么特别安排吗？
【小傻子】没有，去超市买点东西，我朋友都上班呢，也约不到人。你还没结束啊？少喝点。
【有只刺猬】：知道，我就喝了一点红酒。
【小傻子】：回房间洗澡时自己注意一下，别喝多了摔跤。
【有只刺猬】：不会，放心吧。

聊完天，周俏顺手给黎衍的朋友圈点了个赞，接着就在床上发了半天呆。
吃醋了吗？真的没有，看到黎衍现在的样子，她还挺开心的。
和那晚浑身发抖说出"我已经在很努力学习怎么做一个残疾人"的男人相比，周俏自然更愿意看到今天照片里这个状态的他。她的阿衍本来就是最好的，他也值得最好的。
周俏打开手机地图输入一个地名，查询怎么坐公交车到达。
这是一个在她脑子里偶然会跳出来的想法，绝大多数时间都蛰伏着，却会在某个特定时间"倏"一下冒出来，很危险，很吓人，连她自己都感到害怕。
这是不可能发生的事情，她舍不得，黎衍也绝对不会同意。但就在看到黎衍的单人照时，那个念头又冒出来了。
周俏觉得这样不行，总是被这种不切实际的想法困住，日子都要没法过。趁着这几天黎衍不在，她决定把这事儿做个了断，于是就给徐辰昊发消息，问来他叔叔工作的出国中介地址。
只是去咨询一下，对方的回答越离谱越好，越夸大其词就越假，能让她彻底死了这条心。

晚宴终于结束，黎衍独自一人回到房间，进门后路过玄关处的穿衣镜，他退着轮椅回来一些，调转轮椅面向镜子。
今天就是这个状态出现在大家面前的，嗯，看起来还不错。
他把假肢脚板放下地，撑着轮椅站起来，把轮椅推开一点点，站在镜子前打量自己。
西装外套已经脱下，他身上只有衬衫和领带，领带打了一晚上，勒得他都有点透不过气。喝过酒的脸上泛着潮红，他摸摸头发，发型不错，脸也挺帅，上半身体格和健康时都快差不多了，就是个头没以前高，腰要是再长一些，比例会更好。
不知是不是因为喝了几杯酒，黎衍这时候突然很想走路。
他从衣柜里取出两支肘拐，撑上以后向房间里走去。地上铺着地毯，肘拐落地几乎无声，他边走边想，好好走，别摇晃，腿别打圈，练了这么久的走路，总该走得好一点吧。
右腿甩出去，低头看着脚板落地，左腿再甩出去，上身已经不受控地左右摇晃起来。
别晃啊！浑蛋！
黎衍心情沮丧，他只能控制那两截残肢，尽管如今残肢的肌力增强许多，但碍于长度有限，无论如何都做不到常人的步态，上下台阶更是艰难。
黎衍从玄关走到窗边，拉开窗帘往外看。这家酒店位于闹市区，这个时点街上依旧热闹繁华，黎衍没来过这个海滨城市，记起下大巴时，能闻到空气里带着一股淡淡的咸湿味。
当时的场景略微尴尬，轮椅在行李舱还没装上，也没人会装，黎衍被虎哥放下地，左右两个人扶住他，看他弯腰自己装轮椅。

同事们陆续下车，每个人都在朝他看，轮椅装好、坐上后，他才终于有了安全感。

拉上窗帘，他转身走到床边，坐在床沿上。先解下领带，再松皮带，拉开裤链后，他低着头把假肢给卸下来。

幸亏酒店里空调开得凉，残肢出汗不算太多，但硅胶套里还是湿了一片。他的手摸上残肢，有点黏，自己都有些受不了。

黎衍把衬衫脱下来，身上就只剩下一条内裤，回了下头，才发现轮椅还在玄关处。

"唉，忘了。"这时候无论如何都不想再穿假肢，黎衍弯下腰，一手撑床，一手撑地面把自己挪到地上，双手撑地一下一下往玄关荡过去。

他知道这个样子行动的他，落在别人眼里会让人感到不适，心理素质差一点的甚至能立马哭出来。当然他也没有这样在别人面前行动过，除了那些专业人士，唯一见过的就只有周俏。

周俏见过最狼狈的他，最颓废的他，最脆弱的他……后来，也见过现阶段，最完整的他。

他们亲热时，黎衍已经不再要求关灯了，就想要看着周俏拥抱他，抚摸他，亲吻他，无论触碰哪儿都没关系。

谁说爱一个人就想要在她面前呈现自己最好的状态？

黎衍觉得不是，真正相爱的人，就不会介意在对方面前呈现最糟糕的自己，一点儿也不加修饰的、最残酷最真实的自己。

第二天，周俏下了公交车，循着导航往目的地走。

这几天天气很反常，再过两天就到九月了，气温却依旧很高，周俏走了十分钟才找到那幢写字楼，鼻尖上已经冒出小汗珠。

她准备从大门进去，眼角余光却瞄到一个特殊的身影。

写字楼前有五六级台阶，边上是一段无障碍通道，此时，通道上堆着二十几个大大的纸箱，不知是哪个单位在卸货或装货，却没有工作人员在旁。无障碍坡道下停着一架轮椅，一个男人坐在轮椅上，正在低头用手机。

现在的周俏对这样的场景分外上心，她抬头望向写字楼里，保安在最边上的桌边坐着，估计看不到外面。她又去看那个轮椅上的男人，毒辣的太阳明晃晃地照在他身上，边上一点阴凉处都没有。

周俏没再犹豫，快步向他走去，走到他面前后先微微弯下腰，问："你好，请问需要我帮忙吗？"

男人抬起头来，三十多岁的年纪，五官略刚硬，额头、鼻梁和脖子上已经爬满汗珠，短袖衬衫的前襟也湿了一片。他的神色还算友善，不是那种拒人于千里的气质，眼神好奇地问："帮什么忙？"

周俏指指那些挡路的纸箱："你需要过去吗，需要的话我帮你把箱子挪开。"

男人笑了一下"不用了，这些箱子很重的，他们的工作人员去吃饭了，应该很快就会回来。"

"很重吗？我试试吧。"周俏说。

她走到无障碍坡道上，弯腰去搬一个箱子，的确挺重的，看包装都是沐浴露，但她还算搬得动，吭哧吭哧就把第一个箱子搬到一边。

那男人没有阻止她，看着她一个接一个地搬箱子，把箱子整整齐齐叠在边上。七八分钟后，无障碍通道就被清出一条路，可供轮椅通行了。

周俏拍拍手，浑身都出了汗，走回男人面前说："可以过啦。"

"谢谢。"男人眼神里带着一抹探究，问，"你为什么要帮我？"

周俏很奇怪："这不是很寻常的事儿吗？"

男人摇头说："不寻常，我在这里等了快二十分钟，大楼前来来往往很多人，没有一个人来问我一句，只有你。"

男人见周俏没回答，不再说什么，转动轮椅上了无障碍通道，周俏也跟了上去。她现在对轮椅识货了，看着这人的运动轮椅，就知道价格不低，至少两三万。

电梯前有几个人等待着，轮椅先生和周俏排在最后。周俏有些拘束，轮椅先生抬头看她一眼，说："小姑娘，你还没回答我的问题呢。"

"我、我不是多管闲事啊。"周俏想了想，从手机里挑出一张照片给他看，"这是我老公。"

照片上是黎衍的背影，坐着轮椅在主卧写字台前用电脑，是周俏偷偷拍下来的，当时觉得他认真工作的样子非常帅。

轮椅先生看了会儿照片，又注意到周俏无名指上的戒指，再抬头看她时，神色变得很有趣。

周俏脸红了，收起手机小声说："如果我刚才有哪儿让你不开心，请你原谅。"

"我没有不开心啊。"轮椅先生似乎心情很好，"我只是没想到。"

电梯来了，前面几人进去，周俏没进，伸手挡住电梯门，看着轮椅先生将轮椅180度调头，倒退着进了电梯。里面的人往边上避开了些，等他停稳，周俏才进去。

其他几人都在低楼层下，周俏到十六楼，轮椅先生到二十五楼。

电梯一层层往上，轮椅先生看着周俏按下的十六楼按钮，问："十六楼是一家出国中介吧？你在那儿上班？"

周俏摇头："不是，我就是来咨询一下。"

"你想出国打工？"轮椅先生有点小吃惊。

周俏否认："没有没有！我就是来问问。"

轮椅先生眼睛里的疑问没有褪去，等到电梯里只剩他们两人，他从口袋里掏出一张名片递给周俏："我也是做出国的，十六楼那家公司口碑不怎么样，常有纠纷，你咨询完了可以到我这儿来聊聊，我们比他们专业很多。"

周俏被他说得都慌起来了："我没想出国！真的没想！"

轮椅先生笑了："名片你先收下，几个小时内我都在，你一会儿上来，我请你喝茶。"

周俏只得双手收下名片："谢谢。"

她低头看一眼名片上的内容：恒月国际，CEO，谢若恒。

十六楼到了，周俏与谢若恒道别，走出电梯找到那家出国中介，联系到徐辰昊的叔叔后进去咨询。

周俏在里头待了一个多小时，出来时已经彻底打消出国务工的念头。中介费就要好几万，工资的确比在国内多，但刨掉开销一年也存不了几万块钱。

离开中介，周俏心里很轻松，好歹这件记挂了好一阵子的事终于可以放弃。她先按了电梯下行键，想了想，又按了上行键。

电梯来到二十五楼，周俏走出去就看到一家装修得特别有感觉的公司门面——A省恒月国际劳务合作有限公司，颜色基调居然是黄白相间，瞬间令她产生一种亲切感。

周俏拿着名片问过前台小姐，立刻被带进去。

谢若恒的办公室宽敞明亮，色调沉稳，他坐在宽大的办公桌前，看到周俏进来便微微一笑："你来了，我就知道你会来的，坐吧，我一直煮着茶在等你呢。"

前台小姐离开了，周俏在谢若恒对面的椅子上坐下，看着他桌上那套大大的茶具，还有一幅侧摆着的相框，里面是谢若恒和一个女人的合影，角度问题，五官看不太清。

"哦，这是我妻子。"谢若恒见周俏在看相框，主动介绍。

周俏赶紧收回视线，谢若恒为她沏了一杯茶，她接过："谢谢您，谢总。"

"不用说'您'，就跟刚才在楼下一样，说'你'就行了，我不想显得自己太老。"谢若恒指指那壶茶，"这是金骏眉，尝尝。"

周俏不懂茶，也没听过什么金骏眉银骏眉，看杯里的茶汤呈金黄色，闻着有一股浓浓的茶香，尝了一口，夸赞道："很好喝，非常香！"

谢若恒笑着看她，问："你还没告诉我，你叫什么名字？"

"周俏，俏皮的俏。"

"周俏。"谢若恒重复一遍，调侃道，"你在楼下咨询了挺久啊，不是说不打算出国吗？"

周俏难为情："我早就想走了，工作人员拦着我不放，就不停地说不停地说，我也没办法。"

谢若恒喝了一口茶，问："我还是想不明白，你为什么要来咨询出国，你不是结婚了吗？"

周俏不知道该怎么回答。

谢若恒轻声道："你的先生坐轮椅，抱歉啊，让我猜测，你是打算……离开他？"

"我这辈子都不会离开他！"周俏快速回答，"除非他不要我了，或者我死了。"

"啊……倒也没那么严重，那你为什么要来咨询呢？又要咨询，又说自己不想出国，这不是很矛盾吗？"谢若恒比周俏大十几岁，又是一位公司老总，说话时却没有盛气凌人的感觉，表情语气都很亲切。

对于这个萍水相逢的陌生人，周俏原本提醒自己应该保持警惕，可是，大概因为他和黎衍一样坐轮椅，她实在警惕不起来。更重要的是，她有太多心里话想找个人倾诉，身边却没有合适的人。

这些话都不能和黎衍说，说了就会吵架。

此时，谢若恒算是一个合适的人，周俏觉得，自己可以对他说实话。

她说："我有个朋友和我说，出国打工一年可以存十几万。我想多赚点钱，让我老公可以早一点用上比较先进的假肢。但是我知道他是不会同意的，我自己也舍不得离开他，所以，今天过来问问，就是想让自己死了这条心。"

谢若恒问："那死心了吗？"

周俏笑起来："死心了，一点儿也不靠谱，根本存不到这么多钱。"

谢若恒微微皱眉，看着周俏："先进的假肢，是有多先进啊？很贵吗？"

"对我们来说，很贵。"周俏又打开手机，把所存的那段视频打开，递给谢若恒看。

谢若恒看视频时，周俏继续说："这段时间我其实查了很多资料，这种假肢叫智能仿生假肢，市面上其实已经有卖。有个品牌最新的一代产品，像我老公的情况，两条腿加起来全部搞好大概要六十多万，不一定有视频上这个走得这么顺畅，但绝对比他现在用的要走得好，特别是在平地，步态会正常许多。"

谢若恒一边看视频，一边问："你老公是双大腿截肢？"

"对。"周俏说，"他现在走不好，走路的样子很不好看，容易摔，所以他上班时就只能坐轮椅。他自己也不太愿意走，锻炼都要挑人少的地方，有人路过一定会朝他看，他很别扭。"

谢若恒点点头，继续看视频。

"我跟他说要存钱买这个，他不同意，说他不想要。"周俏苦笑了一下，"这个事情其实很难解决，他不走路，腿上肌肉就会萎缩，萎缩了，以后就算有钱也用不了假肢。按我和他现在的收入，每年最多存十几万，六十多万的假肢，得存五六年吧，家里还不能有别的大事发生，不能要孩子。"

周俏叹了口气："他现在截肢也才四年多，前几个月已经因为肌肉萎缩花了一万块重新配了接受腔，再过五六年，谁知道他的腿会成什么样。他的工作会越来越忙，真的很难坚持每天锻炼来保证肌肉不萎缩，就像这几天，他去外地开年会了，六天，他最多练个站，我都敢打赌他绝对不会每天自觉走路半小时。"

谢若恒看完视频，把手机还给周俏。

周俏说得自己都感到心烦，谢若恒打了个电话，让助理送些甜点水果进来，又对周俏说："吃点东西吧，吃点甜食心情会好。我觉得这事儿你别太心急，还是得和你老公商量着来。"

周俏摇头："不是我心急，我很明白我们近几年买不起，我没有说要立刻买，我只是希望我老公能知道这件事的严重性，把买假肢列为我们家的一个目标，和我达成共识。我真的……太心疼他了。"

她想到黎衍上班时的状态，感觉心尖都在痛："他现在上班，早上八点出门，晚上七点回家，这还不算加班，十几个小时就坐在轮椅上，每天去楼梯间站几回放松一下，每回十几二十分钟吧。谢总，你知道他有多累吗？"

谢若恒点头："这我倒真知道。"

周俏一愣："对不起。"

"没事儿，这个真的……我自己是做不到的，所以每天都是来得晚走得早，办公室里还有一个休息间，坐累了我会躺着休息会儿。"谢若恒指指办公室里一扇小门。

周俏往小门看了一眼，语气低落："你是老板，我老公只是一个小职员，到现在为止上班也才三个月，都还没转正呢。别人可能都想象不到，他回来以后腰背有多僵硬！我给他按摩我最清楚了，之前他没上班的时候都不是这样的。我一想，这样子上班再过几年，他身体哪里吃得消啊？现在他才二十六岁，以后三十多岁、四十多岁那不是更辛苦了？"

谢若恒摸着下巴，若有所思："你的话的确有道理，那用上新的假肢可以改善这个问题吗？"

"可以。"周俏肯定地说，"越早用上，他就能越早进行自主锻炼。也就是说，不需要每天专门的时间锻炼，平时就能走，在办公室都可以走，可以很大程度改善腰酸背痛的问题，而且那种走法，对他肌肉的帮助会更大。"

谢若恒点头："原来如此。"

周俏掰起手指说给谢若恒听："他不锻炼，肌肉容易萎缩，肌肉萎缩，以后站都站不起来，用不了任何假肢。锻炼，累，加班没时间，雨天暂停，腿疼还发脾气。"

收回手指，周俏眨眨眼睛："我知道他上了一天班已经很累了，扶着他走路时我自己都不忍心，我也想让他下班回来就舒舒服服躺着休息，但不行啊！上班赚钱很重要，身体难道不重要吗？他要是能不穿假肢出门我也随他去了，那他肯吗？他又不肯！那我怎么办啊？就只能每天监督他锻炼，还得哄着劝着，祈祷老天不要下雨。"

说到这儿，周俏长出一口气："不过现在说这些也是白搭，我俩没钱，慢慢存吧，他也别想偷懒，这可是一辈子的事。"

助理把点心和水果端进来了，谢若恒说："吃吧，周俏，听我的，吃甜食心情会变好。"

"谢谢。"周俏拿起一块巧克力夹心饼干，吃进嘴里。

看她吃着饼干和葡萄，喝着茶，谢若恒突然笑出声来。

周俏嘴里还咀嚼着，瞪圆眼睛看着他，不明所以。

"你别管我，你吃着，我就是……"谢若恒笑着说，"我很久没碰到你这样的女孩子了。"

周俏不知道自己属于"怎样子"的女孩子，有些呆愣。

谢若恒又给她添上茶，问："周俏，方便告诉我你今年多大吗？什么学历？目前在做什么工作？"

这有什么不方便的？周俏老实回答："我上个月刚满二十二周岁，高二读完辍的学，学历算初中吧，但我初中毕业证都没有，在老家，找工作用的是一个假的高中毕业证。我现在在商场做男装专柜的导购。"

谢若恒又问："那你老公呢？"

说到黎衍，周俏就骄傲起来："他很厉害的！他是A大毕业的经济学本科生，现在在一家外企做财务分析师。"

谢若恒眼珠子一转，问："我有点好奇，你俩是怎么在一起的？"

周俏反问："很奇怪吗？"

"从某种程度上来说，有点儿。"谢若恒很坦诚，"当然我不是质疑，只是单纯好奇，因为从你对你老公的上心程度来看，你俩也不像是相亲认识的。"

"我们的确不是相亲认识的，我们……"周俏斟酌着话语，结果就笑了，"算是挺有缘的。"

谢若恒感兴趣了："能和我说说你们的故事吗？"

周俏感到不好意思："啊？这个……"

"说说嘛，你看这儿，有茶有点心有水果，我们边吃边聊，一会儿你饿了，我还能给你点个午饭。"谢若恒像是非常想听，"真的周俏，给我说说，我很久没听到这样的故事了。"

迟疑过后，周俏真的把自己和黎衍的故事简单说给谢若恒听，当然保留了一些细节。谢若恒吃着小饼干，听得津津有味，有时候还会插嘴提问，周俏就解释给他听。

这样子说一遍，周俏像是把这段感情又重温了一遍，说到黎衍终于愿意搬离601室，她忍不住掉了眼泪。

"其实搬家才四个多月。"周俏又破涕为笑，"但感觉发生了很多事，我老公真的是个很优秀的人，我很佩服他，就觉得自己很没用，也没什么可以帮到他的。"

谢若恒问："你不觉得自己也是个很优秀的人吗？"

周俏好惊讶："我吗？哪里有啊？我什么都不会！"

谢若恒说"不，你很优秀的，周俏，你自己没发现罢了。就刚才我们聊的这些天，我就能说，我非常佩服你。"

周俏说不出话来。

"唔，其实刚才，我一直在考虑一件事。"谢若恒手指在桌面上轻轻叩着，微微蹙眉，"让我想想要怎么和你说啊，稍微有点唐突，我自己也一直在犹豫，不过听完你和你老公的事，我觉得还是和你说一下，听听你的意见。"

周俏懵懂："什么事啊？"

谢若恒从抽屉里取出一沓文件，递给周俏："我手头有一个名额，就一个。这个名额本来是有人占着的，不过那个女生半个月前和我们说她不想去了。对你来说应该算是一个机会，我送给你的机会，不收你钱，就是不知道你老公会不会答应。"

周俏看着手里的文件，标题内容全英文，没看懂。

谢若恒给她解释："简单说吧，去日本、新加坡或迪拜进行酒店管理专业的进修，原本面向的都是高职院校酒店管理专业的优秀毕业生，合作酒店全部是国际连锁集团下属的五星。头两年一边学习、一边工作，最后一年全工作，一共三年，每年可以回国探亲一次。工资应该比你想象的要高，进修完了有毕业证，表现好回国后可以直接介绍进集团下属的酒店工作。"

谢若恒歇了口气："怎么样？感兴趣吗？"

这一长串听下来，周俏整个人都蒙了。

谢若恒留周俏吃午饭，叫来两份日料定食送到办公室，两个人在沙发边的玻璃圆桌旁边吃边聊。周俏已经冷静下来，听谢若恒更详细地介绍这个项目的细节。

"这个项目已经进行了五年，每一年我们都会安排一批毕业生出去，最早的那两批已经回来了，现在都在不同城市的酒店里工作。还有个别同学在国外恋爱结婚，不回来的。"谢若恒吃一口煎青鱼，对周俏说，"如果你不放心，我可以介绍一个去过的女孩子给你认识，你和她聊一下，体会会更深，毕竟我自己也没去过。"

周俏拿着筷子搁在米饭上，说："谢总，这样的机会你为什么要给我？我又不是酒店管理专业的毕业生，我都没上过大学。"

"不为什么，这点话语权我还是有的。"谢若恒眼神很温和，"我觉得你很适合，工作应该也应付得来。当然，不是一点条件都没有，去之前，你需要补一下英语和酒店管理方面的一些专业知识。"

周俏问："大概什么时候出发呀？"

"还早，要元旦以后，春节以前。"谢若恒说着，转动轮椅去到办公桌前把那份资料拿过来，交给周俏，"这个你拿回去给你老公看一下，他应该能看明白。然后，我和你加一下微信，到时候我把中文版的资料也发给你，是一套PPT。"

周俏接过资料点点头："好的，谢谢。"

"不客气。"谢若恒笑笑，"不用那么快答复我，我给你两个星期的考虑时间，如果你不去，这个名额我要另外做安排。回去后你和你老公好好商量一下，我知道分别三年的确有点久，以他的身体情况一下子可能会接受不了。但是周俏，我要提醒你。"

他的语气变得认真："这个事情的关键不是他同不同意，而是你想不想去。并且，这是一个机会，这样的机会就算是我，也不是总能变出来的。酒店方要的人数是固定的，我这边恰好又有人放弃，在这样一个时间节点，我认识了你。我愿意把这个机会送给你，中介费一分不收，最多需要你出点儿签证之类的手续费，连机票都是由酒店方来出。授人以鱼，不如授人以渔，你明白我的意思吗？"

周俏说："我明白，谢谢你，谢总，我会好好考虑的。"

回家的公交车上，周俏还陷在混乱中。

她只不过是来咨询出国务工的事，却机缘巧合地得到一个机会，一个对她来说不亚于撞大奖的机会。

出国进修啊！酒店管理专业，三年，每年只能回国探亲一次……以前想都不敢想的事。

细细一思考，周俏的心揪起来。如果她真的去了，阿衍该怎么办？阿衍会同意吗？阿衍一个人留在钱塘，能把日子过好吗？他会气到爆炸吧！

谢若恒会是骗子吗？

周俏拿出包里的资料翻看，全部是英文的，还夹着一些介绍酒店的图片，印刷得很精美。他实在不像是骗子，哪有骗子是这样的？她和谢若恒本来就是偶然相识，人家公司开在那儿呢，又不收她钱，再说了，她有什么值得他骗啊？

他为什么要帮她？就因为听了她和阿衍的故事？

还是因为，她在楼下帮了他一点小忙？

真的好奇怪啊……周俏抬眼望向窗外，心里盘算起来。

两个星期的考虑时间，元旦后、春节前就要出发。要补习英语和酒店管理专业知识，还要办护照，办签证，时间其实很紧迫。也不知道自己能不能学好，这么陌生的工作能不能上手，这都有多少年没读书了！

啊，不能和阿衍一起过春节了吗？今年除夕他还说，明年就他们两个在家过。

一想到有可能要离开黎衍三年，周俏不由自主地感到心慌，但那个机会又那么诱人，错过这一次，可能再也没有这样好的事情落到她头上了。

三年，相对于长长的一辈子来说，其实并不算很久。

三年后，她也才二十五岁，阿衍二十九岁，他们还是很年轻的。而且那时候，她就有资本去换一份更好的工作，赚更多的钱，说不定还能有双休，可以和阿衍一起过周末。

谢若恒说，如果一切顺利，三年后，她甚至能赚到给阿衍买假肢的钱。这对她来说无疑是最大的诱惑。她想，一定要好好和阿衍谈，这个机会从目前来看，利，远远大于弊。

黎衍的新员工培训即将结束。

作为一个财务分析师，他不需要进行销售技巧的培训，但对于公司的企业文化、部门构成、产品线介绍等内容还是要学习，他听得很认真，做了不少笔记。

最初两天的新鲜劲儿过去后，黎衍就开始想念周俏。

他到底和其他同事不一样，其他同事结束白天的会议和培训后，夜生活丰富多彩。有人去泡吧唱K，有人去逛景点，有人游泳健身，还有人凑到一起打牌，黎衍甚至听说有两支销售团队租了个篮球场去打比赛。

他出行太不方便，什么都没参加，每天晚上就是待在房间里，看电视，刷手机，练站，想周俏。

吃了几天酒店里的自助餐和桌餐，他已经开始想念周俏做的家常菜。一个人睡在大床上，又开始想念抱着周俏睡觉的夜晚。

白天在会场坐一整天，晚上腰很酸，黎衍就自己趴在床上，反手到后背敲敲、捏捏。和周俏视频时，他会厚着脸皮说些没羞没臊的话。

"老婆你明天下班早点回来啊？"

"嗯？"周俏拧着眉毛看他，声音软得很，"你想干吗呀？"

"明天我终于可以回家了，你说我想干吗？"黎衍靠在床头，在阅读灯的照射下，肤色显得特别白，黑眼睛上长长的睫毛一眨一眨，周俏都恨不得把手伸进屏幕去摸摸他的脸。

"你就想着干坏事儿。"周俏噘着嘴娇滴滴地说，"不好好上课，成天就惦记着耍流氓。"

"啧。"黎衍坏笑，"我说我要干吗了吗？我想你帮我揉揉腰而已，你这脑袋瓜里都在想什么？到底是谁成天惦记着耍流氓？"

周俏在屏幕里睨他："行啊，明晚我给你揉腰，揉完就睡觉，其他所有活动统统取消！"

黎衍很委屈："我怎么娶了个这么狠心的老婆呢？这都六天没见了，难道你一点儿也不想念可爱的黎小衍吗？"

周俏抖了一下："你够了啊，还管自己叫黎小衍？幼不幼稚啊？"

黎衍一本正经地说："我叫黎衍，黎小衍是我亲爱的兄弟，你真的不想它吗？"

周俏羞得大叫起来："啊啊啊，黎衍你好下流啊！"

黎衍："哈哈哈哈哈哈哈！"

最后一天培训结束，黎衍坐大巴回钱塘，因为周俏上晚班，他又带着拉杆箱不好打车，只能拜托宋晋阳去接一下他。

宋晋阳下班刚好顺路，一口答应下来。

回家的路上，黎衍说："一起吃个饭吧？我请客，你还专门跑一趟。"

宋晋阳："行啊，吃什么？"

"上回不是说了麻小封顶吗？我可是只有几百块零花钱的人。"黎衍自己说着都想笑。

宋晋阳嘎嘎嘎地笑起来，在永新东苑附近找了家做麻辣小龙虾很地道的大排档，和黎衍一起挑了张摆在露天的桌子坐下。

持续多日的暑意终于消散了一些，夜晚的风微微吹过，空气不那么闷热，坐在露天，黎衍觉得还挺透气的。

"我给你买了些海鲜特产，还有宋叔的，都在箱子里，你等下一块儿带走。"点完菜，黎衍掏出烟盒问宋晋阳，"抽吗？"

"来一支吧，我现在抽得少，小颂管得可严了。"宋晋阳接过烟，黎衍丢给他打火机，两人将烟点燃一起抽起来。

　　黎衍吐出一串烟圈:"我现在也抽得少,感觉一包烟可以抽一礼拜。"

　　"也不怕潮了?"宋晋阳打量黎衍,"这几天感觉怎么样?一个人在外地还方便吧?"

　　黎衍眯着眼睛又抽了一口烟:"还行,几乎就待在酒店里,有天下午他们去Outing(郊游),好像要爬山,我也去不了,就在房里睡了一觉。其他也没什么了,吃饭住宿都挺方便的,无非就是没法出去逛逛吧。"

　　宋晋阳点点头:"你们这种单位,以后这些会议挺多的,你也有机会多出去走走,开开眼界。"

　　没一会儿小龙虾上桌了,满满两大盆,一盆香辣,一盆十三香,另外还有两个小菜。黎衍说要个大可乐,宋晋阳说:"雪碧吧,不是说可乐杀那啥嘛,咱俩都还没当爹呢。"

　　黎衍低着头乐了半天,问宋晋阳:"你和小杨什么时候结婚啊?年初不是说下半年吗?"

　　"哥给你说下计划啊。"宋晋阳拧开大雪碧,给两人各倒一杯,"九月中拍婚纱照,十月中挑个黄道吉日去登记,十一月办婚礼,日子还没定,小颂放寒假时去蜜月旅行。"

　　黎衍和宋晋阳碰了下杯,惊讶地问:"这就都安排好了?"

　　"不然呢?本来也没多麻烦。"宋晋阳戴上手套开始剥小龙虾,"对了,你去年是不是十一月结的婚啊?是几号来着?我怕日子和你重了。"

　　"我……忘了。"黎衍老实回答。

　　宋晋阳惊呆了:"忘了?这也能忘吗?"

　　"你又不是不知道当初是怎么回事。"黎衍都不敢说结婚证都被他丢601室衣柜顶上了,搬家那天忘得精光,现在要是说出来,能被宋晋阳笑话一辈子。

　　暂时……就让那本证待在衣柜顶上吧。

　　"话说,你有没有打算和周俏补办婚礼啊?"宋晋阳往嘴里丢了个虾肉,"以前那是胡闹,现在你俩正儿八经在一起了,你就真的一点儿仪式都不给人家了?"

　　黎衍抬头看他:"会补的,再存点钱,我上班才几个月啊?"

　　"也是。"宋晋阳又问,"那你们打算什么时候要孩子?"

　　黎衍想到这事儿,嘴角就弯起来:"没那么快,再过两三年吧,家里真没什么存款,生个孩子你帮我养啊?"

　　"哈哈哈哈你想得美!"宋晋阳自己也计算起来,"我和小颂明年上半年拿完年终奖,无论如何要买房,要么二手房,要么一手现房。买好了就装修,最晚后年春节前搬进去。然后过几个月二人世界,后年年中开始备孕,小孩儿出生该是大后年了,那时候我几岁来着?"

　　"你现在二十七岁,大后年就是……三十整。"黎衍说。

　　"我的天!"宋晋阳原本就很大的眼睛睁得更大了,"我三十整才能做爸爸?这也太晚了吧!"

　　"晚什么呀。"黎衍又和他碰杯,"咱俩一起啊,千万别都生男孩,那绝对是个灾难,我妈第一个会疯。"

　　宋晋阳笑个不停,问:"哎,你说,你生个儿子我也生个儿子,哪一个个子更高?"

　　黎衍挑眉:"那肯定是我儿子啊!我比你高四厘米呢!"

　　"那不一定啊,儿子随妈!"宋晋阳不同意,"小颂比周俏高多了!"

"说实话我一点儿也不想和你比这个，我想要个女儿。"黎衍笑起来，"我们家没有传宗接代的任务，我就想要个小女儿，上回和周俏去古镇玩，一起来的有三个念幼儿园的女娃娃，好玩极了。"

"啊……"宋晋阳感叹，"你说这日子过得多快，咱俩认识都十几年了，都要做爸爸了。"

"我出事都四年多了。"黎衍偏过头看他一眼，"现在回想，都不知道是怎么过来的。"

宋晋阳摘下手套，拍拍他的肩："会好的。"

黎衍垂下眼睛："嗯，会好的。"

周俏下班后直接打了一辆出租车回家。

开门进屋，周俏一眼就看到黎衍正坐在沙发上看电视，他已经洗过澡了，穿着一件白色T恤，没穿假肢。

周俏换好鞋就向他扑过去，几乎是把他扑倒在沙发上："阿衍！"

她紧紧地抱着他，他拼命挣扎："你先去洗澡！我身上干净的，你这都出了一天汗了！"

周俏从他胸口抬起头来："你嫌弃我？"

"我没有！"黎衍失笑，"你先去洗澡，乖。"

"想我吗？"周俏笑着问。

黎衍的眼神柔和下来，捏捏她的脸："想。"

周俏笑得很开心，爬起来准备去洗澡，突然又弯腰往黎衍身下重重地摸了一把。

"我去！"沙发上的男人还没来得及爬起来，手肘支着气得要命，"周俏花你过分了啊！"

"我和可爱的黎小衍打个招呼呀！"周俏早就躲得远远的了，"么么哒，我去洗澡啦！"

看着她一溜烟儿地去卧室拿衣服，黎衍真是被她气死。刚才那一下撩得他心都跳快了些，心想小傻子现在真是色胆包天，哪还有几个月前一惊一乍又羞答答的模样。

周俏洗完澡回到卧室，黎衍已经靠坐在床头等着她了。她爬上床，倾过身子吻了下他的唇，他刚要抱她，就听周俏说："翻身趴着，我先给你按摩一下。"

黎衍乖乖地趴在床上，周俏帮他按肩、按背、揉腰，轻微的力度对黎衍已经没用了，周俏使的劲儿挺大的，手指用力地按着他肩膀上的肌肉，他又疼又爽，忍不住哼哼起来："哎哟哟哟……"

周俏问："你这几天有没有锻炼啊？"

"有，我天天练站来着。"黎衍说，"有时候也在房里走一下。"

"开会累吗？"

"还好，就那样，午休时我都会回房间，脱了假肢在床上躺一会儿。"黎衍被按得龇牙咧嘴，"你轻轻轻轻点……"

周俏手势轻下来，黎衍的腰背肌肉现在肯定有问题，长时间保持坐姿太伤人了。早上他起床时，坐起身的动作都没以前来得灵活，要双手撑着床面一点点坐起来，坐快了就怕闪着腰，被周俏笑话提前进入老年人行列。

又按了一会儿，黎衍没动静了，周俏以为他睡着了，拉过被子盖到他身上。她刚要去边上躺下，黎衍突然翻身侧卧，伸长手臂把她揽到怀里与她面对面："这就打算完事了？"

周俏被他挠痒痒，扭着身子咯咯笑不停："放开我呀！我以为你睡着了！"

黎衍手臂用力，将她的身体与自己贴得更紧。周俏渐渐安静下来，脸红红地看着他。

黎衍用鼻尖蹭蹭她的鼻尖，低声说："我一直等着呢，黎小衍刚才被欺负了，很不服气，你感觉到了吗？"

说着，他腰身一动，周俏低呼出声，他再也忍耐不住，近乎狂烈地吻住了她的唇。

六日小别，换来一场酣畅淋漓的快乐事。

啃咬一般的热吻，肆无忌惮的探索抚触，揉抓厮磨……树与藤又一次痴缠在一起。好像这个时候，黎衍的腰背都不再酸痛，可有劲儿了，年轻男人用实际行动证明什么叫作血气方刚。

结束以后，黎衍半趴在周俏身上，喘着气，耳朵听着她的心跳。

周俏抬起手，手指一下一下顺着他的头发。头发又汗湿了，身上也一样，周俏压低下巴，看到黎衍又长又密的睫毛，挺拔的鼻梁，还有宽阔又有力的肩膀，觉得这人真是性感啊。

紧接着，又想到进修的事，她轻轻叹了一口气。

这天已经太晚，黎衍刚回来，周俏没打算这时候和他说。她想，找一个她上白班的时候吧，下班回来后和他好好聊聊。

黎衍回来后的第二天是周五，工作日。

已经进入九月，六月一日入职的新人们都通过了试用期。Daria 来到财务分析部门，请方劲松填写三位新入职 Junior FA 的转正表格，并将一些资料发放给三人。

"看一下那个商业医疗保险的说明，除了本人投保以外，还有五选一的备注项，A 和 B 给孩子保，C 和 D 给配偶保，E 是单身 Dog 的唯一选择。" Daria 看着陆欣和洪志生的表情就想笑，"哭丧着脸干吗呀？姐姐我也是选的 E，就只有 Rick 可以在 C、D、E 里选择。"

黎衍翻了一下说明，问："我选配偶，要提供什么资料吗？"

Daria 说："结婚证彩色扫描件，或者拍照，必须上传的。"

黎衍感到脑壳疼。

晚上，周俏还没回来，黎衍打算偷偷找到周俏那本结婚证，实在不想告诉任何人他把结婚证丢在了衣柜顶上，会被周俏骂死，再被宋晋阳嘲笑一辈子。

黎衍翻过几个抽屉后，想起周俏有一个行李袋放在次卧衣柜里，转着轮椅过去费了老大劲才把袋子拎下来。袋子里发出一阵丁零哐啷的声音，像是有什么金属材质的东西在互相撞击。

黎衍拉开拉链，发现除了一些装好的衣物外，只有一个红色大金属盒子，是个月饼盒，生产日期是五年前，摇一摇，金属声就是从里面发出来的。

这是周俏的月饼盒子。

偷翻老婆东西让黎衍心虚，但结婚证很有可能在里面，黎衍想，打开就找结婚证吧，其他东西都不要管。这么想着，他就打开了盖子，很意外的，入眼是一沓资料。

黎衍一愣，不想看也看到了。

资料是全英文的，但难不倒黎衍，翻过几页就知道这是什么。

他的脸色冷下来。

黎衍不明白周俏为什么会有这种东西，心里又惊又疑，暂时按下强烈的不安与怒气。他又看向盒子里，结婚证果然在，他用手机把内页拍下来，放回结婚证时，他又看到一件奇怪的东西，忍不住拿起来——是一串项链。

黎衍后来问过周俏，为什么不戴那串项链了，周俏说和衣服不搭。他现在终于知道原因，因为这串项链掉颜色，很多地方都发了黑。就算他对首饰再不懂，也知道这串项链是假的。

盒子里剩下的东西令黎衍心情更加复杂。

一张户籍证明，一本假的高中毕业证，八个游戏币，一张彩票，一张出租车发票，一个压扁了的香水纸袋，还有一张黎衍亲手写的约法十八章。前九条是登记时定下的老规矩，后九条写得很敷衍，黎衍想不出条款时就写了好几条"永远爱老婆"。

他发了会儿呆。

又一次拿起那份资料，他仔细寻找项目进行的时间。

这是今年的项目介绍，他清楚无误地看到，这一批次的人员出发日期是：明年一月。为期三年。

黎衍的眼睛死死盯着那几个英文单词，都没意识到自己的手劲已经把原本挺括的铜版纸都给揉得皱成一团。

周俏下晚班后回家，想起家里没水果了，去水果店买了一个哈密瓜和几个桃子。桃子快要下市，黎衍挺爱吃的，周俏挑的时候就很用心。买完水果，她又去便利店买了两个三明治当第二天的早餐。

回到家，周俏意外地发现黎衍没回主卧，而是坐着轮椅等在餐桌边。

都十一点多了。

他没穿假肢，身上一件白色T恤，底下是蓝色篮球裤，脸色非常差，看着周俏时一双眼睛几乎要冒出火来。周俏吃了一惊，不明白发生了什么，换好鞋后把吃的都放在桌上，问："阿衍，你怎么了？"

黎衍抿着嘴唇没说话。

他向来不是个高深莫测的人，喜怒哀乐容易写在脸上，这时候生气就是生气，尤其是对着周俏，半点儿不想伪装，更不愿意去套话。

从身边的餐椅上拿起那沓资料甩到桌上，黎衍手指这些东西，冷声问："你告诉我，这是什么？"

周俏脸色变了，反问："你翻我东西？"

"是！我翻你东西！我向你道歉！对不起！但是你告诉我！"黎衍的手指还是指着那些皱巴巴的纸张，"这到底是什么？！"

周俏与他对视了一会儿，说："这是一份项目书，关于出国进……"

"你想出国？"黎衍打断她的话，眼睛瞪得老大，一脸的难以置信，"周俏你告诉我这是不可能的，我不管你从哪儿得来的这些东西，你告诉我你半点儿想法都没有，你怎么可能出国？出国去干吗？"

"去……一边上学，一边打工。"周俏的语气也急起来，"阿衍你先别激动，听我解释，我从头和你说。"

黎衍听不进去了，只捕捉到一个信息："你真的要去？你开什么玩笑？"

周俏摇头："我还没决定，我还没来得及和你商量……"

"那不用商量了！我不同意！"黎衍转动轮椅来到周俏面前，抬头看她，"你休想离开我周俏，想都不要想！"

周俏说："我没有想要离开你啊！我不会离开你的，这个只是……"

"三年啊！"黎衍一指那些资料，"你到底看过没有？看懂了吗？一去就是三年！周俏你脑子里到底在想什么？我真的是……怎么都没想到你居然会有这种不切实际的想法！你都不担心那是骗人的吗？你不会已经交了钱吧？"

"我没有！一分钱都没有交！"周俏都不知该怎么和他解释，"阿衍，你先停一下，先听我说完好吗？"

黎衍仰视着她，半晌后点头："好，你说。"

周俏拉过一把椅子在他面前坐下："你还记得上回我们在 A 大碰到的徐辰昊吗？就是那个保安……"

她把事情的前因后果都说了一遍，承认自己起过出国务工的念头，但现在已经放弃，又说到认识谢若恒的经过，说自己得到这个千载难逢的机会，不用给中介费，出去了不光是打工，还能学习。

黎衍听得很认真，但神色并未缓和下来。

"怎么可能会有这么好的事？"他想不明白，"你就和他见了一面，聊了会儿天，他就要免费送你出国？周俏你自己动动脑子想一想，这和天上掉馅饼有什么两样？这种显而易见的骗局，你怎么会信的啊？"

周俏蒙蒙地说："我、我也不知道他为什么要这么做，但我觉得他不像是骗子啊！他的公司看起来很正规，再说我现在也没有任何损失。"

黎衍厉声道："骗子还会把'骗子'两个字写在脸上吗？骗子最喜欢骗的就是你们这种无知少女！你以为你是锦鲤啊？天选之女啊？你怎么不去买彩票啊？！"

"但也有可能是真的啊！"周俏伸手拉过黎衍的手，"阿衍你听我说，如果是真的，三年就能挣几十万呢！等我回来你就可以买智能假肢了！"

不说假肢还好，一说到假肢，黎衍更疯了。

"我不要买假肢！我说了多少遍了我不要买假肢！"

他甩开周俏的手，情绪越发激动，连着篮球裤下的两截残肢都不受控制地抬动起来。他一把掀起裤腿，把残肢露给周俏看："这才是我的腿，周俏，你看清楚这才是我的腿，你还不明白吗？我的腿就这样了，没有了！就只剩这么点了！我有假肢，不需要买什么智能假肢！我不要走路！我坐轮椅就能活着！就为了一个莫名其妙的假肢你想要离开我三年？我跟你说，我不同意！你想都不要想！"

周俏眨眨眼睛，黎衍又拉过她两只手，轻轻放在自己的残肢上，指引着她的手掌去抚摸那两截圆润冰凉的残端，让她的手指从狰狞的蜈蚣线上掠过。他是有感觉的，这是他与众不同的身体，不想接受也必须接受，他原本都已经没那么介意了。

"我知道你不会嫌弃我的，你说我不管变成什么样你都是喜欢的。周俏，你为什么一定要执着于让我走路？我知道我很丑，坐在地上才那么点儿高，很多事不能陪你做，很多地方不能陪你去，穿着假肢才勉强有个人样。但是周俏，你说你不介意不在乎的啊！你到底为什么非要我会走路啊？！"

最后一句话他是吼出来的，眼睛都红了，神情既愤懑又哀伤，就像一只受了伤的野兽，抓着周俏的手不停地发着抖，把她的手指狠狠摁在自己的残肢皮肉上，仿佛已经感觉不到疼痛。

周俏心酸极了，声音也哽咽起来："我……阿衍，我不是非要你会走路，我只是希望你用上那种假肢走路可以多一点，多一点你的肌肉就不会萎缩。你现在走得太少了，你一天到晚坐着，都不能躺着休息一会儿，我就是觉得你太辛苦了。"

黎衍大声说："我辛不辛苦我自己知道！不用你操心！你自己站一天都能行，我坐着还能嫌累吗？！"

吼过以后，他的声音又变得低柔："周俏我答应你我会多锻炼的，每天走一小时，真的，我保证，下雨天都走！绝对不偷懒！你不要想出国的事这是不现实的！我们日子过得好好的，你怎么忍心离开我？你走了，我怎么办？你自己说说我怎么办？我是个残疾人！重残的！你把我从601室拉出来，这才几个月，现在又要丢下我去出国？你觉得像话吗？我们是夫妻啊！这种事真没得商量！我不会同意的！"

周俏劝道："阿衍，你先冷静一下。这样，我们找个时间一起去找谢总，你当面和他聊一下好吗？如果当面聊过你还是觉得不靠谱，那我就不去了。但是你现在对这个事还不了解，你没见过他，没看到过他的公司，你可能是怕我上当受骗，真的你去和他聊一聊，好不好？"

"我不要去见他！我为什么要去见他？他是谁啊？开公司了不起啊！"黎衍几乎目眦欲裂，"无论如何我都不会让你走的，周俏，我就一句话，你别想走！我不要假肢，不要走路，不用你去端盘子赚钱！我只要你留在我身边，周俏，我只要你留在我身边……"

他再也忍不住，眼泪一滴一滴落下来，肩膀抖动得厉害，哭得像个孩子一样。

按照以往，周俏肯定妥协了，管他什么谢总什么出国，什么人什么事能比黎衍更重要啊？可是这一次，内心深处，她对这件事是渴望的。进修、赚钱，每一样对她来说都是改变命运的机会，不仅是她的命运，还有黎衍的。

赚了钱就可以买智能假肢啊！周俏不会因为黎衍的话而放弃这件对他后半辈子来说意义非凡的事。假肢必须买！关乎他的健康、他的寿命，可以改善他的生活质量，增加他的活动半径，甚至还能提升他的自信心！

"阿衍……"周俏打算换一个切入口，"你上次还说让我去读书的，这个就是读书嘛，别人大学毕业才有的去，我直接就能去，你不觉得这是一个机会吗？"

"不觉得！我只觉得这是一个骗局！鬼知道是不是把你们这样的女孩子骗到国外去卖掉！这种事儿难道还少吗，你新闻没看过啊？"黎衍觉得自己有理有据，"你自己也说了，别人要大学毕业才有资格去，凭什么你一个高中都没毕业的也能去？你自己说说这合理吗？你跟得上人家吗？你想读书，钱塘不能读吗？夜大！自考！酒店管理专业也有啊！你为什么不在钱塘读？"

"可是谢总说，那个可以一边读书一边工作啊……"

周俏还没说完，黎衍就疯了："谢总谢总！别再提那个谢总！你和他就见了一次！你被他洗脑了吗？你现在看着我，看着我周俏。"

黎衍微微倾身，双手抓着周俏的手与她目光交汇："我是谁？"

周俏紧紧捏着他的手指："你是黎衍。"

黎衍又问："黎衍是周俏的谁？"

周俏："黎衍是周俏的老公。"

黎衍："周俏会离开黎衍吗？"

"不会。"周俏用力摇头，"周俏永远都不会离开黎衍。"

黎衍把周俏的手拿到唇边亲吻："周俏，我当你答应了，别走，我不要你走。"

周俏抖动着嘴唇："可是阿衍……"

"不要可是！没有可是！我做梦都没想过你会有这种想法！"黎衍摇着头，眼泪又流下来，"打消这个念头，周俏，不要再想！我们好好在一起，每天都在一起，你可以在钱塘上学，我会努力工作，会考证，会争取升职，我会赚更多的钱让你过好日子。我不要什么假肢真的不要……我只要我们两个人好好在一起过日子……"

周俏动摇了，面对这样近乎崩溃的黎衍，她不得不动摇。

三年真的很长，没有人在身边，黎衍的日子的确会很难过。以前他不用上班都把自己搞得那么落魄，现在他白天要上班，晚上一个人生活，她本来就是放心不下的。

有那么一瞬间她几乎要做下决定，把这事拒了吧。不去了，不学了，就如黎衍说的那样，两个人好好地过日子，这本来就是件最幸福的事。可转念想到他的健康状况，她的心又波动起来。

不甘心啊。

这么好的机会，错过一次就没有下一次了。

周俏想再试试说服黎衍，至少要让他去和谢若恒见一面。

"阿衍，阿衍，我们今天先不说这事了行吗？明后天你休息，我和谢总约一下，你和他见一面，就见一面。"

周俏眼看着黎衍的脸色越来越苍白，眼神越来越绝望，还是咬咬牙说下去："我向你保证，你见过他以后还觉得这事儿不好，我就不去了。但是你真的要先见见他，要不然我……我不甘心的。"

"不甘心？"黎衍都没想过周俏会说出这三个字来，"你有什么不甘心的？和我在一起不甘心？为什么不甘心？因为嫁了一个残疾人吗？还是个穷光蛋？！"

"不是的……我……"周俏努力组织语句，"我也想变得好一点啊阿衍！你现在已经越来越好了，我也想试试让自己变得好起来，这是个机会，我不想错过……"

黎衍："那你可以在这儿读书啊！我又没有不让你读书！"

"在这儿读书我赚不到那么多钱啊！几十万啊！黎衍！"

周俏猛地站起来，俯视着黎衍："我就是想多赚点钱！我就是想给你买假肢！你说你不要假肢要买房子，我还说我不要房子只要假肢呢！你懂不懂假肢对你来说意味着什么？意味着你上班都能走路！你每天甚至可以走两小时的路！你再也不用下班后专门跑去锻炼了！也不用担心肌肉会萎缩了！我是为了谁啊？我为了我自己吗？你非要我把这话说出来吗？"

黎衍愣在那里。

周俏抹掉眼角不知什么时候流出来的泪，低头看他："黎衍，我跟你说实话，我是想去的。我希望你能见一下谢总，帮我把把关，你要是不肯见，我也没话说。也许最后我会因为你而放弃，但是黎衍，你真的有将心比心为我考虑过吗？"

黎衍真的很想站起来，被人俯视的滋味超级不好受，尤其这个人还是周俏。但他没法站起来，没有辅助工具他这辈子都没法站起来，这时候只能被迫用这样的角度与周俏对话。

"周俏你本来是不是想先斩后奏的？"他问。

"什么？"周俏没懂。

黎衍咬着牙："办好护照，办好签证，买好机票，再把这事儿告诉我？"

周俏晕了："怎么可能？我本来是想找一个上白班的日子，下班回来和你说的！"

"怎么不可能？你一直都是这样的。"黎衍转着轮椅慢慢后退，"和我住一块儿几个月，都不告诉我你早就认识我；辍学来钱塘是因为逃婚，也不和我说；心里头自作主张要给我买假肢，搞得比我这个没腿的人都要着急，还莫名其妙要去国外打工……"

他来到桌边，又从餐椅上拿起一样东西丢到餐桌上："还有这个，这又是什么？"

周俏盯着那串褪了色的项链，说不出话来。

"我给你钱，让你给自己买个首饰，你去买串假项链回来，我都不懂这是什么逻辑？"黎衍缓缓摇摇头，眉头皱得很紧，"周俏我知道你喜欢我，我一点儿也不怀疑你对我的感情，但是你做的很多事情会让我觉得……觉得匪夷所思！我就会想，自己在你心里到底是个什么样的存在？"

周俏难以回答。

黎衍看着她："我已经很了解你了，你只买一杯奶茶，骗我说自己那杯在路上喝了。去图书馆借书，给自己借了一本什么、什么'残疾恶魔'乱七八糟的东西，看了三金那个假肢视频，就跟疯了一样。周俏，你想出国，但凡跟我说一句你就是想去！是因为自己想学东西而去！我都可以同意去见见那个姓谢的！但你说你是为了去赚钱给我买假肢？那我非常明确地告诉你！我不需要！我不同意！"

周俏问："那如果我还是想去呢？"

两个人静静地对峙着。

黎衍无力地垂下头。很久以后，他开了口："你要是去，我们就离婚。"

周俏的脸一下子变得煞白。

"你都要出国了，钱塘户口对你还有什么意义？你大可以去拿绿卡呀！"黎衍又抬起头，越说越来气，"那么想走，现在就可以走！我不会再拦着你了！"

他从桌上拿起手机，直接拨给宋晋阳。

宋晋阳倒也没睡，不过这个点接到黎衍的电话还是很吃惊："黎衍，这么晚……"

"宋晋阳你听好。"黎衍眼睛瞪着周俏，对着电话说得又快又清晰，"601大房间衣柜顶上有一本结婚证，是我丢上去的，你把它拿下来，明天拿来我家！"

宋晋阳都给整得结巴了："什什……什么意思？发生什么事了？"

黎衍一字一句地说："我要和周俏离婚。"

宋晋阳还没来得及做出反应,黎衍已经把电话挂了。

他把手机又丢到桌上,凉凉地开口:"这下你满意了?你可以安心地出国了,我不会再绊着你,你去上学也好,赚你的几十万也好,都和我没关系!以后桥归桥路归路,咱俩好了也就半年多,忘了对方并不难!"

周俏说:"我不会和你离婚的。"

黎衍"呵"了一声:"我告诉你周俏,你出国满两年,我就可以向法院起诉离婚,我们事实分居两年,你就算人不出现也得离!当时和你假结婚,我可是做过功课的。"

周俏的语气异常平静:"我说了我会回来的。"

"我管你回不回来!"黎衍重重地一拍桌子,"三年!三年……"说着说着,他的心又揪起来,刚刚被愤怒代替的委屈再一次溢到胸口,"三年,你让我一个人生活?你以为我和别人是一样的吗?你天天和我在一起,难道不知道我日子过得很难吗?"

周俏说:"我觉得你不仅和别人一样,还比很多人都要优秀。"

黎衍像看傻子似的看她。

"实话。"周俏说,"你以前一个人在601室也住了三年多。现在,有了电梯,又有'小黄蜂',怎么反而不能一个人生活了?我知道你生活上会有很多困难,但是我们提前准备好,都是可以克服的。"

黎衍无言以对。

周俏:"我再说一遍,我不会和你离婚的。"

黎衍又被激怒了:"不离也得离!你要出国就离定了!"

周俏问:"不出国就可以不离吗?"

黎衍一时语塞。

"行吧。"周俏点点头,"那我再想想。今天太晚了,早点睡吧,我睡小房间,咱俩都冷静一下。你要我走,现在这个时间,我也没地方去的。"

周俏说完就走进主卧,拿了些换洗衣服和手机充电线出来,看了黎衍一眼,就进了卫生间。

这一晚,是他们在一起后第一次分房睡。

谁都知道另一个房间的人和自己一样,辗转难眠。

周俏在次卧的写字台上看到那个月饼盒子,打开盒盖仔细地看,除了户籍证明和假毕业证,其他所有东西都和黎衍有关。

最早就是那八个游戏币,黎衍让她拿去继续抓娃娃,她怎么可能会用掉,一直好好地保存在盒子里。

周俏打开那张约法十八章,看到黎衍漂亮的字迹,他写:永远爱老婆,永远爱老婆,永远爱老婆……

她叹了口气,把东西都放回盒子里,躺到床上发起呆来。

黎衍不知道自己是什么时候睡着的,应该是天亮以后,脑子里乱得要死,阳台上的烟灰缸几乎要满出来。

他被敲门声吵醒，又听到电话响。宋晋阳的声音出现在电话里："开门啊！"

"等我一会儿，我穿下衣服，别敲了。"黎衍回答完，就把手机甩到一边。他穿上假肢坐着轮椅去开门，瞄了一眼次卧，门开着，周俏不在。

她是晚班，这才九点多钟，去哪儿了？

门开后，宋晋阳沉着一张脸进来，看到黎衍蓬头垢面的样子呆了一呆："你又发什么疯？"

黎衍冷冷扫了他一眼，没说话。

宋晋阳把结婚证丢到餐桌上："很牛啊！前天出差回来还和我说要补办婚礼，要生小孩儿，昨天又说要离婚了？你怎么不上天呢？"

"不关你的事。"黎衍看了结婚证一眼，"东西送到你可以走了，谢谢你专门跑一趟。"

"不是。"宋晋阳哪里会走，拉过一把椅子坐下，"到底发生什么事了？这得多严重要说到离婚啊……哎你别走，跟我说说，我帮你分析分析。"

"有什么好分析的？"黎衍转着轮椅调了个头面向宋晋阳，"你知道周俏最近在搞什么吗？她要出国啊！三年！"

"什么？"宋晋阳震惊了，"出国干吗呀？"

"学习，打工，赚几十万。"黎衍冷笑一声，"都没提前和我商量，主意可大呢！"

宋晋阳拧着眉毛："这是被骗了吗？她给钱了？"

"你也觉得这是骗人的对吧？"黎衍还是很生气，"我就跟她说这世上没这么好的事！还不用给钱！她偏不信！跟入了魔一样。"

宋晋阳更疑惑了："不用给钱？"

"不管给不给钱，她就是铁了心要出国去，把我一个人丢这儿三年，我劝了，我求了，我还骂了！都没用！你说我要怎么办？"

宋晋阳想了一会儿："你能把事情经过给我说一遍吗？"

黎衍真不想说，不过对方是宋晋阳，他也就耐着性子把周俏说的那些话又给复述了一遍。

宋晋阳听完后，抱着手臂、跷着二郎腿说："这事儿真挺神的，那万一是真的呢？你为什么不去见见那个老总啊？"

"我为什么要去见他？他都要把我老婆骗跑了！"黎衍气得不轻，"周俏这个人脑子一根筋的！这事儿是真的又怎么样？是真的她就能去了？"

宋晋阳说："对啊，是真的当然就去啊，多好的事！"

黎衍简直要吐血："你是不是有病啊！我和周俏是夫妻，她要一个人出国去三年，都不和我商量的！杨瑾颂这么对你你能答应吗？！"

宋晋阳："我听你说的，周俏是在你出差的时候才碰到这事，她可能就是还没来得及和你说。"

"那又怎样？我就不同意了！"黎衍瞪着他，"就算杨瑾颂和你商量了，你会同意吗？"

宋晋阳看了黎衍一会儿，说："我会同意的。"

黎衍一口气差点提不上来。

宋晋阳补充："只要杨瑾颂自己想去，比如她现在的学校派她去外面进修三年，她想去，我就同意。"

黎衍："为什么？"

"什么为什么？"宋晋阳说，"因为我会反过来想啊，如果是我单位派我出去学习，回来以后可以升职加薪，我也会想去啊，这不是很正常的吗？"

黎衍没想到宋晋阳居然是这样的回答，愣了一会儿后说了一句："这是你！你别忘了我和你们是不一样的！"

"有什么不一样啊？不都是个人？"宋晋阳冷冷地看着他，"你不就是少了两条腿吗？坐着轮椅也能到处跑啊！有工作有房子有老婆，你哪儿和我们不一样了？"

黎衍气得浑身发抖："什么叫'不就是少了两条腿'？你怎么不去少两条腿试试？！"

宋晋阳一点儿也不会对黎衍客气："我为什么要去少两条腿啊？我就是比你运气好，没病没灾过了二十多年！"

见黎衍看着宋晋阳的眼神已经刻满怒意，宋晋阳并没有停下："怎么，不服气啊？不想听我也要说！你太把自己当回事儿了，就仗着周俏宠你，你就一点儿也不给她进步的机会吗？就去见一见那个老总又怎么了？我知道你为什么不愿意去见，你就怕这事是真的，怕周俏会走，那她走是好事儿啊！她又不是不回来，你没了她就活不下去了？黎衍我和你说，你这不是爱，是自私。"

这下子黎衍真的炸毛了，换成以前要么一拳过去要么就上脚踹了，不过现在踹是没可能，打也打不过，他抄起餐桌上那个哈密瓜就朝着宋晋阳丢过去。

"我去！"宋晋阳躲开了，哈密瓜直接砸到椅子又摔到地上，烂成一摊，椅子也被"砰"一声砸倒了。

"你是疯狗吗？！"宋晋阳站在那儿大叫。

"你才是疯狗呢！"黎衍恨自己被困在轮椅上，站也站不起来，冲也冲不过去，只能仰着脑袋对宋晋阳怒吼，"宋晋阳你给我滚，现在马上立刻滚！我不想再看见……"

宋晋阳已经面无表情地走到他面前，直接一脚踹了过来。

黎衍突然感到天旋地转，运动轮椅往后一翻，他的双手在空中徒劳地挥动着，紧接着人就和轮椅一起摔在了地上。

声音挺大的，黎衍被摔蒙了，倒也没多疼，只感到铺天盖地的耻辱。他双手撑地把上身抬起一些，转头看向宋晋阳，后者已经来到他身边，蹲下来看着他。

"我忍你很久了，黎衍。"宋晋阳看着黎衍的眼睛，"你搞清楚，你的腿没了，不是我造成的，不是你妈、我爸造成的，更不是周俏造成的。肇事司机赔了钱，虽然不多，但法律就是这么判的，你也无话可说。他坐牢了，留了案底，这是咱们国家法律给他的惩罚，这事儿已经翻篇了，你应该明白。"

黎衍眼睛血红地看着他。

"这四年多，我们全家，所有人都在忍你。我知道你心里不好受，那怎么办呢？你还得活着呀，你又不会去死。你别搞得好像是我们欠了你一样，一不顺心就发脾气，就你有脾气啊？我也有啊！你妈也有，周俏也有！只是她们两个太在乎你了，不敢跟你犟！我敢！我早几年前就看你不顺眼了，就想看看原本那么狂那么傲的你到底要半死不活到什么时候！"

黎衍气得浑身发抖。

"后来周俏就出现了。"宋晋阳笑了一下，"我真没想到会是这么一个女孩子把你拉出来。我听到你们是假结婚，为什么不告诉你妈？原因很简单啊！你都肯为了周俏向我低头，让我背你下楼去找她了！你当我瞎还是傻？你早就对她动心了！我当时就觉得有戏，我也看得出来周俏很喜欢你。说实话，挺震惊的，就你那个鬼样子，周俏为什么会喜欢你啊？那我也不管，我就看着，我就赌！果然，你俩真就好上了。

"这大半年你的变化所有人都能看到，你不知道你妈有多开心！我都觉得这事儿妥了，周俏对你怎么样？你问问自己的良心，我知道你什么都明白，就是揣着明白装糊涂。那我问你，你有没有考虑过周俏的心情？"

黎衍依旧狼狈地躺在地上，手肘撑着地，牙关咬得紧紧的："你什么意思？"

"上回吃烤串，小颂回去就和我说了，周俏的状态不对劲。我是男的，没那么细心，小颂说她观察了，说周俏看着你的眼神很卑微，就好像你随时都会不要她似的。然后这次你去开年会，还穿得人模狗样和一群美女合影，你什么意思啊？周俏和你那些女同事能一样吗？你明明知道她不是那样的女生，为什么要发那种照片？你知不知道你越来越好，周俏真的会慌的。"

黎衍脸色发白了。

"现在，她得了一个机会，你连去帮她把把关都不肯，万一是真的呢？为什么不去啊？也就三年而已，你是对周俏没信心还是对自己没信心？我都敢说周俏百分之百会回来，她对你那颗心，全世界都能看得清，就你看不清吗？你无非就是习惯了享受她的照顾和陪伴，想要把她拴在身边罢了。"

黎衍摇头："我没有……"

宋晋阳不置可否："那我问你，十几年后，你四十多岁，年薪几十万，你还会像现在这样对待周俏吗？"

"为什么不会？！"黎衍很生气，"你根本就不明白我和周俏之间的事！和钱有什么关系？！"

"你会遇到诱惑的，黎衍。"宋晋阳说，"你知道自己是有魅力的，你现在只是穷。等你有了钱，你回头看周俏，一个没学历、长相普通、围着你转了十几年，也许已经给你生了两个孩子的中年女人，她听不懂你工作上的任何事，你也没兴趣去听她说菜场里的猪肉多少钱一斤。她可能已经不上班了，成了一个家庭主妇，你能保证自己还会用一颗初心去对待她吗？你能保证自己不会忘掉十几年前她把你带出601室时经历的那些事吗？"

黎衍说不出话来，眼神却是不服气的。

"就像现在，你用离婚去威胁她，真的很牛啊。黎衍，我相信你本质上绝对是个好男人，我也相信你现在爱周俏，依赖周俏，但听我一句，她拉过你了，适当的时候，你也要拉她一把。"

说到这里，宋晋阳站了起来。

黎衍抬头看宋晋阳，宋晋阳掸掸手，眼神冷漠："十一年前你揍我那一顿我可一直记着，刚才那一脚是我还回来的，我不会向你道歉，也不会拉你起来。该说的我也说完了，我滚了。"

他转身走向门边，刚打开门就愣在当场。

门外赫然站着沈春燕。

刚刚大仇得报的宋晋阳顿时就怂了："阿……阿姨？"

沈春燕脸色一片铁青，看了他一眼后，直接走进屋里，跨过那摊哈密瓜走到黎衍面前。

黎衍已经撑着地坐起身，愣愣地抬头看着自己的母亲。

沈春燕蹲下，双目圆睁，扬起手，毫不犹豫就给了黎衍一个重重的耳光。

"啪！"

可怜刚刚坐起来的小黎先生，又被一巴掌拍得躺到了地上。

宋晋阳连忙关上门，跑过来把沈春燕拉起来："阿姨阿姨，冷静冷静！已经没事儿了，我的错我的错，你先坐着消消气，我把黎衍扶起来再说！"

沈春燕一声不吭地坐在餐椅上，宋晋阳硬着头皮搬起轮椅，又把黎衍架起来扶到轮椅上。

小黎先生已经生无可恋，看着家里这两个人，无比想念周俏，也不知道周俏跑哪儿去了。

"你们两个出息了啊。"沈春燕感到心力交瘁。这天是周六，她知道黎衍年会回来在家休息，就想着过来看看儿子，刚到门口就听到里头传来重物落地的声音，情急之下要敲门，就听到宋晋阳说：我忍你很久了，黎衍。

沈春燕把耳朵贴在门上，把后面所有的话听了个全。

假结婚，离婚。

别的不说，就这两件事，已经把她气得要脑梗。

宋晋阳垂头丧气，黎衍心如止水，三个人两个坐着，一个站着，僵持在那里。

"我不懂你们年轻人到底在搞什么。"沈春燕悠悠开口，"阿衍啊，你真的要和俏俏离婚吗？"

黎衍答不上来。

"离了也好。"沈春燕都不想待了，慢吞吞地站起来，"反正你俩还没孩子，你也别耽误她了，这么好的一个姑娘，嫁给谁不行，非要嫁给你。"说着她头也不回地就往门口走。

宋晋阳也不想待了，直接追了上去："阿姨阿姨，我送你。"

房门关上了，屋子里又只剩下黎衍一个人。

他抬起双手捂住脸，左边脸颊火辣辣地疼，沈春燕那一巴掌真是一点也不留力，他发了好久的呆，才转着轮椅去卫生间，从镜子里打量自己。

大概只睡了两三个小时，头发乱蓬蓬，脸色非常差，眼睛里布满血丝，眼底挂着黑眼圈，下巴上冒出胡楂，左脸还一片红。

这到底是什么奇葩的人生？大清早被男女混合双打。

周俏，周俏。

真的不是宋晋阳说的那样，不是不是不是！

不是想要把她拴在身边。

不是想用离婚来威胁她。

黎衍不敢和任何人讲，他宁可承认自己自私自利，蛮不讲理，也不想告诉宋晋阳实话。

他只是，害怕周俏看过外面的世界后，就不要他了。

第十七章
路永远没有尽头

宋晋阳和沈春燕离开后，黎衍脱掉假肢，拿着垃圾桶坐在地上把那摊哈密瓜收拾干净，又拿抹布把地板和椅子擦了一遍。

做完以后，他去卫生间洗了个澡，刷牙，刮胡子，眼看着已经中午，知道周俏不会回来了。黎衍看到餐桌上的三明治，拿出一罐牛奶，配着三明治慢慢吃。

餐桌上乱得一塌糊涂，一沓资料，一串项链，一袋桃子，还有一本结婚证。

登记以后黎衍就再也没见过这本属于自己的结婚证，在柜子顶上积了大半年的灰，宋晋阳应该擦过，但看起来还是旧旧的。黎衍一边咬着三明治，一边打开内页仔细地看。

照片上是去年十一月的他和周俏，周俏的样子没怎么变，笑得又甜又开心，而他自己，真是变得连亲妈都要认不得。

黎衍放下结婚证，又拿过那沓资料来看。这一次，他看得更加用心，找来一支笔，把关键信息划线备注，有些专业单词不认得，就打手机翻译软件，确保每句话都理解透彻。

整本资料看下来花了不少时间，到后来，黎衍渐渐感到不舒服，一种久违了的感觉侵袭上他的残腿。他揉揉残肢，打开手机看气象，果然，再过两个小时就要下雨了。他的腿现在真比气象预报都要灵验，这应该算是秋雨，下过几场后，天气就会慢慢凉下来。

黎衍无力地趴在餐桌上，脑袋枕着手臂，缓缓地眨动着眼睛。

周俏的话、宋晋阳的话一遍遍回响在脑海里。黎衍不知道事情为什么会变成这样，他只是出去参加了一次年会，周俏居然就想要出国了。按照宋晋阳的说法，如果那个谢总不是骗子，这就是一件大好事，他应该支持周俏出去，既能提升自己，又能赚钱，回来后找工作也更容易。

说说简单，真要做起来真的好难。

黎衍难以想象自己会和周俏分开三年。杨瑾颂如果去进修，留下宋晋阳一个人生活，他会变得自由自在，能去的地方、能干的事儿数都数不过来。

可黎衍不一样。他太知道独自一人生活有多孤单寂寞了，尝过两个人的温暖，再回到一个人的生活状态，光是想想就让他感到恐惧。

宋晋阳说他越变越好，周俏会慌，他都想笑了。小傻子慌什么呀，他才是该慌的那个人吧。

他们都把他想得太好了、太强大了，但他真的没有这么好、这么强大。有时候就想躲起来，不出门不见人，想哭就哭，想发泄就发泄。那种悲观的情绪偶尔还是会冒出来，就算再多人告诉他"你没有和别人不一样""你就是换了一种出行方式罢了""你要向前看，照样可以享受美好人生"，但日子是他他自己在过啊！

那些痛苦和折磨是真实存在的，就像现在，腿在疼，旁人的几句安慰话又有什么用呢？

——周俏。

黎衍又一次拿过结婚证，依旧趴在桌上，侧着脑袋看周俏的笑脸。

　　他说：你要出国，我们就离婚。

　　周俏问：不出国就能不离婚吗？

　　宋晋阳说：你在用离婚威胁她！

　　是威胁吗？他还以为不是呢，仔细一想，好像就是威胁。

　　他居然用离婚去威胁周俏。宋晋阳说得真对，他怎么这么牛呢，怎么不上天呢？

　　黎衍直起身子，转动轮椅回房间，打开电脑搜索恒月国际劳务合作有限公司的相关资料。公司有官网，黎衍一块块内容看过去，公司简介、出国项目、新闻动态、出国常识、国外风情……公司成立于八年前，不算很老但也不新，看着还挺正规的。

　　在新闻动态板块，黎衍果然找到了项目书里的相关内容。每一年，几十个钱塘各高职院校酒店管理专业的毕业生出发前，都会拍一张集体照，还拉着印有项目名称、酒店集团名字和恒月国际 Logo 的横幅。

　　黎衍看着那些男孩女孩年轻的脸庞，想象着他的周俏也站在其中，随着大部队一起登上飞往异国的航班，开启人生中一段崭新的旅程。

　　这个机会是那位谢总送给周俏的。

　　周俏说谢总也要靠轮椅代步，黎衍不知道他的小傻子当时是怎么想的，就因为看到谢总上不了无障碍通道，所以就去帮对方搬箱子？

　　不过，这的确像是周俏会做出来的事。

　　黎衍笑了一下，心里知道，周俏当时一定是想到了他。

　　下午，窗外渐渐响起雨声，由轻至响，最终哗啦哗啦遮盖掉其他所有声音。黎衍躺在床上迷迷糊糊睡了两个小时，最终被残肢处的骨痛弄醒。他睁着眼睛望向天花板，两只手给残肢做着按摩。

　　在床上赖了一会儿后，他起床爬上轮椅，开始了这一天的锻炼。

　　哑铃练臂、拉力器练胸、卷腹、凌空俯卧撑、残肢负重抬腿……一轮练完后他穿上假肢，背脊贴着墙壁，一边看电视一边练站，最后就是练走。

　　撑着两支肘拐，他在不大的客厅里来回走，像鸭子，像生锈的木偶，像即将没电的机器人。因为没人围观，他也不再管上身摇摆得有多厉害，裤腿一直挽到膝盖上，只注意看踝关节和膝关节的活动。

　　他答应周俏要走一小时，最后发现实在做不到。太累了！两只手都要撑断了，腰也不行，四十多分钟后，他再也走不动，挪到轮椅前一屁股坐下来。

　　全身都是汗，黎衍在轮椅上歇了五分钟才有力气把假肢卸下来，又去卫生间冲洗了一下。从地上往塑料椅子上爬时，原本手臂一撑就能上去，可这回他手发软，撑了两次都没能成功。双臂扒在椅面上冷静了一会儿，他咬咬牙，嘴里喊着"一二三"，用尽全力一撑，身子才爬了上去。

　　看吧，这就是所谓的"你没有和别人不一样"，也是他们嘴里的"美好人生"。

　　黎衍打开花洒，低垂着眼眸，让热水冲到自己身上。

周俏很早就出了门。

她在 A 省图书馆借了三四本和酒店管理专业相关的书，翻开一个笔记本，拿上笔，坐在桌子前慢慢看。

书目无人推荐，是她自己瞎找的。要做什么笔记，她也不知道，就先准备着了。她想先把书看个大概，反正也没地方去，等黎衍起床两人遇上搞不好又要吵起来。

和黎衍吵架实在是件很头疼的事，周俏知道他心思敏感，容易多想，讲话时已经很注意，但稍微说得不对还是会被他带跑节奏。

比如她说她会"不甘心"，明明就是不甘心让机会从手中溜走，结果黎大爷能理解为她不甘心嫁给一个残疾人。

这种指鹿为马的本事周俏也是佩服得很，所以现在已经有经验，吵就吵吧，吵完大家冷静一下，再坐下来沟通。

至于黎衍说的离婚，周俏心里很生气，现在所有事情还没有定论，她打算先不和他计较。如果最后她真的要走，而黎衍又真的要离婚，她决定就算耍赖也不去民政局。

这么能耐？两年后去起诉好了！

看书看到近中午，周俏记了好多页笔记，办好借阅手续后带着书去商场上班。

整整一天，她和黎衍没有联系。她觉得很正常，黎大爷是吵架、冷战的一把好手，刚吵过的第二天，理论上来说他是不会先开口的。

第一次冷战时的场景还历历在目，某人已经烧得昏天黑地，照样咬紧牙关不开口，非要她成为那只"猪"不可。

这次比那次严重得多，周俏已经做好打持久战的准备。

晚上九点半，临近下班，周俏的手机响了。她一看来电人，居然是黎衍打来的。

周俏很吃惊，接起电话："喂。"

"你快下班了吗？"黎衍声音很低，背景音里竟然有雨声。

"你在外面？"周俏的心怦怦直跳，"不是下雨了吗？你怎么在外面？"

"我来接你下班，老地方等。"黎衍又问，"你带伞了吗？"

周俏："没有。"

黎衍说："我给你送上去吧，从大门到我这儿有段路，车子开不过去了。"

"别！"周俏赶紧阻止他，"黎衍你听我说，你下车很麻烦，还要穿雨衣，我跑过去就一点点路，淋不湿。就算淋到一点回去也要洗澡，没关系的。你不用给我送上来，真的。"

黎衍不说话了。

周俏怕他又要生气，声音放柔了些："在车上等我，好吗，我很快就下班了。"

黎衍沉默几秒钟，说："好，我等你。"

下班后周俏一点儿也不耽误，几乎是小跑着冲向电梯。

从商场出来，发现雨下得还挺大，隔着广场远远看到黎衍那辆"小黄蜂"停在老位置上，周俏单手挡住头顶，抱着包、淋着雨快步向他跑去。

就快要跑到车边时，车门打开了，黎衍探出头来大声喊："快上车！"

周俏一下子就冲进车后座,关上门,黎衍回头看她,问:"淋湿了吗?"

"还好。"周俏摸摸自己的头发和衣服,也就不到一分钟的事儿,真湿不到哪里去。

两句话说完,狭小的车厢里安静下来,黎衍又看了她一眼,转身向前"坐好了,我开车了。"

"小黄蜂"慢悠悠地调头驶上马路,黎衍没说话,专注地开着车,周俏也不吭声,眼睛望着窗外的雨景。她发现自己都没在雨天坐过"小黄蜂",因为下雨的夜晚,黎衍几乎都在家里躺尸,根本没有精神来接她下班。

那他现在腿还疼吗?

周俏想着,肯定疼的吧,这又不是心理作用,而是生理上的正常后遗症,只能缓解,无法根除。也难为他下着这么大的雨还来接她下班。

不过她还是没有开口询问。这种时候,两人之间的关系很诡异,互相关心又互相博弈,明里暗里较着劲儿,说些无关紧要的话没关系,核心话题一概不触及。

一路沉默地回到雅林豪庭,黎衍在车位上停好车。周俏先下来,搬下轮椅组装好后推到车门边,黎衍低着头把假肢放下地,又手撑椅面把屁股挪到轮椅上。坐好后,他给小车充上电,锁好车门看了周俏一眼。

从头到尾,两个人都没对对方笑一下。黎衍摆臭脸的本事向来炉火纯青,周俏也不是装的,实在笑不出来。

这人都要和她离婚呢,她还上赶着对他笑,那不是有病吗?

黎衍转动轮椅和周俏一起坐电梯上楼,进屋后,周俏看了一眼餐桌,桌上的东西已经收拾干净,只剩下一袋桃子。

周俏随口问:"哈密瓜呢?"

黎衍愣了一下,硬邦邦地说:"我吃掉了。"

周俏没想到,问:"整个都吃完了?"

黎衍扫了她一眼:"不能吃吗?"

"没有,能吃的。"周俏说,"我先去洗澡了。"

在卫生间里洗澡时,周俏想,今晚要睡哪里呢?看这架势,还是应该睡小房间,真不想对着黎衍那张臭脸。

洗完澡,周俏顺手洗掉内衣裤,又吹干头发,走出卫生间时,发现黎衍还待在客厅。他没脱假肢,就静静地坐在轮椅上,周俏与他四目相对,彼此都不知道该说些什么。

先有反应的是黎衍,他把假肢放下地,左手撑着餐桌站起来。周俏的视线随着他由坐到站而渐渐升高,两个人的目光始终凝在一起。

黎衍站稳后,又板着脸看了周俏一会儿,接着,左手松开桌面,向她缓缓张开双臂。

周俏的心尖就像被蚊子咬了一口,一瞬间又痒又麻。她慢吞吞地走到黎衍面前,抬头看他,他轻轻揽过她的身子,收紧双臂将她抱在怀里,她便也抬手环住他的腰。

"对不起。"黎衍说,"对不起,俏俏,我向你道歉。"

周俏的脸颊贴在他的肩上:"我昨天又看了一遍约法十八章,有一条说,黎衍要是发脾气,一个礼拜没肉吃。"

"行吧。"黎衍闭上眼睛,"我错了,我认。明天开始一个礼拜只吃素。"

"你腿疼吗？"周俏终于问出这个一直绕在心里的问题。

黎衍的回答简单明了："疼。"

周俏："那你还不早点休息？"

黎衍："我怕我进了房间，你又不理我了。"

周俏好无奈："黎衍，是我不理你吗，昨天是你朝我发火啊。"

黎衍说："你看，你都不叫我阿衍了。"

周俏抬起头来看他，轻声叫："阿衍。"

黎衍绷着的脸终于舒展开来，露出一个浅浅的笑："你刚才为什么不让我去给你送伞？"

周俏以为他又想多了，解释道："我真的就是不想你太麻烦，我跑过去就一下子的事情。"

黎衍居然很委屈："我想了好久才想到这个办法的，本来想淋个雨，搞一下苦肉计。"

周俏差点晕倒，相当无语地看着他。

"俏俏。"黎衍又一次按着她的后脑勺将她拥进怀里，用下巴蹭蹭她的头顶，半响后终于开口，"你帮我约一下那位谢总吧，我想和他当面聊聊。"

周俏心里一跳。

黎衍继续说："如果这事是真的，俏俏，我想过了，你就去吧。三年，我会等你回来。"

周俏自然是猜不到为何过了一天一夜，黎衍的想法就发生了改变。她很困惑，却又觉得也没什么不对。她搂紧他的腰，在他怀里点头："我一定会回来的。"

黎衍笑起来："我知道，你一定会回来的。"

谢若恒把面谈时间安排在周三晚上，地方是他定的，一家吃创意菜的高档餐厅。

黎衍下班后开着"小黄蜂"接上周俏来到目的地。餐厅在一家商场顶楼，周俏和黎衍到达后，服务员带他们进入一间包厢。包厢很宽敞，装修风格略奢华，黎衍转着轮椅停在早已为他预留出的餐位旁，周俏自然坐在他身边。

谢若恒已经到了，但并不是一个人，他的身边还坐着一个三十多岁的女人，黑发及肩，穿一件职场风连衣裙，化着淡妆，不算特别漂亮，但气质、身材很出众，看着就是一副聪明又干练的样子。

"两位请坐。来，我给你们介绍一下。"谢若恒微微一笑，"这是我的妻子许嘉月。嘉月，这就是我和你说过的周俏，还有她的先生……"

黎衍接腔："黎衍，黎明的黎，衍生的衍。"

"你好，小黎，小周，你们喊我嘉月姐就行。"许嘉月伸出手和黎衍、周俏一一相握，语气愉悦，"听若恒说，我俩应该比你们大十几岁呢！"

谢若恒也和黎衍握手，无奈地笑："这种事就不要用这么开心的语气说出来了，听着就让人伤感。"

"我一点也不伤感，就你最怕老。"许嘉月笑着睨他。

谢若恒摇头叹息，看着妻子的眼神分外宠溺，然而他的五官是偏硬朗的，曾经写过三年小说的小黎先生脑子里无端冒出一个词来：铁汉柔情。

只是这位硬汉如今和他一样坐在轮椅上，实在令人唏嘘。

谢若恒已经点好菜，人到齐后，热菜一道道上来。黎衍和周俏起初都很紧张，两人还在桌下偷偷牵手，给对方鼓劲。

幸好，谢若恒和许嘉月相当平易近人。尤其是许嘉月，简直是调动气氛小能手，从黎衍的工作话题入手聊到他的公司，拐了八百个弯牵上自己的公司，几个人很快就聊开了。

主要是许嘉月和黎衍聊，谢若恒偶尔会插几句嘴，周俏几乎没说话，因为他们聊的大公司里的话题，她一点儿都不懂。但她也没闲着，看到谁的杯子里茶少了、饮料少了，就会主动给添上。

吃菜时，她从不第一个夹，都是等其他三人夹过后才去夹菜，吃相很斯文。黎衍悄悄看她，都怕小傻子会吃不饱，忍不住往她碗里夹了几筷子菜。

许嘉月说自己是一家大型互联网公司的管理层，平时非常忙，但为了能来吃今天这顿饭，特地提前安排好了工作。

"若恒那天回家，告诉我小周的事，说真的没想到会有一个小姑娘主动去问他、帮他，当时他感动得差点要哭了。"

许嘉月说得格外夸张，周俏脸都红了，谢若恒说："你怎么不去说相声呢？"

许嘉月咯咯直笑："我当时就和他说，小姑娘这样帮你，你有没有谢谢人家呀？他说有啊，他送给小周一份礼物，就是不知道小周愿不愿意接受。"

她对着黎衍眨眨眼睛，黎衍笑了一下："嘉月姐，今天我们过来，就是为了这份礼物。"

"这事儿我也不懂，一会儿你和若恒好好聊聊。"许嘉月吃着菜，又对周俏说，"小周，等下吃得差不多，你陪我去逛下商场怎么样？若恒说你是业内人士，对男装很了解，刚好我要给他买几套秋装，你去帮我参谋参谋呗。"

周俏看了黎衍一眼，点头道："好啊，我对面料、款式稍微知道一些。"

半小时后，许嘉月拿起湿巾抹抹嘴，就把周俏给叫起来了，临走前对谢若恒说："我们逛一个小时就回来，你俩慢慢吃、慢慢聊，有事儿就给我打电话。"

谢若恒微笑："去吧去吧，你也好久没逛街了。"

许嘉月便笑嘻嘻地挽着周俏离开包厢。

包厢里，黎衍看着谢若恒，从一开始，他们就在互相观察。

谢若恒笑着说："我没想到你居然这么帅，周俏那天只给我看了一张你背影的照片，能看出是个高个子的男孩子。今天见到你，我都要自闭了，刚才我妻子嘴上没说，但我保证，回家后她一定会大发感慨夸你帅，她最喜欢酷哥这一款。"

黎衍失笑："谢总您别取笑我了。"

"别说'您'，说'你'，我对周俏也是这么说的，不想显得自己太老。"谢若恒看一眼包厢门，确定两个女人都已走远，便进入正题，"小黎，开始吧，有什么疑问尽管问我，我都会回答的。"

黎衍就不客气了，知道这是谢若恒和许嘉月专门留给他的时间。

他问："我就一个问题，谢总，这么好的机会，你为什么会送给周俏？"

谢若恒觉得很有意思："关于这个项目的真实性，你不做一下确认了？"

"不用,我查过了。我还给项目书里的酒店集团去过电话和邮件,确认项目是真实的。"黎衍平静地说,"我只是觉得,周俏就帮你搬了下箱子,就得到这样难得的一个机会,还不收费,是不是太牵强了?"

"牵强吗?我不觉得呀。"谢若恒说得很诚恳,"我当时真的很感动。"

黎衍说:"正常来说,感动,请吃一顿饭就足够了。而谢总你给的这份礼物会让我们分开三年,对周俏来说也许是好事,对我来说……嗯,这么说吧,上周末我还和她大吵了一架呢。"

谢若恒大笑起来:"肯定会吵的呀!我当时就和她说了,你一开始很可能是接受不了的。"

"所以,为什么呢?"黎衍问。

"你这样子问我,我反而不好答。"谢若恒思索着,"要一二三四列举给你听吗?我之前都没有提前准备一下。"

黎衍愣住了:"有这么多理由吗?"

"当然!只有个把理由,我怎么会做这样的决定?"谢若恒还是微笑着,"这样,我想到哪儿就说到哪儿吧。小黎我问你,刚才我们在聊天,你觉得周俏说话多吗?"

黎衍摇摇头:"不多。"

"可是那天在我办公室,她说得还挺多的。"谢若恒喝一口茶,"在家呢?和你在一起时,她说话多吗?"

黎衍想到周俏平时叽叽叽的样子,忍不住就笑了:"很多,非常能说,口才还不错。"

谢若恒问:"那你觉得她刚才为什么不说话呢?"

黎衍说:"可能是对话题不了解,插不进嘴吧。"

"没错,周俏是一个懂得什么时候该说话,什么时候不该说话的人,她会察言观色,不会招人厌烦。"谢若恒说,"对了小黎,你觉得周俏身上还有哪些优点?"

"啊?"黎衍突然被提问,几乎是脱口而出,"她做菜很好吃。"

谢若恒一愣,随即就大笑起来。

黎衍很认真:"真的,她做菜很好吃,一点儿也不比外面餐厅来得差。"

"算一个。"谢若恒掰起手指,"继续。"

黎衍看着他屈起的左手大拇指,脸色突然变黯:"我不想说了。"

"哦?为什么?"谢若恒饶有兴致地看着他,"是说不出来,还是优点太多了怕说不全?"

黎衍也不退缩,与谢若恒对视:"我心里当然清楚她的优点和缺点,只是觉得没必要这样一条条说出来。每个人都有优缺点,我喜欢的是周俏这个人,连她的缺点也喜欢。就好像她能接纳我的残疾,这肯定是我最大的一个缺点,但她不在乎,那我还会去在乎她什么优点缺点?"

谢若恒点点头:"我明白你的意思。其实,我是想和你分析一下周俏这个人的性格。毕竟以后她很大概率要从事的是酒店业,服务性行业对人的性格是有要求的。比如你,就做不了。"

黎衍面色一僵。

看他那样子,谢若恒觉得很有趣,把自己的想法说给他听:"周俏非常细心,有很强的观察力,善良,耐心,坚韧,富含同理心,脾气温顺却不懦弱,长相没有攻击性,整个人很有亲和力。"

黎衍听得一愣一愣的。

"这是我和她两次见面后观察下来的。"谢若恒做了总结,"综上所述,我觉得周俏的性格很适合从事服务性行业,刚好和我们的项目对口,这就是第二条理由。"

黎衍皱起眉,问:"那第一条呢?"

谢若恒笑道:"第一条你不是自己都说了吗?她帮了我呀,我又得知她的先生和我一样也是一位轮椅人士,这难道还不够有缘吗?"

黎衍无话可说:"好吧,那第三条呢?"

"唔……第三条就和你有关了。"谢若恒说,"不如你猜猜。"

黎衍迟疑着开口:"因为她想要为我买智能假肢?"

谢若恒摇摇头:"不是。"

既然聊到假肢,谢若恒问:"说起来,小黎,你真的不想要智能假肢吗?"

关于这个问题,黎衍听得都麻木了,说:"谢总,这种假肢对现在的我和周俏来说,太贵了,几乎等同于钱塘一套五十多平方米房子的首付。我和她没买房没买车,没生孩子,我现在年薪七七八八加起来十五万都不到,才刚转正,她的工作和收入甚至都不稳定。没有哪个家庭会在这样的经济条件下,把一款五六十万的假肢作为第一目标来奋斗的,你不觉得吗?"

谢若恒说:"但是周俏和我说了你的身体情况,我觉得她的话也有道理,你没想过吗?自己的身体真的能像健全人那样朝九晚五地上班,几年过去都不会出健康问题?"

黎衍答不上来。

他当然是明白的,上班三个多月来身体遭的罪,都要抵过过去三四年待在家的总和了。别人是不知道,周俏清楚得很,谢若恒估计也能感同身受。

"我是胸椎爆裂性骨折,这个位置以下没有知觉。"谢若恒的手在自己胸下几厘米的位置比画了一下,"受伤十年了,十年来大大小小并发症都得过。以前年轻,工作比较拼,不太顾得上自己的身体,最近几年我想通了,还是身体最重要,就特别注重保养。我已经很多年没生过褥疮了,每天都会戴着支具练练站、练练走,其实你也明白不可能恢复的,但至少别老坐着。然后我每天都会健身,保持身材,我看你身材也不错,应该也有在健身吧?"

黎衍感到惭愧:"有在练,不过也是今年才开始的,前几年几乎什么都没做。"

"还是要锻炼,不能懈怠。"谢若恒笑笑,"咱们都是有牵挂的人,又是男人,不说能陪另一半到七老八十吧,至少我希望能陪我妻子到六十多岁。你的情况比我好,你和周俏又还年轻,好好保护自己的身体,也是对她、对未来的孩子负责,你们要走的路还长着呢。"

黎衍点头:"我明白。"

谢若恒侃侃而谈:"科技为什么要发展?都说科技以人为本,这些年针对我们这个群体的新发明层出不穷。你能用的是智能假肢,我能用的是外骨骼支架,还有各种高端的定制轮椅。其实这都是好事儿,说明还有人惦记着我们。周俏希望你能用上好点儿的假肢,其实也不是痴人说梦,又不是几百上千万,五六十万,你俩存几年钱就能买了。我相信你应该比周俏更懂,用上了,你的生活质量会改善很多,所以在这件事上,我是支持她的。"

黎衍有些糊涂:"可你刚才说,第三条理由不是因为假肢。"

"对,不是因为假肢。"谢若恒微笑,"是因为周俏和我说,你很优秀,她非常佩服你,而她觉得自己很没用，都帮不上你什么忙。"

黎衍动容，谢若恒又补充："是她的原话。"

小傻子是这么想的吗？黎衍手指揪住了裤腿。

谢若恒又想到一件事："对了小黎，那天我和周俏聊天，不方便问她的成长经历，你是她先生，她有和你说过她小时候的事吗？"

"有，我大概都知道。"黎衍回答。

"那你简单说给我听听。"

对于周俏的过往，在黎衍心里已形成一幅完整的拼图。说实话，在城里出生长大的他，此前身边从未出现过有周俏类似经历的人，听周俏和小树说起老家的事，他都和听故事似的。

黎衍便把周俏的家庭背景、成长经历以及来钱塘的原因都简单讲给谢若恒听，谢若恒面色凝重，一边听一边思考。

黎衍讲完后，谢若恒抱起双臂："我都没想到小姑娘以前过得这么苦，看她的样子也看不出来啊，挺乐呵的。"

黎衍一笑："是，她心态很好。"

"真的是心态好吗？"谢若恒反问。

黎衍没懂。

"小黎我不知道你有没有发现啊。"谢若恒耐心地说着，"你虽然认为身体残障是自己身上最大的缺点，但其实你骨子里是个很骄傲的人。你可以直截了当拒绝我的问题，说你不想回答。你看啊，你的外表在男生里面算是出类拔萃的，个子看着也很高，又能考上Ａ大，那我猜，没出事以前，你在同学们中间应该是众星捧月般的存在吧？"

黎衍偏开头笑了几声："谢总你太夸张了，绝对没有众星捧月，以前的确比较自信倒是真的。"

谢若恒摆摆手："不夸张不夸张，当年我读大学的时候，要是有你这样一个人在，许嘉月的魂儿都能被勾走，哪里还有我什么事？"

他笑得很爽朗，见黎衍一脸尴尬，赶紧道："说回周俏吧。周俏虽然外表看着乐观又积极，但我现在可以确定，她的内心其实很自卑。这种自卑应该是多方面原因综合形成的，家庭环境、成长经历、受教育程度等等，甚至包括最亲近的人对她的态度，比如你。"

黎衍不明白："我对她的态度？"

谢若恒："你平时和她相处时，对她的行为和说话，是肯定居多，还是否定居多？"

黎衍硬着头皮回答："……都有吧，就好起来很好，吵架时说话就比较重了。"

他想到几天前的那次吵架，几乎就是对周俏的全盘否定，根本不敢对谢若恒说。谢若恒也没深究，问："周俏是不是对你说，出国是为了赚钱给你买假肢？"

"是。"黎衍承认。

谢若恒努着嘴摇摇头："我觉得那是她给自己找到的最冠冕堂皇的理由。内心深处，我认为啊，她其实是想要让自己变得优秀一些。但是呢，她长久以来遭遇的事情、遭遇的人，已经让她不敢相信自己会变优秀。所以她甚至都不敢告诉别人，包括你，自己真实的想法。买假肢是一个最好的借口，因为那不是为她自己，而是为了你。你要是因为她有这样的想法而阻止她，那就是你不对，你不理解她，她会觉得自己占了理，而勇敢地和你争辩。偏偏你就信了，真的阻止她了，所以你们会吵架，周俏也没退让。小黎你自己琢磨琢磨，以你对周俏的了解，她敢不敢和你说，她是想要为自己而离开你三年？"

黎衍仔细思考，摇头："她不会说的，而且我回答过她了，她可以继续在钱塘上学，没必要出国。"

谢若恒摊开双手："对啊，可是你有没有想过，按照周俏的情况，国内继续教育的学历对她来说到底有没有用。我侄女上过夜大，她上学那会儿成绩不怎么样，只念了个中专，毕业后白天做文员，参加了成人高考准备上夜大。结果那个夜大根本不用去上课的，每个学期期末老师把题都给他们了，相当于开卷考。这样的大专文凭拿出来，正规的哦！学信网上都查得到，但你觉得能学到东西吗？"

黎衍怔神，对于继续教育，他的确一点儿也不了解。

谢若恒说："自考的含金量高一点，但是非常难，有些学生需要脱产去报班，好几年才能过。但文凭拿到用人单位去，和夜大那个也差不了多少。就我这个公司招人，我都是要求全日制本科毕业，这是现实。周俏需要的是学到真正的本领，而不仅仅是一张文凭，我在做的这个项目就很适合她。她还小，有成长空间，人品又不错，小黎，你作为她最亲密的人，平时应该多鼓励鼓励她，让她更自信一点。"

黎衍想起自己和周俏这大半年的相处，尤其在最初几个月，他的确有几次取笑过周俏的学历，甚至还说过她长得不漂亮。

他只是无心一说，事后自己都忘了，周俏却记得清清楚楚。哪怕后来在他眼里，周俏早已是这世上最可爱的女人，说给她听，她都不信了。

黎衍说："我有对她说过，让她对自己好一点，要学会爱自己，不要老是围着我转。我也有让她继续去读书，不止说过一次。"

谢若恒歪着头问："那她听进去了吗？"

黎衍又一次语塞。

"她听不进去的。"谢若恒说，"你需要换一种更简单的方法。"

"比如？"黎衍问。

"比如，平时多夸奖她，尊重她，鼓励她，肯定她，欣赏她，不用是大事儿，就很小很小的小事就行。要真诚，千万不要假，在生活中潜移默化地让她变自信一些。有时候你要适当地表达爱意，不要因为自己是个男人而觉得说不出口。女人需要赞美，尤其是周俏这样经历的女孩，从小到大得到的爱和关注太少。就说外表吧，她在女孩子里其实长得还行，我是觉得挺可爱的，但问题是你太帅了，她跟你在一块儿，心里多少会有压力。"

黎衍越听越震惊。

谢若恒说的不就是夸夸怪吗？这是周俏一直以来对他做的事啊！现在是什么情况？要他也变成夸夸怪去反哺周俏吗？

原来他现在的自信是这么来的，潜移默化，一点一滴，周俏肯定是不懂心理学的，但她歪打正着地就做到了谢若恒说的所有的事。

可能是见黎衍的表情太过惊讶，谢若恒笑道："那天，我对周俏说她很优秀，我很佩服她，她一点儿都不信。小黎,你是她的先生,如果你都不能令她更自信,那谁能呢?"

黎衍还处在震惊中。

谢若恒缓缓地说:"我能理解你的处境,小黎,在你和周俏的相处模式中,你一定是更多被照顾的那个。你被照顾得很舒服,周俏自己也乐意。但这种平衡有时候会被打破,你会感到被束缚,她又会觉得很委屈。所以,其实这就是我想让周俏出国的第三条理由,我跟她说过,授人以鱼,不如授人以渔。我希望她能在实际工作中学有所成,能够发自内心地自信起来,进而得到一份平等的感情,不要觉得自己配不上你。"

黎衍沉默了一会儿,问:"谢总你是学心理学的吧?"

"啊?不是不是不是……"谢若恒大笑起来,解释道,"我是学机械工程的,当然现在专业基本也荒废了。我这几年的确对心理学比较感兴趣,看过一些书,就是班门弄斧。"

黎衍低垂着头:"谢总,你说的这些事,我以前都没怎么想过,我和周俏……我知道我和她之间存在一些问题,但总觉得我们在一起才半年多,以后有的是时间慢慢磨合。她对我有多好,别人根本无法想象,所以听说她要出国三年,说实话,我真的很崩溃,就不想让她去。我太依赖她了,但是她弟弟对我说,我把周俏当保姆在使唤,这句话我一直记着,却不知道该怎么办。我只能劝她去读书,叫她不要对我那么好,但是生活里很多事我都需要她帮我,我能自理!可是……我毕竟没了两条腿,就打个比方,我们家附近那个小菜场,有台阶,我都进不去,她走了我要想买菜,就只能去超市。"

"那就去超市啊!大多数困难想想办法都是可以克服的。"谢若恒语气很骄傲,"你的情况比我好太多,一定没问题的,我当时都能独自一人生活五年!我妻子都不在我身边。"

黎衍吃惊地问:"为什么?她去哪儿了?"

谢若恒说,"这就是我要和你说的第四条理由。"

黎衍瞪大眼睛:"还有啊?"

谢若恒也瞪眼:"怎么,不想听了?"

"不是不是。"黎衍真的蒙了,"谢总你说吧,我听着。"

谢若恒笑起来:"第四条理由就是,周俏让我想起了十年前的许嘉月。"

黎衍:"啊?"

接下来,谢若恒把自己和许嘉月的故事讲给黎衍听。他们都是钱塘人,一起在外地上大学,一见钟情,确定了恋爱关系。两人研究生毕业后一同回到钱塘,打算先买房结婚,工作存钱,准备出国读博。

没想到,谢若恒二十七岁那年意外致残,下肢瘫痪,人生陷入谷底。

他苦笑道:"受伤头一年的事儿估计你也能想象,鸡飞狗跳。我崩溃了呀,听说自己下半身没有知觉,再也站不起来,闹自杀,闹离婚,赶她走,觉得自己这辈子已经毁了。

"但是嘉月没走,一直照顾我,一年多后我终于冷静下来,接受了这个现实。这时候我开始考虑另一件事,嘉月想出国读博,这是她的梦想,我就叫她去,别管我,我能自己照顾好自己。

"我家里人都说我疯了,说嘉月走了一定不会回来,我以后可能都找不到老婆了。嘉月的家里人是求之不得,觉得这是甩掉我最好的机会。我说不回来就不回来嘛,每个人的人生都是自己的，我还能拴着她了？

"嘉月一开始不肯去，说放心不下我，不想离开我。我说我坐轮椅的，又不会跑，就在这儿等你，你要愿意回来就回来，不愿意回来我也不会怪你。后来嘉月快二十九岁的时候就出去了，我在家休息了一阵子就注册了恒月这家公司，注册资金很少，当时我有这方面的路子，就做做小中介。

"我不愿意和父母住在一起，就一个人生活，学着自己照顾自己。嘉月每年都会回来看我，我当时心里特别坦然，随时做好了嘉月要和我离婚的准备。中间我们也的确闹过离婚，是我提的，她没同意。后来她博士毕业，拒绝了在国外特别牛的工作，回到钱塘来和我生活在一起，一直到现在。"

黎衍静静地听着，也发表不了意见。这时，谢若恒又说回正题："小黎，我那天问过周俏一个问题，我说你为什么要出国啊？你是想离开你老公吗？你知道周俏是怎么回答的吗？"

黎衍摇摇头。

谢若恒说："她说，她这辈子都不会离开你，除非你不要她了，或者她死了。"

黎衍脸色变了，呼吸都停滞了一瞬，两只手在腿上紧攥成拳。

谢若恒温和地看着他："嘉月也说过这话，在她出国前，原话几乎一模一样。我听周俏说的时候，差点以为自己穿越了。当时就想，这世上居然还有一个和我一样倒霉，又一样幸运的男人，有机会，真想认识一下。"

一会儿后，黎衍渐渐冷静下来。

谢若恒双手在餐桌上交握，注视着他："小黎，周俏是个很优秀的女孩子，从她那里，我知道你也是个很优秀的男孩子。她缺少的是自信和机遇，而你缺少的是认同和挑战。不要害怕三年的分离，要彼此信任，彼此期待。不知道你有没有听过心理学上的一个名词，叫'刺猬法则'。"

黎衍："没有。"

谢若恒："它是说，两只刺猬因为寒冷而抱团取暖，因为各自身上长满了刺，紧挨在一起就会刺痛对方，于是两只刺猬就离开一段距离，可又冷得受不了，接着就又抱在一起。折腾几次后，它们终于找到一个比较合适的距离，既能相互取暖又不会被扎得遍体鳞伤。心理学家把这种人际交往过程中的'心理距离效应'称为'刺猬法则'。在一段感情中，它也适用。"

黎衍听懂了。

谢若恒笑得开怀："给彼此一点距离，一点空间，有利于感情的维系。三年其实并不长，周俏每年都能回来两个星期。当我决定把这个机会给她的时候，就已经开始期待你们的改变。今天见过你，更加坚定了我的信心，我相信，你们是不会让我失望的。"

周俏倚着商场玻璃护栏看一楼中庭的充气游乐场，很多孩子在上面玩耍，蹦跳尖叫，这时，身后响起一阵轻微又熟悉的声音。

她回过头，就看到黎衍坐着轮椅停在身边。

"在看什么？"他问。

周俏指指楼下："看小孩子玩。"

"我出来上个厕所。"黎衍看看周围,"嘉月姐呢?"

周俏回答:"哦,她刚接到一个电话,有个工作比较急要马上处理,她去地下车库拿笔记本电脑了。"

黎衍没再说话,牵住周俏的手,侧着身子就抱住她的腰。

他坐着轮椅时只能用这样的姿势与她拥抱。周俏轻轻搂着他的脑袋,问:"你和谢总聊得怎么样啊?"

"他好能说。"黎衍笑起来,"都把我给说蒙了,好像不放你走,我就是千古罪人,天理难容。"

"别瞎说呀。"周俏拍一下他的肩。

黎衍抬起头来看她:"老婆,这事儿就这么定了吧,你赶紧办护照,办签证,再过四个多月就要出发了,还有很多事儿要准备呢。"

四个多月,周俏都没想到,居然是这么快的吗?

"我……"她突然又没信心了,"阿衍,谢总说要补英语,还要补专业课,我什么都不会,会不会跟不上啊?真的去了万一要考试,我考不过怎么办?"

黎衍笑道:"别担心,听我的,先把工作辞了,再找谢总要一些复习资料,四个月不可能让你把所有教材都看完,肯定有一些精编的东西,我们就看重点。至于英语,我来帮你补。"

周俏眼眶红了:"阿衍……"

"要有自信啊周俏花同学!"黎衍抬手摸摸她的脸颊,"小镇高中全班第二,四百多个人里年级第七,可是你自己说的。英语基础会弱吗?记性会不好吗?理解力会差吗?我可不信啊,除非是你在吹牛,你吹牛了吗?"

周俏摇摇头:"没吹牛,那时候一百分的英语卷,我都能考九十多分的,但是我口语和听力不好,我们那种地方只讲做题,英语老师自己口语都贼烂。"

"那就练嘛,我说了我帮你补,绝对没问题的。"黎衍又抱抱她,"别怕,有老公在呢,好歹当年勉强也算学霸,你自己也是个小学霸,打起精神来,出去了可不能让我丢脸啊。"

周俏眼里噙着泪,重重点头。

告别谢若恒夫妻,周俏和黎衍去商场外找"小黄蜂",黎衍想到一件事,转着轮椅郁闷地说:"老婆,你走之前,要不要教我做几道菜啊?"

周俏说:"可以啊,辣椒小炒肉、香肠蒸蛋、辣子鸡块什么的,都很简单的。"

黎衍瘪着嘴,心情一点也不亚于周俏听到要补英语时的忐忑。

回家路上,黎衍开着"小黄蜂",周俏从背后抱着他,脑袋贴在他背上与他闲闲聊天:"阿衍,刚才你和谢总聊天时,宋晋阳给我发微信了。"

黎衍一听宋晋阳的名字就头大,没好气地问:"他说什么?"

周俏:"你那天晚上发脾气,不是给他打电话了吗?他问我,你还和不和我离婚了。"

黎衍咬着后槽牙:"你怎么说?"

周俏笑得甜甜的:"我说不离了呀,你都和我道歉了。"

黎衍心里一阵吐槽。

周俏:"哦,对了,宋晋阳还说,你妈妈打你了!真的假的呀?"

黎衍没脸说，周俏见他没否认，着急地问："真打了？为什么呀？打你哪儿了？你怎么都不和我说的？你妈妈怎么舍得打你啊？"

黎衍嘴硬："没打，他瞎说的，我妈怎么可能打我？"

"我想也是。"周俏笑道，"宋晋阳还说，你要是再欺负我，就让我告诉他，他来帮我揍你，哈哈。"

黎衍看着车子前方的路，做了个深呼吸："周俏，拜托，别说宋晋阳了成吗，想起他我就脑壳疼。"

周俏很乖："哦。"

她又一次搂住他温暖的身体，开着窗，吹着风，"小黄蜂"突突突地载着两个人往家驶去。

周俏向店长提出辞职，最后工作日定在九月三十日。

接下去就是办护照。办护照时碰到一点麻烦，周俏的户籍证明没法用，最后只能联系在老家的周俊树，让弟弟把户口本原件寄过来。

周俊树知道周俏要出国后惊呆了，问："姐，你出去了姐夫怎么办？"

可能在小少年心里，这个姐夫生活不能自理的形象一时半会儿还抹不去。周俏说"放心吧，你姐夫会好好照顾自己的。"

黎衍终于理解周俏为什么想拿钱塘户口。虽然出国这种事是偶然发生，但生活里需要户口本原件的地方真的很多，户籍证明时灵时不灵，对于一个想要脱离原生家庭的女孩来说，户籍独立的确是很关键的一步。

户口本原件寄过来后，周俏的护照顺利办好，要二十个工作日才能拿。

事情安排得差不多，是时候正式通知沈春燕了。黎衍给母亲打电话，邀请她和宋桦、宋晋阳、杨瑾颂来家里吃饭，说有事要和大家说。

沈春燕闷闷地问："不是要离婚吧？"

"不是。"黎衍低声说，"不离婚，来了别提这事。宋晋阳应该告诉你了吧，周俏要出国了。"

沈春燕在电话里长久地沉默着。

黎衍耐心地说："妈，我和周俏没事，她会回来的，我信她，你要信我。"

沈春燕悠悠叹一口气："行吧，可是儿子，到时你怎么办呢？"她声音带着哭腔，"我真怕俏俏走了，你又吃不好睡不好，变回原来那个样子。"

黎衍很头疼："不会的，妈，我现在上班了，可以下楼可以出门，我能自己照顾好自己的。"

周五晚上，沈春燕一行四人来到黎衍家。

周俏在厨房里做菜，沈春燕到了以后就进去帮忙，周俏也没拒绝，两个女人在厨房里一起忙碌，一开始只聊些废话。

"俏俏，你这牛肉多少钱一斤？"

"五十多吧，不太记得了。"

"那比我们那儿便宜啊，我们那儿要卖六十多。"

"这儿菜场也不便宜，可能市中心租金贵吧。"

"冬天的时候，你可以在一些挑担子的农民那儿买蔬菜，都是自己家种的，便宜又好吃。"

"我知道，去年买过，小青菜特别好吃。"

聊到后来，两个女人都沉默下来。沈春燕切着丝儿，周俏在边上剥甜豆。老半天后，沈春燕说："怎么突然想着要出去啊，不会是黎衍欺负你了吧？"

周俏低头快速地剥着豆荚："没有，妈妈，我和阿衍很好的，就是突然得了个机会，还不收中介费，就想趁年轻去试试。"

沈春燕也没抬头："不会是骗子吧？靠谱吗？"

"不是骗子，靠谱的，阿衍已经帮我把过关了。"周俏说，"我在办护照了，办完护照办签证，一月份出发。"

"年都不过了？"沈春燕终于转头看她，眼神哀哀凄凄，"俏俏，阿衍这个人有时候是挺招人烦的。妈妈和你说过，如果他欺负你了，你一定要和妈妈说。你这一走，那么远，又那么久，妈妈没办法不多想，真的不是和阿衍吵架吗？"

"真不是的妈妈。"周俏停下手上的活，也转头看着沈春燕，"我和阿衍没吵架，我们好着呢。这次他支持我去，我真的……就心里很感动。我舍不得阿衍，但这真的是个好机会，妈妈，我不会离开阿衍的，我和他说好了要一起过一辈子的。"

沈春燕眼睛红了："我一直想着要给你们带孩子呢。"

周俏也有点憋不住，努力眨动着眼睛忍住泪意："等我回来嘛，我一定会和阿衍生个宝宝让您带的。"

沈春燕也不顾手湿不湿了，走过去就轻轻地抱住周俏："好孩子，你对阿衍什么样，妈妈哪会不知道啊。"

客厅里，黎衍坐在轮椅上，宋晋阳坐着餐椅，两人大眼瞪小眼，眼睛里似乎连接着一道刺啦作响的电流，一直到开饭后，气氛才缓和下来。

宋桦和杨瑾祝周俏学业有成，宋晋阳咋咋呼呼地说601室连电视机都没有，等周俏走了，他可以来黎衍家看球。沈春燕则拍着胸脯向周俏保证，会监督黎衍的作风问题，杜绝他和别的小姑娘一切接触，逗得周俏笑个不停，把黎衍气得直翻白眼。

热热闹闹吃过饭，沈春燕一行人告辞离开，周俏把碗盘收到厨房里，黎衍负责洗碗。

他洗碗时，周俏倚在厨房门口看他，手里拿着一支巧克力脆皮雪糕美美地吃着，黎衍转头问："雪糕还有吗？"

"没了，最后一支，天都快凉了。"周俏满足地咬着脆皮，问，"你要吃吗？"

黎衍张开嘴："啊——"

周俏把没咬过的一面塞进他嘴里，他大大地咬了一口："唔……好冰。"

"是吧？现在吃已经有点冷了。"周俏拿回雪糕继续吃。

黎衍把碗盘一只只在洗洁精里搓过，放到一边，说："趁现在夏装还有的卖，给你商场里买些新衣服吧，新加坡全年都是夏天，冬装都不用带了，夏装得多带点。"

周俏说："网上一年四季都有卖，干吗要去商场买啊，多贵。"

黎衍笑笑："你几万块的中介费都省下来了，买几件衣服还不舍得？有些正式场合要穿正装，衬衫西裤、职业裙、皮鞋，一定要试过的。我怕那边买衣服太贵，你又不舍得花钱，到时候万一人家说你闲话呢？"

周俏舔着雪糕："你想得可真多。"

黎衍继续洗碗："不是我想得多，什么场合穿什么衣服，这也是对别人的一种尊重。明天晚上咱们去对面商场逛逛吧，老公给你买，咱们得买够一年份的。"

买够一年份的——周俏的心漏跳了几拍。

是哦，她第一次休假回来要一年多以后了。

她吃掉最后几口雪糕，走到黎衍身后弯下腰抱住他。

黎衍知道她心里不好受，叹口气说："老婆，没事儿，我们可以视频、语音，也可以聊微信。现在通讯这么发达，每天都能见到面的。"

"嗯。"周俏小声说，"但是没法儿抱抱你了。"

黎衍拿过碗盘开始冲水："也就一年多，你就回来休假了。头一年你肯定很忙，我上班也不会闲着，回来还要锻炼，做家务，明年六月还要考 CFA 二级，晚上也要复习。一年，很快就过去了。"

话虽如此，还是有一种淡淡的别离愁绪飘荡在两人之间。

周俏依旧抱着黎衍，歪过头，鼻尖摩挲着他的脸颊。黎衍终于转过头来面对她，眼神很深邃，嘴唇浅浅地与她触碰，唇瓣微启，她也是如此，碰一下，再碰一下，双唇便纠缠在一起。

脆皮巧克力味，甜甜的，又有点苦涩。

黎衍的双手还沾着洗洁精泡沫，搁在水槽里没有动。周俏的手指则穿梭在他漆黑浓密的头发里，想要把这份感觉深深印刻进记忆中。

这是她的阿衍，全世界最好的阿衍。

舍不得舍不得舍不得。

深吻许久，唇已分开，两人的额头还抵在一起。

黎衍呼吸急促，肩膀也随着呼吸一阵阵抬动，周俏闭着眼睛，双手依旧绕在他身上，一点儿也不舍得松开。此时是不需要说话的，没有任何语言可以表达他们的心情，只需要一点点肌肤触碰，呼吸交错，气息萦绕，就行了。

黎衍抬起眼眸，周俏也刚好睁开眼睛，近在咫尺的双眸中倒映着彼此的身影。周俏用手指撩一下黎衍长长的睫毛，最后在他颊边落下一吻，柔声说："我先去洗澡。"

黎衍一笑，像是心领神会："嗯，你洗完我就洗，等我。"

谢若恒将自己的侄女谢蓉蓉介绍给周俏。谢蓉蓉是出国项目的第二期学员，去的是新加坡，回国后进入一家以温泉为卖点的五星级酒店工作，从事会议销售。谢若恒还送给黎衍一张房券，让黎衍和周俏去跟谢蓉蓉聊聊，顺便泡泡温泉放松一下。

酒店位于郊区，依山傍水，建筑风格带点儿东南亚风情。大堂设在主楼，富丽堂皇，谢蓉蓉接到电话立刻来大堂见他们。

她比周俏大两三岁，笑容亲切，穿着职业裙，左胸处别着一个亮闪闪的金属小名牌，上面印着她的英文名。

谢蓉蓉带黎衍和周俏去大堂吧，为他们点了一份下午茶。

"我小叔说你们是贵客，一定要好好招待。"谢蓉蓉笑着说。

周俏看着服务员端上来的鸟笼样三层点心，有慕斯、布丁、曲奇和水果，特别漂亮，还有两杯热腾腾的咖啡，伴着鲜奶和白糖。她从没吃过五星级酒店的下午茶，有些拘束，也不知要不要给钱，黎衍则淡定许多，把奶和糖加到咖啡里，挪到她面前。

谢蓉蓉问："我听小叔说，周俏马上也要去新加坡了是吗？是想找我了解那边的情况吗？"

黎衍点头："是的，毕竟周俏没有基础，她担心自己去了会跟不上。"说着，他看了周俏一眼。

谢蓉蓉说："不用担心，我当时去之前也挺慌的，去以后就发现还好。当然，这几个月你得好好复习，尤其是英语，别的在那边边干边学也问题不大。"

接着，谢蓉蓉就把自己在新加坡的经历说给周俏和黎衍听。

去新加坡的二十几个人会分配到不同的酒店，很多部门需要轮班，排班时都会安排好，让进修生可以一起上课。

进修生们住的是宿舍，四人一间带卫浴，包三餐，每月休息四天，休息日三餐自理。上课时间基本是晚上，每周上四次，如果大家都上晚班，那上课就会占用半个白天。

"肯定比纯打工辛苦，又要上班又要上课，不过大家都很乐意。新加坡是个旅游国家，酒店业很发达，客人那是什么国家的都有，越是高星酒店，客源就越宽泛，所以英语口语听力一定要跟上。"谢蓉蓉笑着说，"而且呀，有些国家的客人很大方，有给小费的习惯，轮岗做客房清洁和去餐厅做服务生时，小费也是一笔不菲的收入。"

周俏愣愣地听着。

谢蓉蓉说，进修生进入酒店工作后会开始轮岗，每个部门待几个月，客房、餐饮、会务、前台……要把酒店基本运作都摸透，一年多后才会安排进某个固定的部门工作。

"能去前台就很不错了，说明你英语很棒。"谢蓉蓉摇头说，"我不行，我后来一直在会务那边做服务生，人家叫你干什么就干什么。"

黎衍想起自己公司开年中会时的场景，会场外头的确都有服务生在，帮客人开门、准备茶歇、泡咖啡、收拾碟子叉子之类。

谢蓉蓉又说："回来以后，我应聘进这里做会务销售，已经很有经验了，就算接待外国客户都不怕。"

黎衍又提了几个问题，是他提前准备好的，都写在纸上。问题涵盖衣食住行、环境气候、工作学习，几乎面面俱到。谢蓉蓉耐心作答，忍不住说："天啊！周俏，你先生也太操心了吧！这是有多舍不得你走啊！"

周俏脸红红的，黎衍无奈叹气："当然舍不得啊，我老婆飞机都没坐过，一下子就说要出国，还三年，现在都没什么概念呢，我不帮她问，她自己都不知道要问什么。"说完他就牵过周俏的手，问，"刚才我们聊的，你都听清了吗？"

周俏点点头。

"划重点，英语很重要。"黎衍说，"咱们重点攻英语。"

谢蓉蓉说："我家里还有教材呢，你们如果需要，今天下班我就整理好，明天带过来，你们中午退房嘛，直接带走就行。"

黎衍很惊喜:"那最好了!太谢谢你了!"

他松了一口气,有了教材,努力就有了方向。

又聊了一会儿,谢蓉蓉回去上班,临走前还送给他们两张自助晚餐券。黎衍和周俏吃完下午茶,办好入住准备去房间。

别墅区离主楼有段路,需要电瓶车接送。

电瓶车底座挺高的,周俏扶着黎衍跨上去时费了点劲,要用手帮忙抬他的腿到底座上。车上还坐着别的客人,都睁圆眼睛看黎衍上车,司机问:"需要我帮忙吗?"

周俏回答:"不用,谢谢,我们可以的。"

黎衍没什么特别反应,双手抓着前后排座椅靠背,周俏把他的右腿假肢脚板在车子底座上搁好后,他用力一撑,人就上了车。

等黎衍坐好,周俏拆下轮椅,把车架折叠好放在副驾驶位置,自己拿着两个后轮坐到黎衍身边。

她挽住他的手臂对他笑,他抬手捏捏她的脸颊,小声说:"我没事,别担心。"

电瓶车一路往别墅区开,周俏说:"都是平路,咱们晚上出来吃饭可以自己来,不用坐这个车,你说呢?"

黎衍环顾周围:"行啊,这儿风景不错,空气也挺好,就当散步了。"

酒店里风景的确很不错,一路都是精心布置过的绿植园艺,中间会经过温泉中心,最后到达最深处的别墅区。

周俏和黎衍是最后下车的,坐上轮椅后,黎衍拿着房卡看向属于他和周俏的那栋别墅。别墅在最角落,私密性很好,与最近的那栋别墅都有一段距离。

不过,居然是二层的?卧室不会在楼上吧?黎衍心里打起鼓来。

从主路通往别墅小门是一段石板路,轮椅还算好走,刷卡开门后,周俏"哇"一声惊叹:"好大!好温馨好漂亮啊!"

这套别墅一楼足有一百多平方米,有客厅、书房,带一个主卧和主卫,卫生间里还有个圆形大浴缸。

周俏拉开客厅那排落地窗帘,发现外面又是另一番天地,一个幽静美丽的院子,三面环绕着红砖院墙,院内绿意盈盈,有小木桌和四把木椅,角落里还有一个空空的池子。

池子上搭着一个木头亭子,把池子遮盖住二分之一。

黎衍坐着轮椅也出来了,发现从移门到温泉那段路轮椅不好走,是一段窄窄的鹅卵石小径,就停在门口,说:"估计得叫人来放水,钱塘根本没有真的温泉,都是烧的水给你泡泡。"

周俏略失望:"哦……"

黎衍打电话请工作人员来放水,放水需要三个多小时。工作人员离开后,黎衍安心地卸下假肢,让周俏给他拿一条篮球裤换上。

周俏抬头看向楼梯,自言自语道:"卧室都在一楼,二楼是什么呀?"

黎衍自顾自穿着裤子:"你上去看看呗。"

周俏咬咬下嘴唇,弯腰凑到他耳边说:"要不要一起上去看?"

黎衍疑惑地看着她："我怎么上去啊，我可不想用屁股爬楼梯。"

"我背你上去。"周俏眨巴着眼睛，"我背得动你。"

黎衍还从未让周俏背过，穿着假肢他又重又高，周俏肯定背不动，但现在不穿假肢……黎衍不好意思："不要了吧，感觉很没面子啊。"

周俏蹲下来，抬头看他："这屋里就咱们两个人，你还讲面子啊？"

"那我到底是个男的嘛。"黎衍有些懊恼地把手抚在残肢上，"让你一个女生背来背去，也太别扭了。"

周俏噘了噘嘴。

黎衍低头看了她一会儿，摸摸她的头发："你真的想背我吗？"

"嗯。"周俏眼睛亮亮地看着他，"我一定背得动你。"

黎衍叹口气："好吧。"

周俏在黎衍面前转身蹲下，黎衍将两只手臂环到她肩上，周俏双手托起他屁股下两截残肢，背着他就慢慢站起来，向楼梯走去。

黎衍很不习惯这样的姿势，尤其是残肢下那两只托着的手掌，虽然隔着篮球裤，触感还是很怪异。不过这是周俏，也就只有周俏，在这样有点屈辱的姿势下还是会令他感到安心。

"我重吗？"黎衍问。

周俏笑着说："不重，我又不是不知道你有几斤。"

入职体检时，医生在身高、体重表上填的都是黎衍穿假肢时的数据，不过在假肢公司做接受腔时，黎衍曾经脱掉假肢称过体重，当时他只有八十八斤。

"我现在应该有九十多斤了，可能比你都重。"黎衍说，"这几个月一直在锻炼，身子结实了不少。"

周俏背着他稳稳地走楼梯："九十多斤我也背得动。"

黎衍闻言，把脑袋搁在自己手臂上，心思很微妙。

那些普通的恋人，不管男人是否高大都能背起心爱的女人，还能打横公主抱。在他这儿，居然是让周俏这样一个一米六出头的瘦弱姑娘背着他上楼梯。这是以前想都没想过的事儿，觉得太难堪，现在就这么自然而然地发生了，他竟然没有想象中那么排斥，贴在周俏背上，心中只感到一阵暖意。

"周俏。"黎衍突然叫她。

周俏偏头："嗯？"

黎衍的声音就在她耳边："我爱你。"

周俏脚步一顿，接着又继续往上，走到二楼后她才开口："你可真会挑地方说，也不怕我一下子脚软，从楼梯上滚下去。"

黎衍紧一紧自己的手臂："滚下去就滚下去，大不了我和你一起滚。"

此时，两人已经同时看到二楼的景象，是一间二十多平方米的大床房，装修色调五彩缤纷，带露台和卫生间，房间里还有两筐积木和一匹小木马。

"是给小孩子睡的房间吗？"周俏一边问，一边来到床边把黎衍放下，让他坐在床上。

黎衍打量房间，说："这栋别墅应该是个二室套房，可以带着父母和孩子一起来住。"

周俏独自一人走到露台上往外看，发现这露台私密性也很好，从这个角度连附近的别墅都看不到。周俏眼前是一片湖泊和远处的山景，蓝天白云下，湖光山色风景秀美，怪不得值这么贵的房费。

她走回房间，看到黎衍身体微微后仰，双手撑在床面上，看着她的眼神意味深长。

周俏在他身边坐下，问："干吗这么看我？"

黎衍突然坐直身子，双手捏住她的脸颊使劲儿揉："周俏花你是不是故意的？"

"你干吗呀！"周俏去拽他的手，哪里敌得过男人的力道，没一会儿就被他抱住身子，两个人一起滚在大床上。

周俏咯咯直笑，挣扎着想要爬起来，黎衍哪会让她如愿，直接一个翻身，双手打开扣住她两只手，上身毫不客气地压在她身上，仰起脑袋眼神灼灼地注视着她。

"故意的，是不是？"他眼里闪着危险的光。

周俏装傻："你在说什么啊？"

黎衍气得不行："我楼梯上说的话，你听过就算了？"

"不然呢？"周俏笑嘻嘻的，"你想要我说什么？"

黎衍觉得自己丢人丢到太平洋，没想到周俏这时候会如此耍赖，气呼呼地问："你说我想要你说什么？"

"阿衍。"周俏柔柔地叫着他，"你先松开我手。"

黎衍不答应："不要，松开你你就把我推开了。"

"我不推，我保证。"周俏还是微笑着。

黎衍盯着她看了一会儿，把手松开了，改成双手撑在她身体两边，这样子他的上身也能微微支起一些。周俏自然地抱住他的腰，眼神温柔得叫人迷醉，声音也是软糯的："我不想说'我也爱你'。"

黎衍脸色变了一瞬，周俏继续说："我只想说，我爱你。黎衍，我爱你，我爱你，我爱你，我爱你……"

她没能继续说下去，因为黎衍已经低下头封住了她的唇。

最终，他们并没有继续做些什么。黎衍抱着周俏腻歪了一会儿，厚颜无耻地说要保持体力，留待晚上再战。周俏拧他的腰："臭流氓。"

黎衍也不恼，心情很好地捉住她的手，也往她腰上挠去："对着老婆还不能耍流氓了？"

周俏顿时软在他怀里，连连讨饶。

"我也没几个月流氓好耍了。"黎衍的语气听着竟十分可怜，"周俏花同学，你说说，这一年一年的我要怎么解决这个问题？"

周俏拧起小眉毛："你住601室的时候怎么解决，就怎么解决呗。"

"要听实话吗？"黎衍圈住她，拖长音调说，"无欲无求——和出家差不多了。"

周俏想到他俩平时恩爱的频率和某人强劲的状态，撇撇嘴："我不信。"

"真的！"黎衍瞪大眼睛，"我很多年都没有……你懂吗？"

周俏一脸茫然："懂什么？"

"就……很多年都没有、没有……"他看着周俏，决定还是不说了，"算了，反正你也不懂。"

周俏天真地问:"打飞机吗?"

黎衍气坏了:"周俏花!我就说你是故意的!你都懂是不是,你耍我呢?"

"没有没有,我就是以前打工的时候听一些男同事聊起过,他们很坏的,故意当着我们几个女生的面说这些。"周俏郁闷地说,"我以为男的都会这样做。"

黎衍沉默片刻,抱着周俏语气低落:"男的的确都会这样做,但我……受伤以后,不知怎么就没有这个念头了,就提不起劲,觉得没意思。"

那几年他有很严重的情绪问题,又打定主意孤独终老,心思就从没放在这方面过,一般忍忍就过去了。又一次开荤还是在认识周俏以后,简直像死灰复燃,一颗心莫名其妙就蠢蠢欲动。

小夫妻关起门来说的话真是叫人脸热,周俏翻身趴在床上,看着黎衍问:"那我走了,你怎么办啊?"

"不知道。"黎衍仰躺着,幽幽开口,"修身养性,佛系做人吧。"

周俏低着头"嗤嗤嗤"地笑起来,忍不住伸手摸摸他的脸。

黎衍也去捏她的脸,捏得重了,她便也捏回来,两个人立刻又像孩子似的打闹起来。

"下楼吧,我都有点饿了,一会儿去吃大餐。"闹了一阵子,黎衍撑着床面坐起身,向周俏张开手臂,"来,小周子,起驾下楼!"

"傻子。"周俏笑着推了他一下,还是转身背起他,小心地下了楼梯。

去吃自助晚餐时,黎衍和周俏果真没叫电瓶车。一个走路,一个转轮椅,两个人看着风景说说笑笑往主楼去。

从别墅区到主楼的路上没有汽车,只偶尔有接送客人的电瓶车经过,开得还不快。这段路依山而建,有上下坡,上坡时小黎先生会发懒,要周俏推,下坡时他的轮椅却转得飞快,一溜烟儿就跑了。周俏吓得半死,在后面小跑着追,大喊:"你慢点!慢点啊!小心摔了!"

黎衍用手刹慢慢减速,大笑着回头看她:"不会摔的!我有数。"

周俏跑得气喘吁吁:"你是要累死我啊!"

"好了好了,我不跑了。"黎衍拉住周俏的手,"你拖着我走吧。"

他真的不再转轮椅,就由周俏拉着他的手,把他连人带轮椅拖着走。运动轮椅很灵活,周俏走得一点也不累,忍不住唱起歌来:

"我牵着你的手,就像牵着一条狗,就这样陪你走,不希望路会有尽头!"

黎衍听到第一句时差点夯毛,听到第二句觉得歌词还挺有意思,问:"你唱的什么歌?"

"我也不知道,就会这两句。"周俏装着很累的样子,哼哧哼哧地拖着他,"我牵着你的手,就像牵着一条狗,就这样陪你走,不希望路会有尽头!"

黎衍乐得笑出声来,改了歌词现学现唱:"就这样陪我走!路本来就没有尽头!"

周俏转身看他,开心地大声唱:"就这样陪你走!路本来就没有尽头!"

"没有尽头!没有尽头!"黎衍伸展左臂向着天,几乎是吼着唱出最后一句,"路永远没有尽头——"

"哈哈哈哈哈……"周俏笑得肆意飞扬。

就在这时,一架飞机低空飞过。这里离钱塘机场不远,飞机刚从机场出发不久,发出阵阵轰鸣声。

黎衍和周俏都停下来，一起安静地仰头看，那架飞机越飞越高，去往远方，渐渐消失在视野中。

他们的手还牵在一起，黎衍捏捏周俏手心，说："我们会一起往前走的。"

"当然。"周俏低头看他，"你陪着我，我陪着你，一直一直往前走。"

黎衍眼神温柔："我要是走得慢，你得扶着我。"

周俏笑："我要是拖后腿了，你也要拉着我。"

"一定。"黎衍也笑起来，"咱俩的路，没有尽头。"

和周俏一起吃自助餐，黎衍终于不用再操心怎么取餐。他先逛了一遍，知道自己想吃什么，接着，就由周俏把食物一盘盘端上桌。

晚上要过浪漫的二人世界，周俏就拿来两瓶啤酒和黎衍一起喝，两只玻璃杯轻轻一碰，愉快的晚餐就开始了。

这么高档的自助餐，周俏还是第一回吃，好奇地尝过三文鱼刺身和北极贝。黎衍教她蘸酱油配芥末，见她细细品味着，问："好吃吗？"

"说不上来，怪怪的。"周俏问，"你喜欢吃吗？喜欢的话我再去排队，每人每次只能拿一份。"

黎衍说："我还行，一会儿等人少点儿再去拿吧，我再吃一份就够了。那个烤串不错，一会儿去拿一些，我还是喜欢吃肉。"

周俏应下："好，我看还有烤羊排和烤鸭，你要吗？"

"要。"黎衍回想着刚才看过的食物，"再帮我煮碗面条吧，放点丸子和虾。我得吃点儿主食，晚上还要干体力活呢。"

周俏瞪了黎衍一眼，黎衍笑得不行，周俏抹抹嘴又去觅食了。

最后酒足饭饱，每人吃了一杯冰激凌，又干掉一大盘水果后，两人终于扶墙而出。

"老婆，你推我回去吧。"黎衍打了个饱嗝，在轮椅上伸个懒腰，"我吃多了，都不想动了。"

周俏也打着饱嗝，推起他的轮椅问："吃这么饱再泡温泉有没有问题啊？会不会晕过去？"

"不会吧？"黎衍的手在肚子上打圈，"哎，我真要消消食，现在就这点儿很烦，没办法做有氧运动，你还能走回去呢，我都没法儿动。"

两人回到房间，发现院子里温泉池的出水已经停了，池子上方热气腾腾。黎衍摸摸额头的薄汗，说："现在不是晕不晕的问题，而是九月份泡温泉，咱俩会不会被煮熟啊？"

周俏笑了半天，打开电视机调出一个综艺节目，让黎衍去楼梯旁扶着扶手站好："你先站会儿消消食，无聊的话就看电视，我去洗个澡。"

半小时后，周俏洗完澡回到客厅，黎衍还乖乖站着。

周俏走到他身边问："累吗？"

"还好，现在站半小时没问题。"黎衍对着她笑，"站会儿其实舒服很多，感觉没那么撑了。"

周俏说："差不多了，你也去洗澡吧。"

"呼——"黎衍呼出一口气，慢慢坐回轮椅上，一下子就把T恤给扒下来，又快速地脱裤子、卸假肢，没一会儿就脱得只剩一条内裤。

他的上半身肌肉越来越漂亮了，和两个月前在古镇出游时相比，肉眼看着就更结实一些，腰身上再无赘肉，小腹紧绷，块块腹肌特别明显。因为喝了两瓶啤酒，黎衍的脸色略微潮红，眼睛也雾蒙蒙的，看着周俏时总让她有种"这人不怀好意"的错觉。

周俏说："我洗澡的时候给你浴缸里放好水了，你在浴缸里洗吧，沐浴露、洗发水和毛巾都放在边上了。"

黎衍眨眨眼睛，突然向她张开手臂："你背我过去。"

周俏："嗯？"

"你以为你很轻啊？"周俏推起他的轮椅就往主卧去，"自己洗去！"

黎衍唉声叹气："你是不是玩厌了？下午要背我的时候还求着我呢，才小半天就不愿意了？哼！"

周俏微笑："不是，只是我洗干净了，嫌你身上一股子汗味。"

黎衍洗澡时，周俏走到院子里摸摸池水温度，挺烫的。她回来换上泳衣，没多久黎衍也洗完了，穿着泳裤来到客厅。

终于可以泡温泉，两个人都很兴奋，不过黎衍看着那段窄窄的鹅卵石小径，轮椅就停下了，抬起头默默地望向周俏。两人对峙了一会儿，黎衍咬咬牙："你以为我自己过不去啊？"说着就要下地。

"哎哎哎，别！"周俏连忙拦着他，"洗干净了的，别又弄脏了，好嘛，我背你过去。"

"我不稀罕！"黎衍斜着眼睛看她，"你刚嫌弃我了。"

周俏哭笑不得："不嫌弃不嫌弃，现在不是洗干净了嘛，来，我背你过去。"

黎衍没再和她闹，伏在她背上让她背到温泉池边。

夜风习习，四周很安静，连着蝉鸣和蛙叫都不再有，毕竟快要入秋。两人相继下水，黎衍被烫得嗷嗷直叫，周俏捂住他的嘴："你小点儿声，别人看不见我们，声音总听得见的！"

池子里贴边有一圈让人坐的台面，黎衍坐在水中，周俏和他靠在一起，知道他喝多了，便揽着他的腰怕他滑下去。

"真要煮熟了，太热了。"黎衍也没法像周俏那样觉得热就站起来透透气，只能一直浸在水里。他坐得很端正，双手在水下按摩残肢，问，"这也算热敷了吧？"

"算。"周俏提醒他，"你要是太热就和我说，我抱你上去休息会儿。"

没一会儿工夫，两人就泡得脸颊红扑扑，不过身体也稍微适应了些。他们特地坐在没被木头亭子遮挡的那半边，在水中互相依偎，抬头看天上的星星。夏末初秋的季节，夜空中的星星东一颗、西一颗地闪烁着，虽然不算星光璀璨，比起城市里，这星夜已经足够美丽。

"要是冬天来就好了。"黎衍抬头看着天，感叹道，"下着雪，泡着温泉，那肯定很爽。"

周俏给他泼凉水："这房券九月底就到期了。"

"我就是说说，这趟主要也是来找谢蓉蓉的。"黎衍扭头看着她，"明天拿到教材，回去我们就要开始复习了。"

说到这事儿，两个人心里都很不是滋味。

周俏说："阿衍，我看谢蓉蓉胸口别着个小牌，是她的英文名，我是不是也要有个英文名啊？"

"你去新加坡后，肯定需要英文名。"黎衍笑起来，"我给你取一个吧。"

"好呀。"周俏很期待，"我就是想让你帮我取。"

"嗯……"黎衍思考片刻，说，"就叫Cherie吧，和樱桃那个Cherry同音，但拼写不一样。"

他把"Cherie"拼给周俏听，周俏问："这个名字有什么意义吗？"

黎衍的嘴唇凑到她耳边："刺猬喜欢吃樱桃，你不知道吗？"一句话换来周俏好一顿捶。

两个人闹了半天，黎衍伸臂揽住周俏的肩，让她的脑袋搁在他肩膀上，慢吞吞地说："去之前除了复习，还得给你准备很多要带的东西。买一个28寸的行李箱，再买个笔记本电脑，我会教你怎么用电脑，基本的办公软件一定要学会。日用品就去那儿买吧，和宿舍里的同学要搞好关系，她们出去逛街吃饭要是叫你，你就跟着去，别不舍得花钱，人际关系很重要。"

幽静私密的环境里，他在周俏耳边絮絮叨叨："休息日也别老待在宿舍，可以和同学一起出去转转。我查过了，新加坡很小，还没半个钱塘大呢，好玩的地方挺多的。老婆你记住，千万不要不舍得花钱，你在那儿工资不低，别老想着存钱给我买假肢，我自己也会存钱。你该花还得花，吃点儿那边有名的餐厅，去那个什么……圣淘沙玩一下，环球乐园、海洋馆，其实也花不了多少钱。"

周俏的眼睛已经酸了。

"小树要是来钱塘，他要愿意来家里住就让他来，他要是不愿意也别勉强他。我一个人会好好的，不用让小树特地来照顾我，一切以他的意愿为准。"黎衍搂搂周俏的肩，侧过头在她头发上亲了一口，"老婆，我可能没办法过去看你。我坐飞机太麻烦了，要做各种检查，一个人出国还带着行李箱，我怕自己应付不了，又不好叫人陪我去，那么远，要花很多钱的。"

周俏的眼泪无声地滑落下来。

"唉……"黎衍叹口气，"你要是在国内别的城市，那我背个双肩包，坐着高铁就能去看你了。国外啊……你说，你要是生活不习惯，或者受委屈了，碰到困难了，感冒发烧了，怎么办啊？我都没法子去看看你照顾你。"

周俏哽咽着说："我也会好好照顾自己的，别人能行，我也能行，我不会受委屈的，我放心不下的是你。"

"别哭啊，傻瓜。"黎衍抬手摸摸她的眼角，"其实我已经挺适应现在的生活了，每天上班下班，不会有问题的。宋晋阳住得又近，实在有什么事儿我就叫他一声，他会帮我的。"

"阿衍……"周俏闭着眼睛抱住他，"我想把你打包带走。"

"有点惊悚啊。"黎衍声音低低的，"乖，你放心去，好好学，我就在这儿等你。"

周俏重重点头："嗯。"

"等你回来了，我们办一场婚礼。"黎衍偏头咬着她的耳朵，"拍一套婚纱照，摆几桌酒，不用请太多人，就家里人，要好的同学同事，还有三金、柯玉、谢总和嘉月姐这些好朋友。婚礼完了我们就去度蜜月，你有想过去哪儿度蜜月吗？"

周俏哪里会想过这个啊，摇头说："没想过，哪儿都行，要你方便去的地方。"

"那我真得好好想想。"黎衍遥想着未来，"你回来是二十五岁，我二十九岁，你要先找新工作，那我们什么时候要孩子呢？"

周俏没说话，小猫一样偎在他身上。

"宋晋阳说他准备三十岁做爸爸，不如我们比他晚三年吧，这样子我妈妈也不会太累。"黎衍笑着说，"那就是我三十二岁的时候，你二十八岁，你觉得呢？"

周俏说："挺好的，你三十二岁，我二十八岁，我们做爸爸妈妈。"

黎衍问："你想要儿子还是女儿？"

"我都行啊，你呢？"周俏笑得羞涩。

"我想要女儿。"黎衍说，"上回见过橙橙、彤彤和小希望，觉得小姑娘真好玩，扎着小辫子，穿着小裙子，又乖又可爱。男孩子不行，太淘了，要像我小时候那样，我得气出心脏病来。"

周俏好奇地问："你小时候什么样啊？"

黎衍摇着头说："就特别皮，一点儿闲不下来。有一年放暑假住在我外婆家，我六七岁吧，沈泽西也被送过来，外婆就让我带他玩，我可不乐意了。我外婆家小区里有一组假山，我天天都要去爬，沈泽西跟屁虫似的跟着我，我就想甩掉他，爬得飞快。结果呢他就掉下去了，脑袋上磕了个口子，血哗哗流，把我都吓傻了。后来为了这事儿，外公把我打得够呛，屁股上都是红痕……"

说着说着，黎衍笑出声来，说："我从小就挺好动的，爱跑爱跳，爱踢球爱游泳，还经常和我妈去爬山。小时候体校的教练来学校挑苗子，游泳教练和田径教练都看上了我，差点吵起来。但我妈不肯让我去练体育，说太辛苦，要我好好读书，把体育当爱好就行。我真的没想到有一天，我会不能跑不能跳，出个门处处麻烦，连个酒店电瓶车都爬不上去，更别提一个人坐飞机出国去看你了。"

"你不用来看我。"周俏又想哭了，"我会回来看你的。"

"我知道我们不会分开，俏俏，我只是……非常非常舍不得你。"黎衍侧过上半身，紧紧地抱住周俏，"你不要担心我，我和以前已经不一样了，我会好好的，早睡早起，按时吃饭，努力工作，坚持锻炼。我是男人，生活上这点困难不算什么，倒是你，一个女孩子在国外，我真的会担心。"

"你担心我，我又担心你，那怎么办啊？"周俏从他怀里出来，看着他的眼睛柔声说，"阿衍，不如我们换成我相信你，你也相信我吧。我相信你能好好照顾自己，你也要相信我不会有问题。我从老家来钱塘才十七岁，那才叫惨，一个认识的人都没有，还没钱，我都好好活下来了，现在去新加坡算什么呀，我一定可以的。"

"嗯，我相信你。"黎衍微笑，"我们家周俏同学越来越能干了啊，从山沟沟独自一人来到大城市，又从大城市独自一人去国外，简直是励志传奇啊。"

"你好烦！"周俏往他肩上拍了一下，手就被他给抓住了。

他微微倾身，低头，眼睛半阖着，漆黑的瞳孔如这星夜般沉静迷人，就在周俏以为他要吻她时，他身子一晃，摇头说："不行不行不行，我缺氧了，你赶紧把我弄上去……"

周俏连忙出水，帮着黎衍爬上来，拿浴巾擦干身体后，直接把他背到主卧大床上。

于是，顺理成章地，第一轮"体力活"就在大床上进行了。

不过，这样美好的夜晚怎么可能只进行一轮运动呢？当院子里的池水凉了两个小时、不再那么烫人时，木头亭子遮蔽的那半边池水中就出现了两个纠缠的人影。

深夜时分，四周万籁俱寂，没人看得见他们，也没人听得见他们，耳边只余下彼此急促的呼吸声，和水面阵阵搅动掀起的波浪声。

周俏的双手抓揉着黎衍的头发，黎衍左手在台面上支撑身体，右手则按着她的后颈。水中的亲吻缠绵悱恻，又因为是在露天，很是紧张刺激，一声偶尔的蛙鸣都能令他们动作一滞，笑一阵子后才能继续。

水面的波澜由一波一波微漾渐渐变至水波激荡，水花哗啦哗啦地拍打不停，频率也越来越快，又在某个顶点后，浪潮退去，水面又一次平静下来。

黎衍很累，头发湿漉漉的，也不知是水还是汗，他的双臂撑在身边呼呼喘气，周俏则懒懒地缠在他身上，闭着眼睛，嘴角挂着浅浅的笑。

"我又有点饿了。"黎衍摸摸周俏的脑袋，"老婆，帮我上去吧，我想吃碗方便面。"

"你是猪啊？"周俏睁开眼睛看他，"刚才还说吃撑了，现在又要吃？"

黎衍嘴角往下挂："和你说了这是体力活儿！"

"好吧好吧。"周俏爬上岸，又一次帮黎衍出水。

都不知道几点了，夜空中的星星越发明亮。屋子里很快响起电水壶烧水的声音，接着又传来阵阵方便面的香气。

周俏托着下巴坐在桌边，看黎衍大口大口吃着面，偶尔抬眼看她，她就对着他笑，他也笑起来，伸长手臂过来摸摸她的脸。

要珍惜彼此在一起的时光，要记住这开心快乐的每一刻。

暂别的时间里，这些画面将是他们最珍贵的记忆。

第十八章
俏俏日记

第二天,周俏拿到谢蓉蓉整理好的复习教材,有《酒店营销管理》《酒店英语900句》《实用饭店情景英语》《饭店前厅与客房管理》等等,还有一些在新加坡发的教材,有几本是全英文。

看着这么多书,周俏头皮发麻,黎衍鼓励她:"回去咱们做个课程表,每天的计划列下来,看多少书背多少英语,白天你自学,晚上我回来再给你过。"

"好。"周俏说。

黎衍笑道:"我倒不担心你会偷懒,就看你平时做事的样子就知道了,你真学起来肯定特别认真。"

周俏瞟瞟他:"你又知道哦?"

"我自己老婆我还能不知道了?"黎衍做个深呼吸,"周俏同学,加油吧!接下来三个多月,我们一起努力。"

周俏又一次给他一个简单的回答:"好!"

九月底,周俏正式离职。Cindy和其他同事都很舍不得她,店长请大家吃了顿饭,同事们对周俏送上祝福,Cindy还送给她一支口红做礼物。

这一年的国庆长假,黎衍和周俏过得充实又幸福。

每天一起起床,吃早餐,周俏出门去买菜,回来以后,两个人就在次卧的写字台前并肩坐下,黎衍帮周俏整理出当天要学习的内容。哪些要看、哪些要背,尤其是英语情景对话,黎衍要求周俏必须要熟练地背出来。

背诵以前,两个人先过一遍,黎衍帮周俏纠正发音,理解语句的用法,还会换种说法提出类似问题。看着周俏磕磕巴巴的样子,黎衍拿笔敲敲她的脑门:"你是真把英语都忘光了吗?"

周俏苦着一张脸:"你要是写出来了我能看懂,口语听力我真的很差。"

黎衍说:"那就用笨办法,就是背,这都是酒店业常用英语,范围已经很窄了。来,再跟我念一遍。I'm afraid your room isn't ready yet. Would you mind waiting here please? We are very sorry for the inconvenience.(恐怕您的房间还没有准备好。您介意在这儿等吗?很抱歉给您带来不便)"

周俏跟着他念了一遍,前面都还好,就最后一个单词"inconvenience"念过两遍都念不好。

黎衍给她拆开念:"incon."

周俏:"incon."

黎衍:"venien."

周俏:"venien."

黎衍："斯。"

周俏："斯。"

黎衍："连起来读。"

周俏："inconvenience。"

"Perfect！"黎衍凑过去重重亲了她一下，"Good job baby！keep it up.（宝贝，真不错！坚持下去）"

过完当天的内容，黎衍便让周俏坐在写字台前学习，他自己爬到小床上，靠在床头支起折叠小桌板，用笔记本电脑看复习内容。

CFA一级考试报名花了近一万块钱，虽说不算太难，但昂贵的报名费还是让黎衍不敢掉以轻心，想要确保自己顺利Pass。

"大声念出来，别含在喉咙口哼哼，英语就是要大声说。"黎衍眼睛盯着电脑，还不忘提醒周俏。

周俏只得硬着头皮念出来，发音不标准的地方，黎衍还会纠正。

"identification，再来一遍。"

周俏："i……identify……cation，哦，这个好长！"

黎衍："identification。"

周俏见他眼睛都没离开过电脑屏幕，噘起嘴："你还能一心两用的吗？"

黎衍大笑："我牛呗！"

学到中午，周俏去做饭，喊上黎衍进厨房旁观。

"浇一点点酱油，这时候加盐，加糖……"她一边炒菜一边说。

黎衍皱眉："我就是搞不清到底要加多少盐，多少糖，多少酱油，要搞得清我还能做得难吃吗？就生的炒成熟的谁不会啊！"

周俏瞪他："那我不是在加吗？你不会看啊？"

"你动作那么快！"黎衍干脆拿出手机，"一会儿你做下一道菜，我都给拍下来总行了吧？加多少调料你都把小勺子凑我镜头前来个特写！"

周俏也是服了："行行行，你拍你拍，拍完了下回这道菜你来做，就当考试了。"

"什么？这还要考试啊？"黎衍不干了，"我能吃你做的菜已经吃一顿少一顿了，你还要我来做？我不要！"

周俏向着他挥挥锅铲："你真的很双标哎！严以律人，宽以待己是不是啊？我想吃你做的菜你给不给我做啊？以前说我怀孕了要给我做好吃的呢！"

黎衍妥协了："好吧好吧，你先看着锅，都要焦了！"

"哟！真是。"周俏赶紧在锅里翻炒起来。

下午就是继续学习。周俏的任务真的挺重，黎衍就也没说要出去逛逛约个会之类，乖乖地陪着她看书。

周俏从小学习好，即使多年没读书，学习态度、学习习惯和学习方法都还刻在骨子里，除掉英语，看其他专业书时有自己的一套方式方法，谢蓉蓉又划出很多重点，看书的时候效果就不错。

认认真真看了一个多小时的书，周俏抬起头想和黎衍说话，发现他已经倚在床头睡着了。

周俏小心翼翼地搬开架在他胯部的小桌板，他穿着篮球裤，裤腿长过残肢，勾勒出一双残腿的形状，薄薄的布料摊在床面上。周俏拿过薄被盖在他身上，又静静地看了他一会儿，回到桌前继续学习。

晚饭后，周俏陪黎衍出门走路，走完以后不急着回家，两人会去音乐喷泉广场逛一圈，凑到时间就看喷泉表演，凑不到就在广场上随便溜达，看小孩子吹泡泡，看大爷大妈们跳广场舞。

不是每晚临睡前都会做点什么，有时候他们就是抱着聊天。

"去年你和刘阿姨去601室时，就是十月，一年了。"黎衍想到那天发生的事，多么神奇！他见到一个乖乖巧巧的小姑娘，小姑娘想拿钱塘户口，愿意付费和他结婚。他呢，不想让宋晋阳"霸占"他的房子，也需要一个人和他"结婚"。

于是他对小姑娘说："你，留下。"

周俏就这么留下了。

结果，假结婚变成真结婚，宋晋阳到底还是住进了601室。

周俏却有不同意见："我认识你的时候也是十月，不过，是五年前。"

黎衍问："我那时候是什么样子？"

周俏摸着他的脸颊："你那天，穿着一件墨绿色的运动外套，下身是牛仔裤，白色运动鞋，还背着一个黑色背包，我记得一清二楚。当时领班在骂我，你还帮我说话了，挡着不让她打我。我看到你，就……啊！我死了。"

说着她自己都乐了，黎衍笑得浑身发抖："我怎么这么爱管闲事啊？哦，我知道了。"

"你知道什么了？"

黎衍笑着说："可能那时候老天爷在脑瓜子里提醒我，就这个小姑娘，你得对她好一点，以后人家可是你老婆呢。"

"瞎说！"周俏瞥他一眼，"你那会儿分明喜欢叶予薇，你当我不知道啊？"

"不是啊，我没有！"黎衍着急地说，"叶予薇一直和白明轩是一对！"

周俏哼道："你和她眉来眼去的，当我没看见啊？叶予薇明明也喜欢你，你也真是，怎么会输给白明轩呢？"

"这事儿翻篇了！"这话题黎衍真是聊不下去，"越说越扯！你还想让我和叶予薇怎么着啊？那十七岁的小周俏不就失恋了吗？"

"十七岁的小周俏连'失恋'是什么意思都不懂呢。"周俏钻进黎衍怀里，抱着他的腰，"阿衍，不管是一年，还是五年，咱们的相识月份就是十月，真挺有缘的，你说是吧？"

那肯定是啊！兜兜转转，也不知是不是两人身上早就牵上了一根线，这么大的一个城市，近千万的人口，黎衍和周俏又一次奇迹般地相遇了。

黎衍没有回答这个问题，只是吻了吻周俏的额头。周俏也没再说话，闭着眼睛依偎进他怀里。

日子一天天过去，长假以后，气温下降，钱塘的秋天来了。

周俏每天都在家学习，大概是高中里的状态回来了，效率非常高，连着英语都越背越熟练。黎衍有时候会用英语模拟场景和周俏对话，周俏从一开始的紧张结巴到慢慢能迅速听懂，给出正确的回答，黎衍发现，他的周俏真是一个很聪明的女孩子。

护照已经拿到，周俏把签证材料也提交给谢若恒，这时只等签证下来。

有时候，黎衍看着写字台边认真学习的年轻女孩，会有些恍神，心想，三年时间，都不知道她会蜕变成什么样子。

吃晚饭时，两人聊天。

"宋晋阳和杨瑾颂领证了呢，你看到他发的朋友圈了吗？"周俏问。

"是吗？我都没注意。"黎衍拿起手机看。宋晋阳的朋友圈里晒着两本结婚证封皮，还有他和杨瑾颂头碰头的一张甜蜜合影，配的文字煽情又文艺。

黎衍觉得一点儿也不符合这货的人设，吐槽说："这写的什么呀，太矫情了。"

说归说，他还是点了个赞，并且留言：恭喜脱单！

放下手机，他看着周俏，突然想起快要十一月了，十一月八号，就是他们的结婚纪念日。

明年、后年、大后年，他们都没办法一起过结婚纪念日。黎衍想，结婚一周年，虽然还欠着周俏一场婚礼，这个登记的日子还是要好好过一下，就对周俏说，纪念日那天出去吃晚饭。

周俏怎么也没想到，黎衍挑选的餐厅竟是一年前他们结婚登记后去的那家地锅鸡店。她来到餐厅时黎衍已经到了，店里装修如旧，黎衍就坐在他们曾经坐过的那张桌子旁，微笑着看她。

周俏走去他对面坐下，四目相对，想到一年前的场景，一同笑出声来。

"你也不怕这家店关门了呀？"周俏笑道，"那你怎么办？另外找一家地锅鸡吗？"

黎衍把菜单拿给她："我有备选，它要是关门了就去 A 大门口那家火锅店，火锅店要再关门了，我就当什么都没发生，晚上乖乖滚回家吃饭。"

周俏叫来服务员点菜："一个小份的地锅鸡，锅底中辣，少放葱蒜，再加一份玉米饼，配菜要冻豆腐、土豆片、菠菜、香菇，就可以了。"

服务员问："两位喝点什么？"

一听这话，周俏笑得眼睛都眯起来，黎衍说："一扎玉米汁，热的，谢谢。"

没多久，锅底就端上来了，依旧配着那个有绿色细沙的小沙漏。

"感觉好奇怪啊！"周俏实在忍不住了，"就感觉所有的事情都发生过，连咱俩坐的位置都一样！"

黎衍说："不怀念吗？我还挺怀念的。"

他拿起沙漏把玩，周俏发现连这场景都似曾相识，她曾经偷偷地看黎衍的手，觉得他手指修长白皙，腕骨突出，非常好看。

锅底熟了，服务员开锅，黎衍给两人的杯子倒上玉米汁，与周俏碰杯。他的眼睛明亮又温柔："老婆，结婚一周年快乐。"

周俏说："结婚一周年快乐，老公，谢谢你的安排，我好喜欢。"

除了这顿纪念晚餐，黎衍还为周俏准备了一份"小"礼物。真的是非常非常小的礼物：一张彩票。

他没买其他贵一些的东西，因为最近家里开销很大。马上要双十一，很多东西都会在那天下单，周俏的笔记本电脑、行李箱、一堆衣服裤子鞋子……都是黎衍和周俏一块儿挑的，所以没有昂贵的礼物，周俏完全理解。

　　看着那张印有两人生日和结婚登记日期的小彩票，周俏笑得眼泪都要流出来。她问："以后每年都买吗？"

　　黎衍回答："每年都买。"

　　周俏抬眸看他："那你明年要记得啊。"

　　黎衍一下子就愣住了。

　　宋晋阳和杨瑾颂在十一月中旬举办婚礼。

　　这一天的宋晋阳一身黑色西装，高大英俊，神采飞扬。杨瑾颂穿一款鱼尾式婚纱，显得身段越发婀娜窈窕，美得端庄大方。两人站在一起眼角眉梢都透着甜蜜，郎才女貌，羡煞众人。

　　在这样喜庆的日子里，黎衍自然不会和宋晋阳抬杠，宋晋阳也像歌里唱的那样"将头发梳成大人模样，穿上一身帅气西装"，变成一个成熟稳重的大哥。

　　他们四人拍好合影，黎衍送上一个五千块大红包，宋晋阳就吩咐伴郎引黎衍和周俏入座，说："这是我弟和弟妹，坐主桌左边那桌，别带错了啊！"

　　进到婚宴会场，黎衍一眼就看到自己的亲妈。沈春燕一身暗红色套裙，胸口别着红花，烫了个头，还染上色，眉开眼笑地和宋桦一起招待宾客。

　　看到黎衍和周俏，沈春燕一扭一扭跑过来："儿子！俏俏！你们来啦！"

　　黎衍低声问："妈，今天宋晋阳亲妈家的人来了吗？"

　　"来了！没说什么。"沈春燕可开心了，"这些年他们又没对晋阳怎么着过，逢年过节也不说叫他去吃个饭，小的时候连个压岁包都不给，现在还有什么好说的呀！今天是晋阳叫我和老宋一块儿招待客人的，这衣服都是他买的呢，好看吗？"说着就转了个圈给两人展示新衣服。

　　沈春燕的心真的很大，黎衍也是佩服得五体投地。周俏忙说："好看好看！很合身呢！颜色也特别好，衬得皮肤白！"

　　涂着粉底抹着口红的沈春燕顿时笑得合不拢嘴："晋阳说你俩以后也要摆酒，阿衍，我可记着的，到时候你也得给我买新衣服！"

　　"买买买，一定买。"黎衍叮嘱她，"不过，妈，你稍微低调一点，让宋叔做主，我这一进来就看到你在蹦跶。"

　　沈春燕一扭身子："干吗呀，宋晋阳就是我儿子，你也是！你不给我喜酒喝，还不许我高高兴兴喝他的喜酒了？"

　　"没没没，没不允许，你高兴就好高兴就好。"黎衍放弃了，转了下轮椅对周俏说，"老婆，我们先去位子上吧。妈，我们过去啦。"

　　"去吧去吧。"沈春燕一回头就屁颠屁颠跑走了，"哎！这是小王吧？我记得你！晋阳的高中同学，来家里吃过饭的！"

　　对方有点尴尬："阿姨，是小王，不是小王八。"

黎衍笑得差点滚下轮椅。

婚礼席开二十八桌，规模不算大，简单又温馨，小细节里都透着幸福。黎衍和周俏一起看一对新人在台上举行婚礼仪式。这一次，他们不像参加白明轩婚礼时那样走神，看得很专注。因为这是宋晋阳的婚礼，他是黎衍异父异母的半路兄弟。

在答谢父母环节，两对父母被邀请上台。黎衍看着沈春燕有些局促地站在宋桦身边，脸上带着喜悦的笑，和杨瑾颂的父母打招呼。

黎衍一点也没觉得有哪里不妥，显然这是宋晋阳安排过的，宋晋阳都能接受，他又怎么会介意？

内心深处，黎衍非常感谢宋晋阳。这些年来要不是宋晋阳，他连下楼都困难，沈春燕也不会有这么好的心态。甚至，宋晋阳踹他轮椅的那一脚，算是把他给踹醒了，让他重新审视自己和周俏的感情，思考起两个人的未来。

周俏又把下巴搁在他的肩上了，抱着他的手臂看向台上。

黎衍回头深深地看了她一眼，她冲他眨眨眼睛，像是在问：怎么了？

"就突然想说。"黎衍凑到周俏耳边，"喜欢你。"

周俏把脸埋在他肩上，学着他的语气说："你矜持一点啊，哪个老公跟你这样的？"

说完，两人就一起默契地笑起来，惹得同桌客人都很莫名其妙。

进入十二月，钱塘正式入冬。

黎衍去上班时穿起了毛衣、羽绒服，周俏还为他添置了一件深灰色呢子短大衣，穿着会更有职场范儿。

十二月初的一天，黎衍顺利参加CFA一级考试，周俏陪他去的考点，一直在考场外等他出来。

她已经拿到新加坡的工作签证，出发日期也已定好，是次年一月上旬。

很奇怪，明明离出发日期越来越近，黎衍和周俏却并没有被分别的情绪困扰，自从地锅鸡店庆祝结婚纪念日和宋晋阳婚礼之后，两人之间还上演出一些有趣的戏码——往事重演。

柚子上市，周俏给黎衍剥柚子肉，对着他摇头晃脑唱《卖汤圆》曲调改编的歌；黎衍要周俏再帮他剪一次头，就算是简单修修，他都很满足。圣诞节时，两人头戴圣诞帽在家里吃火锅，自拍了好多张头碰头的合影……

跨年夜那天，钱塘又没有下雪。

入冬以后只下过几场冬雨，小黎先生不可避免遭了几天罪。腿疼得厉害时，他干脆把剩下几天年假都休完，待在家里陪周俏。

幸好这一天是晴天，黎衍像变戏法似的变出一盒细细长长的彩珠筒烟花，笑着对周俏说："老婆，晚上十二点，我们去放烟花吧。"

夜里11点40分，气温极低，空气干燥，偶尔一阵冷风扑面，能冻得人浑身打个哆嗦。周俏和黎衍全副武装下楼，去到小区的中心花园。

花园里安安静静，亮着零星几盏路灯，周俏穿着去年过年时买的红色羽绒服，脖子上围着毛线围巾，怀里抱着那十支彩珠筒担心地问："会被保安抓吗？"

"不会。"黎衍坐着轮椅观察地形，指着一个方向说，"朝那儿放，没房子没树比较安全，这种小烟花没声音，吵不着人。"

"时间还没到。"周俏看过手机，冻得跳脚，"还有十几分钟呢。"

黎衍对着她拍拍自己的腿："冷吗？坐我这儿来。"

周俏立刻把彩珠筒放到地上，笑嘻嘻地侧着身子坐上黎衍的腿。黎衍没像平时那样搂住她的腰，说："你自己抱住我。"

"啊？"周俏不懂他的用意，还是伸臂环住他的脖子。

"坐稳哦。"黎衍一笑，双手转着轮椅轮子就在小广场上兜起圈来。

这么空旷的地方，除了他们再没别人，轮椅上坐着两个人其实转不快，对黎衍来说手臂还很累。不过这样的机会十分难得，他走起 S 形路线，惹得周俏低声叫，晃着两条腿紧紧地抱住他，笑个不停。

"好玩吗？"黎衍问。

周俏嗔道："我刚才差点掉下去！"

黎衍笑起来："还要再快一点吗？"

"要！"周俏说，"不过你悠着点儿，别把我给甩出去啊。"

"甩出去就甩出去嘛，甩出去了刚好换个老婆。"黎衍腾出右手捏捏她的脸，又一次加大频率转轮椅，沿着小广场的边沿绕起圈来。

速度其实并不快，但周俏的头发还是被风吹起来，她连腿都不敢晃了，缩着脖子将黎衍抱得更紧。兜过两圈后，黎衍慢慢减速，将轮椅转回到彩珠筒边。

"好累，让我歇口气。"他气喘吁吁，嘴里呵出一团团白气，终于抱住怀里的女孩，往她脸上亲了一口，"黎太太，到站了。"

周俏还记着他之前那句话，气鼓鼓地说："刚才是谁说想换老婆的？"

黎衍笑："怎么舍得换嘛，可宝贝了，这么好的老婆上哪儿去找？"

"哼。"周俏捏捏他的手臂，"胳膊酸吗，使这么大劲儿。"

黎衍摇摇头，眼睛在夜色里亮晶晶的："不酸，刚才觉得，就算不能抱着你走，背着你走，好歹我能坐着轮椅带你走。"

周俏心里一软，腻在他怀里，闭上眼睛感受黎衍的气息，叫他："阿衍。"

"嗯？"

"没事儿，就是想叫叫你。"她声音细柔，"阿衍，阿衍，阿衍……"

"我在呢。"黎衍将手臂箍得更紧，又去摸她的手。可能男人穿着羽绒服身体比较热，周俏的手不那么凉了，也是温热的。

再过几分钟，这一年就过去了。

进入新年，过不了几天，周俏就要离开。黎衍抱着周俏，心里的不舍在此刻又放大了一些，知道每过一天，就会越扩越大。

"我把呆瓜留给你吧。"周俏说，"我不带走了，让它陪你睡觉。"

黎衍略嫌弃："呆瓜太丑了，一点儿都不可爱。"

周俏不乐意了："丑也是你自己抓回来的！"

黎衍说:"过几天我再去给你抓个娃娃吧,你带着走,要不要?"

周俏抿着嘴笑:"要,抓个漂亮点的。"

"哈,你自己是不是也嫌呆瓜丑?"黎衍笑着摸出手机看时间,"差不多了,还有两分钟,下来。"

周俏从他腿上下来,拿来两支彩珠筒,递给黎衍一支。

黎衍说:"我想站起来放。"

"行啊。"周俏挽住他的胳膊,黎衍把脚板放下地后撑着扶手就站起来。锻炼大半年,虽然走路还是走不好,但站立对他来说真的轻松稳当许多。在没有外力碰撞的情况下,他已经可以不用扶持、独自一人站好一会儿了。

两人一起面向视野开阔的夜空,黎衍拿出打火机做准备,让周俏看着时间。

"五,四,三,二,一!新年快乐!"

周俏话音一落,黎衍已经点燃手中彩珠筒的引线,单手将它高举45度向天。

"咻——咻——"

小火球射向天空,也没炸,就只是一道道光亮划破夜空而已。

彩珠筒有后坐力,黎衍稍微晃了一下,周俏赶紧挽住他。两人一起抬头看天上稍纵即逝的小火花。黎衍说:"老婆,新年快乐,这一年没别的想法,就希望你顺顺利利,平平安安,健健康康,在外边自己照顾好自己,别太担心我,我会好好的。"

他的彩珠筒放完了,轮到周俏。周俏看他一眼,当手里细长的彩珠筒也开始射出小火球,她说:"老公新年快乐,我不在你身边,希望你一定一定一定要照顾好自己,好好吃饭,坚持锻炼,每天都要开开心心的,不能乱发脾气,然后,要多多想我哦!"

"我会很想你的。"黎衍亲亲她的头发,"很想很想很想,我会在这儿等你回来,你说过要陪我到老,给我兜底的,说话可要算数。"

"肯定算数啊。"周俏的彩珠筒也放完了,问,"再来一支?"

黎衍:"好,你去拿,我等你。"

"你站好了啊。"

周俏松开手,往回走了两步又拿起两支彩珠筒,起身回头,就看到黎衍的背影。

他静静地站在夜色中,不知在看哪里,这样的场景对现在的周俏来说其实很陌生,这一年多来,她见到最多的就是坐着的黎衍,即使站着,他也会扶着东西。

可是现在,他就那么稳稳地站在空地上,是年轻男人强健又挺拔的身姿。黎衍从没说过"要保护周俏"之类的话,因为知道自己很难做到。然而在周俏心里,这个男人即使站和走都艰难万分,可说是一碰就倒,她依旧会觉得他足够强大,强大到令她可以安心依靠。

周俏走回黎衍身边,又一次挽住他的手臂,这回,两人一起放起小烟花来。小火球"咻咻"地争先恐后往天上蹿,红的黄的白的,和漂亮的大烟花不能比,却承载着两个年轻人小小的心愿。

冬日凌晨,新年伊始,他们在空无一人的中心花园相偎相依,还不忘甜甜地接一个吻。

把十支彩珠筒全部放完,黎衍说这叫"十全十美",坐上轮椅后,两人才心满意足地回家去。

周俏去新加坡的行李已经准备齐全，那个 28 寸的大行李箱一直留在客厅打开着，里头被两人陆陆续续放进整理好的衣服和日用品。

双肩包是新的，电脑也是新的，该看的书都看了，专业英语也背得很熟，对于酒店里的工作周俏已经有了概念，不再像刚开始那样一头雾水、惶恐不安。

黎衍还让周俏练习日常英语对话，比如问路、点餐、超市结账、找厕所……这些都不难，周俏现在开口很大胆，即使有些单词发音不太标准，黎衍觉得也够用了。

他笑着说："说的时候要大胆，微笑，自信，就算说错了别人也不会笑你。每天还是要继续读继续背，不过你在那儿有语境，到时候不想说也得说，进步会很快的。"

周俏已经学会基本的电脑操作，Excel、Word 和 PPT 都会简单使用，还学会下载安装、卸载软件，不过重装系统对她来说难度略高，黎衍就没有教。

他从抽屉里拿出一个信封递给周俏："这个你随身带好，别丢了。"

周俏打开一看，一沓外币。

黎衍说："新加坡元，我去银行预约后换来的，这儿有人民币一万五千多，三千整新币，有大面额也有小面额，你带好，刚到那边肯定要买很多东西，该买就买，别省钱。"

周俏抬头看他："不用这么多吧？"

黎衍笑笑："你不知道新加坡的物价吗？很贵的，我怕你到时候在超市里看到标价会吓死。三千新币一点也不多，你带着就是，谁知道你们什么时候发工资。"

周俏明白了，这是当初她给黎衍的两万块钱落户费，五千用来买电脑，一万五换成新币，黎衍全还给她了。

出发前三天，黎衍请张有鑫和柯玉去对面商场吃饭。餐桌上，黎衍告诉他们周俏要出国了，走之前特地聚一聚。

张有鑫张口结舌老半天都没消化掉这个消息，还是柯玉先反应过来，对周俏说："一路顺风，周俏，要加油啊。"

吃到一半，黎衍和张有鑫又一次结伴去卫生间。远离餐厅后，两人找了个角落停下轮椅，张有鑫着急地问："怎么回事啊，怎么突然就要出国？还三年？衍哥，那你怎么办啊？你舍得她走吗？你俩不是都结婚了吗？"

黎衍和他开玩笑："这事儿赖你啊。"

张有鑫蒙了："关我什么事啊？"

黎衍大笑起来："不是，别多想，起因的确和你有关，就你给周俏看了那个假肢走路的视频嘛。不过后来真的和你没关系，她这次去，我是支持的。"

张有鑫问："衍哥，你就不怕她这一走就不回来了？或者回来了也要和你离婚，就跟佟哥和晓芸姐那样？"

黎衍摇头："不怕。"

张有鑫眼神里透着不解，还有羡慕："你哪儿来这么大的自信啊？三年呢！你和她在一块儿也就一年吧？"

黎衍说："真算起来其实一年都不到，但就是这么自信！可能……"他抬手夸张地摸摸自己头发，扬起下巴，"哥比较帅吧。"

张有鑫："呸！"

黎衍不再逗他了，问："你最近怎么样啊？大四还上课吗？"

张有鑫摇摇头："最近没课了，大家都在实习找工作，要么搞毕业设计，我没上班，就天天在家待着。"

黎衍问："为什么不去你爸公司实习？去年暑假你不是去了一个月吗？"

"唉！别提了。"张有鑫神情懊恼，"暑假的时候，我爸让我在业务部里做内勤，就是帮业务员打打合同做做销售记录，干些杂七杂八的活，和我的专业一点没关系。我学产品设计的嘛，我爸单位也用不着，所以上班可没劲了。因为我没法坐一整天，那帮子人居然还看我不顺眼，我就去了两三个礼拜，后来就没去了。"

黎衍沉默片刻，问："那你今年毕业，有什么打算？"

张有鑫双手搁在自己无知觉的大腿上，前后摩挲几下，眼神茫然："没打算，大不了就待在家里呗，也不行，家里太闹了。"

他看向黎衍，皱起眉来："我妈去年十一月底生了，双胞胎男孩，都很健康，天天那个吵啊哭啊！我爸请了两个月嫂，都住家里呢。"

张有鑫打开手机给黎衍看两个弟弟的照片："可爱不？和我一样都是大双眼皮，不过没酒窝，没我好看。"

黎衍看着照片里两个婴儿，问："你爸高兴坏了吧？"

"那肯定啊！两个带把儿的，双重保障，传宗接代不用愁了。"张有鑫叹口气，"就是以后家里闹哄哄的都是人，保姆都能有两三个，我到时候可能会搬出去住。"

黎衍不太信任他的独立生活能力："你能行吗？"

"什么意思啊？"张有鑫扫了他一眼，"你马上也要一个人住了，你能行，我为什么不能行？"

"能行能行。"黎衍向他伸出拳头，两人碰拳，"三金，有空可以到我家来坐坐，一起喝个酒，周俏不在，没人能管我们了。"

张有鑫哈哈大笑，偏着脑袋食指指向黎衍："人还没走你就想造反，我一会儿要告诉周俏去。"

和沈春燕、宋桦、宋晋阳夫妻聚过几回，和沈春辉、沈春莺两家聚过一次，和张有鑫聚过，和陶晓菲聚过，和小树通过电话，又请谢若恒和许嘉月吃过一顿饭……周俏和黎衍见过所有该见的人，时间终于到了周俏出发的前一天。

该交代的事儿都交代完了，该复习的课业也都复习过，该准备的行李也都装箱完毕。黎衍休了新年里的第一次年假，留在家里和周俏度过分别前的最后一天。

从早上醒来他就很恍惚，眼睛几乎没离开过周俏。她在厨房，他就去厨房，她在客厅，他又去客厅，她去阳台收衣服，他也跟着去。

周俏无奈地看着他："你这样子我怎么走嘛，你是不是想弄哭我啊？"

黎衍转着轮椅到床边，默不作声地把自己挪到床上，转头看向周俏，向她伸出一只手。

周俏走去他身边，牵住他的手挨着他坐下，他立刻就抱住她，把她的脑袋用力地摁向自己胸口。

"阿衍……"周俏搂紧他的腰，"你别这样……"

"我想去新加坡看你。"黎衍用下巴蹭蹭她的头发，"我还有十天年假，加上国庆或五一，就有很多很多天。我想去看你，不想等到明年，一年多，太久了……"他的语气很低落，"就很烦自己为什么没有腿，为什么不能走路。我想过很多办法，也问过一些朋友，他们都告诉我坐轮椅出国很困难，至少要有一个健全人陪。"

他松开怀抱，拉过周俏的手搁在自己大腿残肢上。天气凉了，他不再穿篮球裤，在家时会穿缝合住裤腿、包裹住残肢的棉质运动短裤，隔着布料，周俏的手掌能感受到黎衍的残肢轻微抬动着，软软的残端摩挲着她的掌心。

黎衍看着她的眼睛，像是下定决心般开口："周俏，我和你说实话，我想买智能假肢，我想重新走路！我看过很多很多视频，那些高科技的假肢，你想都想不到有多厉害。老外像我这样的情况都能走！不用拐杖，不会摇晃，还能自己上下楼梯，有些人自从穿上假肢就再也没坐过轮椅。"

周俏震惊了，不是震惊于假肢有多厉害，而是震惊黎衍居然会在这一刻向她袒露心声。

"国内，像我这种程度的，用的人的确不多，实在太贵了，我以前就只有做梦想想，可是现在……"他闭上眼睛，额头抵住周俏的额头，抓着她的手在残肢上游走，"我非常非常想要，如果我能走路，我就可以一个人去看你，可以陪你去更多地方，陪你逛街，陪你游景点，我们可以在大街上手牵手散步，碰到台阶都不怕。我想过这些事，但我不敢告诉你，我之前还骂你，对不起，对不起……我知道我很虚伪，很自私……"

周俏用手捂住他的嘴。

"我知道的呀。"她说，"你怎么可能不想要？你还那么年轻，怎么可能会不想重新走路啊？"

黎衍闭眼，叹气："我是不是很蠢？"

"没有，我很高兴你终于和我说了心里话。"周俏笑起来，摸摸他的脸，又摸摸他的腿，"这样子，我们的努力就有了明确目标，不会再像没头苍蝇那样乱转了。阿衍你放心，我不会为了存钱就亏待自己，我知道如果那样做，你会不高兴。但是我们都知道，我去那边工作的确可以存很多钱，那些钱，我就是想给你买假肢的。你之前一直说不要，我还挺为难，都不知道要怎么劝你。"

"我也会存钱。"黎衍说，"我算过了，我一年应该可以存下六万，加上公积金里的两万多，就是八万多，三年，二十五万。"

"加上我存的，肯定够了。"周俏很有信心，"阿衍，等我回来，三年后，你就可以重新走路了。这三年你必须要坚持锻炼，不能偷懒，不能让肌肉萎缩，你答应吗？"

黎衍闭着眼睛用力点头："我答应。"

周俏笑得超级灿烂，心里隐隐淤积着的一个问题终于得到答案，简直可说是释怀。

她捧起黎衍的脸颊，忍不住就亲亲他的唇，很快便得来他更温柔的回应。

本来就是在床上，情绪来了，哪里还管是白天黑夜，想到周俏明天就要走，黎衍真恨不得把她拆骨入腹。伏在她身上，他强健有力的手臂拥住她纤瘦的身体，低着头细细密密地吻她。

这是他的周俏。

这是她的黎衍。

无可替代，此生唯一。

第二天，宋晋阳开车送周俏去机场，同行的有黎衍和沈春燕。

安检前，几十个学生拉着横幅拍照。

周俏站在角落里，黎衍在外围看她，他的小傻子呆呆的，和这些年龄相仿的学生待在一起难免心虚，一时半会儿也聊不到一起。

拍完照还有时间，周俏四人找了一家餐厅吃午饭。吃饭时，沈春燕唠唠叨叨地叮嘱周俏，虽然说的内容和实际情况基本不搭边，黎衍和宋晋阳也没去打断她。

黎衍一直很沉默，吃饭也没胃口，眼睛看着周俏，她正在认真听沈春燕叨叨，时不时地点头答应几句。

都到这时候了，黎衍真的没什么想说的，该说的早就说了，该做的也都做了。他想，就多看看她吧，听听她的声音，牵牵她的手，感受感受她的体温和气息。

周俏感觉到黎衍在桌下握住了她的左手，手指摸到无名指上，轻抚她的戒指。周俏用力捏捏他的掌心，这是他们一直以来的默契，是叫他放心。

吃完饭，三十几个去新加坡的进修生集合去托运行李、过安检。

送行的人都陪在身边，大多数是父母，也有小情侣分别。周俏看到一个男孩和一个即将出发的女孩抱头痛哭，场面催人泪下。她又看向黎衍，黎衍对她笑笑："干吗，我可不会这么煽情。"

真的要过安检了，黎衍没有站起身，就坐在轮椅上抬头看周俏。

"去吧。"他牵牵她的手，"老婆，一路顺风，到了给我发消息。"

周俏点点头："嗯，那我去了。"

她跟在队伍后面走进安检通道，回头看向黎衍。沈春燕向周俏挥挥手，周俏也挥一挥。黎衍没动，就一直看着她，目光很平静。

不要拥抱，不要亲吻，不要哭泣，这是他们出发前就说好了的。

完成度满分。

周俏通过安检，黎衍再也看不到她的身影了。

沈春燕叹一口气，宋晋阳拍拍黎衍的肩："走吧，我送你们回家。"

回去的车上，黎衍坐在副驾驶座，板着脸一言不发。宋晋阳说"小黎先生，咱们都是自己人，你要想哭就哭吧，别怕丢人，哥保证不会笑你。"

黎衍没理他。

他没答应沈春燕留下来陪他，独自一人回到家，开门进屋，看着空荡荡的屋子，他愣了一会儿。

他把自己挪到换鞋凳上，拿过抹布仔细地擦轮椅轮子。低着头，垂着眼睛，从没有哪一次擦得如此仔细，把轮胎上每一条凹槽都擦得干干净净。擦着擦着，一滴眼泪就猝不及防滴落下来，落到大腿裤子上。

黎衍仰起脸来吸了一口气，脖颈轻颤，鼻翼微张，再低头时，眼泪已经一滴一滴不受控制地往下掉。他索性不再忍，背脊靠在墙壁上，赌气似的把轮椅往前一推，轮子很灵活，一下子就推出去两米多远，伸长手臂都够不到。

"浑蛋。"黎衍用手抹抹眼睛，才发现自己手上都是轮胎上沾来的脏东西，知道脸上肯定也弄脏了。他也没心思管，就靠在墙上狠狠地哭了一场。

不知过了多久，他终于冷静下来，拿出手机看消息。周俏应该还没起飞，手机没关机，黎衍发现十分钟前，她给他发过一条微信。

【小傻子】：我决定从今天开始对小黎先生开放私密朋友圈，不过不能一次性开放，开放时间随机，开放内容按照从远到近的时间来。以下就是第一条，请欣赏，不准笑我啊。[害羞]

【小傻子】：[图片.jpg]

那是一张私密朋友圈的截图，发表于五年前，时间也是一月。

黎衍看着截图上的内容，眼睛一下子又红了。

【我爱刺猬】

俏俏日记（1）

我终于有手机了！存了五个月的钱，这是我的第一部手机！

俏俏好能干呀！嘻嘻！

我办了钱塘的手机号，还学会了用微信，这是我的第一条朋友圈日记，以后不用再写在小本本上了。[调皮]

好想知道L哥哥的手机号码，不知道他愿不愿意和我加微信。

L哥哥好久没来店里了，陈哥说他们应该在放寒假，我好想他呀。

我猜L哥哥是姓李，不知道他的名字怎么写，李衍？李俨？李演？

为了防止把他的名字写错，我还是用L哥哥来代替。

寒假快点过完吧！希望L哥哥快点再来店里！

呆瓜，你也想他，对吧？

配图1：[呆瓜.jpg]

201S年1月21日 23:17

私密照片不能评论

机舱里，周俏身边的女孩一直在哭——就是之前和男朋友难舍难分的那一个。周俏见她哭得伤心，拿出纸巾递给她，劝道："别哭啦，眼睛都肿了，明年就能回来见你男朋友了呀。"

"谢谢。"女孩子接过纸巾呜咽着说，"没么简单的，我觉得我俩撑不过一年就得分了。"

周俏问："为什么？"

"异国恋啊！"女孩子哭丧着脸，"三年，怎么可能不分手啊？我俩心里都明白，他本来就招女孩子喜欢，肯定会劈腿的。"

她这时才想起周俏就是那个被轮椅帅哥送行的女生，问："刚才送你的，是你男朋友吗？"

他为什么……"

"哦,他是我老公,我们结婚了。"周俏给她看自己无名指上的戒指,"他腿不好,平时要靠轮椅代步。"

女孩子很惊讶:"你结婚了?那你还出去啊?你老公居然同意?"

周俏笑笑:"是啊,他很支持的。对了,我叫周俏,俏皮的俏,你叫什么名字?"

女孩子扎着丸子头,身材微胖,皮肤白皙,五官长得倒挺漂亮,说:"胡丹绮,牡丹的丹,绮梦的绮。"

一路上,周俏并没有因为第一次坐飞机而特别兴奋,起飞没多久就睡着了。傍晚醒来吃完飞机餐,她拆下手机 SIM 卡,装进一张四日新加坡流量卡,这是黎衍给她买的,说和同学们去办新加坡手机号前先临时用着,落地就能发微信。

周俏和胡丹绮聊了会儿天,听她讲和男朋友的故事,讲着讲着胡丹绮又难过地哭起来,周俏好一阵劝。没过多久,飞机就在新加坡樟宜国际机场平安落地。

手机开机,有信号了!周俏立刻给黎衍发微信。

【我爱刺猬】:阿衍,我到啦!

【黎衍】:收到,先办入境,等你到了住的地方我们再聊,注意安全,别跟丢队伍。

【我爱刺猬】:好!

办妥一切入境手续,周俏脱下冬装,拖着箱子走出机场坐大巴,迎面而来就是一股热风。她愣了愣神,和大家一起登上大巴。

大巴从机场出发,因为是晚上,周俏起先对街景没什么特别感觉,可开到热闹的城区,她的眼睛就亮了,贴着车窗不停往外看。

不是说新加坡要比钱塘繁华多少,而是,这真的是个很陌生的地方。与钱塘迥异的天气、不同风格的建筑、植物、招牌,还有人们的打扮……样样差异都在提醒她,这是国外,距离钱塘直线距离将近 4000 公里。

她和阿衍之间,已经隔了万水千山。

晚上十一点半,黎衍卷着被子躺在床上,突然,微信发出视频请求提示音。他一撑床面就坐起来,靠枕垫在腰下,按下接通键。

周俏的笑脸立刻出现在屏幕上。

"阿衍,我在宿舍了,不过现在在阳台,是不是有点黑?"周俏那边的确挺暗,但黎衍还是看得清。

"顺利吗?"他问。

"很顺利,住宿条件也不错,就在工作的酒店边上。"周俏一直笑嘻嘻的,"房间里我不好拍,室友们都在呢。我们宿舍是两个高低铺,然后一人一个写字台和一个衣柜,箱子都放在下铺床下。我是下铺,床已经铺好了。"

黎衍也笑起来:"坐了这么久飞机你不累吗?还这么精神,明天要干什么?"

周俏说:"明天要和室友去买东西。我认识了一个朋友,就是在机场里和男朋友抱着哭的那个女生,叫胡丹绮。好巧哦,我和她飞机上坐一块儿,到这边又是一个宿舍,她比我小半岁,人挺好的。"

"周俏同学很厉害嘛，一下子就交到新朋友了。"黎衍问，"什么时候开始上班上课？"

周俏嘟嘟嘴："我也不知道，听安排吧，我看到我要待的那个酒店啦！真的很大很豪华！分在这儿的是十二个人，八个女生四个男生，别的都去其他酒店了。"

黎衍："那边热吗？"

"热，你看我就穿个长袖T恤，袖子都卷起来了，鼻尖上有汗你看得到吗？我还没洗澡呢，有人在洗。"周俏把脸往镜头前凑了一些。说实话，黎衍看不清她鼻尖上的汗，但不知怎么的，就很想伸手摸摸她的脸颊。

周俏见黎衍不说话了，叫他："阿衍？"

黎衍眼神温柔："在呢，在听你说，我看你今晚要兴奋得睡不着了。"

"才不会呢！"周俏说，"就算睡不着，也是想你想的，不过我有嘟嘟陪我！你有呆瓜陪你！"

嘟嘟是一只粉红色的八爪章鱼玩偶，有两只圆滚滚的大眼睛和一张嘟嘟嘴，八个爪子是八个小球球，整个玩偶就是一个球状，是黎衍抓娃娃抓来送给周俏的。

黎衍捞过床头的呆瓜，向着周俏晃晃："妈妈你好，我是呆瓜，你有了新欢就忘了旧爱，我很不开心呀！"

周俏咯咯直笑："呆瓜乖啦，妈妈永远爱你，这段时间先让爸爸陪你，要监督爸爸早睡早起哦。"

时间已经不早了，黎衍第二天还要上班，两人又聊了一会儿，终于依依不舍地道晚安。

"阿衍晚安，爱你。"

"爱你，老婆晚安。"

结束视频，黎衍慢吞吞地躺回被窝里，他开着热空调，想到周俏那儿还打着冷气，不禁想笑。

把呆瓜放在周俏的枕头上，黎衍朝它看了一会儿，伸手拍拍它的脑袋："呆瓜晚安，爸爸睡了，明天开始咱爷俩相依为命。妈妈不在，爸爸会好好的，对吧？"

周俏工作的酒店在滨海湾，那是新加坡最繁华的地区之一，豪华酒店云集，负有盛名的金沙酒店也在那里。

她并没有太多时间沉浸在初来乍到的喜悦中，毕竟不是来旅游。很快，在安顿好生活后，十二个进修生便开始了在酒店的工作。

先进行几天简单培训，所有人都从客房清洁做起。对于客房清洁，城里长大的学生会发点牢骚，嫌脏嫌累，但周俏没有这些压力。打扫卫生而已嘛，学习过整个流程，她很快便上手，工作时元气满满，每一次都把房间打扫得干干净净。

每天早上，周俏穿着客房清洁工作服，推着装满物料的清洁车在走廊上经过，看到一位客人就笑着打招呼："Good morning, sir！"

下午工作繁忙，有些客人办好入住，房间却还未清洁好，等到周俏手脚麻利地做完，刚好碰到客人来房间，她会表示歉意："I'm sorry to have kept you waiting so long.（对不起，让你久等了）"

课程在一个多星期后正式开始，下班后上晚课，要去到一所位于牛车水的培训学校。周俏和胡丹绮一块儿走，坐地铁，出站后两人看着陌生的马路有点蒙。两人你推我搡，最后由周俏去向一位看起来像华人的中年女士问路。

周俏厚着脸皮问："Excuse me, Can you speak Chinese？（对不起，你会中文吗）"

那位女士笑着说："会呀，咩事呀？"

周俏大喜过望，赶紧把写着培训学校地址的字条拿给她看。女士告诉她们怎么走后，周俏连连道谢："谢谢您，真的太感谢了！再见！"

两个女孩手挽手顺利找到目的地，兴奋不已。胡丹绮说："这里看着华人好多啊。"

周俏想起黎衍给她做过的科普，笑道："这儿是牛车水，就是新加坡的唐人街，华人肯定多啦！"

宿舍里另两个女孩不和她们一起行动，起因是其中那个叫邓君的女孩知道了周俏的学历和出国经历，非常生气。

邓君在宿舍找周俏对峙，怒气冲冲地说："你真的没读过大学？这种事都能开后门？太过分了！我闺蜜也想来，就因为大二时挂过科没选上。我就不明白了，我们学校这么多人报名，又看成绩又面谈，千辛万苦才选上！你一个高中学历给了钱就能来？凭什么呀？那我们辛辛苦苦读大学的意义在哪里？"

另一个室友黄筱然劝着邓君，周俏无言以对，心想邓君要是知道她连高中都没毕业，甚至没给中介费就来了，可能会气到吐血。

晚上和黎衍视频时，周俏明显情绪不佳，黎衍一眼就看出来了，问："俏俏你怎么了？今天碰到不开心的事了？"

"嗯。"周俏就把这件事说给黎衍听。

黎衍听完以后，说："这事儿其实很难解释，对你那个室友来说的确会感到不公，但是我认为吧，人的遭遇，天赋很重要，努力很重要，运气同样也很重要。就像宋晋阳上回对我说，他就是运气比我好，二十多年过得没病没灾，没毛病啊！你自己应该知道，这事儿就是你运气好，你室友和她闺蜜羡慕不来。再说了，要不是她闺蜜自己挂科没选上，你也没机会啊，对吧？"

周俏听懂了，只是疑问点走偏了一下："宋晋阳为什么要对你说那样的话？好过分。"

"呃……"黎衍笑着耸肩，"就是偶然聊起的，实话嘛，我这人运气是不怎么样，从小到大但凡抽奖就没中过，骑个自行车还能被货车撞，这运气差得也没谁了。"

见周俏一脸的不赞同，嘴巴都翘起来了，黎衍赶紧哄："不过我觉得我现在运气在好转，找到一个这么好的老婆呢！"

"讨厌。"周俏嘴里这么说，脸上已经隐隐有了笑意。

黎衍耐心地说："别不开心了，室友这关系也就是人生里短短一段路，不用太放在心上。能交上朋友最好，交不上也无所谓，没必要为了这种事去烦恼。你到那儿是去上学和工作的，不是去交朋友的，你那个室友也不了解你，看这情况你俩暂时也不对付了，那就不用花时间精力在她身上。对了，胡丹绮什么态度啊？"

说到胡丹绮，周俏感觉很窝心。

胡丹绮意外地没和邓君站队，她和邓、黄二人本来就不认识，对周俏说，觉得在宿舍里三对一气氛会很僵，又觉得周俏人不错，开后门就开后门吧，她无所谓。

周俏把胡丹绮的话说给黎衍听，黎衍说："那不就行了，你们宿舍现在二对二，打平了，不出大问题不会闹起来。我老婆人这么Nice，时间久了，那俩姑娘总会知道你是个什么样的人。"

被黎衍安慰了一番，周俏的心情很快就好转，宿舍里也真的风平浪静，没再出什么矛盾。邓君还是不理周俏，黄筱然倒是偶尔会和周俏聊聊上班、上课时碰到的事。

周俏很满足，每一天最期待的就是夜里回到宿舍。她已经办好新加坡的电话卡，宿舍里也有Wifi，每晚都会躲在阳台和黎衍视频聊天。她甚至把椅子都给搬出去，因为每次聊天时间不会小于半小时。两个人说说当天各自碰到的事，心情如何，就连三餐吃了什么都要汇报，内容相当鸡毛蒜皮，周俏却一点也不觉得无聊。

钱塘。

早上6点50分，闹铃响了。

黎衍关掉闹铃又眯了一会儿，七点整，闹铃再响，他终于准备起床。拿过手机看微信，果然，更早一点的时候周俏给他发过消息。

【小傻子】：老公早上好，我起床啦！

黎衍坐起身来，拍拍呆瓜的脑袋："呆瓜早上好，爸爸也起床了。"

前一晚就已经把当天要穿的衣服放在床上，黎衍脱掉睡衣，套上短袖T恤，又套上毛衣，掀开被子揉揉头发，他挪到床边，取来硅胶套套在残肢上，又把假肢膝关节弄弯，将残肢伸进去。

他撑着轮椅扶手站起来，感受到残肢末端与接受腔完全贴合后，扣好西裤，拉上裤链又系好皮带，重新坐回轮椅。

转着轮椅去卫生间上厕所、洗脸刷牙、刮胡子、护肤、整理发型，黎衍来到厨房，先喝一杯温开水，又从冰箱里找出一包速冻大馄饨，煮起一锅水等烧开，还不忘往锅里丢进一个带壳鸡蛋。另一个灶烧起一壶开水，一会儿灌进热水瓶，晚上可以喝。

黎衍每个周末会去一趟超市，买好一周份的菜，并且买一堆速冻食品当早餐。他几乎不在外面吃早餐，主要是下车不方便，好在现在速冻食品种类丰富，他又不挑食，所以早餐还容易解决。

煮好一碗大馄饨，黎衍往腿上搁一个大托盘，把馄饨碗搁上，又把煮鸡蛋捞出来，转着轮椅走到餐桌边，把碗放到桌上，再取来一罐牛奶。

每天都要喝牛奶，吃鸡蛋，是周俏吩咐了的。吃之前，他举高手机把早餐拍下来，随手发给周俏。

【有只刺猬】：[图片.jpg]

【有只刺猬】：老婆早上好，这是今日份早餐。

周俏通常不会回，这时候她已经上班了。

八点整，黎衍穿上呢子短大衣，往胸口背上双肩包，坐着轮椅出门上班。电梯下到地下车库，爬上"小黄蜂"，他启动车子突突突地往公司开去。

"小黄蜂"在早高峰的电动车流中比较显眼。大半年来，黎衍曾在路上被交警拦过几次，车子的确上了牌，但驾驶人是个年轻帅气的小伙子，交警总觉得怪怪的。黎衍后来长了经验，随身带着残疾证，又给交警指指车后座的轮椅，解释以后，顺利放行。

他每天都是八点四十在前台打卡，路过大开间时，会和熟悉的同事打个招呼，来到工位前脱下外套，准备开始一天的工作。

午饭都是在食堂解决，去楼梯间站立也没落下过，公司里的男卫生间是小便池、蹲坑加马桶的组合，黎衍如厕没遇到大困难。

唯一有些尴尬的是，马桶隔间比较小，轮椅进不去，他偶尔上大号都得把轮椅留在门外，自己扶着门和隔板站起来挪进去，上完后再挪出来。

有一次被市场部的德国总监看到他摇摆着身体从隔间出来，关心地问他是否需要帮忙，他忙说不用，自己可以搞定。

他坐回轮椅，感谢自己这段时间持之以恒的锻炼，要不然就这几步路，他都不一定走得下来。

如果不加班，下午六点多，黎衍就离开公司回家去。

七点到家，擦轮子，脱外套，洗手，黎衍打开冰箱，手指敲着下巴自言自语道："今天做什么呢？要不再挑战一下辣椒小炒肉？再煮两根香肠，炒个青菜，OK，开工！"

用电饭煲煮上米饭，又在米饭上搁上蒸架，放上两根香肠，黎衍按下煮饭键。

他系上围裙，准备好五花肉和辣椒，洗净后在砧板上切片。他的刀工自然不能和周俏比，猪肉切得有薄有厚，他自己看着都觉得辣眼睛。辣椒还算好切，切完后他拿出炒锅，又拿出手机搁在一边，点击播放周俏炒这道菜时的视频。

视频里的周俏一边炒一边说话："先炒辣椒，炒到变一点点颜色就盛出来备用……然后炒猪肉，可以不放油，或者只放一点点油，五花肉本来就很油了，记得要用中火炒，大火会焦哦……"

视频里油锅刺啦刺啦地响着。

"好了，这时候通常要放点大蒜，不过你不爱吃嘛，我都不放的，就放点酱油……看到了吗？就这么多就行了，继续翻炒，不能停，然后就把辣椒放进去炒……就翻炒翻炒……"

"什么时候放盐啊？"黎衍的声音从视频里传来。

"你急什么呀？炒得差不多了就放盐，少放一点就行……好了，再炒一下就可以了，很简单呀！教过你三遍了，小树都会哦……"

视频结束，黎衍摸摸鼻子，自己开始动手。他之前已经做过一次辣椒小炒肉，结果失败了，火太大把肉给炒焦了。这一回他吸取经验教训，一通操作下来，虽然还是有点忙乱，端出锅时小炒肉的卖相却还过得去。

他用筷子夹一片肉尝味道，居然还不错。

黎衍挥挥拳，给自己点了个赞："Yes！衍哥厉害啊！这算成功了吧？算算算！绝对算！"

他又炒了个青菜，这个比较简单，还进阶版地加了点儿香菇。

等到米饭煮熟，黎衍往腿上搁上托盘，一趟一趟来回厨房和客厅，把三道菜都摆上桌，兴奋地给它们合影。

【有只刺猬】：今日份晚餐，老公能干不？［图片 .jpg］

【小傻子】：［强］［强］［强］泪流满面，老公不会饿肚子嘞！

【小傻子】：先不说，我在上课呢，晚上回去视频。

黎衍看着消息忍不住就笑起来，盛来米饭，坐在桌边美滋滋地吃晚餐，把三道菜全部光盘。吃完饭，黎衍洗碗、收拾厨房，又去阳台上抽了一支烟，开始这一天的锻炼。

他和楼下204室打过招呼，说自己每晚都要在家练习半小时走路，拐杖落地可能会有声音，希望他们能谅解。楼下住的是一对通情达理的小夫妻，说"没关系没关系，只要不太晚都没事。"

黎衍给假肢脱掉西裤，换上一条篮球裤，脱掉毛衣穿上运动外套，开始练站、练走、卸掉假肢练负重抬腿，外加哑铃锻炼上半身。全部练完需要一个半小时，黎衍坐在瑜伽垫上弯起手臂看肌肉，很满意成果："帅！衍哥要继续保持，不要骄傲。"

他用泡沫轴帮自己按摩放松了一会儿，换下湿淋淋的衣服去卫生间洗头洗澡，顺便把硅胶套洗了，又把接受腔内部清洁干净。洗完澡后，黎衍把脏衣服统统丢进洗衣机，按下洗衣键。

这时候已经是晚上十点多，黎衍吃了个苹果，打开电脑又查了一遍自己CFA一级的成绩，笑了笑，等待着与周俏视频聊天。

将近十一点时，周俏的视频申请发过来了。

"阿衍！"她在那边欢快地叫，"今天好厉害啊！辣椒小炒肉都会做了呢！"

黎衍也笑："等你回来，我做给你吃，看看算不算出师。"

周俏乐呵呵地说："那必须算啊！我看着照片就觉得很好吃，你吃完了吗？"

黎衍很得意："吃完了，吃了两碗饭呢！对了，告诉你两个好消息。"

周俏眼睛一亮："你一级过了？"

"啧！"黎衍不开心，"你怎么这么没劲啊，都不让我卖个关子的。"

周俏嘿嘿嘿地笑起来："不好意思不好意思，一下子就猜到了。那你六月就要考二级？是不是还要交一万块报名费啊？"

黎衍回答："一万不到，注册费不用交了，不过还是挺贵的。"

周俏问："那第二个好消息是什么？"

"嗯……今天方经理找我谈话了。"黎衍坐在电脑桌前，对着镜头微笑，"今年我们公司工资普调，每个人都涨薪5个点到10个点，你猜猜我涨了几个点？"

周俏说："10个点！"

黎衍笑得露出一排白牙："我跟你说，我最近才知道洪志生和陆欣的入职工资，无意中知道的，公司不让打听薪酬。陆欣入职是八千五，洪志生去年刚毕业，是八千二，之所以给我定七千八，要么就是看我年纪大没经验，要么就是因为我坐轮椅。"

周俏很为他不平："这么过分啊？你学校比他俩都好呢！"

"这个和学校没关系，我可以理解，不过知道以后心里还是挺不好受的。"对于周俏，黎衍不会再隐瞒自己的心情，"所以这次呢，方经理和我说给我调10个点，再额外给我申请了2个点，让我和他俩差距不要太大，毕竟工作上的事我都能搞定，一点不比他俩差。"

"那就是12个点？"周俏快速心算，"那你今年工资就是八千……七百多？"

"对，八千七百多。"黎衍笑得很开心，"他俩涨完以后应该还是比我高，不过我挺满意的了。本来我们这种入职不到一年的是不会年度调薪的，刚好碰到普调政策，走大运了。"

周俏好激动："好棒好棒！你加薪了呢！这一年得加一万多啊！"

"财迷。"黎衍笑着问,"你呢,今天做了些什么呀?"

"哦哦!"周俏想起一件小事儿,"老公我和你说,我今天收到小费了!两新币!哈哈哈……是个外国大叔给我的,我一开始还不好意思收,他夸我房间打扫得干净。"

"打扫房间辛苦吗?"黎衍有点儿心疼,小傻子跑那么远给人打扫卫生去了,虽然知道这是必修课,但一想到周俏在客房里刷马桶、清垃圾的样子,还是有些不是滋味。

周俏摇头:"不辛苦!有时候还要和客人对话呢,其实也能学到东西的。"

黎衍问:"上课呢?难吗?"

周俏纠结,不知道该怎么说:"中文上课都不难,不过今天有个外国老师给我们上了一堂全英文的酒店业发展的课,哎哟哟,真是听得我头发都要掉了!一知半解的,后来我问胡丹绮,原来她也没怎么听懂,我一下子就安心了。"

黎衍笑道:"就算是我,也不见得整堂外教课都能听懂,不过多上几次肯定能进步的,你现在平时还在看英语书吗?"

周俏瞪大眼睛:"当然看的呀,也有在背,每天增加词汇量嘛,是你说的。"

"乖宝宝真听话。"黎衍问,"对了,你们过年怎么过啊?会吃年夜饭吗?"

周俏挠挠脑袋:"还不知道哎。你呢?今年去哪儿过年?妈妈会去宋叔家吗?实在不行你和她一起去吧。"

"今年,我妈和宋叔说来我这儿过年。"黎衍很不好意思,"没想到吧?是宋晋阳提议的,说我们五个人过。"

周俏觉得暖心:"真好。"

就这么东拉西扯大半个小时,又到了分别时间。

周俏:"阿衍,晚安,明天见。"

"晚安,明天见。"黎衍给了她一个无声的吻,"爱你,老婆。"

十一点多了,黎衍把洗衣机里洗好的衣服晾到阳台上,上床准备睡觉。

【有只刺猬】:今天不放饭吗?

【小傻子】:等一下哈。

两分钟后。

【小傻子】:[图片.jpg]

【我爱刺猬】

俏俏日记(6)

今天是大年三十,是我在钱塘过的第一个春节。

店里放假一天,宿舍里的同事去和老乡聚餐了,没人陪我,我一个人吃的年饭。有点想小树,想邱老师和施丽丽她们。再过几个月,她们就要高考了。

我也想上学,不过没办法,可能这辈子都不能再上学了。

没关系,俏俏要努力!以后赚很多很多钱!让小树考大学!

L哥哥,你在哪里吃年饭呀?祝你春节快乐,身体健康,万事如意。

我好想你呀,你还会来吃火锅吗?[害羞][害羞]

201S 年 1 月 2× 日 21:37
私密文字不能评论

　　黎衍把脸埋在被子里，眨动着眼睛看自己存下来的俏俏日记。
　　小周俏几乎每一篇都会说到"L 哥哥"，黎衍都没法形容自己的感觉。多年前，在他完全不知情的情况下，有一个小女孩天天惦记着他、想见他、祝福他，对他诉说着生活、工作中的烦恼和趣事。
　　是周俏。
　　居然是周俏。
　　是他的小傻子周俏，一直都傻乎乎的。
　　黎衍又一次拍拍呆瓜的脑袋："呆瓜，爸爸睡了，晚安。"说着就摁灭了床头台灯。

　　黎衍原本以为周俏离开后的生活会很孤单寂寞，真正把日子过起来后，才发现其实忙碌又充实。
　　周末会空一些，沈春燕每周六都会来看他，给他做顿大餐改善伙食。
　　通常这时候会出现鱼虾蟹等水产，也有红烧肉、老鸭煲之类的硬菜，这些菜够黎衍吃两天，整个周末也不会太过无聊。
　　这一年的春节和情人节，黎衍都靠和周俏连线度过。
　　大年三十那天，沈春燕一行四人来到黎衍家，热热闹闹地吃了一顿年夜饭。黎衍把菜拍了全家福发给周俏，周俏也发来她的年夜饭——和几个同学一块儿包的饺子，在异国他乡度过了第一个春节。
　　情人节是黎衍和周俏的定情日。现在两人身处异地，即使对这个节日再有感触，也没法子玩出花样来。况且情人节时酒店满房，周俏忙到飞起，和黎衍聊天的时间都没有。
　　那一天，胡丹绮和男朋友在视频时爆发了激烈争吵，深更半夜的，差点把手机砸了，还是周俏眼疾手快抢过手机，劝她冷静。
　　胡丹绮大哭一场，哭完后对周俏说："俏俏，休息日我们出去逛逛吧，天天酒店、宿舍两点一线，我都要疯了！"
　　于是，到了下一个休息日，周俏便和胡丹绮一起去滨海湾看鱼尾狮喷泉，入夜后还观赏了漂亮的擎天树灯光秀，之后的休息日，她们又结伴去牛车水、小印度、乌节路……
　　【我爱刺猬】：阿衍，擎天树灯光秀可真好看啊！

　　黎衍看着周俏晒在朋友圈里的游玩照片，心想小傻子真的很抠门，去的都是不花钱的地方，吃的都是大排档或麦当劳，不过能看出来，离开酒店出去走走，她非常开心。
　　对于出远门，黎衍是一点也不期待。
　　春节过去，三月初，黎衍的公司举行年会，地点是在 Z 市。
　　他没像大部分同事那样坐飞机过去，而是选择坐高铁。虽然高铁要坐很久，但至少可以不怎么麻烦别人，也不需要进行身体上的安全检查。

黎衍受伤后没有坐过飞机，但他知道截肢人士坐飞机要进行怎样的检查，他理解那是针对飞行安全所必需的步骤，可对单独个体来说，他实在不愿接受。

　　公司里还有几位同事不爱坐飞机，虽然不是同部门，Daria 还是安排了两位男同事和黎衍一起走，帮忙照顾他一下，比如帮他拖行李箱，陪同他上厕所。

　　出发那天一早，陌生的同事打车过来接他，黎衍犹豫了一会儿，还是开口请对方帮忙，上车时扶了他一把。

　　见到黎衍上车时双腿僵硬的样子，两个同事终于知道这趟行程任务很艰巨，一路上便将黎衍视为重点保护对象，不管做什么都要问他一句："要帮忙吗？"

　　黎衍很尴尬，说不用太照顾他，如果他需要帮忙，会开口的。

　　座位是二等座，三人坐在一起，两个男同事一路聊天，聊女朋友、买房、旅游、球赛，还一起开局打游戏。黎衍几乎没插嘴，坐在那里一动不动，有时就放下靠背眯一会儿。

　　从前一晚起他就没怎么喝水，意图减少途中上厕所的次数。但九个多小时的高铁，还不包括候车时间，怎么可能不上厕所？

　　在高铁车厢里，男同事候在厕所门外，黎衍从轮椅上站起身，撑着厕所门迈动假肢慢慢往里挪，上完厕所出来，直到坐上轮椅，他都没敢抬头去触碰同事的目光。

　　深夜抵达Z市，入住酒店后，黎衍依旧被安排单住一间无障碍客房。高铁上长时间的坐姿令他很疲惫，腰都已经直不起来，卸掉假肢趴在床上，他忍不住给周俏发微信。

　　【有只刺猬】：我到Z市了，已经在酒店房间，我想和你视频。

　　周俏没回。

　　【有只刺猬】：俏俏，我想和你说说话。

　　周俏依旧没回。

　　【有只刺猬】：俏俏。

　　后来，黎衍不知不觉睡着了，半夜突然惊醒，拿起手机看时间，凌晨三点多，周俏在一点多时回消息了。

　　【小傻子】：阿衍你忘了吗？我和你说过的，我今天上通宵晚班，刚刚才看到消息，你怎么了？

　　【小傻子】：你睡了吧？好好睡一觉，坐了一天高铁你肯定累了。阿衍，晚安。

　　黎衍没再回，叹了口气后，起身爬到轮椅上，打开拉杆箱拿出换洗衣服，去卫生间洗澡。

　　第二天一早，黎衍被闹钟吵醒，这一晚睡得昏昏沉沉，质量很差，但他必须要爬起来，年会比年中会隆重许多，每天都要穿正装。

　　黎衍穿好衬衫才发现昨晚忘记给假肢换装，从箱子里把裤子鞋子找出来，面无表情地扒掉假肢外头的休闲裤和运动鞋，给假肢穿上西裤和皮鞋。拿着黑色袜子往硬邦邦的脚板上套时，黎衍自嘲地笑了一下，笑过后做了几个深呼吸，又把系带皮鞋穿上，仔细地系好鞋带。

　　离开房间时，他一身西装领带，精神很不错，在餐厅见到同事，时不时热情地打个招呼。

　　上午在会场，黎衍坐在最后一排，听得心不在焉。手机按要求静音，他一直没打开看。

　　情绪很差。

　　就是突然之间，莫名其妙地差。

其实也不算是莫名其妙,是有征兆的。

想到同事们要去团建而他不能去,想到回钱塘还要坐九个多小时的高铁,想到回家后依旧空荡荡的房子,想到周俏……

他的确忘记了昨晚她是上晚班,他只是觉得很累,想和她说说话。

鬼使神差地,黎衍打开手机,发现周俏半小时前给他发过微信。

他皱眉,小傻子不是才上完通宵班?现在不用睡觉的吗?

【小傻子】:阿衍,早上好,你在开会了吧?

【小傻子】:昨晚本来要给你放饭的,后来发现刚好是这一条,好尴尬啊!算了算了,还是发给你吧,不要笑我啊,我那时候太中二。[害羞]

【我爱刺猬】
俏俏日记(37)
今天我闯祸了,因为我的关系,L哥哥被火锅烫伤了。

我已经好久好久没见到他,今天他过来吃饭,我真的好开心,可是,后来却发生了一件很坏很坏的事情。L哥哥救了我的命,却受了很重的伤,还被送去了医院治疗。

我都没和他说声谢谢,下班以后我哭了很久,不知道该怎么办。谁能告诉我该怎么办?我希望他能快点好起来,身上千万不要留疤,陈哥说烫伤是很痛很痛的,L哥哥被烫到的时候已经在哇哇叫痛了。

如果不是为了救我,他是不会受伤的,我却一点事都没有。

都是我的错。

L哥哥还会来吗?他会讨厌我吗?

我只想对他说声谢谢,再让我见他一次就可以了,我不会去问他要手机号和微信号了,我不配。

2018年3月13日 22:29
私密文字不能评论

对着这张截图,黎衍沉默许久后给周俏回复。

【有只刺猬】:说吧。

他没指望周俏会回,但是她回了。

【小傻子】:说什么?

【有只刺猬】:你不是要对我说什么吗?

足足过了半分钟。

【小傻子】:谢谢。

【有只刺猬】:我想你了。

黎衍曾经和周俏说过,两个人不在一个城市,千万不能只报喜不报忧。开心快乐的事情要分享没错,但对于夫妻来说,彼此的烦恼焦虑糟心事才更要让对方知道。

如果一味地压抑在心中,怕说出来让对方担心,日积月累,总有一天情绪会爆发,对对方发出诸如"你什么都不知道！你都不在我身边！不知道我碰到了多烦人的事"之类的无端指责。

周俏觉得他的话很有道理，所以前一晚看到他发的消息，就感觉到他情绪不对劲。

此时周俏困得要死，室友们都在床上呼呼大睡，只有她撑着眼皮和黎衍发消息。

【小傻子】：阿衍，我也想你，很想很想。

【有只刺猬】：你不用睡觉的吗？

【小傻子】：我睡过几小时了。你昨天怎么了？和我说说。

黎衍把手机藏在桌子底下，给周俏讲前一天坐高铁发生的事。

【有只刺猬】：那两个同事我都不认识，很不想麻烦别人，但真的没办法，到酒店后就感觉特别烦。我在想，以后这种年会我还是不要参加了，请个假应该也会批准，毕竟我出门真的很不方便。

【小傻子】：阿衍你别这么想，你是你们公司的一分子，公司都没不让你参加，你自己干吗要放弃啊？出门不方便，咱们就一件件克服。你在高铁上不是上了厕所了嘛，同事就是帮你看会儿轮椅罢了。你不要觉得自己走路样子不好看人家会笑你，心肠坏的人其实很少，大多数人只是不知道要怎么帮你。你听我的，回去的路上别不喝水了，弄坏身体自己遭殃，坐累了就去车厢连接处站一会儿。没事的啦，我家黎衍同学现在很厉害呢！人都在Z市了，你是不是有个同学就在Z市工作啊？

【有只刺猬】：是，琛仔，我和他约过了，我们公司去团建那天我不用去，和琛仔约了吃晚饭。

【小傻子】：对嘛，团建不去就不去，没什么的。以后等我回来，我陪你出去玩，想去哪儿去哪儿。其实新加坡无障碍设施都做得很好呢！以后我可以带你再来自由行，行程我来安排，包你满意！

【有只刺猬】：好，你带我去。老婆你再睡会儿吧，我得认真开会了，一直偷偷用手机呢。

【小傻子】：好呀，等会儿中午咱们视频吧，你回房了和我说。

【有只刺猬】：嗯，一会儿见。

【小傻子】：一会儿见，爱你哟！［嘴唇］

放下手机，黎衍的心情好了一些，抬起头开始专注地听销售总监讲去年一年的销售概况。可是，等到人力资源总监上台后，她的汇报内容里出现了一个小插曲。

总监是中国人，是位四十多岁的女性，讲了企业文化、考核和激励机制，新一年在薪酬福利、员工培训方面的计划。在零零碎碎的活动安排中，她提到一点，将要在钱塘总部办公区域进行一轮无障碍设施装修改造，包括卫生间、健身房、茶水间、阅读室等等。

就在她说到这些时，偌大的会场里，好多人悄悄回头，视线都是指向黎衍。黎衍脑袋一片空白，那些陌生的视线简直令他窒息。

他记起那次上卫生间碰到市场部总监，德国人可能对这些事比较上心，回头就反馈给了HR。他知道这是好事，但是在大几百人的会场里把这件事当作一份政绩说出来，还是令他感到羞耻又难堪。

全公司，只有他一个残疾人，呵呵。

公司组织大家去迪士尼团建那天，黎衍一个人在酒店房间里休息，近中午时，刘琛给他电话，问他下午有什么安排。

黎衍没安排，本来只约了刘琛吃晚饭，刘琛说："不如我陪你出去转转吧，来Z市这么多天，你也没出去玩过吧？世界之窗去吗？虽然是人工景点，但拍拍照还挺好看。"

黎衍问："世界之窗玩什么的？"

刘琛说："就是把别的国家有名的地标性建筑缩小了展示，什么埃菲尔铁塔呀、泰姬陵呀、金字塔呀这些，想去吗？想去我开车来接你。"

黎衍问："有新加坡的地标性建筑吗？"

刘琛一愣："那我忘了，新加坡有什么地标性建筑啊？"

"有几个，就不知道你说的公园里有没有。"黎衍不知怎的有点动心，"那我去吧，轮椅好走吗？"

"应该可以，就是转转拍拍照，也不是游乐场。"刘琛很热心，"那我现在过来，等着我啊。"

午饭后，黎衍坐着刘琛的车去世界之窗景点。

一年多没见，刘琛又瘦了，本来的圆脸都尖了不少，戴着一副黑框眼镜居然帅气很多。黎衍坐在副驾上问他："现在这么帅，该有女朋友了吧？"

"没有，相过几回亲，没遇着合适的。"刘琛大笑，"还是你好，早早儿就把终身大事给解决了。这人啊，岁数越大考虑得越多，以前看女孩，长得好看就喜欢，现在还得打听人家家境、学历、工作。我妈说了，有弟弟的不要，农村的不要，本科以下的不要，单亲家庭的不要，月薪一万以下的也不要，我说你可拉倒吧，这么挑下去你儿子直接去出家得了。"

黎衍笑个不停，发现刘琛妈妈说的那些条件，周俏全部中枪，但是他真的好喜欢周俏啊，周俏哪哪儿都好。

他说："双向选择，也没毛病，不过主要还是看你自己喜不喜欢。"

刘琛点头："那肯定啊，我挺喜欢单位里一个新来的实习生妹子，不过她家是单亲，还是外省小地方的，唉，能考到Z大真是很不错的了，我想追她。"

"追！"黎衍笑着看他，"琛仔，你是不是还没谈过恋爱啊？"

"哎！过分了啊！"刘琛气道，"不兴这样欺负我们母胎单身的，你有老婆了不起啊？我也不老啊，这还没满二十七岁呢！"

黎衍垂下眼睛："我老婆最近出国工作了，新加坡，要去三年。"

"啊？"刘琛惊了一下，"怎么回事啊？"

黎衍就把事情说给他听，刘琛听完后，问："那你现在一个人过？生活没问题吧？"

"暂时没什么问题。"黎衍的手摸上大腿假肢，"多少有点不方便，不过也习惯了，毕竟……五年了，都忘了脚踩地是什么感觉了。"

刘琛没再吭声，轻轻地叹了一口气。

有刘琛陪着，黎衍在世界之窗景点玩得还挺尽兴。碰到一些小台阶就让刘琛扶着他走，有人看也无所谓。黎衍告诉自己，不要太在意别人的眼光，如果因为那些眼光而把自己禁锢住，那世界真的会越来越小。

他们真的找到新加坡的地标性建筑，一个小小的鱼尾狮喷泉，刘琛拍着大腿笑个不停，黎衍自己都乐了，还是站起来和这个小鱼尾狮合了个影，不忘发给周俏。

【有只刺猬】：四舍五入，也算是去过新加坡了。[微笑]

【小傻子】：[捂脸][捂脸][捂脸]

年会结束，黎衍在两位同事的陪伴下坐高铁回钱塘。

这一次，他没再委屈自己不喝水，也不再板着脸装酷，与两个年龄相仿的男同事聊起天来。

途中上厕所，他请同事帮忙把存在车厢尽头的轮椅搬过来，自己坐上去，没让同事陪同，一个人去了卫生间。

上完厕所，黎衍来到车厢连接处，那边有安在墙上的扶手，他抓着扶手站了二十分钟，透过车窗看外面疾驰而过的风景。这是周俏给他想的办法，的确可以缓解旅途中的疲劳。

想到周俏，黎衍心中就感到温暖，对两人的未来不掺杂一丝一毫的怀疑和畏惧。

分别两个月了，思念就像野草般在心尖滋生。黎衍从不知道分离是会这样的，以前看小说时，男女主角分别数年，作者都是一笔带过，好像那些日日月月被按下了快进键。连着他自己写小说时，也会动不动就来个"一年后""两年后"。

可真实的日子一点儿也不会变快，每分每秒就是实实在在地过。

日出日落，冬去春来，每天都能听到对方的声音，能看到对方的笑脸，却没法触碰彼此，没法感受到对方的体温和气息。

黎衍搓了搓脸，又揉揉后腰，低头看向纹丝不动站在地上的两条"腿"，轻声说："衍哥，别丧，打起精神来。"

第十九章
黎衍的笔记本

三月中旬，雅林豪庭的房子即将到期，黎衍和房东续租一年。悲催的是，他依旧付不全整年房租，只能提前问宋晋阳要来半年永新东苑的房租救急。

宋晋阳和杨瑾颂最近疯狂看房，据说已经看中一套八十九平方米的二手房，是毛坯的，二百七十五万，十二楼，户型正，采光好，学区就是杨瑾颂工作的小学。他俩准备付定金了，所以，永新东苑的房子就只租到年底。

日子在周俏隔三岔五的"放饭"陪伴中一天天过去。黎衍一边看着小周俏的日记，一边在那个记录灵感的笔记本上写下自己的感想。

【我爱刺猬】

俏俏日记（42）

今天我又被领班骂了，好难过，不知道为什么她会那么讨厌我。

店里赔给L哥哥的两千块钱，都从我工资里扣掉了，是我自愿的，但领班还是不开心，想尽办法逼我走。

我就是不走！坚决不走！我还没见到L哥哥呢！

L哥哥，你身上的烫伤治好了吗？有没有留疤啊？我真的好想你。[大哭]

好后悔，手机买得太晚，都没留下一张你的照片。要是我以后再也见不到你，我会忘掉你的样子吗？

201S年4月12日22:57

私密文字不能评论

【黎衍】

是巧合吗？如果我记得没错，这天就是我出车祸的日子。

应该是夜里十一点多，亲爱的俏俏，在你写下这条日记后没过一小时，你的L哥哥就再也不是以前的样子了。

真想告诉那时候的你，别等了，你是等不到他的，还能少挨领班几顿骂。

被你一说，突然想找找以前的照片，都被我妈存起来了。本来想销毁的，但我妈不让，当时她还做着我会结婚生子的美梦，说要留着照片给我以后的孩子看，告诉小朋友爸爸当年还是很帅的。

也算是歪打正着吧，照片都在，我决定晚上给你看一张，让你解解馋。

201×年4月12日

当晚，周俏就收到黎衍发过去的一张照片，点开看时惊呆了。

那是黎衍在A大校运动会上跑步后的留影，脖子上挂着奖牌，头发湿漉漉，脸上带着自信的笑。他的肤色不像现在这么白，显得更健康，身姿是少年人特有的清瘦挺拔，从照片里都能看出勃勃生机。

他穿一身蓝色运动背心和短裤，两条腿修长结实，站姿随意又帅气。

周俏看着照片，金豆豆就掉了下来。

【我爱刺猬】

俏俏日记（55）

今天我休息！我好久没休息了。

但是，也没地方可去。最近好穷啊，不敢乱花钱。

店里好多同事都走了，说是工资太少，晚上下班又太晚。我也想不明白，为什么城里人会在晚上十二点出来吃火锅？他们都不睡觉的吗？[疑问]

我不敢走，怕找不到更好的工作，也不想走，我还是想见L哥哥。

再过几个月小树就要上初二了，还要交学费和饭费，我得多存点钱。小树还是不理我，邱老师告诉我，他学习退步了，数学期中考试才考了84分！[生气]初一就考84分，以后还怎么考高中？我上初一的时候，数学都是考100分的！

小树应该把L哥哥作为榜样，他能考上A大呢，长得又好看，人还那么好，这世上怎么会有这么厉害的人啊！[爱心]

201S年5月15日 13：46

私密文字不能评论

【黎衍】

那天是我二十二岁的生日。史上最糟糕的生日，没有之一。

我在医院待了一个多月了，没下过床，吃喝拉撒都在床上。

那辆大货车把我的腿轧得稀巴烂，手术后愈合还不好，伤口感染，又做过一次手术，受了两回罪。

当时腿真的很疼，时时刻刻都在疼。别看我是个男人，我真的很怕疼，从小到大没住过院，连挂水都没有过。人生第一遭住院就是这么大的事，一住就是几个月，被人连着床单抬来抬去，身高没了，连人样儿都没了，当时看着自己的样子，就觉得这辈子完了。

亲爱的俏俏，如果让你看到那时候的我，你一定会哭的。你的L哥哥一点也不厉害，是一个胆小鬼，生日那天他还偷偷哭了，自然是没过生日，也没许下生日愿望。

那时候的他，唯一的愿望大概就是，希望这一切都是一场噩梦吧。

201×年5月15日

这天晚上，黎衍和周俏过了一个云生日。

两人各自准备了一个小蛋糕，黎衍那边插上蜡烛，周俏在这边给他唱《生日歌》，最后笑着说："阿衍，二十七岁生日快乐。"

黎衍闭眼许愿，吹熄蜡烛后两人一起开动，看着视频里的对方，一口一口吃掉眼前的蛋糕。

【我爱刺猬】
俏俏日记（62）
今天是高考的日子，我要是没逃出来，现在就和施丽丽她们一起参加高考了。
不过我不后悔，宁可不上大学，也不要嫁给那个坏蛋。[生气]
老天爷其实对我挺好的，让我顺利逃出来，来到钱塘这么好的地方，还让我认识了L哥哥。
我得让邱老师告诉小树，好好学习吧，再过五年小树就会参加高考，我希望他能考到钱塘来，要是能考A大就更好了！不过就他数学考84分的水平，就是做梦。[生气]
201S 年 6 月 7 日 07：56
私密文字不能评论

【黎衍】
俏俏，对于你那个弟弟，我的心情真是一言难尽。
今天他就要参加高考了，我和你一样也希望他能考到钱塘来，不为别的，就是希望你身边能有一个亲人陪伴，不再是孤孤单单一个人。
当然，就算小树不来，我也会是你一辈子的亲人，厚着脸皮说自己想成为你一辈子的依靠，不知道你会不会笑我。
笑我就笑我吧，其实你也是我一辈子的依靠，真的俏俏，还是那句话，就是咱俩了，没别人了。
201× 年 6 月 7 日

早几天前，黎衍已经参加过CFA二级考试，那是个周六，宋晋阳开车陪考，让黎衍省心许多。

而千里之外，这一天，周俊树带好身份证和准考证，和同学们一起踌躇满志地走进高考考场。

他就读的高中参加了三次全县统一模拟考，在九个镇、十二所高中里，理科生周俊树考过一次第六，一次第五，一次第二，次次都是自己学校的第一。邱老师对他寄予厚望，叫他不要紧张，放平心态稳定发挥即可。

高考前一天，周俊树收到周俏和黎衍发来的微信，两人的话都很简单。
【姐姐】：弟弟加油，相信自己。
【姐夫】：小树，衍哥在钱塘等你，小房间给你留着呢，加油！

【我爱刺猬】
俏俏日记（68）

今天我做了两件事，一，我去A大参观了；二，我从店里辞职了。

昨天晚上，我听眼镜哥哥说今天是他们毕业的日子。也就是说，L哥哥也要毕业了。

我不知道L哥哥昨天为什么不来吃饭，他的同学们在敬酒的时候还说要敬他。想不明白，所以我今天就想去A大转转，看看能不能找到L哥哥。但我没有找到他，好失望。

不过，我参观了A大校园。大学和我想的真的不一样，好大好漂亮，走了一个多小时都没全部走下来。

我还在里面照相了，特地挑的食堂，让一个打扫卫生的阿姨帮我拍的，别的地方我不知道，L哥哥肯定来过食堂，他总要吃饭呀。

L哥哥，明天我就要搬出宿舍，以后应该再也见不到你了。没关系，我在这里祝你毕业快乐，工作顺利，前程似锦，以后做个大老板！希望你和一个超级漂亮的姐姐结婚，生一个超级可爱的小宝宝，永远永远幸福快乐。

你一定要加油哦！

配图1：[周俏.jpg]

201S年6月24日 23：03

私密照片不能评论

【黎衍】

亲爱的俏俏，这应该是我真正意义上第一次看到你那时候的照片，算算时间，再过一个月你就该满十八岁了。

不得不说，那时候的你真的很土啊，怎么会穿玫红色的衣服配咖啡色的裤子？脸上为什么会这么肉？难道是火锅店包吃住，伙食太好了吗？但你身上还是很瘦啊！

不过，就算土，你也是个最可爱的小土包子，是我的俏俏，我的妻子，我心目中最最最漂亮的妹子。

你怎么可能在A大找到我呢？我还待在医院呢，毕业论文答辩是老师们来病房走过场，毕业证和学位证也是辅导员送到病房来的。

这个时候，我应该已经可以下床了，需要坐轮椅，啊，也只能坐轮椅，当时还没做假肢，去哪儿都是被人推着走。

已经有人在朝我看了，因为我没了腿，没有假肢，连遮盖的东西都没有。他们会问我妈我是什么情况，然后说好可惜啊，以后可怎么办呢。

我也不知道以后该怎么办。当时的想法很天真，做好假肢，我就能重新走路了，是不是很傻？我还老说你是小傻子，其实我自己才是个大傻子。

201×年6月24日

周俊树所在省份的高考成绩在这天可以查询，黎衍和周俏第一时间得知了小树的成绩。分数非常高，百分之百是全校第一，不知道在县里排第几。

两天后答案揭晓，周俊树全县理科第一，荣登县状元宝座。

他上了县里电视台的新闻，胸口戴着大红花和教育局领导合影。邱老师把照片和上新闻的视频发给周俏，周俏看到小树别别扭扭的样子，喜极而泣。

填志愿前，周俊树给黎衍打电话，犹犹豫豫地说："姐夫，你能帮我参谋一下吗？我不知道志愿怎么填，很多专业我也不懂。"

小少年想考 A 大，应该会过投档线，但好的专业估计轮不着。黎衍与他详聊许久，又在网上查过资料，花了一个晚上的时间拟出一份志愿顺序表，让周俊树从里头挑喜欢的排序填。

周俊树拿着志愿顺序表和邱老师商量后，认认真真地填完志愿，把录取通知书邮寄地址写为邱老师家。然后，他买好七月初的火车票，行李一背，就来了钱塘。

炎炎夏日，周俏已经轮岗到酒店西餐厅做服务生，此时正处在狂背菜单和理解所有菜品配料的阶段。

老外有很多会对某种食物过敏，点菜时会问这个里面有没有花生啊，这个有没有蜂蜜啊，如果服务生搞不清菜品配料，导致客人食物过敏事件发生，那就会闯大祸。

因为大家都去了餐厅，餐厅晚上又最忙，所以他们的课统统调到早上。周俏只能晚上下班后和黎衍视频聊天，几乎都在凌晨。

她嘱咐黎衍："你和小树一块儿住，别吵架啊。"

黎衍很无语："我会去和他吵架吗？他别来打击我就行了，你这个弟弟平时闷声不响，脾气来了什么话都会讲。不过这次应该不会有问题，我俩现在关系挺和谐。"

周俏还有另一份担心："阿衍，夏天那么热，小树要是来了，你在家成天穿个假肢多难受啊。"

黎衍说："没事儿，再熟一点我就不穿了，毕竟是你亲弟弟，大家都是男的，我就怕他看了会不舒服，又要说我是那什么……"

"不会的！"周俏着急地说，"小树其实挺懂事的，那次……唉，别提了，反正他要是再欺负你，你告诉我，我帮你骂他。"

黎衍抖着肩膀大笑起来："我还能再让他欺负我啊？他敢！"

第二天，周俊树风尘仆仆赶到钱塘，住进黎衍家，成为次卧的小主人。

他成了一名肯德基的外卖员，每天早出晚归，很辛苦，不过十八岁的男孩精力旺盛，又想着能赚钱，都是打鸡血般地出门工作。

黎衍其他不担心，就担心他路上不安全，天天提醒他骑电动车一定要慢一点，过马路看着点儿红绿灯和两边的车，别为了赶时间而骑快车，万一发生车祸，就是一辈子的事。

前车之鉴活生生就在眼前，周俊树记住了黎衍的话，上路时从不掉以轻心。

这年六月跨七月，对足球迷们来说有一场狂欢盛宴。

从小组赛开始，宋晋阳时不时会来黎衍家里看球，黎衍一开始真的不想看，看了就伤心，耐不住那货在客厅大呼小叫，他转着轮椅去到沙发边，冷冷地说："几点了，你就不能轻一点儿吗？"

宋晋阳穿着T恤大裤衩，搬了张椅子放在面前，上面是冰啤酒和泡椒凤爪，眼睛盯着电视机说："别吵，最关键的时候了！现在2比2！还有十分钟！"

黎衍默默地看向电视机，这一看，就再没离开。

临近比赛结束时，德国队又进了一球，锁定比分3比2，黎衍原本就挺喜欢德国队，又因为自己老板们都是德国人，感情更容易倾斜，和宋晋阳一起兴奋地挥拳大叫起来。叫完以后，两人面面相觑，黎衍一转头，又默默地转着轮椅回到房间。

宋晋阳大笑："矫不矫情！你就可劲儿装吧！"

小树来了以后，很快就和宋晋阳成为快乐的看球二人组。

小少年满十八岁了，黎衍同意他喝啤酒，但不能多喝，只能喝一罐。周俊树和宋晋阳并肩坐在沙发上，喝着啤酒，吃着宋晋阳带来的卤味，好奇地问："宋哥，这是什么，好好吃啊！"

"鸭锁骨，没吃过吗？"宋晋阳笑呵呵的。

周俊树摇头："没有，太好吃了！"

他一边吃喝，一边看球，激动得手舞足蹈。

宋晋阳问："小黑炭，以前看过杯赛吗？"

"没有，我家没电视机。"周俊树说，"不过我去同学家里看过中超。"

宋晋阳乐不可支："那怎么比！那就是你姐夫的小三轮去比法拉利！"

周俊树一愣一愣的，就听宋晋阳叫起来，"哎哎哎！好球！漂亮！"

黎衍听着他俩的声音，在房间里实在待不下去，转着轮椅出来，也拿了一罐啤酒，一块鸭锁骨在那儿啃。宋晋阳看存货快速减少，拿出手机问："等会儿十二点还有一场球，这可不够吃啊，我叫点烧烤，你俩要吗？"

黎衍、周俊树异口同声："要！"

宋晋阳打开外卖APP，又问："要辣吗？"

黎衍、周俊树："要！"

宋晋阳忍不住笑场："我点它一百串羊肉串，够你俩吃了吧？"

黎衍说："烤鸡翅给我来几串，还有烤面筋。"

周俊树也不甘示弱："宋哥我想吃烤腰子！"

宋晋阳大怒："你俩是猪啊，哥现在是房贷一族！"

第一场球结束，第二场球开始前，黎衍想了好久，问沙发上东倒西歪的两个男人："哎，你俩介意我不穿假肢吗？"

宋晋阳撩起眼皮看他："大哥，这是在你家，咱仨都是男的，别说假肢了，你就算不穿内裤我们也不会说什么呀。"

周俊树"噗"的一声笑出来。

黎衍气死了："你有病啊！我说正经的！"

"我也和你说正经的。"宋晋阳岔开两条腿，双手搁在膝盖上，"是我们求着你穿假肢的吗？这么热的天，你自己不脱自己遭罪，关我们什么事啊！"

黎衍回房间，一会儿后再出来，假肢已经脱掉了，下半身只穿着一条篮球裤，裤腿耷拉在轮椅椅面上，残肢被盖住，一点儿也看不到。

周俊树第一次见到这样子的黎衍，忍不住往他身上瞟了两眼。黎衍脸色很不自然，宋晋阳倒是一点反应都没有，问："你要坐沙发吗？要坐的话我坐椅子就行。"

"不用，我就坐轮椅。"黎衍在沙发边停下轮椅，继续喝啤酒吃鸭锁骨。

"叮咚！"

门铃响了，宋晋阳一跃而起："宝贝们，烤串来啦！愉快的夜生活正式开始！让我们嗨起来！"

周俊树傻呵呵地笑个不停。

黎衍原本紧绷的心渐渐松弛下来，不着痕迹地抻一抻裤腿。宋晋阳提着一大兜热腾腾的食物过来，解开袋子，拿起一罐冰啤酒说："来，咱哥仨碰一下，没有女人的夜晚，有足球，有烤串，有啤酒，完美！"

三罐冰啤酒碰在一起，叮当作响，黎衍喝了一大口酒，心想，完美还谈不上，高兴，倒是真的。

周俏二十三岁生日那天，黎衍和周俊树并肩坐在桌边，和她视频。

"去年还说今年要给你好好过。"黎衍看着面前那个小小的蛋糕，郁闷地说，"没想到一年比一年更敷衍了。"

周俏手边也是一块小蛋糕，不过这次蜡烛是插在她这边的，笑着说："哪儿敷衍了？我很喜欢，你俩赶紧给我唱歌呀！"

黎衍便轻轻地唱起《生日歌》来，周俊树跟着节奏拍手。唱完后，黎衍说："生日快乐，老婆，I love you。"

周俏吹熄蜡烛，闭着眼睛合掌许愿，睁开眼睛后，笑得很开心："谢谢老公，I love you, too。"

周俊树被喂了一嘴狗粮，吃完蛋糕就溜走了，把时间留给周俏和黎衍。

周俏一边舀蛋糕，一边说："阿衍，和你说个事儿，你还记得徐辰昊吗？他也来新加坡了，今天早上就和我联系，说想约我吃个饭。我和他虽然不熟，也算打过几次交道，去年带小树进A大参观还是他帮的忙，所以我就答应他了，约的下回休息日一块儿去吃肉骨茶。"

黎衍没什么意见："行啊，你去呗。这么多国家，你俩都去的新加坡，也算挺有缘的了。"

周俏凑近手机小声问："你不吃醋吗？"

黎衍捂住眼睛笑了老半天："我是醋坛子吗？要是个金发猛男我还吃吃醋，徐辰昊那碗醋我早八百年前就吃过了，还轮得到现在？"

"也是。哎，你那会儿真的吃过他的醋呀？"周俏乐死了，"你那时候就喜欢我了对不对？还死鸭子嘴硬，装腔作势让我去好好找个男朋友，哼！"

黎衍好无奈，瞪她一眼："不准翻旧账啊！都什么时候的事了！"

的确已经过了好久，一年半了，周俏想起自己和黎衍在601室吵吵闹闹的场景，心里很怀念。

周俏和徐辰昊见面时带上了胡丹绮，徐辰昊也带着一个男同事小章，四人约在滨海湾"花穹"馆门口会合。

两个女孩来新加坡半年多，还没进"花穹"和"云雾林"参观过。那是两座巨大的玻璃植物冷室，展示了来自全球的数万种特色花卉和神奇植物，非常漂亮，云雾林里还有网红大瀑布，是游客来新加坡必打卡的景点之一。

一年不见，周俏和徐辰昊在异国他乡再次碰面，感觉都很神奇，四个人互相认识后，准备买票进馆游玩。

买票时，徐辰昊和周俏一起去，听周俏用流利的英语和柜台里的马来西亚籍工作人员交流，感到不可思议。徐辰昊说："周俏，你现在英语好好啊。"

周俏忙说："就简单对话罢了，我现在在西餐厅做服务生，天天都要和老外对话的，不会说就逼着说，换谁都会进步的。"

徐辰昊很惭愧："哪是简单对话，你刚才说的我都没怎么听懂。"

周俏笑道："那大概是我发音不标准，绝对不是你的问题。我老公一直说我发音不标准，谁叫我是山沟沟里来的呀。"

检票进馆，周俏发现花穹馆果然很美，四个年轻人走走看看，拍照聊天，玩到后来周俏和徐辰昊就并肩而行了。

徐辰昊问周俏："你到这边，每个月薪水是多少啊？"

周俏说："头一年是两千八新币。"

"这么高？我才两千四。"徐辰昊很吃惊，"包吃住吗？"

"包的。"

徐辰昊闻言惆怅老半天，他在一家工厂做工，因为是叔叔安排过来的，也不会坑他，这个薪资待遇在来新务工人员里算是不错的了，没想到周俏的待遇比他还要好。

周俏解释："我们工作强度很大的，除了上班还要上课。其实酒店也是为了储备人员，你也知道，这个薪水比起他们本国员工要低很多了。以后服务年限满了，我们回国可以进入同一集团下属的酒店工作，大家几乎不会去外面找工作。"

徐辰昊说："那不是很好吗？又能学东西，以后回国又能安排工作。我现在做的工作技术含量不高，到时候看看能不能换个工种，学点技术再回去。"

两人聊了一会儿后回头，发现小章和胡丹绮在后头聊得很开心。小章三本院校毕业，二十五岁，长得还不错，和徐辰昊在同一家工厂工作，不过是管理实习岗。他走哪儿都要帮胡丹绮拍照，徐辰昊偷偷问周俏："小胡有对象吗？"

周俏小声说："有，在钱塘。"

徐辰昊叹口气："那我待会儿还是提醒一下小章吧。"

游玩过双馆，四个年轻人找到一家商场吃肉骨茶。周俏说这顿饭她请客，因为她比徐辰昊来得早，算是为他接接风。徐辰昊欣然应下："好，那我们就不客气了，下一次出来玩，我请客。"

吃饭时，小章的情绪明显低落下来，周俏看得想笑，胡丹绮也意识到问题出在哪里，一改之前的活泼劲儿，低着头不再吭声。

晚上，黎衍看到周俏发出来的朋友圈照片，有在双馆里拍的，也有在逛滨海湾花园的路上拍的。四个年轻人以擎天树为背景请路人帮忙合影，左边两个男生，右边两个女生，徐辰昊和周俏站在中间，一起对着镜头微笑。

躺在床上和周俏视频时，小黎先生垮着一张脸。

"你怎么啦？"周俏问，"公司里碰到不开心的事了吗？"

黎衍看着她，说："我吃醋了。"

周俏一愣才反应过来："你不是说你不吃醋的吗？"

"我现在又吃了。"黎衍说，"你说和徐辰昊去吃饭，怎么还一块儿去玩了？还合影，离这么近！"

周俏赶紧顺毛："我们有四个人啊，都没去过双馆，就去玩一下嘛。哎呀，我们家阿衍哪那么容易吃醋啊，阿衍最大方了，对吧对吧？"

"我一点也不大方。"黎衍哼了一声，"你拍照为什么要和徐辰昊凑在一起？"

周俏说："因为只有我俩是认识的呀。"

黎衍问："那你为什么还要把照片发朋友圈啊？"

周俏歪过头看他："你年会和女同事合影，不也发朋友圈了吗？"

黎衍哑口无言，对着手机委屈巴巴地眨眼睛。

周俏"扑哧"一声笑出来，问："真生气啦？"

"没有。"黎衍的语气变得温和又无奈，"就是觉得在钱塘，我都没陪你去景点玩过，那么多公园，哪儿都没去过。看你在外面和朋友玩得这么开心，就觉得自己很不称职。"

"你怎么又说这样的话？"周俏声音柔柔的，"称职不称职，难道是看陪不陪老婆出去玩来决定的吗？咱俩都知道你又不是不想陪我，就是出门会有点不方便嘛。阿衍，以后会好的，我们可以去许多地方，我在酒店看到过很多坐轮椅的人，也有很多用假肢走路的，真的！这事儿其实想开了就没什么，只是出行方式不一样而已。我爱的是你这个人，你自己心里最清楚了，非要说这些话来探探我，就想听我对你掏心窝子说话是吗？那你不如直说嘛，想听我说什么我都说给你听。"

说到这儿，周俏清清嗓子："黎衍我好爱你，我好喜欢你，我好想你，想亲你想抱你！没有你我活不下去……"

"哎哎，打住啊！"黎衍原本听得挺感动，听到最后一句却不乐意了，"呸呸呸，别瞎说，这种话哪能乱说的？"

周俏笑得眯起眼睛："好好好，不说不说，反正你别瞎想就是了。"

黎衍沉默片刻，说："我现在有点儿明白谢总为什么会怕老了。咱俩以后年纪大了，总感觉你会很辛苦。"

"几十年后的事呢，现在着什么急呀。"周俏对着他调皮地眨眼睛，"你要怕我辛苦，咱俩就生两个孩子，等孩子大了，能帮咱俩的忙了，我就不辛苦啦。"

"我去！生一个都要养不起，还生两个？"黎衍不停地摇头，"不行不行，爸爸压力太大，爸爸只要一个小女儿就行了。"

周俏笑个不停："那万一生个儿子出来怎么办啊？丢掉吗？"

"就不要儿子！"黎衍一脸的嫌弃，"你不知道，三金三天两头和我抱怨，家里两个弟弟有多吵多皮，我听着都头大。两个小孩儿都已经会爬了，满地乱窜，三金在家轮椅都不好通过，小孩子见着轮椅还好奇，总要追着爬，手往轮子上蹭，三金还因为这个被他妈骂，你说冤枉不冤枉。"

张有鑫这事儿是真的。

大学毕业后，他在家忍气吞声一个月，和他爸拉锯战后，终于说服他爸给他在家附近买了一套房。房子本身带装修，张有鑫添了些家具家电，收拾行李就搬过去单住。

八月中旬的一个周末，黎衍开着"小黄蜂"应邀去张有鑫新家做客。

进门后他发现柯玉也在，板着一张脸，张有鑫则神情萎靡，穿一件松垮垮的白色T恤坐在轮椅上，底下是黑色五分裤，膝盖和细瘦的小腿都露着，膝盖骨突起明显，脚上连拖鞋都没穿，苍白的脚丫子直接搁在轮椅踏板上，显而易见的绵软无力。

黎衍转着轮椅进客厅，觉得这房子很宽敞，客厅靠窗的位置摆着一堆供截瘫伤者使用的锻炼器材，琳琅满目，颇为专业。

柯玉说自己出门去打包午饭，看都没看张有鑫一眼就走了。

等她离开，黎衍问张有鑫："柯玉怎么回事，你俩吵架了？"

"别提了！烦死个人！"张有鑫一脸愤懑，"天天要我锻炼！我妈都没这么催我的！有什么好练的？衍哥你说说，就我这种情况练不练有什么关系？练了能站起来啊？不能！永远都不能！我就不爱锻炼了！她居然还给我甩脸！你刚刚也看到了，你是客人！有她这样的吗？真是半点儿面子都不给我！"

黎衍耐心劝道："锻炼这事儿我之前和周俏也吵过。其实柯玉也是为你好，我坚持锻炼一年多了，现在真的比以前好，不管站还是走，时间都能坚持更久。你反正也没上班，又不是没时间，就练一下嘛，没坏处啊。"

"衍哥，我和你不一样的。"张有鑫很头疼，"你练了当然有好处，你本身穿着假肢就能走能站，我不行啊！我腰以下一点感觉都没有，那个根本不是走路，就是把腿甩出去你懂吗？我都不明白你们为什么都要我锻炼，截瘫不会死！腿瘦成皮包骨都死不了！只有并发症才会死！还不如让我好好养着呢！不生褥疮，尿路不感染，身上别破皮比什么都强！我都这样了还能活多少年？让我活得开心点不行吗？非逼着我做这做那。我妈还要搞笑，到现在都还幻想我会好起来，请你们相信科学可以吗？我也是服了！"

黎衍知道张有鑫的观念是不对的，可是以他的立场很难去劝。张有鑫很固执，连医生的话都不愿听，柯玉又不像周俏那样会温柔相劝，脾气上来直接就是骂，两个人不吵起来才有鬼。

见张有鑫这么生气，黎衍决定扯开话题，问："你和柯玉……现在到底是什么情况？"

张有鑫奇怪地反问："什么什么情况？"

黎衍迟疑着："就是……你俩，是在谈恋爱吗？"

张有鑫眨眨他的大眼睛："你是认真的吗？"

黎衍点点头。

"我去，怎么可能啊？哈哈哈哈哈……"张有鑫夸张大笑，笑得手都拍大腿了，"衍哥你没看到她的样子吗？她哪里像个女的啊？剃头的频率比我都高，买的衣服比我都汉子，要不是那张脸还像个女生，我都想送她剃须刀了！"

黎衍想了半天，还是把那句"我和周俏都觉得柯玉喜欢你"给咽进肚子里，问："那你还喜欢那个小女神吗？她还没毕业吧？你俩现在怎么样了？"

"没怎么样，就一直挺暧昧的。"张有鑫打开手机找出女神的照片给黎衍看，"就是她，长得漂亮不？我喜欢这种类型的女孩。"

黎衍看了一眼，作为一个轻度脸盲症患者，视线一移开照片，就已经忘记了那张尖脸大眼网红脸。他皱眉说："你俩也暧昧好久了吧？两年多了，这要暧昧到什么时候去？好就好，不好就拉倒，她这不是在拖着你吗？"

张有鑫没吭声，垂了一会儿脑袋，好半天才抬起头来对黎衍说："衍哥，我不知道你能不能懂，其实，我自己都知道我不会和她有结果，但我就是很享受这个过程。她一直配合我，没有明确地拒绝过我，我也没有特别明确地说要她做我女朋友。就我单身，她也单身，平时聊聊微信，一起打个游戏，隔一阵子我请她吃个饭，送个小礼物，我觉得只要保持这个状态，我就很满足了。"

黎衍果然不懂。

张有鑫转着轮椅往阳台去："出来抽支烟吧，衍哥。"

黎衍跟过去，两架轮椅停在阳台上，张有鑫把烟递给黎衍："衍哥我最近其实挺烦的，有些话没和你说，说了就怕你又觉得我在发神经。"

他转头看向黎衍，眯着眼睛抽一口烟，说："我真挺羡慕你的，有工作，有老婆，能走能站，每天忙忙碌碌，生活很有奔头的样子。我不是，我每天都没事干，也懒得去找工作。我爸说了，每个月给我三万块，用得不够再问他要。我上哪儿去找每个月挣三万的工作？"

黎衍也默默抽了口烟。

张有鑫又转回脑袋目视前方，眼神空洞洞的："这辈子都站不起来了，大小便失禁，每天算着时间去排尿，喝多少水都严格控制。晚上睡觉还要定闹钟翻身，就怕生褥疮。屁股上和腿上肉越来越瘦，穿什么裤子都没型。甭跟我说锻炼，没用的，就算一天练两小时，腿该细还是细。而且我还是个处男，没做过，估计也做不了，你说说，我才二十四岁，这辈子怎么过？"

黎衍来之前完全没想到，张有鑫会对他说这些。

和微信里插科打诨、骚话连篇的三金不一样，现实里的张有鑫虽然没有经济上的困扰，其他烦恼比起黎衍来只会多，不会少。

黎衍不知道该怎么安慰张有鑫，恨不得周俏上身，可以叭叭叭地说出一大堆鼓励的话。然而他到底不是周俏，知道很多话说出来都很空泛，张有鑫肯定听过无数遍，再说也没有意义。

黎衍甚至想要不要介绍谢若恒给张有鑫认识，让他知道其实截瘫人士也可以积极乐观地面对生活。转念一想，现在不是时候，张有鑫情绪正低落，而且他参加了轮椅俱乐部，肯定见过很多生活不错的残疾人，但显然他的状态是：我知道，我理解，但我做不到，也不想做。

本来就是这样的，不是别人能行，你就能行，别人觉得这没什么，你也要觉得这没什么。

黎衍最明白这个道理，就像别的双大腿截肢人士可以在人前大大方方靠小板凳挪动，他就不行。不行就是不行，没道理讲，就是不行！所以最后，他只能拍拍张有鑫的肩，什么都没说。

张有鑫吐出一道烟气，颓丧地说："就这样吧，活一天是一天，吃好喝好，想去哪儿就去，想玩什么就玩，想买什么就买，再活个二三十年也够本了。"

再过二三十年，他也才四五十岁，黎衍看着张有鑫年轻英俊的侧脸，沉默不语。

柯玉回来以后，三个人吃了一顿索然无味的午餐，吃完后，黎衍就告辞离开。

轮椅出门后，他回头看张有鑫，张有鑫对他笑笑，嘴边两个酒窝清晰地露出来，说："衍哥，下回见。"

周俊树收到邱老师寄来的A大录取通知书，录取专业是环境与资源学院的环境工程专业。这不是他的第一志愿，但他依旧很高兴。

八月底，周俊树背着行囊去A大报到，宋晋阳开车，黎衍和沈春燕陪同。

重回A大，黎衍倒没什么，沈春燕激动得不行，不停地和小树说当年送黎衍入学时的情景。

小少年的宿舍在五楼，黎衍没上去，沈春燕和宋晋阳陪小树进宿舍放行李。沈春燕就像别的新生妈妈一样，爬着梯子到床上给小树擦床板、套被子、装蚊帐，小树室友的妈妈和沈春燕打招呼，沈春燕指着宋晋阳和周俊树说："我大儿子，小儿子！"

周俊树黑脸一红，也没反驳。沈女士唯一的正牌儿子在楼下打了个喷嚏。

宋晋阳揽着周俊树的肩和宿舍里其他三个男孩打招呼："这是我弟周俊树，以后大家一个宿舍要相亲相爱，不要打架。"他拿出黎衍准备的一大袋子零食饮料，借花献佛，"男孩子容易饿，这些吃的喝的你们晚上可以吃，不够了下回小树会再带。"

三个室友都挺友善，对着宋晋阳说："谢谢哥！"

周俊树觉得倍儿有面子。安顿完毕，他把沈春燕和宋晋阳送下楼，看到黎衍等在一棵大树的树荫下，走过去说："姐夫，谢谢你买的那些东西，我看他们都挺喜欢的。"

黎衍笑起来："你们这么大的男孩子，其实嘴巴都馋，又容易饿。你姐不在，我当然要好好关照你。"

临走前，黎衍给小树五千块钱做生活费，让他不要去找费时间的兼职，可以试试做家教。周俊树暑假里赚了些钱，死活不肯收，对黎衍说生活费足够了，他会自己再想办法赚。

小小少年主意很大，黎衍硬塞给他两千块后，就没再勉强。

于是，周俊树开始了在A大的学习生活。

【我爱刺猬】
俏俏日记（94）
今天上班的时候碰到一件很恶心的事，我给一个客人洗头时，他摸了我的屁股。

我都不明白，屁股有什么好摸的？难道他自己没有屁股吗？这些男的怎么都这么恶心下流？这一次我没哭，而是大声地骂了他。

因为我想起L哥哥了，我要勇敢！又不是我的错，有什么好哭的？

不过最后我被师父骂了，他说那个客人是他的老顾客，这么一来人家可能再也不会来了。

我和师父说对不起，心里却很高兴，这种烂人，永远别来最好。

2015年10月24日23:10

私密文字不能评论

【黎衍】
小俏俏，你也是够倒霉的，为什么总会遭遇咸猪手呢？是因为你看起来就很好欺负的样子吗？

让我翻翻日历，想想这段时间我在干什么。

啊……10月23日是霜降节气，24日，是我注册笔名那一天，昨日霜降——我的笔名就是这么来的，很简单吧？

当时出院回家已经一个多月，我没死心，在网上投了一些简历，同时向对方说明我的身体情况，当时我想得挺好，如果能找到工作，我就在公司附近租一间一楼的小房子，安安稳稳地过日子。

可是后来你也知道了，投了那么多的简历，我从来没收到过面试通知。

于是我开始想办法要怎么活下去，不能靠我妈养啊，所以，我就想到了写小说。

我居然在家写了三年多的小说，还真的赚了一些钱。俏俏你知道吗？其实，我一直喜欢写东西，小的时候还得过市里作文比赛的一等奖，高考时语文成绩也很好。

如果不是因为家里经济条件需要改善，我可能真的会选文科，然后去读一个和文学有关的专业。不过现在也挺好，我也算是尝过文艺青年的滋味了，虽然写的东西成绩不怎么样，好歹也养活了自己好几年。

201×年10月24日

搁下笔，合上笔记本，黎衍转头看向窗外。

又是一年秋天，十月，是他和周俏相识的月份。去年十月两人躲在被窝里说悄悄话的场景仿佛还在眼前，而现在，他的周俏已经在新加坡待了九个多月。

周俏在西餐厅工作过几个月后，又在酒店康乐中心待过一阵子，现在成了一位负责会务的服务生。

黎衍自己依旧每天上班、下班、回家做饭、锻炼，睡前和周俏视频聊天。他过了CFA二级，三级要次年六月考，已经报名，但还没急着复习。

宋桦上着班，沈春燕享受着悠闲的退休生活，打打麻将，跳跳广场舞，白天去宋晋阳的新房帮他督工、开窗通风，周末则去黎衍家做顿大餐，帮儿子打扫一下卫生。

宋晋阳和杨瑾颂的新房在九月装修完毕，等待着元旦后乔迁新居。

周俊树在A大快快乐乐地学习，因为在钱塘有"靠山"，小伙子一改高中时沉默寡言的脾气，人缘还不错，参加各项活动也积极，课余时间还会做家教赚生活费。每个月，周俊树会挑一个周末来黎衍家住一晚，陪陪姐夫，帮他做个大扫除，走的时候带上黎衍和沈春燕为他准备的零食和日用品。

所有人都在自己的人生轨迹上努力地、按部就班地生活着。

秋去冬至，十二月初的一天，钱塘下着淅淅沥沥的冬雨，黎衍残肢疼得厉害，锻炼完后洗过澡，早早地钻进被窝里休息。

还没到和周俏视频的时间，黎衍拿着一本小说靠在床头阅读。小说是他自己去图书馆借来的，自从有了"小黄蜂"，他能去的地方真的多了许多。

这时，手机铃声响起，黎衍一看，居然是张有鑫。

八月那次碰面以后，黎衍和张有鑫就没再见过面，平时只在微信聊几句。黎衍接起电话：

"喂，三金。"

张有鑫那边起先没声音，黎衍又叫了一遍："三金？"

过了好一会儿，张有鑫才嘶哑出声："衍哥。"

黎衍听出他不对劲，问："三金你怎么了？发生什么事了？"

"没事，我喝了点酒。"张有鑫呵呵呵地笑起来，"就……突然，想打电话和你聊聊天。"

黎衍很担心，耐着性子说："好，你想聊什么，我陪你聊。"

"衍哥我和你说，前几天……我们家，给我那两个弟弟办了一场周岁，生日宴。"当话说长了，黎衍能明显感觉到张有鑫的醉意，"来了好多好多人！我爸我妈，高兴坏了！"

"其实我也挺高兴的……我还蛮喜欢小孩子的，他俩，一个叫张有健，一个叫张有康……你说搞不搞笑？"张有鑫笑个不停，"我爸给我取名字的时候就想发财，现在有了俩儿子，不要发财了，只要求他俩健康！"

黎衍说："我看到那天你发的朋友圈了，生日宴是办得挺隆重的，俩小孩儿和你长得很像，你不是还抱着他们拍照了吗？"

"是，拍照了……"张有鑫话锋一转，"可是那天，有个蠢货和我说，我现在也是能当爸的年纪了，我爸妈岁数大，生这俩小孩儿是为了以后能照顾我，我爸妈走了，我不至于没人管。那蠢货还说……我反正不会有自己的小孩儿，就该把这俩小孩儿当自己儿子养，现在我帮着我爸妈养他们，以后老了，他们就能来养我……哈哈哈哈哈哈……"

黎衍还没来得及开口，张有鑫突然大吼起来："我去他的没人管！我是废物吗？我生活不能自理吗？我要他们来养我吗？呵！谁说我不会有自己的小孩儿？我可是留了种的！二十出头就留了！质量好得很！别说双胞胎了，三胞胎四胞胎我也能生！"

黎衍决定做一个合格的听众，没出声。

张有鑫音量又低下来："最烦这些蠢货，狗眼看人低，瘫了又怎么了？还不是活得好好的？再说了，是我想瘫的吗？那车也不是我在开啊！别人撞我车我有什么办法？车上其他人都没事，就我运气不好腰骨撞断，我都没说什么！那群蠢货天天在我妈面前念叨，好像我已经没救了，活着就是个拖累！是不是就想要我去死啊？！死了我爸遗产也没那群蠢货的份啊！"

黎衍明白了，张有鑫估计是在弟弟们的生日宴上遭遇到极品亲戚，被刺激了。不过那已经是一个多星期前的事，张有鑫的朋友圈很正常，他坐在轮椅上，一左一右抱着两个小男孩合影，笑得还挺开心。

"三金，你冷静一点。"黎衍劝他，"这些人说的话你不用放在心上，每家都会有这种亲戚的，我家也有，不理就是。你爸妈不会这么想你，你妈多宠你啊，你刚上大学那会儿，她天天去陪读，你去复健她也都陪着，你自己心里最清楚了，别被那些人影响。"

张有鑫又开始傻笑："衍哥你不知道，那是以前……我妈很早就不上班了，就是个家庭主妇，每天美容美甲打麻将，管不着我爸心思自然是花在我身上。我出事以后……你是没看见，我爸听说我可能生不了孩子了，脸都黑了！我妈和我说，就怕我爸在外面找女人生孩子，所以她才这么大年纪还拼了命要生，怀不上就做试管。现在终于得偿所愿，俩健康儿子！以后能跑能跳能传宗接代的！还有我什么事儿？"

黎衍："三金你别这么想……"

"我知道我就是个累赘！"张有鑫几乎是咆哮出来的，"读大学也不过是为了打发时间，从小学画画学书法……学了一大堆现在又有什么用？工作也找不到，找到了身体也吃不消，女朋友，女朋友……去他的女朋友！呵呵呵哈哈哈哈……"

黎衍在床上坐起来，大声说："三金！三金你冷静一点！你先听我说！你现在喝多了，别再喝了！去洗把脸早点睡觉，明天我下班到你那儿去和你聊聊。外头在下雨你背不疼吗？别想这些乱七八糟的事！你自己都说了，你手上有本事，会画画会书法，现在还会设计，就算不去上班你也可以单干啊，怕什么呀？我以前也颓，颓了好几年，现在不也好好的吗？真的你别喝了，柯玉呢？你找她了吗？"

"别和我提柯玉！"张有鑫又大叫起来，"我和她绝交了！再也不和她联系了！让她有多远滚多远！有什么了不起的！没了她我不能活啊？还有你！"

张有鑫突然冷笑几声："别总是用一副过来人的语气教育我，什么以前颓现在好好的？都是放屁！你就是在我面前臭嘚瑟！秀优越感！笑话我！你和我能一样吗？在我眼里你根本就和普通人没两样！你自己也知道的对不对？对不对？"

黎衍火了："张有鑫你说什么呢？你真是喝多了，我什么时候在你面前秀优越感笑话你了？我把你当兄弟，你把我当什么？"

"你哪儿没有秀优越感？"张有鑫大着舌头说，"你每回都要在我面前站起来拍照……人五人六的，什么意思啊？看看你朋友圈里的照片，站这儿拍，站那儿拍，就没一张是坐着轮椅拍的！我早就想吐槽了，怎么了？坐轮椅怎么了？这么见不得人啊？喊！你也就是自欺欺人！谁不知道你两条腿都是假的呀？你这就是'照骗'！骗人的骗！有本事你走几步给人看看啊！也就只有站着才像个样子了！哈哈哈哈哈……"

黎衍气得七窍生烟，残存的理智告诉他张有鑫喝多了，心情巨差，所以不能和张有鑫计较，不能再刺激张有鑫。黎衍冷着声音说："张有鑫，你刚说的话我不往心里去，你现在赶紧去睡觉，酒醒后我们就还是兄弟，你要是再敢说一句过分的话，那咱俩以后也别联系了。"

"吓唬谁呢？"张有鑫冷哼，"不联系就不联系，有什么了不起的？反正柯玉也和我绝交了，你也和我绝交好了，I don't care！今天给你打电话，就是要和你说说我的心里话！以后没机会再说了。我知道你是怎么看我的，一个有钱小少爷，不愁吃不愁穿，开个大宝马，经常去旅游，平时看着特有范儿，其实就是个屎尿屁都管不住的可怜虫！我哪能和你比啊衍哥，你都是有老婆的人，可以抱着老婆……"

"张有鑫！"黎衍再也听不下去，"你给我闭嘴！"

"我为什么要闭嘴啊？我还要说呢！黎衍你这人真讨厌！怎么那么烦人啊？"张有鑫嘟囔着，"我最烦你的一点就是不爱坐轮椅了，老站着，装腔作势！轮椅有什么不好的？对了，你喜欢我这架轮椅吗？送给你吧……定制的，咱俩身材差不多，我站起来也能过一米八呢！真的，你别嫌弃，我的确在上面尿过裤子，你换个坐垫就行，过几天来拿吧，我不要了……"

他语无伦次，黎衍已经不想再和他废话，声音极为冷硬："你说完了没有，说完我挂了。"

"衍哥你也嫌我烦了？"张有鑫像是突然清醒了一点，语调平缓下来，"我就知道，我是招人烦，我爸妈烦我，柯玉烦我，还有小柔……呵呵呵……小柔不是烦我，小柔是恶心我……两年多了，她那么恶心我还要和我一起吃饭看电影，也真是难为她了……"

黎衍语气很不耐烦："你知道自己招人烦，就少喝点酒！发什么酒疯呢？谁惹你了找谁算账去！我自认没做过对不起你的事，别到我这儿来刷存在感！你活得难，我难道活得容易吗？张有鑫我最后再说一遍，我要挂电话了，大晚上的没空陪你发疯！"

"……挂吧。"张有鑫的声音里带着笑意，"衍哥，很高兴认识你，你和周俏……要好好的啊。"

黎衍一愣，张有鑫已经把电话挂了。

看着手机，黎衍靠在床头发了会儿呆，爬上轮椅去阳台抽烟，想到三金这通莫名其妙的电话，心里不禁浮上一层怪怪的感觉。

之前的怒意渐渐平息，黎衍抽着烟，开始思索张有鑫说的每一句话：

还有我什么事儿？

以后没机会再说了。

你喜欢我这架轮椅吗？送给你吧，我不要了。

衍哥，很高兴认识你，你和周俏要好好的啊。

……

黎衍越想越不对劲，越想越觉得瘆得慌，赶紧回房拿起手机回拨电话，发现张有鑫关机了。

黎衍有点慌，第一反应是找柯玉，才发现自己没有柯玉的任何联系方式，他打微信语音电话给姜瑞鸣和郭哥，两人都没有柯玉的电话和微信。

黎衍让自己冷静下来，突然想起周俏，周俏说她买轮椅是咨询的柯玉，周俏可能有柯玉的微信！

黎衍立刻给周俏发出语音申请，响了一会儿后，周俏接起："阿衍？"

"周俏你先别说话，听我说。"黎衍仔细地交代着，"你有柯玉的微信吗？"

周俏说："有。"

黎衍的语气很镇定："你现在联系她，打她电话，别发文字，告诉她三金不对劲儿，让她赶紧到三金家里去。我现在也赶过去，联系上她后，你把我手机号给她，让她直接给我打电话，听明白了吗？"

周俏没多问，简单回答："听明白了。"

"我要出门了。"黎衍声音有些发抖，"周俏，别担心，我没事，我就是怕三金有事。"

周俏说："你去吧，路上小心，今天钱塘下雨呢。"

"嗯，我会小心的。"黎衍说。

挂掉电话，黎衍快速地换衣服、穿假肢，坐着轮椅拿起手机和钥匙就出了门。"小黄蜂"冲出车库时，他才发现雨下得很大。

此时心急如焚，他早已忘记腿上的刺痛，看着挡风玻璃外被雨水冲刷过的朦胧街景，感觉到一颗心跳得又重又急。

他从未遇见过这样的事，对方还是三金。

不应该啊！希望只是自己想多了。

三金的心态向来比他好，受伤五年多，又是上学又是出游，还积极参加轮椅俱乐部的活动。三金不缺钱，没有生活压力，长得帅气，穿着时尚，个性开朗，很受女生欢迎。三金家庭幸福，父母从小把他当宝贝养，受伤后带他去看最好的医生，进行最先进的复健，从来没有放弃过他。

还有柯玉，柯玉一直都陪着三金，就算三金不喜欢柯玉，这份友情也是千金难换的！

所以，不应该啊！

黎衍不知道张有鑫父母的联系方式，唯一能求助的只有柯玉，可是半路上周俏给他发消息，说柯玉一直没接电话，给她发了文字也没回。

【小傻子】：阿衍，我会一直联系柯玉的，不停地打不停地打，你先过去，不要着急。

看到消息后，黎衍果断拨打110，民警听他说清事情原委后也觉得不对劲，立刻就出了警，最后和黎衍的"小黄蜂"在张有鑫住的那栋楼下碰了头。

"一单元901室，你们先上去！别管我，我下车比较麻烦。"黎衍指着单元门大叫。

中年民警没明白，黎衍大声说："我是残疾人！你们先上去！"

两个民警立刻进门上楼。

暴雨如注，黎衍打开车门搬出轮椅，发现手一直在抖。轮椅很快被雨水淋得湿透，他也不管，组装好后把自己挪到轮椅上，锁上车门，转着轮椅进单元门。

两个民警站在901室门口等待锁匠，看到黎衍坐着轮椅从电梯里出来，对他说敲了好久门，里面没动静。

"他肯定在里面。"黎衍浑身湿淋淋，"我刚看到他的车了，还在楼下停着，没有车他出不去，不能直接把门弄开吗？"

"这种门弄不开啊！"民警说，"我们喊了锁匠也喊了消防，锁匠开不了就让消防破门，再等一下，很快就来了。"说着又开始不停敲门喊话。

黎衍给周俏发微信问消息，周俏说还是联系不上柯玉。

没多久，消防先到了，动静挺大，周围的邻居们都开门出来看。

黎衍急道："破门吧！有什么经济损失我来承担，赶紧破门！我觉得我朋友真的很不对劲！"

民警和消防商量后开始破门，几分钟后，"砰"的一声巨响，大门弹开，所有人都一起往屋内看去。

"我的天！真出事了！"第一个开口的是民警，语毕就冲了进去。黎衍起先因为坐着轮椅被挡在外围，听到这句话后心里一凉，等到民警和消防都进去后，他才真正看到屋里的景象。

一片狼藉。

张有鑫躺在地上。

轮椅翻倒在一边，他的两条腿奇怪地扭曲着，浅色裤子上裆部湿了一片。黎衍看到他的脸，灰白色的脸，双眼紧闭，嘴边都是白沫，脑袋下面也有一摊不明液体。

客厅地上摔了不少东西，像是有人发过脾气，酒瓶子、药盒子、水杯……都在张有鑫身边。

黎衍浑身抖得厉害，差点没法转轮椅进屋，哆嗦着进去后，看到民警拨打120，消防员把张有鑫翻了个面，手指抠到他喉咙里想给他催吐。但他深度昏迷，整个人瘫软着，嘴里只滴滴答答吐出一点液体，对于刺激已经没有反应。

房子外面围观的人越来越多，黎衍居然听到一阵手机拍照声，他回过头，一个大妈还没来得及收起手机。

"不许拍照！给我删掉！"黎衍红着眼睛手指向她，厉声喝道，"你删不删？不删弄死你！"

大妈吓了一跳，旁边的人小声说："删掉删掉，这有什么好拍的，万一没了，多不吉利。"大妈嘀嘀咕咕地把照片删掉了。

民警用张有鑫的手机找到他父亲的电话拨打过去。

黎衍看到地上的空药盒，是止痛片。他懂药，下雨天张有鑫会背疼。张有鑫不像黎衍那么能忍，疼了就吃药，所以家里一直都有药。

围观邻居们的声音断断续续飘进黎衍耳朵里。

"哎哟，干吗想不开要在这里……啊，一定要救过来，要不然这房子不是变凶宅了？整个楼房价都要跌。"

"这房子七月份才卖掉，这个人八月份搬进来我就觉得怪怪的，年纪轻轻的小伙子坐个轮椅，平时也不上班。"

"这是他朋友？也不能走路啊？啧啧啧，好年轻，长得还挺帅。"

"残疾人脑子多少会有点问题，想不开了也正常……"

"小点儿声，人家听得见的。"

"120怎么还不来？要救回来呀，年纪还这么轻，可惜哟。"

黎衍这时候已经没什么可做的了，他已经尽了自己最大的努力，用最快的时间让张有鑫被人发现。但他心里还是无比自责，想到张有鑫的电话，想到自己还在电话里骂三金发疯，招人烦，刷存在感……

黎衍无力极了，双手捂住脸，深深地弯下腰，周围所有的声音都渐渐淡去，变成一片"嗡嗡嗡"响在耳边。他知道自己在发抖，从进来以后就一直在发抖，都不敢去看张有鑫。

张有鑫就那么静静地躺在地上，年轻的脸庞了无生气，没人知道他能不能救回来，如果他救不回来，黎衍想，自己该怎么办？该怎么办？

120终于来了，医生简单检查后说："呼吸有，脉搏有，赶紧送医院洗胃！"医生带上空药盒和酒瓶，医护人员把张有鑫抬上担架就下了楼。

民警问黎衍："你去医院吗？"

"去。"黎衍说，"最近的医院我知道，我自己会去。"

民警点头："那我们先跟过去，你一会儿来了要给我们做个笔录。别担心，刚联系他爸了，他爸正往医院赶呢！"

邻居们散去了，破拆的房门虚掩上，黎衍把张有鑫翻倒的轮椅搬起扶正，坐电梯下楼。他冒着大雨来到"小黄蜂"边，救护车、警车和消防都已离开，只有"小黄蜂"孤零零地停在单元门外不远的空地上。

黎衍打开车门，把假肢放下地，任凭冰冷的雨水浇到自己身上，把羽绒服都浇瘪了。他撑着驾驶室座椅想往车厢里挪时，一阵心悸，手臂忽然发软，人一下子就往下栽。

他手臂死死扒住座椅，没摔到地上，想用双臂力量把自己撑起来，但是身子还在抖，原本做过无数次的动作在这一刻竟然变得无比困难。他坚持了一会儿，咬着牙给自己鼓劲，可是身下歪曲了的假肢已经没法再让他支撑，他绝望极了，低低地叫："周俏……"喉咙里透着呜咽声，"周俏……周俏……我要摔跤了……"

他再也支撑不住，突然就想放弃，双臂一卸力，整个人就摔到了泥泞的雨地里。

"周俏，我闯祸了，怎么办啊……"他撑着地艰难地将自己翻了个身，背脊靠在"小黄蜂"的车身上，两条假肢已经摔得松脱，隔着裤子在大腿根处显出明显的脱开形状。

黎衍又一次双手捂脸，在大雨中痛哭出声，雨水掩盖住他的声音，也混合了他眼睛里汹涌而出的液体，他的肩膀抖得根本停不下来，一遍一遍地说："周俏，我闯祸了，我害了三金，周俏……"

冬夜暴雨中，小区里几乎无人路过，黎衍抬头看天，雨水噼里啪啦地打在他脸上，周围的高层住宅陌生又魔幻，一扇扇亮着的窗就像一只只眼睛在看着他。

黎衍抬手抹一把脸上的雨水，又一次低下头去，喃喃自语："周俏……是我害了三金……"

这一晚周俏几乎什么都没干，就闷着头给柯玉拨语音电话，一直拨到半夜都没人接。

她给柯玉发了许多条文字信息，把黎衍的微信和手机号码都发过去。具体出了什么事，周俏并不知情，不过她想，只要柯玉看到是和三金有关，就一定会去联系黎衍的。

凌晨四点多，周俏和衣在床上睡着了，睡前她给黎衍拨电话，黎衍没接，倒是回了一条微信。

【黎衍】：我没事，别担心，不用再联系柯玉，这边联系到三金爸爸了，你早点睡吧，今晚辛苦了。

周俏原本想问三金怎么了，一想就算知道了又如何，大半夜的，那边有专业人士处理问题，三金的爸爸也联系上了，黎衍肯定已经很累，还是第二天再和他联系吧。

周俏并没能睡多久，早上六点多时被电话声吵醒，室友们还在睡，邓君叫了一声"搞什么呀"，周俏赶紧接起电话走到阳台。

"柯玉？"她长舒一口气，"你终于看到消息了？"

柯玉低低地"嗯"了一声，说："我在医院，周俏，谢谢你。"

周俏很奇怪："为什么要谢我啊？"

"我看到你的留言和那些未接电话了，三金……暂时没事了。"柯玉说，"帮我谢谢衍哥，如果不是他报了警，三金估计就……"她再也说不下去。

周俏听到一阵啜泣声，柯玉过了一会儿才又开口："三金的爸爸让衍哥今天不用来医院，我们在就行，衍哥待到天亮才走，现在可能在睡觉，你一会儿关心关心他，我怕他心里不好受，他是第一个看到三金出事的人。"

三金真的出事了！

周俏心里一阵狂跳，阿衍是第一个察觉的人，也是第一个看到的人，是他报的警，他还赶去三金家里……阿衍没事吧？

周俏感到不安，非常非常不安，结束和柯玉的电话，也不管黎衍是不是在睡觉，直接拨给他，但他没接。

拨了好几个，都没接。

周俏立刻给宋晋阳打电话，宋晋阳还在睡觉，一听周俏说完整件事，就说："我现在去他那儿，到了我和你说。"

接下来就是等待。

一小时后，周俏接到宋晋阳的电话。

"我暂时没发现问题。"宋晋阳说，"敲了好久门才开，说自己在睡觉，刚回来没多久。我和他聊了几句，他说很困，要我走，还说今天会休个年假，没力气去上班。"

周俏说："好，我知道了，谢谢你晋阳哥哥。"

"不客气，他那个朋友什么情况啊？"宋晋阳问。

"我也不太清楚。"周俏说，"不过我听说已经没事了。"

宋晋阳松了一口气："没事就好。那人没事，黎衍就不会有事，咱们要相信他。我下班后再过来看看他，给他弄点吃的，你放心吧。"

一直到下午，无论周俏给黎衍发微信还是拨电话，他都没反应。

周俏直觉他并没有在睡觉。

下午三点时，黎衍回了一条文字消息。

【黎衍】：我没事，好困，今天不视频了，想安静一下，你别担心。

周俏坐在卫生间隔间的马桶盖上想了好久，突然就做了一个决定。她找到主管，说想要请三天假，回国一趟。

外籍主管惊讶极了："Cherie，现在不是休假的时候。"

周俏用英语说："我知道，不过我先生应该碰到了一些困难，我对他太了解了，他现在一定处在一个很艰难的时刻。他平时需要依靠轮椅代步，这么说不是想让您觉得他可怜，而是我希望您能理解我的心情，我非常担心他，他碰到的可能是一个很严重的问题。如果我不能去到他身边，我担心会出现更严重的后果。所以，请您批准我的休假可以吗？谢谢。"

主管最终答应了周俏的休假申请，周俏买到当晚红眼航班（跨零点航班）的机票，落地钱塘时将是半夜三点。她带上证件，背着一个双肩包就离开了酒店，去机场的路上给宋晋阳发微信，让他去见黎衍时好好观察一下黎衍的状态。

晚上七点多，周俏在机场里接到宋晋阳的电话。

"绝了，这次连门都没让我进。"宋晋阳，"我给他打包了吃的，他拿进去了，直接让我走。我真就看了他没几眼，头发乱蓬蓬的，像是睡了一整天。"

周俏说："行吧，谢谢你晋阳哥哥，我现在在机场，大概半夜到钱塘。我有家里钥匙，明天不用麻烦你过去了，我会陪着他的。"

"什么？"宋晋阳反应不过来，"你要回来？现在？"

"对。"周俏说，"晋阳哥哥你先回家吧，他暂时不会有事的，我到了会陪着他。放心吧，我了解他。"

登上飞机后，周俏透过舷窗看向窗外。

她知道自己不是一时冲动，不是小题大做。三金到底出了什么事，现在对她来说还是个疑问，但她明确知道，黎衍是第一个察觉三金出事的人，那就意味着，三金出事前的最后一个联系人很有可能就是黎衍。

这件事可大可小。

如果黎衍愿意接她电话，好好地把事情经过告诉她，那也就算了，问题在于他回避语音通话，只是一味地让她不要担心。

没有这么简单的，周俏明白，与其在这边心乱如麻，不如直接去他身边吧，有些事儿不做会后悔，后悔了就来不及了。

黎衍整个人都躲在被子里。

几乎二十四个小时了，除了上厕所和喝水，他就没出来过。

一天一夜，没吃过东西，宋晋阳打包来的食物还原封不动地放在餐桌上。他知道自己情绪垮了，不想动，什么都不愿想，不想见人，不想说话，心里很清楚自己该做什么，可就是不想做。

这样的情况以前也发生过，情绪问题出现得来势汹汹，他都是靠时间、靠自己慢慢去调节。

三金暂时没事了，可三金的事只是一道阀门，久远的痛苦记忆一股脑儿又涌上来。

车祸发生的一瞬间他还清醒着，当时甚至都没感觉到疼痛，只感受到温热的液体从撕裂了的身下源源不断地流淌出来。

还有在医院里的记忆，复健时的记忆，别人恶意的话语，路人惊异的眼神，人力资源总监在几百人大会上的发言，摔跤时的狼狈不堪，走路时的怪模怪样，丑陋的残肢，剩下几乎半截的身体……

三金为什么会做这样的事？

这样的事……黎衍也曾经想过的，想过好多好多次，呆呆望着601室的阳台，心中会涌起一阵阵冲动……

想周俏。

他死死揪着被子。

唯一想见的人就是周俏。

唯一见不到的人也是周俏。

周俏不在钱塘，周俏不在国内，黎衍不想和她视频，不想只通过冰冷的手机听到她的声音，不想看到屏幕上她小小的脸，他觉得自己当场就会崩溃。

周俏，周俏，周俏。

窗外依旧在下雨，黑暗中雨声分外清晰。

黎衍麻木地侧卧着，一只手揪着被子，另一只手抚在一边残肢上。突然，雨声中似乎出现了一阵窸窸窣窣的声音，他竖起耳朵，有人进来了？有人在放东西？脚步声？

是谁？宋晋阳吗？

他浑身僵硬，一动都不敢动，整床被子裹在身上，背脊深深弓起。

有人走进房间，脚步轻轻的，最终停在床边。那人在他身边坐下，他能感受到床垫一陷。

是真的，不是幻觉。

一只手隔着被子抚在他的背上，他的心脏已经停跳，大气都不敢出，他听到一个声音柔柔地叫他："阿衍，阿衍，是我，我回来了。"

蒙着头的黎衍好半天没有动静，那人也不催他，脱掉羽绒服和牛仔裤，直接掀开被子钻进被窝里，像他一样用被子盖住头。

房间里没开灯，被子一盖更是什么都看不见。黎衍心跳得很快，感觉到一个人从背后抱住他，浑身凉凉的，不带一丝热气。他摸索着抓住她的手，柔软的小手也冰冷冰冷。

黎衍再也撑不下去，翻过身来面对她，颤抖着将她紧紧揽进怀里，摸摸她的脖子，她的背，她的手，一遍一遍仔细抚摸，问："为什么这么冷？怎么回事？你身上怎么这么冷？"

年轻的女人依偎在他怀里，他身上是热的，抱着好舒服。她光溜溜的大腿蹭到他的残肢，快一年了，这种感觉熟悉又陌生，甚至令人着迷。她闭着眼睛贪婪地汲取着他的气息，他也是一样，像在做梦，怕梦会醒，都不敢有太大的动作，只是用嘴唇轻触着她的额头和发顶。

"我走得急，没带毛衣，只带了一件羽绒服。"她软软地说着，"下飞机后才发现这边好冷，不过还好啦，我直接打车回来的，没怎么吹风淋雨。你身上好热，抱一会儿我就暖和了。"

"你是笨蛋吗？"黎衍都心疼了，"这儿是冬天，你真在那边待傻了。"

他更紧地抱住她，想要快点儿把她焐热，小傻子可千万不要感冒啊。

"俏俏……"黎衍这时候才敢试探着叫出她的名字，双手还是在她背上不停地重抚，"俏俏真的是你吗？"

"是我啦，我回来看你了。"周俏从被窝里伸出手臂打开床头台灯，慢慢地把被子从两人头上拉下来。黎衍被光线刺得眯了眼睛，继而就盯住了近在咫尺的这张脸。

乌黑的头发，白皙的鹅蛋脸，清澈的眼睛，翘翘的小鼻子，微笑的小嘴里有几颗不那么整齐的牙。

是他的周俏，他的妻子，他的小傻子，他的心肝宝贝，他的Cherie……真的是她，她回来了。

不再是视频里小小的人，不再是隔着光纤电缆才能听到的声音，有体温的，有心跳的，活生生地躺在他身边，可以摸，可以抱，可以亲！

黎衍的手指抚上周俏的脸颊，看到她眼底的阴影，问："你昨天没睡好吧？"

周俏笑笑："是啊，就睡了两个小时，今天在飞机上补了一觉。"她也抚摸黎衍的脸，"你呢？睡得好吗？天亮才回家，白天睡过了吗？"

黎衍答不上来，自己都不知道睡过没有，就一直躺在床上，哪怕闭着眼睛，脑子里都是一片慌乱景象。

张有鑫在医院抢救，高流量吸氧，洗胃，静脉注射呼吸兴奋剂药品，肌肉注射抗癫痫药物防止痉挛发作。抢救过程中张有鑫曾血压下降、心脏骤停过一次，还进行了心肺复苏和电击除颤……

兵荒马乱的一晚，张有鑫家来了不少人，黎衍也帮不上什么忙，浑身脏兮兮又湿淋淋地待在角落里，也没人注意到他。

清晨五点多时他接到柯玉的电话，没多久，她就失魂落魄地赶到医院。两人没有过多交流，关于张有鑫做傻事的动机，大家心照不宣不再多提，连张有鑫的爸爸都三缄其口，阻止亲戚们打听。

想到这件事，黎衍心里又是一阵钝痛，皱着眉头闭上眼睛，声音里带着痛苦："俏俏，我觉得是我害了三金……"

周俏没回答，因为不了解事情经过而不想随便发表意见，只是更温柔地抱住黎衍，像哄孩子似的轻轻拍着他的背："没事了，阿衍，三金已经没事了，你先不要想这件事，有我在呢，我陪着你呢。"

黎衍眼角湿润，但眼泪并没有流出来。他重新睁开眼睛看周俏，怔怔地看了一会儿后，突然就揽住她的后颈，重重地吻住她的唇。

十一个月的思念爱恋、十一个月的寂寞隐忍、十一个月的魂牵梦萦……此刻都化成一腔火热情欲。一秒钟都不想耽搁，两双唇疯了一样地纠缠在一起，吮吸舔舐，辗转厮磨，两双手也是一样，从彼此衣摆下探进去，动作狂热得仿佛恨不得撕开这碍事的布料。

黎衍的身体是热的，心却很空，周俏的身体由冰冷渐渐回温，心却是暖的。她缠绕在他身上，那样熟悉的感觉，就算时隔一年依旧默契又渴望。

她的阿衍有着与常人不一样的身体，但在她眼里他就是完美的，那么强健的肩膀、性感的锁骨、有力的手臂、紧致的腰腹……即使是那两截令人看着残忍又心酸的大腿残肢，她都视若珍宝，不会有一丁点的嫌弃和厌恶。

这就是她的阿衍，她最爱最爱的阿衍，不管变成什么样，他永远是她的太阳，是她的力量，是那个在寒冷雪夜微笑着拍拍她的头，对她说"小花，加油哦"的帅气大男孩。

周俏伏在黎衍身上，手指撩开他略长了一些的刘海儿，他的头发已被汗湿，呼吸急促，胸膛上上下下起伏着，雾气弥漫的眼睛凝视着周俏，声音低沉沙哑："俏俏……"

"嘘——别说话。"周俏笑起来，低下头浅吻他的唇。

不需要说话的，什么都不用说，没有任何语言可以比亲吻和抚触更能满足对彼此身心的强烈饥渴。

黎衍微仰着脖颈，陷在无边无际的温暖里……浑身战栗难耐时，他的双臂像铁钳一般有力。年轻男人低沉的声音响在周俏耳边，被汗水濡湿的额头亲昵地抵在一起，他又一次叫她的名字："俏俏……"

亲密过后，黎衍的情绪稍有好转。淋浴间里，他坐在塑料椅上，视线一直追随着周俏，不知是因为热水淋身还是别的什么原因，脸颊上泛着一片潮红。

周俏拿浴球帮他抹沐浴露，边搓揉边问："你是不是一整天都没吃东西？我看宋晋阳打包的饭菜都还在桌上。"

黎衍低下头："嗯。"

"你不饿吗？"

黎衍摸摸肚子："之前不饿，现在有点饿了。"

周俏笑得无奈："洗完澡先吃点儿东西吧，吃完了我们一起睡一觉，睡醒再说，我真的好困啊。"

黎衍点头："好。"

洗完澡，周俏把宋晋阳打包来的饭菜热了一下，陪黎衍吃饭。黎衍虽然说饿，胃口却不好，没吃多少就说不想吃了。周俏也不勉强他，两人刷过牙就又一次躺回被窝里。

这时候，黎衍其实想说些什么，但看到周俏疲惫的样子，还是把话咽了回去。周俏关掉台灯，说："睡吧，睡到十一点再说。"

黎衍亲一下她的额头："晚安，老婆。"

周俏失笑:"是早安,笨蛋。"

这一次,黎衍真的睡着了,左手搂在周俏腰上,右臂枕在她颈下,两人用一个半拥抱的姿势沉沉地进入梦乡。

第二十章
你是我唯一的病人

中午十一点闹钟响起,黎衍和周俏一同迷迷糊糊地睁开眼睛。

周俏起身穿衣服,下床时发现地上丢着黎衍的毛衣和羽绒服,羽绒服是湿的,全是泥迹,她心里一"咯噔",问:"你在外面摔跤了?"

黎衍刚撑着床面坐起身,看着那件惨兮兮的外套,知道赖不掉,"嗯"了一声。

"阿衍。"周俏重新坐回床边,抓过黎衍的手问,"前天,到底发生了什么事?"

黎衍靠在床头看着周俏的脸,沉默半响后,终于把那天晚上经历的事全部说给她听,从张有鑫的那通电话说起。

"……后来我就回家了,脱了衣服就上床睡觉,什么也没干,哪儿也没去,一直到你回来。"他抬眸看她,"俏俏,一会儿你能帮我去趟医院吗?我想知道三金现在怎么样了,我自己……不敢去。"

周俏听完黎衍的叙述,终于知道他为什么会说是自己害了三金。可能在黎衍的认知里,如果最后一个电话他能好好地开导张有鑫,耐心地和张有鑫聊聊,帮张有鑫排解烦恼,说不定就不会发生后来的事。

可是从周俏的角度来看,张有鑫打给黎衍的最后一通电话,不管聊得好还是不好,结果可能都一样。

张有鑫显然不是去找黎衍倾诉的,而是去告别的。他已经做好了准备和决定,如果他还在犹豫,就会向黎衍寻求帮助,但是他没有。他甚至可能是故意激怒黎衍,逼黎衍说出伤人的话,好让自己更加下定决心。

黎衍说他已经很克制,并没有说太过分的话,很多话是顺着张有鑫的话去说的,事情发生后,他感到痛苦又内疚,总觉得是自己的错。

"如果他没救回来,我这辈子都不会原谅自己。"黎衍皱起眉,摇着头,"我真的……昨天都不知道是怎么回来的,满脑子都是三金躺在地上的样子。我从没想过会看到这样的画面,是三金啊!周俏,我现在和你说话,脑子里想到的还是那个画面,抹都抹不掉,当时我真的以为他已经……他已经……就真的……"

他说不下去了,周俏赶紧抱抱他:"我知道我知道,阿衍你别担心,三金已经没事了,一会儿我去医院找柯玉,很快就回来。阿衍你别觉得这是你的错,其实是你救了三金的命,三金会好起来的!真的,他会谢谢你,你相信我。"

黎衍依旧摇头,神情沮丧:"怎么可能?"

"可不可能,等我从医院回来再说。"周俏凑过去亲亲他的脸,"你先答应我不要胡思乱想,我现在去做饭,吃完后我就去医院,你在家等我回来,好吗?"

黎衍点点头："嗯。"

午饭后，周俏独自一人去了医院。

黎衍坐着轮椅来到沙发边，把自己挪到沙发上，遥控器打开电视机，随意点播了一部电影看。

周俏说她两小时内一定回来，黎衍记挂张有鑫，其实也没心思看电影，就让电影自己播放着。

他找的是一部国外科幻片，初衷是想让轰轰轰的音效响个不停，显得热闹一些。电影里有部分战争场面，他眼睛看着，脑子放空，剧情完全没看进去。不知播了多久，有一枚炸弹在屏幕里炸开，一个配角被炸飞，他凄惨地大叫，主角跑到他身边一看，他的双腿已被炸得血肉模糊。

黎衍瞳孔骤然收缩，一下子气都要喘不上来，只看到那人挥舞着双手哀号连连，还是个很年轻的男孩子，看着只有十几岁。

主角想要带他撤退，他支起上半身，两条血淋淋的腿拖在身后。主角凝神思索，突然抽出一把匕首，说："忍着点。"

接着手起刀落，男孩子的惨叫声在客厅里360度环绕，主角帮他止血，一把背起断了腿又昏迷的他，跟跟跄跄地冒着枪林弹雨离开了。

黎衍看到那男孩伏在主角身上的背影，原本高瘦的男孩大腿只剩一半，被切断的伤口上胡乱包扎着布条。

黎衍知道这是假的，是电影特效，是情节需要，但他还是感受到一阵阵窒息。

他几乎坐不住，整个人歪倒在沙发上，低下头，双手抚上大腿残肢，隔着布料很用力地揉搓着，揉搓到剧痛都没有停下。

残肢里有短短的腿骨，会动的，黎衍可以摸到它。电影镜头已经变换，那个配角可能再也不会出现，黎衍却开始为他设想下半生。他会活着吗？他能回家吗？他没了腿，战争结束后回到家，他该怎么办啊？他还那么年轻，人生才刚刚开始，他有勇气活下去吗？

想到后来，黎衍几乎是连滚带爬上了轮椅，关掉电视后，快速逃进卧室。

医院里，周俏站在张有鑫的病房外。

张有鑫住单人病房，还在观察中，他的父亲和几个亲属都在，柯玉也在。周俏知道这时候是不可能和张有鑫说上话的，她也没有这个打算，只是在病房门口远远地看了他一眼，接着就找到柯玉。

两个女人在医院楼下的咖啡馆里相对而坐。柯玉穿一件黑色套头毛衣，原本帅气的短发没有打理，都柔顺地挂了下来，不再像个假小子，半阖的眼帘下睫毛微翘，居然显出几分慵懒的女人味。

只是她的精神看着很差，显然这两天几乎没睡。周俏把咖啡放到她面前，她小声说："谢谢。"

接着就是信息交换时间。

柯玉只大概地知道当晚发生的事，黎衍没有对警察说具体的电话内容，不过都告诉给了周俏，周俏就转告给柯玉。

她说完后静静地看着柯玉，等待柯玉开口。

柯玉手指转着咖啡杯，终于抬起头来："周俏，你回去告诉衍哥，这件事和他一点关系都没有，叫他千万不要自责。三金这一年来压力很大，大概是从两个弟弟出生就开始了。以前上学，他还有事做，后来大学毕业，他每天就待在家里，和我说想不出来能干点什么，又不愿意去他爸爸公司上班。"

"他喜欢一个比他低一届的女生，你可能不知道这件事。"柯玉苦笑了一下，"衍哥应该是知道的，三金管那个女生叫'女神'，我见过那个女生，是挺漂亮的，但是我说实话，我一眼就能看出她对三金是真是假。我对三金说过不要太当真，他还不高兴，说我嫉妒人家漂亮有女人味。呵！后来我就不说了，因为我发现三金可能自己心里都有数。

"这次的事情和那个女生有关。"柯玉继续说，"这件事我不打算告诉三金的父母，其实，本来我不打算告诉任何人的，不过我真的担心衍哥会乱想，所以我决定还是告诉你们两个，请你们为三金保密，不要说出去，可以吗？"

周俏："放心，我和黎衍一定不会说出去的。"

柯玉点点头，说："那个女生叫小柔，长得漂亮嘛，就有很多追求者，但她谁都没答应，和所有追求者都保持着暧昧关系。可以吃饭、逛街、唱歌、看电影、收礼物，但是不能牵手、拥抱，更加不能接吻，很奇葩吧？我也觉得挺奇葩的。"

周俏的生活里没有这样的人，不太想得通。

柯玉："小柔今年上大四，有个男生追她追得很厉害。三金算是小柔的追求者里和她走得比较近的一个，小柔收了三金不少礼物，不知怎的就被那个追求者知道了。那个男的前段时间和小柔通电话，千方百计套了她一些话，录音了，然后把这份录音发给了三金。"

周俏低呼一声："啊！"

柯玉叹口气："具体内容……我真的没办法讲，只能说不堪入耳。小柔说着可能是无心，那种女生见人说人话见鬼说鬼话嘛，应该也不会想要故意伤害三金，毕竟三金是她金主之一。但是对三金来说，听到那样的录音绝对是灭顶之灾！这份录音应该是压垮三金最重的那根稻草，可惜我当时并不知情。三金收到录音当天，就是前天白天，发了疯，冲我发脾气、摔东西、大吼大叫，我和他大吵一架，后来他就说到绝交。我当时也在气头上，实在待不下去就走了，为了防止他来烦我，我还关了机。"

周俏问："那你怎么知道这个录音的？"

柯玉说："昨天他爸爸让我看他的手机，找找他有没有写……遗书，因为家里没找到。他爸五十岁的人了，不敢找，伤心得要命。我就看了三金的手机，发现了这段录音，还有那个男的和三金的聊天记录。"

周俏明白了，光用想的就觉得后背一阵寒意："怎么会有这么坏的人？"

"永远不要低估人性的恶。"柯玉语气冷冷的，"这两个人，我不会放过他们的，不过不是现在，现在最要紧就是三金赶紧好起来。周俏，你回去劝劝衍哥，告诉他这事儿真和他没关系，是三金自己不长眼睛，衍哥千万不要被这事影响。"

柯玉倾身靠近周俏一些，压低声音："周俏，这话我只能对你说，因为你和衍哥在一起。衍哥和三金一样现在都是残疾人，但他们不是生来就残疾，也不是小时候出的事。他俩出事时的年纪对一个男人来说，几乎可算是最风华正茂的时候。而且你也看到了，他俩本身都很优秀，不管是外表还是综合能力，都是男生里拔尖的那种。他们遭遇的心理落差，不是一般人能够想象的。"

见周俏一脸紧张，柯玉顿了顿继续往下说："我不知道衍哥怎么样，反正三金吧，别看他平时大大咧咧、嘻嘻哈哈，他其实非常敏感脆弱。车祸以后他接受过一整年的心理疏导，可是直到现在，现实里一点点的、我们觉得微不足道的刺激，都会让他大发脾气。这次他会做这样的事，对我来说并不算特别意外，我只是没有预估到他会遭遇那样的刺激。如果不是那种程度的刺激，我也能好好护着他。我和你说这些是想提醒你，一定要多关注衍哥的情绪，真的，不能麻痹大意。这次的事儿是三金做得不地道，但我想你们也不会去怪他，我代他向你们道歉，请你回去好好和衍哥解释一下，叫他千万千万不要往心里去。"

告别柯玉，周俏打车回家，一路上思考着柯玉的话。

其实根本就不用柯玉说，周俏也知道问题的严重性，要不然，她也不会千里迢迢赶回来。张有鑫敏感脆弱，黎衍又何尝不是？

不仅敏感脆弱，他还易怒多疑，有时颓废抑郁，有时固执暴躁，受到外界刺激时情绪容易失控，要么大发脾气，要么丧到自闭。这事儿宋晋阳知道，沈春燕知道，周俏更是比谁都了解，只是两人在一起后黎衍已经把情绪控制得很好。

三月去Z市开年会，他出现过情绪问题，被周俏劝好了。到了九月去N市开年中会时，因为坐高铁时间比较短，全程没出岔子，一趟回来他高高兴兴的，还说给周俏买了雨花石。

周俏这趟回来只待三天，不知道自己够不够时间帮黎衍调节。对于这件事，她的砝码只有坚定不移的爱和两年来与黎衍相处积累下的经验，其实一点儿也不专业。她轻轻叹气，想着先回家再说吧。

到家后，周俏发现客厅没人，打开主卧门看到窗帘紧闭，不禁愣了一下。出门时，她明明把窗帘拉开了，还打开阳台窗子说通风透气，而且那时候黎衍已经起床，洗脸刷牙，吃过午饭，坐着轮椅在客厅说找个电影看看，等周俏回来。

可是现在，他居然又躲到被窝里，被子蒙着头，整个人蜷成一团。

周俏走到床边，感觉这场景半夜里刚发生过，她伸手轻抚黎衍的后背，叫他："阿衍，阿衍你怎么了？"

黎衍动了一下，慢吞吞地从被窝里探出头来，眼睛是红的。他撑着床面坐起身，张开双臂就把周俏抱进怀里。

"俏俏，我没疯。"他在她耳边说。

周俏蒙了："你当然没疯啊，你怎么会这么想？"

"我没疯……"黎衍还在说，"我没疯……"

周俏都不知道该怎么回应，只能不停拍他的背："阿衍，我在呢，你别胡思乱想，柯玉告诉了我一件事，我刚要告诉你呢，三金的事儿和你……"

"俏俏。"黎衍打断她的话，松开怀抱闭了闭眼睛，终于下定决心说出口，"我想去看心理医生，你能陪我去吗？"

因为时间仓促，周俏厚着脸皮向谢若恒求助，谢总很热心，将自己的心理医生介绍给她。那位医生是B大心理学硕士，留美博士，除了接诊，还在A大心理学任职教授。

谢若恒在电话里安慰周俏："你不要太担心，我和黎衍聊过天，虽然我不是心理医生，但最近几年对这方面挺感兴趣。我觉得黎衍的心理状态还是可以的，他以前接受过心理辅导吗？"

周俏说："没有。"

"一次都没有？受伤后都没有？"谢若恒挺惊讶。

"没有，一次都没有。"周俏恹恹的，"他很固执，那时候他妈妈也拗不过他，让他去他怎么都不同意。"

谢若恒说："那他靠自己调节成这样，算是很不错了，上班也有一年半了吧？都没有影响过工作是吗？还有你离开的这一年，他独立生活是不是也没有大问题？"

周俏想了想，回答："我是觉得，对他来说，如果生活一直在他的掌控里，比如每天上班去公司，下班回到家，那的确问题不大。但是如果他碰到一点计划外的事，我打个比方，假设某天他上班路上电动车坏了，或者他在哪儿往轮椅转移的时候不小心摔跤了，甚至是有人讲话刺激到他了，那他心情就会变得很差，会发脾气，或者会自己躲起来想东想西。我在的时候还好，哄哄就没事了，我要是不在，就电话里和他讲讲，他自己需要花几天时间才能想通。而这几天他碰到的事非常严重，对他打击特别大，我觉得他都有点儿崩溃了。"

谢若恒说："那黎衍的确需要去接受心理咨询。而且像他这种情况，别人逼着去一点用都没有，必须是他意识到自己有情绪问题，需要寻求专业人士帮助，那么去咨询效果才会好。"

他停顿了一下，说："周俏，别担心，心理咨询不会轻易给黎衍敲章定论，说他哪里哪里有问题。在最开始，心理医生就是像朋友一样和他聊聊。我冒昧问一句，黎衍平时有自残自杀倾向吗？"

周俏吓一跳，忙说："没有！至少现在，最近两年，都没有。"

"那就让他先和医生聊聊吧，看看有没有吃药的必要，如果症状轻微，就可以不吃药。我当年是需要吃药的，吃了一年多才被允许停药，后来没复发，就再也没吃过。"谢若恒语气稍微严肃了一些，"记住，如果医生给你们开了药，就必须要按时按量服用，这个一定要遵医嘱，明白吗？"

周俏应下："明白，谢谢你，谢总。"

谢若恒介绍的心理医生叫陈司尧，男性，四十出头，除了在某三甲医院开专家门诊和在A大定时授课外，平时大部分时间都在自己的心理诊所工作，需要预约，非常忙碌。

黎衍只愿意让周俏陪同去见陈司尧，而周俏只在钱塘待三天，所以，陈司尧特地抽出午休空当，在第二天中午十二点约黎衍见面。

见面地点就是陈司尧的心理诊所，位于一栋写字楼里。黎衍和周俏出电梯后发现那真的不像一间诊所，装修风格温馨舒适，浅绿色的墙，咖啡色的布艺沙发，落地窗处洒满温暖的阳光，宽敞的空间里点缀着鲜花绿植和色彩斑斓的油画。

接待小姐也没有穿护士服，而是一身休闲装，请周俏和黎衍等待片刻，她去通知陈司尧。

黎衍的轮椅停在落地窗边，和周俏牵着手，问："俏俏，你说我真的有病吗？"

周俏想说"没有"，但她对心理疾病真的不懂，谢若恒这么牛都看过心理医生，张有鑫也一样，这好像不是有病没病可以简单概括的。

她说："阿衍你别担心，谢总说他和你聊过天，觉得你状态挺好的。"

黎衍低下头："我其实……自己有感觉，我是有点问题的。"

周俏知道他很紧张，拍拍他的手："如果让我说心里话，我是觉得你一点儿毛病没有。谁还没个心情不好的时候了，总是有时候高兴有时候不高兴，你又不是神仙。"

黎衍笑起来："你不懂。"

"我是不懂，医生懂。"周俏说，"反正先和医生聊聊。没事儿，有我在呢，就算医生说你是个大傻子我也不会不要你的。"

黎衍被她逗笑了，拍拍她的脑门："你希望我是个大傻子吗？"

"谁要你老说我是小傻子的？别以为我不知道，你微信上就给我改名了！"周俏气呼呼地说，"我不管，我也要给你改成大傻子！"

黎衍笑道："改吧，傻子总比疯子好一点。"

周俏噘起嘴："别瞎说，你才不是疯子呢。"

黎衍没再说话，眼神沉静地看着她。这时，接待小姐回来了，带黎衍和周俏去陈司尧的咨询室。

陈司尧中等身材，戴一副眼镜，身穿米色宽松毛衣和卡其色休闲裤，面容很温和，不太看得出年过四十，看面相像是一个好脾气的大哥。

他的办公室就是咨询室，有一把舒适的椅子，还有一张可以半躺的沙发，光线不像进门大厅那么明亮，但也不暗，给人一种很舒服的感觉。

陈司尧和黎衍、周俏相互认识后，对黎衍说："你可以叫我陈哥，也可以叫我的英文名Liam，当然，叫我陈老师、陈医生都行，我就叫你黎衍，可以吗？"

黎衍说："可以，我还是喊您陈老师吧。"

陈司尧笑道："不用说'您'，说'你'就可以了，我不想显得自己太老，陈老师永远二十八岁。"

黎衍和周俏同时想到谢若恒，一起绽开了笑。

经过沟通，周俏选择回避，让黎衍和陈司尧一对一咨询。她离开时，黎衍眼神不舍，她也不管陈司尧在场，直接俯下身抱住黎衍，安抚道："我就在外面沙发上等你，顺便看会儿书，你和陈老师好好聊，放轻松，别紧张。"

陈司尧不动声色地观察他们，直到黎衍"嗯"了一声，周俏才离开咨询室。

黎衍坐着轮椅，自然不用换位子到椅子或沙发上，陈司尧问："想喝什么？红茶绿茶，咖啡果汁，矿泉水，我这儿都有。"

黎衍说："绿茶吧，谢谢。"

陈司尧帮他泡了一杯绿茶，漫不经心地说："黎衍，你和妻子感情很好？"

"是的，很好。"黎衍还是紧张，因为从未见过心理医生，对于他的问题时时带着警惕。

陈司尧笑容温煦，不带一点儿攻击性，讲话时会配合着手势："放松一些，黎衍，今天我们就聊聊天，我不会给你做任何测试，我们就互相了解一下，好吗？"

黎衍抿着嘴唇点点头。

陈司尧双手交握："唔……那我们先从哪里聊起呢？不如就说说你的妻子吧，你和周俏，你们是怎么认识的？我这人挺八卦，就喜欢听浪漫的爱情故事。"

啊，周俏。

黎衍思索片刻，说："我和周俏的相识有两个版本，她一个，我一个，是不一样的，你想听哪一个？"

陈司尧说："我想听合起来的那一个。"

其实，他已经从谢若恒那里知道了黎衍和周俏的相识经过，但是，他还是要听黎衍自己说。

"合起来的那一个。"黎衍想着想着，不由自主地笑了，"那得从很久以前说起，六年前，我念大四，二十一岁，周俏只有十七岁。"

"行啊，说说吧。"陈司尧像是很感兴趣。

于是，黎衍就把自己和周俏相识、重逢、相恋的经过说了一遍。看过俏俏日记，连两人没有交集的那些日子，他似乎都能体会到小周俏的一颦一笑和她当时的生活轨迹。

陈司尧听得十分专心，也不做笔记，偶尔在黎衍停顿时插嘴问一句，引导他继续往下说。

和周俏有关都是甜蜜的回忆，就算吵架都甜蜜，黎衍说得很顺，说完以后，陈司尧做简单小结："也就是说，你在五年半前的三月英雄救美了一回，可是在四月，你就碰到了一场意外？"

黎衍的眼神瞬间冷下来："对，四月，四月十二号，晚上十一点多，近十二点的时候。"

陈司尧说："黎衍，我知道回忆这些事会让你感受到痛苦，但是今天，我们就是为了解决这个问题才会有这场聊天，所以，我还是想听你说说那段时间发生的事。你可以想到什么就说什么，我只有充分地了解你，才能真正地帮助你。"

黎衍摸摸两截大腿假肢，沉默了一会儿。

车祸截肢后，他从未进行过心理辅导，当时，残联的工作人员说可以进行免费咨询，但他半点儿意愿都没有。

他不愿意看到自己残缺的身体，厌恶至极，哪里还会对着一个陌生人把这些惨痛经历再说一遍？想都不愿想，说出口直接会疯。

可现在，截肢已快六年，看着自己空荡荡的下半身也快六年，他都忘了有腿是什么感觉，脚踩着地又是什么感觉。以前夜里睡觉，手突然摸到残肢会吓得惊醒过来，最近两三年这种状况越来越少，就算摸到了，梦里也知道自己就是这样的身体，他已经开始习惯。

所以，在最初的排斥后，黎衍还是对着陈司尧把受伤、截肢、住院、复健的经过又说了一遍。

这样开口后，之后的聊天就顺理成章地进行下去。陈司尧知道了黎衍复健时的各种不顺心；知道他是如何在601室独自生活三年多，几乎不出门不见人；也知道他靠写网络小说为生；知道那几年他过得很落魄，不管是外表还是心理都游离在正常人以外；知道他唯一的朋友是截瘫患者张有鑫；知道他和母亲、继兄关系很一般……而最后，把他从这样糟糕的生活状态里拉出来的人，就是周俏。

"那么黎衍，我想知道，最近发生了什么事，会让你产生寻求心理咨询这个想法？"陈司尧声音平和，语速缓慢，"从你的描述里，我觉得你现在的生活状态挺好的，虽然周俏在国外进修，但是你们感情恩爱如初。你自己有稳定的工作，收入还不错，和同事关系也融洽，和家人的关系也处在一个非常好的阶段，你是怎么产生来咨询这个念头的呢？"

黎衍想了一会儿，说："陈老师，不瞒你说，截肢以后这五年多，我其实……一直都存在着……情绪失控的问题。"

他说得很痛苦："以前一个人住在601室，没人知道这些事，我就算发脾气，摔东西，哭，失眠……都不会被人看到。后来认识了周俏……她……我不知道该怎么说，反正她见过我发脾气时歇斯底里的样子。我知道自己有时候是不讲道理的，但是我控制不了，真的，我控制不了。事后我回想起来，觉得自己很浑蛋，但是当时我就是控制不了。"

陈司尧说："能给我举几个例子吗？不一定是和周俏有关，我想知道你所谓的情绪失控，究竟是怎样的一种程度。"

黎衍说："很久以前点外卖，送餐员不肯送上来，电话里和我说，你难道没长腿吗？我当时就疯了，把手机都砸了。

"现在这份工作，面试那天，回家路上一个人坐地铁，很挤，轮椅轮子弄脏了别人的衣服，那人想要我道歉，我当时……杀了她的心都有！

"我走路样子很丑，在小区里锻炼，别人看我，我……我真的、真的要花很大很大的力气才能忍住脾气，还是因为周俏在身边。如果周俏不在，我是绝对不会去外面走路的！有几次在外面上厕所，轮椅进不去隔间，我要走几步进去，被人看到了我都会……非常痛苦。就会一遍遍想，为什么是我要经历这一切？为什么我就不能和别人一样好好地走路？我没做过任何亏心事，为什么遭遇这一切的是我呢？我那个时候……才二十二岁！"

他情绪激动起来，眼睛也红了，双手捂住脸，肩膀止不住地抖动着："今年开年会，我们公司的人力资源总监在几百个人的大会上，说要给公司总部进行无障碍设施改造。我们总部……就我一个残疾人，平时坐轮椅的。我就不明白，你改造就改造，为什么要说出来，我也没求着你改造啊！我能上普通厕所的！就因为我坐轮椅，和别人就不一样吗？我明明工作能力比人家强，工作效率比人家高，就因为我坐轮椅，所以我工资活该就比别人定得低？"

陈司尧没有打断他，眼神沉静地看着他，任他发泄心中的委屈，等他冷静一点后，示意他继续往下说。

黎衍深吸一口气，眼角一片湿润，神情无助又沮丧："我其实……一直到现在，都不能接受自己的身体。刚才说的那个叫三金的朋友，他说我拍照非要站起来拍，是在他面前秀优越感。其实不是的，那是我最能够接近普通人生活状态的一种方式了。我平时没法走，就算走也很丑，我只有拍照时能像个普通人那样站着，尤其和周俏一起，我想像普通的丈夫，可以给她依靠！我不是排斥坐轮椅，我哪里离得开轮椅？那就是拍个照而已，都不能让我站着吗？！"

"这件事我完全理解并支持你。"陈司尧说，"在你的能力范围内，站着拍照，坐着拍照，都是你的自由。"

黎衍皱眉摇头，说："除了医生护士、做假肢的工作人员、复健师……我不愿意让任何人看到我的腿，包括家里人、同学、好友……就算在他们面前不穿假肢，我也一定会穿长点儿裤腿的裤子。我做不到像别的双大腿截肢的人那样，光着个腿拿两个小板凳挪来挪去，人家说那叫洒脱，人生在世有什么看不开的，自己方便舒服最重要。不！对我来说不是！我宁可不要这种洒脱，让我那样子做，不如杀了我。"

陈司尧说："我理解，这很正常，每个人都有自己的底线，不是别人能接受你就非得要接受，你遵从的是自己的内心，不用去理会别人的话。"

黎衍继续说"我一直是这么坚持的，唯一例外的就是周俏。她是我妻子……但就算是周俏，我第一次被她看到身体时，照样很难接受！当时差点就疯了，因为那个时候我已经喜欢她了！被她看到残肢，我真的就……就想去死！"

他瞪大眼睛看向陈司尧："我以前经常会想要去死，从六楼跳下去。都这样了，活着还有什么意思？一个人住在601室，活得人不像人鬼不像鬼……我就是放不下我妈！我死了，我妈怎么办？那时候我打定主意不结婚的，我都想好了，我妈哪天没了，我立刻就跟着她去，都没想过我会遇见周俏！"

陈司尧耐心地倾听着，黎衍的语气又平缓下来："和周俏在一起两年了，这个念头没再出现过。我是想和周俏一起到老的，就算过得苦一点穷一点，只要两个人在一起，生个孩子，有份工作，我觉得就很满足了。可是最近，我的朋友三金居然自杀！还是我报的警！消防破开门的时候，我看到他躺在地上……那个画面到现在都还在我脑子里！我知道我不应该去想，为什么还要去想这种事？但是我控制不住自己！我就是会去想，想到自己以前也有过这样的念头，想到万一哪一天，我也碰到自己承受不住的事，我会不会和三金一样？三金比我开朗很多啊！那我万一也这样，周俏怎么办？我妈怎么办？"

这些想法，黎衍没对任何人说过，连周俏也没敢说。他怎么能对周俏说出他有这样的想法？会吓到她的，她会哭的！

他甚至都吓到自己了，就连看一部虚构的电影他都承受不住，以后怎么办？有人笑话他，有人讽刺他，摔跤了出糗了，出门在外碰到困难了，他能经受这些接二连三的考验吗？

陈司尧说："黎衍，我大概知道你的问题所在了。现在，我想听你说一说你的成长经历和家庭情况，刚才我一直听到你说你妈妈，那你爸爸呢？"

黎衍缓了口气，沉沉开口："我并不想说他，他在我八岁那年出轨，和我妈离婚了。八岁到现在快二十年，我见他次数非常少，这个人在我生活里算是忽略不计。"

"你和你妈妈感情怎么样？"陈司尧问，"我是说你受伤以前。"

黎衍眼神飘了一下："挺好的，不过小时候她因为单位里下岗，找了个新工作特别忙，有几年我是住在外婆家的。后来十五岁上高中，我志愿特地填的住宿学校，我妈也找了男朋友，搬去和对方同居了。从那以后我和她一起生活的时间就变得很少，直到现在。"

陈司尧问："八岁以前，你父母没离婚的时候，他俩感情好吗？对你照顾多吗？"

"我不太……记得了。"黎衍说，"我和我妈相处比较多，她是一个很容易知足的人，对我也很好。我爸……我印象里他工作一直很忙，事业心很重，对钱和权比较渴望，其他真没什么印象。他俩没离婚时也不怎么吵架，就挺普通的双职工家庭，我也不是黏人的小孩儿，习惯了自己去外面玩，小时候挺皮的。"

陈司尧微笑着："那再说说你的成长吧，小学、初中、高中、大学，想到什么说什么，你挺帅的，小时候一定很受女孩子欢迎吧？"

求学经历……对黎衍来说，那算是他人生的高光时刻，几乎是从小到大一路高光。长得好看，个子高，成绩好，体育棒，性格也阳光，他自己都找不出身上有什么缺点，大概就是比较骄傲臭屁吧，也不怪宋晋阳那会儿看他不顺眼。

只是，过去有多辉煌，现在就有多失落。禁锢在轮椅上多年，用假肢修饰自己的残缺，不管去哪儿都要被迫接受无数异样眼光，被人说"小伙子这么年轻，长得又帅，真是可惜"，一年又一年，居然都有些习惯了。

陈司尧听完黎衍讲述求学经历，又听他补充完父母离婚的原因和离婚后母子二人窘迫的生活处境，思考了一会儿，说："黎衍，我简单地分析一下，可能会不准确，毕竟我们才第一次聊，你先听听，好吗？"

黎衍点头。

陈司尧缓缓说道："你小时候家庭关系算是一般，缺乏父爱，同性别的父亲出轨给你做了不好的榜样，导致你幼年时对母亲比较依恋，并且想要更好地保护母亲。父母在你八岁时离婚，母亲工作辛苦，对你疏于照顾，有几年隔辈抚养。

"你十五岁时母亲有了同居男友，之后大多数时间你开始独自生活。在最需要建立同一感的幼年到青少年时期缺乏父母陪伴，你可能没有很好地建立忠于客观的自我认识。好的一点是，因为你很优秀，生活和学习就比较成功，交心的朋友不算太多，但人缘应该不错，能在一定程度上弥补少年时期家庭缺失带给你的影响。

"可是你二十二岁那年遭遇了车祸，对于想要改变自己和母亲生活状况的你来说，身体变得残障是个毁灭性的打击。你对未来的生活丧失了希望，一个人颓废地生活了三年多，直到你遇见周俏。

"周俏对你来说，是对过往生活缺失的很多东西的一份补偿。她满足了你少年时起就缺乏的依恋、依赖的需求，她无条件地爱你，并且在你给予她一些关爱时，会再反馈给你更多更浓烈的感情。她给了你足够的安全感，让你自信，给你鼓励，并且让你对未来重拾希望。你和她的这份感情是可以经得起时间推敲的，你自己都确信这一点，对吗？"

黎衍点头："对。"

陈司尧笑笑："那么其实很简单，我给你的建议，第一，顺其自然，为所当为。也就是说，不要刻意去回忆过去的事情，要重视当下的生活，接纳全新的自己。对于情绪的自然变化，不要恐惧，接受、理解这种变化，有坏情绪很正常，用你自己的办法去调节，去和解，不要想着去消灭它。"

黎衍迟疑着点头："陈老师，你继续说。"

"第二，鉴于你目前的人际关系，你还是要多和周俏交流。我知道你没法子对所有人放下防备，没关系，这很正常，你只需要对周俏完全敞开心扉就行。这世上只要有这么一个人存在，对你来说就足够了。"

黎衍问:"那……第三呢?"

"很遗憾,没有第三。"陈司尧笑得开怀,"如果一定要说第三,那就是,我觉得你还是需要定期到我这里来聊聊。频率不用很高,半个月一次就可以,不过这个完全看你自己的意愿。我的建议是你先进行三个月,也就是六次咨询,到时候我会给你一份更详尽的心理分析。"

黎衍的情绪渐渐平复下来,问:"陈老师,那我到底是什么病?"

陈司尧掂酌了一下,说:"黎衍你要知道,今天只是我们第一次见面,第一次聊天,我还不能给出明确的回答。不过我的初步判断是,你的情绪目前是在一个可控范围内。也就是说,你自己大部分情况下都能把情绪调整得很好,很稳定,也没有影响工作和生活。所以,即使后期我会做出更准确的判断,那个答案也应该是比较积极的。"

黎衍皱起眉:"你的意思是……我没病?"

"这不是非黑即白的问题,黎衍,你应该明白。"陈司尧给他解释,"你肯定存在情绪问题,但不是简单的什么症、什么症能够一锤定音的。我现在也只是一个很初步的分析,接下来,需要和你多聊几次,多了解你,我才能有更准确的判断。"

黎衍问:"那我需要吃药吗?"

"不需要。"陈司尧给了他明确的回答,"真的,信我,你目前不需要吃药,我相信你有自己的办法去调整状态,每个人都有自己解压的方式。"

说到这个,黎衍难以启齿:"我……陈老师,我有一个很不好的习惯,就是遭到打击时,我喜欢一个人钻进被窝里,被子盖着头,就……感觉特别爽,有时候还会哭……我想改变这种状态,毕竟我是个男人……"

陈司尧对他摇摇手:"不用改变!真的,黎衍,不用改变。这就是你解决问题的一个方式,钻被窝怎么了?是男人怎么了?哭又怎么了?只要这种方式能让你感到安心、舒适、解压,又不影响别人,不影响你自己,为什么要去改变呢?你改变了它,你能想出其他更好的解压办法吗?"

黎衍觉得自己被陈司尧说服了,仔细一想,钻个被窝而已,的确是没什么大不了的。

陈司尧看过桌上的台历,说:"黎衍,你一会儿问门口的小金要张名片,和她预约下一次的咨询日期,两个星期左右,不要超过三个星期。"

黎衍应下:"好的,陈老师,谢谢你。"

陈司尧态度和蔼,面带微笑:"不客气,今天很高兴认识你。若恒说得没错,你果然是个很优秀的小伙子,周俏也是个很优秀的女孩子。"

第一次咨询即将结束,陈司尧说:"黎衍,刚才我和你聊的内容,包括你的讲述和我的判断,我都将全部替你保密,不管是谁都不会告诉,放心吧。"

没想到,黎衍说:"你可以告诉周俏。"

"哦?"陈司尧感到意外,"你确定?"

"我确定。"黎衍眼神坚定,"我想让她知道,想让她知道所有的事,不想让她担心。而且,我也想让她知道,以后要怎么和我相处。我和她在一起,她的存在比我重要,让她更了解我,对我和她的未来是有好处的。"

陈司尧点头:"我明白了,那这样吧,一会儿给我一些时间,我和她聊一聊。有些话我也的确想和她说。"

黎衍长出一口气："行，谢谢你，陈老师。"

陈司尧送黎衍离开咨询室，周俏坐在落地窗边的沙发上看书，见黎衍转着轮椅出来，立刻迎了过去。

陈司尧说："黎衍，你在这边等一下，我和周俏聊聊，很快的。"

周俏很意外。

黎衍眼神温和地抬头看她，又捏捏她的手，说："去吧，陈老师有事找你，我等着你。"

周俏便跟着陈司尧进到咨询室。

关上门后，陈司尧长话短说，把自己和黎衍聊了哪几块内容说给周俏听，又说了自己的初步分析。最后，他对周俏说了一番话，这番话他没对黎衍说，觉得现在还不是时候。

陈司尧看着周俏："我初步判断，黎衍有轻度的躁郁症，不过我没和他说，因为今天这样实在没法确诊。请你也先不要和他讲，我需要再和他聊几次，诊断更明确时，挑个合适的时机再对他说。"

周俏惊呆了："什、什么叫躁郁症？"

"抑郁症你应该听说过吧？大众都有概念了。"陈司尧为她解释，"躁郁症是一种双向情感表现，我说得太专业你可能不懂，简单解释就是，患者既有躁狂发作，又有抑郁发作。好消息就是，即使黎衍确诊，他的病症也是很轻微的。我推测几年前他的躁郁程度会更重，不得不说他的心理素质很不错，在经历了这么大的磨难后，不接受心理辅导，不吃药，慢慢地把自己的心理状态调整得越来越好。当然，这其中你起了非常关键的作用。"

周俏什么都说不出来，一个"躁郁症"就已经把她给整蒙了。

陈司尧说："黎衍的病因特别简单，谁都知道，意外致残，生活压力大，因为残疾后肢体缺失而导致生活不便，以前能做的很多事现在都做不了。他会很无助，很委屈，觉得老天对他不公，进而就感到痛苦、压抑、无处发泄，然后就会情绪爆炸。但是，听我说周俏，不管是躁狂还是抑郁，他现在的状态真的都很轻微，我和他也说了，不需要吃药，顺其自然，半个月到我这儿来咨询一次就行。"

周俏愣愣地问："他会好起来吗？"

"会的，需要他的配合，你的配合，你最重要。"陈司尧对她微笑，"真的周俏，你不需要有什么改变，就像以前一样对待他，我知道你爱他，信任他，尊重他，鼓励他，对他非常好。做得很正确，保持就行！他要是哪里做得不对，你也可以去批评他，没关系，他能承受。"

周俏眨巴眨巴眼睛，似懂非懂。

陈司尧的语气充满信心："黎衍会好起来的。你看，他已经有了倾诉的欲望，愿意来和我聊，话题很开放，说明他对我建立了基本的信任，除你以外，他有了发泄的出口。有了倾诉的欲望，就意味着他有了改变的想法，他想要回归正常生活，不再被情绪问题挟持，这是个漫长的过程。现阶段，我是建议他接受情绪变化，不要妄图消灭坏情绪，而是与它和解。至于以后，我们慢慢来，总有一天，他将会真正接纳现在的自己，看世界的角度都会变得不一样。坏情绪依旧会出现，但会像你和我还有大多数人一样，好比吃瓜子，吃到一颗苦的，吐了就是，再也不会把整盘瓜子都给掀了。"

告别陈司尧，离开诊所后，两人居然都挺轻松，心情就像钱塘的天气一样，雨过天晴，阳光明媚。

周俏问黎衍："没吃中饭呢，你饿吗？"

"饿。"黎衍转着轮椅往"小黄蜂"那儿去，"都一点多了，能不饿吗？"

周俏又问："你想在外面吃，还是回家做饭？"

"我想回家。"黎衍拉过周俏的手，眼神里带着笑意，"我想吃你做的饭，简单点也没关系，你做的辣椒小炒肉，我快一年没吃着了。"

周俏笑着说："行，那回家，我做给你吃！"

回家的路上，周俏坐在"小黄蜂"后排，环抱着黎衍的身体。

她想，管他什么躁郁症、坏情绪，确不确诊一点儿都没关系，黎衍就算是个傻子，是个疯子，她都接受，她都喜欢。

陈老师不是说了嘛，黎衍会好起来的！那么那么宝贝的黎衍，周俏对他有着无比的信心。陈老师说他心理素质很不错，周俏心里得意，哼！她早就知道她的黎衍内心超级无敌霹雳强大！

现在的困难都是暂时的，周俏一点也不害怕，抱着黎衍说："阿衍，我好开心。"

黎衍失笑："开心什么？你老公都疯到去看心理医生了，你还开心？"

"别瞎说！陈老师都夸我了，说我做得很好。"周俏笑嘻嘻的，"是不是说明我也能做心理医生啊？"

"你啊……"黎衍开着车，拖长语调说，"也就只能做做我一个人的心理医生了，跑出去给别人看病，和江湖郎中、赤脚医生有什么两样？"

周俏摇头晃脑："我也不要去给别人看病，就给你一个人看就行了，你是我唯一的病人！"

黎衍忍不住笑起来："可惜你不是我唯一的医生。"

"没关系。"周俏把脸贴在他宽阔的背上，"As long as I'm your one and only love.（只要我是你唯一的爱）"

黎衍哈哈大笑："哟！周俏花同学和我飙英文了！"

周俏懊恼，往他背上拍一下："不行啊！说错了吗？"

"没错没错，半点儿错都没有。"黎衍顿了一下，清清嗓子给了她一句回答，"For sure, so am I.（当然，我也是）"

因为周俏临时回来，晚上，沈春燕、宋桦和宋晋阳夫妻来黎衍家吃饭，周俊树接到通知也从学校赶来。

沈春燕没让周俏进厨房，就让她陪着黎衍在外面和大家聊天。宋晋阳和周俏都默契地没提起张有鑫的事，所有人都只是围着周俏问新加坡的见闻。

对于周俏的异国生活，黎衍并不好奇，只在边上安静地听。因为两人天天视频，他几乎什么都知道，周俏也是一样，每天都会和黎衍谈心，说是分开一年，其实对彼此依旧很熟悉。

吃过饭，周俊树主动洗碗。周俏进到厨房，看着自己人高马大的弟弟，拍拍他的背，叫他：

"小树啊。"

周俊树转头冲她笑,她也不再说什么,想到客厅里的那些人,还有小树和黎衍,突然就觉得自己很幸福。

她在钱塘有家了,还多了好多家人,他们都爱她,她也深深地爱着他们,这在以前根本是难以想象的事。

夜里,黎衍和周俏在床上静静地依偎在一起。

生平第一次接受心理咨询的小黎先生此时心境格外淡定,想象中压抑、恐惧的场景从未出现,他没有被审判,甚至都不用吃药。陈老师说他将情绪控制得很好,身边又有一个周俏为他兜底,他意识到,其实事情并没有他想象的那么糟糕。

未来的生活依旧充满困难,不过他能控制,能克服,能和周俏一起手牵手慢慢地走下去。

两人絮絮地聊着天,周俏的手指在黎衍胸膛上一下一下地划着,黎衍觉得痒,捉住她的手就塞到被窝里,放在自己腰上。

"明天你又要走了,春天才能回来。"他抓着她的手从腰线上一点点往下探,很快就到了底,"一年没见了,你也不问问黎小衍想不想你。"

这人真是……在某件事上,周俏到底不是那种热烈奔放的姑娘,这时候脸羞得通红,手想躲却躲不掉,被黎衍紧紧抓着,带着她一道探索。

他的大腿残肢也一并抬动起来,轻柔地摩挲着周俏腿上的皮肤,冰冰的,软软的,奇异的触觉。周俏抬眸看他,眼底一片水汪汪,他被她看得情难自禁,低下头就吻住了她的唇。

虽然再过三四个月就能见面,但对小黎先生来说,这次见面的最后一晚还是要好好珍惜,谁让他都憋了一整年。黎小衍终于高兴了两回,在周俏的讨饶声里,黎衍才意犹未尽地放她去睡觉。

短短的三天两夜过去,周俏乘坐次日下午的航班飞往新加坡,继续她的进修之旅。

宋晋阳上班走不开,沈春燕和黎衍打车给周俏送机。回家的出租车上,黎衍额头抵着车窗玻璃,很是没精打采。沈春燕知道他心里难过,也没法子安慰他。

周俏离开后的那个周末,黎衍去医院探望张有鑫。

轮椅停在病床边,黎衍眼神冷酷,张有鑫被他看得身上都起了鸡皮疙瘩,小声说道:"衍哥,对不起,还有……谢谢你报了警。"

黎衍冷冷地盯着张有鑫:"你就是个傻子。"

张有鑫耷拉着脑袋不敢吭声。

自从他恢复意识,几乎所有人都在骂他,父母骂他,柯玉骂他,现在连黎衍都骂他,骂得他简直要怀疑人生。

老张那天甚至要打他,还是被柯玉拦下来的,不过柯玉也没给他好脸色看,天天都凶得很。张有鑫觉得自己不像在住院,倒像在坐牢,偏偏因为身体原因,很多事儿还要求着柯玉帮忙,这几天也是过得很委屈。

柯玉扫了张有鑫一眼,问黎衍:"衍哥你喝咖啡吗?我去给你买。"

黎衍知道柯玉是想把时间留给他们,说:"好,热摩卡,谢谢。"

柯玉出去了，张有鑫才敢把头抬起来，他瘦了很多，脸色还是不太好，服药过量对他的肝肾有轻微损伤，所以还留在医院里观察。

黎衍看向病床边张有鑫的轮椅，问："你轮椅还送我吗？"

张有鑫一愣，脸色更不自然了："送个鬼，送给你我坐什么？这架轮椅三万多呢，想要自己买去。"

"呵！"黎衍冷笑一声，"张三金你知道吗？我被你搞得都去看心理医生了。"

张有鑫的眼睛睁得大大的，犹豫着问："你是要找我报销吗？"

"滚蛋！"黎衍真是气不打一处来，"你到底是怎么想的？你有没有想过如果你真出了事，我怎么办？你是想拉我一起去吗？"

"对不起，衍哥。"张有鑫知道自己干的蠢事儿的确对黎衍造成很大的伤害，"我那天，说的那些话很过分，你别往心里去，我是故意那么说的。还有……那天喝多了嘛，柯玉又关机，我给她打了几十个电话都打不通，实在太郁闷了，唉……"

他叹了口气，又怯怯地看向黎衍："衍哥，你以前写小说的，小说不是常有重生啊、穿越啊之类的嘛，我那天就在想，我能不能重生啊，重生回十九岁，车祸前，那该多好。或者让我穿越去随便什么乱七八糟的地方，只要能站起来走路，腿能有感觉，穿去原始社会都行。"

黎衍无话可说，看着张有鑫宛如看智障："你自己听听，这是个二十多岁的人说出来的话吗？姜哥家的小希望都比你成熟！你脑袋里都在想什么？"

张有鑫眉毛挂成一个倒八："就想想也不行啊？做做梦嘛，衍哥你没想过吗？要是真能重生该多好啊。"

黎衍深吸一口气，认真回答："从没想过。"

"你写小说的，想象力怎么这么贫乏？"张有鑫嘟囔着。

黎衍说："三金你要知道，你要是重生到十九岁，还能遇见柯玉，我要是重生，我就碰不到周俏了。"

张有鑫若有所思，好半天后奇怪地问："为什么我重生了还要遇见柯玉啊？这么可怕，那我还是穿越去原始社会吧。"

黎衍决定以后下雨天再也不吃止痛药，这药吃多了估计伤脑，会降智。

十二月下旬，黎衍独自一人去见陈司尧，进行了第二次咨询。

这一次，陈司尧没和黎衍聊过去的事，只是针对这半个月来黎衍的生活，用启发式的问句引导他诉说心情。

"周俏最近在忙什么？圣诞节打算怎么和她隔空过？"

"这段时间在公司，你有碰到不开心的事吗？"

"你每天花多少时间锻炼？都练的什么内容？我看你身材很好啊，小伙子新陈代谢到底不一样，我们这种半老头儿只有羡慕的份。"

"你去看过三金了？聊得好吗？他应该没事了吧？"

"这两个星期，心理上有没有因为什么事情，或什么人产生过波动？"

"有和妈妈见面吗？她给你做了些什么菜？啊……看来你喜欢吃肉，平时你自己会做饭吗？水平如何？"

听着都是些不着边际的话题，聊完以后，黎衍心里却感到很轻松。

临走前，陈司尧说："黎衍，你以前在家写过三年多的小说，现在呢？还写吗？"

黎衍说："不写了，上班以后就没写过，根本没有时间写，连载小说更新压力很大的。"

陈司尧笑道："不一定非要每天连载，也不一定要写小说。我的意思是，你说过阅读和写作一直是你的兴趣，其实你可以继续保持。周俏不在，有时候你心里烦闷或是高兴，不能及时与她分享，可以通过写作来释放压力，倾诉感情。用笔写，用电脑写，都可以。给人看，不给人看，也都行。当然啊，这只是我的一个建议，主要是每个人吧，在兴趣爱好方面投注一点精力，是很愉悦的一件事情。"

黎衍明白陈司尧的意思。

他没有音乐、美术方面的特长，曾经擅长的体育运动现在也很难再进行，陈司尧可能觉得他的业余生活太枯燥，周俏又不在，就鼓励他捡起一些爱好，比如写作，也算是陶冶情操，能让生活过得丰富一些。

黎衍听进了陈司尧的话，可暂时没有动笔的念头。他每天下班后都挺忙的，要做饭，要锻炼，要和周俏视频，还要刷题。

再过半年就要考CFA三级了，三级比一级、二级要难许多，很多人都是挂在三级上。交了那么多的考试费，黎衍不想挂，所以每天都要抽时间复习，哪里还有精力去写作。

很快，又到跨年夜那一天。

夜里11点50分，黎衍独自一人坐着轮椅待在小区中心花园里。

他腿上放着一个塑料袋，里头是大大小小的烟花。他拿出一个扁扁的六边形烟花放到地上，打开手机接通周俏的视频。

"老婆！准备好了吗？"黎衍呵着气，搓着手，"今天好冷啊，钱塘有冷空气，降温到零下了。"

周俏待在宿舍阳台上，笑嘻嘻地看着他："准备好啦！"

"我这次买的烟花比去年的漂亮，不过去年那种也买了，我只带了两支下来。"黎衍看着时间，"快倒计时了，先给你看一个'金银树'！"

周俏说："我来倒计时！"

黎衍掏出打火机，拿起手机对着地上的烟花拍："没有时差真不错，可以和你一起跨年。"

他做着准备，手机里的周俏叫起来："到了到了！五，四，三，二，一！老公新年快乐！"

"老婆新年快乐！"黎衍的打火机点燃引线后，飞快地将轮椅退到一边。

金银树是一种喷射类烟花，从筒口喷出三四米高的金色火花，呲呲作响，绚烂的光线映照在黎衍脸上，他对着烟花拍摄，一边拍一边说："新的一年，希望咱们家的周俏同学在新加坡吃好睡好，工作顺利，学业进步，身体健康，别太辛苦啊。"

周俏只能听到他的声音，看到的是喷射着的火树银花，说："那我希望咱们家的黎衍同学在钱塘也吃好睡好，身体健康，工作顺利，考过CFA三级，年度再涨薪10个点！"

"还10个点？"烟花放完了，黎衍转过手机面向自己，笑着说，"周俏花同学，不能这么贪心，这次不可能有10个点了，最多5个点，就算1个点不涨也没话讲的。"

周俏撇撇嘴:"我们都涨薪了呢,一月开始三千新币了!涨两百喔,折成人民币就是一千哦!你这可是拉了咱们家的后腿啊!"

黎衍大笑:"那没办法,谁叫周俏花同学这么能干呢!赚的还是外币!黎衍同学就这么点儿本事,躺平任嘲,以后就吃老婆软饭了!"

周俏咯咯直笑,边上突然多出一个脑袋,白嫩嫩的脸,一双乌溜溜的大眼睛。黎衍愣了一下,向着对方挥挥手:"嗨!新年快乐。"

"新年快乐!黎大帅哥!久仰大名!"胡丹绮笑眯眯地搂着周俏,"打扰下你们二人世界,我也想看烟花,可以吗?"

"没问题,我继续放,还有好几个呢。"黎衍继续把剩下的几个烟花一个个放完,除了有在地上喷射的,还有在地上飞速旋转的,一边转一边变幻着五颜六色的光。

黎衍给她们解说:"漂亮吗?费了老大劲儿才买到的,只冒火花不会响,吵不着人。"

周俏在那边大叫:"漂亮极了!"

最后只剩两支彩珠筒,胡丹绮看着周俏的屏幕,只见镜头晃了几下后,手机固定住了。两个女生看到黎衍的脸,他说:"我站着放,这样能看得到吗?"

他站直身子,慢慢地退后两步,又转了个身,手机便拍到他的侧面背影。他挪动时身体依旧会控制不住地摇摆,胡丹绮还是第一次看见黎衍走路,没敢说话,周俏却是一直笑盈盈地看着他。

手机应该是竖着摆在轮椅上,黎衍点燃引线,单手举着彩珠筒45度向天,很快,一颗一颗的小火花就射了出去。

"看得到吗?"他问。

周俏和胡丹绮一起喊:"看得到!"

"黎衍同学得站稳。"黎衍回头对着手机一笑,"两个美女看着呢,这新年第一天要是摔了,就太丢脸了。"

周俏哭笑不得:"你注意力集中呀!小心点儿!"

"放心,我有数。"黎衍自信地说,"就这么几步路,你老公现在能走。"

胡丹绮狗粮吃得够够的,却舍不得走开,直到黎衍放完全部烟花,摇摆着走回轮椅上坐下,周俏才和他结束视频:"新年快乐,老公你赶紧回家吧,小心感冒。"

黎衍裹裹外套:"真挺冷的,风很大,你也早点睡吧,新年快乐,老婆晚安。"

周俏:"晚安,mua!"

黎衍:"mua!"

胡丹绮:"……"

周俏摁灭手机,胡丹绮一下子就把脑袋搁在她肩膀上。

整整一年同吃同住同上课同上班,身在异国他乡、举目无亲的两个女生已经结下深厚的友谊。

"怎么了丹丹?"周俏终于发现胡丹绮不对劲,眼角挂着眼泪。

胡丹绮说:"我想家了,想我爸,想我妈。"

周俏抱抱她:"没事啊,再过三个月就能回去探亲了。"

胡丹绮抹抹眼泪，抬起头来看周俏，嘴一咧，"哇"一声就哭了："俏俏，那个浑蛋刚刚和我说分手了！原来他早就有新的女朋友了，一直瞒着我！呜哇哇哇……"

新的一年开始，胡丹绮失恋了，不过，她很快就恢复过来，因为周俏把这件事偷偷地告诉给徐辰昊，徐辰昊又告诉给了小章。

于是，这一年情人节时，周俏就发现胡丹绮收下了小章送的一支口红。

"唉……这该死的爱情，啧啧啧。"视频里，周俏把这件事说给黎衍听，"阿衍，你说，他俩要是成了，我算不算红娘呀？"

黎衍在那边笑个不停："我都没发现你居然有这个爱好？"

周俏跟着他一起乐。

到此时，黎衍接受陈司尧的心理咨询已有五次，周俏问他感觉怎么样，他说挺好的。

"继续咨询吧！"周俏说，"每个月也就一千多块钱，咱花得起。"

黎衍又笑了："这不是钱的问题，主要是我真的感觉挺好的，每次去和陈老师聊天都特别舒服。虽然有些事情平时和你也在讲，但和他是当面聊，他给的一些建议真的很有用，所以我自己也想继续。"

陈司尧已经给黎衍出过一份详尽的心理分析，黎衍拍给周俏看过，很意外的，从头到尾没有出现"躁郁症"这三个字，倒是出现了轻度抑郁的描述。

周俏自然不会去和黎衍说，她想，陈老师肯定有自己的想法，也许在他看来，现在的黎衍心理状态已经很不错，又不用吃药，何必再去刺激他一下呢？

这几个月，周俏自己也找了一些心理学方面的电子书来看，虽然很多内容不能理解得太透彻，大概的意思还是能明白。

心理疾病其实很普遍，只是每个人程度不同而已，种类又很多，症状各异，连区分形式都有很多种，所以心理学实在是一门很博大精深的学科。

四月底，周俏回国，开始幸福的两周休假。

到家第一晚，她和黎衍就面对面坐在床上，开始计算分别的这一年零三个月，他俩一共存了多少钱。

结果是：黎衍输了。

周俏存了十五万多，黎衍的积蓄加上公积金，一共十三万多。

年初时他果然没能涨10个点，只是普通年度涨薪5个点，底薪涨到九千出头。

黎衍弱弱地为自己辩解："我刚付完年房租。601室是春节后才租出去的，对方房租还是半年付，这一来一去就相差好几万呢。还有我报名考试，每次都要一万。"

周俏笑呵呵地拍拍他的头："不用解释，我不怪你。"

宋晋阳搬去了新家，春节后，永新东苑601室租给了新的房客，跑中介、收房租的事儿全权由沈春燕和宋晋阳搞定，房租倒是一分不少地进了黎衍口袋。

"哇！我俩居然存了这么多钱！"算完存款，周俏兴奋得要命，"阿衍！二十九万哦！"

黎衍也觉得很神奇，也就一年多，家里的存款眼看着要突破三十万。明明两年前，他俩对着一万块的接受腔都要愁眉苦脸地抱头痛哭。

周俏拉过黎衍的手说："阿衍，你听我的，六月考完试，你就去学车，拿到驾照后立刻买辆车！"

黎衍抬头看着她："买车？"

"对！先买车。"周俏笑得眼睛都弯起来，"咱有钱，还能继续挣！你上下班开车更方便，明年我休假回来，你开车来接我好不好？"

黎衍设想了一下那个场景，居然也有点激动，点头说："好，先买车。"

只是，小黎先生没能休假陪周俏，那是因为，部门里所有的Junior都得到风声，到这年七月，财务分析部又要增加新坑，会增加一个Senior FA岗和两个Junior FA岗。Junior岗肯定是外招，而Senior岗则是从部门现有的Junior里提升。

如此一来，黎衍就不敢休假了，天天都是爱岗敬业小标兵。他觉得对不起周俏，周俏却说："升职了底薪能有一万四啊！你要不晚上加加班再回来？每天定时打卡下班会不会让领导觉得你不够勤奋啊？"

黎衍晕倒："我工作都做完了，为什么要加班？你一年才回来两个礼拜，我都不休假了，还不让我下班回来见老婆啊？"

周俏激动地说："一万四呢！"

黎衍大声抗议："两万也不加班！三万都不行！"

晚上，进行过非常愉快的一番运动后，周俏趴在黎衍身上和他聊天。她问："你们有几个人竞争这个岗位啊？"

黎衍说："六个，具体谁上，不好说。"

周俏问："会论资排辈吗？你们这六个，陆欣和小洪是和你一块儿入职的，那会不会就升比你们资历老的那三个啊？"

黎衍说："不会，那三个有两个已经入职三四年了，依旧是初级，你想想他俩的水平吧，到现在还会犯低级错误，都不够胆去跳槽。另一个能力倒还行，入职就比我们三个早了半年，大家现在工作都能胜任，我觉得我们四个谁都有机会。"

周俏抬起头来看他："阿衍，那你一定要争取啊！需要递申请吗？"

"不用，完全是看表现和前两年的KPI打分，由我们部门几个老大来定。"黎衍眼睛望着天花板，"虽然我和方经理也算有点关系，不过怎么说呢……他也就是个主管，我又坐轮椅，其他我不担心，就怕他们考量时拿这个说事，那我可一点办法也没有。"

"不会吧？"周俏皱起眉，"入职定工资就欺负你了，这升职还要再欺负你啊？"

黎衍笑起来："这也不叫欺负，人之常情吧，反正对于工作能力我是很有信心的，Senior的活儿我现在就能干，平时也都在帮虎哥。听天由命吧，还有两个月，先把三级过了再说。"

周末，黎衍和周俏应邀去宋晋阳的新房做客，周俊树也被叫上了，一个人屁颠屁颠从学校赶过去。

宋晋阳的新家在城东，虽是二手房，小区却是个次新盘，装修好后，黎衍和周俏还没来过。两人下车后一起抬头环视那几幢高层住宅，发现新楼盘果然比雅林豪庭漂亮、时尚许多。

周俏啧啧感叹:"环境真不错啊!看起来好高大上。"

听着她带点儿羡慕的语气,黎衍没出声。

两人坐电梯上到十二楼,宋晋阳来开门,见到他们粲然一笑,大眼睛旁都是褶子:"欢迎光临!快进来,我带你们参观一下。"

八十九平方米的三房两卫装修得非常温馨,简约欧式风格,一些小摆件、画框、绿植能体现出主人精巧的心思,客厅里还摆着一台钢琴,是杨瑾颂平时给孩子们上课用的。

沈春燕和宋桦在厨房忙碌,黎衍和周俏跟着宋晋阳夫妻参观过每个房间,最后回到客厅,宋晋阳问:"感觉怎么样?"

黎衍说:"很漂亮,空间利用得也好,花了挺多心思吧?"

宋晋阳揽过杨瑾颂说:"设计都是小颂和设计师敲定的,我就负责跑跑腿。"

周俏笑着说:"那你俩搬过来也有四个月了,是不是可以生宝宝啦?"

宋晋阳哈哈大笑:"别这样!让我们再过过二人世界好吗?"

黎衍说:"你这二人世界过了都有两年了吧?我上班都快两年了。"

宋晋阳说:"顺其自然吧,不急,宝宝要是来了,就生下来。"

杨瑾颂娇羞地捶了他一下,黎衍和周俏都听明白了,他俩这是已经不避孕了。

周俊树来了以后,宋晋阳又陪他参观了一遍新房子。年轻的男孩每进一个房间都"哇哇"叫个不停。来到钱塘后,小树只去过黎衍的出租房,觉得那已经很高档,头一次见到新装修的婚房,简直像打开新世界的大门。

吃饭时,周俊树对宋晋阳的新家赞不绝口,还傻兮兮地对周俏说:"姐,啥时候你和姐夫也买个这样的房子?"

黎衍没吭声,周俏很无语:"你以为是买青菜还是买萝卜?一套房子说买就买的呀?"

周俊树不说话了。

沈春燕心里也不得劲,吃过饭抓着黎衍偷偷聊天,说她想把永新东苑卖掉,再用黎衍和周俏的名字去买套电梯房。

黎衍自然不会答应,沈春燕已经不是第一回说这件事,他对母亲说:"妈,那房子是你的,我不会动。放心吧,我和周俏在存钱呢,存够了我们会买房子的。"

沈春燕瘪着嘴:"这要存到什么时候去?阿衍,你都二十八岁了。"

深夜,两人躺在床上,黎衍睡不着,对着天花板发了半天呆后,转过头问身边人:"俏俏,咱们真的要买假肢吗?"

周俏原本已经快要入睡,半睁着眼睛回答:"当然要买啊,怎么了?"

"就是觉得……挺想买个房的。"黎衍单臂枕在脑后,另一只手臂揽着周俏给她做枕头,语气低落,"我很羡慕宋晋阳,有房,有车,已经完全做好当爸爸的准备了。咱俩按现在的速度存钱,三年后,应该也能存够首付。可如果买了假肢,房子就没了。"

周俏往他身边蹭:"说好了的,先买车,再买假肢,最后买房,顺序不能换。房子总会买的,就是多存几年钱的事儿,你急什么呀?"

黎衍笑笑:"我发现我这人其实很费钱,买车是为我,那个车改装过你都不能开。买假肢也是为我，够得上一笔房子首付的钱。以后，我们有了孩子，小朋友只能跟着我们住在出租房，挺对不起孩子的。"

周俏不同意："你别瞎说，什么叫你这人很费钱？这钱花的都是为了我们这个家。你开的车难道不让我坐吗？你用了新的假肢，以后还能带宝宝出去散步呢！教宝宝走路，陪宝宝玩，多好啊。"

黎衍缓缓地眨了眨眼睛，说："今天我妈提醒我，说我都二十八岁了。以前一直觉得自己挺年轻的，现在想想，真的年纪也不小了，再过两年就要三十。三十岁，还没能给你一套房子，俏俏，我真挺对不住你的。"

"我最不爱听你说这话，我们又不是没有房子住。"周俏眼皮子在打架，打了个哈欠后说，"阿衍，我好困啊，想睡觉。你别瞎想了，咱家会好起来的，以后什么都会有，真的。"

黎衍微笑着亲亲她："嗯，睡吧，晚安。"

"晚安。"周俏把手搭在他腰上，闭上眼睛安心地睡了。

黎衍依旧睡不着，心里想着下一次去见陈司尧时，一定要和他聊聊这个话题。关于假肢和房子，周俏的选择向来坚定，可是黎衍一直在犹豫。

视线望向床边的假肢，运动裤的裤腰耷拉着，露出两个接受腔，黎衍想，就这么两条塑料加金属，就要十万了。谁知道他用上智能假肢后能不能走得更好，万一还是走不好呢？大几十万啊，花出去就跟打水漂一样，他大概会疯吧。

买房子就不一样了，那是他和周俏的家。

失去双腿六年整，对于重新走路，黎衍已经由最初的迫切渴望，变为心灰意冷，认识周俏后又重燃希望，现在则是非常冷静、客观地看待这件事。

手探到被窝里摸摸残肢，这几年一直锻炼，肌肉状态保持得很好。可残肢实在是太短了，连给他做假肢的技师都说太短了，用假肢走路很不安全，穿着又闷，无非就一个美容作用，何必呢？

黎衍想来想去想不好，关掉台灯，翻过身搂着周俏闭上了眼睛。

几天后，周俏休假结束，又一次离开钱塘往南飞。

这次分别比十二月那次更让黎衍难过，因为这意味着下一次见面，要过整整一年。

第二十一章
我愿为你,与这世界和解

小会议室里,德籍财务总监、财务经理老林、主管方劲松、HR分管招聘晋升的Fendy和Daria围坐在一起开小会。

几人先讨论过财务分析部门这一年的人员构成、工作强度是否合理,又说到因为公司业务线的发展,敲定方劲松的团队要增加新坑,Headcount(人数)定为十二人,比例为1:4:7。

会议是全英文交流。

老林问方劲松:"Jimmy,Senior的候选人你有想法吗?"

方劲松说:"根据最近两年KPI打分,我定了三个候选人,第一是Rick,两年分数分别是8&9,第二是Lucia,分数8&8,第三是Karl,分数7&8。"

总监问:"Rick去年打9分?这是个非常高的分数了。"

方劲松看向老林,分数是他打的,最后由老林确认。老林解释:"我和Rick接触过好多次,也谈过话,他的综合能力非常强,工作认真踏实、负责仔细,本职工作对他来说太简单了,Jimmy已经让他兼着在做Senior的工作,在部门里人缘也不错。"

这时,Daria补充:"而且Rick去年一年从来没有过迟到早退,考勤分是满分。虽然我不想特地强调,鉴于Rick的身体情况,我们都知道出行对他来说相对困难,但是不管是高温天还是雨雪大风天,他都会提前半小时到岗。我问过他,他说碰到恶劣天气,他会比平时提前半小时甚至一小时出门。"

总监看向方劲松:"所以,最合适的候选人就是Rick?"

方劲松点头:"我认为,是的。"

Fendy提出异议:"可是你们有没有想过,Rick毕竟是一位略特殊的员工,Senior的工作是要带人的,到时新入职的Junior很可能由他带,会不会不容易服众?还有,他的身体状况能支撑更高强度的工作吗?据我所知,在阴雨天,他还是会有一些身体不适的。"

方劲松说:"Fendy,我们公司的企业文化有一条是包容与尊重,所以,我认为没有'服众'这一说。Rick的业务能力完全能打,带新人绰绰有余,和他的身体状况没有关系。我们部门又不需要出外勤,他入职两年,年会都能去参加,除了上下车需要人帮忙,平时完全可以照顾自己。至于阴雨天身体不适,这个是老毛病,不会改善但也不会恶化,一直以来他都能克服,偶尔去楼梯间站立缓解疲劳,我们部门里所有人都理解。"

Daria也插嘴:"Fendy,我认为现在讨论的只是Rick的能力是否能胜任,无关其他条件。况且,大家应该都不会否认,Rick很有个人魅力。"

总监点头道:"是的,Rick很有个人魅力,是个很出色的年轻人,有时我在公司里碰到他,都能感受到他的活力和热情。"

Fendy 面色尴尬: "我没有别的意思, 我也很欣赏 Rick。"

老林问方劲松: "Jimmy, 这三位候选人还有其他加分项吗?"

方劲松说: "Karl 有中级经济师证, Lucia 和 Rick 都在考 CFA, 都过了一二级, 六月要考三级, Karl 到时考二级。Lucia 有初级会计师证, 和我说年限满了会去考中级。Rick……说等 CFA 考过后, 计划去考 CPA(注册会计师), 不过那个考出来估计需要两三年。"

老林摸摸自己稀疏的头发, 感叹道: "都是很有上进心的小朋友啊! 让我想起当年考注会, 头发就是那时候掉没的。"

大家都笑起来, 方劲松说: "我们部门人员构成的确挺年轻的, 大家都很注重自我提升, 所以部门氛围一直不错, 积极进取, 我也感到很欣慰。"

Daria 笑道: "马上毕业季, 又要招更小的小朋友进来了。"

老林笑得爽朗: "是啊, 一年一年招下去, 再进来的小朋友都要和我儿子差不多大啦!"

众人又是一阵大笑。

继续聊过几个议题, 总监做总结发言: "候选人就定 Rick 和 Lucia 吧, Jimmy 你找时间和他们一对一聊聊, 我今天听着觉得年轻人都很好, 但我毕竟没和他们共事过, 所以最后的决定权还是在你们。"

老林和方劲松一起应下, 方劲松说: "我知道该怎么做。"

五月初的一天, 上班时, 方劲松把黎衍叫进办公室谈话。

他对黎衍两年来的工作表现给予肯定, 说黎衍的工作态度和能力大家有目共睹。黎衍是个聪明人, 已经从方劲松的话里听出一些信息, 心里小小地激动了一下。

最后, 方劲松说: "下个月你要考 CFA 三级了吧? 三级很难, 好好考, 这个可能会影响到晋升。"

黎衍瞬间就懂了, 点头说: "我知道了, Jimmy, 我会认真备考的。"

离考试只剩不到一个月, 黎衍之前已复习半年多, 这时候被方劲松提醒, 更是打起全部精神, 每天刷题到半夜两点。

CFA 考试中的 Level III 之所以最难, 是因为它的考试形式与一二级不一样, 一二级全是选择题, 就算不会还能蒙。而三级考试时, 上午是 Essay(写作)题, 会给出九到十一个 case, 让考生分析论述, 采用全英文写作形式。

黎衍刷真题, 但是不会去背诵一些语句, 更多的精力放在透彻理解知识点上, 另外就是大量地过 case。

他的手边是一沓厚厚的三级教材, 涵盖了经济学、投资组合管理、权益投资、固定收益投资等课程, 笔记本上用英语写满密密麻麻的真题答案, 一部手机在写字台角落开着视频侧对着他。

手机那头是躲在床帘里的周俏, 她在看英语书, 有时看累了停下来, 就看一会儿黎衍, 黎衍有时停下喝口水, 也会看一会儿她。

因为周俏在房间里, 两个人都不会说话, 各干各的, 但视频一直连着, 就像对方陪在自己身边, 不会感到孤单。

六月的第一个周六，黎衍去参加考试，考点比较远，还是请宋晋阳帮忙送他。

宋晋阳这人也很神，把黎衍送到后没走，在考点附近一家快捷酒店订了间钟点房，躺在床上吹空调、看电视、玩手机。中午十二点黎衍离开考场，一脸蒙地被宋晋阳带到酒店房间，还叫来外卖吃午饭。

进房看到床，黎衍也不管了，当着宋晋阳的面就脱掉假肢爬到床上，俯身趴着，不忘拉过被子盖住下半身。

宋晋阳问："怎么了？很累啊？"

"写得头疼，十道小作文，最后一题还没来得及写完，就匆匆忙忙写了几个关键词，时间太紧了。"黎衍隔着被子揉后腰，"坐了三个小时，腰不舒服，先让我趴一会儿。"

外卖送来了，宋晋阳在桌上拆餐盒，黎衍收到陆欣发来的消息，问他考得如何，题有没有写完。

【有只刺猬】：最后一题没写。

【Lucia】：只有一题？我有三题没写！［大哭］［大哭］

【有只刺猬】：没写完很正常，下午再拼选择题吧。

【Lucia】：我心态崩了，感觉好难啊！你觉得呢？

【有只刺猬】：我也觉得挺难的。

其实，黎衍觉得还好，前面有些题写得很有把握，就最后一题没写完让他有点不爽。

吃过饭，他在床上眯了半小时，睡醒后宋晋阳又送他去考场。

下午场考完，宋晋阳舒舒服服地从酒店出来，接上黎衍把他送回家。

紧张备考半年多，终于考完了，黎衍居然有些失落，感觉时间都慢了下来。到晚上，看着写字台上那些教材，他突然觉得有点没事干。

还有很多证可以考，有些有用，有些没用。在黎衍的计划里，他最想考的是注会，但那真的需要几年时间。考注会就确定了他将来的职业方向，即从事高端财务工作，也适合他的身体情况。

将来，他可以有机会跳槽去会计师事务所，也可以去各大国企、外企任职财务经理，还能去银行做会计。再加上CFA三级证书傍身，他也可以去证券公司、基金公司或保险公司工作，选择面会广很多，不过那都是后话。

周俏现在轮岗到前台，三班倒轮班，上班时不能用手机。

前台对英语口语、听力的要求非常高，周俏觉得自己还很不足，最近几个月一直在补英语。

黎衍打开手机看照片，周俏穿一身前台制服，盘着头发，脸上化着淡妆，感觉和做客房清洁、餐厅会务服务生时完全不一样。

谢若恒说得没错，周俏长着一张很有亲和力的脸，不算特别漂亮，但就是让人觉得很舒服。尤其是她笑起来的时候，眼睛弯弯的，脸颊上的苹果肌鼓得恰到好处，显现出二十四岁女孩子特有的青春活力。就连嘴里那几颗不整齐的下排牙都让人感到自然又亲切，一点儿不觉得是瑕疵。

黎衍又打开另一个相册，那是他存着的俏俏日记截图。周俏不是天天都会写日记，所以在不间断地给黎衍"放饭"后，日记里的时间已经比现实里的时间推进很多。黎衍发现，头两年，L哥哥时不时地会出现在小周俏的日记里，从第三年开始渐渐地变少了。

连续三个月，十九篇俏俏日记都没有提起L哥哥，黎衍发现以后居然很伤心。也不知道为什么伤心，可能是觉得就算是那么喜欢他的周俏，在失去联系两三年后，也会不知不觉将他淡忘。

可那个时候，分明是他最痛苦的一段岁月，想到自己孤孤单单待在601室，小周俏却已经不怎么记起他了，他就很难过。

不过后来，他发现自己又出现了，是在周俏成为商场导购以后。

【我爱刺猬】

俏俏日记（253）

今天店里上新款了，都是夏装，有几件真的好好看啊！不过价格也很贵。

突然想起来，我还没见过L哥哥穿夏装的样子，我是十月认识他的，最后一次见他是三月，不知道L哥哥穿短袖是什么样，他那么高、那么好看，穿深色浅色都适合，就算穿红色绿色也会很帅［色］！

L哥哥会出来逛街吗？要是他能来我店里就好了，我一定要送他一件新衣服做礼物！［爱心］

201U年5月09日 23:42

私密文字不能评论

【我爱刺猬】

俏俏日记（285）

今天是我二十岁的生日！

俏俏，生日快乐！

不过没人和我一起过，谁叫我上的是晚班呢？

中午出门前，以前在工厂上班时认识的一个男孩子给我发微信，说想约我一起吃晚饭。我都不太记得他了，好像是姓赵。

我说我要上晚班，他问我几点下班，说要来接我，我有点害怕，没有答应。然后他就和我说，他喜欢我，给我准备了生日礼物。

其实我挺感动的，都没人记得我的生日，也没人给我过过生日，不过我还是和他说了对不起，因为我不喜欢他，我都记不得他长什么样了。

没有人比得上L哥哥在我心里的位置。我也知道我是在做梦，我一个没文化的打工妹，怎么可能配得上他？他从我身边走过去，看都不会看我一眼吧。

时间过得好快，离最后一次见L哥哥已经过去两年多了，不知道他现在在做什么工作，不管做什么肯定都很厉害！他买衣服大概会去一楼那些专柜买，都看不上我们三楼的这些杂牌。

我还记得他长什么样子，要是有张照片就更好了，他还会记得我吗？我要是在街上遇到他，他应该认不得我了,因为我变漂亮了!

  配图 1:[周俏.jpg]
  201U 年 7 月 14 日 23:49
  私密照片不能评论

  黎衍看着周俏的配图照片,是她的自拍。
  二十岁的周俏果然和十七岁时有了很大的不同,褪去了浓浓的乡土气,和现在比较像了,但脸上还是带着稚气。
  黎衍看着她微笑的眼睛,自己也忍不住笑起来,从床上挪到轮椅上,坐回写字台边,从抽屉里拿出那个笔记本。

  【黎衍】
  亲爱的俏俏,二十岁生日快乐。很遗憾,那时候没办法陪你一起过,二十一岁也没有,二十三岁也没有,即将到来的二十四岁、二十五岁,都不行。
  只有你二十二岁的生日,是我陪着你。这么多年,只陪你过了一次生日,真的真的很对不起。
  很庆幸二十岁的你还记得我,没有轻易答应其他男孩子的追求,这些年,但凡你和别的男孩谈过恋爱,我们就很难再相遇。知道为什么吗?因为你真的是一个很好很好的女孩,任何和你相恋的男孩在发现你的好以后,都不会放开你,所以,你有可能早早地就结婚了,新郎却不是我。
  那时候,你的 L 哥哥不会从你身边走过,他几乎不出门,一年里下楼次数一只手都数得过来,更加不可能去商场逛街。
  他在网上买衣服,一百块四件 T 恤都买过,有时候是他的妈妈在超市里给他买衣服,那已经算是他质量比较好的衣服了。
  你真的变漂亮了许多,可是你的 L 哥哥却越来越丑,那些年他没拍过照片,一张都没有,他甚至都不愿意照镜子,自己都会被镜中人吓到。
  现在回忆这些事,依旧觉得很苦涩。亲爱的俏俏,L 哥哥当时的确不记得你了,可是现在,他满脑子想着的都是你,只有你。
  那时候的你要是知道未来会变成这样,是不是会很高兴?
  201Y 年 6 月 11 日

  【我爱刺猬】
  俏俏日记(357)
  L 哥哥,今天是旧年的最后一天,也是呆瓜的生日。
  呆瓜三岁了!
  没有别的想说的,提前祝你新年快乐,万事如意,身体健康,工作顺心!
  我很想你。
  配图 1:[呆瓜.jpg]

配图2：[八枚游戏币 .jpg]
201U 年 12 月 31 日 23:36
私密照片不能评论

【黎衍】
亲爱的俏俏，那一天，你的 L 哥哥在 601 室的阳台上看邻居放烟花。

那真的是一对很有意思的小夫妻，新钱塘人，生了两个儿子，实在是非常吵闹。晚上我码字的时候，会被那个小儿子哭得没了思路，早上睡觉的时候，又会被他吵醒。两个男孩还老打架，一打起来，两个人就一起哭，比赛谁的嗓门大。

所以我不想要儿子啊，小女孩应该就不会这么吵吧。

我每年都会看他们放烟花，放的时候，丈夫和妻子会对彼此说出新一年的愿望，还会说：我爱你。

我在现实里都没听人说过我爱你。我爸妈肯定没说过，我妈和宋叔也没有。大学里的室友除了白明轩谈过恋爱，我们剩下三个都是母胎单身狗。白明轩也没对女生说过"我爱你"，他说那三个字太沉重，一辈子最多只能对一个人说，而"喜欢"就可以比较轻松地说出口。

俏俏，和你在一起以后，有无数次，我都想对你说"我爱你"，可是这样肉麻的话，你都还没对我讲，我实在是讲不出口。

我一直在等，等你对我说这句话的那一天，你说了，我就可以理直气壮地说：我也爱你。

但你居然一直都没说，我等了好久，你都没说。

后来，眼看着你都要去新加坡了，我想，再不说，就要说不着了。所以那天在酒店别墅的楼梯上，我终于对你说出这三个字。

这三个字真的很沉重，一辈子只能对一个人说。

我很庆幸自己能遇见你，现在写这些字，心里光是想到你都觉得很暖很暖。

看看你的日记，距离我们重逢只剩十个月了，我居然有点紧张，不知道你再一次见到我后，会写下什么样的日记。我知道你一定会写的，不要不给我看哦，L 哥哥会生气的。

最后，再说一次，亲爱的周俏，俏俏，周俏花，小傻子。

我爱你。

201Y 年 6 月 22 日

黎衍听从周俏的嘱咐，找到一家有 C5 驾照培训资质的驾校开始学车，每个双休日都要去。

他学得很顺利，年轻的男人本来就喜欢车，上手特别快。教练说按照他的进度，两三个月就能去考驾照了。

六月下旬，黎衍的公司进行了毕业季大型招聘，各个部门都将有新人入职。财务分析部招了两个 Junior FA，都是应届毕业生，入职日期为七月一日。

很玄妙的是，新坑 Senior FA 的人选迟迟未定，黎衍和陆欣心中都有猜测，只有他俩被方劲松约谈过，此时静静等待消息。其他没戏的几个人心态都还好，就 Karl 不太服气。不过 KPI 的分数是公开的，尤其在虎哥等人看来，方劲松打分非常公正，要论工作能力，黎衍绝对是最优秀的那个。

七月一日，两个小朋友高高兴兴来部门里报到，一男一女，男生姓费，英文名 Parker，女生叫魏湘凡，英文名是 Sophie。

报到第一天，和黎衍入职时一样，十二个人在会议室里开会。

方劲松依旧让虎哥带新人熟悉 SAP 系统，但是，这次给两个新人安排的工作伙伴不再是 Senior FA，而是黎衍和陆欣。

方劲松说："男女搭配，干活不累，Sophie 由 Rick 带，Parker 交给 Lucia，暂定两周，两周后我们再调整。"

老员工们都知道这两周意味着什么，只有两个小朋友浑然不觉。二十二岁的魏湘凡好奇地看着她的"新伙伴"黎衍，从没想过带她的前辈居然是个坐轮椅的大帅哥，一下子竟有些不好意思，小脸蛋都羞红了。

新人来的头几天依旧是熟悉系统，由虎哥给他们布置作业，对作业有疑问，就要去问工作伙伴。

魏湘凡娇小可爱，性格活泼，戴一副大圆眼镜，就算穿着衬衫西裤，也透着浓浓的学生气。

她很喜欢找黎衍请教问题，有些问题的确有点难，黎衍会耐心回答，有些很基础、自己琢磨一下就能琢磨出的问题，黎衍就不太想得明白。

"这个，虎哥教你们导数据时，没说吗？"在魏湘凡又一次提出简单问题时，黎衍抬头看她。

魏湘凡脸红红的，小声说："可能说了，但我……Rick，你再给我讲讲呗。"

黎衍无奈，拿出一张 A4 纸，边在上面写字边讲给魏湘凡听。魏湘凡注意到黎衍左手无名指上的戒指，怔怔地看了一会儿，听到黎衍问："听明白了吗？"

"听、听明白了。"魏湘凡结巴道。

黎衍觉得虎哥脾气真是好，他才带了三四天，就有点恨铁不成钢，心想要不要和陆欣换个人带带，那个小男生看起来还算聪明，很少来问陆欣问题，自己带的这个怎么笨笨的感觉？真的是财经大学毕业的高才生吗？

钢铁直男小黎先生哪里懂小姑娘的心思。

魏湘凡开始偷偷地关注黎衍，看他坐着轮椅进进出出，去食堂吃饭；知道他每天要去楼梯间站三四次，是为了缓解腰疼；打听来黎衍是双腿截肢，心里觉得好难过；给大家带小零食时，故意多给黎衍几包……

Rick 好帅！虽然酷酷的不算很和蔼，但每次自己问问题，他还是会耐心回答。

Rick 美强惨！坐在轮椅上让人好心疼。

Rick……结婚了？

虎哥把这个事告诉魏湘凡后，小姑娘失落了大半天。

魏湘凡入职一个多星期后，终于有一天，在食堂吃午饭时，大着胆子坐到黎衍对面。她镜片后的大眼睛眨巴着，问："Rick，你真的结婚了吗？"

黎衍无语地看着她，想起自己的朋友圈设置为半年可见，现在里面又是空空一片，小姑娘什么都没看到。

他说："我结婚快三年了。"

魏湘凡失望极了:"哦……"

两天后,黎衍的工位上多了一个相框,里面是周俏二十二岁生日那天吃晚餐,由柯玉拍下的那张合影。他揽着周俏的肩,两个人对着镜头笑得很开心。

魏湘凡很快就看到这张照片,心里酸溜溜的,很不是滋味。

周俏二十四岁生日那晚,黎衍和她视频之前,打开电脑,登上自己很久没登录的作者号,进入昨日霜降的专栏。

他创建了一篇新的文章,文名想了很久没想出来,干脆写得很直白——《L先生的日记》。

文案那里,他又发了会儿呆,最后打上两行字:

本文免费阅读,不上架,缘更,可能会坑。

内容纯属虚构,如有雷同,百分百是巧合。

文名、文案搞定,黎衍打开章节发表页面,把自己在文档里写好的第一章贴上去,直接点击发表。

发表后,过了半小时,他再去看,意外地看到三条评论。

读者【大椰子】:霜降你写的什么玩意儿?怎么娘们唧唧的?

读者【48659】:我的天!你开新文了?这都多少年了?

读者【啵啵啊啵啵】:现代的?霜降你还会写现代文啊?这是小说吗?

黎衍逐一回复。

To【大椰子】:不上架,我随便写,你们随便看,别喷。

To【48659】:好久不见。

To【啵啵啊啵啵】:不算小说吧,算……随笔?

回复完评论,到了约定时间,黎衍从冰箱里拿出小蛋糕,和周俏视频。像去年一样唱过《生日歌》,吹过蜡烛,两人各自吃着蛋糕时,黎衍说:"老婆,我要告诉你两个好消息。"

周俏脱口而出:"你三级过了?"

小黎先生懊恼得都想拍桌子:"你就不能给点面子吗?每次都这样!有没有情趣的啊!"

周俏:"Sorry,Sorry."

黎衍气鼓鼓:"三级过了,昨天出的成绩。"

周俏瞪大眼睛:"你昨天为什么不告诉我呀?"

"卖个关子嘛。"黎衍朝她挑挑眉毛。

周俏好奇地问:"陆欣过了吗?"

黎衍一笑:"她没过。这场真的挺难的,我其实考完也没什么把握,昨天查到Pass了,心里的石头才落地。"

周俏很替他开心,问:"那第二个好消息呢?"

"第二个好消息其实和第一个有关,算是送给你的生日礼物,今天方经理正式宣布的,八月一日开始生效。"黎衍笑得特别温柔,"俏俏,我升职了。"

黎衍升职为Senior FA后,底薪涨了,工作忙碌了许多,工作内容也有了很大的改变。

原本做初级分析师，他只需要根据各种数据报表进行客观计算，环比增长、同比增长、达成率、成本核算等等，做完后交给虎哥，后续会由虎哥进行分析汇总，再交给方劲松。

几条不同生产线的数据都汇总到方劲松那里后，他会看出问题，继而向财务经理老林汇报。一环套一环，老林分管财务分析部和财务部，看过所有报告后，再向财务总监汇报。最后，总监大佬们在例会上，会向大老板做出自己分管部门的工作汇报。

黎衍之前就已经在帮虎哥做部分 Senior 的工作，完全没有压力。因为他是新升职，七个初级分析师里，他只需要带一个，其他六个由虎哥等人一人带两个。

黎衍毫不犹豫地选择了男生小费，小费也挺开心，因为觉得 Rick 是个很靠谱的人，在 Senior FA 里年纪又最轻，两人应该可以愉快地相处。

"两周缘分"小徒弟魏湘凡就这么被无情地"抛弃"，换成由虎哥来带。有一段时间，小姑娘很生气，在办公室里都不和黎衍说话。

过了些日子，她发现黎衍根本就没当回事儿，自己生闷气一点意义都没有。她渐渐地也想通了，黎衍毕竟已婚，听虎哥说他和妻子感情非常好，以前还发过朋友圈秀恩爱。只是最近两年，他妻子去新加坡进修了，还要一年多才回来。

魏湘凡不觉得周俏有多漂亮，估计大多数人都会这么想。黎衍的外表实在太耀眼，如果不坐轮椅，都不知道能帅成什么样。现在即使坐轮椅，他穿着挺括的衬衫西裤来上班，照样闪闪发光，和他同框，周俏难免显得逊色。

世人总是偏爱郎才女貌、才子佳人的搭配，认为那才是天造地设的姻缘。魏湘凡不知道黎衍喜欢周俏什么，或者，她根本就不信黎衍会喜欢周俏。

大概就是搭伙过日子吧，毕竟他残疾了。

黎衍拿到驾照已是九月。

周末的一天下午，他开着"小黄蜂"去到一条商业街，那里开着许多个性小店，周围有景点、中学和林立的写字楼，人流量挺大，店铺租金不便宜。

黎衍把车停在电动车位上，坐上轮椅慢悠悠地往商业街转过去，过了一百多米看到一家咖啡馆，招牌是：有心咖啡。

店门前有无障碍坡道，感应玻璃门移开后，黎衍进到店里，一个小姑娘欢快地叫起来："欢迎光临！"

见黎衍坐着轮椅，穿着服务生制服的小姑娘一下子就明白了，问："帅哥，你是来找我们老板的吗？"

黎衍笑了："是，我找三金，和他说过我下午过来。"

小姑娘说："老板在房里睡觉呢！我叫他一声。"

咖啡馆不大不小，卖咖啡、饮品和西式糕点。店里十几张小圆桌，有沙发卡座，也有椅子，布置得很随意，装修色调偏冷色系，墙上挂着好几幅摄影作品，黎衍知道那都是柯玉的杰作。

此时有四五桌客人在喝咖啡聊天，也有人要了糕点，轻音乐悠悠扬扬地播放着，黎衍感觉还不错。

店里一共三个服务生，一男两女，都很年轻。小姑娘去到一扇房门前敲敲门："老板！

你朋友来啦！"

里头传来张有鑫懒洋洋的声音："让他等会儿，我马上出来！"

一会儿后，张有鑫转着轮椅从休息室出来，和黎衍打过招呼后，问："参观过了吗？感觉如何？还挺像个样子吧？"

黎衍点头："挺好的，生意怎么样？"

"就那样，刚开业一个月呢，不过……"张有鑫笑得两个酒窝露出来，"附近那个中学九月开学了嘛，最近老有小女孩过来喝咖啡吃蛋糕。但是呢，都要我在时才会点单，店里服务员说，我要是不在，人就跑了。"

见黎衍一脸木然，张有鑫"啧"了一声："没听明白吗？我是活招牌！人家说这店里有个轮椅帅哥，就是冲着我来的。"

张有鑫去卫生间整了整发型，又洗了把脸，问："衍哥喝什么？我让小杜给你做，他咖啡做得很专业。"

吧台里的男生小杜朝他们挥挥手。

黎衍对小杜说："摩卡吧，冰的，谢谢。"又转头问张有鑫，"你自己会做咖啡吗？"

"我哪会啊！都懒得学。"张有鑫哈哈大笑，"柯玉倒是会，她挺喜欢这些东西的，还学会做小蛋糕了。"

两杯咖啡端上来，还有两块黑森林蛋糕，黎衍和张有鑫挑了一张角落里的圆桌，坐着聊天。有个喝咖啡的女孩眼睛亮亮地看着黎衍，问张有鑫："老板，那是你朋友吗？"

张有鑫笑："是啊。"

"他好帅啊！"女孩子问，"能和他加个微信吗？"

"不行。"张有鑫装作生气，"你加我微信才几天？见一个加一个啊？人家都结婚了，你赶紧洗洗睡吧。"

女孩子垮着脸不理他了。

"柯玉呢？"见张有鑫注意力回来，黎衍问。

张有鑫说："今天她有商业拍摄工作。其实柯玉挺忙的，活儿很多很零碎，不过她没什么事的时候都会到我这儿来。"说着，他问黎衍，"衍哥，晚上去我家吃饭呗，今天柯玉会过来，我让她带点火锅料回家，我们三个吃火锅吧，怎么样？"

"行啊，晚上我也没事。"黎衍笑着说，"三金，我拿到驾照了，最近打算买车。"

"哦？"张有鑫来精神了，"打算买什么车啊？大概什么价位？哎，我有朋友车行的，可以优惠点。"

黎衍一边舀蛋糕，一边摇手"你认识的朋友肯定是卖豪车的，什么奔驰、宝马，我可买不起，我只想买个十二三万的车。"

张有鑫说："买日系呗，我有个朋友在丰田，十几万的车选择余地挺大的，你要喜欢丰田可以找他买。"

黎衍想了想："我再考虑一下，真想买我来找你。"

两人在店里坐了一个小时，张有鑫决定回家，黎衍惊讶地问："这才三点多，你现在就走？不用看店吗？"

"开什么玩笑？我是老板！"张有鑫指着三个店员，"他们很能干的，什么都会，我留着有什么用？就是个吉祥物。走了走了，回家吃火锅去。"

黎衍和张有鑫一起转着轮椅出门，张有鑫的车停在几十米开外，两人一起上路还是很吸人眼球。张有鑫气道："以后不和你一块儿出门，忒烦人，我一个帅哥已经够他们看了，加上你，都不知道是在看我还是看你。"

黎衍叹口气："有时候吧，我还真希望自己别这么帅，尤其是在大马路上的时候。"

张有鑫乐死了："衍哥你真的要点脸好吗？"

黎衍抖着肩膀大笑起来。

来到张有鑫的车边，两个人挑着眉毛对方，张有鑫扬扬下巴："带本了吗？"

"带了。"黎衍身上有一个小腰包，往腰包上拍了一下。

张有鑫大拇指一指驾驶座："那还等什么？上呗！"

黎衍问："那我的电动车怎么办？"

张有鑫不以为意："晚上别喝酒，吃完了我送你回来拿车，就一点点路。"

黎衍真挺手痒的，没再纠结，把自己挪上黑色宝马的驾驶座，弯腰拆下轮椅，张有鑫分两趟把轮椅部件搁在腿上放去后备厢。放好后，他挪上副驾驶座，拆了自己的轮椅，放平座椅，让黎衍往边上躲躲，把轮椅车架和轮子一样样拎到车后座。

就是上个车，因为是两位轮椅人士，真的是有点麻烦，一会儿下车还要再反向操作一遍。不过张有鑫和黎衍都习惯了，有车就能出远门，这点儿麻烦算什么？对他们来说，轮椅与其他位置的转移是生活中必不可少的步骤，每天都不知道要重复多少遍，没法改变，只能坦然接受。

黎衍摆好双腿，调整好座椅的距离，扣上安全带。在驾校他开的是捷达，操作方式和宝马大同小异，只是宝马到底是宝马，黎衍把车子启动时心里还是很兴奋。

张有鑫这人话很多，一路上嘴巴就没停过。

"你小心点开啊，别给我刮了，也不是心疼车，主要是车要是去修，我人就废了。"

"等你买了车，以后我们就能一块儿出去玩了。哦对，得等周俏回来，你这人老婆奴，老婆不在不爱出门。"

"不行不行，你开直线，别歪！"

"超他！这人扭来扭去的以为自己贪吃蛇呢！"

"超速了大哥，悠着点儿，我这都已经瘫了，再撞出个什么毛病来真活不下去了。"

黎衍忍无可忍："张三金麻烦你闭下嘴行吗，我脑壳都要炸了！"

张有鑫也只闭嘴两分钟，就跟个多动症儿童似的掏黎衍丢在他腿上的腰包："衍哥，你驾照给我看看呗，我想看看你的证件照。"

黎衍左手把着方向盘，右手顾着油门、刹车杆，目视前方，开得很专心："证件照有什么好看的？你自己拿，就在包里。"

张有鑫把黎衍的驾照拿出来看，大叫起来"我去！好过分！为什么你证件照拍那么好看？我驾照上那张拍得特别丑！"

黎衍的证件照的确拍得很好，他脸瘦，五官立体又精神，很上相。包括两年前换的身份证、市民卡，公司工牌上的两寸照、为了考CFA办的护照，甚至是残疾证上的照片，都拍得挺好。

唯一可怕的证件照就是他和周俏结婚证上的合影。说到这事儿黎衍就后悔，当初就该听沈春燕的话去剪个头。现在说这些已经晚了，别的证件都有有效期，时间到了还能换，可是结婚证……

让他和周俏去离个婚再结一次，他是万万不肯的。想着以后买房、签证、办户口、小孩儿读书都要用到这本结婚证，他就感到心塞。

"周俏现在怎么样？"张有鑫挑了个黎衍感兴趣的话题。

黎衍果然笑了："挺好的，一直在前台工作，现在英语可溜了，就是上班都得站着，不能坐，而且三班倒有时候还要通宵，我挺心疼的。"

说到这事儿，周俏倒是没什么困扰，在视频里对黎衍说，自己在专柜里站了两年半，练得盖世神功，站一班前台根本就不会累。

张有鑫很羡慕："你俩可真好。"

黎衍又笑了一下。

车子开到张有鑫家，两人又是一通忙碌，才分别坐上轮椅乘电梯上楼。张有鑫问："开车感觉咋样？比你那小三轮要爽吧？"

"你这不是废话嘛。"黎衍很无奈，"小三轮最高时速才多少？我平时都开得很慢的，自己出过车祸，上路就会特别小心。这种事碰一次就是一辈子，就那么几块铁皮，我还能指着它护住我啊？"

张有鑫说："衍哥，你买完车后，我陪你练练，这事儿估计也只有我能干，你找别人陪，别人也不懂。"

黎衍问："会不会太麻烦你？"

"不会！你和我还客气什么？"张有鑫笑道，"我有的是时间，晚上、周末都可以，真的，你得多练，周俏不在，你不能买了车就直接上路开，身边也没个人陪。"

黎衍同意了："行，那先谢了。"

晚上，柯玉带回来一大堆火锅食材，三个人吃了一顿热气腾腾的火锅。吃完后，柯玉提醒张有鑫要练习走路，张有鑫半点儿不敢犟嘴。

他乖乖地让柯玉往他腿上绑支具，一直绑到腰，卡得紧紧的。绑完后，他垂着脑袋，双手撑着四脚助行器站起身来。

他走路的方式和黎衍不一样，因为腰部以下无知觉，他走路时两条腿是甩出去的，黎衍看着他的脚板，有时候甚至都没踩实地面，就是靠两只手臂在支撑身体。

柯玉很耐心，一直跟着张有鑫，黎衍也不催他们，坐在轮椅上静静地看。

他自然会想到周俏，想到周俏陪他去小区里练习走路时的情景。那个时候他很任性，就是不想用双拐，非要周俏扶着他。周俏从来没有怨言，就算他把身体重量压在她瘦弱的身子骨上，她也都是咬牙坚持，不会说他一句。

等她回来……黎衍想，再去外面练走路还是用双拐吧。什么时候都可以抱她呀，何必非要在走路时和她亲密地贴在一起？他的周俏一直都很体恤他，可他是个男人，又大她四岁，应该让他去体贴周俏才对。

练习走路二十分钟后,张有鑫终于被释放,和黎衍一起出门去拿"小黄蜂"。路上依旧是黎衍开车,他问:"柯玉现在住哪儿呢?"

张有鑫回答:"她自己有个小公寓,有时候会睡我那儿,给她留了个房间。"

黎衍很吃惊:"柯玉还住你那儿啊?"

张有鑫自嘲道:"原本不住的,这不是出过事嘛,她不放心我,有时候就会住过来,监视我。"

黎衍问:"那你还会出事吗?"

"怎么可能啊。"张有鑫瞟他一眼,"我又不是三岁小孩儿。"

黎衍无声地笑起来。

回到雅林豪庭后,黎衍洗完澡,顶着一头湿漉漉的头发坐在电脑前,打开昨日霜降的专栏。两个月来,他断断续续写了十万字《L先生的日记》,居然还有不少人看。

大家都在讨论这到底是篇什么东西,说是散文随笔吧,它有情节,说是小说吧,它又有点意识流,总之阅读起来感觉满奇妙的,很戳心,一会儿丧一会儿甜。

一个读者的留言很有代表性:当一个男作者走起心来写感情,居然是摧枯拉朽的啊!

黎衍自己都没法给这篇东西定义。他自然没有把自己和周俏真实的经历百分之百还原,有些情节也要杜撰,但总体的剧情走向,的确就是他和周俏的故事。

他是L先生,周俏在故事里叫小花。有读者吐槽女主角名字太奇葩,简直是乡村爱情故事,黎衍也没反驳,谁叫L先生爱的姑娘就叫小花呢?

以前写了几百万字的长篇小说,有武侠的,有修仙的,有朝堂权谋的,黎衍偏向于走剧情,在人设和感情线上很少用心。周俏看过他所有的小说,还对他说过她的意见。

她说:"阿衍,我觉得你写的男女主角都太完美了,完美得都没什么意思了,一点儿缺点都没有,长得好看,运气还好,除了反派谁都喜欢他们,连有些反派都喜欢他们,你不觉得很无聊吗?"

那时候他俩已经相爱了,黎衍自然不会再说周俏没文化看不懂。他仔细思考过自己小说里的各种设定,男女主角的确很完美,那都是曾经的他对真实世界里自己和伴侣的想象。

他实在太不完美了,整个人都是碎的烂的,所以进行小说创作时,他无法忍受有一丁点不完美的男主角。男主角必须是高大英俊的,聪明又勇敢,有天赋还勤奋,善良正义、温柔坚定……还有着特别好的运气。

他怎么能有阴暗面?怎么能有私心?怎么能暴戾无情?他是正人君子,人中翘楚,就算出身寒微,最终也将是众人敬仰的所在。

"爽文不就是这样的吗?"

面对黎衍的反问,周俏沉默很久,说:"但是阿衍,我觉得你写得不走心,就像是流水线写出来的东西。我看不到男女主角的思想,我觉得他们是死的。"

于是,在写《L先生的日记》时,黎衍试着走心。

L先生自然是个不完美的男主角,黎衍没有写明他到底哪里不完美,但是留言里很多人都在猜测,说L先生应该是身体有问题,心理也有问题。

他暴躁易怒,敏感多疑,有时又脆弱无助,悲伤抑郁。

他活在这个世上,却永远挤不进人群,像是多余的一个人。有他没他,这个世界都不会有任何改变，如果他孤独地死去，也没有人会为他流一滴眼泪。

直到，他认识了一个叫小花的女孩。

黎衍看到一条读者留言。

读者【吨吨吨哈啤酒】：霜降大大，我很喜欢你这个故事，请问能转载去××平台吗？我会标明出处和作者的。

黎衍摸摸鼻子，回答说：可以。

时间到了，他关掉电脑，爬上床和周俏视频。

"阿衍。"周俏的笑脸出现在屏幕上，"你今天去和三金见面了吗？"

黎衍也笑着看她："见了，去参观了他的咖啡馆，还在他家吃了晚饭，吃火锅，一会儿发照片馋馋你。"

周俏皱皱鼻子："你真讨厌！新加坡也有火锅吃啊，好多火锅店呢，就是比较贵罢了。"

"你想吃就去吃嘛，能吃几个钱啊。"黎衍说，"对了，我今天还开车了，开三金的车，宝马，真爽！"

周俏很高兴，黎衍和她讨论买什么牌子的车。周俏肩膀一垮："我对车一点都不懂，你看着办吧，是你开的呀，你喜欢就好。"

黎衍又问："你说买什么颜色好？"

"你自己挑嘛。"周俏突然瞪大眼睛，"这次可千万别买黄色啊！小汽车黄色的就太奇怪了，你还是个男的！"

黎衍乐得要命："放心吧，我没这么傻，我就想买辆黑的，稳重点儿。"

"行啊！"周俏笑得眉眼弯弯，"还有……四五六七……最多七个月！我就能坐上你开的车了！想想就好期待呢！"

黎衍自己也很期待，想象次年四月，自己开车去机场接周俏的那一刻，实在是很美好。

"啊，对了，前几天我妈和我说，小杨怀孕了。"黎衍看着周俏，"预产期就是明年四月，你回来估计就能看到小宝宝。"

"真的？哎呀，我一会儿要给他俩发微信恭喜一下！"周俏兴奋极了，"好棒啊阿衍！宋晋阳要做爸爸了！"

宋晋阳果然要在三十岁那年做爸爸，和他曾经计划的一模一样。

而黎衍，到那时候也将年满二十九岁。

几天后，黎衍买下一辆黑色丰田，经过C5改装后，小黎先生正式变为有车一族。

开上自己的车，第一次上路时，黎衍的心情难以形容。

黑色新车锃亮锃亮的，张有鑫依旧在副驾上唠唠叨叨，黎衍也没让他闭嘴。黎衍开着车，在钱塘宽阔的马路、高架上稳稳地向前行驶。

感觉真好！不会像开"小黄蜂"时被人透过车窗奇怪地打量，或是隔三岔五就被交警拦下，检查残疾证。上下班碰到雨天，他也不用再穿上雨衣往返电动车车库。一下子鸟枪换炮，坐在轿车驾驶座的黎衍，觉得自己越来越接近普通人的生活了。

国庆节后，黎衍开车去上班，在公司大厦的地下车库交掉包月停车费，得到的还是一个宽敞的残疾人停车位。

停好车，黎衍坐在驾驶座上，举着手机挑角度自拍，下车后，又给汽车和车位拍了一张全景，发给周俏。

【有只刺猬】：帅不？

【小傻子】：老公好帅！车车也好帅！〔爱心〕

也是很神奇，现实生活里是十月，俏俏日记也进行到他们相逢那一年的十月。黎衍最期待的一篇日记终于在周俏不情不愿、拖拖拉拉、磨磨蹭蹭中，被他给逼得发了过来。

周俏在视频里愁眉苦脸："你为什么非要看这个呀？后面我觉得我都不用发啦，我不都已经和你住在一起了嘛！你什么都知道了呀！"

黎衍一本正经地说："不行，我就要看你后面发的。为什么不给我看？哦——我知道了！你真的骂我了对吧？"

周俏急道："我、我没骂你，就是……写的时候没想过会给你看啊！太难为情了。"

黎衍笑着说："害什么臊？你赶紧发过来，躲不过的，我等这一天等好久了！"

周俏没办法，最后只能把截图发给他。

【我爱刺猬】

俏俏日记（439）

啊啊啊啊啊啊啊啊！

啊啊啊啊啊啊啊啊啊啊！

我的手在抖，心在狂跳！真的真的真的！！就跟做梦一样！！！

我现在在公交车上，半个小时前，我在永新东苑36幢1单元601室！我在那里，看到了L哥哥！！！

我终于知道他的名字了！他叫黎衍！！

是我的阿衍！！阿衍阿衍阿衍！天啊！我居然能再一次见到他！

啊啊啊啊啊啊啊啊啊！

我想在钱塘落户，有人给我介绍了刘阿姨，她是专门为这事牵线搭桥的，她和我说找到了一个合适对象，是个残疾人，二十多岁，落户费要八万。八万太贵了！我付不起，最多只能付五万，刘阿姨就叫我上门去和那人面谈，还还价，我就去了。

我无论如何，就算砍了我的头，都没有想到，门打开的那一刻，我会见到他！我当时就疯掉了，直接叫出声来！可能我叫得太吓人了，阿衍变得很不高兴，后来一直都板着一张脸。

我都想对刘阿姨说了，八万就八万吧，这事儿千万别黄啊！可以和阿衍结婚呢！我愿意的我愿意的！

说实话，我不知道阿衍为什么会变成这样、变成这样有多久了，他坐着轮椅，家里还有锻炼走路的杠子，人变得好瘦、好白，穿得很邋遢，精神也非常差。是生病了吗？还是碰到了什么意外？

这些问题我暂时得不到答案，不过，我找到阿衍了！不管他和不和我结婚，这一次，我一定要认识他！我都知道他住哪儿了呢！

哈哈哈哈哈哈哈哈！

我的阿衍我的阿衍！

我怎么都没想到，阿衍居然同意和我结婚了，还要求我搬到他家和他一起住！

我刚才，真的差点要哭出来，幸福地哭出来！我拼命忍着，没有让他看出破绽。阿衍好像不认得我了，这很正常，这么多年了，我的样子也变了，他原本就不认识我，怎么还会记得我呢？

我不怕的，他不记得我没关系，我记得他就行！

俏俏，你可能马上要和阿衍一起住了，还会和他结婚！

我一定是这个世界上最幸福的人了！

不管阿衍变成什么样子，坐轮椅，瘫痪了，都没关系！他就是我的阿衍，我最最最最最最思念的阿衍！

我还加到了他的微信！哈哈哈哈哈哈哈！我加到了阿衍的微信！！

阿衍，黎衍，阿衍阿衍阿衍！

马上要下车了，我今天上班肯定会走神，晚上再写日记吧，我真的太激动了！要激动得晕过去了！

到站了，先写到这里。

201V 年 10 月 17 日 12:16

私密文字不能评论

看完这篇日记，黎衍其实挺意外的。

他以为会看到周俏的伤心，可能会有"呜呜呜"或"嘤嘤嘤"。

没想到看到的是满屏的"啊啊啊"和"哈哈哈"，还有时不时就语无伦次冒出来的"阿衍阿衍阿衍"。

从头到尾，黎衍能从字里行间体会到周俏的激动、兴奋、幸福和狂喜。这个傻乎乎的姑娘，居然没有一丁点为他当时糟糕的状况感到惋惜、心疼和同情，好像见到他就已经心满意足，人生走上巅峰了似的。

黎衍忍不住去吐槽。

【有只刺猬】：老婆，你当时看到我，就不觉得我很可怜吗？

【小傻子】：没来得及，只顾着高兴了。[调皮]

【有只刺猬】：那可是你最喜欢的L哥哥，变成这么一副鬼样子，你怎么还没心没肺的呢？

【小傻子】：不是和你说了嘛，不管你变成什么样子，你就是阿衍啊。

【有只刺猬】：你那时候还喜欢我？真的假的呀？三年多没见了。

【小傻子】：喜欢啊！当然喜欢了！一直喜欢着呢！

【有只刺猬】：那你演技不错啊，就没想着扑上来亲一口吗？

【小傻子】：想的呀！怎么不想了？恨不得立刻抱住你么么哒，不过我觉得你会打我吧，会把我当成一个花痴神经病。

"么么哒"一出现，一堆亲吻小人在屏幕上往下掉。黎衍看着手机，笑得整个人都在抖。

【有只刺猬】：真是难为你了，在我面前演了这么久的戏。

【小傻子】：过奖过奖。[害羞][害羞]

【有只刺猬】：俏俏，三年整了。

【小傻子】：还是爱你呀！

黎衍靠在床背上，也不知道心里是什么感觉。

惦记很久的一篇日记居然是这样的，只能说周俏实在是个缺心眼。

他突然又想写东西了，坐上轮椅打开电脑，他登录专栏，先去看留言，一条条看过后，被其中一条留言吸引。

读者【jiangqiqi】：昨日霜降老师您好，冒昧打扰，我是一名图书出版编辑，在××平台看到有网友转载了您这篇故事。搜索以后找到您的专栏，可是没有看到您任何社交平台的联系方式，所以只能留言和您沟通。我很喜欢这篇故事，不知道您计划完成多少万字？希望能和您详谈一下，我的Q号是×××××××，如果您有这个意愿，请和我联系，谢谢。

黎衍皱皱眉，这是骗子吗？目的是什么？

写过近四年网络小说，完结四部男频大长篇，大扑街昨日霜降老师从来没有勾搭到任何版权编辑。现在写的这篇说不上是啥的玩意儿，十三万字，他承认自己写得很用心，有时候写着写着，想到周俏，甚至会眼角湿润。但是，他从没想过这篇东西会取得什么成绩，连上架都没考虑过。

这玩意儿要是上架，估计会被读者喷得妈都不认吧！

黎衍这一年不打算再考证，晚上有了空闲时间，想到陈司尧的建议就决定写点东西。之所以会发在专栏，是因为他想让别人知道，L先生的小花有多好。

即使只有十个人看，那也有十个人知道小花有多好，就算只有一个人看！那这个人也能知道小花有多好！

现在看的人有几百个，被转载出去的平台是什么状况，他没去关注过。他连手机QQ都没装，现场下载，登录自己八百年没上的QQ号，试着去加jiangqiqi的QQ，发送好友申请。

【夜羽暗影】：你好，我是昨日霜降。

"这什么鬼名字？"黎衍被自己早年中二气息浓郁的QQ昵称惊呆了，刚想神不知鬼不觉地改掉，对方已经验证通过。

时间很晚了，黎衍盯着QQ陌生的界面看了一会儿，想着要不要打招呼时，对方发来一条消息。

【琪琪】：昨日霜降老师您好，我是文澜图书策划公司的编辑，我叫姜琪，很高兴认识您。

【我爱刺猬】

俏俏日记（451）

今天是值得纪念的一天！

我，周俏花，和，黎衍衍，结婚了！[爱心]

原来阿衍是叫黎衍衍呀，好可爱的名字呢！[微笑]

再过些天，我就要搬去阿衍家和他一起住了。他现在好瘦啊，是因为一个人住所以不能好好照顾自己吗？我想给他做好吃的，把他养得胖一点，就是不知道他愿不愿意吃我做的菜。

登记完，我和阿衍一起吃地锅鸡了，还喝了玉米汁[微笑]。我记得他喜欢吃什么口味的火锅和配菜，全部都记得！

吃饭时，阿衍让我以后不要做莫名其妙的事，我有点怕，是他发现什么了吗？

后来送他回家，阿衍让我走，说要自己上六楼。

我看到他站起来了，个子没有以前那么高，我记得，原本我比他矮了整整一个头的。

我不知道阿衍要怎么上楼，不过他可能是不想让我看到，没关系，我尊重他的决定。

从他家小区离开后，我去买了一张彩票，嘿嘿，我知道阿衍的生日了，我知道他越来越多的秘密了！开心到转圈圈！

到家后，我看了好久的结婚证，我终于有阿衍的照片了！还是合影哦！只是，结婚照上的阿衍看起来不太高兴的样子，他是笑不出来吗？以前明明可以笑得很好看的。

我想看到阿衍笑，我希望他能变得开心起来。

阿衍，这些年你是不是过得很辛苦？但是你活下来了呀，活着就有希望！我搬过来后，一定陪着你好好过，你别怕，你那么聪明！那么厉害！会好起来的！

配图1：[结婚证.jpg]

配图2：[彩票.jpg]

配图3：[出租车发票.jpg]

201V年11月8日22:09

私密照片不能评论

黎衍吃过饭，坐着轮椅下楼，去小区门口的一家彩票店买彩票。

"六加一，号码是，7、14、5、15、11、8，后面加个2。"黎衍对老板说。

"2"是指二月十四日的"2"，情人节是他们确定恋情的日子，14这个数字前面已经有了。

买好彩票，黎衍一看时间，当即决定去对面的音乐喷泉广场。

八点半的那场音乐喷泉准点开始，黎衍坐着轮椅停在人群外围，观看时还拿手机拍下一段视频发给周俏。

【有只刺猬】：老婆，结婚三周年快乐，爱你，我买好彩票了。

【小傻子】：结婚三周年快乐，爱你老公！[爱心]

【有只刺猬】：你要是在钱塘，已经可以落户了。[调皮]

【小傻子】：哈哈哈哈哈！对哦！可以和你一个户口本了！[嘴唇]

此时，《L先生的日记》已经在网上停止连载，黎衍在文案做了说明，他和文澜图书签订了出版合同，约定十一月底前交稿，暂定二十万字。

黎衍是新人，姜琪给的合同是首印一万册，版税8个点，除去和平台分成，他到手也只有一万五千多稿费。

虽然稿费不高，对黎衍来说却是很特别的一份鼓励。扑街那么多年，他坚持写是为了填饱肚子，当时也一直在看别的大神的文，没搞明白自己到底差在哪里。姜琪说，黎衍的文笔没有任何问题，精准又犀利，读起来有一种特属于男性的力量感，不经意间又透着一股子脉脉柔情。

"以前的小说可能没有抓住市场口味，写得太正统了，现在比较流行轻松一些的故事。你说你写的是爽文，但是在行文上，总给人一种压抑的感觉，有时故意搞笑，却一点也不好笑。"

姜琪在电话里对黎衍说："我大概把你那本武侠看了，情节是不错的，硬伤也很明显。霜降，你以后要是再创作，前期一定要做好准备，剧情线、感情线、人设和高潮都要设计好，如果没办法写得搞笑，就不要强行搞笑，我觉得你还是适合写正剧。"

黎衍没好意思对姜琪说，他哪里还有时间再写小说。明年，他打算去考注会，十月进行专业阶段考试，六门课，他只有大半年的复习时间，也没指望全部通过。

周俏知道小说即将出版的事后比黎衍都要激动，在视频里差点跳起来："阿衍！你是要成为作家了吗？"

"怎么可能啊！就一个小破文，到手才一万多块钱，我还怪不好意思的。"黎衍表情尴尬，"好像琪姐想把这本书定义为都市治愈童话……我一个大老爷们，自己说出来都觉得丢人。"

"哪是小破文？我可是女主角！"周俏可不觉得丢人，她已经看过连载的那十三万字，哭得一塌糊涂，觉得好温暖好窝心，"啊！阿衍！我和你的故事要印成书了呢！"

L先生和小花的故事可不全是甜蜜，有些事啊，俏俏日记记录得一清二楚，黎衍想赖都赖不掉。

【我爱刺猬】
俏俏日记（454）：
……搬家第一天，我和阿衍就吵架了……
201V 年 11 月 12 日 22:37

俏俏日记（467）：
……我和阿衍吵架了，他冤枉我洗过澡没收拾头发……
201V 年 12 月 02 日 21:16

俏俏日记（473）：
……我和阿衍又吵架了，我还哭了……
201V 年 12 月 14 日 23:57

俏俏日记（474）：
……阿衍今天打电话给我，他好凶啊……
201V 年 12 月 15 日 23:52

黎衍看着那段时间的俏俏日记，感觉又好气又好笑。他和周俏真是三天两头吵得不可开交。

周俏在日记里诉说自己的委屈，有时候的确会"骂"他几句：

阿衍就是个大笨蛋！

蛮不讲理，莫名其妙，翻脸比翻书还快！心眼儿比针还小！

我根本就没这么想，他非要说我这么想！扣我一口大黑锅！太过分了！

我讨厌他说自己是怪物、半截人，讨厌死了！他根本不是！他就是阿衍！

我还是很喜欢他，我也是个笨蛋。

【我爱刺猬】
俏俏日记（485）
今天是圣诞节，啊不对，应该是昨天，我和阿衍一起吃火锅了！［微笑］
阿衍戴着圣诞帽的样子好可爱呀！照片是我偷拍的！自从给他剪过头发，感觉他和以前越来越像了，好帅好帅好帅，好喜欢！［爱心］
不过吃火锅的时候，阿衍说我没文化，还说我看不懂他的小说。
我很难过，又不是我不想上学。
配图1：[戴着圣诞帽的黎衍.jpg]
201V年12月26日 2:02
私密照片不能评论

十一月底前，黎衍把《L先生的日记》写完了，全文精修过两遍，交稿给姜琪。

圣诞节前，全文校对完毕，也拿到了书号。

因为要出版，故事里的L先生有了具体的名字，黎衍把这个冠名权交给周俏，周俏最后给他取名叫：李俨。

黎衍很无语："这么直白的吗？很容易掉马啊！"

周俏说："两个字都不一样，怕什么呀？"

黎衍也就同意了。至于小花，他礼尚往来，将之取名叫"乔小花"。

出版书籍这件事，除了周俏，黎衍没对任何人说，也让周俏不要告诉别人。他愿意让世人知道小花的好，一万册书，卖完了就会有一万个读者认识李俨和小花。不过在三次元世界里，黎衍还是想保持低调，至今都觉得出版这本书实在很羞耻，就怕被认识的人解码。

又到一年跨年夜，和前一年一样，黎衍独自一人在小区里放烟花，连着视频给周俏看。

新年愿望有了更新。

黎衍："新的一年，是咱们家周俏同学在新加坡的最后一年，希望她下个月顺利通过结业考试，然后吧，身体健康，工作顺利，平平安安地过一年，早日回到黎衍同学身边！"

周俏："新的一年祝咱们家黎衍同学新书大卖！成为畅销书作家！通过注册会计师考试，继续升职加薪！当然啦，还是要注意身体，不要太累，要身体棒棒的，等着周俏同学回家！"

黎衍听完后大笑："注册会计师哪里是说通过就通过的？一年过六门的全国都没几个，慢慢考吧，成绩五年有效呢，黎衍同学争取两年考过，第三年去考综合卷！"

新一年的春节，周俊树没有像去年那样回老家，而是留在钱塘过年。回家很不开心，父亲只会喝酒、发酒疯骂人、管他要钱。

去年，周俏让周俊树带上五千块给父亲，父亲嫌少，想从儿子这儿打听周俏的住址和联系方式。周俊树一听不对劲，年没过完就逃回钱塘，这一年干脆就不回去了，寒假住到黎衍家，还在附近一家餐厅打寒假工。

黎衍原本想和小树两个人一起在家过年，也算有个伴儿。没想到宋晋阳来叫他，说这年宋家除夕摆家宴，顺便给宋老爷子庆贺九十大寿，订了三桌酒，人却是二十六个，叫黎衍和小树一块儿去吃年夜饭。

黎衍一开始不答应，后来宋桦和沈春燕一起来叫，黎衍也只得同意。

于是，宋家家宴的年夜饭上，宋桦带着"女朋友"沈春燕，沈春燕带着儿子黎衍，黎衍又带着小舅子周俊树，绝对算十分奇葩的一条亲属链，气氛却出乎意料的温馨融洽。

杨瑾颂的肚子已经很大，人也胖了许多，黎衍看着宋晋阳对怀孕的妻子嘘寒问暖，心里很羡慕。

他想，他和周俏什么时候能成为爸爸妈妈呢？在一起三年整了，后面两年周俏都不在他身边，遥远的距离却没有抵消掉彼此的爱意。他思念周俏，有时候做梦都会梦到她，每天都要和她视频过才能安心睡去。

一个人的生活的确孤单寂寞，还会碰到大大小小的困难，但是现在的黎衍心中存着希望，也知道在远方，有一个人也在深深地记挂着他。

元旦以后，姜琪开始为昨日霜降的新书做网上营销，出版书名特别文艺，叫——《我愿为你，与这世界和解》。

在各大平台都出现了这本书前几万字的试阅，还在各销售平台开放预售。姜琪将这本书定义为随笔式小说、都市治愈系暖文、年度最温暖人心的故事……

【情人节，与心爱的人一起阅读这个故事，尊重生命，相信爱情，你会获得意想不到的幸运。】

黎衍看着网上那些肉麻的营销语，将他描述成温情细腻的暖男作者，简直尴尬得又想钻被窝。

不得不说，文澜图书在运作这类都市情感类书籍时，真的很有经验，姜琪更是个中高手。一月底，黎衍就接到姜琪的电话，告诉他书要加印。

"预售已经三万册了。"姜琪笑道，"我们打算加印五万册，其中有五千册需要你亲笔签名。霜降，你有信心把它做成一本畅销书吗？"

黎衍拿着手机，瞠目结舌。

很快，五千册亲笔签名的扉页纸寄到他家，那么厚一堆！小黎先生直接崩溃。他拍下照片发给周俏，欲哭无泪。

【有只刺猬】：我后悔笔名叫"昨日霜降"了，四个字！霜降两个字笔画还多！这怎么签得完？我写了几张，已经要不认得昨日霜降这四个字了！[大哭]

【小傻子】：慢慢签，每天签一点，别坐太久，小心腰疼。

【有只刺猬】：老婆，我不想签！太多了！［大哭］

【小傻子】：想想稿费呀！霜降大大！！

哦！稿费！

加印五万册，到手的稿费一下子就多了七万多，对黎衍来说，真的不是一笔小数目。所以，他还是老老实实坐在餐桌边，一张张认真地签起名来。

黎衍边签边自言自语："幸好哥的字好看，要是宋晋阳那个狗爬字，不得笑死人啊。"

枯燥的签名过程中，小黎先生也会给自己找点乐子。

每隔一两百张，他会签一张特签，有时还会画个笑脸：

俨哥爱小花，你爱的又是谁？

希望你喜欢这个故事，可以不爱俨哥，一定要爱小花！^_^

乔小花是这个世界上最可爱的女孩子，没有之一。>_<

俨哥和小花会一起走下去，希望你和你爱的人也一样。

此时此刻，俨哥想念小花了。T_T

……

黎衍放下笔，甩甩自己僵硬了的手腕，坐着轮椅来到房间，趴到床上缓解腰酸。

现实世界，除了周俏、张有鑫、柯玉和宋晋阳夫妻，没人知道昨日霜降是谁，没人知道昨日霜降是怎样一个人，也没人知道故事里丧丧的李俨到底哪里有问题。

姜琪问过他，但他没有说。

"就当是留白吧。"黎衍在电话里说，"有些事，留点神秘感会比较好。"

姜琪问："那我要是去钱塘出差，能和你见面吗？"

黎衍和她开玩笑："琪姐，你要是能把这书卖掉一百万册，我就和你见面。"

姜琪大笑起来："霜降，其实一百万册并不是一定不能达到的事，我当初看了这个故事，就有感觉，它有畅销书的潜质。"

花了几天时间，黎衍终于签完五千张扉页，包装得妥妥帖帖，寄给姜琪。

情人节前一周，昨日霜降的新书《我愿为你，与这世界和解》在各大平台正式开售。到情人节时，新书的销量已经很可观，在某些平台甚至冲上七日畅销书排行榜。

黎衍没有太关注这件事，而是开始认真思考另一件事。

稿费已经到账，首印和加印，一共到账九万多。姜琪说后续可能还会有加印，黎衍也没怎么关心。他只是想，这么多钱，是工作外额外赚来的，难道不该做点什么吗？

【我爱刺猬】

俏俏日记（520）

今天的这篇日记，序号居然是520！

我真的不是故意的，没有刻意去挑这个日子。

昨天晚上阿衍亲过我以后，我都以为自己在做梦！根本就没想到，我和阿衍有一天会真的走到一起。

我刚才对他说的全部是心里话，只是，有一些话我没有告诉他。

我喜欢他已经有好多好多年，这辈子，只喜欢过他一个人。

黎衍，我喜欢你，情人节快乐，我的男朋友。[爱心]

配图1：[两只纠缠着的手.jpg]

201W年2月14日23:38

私密照片不能评论

黎衍收到姜琪寄过来的二十册样书，躺在床上拿起一本翻看。

书的装帧十分精美，封面是水彩手绘——蓝天下一朵娇俏可爱的向日葵。

黎衍翻开封面，看到自己的文字变成铅字，一行行印刷在书页上，感觉很微妙。他看到"李俨"，看到"小花"，看到他们初识时啼笑皆非的日常，又看到他们渐渐被彼此吸引，相互深爱，恋爱中闹矛盾，矛盾后又和好，看到他们亲吻，他们拥抱……仿佛看到自己和周俏曾经经历过的一幕幕场景。

黎衍脑中的一个念头越来越清晰，几乎难以抑制。他坐起身，很认真地想了一会儿，拿起电话拨给沈春燕。

"妈，你问问宋叔，三月底四月初他有空吗？要是有空，我带你们去新加坡。"

沈春燕被他整蒙了："什、什么？去新加坡？去新加坡干吗？俏俏不是那时候回来吗？"

"我想去看她。"黎衍说，"她去了两年多了，我想去看她，看看她到底生活在怎样一个地方！妈，小杨四月底就要生了，宋晋阳走不开，你和宋叔陪我去好吗？我出钱，你们刚好去玩一趟。"

沈春燕都结巴了："这、这得要好多钱吧？咱、咱们三个人去，得要两三万吧？"

"我有钱，我发年终奖了。"黎衍心里说不出的激动，恨不得立刻就能出发，"妈，我一个人去真的很难，你们陪我去好吗？我想去看周俏，非常想！我快一年没见她了。"

沈春燕犹犹豫豫地答应下来，黎衍说："签证、机票我来办，我会让周俏休好假不用回国，在那儿等我们就行。我们自由行，你儿子英语没问题，放心吧，不会把你们弄丢的。"

当出行计划定下，一切就变得简单起来。办好签证，买好机票，黎衍向公司提出年假申请，连着双休，他一共有了十天假期。

周俏听说他要来新加坡，一开始很震惊，但很快就冷静下来，也赶紧办好自己的休假，并且帮他们订好在新加坡的酒店。

三月下旬，出发的那一天，宋晋阳早早送黎衍三人去机场。

沈春燕完全沉浸在出游的喜悦中，告诉大家她已穿上漂亮的花衣裳，到了新加坡只要把外套一脱，就是大街上最闪耀的妈妈。

三个人，两只行李箱，一架轮椅。

黎衍提前打过电话给航空公司，申请地面轮椅和廊桥轮椅。到机场后他找到地勤，出示了自己的残疾证和申请轮椅的邮件，坐上了机场轮椅。他自己的轮椅和两只行李箱托运完毕，宋晋阳就将他们送到安检口。

"玩得开心啊！"宋晋阳朝三人挥挥手，"爸，阿姨，你俩真要趁这机会好好去玩一趟，等小颂生了，可有你俩忙的。"说完又嘱咐黎衍，"你自己注意安全，有些时候别逞能，该找人帮忙就低个头，别不好意思。我爸和你妈年纪大了，很多事不懂，你英语好，看着他们点。"

黎衍说："放心，我有数。"

终于，他们告别宋晋阳，进了安检口。

沈春燕和宋桦顺利通过安检。轮到黎衍时，他被机器和人工初步检查后，主动出示残疾证，对安检人员说："我的腿是截肢，穿着假肢，是不是需要单独检查？"

"是的先生，请稍等。"安检人员拿着黎衍的证件初步检查后，两位男性安检员就推着黎衍的轮椅进入边上一个小房间。

沈春燕和宋桦也想进去，被安检员拦下了："您好，只能是本人进来检查。放心，如果这位先生有不方便的地方，我们是会帮忙的。"

沈春燕也不懂要检查什么，紧张兮兮地目送黎衍进去。

黎衍回头看了她一眼，笑着说："没事儿，例行检查，咱们要配合。"

房间不大，没有窗户，分里外两间，黎衍知道，这就是传说中的"小黑屋"。

房间里灯打得很亮，外间有一张和机场轮椅齐平的小沙发，还有一张能躺下的小床，安检员问黎衍的选择，黎衍说："沙发就可以了。"

这就是他受伤后再也没坐过飞机的原因，他如果坐飞机就要进小黑屋，他一直排斥小黑屋，而现在，他终究是进来了。

黎衍把自己挪到沙发上，两位安检员就站在边上，态度都很好，眼睛却一直盯着他。毕竟这是安检，他的一举一动都要被看见。

一位安检员问："先生，需要帮忙你可以和我们说。"

黎衍抬头看他："不用，我自己可以的，谢谢。"

说罢，黎衍就开始脱裤子。脱下裤子，同时卸下假肢，又摘下残肢上的硅胶套，他的下半身就只剩下一条内裤，两截短短的残肢分分明明地展露在安检员眼皮子底下。

黎衍将假肢脚板上的鞋子和袜子依次脱下，最后又脱下长裤，两条假肢就分开了，被他抱在怀里。一位安检员默默接过假肢，抱进里间，另一位依旧留在外间。

黎衍垂着头坐在沙发上，低头看着两截残腿，也没东西能遮一下。

一会儿，两条假肢被安检员抱出来还给了他。

大概因为检查结束，两位安检员一同走进里间，把外间留给黎衍。他先给假肢穿上裤子，又穿上袜子和鞋，残肢上套上硅胶套，最后把残肢伸到接受腔里。穿戴完毕，黎衍将自己挪回到机场轮椅上，两位安检员走出来，陪同他离开这个房间。

不太幸运的是，黎衍乘坐的这趟航班不是通过廊桥登机，而是要坐摆渡车。他没有选择申请助残车，因为摆渡车底盘比较低，他让宋桦扶着他，自己努力抬腿迈上摆渡车，摇摆着身体在一个位子上坐下。自然有很多人在看他，他抬起头朝他们笑笑，也做不出别的反应。

摆渡车开到飞机下，这一次，黎衍被宋桦扶下车，一位男性地勤人员在征得他的同意后，背着他走上舷梯。黎衍安静地伏在地勤人员背上，知道自己加上假肢重量不轻，到达机舱，坐上已经准备好的一架机舱专用轮椅，他对男地勤说："谢谢，辛苦了。"

地勤微笑："不客气，祝您旅途愉快！"

机舱专用轮椅是一种旅客没法自己转动的轮椅，非常窄，类似没有扶手的转椅，能在舱内通道上经过。空姐推着黎衍将他送到座位边，沈春燕和宋桦坐里面，黎衍坐在最外面。

直到此时，顺利在位子上坐下，黎衍才松了一口气。

登机前他上过一次卫生间，飞行时间是五小时，他不打算再喝水，因为在机舱里上厕所比在高铁上还麻烦。他把两条假肢摆好，扣上安全带，背脊靠在椅背上，做了一个深呼吸。

他给周俏发微信。

【有只刺猬】：俏俏，我登机了，一切顺利。

【小傻子】：我会在机场等你，车子已经租好了，七座的，放得下箱子和轮椅。

【有只刺猬】：好，等我，下午见。

【小傻子】：等着呢！下午见！

没多久，飞机起飞了。

黎衍越过宋桦和沈春燕看向舷窗外，只能看到天，还有云，看不到底下越来越渺小的城市。

五个小时的飞行，跨过好多个国家、数不清的城市、陌生的山川河流，还有大海……一直飞到亚洲大陆南端那个小小的花园国家。黎衍闭上眼睛，双手自然地摆在大腿假肢上。他打算睡一会儿，睡醒后，就能见到他的小傻子了。

整个旅程，黎衍坐在座位上没动过，吃过飞机餐，真的坚持住不喝水。下午四点多，飞机在新加坡樟宜国际机场落地，黎衍坐着机舱轮椅被推出机舱，又换上地勤人员早已准备好的机场轮椅。

办入境，取行李，取轮椅……之后的一切越来越顺利，黎衍坐上自己熟悉的座驾，双手按上钢圈时，一下子感到自由轻松许多。

前方就是接机口，沈春燕和宋桦一人拖着一个拉杆箱走在黎衍身边，他自己转着轮椅，一下，一下，向着那扇玻璃门划去。

门外，拥拥挤挤等待着好多人，什么肤色的都有，一个个翘首企盼，有些人手里举着五颜六色的接机牌。

黎衍终于看到自己日思夜想的那个人。

周俏扎着马尾辫，穿一条白色连衣裙，几乎是向他飞奔而来。

黎衍心里一下子有了一股冲动，快速地把脚板放下地，撑着轮椅扶手就站起来，向着她张开双臂。

年轻的女孩在最后几步及时刹车，没有用太大的力道，小心翼翼地投进黎衍怀里。她的阿衍初来乍到，可不能被她扑得摔一跤。

黎衍紧紧拥抱着周俏，揉搓着她的背脊，她也是一样，牢牢环住他的腰，脑袋埋在他的胸口。是梦里心心念念的拥抱，是记忆里挥之不去的气息，是心里最最牵挂的那个人！温热的皮肤，有力的心跳，真实的声音，还有眼角控制不住的热泪！

整整一年未见。

黎衍在周俏耳边低语："俏俏，我来看你了。"

周俏在他怀里笑起来："阿衍，欢迎来到新加坡。"

第二十二章
我想重新走路

去酒店的七座车上，黎衍和周俏坐在第二排，一直牵着手，周俏说着这九天八晚的安排，黎衍捏捏她的手，笑着说："都听你的，现在你是东道主。"

见面以后，他的视线几乎就是围着周俏转，怎么看都看不够，眼神热辣辣的。周俏想到沈春燕和宋桦也在，都被他看得脸红了，不好意思开口说，只能给他发微信。

【我爱刺猬】：小黎先生你矜持一点好吗？妈妈和宋叔都在呢，你看着我的感觉就像一条小狗盯着一块叉烧！

看着手机的黎衍差点笑出声，打字回复。

【黎衍】：小狗饿了一年了，叉烧看着很好吃。[可怜]

周俏被他打败了，娇嗔地瞪他一眼。黎衍越发觉得她可爱，干脆伸手过来捏捏她的脸颊。

独自坐在第三排的沈春燕看着儿子儿媳浓情蜜意的样子，欣慰得差点掉眼泪。她已脱掉外套，身上穿一件白底碎花雪纺衫，颜色很鲜艳，脖子上挂着珍珠项链，又从小包里掏出口红涂涂嘴，最后将一副洋气的太阳镜戴在脸上，姿态优雅地望向车窗外。

来到周俏工作的酒店，四人去办入住，前台工作的都是周俏的同事，有本国人、中国人，也有马来西亚籍姑娘，还有一个白人小伙，见到周俏后都乐呵呵地用英语打招呼。周俏也用英语回答："我这两周要休假，陪我的家人们出去玩。这是我的先生，那是我的爸爸妈妈。"

一个本国女孩打量着轮椅上的黎衍，小声对周俏说："Cherie，你先生好英俊啊！"

周俏笑个不停："是啊，就是因为他很英俊，我才追他的呀！"

沈春燕等在一边，看着酒店豪华的大堂咋舌不已，感叹道："我和老宋出国旅游，还没住过这么高档的酒店！"

这些年，她和宋桦去过缅甸、柬埔寨和越南等发展中国家旅游，报的都是低价购物团。周俏闻言后挽住她的手，笑道："妈妈，这几天咱们可没购物店逛，不过有一天会带你们去逛街，行程我都安排好了，包你们住好，吃好，玩好。"

沈春燕笑得合不拢嘴："俏俏现在可真能干啊！外国话都讲得这么好了！"

办好入住，四人分别回房休整。

进房间后，小黎先生的轮椅一个调头，侧着身子就抱住周俏，抬头看她，眼神不满："什么叫作我长得帅，你才追我的？嗯？"

周俏被他抱得动弹不得，手指描着他的眉眼说："你真的好帅嘛。"

黎衍和她胡搅蛮缠，还去呵她的痒："只有好帅这一个优点吗？"

周俏扭着身子边笑边躲："优点多着呢！说三天都说不完！哎呀好痒啊，阿衍你饶了我吧！"

黎衍不逗她了，顺势一揽让她坐在他腿上，说："俏俏，你很漂亮你知道吗？"

周俏环着他的脖子，摇头："我不漂亮，就一普通人。"

黎衍挑眉："那我连普通人都不是呢，我就一残疾人！"

周俏扯扯他的耳朵，不悦道："你就这么喜欢说些往我心上戳刀子的话吗，有意思没有？你要不要把残疾证贴脑门上出门啊？"

黎衍被逗笑了，抱着她说："说真的，你现在越来越漂亮了，到这儿两年多，难道没人说你好看吗？"

周俏转转眼珠子，坏坏地笑起来："你别说，还真有，是个男生哦。"

"什么？！"黎衍瞪大眼睛，"谁啊？你都没和我说过！"

周俏回忆着："是个华人，我们酒店工程部的，说我很漂亮，想追我。"

黎衍惊呆了："几岁啊？多高啊？长得有我帅吗？"

周俏看着他气急败坏的样子就觉得好好笑："你着什么急啊？我一句'我已经结婚了'就直接打发了呀，后来再也没说过话。"

黎衍觉得自己不能输："我们公司去年七月入职的一个小姑娘，也对我有好感呢！"

"哈？"周俏居然挺感兴趣，"哪一个啊？年会照片上有吗？快给我看看，你也没和我说过啊！"

"有什么好看的，还是小孩子。"黎衍抓住她的左手，摩挲着她无名指上的戒指，"和你一样，我说'我结婚了'就打发掉啦。"

"哼。"周俏瞪他，他也回瞪，瞪着瞪着，两人的眼神就一同柔和下来。

周俏看着黎衍漂亮的眼睛，浓眉下，他的眼型真是完美，双眼皮不宽，却深，贴着上眼皮一直延伸到眼尾，睫毛长而浓密，眼珠子很黑，看着她时眼神深邃。

好久好久没能近距离看他了。

周俏正看得入迷，轮椅上的男人已经箍紧她的腰，侧着头将温软的唇贴在她的唇上。

久别重逢的一个吻差点儿将火点燃，还是黎衍自己压下心思，松开唇喘着气说："马上要去吃饭了，晚上回来再说。"

晚餐定在一家本地人常去的海鲜酒楼，并不算高级，环境比大排档好一点儿，几把吊扇在头顶吹着，大厅几乎已满座。

黎衍和宋桦都已经换上短袖T恤，鼻尖上还是冒出了小汗珠，又觉得在这样的地方吃饭很接地气，就跟本地老百姓似的。

周俏点了几个招牌菜，辣椒蟹、米粉蟹各一只，麦片虾、蒜蓉竹蛏、蛋黄排骨等等，又点了主食和蔬菜，要了四瓶冰啤酒。

两个男人只吃过飞机餐，这时候非常饿，等菜一上桌黎衍就想动筷子，沈春燕大叫一声："等等！我先拍个照！"

黎衍拿着筷子僵在那儿，宋桦和周俏笑个不停。沈春燕挑着角度拍照，满意了才开口："吃吧，儿子，饿坏了吧？"

小黎先生这时候才想起，受伤七年了，他还没和沈春燕一起出来玩过，在钱塘都没有，更别提出国。看着母亲美滋滋地看照片，他微微一笑，心想，以后有机会，还是要多陪老妈出来走走。再过几年老妈就要满六十，他这个做儿子的，这些年除了让她操心，就没让她享过福。

接风晚餐量足又美味，四个人吃得超爽。沈春燕又一次说起自己在缅甸吃团餐吃到上吐下泻的经历，表示出来旅游，从没吃过这么高档的饭。不过，周俏结账时，沈春燕知道一顿饭吃了近三千人民币，差点要掐人中。

"这么贵的吗？新加坡吃饭这么贵的吗？"她挽着周俏的胳膊惊慌失措，"俏啊，一会儿你带妈妈去超市，妈妈买点方便面备着吧。"

周俏乐坏了："妈妈，咱们吃得起！放心吧，不会每顿都这么贵的，后面还会带你们去吃大排档和小吃呢！"

吃饱喝足，四人真的去逛超市，准备买点零食饮料备着。沈春燕和宋桦背着双手，就像是领导干部来视察"坡国"民情，二老现在很懂了，新币乘以5，就是人民币。

沈春燕站在冰柜前，回头喊："阿衍，俏，你俩吃冰激凌吗，妈妈请客！"

黎衍坐着轮椅过来，说："吃，我要香草的，周俏喜欢巧克力的。"

沈春燕一算冰激凌价格，两个折人民币五十多！她拍拍儿子的肩："算了，别吃了，刚吃过海鲜就吃冰激凌要拉肚子的。"

两个年轻人哭笑不得。

回到酒店房间，黎衍终于放松下来，坐在轮椅上脱掉假肢，周俏过去一看，硅胶套里果然都是汗。

"闷坏了吧？"周俏拿过硅胶套，"我帮你去洗。你先洗个澡吧，有浴缸，我给你放水。"

黎衍抬起眼皮看她，看了一会儿后，说："我想和你一起洗。"

周俏笑了，手指勾一下他的下巴："好呀。"

为了这次相聚，她还特地准备了泡泡浴球，浴缸里都是充盈的泡沫，薰衣草味儿的。黎衍和周俏相对而坐，抓着泡沫打闹了好久，搞得脸上头发上湿漉漉一片。

黎衍笑得很爽朗，抓着周俏一顿好揉，最后，他把头埋在她肩窝里，轻声说："小狗饿了，想吃叉烧，汪汪……"

周俏"扑哧"一声笑出来，捧着他的脸，轻轻地吻住他的唇。

嗯，叉烧其实也熟了，很想被小狗吃呢！

……

和室外一片燥热不同，房间里冷气开得很足，洗得香喷喷，又吃过美味叉烧的小黎先生一身轻松，和叉烧，不对，和周俏一起懒洋洋地躺在大床上聊天，手上是他的那本书。

"特地给你带来的。"黎衍递给周俏。

周俏喜滋滋地看了会儿封面，又翻开扉页，一片空白，问："怎么没有签名啊？"

"你还要签名？"黎衍觉得奇怪。

周俏理直气壮："当然啦！我可是女主角呢！"

她快速地爬下床找来一支水笔塞给黎衍："给我签名！霜降大大。"

"你想签什么？"黎衍问。

"签什么随你。"周俏挽住他的胳膊,"要和所有人都不一样的!"

黎衍浅浅地笑起来,想了想,在扉页上写字。

周俏看着他的字,忍不住夸奖:"你的字好漂亮啊。"

黎衍说:"我的字一般,三金的字才漂亮,他从小学书法的,楷书写得非常好。"

"是吗?没看出来啊。"周俏想起张有鑫时尚的外表、逗趣的性格,没法将他和书法这么传统的艺术联系在一起。

说话间,黎衍已经写完了,周俏拿过来仔细看,黎衍写道:

亲爱的小花:

未来的路很长,我可能走不快,请你陪着我慢慢走吧。

我们的路永远没有尽头。

——黎衍

201Z 年 3 月 27 日

黎衍特意签了本名,周俏抿着嘴看这两行短短的字,心里又甜又涩,扑过去就抱住了他:"会一直一直陪你走的,永远都不会放开你的手。"

黎衍揽过她的肩:"不许哭啊,以前都没那么爱哭的。"

"没哭。"

周俏抬起头看他,眼睛是红的,眼泪倒真没流出来。

黎衍摸摸她的脸:"乖,咱们早点儿睡,今天我累了,坐了好久的飞机,又吃了一顿叉烧,挺费力气的。"

这人说话越来越不着四六,周俏拍了他一下:"正经一点啊,你现在可是暖男作家,哪有你这样说话的?"

黎衍嗤之以鼻:"帮帮忙,我这辈子都没想过'暖男'这词儿会和我挂了钩!你觉得我是暖男吗?"

周俏扯着嘴角,讲真,昧着良心都回答不出"是"。

黎衍哈哈大笑:"我就说嘛,哥是纯爷们!好了好了,睡觉睡觉,我先去上个厕所。"

说着,他掀开被子就往轮椅上挪,周俏问:"要帮忙吗?"

"不用。"黎衍回头看她,"放心,我搞得定。"

第二天的行程是包车去新加坡日间动物园。

动物园挺远,一路上,周俏看着车外的街景,给黎衍三人介绍新加坡的一些情况。

"阿衍,你看那个!"周俏指着路边一段拐了好多个弯的 Z 字形坡道对黎衍说,"看到了吗?那个也是无障碍坡道,这边挺多的,虽然要绕一点路,但如果你要去某个地方,它又只有台阶,政府就一定会修出这么一段坡道。"

黎衍看到了,若有所思。

"还有公交车和地铁,坐轮椅都很方便。公交车后门打开后能翻下一块板搁到站台上,轮椅可以直接上去。"周俏继续介绍着，"还有啊，有些没有厢式电梯的地方，在楼梯边有那种供轮椅升降的台子，这种国内也有，但还不普遍，而且需要工作人员操作。但这里是自己就可以操作。"

见黎衍听得认真，周俏很不好意思："我有一回看到有人使用，还在那儿学习了一下，就想着有一天要是你来了，我们出门碰到升降台，我能知道怎么用，挺方便的，按钮就行。"

黎衍搂搂她的肩，知道小傻子真是时时刻刻都把他放在心里，连出门都在观察这些事情。

新加坡是个小巧精致的国家，也是一座城市，素有"花园城市"的美誉。整个国家在绿化、环境方面下了很大的功夫，美丽干净，经济发达，文化多元，大街上什么肤色的人都有，很多地方指示牌甚至有四五种语言，中文肯定有，连沈春燕都觉得有种宾至如归的感觉。

来到日间动物园，四个人慢悠悠地逛着。天气很热，他们都戴着帽子，黎衍戴一顶夏威夷风草帽，身上穿着白底蓝色叶子图案的休闲衬衫，米色长裤，脸上架一副太阳镜，周俏觉得他时尚度一点儿也不逊于张有鑫。

黎衍都记不得自己有多少年没来动物园玩了，上初中后就没去过，和周俏一起出来玩，真的又轻松又舒服，有时候他都懒得转轮椅，就牵着周俏的手，让她连人带轮椅拉着他往前走。

沈春燕一身红衣裳，在哪儿都要拍照，黎衍给她和宋桦拍合影，她姿势特别多，扭着屁股四五连拍动作不带重样的。

反正他们不赶时间，黎衍也不催，让老妈敞开了玩。

傍晚回到酒店，四个人都开始编辑朋友圈。黎衍和周俏都是一条，九宫格满了就算数，宋桦发了两条，沈春燕足足发了七条九宫格！搞得宋晋阳在家庭群里发飙。

【隔壁小宋】：你们不要太过分啊！欺负我们没得出去玩吗？一打开全是大象斑马长颈鹿！有这样刷屏的啊！

第三天，周俏和黎衍睡了个懒觉，踩着点儿去吃早餐，吃完后四人退房换酒店，搬去牛车水。

这一天的行程是下午逛小印度、哈芝巷，傍晚回来在牛车水吃饭。

小印度是新加坡的印度族群聚集地，街边的建筑五颜六色，商店里的商品也带着浓浓的印度风情。

沈春燕仿佛来到天堂，在五彩缤纷的街上不停凹造型，黎衍感慨，真是同一个世界同一个中国大妈。

距离小印度一公里的哈芝巷则是另一番风情，那里是年轻设计师和创业者们的聚集地，开着许多风格各异的潮店。店主们费尽心思装修着店铺内外，整条街色彩斑斓，墙上都是涂鸦和3D墙绘，让游客可以尽情拍照。

黎衍的轮椅在街上缓缓经过，抬头看着两边街景，有一种置身童话世界的感觉。

不知怎么的，他突然想起自己困在601室时的那几年，从阳台上看到的世界那么小。可是现在，他来到一个陌生的国家，看到许多以前从未见过的风景，身边还陪着心爱的妻子，还有他可爱的母亲和好脾气的继父。

很幸福。

就算不能走路，依旧很幸福。

晚上，周俏带他们去位于牛车水的麦士威熟食市场吃饭。市场很大，就是一个超级大排档，汇聚了大量华人经营的风味小吃店，大家可以从不同食肆点餐，坐在公共桌边一起吃。

"这儿我和胡丹绮老来。"周俏笑嘻嘻地对黎衍说，"上课的学校离这儿不远，这边吃饭很便宜，吃个炒粉啊油鸡饭啊，价格都不比国内贵多少，我俩要是不想吃酒店食堂，就会来这里撮一顿。"

黎衍揉揉她的脸："周俏同学挺会享受生活啊！"

周俏咯咯直笑："尝尝吧，这个鸡饭超有名的，我刚排了好久才买到的呢！"

他们点了一大堆吃的，天天海南鸡饭、老伴豆花、炒河粉、炸猪排饭、鸡肉沙爹、新鲜椰子汁……沈春燕拍照拍到手软，黎衍可想而知晚上回去又会是朋友圈刷屏。这几天，宋晋阳已经麻木了，在群里都不出声，沈春燕和黎衍还老去逗宋晋阳，气得宋晋阳威胁说要退群，他俩才罢休。

周俏觉得，男人有时候真和孩子一样，幼稚得很。

晚上在房间，洗完澡，周俏帮黎衍按摩腰背。

这几天早出晚归地游玩，小黎先生其实蛮累的。虽然他不用走路，可是在炎热的室外一直穿着假肢，还要长时间坐轮椅，周俏担心他的腰，还怕他残肢长痱子。

按摩完，她给黎衍的残肢抹上痱子粉，黎衍低头看着，读出痱子粉包装上的英文字："给婴儿用的？"

"嗯，只买到这个。"周俏问，"舒服吗？衍衍宝宝。"

"好像是不那么痒了。"黎衍抬动了一下发红的残肢，躺到枕头上说，"这儿出行是方便，就是实在太热了。"

周俏趴在他身边，跷着腿，用手指去戳他的脸："所以我平时没事都不出门，躲酒店里吹冷气。这几天天气还算好的，过一阵子会更热。"

黎衍捉住她的手，问："和我出门，会觉得麻烦吗？"

"不会。"周俏摇头，"这几天你自己觉得麻烦吗？这儿无障碍设施做得挺好的。"

"总归还是有点不爽。"黎衍叹口气，"有时候会想，自己到底还能不能走路啊？我都截肢七年整了。"

周俏很有信心："能的！我们再存存钱就行了，你不都挣外快了嘛，这么多钱！很快就能买假肢了。"

"我怕用了还是不能走，你说会吗？"当存款越来越接近那个数字，黎衍心里反而开始焦虑，"是我们家全部的积蓄了，俏俏，要是买来一个不能用的东西，我真的会受不了的。"

周俏说："这个……到时候假肢公司的人应该会告诉我们行还是不行吧，不可能让你什么都不确定就直接定做呀，我是这么想的。"

黎衍思考了一下："也是，会有评估。我做这两条假肢时也做了评估，结果像是被坑了。"

"不一样的，那个是很专业很先进的品牌啊。阿衍，我和你说实话。"周俏干脆趴到他身上，"能走，当然是最好，只要有一线机会，咱们就要朝着这个方向努力。但如果人家说你不行，用不了，不能走，也没关系，最多就失望一下子。我不是非要你能走路，我知道你就是这么个情况，走不了对我来说真没什么。你应该知道的，我从来不在乎你有腿没腿，能走不能走，我就是希望在我们能力范围内，可以让你过上更舒适的生活，真的阿衍，只要能让你舒服一点，哪怕是一点点，我就想去做。"

黎衍抬手摸摸周俏的后脑勺，用了下力把她摁到自己胸口，轻轻地抱住，说："我知道的，一直都知道，你就是个傻子。"

"你才是傻子呢。"周俏闭上眼睛也抱住他，"都到这地步了还在担心走不了。担心啥？人家要是说你走不了，咱们就买房吧！买个小二居，六十多万也够首付了。"

黎衍被她说乐了："那不如直接买房？"

"做梦！"周俏瞪他，"除非假肢公司的人让我死心，要不然，我是不会放弃的。"

到新加坡的第四天是重头戏。

上午，周俏带着黎衍三人去坐鸭子船游览新加坡河。

鸭子船是一种水陆两栖船，在陆地上开一段后直接冲进水里，变成一艘船，完了再从水里开上岸，又变成一辆车。游客们坐鸭子船可以游览新加坡河边现代化的城景，能看到双螺旋桥、新加坡地标鱼尾狮喷泉、滨海湾花园、金沙酒店和巨大的新加坡飞行者摩天轮等景观。

预订鸭子船时，周俏其实犹豫了好久。鸭子船很高，需要通过六七级台阶走上去，她之前没坐过，特地去踩点，就怕黎衍坐不了。

观察以后，她觉得黎衍可以上下台阶，毕竟他有三个健全人陪同，于是，周俏订下了船票，不想放弃这个挺有意思的行程。

黎衍看到鸭子船时当场傻眼，船停在一家商场门口，看着挺可爱，半敞篷，顶上有棚，可对黎衍来说那七个台阶实在是很难为他。他疑惑地看向周俏，周俏说："我觉得你能上去。"

"行吧。"黎衍抹一把脸，对宋桦说，"宋叔，得麻烦你扶我一下，周俏力气小，这个台阶挺窄的，我怕她拉不动我。"

在宋桦的帮助下，黎衍开始走楼梯。楼梯是可移动的，金属材质，台阶挺窄，好在两边有栏杆，对黎衍来说还算是能撑着点。

他用髋关节带动残肢，残肢带动假肢，一步一步僵硬地往上甩，花了几分钟时间终于爬上鸭子船，已经累出一身汗，在位子上坐下后，周俏夸他："阿衍你好棒！我就知道你能上来的！"

黎衍无奈地说："这也就是陪你，我才愿意，要是别人，我才懒得理呢！"

周俏抱住黎衍的胳膊撒娇："我知道你会陪我的嘛，我都没坐过呢，人家说可好玩了！"

鸭子船的确很好玩，尤其是从陆地上冲下水的那一瞬间，会掀起巨大的水花，坐在前排的人都会湿身。黎衍四人就恰好坐在第一排，沈春燕还拿着手机拍视频，哗啦啦的一阵水花泼过来，四个人被兜头浇了一身水，沈春燕吓得大叫起来，手机都差点丢出去。

等到船在水里平稳前进，他们又一同大笑起来。周俏拿纸巾帮黎衍擦T恤上的水迹，黎衍说："别擦了，太阳一晒，过会儿就干了。"

周俏笑笑，她的头发湿了，有几缕贴在脸颊上，黎衍伸手帮她把头发撩到耳后，就听到随车导游开始介绍岸边景点。

气温很高，天空却湛蓝一片，岸边现代化的高楼大厦鳞次栉比，造型独特的新加坡科学馆、极负盛名的金沙酒店、滨海湾双馆依次落入他们眼中。

周俏依偎着黎衍，为他解说那些建筑，告诉他下午要去玩双馆，晚上要看擎天树灯光秀，最后还要去坐摩天轮。

"节目这么丰富？"黎衍问。

"是啊，摩天轮看夜景好看！"周俏解释，"胡丹绮说的，她和男朋友去坐过摩天轮了，我没坐过，她建议我晚上去。"

黎衍拧起眉毛："那个摩天轮我能上去吗？不会又要我走路吧？"

周俏笑起来："不用走，那个你能上，放心吧。"

这一天的行程真的很丰富，吃过午饭后，四人参观了滨海湾双馆，黎衍在周俏的朋友圈里见过这两个馆，终于身临其境，心里还是很满足。这里是周俏生活了两年多的地方，黎衍以前只是听说，只能想象，而现在他真的来了，和周俏待在同一片天空下，和她看着同样的风景。

参观"云雾林"时，黎衍注意到一个人。

当时周俏和沈春燕在上卫生间，黎衍在外面等待。卫生间门口，一个个子高大的白人男性也在等人，他穿着短袖T恤和五分休闲裤，上身健硕，手臂和胸膛肌肉结实。而他的下半身……五分裤下，露在外面的分明是两条假肢，而且是双大腿假肢，有灵活的膝关节和踝关节，脚板上穿着运动鞋。

男人背着双肩包，身边是他两个年幼的孩子，他走得很平稳，只有微微的僵硬感，身子也不会左右晃。两个孩子在闹腾，他还快走几步追上其中一个，牵着她的手往回走。男人注意到黎衍的目光，大概是看他坐着轮椅，就对他露出善意的微笑，还向他竖了竖大拇指，他也对对方竖起大拇指。

男人的妻子从卫生间出来了，一家四口说说笑笑地离开。黎衍看着他的背影，猜测着他的腿是截到哪里。那人可以不坐轮椅，不用拐杖，走得那么好，残肢情况应该是比他好吧？

黎衍忍不住摸摸假肢，心里很羡慕，微微叹了口气。

离开双馆后，时间还早，天还未黑。沈春燕和宋桦找了张休息椅等待夜晚的擎天树灯光秀，周俏和黎衍则去附近的麦当劳打包晚餐。

排队时，黎衍接到姜琪的语音电话。

周俏在柜台前点餐，黎衍转着轮椅离柜台远了些，听到姜琪说："霜降，有两个好消息要通知你，比较急，所以才会打扰你。"

"不打扰，琪姐你说。"黎衍回答。

姜琪的语气很轻快："第一个，是关于你的书，又要加印了，恭喜你又将有一笔稿费到账。"

这可真是个好消息！黎衍很开心："谢谢琪姐！那第二个呢？"

姜琪说："第二个消息就更让人激动了。是这样的，有一家影视公司看中了你的书，想要和你洽谈影视版权，就联系到我们。其实我们没有代理你的影视版权，需要你和你的连载平台编辑去沟通，所以我要把对方的联系方式给你，你和他联系后，得让他和你的平台版权编辑取得联系。"

出版界小萌新昨日霜降大大还不知道这意味着什么。

姜琪继续说："这家公司挺有诚意的，虽然和我没什么关系，我还是帮你和对方聊了一下，他们挺内行，知道你这本书版权值多少钱。"

黎衍傻傻地问："多少钱啊？"

姜琪："你猜猜。"

黎衍犹豫着说："一百万？"

姜琪大笑起来："你对你这本书现在的成绩很不了解啊！霜降，普通的网络小说都要卖一百万啦，你这个一百万肯定不止。"

黎衍的心跳快起来了："两百万？"

"哈哈，看来你真的不太懂。"姜琪笑了。

黎衍不敢猜了，在这方面他的确一点经验都没有："琪姐你就直说吧，多少钱啊？"

姜琪说："我先给你解释一下，最后谈妥的价格我不会知道的。首先，我没帮你报价，纯粹是打探他们的意向价。其次，最后的价格要由你的平台版权编辑去和对方敲定，所以我现在和你讲的，就是我们朋友间的聊天，做不得准，因为最后也有可能黄了。最后，影视版权分为好几块，电影、连续剧、网大、网剧……可以分开卖，也可以打包，你明白了吗？"

黎衍感觉自己手心在冒汗："明白了。"

姜琪终于给了他一个答案："根据我的估计，对方对这本书电影、网剧和电视剧的版权，单个买，意向价大概在两百万。三个版权打包，五百万以内，都好谈。"

五百万？！

周俏提着两大包麦当劳走到黎衍身边，看他一脸呆滞的样子，问"怎么了？谁的电话呀？"

黎衍没反应。

"阿衍？"周俏弯腰看他。

黎衍猛地抬起头来，盯着周俏，眨了眨眼睛说："俏俏，你打我一巴掌吧！我觉得我可能在做梦！"

周俏干脆把一杯冰饮贴到黎衍脸上："冰吗？"

冰，当然冰！黎衍被冻得打了一个激灵，抬头看着周俏，如梦初醒。周俏担心地问："阿衍，到底怎么了呀？"

黎衍注视着她的眼睛，神色纠结："俏俏，我觉得……我可能要火了。"

周俏："哈？"

当滨海湾公园里十八棵巨大的擎天树亮起绚烂灯光，耳边响起震撼的音乐时，等待着的游客们都沸腾了。

在这个人造的奇幻森林里，到处都是形态各异、色彩缤纷的热带植物，空气中飘散着特别的青草香。擎天树上灯光闪烁，魔幻瑰丽，黎衍坐在轮椅上仰头观赏，越来越有种不真实的感觉。

沈春燕在原地根本待不住，因为公园很大，每棵树大小不一，不同的角度能拍出不同的风景。她拖着宋桦到处乱逛，小视频拍个不停。黎衍和周俏没到处走，在一个观赏角度还不错的空地上待着。身边都是人，周俏侧身坐在黎衍腿上，抱着他的脖子与他紧贴在一起。

很热，却不想分开，她看过好几次灯光秀了，这时早已不再兴奋，更喜欢磨蹭着黎衍的皮肤，有时甚至偷偷亲一下他的脸颊。

黎衍自然知道周俏的小动作，却并不会制止她。

也许是因为身处之地实在太过浪漫，视觉和听觉都在经受巨大的冲击，怀里抱着周俏，黎衍哪里舍得和她分开。这样的耳鬓厮磨是他惦念了一年的，就算是在大庭广众之下，他也坦然接受着周俏的爱意，心中涌起阵阵暖流。

因为姜琪的电话，黎衍内心还未平静，眼睛看着夜空下如梦似幻的场景，心里真是思绪万千，冷静不下来。

原谅他没见过世面，几百万版权费这种事，之前想都没想过。他已经拿到那家影视公司联系人的QQ号，双方加上了好友，还没来得及详谈。他把这件事大概说给周俏听，周俏也蒙了，好半天说不出话来。

只要合同没签，黎衍就知道还会有变数，所以他和周俏已经约定，平常心对待，不要抱太大的期望。就当老天给你一个机会，去试一下，成与不成，都不要影响他们现在的生活。

黎衍更紧地抱住周俏，在她又一次想要偷袭他时，偏过头就捉住了她的嘴。周俏吓了一跳，很快身子就软下来，与他唇舌交融，沉溺在他海浪般涌动的温柔里。

灯光秀十五分钟结束，人群如潮水般散去，周俏和黎衍找到沈春燕和宋桦，四人一同前往摩天轮。路不远不近，他们决定步行，顺便还能看看坡国夜景。

中间会经过双螺旋桥，夜晚的双螺旋桥亮起灯光，比白天漂亮许多。它的设计理念是模仿人体DNA的双螺旋结构，是一座优雅轻盈的艺术品，桥上有观景平台，也是一个打卡拍照的绝美之地。

和黎衍一起经过双螺旋桥的时候，周俏把自己知道的信息介绍给他："这座桥想要体现的意义是'生命与延续，更新与成长'，我觉得说得挺好的。每次走都有一种奇妙的感觉，你觉得呢？"

"生命与延续，更新与成长。"黎衍转着轮椅，重复着这句话，又体味一番，"是挺好的，做人，说白了就是这么一回事。"

在桥尾，他们看见一位卖手工冰激凌的网红爷爷，简陋的冰激凌车前很多人在排队。沈春燕好奇地问："这个多少钱呀？很好吃吗？"

周俏回答："这可是网红冰激凌，也就一新币多，几块钱人民币，我吃过榴莲味的，味道不错。"

"好便宜啊！咱们也吃，妈妈请客！"沈春燕立刻去排队了，"阿衍，俏俏，你俩吃什么味儿？"

黎衍看了看冰激凌车边图片形式的口味介绍，说："我要榴莲的，夹威化。"

周俏说："我今天吃抹茶的！谢谢妈妈。"

宋桦弱弱地说："我也要榴莲的。"

沈春燕瞥他一眼："你个糟老头儿还吃什么冰激凌？"

不过最后，沈春燕还是买了四个冰激凌。她自己选了芒果味，大家都选用威化饼夹着，四只拿着冰激凌的手乖乖凑在一起，让沈春燕拍下一张照。

黎衍就着脆脆的威化饼干和冰激凌咬了一大口，满足地"唔"了一声："榴莲味儿很浓啊，真挺好吃的。"

"好吃吧？"周俏很开心，"你尝尝我这个。"

她把抹茶冰激凌递到黎衍嘴边，他就着她的手咬了一口："嗯，抹茶的也好吃。"

"这家挺有名的，乌节路也有一个老爷爷卖冰激凌，更有名，还上过综艺节目。"周俏就着他咬过的地方一口口吃着。

桥上行人来来往往，一对年轻的中国夫妻带着一个六七岁的小女孩走过，小女孩好奇地打量着轮椅上的黎衍。黎衍吃着冰激凌与她对视，突然做了一个鬼脸，小女孩眼睛瞬间瞪得老大，扑到爸爸怀里，嗲嗲地说："爸爸我也想吃冰激凌！"

"行，乖宝，你想吃什么味道的？"爸爸牵着女儿的手站到队伍末尾，小女孩小声地说着，又偷偷回头看黎衍。这一次，黎衍对着小女孩绽开一个笑，小女孩愣了一下，也对他露齿而笑，嘴里缺了两个大门牙。

在飞行者摩天轮的轿厢里，随着轿厢越升越高，新加坡河对岸璀璨的夜景像一幅画卷铺展在黎衍眼前。周俏站在他的轮椅边，问："阿衍，新加坡是不是很漂亮？"

"是，很漂亮，亚洲四小龙嘛，名不虚传。"黎衍和她一起俯瞰那片夜景，那应该是新加坡最现代化的一片区域，到底是发达国家。

周俏说："可我还是更喜欢钱塘。"

黎衍抬起头来看她，周俏笑得很甜："因为钱塘有你啊，有咱们的家。"

"等你回家，我们就去办户口，从此以后，周俏同学和黎衍同学就是一个户口本上的家人了。"黎衍向她伸出手，她便牵住了他，手指紧紧地纠缠在一起。

第五天，周俏没有安排游玩行程，带沈春燕和宋桦去乌节路逛街，给宋晋阳、杨瑾颂和家里其他亲戚买伴手礼。

黎衍没去，独自一人留在酒店休息，刚好有时间和影视公司的联系人详谈，并且牵线搭桥把他介绍给自己网文平台的版权编辑。后续，就是编辑和对方沟通，黎衍从中也无法干预，只能静待消息。

结束在新加坡市区的行程，来到新加坡的第六天，四人从牛车水退房，去到此行的最后一站——圣淘沙岛。

圣淘沙岛是新加坡非常迷人的一座度假小岛，面积不大，吃喝玩乐一应俱全，是游客到新加坡旅游必打卡之地。那里有环球影城乐园、新加坡 S.E.A. 海洋馆、水上乐园、天际线斜坡滑车、时光之翼光影秀等景点，还有大海和沙滩，可以下海玩水。

岛上美食众多，高星酒店也不少，周俏在节庆大道旁的一家酒店订好房，由此开始了在小岛上四天三晚的嗨浪之旅。

沈春燕从没有玩得这么开心过，逛过一家超级大、充满童趣的糖果店，非要给黎衍和周俏买棒棒糖。黎衍也随她去，买完后就拆掉糖纸叼进嘴里。

在海洋馆里，沈春燕兴奋得像个孩子，还吵着闹着让宋桦给自己买一个毛绒玩具，是一条小海豚。黎衍也给周俏买了一个小玩偶,是一只蓝色的八爪章鱼,和周俏那只粉色嘟嘟很像,个头再大一点。周俏好喜欢,说:"嘟嘟有男朋友了!它叫蓝蓝!晚上它俩可以一块儿睡!"

黎衍打趣:"小心给你睡出一只小章鱼来。"

周俏气恼地拍他:"你这脑袋瓜里都在想什么啊?"

"想小狗吃叉烧呗。"黎衍笑得露出一排大白牙,快速转开轮椅防止周俏再拍他,"叉烧多好吃啊!每天都想吃,怎么吃都吃不厌!"

周俏失笑,这几天,小狗的确是每晚都要吃叉烧,还花样百出,感觉真的是饿坏了。

去环球影城乐园那一天,沈春燕嘴里嚷嚷着"哎呀一把年纪了还来游乐场玩多丢人啊",玩得却比谁都起劲。她甚至想去尝试过山车,被宋桦和黎衍一起劝下,毕竟是五十多岁的人了,怕她心脏受不住。

不过在那种不是很刺激却富含高科技的4D项目里,沈春燕大开眼界。因为是淡季,又是工作日,大项目变形金刚排队只要十分钟,沈女士连刷三次,宋桦都要坐吐了,才把她给拉出来。

连黎衍都玩了好几个项目。

环球的项目是钱塘乐园比不上的,钱塘乐园的项目纯刺激,环球的项目却是老少皆宜,所有项目都和它的电影主题有关,温和又有趣。

黎衍上下设备时有点费劲,不过没有人催他,所有游客都友善地等待着,工作人员还会询问是否要帮忙。周俏婉拒了,由她自己来帮黎衍抬腿、挪腿,宋桦则在身边扶着他,于是,小黎先生算是充分体验到高科技游乐园的乐趣。

和周俏一起坐在变形金刚项目的车子里,车子随着轨道快速地前进、上升、旋转、下坠……黎衍和周俏紧紧地牵着手,一起放声大叫。他毕竟还是个不满三十岁的年轻男人,喜欢这种刺激又带着速度感的项目,放松身心后便乐在其中。

在圣淘沙岛的最后一天,四人去海边散步。沈春燕终于拿出她准备多日的彩色丝巾,站在海边让丝巾飘起,拍下数不清的照片。

这些天来,黎衍和周俏也拍了许多合影。去环球那天,他和周俏还穿着情侣装,是他特地从钱塘带来的,两件粉绿色T恤,正面是小黄人图案,穿起来特别可爱。在游乐场,黎衍站在周俏身边,和她一起拍了许多诙谐有趣的照片,拍得好的他都发到了朋友圈,又一次让同事们成了一堆柠檬精。

【虎哥】:Rick你平时是装酷吗?这可一点也不像你啊!我酸了。[委屈]

黎衍看着评论发笑,照片上他搞怪的表情和平时的他的确不像。大概,真的只有和周俏在一起,才是他最放松的时刻。

此时,海风阵阵吹过,黎衍坐在轮椅上,看着不远处沈春燕婀娜多姿的造型,不禁笑出了声。

"我妈很开心。"他对周俏说,"俏俏,谢谢你,这一次的行程你安排得很棒,这一趟玩回去,够我妈在小姐妹面前吹一年了。"

周俏说:"以后咱们再带她出去玩,还可以叫上宋晋阳他们。我们可以去坐游轮,游轮很适合你,胡丹绮说她八十多岁的奶奶都能坐着轮椅去坐游轮,一点儿没问题。"

黎衍皱着眉抬起头,眼神不满:"为什么要拿我和她八十多岁的奶奶去比啊?"

"我就是这么一说嘛。"周俏把手放在他肩上,"阿衍,你可以去很多地方的,等我回钱塘找好工作,我们每年都出去旅游一次,坐高铁、坐飞机、自驾,都行。真的阿衍,你可以去很多很多地方,我会陪你一起去。"

那样的生活,黎衍真是无比向往,以前不敢想,经过这次旅游,他发现,没有什么是不可能的。

他都能在环球影城乐园玩项目了,坐鸭子船和摩天轮了!的确有些地方他永远都没法去,但是世界这么大,无障碍设施做得好的城市还是有很多,足够他排着队去看看。

最后一晚的晚餐是在圣淘沙一家米其林一星餐厅,周俏点了一瓶红酒,四个人喝酒吃菜聊天,分享着这几日来的感想。

"还记得那天那个出租车司机吗?"沈春燕说,"六十八岁了呀,头发全白了!这么大年纪还在开车,说这儿没有退休工资,早年钱存得不够,老了就还要上班,也是蛮惨的。"她看看宋桦,"老宋再过两年就退休了,我是没法想象他六十八岁还在上班,这都没人性了。"

周俏说:"这里是这样的,虽然大家都有房子住,是政府卖的'组屋',很便宜,但是退休工资真没有,我还见过很多七十多岁的老人在工作。"

宋桦说:"所以说嘛,虽说是发达国家,但还是我们中国好。退休工资虽然不高,两个老的吃吃喝喝也够用了。"

沈春燕附和:"那个开车的大哥十几岁从国内过来讨生活,几十年了也没见混得有多好,何必呢?"

黎衍说:"他三四十岁的时候,混得肯定比咱们国内当时的同龄人强,就是不会想到,咱们国家现在会这么好。"

"新加坡来旅游可以,常住也不咋地。"沈春燕问周俏,"俏啊,你大概什么时候能回来呀?年底吗?"

周俏看了黎衍一眼,说:"按照计划是年底。"

沈春燕说:"你的课都毕业了,能提前回来吗?咱也不是非要赚它这一万多的工资,你回来了就算找个几千块的,也比你和阿衍两地分居强。"

周俏说"当初是签了合同的,妈妈,我也很想回去,但没人这么做过,有些人还嫌待不够呢,想多赚点钱再回去。"

黎衍转头问她:"那你呢?"

周俏微笑着看他:"我当然是想回去的呀,在这里两年多,该学的都学了,酒店里的工作也都熟了,去哪儿都能上班,这不是还走不了嘛。"

黎衍笑笑,没再说话。

晚上,在房间里,两人又一次亲热以后,拥在一起聊天。

黎衍说:"俏俏,如果版权的事真成了,你可以提前回国吗?"

周俏想了想,说:"我得去问问,不过现在说这个早了点吧,而且需要付一笔违约金。"

"我不是逼你提前回国。"黎衍说,"如果你觉得待满三年有必要,可以积累工作经验,那待着也没关系。但如果只是为了工作赚钱……你可以说我自私吧,我要是真有了这几百万,我就希望你可以早点回来,我们立刻去买房。"

周俏纠正:"先买假肢。"

黎衍笑起来,亲亲她的头发:"好,先买假肢,再买房。"

"真的能赚这么多钱吗?"周俏还是难以置信,"几百万啊,阿衍,不会是骗人的吧?"

黎衍搂搂她的肩:"我不知道,我一点经验都没有,但琪姐知道。她说那家公司挺靠谱的,规模不算小,出过几部自制剧,也投过一些卖座的电影。"

周俏把头靠在他肩上:"那咱们就先等等消息吧。"

这晚过后,黎衍三人的新加坡之旅结束了。周俏把他们送到机场,依依不舍地和黎衍告别。

这时候是四月初,按照原计划,周俏回到黎衍身边还需要九个多月。三年之约,不知不觉已走过大半。

黎衍回国后,第一件事就是进行十月注会考试报名。

不管版权签不签,也不管以后还会不会写小说,他都不想放弃本职工作,暂时没有打算把写文当全职。

黎衍从年初就开始为考试看书,还报了一个线上辅导班,认认真真跟着视频学习。注会很难,黎衍知道不下苦功夫不可能考得过。他很理智,自己的事业正在上升期,现在又正是要打拼的年纪。出版一本书算是天时地利人和,他没有信心以后写的每一本都受欢迎,毕竟之前扑街近四年,他对自己的写作水平还是会客观看待。

影视版权的事一直没有消息,黎衍也没去问。

出版书加印倒是顺利进行,黎衍有时候去购书平台看评论,评论几乎都是正面的,还有读者晒出带签名的扉页,开心地说买到了签名版。

黎衍甚至看到有人晒出带特签的书。

扉页上写着:现在的霜降签得有点饿,决定去煮碗面吃。

那个读者吐槽:作者,为什么我这本的签名这么奇葩啊?不过书很好看,还是给你一个五星吧。

黎衍笑得用手捂住脸,想想自己的确是很奇葩。

二十九岁生日前夕,黎衍被张有鑫叫到咖啡馆,转交给他一份周俏送的生日礼物。

礼物是一方青色印章,黎衍拿起印章一看那四个字,就知道是"昨日霜降"。

张有鑫问:"好奇怪啊,周俏为什么知道我会书法,还让我帮她搞个章送你?"

"是我告诉她的。"黎衍拿着那方印章把玩,蘸过红油,在白纸上重重印下,一枚方方正正的红章就出现在纸上。

"真不错啊,这是什么字体?"黎衍问。

张有鑫接过他手里的章,笑着说:"小篆,石头是寿山石,不算稀罕,不过刻章的老师可不得了,要不是我认识,一般人去找啊,老人家给多少钱都不会刻。"

黎衍好荣幸,又因为周俏别出心裁的礼物而感到窝心,问道:"是大师手笔?这章很贵吗?"

"友情价,也要四位数了,具体多少我就不说了。"张有鑫也往纸上敲了几遍章,"真好玩,什么时候我也搞个笔名写写东西。"

说到这儿，张有鑫抬头问："对了，周俏为什么要送你一个章啊？你好久没写文了吧？上班都来不及，怎么，又要开新文吗？"

黎衍一脸木然地看了他一会儿，开口道："张三金，你这么空，平时可以多阅读，去网上买点书来看，顺便搜搜我的笔名，OK？"

张有鑫脑门上缓缓冒出一个问号，当场就拿起手机搜黎衍的笔名，这一搜可不得了，直接把他给打击得外焦里嫩。

"衍衍……衍哥，这这……这个昨日霜霜降，真真……真是你吗？"张有鑫拿着手机，结结巴巴地问。

"如假包换。"黎衍得意地笑，"下回给你带本签名书，别说出去啊，三次元保密呢。"

张有鑫震惊极了："我的天！半年了！你都没告诉我！这么大个事儿你都不告诉我！你把不把我当兄弟啊？"

黎衍把印章收到盒子里，笑道："我这不是告诉你了嘛。先走了，回去还要复习和锻炼呢，谢谢啊，拜拜。"

看着黎衍转着轮椅离开咖啡馆，张有鑫腿要是能动，这时候一定踹他一个大马趴。

黎衍这人，能站，能走，有一个感情很好的老婆，有一份体面的工作，考过一个牛的证，又要考下一个牛的证，现在倒好，还成畅销书作家了！

这人生跌宕起伏，精彩纷呈，搞得张有鑫简直又要抑郁症发作！

五月底的一天，黎衍在公司里上着班，手机 QQ 突然弹出一条消息，是他网文平台的版权编辑晓玖。

黎衍心里怦怦一跳。

【晓玖】昨日霜降你好，我现在把《我愿为你，与这世界和解》的影视版权合同发给你看看，有问题你和我说，没问题我们就要进行下一步签约了。

黎衍用手机接收下 Word 文档，先不看其他，直接看合同价格。

打包价四百八十万，外加三十万平台宣传推广费，对方共计要支付五百一十万。

黎衍拿出计算器开始计算，四百八十万，按照他和平台签订的合同，分成后他能拿三百八十四万，再去网上找到稿费计税计算器，得出税后到手是：3409920 元。

黎衍在工位前呆呆地坐了好一会儿，实在忍不住，一下子趴到桌上，把脸埋在臂弯里，肩膀簌簌抖动起来。他边上工位的小费吓了一大跳，急问："Rick，你怎么了？不舒服吗？"

黎衍抖了好半天，突然又直起身子，双手搓了一把脸，冷静地说"没事，刚才突然有点心慌，现在已经好了。"

好几个同事都看过来，其中一个问："心慌啊？可大可小啊，要不要去医院看看？"

黎衍说："不用，我去楼梯间站一会儿就行，可能是有点累。"

他转着轮椅去到楼梯间，扶着栏杆站起来后，闭上眼睛，又一次无声地大笑起来，一边笑还一边挥拳头。

"Yes！衍哥！你怎么那么牛啊！"他发着气声，"真成了真成了真成了！"

"俏俏，咱们可以买房了！"

"近三百四十一万啊！我的天！三百四十一万！"

"不行了不行了，我心都跳快了，要心脏病了！"

"淡定，衍哥淡定，深呼吸……别一副没见过世面的样子，不就三百多万嘛！"

"我的妈呀！三百四十一万啊！俏俏！我赚……"

身后的防火门突然开了，虎哥探进头来："Rick，真没事吗？Jimmy说你要是不舒服就早点儿下班。"

黎衍回头时已是一副冷静从容的模样，一如既往的酷："真没事，我站一会儿就行，马上回去，放心吧。"

虎哥将信将疑地离开了。

门一关上，黎衍又开始发癫，朝着空气挥出好几拳："三百四十一万！周俏，三百四十一万！我们发财了！我们可以买房了！"

合同没有问题，黎衍很快就签完寄给编辑，等待一星期后，他收到了三方签名、盖章、具备法律效力的合同。

之后的事情变得很顺利，按照合同约定，签订合同后十五天内，影视公司就要将全款打到黎衍签约的网站，再十五天内，网站会代扣税费，将全款打给黎衍。

于是，七月初的一天，黎衍的账户上便多了3409920元人民币，和他自己计算的一分不差。

在黎衍签完合同后，他就和周俏认认真真地商量了一番，分析出事情的轻重缓急。于是，周俏和谢若恒沟通并取得他的支持后，正式向酒店提出申请，要求提前结束在新加坡的工作。按照合同约定，她支付两个月工资作为违约金，于七月初带着全部行李回到钱塘。

接机口，一架轮椅空空停着，轮椅边，年轻的男人发型利落，面容英俊，身穿藏青色翻领T恤，身材有型，稳稳地扶着隔离栏杆站得笔直。旅客们陆陆续续出来，突然，他眼睛一亮，看到一个扎着马尾辫的女孩出现在他的视野里。

周俏背着双肩包，拖着那个28寸的大行李箱，箱子上还搁着一个行李袋，几乎算是跌跌撞撞地冲到他面前。

"阿衍，我回来了！"她小口喘着气，眼睛湿湿地看着他。

黎衍的眼睛也发红发酸，整整两年半了！他张开双臂就抱住周俏："老婆，欢迎回家。"

回家的路上，周俏第一回坐黎衍开的车。

小黎先生拿到驾照快要一年，现在车技已十分熟练，左手把方向盘，右手控油门、刹车杆，脸上架着一副太阳镜，动作从容不迫，透着一股子潇洒劲儿。周俏坐在副驾笑眯眯地看着他，他目视前方，问："老公开车帅不帅？"

"帅！"周俏真的好喜欢。

黎衍说："过一阵儿你也去考个驾照，我这辆车是C5，按规定只有残疾人能开，到时候得给你也买一辆。"

周俏很惊讶："我也要开车吗？"

"当然。"黎衍笑笑，"咱家总得有一辆普通车，万一我有事走不开，你得有辆车开。"

周俏:"哦,好呀。"抿了抿唇,她又问,"阿衍,我们什么时候去咨询假肢啊?我真的……现在最想做的就是这件事了!我们这些年这么努力,就是为了这一天!"

黎衍沉默片刻,周俏眼巴巴地看着他,终于,他嘴角一勾,笑着说:"听你的,等下回去,我就打电话到 H 市预约检查时间,我已经问来电话了。"

周俏激动得如小鸡啄米般点头:"嗯嗯嗯!"

"老婆,你要陪我去。"黎衍说,"我只要你陪我去,那个检查……做的时候其实挺不爽的,我希望你能一直陪着我,可以吗?"

周俏不明白检查会有多不爽,毫不犹豫地点头:"我当然会陪你去的!让别人陪,我还不放心呢!"

黎衍又笑了:"好,有你陪着我,我就不怕了。"

心理诊所咨询室里,黎衍对陈司尧说:"陈老师,今天过来,其实是想送你一份礼物。"

他从双肩包里掏出自己那本出版书,双手递给陈司尧:"陈老师,这是我写的书,运气比较好出版了。"

陈司尧接过书翻开一看,黎衍写了赠语,还敲着作者章。他似笑非笑,也没说谢谢,从办公桌的抽屉里也取出一本书,展示给黎衍看——就是他的这本书。

黎衍好惊讶。

陈司尧哈哈大笑:"我那天坐高铁出差,在高铁站的书店里看到这本书就翻了几页,觉得挺有意思的,就买回来。后来越看越觉得奇怪,心想,这不会是黎衍写的吧?主角名字都叫李俨啊。"

黎衍一脸茫然:"我掉马了吗?"

"熟悉你的人,不对,应该是熟悉你和周俏故事的人,一看就知道是你啊。"陈司尧觉得有趣极了,"黎衍你很厉害啊,这本书现在卖得很火呢,大半年了你都没和我说,还挺藏得住事。"

黎衍很不好意思:"说起来还得谢谢你,陈老师,是你建议我写东西,我才会想着写的,去年七月动的笔。"

"你应该谢的是周俏。"陈司尧很欣慰,"你写得很好,我都看完了,非常感动,尤其想象着你和周俏的样子,就很为你们开心。"

黎衍纠结了一会儿,开口说:"陈老师,不瞒你说,今天我是想来和你聊个事儿的。我其实不光是出版了书,我还……卖了影视版权,赚了不少钱,有七位数。"

"哦?恭喜你啊!黎衍。"陈司尧很惊喜,"这是好事儿啊,怎么,你有什么顾虑吗?"

黎衍叹口气,说:"这事儿除了周俏,家里没人知道,我不知道现在该怎么和他们开口。本来光出版,我都没打算说,稿费也不多,可是影视版权这个钱真的太多了。周俏已经提前回来了,我俩过几天要去 H 市咨询智能假肢的事,还打算买个房子。房子一买,家里人肯定都得知道,我妈是没什么,关键是我继父和继兄,还有我妈家的一些亲戚,怎么说呢……"

他组织了一下思路,继续说:"我受伤前,我家条件就很一般,当时是想着毕业工作了可以改善家里条件。受伤以后,说实话真的过了几年苦日子,就算后来和周俏在一起,我俩都挺穷的。这些年我继父和他儿子帮了我不少忙，我现在和他们关系也不错，所以这次突然赚了钱，我不知道要怎么和他们开口。毕竟二月时书就出版了，我一直瞒着，我担心他们会觉得我不把他们当自己人。"

接着，他把这本书从连载、到被编辑联系、到定稿出版，再到被影视公司联系，直到最后签订合同、七月初拿到版权费的经过详详细细对陈司尧说了一遍。

陈司尧抱着双臂："我明白你的意思了，可是黎衍，这事儿是瞒不住的，我建议你还是找个合适的机会，诚恳地告诉他们，据实说就行。真正关心你、为你着想的人，都会替你高兴的。"

黎衍思考片刻，心里已经有了打算："我明白了陈老师，让我想想怎么和他们开口吧。"

聊足一个小时，黎衍准备离开，轮椅刚要转出咨询室时，陈司尧叫住他，问："黎衍，问你一下，你过三十了吗？"

"我虚岁三十了。"黎衍回过头来，"五月刚过的二十九岁生日。"

"就是说，三十周岁还没到，对吧？"陈司尧微笑着。

黎衍点头："对，要明年五月满三十。怎么了？陈老师。"

"没什么，就问问。"陈司尧对他挥挥手，"小伙子继续加油，周俏回来了，你俩终于可以好好过日子了。"

黎衍笑得很灿烂："是啊，我终于不用独守空房了。"

陈司尧大笑："哈哈哈哈哈……你这个人啊！"

告别陈司尧，黎衍来到地下车库，坐上驾驶座后，熟练地拆掉轮椅，放下靠背，把轮椅部件一样样拎到后座。

抬起靠背后，他系上安全带，想着几天后要去H市的事。不知道自己能不能用上智能假肢，不知道用上以后，他能不能站着把轮椅放进后备厢，然后像普通人一样走到驾驶室上车。能做到的话，以后他再也不用专门找能把驾驶室车门开到最大的车位了。

想着想着，黎衍心里就有点美，又想到陈司尧最后的问题，没搞明白他的意思。

啊……他真的快三十岁了。

时间怎么过得这么快？感觉周俏刚搬到601室时，他还是个小年轻呢，这一下子就奔三了，跟小时候写作文似的：时光荏苒，岁月如梭。

三十而立，三十而立，三十而……"立"？

是预言吗？

黎衍默默地笑起来，启动车子开出车库。

到家时，周俏正在做饭。

"回来啦？"听到声音，她从厨房里出来，身上穿着围裙，看黎衍把自己挪到换鞋凳上擦轮椅，很自然地蹲到他身边说，"今天小树会回来吃饭，我做了红烧肉，香不香？"

客厅里果然飘着一股红烧肉的香味，黎衍好馋，夸张地吸吸鼻子："嗯……香！做好了先给我尝一块。"

"馋猫。"周俏笑嘻嘻地摸摸他的脸。

周俊树这时候在放暑假，开学后将要念大三，假期住在黎衍家。

他在一家规模不小的环境治理公司做实习生，每个月工资才八百块，但可以积累经验学东西，是黎衍建议的，让他别为了赚钱去打苦工。
　　那家公司主做工业废水废气治理、生活污水治理、噪音治理等工程，项目现场条件都很艰苦。幸好周俊树不怕苦，天天跟着技术员下现场，皮肤又给晒得黑黢黢。有时候为了勘测数据，他连着几天都回不了家，黎衍就没管他的饭，给他留着房间就是。
　　周俏突然回来后，周俊树很惊喜，因为他已经有三年没和姐姐一起生活过了。
　　这几年周俏在新加坡过得并不轻松，单休，上班之余还要学习，每天都和打仗一样忙碌。所以回来后，黎衍让她先休息一段时间，不忙着找工作，而且他们要去H市做假肢，这事儿不是去一次就行的，来来回回要跑好多趟，没两三个月搞不下来。
　　至于落户的事，因为黎衍和周俏准备买房，就想到时候把户口直接落到新家，暂时先搁一搁。
　　晚上，三个人一起吃晚饭，黎衍看着周俏做的菜，感到无比幸福，尤其是那红烧肉，和沈春燕烧的味道就是不一样。老妈总是做太甜，周俏做的就咸甜适中，非常好吃。
　　两个男人你一筷子我一筷子抢着红烧肉，周俏都看笑了，说："我今天白天，去看过小颂姐姐和她的小宝宝了，皓皓好可爱呀！"
　　杨瑾颂在四月下旬生了个大胖儿子，长得和宋晋阳很像，浓眉大眼的。宋晋阳高兴坏了，给儿子取名宋皓哲，小名皓皓。杨瑾颂还在休产假，宋晋阳没请月嫂，丈母娘和"婆婆"沈春燕轮番上阵照顾母子二人，杨瑾颂被喂得奶水充足，一家子人一点儿也没闹矛盾。
　　周俊树说："姐，你回来了，是不是也要生孩子啦？姐夫都三十了。"
　　黎衍一愣："三十岁怎么了？三十岁很老了吗？"
　　周俊树摇头晃脑："在我们老家，三十岁的男的结婚几年还没孩子，那肯定就是有问题了。"
　　黎衍呛了一口饭，周俏往小树碗里夹块肉："吃你的吧，就你话多！"
　　夜里，黎衍坐在电脑前刷题，周俏把一碗切块西瓜放到他手边："坐久了记得躺一下，自己注意身体。"
　　黎衍抬头对她笑："我有数，在家都不用穿假肢，已经轻松很多了。"
　　周俏拍拍他的肩，爬上床拿起一本书来看。她现在养成了阅读的习惯，不光是看酒店和英语类书籍，其他的也看，手头这本就是黎衍早年买的畅销书。黎衍学习时，周俏就陪着他看书，不用说话，气氛就很舒服。
　　黎衍又刷了一会儿《会计》科目的综合题，被一大堆数字塞满脑袋，回头看一眼周俏，就倒转着轮椅来到床边，挪上床后也没出声，直接躺下来闭上眼睛，脑袋搁在周俏的大腿上。
　　周俏没有放下书，左手腾出来一下下顺着他的头发，偶尔又摸摸他的脸。
　　小黎先生这个样子，很像一只刺猬收起所有的刺，翻过身露出柔软的肚皮向人撒娇，求摸摸，求抱抱，还一脸的惬意。
　　他穿着一条篮球裤，裤腿盖着残肢。一米五宽的床，黎衍如今的"身高"还不够床宽，但他的上半身真是叫人着迷，白色T恤套在身上，从肩到腰就是个倒三角，身上一点没赘肉，双臂比起早几年更有力了，有时候，他甚至会尝试用传统的姿势去爱周俏。
　　"你准备好了吗？"周俏终于把书放到一边，问道。

黎衍倏地睁开眼睛看她，翻了个身就坐起来，一把扒掉身上的T恤，露出白皙又紧致的身体，周俏大惊："你干什么呀？"

"我准备好了……"黎衍倾身过去就想吻她，被周俏一把推开。

可怜小黎先生没坐稳，直接倒在床上，气得拍床面："你什么意思啊？"

周俏赶紧把他扶起来："对不起对不起，我是说你准备好去H市了吗？这不是……那边的老师让你做些准备嘛。"

去H市，的确要准备很多东西。

受伤以后所有的病历，包括最早在医院截肢时的那些，几年来所有的体检报告，现有假肢品牌每年的保养记录，接受腔更换情况和假肢型号说明书。另外，还要求黎衍近期别太劳累，保持身体最佳状态，保护好残肢不能有任何损伤破皮，有骨痛或幻肢痛时不能检查，前一晚不要喝酒……

"你欺负我。"黎衍眼神哀怨，"欺负我是个残疾人，还推我。"

周俏一头汗："咱俩就是一下子默契不够。"

黎衍气呼呼地说"你要知道周俏，你这样对我，我要是去残联告状，残联是要找你谈话的。"

周俏伤脑筋："你行了啊！瞎说什么呢？行行行，既然准备好了就别磨蹭了。"

还没等黎衍反应过来，她已经凑到他面前，环住他的脖子重重地吻了上去……小黎先生脑子里一阵火花噼啪响，搂着周俏的腰让她贴近自己身体，很快就占据了主动……

去H市那天已是七月下旬，黎衍选择自驾，因为不算太远，坐高铁对他来说多少有些麻烦，市区交通还要打车，不如自驾。

这一趟出行，他很是忐忑不安，评估检查的流程他大概知道，不过这一款是没接触过的智能假肢，对使用者的残肢要求会更高。这些年黎衍很努力地保持着残肢肌肉力量，但剩下的腿实在太短，他很怕自己会通不过评估。

周俏安慰他："担心也没用啊，去看了才知道嘛。"

开了两个多小时后，车子进入H市市区，两人吃过午饭，下午，黎衍按照导航来到假肢公司总部所在的大厦，坐上轮椅后，和周俏一起进入大厦大门。

进大门的那一瞬间，黎衍的轮椅突然停了一下。

周俏也顿住脚步，问："阿衍，怎么了？"

黎衍低垂着头，继而又抬起头看她："就是觉得，想了七年多的一件事，以前都以为根本不可能实现的，现在就在眼前，不知道结果会怎么样，我……"他咬咬牙，"我想走路，真的俏俏，我很想重新走路！"

"我们现在就是来做这件事的呀。"周俏在他面前蹲下，抓住他的手，看着他的眼睛，他的手心有薄薄一层汗，"阿衍，我知道你想走路，所以我们才来这里啊！以前我们是没条件，现在有了！你有希望可以重新走路的！"

重新走路啊！

黎衍闭了闭眼睛，睁开后重重地握住周俏的手，做了个深呼吸后，说："我知道，我们进去吧。"

这个假肢品牌在国内外都算是行业内的翘楚，H市总部非常大，在大厦里拥有四层独立区域，已经不像是间公司，更像一家康复医院。

在前台，黎衍告知工作人员自己的预约信息，分诊台核实后，立刻帮他联系医生和智能假肢工程师前来接见。

不得不说，智能仿生假肢因为昂贵的售价和同样不菲的后期维护保养费，在国内的截肢人群里属于高端产品，使用人群并不多。所以对于每一位咨询者，工作人员都会给予专业又热情的服务，并且会耐心回答所有的问题。

登记完相关信息、交掉准备好的资料复印件后，一位四十多岁、姓褚的男医生和一位三十出头、姓范的男性假肢工程师来到前台，还带着一个男实习生小蒋。

他们先将黎衍和周俏带到一个康复大厅，大厅面积很大，里面有好多组双杠，还有又缓又长的坡道，甚至有一组楼梯。

有一些截肢患者穿着假肢在医生和复健师的指导下做各项训练，周俏大概地看了一眼，有人是单腿截肢，也有双小腿截肢，像黎衍这样双大腿截肢的，这时候一个都没有。

"黎先生，截肢七年多了？"褚医生看过黎衍填的资料，问道。

黎衍点头："是，七年零三个月。"

褚医生问："请问你现在用的假肢是什么品牌？什么型号？"

黎衍把品牌和型号告诉他，又补充："是气压膝关节。"

褚医生说："好的。是这样子的，黎先生，检查以前，我们需要看一下你现在的走路情况，你带短裤了吗？"

黎衍："带了。"

他在更衣室换上篮球裤，两条假肢就露在了外面。褚医生没让他走双杠，让他用肘拐在平地行走。

大厅很空旷，黎衍双手撑着肘拐，一步一步慢慢地走着。他走得很认真，尽可能保持身体平衡，减小上身晃动的幅度，无奈客观条件所限，收效甚微。

有些单腿截肢患者训练之余站在边上看他，还小声交流几句。周俏听到一些，他们是在说双大腿截肢真的好惨，这人走得也太差了。

褚医生和范工聚精会神看过黎衍来回走平地、180度转身后，又让他扶着栏杆去走上坡。

走上坡对黎衍来说更加吃力。他用的是传统假肢，至今无法控制膝关节和踝关节，膝关节很难弯曲到合适的角度，几乎是靠经验和惯性在走。平时他都是避免走上坡的，锻炼时也没这个条件，这时候手抓着栏杆格外用力，就怕膝盖弯过头摔一跤。

下坡更可怕，脚板都会踩不实地，周俏看得心惊肉跳，好在黎衍控制住了，慢吞吞地走了下来。

上坡、下坡两回以后，褚医生问："累吗？需要休息一下吗？"

黎衍已经一身汗，坐在轮椅上摇头："还行，可以继续。"

褚医生说："好的，那五分钟后我们走楼梯。"

黎衍独自一人走楼梯就是灾难，腿划着弧圈甩上去后，平时是有人在前面拉他的，现在完全要靠手臂力量撑着扶手把自己往上提。几级以后，也不知怎么的，他左腿假肢膝盖一弯，人就在楼梯上往下坠。

黎衍心里几乎生出一股恐惧,就怕这一摔会通不过评估。

周俏吓得叫起来,和褚医生一起冲过去。好在黎衍双手抓紧了扶手,人才没滚下来,但已经是以一个古怪的姿势跌在楼梯上,靠自己根本爬不起来。

围观的患者窃窃私语,楼梯下,实习生小蒋对范工说:"师父,这人残肢情况也太差了吧,这样的楼梯都不能走,真的能用智能假肢吗?"

二十出头的小伙子没有分寸,说话的音量让黎衍和周俏都听得分明,周俏用力抱着黎衍把他扶起来,问:"没事吧?"

"没事,放心。"黎衍又一次抓紧扶手站在楼梯上,调整好假肢的站姿。

真狼狈啊!他想,坐在轮椅上时反倒有底气,走路摔跤却很打击人,一个快三十岁的人了,还老摔跤,还幻想着能重新走路!

褚医生问:"黎先生,你能自己走下去吗?"

黎衍摇头:"让我妻子扶我一下吧,我真怕摔了。"

"好吧。"褚医生同意了。

走路练习进行了半个多小时,黎衍终于被允许坐上轮椅,跟着褚医生三人来到一间单独的检查室。检查室面积二十多平方米,里面摆着一些设备,还有一张检查床。

褚医生说:"黎先生,你咨询的是智能仿生假肢,我们需要对你做一套很详细的测评,会从你残肢的肌肉、骨骼、皮肤和神经等方面进行评定,每一项都将有一个合格范围,其中有一项不合格都不行。有些不合格的项目可以进行治疗或手术矫正,有些可能就没办法了,这个请你知悉。"

黎衍端坐在轮椅上,衣服已被汗水浸透:"我知道。"

按照褚医生的要求,黎衍换坐到检查床上。褚医生说:"黎先生,请把假肢脱下来,我要进行第一步外观的检查,谢谢。"

黎衍乖乖地脱裤子、卸假肢,下半身只剩一条黑色内裤,两截又白又短的残肢就露了出来。面前站着四个人,三个还是陌生人,他很不自然,残肢不由自主地抬动了一下,声音低低地说:"我知道我的腿剩得不多,不知道能不能合格,就是想来试试。"

缺心眼儿的小蒋说:"真挺短的,我还没见过这么短的双大腿呢。"

范工瞪了小蒋一眼,褚医生不为所动,拉过一把椅子坐在黎衍面前,抬头看着他,说:"抱歉,黎先生,请别介意我们员工的话。按照我的经验,只要你的残肢各项条件都符合要求,这样的长度也是可以使用的,会很大程度地改善你行走的步态,这点,请相信我。"

黎衍点点头,周俏不满地看向小蒋,小蒋也知道自己说错话了,再也不敢吭声。

"放轻松,别紧张,我需要触摸你的残肢,如果你有不舒服的地方请一定要告诉我。"褚医生的声音很平和。

黎衍说:"好的。"

褚医生微微弯腰,双手轻轻地触摸黎衍的残肢,观察它的外观和形状。黎衍的残肢外观还算干净,皮肤很白,没有奇怪的瘢痕,只有两道手术后的蜈蚣线,不过这是每个截肢者都有的。

他摸着黎衍柔软的残肢末端,问:"黎先生,你平时穿假肢站立和走路时,会感觉到刺痛吗？"

黎衍摇头："不会。"

"现在还有幻肢痛吗？"

"没有，我就头两年有，后来就没了。不过现在碰到雨天，腿骨会痛。"黎衍说。

褚医生说："正常的，很多截肢人士都会有这个后遗症，只能缓解。"

他又摸了一会儿黎衍的残腿，脸上带了一层笑意："我摸着也没有多长出一节骨头。这个情况好于二十岁前截肢的年轻人，身体还在长，就算截肢了，骨头还会截出来，会比较疼。"

黎衍说："我是二十二岁截肢的，没有碰到过这个问题。"

"那就好，要不然会很麻烦，还要做手术呢。"褚医生一边说，一边在表格上记录。

记录完，褚医生又问："黎先生，这七年多，你穿假肢时间多，还是不穿的时间多？"

黎衍说："如果睡觉除外，我还是穿假肢时间多，尤其是最近几年一直在工作，全程都穿着假肢，晚上回家还会进行锻炼，练站，练走，负重抬腿都有做。"

褚医生捧着他的残肢左右打量："你的残肢状态保持得很好，没有变形，是和常年穿假肢以及锻炼有关系的。"

黎衍松了一口气，抬头看向周俏，周俏对他投以赞许的目光。

褚医生："接下来，黎先生，我会用比较大的力气来触碰你的残肢，请你全程仔细感受，并且回答我的问题。"

黎衍："好。"

褚医生开始用力地抚摸和揉捏黎衍的残肢，第一下，黎衍眉头就皱起来，居然是这么疼啊！周俏看到他的表情，心都拧了一下，忍不住伸手按在他的肩膀上。

褚医生问："这样疼吗？"

黎衍身体后仰，双手撑在床面上，咬着牙："有一点……"

"这里呢？"

"嘶……嗷！"黎衍疼得叫出声来。

褚医生抬头看他："非常疼吗？"

"是。"

"请稍微忍耐一下，我是要观察你的腿骨、肌肉和皮肤情况，我们继续。"褚医生并没有因为黎衍嗷嗷叫而停下手劲，几乎把他两截残肢每个部位都摸了个遍。黎衍一会儿说不疼，一会儿疼得紧紧攥住周俏的手，脸都发白了。

周俏好心疼，终于知道黎衍为什么说做检查会不爽，这都不能算不爽了，看他那样子，简直就是在上刑啊！

摸了好久，黎衍又出了一身汗，几乎要坐不住。褚医生终于结束检查，让黎衍坐上轮椅去拍CT。

黎衍没再穿假肢，拿一块毛毯盖在下半身就和周俏一起出了门。半路上，周俏噘着嘴问："阿衍，刚才是不是疼坏了？"

黎衍很怕疼，周俏知道的。

小黎先生心有余悸："他就是死命捏，能不疼吗？我感觉骨头都要被他捏断了！我骨头本来就只有这么点儿！"

见周俏一脸不知所措，他赶紧出声安慰她："没事儿，这都是必须做的，只要能合格，这点疼没什么的，放心。"

公司里就有CT机，拍完后，周俏又陪黎衍回到检查室。半小时后片子出来，褚医生和范工仔仔细细研究过片子，确定黎衍没有长出多余的骨节骨刺，开始对他进行下一步测试。

黎衍躺在检查床上，褚医生不停地发出指令：

"抬双腿，保持住。"

"微微抬双腿，停，保持五秒……再抬高，保持五秒……抬到极限……"

"抬左腿，抬高不要动，保持十秒……三，二，一，好，放下。"

"抬右腿，快速抬动放下，五组……"

……

一堆人围观着，黎衍认命地抬动短短的残腿，一会儿左腿，一会儿右腿，抬到后来，那两截残肢都不像是自己的了。他浑身大汗，感觉人都要虚脱过去，当褚医生再次发出指令让他抬左腿时，他抬了一下居然没抬起来。

褚医生一愣，问小蒋："多少时间了？"

小蒋："十二分钟。"

"黎先生，我们继续。"褚医生说，"抬右腿，抬起后不要动。"

黎衍颤颤巍巍地把右腿残肢抬起来，死死咬着后槽牙，可是没等褚医生让他放下，他就坚持不住把腿放下了。

"黎先生，我觉得你可能是太紧张了。"褚医生说，"或者，今天的检查对你来说强度太大了，还有，你是今天到的H市，对吗？"

黎衍瘫在检查床上大口喘气："对……自己开车来的……我开了……两个多小时。"

"怪不得，刚才还做了走路测试，你太累了。"褚医生说，"这样吧，你在H市住一晚，明早进来我们再做一次神经和运动机能的检测。刚才的时间是不够的。"

黎衍还在喘个不停："我平时……负重抬腿……时间会更久一点。"

褚医生笑起来："看得出来，你一直有在锻炼。那么，今天就到此为止吧，今晚你好好休息一下，明天早餐吃饱一点，这一块检查很费体力和时间，也很重要，你的残肢肌力必须要满足假肢所需的时间要求。"

周俏扶着黎衍坐起来，他很沮丧，满头满脸的汗，T恤都湿透了，点头道："好，我明天再来，谢谢。"

黎衍和周俏来到停车场，上车时黎衍甚至让周俏扶了他一把，说自己手发软。

"的确是太紧张了。"坐上驾驶座后，他揉着自己的双手，"老婆，一会儿到酒店咱们别出门了，叫个外卖吃吧，我真的太累了，一点儿也不想再穿假肢出来。"

"好。"周俏说，"你还能开车吗？"

"能，酒店很近，五分钟就到了。"黎衍知道要测两天，所以早早地就订好了假肢公司附近的酒店。

车子开到酒店，办好入住进入房间，黎衍就脱掉假肢往床上滚。周俏知道这几个小时的检查真的很耗费体力，也不说他身上脏了："阿衍，你先睡一会儿吧，等下我叫外卖来吃，睡醒了你再洗澡。"

　　"嗯。"黎衍趴在床上，已经闭上了眼睛。

　　他一直睡到晚上七点才醒来。

　　这趟过来，周俏还特地带着一个塑料凳，可以让黎衍在淋浴间里坐着洗澡，不用坐地上。假肢公司附近没有高端酒店，他们住的这家已经是最好的了，可卫生间并没有浴缸。

　　黎衍洗完澡，外卖已经来了，他一个人就干掉了两盒米饭，吃得饱饱恢复体力，等待第二天的重新测试。

　　睡前，周俏帮他按摩了好一会儿腰背和残肢，两人并没有做羞羞事，按摩完就搂在一起聊天。

　　黎衍问："老婆，你说，我能合格吗？今天走楼梯走得那么烂，都摔了。"

　　"我觉得还行吧，就是因为走得不好，才要换假肢啊。"周俏说，"走得好了，还换他们的假肢干吗？六十多万呢！比你现在用的贵了六倍，那效果总也得好六倍吧？"

　　黎衍低低地笑出来："效果好六倍，我都能去跑步了，哪么神奇啊。我就只想能在平地走得好一点就很满足了，要是能稍微正常地上下楼梯，就更好了。"

　　"你一定可以的。"周俏想起自己看过的那些视频，"老外可以，你也可以。阿衍，别想了，咱们都到这步了，至少今天褚医生没说你哪里有问题，我觉得希望还是很大的。"

　　黎衍看着她乌溜溜的眼睛，说："俏俏，其实我要谢谢你，要不是你当初监督我锻炼，我可能都通不过今天开头的那些检测。"

　　"不对，阿衍，你应该谢谢你自己。"周俏笑着说，"我陪你锻炼只有半年多，后面两年多你都是自己锻炼的。我知道你很自觉，不会偷懒，就算在新加坡我都很放心。"

　　黎衍垂下眼睛："我有时候也会偷懒的。"

　　周俏用手指去撩他的睫毛："偶尔几次很正常。阿衍，你知道吗？你其实是个执行力很强的人，认准了一件事，要么不做，要做就会做到最好。以前写小说就是，那么长的文不管成绩如何你都能完结，后来工作，考证，锻炼……你答应我的事，每次都能做到。"

　　"你又夸我了，你怎么这么喜欢夸我啊？"黎衍眯起眼睛看她，笑得坏坏的，"周俏同学现在还知道执行力？"

　　周俏瞪他："什么意思啊？我们上课时都学过的。其实，我分析了一下，我自己也是个执行力很强的人，方方面面都能体现出来，所以我还挺自豪的。"说着她又笑起来。

　　黎衍眼神带着笑意："我家俏俏本来就很优秀，要不然我怎么会那么喜欢你呢？你呀，就是家里太糟糕了，要是长在城里，搞不好能考北大清华。"

　　"那考不上。"周俏咯咯直笑，"我就考A大就行了！然后去追你！"

　　黎衍点点她脑门："笨不笨？你高考那年，我都毕业了。不对，你高考的时候，我腿都没了。"

　　周俏一想，对哦……小嘴巴不开心地撇下来。

　　"好啦，别难过了，我自己都没那么介意，腿没了就没了，我们这不是就在买腿嘛。"黎衍亲亲她的额头，"睡吧老婆，明天要早起呢。"

"嗯,你千万别紧张,好好睡一觉,保持体力。"周俏摸摸他的脸,"我一直都在的,别怕,阿衍。"

一夜过去,第二天一早,黎衍精神十足地来到假肢公司。因为不用再做走路练习,直接进行神经和运动机能的再次检测,他表现得非常好,测试了近半个小时,对褚医生的指令完成得很标准,顺利通过评估。

接下来就是范工的主场。范工是一位人工智能方面的工程师,目前专攻智能仿生假肢领域。黎衍坐在范工身边,依旧只穿着内裤,范工在他残肢的不同部位贴上几个电极片,进行初步的神经传感检测。

范工看着电脑屏幕,屏幕上是个坐着的动画小人和一大串数据,他时不时对黎衍发出指令,观察着电脑里的反馈信息。

"右腿蹬一下。"范工说。

黎衍的右腿残肢轻轻一动,电脑里的动画小人果然蹬了下右腿。

周俏惊讶地瞪大眼睛,黎衍自己看着屏幕都呆住了。

"好,假设你左腿是伸直抬起的,现在左腿弯曲膝盖。"

黎衍低头看着自己的残肢,哪里来的膝盖?他轻声叹气,拼命想象抬起腿后弯曲膝盖。电脑里的动画小人一开始没反应,周俏紧张得要命,一会儿,那个小人真的抬起腿,又微微地弯曲了一下膝盖。

"好神奇啊!"周俏开心地笑了。黎衍自己都激动不已,觉得用脑子想想都能有这样的效果,不可思议!他都没有膝盖的啊!

褚医生低声给周俏做介绍:"截肢患者虽然失去了肢体,但是保留下来的骨骼、神经和肌肉还是完全可以接收和发出信号,被大脑感知,就是我们平时说的肌电信号。现在市面上的智能仿生假肢就是利用或者是放大这些肌电信号,患者佩戴上假肢后,大脑通过接受腔里和残肢贴合的传感器接收、发出信号,可以让假肢做出类似原生肢体的动作,来应对各种生活中的情况。"

周俏感叹:"好先进啊!"

褚医生笑道:"一直都有更先进的假肢在进行研发,工程师们想方设法利用科技力量去代偿人体肢体的缺失。黎先生如果通过范工的测试,就说明他的残肢情况是适配智能假肢的,也就是说,你们有这个意向的话,今天就可以交定金和取模了。"

周俏反应不过来,更紧张地看向还在检测的黎衍。

范工:"黎先生,假设你现在要上楼梯,你的腿要怎么做?"

黎衍闭上眼睛,设想自己在上楼梯,真的好难啊!他失去双腿已经七年多,双手探下去能摸到残肢末端,都忘了有腿、有脚、有膝盖是什么感觉了。

他很努力地幻想,两条残肢就微微抬动起来。电脑上,动画小人站在楼梯前,似乎很茫然,一会儿,它真的开始上楼梯,走得歪歪扭扭,不成章法,睁开眼看到屏幕的黎衍不忍直视,范工却说:"做得很棒啊!"

非常详细的检查完成后,黎衍通过了所有评估。他和周俏吃过午饭,下午回到假肢公司,就到了签合同、交定金的阶段。

褚医生把黎衍交接给业务员小吕，小吕和黎衍介绍许久，智能仿生假肢和普通假肢不同，不需要选各个部件的材质和型号，不同型号的智能假肢就一个价。根据黎衍的测试结果，范工的建议是最优化配置的一款型号，双大腿，四个关节，两条假肢总价六十八万整。

定金交一半，三十四万，周俏刷过银行卡，黎衍抬头与她对视。

周俏笑得眼睛都弯起来：“阿衍，再过两个月，你就能走路了。”

黎衍心里一阵波动，心脏像是吊起来，说不上是什么感觉。

整个假肢的制作过程的确需要两个月，付完钱，黎衍去进行残肢取模，做新的接受腔。

两截残肢包裹上硅胶材料后，需要等待两个多小时让材料变干。黎衍坐在凳子上一动都不能动，两条裹着硅胶的残腿搁在一个小支架上，底下摆着一个小桶用来接滴下来的硅胶。周俏陪在他身边，絮絮地和他聊天。

"一辆宝马刷出去了。"周俏笑着说，"感觉贼爽，我从来没花过这么多钱！觉得自己好有钱啊！"

黎衍苦笑："两个月后，还要再刷掉一辆宝马呢。"

周俏兴奋地说："会换来两条能走路的腿呀！我想想就好激动！"

黎衍沉默地看着她，半晌摸摸她的头发，柔声说："俏俏，回家后，我们开始看房，好吗？我真的很想给你一个家，我们自己的家。"

都到这时候了，周俏自然明白他的心意，眼神也变得温柔，点头说："好呀。"

一直到晚上，黎衍和周俏才结束这两天一晚的 H 市之行。离开前，褚医生和范工把注意事项一一交代给黎衍和周俏。

范工说："电极片配适调整需要好多次，所以黎先生这两个月工作上要做好安排，我们会提前通知你过来。这个没办法，需要一遍一遍测试才会有好的效果，请你理解。"

黎衍应下："我理解，我会配合的。"

离开假肢公司，黎衍和周俏坐上车，两人相视而笑，心里都感到轻松了许多。黎衍启动车子，心想，算是求仁得仁吧，接下来要做的就是配合和等待。

三十而立，对他来说居然成了一个充满希望的词汇，他看了一眼副驾上的周俏，又看向前方。

前方的路再也不是雾茫茫一片，他有家，有方向，有目标，有力量。他还有周俏，一个会给他兜底的人，他再也不会感到恐惧和绝望。

第二十三章
每一步，都为你而来

回到钱塘后，周俏偶尔会在求职网站看招聘信息。

她拿到了新加坡工作酒店的推荐信，在同一集团下属酒店求职时会很有用。钱塘有好多家该集团下属五星级酒店，招聘岗位不少，周俏倾向于像谢蓉蓉那样做 Events Sales Manager（宴会销售），因为这个岗位很有挑战性，不像前台或是客房主管那样有经验就能做。

周俏已经明白自己的优点所在，她很喜欢和客户面对面沟通，想客户所想，急客户所急，并且善于观察和倾听，抗压能力强，做事耐心仔细。这是上课时的一位华人老师给她的评价，建议她回国后从事销售工作。

胡丹绮就不行，她脾气躁，又粗心，工作稍微琐碎些就要抱怨。老师说她适合西餐厅领班之类的工作，工作内容简单重复，也没什么压力。

当然，周俏也只是先看看，在黎衍的假肢交货前，她并不打算去应聘。这两个月，就先乖乖做他的小妻子吧，小黎先生正在经历人生中的大事件，几乎每个星期都要去一趟 H 市，周俏一直陪伴着他。

八月初，宋皓哲小朋友迎来了他的百日宴。

宋晋阳亲生母亲那边的亲戚没有来，因为他们还对婚礼上沈春燕上台的事耿耿于怀。那些人通过宋桦向宋晋阳传递信息，沈春燕要是不去百日宴，他们就去，沈春燕要是去，他们就不去了，改日让宋晋阳单独请他们吃饭。

宋晋阳听说之后大怒，对老爸说："爱来不来！还想单独让我请吃饭？做梦！我欠他们的呀？我妈的坟我可是年年去上的！"

宋桦其实挺尴尬，宋晋阳的生母去世已有二十多年，外公外婆早已离世，宋晋阳从小到大，那边真没怎么照顾过他，父子二人和他们几乎没有走动。宋桦想来想去，还是选择尊重儿子的意见。

血缘很重要吗？重要。

血缘有那么重要吗？也没有吧。

人和人的相处讲究有来有往，谁都别把自己太当回事。你对人不好，还指着人来惦记你？你对人好了，问心无愧，多多少少会受到善意的反馈。

百日宴开在一家酒店包厢，七桌酒席，一片欢声笑语。

周俏小心翼翼地抱起小皓皓，那么小的一个婴儿，在她怀里嘟着嘴，大眼睛转来转去，小手动啊动，乖乖的，都没哭。

"好可爱啊！皓皓，我是小婶婶呀，喏，这是你小叔叔。"周俏矮了矮身子，把皓皓放进黎衍怀里。

黎衍坐在轮椅上，抱着皓皓时非常紧张。小婴儿又软又轻，他看着小家伙的脸，忍不住笑起来："小朋友，长大了别像你爸爸这么招人烦知道吗？"

小皓皓瘪了瘪嘴，杨瑾颂在边上掩嘴笑。

宋晋阳哼道："少来！像我就对了，以后你生个儿子别像你这么拧巴才行。"

黎衍："瞎讲！我可是要生女儿的！"

周俏笑着说："晋阳哥哥，阿衍才不拧巴呢！"

宋晋阳瞅着黎衍："你看他那样子，他不拧巴谁拧巴？我就没见过比他还拧巴的人。"

黎衍已经把皓皓交还给杨瑾颂了，斜眼看宋晋阳："是不是想打一架啊？"

宋晋阳乐得要命，向他伸出拳头，两个男人愉快地击了下拳。

酒过三巡，黎衍转着轮椅来到宋晋阳身边，拍拍他的肩："走，出去抽支烟。"

宋晋阳立刻起身跟他离开包厢，来到室外。

黎衍给他递烟，问："你现在儿子生了，平时还抽吗？"

"抽，工作压力大，不抽扛不住，不过我都是到楼下去抽的，毕竟家里有个孩子。"宋晋阳一边说一边点起烟。

黎衍也点燃手中的烟，眯着眼睛吸了一口，吐出烟气。

两人默默地抽了会儿烟，黎衍抬头看向宋晋阳，突然开口："哎，我要和你说件事。"

宋晋阳一愣，被他认真的语气和眼神搞得有点慌，问："什么事啊？你不会又出什么幺蛾子了吧？"

"滚蛋。"黎衍很无语，"和你说正经的，有件事我一直瞒着你们，包括我妈和你爸。我想了很久决定还是和你说，你帮我去告诉他们吧，然后就别再外传了，我不想太多人知道。"

宋晋阳一头雾水："那你倒是说呀，究竟什么事啊，搞得我都紧张了。"

于是，黎衍便坦白从宽，把事情一五一十都讲了一遍。

听到后来，宋晋阳热血沸腾，当听到黎衍已经收到版权费时，他着急地问："多少来着？"

黎衍说："三百四十一万，税后。"

"我去！天啊！"宋晋阳想不出其他形容词可以描述此刻的心情，眼睛瞪得老大，"就是说，你出版赚了四十多万，拍电影那个又赚了三百多万？我的妈呀！黎衍你发财啦！你是有钱人啊！那你还上什么班呀？"

没错，小黎先生的书已经加印到合计三十万册，稿费前后加起来一共赚了税后四十多万。虽然和那种超级畅销书不能比，但在如今出版市场低迷的情况下，这个成绩已经算不错了，并且后劲还很足。除此以外，他还有线上电子书阅读的收入，按月结，数目也很可观。

宋晋阳的灵魂发问极具代表性，因为这些收入已远远超过黎衍的工资，他为什么还要上班呢？

黎衍说："我找工作不容易，这次出书真的有运气成分，关于下一本，我现在就一点头绪都没有，不能保证以后写的书照样能受欢迎，所以我还是想继续工作。我其实还蛮喜欢现在这份工作的，可能也是因为我不想再一个人待在家里了，周俏迟早要上班，我整天一个人待着，真的……怎么说呢，我又没有社恐。"

宋晋阳明白了，点头道："上班是挺好的，你们单位福利也不错。黎衍，不管你做什么决定，哥都支持你。"

黎衍问："你不生气吗？"

宋晋阳很奇怪："我为什么要生气？"

"我一直瞒着你们，大半年了。和你爸去新加坡待了这么多天，我都没说。"黎衍很不好意思。

"没事儿，这钱都是你自己凭本事挣的，你以前上学时作文就写得好，我还能酸啊？我又没这本事，而且你现在不是和我说了嘛。"宋晋阳又问黎衍要来一支烟，点燃后问，"那你和周俏该买房了吧？这么多钱攥手里干吗呀？"

"是要买了，前几天已经去看过房子了，没看中。"黎衍笑起来，摸摸大腿假肢，"还有一件事，我定做智能假肢了，九月底或十月初就可以做好。到时候，我可能会比现在走得好一些。"

"真的？"这个消息更令宋晋阳惊喜，"黎衍你不得了啊！这一件件的都是大好事！"

黎衍的笑意漾得更开，心情也更加放松。

宋晋阳继续之前的买房话题："黎衍，既然你说要买房，那我给你一个建议，买到城东，就我家那一块。你妈和我爸商量过，等我爸两年后退休，会把现在住的房子卖掉，买到我们家附近，也买个电梯房。你妈永新东苑的房子放着出租，有事急用再处理。所以，你买房最好也买过来，那儿离你公司也不远。这样子，等我爸你妈年纪再大些，我俩离他们都近，好照顾，你妈妈想要看看你也方便，你觉得呢？"

宋晋阳的话确实给黎衍指明了一个买房的方向，之前，他和周俏还真想不好要买哪个区域。

黎衍应下："行，我和周俏会好好考虑的。"

皓皓的百日宴后，趁着周俏赋闲在家，黎衍交给她两个艰巨的任务，一，学车，二，看房。

距离宋晋阳买房已过两年半，城东的房价又有一轮上涨。黎衍工作繁忙，还要复习，不能每套房子都去看，就委托周俏进行第一轮筛选，挑出合适的房子，他周末统一去看。

周俏的执行力果然很强，立马在驾校报了名，练车之余她去到宋晋阳家附近的房产中介，开始看房之旅。

沈春燕有时会陪她一起去看，她已经知道儿子赚了大钱的事。

对于黎衍提出的保密要求，沈春燕一口答应："放心吧！财不外露，妈妈懂！"

对于这种大平层房子，沈女士就没有哪套不喜欢的，每看一套都说好，周俏要笑死了，说："妈妈，阿衍买房子是有要求的，咱们不能乱来。"

黎衍和周俏讨论过，房子得买四房两卫，一间主卧，一间儿童房，一间书房，还有一间客房得给周俊树或沈春燕备着。

主卫一定要大，可以放得下浴缸，房子里所有门洞都要够宽，可以让轮椅轻松通过。小区无障碍设施要好，上下车库、进出单元门和小区大门必须让轮椅畅通无阻。还有很重要的一点，小区得有残疾人停车位可租（公共设施，不能卖），要不然，黎衍上下车还是会有困难。

在以上要求都满足的情况下，周俏再结合房价、学区、周边交通、商业配套和医院远近等元素进行考量，最终选出三套合适的房子，周末带黎衍一同去看。

"你最喜欢哪一套？"开车去的路上，黎衍问。

周俏说"我最喜欢云印华府那套，楼层好，采光足，房间够大，离商场很近，不过它也最贵。"

"那就先看这套。"黎衍说，"看中了就买，我这人没选择障碍症。"

周俏笑起来："黎老板很财大气粗啊！"

"哈哈哈哈哈……"黎衍也笑，"承让，承让。"

云印华府那套房在六楼，周俏说的楼层好和别人常规理解的楼层好意义不同。她一直记着宋晋阳的话，对黎衍来说，如果没事发生那哪个楼层都一样，但万一呢？碰到电梯故障、地震、火灾、燃气泄漏什么的，小黎先生很难快速通过楼梯下楼。

六楼，勉勉强强算低楼层了，黎衍用上新假肢后，真要自己走下去也不是没可能，再不济，脱掉假肢，周俏还能把他背下去。

房子是精装交付，四室一厅两卫，客厅特别大，还有一面七米长、朝东的大飘窗，全屋带中央空调，雪白墙壁，客厅大块灰色地砖，卧室地板，衔接处没有落差。

黎衍坐着轮椅在每个房间都转过，进到主卧卫生间，周俏说："别的都不用改，就是这个卫生间得敲掉重新做。台盆做低，加上扶手，装一个浴缸，它面积还挺大的。"

黎衍环视卫生间，退出来后又去到主卧阳台，虽然房子在六楼，采光还算不错，这时候又是夏天，火辣辣的阳光晒在阳台上，刺得黎衍眯了眯眼睛，燥热的空气已经令他出了一身汗。

他撑着窗台站起身来，看着小区里陌生的绿化园景，低低开口："又是一单元601。"

"嗯？"周俏怔愣之后恍然大悟，"对哦，我都没注意到！"

她挽住黎衍的胳膊："真的呢，又是一单元601。"

"我以前，就经常在601室阳台上站着往外看，差不多就是这个高度，很熟悉。"黎衍说着，转头看向周俏，"老婆，我们就买这套吧，我喜欢601这个门牌号。"

周俏抿着唇点点头："嗯，我也最喜欢这套，那我们就买吧！"

一套一百三十六平方米的房子，总价五百多万，黎衍和周俏很快与房东签下购房协议，首付六成，其余组合贷款。

整个八月，黎衍和周俏去过四趟H市，进行电极片神经传感调试。

范工告诉他们，每个截肢患者术后恢复不同，生活方式也不同，导致残肢状况千差万别。工程师们为了假肢的传感器和处理器能在患者身上发挥最大作用，就需要患者多次到公司参与测试和调整。

黎衍没有怨言，和方劲松也讲过这件事。方劲松知道做假肢对黎衍来说非常重要，自然表示理解，让他安排好工作即可。

进入九月，黎衍和周俏的房子过户手续还在办理中。这期间，他们又去过三次H市，和之前四次不同，因为黎衍需要站起来进行调试了。

范工给他穿上临时接受腔，底下是内部测试用假肢，短短的，测试系统数据对他受不受用。黎衍每次测试都需要很久，范工对着电脑记录下各项数据，不停地确认后才会放他回钱塘。

黎衍还会按要求用这副临时假肢进行蹲腿、坐下、站起等动作练习，甚至还要走路。说实话，走得的确要比旧假肢来得强，至少上身不会再左右摇晃。但毕竟这副假肢不是量身定制，又短，走起来还是会有点怪。

周俏一直寸步不离地陪着他，康复大厅里一些长期复健的患者和家属都记住了这对小夫妻。丈夫年轻英俊，双腿截肢位置很高，心态倒还好，训练时酷酷的，表情严肃认真。妻子娇俏温婉，会帮丈夫擦汗、递水，看他训练时除了帮他拍视频，连手机都不会玩。

训练间隙，两人坐在边上休息，头碰着头小声说话。直到这时，酷酷的男人脸上才会绽开笑，神情变得轻松愉悦，偶尔还会揉揉妻子的脑袋。

一些单身截肢人士心里满是羡慕，憧憬着自己将来也能遇见这样一个不离不弃的伴侣。

有一次去H市时，范工要和黎衍定身高。

范工问："黎先生，你原本的假肢穿上后，身高是多少？"

黎衍回答："一米七六。"

"你截肢前身高是多少？"

黎衍眼睫颤了一下："一米八五。"

"哟！"范工感叹，"你很高啊！那我们这次也做一米七六吧？"

黎衍试探着问："能再做高一点吗？一米七八就行。"

"哈？"范工很惊讶，"一米七六不矮了，你自己用过假肢应该知道，越是个子高的人穿假肢后重心越不稳。因为你们不仅腿长，上身的身量也长，所以有些双大腿截肢患者会特地要求把身高做低十五到二十厘米，有些甚至不要膝关节，因为这样走路会稳许多。你做一米七六已经很高了。"

黎衍失望地问："一米七八真的不行吗？"

范工和褚医生对视一眼，褚医生说："也不是不行，就是我们担心会影响使用效果，怕不安全。"

周俏揽住黎衍的肩："阿衍，算了，一米七六就可以了。"

黎衍用右手食指和拇指给她比了一个宽度："就多两厘米！能有多大差别啊？真的，我还是觉得一米七六太矮了，范工，如果能做一米七八就帮我做吧，我一定会努力训练去适应的。"

范工和褚医生商量后，再次和黎衍确认，最后将他穿新假肢后的身高定为一米七八。小黎先生的执着和倔强，终于让他在三十虚岁这年，又成功地长高两厘米。

国庆长假前，黎衍和周俏接到通知，去H市进行最后一次收货前的调式，这一次，他终于见到属于自己的那副假肢。

黑色接受腔，黑色骨骼支架，黑色关节……连接处有部分金属色零件，外观先锋酷炫，充满着冰冷的高科技感。

接受腔里散布着微型探头，那就是测试时的电极片演变成的。这些微型探头连接着线路，一路往下通往各个关节腔。膝关节是最重要的，采用液压关节，所有的电路控制、芯片和电池都安装在小腿骨后的骨骼支架里，就使得小腿看起来很像真的人腿，还有"小腿肚"。

黎衍没有选择在小腿外包裹肉色硅胶包装，因为那个很丑，远没有黑色腿肚子来得酷。

在康复大厅，黎衍穿戴上新假肢时，好多患者和家属都来围观。

"这个就是智能假肢吗？哇！真的很酷啊！"

"好有钱啊，这样两条腿得要六七十万吧？"

"我想看看走起来到底是啥样的！"

黎衍站在双杠里，下半身穿着一条平角内裤。范工和褚医生不允许他穿篮球裤，因为要清清楚楚地观察假肢的工作状态，进行交货前最后一次膝关节和脚板的调试。

假肢采用热感传达，黎衍起身后，十秒钟左右它便自动开机。黎衍自己并没有特别感觉，只觉得两条腿似乎轻了许多。

"接受腔还不太适应是吗？"褚医生问。

黎衍感受了一下："是有点陌生。"

"正常的，穿新鞋也需要磨合。"

"它很轻。"黎衍试着用残肢把右腿带离地面，他原本以为加了电路和各种芯片的假肢会很重，没想到却比旧假肢轻巧许多。

范工说："很多部件是碳纤维，肯定比钛合金轻，最重的就是小腿肚那里，有电池。"说完，他让黎衍做好准备，开始发指令，"黎先生，蹬一下右腿。"

黎衍抬动右腿假肢，按照以前，他根本控制不了膝关节，所谓的蹬右腿，无非是残肢带动假肢往前甩一下。而现在，他大脑里出现蹬右腿这个动作，就看到右腿假肢非常清晰地做了个连贯动作——膝盖先往前一顶，脚板随即蹬了出去。

黎衍当然感觉不到膝盖、小腿和脚板的存在，可是这个动作却明明白白是假肢做出来的，和他大脑里设想的几乎没有偏差，和人腿的自然动作也非常像！

心里的兴奋和激动一点一点地溢出来，黎衍心脏怦怦跳，抬头望向周俏。她站在工作人员身后，不敢过来打扰，可是眼睛里的惊喜完全藏不住。刚才那一下蹬腿就像一颗火种，把两人心中的希望全部点燃了。

范工让黎衍做了好几组下肢动作。毕竟是新假肢，黎衍第一次穿，还未适应，有些动作做得还行，有些就做不好。黎衍又失望起来，范工却说这很正常，哪有第一次就那么适应的。再说了，假肢本身还要调整，这次调整完，下一次再来就可以直接收货练习。

原地动作做完，黎衍并没有被允许凌空走路，而是扶着双杠走。周俏的眼睛一直跟随着他，他走路的步态真的发生了巨大的变化，不再撅着屁股，不再左右摇晃，腿也不再是打着弧圈甩出去，脚板不再是平平落地。

他走得有点像普通人了，就是姿势略僵硬，动作略慢，每一步就像慢镜头一样。他始终低着头，双手牢牢抓着双杠，看自己的膝盖和脚踝运动起来。

太陌生了！他甚至觉得这两条腿像是活的，他的身体就算不安上去，它俩也会自己走。又知道不是，假肢听令于他的大脑，大脑对残肢发出指令，残肢又通过微型探头向关节们发出指令，所以他才能走起来。

感谢科学技术的发展！感谢那些孜孜不倦的科学家和工程师！

感谢范工！感谢褚医生！

感谢姜琪！感谢陈司尧！感谢谢若恒！感谢张有鑫！感谢方劲松！感谢宋晋阳、宋桦和沈春燕！

感谢从来没有放弃过的周俏!

还有自己。

黎衍脱掉假肢时竟有些不舍。这一次,他交掉了尾款,范工和他约定最后的交货时间是在国庆长假,交货后他还需在假肢公司进行五六天训练。

回钱塘的车上,周俏问黎衍穿着新假肢走路是什么感觉。

黎衍思考半天,说:"说不上来,打个比方吧,你手上拿着一根带关节的棍子。我说,你把关节弯下来,你就只能甩对吧?新假肢不一样,你手拿着它,心里想关节弯下来,你不用甩,它自己就会弯下来,你让它抬起,它又能抬起,大概就是这个意思。"

"真的就和机器人一样呢!"周俏好震撼,"太厉害了!"

"是啊,要不然哪会这么贵啊,就是人工智能嘛。"黎衍开着车,"我穿过那个假肢,现在穿这个旧的,居然都不太习惯了。"

周俏笑着看他:"这个旧的马上就要退休啦,咱们用新的!阿衍,再耐心等等,过完国庆,你就可以穿着新假肢回钱塘!"

一周后,国庆长假来临,黎衍和周俏如约去到H市。假肢各部件已经全部调试完毕,黎衍需要每天训练,和假肢磨合。

一开始依旧是原地腿部动作,黎衍从最初的陌生不适,渐渐变得熟悉适应,动作完成得越来越好。

那两条假肢,说是假肢,动作做起来真的很像人腿,膝关节和踝关节非常灵活,却又不会不受控制地乱弯曲,黎衍甚至可以微微半蹲。他双手扶着双杠,按照指令屁股慢慢地往下坐,蹲到一定角度时,范工喊停,他停下了,膝关节就没有再往下弯。

换成以前,他早就摔下去了,可现在半蹲在那儿,膝关节居然可以按照他的意志锁住,不往上,不往下,只有等到他想要站起来时,膝关节才会解锁,让他顺利起身。

范工提醒他:"记住,做这样的动作会有一定的危险性,所以,建议手要扶着东西,然后动作一定要慢,回去以后多做一些训练,和它磨合。"

半天训练结束后,黎衍和周俏去酒店里过夜。

这一晚,两人都睡不着,因为预感到第二天可能会发生什么。

"别想了,阿衍,早点睡吧。"周俏关掉床头灯,小声说。

黎衍抓着她的手摸到自己的大腿残肢上,引导她细细地摸索每寸皮肤。周俏对他的身体很熟悉,那柔软、冰凉、圆润的残腿末端,在她的手掌下一如既往的温顺可爱。

"俏俏,明天我想一个人过去训练。"黎衍突然转过头,对周俏说,"中午我会叫外卖吃。我和你约个时间,下午四点,你再来康复大厅,好不好?"

借着小夜灯的光,周俏看着黎衍在黑暗房间里都有些明亮的眼睛,点头说:"好。"

第二天,周俏哪里都没去,一个人在酒店房间待了一整天。下午三点半,她离开酒店,步行前往假肢公司,在四点整时进到康复大厅。

康复大厅看起来并没有异样,依旧是患者在训练,家属在陪同,复健师在指导,只是,在看到她进来后,每个人的眼里都闪现出微妙的光芒。

黎衍和范工不在,周俏疑惑地看向褚医生,褚医生对她笑笑,说:"再等一下,很快就回来了。"

也就过了一两分钟吧,有人叫出了声:"来了来了!"

周俏回过头,就看到黎衍出现在大门口。范工陪在他身边,挽着他的手臂,他与周俏之间隔着十几米的距离。

黎衍穿着白色T恤,底下是蓝色篮球裤,黑色膝关节和小腿假肢露在外面,连接着肉色碳纤维脚板的是一截短短的金属色骨骼,脚板上穿着白色运动鞋。

他的T恤已被汗水浸透,头发也是湿的,可想而知这一天的训练量是有多大。

周俏静静地望着他,他也无声回望,黑色的眼睛里透着一抹难以言说的讯息。

那么熟悉的一张脸,瘦削、英俊,不再似记忆中那般青葱张扬,已然带着些许岁月沉淀后稳重温和的气质。

那么熟悉的一副站姿,高挑、挺拔,不再似记忆中那般活力灵敏,却还是像一棵松,像一枝竹,令人觉得可靠又安心。

范工小声对黎衍说:"去吧,就跟之前练习的那样,走慢点,不要急。"说着,他就松开了抓住黎衍胳膊的手。

周俏依旧望着黎衍,看到他对她笑了一下,居然有些腼腆,接着,他便向她走来。

一步,一步,一步,一步……没有人扶,没有用拐杖,没有摇晃,没有划弧圈腿……十几米的距离,他只靠自己,向她走来。

每一步,都是为她而来。

黎衍走得很慢,很慢很慢很慢……姿势还是带点僵硬,有时候需要低头看下自己的腿,有时候会突然停一下,就像被按下暂停键,不过很快,他又会继续走起来。

走着的时候,他止不住对着周俏笑,弯着眼睛,抿着嘴,也不知道在笑什么。

康复大厅里所有人都屏气凝神,没再动,没再说话,视线凝聚在唯一在动的那个人身上,就是黎衍。

周俏看着他越走越近,脑海里不禁浮现出曾经经历过的一些画面。

……

他手敲假肢,声音里带着凉意:"我是腿没了,两条腿都没了,只剩下一丁点儿,懂了吗?"

他坐在轮椅上,脖子上暴着青筋,歇斯底里地大叫:"我就是个半身怪物啊!你承认一下就这么难吗?!"

他在电话里冷笑:"哪两个世界?你有手有脚,我是个残废,对吗?"

他问:"你想看我走路吗?"

他坐在楼梯上发着抖:"我是个男人,你给我留点尊严好不好?我知道我整个人只剩半截了,但我也不想让人当怪物看!"

他凄凄地说:"你对我可能是好奇,也有可能是怜悯,因为平时没接触过我这种靠轮椅生活的人,我根本不值得你惦记。"

他哽咽着说:"如果周俏不嫌黎衍走得慢,黎衍愿意试试。"

他怒吼:"我是黎衍!但我不是以前的那个黎衍!我知道我变了,所有长眼睛的都知道我变了!我腿没了!"

他喝醉了酒,坐在轮椅上躁动不安:"我好久没跑步了!也好久没打篮球了,还有踢足球、游泳……"

他说:"全国这么多没了两条腿的残疾人,我没那么特殊!我就是这么过日子的!明白吗?"

他说:"周俏,不要做梦了,我们都是普通人。真的,你要是嫌弃我不会走路就直说。"

他对着她大吼大叫:"为什么还惦记着那个假肢?我都和你说了咱们买不起!也没必要买!我已经不打算练走路了!反正不管怎么练都走不好!走路都不练了还买什么假肢?!"

他哭着说:"我真的不想再练走路了,每次走路都被人当猴子看。"

他情绪激动:"我不要买假肢!我说了多少遍了我不要买假肢!周俏,你看清楚这才是我的腿,我不要走路!我坐轮椅就能活着!"

他下定决心般地开口:"周俏,我和你说实话,我想买智能假肢,我想重新走路!"

七月份,他第一次来这里时,在大门口咬着牙说"我想走路,真的俏俏,我很想重新走路!"

一直到那晚,他说:"我就只想能在平地走得好一点就很满足了,要是能稍微正常地上下楼梯,就更好了。"

……

居然又是十月!

距离认识黎衍已过八年,距离重逢黎衍已过四年。

所有的一切都值得了,再也没有任何遗憾了。

周俏的眼睛里早已蓄满泪水,随着黎衍的脚步越来越近,眼泪一滴一滴地滚落下来。

看到她哭,他终于也渐渐收敛起笑容,低下头,再抬起时,眼眶也红了。

他们之间只隔着一米多远。

最后两步,黎衍可能是心急,居然走得快了一些,节奏一乱,他的脚步就不太稳健。幸好,他的身子只是轻晃,周俏就已经迎面抱住了他。

他们紧紧地拥抱在一起,任眼泪流下。

周俏原本想过不哭的,但真的看到这一幕,看到黎衍向她走来,像是穿越时光,重温过往,想到他们一起走过的那些岁月,一起笑一起哭,一起吵一起闹……哪里还忍得住?不可能忍得住啊!

身边居然响起一阵掌声,周俏才终于回过神来,从黎衍怀抱里出来,抬头看他,他的眼角也留着泪痕。周俏抬手帮他抹掉眼泪,一下子破涕为笑,一边笑着,眼泪一边又流下来。

"我走得好吗?"黎衍哽咽着问,"就是慢了点,对吧?我再多练练,会走得更好的。"

周俏重重点头:"你走得很好,非常非常好!第一天就能走成这样,已经很厉害了!"

黎衍笑了,又说:"俏俏,你有没有觉得我高了一点啊?我有感觉的。"他站直身子和周俏比了下海拔差距,骄傲地说,"我现在一米七八了!"

最后一天训练完,黎衍和周俏终于要回钱塘。关于新假肢的使用注意事项,周俏仔仔细细记录下来，最重要的几点就是：

一、假肢充电一次可以连续使用十四天，要保持电力充足。

二、注意平时的清洁养护，保持接受腔内干燥、干净，每年需到 H 市总公司进行一次传感器调适。

三、假肢使用寿命最长为十五年，公司保修期是五年，五年后每一年的维护保养和调适都要自费。

四、假肢防水，但也不建议敞开了去玩水，毕竟是电子产品，还是容易坏的。

周俏问范工："五年后，每一年的保养费大概要多少啊？"

范工回答："大概需要三到四万。"

好贵！果然不是人人都用得起的。周俏和黎衍对视一眼，心里都起了同一个念头——还是要更努力地赚钱啊！十几年后就又要买新假肢了，加上保养费，怎么的都要备上一百多万才行。

关于平时怎么走、怎么动，范工和褚医生说也没有特殊的要求，每个使用者按照自己的需求多多训练，注意安全就行。

"把它当成自己身体的一部分，和它多磨合，时间越久，就会越熟练，越亲密，走得自然也会越好。"范工笑着说，"你们应该看过我们公司的资料视频了，欧美国家很多双大腿截肢人士用上这款假肢后，出门都不需要带轮椅。当然了，每个人残肢长度和肌力不一样，黎先生一开始还是用轮椅出行比较安全。自己多练练，也可以用一个肘拐，走几个月后，你俩出去逛个把小时的街，一点问题没有。"

哇哦，逛个把小时的街！黎衍光用想的就激动不已，牵住周俏的手笑得牙花子都露了出来。

回到钱塘后，小黎先生开始适应用上新假肢的生活。

早上醒来，他裹着被子躺在床上，回味起昨晚亲热的事儿，觉得有老婆真好，老婆这么可爱，又温柔又体贴，腰细细的，身体软软的香香的……正想入非非，周俏走进房间坐到床沿上，笑着说："早上好，赶紧起床洗漱吃早饭吧，你上班要迟到了。"

"再等等，还没好呢。"黎衍抓着她的手摁到自己身下。

隔着被子，周俏就知道是怎么回事了，脸羞得通红，拧着眉头瞪他。

黎衍还在笑："这是正常现象好吗？让你知道你不在的这两年多，老公多苦啊！"

他不松手，周俏干脆隔着被子抓了一把，他紧张地"嗷"一声叫，身子都蹦了一下："孩子还没生呢！周俏花！"

周俏哈哈哈地大笑起来，把衣服丢给他后就离开房间："快起床啦，懒猪！"

轮椅停在床边，墙边还靠着那双新"腿"，"腿"外头穿着西裤。黎衍穿好衣服，心情很好地把"腿"搬过来穿上。换过假肢后，他不需要再穿硅胶套，因为智能假肢需要皮肤和接受腔完全贴合，才能更好地传递信号。并且接受腔内部做过特殊处理，残肢伸进去会感觉比普通假肢舒服许多，也不容易松脱。对黎衍来说，穿脱假肢变得更加轻松便捷。

周俏把早餐端到餐桌上，抬起头看到黎衍站在房门口，气道："范工都说了你还不能一个人走，要么拄个拐要么让人护着！你这人怎么这么心急啊？"

黎衍冲她笑:"老婆你站着别动,等我走过去。"

"又来?"周俏都没辙了,黎衍现在超喜欢和周俏玩"我向你走"的游戏。他走路的姿势真的进步许多,智能假肢可以模拟人腿动作,是程序设计好了的。平地走路本就是使用者最基础的需求,黎衍练得很好,残肢和接受腔贴得紧紧的,两条腿像是他肢体的延伸。

周俏无奈地等在原地,看黎衍一步一步走过来,他还需要用双手保持一下平衡,动作也依旧很慢。不过最后,他还是稳稳地站在了周俏面前。

黎衍开心极了,笑得像个孩子一样,截肢几年来狼狈的走路姿势极大地打击到他的尊严和自信心,几乎成了一个心理阴影。现在他好了!虽然腿是假的,残肢依旧只有这么点长,但他能走了,走得还挺像样子,穿着长裤都能伪装一下健全人。

"老公走路帅不帅?"黎衍站得直直的,双手搂在周俏腰上,是抱她,也是习惯性地让自己支撑一下。

周俏已经无数次回答过这个问题,点头道:"帅帅帅。"

"你怎么越来越敷衍了呢,一点儿诚意都没有。"黎衍很不满,"你不是最喜欢夸我的吗?我就想听你夸我。"

周俏干脆踮起脚亲亲他的嘴:"帅呆了,酷毙了!我老公怎么这么牛呢!走路走得这么好,以后上班更招小姑娘喜欢了!"

黎衍两只手捏起周俏两边的巴掌肉,还搓一搓:"哪个小姑娘会像你这么傻?"

"疼的呀!"周俏脸都被他捏红了,拍一下他的手,"你赶紧洗漱吃饭,不怕迟到啊?"

"哦。"黎衍不情不愿地被周俏扶到轮椅前,刚坐下他又来劲了,兴奋地说,"俏俏你看,我能坐着踢腿!"

周俏回头看他。

黎衍在轮椅上坐得端正,两条小腿交叉着轻轻抬起又放下,真的很像小朋友无聊地坐着踢腿。

他盯着自己两条小腿,脸上带着兴致勃勃的笑意,这样的动作以前是不可能做到的。曾经的他坐在轮椅上,假肢一点儿都不能动,和瘫痪没什么两样。可现在大腿明明没动,小腿真的会踢,尽管幅度很小,但已经是天翻地覆的变化。

周俏问:"那我以后是不是不能坐你腿上了?"

"为什么不能坐?能坐的。"黎衍转着轮椅到她身边,抱住她的腰,"我问过范工了,他说能坐的,你又那么瘦。"

周俏服气了:"你连这个都去问人家,那让人家怎么想我们嘛!你都不害臊的?"

黎衍不解:"为什么要害臊啊?你是我老婆,坐我腿上不是很正常的吗?而且这个材质是碳纤维,承重力很强的,又不是塑料。"

周俏闭嘴了,鬼知道小黎先生都向范工咨询过哪些问题,她还是不问了,省得再给自己添堵。

小黎先生渐渐变得忙碌,首先就是注会考试。

四月报名时,他雄心壮志地报了四门,真到了考试时,他只考了三门,《会计》《经济法》

和《税法》，弃考《审计》，因为基本没准备，肯定考不过。

十月中旬，黎衍和周俏拿到房产三证，正式和房东交接房屋，准备开始装修，周俏的落户问题也紧锣密鼓地准备起来。

周俊树特地回了一趟老家，给父亲一万块钱，顺利拿回周俏的户口迁移证。在钱塘的手续办得很顺利，黎衍和周俏的名字终于正式印在同一本户口本上：

住址：钱塘市东城区云印华府23幢1单元601室

非农业家庭户

姓名：黎衍衍

户主或与户主关系：户主

学历：本科

姓名：周俏花

户主或与户主关系：妻

学历：初中

周俏拿着户口本看了好几遍，对黎衍说："阿衍，我觉得我还是得去考个大专，要不然这户口本上印着'初中'也太丢人了。"

黎衍大笑："有英语这么好的初中毕业生吗？"

"那以后小孩儿上学也要交户口本的呀，这不是给小孩儿丢脸嘛。"周俏噘着嘴，"我就去考英语专业好了，肯定能考出来。"

"那必须的。"黎衍鼓励她，"考吧，俏俏，我这几年也要一直考试呢。咱俩一起考，晚上一起复习，书房里搞个双人书桌，好不好？"

"好。"周俏笑起来，"搞一面好大的书架，上面摆满书，显得特别有文化的样子！"

黎衍顺着她的话："再让三金给我们写一幅书法，挂在墙上！哦，他还会画画呢，到时候让他给我们画个工笔画，一起挂上！"

周俏乐得环住他的脖子，与他亲昵地贴在一起："行啊！整一个书香世家！"

黎衍坐在陈司尧的咨询室里，与陈老师聊近况。

现在，他每个月会来见一次陈司尧，其实两人都知道黎衍的情绪问题已经控制得很好，就算不来也没关系。可黎衍习惯了和陈司尧沟通，尤其最近生活和工作非常忙，压力也很大，他需要有一个除周俏以外的发泄口子，可以耐心倾听他的烦恼，给他中肯的意见。

陈司尧问："注会考得怎么样？"

黎衍很惭愧："保《会计》，其他考了两门，也不知道能不能过。今年真的……报名时没想到事情会这么多，的确没能好好复习，我就希望《会计》能过了，其他的明年再说吧。"

"也行，你不是说成绩五年有效嘛，慢慢来。"陈司尧笑呵呵的，"新房子开始装修了吗？"

黎衍笑笑："还没有，其实它本身就带精装，我们只要买好家具家电就行了，现在要先把主卫改一下，前一阵儿太忙，我连年中会都请假没去参加，装修就还没来得及弄。"

"真不错啊，黎衍。"陈司尧喝一口热茶，"这一下子出版了书，卖了版权，房子买了，老婆也回来了，今年的考试也考完了。还有什么来着？瞧我这记性，哦！对了，假肢！"他饶有兴致地打量黎衍,"你上回不是说十月就能用上新假肢了吗?现在用上了没有?"

"用上了。"黎衍脸上浮起一层薄薄的红晕,不知道是因为害羞还是因为兴奋,他转着轮椅后退了一些,"陈老师,我给你走一下看看。"

陈司尧忙站起来:"可以吗?我这儿条件允许吗?都没东西扶一下,你可要当心啦。"

黎衍说:"没事,就走几步,走到你桌子那儿。"

现在他都不需要用手把假肢搬下轮椅了,可以动动腿让两个脚板自己踩下地。踩实后,他撑了一下扶手就站起来,他和新假肢已经磨合大半个月,别的不说,平地走路已经成为拿手好戏。

陈司尧看着黎衍的两条腿,黎衍截肢位置高,两个接受腔顶部都到了他的会阴部位,衣服如果不够长,从裤子上能隐约看出接受腔的轮廓。不过总的来说大腿小腿都还有个型,和健全人差别不大。

黎衍向着陈司尧的办公桌走去,两只手没再张开找平衡,尽量自然地垂在身体两侧,小幅度甩动着。也就三四米的距离,陈司尧惊喜地看着他,等到他走到桌前,不禁夸赞起来:"黎衍你走得很好啊!这看着都不需要再用轮椅了!"

"那还是不行的,陈老师。"黎衍弯腰撑着桌子说,"我走不久,还要练,现在还是坐轮椅比较多。"

陈司尧没让他转身走回去,帮他把轮椅推过来。

黎衍坐下后,陈司尧问:"你现在走得这么好,家里人该高兴坏了吧?"

黎衍不好意思地笑:"是,给我妈走了一下,她都哭了。"

用上假肢这半个多月,小黎先生得了一个奇怪的毛病,见到认识的人就要给人表演走路。

走给沈春燕和宋桦看,走给宋晋阳和杨瑾颂看。在公司里,他有一回没忍住,打印文件后看打印机就那么点距离,干脆站起来走过去拿文件。

一瞬间办公室里众人安静如鸡,敲键盘的声音都停下了。黎衍回头时,发现所有人都惊恐地盯着他,他穿着一身衬衫西裤,身材颀长,站姿潇洒,错愕地问:"怎么了?"

内心OS:啊哈哈哈哈哈!你们终于发现了吗?我能走路啦!

虎哥嘴巴都合不上,呆呆地问:"Rick,你现在可以走路了?"

黎衍一脸的云淡风轻:"是,换了一副假肢,就能走了。"

内心OS:啊哈哈哈哈哈!哥帅不帅?帅不帅?你们就说,帅不帅!

陆欣、魏湘凡等女生看着黎衍一步步走回轮椅边坐下,感觉像是经历了一场幻觉。尤其是陆欣,她是和黎衍一同面试、一同入职的,共事三年半,知道黎衍可以站,但从不知道他还能走!谁让他平时上班屁股和轮椅几乎是黏在一起的。

从陆欣的工位可以看到黎衍,黎衍意识到有人在看他,抬起头与陆欣对视了一眼,轻轻一笑就又低头看向电脑。

很快,Rick会走路的消息在公司里传播开来。

黎衍满足同事们的好奇心,去别的办公室沟通工作时,右手挂着一根肘拐,左手拿着文件,走得很缓慢,步伐却充满自信。

Daria非常替他开心,问:"Rick,那以后你是不是不用再去楼梯间练站了?"

黎衍一愣，继而低声笑："好像是的，不用再去了。"

他不用再去楼梯间练站，也不用晚上特地去小区里练走。从早到晚，他有了许多可以走路的机会，在家里都不舍得脱掉假肢，动不动就站起来走几步。

周俏老见到他晃来晃去，知道他是真的很享受重新走路的乐趣。

说起来也真是奇怪,他的残肢就这么点长,自身也只能感知到残肢末端,手摸上大腿、膝盖、小腿和脚板依旧是冰冷的金属，完全没有感觉，可他就是能操控它们！

周俏体会不到这种感觉，黎衍自己都说不清楚。每天晚上把假肢脱下来后，他都会用拧干的湿毛巾擦一下接受腔内部，再用干毛巾擦干，把两条假肢换上第二天要穿的裤子和鞋子，端端正正地放到床头柜边，宝贝得不行。

弄完了再看下身残肢，感觉就很奇怪了，手摸一摸，腿动一动，他有些意犹未尽地爬上床，周俏笑他："我看你是恨不得穿着假肢睡觉了。"

黎衍翻身抱住她，神情失落："白天，有时候都会有一种错觉，我的腿长出来了，走得真好。晚上脱掉了才知道，原来还是这个样子。"

"这就是你啊。"周俏也抱紧他，"会走路的是你，坐轮椅的也是你，无论如何，现在比以前已经好太太多了。阿衍，好好练，我还等着和你一起手牵手逛街呢！"

"嗯。"黎衍微笑，"等着吧，很快了，到时候我去排队给你买奶茶。"

黎衍带周俏去张有鑫的咖啡馆玩时，走路给张有鑫看，把张有鑫气得差点在轮椅上厥过去。

当然，张有鑫是开玩笑的，心底里为黎衍感到高兴，还把这事儿的功劳揽到自己身上，说要不是他当初给周俏看那个视频，周俏和黎衍也不会向着这个目标努力。

周俏深以为然，还和张有鑫吐槽："就是说嘛，我早就说这是个好东西，我们得存钱买，他非不听，还和我怄气，真把我给气坏了！"

"他也就是嘴硬，心里指不定多想要呢。"张有鑫看向板着脸的黎衍，"瞧把他给嘚瑟的，来，衍哥，站起来！再给你三金大爷走一个，走得好，重重有赏！"

黎衍抄起一颗山核桃就朝他丢过去。

收回思绪，黎衍听到陈司尧问："周俏开始找工作了？"

黎衍点头："是，开始面试了。之前找了一家酒店差点要签 offer，我们觉得离新房子太远，她驾照又还没考，就没签。现在面试的这家离家近很多，已经过了一面，今天去二面，我一会儿就要去接她呢。"

全部都是好事情，陈司尧感到很欣慰，说："黎衍，你发现没有，你现在变得自信很多了。"

"是吗？"黎衍笑得开怀，"我觉得我一直都挺自信的。"

"吹牛都不打草稿了。"陈司尧从抽屉里拿出一份文件递给黎衍，"其实，前几回你来，我就想跟你说件事，不知道你感不感兴趣。不过那时候你太忙，又要工作，又要去 H 市，又要备考，我没好意思问。现在既然什么都弄好了，我就还是问问你吧，你看一下这个活动介绍。"

黎衍拿起手里的文件看，上面印着："优秀榜样，青年之光"——A 大杰出校友经验分享大会。

他神情茫然地看向陈司尧："陈老师，这是什么？"

"经验分享会啊,不都印着嘛。"陈司尧说,"这次的经验分享会在A大的大礼堂举行,是为了明年招生预热的一个活动。学校打算邀请五位杰出校友,每人演讲半小时,内容自己定。百年A大你也是知道的,杰出校友那是数都数不过来,很多都已经成为行业里泰斗级的人物。所以呢,这次邀请的校友有一个条件,年龄要在三十周岁以下,青年才俊嘛,所以也组织我们老师给推荐一下,最好是比较有代表性的人物,在某个领域有一定的成就。"

黎衍愣愣地听着。

陈司尧笑道:"没错,我推荐了你,筛了又筛,你现在还是备选,因为我没和你沟通过。黎衍,我先斩后奏了,你不会生气吧?放心放心,我没有说出你的名字,真名笔名都没说,只大概地说了你的经历,告诉他们是一个很优秀的小朋友,没掉马,保证没掉马!"

黎衍浓眉皱起:"陈老师,我没有什么成就啊,到现在我都觉得自己混得挺一般的。像我们专业毕业的,现在三十岁,在别的公司很多都做主管或经理了,我就还是个职员而已。写书这个……真的,就是运气,故事都是现成的,所以就写得比较用心,你让我再写一个,我也不见得能写出来。就这么一本书,算哪门子的成就啊?"

"但你不觉得,你取得的这些成绩全是靠自己得来的吗?一点儿没靠家里,买房买车,买智能假肢。黎衍,你三十岁还没到呢,你觉得你当年的同学们有几个是一点都不靠家里,能取得你现在这样成绩的?"陈司尧认真地看着他,"而且,你还坐轮椅。"

最后这句话,令黎衍的心刺痛了一下。

陈司尧继续说:"就算是谢若恒,他三十岁时也没有什么能拿得出手的成绩。包括我,三十岁我还在国外读博呢,博士又不少,有什么好给人分享的?黎衍,你要有信心,外面社会上,三十岁就能有一定成就的人并没有那么多,即使是A大毕业的,有些在读博,有些研究生毕业才四五年,有些出国了,有些考公考编了,有些进外企进国企、进500强大公司上班了,或者自己创业了,A大要邀请的青年校友是要有代表性的,你明白吗?"

"陈老师,你不会是要给我打'身残志坚'这个标签吧?"黎衍感到不爽,"你是学心理学的,我不知道你了不了解我们这个群体的心理,其实我和我认识的残疾人朋友,每一个都非常讨厌'身残志坚'这个词,甚至可以说是厌恶!"

陈司尧神情并没有太大变化,依旧和蔼:"我还真听若恒说过类似的话,黎衍,你能给我说说是为什么吗?"

黎衍正色道:"很简单,不管是健全人还是残疾人,都有生活和工作乐观积极的,也有消极懈怠的。我是个残疾人没错,之前在家待了好几年,看起来好像很颓很丧,其实我也一直在想办法养活自己。后来我认识了周俏,出来找工作,在大家眼里我变得积极进取了,所以'身残志坚'这个词就可以安到我身上了?

"那你有没有想过,我做出的所有努力和改变,不是为了给大家励志,我只是想体现自己的价值,想改善我自己、我妻子、我母亲的生活条件。说白了我就是想好好活着,活得像个样子,像普通人那样结婚生子,工作学习。我觉得这是很正常的事,结果就会被贴上一个'身残志坚'的标签,怎么了呢?我残疾了,颓废抑郁才是正常的对吗?稍微积极乐观一点,就值得被大力歌颂?

"同样的事情,健全人做到了是理所当然,残疾人做到了就'哇,好棒!身残志坚',

本身这个词对我们就是一种歧视！坚持上班、不迟到早退是每个公司员工都应该做的事，别人做到了，正常，我做到了——'哇，身残志坚'，别人没做到——'你怎么连黎衍都不如'；考证成功，升职加薪，别人做到了——'哇，这个人好厉害啊'，我做到了——'黎衍真是身残志坚的代表！都这样了也没放弃自己，那么努力'，别人没考过证——'你怎么连黎衍都不如'。拜托，我只是腿残疾，不能走路，我脑袋没问题，手也很健康，我为什么会比别人差？为什么别人做到了、我也做到了，我就要被夸'身残志坚'啊？

"咱们现在这个社会，走大街上能看到的残疾人很少很少，为什么？首先无障碍设施一塌糊涂，接着就是歧视。但我们国家其实有近9000万的残疾人，全国人口14亿，残疾人占了6%啊！他们都在哪儿？都在家里！像我这样能找到像样工作的非常少，我找工作都还是让亲戚介绍的！如果我自己去找，就只能找到工资三四千的文职工作，残联给安排的还是去那种作坊做流水线手工。但其实，你给我一个平台，我做得并不比别人差。

"说实话，我接受自己是'残疾人'这个身份都花了很多很多年，二十二岁以前我活蹦乱跳的！就一夜之间，整个人生都变了！我现在非常努力，每天的时间都排得满满的，和周俏一起对未来做过很多计划。你让我去演讲，说我具有代表性，我有什么代表性啊？揪着我是'残疾人'这一点做文章，还不如去想想怎么改善残疾人的出行条件，搞好无障碍设施呢！

"想想这近9000万人的需求吧，别揪着个别人来歌颂。我不励志，我就一普通人，有自己的喜怒哀乐，有吃喝拉撒的生活需求，有感情需求，甚至也有生理需求。很多人看到周俏是个健全人，都会想当然地认为我娶她是为了让她照顾我的生活，有人觉得她的条件配不上我，又有人觉得我的条件配不上她，都什么毛病？就不许我们彼此相爱吗？

"陈老师，这个演讲的事，从我的角度出发，我并不觉得自己有什么特殊成就。如果你是因为我坐轮椅才把我推上去，那我一定不会参加，要在我身上从'身残志坚'这块做文章，别想了，我拒绝。因为我现在觉得自己一点儿也不比健全人差。所以，我也不接受在一开始，就把我钉在健全人的水平之下。"

一气儿说完这么多话，黎衍气都有点喘。也不知自己哪儿来的火气，也许是多年来遭遇的事情一直郁结在心里，明明和陈司尧无关，这一通发泄还是令他觉得爽快。

陈司尧细细琢磨过黎衍的话后，开口道："你说的这些，我全部都理解。黎衍，不是客套话，是真的理解，因为谢若恒也是我多年的朋友。现在我也把你当朋友，我非常喜欢你，欣赏你，所以才会在看到这个活动时把你推荐上去。如果你觉得没兴趣，我去撤回推荐就是。只是我认为，你现在已经很自信，这一次的活动如果能参加，是对你能力的一种肯定。这是正面的、积极的一件事情，我保证学校不会从'身残志坚'这一块做文章。黎衍，我是真心觉得你很优秀才推荐你的，而且演讲嘛，你人又帅，口才又好，你看你刚才说得就很好！我真觉得你挺合适的，你不觉得吗？"

黎衍还是不太开心，有些郁闷地看着他。

陈司尧面容温和："你再考虑一下吧，黎衍，演讲是在十一月下旬，还有一个月时间，资料你先拿回去看看，和周俏商量一下，下周末之前给我答复，好吗？"

黎衍收下资料，点头："好，谢谢你，陈老师。"

离开心理诊所，黎衍开车去周俏面试的酒店。

停在地下车库后，他在轮椅和肘拐之间犹豫了一会儿，最终还是选择轮椅。他想，来日方长，不能操之过急，安全第一。

黎衍坐着轮椅来到酒店大堂，没有给周俏发消息，在大堂吧点了一杯咖啡慢慢等，这是和周俏约好的。

过了半个多小时，他收到周俏的微信，说自己面完了。他告诉周俏自己在大堂吧，几分钟后就看到周俏从大堂另一头走来。

这个可爱的小姑娘，从新加坡回来后一直穿着T恤牛仔裤，休闲又舒适，不过现在来面试，她的打扮就完全不一样了。

周俏留着过肩长发，没染，发梢烫了一下，服帖地向内卷起，脸上化着精致的妆。她身穿一件烟灰色休闲西装，配同色裤子，内搭黑色低领衫，脖子上挂着一串亮闪闪的铂金项链——是黎衍送给她的二十五岁生日礼物。

她踩着黑色小高跟鞋，挎着一个通勤皮包，笑嘻嘻地向黎衍走来。

黎衍远远地看着她。他的小周俏现在已经变成一个利落飒爽、漂亮迷人的职场女性，连笑容都是从容自信的。

"面得怎么样？"当周俏走到面前时，黎衍问。

周俏耸耸肩："我觉得没问题。这家酒店接待外宾团很多，会务方面也有涉外服务，对英语要求很高。HR看过我在新加坡的简历，就直接用英语和我面，强项，口语听力真是一点也不怕，我觉得她说得还没我流利呢。"

黎衍笑起来："咱们家的周俏同学现在这么牛，黎衍同学都有危机感了啊！"

"少来啦，你咖啡喝完了吗？喝完了就走吧，我回家还要做饭呢。"

看着一身职业装的周俏说出这话，黎衍都要笑场了："今天我来做饭吧，你也休息一下。"

周俏很开心："好呀，我要吃你做的辣椒小炒肉。"

"没问题，别的菜不说，这个菜绝对是拿手菜！深得师父真传。"黎衍转着轮椅和她一起往电梯间去，"老婆，一会儿路上我和你说个事，想听听你的意见。"

回家的车上，黎衍把A大那场活动的事说给周俏听，还把自己和陈司尧的对话也大概讲了一下，表达了自己的想法。

他问："你说陈老师到底是什么意思？是因为我坐轮椅吗，才把我给推荐上去？"

周俏想都没想就回答："不是，就是因为你优秀呗。"

"我哪儿优秀了？"黎衍苦笑了一下。

周俏说："反正我是觉得你很优秀，如果我是陈老师，我也会推荐你啊。阿衍，你算没算过今年你赚了多少钱？连工资加稿费加版权，税前你都有五百万了，这还不够优秀啊？"

黎衍晕倒："优不优秀是看赚了多少钱吗？"

周俏"那总得有个量化标准吧？不然怎么才算优秀啊？大爱无疆、无私奉献的那些人吗？阿衍，你还没到三十岁呢！而且你这个不是纯赚钱，你是写了书啊！有多少人能写书出版的？谢总都不行！"

黎衍笑起来："你怎么和陈老师一样，都在拿谢总和我做比较啊？"

周俏噘噘嘴：“反正我是觉得这事儿挺好的，你是打算拒绝吗？”

"你觉得我该去？"黎衍皱眉，"我有点没底，演讲啊，大学里都没搞过，大概就高中里做过主持人之类的，一点经验都没有，都不知道能分享什么内容。"

周俏不知想到了什么，突然"扑哧"一声笑出来。

黎衍问："你笑什么？"

"我就是想到你以前和我吵架，可能说了……哈哈哈哈哈！"她忍不住大笑，"真的，就跟机关枪一样，叭叭叭叭叭……"

黎衍真要被她气死："周俏花，你不也一样的好吗？你跟我表白的时候说了多长一串啊！口才这么好你怎么不去演讲啊？"

"我要是A大毕业的我就去了！那我是吗？喊！"周俏白他一眼。

黎衍叹口气，问："你真想我去吗？"

"想啊！我还没听过你上台演讲呢！"周俏很兴奋，"阿衍，你现在都能走路了，你可以站着讲啊！"

"别了吧，半个小时啊，要是在台上摔一跤那真要被笑死。"黎衍又想了一会儿，"我再考虑考虑吧，至少得想好要讲什么，一点儿没头绪，去讲什么呀。"

"你自己决定。"周俏说，"我反正觉得陈老师是好意，没有歧视你的意思。你真的很优秀，在我眼里就是全世界最牛的男人！"

黎衍忍不住笑出声来，说："行吧，那就请你陪全世界最牛的男人先去超市买个五花肉和辣椒，顺便买点水果和牛奶，还有零食。你上回买的那个饼干挺好吃的，再买点儿。"

周俏元气满满："好嘞，走起！"

十月底，周俏收到面试酒店发出的offer，成为销售部的一名会务销售经理。底薪四千五，外加提成，交五险一金，工作时间比较弹性，不忙时可以双休，忙的时候就不好说了，连着晚上都可能要跟会。

周俏知道行情，做销售底薪不会高，主要看能力和业绩，而且她上面还有一个职位是高级会务销售经理，她现在的资历还没法应聘上，只能以后用表现来争取。

而黎衍在又一次和周俏谈心以后，对陈司尧表示愿意参加演讲，如果学校觉得他OK，那他就准备起来。

陈司尧在第二天就给了黎衍答复，黎衍正式成为A大将要进行经验分享的五位杰出青年校友之一。

周俏上班以后很快就进入工作状态，变得异常忙碌。

她接管了一位离职销售的客户信息，入职初期一直在外出拜访客户。通常，销售离职去别家酒店，容易把客户带走，周俏也不怕，还是一家家拜访过去，认真地与对方联系人沟通面谈。

她入职的酒店很高端，又是年底年会、婚宴旺季，每天都有不少电话来咨询会场面积和价格，对于来酒店踩点会场的客户，她接待得尤其用心，并积极回访。关于这家酒店的各项价格体系，她很快就熟悉了，原本也不是酒店业新人，上手后就能自主报价、签订合同。

入职一周多，周俏已经做了两场半天的小会议。

周俏自己在钱塘是没有人脉的，黎衍多少有一些，逐一打电话给亲戚朋友，告知他们周俏目前的工作，说如果单位或亲朋好友有会务需求，希望考虑一下周俏工作的酒店。黎衍还厚着脸皮对自己公司的 HR 和业务部说了这事，心想反正也就说一嘴，至少让人家知道了，留个希望总是好的。

打给白明轩时，两人闲聊几句，白明轩知道黎衍现在工作不错，也挺为他开心。聊到后来，他迟疑着说："阿衍，我那天刷咱们学校的公号，看到一个活动介绍，这个月有个校友分享会，里面有个嘉宾和你一个名字。"

黎衍震惊，心想大哥你居然还刷学校公众号？

他只能承认："就是我。"

这下子换白明轩沉默了，老半天才问："你、你要去经验分享啊？讲什么内容？"

"还没想好。"黎衍也不愿多说，"有个 A 大老师推荐的我，莫名其妙就选上了，就去凑个热闹吧。"

白明轩说："我能去听吗？"

黎衍很吃惊："真的假的呀？你想去听？"

"想！"白明轩问，"你有票吗？"

黎衍说："我还真有几张票，你把地址发给我，我给你寄两张吧，多了也没有。"

白明轩很激动："好好好，我一定会去的！"

周俏晚上要是不加班，黎衍下班后会去酒店接她。

这天，黎衍去接周俏时意外见到谢若恒。谢若恒一身西装领带，看起来充满了成熟男人的魅力，正和公司里的员工们在开年会。

"谢总，好久不见，谢谢你照顾周俏的生意。"黎衍和谢若恒握手。

谢若恒打量黎衍，问："刚才周俏告诉我，你现在能走路了？"

黎衍很不好意思："换上智能假肢了，走得还不熟练。"

谢若恒微笑："恭喜你，小黎，真是很不错啊。"

三个人又聊了一会儿，周俏和黎衍告辞离开。开车上路时，黎衍感叹："三年没见了，谢总和嘉月姐该四十了吧？"

周俏笑："谢总真看不出四十，看着好年轻的。"

"那我看着年轻吗？"黎衍问。

周俏真的转头认真打量他一番："你本来就年轻，青年之光呀！"

一想到"优秀榜样，青年之光"这几个字，黎衍就头大："拜托别提这个了，我演讲的内容还没想好呢。"

他们并没有直接回家，而是去到一家江景西餐厅，黎衍提前订过位，和周俏一起享用一顿浪漫的烛光晚餐。

这一天是十一月八日，他们结婚四周年纪念日。

餐饮行业竞争激烈，几年过去，那家地锅鸡店和 A 大门口的火锅店都已易主，黎衍说干脆就高档一次，来一顿法式大餐。

周俏再也不是没见过世面的小土包子，在新加坡酒店的西餐厅工作半年，英文菜单背得滚瓜烂熟，对菜品的配料做法都很了解。两人各各点一份牛排套餐，就着烛光慢慢吃着。

"还记得在卖场的那杯果汁吗？"黎衍切着牛排，笑道，"咱俩一人半杯，简直是凄凄惨惨戚戚。"

周俏说："现在其实还是要省着点花，欠着银行两百多万呢，咱俩存款一百万都不到了。"

"你这人可真不浪漫。"黎衍说归说，眼睛里的笑意却一点没隐去，抬头看周俏，摇曳的烛光下，她白皙的脸上带着红晕，妆容浅淡，眼睛亮晶晶，红润的嘴唇微微抿着，也正笑盈盈地看着他。

吃到一半时，黎衍向周俏伸手："礼物呢？"

说好了的，他请吃大餐，周俏准备结婚纪念日礼物。

黎衍对这份礼物还满期待的，周俏送的东西永远实用又有爱，比如衣服、剃须刀、轮椅、印章……以前两人都没钱，现在小傻子卡上的几十万几乎没动，他挺想知道她会花多少钱准备这份礼物。

周俏笑笑，从包里掏出两个盒子放在桌上，把其中一个盒子推到黎衍面前。

一看盒子上的Logo，黎衍就愣了一下，打开盒子，入目即是一块银色腕表，白色圆形表盘，一圈黑色罗马数字，蓝色指针，金属表带，整块表在烛光下泛着优雅迷人的金属光泽。

黎衍成年后还不曾拥有过一块腕表，这时候非常惊喜，眼里的喜欢是藏不住的。周俏打开另一个盒子给他看，也是一块腕表，表盘是粉红色的，小巧精致，显然和黎衍的男表是一对。

"卡地亚蓝气球、粉气球。"周俏说，"喜欢吗？"

黎衍呆了好久，微微张嘴："老婆，大手笔啊！刚才还说欠了银行两百多万呢！"

周俏微笑："咱俩结婚四年了，每年结婚纪念日都是只买一张彩票，我就想着今年买一份好点儿的礼物，把前面四年都给一起补上。刚好你要上台演讲了嘛，男人穿西装戴块表会很好看的，给你买了，我不买，你到时候又要说我，所以我就买了一对儿。"

这次换成黎衍真诚发问了："这两块表一共多少钱啊？"

周俏挑着眉毛看他："干吗？买贵了你还想去退啊？"

"没有没有，我只是想心里有个数。"黎衍无奈地说，"明年我来准备礼物，不能太砢碜吧。"

"咱俩还用这样礼尚往来吗？就是一家人，明年的事明年再说呗。"不过，周俏还是告诉给他答案，"两块表加起来九万多，喜欢吗？"

"很喜欢！"小黎先生端详着手里的表，周俏干脆起身走到他身边，帮他把表戴到左手腕上。

"真挺好看的。"黎衍转着手腕看表，"我感觉我上台的信心又增加了！老婆，谢谢你。你的表拿来，我给你戴。"

周俏把表交给他，他牵过她的左手，仔细地帮她把表戴上，忍不住把她的手引到嘴边，轻轻吻了上去。周俏居然抽出手拍了他一下，气道："你刚吃过牛排都没擦嘴！油不油啊！"

一秒破坏浪漫气氛，两个人同时低声笑起来，身子抖个不停。

黎衍摇着头，说："电视剧里女生这时候都感动哭了，你看看你，一点儿情趣都没有，还打我。"

"哭什么哭?"周俏坐回自己的位子,娇嗔地看他,"咱俩在一块儿哭得还不够多吗?好端端的吃顿西餐也哭?再说了,礼物是我买的,我又没有惊喜,为什么要哭啊?这不应该是你哭才对吗?"

黎衍居然无法反驳:"好好好,明年我来准备惊喜,保证弄哭你!"

周俏被他逗笑了:"你这人讨不讨厌啊!明年我不和你出来吃饭了,真烦人!"

黎衍哈哈大笑起来。

吃过饭,两人来到餐厅外的观景平台,客人们三三两两散在平台上吹夜风。

十一月已是深秋,江边的风呼呼吹着,周俏穿一身单薄的西装套裙,黎衍便脱下自己的外套披在她肩上。两人站在栏杆边看着江对岸的夜景,轮椅停在一边。周俏靠在黎衍怀里躲风,被他抱着,觉得男人的胸膛又结实又温暖。

"以前啊,做梦都没想过,会过上这样的好日子。"周俏说,"那时候都不想结婚,就算结婚吧,也一定是嫁给一个普通人。两个人起早贪黑地打工,在钱塘可能一辈子都买不起房,生个孩子也没人照顾,没人辅导功课,我年纪再大一点,还容易失业,只能去做更辛苦更低端的工作。"

黎衍搂搂她的肩:"你现在嫁的也是一个普通人啊。"

"不,不是。"周俏回答得很坚定,"我现在嫁的是天底下最好的男人,越了解他,越觉得他好,一天比一天更好,就觉得自己很幸运,我大概是天底下最幸运的女人。"

"傻瓜。"黎衍低头吻一下她的头发,又伸手帮她把被风吹乱的发丝拢到耳后,"俏俏,你怎么会这么喜欢我啊?我有时候都想不明白,真会觉得你是不是魔怔了。"

"是的吧,大概就是魔怔了,但那又怎么样呢?不行吗?"周俏把脑袋倚在他的胸膛上,"阿衍我问你,假设你是一张卷子,总分100分,你觉得我现在能考几分?"

黎衍没听过这样的比喻:"什么叫你能考几分?"

周俏想了想,说:"就是……我在你心里,占几分?"

"99分。"黎衍快速地给了她一个回答,"留着1分是给你进步用的,就跟我们KPI打分从来没有10分一样,满分会让你骄傲。"

周俏从他怀里出来,转身看他,仰着下巴抱住他的腰:"阿衍,你在我心里就是100分,满分。你可以随便骄傲,分永远不会掉。你说我魔怔也好,中邪也好,无所谓的,我就是喜欢你,怎么样都喜欢,因为你值得我喜欢,你就是天底下最好的男人。"

吃饭时黎衍还说周俏不浪漫,没情趣,可是现在,在这冷风吹拂着的江边,她抬起头,眼神热切地注视着他,那么自然地对他倾诉自己的爱意,连脸都不红一下。

这样浓烈炙热的情感会令人慌张逃避吗?会令人感到窒息吗?

黎衍不知道别人会不会,他只知道,自己不会。

这世上有一个人用全部身心在爱他,陪伴他,信任他,鼓励他,他如此笃定,她永远都不会离开他。

多么幸运,他也爱她。

为什么要慌张逃避,感到窒息?

难道不应该是沉溺其中,尽情享受这份爱意吗?然后,回馈给她同样的爱,不要吝啬,不要保留，人生短短几十年，有多少人能找到这样一个纯粹的恋人？

要用命去珍惜！

黎衍一把就将周俏摁进怀里，重重地抚着她的背脊和后脑勺。感谢高科技假肢，他已经站立许久，都不用扶扶手，依旧可以稳稳地抱住心爱的女人，捧起她的脸，低下头与她深情地接吻。

江上驶来一艘三层游轮，乘客们都聚集在甲板上，突然之间，黎衍和周俏身边灯光大亮，他们一下子被惊到，分开彼此后惊愕地望向四周。

原来是投射在江边建筑上的灯光秀开始了。游轮上的乘客们发出阵阵惊叹声，在他们眼里，江边这一大排或高或矮的建筑，此时已经成了巨大的幕布，炫目的灯光变幻不休，组成了一幅幅漂亮的图影。

餐厅所在的大厦也在这幅图影中，黎衍和周俏是画中人，抬起头也看不到全景，只看到五颜六色的灯光一阵一阵地闪烁着。

黎衍又一次搂紧周俏，在她耳边说："老婆，等房子弄好了，我们就办婚礼吧，一直欠你一场婚礼，这个绝对不能省。"

"好呀。"周俏甜甜地笑起来。

黎衍说："就明年春天吧，刚好，雅林豪庭的房子春天就到租期了，办完婚礼，我们就搬去新家。"

周俏用力点头："嗯！"

第二十四章
白头之约，红叶之盟

"优秀榜样，青年之光"——A 大杰出校友经验分享大会于十一月下旬在 A 大本部校区大礼堂隆重开场。

那是个周六下午，能容纳一千二百人的大礼堂上下两层座无虚席，学生们一票难求，有些学生就在两边过道站着听。

陈司尧去后台找黎衍，让他不要紧张，看过他的衣着发型后，忍不住小声夸奖："黎衍，你讲得怎么样我就不知道了，不过论外表，毋庸置疑你是最帅的一个。"

黎衍真的很紧张："陈老师，这时候你就不要再来寒碜我了！"

陈司尧大笑着离开后台。

周俏陪着黎衍，身边是另几位演讲者和他们的陪同人员，有人对着墙壁念念有词，有人坐着发呆，两位年轻的女演讲者干脆用聊天来缓解紧张情绪。

主持人和五位演讲者确定了上台顺序，并且告诉他们，每个人半小时时间，包括二十分钟演讲和十分钟互动问答。

五个人之前已经相互自我介绍，第一位上台的是软件工程专业毕业的女性创业者，开了一家互联网公司，已过天使投资和 A 轮融资；第二位是男性文物修复师，在物欲横流的年代甘于寂寞守护国宝；第三位是女性医药研究人员，从事罕见病药物开发；第四位是黎衍；第五位是男性科技新贵，公司主攻人工智能方向，同样也过了 A 轮融资。

将两位创业者放在一首一尾，是因为他们都身经百战，在各种投资融资大会上进行过数不清的演讲，效果会比较燃。

时间到了，主持人上台开场，黎衍问周俏："我妈他们都来了吗？"

周俏说："来了，妈妈、宋叔、宋晋阳、小树，还有小树三个同学，另外白明轩和叶予薇也来了，加上我，十张票没浪费，都有座。"

"我好紧张。"黎衍脸都有点白，"没这么紧张过，心怦怦跳，你摸摸。"他抓着周俏的手按在心口，果然跳得很快。

周俏皱眉："谁让你都不提前讲给我听听？自己在小房间躲着练，我也不知道你讲得好不好。"

"讲给你听很尴尬的，你一会儿就听到了。"黎衍喝了一口水，"我又想上厕所了，我真是有病会答应这事儿。"

他转着轮椅去男卫生间，周俏在外面等他。

黎衍出来后说："老婆，你去观众席吧，我自己留这儿就行，刚好趁前面三个人讲时我再过两遍，你在的话，我反而静不下心来。"

"行，我再给你补个妆。"两人躲在卫生间门口，周俏拿出一支粉色润唇膏帮黎衍涂嘴。小黎先生打死也不肯搓粉底打腮红，只愿意涂点儿润唇膏，显得更精神一些。

涂完后，周俏弯腰往他脸颊上亲了一口："那我先下去了。"

还没来得及起身，就被黎衍扣住后脑勺，吻住了她的嘴。

一个缠绵悠长的吻结束后，周俏气得又把润唇膏拿出来："你这人忒讨厌！再涂一遍！"

黎衍绽开笑看着她懊恼的样子，终于不再紧张。

周俏来到观众席，亲友团座位都在前面居中三四排，周俊树帮她留着位置。她在小树和沈春燕中间坐下，隔着黎衍的几位家人，她看到白明轩和叶予薇，白明轩朝她点头致意，她也挥挥手打个招呼。

很快，第一位演讲者上台了。果然是经验丰富的创业者，半个小时讲得很精彩，还配合着精美的PPT，介绍了自己创业的动机与理念、创业初期的艰辛以及守得云开见月明的公司现状。

问答环节也进行得热热闹闹，好多学生提问，拿着话筒的工作人员满场飞奔。

接着是第二位演讲者登场，这是一位文物痴，够专业，但是演讲水平实在差强人意，几乎是照着准备的PPT在念，声音还轻，底下学生听得昏昏欲睡。

第三位女博士可能也因为工作性质要甘于寂寞，所以讲得很平淡，这两位讲完后，提问题的学生寥寥无几。

一个半小时过去，会场里气氛略显沉闷，有个别学生提前离场。周俏为黎衍感到紧张，他马上就要上台了，也不知心态调整得怎么样。

终于，在主持人串场后，黎衍上台了。

他是自己转着轮椅出来的，一出场，底下的学生们就惊呆了，因为所有的宣传资料里都没有体现过有一位演讲者不良于行，很多人甚至猜测这人是不是刚刚摔坏腿才会坐轮椅。

坐在前排的学生们可以更清楚地看清黎衍的脸，女孩子们兴奋地互相咬耳朵，一个个都在说"哇，这个师哥好帅啊""是我的菜！不知道他有没有女朋友""为什么会坐轮椅啊""我不行了，太帅了，和我爱豆有的一拼"……

沈春燕可不管前后排交头接耳的声音，骄傲地转着头说："这是我儿子！是我儿子！我儿子很帅吧？"

周俏也没去阻止她，因为自己也很激动，这样的机会是不容易得到的，是对黎衍的肯定，是他人生中的荣耀时刻。

黎衍没有准备PPT，这是周俏没想到的，主持人把话筒交给他后就退了场。大屏幕黑着，空旷的舞台中央只留下黎衍一人。周俏目不转睛地看着台上，只见黎衍动了动腿，脚板踩到地上，人就站了起来。

坐在轮椅上再帅，人看着总归有点惨，可一站起来画风就完全不一样了，周俏只觉得眼前一亮，没想到黎衍站在台上的气质居然如此出众！

他内穿一件亚麻布料素色浅蓝衬衫，面料柔软，偏休闲。外头是一套浅灰色鱼骨纹西服套装，配棕色领带，腰间系一条黑色皮带，脚蹬黑色皮鞋。抬手间，左手手腕有金属色闪现，是那块蓝气球。

这一身全是周俏买的，周俏说演讲是比较重要但不严肃的场合，台上台下又都是年轻人，所以不要穿太正统的西装，可以穿得休闲、时尚一些，显得更亲切。

稳稳地站在台上，黎衍真可说是丰神俊朗、玉树临风。他留着利落短发，五官英挺精致，无可挑剔，穿着皮鞋身高也上了一米八，熨得笔挺的裤腿完全掩饰住他的两条假肢，敞开的西装偶尔会露出他的腰身，瘦而有力，看着就是常年锻炼的成果。

他脸上带着自信的微笑，眼睛里闪耀着精锐光芒，仿佛在拍时尚大片！

黎衍拿起话筒，周俏最熟悉的声音通过音箱放大至全会场都能听见，是悦耳的男中音："大家好，自我介绍一下，我叫黎衍，是××届经济学院经济学专业的本科毕业生，今年二十九岁。"

见他站起来，学生们早已是一片哗然，很多人觉得自己猜测成真，可是黎衍开口后，他们又一次被惊呆。

黎衍往前慢走两步，回头指指那架轮椅："很多同学看到我坐轮椅上来，可能会以为我不小心把腿摔坏了。其实不是的，我真的是个残疾人。"

议论声纷纷扬扬，黎衍等大家安静了些，才继续开口："我平时出行靠轮椅代步，偶尔用拐杖行走，大家看到我现在站在这里，走了几步路，已经是现阶段我最好的状态，暂时没办法更好了……欸，我听到有师妹在说，这个师兄美强惨，对吗？"

观众席上一片低低的笑声，黎衍自己也笑了："不不不，师兄没有美强惨，师兄的确很美，但真的并不惨，目前过得很幸福，不骗你们，骗你们是小狗。"

又是一阵笑声。

黎衍顿了一下："说到美强惨，我想大家都应该承认这是一个标签，对吧？刚好，这和我今天的分享主题有关。抱歉啊，我没有准备PPT，因为我讲的更多的是我个人的经历，就是所谓的尬聊。"

他提高音量，清晰开口："我今天给大家分享的主题是——'可以有标签，但更要做自己！'

"人的一生会有很多标签，像我就有很多标签，我身上最显而易见的一个标签，就是——我是个残疾人，而且摘不掉，要跟着我一辈子。

"现在大家都在喊要拒绝标签，可是在我看来，标签的存在也是方便大家更快记住你。等以后各位师弟师妹工作了，大概都会有自己的名片，名片上是你的职业和姓名，这就是你最简单的标签。

"要彻底逃离或者拒绝贴在你身上的标签几乎不可能做到。但就算你被贴上了不喜欢的标签，也不妨碍你做你自己。说到这里，我就要讲一下我站在这儿的原因。

"是因为我坐轮椅吗？那肯定不是。是因为我长得帅？"黎衍笑得很爽朗，"哈哈哈哈……我倒满希望是这个原因的。"

周俏忍不住掩嘴笑。

黎衍很快又变得正经："说实话，被邀请来参加这次活动，我挺意外的，当时就和邀请我的老师说，我不觉得自己有多大的成就。你们刚才也听到前面三位师兄师姐的分享内容了，他们中有创业公司的CEO，有技艺精湛的文物修复大师，还有为罕见病人群研究药物的科研博士。我后头还有一位很厉害的师兄没上场，和他们四位一比，论成就我真的甘拜下风。

我先介绍一下我的本职工作，也就是我的第二张标签，我在一家外企做财务分析师，Senior Financial Analyst，职员岗，这里有经济学院的同学吗？"

"有！"

"有！"

……

会场的各个角落都有人举手，黎衍笑了一下："大家眼光不错，经济学院几个专业都挺好的，老师们都是大拿，未来发展机会也挺多。我当初毕业时的职业规划是风控方向，不过因为身体条件限制，几年后改了就业方向，做财务分析工作，坐班嘛，不用跑来跑去。"

黎衍的表情变得有趣："那么问题来了，我既不是主管，也不是经理，更没有创业，毕业七年多连CPA都没考出，我为什么会被邀请来做分享呢？"

周俊树大吼一声："对啊！为什么呢？"

周俏被他吓了一跳，小声说："你吼什么呀？"

"做个托嘛，我怕没人接话呀。"小树也小声回答，周俏扶额。

黎衍听到了小树的声音，笑得越发灿烂："别以为你混在人群里我就听不出你的声音啊，周同学！"

小树周围的人都大笑起来，他的几个同学笑成一团。

黎衍依旧站着，没有像第一位演讲者那样四处走动，因为站在原地对他来说更为安全。他继续说："其实是这样的，在财务分析师黎衍这个身份以外，我还有另外一个神秘的身份。啊，别紧张，不是什么国际刑警、电脑黑客之类，我另一个身份同样微不足道，但稍微还算取得了一些成绩。"

他很懂得控制节奏，这时候又做了一个简短停顿才说下去："不卖关子了，揭晓答案吧。今年二月份情人节左右，有一本随笔式小说出版上市，书名是《我愿为你，与这世界和解》，书的作者叫'昨日霜降'。有同学听过这本书吗？"

一个女生高声尖叫："你是霜降大大吗？啊啊啊！我是你的粉丝呀！"

黎衍将话筒换去左手，右手做了个让人冷静的姿势："别激动，师妹，不过你说对了，我的第三张标签就是，我的确是小说作者——昨日霜降。我其实也挺自豪的，这是我的第一本出版书，至今销量已经突破八十万册。"

"哇哦——"

"八十万册啊！"

"真的是昨日霜降本人？"

"霜降大大这么帅的吗？"

观众席中，小部分人没听过这本书，有些人听过但没看过，但还是有相当一部分学生看过这本书，这时候都惊讶地叫出声来，还拿出手机不停地拍照。

沈春燕扬着下巴，骄傲得不得了，宋晋阳、宋桦和小树相对淡定，白明轩和叶薇则同时目瞪口呆。周俏脸上早已露出笑容，好开心，知道霜降大大的人真的不少呢！

等大家的惊讶退去后，黎衍才说："很难把一个成天和数据打交道的财务分析师和一个写都市情感小说的感性作者联系在一起，对吗？我自己也觉得蛮诡异的。

"其实谜底已经揭晓完了,我是一个靠轮椅代步的人,是一个外企职员,又是一个畅销书作者,最后一个身份听起来应该更牛一些。但我还是认为,这些标签都不足以让我站在这里给大家做分享,所以呢,我思考了一个月,决定给大家简单讲一下我的人生经历。

"从小到大,我身上被贴过多少标签,又被撕掉多少标签,后来再被贴上哪些标签……这一张张小标签串起了我这三十年人生,不算跌宕起伏吧,也算是一波三折了。"黎衍一笑,"故事不长,但是师兄腿脚不太好,站不久,申请坐着慢慢讲,可以吗?"

女生们都在喊:"可以——"

黎衍就低头转身慢慢走到轮椅边,坐了下来。

他又拿起话筒:"关于我的童年、少年直到大学毕业这段岁月,我只需用几个小标签,也可以算关键词来表示,大家就能非常明白。"他掰起手指,"一、学霸,二、校草……哎哎哎那个戴眼镜的女同学,别笑啊!师兄没吹牛!就算不是校草起码也是系草!"他继续掰手指,"三、单亲家庭的孩子,四、运动健将,五、打工狂魔,六、穷光蛋。"

听到第三条,沈春燕伤心了,听到第四条,周俏心酸了,听到第五第六条,大家都笑了。

黎衍自己也在笑:"是不是浅显易懂,简单粗暴?没错,我大学里是靠拼命打工,再加上奖学金作为自己的生活来源。我还会手机贴膜呢,那时候帮好多女同学贴过膜,也不知道为什么,就我的生意特别好。"

这人拐着弯儿都要夸自己帅,周俏也不知是不是他故意设计的,但效果不错,女孩子们都在乐。

黎衍端坐在轮椅上,左手拿话筒,右手辅以简单手势:"大四那年我已经签了 offer,是一份不错的工作,可是呢,就在我二十二岁生日的前一个月,四月份,凌晨,我下班回家的路上,遭遇了一场车祸。"

同学们都惊呼起来,黎衍的表情却很淡定:"你们可能都想不到,这是我第一次来到这个舞台上。大一入学的开学典礼是在体育馆里举行。中间四年,文艺会演、十佳歌手比赛、辩论大赛、舞台剧……很遗憾,师兄统统都没份,从来没上过这个台。一直到毕业典礼,所有毕业生会按学院分批进礼堂,每一个人都穿着学士服,上台排队领毕业证书和学位证书,还能和校长拍照合影。"

说到这儿,黎衍微微仰头,眨了下眼睛才继续说下去:"但是我没能参加。"

台下,白明轩的眼睛红了。

黎衍:"那年四月以后,我一直都待在医院,直到九月才出院回家。没能穿学士服,没能拍毕业照,没能参加毕业旅行,自然也没机会上这个舞台。所以今天,是我从十八岁入读A大,十一年来第一次上台,感谢学校给我这个机会,弥补了我的遗憾,我心里真的……挺开心的。"

白明轩摘下眼镜抹抹眼睛,叶予薇挽住他的手臂。

宋晋阳的表情也很深沉。

黎衍平复了一下情绪:"继续说,我出了车祸,身上的标签被撕掉很多,校草没了,重点大学高才生没了,高个子没了。新加上的标签就是,残疾人。始终跟着我的是,穷光蛋。我在家待了……如果从车祸当时算起,到我重新走上社会找工作,一共是四年整。这四年里我在干什么呢?其实也不能算颓废,我一直在写网络小说,用的就是'昨日霜降'这个笔名,成绩非常扑街，收入仅够温饱。"

　　黎衍自嘲地笑："当时真是穷困潦倒，穷到什么地步呢？这么说吧，我身上穿的衣服单品，没有一件是超过一百块的，清一色的山寨货，还都穿了很多年，破了就缝缝，反正也不见人。"他拎拎自己的西装前襟，"我可不是在卖惨，今天我穿得挺帅对吗？我自己也觉得这一身怪好看的，价钱也不便宜，全是我妻子买的。"

　　一阵小骚动。

　　看过书的学生们都在想，昨日霜降结婚了？李俨和小花？黎衍和……谁？

　　这时，黎衍的目光投向观众席的某一处，其实从一开始，他就看到周俏坐在那里。台上光线亮，台下暗，他看不清她的脸，但是可以猜测她此时的表情一定是错愕的。

　　周俏的确没想到黎衍会说到她，说她干什么呀？这不是跑题了吗？

　　周围有人在往她的方向张望，似乎是想找到她。周俏矮了矮身子，想把自己藏起来。

　　没想到，黎衍并没有跑题，他还是盯着周俏那个方向，笑着开口："在家待到三年半的时候，十一月，也就是四年前的现在，我除了'残疾人''穷光蛋''扑街网文作者'这几个标签以外，又意外多了一个标签。"

　　周俏的心脏怦怦跳，她听到黎衍说："那就是，我成了一个'丈夫'。"

　　"结婚对于当时的我来说，是一个意外。不过回过头再看，又像是冥冥之中自有安排。"黎衍的眼神似乎放空了，"时间要倒退回八年前，那时候我还没出车祸，二十一岁，念大四，偶然间与一个小朋友产生了一些交集。

　　"这个小朋友身上也贴着许多标签，我觉得在座的各位可能都无法想象她的经历。她是一个女孩子，生在农村，幼年时母亲就因为父亲家暴而逃跑了，还给她留下一个只有一岁的弟弟。小朋友从小又要做家务，又要照顾弟弟，还要上学，忍受父亲的酒后家暴，境况这么糟糕，她的学习成绩在年级里依然名列前茅。"

　　听到关于自己和周俏的事，周俊树的背脊僵硬了，周俏伸手过去握住弟弟的手，轻声说："小树，没事儿。"

　　黎衍继续说道："可是，在小朋友十七岁那年，她的父亲为了一笔彩礼强迫她嫁给一个她不喜欢的人。大家别惊讶，二十一世纪了，咱们国家经济高速发展，但在某些地方，还是有一些匪夷所思的事情在发生，我们没碰到，不代表不存在。说回这个小朋友，对于这桩婚姻她当然是不愿意的，宁可辍学，也要逃离。

　　"她身无分文，什么都没带，没吃的也没喝的，一个人在山里头走了三天三夜才逃到镇上，当掉婚约对象给的一个金镯子，换来五百块钱，买了一张来钱塘的大巴车票，就这么一腔孤勇地来到钱塘。

　　"小朋友在这里过得很苦，不分日夜地打工，做过许多许多工作，还不忘寄钱回家让弟弟继续读书。当时她还未成年，就是我们平时说的打工妹，没有亲人，没有学历，没有钱，独自一人磕磕绊绊地在钱塘讨生活，时不时地被人欺负，被人嘲笑，甚至还被一些男人骚扰。"

　　这些事，连沈春燕都不知情，听着听着就眼眶发红，揽住了身边的周俏。周俏的神色却很平静，听黎衍娓娓道来，像是在听另一个人的故事。她拍拍沈春燕的手，示意自己没事，让对方不用担心。

台上，黎衍眼神温和，嘴角已经不自觉地扬起微笑："但是，这个小朋友从来没有被生活打倒。她和我说，过去的事情想多了也没用，人就是要往前看，未来总会比现在更好。她还和我说，她向往过好的生活，可以花两百万买房，花五十万买车，但如果手上只有十块钱，那不如就做一盘辣椒小炒肉，也能让自己高兴一些。"

台下的学生们都听得入神，听到"辣椒小炒肉"这么接地气的菜名时，很多人都笑出了声。

黎衍说着这些事，心里想着那个人，都觉得胸腔里暖洋洋的："这个小朋友是我这辈子见过最乐观、最努力、最了不起的人。她从来不会怨天尤人，一点儿也不害怕过苦日子，永远都乐呵呵的，浑身充满旺盛的生命力。她就像路边的一株野花，遭受风吹雨打，都能顽强地活下去。她脾气温和却不懦弱，为人善良却又有原则，任何人和她多接触几次，都会情不自禁地被她的人格魅力吸引，根本就想象不到她曾经的遭遇。

"她很节约，花钱精打细算，对我却非常大方，什么好吃的好穿的都舍得给我买。那段时间，我在家已经待了快四年，因为腿不好，出门很不方便，我的脾气就变得非常暴躁，动不动就冲她发火，但她都不会来和我计较。

"当时我觉得生活真的很残酷，为什么偏偏是我遭遇这样的意外？老天完全不管我愿不愿意，不带一丝商量的余地，就把我往后的人生之路给掐断了。可是这个小朋友对我说，我很优秀，未来的路还很长，如果我走不快，她愿意扶着我慢慢走。"

说到这里，黎衍的心情格外放松，唇边绽开灿烂的笑容："没错，这个小朋友，后来就成了我的妻子。"

他忍不住内心的情绪，又一次站起来，向着前方缓缓地走了几步，步态有略微的僵硬，却并未让人感到不适。他在台上长身而立，台下有一千二百多人，他的目光就只看向一处。

黎衍缓缓说："是她，将我从黑暗中拉出来，让我重见人间的美好，感受活着的快乐；是她，鼓励我努力工作，不要荒废大学四年学到的知识，让我能在工作中体现我的人生价值；是她，体贴入微地照顾我的生活，用自己辛苦存下的钱给我买新轮椅，让我可以更顺畅地走出家门；是她……让我现在可以站在大家面前，心平气和地讲一讲这些年发生的事。"

礼堂里鸦雀无声，黎衍笑了一下："我跑题了吗？本来在说标签的，却说到了我的妻子。不，我并没有跑题，关于标签这个主题，不光适用于我，也适用于我的妻子，其实，适用于在座的所有人。

"曾经有很长一段时间，我和我的妻子在一起，被很多人说不般配。因为我和她身上不同的标签，有人说她配不上我，也有人说我配不上她。至于究竟配不配呢？这个问题对我来说其实很荒谬，嗯……我给大家讲一讲我妻子现在的情况吧。

"她已经摘掉了身上固有的一些标签，变得越来越好。她去国外进修了两年半，英语口语和听力能力可能已经超过在座的很多同学。目前，她在一家五星级酒店工作，上班时穿着小西装、高跟鞋，和客户交流时从容自信。如果你现在从她身边经过，根本就不会想到，她曾经是一个在社会上做着最底层工作的外来务工者。"

越来越多的人在往周俏的方向张望，尤其是她前后两排的学生们，纷纷在猜究竟是哪一个。周俊树的同学也好奇地探头探脑，周俏却恍若未觉。

她一点儿也不在乎这些探究的目光，只是微笑着看向台上那个站得笔直的男人。

黎衍的眉头皱了一下，说："我的妻子曾经被人恶意地评价为'乡巴佬外地人''没文化没素质'，还有很多不堪入耳的话语，仿佛她从农村来城里打工，天生低人一等。她也曾经因此而感到困扰，就像我也曾经因为别人攻击我的身体缺陷而感到困扰一样，我和她被这些讨厌的标签纠缠不休，想摆脱却又无能为力。

"后来，我和她都明白了，每个人都会有标签。因为一件事、一段经历甚至是你说过的一句话，有人就会说你'绿茶'，说你'圣母'，说你'渣男'，说你'妈宝'。但其实人性是很复杂的，标签贴到身上，它会掉，也会换，我们每一个人过的每一天，奋进也好，咸鱼也罢，归根到底，在时间不停地往前推进时，你要做的，就是接纳自己，然后尽可能地让自己变得更好。"

他是如此淡定从容、潇洒通透，听到他说"接纳自己"，宋晋阳简直感动得想哭。

周俏并不想哭，从黎衍开始说到她，她就大概地猜到他演讲的方向，也猜到他应该不会走煽情卖惨的路子，而是以鼓励和励志为主。

黎衍的演讲还在继续："在座的师弟师妹们不知道是否喜欢自己所学的专业，可能有些同学是调剂进来的，有些是选了以后发现自己不喜欢的。在学习中会感到不适应、排斥，想学又学不进去，于是就会变得懈怠，得过且过，考试时60分万岁。

"我以我自己举例子，当年我报经济学，初衷就是认为它好就业，找的工作会比较体面，可以改善我和我母亲的生活条件。后来因为身体原因，找不到工作，我没办法才在家里写小说。可大家不知道的一点是，其实我从小就很喜欢阅读和写作，小时候写作文还在市里拿过奖。

"讲这些是想告诉大家，很多事情它可以变通，很多问题都可以解决。就像我妻子常常对我说的一句话，生活带给我的困难会很多，没关系，那就一件一件去克服。

"你是'妈宝'，那就学着负起责任，试着去为自己做主；你是'圣母'，那就学着对一些不合理的要求说'不'，不要害怕别人会在背后诋毁你。学到不喜欢的专业，更是有很多种办法去解决，可以考喜欢专业的研究生，可以转专业，可以修双学位，甚至可以毕业后大胆地转行。所以说不要那么拒绝标签，最重要的不是别人如何看你、定义你，应该是你，怎么做你自己。"

黎衍又停顿几秒，微微一笑，漂亮的眼睛里闪着光亮："你们觉得我说得很轻松，就像在灌假大空的鸡汤，对吗？但我自己真就这么做了，我的妻子也是，很多事情说起来是轻松，做起来的确很难，关键就看你去不去做。

"我曾经以为自己这辈子都不会去公司上班，因为没人要我，但后来我去了，开着一辆三轮代步车，就是大家说的残疾车，每天高高兴兴地去公司，还从Junior升职为Senior，花了两年时间，考出了金融分析师证。

"我曾经以为自己这辈子都不会结婚，因为我腿不好，不可能有人来喜欢我。大家别看我现在人模狗样的，其实那几年待在家里，我瘦脱了相，脾气又差，真的是人憎狗嫌，连我妈都不待见我。但后来我认识了我的妻子，我就发现，其实我还是有被爱的需求和爱人的能力。这让我产生动力，想要改变困境，重燃起对未来的希望。

"我的妻子曾经以为她这辈子都不能再读书，但她竟然得到了去国外进修的机会。她要在短短四个月里复习别人学了三年的知识，要背诵出两大本英语对话书。她当时离开学校已经五年，这就像是个不可能完成的任务，但我们还是试着去做了，结果非常好。她出去的时候业务能力一点也不比人家差，最后的结业考试门门课都是A，让她回国后很顺利地就找到合适的工作。"

黎衍话锋一转："大家应该上小学时就学过一首诗，山重水复疑无路，柳暗花明又一村。如果我没有受伤，毕业后顺利参加工作，可能我现在已经做到主管、经理，运气好点儿甚至还能做到部门总监，年薪几十万，这已经是最好的发展了吧？但是有了这几年的经历，我对人生、对爱情、对亲情有了另一个视角的体验，这是绝大多数人这辈子都不会有的体验。我将这些感悟写到我的书里，使很多读者产生共鸣，可以更多地思考自己的人生，未来的方向，就这一点来说，我会觉得自己写这本书，算是有了一些社会意义。

"听到这里，我相信有很多人心里都在说，黎衍你这是没办法，你都这样了，也只能这么安慰自己。你们是不是觉得，假如时光倒回，让我重生回到车祸前，我一定会选择保住自己健康的身体，放弃之后我所得到的一切？

"我现在可以非常肯定地告诉大家，车祸造成的伤害的确很痛苦，困难会伴随我的一生，但我真的非常非常珍惜如今的生活。即使我没有出版这本书，依旧只是个公司小职员，我和我的妻子还是会携手努力，好好工作，好好生活。发生了的事情不可改变，能够改变的就是我们对待生活的态度，这一点，是我妻子教会我的。未来的路还很长，我还年轻，有我的妻子陪伴，我将无所畏惧地走下去。

"所以，在座的师弟师妹们，当你不知道何去何从时，我的建议就是，努力做好眼前的事，静下心来思考自己到底想要什么，想成为什么样的一个人。

"考试的时候不要只想着60分万岁，因为有可能你多考出来的成绩会让你拿到奖学金，你的简历也会光彩很多，你会比同龄人更多一份竞争力。大家都是挤过千军万马考进A大的优秀学生，已经站到很高的地方，那为什么不去看看山顶的风光呢？

"不要惧怕贴在自己身上的任何标签，努力地、竭尽所能地、勇往直前地做你自己。客观看待自身不足，接纳自己不完美的一面，用包容、平和的心态去对待别人，看到对方缺点时，也要试着看看对方的优点。

"不管是学习还是工作，亲情还是爱情，碰到困难的时候，要相信总有办法可以解决，即使不能解决，它也一定可以改善。走出禁锢住自己的思想沼泽，你会发现，你能做的事情，远远比你想象的要多很多。

"以上，就是我今天给大家分享的主题，谢谢大家。"

黎衍话音一落，观众席上已经爆发出一片掌声，经久不息。

他心里松了一口气，这篇演讲稿改了又改，因为有关于周俏的部分，他一直没好意思对周俏演练。这时候终于说完，也不管底下的师弟师妹们能不能理解，至少他认为，他已经把自己这些年积极、正面、励志的感想都提炼出来了。

演讲就是这么一回事，总不能去和大家说消极的内容。那些痛苦的记忆、负面的情绪、无助的瞬间、遭受不公时的愤怒沮丧……不能在这样的场合向人宣泄。

回家去，有周俏呢！和她聊聊，抱抱她亲亲她，就什么都完事儿了，根本没什么可怕的。

黎衍转身坐回轮椅，站得有点久，累倒是不累，就是心慌怕摔跤，坐上轮椅安心不少。

主持人这时上场了，宣布互动问答环节开始。

好多人举手，第一个女生拿到话筒："黎师兄你好，我是公共管理学院劳动与社会保障专业的大四学生。我的问题和我的毕业论文内容有关，我想请问的是，你对咱们国家无障碍设施的现状有没有切身的看法？"

黎衍拿着话筒笑起来："首先很感谢你在论文选题时为我们这个群体考虑，只是这个问题涉及面真的太广了。怎么说呢，作为一个出行时对无障碍设施要求比较高的人，这些年我的确碰到了许多困难。说'国家'，我没有发言权，因为我受伤后没去过太多城市，只能说说钱塘。钱塘目前的无障碍设施已经在逐渐完善，包括我住的小区和工作的公司大厦，都有专门的残疾人停车位，不会让普通车辆去停，很多公共场合也都有了无障碍卫生间。但是……"他语气无奈，"没错，我要'但是'了。但是公共交通这块，真的还有很大的进步空间，我觉得也是因为咱们国家人口基数太大吧，公交车和地铁上下班高峰都挤得和罐头一样，它也没不让你轮椅上，问题是我挤不上去啊！至于有台阶的地方没有可供轮椅经过的坡道，这个倒是当前可以想办法解决的问题。我碰到不高的台阶时，还能自己站起来走几级，但我认识的几位截瘫朋友，碰到这样的情况就真的是一筹莫展，只能靠人背下去。其他关于盲道、电梯里的盲文按钮之类的问题，从我自身很难回答，我面临最多的肯定是轮椅出行的困难。总的来说，我觉得一切还是在往积极的一面发展，需要更多人的理解和支持，还有就是需要更多的时间吧。"

女生感谢后坐下了，话筒到了一个男生手里。

他说："黎师兄你好，我是心理学专业的学生，我看过你写的那本书，看的是电子版，正版！书上有一个关于心理学名词的解读，就是'刺猬法则'，你的解读与众不同，我不知道这是基于文学创作的需要，还是你真就是这么想的？为这事儿，我当时看完还发了朋友圈，真没想到能当面向作者本人提出这个问题。"

哦，刺猬法则。

黎衍浅浅地笑起来："这位同学，你要不要先向大家解释一下'刺猬法则'原本的定义。"

男生说："行啊，简单说就是，天很冷，有两只刺猬抱团取暖，离得近了，彼此容易被对方的刺扎伤。离得远了，它俩又觉得冷。试过很多次后，它俩终于找到一个合适的距离，既能相互取暖又不会被扎伤。这种人际交往中合适的距离感，就叫'刺猬法则'。"

黎衍看向坐在第一排的陈司尧，陈司尧也微笑着看他。黎衍说："我知道在座的有一位心理学教授，陈老师，抱歉啊，我在书里对这个法则的确有不一样的理解，但这不是关公面前耍大刀，纯粹是我个人的看法，是基于书里男女主角之间关系而提出的感想。"

他又看向那位提问的男生："这位同学，我可以明确地回答你，我的确是这么想的，不过真的只代表个人。"

主持人没看过这本书，在边上好奇地插嘴："黎师兄，我们已经知道了'刺猬法则'原本的定义，不知道你在书里是怎么解读的？能给我们说说吗？"

黎衍也没拒绝，拿着话筒侃侃而谈："其实是这样的，几年前，有人对我说我的微信名取得不好，那个昵称和刺猬有关。他说我就像一只刺猬，浑身竖满利刺，把所有靠近的人都扎得血淋淋。我当时觉得做刺猬挺好的，可以保护自己不受伤害。那几年，我真的遭受过太多的歧视和偏见，自信心已经完全崩塌。"

宋晋阳抱着双臂听得很投入，说过那些话的人就是他。

黎衍继续说："后来我认识了我的妻子，当她最初走进我的生活时，我也曾经很多次地伤害过她。后来，我们相爱了，我还听说了'刺猬法则'这个心理学名词，在写书的时候，我就写下了自己不同的理解。在我和我妻子的这段感情中，我其实不想要空间，也不想要距离，我愿意为她拔去身上所有的刺，不怕她来扎我，只想与她完完全全地贴在一起。并且我深信，当我靠近她时，她也已经为我拔去身上所有的刺。

"其实就是说，我们都愿意为对方做出改变，做出妥协，做出牺牲，愿意接纳对方所有的一切，不管是好的，还是坏的。我想，我的妻子一定赞成我的看法，因为从最开始，在这份感情里，她就是那个没有丝毫保留的人。当然，就真的只是我的个人理解，不代表其他人。"

周俏会心一笑，她当然赞成黎衍的看法。她与他在一起，要什么合适的距离，要什么单独的空间？即使异国两年半，他们的心都是贴在一起的。

提问的男生很满意："谢谢黎师兄，对不起，我还有一个问题。就是书里，男主角遭受过心理问题，接受了心理医生的帮助，不知道在现实里，你对这个问题怎么看？因为现在心理问题其实很普遍，但是很多人都还没有去接受专业帮助的想法。"

这位男生其实问得很委婉，没有直接问黎衍本人是不是遭遇过心理问题。黎衍觉得不愧是学心理学的师弟，不会来当众揭他伤疤，干脆地回答："书里主角的行为就是我的看法，心理出现问题，自然要及时寻求专业人士的帮助，该咨询咨询，该吃药吃药，千万不要讳疾忌医。不要以为去进行心理咨询很丢人，这应该是非常正常的一件事，就跟感冒了去看医生一个道理。"

男生说："谢谢黎师兄，我的问题问完了。"

主持人说："我们再最后请一位同学来提问吧！"

一个坐在左侧前排的女生幸运地得到这个机会，笑嘻嘻地大声喊："黎师兄，你好帅啊！"

黎衍笑道："谢谢，这一点上，我和你的看法一样。"

女生咯咯直笑，继续说："刚才演讲时你一直都在说你的妻子，给我们喂了好多狗粮，我猜你妻子一定在场，不知道能不能让我们见见她，满足一下我们的好奇心啊？"

一瞬间礼堂里的年轻人都起哄鼓掌，还有人叫好，黎衍不好意思地摸摸鼻子，说："那我得问问她愿不愿意……那谁，你愿意吗？"

第三排，中间，周俏大大方方站了起来，没有哭，脸上带着明媚的笑，还转了下身子，对着发问的女生挥挥手。

周围一片笑声闹声，学生们都好奇地打量她，还有人拍照，后排的人都站起来伸长脖子往前看。

周俏这天打扮得很休闲，深米色粗毛线开衫配蓝色牛仔裤，黑发垂肩，脸上化着淡妆，气质一如既往的温婉恬淡，笑得眉眼弯弯。五官不算特别漂亮，但整个人真的充满了奇妙的亲和力。

发问的女生说："黎师兄，我想听你对你的妻子说一句话，可以吗？"

黎衍在台上大笑起来："说什么呀？"

"说什么你自己想嘛。"

黎衍真的想了想，拿起话筒远远地看着周俏说："老婆，老公今天表现得怎么样？还不错吧？晚上能不能做个辣椒小炒肉犒劳我一下？"

哄堂大笑，大家都在问"辣椒小炒肉"到底是什么梗啊？

周俏拿过话筒，对着黎衍粲然一笑："你今天表现得非常棒！超级帅！小炒肉完全没问题，再给你额外加个大鸡腿！"

演讲结束，白明轩临走前，两个男人在礼堂外聊了会儿天。

聊天时黎衍是站着的，和白明轩一人一支烟，更详细地说了自己出版小说、卖影视版权的事儿，赚了点钱，买了套房，生活算是步上了正轨。

黎衍依旧穿着那身烟灰色西装，离得近看，西装材质精良，剪裁合身，更衬得他英俊挺拔。

见黎衍低头抽着烟，白明轩微微恍神，仿佛记忆里那个骄傲嚣张的少年又回来了。

黎衍抬起头来，见白明轩眼圈发红，一阵无语，伸手拍拍他的肩："老白你现在怎么回事，咱们这还没到更年期呢。"

"我就是觉得，真好。"白明轩扯扯嘴角，笑得挺难看的，"我刚看你走路，你现在走得真不错啊，以后能不用轮椅吗？"

黎衍摇摇手："估计不行，轮椅得用一辈子，不过我再练练，每天能走的时间会越来越多。这不是换假肢才一个多月嘛，总得有个过程。"

"我刚给阿杰和琛仔发了你演讲的照片和视频了。"白明轩说，"看到你能重新走路，他们都很高兴。"

黎衍笑道："说起来，明年春天我和周俏要摆喜酒，我会给阿杰和琛仔发请帖，他俩要能来，咱们四个就又能聚一聚。"

"真的？恭喜啊！"白明轩很高兴，"他们一定会来的！我也是，我和予薇一定会来的。"

分开时，黎衍揽过白明轩的肩："老白，我老婆上班的酒店真挺好的，你老爸单位里要办个年会、推荐会、客户招待会什么的，帮帮忙照顾一下她的生意。"

"好嘞！"白明轩一口应下，"我们公司开会是挺多的，我记着了，放心吧。"

黎衍要走的时候被一群小师妹堵住了，说想和他合影，还要签名。

有个妹子甚至拿着他的那本书，激动地说："师兄，刚才你一讲完，后头我都不听了！飞奔回宿舍去拿书，你可一定要给我签名啊！"

黎衍自然不会拒绝，帮她们一一签过名，排队合完影。师妹们还想和他聊天时，黎衍手指外围："师兄再不走，家里母老虎要发威了。"

女孩子们回头一看，周俏正微笑着站在空轮椅边，几个女孩顿时面红耳赤，你推我搡地告辞离开。

等人都走了，黎衍冲周俏招招手："过来。"

周俏摇头，冲他勾勾手指："你过来呀！"

黎衍歪着头，眯着眼睛看她："你过分了啊。"

周俏哈哈大笑："哪儿过分了？你过来嘛，就这么几步路，你能走的。"

黎衍没办法,干脆双手插进西裤裤兜里,慢慢地向着周俏走去,嘴角还噙着笑。

不得不说,他这样子走路的姿势真的超级帅,跟拍偶像剧似的。周俏心脏怦怦跳,还有点担心,一直到黎衍站在她面前,心脏才落回胸腔,埋怨道:"走路都不好好走,净想着耍帅。"

黎衍已经转身在轮椅上落座,回头看她:"你不喜欢吗?不喜欢你脸红什么?"

"谁脸红了?"周俏往他肩上轻拍一下,"就你,什么样我没见过?再加滤镜都没用。"

黎衍一想的确是这么回事,不过这话从周俏嘴里说出来就有点不对味:"老婆,你现在都不爱夸我了是吗?"

周俏推着他往停车场走,抿着嘴憋住笑,他等了一会儿见她没回答,又回头看她,一愣:"你笑什么?"

"笑你傻呀。"周俏笑着说,"你是小孩子吗?还要夸的?"

"是啊!我是你的衍衍宝宝呀。"黎衍安安心心地坐在轮椅上,让周俏推着走,说话语气没有了半分之前在台上成熟稳重的样子。

周俏笑个不停:"好吧,衍衍宝宝记得以后走路要好好走,不要耍帅,宝宝三十岁啦,在大马路上摔一跤很丢人的呀,知道不?"

黎衍:"哼!"

晚上,黎衍收到姜琪发来的消息。

【琪琪】:霜降,这是你吗?[图片.jpg]

黎衍一看,果然是自己的照片,竖版,他一身西装站在台上拿着话筒在说话,照片里居然没拍到轮椅。拍摄者角度抓得很好,把他拍得挺精神。

【夜羽暗影】:是我,今天参加了母校的一场经验分享会,顺便爆了个马。

【琪琪】:是一个读者微博私发给我的。霜降,没想到你这么帅啊!早知道当初就该把你包装成美男作者,书绝对卖得比暖男作者更火啊!

【夜羽暗影】:[捂脸][捂脸]琪姐你饶了我吧!

【琪琪】:[大笑]

【夜羽暗影】:对了琪姐,我明年三月要在钱塘结婚,具体日期还没定,你要是方便,我想邀请你来喝喜酒。

【琪琪】:行啊!恭喜你啊!到时你时间定了告诉我,只要没有特别重要的事,我一定去。

【夜羽暗影】:好的,琪姐,很期待和你见面。

【琪琪】:我更期待呢!琪姐最喜欢大帅哥了!我另一位合作多年的作者也是一个大帅哥,当时我也去参加他的婚礼了!哎呀,我可真是一个幸福的图书编辑。[开心]

放下手机,脱掉西装领带,扒下衬衫西裤,丢开轮椅和假肢后,小黎先生原形毕露,不再是沉稳的黎师兄,而是一只强劲热切、有点可爱又有点无助的小狗狗,心满意足地吃到一顿美味叉烧。

吃饱后,他和周俏依偎在被窝里聊天,说到演讲时的情景。

黎衍把姜琪发来的照片给周俏看:"我在台上看着还挺帅,对吧?"

周俏顺手把照片转发给自己"你本来就很帅,没看你那些小师妹一个个眼睛都发光了呀。"

"也就是看起来帅，这么看着，还真和一个普通人没什么区别。"黎衍看着照片里自己的两条长腿，"实际上，我都不敢说我是截肢，从头到尾只说自己腿脚不好。他们要是知道这哪是腿脚不好，这个师兄根本就没有腿脚，估计会吓死。"

"才不会呢，你又瞎想。"周俏把手放到黎衍的残肢上，顺便帮他按摩起来。

黎衍把手覆到她手背上，与她一同抚摸那团柔软的残肢，低声说："除非是和我一样伤情的人，要不然，没有人能真正体会我的感受，包括你也不行。穿着假肢不管是坐着、站着还是走路，在你们眼里我就是完整的，但只有我自己知道，我的身体只剩这一大半。就算现在已经接受了，想开了，偶尔还是会有点伤心，因为真的是永远都没法再改变。"

周俏抬头看他，声音柔柔的："会这样想再正常不过了，心理素质得多强大的人，才能一点儿也不伤心啊。反正我是觉得你今天说得很好，说的也都是事实。不过在我这儿，你要是觉得不开心了，委屈了，哪怕是想哭想发泄，都没关系。咱俩就是两只没了刺的刺猬，是贴一块儿的，就算我不能体会你的感受，至少，我能陪着你分担烦恼忧伤。"

黎衍"嗯"了一声。

周俏摸摸他的脸颊："我要是有不开心的事，也会和你讲。两个人在一起，总比一个人胡思乱想来得强。阿衍，在我眼里你就是个普通人，可我也知道你的确是不普通的，所以不需要逞强、硬撑，非要表现得很完美很得体。就像你说的那样，做自己嘛，在我这儿，我希望你能做最真实的自己，会哭会笑，腿疼了就摆臭脸，心情不好就发发小脾气，没事儿，我懂怎么哄你。"

黎衍把周俏揽进怀里，哭也不是笑也不是："这是咱俩的日常吗？我发脾气你来哄，谁家夫妻是这样的啊？"

周俏微微笑："那没办法，谁让别人家的老公不是一个三十岁的大宝宝呢？"

黎衍揉揉她的头发："你没完了？"

"是你自己说的呀，衍衍宝宝。"周俏向着他卖萌，"宝宝啊，咱们早点睡吧，明天礼拜天，咱俩还得去家具卖场买大床呢！"

"嗯，睡吧。"黎衍亲亲周俏的脸，"晚安，老婆。"

"晚安，宝宝。"

整个十二月，只要周俏和黎衍一同休息，两人就会去逛钱塘的各个家具卖场。

就像蚂蚁搬家一样，一样样大大小小的家具陆陆续续送上门，被师傅安装起来。原本空荡荡的精装修房子，渐渐地就变得越来越像个家。

周俏在十二月中旬终于考出驾照，此时，黎衍已经顺利租下云印华府的一个残疾人车位，又买了一个普通车位。因为周俏没法拿黎衍的车练手，两人商量以后就给周俏买了一辆车——大众Polo极速黄。

挑颜色时两人对着那辆小黄车笑得前仰后合，销售员都给弄蒙了，仿佛看到了两个傻子。最后黎衍忍住笑，拍板道："我们就买黄色。"

之前那辆"小黄蜂"已经送给家境困难的残友，而现在，"小黄蜂"又回来了。

这一年的跨年夜，黎衍和周俏终于可以一起放烟花。

说到新年愿望时，周俏拉拉杂杂说了一堆，全家身体健康，两人工作顺利，多多赚钱，黎衍能多考过几门CPA的专业课，争取早点儿还掉欠银行的债……

轮到黎衍时，他大吼一声："我就一个愿望，我想做爸爸！"

一月中旬，胡丹绮和大部队一起结束在新加坡的工作，顺利回到钱塘。大家叫周俏去聚餐，周俏带去了自己的红色炸弹。

她在同学中人缘很不错，几个玩得好的同学都说会来喝喜酒。

周俏问胡丹绮："小章什么时候回来呀？"

胡丹绮说："他还要一年呢。"

"又是一年？"周俏咋舌，毕竟胡丹绮和前男友就是过了一年分的手。

胡丹绮抱住她的胳膊："这一次我倒不慌，小章同学挺靠谱，对我也特别好。我俩说好了，等他回来就买房结婚。你别说，这几年下来，我和他真存了不少钱呢！"

周俏哈哈笑："那你加油，争取让我早点儿喝喜酒。啊对了，丹丹，你能做我伴娘吗？"

胡丹绮一脸的理所应当："我肯定是你伴娘啊！你要是找别人，我还生气呢！"

没过多久，过年了。

除夕夜，沈春燕和弟弟妹妹两家一起过，黎衍和周俏自然也去了，还带上了拖油瓶周俊树。饭桌上，沈春辉给大家说了一件有点荒唐的事，居然还和周俏有关。

"于骏离家出走了。"沈春辉说，"就两个月前，带着十几万，给爸妈留了一封信，说要出去独立生活。"

所有人都很惊讶。

"于莉萍急疯了，报了警，和警察一起查监控，查到于骏走之前，去了YT百货月河店，在三楼一个男装专柜停留了一会儿。"沈春辉继续说，"警察后来去问，店员说于骏给了她一千块钱，说让她转交给周俏。问题是现在店里所有人都不知道周俏是谁，她们也没报警，钱还在抽屉里放着。后来于骏走了，换了几趟公交车，可能还换过装，之后就没线索了。"

沈春辉看向呆住了的周俏："俏俏，这事和你没关系，你别往心里去，和阿衍过好自己的日子就行。"他又对大家说，"二姐，春莺，沈春林那边有我在联系，你们不用多关注这事。于骏和阿衍差不多年纪，也是三十岁的人了，想要出去闯闯很正常，在外面混得不好总会回来的。"

沈春燕撇撇嘴，摇头叹气："唉……真是作孽。"

众人一片唏嘘，发生这样的事也是大家没想到的。

很快，大家就愉快地聊起天来，问问黎衍和周俏新房有没有装修好，婚礼筹备得怎么样，打算什么时候要孩子。

黎衍笑得像个大尾巴狼："今年种瓜，明年结果！"

周俏好害羞，在边上拍了他一下。

日子慢悠悠地过去，阳春三月，桃红柳绿的季节，黎衍和周俏的婚礼在周俏工作的酒店正式举行。

婚礼规模很小，只有九桌，周俏便选了一个两百平方米的宴会厅。

这是一场简化版的中式婚礼，宴会厅被婚庆公司布置得喜庆又别致。主色调是中国红，舞台布置是廊檐和雕花设计，一个大大的红双喜贴在正中央，台边点缀着木制屏风，木桌上摆着瓷器和大片造型独特的桃花。九张宴席酒桌红黄相配，入场处竖着两根红色柱子，上头挂着龙凤门帘，整个会场四周悬挂着许多红灯笼，真是张灯结彩，喜气洋洋。

会场里播放着欢快祥和的音乐，所有人脸上都洋溢着笑容。

周俏在化妆间打扮，黎衍已经穿戴整齐，待在宴会厅和远道而来的朋友们聊天叙旧。

沈春燕穿着一身暗紫色旗袍，头发烫得卷卷的，还染了色，不停地招待着自己的老同事和老邻居们，开心得嘴就没合拢过。

"你儿子在哪儿？哦，就那边坐着那个？"一个老姐妹啧啧感叹，"春燕啊，好久没见你儿子了，现在比起小时候更标致了呀！"

"呵呵呵……"沈春燕掩着嘴笑，"我儿子随我的呀，他就是腿不好，其他各方面都很优秀的！不过现在他能走路了，走得可好了！一会儿你们就能看到了！"

张有鑫和柯玉一同前来，此时，他俩经过多年长跑，已经确定恋爱关系，黎衍将他们介绍给更早一步到来的谢若恒和许嘉月，两位同病相怜的男士很快便热络地聊起天来。

姜琪和一位男士赶来会场时，黎衍起身与她握手。姜琪是一位优雅的中年女性，上下打量黎衍后，夸道："霜降，你本人比照片上更帅呢！"

"没有没有，一般帅一般帅。"黎衍这天不停被人夸帅，脸皮再厚也有点招架不住。

与姜琪一同来的那位男士个子高挑、气质出众，年纪看着不那么年轻了。黎衍起先以为这是姜琪的先生，结果对方笑着与他握手："霜降你好，我是简梁，咱们通过这么多次电话，你也不请我来喝喜酒？姜琪和我说过后，我干脆不请自来了。"

黎衍好尴尬！简梁就是买他影视版权的那家影视公司的老板，也是与他保持沟通的联系人。他赶紧道歉："简总，对不起对不起，真的，我这婚礼规模非常小，您又在外地，实在没脸邀请您特地跑一趟，真的太对不起了！"

简梁大笑起来："和你开玩笑的。其实我也是钱塘人，刚好回来探探亲，本来想提前和你说的，不过看你不邀请我，我就想逗逗你，哈哈哈哈……"

黎衍真是一头汗，说："琪姐，简总，快入座快入座，抱歉啊，我招呼不周。"

姜琪和简梁都看到了黎衍身边的轮椅。黎衍注意到他们的视线，笑着解释："我腿不好，平时要坐轮椅，不过一会儿结婚行礼，我会自己走上去的。"

姜琪笑眯眯地看着他："原来，黎衍就是李俨，现在你再否认也没用了。"

黎衍很不好意思："是，黎衍就是李俨，还有昨日霜降，都是同一个人。"

沈春辉、沈春莺一家三口全来了，沈春燕的老同事、老邻居们来了，黎衍的同事、同学们也来了，和周俏一同去新加坡的同学们都来了，陶晓菲来了，还有周俏和黎衍共同的朋友们，谢若恒夫妻、陈司尧一家三口、张有鑫和柯玉、姜琪和简梁……

等到客人们都到齐落座，吉时也到了，司仪和黎衍商量后，正式上台开场。

一身暗红色中山装的司仪站到台上，热情洋溢地开口："各位嘉宾朋友，各位长辈尊亲，晚上好！"

热烈的掌声之后，司仪继续："欢迎大家在这幸福美好的日子里如约来到这喜庆的殿堂，共同见证一场情感盛宴！此刻这里已是张灯结彩，欢声笑语。良辰已到，有请执事者各执其事，观礼者围观助兴，笙箫鼓乐共奏祥瑞之声！下面，让我听见你们的掌声和欢呼声——有请新郎！"

欢快的音乐和掌声一同响起。

黎衍定定心神，站起身慢慢向着舞台走去，一身正装的周俊树护在他身边。

上台有一个台阶，黎衍低着头，抬起右腿踩上，脚板踩实后左腿跟上，一用力人便站站了上去。他回头朝小树做个手势，示意自己可以搞定，小树就退到一边，眼睛还是一直跟随着黎衍。

这是周俏交给他的艰巨任务，一定要保护好黎衍，不能让黎衍摔跤。

舞台不大，黎衍一步步慢慢向前走，就像之前彩排过的那样。台下，所有的宾客都注视着他，绝大多数人都知道他的身体状况，心里为他捏一把汗，不过最终，他还是站到了舞台中央。

这一天，他没有选择中式婚礼里新郎常穿的长袍马褂，而是穿着一身黑色中山装，没有戴花，领口和袖口有很小面积的红、金刺绣图案，显示出他的新郎身份。

他稳稳地站在台上，发型干净利落，肤色白皙，瘦削的脸颊上剑眉星目，中山装衬得他身材挺拔如松，说不出的器宇轩昂。

看着台下盛装出席的亲友们，黎衍心里不知是什么滋味。和周俏结婚登记时，他压根儿没想过会有这一天，后来想给周俏补上这场婚礼，又因为她出国而不得不往后延。

现在，这一天终于到来！而他，已经可以自己走上舞台，站在所有人的面前，想到这些年和周俏经历过的事，心里怎么可能会不激动？不感怀？

司仪等黎衍站稳后，问大家："咱们的新郎官，今天是不是特别英俊潇洒？"

宾客们大声喊："是——"

沈春燕喊得格外大声，黎衍抬起手捂了下眼睛，笑得肩膀都在抖。

司仪又开口道："新郎已经上台了，我看他已经等不及了哟，开心成这个样子。好了好了，吉时已到，下面就让我们用热烈的掌声——有请新娘！"

音乐和掌声又一次响起，宾客们都回头看向宴会厅入口。只见一个穿着粉红色旗袍的女孩掀开了龙凤门帘，眨巴着大眼睛探头张望一番，接着，她便牵着红绸的一端，将新娘子牵进门来。

黎衍远远地看向他的新娘，心脏跳得很快。

那是他的周俏，他的小傻子，他的小花，是这个世界上最善良、最可爱的女孩。

此刻，她穿着一身正红色秀禾服，上衣是右衽大襟袄裙，下装是马面裙，脚上穿着一双刺绣婚鞋。整套喜服上用金线、串珠和亮片绣着龙凤呈祥，头上盖着红盖头，手里牵着红绸的另一端，红绸中间是一个大大的红绣球。

周俏沿着红地毯向舞台走来，红毯中间出现了一个小小的火盆，宋晋阳象征性地点起小火，司仪喊起来："请新娘跨火盆！祝他们夫妻二人事业红火，爱情红火！红红火火过一生！掌声再次响起来！跨火盆咯！"

大家都没怎么参加过中式婚礼，这时候都从座位上站起来看，好多人拿出手机录视频、拍照。周俏在胡丹绮的搀扶下小心地跨过火盆，等她过去，宋晋阳立刻把火盆处理妥当。

宾客们一路目送周俏走上舞台，胡丹绮把红绸的一端交到黎衍手上便下了台。黎衍偏过头打量周俏，自然是看不见她的脸，心里竟像毛头小子一样蠢蠢欲动，特别期待挑喜帕的那一刻。

周俏与黎衍并肩而立，各牵红绸一端，因为红盖头，她只能看见自己脚下小小的一块地，别的什么都看不见，但她知道身边站着的是谁，手里红绸的另一端就在他手里。

好幸福。

就这么站在台上，已经幸福得想要呐喊。

司仪按照流程请证婚人上台致证婚词，并介绍了证婚人的身份。

陈司尧整整西装，沉着上台，感到很荣幸。胡丹绮将证婚词拿上台交给他。

这一份证婚词，其实是民国时期的婚书，即当时的结婚证。

一幅红色卷轴铺开，金粉楷书，端庄隽秀，是张有鑫的手笔。

陈司尧拿过话筒，和蔼的目光看向黎衍和周俏，朗朗开口：

婚书——

两姓联姻，一堂缔约，

良缘永结，匹配同称。

看此日桃花灼灼，宜室宜家，

卜他年瓜瓞绵绵，尔昌尔炽。

谨以白头之约，书向鸿笺，

好将红叶之盟，载明鸳谱。

此证！新郎，黎衍衍，新娘，周俏花。

这些动人的话语，每念一句，都让人心醉沉迷。

白头之约，红叶之盟，便是黎衍和周俏心中对彼此的承诺。

掌声经久不息。

陈司尧下台后，紧接着便是拜堂。

黎衍牵着红绸，将周俏引到舞台前一些的位置，他走得稳而慢，还听到周俏的声音从红盖头里传出来："你小心一点，不急。"

黎衍垂下眼眸抿着唇笑，终于，两人在指定的位置站好。

沈春燕和宋桦也在台下左手边并肩而立，这一次，沈春燕再也不会局促不安，站得昂首挺胸，心里只有满满的欣慰、骄傲和喜悦。

这是她亲儿子的婚礼，等了四年多了！这一杯婆婆茶，她可终于能喝上了！

悠扬的音乐声中，司仪扬声道：

"一叩首！诗题红叶天授意，谢天赐良缘！"

黎衍和周俏对着台下宾客弯腰一拜。

司仪："二叩首！蓝田种玉地做媒，谢地造美眷！"

一对新人微微侧身，向着沈春燕和宋桦弯腰一拜。

沈春燕瞬间眼泪盈眶，捂住了嘴。

司仪："三叩首！夫妻对拜结发成婚，谢天地成全！"

黎衍慢吞吞地转了个身，和周俏相对而站，两人向着对方缓缓一拜。

直起腰时，黎衍眼睛里的笑意已经藏不住了，嘴角勾起，目不转睛地看着面前一身大红喜服的人。

司仪高声喊道："现在是最激动人心的时刻了，你们期待吗？"

台下众人纷纷喊："期待——"

司仪："好嘞！现在请新郎——挑喜帕！"

周俊树上台给黎衍送上装饰着红布的如意秤杆。黎衍接过，看着手里的秤杆，又看向面前的人，不知怎么的，眼里的笑意竟一点一点化成了两抹微红。

司仪声音洪亮："秤杆一抬挑吉祥，便是称心如意！新郎新娘从此就是结发夫妻！今生今世，永不分离！"

在所有人期待的目光中，黎衍站在周俏面前，手里秤杆轻轻一挑，红盖头被挑起，他的眼前便露出一张白皙秀美、娇俏无双的脸蛋。

周俏头上戴着精美凤冠，光彩夺目，配着一身大红喜服，她面若桃花，霞飞双颊，抬眸看他时眼波流转，嘴角含笑。黎衍只觉得心里重重一跳，几乎要当众落泪。

他用只有周俏听得见的声音开口，带着微微的哽咽："俏俏，我终于……明媒正娶把你娶进门了。"

周俏的笑容灿若朝阳，小声说："阿衍，我也终于风光大嫁了。"

司仪："举案齐眉手牵手，两情相悦度春秋，一朝同饮合卺酒，今生今世不分手！"

黎衍与周俏同饮合卺酒，勾着手臂，两两相望，将杯中酒一饮而尽。

周俏一身凤冠霞帔，喝完酒看向台下时神情娇羞。黎衍的眼睛几乎长在她身上，心想，今天她可真漂亮啊！望着他时眉目含情，眼睛水汪汪的，真就是一个娇滴滴的小新娘。

敬改口茶时，周俏挽着黎衍下台，有她在身边，黎衍走路时都安心许多。

因为黎衍身体不便，两人未向沈春燕和宋桦下跪，只是站着弯腰端上茶水。沈春燕和宋桦坐在椅子上，听周俏甜甜地喊："爸爸，妈妈，请喝茶。"

沈春燕欢喜得不行，连声应道："哎哎！乖乖乖，俏啊，给你一个大红包，祝你和阿衍早生贵子，往后的日子和和美美！白头到老！"

"谢谢妈妈。"周俏收下红包，又一次与黎衍对视，发现这人像是已经傻了，只会笑眯眯地看着她。

牵着手回到台上，两人大礼已成。司仪说："让我们再一次用最热烈的掌声祝贺二位新人，今日喜结良缘！"掌声中听到司仪最后的结束语，"我宣布，新郎黎衍，新娘周俏，新婚典礼到此礼成！"

话音一落，黎衍和周俏已经紧紧相拥，在热烈至沸点的掌声和音乐声中，他们缠绵地接吻，接受着所有人的祝福。

周俊树泣不成声，宋晋阳拍着他的肩，也是眼眶发酸。

许多黎衍的亲友眼角都含着泪,似乎从来没参加过哪一场婚礼,会如此让人发自肺腑地动容。每个人都知道他一路走来实属不易,那个二十二岁时因意外而折断翅膀的年轻男孩,时隔八年,在自己三十岁时,终是收获了属于自己的幸福。

而那些同时知道周俏过往的人,心中更是多了一分感动。这两个人,在茫茫人海中偶然相遇、分开、重逢、相知、相恋、异国、团聚……往后余生,注定相濡以沫,只有死亡才能将他们分开。

敬酒时,周俏没有换衣服,只是摘掉凤冠,换成简单的头饰。

黎衍在同事和同学那几桌上被灌得很惨,葡萄汁伪装的红酒一下子被拆穿,紧接着一杯杯红酒就被灌下肚。

他毕竟是靠假肢走路,微醺以后步伐就不再稳健,周俏牢牢搂住他的腰,对小树说:"去,赶紧把你姐夫的轮椅推过来!"

黎衍听到以后很不乐意,摆着手说:"我能自己走!今天结婚……不坐轮椅!我要……自己走!"

周俏柔声劝他:"我知道你能自己走,但是你喝了好多酒,万一摔跤了怎么办?乖哈,咱们先坐会儿轮椅。"

"不要坐轮椅!"黎衍嘴里嘟囔着,周俊树已经把轮椅推过来了。

周俏扶着黎衍在轮椅上坐下,黎衍还想站起来,周俏直接弯腰亲了下他的嘴:"别闹脾气,乖乖坐着,要不然我生气哦。"

黎衍掀起眼皮看她,表情很委屈。这时候方劲松和虎哥来敬酒,黎衍顿时又高兴起来,拿起酒杯就和他们猛喝。

周俏好无奈,知道这人真的就是高兴,只要不闹着走路,就随他去喝吧。

因为只有九桌宾客,再怎么闹也不会结束得太晚,喝完喜酒,客人们拿着喜糖和伴手礼陆陆续续向新人告辞。

黎衍已经喝醉了,脸红红的,几乎瘫在轮椅上,连小树和胡丹绮都喝了不少,这时候晕乎乎的。周俏以晚上要照顾黎衍为由喝得不多,非常清醒,代他送别宾客。

姜琪临走前笑着叫她:"小花?"

周俏脸一红:"琪姐。"

姜琪拍拍她的手,指指轮椅上半眯着眼睛的黎衍:"一会儿回去让他醒个酒,霜降今天估计高兴坏了,喝成这样。"

周俏说:"他平时几乎不喝酒的,很少会醉。"

姜琪笑起来:"恭喜你们啊。不过还是请你提醒一下霜降,他这都一年半没写新书了。简总那边剧本都已经完成,正在选角筹备开机,让霜降赶紧趁热打铁继续写,工作再忙,一年一本二十万字总应该能完成吧?"

周俏赶紧应下:"好的琪姐,我会提醒他的。他这不是在准备十月的考试嘛,去年才考出两门,今年他想考过三门,注会很难考的。"

"我知道,我这不是想让他多赚点外快将来好养孩子嘛。"姜琪笑着没再多说,和周俏告辞后，就和简梁一同离开。

黎衍的大学同学们还要去 KTV 下半场，周俏帮黎衍婉拒了，说第二天中午请他们吃饭，已经订好餐厅。

客人们走得差不多，宴会厅只剩下伴郎、伴娘和最亲近的几个家人。宋晋阳这天滴酒未沾，从早到晚在帮忙，让宋桦和沈春燕自己打车回家，他顺路送黎衍和周俏。

周俏结完账，感谢过司仪等人，又把会场交给婚庆公司的工作人员扫尾，便推着黎衍坐电梯下楼。

她甚至都没来得及换下喜服，回到新家的地下车库，宋晋阳帮着她把迷迷糊糊的黎衍扶出车厢坐上轮椅，她忙说："晋阳哥哥，你赶紧和小颂姐姐一起回去吧，皓皓都睡着了。放心吧，接下来我能搞定阿衍的。"

宋晋阳再三确认周俏一个人没问题，才上车离开。

一整天的喧闹喜悦散去，终于只剩下周俏和黎衍两人。

她推着黎衍坐电梯上楼。进到 601 后，周俏拿来一块热毛巾，仔细地帮黎衍擦脸擦手，又泡来一杯温茶水喂他喝了几口。

小黎先生这时候恢复了一些意识，睁开眼睛，只看到面前是个红彤彤的人。他伸手去摸她的脸，抓她的手，又揽着她的腰让她坐在自己腿上，皱着眉头打量怀里的人。

"俏俏……"他有点蒙，转头看看周围，"我什么时候回来的？"

"刚到家呢。"周俏软软地窝在他怀里，仰着脸吻了他几下，问，"阿衍，你要先休息一下，还是先洗澡？"

"洗澡……"黎衍晃晃脑袋，"头好晕啊，我要和你一起洗……"

"你也只能和我一起洗，我都不放心你一个人洗。"周俏从他身上下来，推着他来到主卧，这是他们的私人空间。

刷成浅黄色的墙，白色简约风格家具，床头墙上挂着他们的婚纱照，黎衍一身黑色西装，站姿潇洒中带着些微痞意，周俏则穿着一袭雪白婚纱，俏生生地依偎在他身边，是柯玉的作品。

一米八宽的大床背上，挤着三只玩偶，一只可达鸭和两只一大一小的章鱼。

周俏先去浴缸里放水，简单卸妆，出来后帮黎衍脱起中山装。

扣子一颗颗解开，黎衍低下头，看周俏帮他脱下上衣。他在里面穿一件圆领短袖 T 恤打底，周俏又解开他的皮带，拉下裤链后说："屁股抬一下。"

黎衍双手撑着轮椅扶手乖乖地抬屁股，周俏便把他的长裤和假肢一同卸下："来，投降。"

黎衍举手投降，周俏将他的 T 恤也脱下，轮椅上的新郎官身上顿时只留下一条黑色小内裤，露出肌肉线条漂亮紧致的上半身来。

他又低下头，双手揉揉两截残肢，周俏已经在边上脱喜服。黎衍转头盯着她看，脑子里突然想起一个词——"送入洞房"。

啊！现在不就是"洞房花烛夜"吗？

他转着轮椅向周俏靠近一些，抬起头，雾蒙蒙的眼睛看着她："老婆，我来帮你脱。"

周俏便矮了矮身子，顺从地让黎衍帮她解秀禾服上的盘扣，无奈小黎先生醉眼昏花，解了老半天才解开一颗，自己身上还冷起来，不高兴地说："这个扣子为什么这么难解？"

"好啦,我自己解吧,很快的,脱好了我们就能洗澡了。"周俏哄着他,他才肯放手,眯着眼睛看周俏自己脱下上衣和下裙。

等到周俏要把他推进主卫时,他突然向周俏伸出双臂:"老婆,你背我进去。"

周俏叹口气,真的弯下腰,手掌托在黎衍两边大腿残肢上,一把将他背了起来。

黎衍伏在她背上,双臂圈着她的脖子,闭上眼睛用下巴蹭蹭她的肌肤,轻声说:"我爱你。"

"我也爱你。"周俏笑着回答。

黎衍:"I love you."

周俏:"I love you, too."

黎衍:"Ich liebe dich."

周俏一愣,这是什么鸟语?

黎衍得意地笑:"这下你不会了吧?这是德语,我跟我老板学的,我还会法语,Je t'aime。还有意大利语,Ti amo,还有……"

他还没说完,只觉得身子一坠,温热的水流瞬间包围住他——周俏已经把他丢进了浴缸里。

黎衍左手抓住金属扶手,皱着眉头用右手扒裤子:"我裤子还没脱呢!都弄湿了!"

"反正要洗的。"周俏也跨进了浴缸。这个浴缸椭圆形,还挺大的,就是为了两个人可以一起用。

小黎先生渐渐冷静下来,不再进行外语秀,手臂搭在浴缸边沿上,脑袋歪着枕上手臂,看着周俏傻乐。

周俏用水泼他,他很快便反击,泼来泼去,没多久两人便抱在一起。黎衍细细端详周俏的脸,她的妆未卸干净,这时候眼睛四周有一圈浅淡的黑,他摸摸她的眼尾,嫌弃地说:"你现在像一只熊猫。"

周俏生气地在他腰上拧了一把,他"嗷"一声叫起来:"又变成一只母老虎了!"

见周俏板着脸,黎衍笑了好一阵子,笑着笑着,眼神就柔和下来,手掌抚上周俏的脸颊,低声说:"俏俏,咱俩结婚了。"

"咱俩结婚四年多了。"周俏想去挤沐浴露,又被黎衍捉住了手。

他说:"俏俏,你真好。"

周俏看着他湿漉漉的眼睛:"你也很好啊。"

"我不好。"黎衍低头看向自己残缺的身体,"我没腿……"

下一秒,周俏已经倾身抱住他,用一个深吻堵住他接下来的话。

这种交替出现的对自我的怀疑与肯定,自卑与自信,也许会贯穿黎衍的一生。周俏深知这一点,清醒时他尚且会说些自嘲的话,何况此刻已是大醉一场。

我很好,我很幸福。

不,我不好,我和别人不一样。

我很优秀,我非常努力。

不,我再优秀也是个残疾人。

我可以做很多事,我可以去很多地方。

不,还是有很多事做不到,还是有很多地方去不了。

我就是出行方式和别人不同罢了,我能走路!

不,我坐着轮椅出门时,还是会有很多人朝我看。

……

他敏感的心思,周俏比谁都要了解,并且知道想要让他彻彻底底放下这心障,几乎不可能。但那又怎么样呢?这就是她的阿衍,他已经强大许多了,不能再要求他变成一个无敌金刚。与自己和解,与世界和解,这将是一道伴随他一生的课题,哪是写一本书就能解决的?

此刻,周俏心中只有涌动着的温柔怜惜,捧着黎衍的脸颊,抓揉着他浸湿的头发,在水中与他缠吻不休,很快就感受到男人更为汹涌的爱意。

白头之约,红叶之盟,地久天长,永不分离……在周俏心里,再多的吉祥话也抵不过两人携手同行,踏踏实实、平平安安地过好每一天,每一月,每一年,直到生命终结。

尾声
新约法十八章

婚礼之后，黎衍和周俏入住新房，生活逐渐步入常态，两人一边工作，一边备考。

黎衍依旧攻他的CPA，周俏则决定参加自考大专，考英语专业。自考毕业证含金量要比夜大来得高，和黎衍一样也是十月考试，两人每天晚上就一起在书房复习。

书房里真的做了一面大大的书架，墙上挂着张有鑫为他们写的婚书，用相框仔细装裱着。还有一幅精美工笔画，画中是穿着月白旗袍的周俏和一身藏蓝色中山装的黎衍。周俏头上披着复古蕾丝头纱，素雅恬静，黎衍面容俊秀，竟真有几分民国时期翩翩才子的儒雅气质。

两人神态惟妙惟肖，很有种岁月静好的意味。

在书房抽屉里，还有一份黎衍亲笔写的《新约法十八章》，两人煞有介事地在右下角签上名，约定这一生都要贯彻执行。

《新约法十八章》

一、黎衍爱周俏，周俏爱黎衍；

二、我们要互相尊重，彼此信任，家里的大小事都要商量着来，在生活中给予对方鼓励和关心，不要吝啬向对方表达爱意；

三、保持自信，相信自己在对方眼中是最好的，是唯一；

四、偶尔可以丧，可以有负面情绪，多和对方沟通交流，不要把话憋在心里，不可以把对方当成出气筒；

五、生活是琐碎的柴米油盐，也该是浪漫的玫瑰和钢琴曲，要记得对方的生日和结婚纪念日，用心过好每一天；

六、没有哪对夫妻不吵架，尤其黎先生脾气还不太好，要懂得反省和道歉，控制自己的情绪，不让黎太太生气；

七、没有人是完美的，所有人都有优点和缺点。爱对方的优点，也要包容对方的缺点，不要执着于让对方改变，人生不需要完美无缺。（PS：黎太太就是完美的，零缺点^_^）

八、这个家是我们两个人的，黎先生要帮黎太太分担家务，体贴她，心疼她，不能让她太辛苦；

九、黎先生要保持锻炼，不能偷懒，身体好了才能陪伴黎太太走更远的路。要自律，争取不要发胖和秃头，就算老了也得是一个帅老头，照样能迷倒家里的小老太太；

十、我们都要努力工作，多多赚钱，争取早日实现财务自由。在家庭财产管理上，因为黎先生学经济，建议由他来做理财投资，日常开销由黎太太当家；

十一、黎先生要陪黎太太出去看世界，虽然他走路不太方便，但还是可以去很多地方，不要怕麻烦，有黎太太陪着呢；

十二、我们会有一个孩子，要给小朋友一个温馨的家，让宝贝知道，就算爸爸妈妈的原生家庭不怎么好，但他们依旧愿意学习如何成为一对很棒的父母；

十三、尊重和关心彼此的家人，同时保持原则，一切以小家庭的幸福为基准；

十四、是个人就会老，就会生病，不管谁生病，都要不离不弃，不到最后关头绝不能放弃，砸锅卖铁也要治；

十五、家里最重要的人是黎太太，她是太阳，黎先生才是行星，没有人比黎太太更温暖更耀眼，没有人比她更懂黎先生；

十六、爱对方，也要爱自己，努力成为更好的自己，永远不要停止前进的脚步，人生苦短，不做咸鱼；

十七、这是一条废话，但还是要写，黎先生深信不疑，我们的爱将至死不渝；

十八、很多年后，不管谁先走，另一个人都要带着回忆和思念好好活下去。只是晚几年罢了，我们终会重逢，从此永不分离。

　　这一天是周六，周俏要跟会，黎衍一人在家。
　　会议结束后，周俏开着"小黄蜂"回家，顺便在菜场买了些菜和水果，到家后用钥匙开门，她高声喊："衍衍宝宝，我回来啦！"
　　黎衍没有像平时那样来迎接她，甚至都没出声，屋里一阵诡异的沉默。
　　周俏一低头，发现玄关处多了两双鞋。
　　咦？家里来客人了？
　　她绕过玄关走进客厅，一眼就看到沙发上坐着两位中年女性，神情都很尴尬，黎衍则端端正正地坐在轮椅上，似笑非笑看着她。
　　周俏肩上挎着包，手里还提着菜，愣了片刻后绽开笑："阿衍，来客人啦？这两位是……"
　　黎衍说："这是社区残联的工作人员，姚姐和王姐。这是我老婆，小周。"
　　周俏："你们好你们好。"
　　姚姐、王姐："你好你好。"
　　周俏走到黎衍身边，把一袋桂圆放到茶几上："姚姐、王姐，吃水果吃水果。"
　　"哦哦，不用不用，客气了。"姚姐悄咪咪地打量周俏。周俏这天因为要跟会，打扮得很职业，一身西装套裙，妆容也得体。黎衍因为待在家里穿得就比较休闲，带帽卫衣配运动长裤，这么一冲眼看，两人颇有点女主外、男主内的意思。
　　"既然小周回来了，那我们也告辞了。"姚姐和王姐同时站起来。
　　姚姐笑呵呵地说："小黎，那你就好好休息，小周可能工作比较忙，周六都要上班，不太顾得到家里。你要是有困难就找我们，不要怕麻烦。"
　　黎衍："？"
　　周俏送她们到门口，王姐忍不住小声对她说："小周啊，工作是很重要，但你平时也要多照顾一把小黎。我们来的时候，他坐着轮椅拿着吸尘器在搞卫生呢，这……你作为他的妻子，还是要多多关心他，爱护他，毕竟他很不容易嘛。"

周俏："？"

两人离开后，周俏问黎衍："残联的工作人员来干吗呀？"

黎衍指指墙边的一袋大米和一桶食用油："来慰问我呗。"

"哈？"周俏想不明白，"为什么要慰问你啊？"

黎衍回答："因为我的户口转到她们社区了，社区里多了个残疾人常住人口，作为残联，自然是要来慰问一下的。"

周俏想了想，在沙发上坐下，问"那为什么以前住在601和304时，从来没人来慰问过啊？"

黎衍沉默地看着她，半晌后才说："因为我刚受伤那会儿，她们来看我，被我赶出去了。"

周俏无语。

黎衍轮椅转到墙边，弯腰拎起那桶油看了一眼："那时候，我不是还年轻嘛，残联的人看到我就跟捡到宝贝似的，问我要不要加入A省轮椅篮球队，或者去练游泳、轮椅击剑什么的，说要是练得好还能进国家队，最后参加残奥会。"

周俏嘴巴微微张开了。

"我那时候怎么可能会同意？"黎衍又把油放下了，轮椅转到周俏面前，"打过正常的篮球，让我坐着轮椅去打，又不能跑又不能跳，就传球、投篮，那我不如去商场里玩投篮机得了。"

周俏说："可是，这要是真能参加残奥会，也挺不错的啊。"

黎衍一下子就笑起来："我现在也觉得挺有意思的，换成现在我很有可能会去参加，但是当时……就不可能，你知道吗？我现在年纪又大了，想参加也没人要了，体力跟不上。"

周俏撇嘴："谁说的？我看你体力挺好。"

"啧，这要看哪方面的嘛。"小黎先生坏笑着摸摸她的脸，"前些年，咱们损失了好多油和大米呢。我想过了，以后残联上门来慰问，我都让她们来，这不拿白不拿，本来就是国家对我们残疾人的福利，听说端午还给粽子，中秋还发月饼！"

周俏扶额，这人的思想觉悟也是一言难尽。

吃过晚饭，周俏陪黎衍去外头散步，不用轮椅。

从小区走到最近的商场比之前住在雅林豪庭时要远一些，周俏走需要十分钟，按黎衍的速度就需要二十分钟打底。所以，走去商场逛十到二十分钟，再走回来，刚好就是一个小时的锻炼时间。中间黎衍要是累了，会在商场里坐着休息一会儿。

出发前，黎衍总是会和周俏讨价还价，周俏让他拿手杖，他不愿意，只想空手走。

周俏生气："带上啦！每次走到后来就累得直嚷嚷，非要我扶着。范工说你练几个月走个把小时没问题，你这都走了快七个月了，还这水平？你到底是真走不了，还是故意要我扶的呀？"

"你不愿意扶我了吗？"黎衍哀怨地看着她，"你不是说会一直扶着我的吗？这结婚一个月都没到，你就不耐烦了？"

"什么一个月没到？咱俩结婚都快五年了！"周俏指着黎衍的腿，"你这腿花了快七十万啊大哥！你能不能走一个小时让我看看啊？还是说你现在真的年纪大了，体力跟不上了？"

小黎先生很生气，瞪大眼睛看周俏："我体力跟不上？行啊周俏，你看着哈，今天出门我要是中间坐一屁股我就跟你姓！"

于是，两个人就跟一对斗鸡似的出了门，黎衍认命地带上了他的金属手杖，右手拄着手杖的确可以给身体一些支撑力，左手还可以和周俏牵在一起。

两人沿着人行道悠悠荡荡地向着商场走去，一边走一边闲聊天。黎衍现在走路的步态其实是不错的，就是慢。慢也是因为他残肢太短，这事儿真是一寸长一寸强，不能相差几厘米。

周俏观察黎衍走路，他走路很像腿骨折了的人伤愈后的复健阶段，导致隔壁602室不知情的大妈每次见他都要问：

"小黎啊，你的腿什么时候会好利索啊？"

"小黎，今天走得不错啊，是快好了吧？"

"小黎你别老是坐轮椅，多走走，走走好得快！"

黎衍一直没忍心告诉她真相，大妈很客气，还会送他点心吃，要是让她知道小黎这辈子走路就是这样了，她估计会伤心。

走到商场时，周俏问："累吗，要不要休息一下？"

"你故意的吗？"黎衍瞥她，昂首挺胸，"哥今天话撂在这儿，直着出来，直着回去！你休想骗我坐下！"

周俏被他孩子气的模样逗笑了，右手牵着他的左手，在商场里走了一会儿，通过挑空的中庭看到二楼一家店铺，手指那儿说："阿衍你看，那边新开了一家奶茶店！"

黎衍也抬头望去，问："想喝吗？"

"想！"周俏握着他的手荡一荡。

"那走吧，我也想喝。"黎衍说着就向自动扶梯走去。

坐自动扶梯对他来说有一定的挑战性，因为要快速地迈上移动着的台阶并站稳。周俏和他并肩站在自动扶梯前，两人一起数："一、二、三、走。"

黎衍右脚踩上扶梯台阶，抓住扶手，身体重心故意往前。周俏揽住他的腰，扶梯往上，他的左腿也已经迈了上来。到二楼，又是一次"一二三"，黎衍跨步出去，手杖落地，稳稳地撑住了身体。

两人来到奶茶店门口，发现有五六个人在排队点单，边上还有不少人在等奶茶做好。周俏问黎衍："还买吗？"

"买啊。"黎衍扭头冲她笑笑，"我去排队。"

他拄着手杖排到队尾，排他前头的是个二十出头的女孩子，转头看看他英俊的脸，再低头看看他的腿和手杖，小脸憋得通红，坚持了没多会儿就说："帅哥，我和你换个位置吧，你先买好了。"

黎衍一脸酷，周俏挽住他的左臂，笑着对女孩说："谢谢你，不过不用啦，他太懒了，医生就让他多锻炼呢，让他排着吧。"

黎衍默默地翻个白眼。

一共花了二十多分钟，他终于买到两杯红豆奶茶，提着袋子交给周俏时，脸色已经很差。出门至今已有四十多分钟，小黎先生真的累了。

"回家吧。"周俏吸着奶茶，钩了钩黎衍的手指。

他没喝奶茶，因为一手拄手杖，一手要拉周俏，再没有多余的手，奶茶让周俏连着袋子挂在手腕上。

回家的路上，黎衍额头出了汗，脸色发了白。其实，让他坐下休息五分钟就行，可以让残肢缓解一下压力，不过之前撂下狠话了嘛，他可不想成为周衍衍。走到一半时，周俏把自己的奶茶吸管递到黎衍嘴边："喝几口吧，你肯定渴了。"

黎衍就着她的手吸了好几口，咂咂嘴，一脸不爽地看她。

周俏勇敢地与他对视。

几秒钟后，黎衍嘴角挂下来："老婆，我真走不动了。"

他已经走满一个小时，后半段路，周俏用力搀住他，就像当初两人在雅林豪庭小区里练走路一样，周俏用身体给他当拐杖，他左臂搭着她的肩，右手用力地拄着手杖，走起来已不似之前那般稳健。

跌跌撞撞回到家，进门后，黎衍直接瘫到沙发上，呼哧呼哧大喘气。

周俏把他的奶茶插好吸管递给他，他一口气就喝了半杯，继续喘大气。周俏在他身边坐下，去拉他运动裤的裤腰，他拍开她的手："这位女士干什么呢，别动手动脚的。"

"给你脱下来呀！"周俏揉揉他的头发，都出汗了，笑着说，"老公今天表现不错，走满一小时了，以后要继续保持！争取一个小时全都自己走，不用我扶。"

"你就这么不爱扶我吗？"黎衍气哼哼的，"老叫我自己走自己走，早知道今天就向残联的大姐告状了！让她们好好找你谈谈话！"

周俏跪趴在沙发上，手撑在黎衍身体两边与他对视："是谁说以后做了爸爸，要陪小朋友出去玩的？是谁说要教小朋友走路，一块儿吹泡泡逛博物馆的？就你这走一个小时就嗷嗷叫的水平，我看你还是别做爸爸了。"

"爸爸是肯定要做的！"黎衍直起上身，急道，"皓皓都满一周岁了，都会走路会说话了！咱俩再不抓紧，以后小朋友比皓皓小太多，要被他欺负的！"

这是什么逻辑？周俏皱起小鼻子，搓揉着黎衍的脸："你能不能成熟一点啊衍衍宝宝！你下个月就要奔四啦！"

黎衍呆呆地看着她。

对哦，小黎先生即将迎来自己三十周岁的生日，过了那一天，他将正式进入奔四大军。

五月十五日那天，沈春燕、宋桦、周俊树和宋晋阳一家三口来黎衍和周俏家里吃饭，一起帮黎衍过三十岁生日。

小皓皓真的会走会说话了，不过走得还不利索，说话也就只会几个词儿。黎衍坐着轮椅，把他抱到自己腿上单手搂住，另一只手快速地转轮圈，轮椅在原地打起转来，把皓皓逗得哈哈大笑。

下地后他还想玩，趴在黎衍腿上迈着小短腿要往上爬，嘴里叫着："坐车车，坐车车……"最后被杨瑾颂抱走，小家伙不开心地哇哇大哭。

这天在厨房忙活的是周俏和周俊树，确切来说掌勺人是小树，周俏只给他打下手。

两人一边干活一边聊天，周俏问："小树，下半年你就大四了，有什么计划呀？是打算毕业找工作还是继续读研？"

"没想好。"小树转头看她，"姐，你说我要不要去争取保研啊？下个月就要出保研简章了。"

"你要是喜欢这个专业，就去争取啊！这多好的事儿。"周俏不知道他有什么好犹豫的，"小树，姐和你说，现在家里不着急让你工作赚钱，你要是有能力继续读书，能读个研自然是最好的，毕业后竞争力就会强很多，工作更好找。"

周俊树默不作声地炒着菜。

"这事儿你自己考虑，你的人生姐不干预。"周俏把切好的配菜递给他，"对了，你钱够用吗？"

"够用。"周俊树说，"我平时打工呢，家教也一直在做。"

周俏偷偷瞄他几眼，问："哎，你都大三了，有没有喜欢的女孩子啊？"

周俊树脸色很不自然，周俏觉得他脸红了，只是因为皮肤太黑，看不太出来。他硬邦邦地说："没有啦。"

周俏说："你要是钱不够就和姐说，平时请女孩子吃个饭看个电影都是要花钱的。"

"跟你说了没有了！"周俊树手指朝身后厨房门点点，"姐夫大学里不就没谈过恋爱吗？这很正常的，谁说大学里一定要和女孩约会啊？"

"呵呵。"周俏努努嘴，"你姐夫不是不想和女孩约会，他纯粹是因为穷。所以我才问你钱够不够用，你别因为穷结果到大学毕业还是个单身狗。"

周俊树气道："我要去告诉姐夫，你背后说他坏话！"

"不用告诉了，你姐夫已经听到了。"黎衍凉凉的声音从厨房门口传来。

周俏咽了咽口水，周俊树搓搓手："呃……我去上个厕所。"

一阵烟儿地就溜了。

"周俏花你现在不得了了啊。"黎衍转着轮椅进到厨房，站起身、抱着手臂看周俏，"谁说我大学里不谈恋爱是因为穷的？"

"我就是随便说说嘛。"周俏讪笑，"也多亏你没谈，要不然也没我什么事儿了，对吧？"

"哼！你自己知道就好。"黎衍看到流理台上已经做好的一道雪菜炒目鱼，伸手就拈起一块目鱼塞进嘴里。

周俏拍他："你手都没洗过！脏不脏的呀！"

黎衍咀嚼着，又伸手去揉她头发："周俏花我发现你现在越来越嫌弃我了！对着我就没几句好话的！"

"啊啊啊！你手油的！"周俏炸毛了，"出去出去出去，真烦人！"

小黎先生目瞪口呆："今天我可是寿星！"

周俊树回来时就看到两人剑拔弩张，当场愣住："姐，姐夫，你俩干吗呢？"

"没干吗！"黎衍坐上轮椅，一扭头就转走了，"哼！"

周俊树又问周俏："干吗呢？吵架啦？"

周俏气鼓鼓："谁有工夫和他吵架，动不动就说我嫌弃他，我不爱他，我越来越不重视他，和小孩儿一样的，皓皓都比他成熟！"

周俊树很茫然，心想，谈恋爱有什么意思啊？

吃饭时，黎衍早就没了脾气，戴着一个尖顶儿生日帽，被亲人们围在中间对着大蛋糕吹蜡烛许愿。蜡烛熄灭，众人大叫："阿衍生日快乐！"

周俏在他脸颊上"吧唧"亲一口："老公生日快乐。"

黎衍很开心，因为收到许多礼物。沈春燕和宋桦送给他一条皮带，宋晋阳和杨瑾颂送他一套男士护肤品，连小树都送给他一盒进口零食，周俏则送给他一双 AJ。

早几年前，要是有人送鞋子给黎衍当礼物，他可能会气爆，认为对方是在讽刺他。不过现在，一双好的运动鞋对他来说真的很重要，他每天要走好多路，往后还能走得更多，时间更久。

沈春燕好奇地问："阿衍，你许的什么愿啊？"

黎衍微笑："不能说，说出来就不灵了。"

宋晋阳笑道："他还能许什么愿，肯定是想做爸爸呗！"

黎衍瞪他一眼，沈春燕乐呵呵地说："做爸爸有什么说不得的？阿衍都三十整了，是该做爸爸啦。俏啊，你今年二十六岁，怀上了明年二十七岁生，多合适！我就是二十七岁生的阿衍，你看阿衍长得多好！"

周俏笑道："妈妈，我这才上班半年多，怀孕了很不好意思的呀。"

沈春燕觉得无所谓："怀孕也能上班啊，我们以前谁不是上到生？小颂也是啊！"

杨瑾颂是老师，的确是大着肚子上到生。周俏无言以对，只能笑笑。黎衍一直没说话，托着下巴瘪着嘴，用眼角余光去扫她。

深夜，黎衍洗过澡，没穿假肢，套一件白色短袖 T 恤和篮球裤，独自一人坐着轮椅在阳台上抽烟。

窗外夜色如墨，暗色云朵飘浮在夜空中，楼下花园树影憧憧，对面的高层有几扇窗零星亮着灯。这个时间，还醒着的人着实不多。

黎衍默默抽着烟，烟灰弹在玻璃烟灰缸里，是从 601 室带出来的那个，陪他到 304，现在又陪他到新家阳台。

周俏穿着睡裙推开玻璃移门走出来，弯下腰，双手从黎衍肩头绕过，轻轻拥住他的身体，问："你在想什么？"

黎衍心里一动，总觉得这个场景似曾相识，却想不起何时发生过。

他一本正经地说："没想什么，简单地回顾我这三十年跌宕起伏的人生。"

周俏"扑哧"一声笑出来："那你回顾得怎么样了？"

"挺没劲的，特别平凡，泯然大众，白瞎我一张英俊帅气的脸。"说完，黎衍自己都乐了。

周俏差点笑死，身子抖个不停："行了啊，别贫了，赶紧进去睡觉，明天还要上班呢。"

"嗯，刷个牙就睡了。"黎衍熄灭烟蒂。

周俏说："你不是说要做爸爸吗？打算什么时候戒烟啊？"

黎衍倏地抬头看她，眼睛眨巴了一下。

"我刚才……数了一下我们的存货。"周俏依旧弯腰抱着黎衍，软软的声音响在他耳边，

"还有一盒多，嗯……用完以后，就不要买了，怎么样？"

小黎先生愣了好一会儿，突然就要倒转轮椅："那还等什么？赶紧去消耗库存啊！"

周俏乐坏了，推着他的轮椅进到房间。

黎衍去卫生间刷过牙，轮椅转到床边后，把自己挪到床上。

床头灯亮着幽幽的黄色灯光，黎衍搂住周俏的身子，低头亲亲她的额头，突然问："俏俏，你说，我会是一个好爸爸吗？"

周俏也亲亲他："当然是啊，干吗这么问？"

"我怕小朋友会不喜欢我这个爸爸。"黎衍抓着周俏的手按在自己大腿残肢上，"小孩子都很敏感的。"

"我相信你会是一个好爸爸。"周俏赖在他怀里，"不过啊，你不要太自恋，不要太幼稚，不要总是胡思乱想，脾气也不要那么大，不要……"

"喂！"黎衍不开心，"我有那么多缺点吗？"

"差不多了，没有了，其他都挺好。"周俏手指刮刮他挺拔的鼻梁，又对上他漆黑深邃的眼睛，笑着说，"我的阿衍一百分！"

黎衍深深地凝视着周俏，将她紧紧拥在怀中，一点一点浅吻她的脸颊，最后便吻住了她的唇……

脑海里无端冒出一句话来：此乃良辰美景，难免情生意动。

片刻后，又冒出一句：我拖着这身破败残骨，原以为要茕茕孑立过完此生，如今何其有幸能遇到这傻人儿，这一生还有何求？唯有永不相负。

黎衍想来想去没想起是在哪里看过这句话，只知道这句话一直留存在他心里，琢磨片刻未果后便释然了。

他闭上眼睛，更温柔地吻着周俏，感受着心中波浪般漫延开的悸动。

这一生还有何求？唯有永不相负。

黎衍心道，这句话说得真好。

- 全文完 -